KB232316

현경준

Series of Korean Literature at China

이 전집은 대산문화재단의 2005년 해외한국문학연구 지원을 받았습니다.

연세국학총서 73
중국조선민족문학대계 9

현경준

연변대학교 조선문학연구소
허경진 · 허휘훈 · 채미화 주편

보고사

◉ 허경진

연세대 국문학과 및 동 대학원 졸업. 문학박사. 목원대 국어교육과 교수를 거쳐 현재 연세대 국문학과 교수로 있다. 2005년 중국 연변대 겸직교수를 지냈으며, 저서로『한국의 한시』40권,『허균평전』,『조선위항문학사』,『평민열전』,『사대부 소대헌 호연재부부의 한평생』등이 있다.

◉ 허휘훈

연변대 조문학부 및 동 대학원 졸업. 문학박사. 현재 연변대 조문학과 교수로 있다. 연변대 조선문학연구소 소장, 연변민간문예가협회 이사장, 중국민간문예가협회 회원이다. 저서로『조선민간문화연구』,『조선문학사』(공저),『조선한국당대문학사』(공저),『중조한일민담비교연구』(주필) 등이 있다.

◉ 채미화

연변대 조문학부 및 동 대학원 졸업. 문학박사. 현재 연변대 조선-한국학학원 원장이며, 연변대 여성연구중심 주임, 연변조선족자치주지식여성연합회 회장으로 있다. 저서로『고려문학미의식연구』(1995년 박이정),『조선고전문학사』(1998년 3월 연변대학출판사),『조선-한국당대문학사』(2004년 곤륜출판사) 등이 있다.

편집자 : 리광일, 장춘식, 김철준, 주송희, 호테이 토시히로, 모리 아키라, 안금련, 김홍매

연세국학총서73
중국조선민족문학대계 9

현경준

초판 1쇄 발행 _ 2006년 2월 28일

주편자 _ 허경진 · 허휘훈 · 채미화
　　　　　연변대학교 조선문학연구소
발행인 _ 김홍국
발행처 _ 도서출판 보고사
등　록 _ 1990년 12월(제6-0429)
주　소 _ 서울시 성북구 보문동 7가 11번지 2층
전　화 _ 922-5120/1(편집) 922-2246(영업)
팩　스 _ 922-6990
메　일 _ kanapub3@chol.com
홈페이지 _ www.bogosabooks.co.kr
ISBN _ 89-8433-401-4(세트)
　　　　 89-8433-410-3(94810)

정　가 _ 32,000원

* 잘못된 책은 바꾸어 드립니다.
* 저자와의 협의에 의하여 인지는 생략합니다.

간행사

우리 조상들이 중국땅에 이주해온 이후, 오랜 역사를 통해 탁월한 저력으로 독자적인 문화를 창출해냈고 또한 많은 문화유산을 물려주기에 이르렀다. 그 가운데 우리 조상들의 알찬 삶의 지혜와 다양한 경험들이 축적되어 있다. 바로 이 때문에 문화유산중 큰 비중을 차지하는 구비문학과 기록문학이 소중하며, 다시 읽어야할 보전(宝典)으로 남게 되었다.

과경(跨境)민족으로서의 중국 조선민족은 19세기 후반이래로 수차의 문화적 격변의 시대를 살아왔다. 이른바 개화기의 격류 속에서는 전통문화와 서구문화사이의 갈등, 한문학과 국문문학간의 교체를 경험했고, 식민지시대에는 국문문학의 문체혁신과 일제에 의해 책동된 전통문화의 쇄멸말살이라는 시련을 겪기에 이르렀다. 이런 변화와 역경속에서도 중국땅에 망명하였거나 이 땅에서 류이민 혹은 정착민으로 생활해온 우리 겨레의 지조있는 애국문인들은 결코 붓을 던지지 않았다. 류린석, 김택영, 신규식, 신채호, 안중근, 리상룡, 김정규, 김소래, 최서해, 렴상섭, 주요섭, 최상덕, 강경애, 현경준, 김창걸, 안수길, 박영준, 황건, 김조규, 윤동주, 박팔양, 리륙사, 함형수, 리학성, 천청송, 김학철, 윤해영, 채택룡, 설인 등 헤아릴 수 없이 많은 문학도와 시인, 작가들이 바로 필설로 그 시대를 증언해온 대표적인 지성인들이다.

그들 중에는 고국을 떠나 갈바람에 흩날리는 낙엽처럼 정처없이 떠돌다 두만강, 압록강을 건너와 허허넓은 만주벌판, 낯선 이국땅 서러운 추녀 밑에서 간도아리랑을 부른 망향시인이 있었고 하늬바람 불어치는 산해관을 넘어 북경, 서안, 상해, 무한 등 천년고도에 떠돌이로 남아 언론매체를 빌어 ≪천고≫를 울리고 ≪진단≫을 노래하고 청구의 ≪광명≫을 만방에 호소한 청년전위가 있었는가 하면 백산, 흑수, 송료, 제로, 태항, 중원의 고전장에서 융마일생을 수놓아 가며 목숨을 바친 무명용사도 있었다. 려순, 나가사끼, 후꾸오까의 감옥에서 단지혈맹의 뜻을 굽히지 않고 다리를 절단해가면서도 끝까지 혁명의 지조를 지켜왔거나 끝내 ≪한점 부끄럼없이≫ 꽃처럼 피여나는 피를 민족의 제단 앞에 바친 암흑기의 푸른 별들도 있다. 그들은 문자에 앞서 몸으로 지탱해온 삶 그 자체가 더 고결하고 값진 것으로 여겨왔던 것이다. 그들의 피와 땀으로 가꾸어온 문화의 숲은 헌걸찬 우리 민족의 에너지를 부단히 충전시켜 주는 불멸의 혈맥, 끈질긴 생명력의 고동으로 무성하게 자라고 있으며 영광과 비애의 굴곡, 흥망과 성쇠의 기복이 교차되는 수많은 역사 주체의 명멸을 간직한채 굳건하고 강인한 기백으로 오늘날까지 민족의 정기를 면면히 이어주고 있다.

　그들이 남긴 풍부한 문학유산은 그동안 중외(中外)학자들에 의하여 적지 않게 발굴 연구되었으나, 지금까지의 연구는 단편적인 자료에 근거를 둔 것으로서 그 진면목을 체계적으로 파악하기에는 역부족이라고 할 수 있다. 이런 의미에서 중국 조선족과 광복전 재중 한인, 조선인들의 문학자료를 체계적으로 발굴, 정리, 출판하는 것은 정체(整体)적인 민족문학연구에서 대단히 중요한 작업이 아닐 수 없다. 그들이 남긴 문학자료는 지금도 중국각지와 해외의 여러 도서관, 박물관, 문서보관소에 신문, 잡지, 일기, 필사본, 프린트본, 활자본 등 형식으로 흩어져있다. 이런 현실을 감안하여 본 대계는 선배들이 중국 땅에 남긴 문학자료들을 집대성하여 후세인들로 하여금 문화민족으로서의 자긍심을 갖게 하고 애국애족의 정신을 계승 발양하며 문학, 언어, 역사, 민속, 언론, 사회 등 여러 분야를 망라한 학계인사들에게 21세기 중국 조선민족문화의 새로운 비약을 위한 계통적인 연구자료를 제공하는데 그 목적과 의의가 있다.

　중국조선민족문학의 진수를 정리, 간행하기 위한 계획이나 준비작업은 연변대학 조선언어문학연구소(현재의 조선문학연구소)의 창립과 더불어 20세기 80년대부터 본격적으로 시작되었다. 권철교수를 비롯한 연변대학 조선언어문학연구소의 조선문학관계 선배학자들은 1950년대부터 벌써 재중조선인 문학자료수집에 착수하였고 1990년에는 권철, 조성일, 최삼룡, 김동훈 등 네 연구원의 공동집필로 된 ≪중국조선족문학사≫를 공개출판하기에 이르렀다. 1992년 연변대학 조선언어문학연구소(현재의 조선문학연구소)는 한국 숭실대학교 인문대학과의 공동연구과제로서 소재영, 권철, 김동훈, 조규익 교수를 중심으로 집필한 ≪연변지역조선족문학연구≫를 펴냈다. 같은 시기에 김영덕, 최문식교수를 비롯한 연변대학 고적연구소에서는 ≪류린석전집≫, ≪김택영전집≫, ≪윤동주유고집≫, ≪한양가≫, ≪연변조사실록≫ 등 중국지역에서 발굴, 정리한 17권의 민족고전을 출판하였다.

이와 동시에 문학현장의 사실을 증언하기 위해 두 연구소 산하의 수십 명의 연구원들은 연변의 각 현시와 북경의 백림사, 상해의 서가회, 남경의 용반리, 심양시 서류보관소 그리고 할빈, 대련, 서안, 남통 등지의 도서관, 박물관 등 중국 국내 수백처의 자료관을 누비면서 우리 민족의 해방전 문학자료들이 흩어져 실려 있는 ≪천고≫, ≪진단≫, ≪천고≫, ≪진단≫, ≪독립신문≫, ≪민성보≫, ≪북향≫, ≪만선일보≫, ≪카톨릭소년≫, ≪광복≫, ≪신한청년≫, ≪조선의용대통신≫, ≪한민≫, ≪연변문화≫ 등 신문과 잡지, 그리고 지난 세기초부터 이 땅에서 유전되였던 ≪백두산민담≫, ≪장백산강강지략≫, ≪초등소학수신≫용 우화집과 ≪싹트는 대지≫, ≪재만조선인시집≫, ≪혈해지창≫ 등 최초의 소설집, 시집 및 극본들을 속속 발굴하였으며 무려 1,500만자에 달하는 작가문학자료와 800여수의 민요, 2,000여편의 전설과 민담을 수집하였다. 그들은 하늘을 비상하는 나비가 아니라 발로 땅을 기여다니는 지네와 같이 지나간 역사와 문화현장에 파고들어 문학현상 자체를 자기의 피부로 촉감하고 확인함으로써 오늘의 이 방대한 민족문학대계의 탄생을 준비하였던 것이다.

본 대계의 출간과 관련하여 우리는 다음과 같은 몇 가지 원칙에서 이 사업을 추진키로 하였다.

첫째, 본 대계에는 중국 조선족 작가와 재중 한국인, 조선인 작가들이 건국(1949년) 이전에 창작한 시, 소설, 일반 산문, 극작품 등 일체의 문예작품들을 수록한다.

둘째, 우리 문학의 세 가지 큰 갈래인 조선문문학, 한문문학, 구비문학을 통해 역사적으로 이룩한 모든 양식을 함께 수록한다. 먼저 건국 전에 창작된 작품을 30권에 나누어 1차적으로 간행하고 이를 더욱 확대하여 진정한 의미의 문학대계가 되게 한다.

셋째, 구비문학작품은 건국 전에 수집된 것과 건국 후에 수집된 것을 망라하며, 그 내용이 해방 전에 이미 구전으로 전승되었음을 감안하여 이를 모두 1차 간행분에 포함시킨다.

넷째, 언어상으로나 역사적으로 가치가 있는 일부 원전은 원전과 현대역을 동시에 수록한다. 현대역을 통하여 한문과 원전의 감상을 가능하게 하고 정확한 원전의 제시로 그 연구의 자료가 되게 한다. 단 일부 한시와 고문은 번역사업이 미처 미치지 못해 원문만 그대로 싣기로 한다.

다섯째, 건국 전의 작가문헌은 그 문체들이 발생한 시대적 선후를 염두에 두면서 한시, 현대시, 소설, 산문, 희곡 순으로 배열하고 구비문학은 민요, 전설, 민담 순으로 배열한다. 건국 이후의 작품은 대부분 쉽게 찾아볼 수 있는 것들이어서 2차적으로 그 출간을 계획해보려 한다.

1차 간행에 교부된 작품집 목록은 아래와 같다.

제1-3권 한시집

제4-6권 시집(조선문)

제7-13권 소설집

제14-16권 산문집

제17권 희곡집

제18권 민요집

제19권 문헌설화

제20-21권 전설집

제22-27권 민담집

제28-29권 중국에 번역 소개된 문학작품

제30권 별책(색인)

끝으로 본 대계가 편집 출판되는 동안 관심있는 모든 분들의 협력과 질정을 바라며 어려운 가운데도 이 사업에 동참해주신 편찬위원, 책임편자, 역주자 여러분과 연변대학 고적연구소 임원들에게 감사드린다.

그리고 본 사업의 취지를 이해하고 편집비를 지원해주신 한국 대산문화재단, 학교 특성화사업으로 선정하여 간행비를 지원해주신 한국 연세대학교의 후의에 감사드리며, 아울러 편집과 교정에서 제작에 이르기까지 노고를 아끼지 아니한 보고사 여러분께도 고마움을 표한다.

2005년 12월 26일
중국 연변대학교 조선문학연구소 전 소장 김동훈
중국 연변대학교 조선문학연구소 소장 허휘훈
한국 연세대학교 국학연구원 허경진

◉ 일러두기

이 ≪대계≫는 다음과 같은 요령으로 엮었다.

1. 중국 조선족의 기록, 구비문학작품을 비롯하여 재중한인(漢人), 조선인이 중국지역에서 창작한 작품들을 함께 수록하였다.

2. 20세기 전반기에 창작발표된 문학작품을 일차적 선제대상으로 확정하였다.

3. ≪대계≫ 각권의 출판은 한시, 현대시, 소설, 산문, 희곡, 민요, 전설, 민담 순으로 배렬하였다.

4. 한시와 기타 한문(漢文)으로 씌여진 원전은 매편마다 원문을 앞에 싣고 역문을 뒤에 함께 수록하여 상호 참조하기에 편리하도록 하였다.

5. 원전에 나오는 일부 지명, 인명, 전고, 방언과 알기 어려운 글자, 루락, 오기 등에 대해 필요한 주를 달았다.

   주석표기는 원문(혹은 역문)에 번호를 붙이고 해당면 하단에 각주(脚注)함을 원칙으로 하였다.

6. 고한문 원전은 번체자로 표기하고 리해가 어려운 한자어의 경우에는 괄호안에 한자를 넣어 병기하였다.

7. 맞춤법, 띄여쓰기, 외래어 표기는 중국에서의 현행 조선말 규범원칙을 따르되 어학적, 민속적 가치가 높은 해방전 원전은 원문 그대로 수록하였다.

8. 이 ≪대계≫에서 사용한 주요 부호는 다음과 같다.

   1) (　) : 음이 같은 한자를 병기함.

   2) [　] : 음은 다르나 뜻이 같을 때나 혹은 풀이한 한문을 병기함.

   3) ≪ ≫ : 책명, 작품명, 대화나 인용을 나타냄.

   4) 〈 ? 〉 : 불확실한 경우를 나타냄.

   5) 　□ : 원전 또는 원문에서 루락된 문자를 나타냄.

   6) 주석은 ①②로 표시하여 해당면 하단에 표기함.

차 례

단편소설

현경준의 소설문학에 대한 리해

리광일

1

작가 현경준은 1934년에 중편소설 ≪마음의 태양≫이 ≪조선일보≫에 당선되면서 문단에 등단하였다. 그는 문학창작의 대부분의 시간을 간도에서 보내면서 안수길, 김창걸, 강경애 등 문인들과 함께 광복전 재중조선인소설문학의 발전에 큰 역할을 하였고 당시 문단의 중진작가로 활약하였다. 지금까지 세상에 알려진 작가의 작품을 보면, 단편소설 25편, 중편소설 5편, 장편소설 2부이다. 그외 수편의 평론, 자서전, 수필 등이 있다.[1]

현경준은 1909년[2] 2월 29일(음력), 조선 함경북도 명천군 하가면 화태리에서 태어났다. 호를 경운생, 금남이라고 하였고 별호로 김창운을 사용하기도 하였다.

1925년 경성보고에 입학하였고 1927년 3학년 1학기에 당시의 시대적조류를 따라 학업을 중도이페하고 씨베리아로 방랑하였다. 1929년에 방랑생활을 마치고 귀국하였으며 선후로 평양숭실중학, 일본 동경의 모지 도요꾸미(門司豊國)중학에서 공부하였다. 일본에서 재학중, 사상사건에 관련되여 학교를 중퇴하고 귀국했다.[3]

---

1) 구체적인것은 ≪부록 5: 현경준 년보≫를 참조할것.

2) 현경준의 출생년도에 대해서는 두가지 설이 있다. ≪싹트는 대지≫(만선일보사출판부, 1941)에 수록된 현경준의 략력에는 1909년(명치 42년)으로 되여있다. 리명재 편 ≪북한문학사전≫(1995), 리광일의 ≪광복전 현경준소설의 의식경향을 론함≫(≪문학과예술≫, 1996.2), 김호웅의 ≪재만조선인문학연구≫(국학자료원, 1998), 장춘식의 석사론문 ≪현경준 소설 연구≫(전북대학교 대학원, 2001)에서도 그의 출생년도는 1909년으로 되여있다. 그외 ≪조선현대문학선집≫에 수록된 현경준의 략력, ≪윤기정, 현경준 단편소설집≫(작가동맹출판사, 1957)에 수록된 현경준의 략력에서는 그의 출생년도가 1908년으로 되여있다. 여기서는 현경준의 출생년도에 대해 신빙성이 제일 큰 ≪싹트는 대지≫에 수록된 작가의 략력에 준했다.

3) 일본에 나간 년도와 귀국 년도는 알수 없다.

1937년에 간도로 이주하였고 그해부터 4년간 북간도(현재의 연변) 도문에 있던 백봉국민우급학교라는 곳에서 교원생활을 하였다. 1940년 8월부터 신경(현재의 장춘시)에 있던 《만선일보》에서 반년간 기자생활을 하였다. 광복후 조선으로 나간 그는 선후로 함경북도 예술공작단 단장, 조쏘문화협회 함경북도위원장, 문학동맹 함경북도위원장 등 직을 력임하였다. 1950년 《6.25》전쟁의 발발과 함께 종군하였으며 1950년 10월에 전선에서 전사하였다.[4]

현경준의 소설문학에 대한 연구는 그렇게 활발한 편이 못된다. 조선에서는 아직까지 현경준연구에 대해 눈길을 돌리지 못한 상황이며 한국에서는 이북작가라는 점을 감안하였던 원인으로 하여 주목할만한 연구를 진행하지 못하였다. 그리고 일부 학자들이 현경준에 대해 주목하고 연구를 진행하였지만 《싹트는 대지》를 연구하면서 아울러 작가의 중편소설 《류맹》에 주목하였을뿐이다. 중국학자들의 경우 현경준에 대한 연구 역시 《류맹》에 국한된 일면도 있었지만 근년에 와서 일정한 진전을 보이고있는 상황이다.[5]

현경준의 소설문학은 두개 단계로 나누어 고찰할수 있다. 첫째는 조선에 체류하던 시기이며 둘째 시기는 중국에 이주하여 간도에 체류하던 시기이다.

2

조선체류시기에 창작된 작품가운데서 우선 그의 데뷔작인 중편소설 《마음의 태양》을 주목하지 않을수 없다. 이 작품은 서자인 경호가 가정에서 이복형과 큰 어머니의 시기 및 박해를 이기지 못하여 가정을 뛰쳐나와 서울에 올라와 생계를 유지하면서 예술에 몸을 담고 계순에게 향한 그리움으로 몸부림치는 이야기를 통해 반봉건적인 근대사상과 인생과 예술, 청춘들의 깨끗한 사랑을 주선으로 하고있어 현대문학 초기의 조선문학의 사조에서 아직 완전히 해탈되지 못한 흔적을 다분히 보이고있다.

하지만 그이후의 작품들은 주로 조선에서의 생활을 작품의 제재로 하면서 계급적 시각에서 사회를 직시하고 사회의 계급적모순과 불평등, 그리고 무산자들의 반항을 보이는 경향파적 성향을 다분히 보이고있는것이 특징적이다. 단편소설 《격랑》,

---

4) 현경준의 사망년대는 《윤기정, 현경준 단편소설집》에 수록된 현경준의 략력에 준했다.
5) 구체적인것은 《부록 6: 현경준연구론저목록》을 참조할것.

≪별≫, ≪오마리≫ 등이 곧 그 대표적작품들이다. 이런 작품들은 유산자와 무산자의 계급적 대립과 모순을 강하게 보여주었고 그 모순대립의 해결방식을 무산자들의 반항투쟁으로 설정하였다.

현경준의 작품에서 보여지는 이런 사상적경향은 그의 경력과 무관하지 않다. 주지하는바와 같이 그는 일본 류학시절에 사상사건에 관련되여 학교를 중퇴하였는바 이는 그가 당시 성행했던 맑스주의와 사회주의사상에 물젖어있었음을 의미한다. 그런데 그의 이런 사상은 중학교시절 2년간의 쏘련 방랑생활과 무관하지 않다.

> 방랑은 청춘의 생명이며 인생 항로의 첫 출발이다.
> 생각하면 지금으로부터 10년 전!
> 내가 18살 먹은 해 가을이었다.
> 하계 휴가가 끝나자 학교로 돌아간다고 하고 부모의 슬하를 떠난 나는, 목적지인 경성은 들리지도 않은 채, 바로 청진을 거쳐서 웅기로 향하였다.6)
>
> 그 앞을 지나서 몇 번을 돌아 언덕으로 올라가니 큰길 복판 그 우편에는 흰 벽돌로 지은 2층 건물이 웅장하게 솟아 있고 지붕 위에는 낫과 마치를 그린 붉은 기가 중천에서 펄럭거리고 있었으니 이것이 "고려 공산청년 회관"이라는 건물이었다.7)
>
> 모두가 근실하고 순박한 청년들이었다. 더구나 조선의 농촌에서는 울고 보자해도 못 볼 여자들의 쾌활한 태도에 나의 마음은 미지의 별천지에 온 듯 무한히 유쾌하였다.8)

현경준이 방랑의 목적지를 중국보다는 쏘련을 정했다는 점을 주목할 필요가 있다. 당시 쏘련은 이미 무산계급혁명을 성공한 사회주의국가였다는점, 그리고 조선의 신경향파문학이 맑스주의리론과 쏘련문학의 영향을 많이 받았다는 점을 상기할 때, 비록 현경준이 중학생의 신분이였지만 당시 그의 사상경향을 어느 정도 파악할 수 있게 된다. 그리고 쏘련방랑에서 그는 내면 깊이까지는 아니더라도 조선에서 볼 수 없었던 ≪낫과 마치를 그린 붉은 기≫와 ≪고려 공산청년 회관≫을 접할수 있었다. 중학생에게 있어서 충격은 컸을것이고 또렷한 인생기억으로 남았을것이다. 그

---

6) 현경준: ≪西伯利亞放浪記≫(소재영 편: ≪間島流浪 40년≫, 1989, 195페지)
7) 상게서 제207페지.
8) 상게서 제212페지.

리고 쏘련에서의 이주민들의 생활을 ≪미지의 별천지≫로 인정하고있다. 자료의 부족으로 하여 현경준이 맑스주의사상을 어떻게 접촉하였고 수용하였는가를 구체적으로 밝힐수 없지만 그의 방랑기를 통해 현경준은 중학시절에 맑스주의사상을 접했고 쏘련류랑을 통해 이런 사상을 체험적으로 접촉하였다고 인정할수 있다.

맑스주의사상의 핵심의 하나가 계급론이라고 할 때 조선생활을 제재로 한 현경준의 작품에서는 이런 사상이 잘 드러나고 있다.

≪동아일보≫신춘문예에 당선된 단편소설 ≪격랑≫은 이면에서 가장 대표적이다. 이 작품에서는 함경북도의 한 어촌마을을 배경으로 하면서 공장주 덕재가 고기를 더 많이 잡기 위하여 어민들의 생사는 넘두에도 안두고 태풍경고를 깔아두는 초기자본가적인 팽창된 욕망과 비인간적인 행위를 폭로하였으며 이런 사실을 알게 된 어민들이 덕재를 때려죽이라고 소리치면서 정어리공장으로 달려가는 결말을 통해 유산자의 비리와 비량심을 폭로하고 춘보, 태순 등 무산자들의 자발적이고 집단적인 반항투쟁을 비호하였다. 이 작품은 ≪카프의 해산을 전후하여 프로문학이 퇴조에 들어간 상황에서 (중략-인용자) 이념에서 비롯된 의식적인 집단적인 반항행위가 아니라 순수 자연발생적인 반항이라는 점에서는 전 시기 카프의 주장과 상당한 거리를 보이지만 신경향파 문학에서 대두된, 곤경에 처한 하층민의 폭력적 반항의식을 집단적인 행동으로 보여주었다는 점에서는 역시 프로문학의 연장선상에 놓인다 하겠다.≫9)

단편소설 ≪출범≫도 ≪격랑≫과 비슷한 제재를 취급하고있는바 정어리공장주 병구와 칠성이 등 어민들의 대립모순을 설정하면서 어민들이 투쟁에서 승리하는 결말을 설정하고있다. 단편소설 ≪명암≫과 ≪별≫은 지식인들의 고민을 다룬 작품으로서 전자는 리념투쟁을 하다가 좌절을 하고 고향에 내려온 관규가 재부에 대한 탐욕으로 량심까지 썩어버린 아버지와 형님에 대해 반항적투쟁을 하는 과정을 그리고있으며 후자는 소학교 4학년 학생이 ≪버는데 따르는 가난은 없다≫는 속담을 반박하면서 자기 부모들은 왜 그렇게 죽도록 일하는데도 죽물도 못 먹고 좌수댁은 놀면서도 흰밥에 소고기를 먹는가는 질문에 고민하다가 검은것을 희다고, 흰것을 검다고 배워주는 현실사회의 왜곡된 교육상을 비판하면서 검은것은 검다고 흰것은 희다고 배워주겠다고 결심하는, 식민지치하의 한 소학교교원 김명우의 올곧은 교육인의 량심을 보이고있다.

---

9) 장춘식: ≪현경준 소설 연구≫(전남대학교 대학원 석사론문, 2001, 32페지)

이 시기 현경준의 소설문학에서 주목되는것은 리념투쟁을 하다가 좌절을 당하고 감옥에서 출옥한후 고민하는 이른바 운동가들의 이야기를 다룬 작품들이다. 데뷔작인 ≪마음의 태양≫에서 주인공 경호는 일본 류학시 학생운동에 참가하여 퇴학당하며 ≪젊은 꿈의 한토막≫에서 박수길 등은 모두 리념투쟁에 참여하여 경찰들에게 검거당하고있는 운동가이다. ≪명암≫에서 관규는 운동에 참가하여 좌절을 당하고 고향에 돌아와 봉건적인 아버지와 형과 투쟁한다. 이 작품의 일부 스토리는 ≪마음의 태양≫과 일부 흡사한 점을 가지고있다. ≪귀향≫에서도 ≪북청물장수≫를 하며 자식들이 립신양명하기를 바라며 그들의 공부뒤바라지를 하는 아버지의 소원을 어기고 사회운동에 뛰여드는 오누이 형제의 형상을 부각하였다.

이 부류의 작품에서 대표적인 작품은 ≪탁류≫이다.

단편소설 ≪탁류≫는 사회운동을 하다가 감옥에 들어가 옥살이를 하고 출옥한 명식이란 청년의 출옥후의 이야기를 주선으로 하고있다. 명식이가 출옥한후 처음에는 마을사람들이 그를 딴눈으로 보지 않고 진심으로 맞아주지만 날이 감에 따라 그에 대한 주위의 시선은 점차 차가워지며 구장은 뒤에서 험담까지 한다. 게다가 한때는 동지였던 유덕이는 완전히 전향하여 ≪청년훈련회 간사≫, ≪자력갱생회 회원≫으로 활약하면서 명식에게 정세를 알고 전향하기를 권고한다. 하지만 명식이는 단호히 그의 요구를 거절하고 준절히 꾸짖는다. 그가 실의에 빠져 고민할 때 유덕의 동생인 금옥이가 그에게 호의를 보인다. 뿐만아니라 기유 등과 함께 꾸리는 그들의 조직에 명식을 가담시킨다. 이 작품에서는 사회운동이 좌절된후 운동에 조직이 해체되고 그 성원들이 각기 다른 길로 나아가는 사회운동의 분화양상을 보여주면서 작품의 결말에 있어서 사회운동의 지속적인 진행이라는 미래지향적인 모습도 작품의 저류에 깔아두고있다. 그리하여 이 작품을 통해 ≪1935년 이후 대다수 작가들이 탈사회적 탈이념적 경향으로 흘렀음에도 불구하고 현경준은 변혁의 이념을 잃지 않았다≫, ≪민족의 암흑기를 절망으로 받아들이지 않고 이것을 타개해야만 된다는 투쟁의 의지를 드러내고 있다≫10)고 평가받게 되였다.

조선체류시기 현경준의 소설문학은 우선 계급적시각에서 사회를 정시하고 파악하였으며 조선사회의 계급적불평등과 질곡을 반영하였으며 다음 작품을 통하여 리념적투쟁에 뛰여들었다가 좌절을 당하고 고민하고 방황하는 사회운동가들의 생활을

---

10) 한원영: ≪한국근대신문련재소설연구≫(이회문화사, 1996), 209페지, 210페지. 장춘식, ≪현경준 소설 연구≫(전남대학교 대학원 석사론문, 2001, 46페지)에서 재인용.

반영하면서 이런 투쟁은 끝나지 않았음을 시사하였다. 이러한 그의 작품의 경향성으로 하여 그의 작품은 ≪작자의 소년시절의 유랑생활의 체험을 이 시대의 격랑우에 얹어서 다분히 경향파적인 내용을 담은것≫11)이며 따라서 작가 현경준은 ≪30년대 김정한과 더불어 유능한 경향파작가≫12)로 인정되였다.

3

현경준은 1937년에 간도로 이주13)하여 도문에 거주하였다. 간도이주의 원인에 대해 작가는 이렇게 말하고있다.

> 생활이 없는 작품! 이처럼 부당한 말이 어데 있는가.
> 이제 나는 감연히 공허한 깍대기속에서 뛰쳐나와 내앞에 새로 열린 생활의 길을 찾아, 이 만주로 온것이다.14)

간도이주후에 창작된 현경준의 작품은 조선체류시기에 창작된 작품들의 맥락을 그대로 이어간 작품과 간도에서의 이주민의 생활에 주목하고 민족적시각에서 이주민들의 생존환경과 삶의 양상을 반영한 작품으로 구분된다. 전자에 속하는 작품들은 단편소설 ≪오마리≫, ≪퇴조≫, ≪야우≫ 등이며 후자에 속하는 작품은 ≪사생첩제2장≫, ≪밀수≫, ≪벤또바꼬속의 금괴≫, ≪소년록≫, ≪첫사랑≫, ≪사생첩제3장≫, ≪길≫, 중편소설 ≪류맹≫, ≪마음의 금선≫, ≪인생좌≫, 장편소설 ≪선구시대≫, ≪돌아오는 인생≫ 등이다. 상기한바와 같이 이 시기 현경준의 소설문학에 있어서 이주민의 생활에 주목한 후자의 계렬작품들이 주류를 이루고있다.

간도이주후 조선체류시기 소설문학의 연장선에 있는 작품들을 보면 전시기 ≪격랑≫ 등계급적시각에서 창작된 소설의 연장선에 있는 단편소설 ≪오마리≫는 형보

---

11) 백철: ≪신문학사조사≫, 신구문화사, 1961, 485페지.
12) 소재영 편: ≪間島流浪 40년≫, 1989, 195페지.
13) 현경준의 간도이주시간에 대해서는, 1957년 조선에서 출판한 ≪윤기정, 현경준 단편소설집≫을 비롯해 지금까지의 현경준연구에서 구체적인 이주시간을 명시하지 못하고있다. 본고에서는 작가의 행적이 비교적 상세하게 적혀있는 소설집 ≪싹트는 대지≫(만선일보사출판부, 1941)의 기록과 도문백봉국민우급학교시절 현경준의 학생이였던 황봉룡(연길, 극작가)의 증언에 근거하여 작가의 이주시간을 1937년으로 하였다.
14) 현경준: ≪나의 소설리력≫(≪文章≫, 1940년 1월호)

등 강릉 오마리사공들의 비참한 처지와 끝없는 고생살이를 펼쳐보이고 그들의 간 난신고와 마음의 고통을 리얼하게 보여주면서 어민들에 대한 끝없는 동정을 로출하였고 ≪탁류≫ 등 리념적투쟁을 주선으로한 작품의 연장선에 있는 단편소설 ≪퇴조≫는 리념투쟁을 하던 동지이고 친구인 숭호와 인규의 관계를 작품의 주선으로 하면서 숭호의 아버지로 인한 이들의 관계파탄을 보여주었다. 이 작품에서 계급적 시각이 완전히 사라진것은 아니지만 집단적인 투쟁의 설정은 작품에서 이미 퇴색되고 단지 리념적투쟁을 했던 인간들의 고민과 사회의 불평등을 조용히 표현하고 있다.

이주민의 생활을 반영한 작품들은 또다시 두개 부류로 나뉘는바 이주민의 어려운 이주과정과 이주후의 참담한 생활을 묘사한 작품이 한개 부류이며 위만주국의 리념과 관련된 작품이 다른 하나의 부류이다.

단편소설 ≪사생첩제2장≫, ≪사생첩제3장≫은 이주민들의 어려운 이주과정을 묘사하였다. ≪사생첩제2장≫은 다섯세대의 이주과정을 묘사하면서 그중의 한 총각의 시각과 언행을 통해 이주민들의 고충을 보여주었고 ≪우리는 다--서루 구차하기땜에 고향을 버리구 이 간도땅까지 떠온 처지가 아닌가말야. 아혀 그래서는 못써. 서루 도아주구 생각해 주어야지 싸우문 못써≫라는 총각의 말을 통해 이주민의 이주원인에 대한 작가의 견해를 드러내고있다. ≪사생첩제3장≫은 조선반도의 남단에 위치해 있는 대구에서 일가족이 간도로 이주하여 오다가 국경역인 도문역에서 겪는 수난을 통해 당시 조상의 선산이 모셔저있는 정든 고향을 떠나 삶을 부지하기 위해 눈물을 뿌리며 낯선 중국땅으로 이주하는 겨레들의 비극을 집약적으로 보여주었다.

이주민들의 간도에서의 생활은 묘사한 작품들은 ≪벤또바꼬속의 금괴≫, ≪밀수≫, ≪소년록≫, ≪첫사랑≫, ≪길≫ 등이다. 이 작품들가운데서 ≪벤또바꼬속의 금괴≫를 제외하고는 모두 교육생활을 제재로 하고있다. ≪벤또바꼬속의 금괴≫는 한 이주민청년의 희와 비를 그리고있다. 도문에 살고있는 김병구는 두만강건너 남양에 있는 ㅊ인쇄소에서 식자공으로 일한다. 하루는 친구와 함께 술집에서 술을 먹고 만취하여 황금밀수단의 도시락을 자기것으로 잘못 알고 집에 갖고온다. 이튿날 이를 발견하고 횡재의 기쁨에 빠지지만 끝내 세관관리들에게 검거되고 심한 충격으로 하여 끝내 미쳐버린다. 스케치식으로 이주민들의 어려운 삶을 재치있게 그려낸 작품이라고 할수 있다. 단편소설 ≪밀수≫는 학생들이 두만강을 넘나들면서 밀수를 하게된 원인을 깊이있게 파헤치면서 독자들에게 깊은 사색을 던져주는 작품이다.

단편소설 ≪소년록≫, ≪첫사랑≫, ≪길≫은 모두 사생지간의 관계를 작품의 주선으로 하고있는바 전시기 단편소설 ≪별≫과 맥을 같이 하고있다. 이는 교편생활을 여러해 했던 작가의 생활경력과 련계가 깊은듯하다. ≪소년록≫과 ≪첫사랑≫은 자매편으로서 주로 남순이란 소학교 녀선생님과 인호라는 학생의 관계를 통해 사생지간의 애틋한 사랑과 야학을 꾸리고 청년회를 조직하는 남순의 애인의 참여로 하여 인호가 불행한 가정의 음영에서 벗어나는 과정을 보여주었다면 ≪길≫은 소학교교원인 영식, 소학생인 인규, 인규의 누님 춘옥의 관계설정을 통해 사생지간의 사랑과 우의, 그리고 신분과 지위를 초월한 청춘남녀의 애뜻한 사랑을 묘사하였다.

이주민의 삶을 제재로 한 작품가운데서 주목되는것은 장편소설 ≪선구시대≫이다. ≪만선일보≫에 195회로 련재된 이 작품은 이주민과 왕덕삼이란 한족지주지간의 모순을 보여주면서 간도땅에 정착하여 이곳에 새로운 고향을 건설해야 한다는 리념을 제기하였다.

> 대체우리가고향을 버리구 이만주짱으루온건 무슨째문이오?고향에는 조상의뼈가 뭇처잇구 정들엇던 마을이잇는데 어째서 그모든것을 죄다버리구 이곳으루왓소? (중략-인용자)
>
> 우리가 이짱으루 차저온건 결코 호강에 겨워서노리를온것은 아니우。모도다원대한 포부를품고 넘어온것이 아니오。일시의흥분이나 사소한 일개인의 사정에 얽매워 그원대한 포부를 저바린다는것은그얼마나 어리석은 일이오? (중략-인용자)
>
> 고향이란결코 다시갈수업는 그곳만 고향인것이아니오。우리는새로운고향을 우리의손으로 맨드러야하지안소?그새로운고향을맨들기위해 두만강을넘어온것이라면 오늘날의험산은 어쩌케해서던지 넘어야하고 고해도건너야하지안소?
>
> 아무리 괴롭더래두 참어주。
>
> 지금은 이러케괴롭더래두 한째는꽃피는봄이 반다시 올것이니까……15)

여기서 새로운 고향을 만들어야 한다는 ≪북향의식≫이 강하게 로출되고있다. 30년대초 룡정에서 성립된 동인회 ≪북향≫의 동인지에서 이미 ≪새터를 닦으러!≫라는 슬로건을 내들고 간도에 새로운 고향을 건설해야 한다는 리념을 제기하고있다. 하지만 ≪북향≫시절에는 구체적인 작품화작업이 이루어지지 못했다. 현경준의 이 작품에 이르러 이런 슬로건은 작품화되기 시작하였고 안수길의 장편소설 ≪북

---

15) ≪만선일보≫, 1939년 12월 1일.

향보≫에 이르러 완성된다고 볼수 있다. 현경준은 안수길보다 먼저 이런 작품화작업을 시작하였다고 인정된다. 하지만 지금까지 ≪북향의식≫에 대한 학자들의 연구에서 안수길만 거론되고 현경준은 외면되여왔다는 점이 아쉽다.

현경준은 조선문단의 일부 문인들이 ≪간도에도 조선문학이 있느냐?≫하는 물음에 회의를 품고 간도에서의 장혁주 등 작가들의 소행에 불만을 갖는다.

> 그런 人間들이 時局의 바람에 불려 蜜月旅行이나 하드키 豪華로운 차림으로 滿洲에 들어와서는 다은 車窓으로 廣漠한 벌판을 홀터보고 어느거리의 뒷골목 꾸냥(姑娘)이나 찾어본후 가장 엄숙한 人生의 노래나 읊는듯이 뽑내게 되니 이 어찌 寒心한 일이 아니랴.16)

여기서 현경준은 일부 작가들의 수박겉핧기식의 간도행과 그에 의한 작품창작자세를 혹평하고있다. 알수 있는바 현경준은 간도이주민들의 생활을 깊이있고 실속있게 파악할것을 주장하였으며 작가 자신도 이런 창작자세로 현실을 면대했고 아울러 ≪북향의식≫을 작품화하였다고 인정된다.

현경준의 소설문학에서 위만주국의 리념과 깊숙히 관련된 작품은 중편소설 ≪류맹≫이며 학계에서 현경준의 소설을 연구함에 있어서 이 작품은 언제나 거론의 대상으로 되였다. 뿐만아니라 이 작품에 대한 학계의 평가도 부정과 긍정으로 서로 엇갈린다.

이 작품에 대한 부정적평가를 보면 아래와 같다.

> 가령 현경준의 「유맹」같은 것은 『싹트는 대지』에 실려있긴 하나, 만주국국책에 적극적으로 참여한 선전문학의 일종이라 평가될 수 밖에 없는 것이다.17)

그런데 이들 작품의 경우는 그 내용면에서 항일적이기 보다는 다분히 일제의 식민지정책에 호응하는 성향을 띠고 있어 문제점으로 지적된다. 위에서 살핀 「새벽」, 「暗夜」, 「秋夕」도 사실 1932년에 일본 구부가 허수아비 황제인 溥儀를 내세워 수립한 滿洲國의 어용신문인 『만선일보』에 게재했던 작품으로서 당시 王道樂土를 부르짖던 대륙개척을 다룬 면이 없지 않다. 그뿐아니라 「流氓」에서는 이른바 滿洲國이 건립된 후 인재 재활용을 위해 수용한 밀수꾼 등에게 王道樂土 건설을 외치

---

16) 현경준: ≪文學風土記-間島篇≫(≪人文評論≫, 1940년 9월호)
17) 김윤식: ≪한국근대소설사연구≫, 을유문화사, 1986, 443페지.

는 보도소장의 주선으로 아편중독자 청년이 결혼한다는 줄거리도 더욱 그렇다.18)

　　(2)항의 경우 가장 異色的인 作品은 ≪流氓≫이다. 이 作品은 滿洲國이 建國된 뒤 人材들의 再活用을 위해 설치한 輔導所에 수용된 被輔導者들--阿片中毒者, 密輸꾼들의 奇想天外한 이야기를 들려준다. ……(2)항에 속하는 作品 가운데서 ≪祭火≫를 제외하고는 세 作品(≪류맹≫≪밀림의 녀인≫≪초원≫-인용자)의 主要登場人物들이 비록 부분적이나마 日帝가 主導하고 있는 당시의 現實에 적극적으로 參與하는 姿勢로 그려져 있다는 것은 注目할만한 일이다.19)

　　그의 소설 "류맹"은…현실의 혼란상과 사회악을 객관적으로 보여주었음에도 불구하고 역사감각의 둔감성과 함께 만주국이 세운 기존질서에 부응하려는 의식이 분명히 드러나 있다.20)

　　소설 ≪유맹≫은…"만주국"의 국책수행에 따르면서 그 국책을 찬양하고 있는 작품이다.…완전히 "만주국"의 국책을 선양한 작품이다. 즉 작가의 변절적인 사고에 의하여 꾸며진, 현실에의 순응을 강요한 작품이다.21)

이런 견해들은 하나같이 이 작품이 만주국국책에 순응했다는 점을 강조하면서 친일적경향의 작품으로 인정하고있다. 이 작품에 대하여 부정하지 않거나 긍정을 보이는 평가들은 아래와 같다.

　　중편소설 ≪류맹≫에서는 부패한 현실속에서 부식되고 타락된 인간들의 내심세계를 깊이 파헤치고 재생의 길로 나아가도록 편달하였다.…이 소설은 이 시기 소설문학이 거둔 중요한 성과이다.22)

　　그리고 작품(≪류맹≫-인용자) 중에서는 언론자유라고는 전혀 없는 상황하에서 우회적으로라도 당시 조선민족의 실생활의 한 단면을 증언하여 보려는 노력을 볼

---

18) 李明宰: ≪식민지시대 亡命文壇에 관한 연구-광복이전의 間島地方을 중심으로≫(≪人文學研究≫, 第17輯, 中央大學校人文科學研究所, 1990.12. 81페지)
19) 채훈: ≪日帝强占期 在滿韓國文學研究≫, 깊은샘, 1990, 144-145페지.
20) 김호웅: ≪在滿朝鮮人文學研究≫, 國學資料院, 1997, 126페지.
21) 전성호: ≪일제하 중국 조선인 소설 연구≫(강원대 석사학위론문), 1997, 84-85페지.
22) 일철 등: ≪중국 조선민족의 해방전 소설문학에 대하여≫(≪중국조선민족문학선집.2≫, 민족출판사, 1997, 11페지)

수 있다. 더욱이 ≪유맹≫의 수개, 보충작이라고 할 수 있는 ≪마음의 금선≫에서는 끝까지 자기의 初志를 굽히지 않는 인규 등의 인상적인 형상을 통하여 작가의 의식성향과 현실에 대한 자기 나름의 시점을 보다 명현하게 보여주고 있다.23)

작품(≪류맹≫-인용자)을 잘 분석해보면 표면화된 서술속에 작가의 민족적인 저항의지가 음페되여있는바 ≪류맹≫을 만주국시책에 부응하는 친일성격을 띠는 문학이라고 할수 없다고 본다.24)

이런 견해들은 작품과 만주국국책의 대응관계보다는 작품자체에 대한 고찰을 통해 작품에 대해 긍정적인 평가를 내리고있다.

위만주국의 리념과 관련되는 작품은 ≪류맹≫뿐만이 아니다. ≪류맹≫은 장편소설 ≪돌아오는 인생≫의 전편이며25) 장편소설 ≪마음의 금선≫은 ≪류맹≫의 수정본이다. 이 세작품은 내용면에서 같은 맥락에 있으며 동시에 모두 위만주국의 리념에 관련된다. 지금까지 자료의 제한으로 하여 이 부류의 작품을 연구함에 있어서 주로 중편소설 ≪류맹≫만을 텍스트로 삼았고26) 그후 중편소설 ≪마음의 금선≫이 공개되면서 이 두작품의 대비연구를 시도한 연구도 진행되였다.27) 하지만 이제 장편소설 ≪도라오는 인생≫이 공개되면서 위만주국의 리념에 관련된 현경준의 소설작품을 연구함에 있어서 상황은 더욱 복잡해졌다.

우선 중편소설 ≪류맹≫과 ≪마음의 금선≫을 살펴보기로 한다.

위만주국은 표면상에서 ≪오족협화≫, ≪왕도락토≫의 리념을 내세우고 있으나 실상 위만주국은 일제의 조종하에 있었던 괴뢰정부였고 ≪달님이 태양의 빛을 빌어 빛을 내는≫28) 처지였다. 말하자면 위만주국의 실상은 동아세아에서 일본이 저들의 리익을 도모하는데 필요한 도구에 불과하였다. 때문에 위만주국의 리념은 반

---

23) 권철: ≪광복전 중국 조선민족 문학 연구≫, 한국문화사, 1999, 280페지.
24) 오상순: ≪중국조선족소설사≫, 료녕민족출판사, 2000, 108페지.
25) 신형철은 ≪싹트는 대지≫후기에서 이렇게 말하고있다. "그中 玄兄의 ≪流氓≫이 이곳 發表가 아니라하여 그윽히 躊躇하고 잇섯더니 이冊이 印刷에 붓자 玄兄이 故鄕에서 다시 入滿하고 ≪돌아오는 人生≫의 前篇으로서 ≪流氓≫을 修正하여 現地에서 다시 發表하게된것은 우리의 初志에 適合한 일이라……"
26) 지금까지 학계의 일반적인 연구양상이다.
27) 리광일: ≪광복전 현경준소설의 의식성향을 론함≫(≪문학과예술≫, 1996.2)
28) 위국무원법국 편: ≪만주국법령집람≫ 제1권, 16페지 김호웅:≪재만조선인문학연구≫(국학자료원, 1997, 23페지)에서 재인용.

중국, 반항일이라고 압축해볼수 있다. 반항일은 친일과 직결된다. 이런 층위에서 보면 안수길의 ≪토성≫이나 박영준의 ≪밀림의 녀인≫이 만주국리념에 더욱 부합된다고 인정할수 있다. ≪토성≫은 마을을 소란시키는 비적을 몰아내기 위하여 자위대를 조직하고 일본토벌대를 환영하는 주민들의 태도를 보이고있다. ≪밀림의 녀인≫은 항일유격대의 녀대원이 체포된후 한 중학교교원의 인내성있는 교화를 거쳐 눈물을 모르는 철같은 녀인이 눈물을 흘릴줄 알며 비인간이 인간으로 전변되는 과정을 묘사하고있다.

주지하다싶이 20년대까지 동북에서의 항일조직들은 주로 독립군들이였다. 하지만 봉오동, 청산리 전투이후 대부분의 독립군들은 쏘련으로 전이하였다. 30년대에 들어와서 동북의 항일조직은 절대부분이 중국공산당계통의 항일무장력량들이였다. 후에 동북항일련군으로 발전한 이 무장부대도 일제의 무차별토벌로 하여 40년을 전후로 하여 동북에서 더는 대규모 무장대항을 못하고 대부분 무장력이 쏘련으로 들어갔다. 이런 상황에서 볼 때 상기 ≪토성≫에 등장하는 일제에 대항하는 토비는 공산당계통의 항일부대이고 ≪밀림의 녀인≫의 녀대원도 마찬가지이다. 리념적인 차원을 벗어나 우선 항일한다는 이점에서는 중국공산당이나 조선독립군이나 그 투쟁의 목표는 일치한것이다. 하지만 이 두 작품은 위만주국의 시각에서 모든 항일력량을 비적으로 몰아세우고있다.

물론 이 작품은 보도소소장의 말을 빌어 위만주국의 국책에 대한 찬사가 끊임없이 쏟아져 나오며 그런 국책으로 명우라는 작품의 주인공을 극력 소생시키려고 노력하는 소장의 행위와 그에 감화되여 끝내는 소생하는 명우의 형상을 볼 때 이 작품은 위만주국의 리념에 영합하는 경향이 없는것은 아니다. 하지만 우의 두 작품에 대비해 ≪류맹≫이나 ≪마음의 금선≫은 우선 일제와 맞서 싸웠던 항일세력에 대한 비하가 없으며 다음 보도소라는 특정환경속의 여러부류의 인물들을 묘사하면서 표면에서는 위만주국의 리념을 선양하는듯하나 내면에서는 위만주국이 실행하려는 ≪인재재활용≫의 국책이 파탄됨을 시사하고있다. 특히 이 작품은 표층적인 면에서는 친일적성향을 강하게 시사하고 있다. 이점은 우선 작가의 말에서 잘 드러난다.

> 作者의말--이것은 한개의 報告文에 不過하다고 생각한다. 作者는 이것을第一回의 報告로하고아프로 몃차레고 이 部落의 蘇生狀況을 報告하려한다.29)

---

29) ≪류맹≫의 작자의 말.

　　新興國家滿洲國에서는 그들의 그 過去에 着眼하고 단 한사람이라도 좋다 한사
람이라도 完全히 甦生식혀서 國家의構成分子로 맨들수가 있다면 이얼마나 뜻깊은
일이랴?하고 이를 악물고 달려들엇다. 王道樂土를 建設하려는 滿洲國이 아니고는
生覺도 할수없는 일이다.

　　政府에서는 全滿에 걸처 檢擧한中毒者들을 五個所에 나누어 集團部落을 組織하
고 온갓 苦難을 걱거오면서 그들의 甦生에 전력을 기우렷다.

　　그結果 現在는 모도다 훌늉히 甦生하여서 國家의構成分子의義務를 充分히 다
하고 잇는것이다.30)

　　≪류맹≫에 비해 ≪마음의 금선≫에 와서는 친일적인 어구가 증가되였고 객관적
인 립장에서 참여자의 립장으로 전환되였음을 알수 있다. 39년과 43년이라는 발표
년대를 념두에 두면 사태가 그만큼 심각해졌음을 보여준다.

　　그런데 이 두작품은 이런 표층구조뿐만아니라 심층구조라는 또 하나의 구조를
갖고있다. ≪류맹≫에서는 예술가인 명우만은 소생시키고 리념투쟁을 했던 규선이
는 끝내 소생되지 못하고 구류소로 떠나가며 작품의 마지막회의 제목은 강한 대비
적색채를 띤 ≪빛과 어둠≫으로 달고있으며 작품의 결말은 규선의 처의 자살로 끝
내고있다. 그리고 ≪마음의 금선≫에 와서는 명우 대 규선의 대립이 명우 대 규선,
인규의 대립으로 형성된다. 뿐만아니라 교육자인 인규를 등장시킴으로써 명우의 처
지가 어렵게 되며 소생을 권고하는 명우의 설교가 무기력해진다. 그리고 ≪마음의
금선≫의 서언에서 ≪현재는 모두다 훌릉히 소생하여 국가의 구성분자의 의무를
충분히 다하고있다≫고 작가는 말했지만 이는 작가의 표층적인 언어이고 작품의
실제에 있어서는 ≪류맹≫보다도 더욱 암담해진다. 왜냐하면 인규라는 인물아 새롭
게 등장하지만 명우와 같이 소생하는것이 아니라 규선이와 같은 립장에 서서 소생
을 극력 거부하기때문이다.

　　작품의 경향을 파악하는데 필수조건인 작가의 의식을 장혁주와 강경애에 대한
평가에서 알아볼수 있다.

　　張氏는 朝鮮사람이다. 朝鮮사람이라면 滿洲에 온以上 더구나 그 目的이 滿洲의
朝鮮人生活의 實地踏査로 거기에서 산 文學을 創造하려고 한다면, 좀더 朝鮮人의
生活을 엿보며 또한 生活해보아야 할것이 아닌가? 內地人 高等下宿房 어느 구석

---

30) ≪마음의 금선≫ 서언의 일부.

에 朝鮮人의 生活이 었었으며 눈물이나 悲哀가 있었는가?[31]

　　다음, 龍井에는 小說家 姜敬愛氏가 있다. 언제나 健實한 思想으로 着實하게 生活을 生活하여 나가는 氏는 恒常 健康이 좋지 못한것이 恨이다.[32]

　　장혁주에 대한 평가에서 착실하지 못한 창작자세를 비판하면서 동시에 조선사람, 조선인이란 점에 력점을 두고있다. 그리고 강경애에 대한 평가에서는 그의 건실한 사상을 중요시하고있다. 특히 강경애의 사상성향을 긍정하는 점에서 현경준의 사상경향과 작가의식을 엿볼수 있다.

　　그런데 장편소설 ≪도라오는 인생≫이 공개되면서 상술한 분석과 결론은 충격을 받게 되고 의심을 받게 된다. 입수한 자료는 제23회부터인데 련재 제목은 ≪량심의 잔편(7)≫이다. 내용상으로 보아 ≪류맹≫이나 ≪마음의 금선≫의 해당부분과 일치하다. 여기서 ≪도라오는 인생≫의 전반부는 상술한 두 작품과 일치할것이라는 추리를 해볼수 있다. 그런데 문제로 되는것은 뒤부분이다. 말하자면 ≪류맹≫이나 ≪마음의 금선≫에 없는 내용들이 ≪도라오는 인생≫에 보충되였고 그 부분들이 문제로 되는것이다. 보충된 부분은 아래와 같다. ≪한알의 보리알≫, ≪슬픈 전설≫, ≪순정≫, ≪잃어진 인생≫, ≪어머니≫, ≪향수의 노래≫[33], ≪새로운 이민≫, ≪계절의 미소≫, ≪돌아오는 인생≫. 많은 부분들이 보충되였음을 알수 있다. 편폭의 증가도 흥미스럽지만 주목되는것은 그 내용들이다. 명우는 완전히 소생되여 이 부락의 학교에서 교편을 잡으며 순녀와 결혼을 하고 어머니를 부락에 모셔온다. 뿐만아니라 이 부락에서 중요한 인물로 부각된다. 그리고 인규가 소생을 거부하다가 작품의 결미에 와서는 끝내 소생한다. 전반 작품은 명랑하고 경쾌한 분위기를 주요한 색채로 하고있다. 이런 점에서 볼 때 이 작품은 위만주국의 리념에 영합한 친일적인 작품이라고 평가를 내리지 않을수 없다.

　　그런데 이제 주목되는것은 이 세작품의 발표된 시일이다. 이 세작품을 발표시일에 따라 배렬하면 1) ≪류맹≫(1939), 2) ≪돌아오는 인생≫(1941.11.1-1942.3.3), 3) ≪마음의 금선≫(1943)의 순으로 된다. 만약 이 순서가 1) 3) 2)의 순서로 되였다면 현경준의 이 작품들은 그 맥락의 변화에 있어서 점차 친일적인 경향으로 이동되였

---

31) 현경준: ≪文學風土記-間島篇≫(≪人文評論≫, 1940년 9월호)
32) 현경준: ≪文學風土記-間島篇≫(≪人文評論≫, 1940년 9월호)
33) ≪마음의 금선≫에도 ≪향수의 노래≫라는 부분이 있다. 하지만 내용은 완전히 다르다.

음을 완전히 긍정할수 있다. 따라서 그의 이 부류의 작품은 친일적작품이라고 최종 결론을 내릴수 있다. 그런데 ≪류맹≫에서 발단된 이야기가 ≪돌아오는 인생≫에 와서는 크게 확대되고 그 의식경향에 있어서도 친일적인 성향을 드러내다가 ≪마음의 금선≫에 와서는 친일적인 성향이 있는 적지 않은 편폭의 내용들을 삭제해버렸다. 일반적인 문학창작의 경우 이런 작업이 가능할수 있는가가 의문이다. 그리고 ≪마음의 금선≫이 ≪돌아오는 인생≫보다 먼저 창작되고 출판사에 교부되였지만 출판이 늦어져 ≪돌아오는 인생≫보다 늦게 발표되였을것이라는 가능성도 배제할수 없다. 어떻게 평가를 해야 옳바른것인지 주저가 된다.

한 작가와 그의 작품에 대해 경솔하게 판단을 내리고 결론을 짓는것은 연구에서 금기되여야 함을 명기하면서 속단을 버리고 잠시 결론을 보류하기로 하면서 이 세 작품에 대한 연구는 후속작업으로 미루어둘수 밖에 없다.

4

현경준은 30년대 중반에 문단에 등단하여 ≪격랑≫, ≪오마리≫, ≪명암≫, ≪별≫ 등 작품을 창작하였으며 이런 작품에서 유산자와 무산자의 계급적대립을 설정하고 무산자들의 반항을 묘사하는 경향파적 성향을 보여주었고 ≪귀향≫, ≪퇴조≫ 등 작품들은 리념투쟁을 하던 혁명자들이 방황하고 고민하는 양상을 보이면서 동시에 작가의 리념적투쟁의 좌절과 방황을 드러내고있다. 리념투쟁자들의 방황과 고민, 변절과 타락은 그의 전반 소설작품의 한 맥락이라고 인정할수 있다. 간도이주이후 작가의 계급적시각은 점차 사라지고 간도이주민의 삶의 애환과 처절한 삶의 현장에 대한 관심이 작품의 주류를 이루었다. 특히 ≪선구시대≫와 같은 장편소설에서는 처음으로 당시 이주민사회의 시대적흐름이였던 ≪북향의식≫을 작품화하는 선구적역할을 하기도 했다.

위만주국의 리념과 관련되는 중편소설 ≪류맹≫, ≪마음의 금선≫, 장편소설 ≪돌아오는 인생≫ 등 작품들은 이주민의 생활을 제재로 삼고있으나 친일적인 성향에서 배제될수 없는 문제점을 안고있다. 뿐만아니라 이 세 작품은 복잡한 관계양상을 지니고있어 학계의 주목과 더욱 깊이있고 까근한 연구를 요청하고있다.

현경준의 소설작품에는 작가의 경력이 많이 투영되여있다. 고향마을의 어민생활, 사상운동에 참여했던 경력, 교편을 잡았던 교원생활 등이 여러 작품에서 드러나며 예술을 즐겼을 작가의 생활취향도 작품을 통해 여실히 드러난다.

총적으로 보면 현경준은 항일적성향을 지닌 작가는 결코 아니다. 그러나 그렇다고 해서 친일적인 작가라고 평가하는것도 너무 편파적이다. 다만 민족의식을 버리지 않은 량심적작가이며 이주민의 생활을 내실있고 깊이있게 주목했던 민족적작가라고 평가를 내리는것이 적중하다고 인정된다.

이 소설집을 편찬함에 있어서 최대한 원전을 그대로 복원하는 원칙을 견지하였으나 아래의 맞춤법에 있어서는 원전과 달리 처리하였다.

> 1) 매 자연단의 시작에 있어서 대부분의 원전은 한글자를 비웠으나 본 작품집에서는 일률적으로 두글자를 비우는 현행맞춤법의 규칙을 따랐다.
> 2) 문장부호에 있어서 인용표의 경우 일부 작품은 겹낫표(『 』)를 사용하고 일부 작품은 낫표(「 」)를 사용하였지만 본 작품집에서는 일률로 낫표를 사용하였다.

그리고 이 소설집의 편찬에 있어서 다음과 같은 기초자료들을 참고로 하였다.

> 1) 현경준, ≪마음의 금선≫(홍문서관, 1943년 12월)
> 2) 신영철 편, ≪싹트는 대지≫(만선일보출판부, 1941년 11월)
> 3) ≪만선일보≫(영인본, 전 5권, 1939.12.1-1940.9.30, 아세아문화사, 1988년)
> 4) ≪만선일보≫(마이크로필림, 일본와세다대학중앙도서관 소장, 1941. 11.1-1942.3.3)
> 5) 이주형·권영민·정호웅 편, ≪한국근대단편소설대계 33·현경준편≫(태학사, 1988년 5월)
> 6) ≪윤기정, 현경준 단편소설집≫(조선 작가 동맹 출판사, 1957년)

단편소설

(一)

(咸北어느 조그마한 漁村의 스켓취)

×

동해바다에 임한 S촌의아침!

동편으로부터 솟아오르는 햇살에 포구의바다는 금빛의 잔물결로 봄날의아지랑이처럼 어른거리고 낮게 퍼지는아침연기에 마을은 안개에 잠기듯 고요히 불어오는 해풍에 섬(洋島S촌남편에잇는 거대한섬)소식을 엿듣고잇다.

포구의 아랫편 부두에는 첩첩이 드러매운 어선의돗대들이 하늘에 다흔듯 솟아잇고 부두의 왼편에는 정어리공장 양철집웅들이 아침햇빗에 번적어리고 잇다.

그리고 그뒤에는 우선회사의소점기가 중천에서 벌럭거리고우편 언덕에는 우편소집웅에 앞뒤로벌러선 라디오대가 한층 이채를 뽑하고잇다. 잘되어 한백호 가량 되는 S촌. 이것이 이지방에서는 통신의중심지이며 수륙교통의 중심지며 문호엿다.

건너다보면 그소리 다흘듯한섬은 아직도 신비의 꿈에서 다못 깬듯 아침노을에 잠겨잇고 멀리 수평선가까히 보이는 알섬(卵島)은 오늘도 어제같은 임기를 점치듯이 춤추며 넘들고잇다.

멀리 일짜로 고어논수평선우에는 순풍에 돗단배한척이에 뒤이어 나타나는 두척、세척、네척。

◉ 이 작품은 ≪東亞日報≫ 1935년 신춘문예당선작이다. 1935년 1월 1일부터 17일까지 ≪東亞日報≫에 련재되였다.

포구의 백사장에는 그배를 기다리는 나룻사람들이 허여케 모어섯고 갈매기는 분주히 그우를 휘날고잇다.

배는 어느듯 쏜살같이 포구의가까이로 달려오고잇엇다. 뱃머리에는 대풍획(大豊獲)을 자랑하는 붉은기발이 힘차게 펄럭거리고 선체(船體)는 물속으로 거이거이 잠겨들어가고잇다.

「아, 춘보네배다.」

「야 잘잡앗구나」

「여─춘보─」

리는 더한층 힘차게 달려왔다.

공장에서는 벌서준비를 하기시작하엿다.

일부분은 가마를 가시고 착유기(搾油機)를 손질하고 여자들은 제각기 그릇을 가추어가지고 부두로 내려갓다.

이윽고 배네척은개선장군의 그모양과도같이 엄숙하게 장엄하게 부두에 다헛다.

사공들의 가족은일시에 그쪽으로 쏠렷다.

무사히 돌아온것을 말없이 서로 축복하는 얼골과 얼골─그것은 그들의 생활에 잇어서 가장 긴장된순간이엇으며 히열의 순간이엇다.

어느사이엔지 배에서는 그물을 내노코 코마다걸린 정어리를 부리기시작하엿다.

털어논정어리는 다루(樽)에 담아서임부들이 나르고그것을 여자들은 다시 함박으로 공장까지 나르고잇엇다.

서기는 분주히한쪽에서 다루수를 문서책에다 적고 덜는다루만 보면 잔소리를 하엿다.

그리하야공장의 굴뚝에서는 거문연기가 삼ㅅ단같이 솟아오르기 시작하엿다.

일을 다마친 사공들은 제각기 피곤한 몸을 끌고 집으로 돌아갓다.

그리고 밤에는 약속이나한듯이 술집에모헛다. 사공과술─

그것은 아모리하여도 끈지못한 인연을 가지고 잇엇다. 배우에서 일하는 그들은 한다고먹고 먼바다에 갓다오면 살아온것이 반갑다먹고 고기를잡으면 잡엇다고먹고 못잡으면 화가 난다고 먹고 이래도 술이요저래도술이엿다.

그때문에 어촌치고 술집이 없는곳은없엇다.

S촌에도 순전히 사공들을 상대로 경영하는 술집이 이십호는 더잇엇다.

춘보와 대순이네는 밤이 깁헛건만 원산집이라는 술집에서 소주에 취하야 서로 안人고 부닥기며 떠들고잇엇다.

(二)

춘보는 절구통같이생긴 원산집문턱에 쓰러져서 한팔로는 그의 허리를 끌어안고 아까부터 잘넘어가지않는 청춘가에 목까지 쉬일지경이엇다。

「자네 춘보 큰일이나네」

술기운에 땀을 벌벌흘리며 웃저고리만 벗어내친 대순이는 놀려주듯이 말하고는 또한잔 곱부로들이켯다。

「왜 어째서」

「에미네「안해」가 알문 또 야단나네」

「그까짓년 그년이 지랄을쓰문 죽여버리지」

「큰소리말게 그리다가두 맛나면 벌벌떠는꼴에」

「천만에 오늘저녁엔 여기서 잘테야」

「정말인가?」

「정말이구말구…여보 아주머니 어떠오? 자두일없지」하고 춘보는 원산집을 쳐다보며 눈을 껌벅하고 웃엇다。

「아 조하 나지금 혼자돼서 쓸쓸한판인데」

「아이구 사람살려라」

하고 태순이는 또다시 잔을 들엇다。

거기에 쌍둥이처가 밖에 찾어왓다。

「우리집이서 여기왓소」

그는 들어오지못하고 밖에서불럿다。

「어째그래오?」

쌍둥이는 문을열고 내다보앗다。

「어째 그리다니? 오늘밤이 어느땐줄아오? 벌서 첫닭이 운지두오란데」

그는 정답게 남편을 흘ㅅ겨 보며 하소연하듯 말하엿다。

「오라기는 무스거 오라다구 이러우、어서가오 곧갈게」

「언제온다구 그러우? 날래1) 가게오」

「글세 먼저 가라니까」하고 그는 문을 닫엇다。

「이사람 날래 자네는 가라니 우리두 곧갈께니까」하고 동호는 쌍둥의등을 밀엇다。

쌍둥이는 기다렷다는듯이

---

1) 날래: ≪어서≫라는 뜻.

「그럼 갈까」하고 미안한듯이여럿의얼골을 돌아보며 나갓다.

그가 나간다음 여럿은 갑작이 집생각이 낫다.

「아―하 우리두 갈까」

「그러게 하세」

「이사람 춘보 춘보 가지랑안켓는가?」

(三)

「이사람 춘보」

「어쩔까? 그냥 둬둘까?」

「그냥 둬두지 자다가 깨나문가지안으리」

「그럼 그냥가지……」

「여보 아주머니 이불이나 좀덮어주」

「격정말어요。 다―내가할ㅅ께」하며 원산집은 술상을 건거 치우기시작하엿다.

얼마ㅅ동안을 잣던지 춘보가눈을 떳을때는 벌서 동ㅅ살이 훤―히 터오고잇엇다.

그는 자기가 현재 누어잇는 곳이어디인지 처음에는 알수가없엇다.

누가 자기의허리를 끌어안ㅅ고 자기에 그는 안해인줄알고 주위를 살펴보니 어둠속이엇지만 자기의 집과는 달럿다。 곁에 누운여자를 자세히보니 그것은 원산집이엇다.

그는 깜짝놀라일어나서 지난밤일을 곰곰히 생각하여보앗다.

「어째 일어나요? 가겟수?」

원산집은 자던것같지안케 명랑한 목소리로 물엇다.

「아니 목이 말라서」

「거아니우 물ㅅ그릇이」

춘보는 곁에노힌 물그릇을들고 양끗 들이킨다음 픽우스며 다시 들어누어서 원산집을 힘끗 끌어안엇다.

얼마후에 날이 다밝아서야집으로 돌아온 춘보는 안해를대하기가 거북하엿다.

안해의 태도는 몹시 쌀쌀하엿다.

그는 들어오는남편을 보는체도 안하고 그냥 이불을 뒤집어쓴채 저쪽으로 돌어누어버렷다.

춘보는 어떠케수작을 걸어보려 하엿지만 할말이없엇다。 그리다가 겨우 잇는용기를다내여 죽어라하고 말을걸엇다。
「여보 일어나 물이나 좀 떠주오」
그래도 안해는 대답이없엇다。 그는 얼마간 무안하엿으나 다시 말하엿다。
「물을 좀 떠달라니까 온밤을 퍼먹엇더니 죽을지경이오」
「무시게라오? 어째 그년네집에는 물이없읍데?」
그소리를들으니 춘보는 더욱 대답이없엇다。
그는 아모말도없이 슬그머니안해의이불밑으로 기어들엇다。
「저리 물러나오、 귀치앵이우」하며 안해는 몸부림첫다。
「앗다 무스거 이리 야단이우、 술이취해서 그냥자다가나니 이러케늦엇지」
「듣기신소 더럽소」
춘보는 그만 화가 벌컥 치밀엇다。
「무스거어째?」
안해는 차라리 다행이라는듯이 벌떡일어나서 달려들엇다。
「무스거어찌다니……무슨일루 집에왓소? 그년의 집에서 살지안쿠」
「그래 사내가 술집에서 좀잣는데 어쨋단말이우!」
「그러게 가서살라지 나는 더러워서 실소」
「무스거? 더럽다……이년 너는 무스게 그리 깨끗해서 지랄이냐?」
「무스개라오? 내가 어쨋단 말이오?」
「이년 더럽다。 죽일년 같으니라구」
「아니 내가 어째 더럽단말이오? 여보」
하며 그는 사내에게 달려들엇다。
「이년아 네가 나를 더럽다구? 동내개는 다짖기면서」
「아니 무스게 어쨋다오?」
「엑기 망할년」
하고 춘보는 주먹으로 안해의가슴을 후려갈겻다。
「아이구―사람이 죽소」
「죽어두 조타」
하고 그는 손을 툭툭털며 밖으로 나갓다。
안해는 뒤쫓아나오며 남편에게 매달렷다。
「여보 내가언제 개를짖겻소? 말을 좀하오」
「이년이 지금 죽을라구 이래느냐? 이년아 내가 모르는줄아느냐?」

「아이구 하느님맙시사 아이구 원통해」

하며 그는 손벽을치며 통곡하엿다.

그소리에 이웃집에서 모여들엇다.

춘보는 그만 구경군들의 눈을 피하야 뒷골목으로 빠져들어 갓다.

공장에서는 만사흘동안을 자지 못하고 기름을 짯다. 인부들은 곤하다못하여 인재는 술취한사람같이 비청거름이 날지경이엇다.

그러나 한편 공장주 덕재의집안ㅅ방에서는 저녁마다마작(麻雀)귀신들의「펑」、「훌라」소리가 밤새도록 들려오고잇지안는가?

그소리를 들을때마다 일하던 인부들은 말없이 서로쳐다보며 까닭모를한숨을 쉬엇다.

「아 모르겟다. 허리가 불어지는것같구나」

가마에서 정어리를 젓던 삼돌이도 그만 박죽을 집어던지고 한쪽에 나가앉앗다.

「좀 쉬어야지 죽겟구나이거」

다른인부들도 다들앉엇다.

덕재의 집에서는 여전히「펑」소리가 들려오고 그우에 측음기소리까지 들려왓다.

그소리에 마춰서 일성이는 발장난을치며 코ㅅ노래를 부르고잇엇다.

「이자식아 거더치워라 무슨시언한일이 잇어서 군소리냐?」

철수는 역정이나서 욕하엿다. 그리고는 그어디다가 집어던지듯이

「제- 길 세상이 이러케두 불공평한가?」

하며 담배쌈지를 끄내엇다.

「홍 인제야 알앗느냐?」

순석이는 비웃듯이 내뿜고는 그도 담배를 말기시작하엿다.

다른인부들은 너무나 피곤하여서 말할맥도없다는듯이 잠자코 앉어서 어두운바다만 내다보고잇엇다. 바다에서는 쌀쌀한바람이 불어왓다.

철주는 우두커니 앉어서 담배만 빨고잇다가 갑작이 생각난듯이 자기의팔을 만져보며

「이거봐라 한두어달동안에 이렇게 말라들엇다.」

하고 순석이를 돌아다보앗다.

(四)

「아 그야 말라들구말구」

「기실 정어리기름을 짜는것이 아니라 제기름을 짜구잇는모양이구나」

「말이 맞앗다」하며 잠자코잇든 유복이까지 한마디 툭쏘앗다.

그들은 대개가다 이십전전후의 청년들이엇다. 그리고 유복이와 순석이를 내노코는 전부가 농촌에서 온청년들이엇다.

아모리 죽을힘을다하야 애쓰고 벌어도 농촌에서는 먹을수가없기때문에 할수없이 이정어리공장에 와서 품삭을받고 잇엇던것이다.

그러나 어디든지 다른데는 없엇다. 공장에와서도 그들의 괴로움은 마찬가지고 배고프기는 일반이엇다.

「빌어먹을걸 이고생을 하자구야 무슨멋으루 왓을까? 싹김이나 매구잇지」

그들은 보낼곳없는 울분을참으며 투덜거렷다.

거기에 서기가 나왓다.

「아니 뭘들하고잇어? 오늘저녁에는 다짜야 내일검사를 마치지」

빤질거리며 마부는 서기의모양이 아니꼽긴하엿지만 여럿은그대로 잠자코 일어낫다.

서기가 들어간다음 갑순이는 기다렷다는듯이 바른편손으로 왼팔을 홀어보이면서 욕을하엿다.

「제-미랄자식 사궁들의에미네 궁둥이만 따라댕기면서…… 이자식을 어느때 종용히 만나기만 하문」

「종용히 만나문 어쩔테냐?」

유복이는 비웃듯이 입을 꼬며 물엇다.

「죽여버리지」

「흥 큰소리는 잘한다」

「어디두구 봐라 저자식이 지금 춘보에미네를 봐댕기는 모양이드라」

「쓸ㅅ데없는소리 말어라 알지두못하며」

하고 철주가 핀잔을 주는바람에 갑순이는쏙들어갓다.

바다에 나갓던사공들은 공장주 덕재에게가서 얼마안되는돈을 타가지고 장보러 시장으로 갓다. 동호는 쌍둥이와 같이 장에가서좁쌀을 서너말사고 아이들의복감을 끈고나니 겨우 칠십전밖에 남지안헛다. 그것으로 그는 안해의고무신을 한켤레 사려다가 술집에서 흘러나오는 술냄새를 맡고보니고무신생각은 어디로갓는지 자취조차없이 사라지고 말엇다. 그리하야 그는 실타는쌍동이를 끌고들어가서 칠십전을 다팔아먹엇다.

그바람에 쌍동이도 한오십전축이 낫다.

집에서 기대하고 바라던그의안해는너무 어이없어서 벌린입을 다물지못하엿다.

「아이구 기맥혀죽겟네、 글쎄 온 여름을 벗구댕기는줄을 알면서」

「염려마우 내일 사다줄테니까」

그는 혀가 잘돌지안어 말도 바로못하엿다。

「내일 무슨거주구 사온단말이우 말은뻔뻔하게 잘하네 지금 아이새끼들신발두 다해짓는데 어쩌문 저리두 술에미첫소? 그리게 한뉘(일생)를 남에게 목을매와살지 좀 정신을 차리우밤낮번대야 몇해전빗두 못벗으면서 아이구 기맥혀라」

그러나 동호는 벌서잠이들어서 코를 골고잇엇다. 그것을본 안해는 더욱 속이 답답하엿다.

(五)

온여름을 굶으며 발을벗고 고기짐을 이고댕기다가 요행 고무신한컬레가 생기는 줄알앗더니 그것조차 허지로 돌아간것을 생각하면 원통하기 짝이없엇다.

그리고 일생을 아니 대대손손을내리 덕재에게 목을 매워 살것을생각하면 금시에 죽고싶은생각이 무럭무럭일어낫다.

생각하면 사공의안해로 태여난것이 무한히 애닯엇다.

사공!

그들에게는 내일이라는날이 없엇다.

그리고 지나간어재ㅅ날도 그들에게는 하등의 소용이 없엇다. 그저오늘이라는날을 평안히 지나면 그만이엇다. 내일이라는그날에 바다에나가서 어떠케 어느바람에 불려서 어느파도에 치워죽을련지 모르는 그들에게는 과거도없고 미래두없고 다만 현재뿐이엇다.

그리고 명예도 지위도 다소용이없고 다만 잘먹고잘노는그것이 유일의 생활조건이엇다. 잇으면잇는대로 닥치면닥치는대로 먹고쓰며 명일을 위하야 저축하는법은 추호만치도없엇다. 그래서 그들은 돈만 맡을수가 잇다면 얼만던지 전후사를 생각안코 맡엇던것이다. 그것을 기회로 돈잇는자들은 얼마던지 그들에게빗을지웟다.

사람들은 그빗을한번지면 일생을 벗지못하고 죽도록 벌어주엇다。 그러므로 사공들빗에는 이대삼대되는빗이 얼마던지잇엇다。

그리하야 그들은 그빗때문에 채권자의배를타고 고기를 잡아다주며 얼마간식 생활비를 탓엇다。 그러나 고기가 잡히지안는때면 그생활비가 또한 빗이되는것이엇다。 그래서 그들은 이중삼중으로 얽히여서 일생을 채권자에게 바치는것이엇다。

자유와 평등과 권리를 부르짖는 현대사회에잇어서 이사공들은 틀림없이 저노예시대의 「말하는 도구」엿다。

그덕택에 공장주덕재는 공장까지 경영하게되고 배도 오륙척이나 되며 또한토지도 수만정에 달하엿다。 그리고한편으로는 사공들을 상대로 상점을경영하며 두 아들과 딸은 서울까지보내여 공부를 시키고잇다。

뒤에서는 남들이 사공의후손이니 상놈이니하고 욕하지만 돈의 힘이란 무서워서 정면으로 대하면 누구던지 다허리를 굽혓다。

그러나 심중에는 늘 자기의신분낮은것이 언찌안헛다。 그래서 그는 어느해가을이던가 향교(鄕校)대향제에 일금삼백원을 기부하엿더니 대번에 유사(有司)체가 나왓던것이다。

그후부터는 누구던지 그를 유사라고불럿다。

그러나 뒤에서는 「정어리유사」라고 욕들하엿던것이다—

포구는 오늘도 어제같이 평범하게지낫다。

사나희들은 고기 잡이떠나가고 녀자들은 멱따러 섬으로나갓다。 갈매기들도 여전히 휘날고。……

큰배사공들은 모래 밭에나가서 그물눈이 떠러진것을 손질하며다시 바다로 나갈 준비에 분망하엿다 유복이는 공장에서 일하는것이 웬일인지 마음에 **洽**족치안코 바다에 나가고싶은생각이 불같이 치밀엇다。 그래서 그는 웃마을모래밭에서 그물을 깁고잇는 쌍동이를 차저갓다。 거기는 대순이도 와잇엇다。 쌍동이는 그를 보자 벙글벙글우수며

(六)

「너요새 혼이낫지」하고 수작을 걸엇다。

「아이구 말슴마소 죽다가살앗소」

「바다에 나가기보다 더하겟느냐?」

「아니 더하오」

「그럼 이번에 나갈때 타보겟니?」

유복에게는 두번없는 조혼기회엿다.

「사실은 그래왓는데 이번나갈때 태워주겟소?」

그는 밧삭 들어무럿다.

「정생각이 잇다면 태워주지 그러나 일은 잘해야 한다」

「아 그야 잘하지요」

하며 유복이는 반가워서 자신잇게 대답하하엿다.

「그럼 덕재와 말하구오너라」

「그래오」

그는 벌서 배를 다 탄듯이 깃버하엿다.

「그런데 이자식아 너의 잔치날은 어느날이냐?」

하고 옆에서 태순이가 시물 시물 우스며 물엇다.

「오는 초여드렛날이라우」

유복이는 얼마간 얼굴을 불히며 대답하엿다.

「아니그럼 몇일없구나……가만잇자 인제 한열홀밧게 남지 안엇구나」

「……」

유복이는 대답대신으로 빙그레우섯다.

「야- 이녀석 조켓구나」

「좃키는 무시게 좃탄말이우?」

하고 그는 얼른화제를 돌려서

「그럼 꼭태워주」한다음 공장편으로 달음질쳐내려갓다.

그가 간다음 태순이는 옛일을 생각고 무연한한숨을쉬며 쌍동이를 도라다보앗다.

「참 세월이란 빠른걸세」

「어째서?」

「글쎄 생각해보라니 저유복이란놈두 벌서 열아홉살이야」

「……」

쌍동이는 아모말도없이 지나간 옛일을 생각하여보앗다.

　생각하면 유복의애미가 바다에나갓다가 파선이되어죽은것도 어제같더니 벌서 열아홉해란세월이 그동안에 흘러가지안헛는가? 그리고 그의유복자로 그해가을에 비로소 세상에 태여난유복이는 벌서 장가를 가게되고 배를타게 되지안헛는가?

그의 머리속에는 열아홉해 전동무의 얼골이 새삼스럽게 떠올랏다.

「그러치 세월처럼 빨은건 없네 그때일을 생각하면 지금두 나는 몸서리가 치네」

「이사람 그만두게 속이 언찌앵이네」

태순이는 그때일을 생각하는것이 웬일인지 앞날의불길을 예측하는것같아여 마음이 무거워젓다.

그래서 그는 화제를돌렷다.

「그런데 춘보처소문은 그게 정말인가?」

「글세 아마두 근원이 잇는 말가태」

「그러치 근원이없는말이 날리는 없으니까」

「그년이 미친개눈처럼 이리저리 내짓구 댕기는 꼴이 압만해두 수상해」

「그리구 그서기놈이 쥐색기처럼 빤질거리며 웃말루 늘나오는걸보면 이상하단말이야」

「아니 본사람두 잇다는데」

「글세 그런말두 잇어」

「춘보안테 들키기만하면 두년놈이 다죽을껄」

「그저는 잇쟁일께야」

둘이 서로 주고받고하며 이애기하는데 유복이와 약혼한복실이가 지나갓다.

「복실아」하고 태순이가 실없이 불럿다.

「예?」

복실이는 탐스러운 얼골을 돌렷다.

(七)

「너 어디가느냐?」

「멱따라 가오」

「너시집갈때 나한데는 술상을 차려와야한다」

「몰우 그런소린」하고 그는 도망질하듯 달아낫다.

「허허허……」하고 태순이는 유쾌한듯이 우섯다.

S촌에서 줄바위라고불우는 섬ㅅ가에는 제각기 긴막대기를 줜 녀자들이 파도에 밀려나오는 멱을건지는라고 빈틈없이 늘어섯다.

열분속옷에 적삼만입은 그들은 젓가슴까지 치는물속으로 조금도 주저하는기색없이 들어가서는 서로 경쟁하며 작대기로 밀려나오는 멱을 건지고 잇엇다.

파도가 쳐들어올때면 물우에 둥둥퍼지는 치마폭。 그리다가도 파도가 다시 밀려나갈때면 산에 쪽들어부터서 살빛까지 보일듯한 육체의 건강미는 희랍시대의 조각을 방불케하엿다.

그리고 그들의입에서 흘러나오는 노래는 말할수없는정서를 자아내여주고잇섯다

나루에 밀물이 들때면

내맘도 그득히 차지만

나루에 밀물이 찔때면

울구픈 내맘을 난몰라

몰라몰라 난몰라

그이밖에 모르지

바람은 고요히불어서 그들히 노래를 먼바다에나간배에다가 전하여주는듯。

그리하야 석양이면 그날은 함박에다가 먹이여 조개같은것을갓득 담아이고 집으로 도라오는것이엇다

그리고는 이른날이면 식전새벽부터 고기며 그멱을 이고 농촌으로 흐터져가서 좁쌀이나 감자들과 밧구어가지고 도라오는것이엿다

그것은 상고시대의 물물교환바로그것이엿다。

복실이는 바다에서 도라오니맥이빠져서 사지가 나른하엿다.

그래서 그는 저녁을먹고 마루에 나와앉아놀다가 저도 몰르는동안에 조을고잇섯다

그의어머니는 이웃집에 나드리를가고 아버지는 해변으로 나가고 집에는 아모도 없엇다.

그는 비몽사몽간에 무엇이 앞에와서는것 같아서 깜짝놀라깨여보니、 말없이 마루아래에와선 웃둑한 그림자.

「에구머니」

그는 정신없이 기둥을안고 일어섯다.

「내오 복실이」

「누구요?」

「내라니까 유복이오」

「에그!」

복실이는 어쩔줄을몰우고 망서리엿다.

「뉘기 없소?」

유복이는 빙그레우수며 방안을 드려다 보앗다.

「없소」

「그럼 다행이구만、복실이난、이번에 배를타게 됏다오」

「배를?」

복실이는 무의식중에 놀란듯이 반문하엿다。

「그러타오、그까짓 공장에서는 용ㅅ돈두 생기쟁이는걸」

그는 마루턱에 걸터앉으며 복실의얼골을 정답게 쳐다보앗다。복실이는 얼골을 돌렷다。

그러나 그는 심중에 몹시 근심스러윗다。

「그러치만 어떠케 타쟁이턴배를…」

「무스거、타쟁이턴건못타오?」

「그래두」

「아니 일없소 한번 나가 잡맛치면본전께씩은 생기니까」

「그래두」

「무스거작구 그래두그래두하오? 괜치안타니까、걱정마오」하며 그는 기둥에 부터잇는 복실의 손을 잡엇다。

「에구머니」하고 복실이는 모로 돌아서며 잡힌손을 빼려고하엿다。

「앗다 손을 쥐는데 어떠우?」

「아이구 싫다니까」

「실키는 어째 실탄말이오?」

그는 실타는 복실의손을 더욱힘을주어 틀어쥐엿다。그러다가 밖에서 발자최소리가 나는것같아여 그는 얼는손을노코 마루아래에내려섯다。

그바람에 복실이는 녁없이방으로 뛰여들어갓다。

(八)

유복이는 그길로 집에 도라와서 어머니와 배타게될 이액이를 하엿더니 그의어머니는 대경실색하엿다。

「이자식아 그런생각은 아예 말어라。무슨일을 못해서 배를 타겟네야?」

「걱정마오 배타는게 그러케 무섭다면 사공들은 어떠케 산단말이우?」

「그러치만 생각해봐라 네애비두 끝내 물에서」

어머니는 더말하지 못하엿다.

「아 그때는 지금처럼 천기예보가없엇으니 그러치만 지금은 바람이불면 분다구 성진(城津)서 통지가 오는데 무슨걱정이잇소?」

「그래두 내말을 좀들어라 이제 멪츨이앙이문 잔치두하겟는데」

「글세 그리게 그비용을 벌어온다구 하쟁이우」

어머니는 남편의일을 생각고 애걸하며 말렷지만 아들의결심은변치않엇다.

오리색기는 나면서부터 물을조아한다고 유복이는 바다가 그리웟다.

망망한대해에 나가서 산덤이같이 밀려오는 고기무리를 그물로휘싸며 쫓아다니는그것을 생각하면자다가두 가슴에피가 펄펄뛰엿는것이다.

그는 륙지에서 일하는것이 웬일인지 날개를 동여매운것같으며 부자유한것같아엇다.

어머니가 한사코 반대하며 복실이가 그때문에 자기를 배척한대도 바다의 유혹에서 물러날수는 없엇다.

바다!

그것은 사공들의생명선이며 자유러운천국이엇다. 육지에 오르면 「사공이니」 「상놈이니」하며 사회는 그들에게 선을 끄어노치만 바다에만나가면 그들은 자유러웟다.

만은 그들의생명을 빼앗은것인들 얼마나많은가? 그러기에 바다는 그들의천국이자 동시에 지옥도되엇든것이다.

유복이는 어머니의잔소리가 듣기실허서 쌍동이네 집으로 올라갓다.

(九)

「유복이냐?」

쌍동이는 마을도리를 나가려든 차에 유복이가 오는것을보고 빙그레웃으며 맞아주엇다.

「예、저녁을 잡쉣소?」

「웅、그래 어찌 되엇느냐」

「어찌될게잇소? 됫지」

「어머니가 반대하쟁이테야?」

「무슨 반대하문 소용잇소」

「그리구 복실이가 울문 어쩌겟네야?」

「또그런소리를」하고 유복이는 픽웃엇다.

쌍동이도웃엇다.

거기에 태순이가 황급하게찾어왓다.

「이사람、 아랫말에서 지금 춘보가 큰일낫다네」

「무스거? 어째서?」

「모르지 그자식이 무슨짓을 햇는지、덕재한대 한절반죽엇다네」

「어디서?」

「저 공장앞에서」

「어디가보세」

셋은 넋없시 아랫마을로 달음질첫다.

공장앞에는 남여구경군이 모여서서 떠들고잇엇다. 쌍동이는 넋없이 여러사람을 헤치고 들어가보니 얼골이 피투성이가된 춘보가 모래밭에엎디여 훌쩍훌쩍 느끼고 잇엇다.

「춘보、 어쩐일인가?」

「아― 분해서」

춘보는 쌍동이게 탁매달리며 엉엉울엇다.

「이사람아 무슨일인가?」

「글세 세상에 이런일두 잇는가?」

「아니 무슨일인가?」

「엑 분해서」

「하여간 올라가세」하고 태순이는 그의팔을 잡아일으컷다. 그리하야 웃마을 원산집에가서 자세한내막을 물엇다.

춘보는 분이 풀리지안허서 흑흑 느끼며 이야기를하엿다.

「덕재란눔이 저의가가ㅅ방에서 물건을사가지안쿠 다른데가서 산다구이랫네」

「무스거?」

「외상맡을때만 저에게서 맡아가구 현금이물 다른데루간다구 트집을잡아가지구」

「그런데 때리긴 어째서 때린다든가?」

태순이와 쌍동이는 분하야 푸들푸들떨며 물엇다.

「아침에 쌀이 떨어젓다구 에미네년이 콩콩알키에 싸울때는 싸우지만 어디그러튼가? 그래서 아랫말쌀전에가서 좁쌀을 두말을사왓네。 그랫더니 덕재란놈이 알고 아까만나서 그전빗을 내라기에 없다구햇더니 다른데가서 살돈은잇구 빗을물돈은없느냐하면서 야단을치데 그래좀 말대답이나 햇드니 건방지다구 욕을하며 장잭이루 이러케때렷다네」

「그래 자네 가만잇엇는기?」

「가만잇쟁이문어찌는가?자루잡힌놈이」

둘은 아모말도못하고 서로 얼골만처다보앗다。

「글세 이사람아생각해보라니다른데보다 한말에 십오전은 더한걸 현금이 잇구야 어떠케 거기가서산단말인가?」

춘보는 억울하여 못견디겟다는듯이 하소연하엿다。

태순이는 너무나분하여 이를부드득 갈엇다。

아모리 권리가없고 천대받는사공이라지만 억울하게 매를맞으면서도 반항 한번 못하여본다는 그런법이 어디잇는가?

사공도 사람이 아닌가?

덕재가 사람이면 춘보도 사람이다。

다ー 피도잇고 눈물도잇고 신경도잇는 사람이다。

남에게 맞으면 아픈줄도 부끄러운줄도 아는사람이다。

덕재는 무슨권리로 무엇이 나어서 춘보를때리며 춘보는 무엇이 덕재만 못하여 대항도 못하고 맞앗단말인가?

다만 덕재가 춘보보다 낫다는것은 돈이잇다는 그것뿐이 아닌가?

그러타면 돈잇는놈은 돈없는놈을 마음대로 차고 때리고 하여도 조탄말인가?

(十)

「엑 술이다 술을 가져오너라」

춘보는 주먹으로 이마에 피를 씻으며 원산집을 불럿다。

「그러타 술이나 먹자」

태순이와 쌍둥이도 그밖에는 길이없다는듯이 찬동하엿다。

유복의 어머니와 복실이가 제일무서워하는 배떠날날은 돌아왓다。

사공들은 이른아침부터 출발의 준비에 분망하엿다。

부두에나가서 배에다가 그물을 싣고 양식쌀을 싣고 불을땔장작을 패여싣고 돗대를 세윗다。 그리고나니 해는 어느듯 정오가 가까이되엇다。

유복이는 알수없는 흥분에 아침밥도 잘먹지안코 우줄렁거엿다. 그의 어머니는 인제는 할수가없다는듯이 단념하고 더말리지안헛다. 그것은 바다로 나가는사공들에게는 계집의잔소리가 가장 큰 금물이라는 사공들의 독특한 신념 춘보의 안해도 배떠나는때만은 남편을 위로하여주며 웃음으로 떠나워보냇다.

가족들은 부두에 몰켜나왓다.

덕재도 나왓다.

그는 어떠케하여서든지 남의배보다 더잘잡아오라고 열ㅅ번스무번 부탁하엿다.

거기에 공장서기가 황망하게 뛰여왓다.

「저 유사어른 좀봅시다」

「내말인가? 무슨일루?」하며 덕재는 서기를따라 사람없는 공장쪽으로 갓다.

서기는 말하기가 퍽거북한듯이 주저하며 말하엿다.

「저 큰일낫서요」

「무슨일인가?」

「성진서 폭풍경고가 왓서요」

「무스거?언제?」

덕재의 얼골은 갑작이 철색이 되엇다.

「이재 방금 왓습니다」

서기는 덕재의 얼골만 쳐다보앗다.

덕재는 입을다물고 한곳만 뚫허지게 내려다보더니 문득 무슨 생각을 얻은듯이 얼골을 번쩍 들엇다.

「얼른 우전소에가서 성진다가 전화를 걸어보게 폭풍이심허겟는가구」

「예」

서기는 번개갓치 뛰여올라갓다.

(아― 어찔까?)

서기가 왓다. 덕재는 그의입만 바라보고 묻지못하엿다.

「내일 석양쯤 서남풍이 강하리라는데 주의하라고합디다」

「서남풍이?…… 옹 괜치안허 고만한건」

「그래두」하며 서기는 근심스럽게 쳐다본다.

「뭐이 그래둔가? 사공이 그만한걸 무서워하구 언제 바다로 나간다든가?」

서기는 다시두말을 못하고 우두커니서서 부두를내다보앗다.

이윽고 배네척은 부두를 떠낫다.

사공들은 노뒤(선체의 오른편)와 노앞에(선체의 왼편)갈라서서 노를저으며 우렁차게 노래를 불럿다.

인제가면 언제오랴

에-헤-야

살아봐야 기약하지

에-헤-야

아침밥이 마지막이네

에-헤-야

저녁밥이 마지막이네

에-헤-야

포구의 뒷산에까지 울려가는 노래속에는 말할수없는 애조가 넘쳐흘럿다.

노를백여라 에-헤

바람이분다 에-헤

돛을달어라 에-헤

고기가논다 에-헤

이윽고 그들은 쌍돛을 달아가지고 화처가며 푸른물결을 헤가르고 나섯다.

부두에 가족들은 서늘하여진가슴을 부둥켜안고 멀리 배가 보이지않을때까지 바라보고 잇엇다.

배들이 섬밖으로 돌아나가려할때 춘보네배는 갑작이 섬을향하야 들어갓다.

다른사공들이 이상하여 뭇는것을 들은체도안하고 춘보는 섬에다가 배를 부첫다.

(十一)

그리하야 그는 섬에 뛰어내리며

「이번축은 나는빠지겟네 자네들끼리 갓다오게」

한다음 뒤도안보고 집마을로걸어갓다.

여럿은 어쩨할줄을모르고그저 멍하니 그이뒷 그림자만 바라보고잇엇다.

그러나 얼마후에는 할수가없다는듯이 다시 배를 모라가지고 그대로 떠나고말앗다.

춘보는 섬주막에 들어가서 종일해를 술만먹엇다.

섬사람들도 그의행동이 이상하여서 아는사람치고는 누구던지 다물어보앗지만 그는 그저 쓴웃음만웃엇다.

그리다가 그는 밤아홉시가량이나 되엇을때 섬배를 얻어타고 포구를 향하엿다. 섬에서 포구는 십리는 되엇다.

그는 어두운바다를 깜짝거리는 포구의불빛을 목표로 말없이 혼자저엇다.

일ㅅ자로다믄 그의입과 어둠속에서도 날카롭게 빛나는 두 눈은 반듯이 그무슨폭풍을 부르는듯, 몸서리가 칠지경이엇다.

그리하야 포구의어구에 달하엿을때 밤은 자정이 훨신 넘엇다.

포구는 모도다 잠이들어서 죽은듯이 고요하엿고 가담가담 모래언덕에 부서지는 파도소리에 개짓는소리만 들려올뿐이엇다.

춘보는 부두머리를 지나서 조심스럽게 웃마을모래가로 저어갓다.

이윽고 배를내린고는 모래우에서서 알수없는한숨을 쉬고는 부지중에 오싹 몸을 떨엇다.

그리고는 얼마ㅅ동안 주저하며 그무슨생각을 하다가 골목으로들어갓다.

한발짝 두발짝 집이가까워오면 올수록 그의 가슴속은 울렁거리고 그리고 일종의 알수없는 잔인한 쾌감까지 느꼇다.

그리다가 그무슨발자최소리에 깜작놀라 그는 본능적으로 나무그늘뒤엣 감추엇다.

숨을죽이고 엿보노라니 누구인지 아랫마을골목으로 바삐바삐돌아서갓다.

순간 춘보는 무의식중에 한걸음 나섯다.

어두운밤이엇지만 호리호리한 키골에 흰양복을 입은 그모양은 두말없이 공장서기가 아닌가?

(앗 늦엇구나)

그는 정신없이 집으로 뛰어갓다. 방안에는 빤-하게 불이 커져잇엇다.

창문을 닥치듯이 열고보니…

「앗」

속옷까지 벗어버리고 아래우 그대로 내논모양 헝크러진머리 방바닥에 흩어논의복 그리고 더구나 요우에 가지런히 노힌진두베개.

춘보는 머리속이 핑돌아갓다.

여자는 너무나 불의의변에 정신을 일코 앉엇다가 그제야 비로소 제몸을 이불속에 감추엇다.

「에그 이게 어쩐일이오?」

순간 춘보의 전신은 왈칵 끓어올라서 무엇이 무엇인지 분간 할수가 없엇다.

다만 발길에 무엇인지 거두채우자 기절하는듯한 여자의비명소리밖에 들리지안헛다.

그리하야 이른날아침 나루사람들이 일어낫을때 그들은 벍어벗고 전신이 피투성이가 되어서 신음하는 춘보의처와 역시 죽어가는듯이 공장사무실에서 신음하고잇는 서기를 발견하고 놀랏다.

그러나 춘보의 그림자는 볼수가없엇다.

그리다가 점신때나 되어서야 뒷산솔밭에서 나무가지에 길게 달린 그의모양을 발견하고 마을은 떠들석하엿다.

이불상사가 생기자 마을의늙은 사공들은 그무슨불길한 예감에해변에나와 천기를보앗다.

그것은 바다로 배가나간후 육지에서 불상사가 생기면 반듯이 바다에나간배에게 불길하다는 사공들의신념이 잇엇기때문이엇다.

그래서 아침부터 바다로나가려든 포구의배는 한척도 나가지 안헛다.

(十二)

「이사람아 아침에 무슨바람이 불엇는가?」

한늙은배사공이 길에서 역시바다를 내다보고잇는 젊은사공에게 물엇다.

「가즈2)꺼지 맛바람(南風)이불엇소」

「그런데 지금은 새ㅅ바람(東風)이불지앵이는가?」

「글세 그런것같아요」

「어쩨 저-알섬밖이 저러케 어두어지는가?」

하며 가리치는곳을 바라보니 거기에는 어두운구름이 수평선우를 휩싸고잇엇다.

사공들은 불안에 극도로 긴장되엇다.

그러자 얼마잇지안허서 서북풍이 불기시작하엿다.

「아 하뉘(西北風)다. 큰일 낫다.」

「배를 불러라」

그러나 먼바다에나간배를 불러들일수는없엇다.

---

2) 가즈: 《금방》이라는 뜻.

사실 현대과학을 종종 비웃는 사공들의 기상관측은 틀리지안허서 내다보니 이때까지 고요하든 바다 일때에는 거칠거칠한 파도가 일기시작하고 수평선우에는 험악한 구름이 갑작이 동편으로퍼지고잇엇다.

그리고 바람은 점점 맹위를 발하고 바위를 물고 뜯는 파도소리는 바야흐로 요란하게 일어나고잇엇다.

「아 폭풍이다。」

그것은 순식간에 바다일대를 뒤집어엎엇다.

산덤이같은 파도가 밀려오고 바다에 배들은 한착도 볼수가없엇다.

사공들의가족은 전부가 바다가에 나왓다.

그들은 말한마디못하고 서로쳐다만보앗다.

여자들은 가슴을 쥐어 뜯으며 벌써부터 칙칙울기 시작하는것도 잇엇다.

그제야 비로소 공장앞 폭풍경고대에는 신호가 나붙엇다.

밤이되자 폭풍은 한층더기세를 올렷다.

파도는 집마을까지 쳐들어와서는 쫙퍼져나갓다.

이곳저곳에서 울음소리가 터져나왓다.

사공들은 파도에 치우는배들을 전부 모래언덕에 끌어올리고 바다에나간사공들의 가족은 뒷산언덕에 올라가서 밤을새우며 가슴을 쥐어뜯엇다.

어느덧 지리한밤도 발기시작하엿다.

사람들은 어둠이 밀려가는광란의바다를 일심정력으로 내다보앗다.

그러나 미처날뛰는 물결밖에는 아무것도 보이지 안헛다.

「죽엇다。 다죽엇다」

가족들은 미칠지경이엇다.

「아、 유복아 유복아」

유복의어머니는 손벽을치며 통곡하엿다.

「아이구 하느님삽시사」

쌍동의 처는 치마끈이 풀어져서 벗어지는줄도 모르며 머리칼을풀어헤치고 억이 막혀서 소리도못치고울엇다.

마을의 굴뚝에서는 연기가나는곳이 한곳도없엇다.

마는 덕재의집 굴뚝에서는 싯거먼연기가 높이 솟고잇엇다. 마을의 변사와는 하등의관계도 없다는듯이……。

점심때가 지나서 멀리 바다에는 뒤집혀진배한척이 파도에이리굴며 저리굴며 둥실둥실떠들어오고잇엇다.

　그것을보자 여럿의얼골은 사셕으로 변하엿다. 배는 점점가까히 들어왔다. 사람들은 눈하나 깜박하지안코 주시 하엿다.

（十三）

　이윽고 그것은 포구의앞바다에 숫은바위에와서 부디첫다.

　「앗」

　여러사람들은 제몸이 부디치는것처럼 일시에 소리치며 얼골을 돌렷다.

　형용할수없는 공포심에 떨면서 겨우 얼굴을 돌렷을때 거기에는 배는 그림자도 보이지안코 산산히 깨여진널조각이 흩어져서 떠돌고잇을뿐이엇다. 사람들은 다시금 얼굴을 돌렷다.

　순간 누구의입에서 니왓던지

　「이촌배가 아니다 돗그봐라」하는소리가 날카롭게 고막을 찔럿다.

　그소리에 여럿은 일시에 내다보니 물우에서 넘도는돛에는 검은빛으로 그려진둥 그런표가 잇엇다.

　「무슨표가잇다 여기 배는 아니다」

　여럿은 일시에 휘유—하고 한숨쉬엇다.

　그러나 다음순간 그배처럼 어느바위에가서 그러케 부서진것을 생각하면!

　파선의현장을 목격한 여럿의머리속은 더욱 어지러웟다.

　이튿날밤이 되어서야 바람은갑작이 자기시작하엿다. 바람이 자니 파도도 수머줏하엿다.

　그러나 마을의비탄은 더하엿다.

　사람들은 여전히 언덕에서 밤을새웟다.

　그러다가 그들은 밤중이 훨신 넘엇을때 바다에서 그무슨소리가 들려오는것을 들엇다.

　「어—」

　그것은 파도소리도 아니엇고 물새소리도 아니엇다. 확실히 사람의소리엇다.

　여러사람의신경은 극도로 긴장되엇다.

　누가 바다를향하야 고함첫다.

　「어—」

밤의적막을 깨치는그소리가 사라지기도전에 바다에서 또다시들려오는 「어-」소리。

「앗 배다。 배다」

「확실히배다」

「어-」

「누구여-」

「어-」

살풍경으로 되엇던나루는 갑작이활기를 띠엇다。

「홰를 매오너라」

「배를 내리워라」

언덕을 뛰여내려가는 사람들、뛰여올라오는 사람들 모래ㅅ가에서는 언덕우에 끌어올렷던 배를 끌어내리고 잇엇다。

뒤ㅅ산마루턱에는 홰ㅅ불이 하늘에까지 다을것 같앗다。

「어-」소리는 점점가까이 들려왓다。

나루ㅅ배들은 서로 앞을다투며 마중을 나갓다。

「누구여-」

「태순이더-」

「앗 태순이다、태순이네배다」

여럿은 홰를 내저엇다。 태순이네가족들은 너무나 반가움에 엉엉울엇다。

이윽고 태순이네배는 소생의 기쁨에 피곤한줄도 모르고 포구로 들어왓다。

그리고는 부두에 내릴것도 잊어버리고 실신한듯이 우두커니 서잇엇다。

그러나 여러사람의 얼골은 다시금 흐려젓다。

뒤에남은 다른배들。 그것은 어떠케 되엇을까?

가족들은 새로운 실망과 공포심에 더한층 떨엇다。

새벽녘이 되어서 배는 또한척이 들어왓다。 그것은 동호네배엿다。

그리고 얼마후에는 춘보가 탓던배도 들어왓다。 그러나 쌍동이네배만은 소식이 없엇다。

살아온 사공들은 너무나 기적적소생에 꿈같어 어지할바를 몰랏다。

（完）

　그것을보니 쌍동이네 배사공들의 가족은 더욱 기가막혓다。 유복의 어머니는 미친사람같이 울지두못하고 그저 손벽만치며 아래웃마을을 올리닫고 내리닫고하엿다。 그리고 복실이는 나오지도못하고 방구석에서 안타까운가슴만 쥐어뜯으며 맴을돌앗다。

　덕재는 돌아온 배들을보고 만족한듯이 또 그두꺼운 뱃가죽을 쓸-쓸 어루만지엿다。

　그는 사공들의 목숨도 목숨이려니와 배가 무사히 돌아온것이 무엇보다도 기뻣다。

　그러므로 쌍동이네가 아직도 돌아오지안흔것을 생각하면 가슴이 서늘하엿다。

　그것은 네척중에서도 제일조혼배엿고 가격은 아무리 헐하게처도 오륙백원은 되는것이엇다。

　해가뜨자 해변에는 바다에 나갓던사공들도 모엿다。 그리하야 그들은 바다에나간 동료들이 무사히 살아오기를 빌기위하야 도야지를 잡아가지고 앞도래（前磯）에 나가서 치성을 드렷다。 그리고는 바다에나간사공들의 입던의복을 한벌씩 물에다가 집어너헛다。 그것은 일소에부칠 미신이엇지만 내일의운명을 점치지못하는 그들에게 잇어서는 유일의 신앙이엇다。

　점심때가 지나도 소식은 없엇다。

　인제는 절망이엇다。

　사공들은 두패로 논아나지고한패는 언덕우에서 망을보고 한패는 춘보의장사준비를 하기시작하엿다。

　「망할자식이 죽기는 어째 죽는단말이냐?」

　「못난자식이지」

　「두년놈을 죽이지두못하구 저만 불상하게 죽엇지」

　동료들은 서로 측은한빛으로이애기하며 관을짜고 잇엇다。

　「아무래두 죽을바엔 덕재놈부터 한몽둥이루 때려치우지」하며 전일에 덕재에게 매맞던춘보의일을 생각하엿다。

　「글쎄말이네 이왕이문」

　동호도 분하다는듯이 트집스럽게말하엿다。

　해변에는 또다시 울음소리가 들려왓다。 그중에서도 유복의어머니의울음소리는 가슴이 터지는것같아 참아 들을수가 없엇다。

여럿은 서로 얼골만 마주쳐다보며 듣고잇엇다.

그리가다 갑작이 울음소리는 딱끈첫다. 그리고는 여러사람이 떠드는 소리가 요란하게 들려왓다.

그것은 심상치 안흔소리엿다.

「무슨일일까?」

「글세」

군중의소리는 점점높아지며 고함소리로 변하엿다.

태순이와동호는 귀를 기우리고 듣다가 이상하여서 해변으로나갓다. 뒤엣사람들도 따라 나갓다.

그들이 나갓을때에는 벌서 군중은 무엇이라고 웨치며 가까히 오고잇엇다.

「가자」

「잡아치워라」

「때려부셔라」

「가자 다내려가자」

군중은 기세를 높이며 흥분되어서 제각기 손에다가는 돌멩이며 몽둥이를 들엇다.

그러나 앞장을서서 어디로어떠케 인도하는자는없이 그저 한곳에 뭉처서 어물거리며 떠들기만 하엿다.

「아니 무슨일이우」

하고 태순이는 앞에선젊은 여자를보고 물엇다.

「덕재가……저공장주인놈이 성진서……」

여자는 급하여 말을 바로 못하엿다.

「덕재가 성진서 어쨋단 말이오?」

태순이는 조급하게 독촉하엿다.

거기에 한사공이 달려오며

「이사람 태순이 덕재놈이 성진서 폭풍경고통지가 온것을 그냥 깔구 배를 내보냇다네」하고 헐떡거리엿다.

「무스거?……누가 누가 그런 말을……」

「우편소서기게서 발설이 됏다네」

「엑」

태순이는 두주먹을 불끈쥐고 이를악물엇다.

곁에섯던동호는 어느틈엔지 어랫마을공장을 향하야뛰여 내려갓다.

「엑 때려치워라」

극도로 격분된태순이도 번개같이 그의뒤를 따랏다.

갈팡질팡하며 어쩔줄을 모르던 군중은 그제야 비로소 그들의진로를 얻은듯이 그 뒤를따라 고함치며 내려갓다.

「으하―」하고 공장을향하야 고함치며 달려가는군중!

그것은 폭풍우의바다우에 밀려오는격랑과도 같아 어쩌한힘으로서던지 막을길이 없엇다.

(一九三四年三月三日)

젊은꿈의한토막◉

구름한점없이 맑게개인 가을 하늘은 끝없이 높아보이며 멀-니 장사같이 구비처 흘으는강물은 내리쪼이는 햇빛에 백어의무리가 뛰노는듯.

그물이 닷는바다에는 순풍에 돗단배가 한척 두척 세척 고요히 조을고있는 섬ㅅ가를 끼고돌아간다.

경애는 오늘도 산뜻하게 차리고 실실히 느러진 수양버들 방축가로 나갓다.

방축가 강언덕에는 일홈몰을 느진가을꽃들이 아담하게 피여서 수접은 우슴을웃고 잼자리는 한가하게 허공에 떠돌고이었다.

언제보던지 아름다운그림이였다.

언덕에 가로누은버드나무에 걸터앉아 수면을 내다보니 거기에는 낮게떠가는제비들이 물우에 다을듯말ㅅ듯 그리다가도 힌가슴으로 풀은물을 차고는 공중에 높이 소사 무잇이라고 콩알거리는 그모양.

그는 까닭없이 유쾌하였다.

그리하야 참을내야 참을수없는 흥에겨워 그의입에서는 나직한노래가 흘너나왔다.

그리다가 그는 언덕우편에서 그누구가 불으는지 아름다운 「테너-」의 「멜노듸-」가 흘너오는것을듯고 고요히 귀를 기우렸다.

맑게개인 가을하늘에 은은히 부드럽게 울녀오는 그 소리는 확실히 경애의넋을 사로잡었다.

그는 명가수의명곡에 도취된듯이 노래가 들녀오는 그쪽으로 발낄을 옮겨놓앗다.

노래소리는 점점 갔가히 들녀오며 더한층 맑게들녀왔다.

경애의 귀에는 그것이 서울악단에서도 들어보지못하던 훌늠한 「테너-」로 들녓

◉ 이 작품은 ≪新人文學≫ 1935년 3월호에 발표되였다.

다.

알수없는호기심에 울넝거리는가슴을 부두켜안人고 방축에 올나서보니 거기에는 아모보잘것없는 젊은농부가 낫자루로 버들나무를 툭툭치며 노래를 불으고이었다.

아니 농부라기보담 목동이라고하는것이 낳을것같아였다.

경애는 실망을 늦겼다.

그러나 그의노래는 다시금 경애의마음을 사로잡었다.

목동은 뒤에서 경애가 듣는줄도몰으고 멋드러지게 그대로 노래하고이었다.

그리다가 그는 경애의발자최소리에 깜짝놀나 뒤를 도라다보고 숫처녀의얼굴처럼 빨가케되였다.

경애는 정면으로 대하고보니 자기가 상상하던얼굴과는 판이한것을 알었다.

의복은 허름하게 입었다지만 해슥한얼굴이라던지 꿈꾸는듯한눈이라던지 당실한 코人마루라던지 게다가 엷은입술은 열닐듯 말人듯.

경애는 아주 익숙한태도로 우수며 허리를 굽혔다.

그는 원래 배우이오 류행가수이라 이런경우에 퍽이나 쾌활한까닭이였다.

청년은 었질줄을 몰우고 망서리다가 경애의태도에 이끌녀 그도 무의식중에 허리를 굽혔다.

「참 잘하시는데요」

하고 경애는 그의겨테 내려서며 우섰다.

「천만에……」

청년은 귀밑까지 붉어졌다.

그모양을보니 경애는 더한층 마음이 쏠녔다.

「아녜요 참 잘하세요 미안하지만 다시한번 들녀주실수없을까요?」

「놀니지마세요 저는 당신이 잘 하시는줄을 잘알고있읍니다」

「네?……어떻게 저를 아십니까?」

경애는 놀나지안을수가 없었다. 아모리보아야 한번도 보지못한청년이었다.

「어떻게 알다니요 몰을리가 있읍니까? 당신은 리경애씨가 아닙니까? 당신은 서울가서 레코-드가수로 게시며 연극도 하신다는것을 저는잘알고있읍니다」

청년은 어떠냐? 하듯이 경애를 처다봄 빙그레웃섰다.

「…………」

경애는 그저 웃기만하며 매력있는눈으로 뚜러지게 그의얼굴을 바라보았다.

「몸이 편치안어서 내려오섰다더니 지금은 어떠합니까?」

「네 퍽 조와젔어요」

「그럼 또 서울로 가십니까?」

「네 몇일후면 갈까합니다」

청년의얼굴은 갑작히 우울하여진듯하였다.

「그런데 당신은 누구세요?」

「저요? 저는 요안촌에 있어요」

「성함이 누구신지요?」

「최리종이라구 불웁니다」

「최리종씨요?」

「네」

「퍽 노래를 잘하시는데요」

「천만에 잘하는게 뭡니까?」

「아내요 퍽 목소리가 좋와요」

「원 별말슴을 다하십니다」

「한곡조 불너보시지요」

「아니올시다 몰웁니다」

「그러지마시구 한마듸하세요 그럼 저두 하께」

청년의귀는 번쩍 열녔다.

레코-드로서는항상 들어보았지만 육성을 들어본일은 없었다.

「정말입니까?」

하고 그는 제귀를 의심하며 다지듯이 물었다.

「정말이얘요 한마듸 불우세요」

「그렇다면 하지요」

하고 그는 공중을 처다보며 숨을 들이켰다.

그러나 정작 불으자니 가슴이 떨니며 생각이들지안었다.

「무엇을 할까요?」

「아무거나 좋와요 인재 불우던것이 조와요」

「그럼 그걸하지요」

하고 청년은 갑작이 정색을 하였다.

그리고는 얼굴을 붉히며 외면하고 불우기시작하였다.

      뒷산에 진달내가 고히필때면

물건너 고개넘어 오신다더니
강까에 버들잎이 다저가도록
어이해 오실줄을 몰으십니까
오늘도 종일토록 기다렸것만
구슬픈 기럭이만 울고갑니다。

노래는 끈젔것만 경애는 안개에싸인 젓빛의꿈에취한듯 머나면하늘만 바라보고 있었다。

×

그날밤 리종이는 장ㅅ거리 경애의집을 찾어갔다。

경애는 밤화장에 더한층 엡버진얼굴로 반갑게 마자주었다。

리종이는 너무나 지나치는듯한 경애의친절에 일종의 불안까지 늦기며 몸을 쫑그리고앉어서 말도 바로못하였다。

그러나 얼마후에는 허물없이 대하여주는 경애의태도에 이끌녀서 그도 주저치않고 속을 털어노키 시작하였다。

「앗가두 말했지만 저는 퍽 노래를 조와합니다。 그래서 이지방에 있는 레코-드 류행가는 다-따루외웠지요」

「참말 서울가서 좀더배우신다면 아주 훌용한목소린데요」

「정말일까요?」

리종이는 의심절반으로 희망에불타서 물었다。

「정말이애요 서울서 지금 인ㅅ기있는가수치고 그렇게 좋은목소리는 없어요 그저 엉터리로 한번맛치면 그것으로 팔아먹지요 저두 서울가서 우연한기회에 되지도 안은것을 불우고 다행이 맛친바람에 그럭저럭 지금 지나오는 모양이죠」

「그럴리가 있읍니까?」

「아녜요 참말이애요 운수만좋으면 된답니다」

리종이는 가슴속에 깊이 숨엇던야심이 불같이 무럭무럭 일어났다。

「그렇지만 저같은놈이야……」

「원 천만에 그런좋은 목소리를 가지시구 시골게신것이 원통하지않으세요? 저는 리종씨가 서울만가시면 두말없이 성공하시리라고 단언합니다」

리종이게는 모든것이 꿈가타였다。

경애의찬사를 어떻게 들었으면 좋을넌지 생각이나지 않었다。

「그런데 경애씨는 언제 떠나십니까?」

「요지간에 떠날가합니다」

리종의입에서는 알지못할한숨이 나즉히 흘너나왔다.

집에 돌아가서 리종이는 밤새도록 한잠도 이루지못하였다.

그의귀에는 경애의말이 아직도 또렷이 들니는것갔고 서울어느 큰극장에서 수천군중을 앞에안치고 노래불우는 어느성악가의모양이 눈앞에 어른거려서 잠들수가없었다.

그리고 웬일인지 매력있는 경애의우숨이 눈앞에서 사라지지않고 그의맘을 어즈럽게하였다.

그후 몇일안되여 경애는 서울로 올라갔다.

리종의마음은 극도로 치밀었다.

그는 밥맛까지 잃어진듯하였다.

그러나 정작 문제되는것은 돈이라 넉넉치못한 그의 형세로서는 어찌할수가 없었다.

그의누의동생 리순이와 어머니는 갑작히 변하여진 그의태도에 몹시 궁금하였지만 그렇다고 말하지안는그의 심중을 알스길은 없었다.

그리고 누구보다도 그의태도에 근심스러운것은 이웃집 순이었다.

순이는 몇번이나 좁은가슴속이 안타가워서 종용히맛나 물어보려하였지만 변심된리송이는 종시 맛날기회를 주지않었다.

그후 한달가량지나서 첫눈이 푸실푸실내리는 어느날 리종이는 자기아버지의주머니속에서 콩(大豆)판돈 이십원을 훔처가지고 서울로 떠났다.

종일해를 차ㅅ속에서 것잡을수없는공상에 시달닌그가 이튼날아침 경성역에 내려슬때 그에게는 보이는것 들니는것 모든것이 경이뿐이었다.

남대문통이며 종로통이며 번화한시가지이얘기는 보통학교때 선생에게서 잘들었고 동무에게서도 잘들었지만 실지로 보는것은 넘우나 상상이상이었다.

그는 위선 무엇보담도 경애를 찾어보려하였다. 그리하야 전차 자동차가 쉴사이없이 지나가는가로엽 보도를 두리번거리며 몇번이나 지나가는사람에게 부디치면서 경성극장을 찾어갔다.

약두시간이나 걸녀서 요행 극장으로 찾어갔을때 그는 꾕장한건물앞에서 어쩔줄을 몰우고 망서리었다.

어느문으로 들어가서 어듸가 어떻게 찾으면될ㅅ지 생각이 나지않었다.

그는 공연히 올나온것같고 집을떠난것이 후회가났다.

그는 몇번이나 문어구에 갔다가도 도라서서는 한숨짓고하였다.

거기에 웬젊은청년이 말숙하게 차리고 나오는것을보고 그는 큰맘을먹고 물어보았다.

「저 여보십시요 미안하지만 말슴좀 물어봅시다」

「무슨말이오?」

하고 청년은 상을 찡그리며 도라다보았다.

「저 리경애씨라구 여기 게십니까?」

「뭐? 리경애?」

청년은 놀난듯이 반문한다음 리종의아래우를 세세히 뜨더보았다.

「네 저 레코-드가수로 게신리경애씨말이애요」

「당신은 어듸서 왔오?」

「시굴서 왔읍니다. 경애씨의고향에서요」

하고 리종이는 공순하게 애원하듯이 말하였다.

「여기는 지금 없어요」

그말을들으니 리종이는 정신이 앗질하였다.

「그럼 어데게신지 몰우십니까?」

「몰나요」

하고 청년은 비웃는듯이 다시 도라다보고는 그냥 가버렸다.

리종이는 다시한번 더물어보려하였지만 넘우나 쌀쌀한그의태도에 기가 눌니워서 그저 머-ㅇ하니 그의뒤ㅅ그림자만 바라보고있었다.

그는 어떻게하였으면 좋을넌지 가슴속이 암담하였다.

생소한도시에와서 아는사람이라고는 경애밖게 없는자기로서 그를 찾지못한다면 어떻게 한단말인가?

생각다못하야 그는 방향도없는발ㅅ길을 힘없이 옴겨노왔다.

거리는 분주하였다.

질풍같이 달녀가는자동차 전차 그리고 가고오는사람들도 견눈질한번없이 애스팔트의보도를 힘차게 굴우며 걸어가고있었다.

그속에 끼워서 리종이는 얼빠진사람처럼 얼마ㅅ동안 걸어가느라니 갑작히 시정함을 느꼈다.

그리고 다리에는 기운이 하나도 없어서 허둥지둥 금시에 넘어질것같아였다.

그는 무엇이던지 먹을것이 생각나고 다리를 쉬울곳이 그리웠다.

그래서 그는 전후사를 삶이지도않고 길엽골목에 있는려관으로 들어갔다.

려관에서 점심을 어더먹고나니 나릿한피곤이 온몸을 사로잡아 그는 저도 몰우는 동안에 곤하게잠들고말았다.

얼마동안을 잣던지 눈을 떠슬때에는 벌서 전등이 켜졌다.

려관하인이 저녁상을 가저온것을 물린다음 그는 우두머니 앉아서 장차 나아갈길을 곰곰히 생각하여 보았다.

그리다가 미다지가 소리도없이 스르르 열니는바람에 도라다보니 거기에는 알지 못할학생한명이 문앞에서 공손하게 허리를 굽피며

「실례합니다」

하고 들어섰다.

리종이는 무슨까닭인지 몰나서 의아스럽게 처다보았다.

「고학생입니다. 무얼하나 달아주십시요」

하며 그는 리종의태도는 본체도안하고 옆에 끼고온보쟁이를 풀더니 봉투 비누등속을 내놓았다.

리종이는 그제야 비로소 그것이 고학생인줄을 알고 안심하자동시에 일종의신임까지 생겼다.

「그렀읍니까?」

하고 그는 비누를 집었다.

「얼맙니까?」

「십전이올시다」

리종이는 서슴지않고 십전을 꺼내주었다.

「고맙습니다. 무얼 달은건 사시지않으세요?」

「별루없읍니다」

「그렀읍니까?」

하고 학생은 다시금 보재기를 싸기시작하였다.

리종이는 웬일인지 그를 맛난것이 이전부터 아는사람을 맛난것같고, 그리고 자기의사정을 그의앞에다가 털어논다음 그의조력을 빌고싶었다.

「그런데 여보세요 당신은 서울게시니 혹아실것같은데 레코-드가수로있는 리경애라고 몰우십니까?」

「리경애요? 압니다」

「아세요?」

리종이는 익수자가 배를 맛난듯 반가워서 외쳤다.

「그연극배우말이지요?」

「네 그렀읍니다」

「그렇다면 길에서 한두어번 만난일이 있어요」

「그럼 주소는 몰우십니까?」

「주소는 몰우는데요」

리종의 실망은 더한층 깊어졌다.

고학생은 그의태도가 넘우나 이상하여서 호기심을 품人고 물었다.

「그런데 당신은 그녀자를 아십니까?」

「네 압니다. 저의고향녀자랍니다」

「고향녀자애요?」

「네……고향녀자올시다. 제가 이번에 서울온것도 그녀자를 믿고왔는데」

하며 그는 전후경과이야기를 하나도 빼지않고 자세히이야기하였다.

열심히 듣고이떤고학생은 측은한빛을띠고 리종이를 바라보았다.

「그렀읍니까? 그러나 여보세요 저는 잘몰으긴 하지만 그녀자가 그렇게 약속을 있지않고있을넌지요」

「아니애요 아주 단단히 약속했읍니다」

진정으로 말하는 리종의태도가 우수웠던지 고학생은 얼마간 미소를 띠우고말하였다.

「그렇다면 찾기야 힘들지않겠지요」

「어떠케 찾으면 될까요」

「레코-드회사에가면 주소를 알수있지요」

「그렇지만 그회사를 알어야지요」

「제가 아는데 래일 안내해들일까요?」

「아 그래주신다면 얼마나 고맙겠는지」

리종이는 반가워서 무엇이라고 하였으면 좋을넌지 알수가없었다.

「원 천만에 고만한일쯤이야……그럼 래일아침에 다시 찾어오지요」

하고 고학생은 일어섰다.

「어떻게 그러키를 믿겠읍니까?」

「천만에 그럼 갑니다」

「좀더 노시지두안쿠」

「아니올시다. 달니 또가봐야지요」

고학생이 도라간다음 리종이는 혼자 우두머니 앉아서 고향일을 생각하여보았다.

지금 자기의 집에서는 얼마나 떠들석하고 있을것인가?

그리고 순이는 얼마나 슲어하고있을까?

아마 지금쯤은 리순이와 둘이서로 끌어안ㅅ고 울고있지나 안을까?

그러나 다음순간 이튼날이면 경애를만날것을 생각하니 고향생각은 어디로 갔는지 자최조차없이 사라지고말었다.

그리하야 연니어 꼬리를물고 일어난공상에 그는 서울의첫날밤을 고달푸게 보내었다.

이튼날아침 열시쯤하여 고학생은 어김없이 약속과같이 찾어왔다.

그제야 비로소 둘은 서로 인사를하였다.

고학생의성명은 박수길이었다.

리종이는 수길이를 따라 레코-드회사에 찾어갔다.

두군거리는가슴을 부드켜안ㅅ고회사에 가보니 다행히 경애의주소는 곳 알수가 있었다.

그리하야 둘은다시 경애의집으로 찾어갔다.

대문밖게서서 경애의문패가 걸닌것을 보았을때 리종이는 넘우나 반가움에 넉없이 안으로 뛰여들어가고싶은충동을 겨우 참었다.

앞에선수길이는 문패를 다시한번 처다본다음

「이리오너라」하고 불렀다.

그와동시에 안에서 누구의발자최소리가 나더니 거기에는 경애의요염한자태가 나타나지 않었는가? 그리고 그의뒤에는 왼청년이 따라나오는데 자세히보니 그것은 어저께 경성극장앞에서 만난청년이 아닌가?

리종이는 경애를 정작 대하고보니 심중이 콱맥히는것같아여 무엇이라고 말할ㅅ지 생각이 나지안었다.

「안녕하십니까!」

그러나 경애의얼굴에는 조곰도 반가워하는기색이 나타나보이지않고 의아스럽다는듯이 눈ㅅ살을 찝푸렸다.

「누구신지요?」

「네?」

리종이는 불의에 머리를 쇠몽치로 어더맞은듯하였다.

「저를 몰으십니까?」

「글세예요 잘기억이 나지안는데요」

「최리종이올시다. 지난번 고향가섰을때 만난사람이올시다」

「최리종씨요?」

하고 경애는 머나먼 아득한기억을 둘처내듯이 고개를 갸웃거리더니 그제야 생각한듯

「오-라 그때 노래하시든분이구면요」

하고 반가운표정을 지었다.

「네 그렀읍니다」

리종이는 저윽히 안심되였다.

「그런데 언제 올나오섰서요?」

「어적게 올나왔읍니다」

「어적게요……저의집을 용하게 찾었는데요」

「네 여러곳에서 물었지요」

「그런데 저지금 볼일이 있어서 어디가던길인데요 요담에 또뵙지요」

하고 경애는 다시 오란말도 어디서 만나자는 말도없이 넘우나 어이없어서 벌인 입을 담을지못하고섰는 리종이를 남겨논채 함게나오던청년과같이 나가고말었다.

겨테서 아모말도 안하고 이광경을 바라보던수길이는 얼빠진사람같이 머-ㅇ하니 서있는리종의어깨를 다정스럽게 툭쳤다.

「가지요」

그바람에 리종이는 갑작이 울ㅅ것가타였다.

「세상이란 다-이러탑니다. 제자신도 믿기어려운 세상에서 누구를 믿겠읍니까? 공연히 믿는것만 어리석지요 자 갑시다」

수길에게 이끌녀 한발ㅅ작 두발작 옴겨놋는리종이는 눈앞이 캄캄하여 탄탄한대로를 바로 걸을수가없었다.

마음속에 싸코싸었던 희망의탑을 어찌하랴?

천리만리를 견우웠떤 희망의화살을 어떻게하랴?

아! 이것이 세상이란 것이었든가?

생각하면 넘우나 어리석은자기였다.

「자 지난일은 생각할것없이 나와같이 어디가 점심이나 먹읍시다. 그리고 려비만

있으면 오늘이라도 고향으로 내려가십시요 다— 소용이 없읍니다。 남을 믿다가는
자기의창자까지 빼아끼우는 세상입니다。 더구나 이러한도시에 잇기에는 당신은 넘
으나 순진합니다。 도시는 악마의소굴입니다。 인육을 서로 뜨더먹는마굴 그것이 도
시입니다。 ……자 어디가서 점심이나 요기하구 내려가시우。 무엇무엇해두 고향이
제일이랍니다。 저가튼놈은 고향도 아모것도없으니 그저 이렇게 되는대로 떠돌아댕
기지만 부모동생이 게시고 고향이 있는당신이야 무엇하게 이런곳에 있겠읍니까?
내말을 헛말루 듯지마시구 부디 내려가시오」

진정으로 타일너주는 수길의그말은 리종의 가슴속에 깊이깊이 자자드어 눈물겨
웁게 하여주었다。

그와 갈나진다음 리종이는 려관에 돌아와서 모든것을 곰곰히 생각하여보았다。

그러나 아모리 생각하여 본대야 그냥그대로 고향에 돌아갈수는없었다。

어떻게하여서던지 목적을 관철식키기전에는 고향땅을 밟아보지못할ㅅ것 가타였
다。

그리하야 그는 저녁후에 다시 찾어온수길이를 붙잡고 애원하였다。

「나는 죽어두 그냥이대로 고향에 갈수는없오 무슨면목으로 가겠오? 첫재로 나는
아버지를 대할면목이 없오」

「그래두 가야지 그런체면을 차리다가는 점점 고생만 더할뿐이라오」

「고생?……그까짓 고생같은것은 무섭지안소 죽을고생이라두 참을테니 나를 어
떻게 서울잇게해주시우」

수길이는 딱한듯이 우섰다。

「그러지말구 내말대로 내려가시우」

「아니 죽어두 못 내려가겠오 여보친구 나를 살녀주 나는 당신을믿소 어떻게 해
서던지 나를 여기있게 하여주」

리종이는 눈물까지 홀니며 매달녔다。

그모양을 보고는 그이상더 귀향을 권할수가없었다。

「만약 당신이 끝까지 거절한다면 나는…나는…나는」

리종이는 목이메여 뒤ㅅ말을 이찌못하였다。

수길이는 일ㅅ자로 입을 담을고 한참동안 말없이안자서 그무슨생각에 잠겨있더
니 갑작이 무엇을 결심한듯이 리종의얼굴을 바라보았다。

「그러타면 친구 오늘저녁부터라두 우리주인으로 옴깁시다。 이런려관에서 오래
머물면 머물수록 돈만 없어지니까?」

「정말입니까?」

리종의눈은 반가움에 빛났다.

「그대신 나와같이 죽을고생이라두 해야합니다」

「그야 하지요 어떤고생이던지 참지요」

하고 그는 맹서하듯 힘있게말하였다.

그리하야 려관식대를 치른다음 리종이는 수길이를따라 그의주인으로 옮겨갔다.

×

수길의주인으로 옮겨간리종이는 몇을후 수길의주선으로 어느상점점원으로 들어갔다.

그러나 아침 일곱시부터 밤열시까지 일하여주는 보수로 얻는것은 겨우 한달에십원밧게 되지안었다 만은 그렇게하여서라도 벌지안으면 안될그였다.

생활의고통이란 언제든지 홀융한교사(教師)라고 리종이는 비로소 세상이란 어떤것이며 도시란 어떠한곳인것을 깨닷게되었다.

그리고 어떠한고통이며 모욕이라도 참어가면서 생에 허덕이지안으면 안될그것이 인생이란것도 그는 절실히느꼈다.

바람이부나 비가오나 눈이오나 쉬일ㅅ줄몰으는 도시의소음속에서 그는 어제도 오늘도 하로에 삼사십전밖게 안되는돈닙헤 얽매워 밤ㅅ중까지 일을하였다.

그리다가도 열한시가 지나서 피곤한다리를 끌고주인으로 도라오면 그때까지 자지않고 반가히 마자주는 수길의정다운우슴이 그에게는 유일의위로였다.

그러나 한편 음악에 대한욕망과 경애에게 대한미련은 좀처럼 없어지지안었다. 뿐만아니라 그것은 날이 가면갈사록 고통이 심하면심할사록 더욱 가슴속에 치미는것이었다.

그리하야 그는 겨울도 깊어가는어느날 휴일을 리용하여가지고 수길이가 몰우게 경애의집을 다시 찾어갔다.

마침 경애는 어디로 가지않고 집에 있었다.

리종이는 그를 대하니 그동안 진정되였던가슴이 다시금 울넝거리기 시작하였다.

「그동안에 여기 게셨어요?」

경애는 전일보다는 다정하게 말을 걸었다.

「네 그냥 있었어요」

「어디 게십니까?」

「관훈동에 있읍니다」

「그래지금 무얼하구게십니까?」

「상점에서 심부름을 하고있읍니다」

「저런! 퍽 고생스럽지요?」

「뭐 괜치않습니다」

「음악공부는 안하십니까?」

「음악공부요? 어떻게 할수가 있어야지요?」

하고 리종이는 기회를 얻은듯이 반가워서 다시 말을 이었다.

「사실은 경애씨의이야기를 듣고 음악이나 좀배우려구 올나왔는데 어떻게 할수가있어야지요?」

「제말을요?……아이참 책임이 중한데요?」

하며 경애는 자즈러지게 우섰다.

리종이는 우두머니 경애의입만 바라보았다.

「그렇지만 이거보세요 음악이란 그렇게 쉬운것이 아니랍니다. 목소리가 아모리 좋다하더라도 많이 배워야하며 그리구 돈이 있어야한답니다. 돈이없으면 이세상에선 되는것이 하나도없지만 음악이란 특히 더하답니다. 이렇게말하면 섭섭하게 들으실넌지는 몰으겠읍니다만 저는 사실을 말합니다. 이전에 저의가 처음나오던그때와는 아주 달읍니다. 그때는 어지간하면 가수로 나왔지만 지금은 음악학교출신들도 마음대로 못된답니다.」

리종이는 넘우나 끝없는절망에 얼골빛이 새파랗게되였다.

「그렇지만 당신의목소리는 참말 좋와요 만약 방정히 배운다면 반다시 성공하리라고 생각합니다. 제가 소개 해주ᄉ게음악연구소로 가보시지요」

리종의얼골에는 갑작이 생기가 떠돌았다.

「그렇게 해주신다면 얼마나 고맙겠는지요」

「뭐 그야 해들이지요」

「그럼 그렇게 해주세요」

「잠간 기다리세요」

하고 경애는 안ᄉ방으로 들어갔다.

리종의머리ᄉ속에는 다시금 공상의불ᄉ길이 치밀기시작하였다.

이윽고 안방에서 나온경애는 편지한장을 리종에게 내주며

「이걸가지고 가서 김철이라는이를 찾어보시면 알ᄉ것입니다」하고 일너주었다.

「고맙습니다. 그럼 곧 가보겠읍니다」

하고 리종이는 힘있게 일어났다.

그러나 음악연구소에 찾어간그에게 세세히 일너주는 김철의말은 넘우나 그의기대를 뒤집어놓고 말았던것이다.

「그러나 여보시우 불원천리하구 음악 공부하려 올나오신당신에게 이런말슴을 들이는것은 넘우나 참혹한것같지만 그렇다고 사실을 말치않을수도 없는것입니다. 지금 젊은사람들치고는 누구던지 음악음악하지만 음악이란 그렇게 쉬운것은 아닙니다. 저도 칠팔년을 음악에대한것만 배워왔다지만 지금와서 생각하면 후회가 막심합니다. 첫재로 지금세상에 있어서는 돈이없이는 음악이란꿈도 꾸지못하는것입니다. 그리고 유행가수하지만 지금 일년치고도 동경서 넘어오는 음악학교졸업생이 수십명에 달합니다. 그러므로 인제부터는 레코-드회사에서도 간판이 없이는 절대로 채용하지않게됩니다. 무었무었해두 간판세상이니까요 그러므로 이때까지 겨우 붙어나오던 자격없는가수들은 대개가 다- 불원에 정리될것입니다. 약불하면 경애씨두 위태할걸요!」

리종이는 심증이 맥켜서 무었이라고 말이 나오지않었다.

「그러니까 당신두 단념하시는것이 좋으리라구 생각합니다. 첫재로 성악을 하시랴면 발성법만 배우재두 기초지식이 없고는 이삼년 걸녀야합니다」

리종이는 그이상 더앉어서 들을수가 없었다. 그는전신에 맥이 쪼-ㄱ 빠저서 힘없이 일어섰다.

끝없는절망에 지친다리를 끌고 어디를 어떻게 걸었든지 헌화한[1]소음에 머리를 들고보니 자기는 비로소광화문네거리까지 온것을알었다.

그는 다시 머리를 숙이고 더벅더벅 십자로를 건너서 종로로 향하였다.

저무러가는 세모의거리는 한껏 분주하였다.

카브를 돌아가는 전차의요란한소리 자동차의경적소리 악대소리 심장을 찔으는듯한 교통순사의호각소리.

그러나 리종의귀에는 그모-든 요란한소리가 멀-니 수백리밖에서 들녀오는듯 희미하였다.

허둥지둥 몽유병자처럼 걸어가는 그의뒤ㅅ모양. 자기는 지금 땅을 밟고가는지 공중에 떠가는지. 그리다가 그는 거대한건물앞에 이르렀을때 앗! 그무슨폭음소리

---

1) 헌화: 한문구, 《떠들석하다》라는 뜻.

와함께 무거운그무었이 자기의허리에 부디치는것을 느꼈다.

동시에 자기의몸은 수천수만길되는 밑없는 구령으로 떠러저가는것같으며 정신이 앗질하였다.

얼마ㅅ동안을 혼돈상태에 빠졌던지 그가정신을 차렸을때 그는 비로소 종로네거리에서 자동차에치웠고 자기가 현재 누어있는곳이 병원이란것도알게되였다.

몸을 움지기려하니 허리가 불어지는듯하였다.

「가만히 누어게세요 허리가 좀다첫을 뿐인데 얼마간 치료하시면 곧 낳을것입니다」

하고 간호부는 친절하게 일너주었다.

그의곁에서 불안에 떨고있던운전수도 그제야 비로소 얼마간 안심하였다.

리종이는 곰곰히 지나간일을 생각하여보았다.

아모리 생각하여보아야 모든것은 꿈같아였다.

그러나 꿈이라기에는 넘우나 참담한 현실이아닌가?

그는 고향이 갑작이 그리워졌다.

어머니와 아버지가 게신고향!

리순이와 순이가 기다리고있는고향!

그물을 끌고 꿩잡이다니든 솔밭!

이룩이룩한 화로ㅅ불에 마조앉아 한담을하며 감자를 구어먹든 마을의동무들!

아ー하 자기는 무었하려 서울에 왔든가?

힘없이 스르르감은 그의두눈에서는 뜨거운눈물이 하염없이 흘너내렸다.

수길이는 저녁에야 비로소 리종이가 자동차에 치운것을알고 넉없이 병원에 달여왔다.

리종이는 수길이를 보자마자 참었던설음이 복바처올나서 그의손목을 틀어잡고 엉엉울었다.

그러나 상처는 그다지 심하지않어서 일주일후에는 아모일없이 퇴원을하였다.

×

어느듯 해도 밧귀여서 새해를 맞었다.

썩어빠진 과거는 모ー도다 집어던지고 새로운히망과 새로운게획으로 씩씩하게 다시금 용감한출발을 하여야할새해!

그러나 웬일인지 리종의가슴속은 날이갈사록 우울하여지며 향수의 애타는심정에 한숨만 길어졌다.

마지막 일루의히망까지 사라지고만 그에게는 모-든것이 귀치않었다.

아름다운도시의 색과광 그리고 온갓음향도 그에게는 하등의소용도없었다.

다만 눈속에뭇긴 고향생각밖에 없었다.

그러나 그렇다고 자기의심중을 수길에게 이야기못하는그것이 더욱 안타가웠다.

그리하야 일밭으로 끌려가는소처럼 그는 가기싫은상점으로 매일 멋없이 다녔던 것이다.

수길이도 리종의 그눈치를 몰은것은 아니였다.

그는 몇번이나 귀향을 권하여보려하였지만 그럴때마다 문제되는것은 돈이였다.

리종이가 번대야 그것은 생활비나 겨우 될뿐이고 그리고 자기의수입이래야 일정 치못한우에 생활비이상을 버서나지못하는것이 아닌가?

여비라하여도 겨우 십원을 넘지못하는그것이 그들에게는 태산을 헐기보담도 더 어려웠던것이다.

그리다가 어느날밤

그날도 리종이는 여전히 상점에서 열한시가 지나서야 집으로 돌아오니 갑작이 낯몰을사나희가 둘이 방안에서 뛰여나오며 그의좌우팔을 틀어잡었다.

넘우나 의외의일에 리종이는 무었이 무었인지 몰나서 그저 그들이 하는대로 머-ㅇ하니서있었다.

「네가 최리종이지?」

그들중에 한사나희가 포승으로 량팔을 결박하며 날카롭게 물었다.

「그렀오 그런데 이게 웬일이오?」

「잡말말어라 본서까지 가자」

「에ㅅ、 뭐요?」

리종의경악은 한층 더하였다.

「이놈아 걸어라」

그리하야 그들은 말도 묻게못하고 본서까지 끌고가서 그를 유치장에 집어넣었다.

아모리 생각하여도 몰을일이였다.

자기는 이러한곳에 올일을 한일은 조꼼도 없는데.

무슨까닭일까?

생전처음 들어와보는 유치장안의공기는 극도로 그를 흥분시켜주었다.

주위를 살펴보니 뒤집어쓴 탄자속으로 내다보는 창백한얼골들 험상스러운얼골

들,

그들의 날카러운눈은 일제히 그에게로 쏠렸다. 간수가 주는탄자를 바다들고 그는 앉어서 조록하게 밤을 새웠다.

이튿날아침 아홉시쯤하여 그는사범실노 불니워나갔다.

거기에는 빨간눈들이 맹수가 먹이를 노려보듯 독살스럽게 노려보고있었다.

리종이는 부지중에 전신을 옷싹 떨었다.

잠간동안 음산한침묵이 게속되드니

「네가 최리종이냐?」

하고 안경쓴사나희가 나직하게 그러나 위엄성이게 물었다.

「네 그렀읍니다」

리종이는 입이 얼어붙은것같어여 잘 대답할수가없었다.

「직업이 뭐냐?」

「저 상점에서 심부름을 합니다」

「무슨상점이냐?」

「종로에있는 잡화상점인데요 임시로 있읍니다」

안경쓴사나희는 조희쪽에 무었을 적은것을 뒤적거리다가 갑작이 어조를 유순하게하며 물었다.

「그런데 네가 여기서 하나이라두 속히지말구 사실대루말하여야지 그렇지않으면 네몸에 불리하다」

한다음 그는 리종의 원적이며 상경한데 대하야 자세히 물었다.

리종이는 자초이야기부터 하나도 빼지않고 다― 말하였다.

「그렇다면 네가 박수길이를 알게된것은 그때가 첨이란말이냐?」

「네 그렀읍니다」

「그래 둘이 가치있는동안 너는 박수길이가 무었을 하고단기는줄을 몰났느냐?」

「저는 아침 일곱시부터 밤열한시까지 상점에서 지나기때문에 그가 무었을하고 단기는줄은 몰났읍니다. 그저 고학생이니까 여관이나 기타여러곳으로 동정받으려 단기는줄만 알었읍니다」

「그런데 밤에 잘때면 너에게 무었이라구 이야기 한일이없느냐?」

「이야기야 있었지요 여러가지」

「무슨이야기를 하드냐?」

「뭐 시시한 이야기애요」

「사회운동에 관한이야기는 없드냐?」

「그런이야기는 못드렀읍니다」

「뭐야? 속히면 안돼 다-아니까」

「아내요 사실입니다. 그런이야기는 못들었어요」

「이놈아 속히면 불리하다니까」

안경쓴사나희의얼골은 갑작이 변하여졌다.

「..........」

리종이는 겁이 덜컥나서 말할수가 없었다.

「정말없느냐?」

「없어요」

「뭐?……요ㅅ시 코노야로-」

하며 그는 곁에앉은형사에게 눈짓하였다.

기다렸다는듯이 두형사는 발발떨고있는 리종이를 끌고 다음방으로 들어갔다.

그이튿날 그는 또다시 끌녀나갔다가 들어왔다.

그리하야 일주일동안이나 그는 무슨영문인지도 몰으고 유치장속에서 우두커니 지났다.

그리다가 여드래ㅅ재되는날 오후에야그는 무사히 석방되였다.

그는 나와서야 비로소 자기가 잦여간까닭을 알게되였고 그리고 수길이는 무슨비밀결사에 관계한혐의로 평양서에 압송이 되였다는것을 알게되였다.

주인은 그를 보자마자 상을찌푸리며 나가라고하였다.

그리고 상점에 가보니 상점주인도 역시 쌀쌀하게 대하며 몇을동안의게산을 하여주었다.

넘우나 냉정한세상에 리종이는 어이가 맥켜서 말이나오지않았다.

그러나 주인은 나가라고 하였지만 임시로 갈곳은 거기밖게 없었다. 그리하야 하는수업시 염치를 불고하고 주인으로 가보니 거기에는 자기를 붙잡어가던 그사나희가 또 와서있었다.

순간 리종이는 머리가 앗질하며 하늘과땅이 핑-돌아가는것같아였다.

그러나그사나희는 웬일인지 전일보다는 퍽친절하였다.

「최리순이라구 누군가?」

「뭐요?」

리종이는 깜짝놀나 반문하였다.

「최리순이한테서 자네한테 가끼도메(書留)가 왔는데 경찰서에와 찾어가게」

리종이는 제귀를 의심하였다.

「정말입니까? 저의누이동생입니다」

반신반의로 경찰서에 가보니 거기에는 확실히 리순이게서 서류가 와있었다.

그는 넉없이 바다들고 주인으로 돌아왔다.

(어떻게 알았을까?)

울넝거리는가슴을 겨우진정시켜가면서 피봉을뜨더보니 거기에는 편지속에 십원자리 소위체한장이 들어있었다.

「아―리순아!」

하고 그는 부지중에 외쳤다.

……옵바

가신후 한번두 소식없드니 경찰서란말이 웬 말입니까? 넘우나 뜻밖에말에 저는 정신까지 잃었읍니다. 아버지께서는 지금담배만 연겊어피우고 게십니다. 그리고 어머니께서는 질식하신지가 벌서 이틀이나 되였어요.

옵바! 웬일이십니까?

무슨까닭으로 경찰서로 들어가섰읍니까?

집을 떠나신지 넉달이나 되여도 가신곳좇아 소식없드니 이것이 무슨소식입니까?

그적게 장거리 김순사가 와서 일너주는것을 듣고서야 비로소 우리는 옵바가 서울가신줄도 그리고 경찰서로 들어가신줄도 알게되였어요.

옵바! 갑갑하여 죽겠읍니다.

서울로갈수만있다면 지금이라도 당장에뛰여가고싶어요.

순이언니는 옵바가 떠나신후부터 항상 편치안트니 지금은 아주 들어누어서 옵바의소식을 듣고울고만있어요.

그렇지만 옵바! 우리는 믿습니다. 옵바는 반다시 아모일없이 속히 석방되리라는 것을.

여기에 보내는돈은 집에는 칠원밖에 없는것을 순이언니가 삼원을 냈답니다.

옵바! 석방만되면?

아니 그여코 될것입니다. 약소하지만 이돈을 여비로하여가지고 그여코 내려오세요.

아버지께서는 오늘도 종일해를 마루끝에 나앉으세서 남쪽하늘만 바라보시며 한숨으로 지나섰답니다. 그여코 내려오세요.

옵바! 꼭 믿습니다. 리순 상……

다 본다음 리종이는 까닭몰을서름이 복바처서 편지를 끌어안고 넉없이 느껴울었다.

그이튼날 리종이는 넉달전에 처음 도착하던 그때를 생각하면서 한많은경성을 감개무량한마음으로 떠났다.

그리하야 이튼날 고향에 다달었을때 그는 웬일인지 얼골이 붉어지며 사람들을 대하기가 거북하였다.

그러나 고향은여전히 친절하게반갑게 그를마자주었다.

넉달전에 떠날때와 조곰도 변함없는 산과들! 수양벅들 느러선 시내ㅅ가방축!

그리고 평화의꿈에 잠긴듯한 마을의초가집들! 그속에는 자애로운 어머니의품속에 떠도는것같은 온기(溫氣)가 그윽히 떠돌고있었다.

×

어느듯 봄이 돌아왔다.

봄이 돌아오면?

강우에 어름이 풀니고 양지빨은 남향언덕에 문들비가 노-라케 피여서 마을은 잠에서 깬듯 갑작이 분망하여젔다.

봄은 덤(肥料)내는시절!

밭갈이 하는시절!

논뚝에서 나물캐는 처녀들의 치마ㅅ자락은 봄바람에 펄낙거려서 때일은 나븨들이 춤을 추는듯 그리고 물건너벌판에서는 보-햔 아지랑이 타고올으는 종달이들의 노래가 하늘가에 높이구슬을 울니는듯.

한가스럽게 소등에 걸터앉아 덤술기2)를 몰고 물을 건너가던 리종의입에서는 부지중에 흥겨운노래가 멋드러지게 흘너나왔다.

> 피리부는 봄바람
>
> 강까에 불어오니
>
> 빨내하던 숫처녀
>
> 우숨이 절노나네

그소리 닷는곳 언덕밑 내까에서 빨내방망이를 멈추고 고요히 귀를 기우리고있던

---

2) 덤술기: 덤은 《비료》, 술기는 《수레》라는 뜻.

순이는 갑작이 얼골을 붉히며

　「아이 망칙해」

　하고는 아래편 리순이를 도라다보고 부끄러운듯이 우섰다。

(昭和3)九年　一二、一九日밤)

---

3) ≪昭和≫는 일본년호임. 아래도 마찬가지이다.

明日의 太陽◉

(명일의태양을 바라자면 캄캄한 이밤을 지나야합니다)

×

　　오랫동안의 리혼문제와 앞에 닥처올 생활고로 말미암아 고민하던 누의동생 란순이가 결국 죽음으로써 모-든것을 해결하여 버리자는결심하에 양잿물을 먹었다는 급보를 받은 형식이는 십리도 더되는 길을 숨찬줄도 몰우고 정신없이 단숨에 뛰여갔다.

　　그리하야 란순의집 문전에 다달은 그는 머리끝까지 치밀든 숨을 죽여가면서 집안동정을 엿보았다. 만은 집안은 자는듯이 고요하여 무서운변사가 난 집같지는 않었다.

　　넘우나 예기에 억으러진듯한 그모양에 그는 마치 독갑이게나 홀니운듯이 어리벙벙하여서 마당가운데 들어섰다.

　　바께서 들니는 그의신발소리에 방문이 열니더니 란순의집안 싀숙(媤叔)되는 늙은이가 넉없이 뛰여나왔다.

　　「아 사돈께서 오섯구면!」

　　그러자 그뒤에 금년 여섯살밖게 안되는 형식의 외족하 인철이가 뛰여나오다가 마당가운데 우두커니서있는 외삼촌을 보더니 대번에 팍 매달니며

　　「아저씨!」

　　하고 외마듸 소리를 웨친다음 넉을 잃고 울기시작하였다.

　　순간 형식의 머리속에는 불길한 그무엇이 번개치듯 지나갔다.

　　「사돈! 참 대할 낯이 없오、 요행 목숨은 구했지만」

　　「아 그럼 목숨은……」

◉ 이 작품은 ≪新人文學≫ 1935 4-6월호에 발표되었다.

하고 형식이는 제귀를 의심하며 한거름 앞으로 닥어섰다.

「예 요행 의사를 불어다가 토하게하구 목숨만은 돌였어요」

「후—」

형식의 입에서는 무의식중에 한숨이 흘러나왔다.

그다음에야 그는 비로소 어린 족하의 머리를 쓰다음어주며

「우지마라 인철아 엄마가 살았다지!」

하면서 눈물고인눈에 억지로 우숨을 띠우고 달내였다.

「웅 자구 잇어」

「그러냐? 그렇다문 울문 안돼 엄마가 깨나지 말게 조용 해야지」

「웅」

하고 북바치는 울음을 속으로 늑겨우느라고 이를 악무는 어린것의 애처러운 그 모양은 형식의 가슴을 넘우나 저리게하였다.

참다못하야 그는 그만 와락 달여들어 끌어안고 눈물에 젖은 어린뺨을 자기볼에다 대고 부비면서 느껴울었다.

두군거리는 가슴을 겨우 진정식혀가며 방안에 들어서니 코ㅅ구녁을 콱 찔으는 고약한 냄새 그리고 아랫목에 죽은듯이 늘어저있는 란순의 그모양!

해골같이 두눈이 쑥 꺼저들어가고 광대뼈만 앙상하게 내민 그얼굴이 탐스럽게 생겼던 전일의 그모양잇었든가?

넘우나 변하여진 그모양에 형식이는 그만 모로 얼굴을 돌여버렸다. ……

다행이 란순이는 약분량이 적었던것과 의사의 응급수당이 빨렀던 관게로 그날저녁 밤중에는 흐릿 하나마 정신도 차리게되고 말도 조곰식 하게되었다.

그러나 간간 중얼거리는 잡소리와 그무슨악몽에부댁기는듯 두손을 내저으며 허우적거리는 그것은 좀처럼 끈찌않었다.

그것을 보니 형식의 가슴속에는 매부에게 대한 울분이 불같이 치밀었다.

그리하야 그는 전후사도 생각할사이 없이 심중에 쌓이고 쌓였던 그울분을 붓가는대로 매부에게 적어보냈다. 그것은 최후로 보내는 절연장과도 같아였다.

이튼날도 형식이는 집으로 가지않고 란순의 곁에서 떠나지 않였다.

옆에서 어린족하가 앉어서 하얗게 밤을 새우다가 그대로 피곤에 못이기여 어미의 무릎에 기대여 쌕쌕 잠들고 있는것을 보니 형식이는 넘우나 가여운 그모양에 하마트면 다시금 눈물을 떠러트릴번 하였다.

아모리 대선(매부)이가 자기에게는 둘도없는 친우며 그리고 자기가 아모리 그의

하는일에 리해는 한다지만 란순이와 자기는 동기의혈육을 논아가지고 나온 친동생간이 아닌가?

그리고 더구나 애비가 있다지만 그애비의 손목한번 쥐여못보고 아버지라는 일홈조차 불러보지 못한채 육년이란 세월을 쓸쓸하게 어미의 치마그늘 밑에서만 자라온 어린족하를 생각하면 친우고 무엇이고 다시는 영영 맞나보고도 싶지않었다.

(그까짓자식 부모도 몰우고 처자도 몰우는 자식에게 친우가 다 뭐냐? 개같은자식 나오기만해라)

그러나 다시금 돌처 생각한다면 그가아모리 자기의 누의와는 의가 좋지못하다 하더라도 자기와는 어려서 보통학교 일학년때부터 친형제보다도 더 산틀하게 지나오던 사이가 아닌가?

설사 두 가정에서 어른들끼리는 틀닌다하더라도 자기네들의 둘사이만은 영구히 변치말자고 약속까지 한 사이가 아닌가?

그리고 더구나 그는 지금 철창속에서 모-든 자유를 빼앗기우고 있는몸이 아닌가?

아모리 생각하여도 자기는 참아 그를 버릴수가 없었다.

만은 이번만은……

죽음까지 각오하게 된 누의동생의 그심경을 생각하니 그의 가슴속에서는 불같은 원한이 치밀었던것이다.

곁을 돌아다보니 어느틈에 눈을 떳던지 란순이는 흐릿한 눈으로 형식이를 물끄럼이 처다보고 있었다.

「어더냐? 정신이 나느냐?」

그러나 힘없이 반만 열닌 란순의 입에서는 한숨만 흘러나올뿐이었다.

「글세 어쩌자구 그런짓을 했느냐? 이철없는거야」

「오라버니 어째 나를 살였오? 나는 오라버니까지 원망스럽소 내가살면 무엇하오?」

란순의 눈에서는 두줄눈물이 소리없이 흘러내렸다.

「그렇지만 너는 자식이 있지안느냐? 이 귀여운 불상한 자식이……」

하며 형식이는 곤하게 잠든 인철의 머리를 고요히 쓰다듬어 주었다.

「자식? 그까짓 자식이 있으면 무슨소용이 있소? 그자식도 자라면 또 이렇게 남의속만 태워줄것을……」

그러면서 란순의 파리한 손낄은 붉어스레한 인철의 뺨을 어루만지고 있었다. 몇을동안은 란순의 간병에 형식이는 외출도 바로 못하였다.

그덕택에 란순의몸은 차츰차츰 회복되여서 이제는 바갓출입까지 하게되였다. 만은 그래도 형식이는 안심하고 곁을떠날수는 없었다.

더구나 한번 그일이 있은 후부터는 둘도없는 엉석으로 따르고 매달니는 어린족하의 그손낄이 그의발길을 좀처럼 떠나게 못하였다.

「아저씨 가지말우 가문 난 실혀」

「오냐 안간다 걱정말아」

하고 대답할때마다 그의심중은 가시로 찔으는듯이 앞었다.

그러나 호주(戶主)인그는 어느때 까지던지 그냥 머물러 있을수는 없였다.

그리하야 하로는 인철이가 놀러나간틈을 타서 그는 모진마음을 먹고 떠났던것이다.

란순이는 여러사람의 덕택에 다시 살게는 되였다지만 모-든 희망을 다-잃어버린 그의 산송장의 생활은 넘우나 무미하고 쓸쓸하였다.

남들은 자살을 하려다가도 살어만나면 생에대한 애착(愛着)을 더한층 느낀다지만 잠시나마 현실의 쓸아린 고통을 잊어버렸던 그순간이 그에게는 무한이 그리웠다.

—어떻게 하면 살아 나갈까? 어떻게 하면 고통에서 버서날까?—하는 그것이 문제가 아니였고—어떻게 하면 모-든것을 잊어버리는 가장 매력있는 그순간을 다시금 가질수가 있을까?—하는 그것이 문제였다.

만은 외삼촌이 간 이후로는 놀러도 나가지않고 근심스러운 눈으로 감시하듯 어미의 곁에서만 감도는 어린자식의 그모양을 보고는 참아 가엽슨 좁은가슴의 눈물나는 그진정을 배반할수가 없었다.

그리하야 란순이는 아모애착도 없는생을 다만 어린자식의 그심정에 이끌여 몇날을 계속하여 나갔던것이다.

그리다가 몇일후 어느 따스한날 점심때쯤하여 밖에서 신발소리가 나더니

「인철아!」

하고 불우는 형식의 목소리가 들여왔다.

점심을 먹던 인철이는 수까락을 집어던지고 넉없이 뛰여나갔다.

「아저씨 왔네」

하며 옷자락에 반가히 매달이는 어린족하를 둘러안고 형식이는 전에 없던 즐거운 기색으로 벙글벙글 우수며 들어왔다.

「어떠냐? 좀 나었느냐?」

「오라버니우」

하고 란순이는 반갑기는 하였으나 여전히 쓸쓸한 우슴을 띠우고 힘없이 처다보았다.

「또한번 죽어보지 이번에는 내가 와서 도아줄게」

하고 형식이는 연신 벙글대며 좁은 방안을 거닐고 있었다.

란순이는 전에없이 롱담까지 하는 형식의 이상한 그모양에 미간을 찚우렸다.

「흥 죽으라니 어째 섭섭하냐?」

아모말도 없이 이를 악물고 원망스러운 눈으로 처다보는 누의동생의 얼굴을 물끄럼히 내려다보던 형식이는 갑작이 주머니를 뒤적거리더니 편지한장을 끄집어내였다.

「이거 뉘게서 온겐지 알만하냐?」

순간!

란순의 얼굴빛은 그무엇에 질닌듯이 새파랗게 변하여졌다.

봉투에 씨여있는 글씨!

그것은 넘우나 눈에 익은 남편의 글씨가 아닌가?

더구나 후면에 또렷하게 반초로 씨여있는 남편의 그 서명(署名)!

「그리 놀날께 있니? 나한테는 밤낮 오는편지인데」

하며 형식이는 심술굳게도 그냥 놀려주었다.

「그렇게 보구싶거들랑 어디 보렴우나」

「싫여요 누가 보자구 했오?」

란순이는 악을 내여 톡 쏜다음 모로 돌아앉어버렸다.

「허―이거 큰일났군 나꺼지 결불맞는 셈이로구나」

하며 형식이는 딱하다는듯한 표정을 짓고는 돌아앉은 누의동생의 팔을 잡아흔들며 재삼 성화를 식혔다.

「뭐 그다지 그럴께야 있니? 너와는 틀닌 사이라지만 나와는 둘도없는 친구가 아니냐?」

「뭐요? 듯기실소……오라버니게야 친구밖게있오? 동생이 어떻게 됐던말던 친구만 좋으면 그만이지」

「흥 네가 암만 그래봐라 소용이 있는가구……내게는 친구가 제일이다 동생이란게 다 무에냐?」

란순이는 넘우나 어이가 없어서 그저 빤-히 형식의 얼굴을 처다 보고만 있을뿐이었다.

「왜 보니? 밉지?」

「듯기실소。 가오。 어서가오。 동생이구 뭐구 다 거더치우구 다시는 오지마오」

「그래 가지 다시는 안올테니 염려말어라」

하고 형식이는 담배를 꺼내 붙어문 다음 빙그레 우수며 일어섰다.

인철이는 어미의 기세에 눌니워 어쩔줄을 몰우고 두리번기리다가 형식이가 일어서는것을 보고야 비로소 큰맘을 먹고 그의 두루막이 자락에 매달였다.

「아저씨 가지마우 가문 안돼! 놀다가우」

「오냐 놀다가마……나와같이 밖게나가 놀다올까?」

「웅 그래」

하고 인철이는 반가워서 앞에 나섰다. 형식이는 문턱에서 다시한번 돌아다보며

「편지는 뒤두구 갔다올테니 안을보면 안된다」

하고는 의미있는듯한 우슴을 벌신 웃고 나가버렸다.

란순이는 입술을 악문채 아모대답도 없이 원망스러운 눈으로 그의뒤를 노려보고 있었다.

그러다가 방바닥에 놓여있는 편지에 생각이 돌자 그의두눈은 더욱 증오에 불탔다.

획(劃)마다 얄밉고도 원망스러워 보이는 글씨 그우에 또라지게 나타나보이는 남편의 밉살스런 그얼굴!

그는 그만 참다못하야 와락 거더쥐고 쪼각쪼각 찢어버리려 하였다.

만은 다음순간 그의머리속에는 전에없이 던저주고나간 형식의 그롱담이 갑작이 떠올우고 그리고 웬일인지 알수없는 야릇한 생각에 이때까지 미워하던 남편의 그 얼굴이 새삼스럽게도 가슴속에 자자드는것 같아여손길은 힘없이 스르르 풀였다.

그리고 비록 자기에게 온것은 아니지만 무엇이라고 씨여있는지 내용이 알고싶었다.

그리하야 몇번이나 망서리다가 결국 큰맘을 먹고 그는 떨니는손으로 안을 끄집어냈다.

편지는 의외에도 두장이였는데 한장은 꽤 긴 편지였다. 그는 위선 짤은것부터 펴보았다.

역시 낯익은 정다운 글씨였다. 그리운 필적이였다.

(그리운 동무야 너의편지는 자세히 보았다。 오랫동안의 나의악몽은 인제야 청천백일하에 깨여졌다。 만은 구태여 거기대한 긴말은 하지안으련다。 다만 동봉하여 보내는 편지를 보면 잘 알것이다。 너는 그저 나의 충실한 동무로서 나에게 대한 신의만 직혀주면 그만이다。 사랑하는 동무야 부디 이 편지를 나의 안해에게 전하여주기를 바란다……)

란순이는 넉없이 다음편지를 펴보았다。

(사랑하는 안해여!)

「앗」

란순이는 무거운 쇠뭉치로 불의에 뒤통수를 어더맞은듯 하였다。

그는 실신한 사람같이 우두커니 앉어서 편지의 첫줄에서 눈을 떼지못하였다。

(사랑하는 안해)

이것이 웬일일가?……

꿈이아니고 참말일가?

그는 제눈을 의심하였다。

넘우나 뜻밖에 일! 꿈같은 일!

만은 꿈이라면 넘우나 또렸한 꿈이고 그렇다고 현실이라기에는 넘우나 꿈같은 현실이 아넌가?

다시보고 다시보고 아모리 다시 보아야 틀님없이 자기에게 보내는 남편의 편지였다。

란순의 입에서는 알수없는 한숨이 저절여

「하―」 하고 터저나왔다。

그리고 긴장되였던 전신은 일시에 풀여서 땅바닥으로 잦아드는것 같아였다。

집도 세상도 자기의몸조차 안개속에 꿈같아였다。

다음구절을 내리보는 그의눈은 흐릿하여 무엇이라고 적혀있는지 잘 분간할수가 없었다。

(사랑하는 안해여!)

지금에 와서야 이렇게 불우는것은 넘우나 제손으로 제심장을 찔으는것같아여 참아 불을수가 없오。 하지만 나도 사나희오。 사나희인 이상 자기의 잘못을 깨닷게되면 곧 그자리에서 청산을 하여버리는것이 인간으로서의 본분이라고 나는 확신하오。

그러므로 나는 조곰도 서슴지않고 곧 당신을 내사랑하는 안해하고 불우오。 당신이 나의죄를 용서하여 줄넌지는 몰우겠지만……

만은 당신이야 용서하던 말던 나는 참회의 뜨거운 눈물로 이편지를 쓰고있오. 그리고 편지로서만 아니라 진실성있는 나의행동으로서 과거의 모-든것을 사과하며 청산하려하오. 비록 내가 지금 이렇게 부자유한 생활을 하고있는 몸일지언정!

생각하면 나는 넘우나 어리석었오.

자기기만(自己欺瞞)으로 모-든 자체내의 모순을 도금칠하여 왔오.

사회를 위하야 일한다고? 천만에……자기 일개인의 모순도 해결을 못하는인간이 어떻게 사적적 모순을해결한단 말이오?

사회를 위하야 일한다는 놈에게 리혼이란 다-무에요?

-리상에 맞는 자기의사업을 리해하고 도아줄 동지적안해를 얻는다구?-

아! 이얼마나 몰렴치한 자기 기만이였오? 나는 내자신에게 반문하오.

-그렇다면 너는 그러한 위대한 언사를 느려놓기전에 웨 먼저 너의안해의눈부터 띠워주지 못하였으며그리고 무조건으로 너를신임하는 너의안해의 그손을 이끌어주지 못하였느냐?-

(사랑하는 안해여!)

이것이 과거를 뉘우치는 나의 모-든것이며 여기에 대한 엄청한 자기비판과 정당한대답 그것이 당신에게 대한 사회에 대한 사과의 전부요.

나는 이 몇일동안 바로 자지도 못하고 생각하였오. 낮이면 고된 시역에 시달여가다가도 밤이되여 유일의 안식처인 이감방안으로 들어만오면 밤새가며 혼자서 생각하였오.

그리다가 겨우 지금에 와서야 깨달었오.

과거의 나의행동에는 넘우나 많은 오해가 있었고 더구나 리혼을 듯기좋은 사회적사업운운(云云)으로 정당화식힌 그속에는 확실이 개인의 향락을 가정의향락을 위한 그어떤 범죄가 엄연하게 숨어있었오.

이것이 지금에 와서야 깨닷게 된것을 생각하면 아니 벌서 깨닷고서도 비렬한 근성(根性)으로 인하야 청산못한것을 생각하면 나는 머리를 가루가 되도록 산산히 깨트려버려도 시언치 않을것같오.

더구나 하마트면 어리석은 나의죄로 말미암아 아까운 희생자까지 날번한 지금에와서 이렇게 뻔뻔스러운 긴말을 느려놓는다는것은 넘우나 파렴치한 행동같소.

하지만 나는 어디까지든지 뉘우칠것은 뉘우치고야 말 결심이오…….

그러니까 인제부터는 부디 울지도 말고 설어도 마오. 내 사랑하는 안해여!

우리들의 한숨과 눈물은 그렇게 갑싼것은 아니니까. 당신이 만약 이렇게 소생된 나를 올타면 당신은 누구보담도 내마을을 알아주고 그리고 씩씩한 당신의 행동으로서 우리들을 위로하여 주어야하오.

그리고 참 우리들사이에는 미래의 우리들의 사업을 인게하여나갈 그 귀한자식이 잊이않오? 아마 지금 여섯살은 되였을줄아오.

인간의사업이 언제든지 명일을 위하야 금일을 희생하는것인것만큼 당신은 그자식을 위하야 그리고 그밖게도 수없이있는 애비없는 그자식들을 위하여 금일을 희생하여야 하오.

명일의태양을 바라보자면 지리한 이밤을 새워야 하는법이 아니오?

당신은 명일의그태양을 얻기위하야 금일을 울지말고 씩씩하게 보내야하오.

(사랑하는 나의안해여!)

나는기뿌오. 끝없이 기뿌오.

나는 아버지와 어머니를 잃었다지만 새로운당신을 얻을것을 생각하면 무한히 기뿌오.

그리고 나는 믿소. 굳게 믿소.

당신은 영원히 나의안해가되고 조선의어머니가 될것을……

봄이라지만 아직도 입김이 어리우는 일은봄 이감방안도 래일부터는 새로운 나의 출발에 훈훈하여질것이오. 그리고 아직도 앞으로 네해라지만 그것은 잠시갈것이오.

안해여!

잘 시간이 되였오. 간수는벌서 두번이나 이 독방문을 두달이며 독촉을 내리웠오. 인제는 더쓸내야 쓸수가 없오.

마지막으로 다시다시 부탁하는것은 아모쪼록 갑쌘눈물과 한숨을 짓지말고 명일의 태양을 위하야 암흑의 이밤을 씩씩하게 나가달라는 그것이오.

그는 편지를 보았어도 본것같지 않고, 그어떤 형체를 잡을수없는 환영(幻影)을 본듯하였다.

「내사랑하는 안해여?」

그것이 정말일까? 꿈이 아닐까?

아! 꿈이라면 깨여지지나 말었으면!

「사랑하는안해」

몇해만에 들어보는 말인가?

일년、 이년、 삼년사년…오년、 육년。

그렇다、 확실히 육년만에 비로소 처음 들어보는 말이다.

「사랑하는 나의안해」

「사랑하는 남편이여!」

하고 그는 입속으로 고요히 불러보았다.

그리고는 이성을 모르는 숫처녀처럼 저혼자 얼굴을 붉혔다.

오! 잊어지지도 않는 정다운 그 이름이여!

다시금 편지를 내리보는 그의 눈앞에는 전일의 달고도 쓰리던 모-든그일이 활동사진 「필림」처럼 차례차례 풀려나오기 시작하였다.

×

생각하면 구년전여름. 어느 비가 줄줄 나리는날! 서울가서 공부하던 옵바형식이가 하기휴가로 돌아온다는 기별을받은 란순이는 그를 맞으려 올케와함께 마을에서 얼마간 즘처있는[1] 정거장으로 나갔다.

약한시간이나 기다린다음、차가 도착하였을때 차에서 나리는옵바를본 란순이는 넋없이 달려가서 어리광을 부리듯 그의품에 매달렸다.

그리다가 형식의뒤에 따라내리는 그어떤 낯모를 학생을보고 그는 마치 못난짓이나 하다가 남에게 들킨것처럼 무안하여 몰아서버렸다.

그리고는 주뭇주뭇하는 올케와함께 형식의손에서 트랭크며 빠스켙을 받아들고 옆에 비켜섰다.

「대선아 오늘지녁은 우리집에가시 자구 내일 넘어가거라」

하고 형식이는 란순이가 가지고나온우산을 펴들고 동무를 돌아다보며 말하였다.

「아니 가야겠다」

하고 동무는 서슴지않고 거절하였다.

「가다니 이비에 어떻게 가느냐?」

「무얼 괜치않다」

「못간다 무슨지랄을 만나서 찬비를 맞으며 간단말이냐」

하고 형식이는 나물하듯 말하였다.

마는 동무는 그대로 고집을 세우고 듣지않았다. 뒤에서 아모말도없이 올케와함께 묵묵히 따라가던란순이는 불의에 올케를 처다보고 알수없는우슴을 웃었다.

올케도 따라웃고는 얼굴을 붉혔다.

---

1) 즘처있다: ≪떨어져있다≫는 뜻.

그러나 란순이는 웬일인지 대선이라고 부르는그학생이 자기의집에가서 하로밤 묵어주었으면 싶었다.

그리고 종시 듣지않는그의태도에 그는 알수없는 얕은 실망을 느끼게되고 동시에 일종의 원망스러운생각까지 치밀었던것이다.

「그럼 우산이나 들구가렴」

하며 형식이는 할수없다는듯이 란순이를 돌아다보고

「네우산을 좀빌려라」

한다음 란순의 헌겊우산을 그에게 주었다.

「괜치않다 그만둬라」

하며 그는 얼굴이 빩애저서 사양을 하였다.

「우산두없이 어떻게 가느냐? 어서 쓰구가거라」

그러나 그는 란순의쪽만 미안한듯이 바라보며 구지 사양을 하였다.

곁에서 보기가 그모양이 너무나 안타까워 란순이는 잠자코 있을수가 없었다.

「아니 비가오는데 쓰구가세요」

저로서도 너무나 당돌한 뜻밖의말에 란순의얼굴은 그만 다홍빛으로 되였다.

「아 고맙습니다 괜치않습니다」

하고 대답하는 그의얼굴도 빩앟게되였다.

그날밤 란순이는 웬일인지 잠자리에 들어서도 공연히 가슴이 울렁거려 잠들수가 없었다. 이튿날은 훤-히 개이고 하늘에는 구름한점없이 일기가 좋았다.

란순이는 아침부터 속으로 은근히 그가 오기를 고대하였지만 종일해를 기다려도 기다리는그는 그림자도 나타나지 않었다.

생전처음 느끼는 이상한 실망이 그의마음을 끝없이 울적케하였다.

그리다가 그이튿날 점심때쯤하여 형식이가 동리로 나간후 대문밖에서 삽살이가 짖더니 낯익은교복에 교모를쓴 그가 들어오는것을보고 란순이는심중이 콱 막히는 듯하며 얼굴이 혹군하였다.

대문안에 들어오던 그도 란순이를 보더니 우뭇주뭇하다가

「저 형식이가 있읍니까?」

하고 겨우 입을열었다.

「어디 나가섰는데요」

하는 란순의목소리는 모기소리만 하였다.

대선이는 딱한듯이 어찌할줄을 모르고 망서리다가

「저 우산을 가저왔는데요 늦어서 미안합니다」

하고 한쪽손에 들었던우산을 란순의앞에 내밀었다.

「천만에요」

하고 받아쥐는 란순의손길은 가느다란경련(痙攣)을 이르키며 바르르 떨고있었다。

그리다가 그는 있는용기를 다하여 겨우 별렀던 말을 끄집어냈다.

「동네루 나가셨는데 제가나가서 찾어보지요」

「아냐요 그만두세요」

하고 대선이는 놀란것처럼 황망한태도로 말했다.

거기에 란순의어머니가 나왔다.

「어디학생인지 들어오지오!」

「예 고맙습니다。 저는 형식이와 한학교에 댕기는 고개넘에 한대선이올시다」

하고 대선이는 공순하게 머리를 숙우렸다.

「아니참 우리애가 밤낮 얘기하든학생이구만 어서 들어오」

「예 고맙습니다」

「얘 란순아 얼른나가 찾어봐라」

「예」

하고 란순이는 대선이가 마루에 올라서는것을 본다음에야 대문밖으로 나갔다.

생각하면 너무나 순정에 불타는 그시절이였다.

그후부터 둘사이는 자연히 친하게되었고 좁은가슴속은 끓어오르는 정열에 미여질지경이였다。

그러나 이렇다하는 마음속에 깊이 감춘 비밀의 열쇠는좀처럼 서로 바꾸지못하였다。

그리다가 방학도 끝나고 내일이면 떠나겠다는 그날밤 둘은 남몰래 하늘에 깜박이는 별빛을따라 고개장말게서 조용히 맞났다.

「내일 떠나시면 명년여름에나 오시지요?」

「예 다행히 일본가서 락제나 않되면」

「일본가신다니 어째 다시뵈옵기 힘들것같애요」

「웨요? 일본가두 방학이면 올텐데」

「그렇지만 너무나 멀리로 가시는것같애요」

「그렇지않답니다。 지금은 교통이 빨라서 서양에 갔더래두 몇일않걸려서 돌아오게된답니다」

「그건 그렇지만」

둘의 대화는 안타까운심중에 비하야 너무나 평범하였다.

「란순씨 당신두 공부를 좀더해보시지요」

「천만에요 제게다 무슨공붑니까? 보통학교를 졸업한것만해도 태산인데요」

「허지만 이세상에서는 배우고 알어야한답니다」

「그렇지만 오라버니두 지금겨우 하는 형편에 어떻게 저까지 합니까?」

「그러면 집에서 자습이래두 해야지요」

「그야 하구싶지만 어디 책이 있어야지요?」

「제가 서울가면 보내들일까요?」

「아이참 그럼 얼마나 고마울는지요 그렇지만 어떻게 그렇게」

「뭘 그만하거야!」

둘은 나직하게 한숨을쉰후 하눌을 쳐다보았다.

거기에는 수많은별들이 깜박거리며 가슴속에 깊이묻힌 둘의비밀을 엿보고있는 듯.

「서울에는 저별보다도 더많은 전등불들이 빛이고 있다지요?」

「그렇답니다 밤에도 낮과같이 밝답니다」

「그리구 여자들도 중학교전문학교로많이 댕긴다지요?」

「그렇습니다 많이들 댕깁니다」

「아이참 그여자들은 얼마나 좋을까?」

몇번이나 벼르다가도 둘은종시 심중에 진정을 털어놓지못한채 한숨만 쉬곤하였다.

「내일떠나실때 저의집으루 오시지요?」

「네 형식이와 가티 떠나겠서요」

「몇시쯤에나 오시겠서요?」

「아침후에 곧가겠서요」

「차는 몇시참니까?」

「새루 한시참니다」

둘의입에서는 또다시 한숨이 흘러나왔다.

그리하야 이튼날점심때 가슴속에 쌓이고 쌓였던 그하소연을 한마디도 못한채 서로 갈라지는둘의심사는 예리한칼로 싹싹 오리는것같아였다.

그후 서울서오는 형식의편지속에 끼워서 대선의편지는 몇번이나 란순의가슴속에 안기였다.

그러때마다 란순이도 정성을다하야 써보냈다. 그러나 여전히 고개장말게서 그 날저녁에 주고받던 그러한평범한말로.

그리다가 「사랑하는 란순씨」라고한 일생의기억에서 뽑아 버릴수없는 그달콤하고도 가슴을 찔으는듯 한말이 적혀진편지를 받아들고 너무나 끓어넘치는감격에 느껴운것은 이듬해봄 뜰앞에 살구꽃봉오리도 방긋이 웃으려는 어느날 석양이였다.

그것은 형식이와 대선이가 중학을 졸업하고 일본가서 보낸 처음편지였다.

그후부터 둘사이는 허물없이 서로 진정을 속삭이게 되었다. 아조 대담하게……

기다리던 여름방학이 왔다.

꿈에도 잊을수없는 고개장마루의그밤이 몇번이나 계속되었다.

그리고 더구나 둘의심혈을 울린것은 결혼문제였다. 그리하야 방학도 거이가는 어느날 좋은날 배나무집최좌수가 날책을보고 좋다고하는그날 둘은 백년을 가약하는 화촉지전2)을 이루었다.

갑작이 변하여진 둘사이의 불우는칭호(稱號)!

「대선씨」는 「남편으로」!

「란순씨」는 「안해로」!

두군거리는 가슴을 부둥켜안고 남편의품안에서 밤새도록 달콤한감격에 느끼던 첫날밤、그밤!

감홍(甘紅)의꿈에 취하였던그밤!

그리다가 그꿈도 채깨기전에 다시금 흘려야할 이별의 쓰라린눈물!

공규(空閨)에서 외로히 잠못자고 멀리간사람을 기다리는일년은 지리하기도하였다.

일년이 지났다.

이년이 지났다.

남편의사랑은 여전히 변치않고 한결같아였다.

삼년ㅅ재 여름이 지나자 란순의몸은 웬일인지 나릿한피곤에 사로잡혀 그어떤권태(倦怠)를 느끼게되었다.

한달이 지나고 두달이 지나고 석달이 지나서야 그는 비로소 임신한줄을 알게되

---

2) 華燭之典, ≪결혼식≫이라는 뜻.

었다.

너무나 놀납고도 반가움에 그는 저혼자 치마ㅅ자락을 염어놓며 얼굴을 붉혔던것이다.

그리하야 십삭만에 귀여운옥동자를 낳아놓고 그는 방학이 되기를 고대하였다.

남편에게 드릴 세상에 둘도없는 귀여운선물! 기다리자니 천추(千秋)보다도 더 오랜것같은 그날마다여!

그러나 방학이되여서 형식이는 돌아왔지만 기다리는 남편은 돌아오지않었다.

천지가 꺼진듯한낙망에 고개넘어 형식이를 찾어갔을때 그는 마치 남편이 돌아안온것이 옵바의 탓이나되는것처럼 원망스러운눈으로 그의얼굴을 쳐다보았다.

형식이도 웬일인지 누이동생을 대할면목이 없는듯이 얼굴을 돌렸다.

「방학동안에 공부를 하겠다구?」

아! 그얼마나 원망스럽고도 밉살스런공부ㄴ가?

그후형식이는 아버지가 돌아가시는바람에 영영다시 들어못가고 집을 지키게되었다.

그리고 웬일인지 거이 하로건너로오던 남편의편지는 사흘건너로 닷새건너로 열흘건너로……열장이 다섯장、석장、한장、마지막에는 영영 끊어지고말었다. 너무나 애끊는생각에 란순이는 몇번이나 속타는 제가슴을 쥐어뜯었든고?

기럭이가 울면서 초생달을 타고넘고 쓸쓸히 저물어가는창밖에 소리없이 눈이 푸실푸실내리고 그리고 강남갔던 제비도 다시돌아왔건만 기다리는사람의 편지는 오지않었다.

그리다가 봄도 다간어느날 고대하던편지는 왔다. 만은 그것은 너무나 기대에 억으러진 청천벽력이 아니였든가?

「이혼? 이혼?」

「아! 이게 무슨말이오! 이혼이라니? 아!」

천지가 일시에 뒤집힌듯 태양이 꺼진듯.

그는 그만 그자리에 깜으러치고말었다.

그후 얼마있지않어서 남편은 갑작이 돌아왔다. 그러나 안해의존재는 잊어버리고 집에는 붙어있지않었다.

더욱히 생전 들어도못본 「청년동맹」이오 「신간회」요하며 주야를 가리지않고 동분서주에 눈뜰사이도없이 바쁘게 지냈다.

간혹 몇을만에 한번씩 들어온대도 안해만 눈에띠우면 가시같이 역이고 어린아이

소리만 들려오면 먹던밥이라도 비앗고 뛰여나가는 남편이였다。 생각하면 그얼마나 분하고도 원통한일이였든가? 만은 그는 참었다 기다렸다。

어느때든지 반듯이 한때는 남편의마음이 자기의 품안으로 돌아질것을 믿고 기다렸다。

그러나 남편의태도는 날이가면 갈사록 더욱 냉정하여졌다。

그리고 그우에 읍(邑)에사는、 어떠한 신여성과 연애한다는 소문까지 떠돌았을때、 란순의심장은 찢어지는듯하였다。

더구나 그여자가 자기와는 보통학교시대의 동창이였고 그후 서울가서 중등교육을 받고온여자라는 그말을 들었을때 그는 당장에 뛰여가서 오리오리 찢어놓아도 시원치 않을것같아였다。

그후부터 란순의가슴속에는 남편에게대한 증오의불길이 더욱치밀었다。

따라서 싀부모에게대한 태도며 어린자식에게대한애정도 식어저가고 다만 세상 모-든것을 원망하고 저주할 그생각밖에 나지않었다。

그래서 싀부모의말대답을 한일인들 몇번이였으며 공연히 불상한어린자식을 몹시군일인들 몇번이였든가?

싀부모도 며누리의역정스런 그태도에는 아무말도못하였다。

싀아버지는 밤낮 술이였다。

술로서 모-든괴로움을 잊으려하였다。

싀어머니는 속을태우다못하야 자리에 들어누었다。 집안은 날마다 거츠러가고있었다。

거기에 무서운소식이 들려왔다。

하늘과땅을 뒤집는듯한 무서운소식!

전도(全道)를 휩쓸어가는 폭풍에 글자나 배운 젊은청년은 다- 휩쓸려갔다는 무서운소식! 대선이는 그중에서도 선코에 휩쓸린한사람이였다。 이 소식올들은 란순의 집안안은 그러지않어도 시산하던것이 더욱 시산하여저서 그야말로 살풍경이였다。

몇일동안은 굴뚝에서 연기도 나지않었다。

날마다 더하여가는 싀아버지의 술주정과 싀어머니의 병고는 너무나 보기가 괴로 웠고 그리고 더구나 그중에서 어룬들한숨에 부닥기는 어린것의 그모양은 참아볼수가 없었다。

그리다가 몇달이 지나서 남편들의공판이 열린다는소식을듣고 란순이는 평소에는 원수같이 역이던 부부간이였지만 그래도 남편이라 더욱이 옥중에서 고생하는 남편이라 면회나 하여보려고 의복한벌을 새로 지어가지고 형무소로 찾어갔다. 그러나 남편의마음은 넘우나 어름같이 찼다.

불원천리하고 찾어간그가 남편에게서 면회거절을 당하고 돌아섰을때 그의맘은 울수도없었고 다만알수없는 허구푼우숨만 나왔던것이다.

그리하야 그는 몇번이나 바다까를 헤매였으며 철로길을 헤매였든가?

만은 등에없은 가련한 어린자식과 고향에 게신 싀부모의 가여운 그모양에 눈물을 먹음고 그는 다시금 고향땅을 밟게되였다.

힘없이 의복꾸렘이를 다시안고 돌아온며누리를보고시아버지는 주먹으로 눈물을 씻으며

「어찌다가 돌아왔느냐? 나는 너를 다시는 보지 못할줄로 알었다」

하며 어린애처럼 엉엉 느껴울었다.

란순이는 그만 목구녁이 콱 맥키는듯하여 땅바닥에쓸어지고말었다.

일년이 지났다. 산송장의일년이……

일심에서 불복(不服)한 남편들의공소(控訴)가 이심에서 기각(棄却)이 되였다는 소식이 신문에 굉장히 났을때……

고개넘어 본가로 갔던란순이는 급한 기별을받고 한밤중에 넋없이 형식이와함께 허둥지둥 집으로 달려왔다.

만은 그때는 벌써 그의집은 재로 화하고말렀다. 동리사람들이 애쓰고 겨우 재속에서파낸 시부모의 시체를 아니 깜아케 숯(炭)이된 해골을 보았을때 그때부터 란순이는 벌서 숨쉬는죽엄이 되였던것이다.

그는 눈물도 흘니지않었다. 한숨도 짓지않었다. 다만 제손으로 제집에다가 불을 질러놓고 그속으로 뛰여들어간 시부모의 그축에빠진것만이 무한히 애닯었다.

그리하여 형식이가 새로사준 오막사리집에서 시부모의 졸곡(卒哭)을 치루고 이튿날 뒤ㅅ재 공동묘지산소에 댕겨온그는 어린것을 이웃집으로 보낸후 미리부터 준비하여 두었든 양재물을 풀어먹었던것이다. ……

×

여기까지 생각하고나니 그는 정신이 피-ㅇ 돌아가는것같아였다.

아-하 생각하기에도 넘우나 가슴이 저리는 애끝는 추억이여!

꿈도 희망도 태양도 다 잃어버리고 죽음의 나라를 찾으려는 자기에게 「사랑하는 안해」라는 이것이 웬일일까?…………

몇해를 계속하던 장마비가 개인뒤 구름속에서 빛어주는 해빨을 본듯 넉없이 보던편지를 거더안는 여인이여!

류년만에 처음으로 빛나는그눈!

그리고 그눈속에 고요히떠올으는 구년전 비오던 그날이여! 고개장마루의 그밤이여!

얼마동안을 꿈속에취한듯 정신없이 앉아있었던지 문닷는소리에야 그는겨우 정신을차리고 창문쪽을 내다보니 거기에는 형식이가 빙그레 우수며 내려보고있었다.

그리고 그의곁에는 인철이가 근심스러운눈으로 자기를 바라보고있었다.

그는 무의식중에 그만 어린것을 끌어안고 알수없는 설음에 느껴울었다.

「인철아 인철아 아─엄마가 잘못했다 인철아」

그리고는 눈물어린눈에 우숨을 띠우고 형식이를 처다보았다.

「오라버니」

감개무량한 순간이였다.

형식의눈에서도 뜨거운눈물이 방울방울 흘러내렸다.

「오라버니 이편지가 정말일까요? 나는 었재꿈같아오」

「정말이다 란순아 나는전일 네가 약을먹은 그날 모─든인연을 끊어버릴결심으로 절연장을 써보냈다. 그랬더니 오늘아침에 이편지가 왔드구나」

두남매는 서로 힘있게 손목을 틀어쥐였다.

「아─ 오라버니 내가만약 죽었드라문 었재겠오? 아─ 내가웨 그런즛을 죽다니 철이 없었지 인철이를 엊어구 죽는단말이우? 오라버니 내죄를 용서해주」

하고 애원하듯처다보는 그의눈에서는 새로운 눈물이 비옷 쏘다저내렸다.

「지난일을 말하면 무엇하느냐? 인제는 앞에돌아올일이나 생각해라. 편지에는 잊지안트나? 명일의태양을 바라기위하야 금일을 울지말나구」

「명일의태양? 오라버니 그게 무슨뜻이오? 나는 보았어두 잘몰우겠수」

「차츰 알때가 오는법이다. 네가 남편말대로만 한다면」

「그럴까요? 그렇지만 그밖게말은 다─알것같애오. 인철이를 고히길너달라구요? 그뜻은 말치안어도 잘알니는것같애요. 아─ 내가 만약 죽었드라면 었재겠오?……인철아 인철아」

하며 그는 무슨영문인지몰라서 어리벙벙하여 둘의얼굴만 번가라처다보는 인철의허리를 다시금힐끔 끌어안고 그의머리에다 볼을대고 부비였다.

「아─ 착하지 우리인철이가. 너두 압바같이 훌륭하게되여야한다. 압바가 보구싶지?」

그러나 인철이는 머리를 좌우로 둘레둘레 흔들며 도리질을 하였다.

「뭐? 보구싶지안어? 아냐, 넌 몰나서 그런다 우리 인철이 몰나서 그러지……오라버니! 인철이가 압바가 실타오. 그럴리가 있오? 몰나서 그러지……나는 륙년전 여름방학에 그의에게 둘이자던 선물을 곱게 키웠다가 이다음 그의가 나오시면 들일라오 오라버니!」

「그래야한다. 그래야 너는 대선의안해가 분명하구 내동생이 분명하다. 그러게 울지두말고 한숨짓지두 말구 씩씩하게 금일을 보내야한다구 너의남편두 그렇게 써보내지 안었느냐? 아혀 인제는 울지말구 웃고지내라. 네해ㅅ동안이라지만 그것은 잠시 가느니라」

「그러겠우. 네해가 아니라 열해 스무해라도 아니 일생이래두 나는 울지않고 기다리겠우!」

하며 기쁨에 넘치는 우숨을 고요히 웃고있는 그의눈에서는 여전히 눈물이 흘러내리고 있었다.

(昭和九年、三月一七日밤)

歸鄕

（一）

　―욕체적으로도 정신적으로도 패배(敗北)를 당하고……인제 남은것은무엇이냐? 아모것도업다. 다만 썩어빠진 송장박게는……그럿타 남은것은 송장뿐이다. ―

　김변호사가 댕겨간후 인호는 쓸쓸한 방안에 우두커-니안저서 마즌편벽에빗친 그림자를물끄럼히 바라보며 자긔의신세를……넘우나 무참하게도 되여버린 자긔의 신세를 생각하야보앗다.

　웬일이지 저로서도 알수업는 조소에갓가운 허구푼 우슴만이 작구 흘러나왓다.

　―어머니가 려비까지 보내시구 기다린다구?―그는 방바닥에 아직도 그냥 김변호사가 두고간대로노혀있는십원짜리석장을 어슴푸레한눈으로 내려다 보앗다.

　당기며 늦추며 가진수단으로 타일으든 김변호사의말을 고요히 되풀어 생각하며 피곤한듯이 벽에가 비스듬히 기대고 눈을 스르르 감으니、안개속에서 걸어오듯 어머니의 그림자는선명치못하게 머리속에떠올랏다.

　그리고 선명치못한 그것은머리속에서 방글빙글돌아가며 누의인순의 그림자로도 되어보이고 어떤기생으로도(그도나이먹은 퇴물인으로)되여보이고 마지막에는 어두운골목에서 뭇사나희들의 팔목을끌어들이는 매춘부로도(코ㅅ장등에 매독이우글 우글 지향을풍기는)되어보엿다.

　그는 어즈러운환영을 뇌리에서 쓸어버리랴는듯이 머리를한번좌우로 흔들어노코 는눈을 거슴츠러하게뜨고 전등들을 바라보앗다.

　그리고 지나간날을 다시뒤저보기 시작하엿다. ―

　몇해전이엿든지 잘따저 볼수는업지만은 확실히 그것은자긔가 중학교삼학년때 일이엿다―

◉ 이 작품은 1935년 7월 18일부터 30일까지 ≪朝鮮中央日報≫에 련재되였다.

　여름방학이 돌아오자 아버지는 무슨생각으로서엿든지 고향에가서 한여름동안을 놀다가오라고 려비를주엇다.

　고향을떠난지 몇해가 되어서 몇번이나 방학을마저도 남달은 특수한처지에 잇기 때문에 다만 꿈길에만 더듬어보든 고향의면모를 실지로 차저보게 되엿슬때、 인호는얼마나 반가윗던지아버지의손목에 매달려 늑기기까지하얏던것이다.

　그리하야 그날밤차로 서울을 떠날때 그전해에 한번 고향에 댕겨온일이 잇는 인순이는 정거장까지 나와서 열번도 더당부하얏다.

　「인호야! 너 이번에 갓다가 어머니를 맛나면안된다」

　「어머니라니?…… 어머니어듸 잇느냐?」

　인호는 뜻밧게말에 깜짝 놀라면서 반문하얏다.

　「글세 어듸서던지 맛나면 안된다. 아모리 누가와서 꼬이더래두 고지듯지말어라. 만약 네가 어머니를 맛난다면 아버지에게 큰일난다」

　하며 인순이는 동생의 손목을 틀어잡고 애원하듯 말하얏다.

　인호는 가슴속이 그득하여서 그이상 더 캐여뭇지못하고 힘업시 머리를 끗떡거렷다.

　이윽고 차가 움직이기 시작하자 인호는 차창으로 내다보매 인순이의 눈에서는 무엇인지 전등빗에 번쩍하는것 가탓다.

　밤새껏 쉬지안코 닷는 차속에서 아홉살때의 고향의 그림자만 머리속에 그려보며 시달려가노라니 어느듯 날이 훤-히 밝고 해가 뜨기시작하얏다.

　피곤한 머리를 들고 차창으로 멀-리 내다보니 아침햇빗에 금빗으로 얼는거리는 바다 아―저것이동해바다로구나….

　인호는 부지중에 저혼자 벌신 웃고는 넉업시내다보앗다.

　그리고는 초조한 마음으로고향에 도착될 시간을 속으로 따저보앗다.

　이윽고 고향정거장에 도착하엿슬때 그는 넘우나 끌어넘치는감격에 한참동안은 푸랫트홈에 실신한 사람가티 어쩔줄을 몰으고 서잇섯다.

　고향은 예긔와가티 그를 반갑게 마저주엇다. 몃칠동안은 오래간만에 맛난 친척들집으로 돌아단니며 꿈가티지낫다.

　그러다가 어느날!

　그는 바다ㅅ가에나갓다가 한사십되여보이는 낫몰을 부인을 맛낫다.

　그부인은 얼마간주저하는 긔색을보이다가 마츰내 결심한듯 인호의아페와서부두럽게우수며

「자네가 인호라는 서울서 온 학생인가?」

하고 은근히 물엇다.

「네 웨 그러십니까?」

하고인호는 무뚝뚝하게 반문하엿다.

부인은 얼마간 당황한빗으로 얼골을붉히고부자연하개웃다가

「좀전할말이 잇서서 그러네」

한다음 인호의긔색을 엿보앗다.

「무슨말입니까?」

「달은사람에게 말을 내면 안될일인데」

하고 그는한참동안 무엇을색각하는양을 하다가 사방을살펴본후 갑작이목소리를 낫추엇다.

(二)

그날밤 인호는 밤새도록 잠들지못하고 어즈러운 생각에 들북기웟다.

─어머니가 맛나보구 십다구? 눈물을 흘리며 기다린다구? 아─어떠케할까?─

그는 인순의 당부하던말을 생각하여보앗다. 그리고 아버지의 정경을 눈아페 그려보앗다─맛날까? 어쩔가?─

밋닌다면 아버지에게 죄를지는것갓고 안맛난다면 눈물로 시나린나는 어머니가 가엽고…─아!어쩔가?─

몇번을 주저하고 생각한다음 그의마음은 결국 어머니편으로 기우러젓다.

그리하야 이튿날、그는 친척들이 그러케 말리는것도 불고하고 서울로 온다고 핑게한후 약속과가티 점심차로 함흥(咸興)역에 와서 내렷던것이다.

푸랫트홈에는 전날 약속한 그부인이 벌서 나와서 가다리고 잇섯다.

인호는 가슴속이 덜컥 내려안즈며 맛치 못할일을 하는듯 후회가 낫다. 만은 할 수가 업섯다.

그는 아모말도 업시 여자의 뒤를 따랏다.

역전에서 뻐스를 타고 얼마간 가다가 내린후 녀자는 어느 좁은골목으로 들어갓다.

그러면서 연신미안한듯 뒤만 돌아다보앗다.

인호는 여전히말업시 따라들어갓다.

그리하야 어떤큼직한 대문압페에이르럿슬때 그는 가슴속이 이상하게도 두군거리고 얼골이훅끈하엿다.

대문밧게서나는 신발소리에 방문이 열니더니 안에서는한사십되여보이는 말숙한 부인이 길다란치마를 칠칠끌며 넉업시달여나왓다.

「인재 오우?」

인호는 대문밧게 웃둑머저서서 정신업시 듸려다보앗다.

「아! 인호」

하는 단마디소리를질은후 부인은신발도꼬일사이업시뛰여나와서 인호팔에 매달렷다.

「인호야!」

그는 목매처늣기며 인호의목을 끌어안엇다.

인호는 아모말고못하고 그저하는대로 가만히 잇섯다.

이옥고 방안에들어가서도 그는 아모말업이 어머니의동정만 겻눈질하엿다.

나회를 따진다면 사십은되엿을터인데 아모리보아야 삼십에서더되는것가티는안헛다.

그리고 말숙하게차리고 새하아케 분단장을한 그의얼골은마치 남의집 젊은부인을보는듯한 늣김이나며 어머니의긔분은 조곰도 나지안헛다.

하긴 네살때에갈라진 이후로는 한번도 맛나보지못한 자긔로서 그러케생각하는 것은 무리가 아니겟지만 그보다도 그의 맘을 끌게못한것은 이마에까지 기름이 반즈르르한 어머니의천비(賤婢)한 그모양이엇다.

그는 경험은업지만 웬일인지 어머니의태도에는 음탕한 여자에게서 홀으는 그무엇이 떠도는것갓고 그리고 그어느때던가 활동시진에서 본 타락녀의모양이 머리속에 떠올랏다.

어머니도 아들의그눈치를 알어채엿는지 갑작이 말을끈고창문쪽을 서먹-하게내다보며 그무슨생각에 잠겨진듯 하얏다.

멧츨을 지나는동안 모자간의 장벽은 저윽히 풀려서 서로말도뭇게되고 서글픈 우슴이나마 주고밧게되엿든것이다.

그러면서도 인호는항상 어머니의눈치만 엿보며 집안동정만 살폇다.

어데서 나오는돈인지는몰으겟지만 어머니생활은 넘우나호화로윗다.

그리고 동내여자들이 자긔의 어머니를 불을때마다 「영자어머니」하는그것은 무슨까닭인지 아모리 생각하야 보아야 알길이업섯다.

집안에는 하인들밧게는 아모도 업는데…」

인호의 의혹은 극도로 깁퍼젓다.

만은 그러타고 어머니가 말치안는것을 자긔의입으로서 물을수도업고…다만어머니의 생활이 그다지 정당한데서 되어가는것이 아니라는것만은 추측할수가잇섯다.

그것을 생각하면 그는어머니의집에 온것이 비길데업시 후회되며 자책의념(自責之念)에 마음이 괴로웟던것이다.

그리고더구나아버지가아는것가타여심증은항상불안스러웟다.

그래서 늘떠날긔회만 엿보앗지만 령리한어머니는 아들에게 좀처럼 긔회를주지안헛다

그러다가 하로아츰 인호는아직고단한 자리에서 꿈을채깨지못하고잇느라니 마당에서 삐걱삐걱하는물지게소리가들려왓다

어슴푸렷이 깨여난인호는 아버지의 물지게소리를 들으며꿈길을더듬느라니 갑작이 부억쪽에서 날카로운소리가째는듯이 들려왓다

「왜어적게 두지게만 더가저오랫는데 한지게두안가저왓서?」

하고 꽥 쏘는것은 어머니의 목소리엿다.

그러자 퍽 늙은듯한 물장사의 애원하는 목소리가 들려왓다. 「넘우 몸이 아퍼서 그만……」, 「뭐요? 그럼 싹이래두 내야지 그대로 잇스면 어떠컨단말이우?」

어머니의 말소리는 가시를품은듯 하얏다.

그소리에 인호는 반발된듯이 벌떡 일어낫다. 그리고는 우두머-니 안저서 아버지의일을생각하야 보앗다.

인호는 그날로 어머니가 한사코 말리는것도 불구하고 서울로 떠나올라왓다.

(三)

그리하야 어느날 그는조용한 틈을타서 인순이와 자세한 내막을물엇든것이다

인순이는 눈물을흘리며 이야기하엿다

인호는 마듸마듸뼈속에 사모쳐드는누의의말에서 비로소 모든것을알엇다.

가난에 쪼들리여 온갓고생을 다-하편남편과 철업는 어린자식들을 헌신짝처럼버리고 자기한몸의안일과 허영을위하야 남의첩으로갓다는 어머니의 이가 갈리는 그 행사를……

아버지는 안해에게 배반을당한후 어린자식들을 대리고 가진고생을다-하엿다.

그러나 생활의 고통은 점점 심하여가고 더구나 한편으로는 자식들이 커서 학교에 들어갈 나희가 되엿것만 글ㅅ자 한자도 배워못주는것을생각하면 그는 가슴이 터지는것 가탔다.

그리하야 그는 생각다못하야 비장한 결심을 한다음 고향을 떠나 서울로 올라왓던것이다.

「인호야! 이말을 너안테는 절대로 하지안흐려햇지만…」

하고 인순이는 행주치마로 얼골을 가리워버렷다.

인호는 주먹으로 방울 방울 흘리내리는 눈물을씻스며

「누나— 내가 잘못햇다. 나는 그런줄도 몰우고철업시 맛나봣다」

하고 엉엉 늑겨울엇다.

「그러기에 인호야! 너두 훌능한 사람이 되어서 아버지의 원한을 풀어들여야 한다. 지금 아버지가 이 서울와서 물지게를 지면서도……북청물장사란 일흠을 띄면서도 조곰도 꺼리지 안흐시고 애쓰시는것은 누구때문이 겟느냐? 다—너와 나때문이다. 우리 두남매를 남부럽지안케 맨들겟다는 그것이 아버지의 모—든 희망이다. 인호야! 알아들엇니?」

하고 인순이는 동생의억개에다가 다정스럽게 손을 언젓다.

「웅—……나는……」

인호는 말을 맺지못하고 인순의 무릅에 쓸어젓다. —

여기까지 생각한 인호는 아래입술을 악물고 힘잇게 머리를 내저엇다.

—아니다. 죽어도 어머니안테는 안간다. 무엇하게 간단말이냐?—

그는 밤바닥에 노힌 지페를 오랫동안 노리보앗다. 맛치 어머니의 환영을 노려보듯이……잠시의 추억에서 흥분된 탓인지 가슴속은 다시금 붓기시작하고 호흡의 도수는 노파갓다.

그는 벼개에 기대여서 한참동안 진정시기기에 애를 썻다.

밤새꿋 고민하다가 새벽역이 되서야여 겨우 여튼잠에들엇것만어즈러운 꿈은 다시금 그를 괴로운 현실로 끌어다주엇다.

전신은 식은땀으로 쪽 저저잇섯다.

그는 부지중에 후우—하고 한숨쉰후 우수리하게터오는 창문을 바라보며 꿈을 생각하여보앗다.

—창경원(昌慶苑)독수리의어리[1]압페가서 멍하니 창공을처다보는독수리의 그눈을 우두커—니 듸러다보고잇는 아버지의그모양.

　그것은 자긔가 아직옥중에서 예심에 잇슬때 자긔의 전향(轉向)을 권고하며 말하여주던 김변호사의 마듸마듸뼷속에 자자드는 이야기에서 들은것이지만 아버지가 돌아가섯다는 소식을 들은후부터는 밤마다밤마다 꿈속에서 못견듸게구는 어즈러운 환영이엇다.

　그는어느듯 저도 몰으게다시금 지나간날의아버지를 머리속에 그려보앗다.

　가장사랑하는 안해에게 배반을당한후 몇해를남의조소와 비방에원한의 피눈물로 악착한현실에서울다가 맛츰내 결심한다음 아홉살되아들을업고 열두살된딸을이끌고 빈주먹으로 서울와서 잔인한마도(魔都)의 화염(火焰)속에서 가진박해와 용감하게 싸운아버지의 눈물나는그일!

　그것은 인호머리속에서 영구히 뽑아버릴수업는 피로색여준 긔록이엿다.

　밝기전부터 물지개를지고 삐걱거리며 해가질때까지 집집을 돌아서 엇은돈으로 두자식을공부식히는 그것은 북청(北靑)사람이 아니고는 꿈도꾸지못할일이엇다.

　그리고 또한 그애비에 그자식들로서 북청사람의 그자식들이 아니고는 도저히 그애비의 마음을 알어줄수가 업섯다

　인호와 인순이는 보통학교시대로부터 최우등이엿다

　학교에 가면아이들이 북청물장사의 아들이니 북도놈의자식이니 하고 욕하며 놀려주엇지만 두남매에게는 다만 공부밧게는업섯다

　공부로서 모든것을 정복하고 아버지의 원한을풀어들이려 하얏다

　그리하야 보통학교를 최우등으로 졸업한 둘은중학에 가서도 꾸준히 최우등으로 지낫다

　어버지는 뼈가부서지고 고기가 찌저지는줄을몰랏다.

　그에게는 다만 날마다 성공의 피안(彼岸)에갓가워가는 자식들밧게는업섯다.

　자초에 자식들을 위하야 밧치려고 결심하고 나선몸이엿지만 날이가면 갈사록 자식들이 커가면 커갈사록 그의의지는더욱더압날의 승리에 대하야 불탓던것이다.

(四)

　만은 운명의 악희란 언제든지 참혹한것으로서 전생명을걸고 피워나가는 그의 꼿봉오리에 어느틈앤지 벌레가 들고 피땀으로 싸허나가는 희망의탑에 좀이 먹기시작하얏스나 …… 생각하면 인간을 속절인다고 할는지 세상을 야속다고할는지?

---

　1) 어리: ≪우리≫라는 뜻.

졸업을 얼마 앞두지안흔 인순이가 당시 전조선을망라하야 일어난 선풍에 휩쓸려 들어가다니……아버지에게는 넘우나 지나치는 청천벽력이엇다.

그는 몃칠동안은 완전히 정신을 일허버리고 침식을이것다

겨테서서 그모양을바라보는 인호는 아버지가 불상하기 짝이업시 생각되엿다.

그러나 웬일인지 그는 인순이를 원망할수는업섯다.

뿐만아니라 그는 돌이어 누의가 한일에대하야 애매하나마일종의 그어떤 시인(是認)까지 하게되는 제마음을 어찌할수가 업섯다.

딸자식에게 배반을당한후 아버지는 아들애게 전력을 다하엿다.

아들도 애비의그마음을 성의껏 헤아려주엇다. 그리하야 그후 얼마안되여 그는 여전히 우등으로 졸업한후 아버지의긔대에 억으러지지안코 상급학교로 들어갓다.

아버지의 성의와 사랑을 일신에 혼자서 밧는 인호는 누구보담도 가장행복스러웟고 그리고 만족스러웟다.

만은 웬일인지 그는누의들의 일이 작구마음에 걸니고자칫하면그쪽으로 기우리질뜻 기울어질뜻한 자긔의마음을 바로잡기에힘들엿던것이다

아모리 생각하야보아야 그것은도모지 알수업는 일이엇다.

그러나 아버지는 한번배반한 딸자식을 용납하지 안헛다.

그럼으로 인순이는 집에는들어오지도 못하엿든것이다.

또한 그는구지애써써 들어고도하지안헛다. 몃칠에한번식 차저오기는하나 그것은 인호가혼자잇는때엿고 아버지만 잇는눈치면 절대로들어오지안헛다

인호는 간혹길가에서 누의를 맛나보면 누의는웬일인지 항상 주위를삽히며 남의 눈을 꺼리는것갓고 그리고 노분주한긔색을 보혓다

그후 얼마안되여 인호는어떤 편지한장을밧고 두근거리는마음으로 지정한시간에 지정한장소로가보니 거긔에는 천만의외에도 어떤귀부인차림을 차린인순이가와서 기다리고잇서다

인호는 반가우면서도 심중은 불안에떨엇다

얼마후에 누의와갈러저서 집에돌아온 인후는말업시 처다보는아버지의시선에 가슴속이선뜻하엿다.

그는 밤새격 이불속에서 고민하엿다.

그런줄도 몰으고 겨테서 곤하게 천하만사를 다- 이즌듯이 잠든 아버지가 가담가담 그무슨 압날의 희망을 꿈꾸는듯 입술을 가느다라케 파동시기는것을 보고는 참아 그의 희망을격거버릴수는 업섯다.

－그러타。 나는 모든것을 아버지에게 고백하고 일후부터는 인순이와의 인연은 영영 단정하여버리자。 그리고 공부에만 전력을 다하자。

그리하야 이튼날아침이 돌아오기를 고대하엿다만은 정작아츰에 일어나서 아버지를 대하고보니 지난밤의 그결심은 어듸로갓는지 자척조차업시 사라지고인순의말만뇌리에새로히떠올으는것을 어찌할수가업섯다。

그는 넘우나 한심한듯한 제마음에 놀나지안흘수가 업섯다。

그러면서도 그는 자긔변명은 잇지안햇다。

－뭐 아버지에게 고백하지 안터라도 인순이와다시 맛나지만 안흐면 그만이 아닌가? 그러타다시 맛나지만 안흐면 된다－。

하고 그는 마음을 돌니려고 저혼자 속으로 맹세하엿다。

만은 어찌하랴?

다음날 저녁에는 벌서 누의와 맛날 약속의 시간이 되자、 아버지를 속히고 총총히 문밧게 나서게되는 저로서도 알수업는 제마음을－。

그후부터 인호는 정긔적으로 인순이를 맛낫다。

뿐만아니라 그는 차츰 인순의 이외에고 여러사람들과 맛나게 되엿다。

형용할수 업는 긴장된 생활이 날마다 계속되엿다。

그리고 아버지의 물지개소리는 여전히새벽꿈을 깨워주엇다。

그모양을 볼때마다 인호는세상에 못할일을 하는듯하여 가슴속이저리엿다。

만은 그것은 잠시적감상에서 지나지못하엿고 문밧게만 나서면 다시금 온몸을불살으는알수업는정열에 그는 세상모-든잡념을 다-이저버리는것이 엇다。

반년이지낫다。 －년이지낫다。

피가 뛰면서도 숨맥히는것가튼 긴장의－년이……。

그의몸은 알지못하는것에 대한 정열에 불탈대로 불탓다。

(中略)

암운은 지척을사이에두고 오락가락 하엿다。

그러다가 지금 생각하여도 몸서리가치는 선풍이왓다。

（五）

일년이나 그들은 어두운 속에서 세상일을 꿈꾸다가 비로소 법의 재단을 밧게되엿다。 그들은 공판정에서 (以下五行略)

인호는 여긔까지 생각한다음 무연한 한숨을 쉬고는두눈을 스르르 감엇다.

그리고는 그때부터 기우러지기 시작한……문허지기 시작한 자긔자신을 고요히 머리속에 그려보앗다.

어두은 감방에서 뜻하지아니한 각긔(脚氣)로 신음하며 자칫하면 감상적으로 흘러가려는 제마음을 북도두기에애가 탁던일.

그리고 굿세다고미덧든 신념이차츰 문허저가고 그대신 아버지의 침통한 그얼골이밀쳐도밀쳐도 가슴을 파고들며 못견듸게 굴던일.

거긔에 더구나 뜻하지아니한 놀나운소식이 들려왓스니 갓득이나 동요되던 그의 마음은 여지업시 흔들리고말엇다

담임변호사로서 고향사람이오 어머니의본가편으로 친척인김변호사가 아버지의 소식을……사망되엿다는 소식을 전하엿슬때 그는 완전히 딴사람이 되엿든것이다

그리하야 그후공판이열엿슬때 그는뼈가저리고 심정의고백으로 여러공범들의 가진 조소와 모멸을 삿던것이다

더구나 심장을 어혀주는듯한 인순의 쌀쌀하던 그눈낄은 일생을 가도……아니죽어도 머리속에서 사라질것갓지안헛다.

육체적으로도 정신적으로도 완전히 자긔는 페인이될것가티 생각하엿다. 그결과로! 그는 二년간의징역이 오년간의 집행유예?…….

―아!―

그는 괴로운듯이 몸부림치며 돌아누어버렷다.

어

어느듯 벌서 동창은붉으스레하게되여오고 잇섯다.

인호는 극도로 피곤된머리를 벼개우에서 두어번흔들어보고는 다시금 한숨을쉬엇다

오후에 김변호사는 또 차저왓다.

그는 방문을열고 들어오려다가、 어적게자긔가 노코간지페가 아즉도 그자리에그대로잇는것과 그리고 일어나지도안흔채 누운자리에서 멀건-히 내다보는 인호의모양을 의아스러운 표정으로 한참동안 바라보다가 은근하게 근심스러은 어조로 물으며 들어왓다.

「어째 더 괴로운가?」

그제야 인호는 부시시 일어나며

「아-니요」

하고 힘업시 대답하얏다.

「그런데 어째 그리 긔색이 조치못한가? 의사를 불녀오라는가?」

「아ー내요 괜찬어요」

하고 인호는 맥업시 우서보혓다.

김변호사는 저윽히 마음이 노히는듯 벌신우수다 안젓다

「그런데 이사람아ー 어쩔텐가? 어머니께서는 매일고대한다구 하시며 오늘두전보루 독촉하섯데그려…… 어서 하로밥비 가서 늙으신 어머니두 안심을 시기구그러구 몸을 회복시겨야하지안는가?」

인호는 묵묵히 안저서 한숨만 쉬엿다.

「글세 이사람아ー 그러케고집을 세울께뭐이란말인가?어머니 잇는데 가서 몸을좀 튼튼히 해가지구 고향에 두 가봐 야지……그래 아버지의 산소에나 댕겨서 다시 서울로오는것이 조치인혼가?」

아모리 타일으며 물어보아야 인호의입은 무거은쇠를잠근듯 열닐줄을 몰낫다

김변호사는 하는수업시 다음을 약속하고 그냥돌아가버렷다.

그가 돌아간다음 인호는갑작이 고적을늣겻다.

그는 김변호사의 말을고요히 생각하여보며 어머니를눈아페 다시금 그려보앗다.

세상사람이 다ー배척하는참패자의 자긔를여전히 변치안코 안허주려는 어머니를? 뿌리친다면

아ー모 가치도업는 떨어저버린 락오자의 몸으로서더구나 병든몸으로서 갈곳이어 듸란말인가?그리고 생명까지내걸고 신봉하여오던 주의까지 변절하여버린 지금에 와서 옛날의 사소한 개인적감정에서 없어진 그까짓 맹세가다ー무에냐?

모두가 쓸떼업는 감정이다

고집이다……。

인호는 일종의 흥분에까지 싸히며 자포적 조소로서 저자신을 비우섯다.

그날저녁 인호는 갑작이김변호사를 차저갓다. 김변호사는 그를 보자 두눈이 둥구러케 되여

「아ー니 이사람ー 그다리를 가지구 어떠케 왓는가?」

하며 인호의 얼골에서 한참동안 시선을 떼지못하엿다.

「저 오날밤차루떠나겟서요」

「뭐? 떠나다니?…… 함흥인가?」

「네」

하고 인호는 맥업시 마루에 주저안젓다.

(六)

김변호사는 넘우나 돌변적인 그의말에 얼는말을 못하다가 제귀를 의심하듯

「그게 정말인가?」

하고 기여드는 소리로 물엇다.

인호는 딴데를 보며 머리만 끗떡하엿다.

김변호사의 얼골에는 비로소 우숨이 떠올랏다.

「잘생각햇네. 그래야 하네. 그런데 차시간이 어떠케되엿는가?」

하며 회중시게를 꺼내보다가

「아、 시간이 얼마 안남엇내」

하고 하인을 시겨서 자동차부에 전화를 걸게하엿다.

이윽고 문아페 와서 다은 차를타고 둘은 정거장으로향하엿다.

긔차에 올으니 인호는 의외에도 속히 잠들수가 잇섯다. 하긴 김변호사의 호의로서 침대차에 올은까닭인지는 몰으겟지만……。

새벽녁이 되엿슬때 그는또다시 꿈에서 깨여낫다. 창경원 독수리의 이리아페 우두커-니 안저잇는 아버지의그 환영에 들복기우는 꿈에서……

그는 가슴이 붓고 질식할것가타여 창문을 열엇다.

멀-니 우수리하게 터오는 동쪽하늘!

차는 삼방령(三防嶺)을쏜살가티 내리닷고잇섯다.

얼마후에 원산역에 다엇슬때 동해바다의 수평선 넘어로부터는 시뻘건 불덩어리 가튼해가 솟고잇섯다.

인호는 지나간 중학삼학년때 여름방학일을 생각하면서 시가지를 내다보앗다.

모-든것은 몰나보게끔 변하여젓다.

공장의 굴밖에서는 검은연긔가 힘차게 소사올으고 싸이렌소리는 하늘을 찟는듯이 우렁차게 들려왓다. 맛치 무참히도 패북하여버린 자긔를 비웃는듯이……。

그는 차창에 비처오는 해도 자긔를 비웃는듯하야 눈을 뜨고 바라볼수가 업섯다.

원산을 지나자 그의 사슴은 더한칭 메슥거려서 호흡은 극도로 노파젓다. 이윽고 함흥평야가 눈아페 전개되엿슬때 불원이면 함흥역에 도착할것을 생각하니 갑작이 머리속은산란하야젓다.

그는 차가그대로 멋지말고 무한정으로 달려갓스면 시펏다. 붐연이면 그대로 질주하던 차가 탈선전복되여 자긔의 운명도 다－가티 종결시겨버리던지……。

만은 그러면서도 한편으로는 어서 빨니 내려서 질식할것만가튼 괴로움에서 면하고 시펏다.

그는 간혹 머리속이 핑－돌아가는것가튼때는 심장마비나 아닌가하여 겁이 덜컥 나고는하얏다.

그러는사이에 긔차는 예정의 코－스에 따라서 함흥역에 도착하엿다。

푸랫트홈에는 서울서 친 김변호사의전보를 밧고 벌서어머니가 나와서 기다리고 잇엇다.

겨우 운신하여 기다리다시피 한 아들을 붓처잡고 어머니는 어찌할바스를 몰랏다.

인호는 감각을 일흔듯이 우두커－니서서 물결치는 어머니의 억개만 내려다보고 잇섯다.

「인호야! 너를 다시 만낫다니……」

하며 어머니는겨테 사람들이 보는줄도 몰으고 느겼다.

인호는 무엇인지 눈굽에서 뜨거운것이 스르르 감도는것가탓다.

어머니는 얼마동안 정신업시 늣기다가

「애야, 너 참 몸이 아픈데 어서 들어가자……그런데이애가 어데갓슬가? 얘 영자야!」

하며 뒤를 돌아보앗다.

인호는 그제야 어머니의뒤를 보니 열칠팔세되어보히는 처녀가 머리를숙이고 서 잇섯다.

그는 어머니의뒤에서 옷고름만 만지고잇다가

「영자야! 서울읍바다」

하는 어머니의말에 비로소 붓그러운듯이 얼골을붉이며 인사하엿다.

인호는 황망하게 모자도 벗을사이업시 머리를 꿉벅하엿다.

역전에서 셋은 자동차를 불너타고 집으로 향하엿다.

집은 여전히 그전 그집이엿다.

인호는 종일해를 가슴이 뽓처서 들어누어 잇섯다.

어머니는 가진 성의를 다－보이며 겨틀 떠나지안헛다.

사람의 나희란 참혹한것으로서 그러케 아름답던 어머니의 얼굴에는 벌서 주름이 자펴잇섯다.

만은 아직도 윤택을 일치안혼것을 보면 그동안의 생활을 가히 짐작할수가 잇엇다。

인호는 어머니의 뒤에서 잔심부틈을 하여주며 자기의 얼골을 홀낏홀낏 겻눈질하여보는 영자를 바라보앗다。

어떠타고 지명할수는 업는 아담하고도 정다워보이는 듯한 얼골의 소유자엇다。

인순이가 어머니를 달맛다면 영자는 누구를 달맛슬까

그의 아버지?……

순간! 인호는 불쾌한 생각이 치밀어서 두눈을 감어버렷다。

（七）

며칠동안을 보양한 결과 인호의병은 차츰 나어저갓다

음식맛도 나게되고 호흡도 순조로워가고 그리고 무엇보다도 행보를 얼마간 하게된것이 인호자신보다도 겻사람들을 깁부게 하엿다。

그러나 날이 감을 따라 인호에 항상걸리는것은 어머니의 남편이 보이지안는것이엇다。 하기야 그를 맛낫댓자 별일이 잇슬것은 아니엇고 그리고 조금도 리로울인은 업겟지만、그러나 웬일인지 인호는 한번 영자의 아버지를 맛낫스면 시펏던것이다。

영자는 비록 애비는 달으다지만 한어머니의 배를 갈으고 난탓이엿던지 곳 인호와 친하게 되엿고 그리고 몹시 따루었다。

인호는 여러가지로 심중이 괴롭고 불쾌하엿지만 영자의 정에 이끌리여얼마간 마음을 위로할수가 잇섯다。

그러나 어쩐일인지 어머니의 사랑에는 부자연하게 꾸미는데가 잇는것갓고그리고자기의존재가 어머니의집에잇서서 공연한 장애물가타야 도모지 마음을 부칠수가 업섯다。

그러다가 어느날밤 그는밤중에 변소에갓다오노라고 아랫방아플 지나느라니 방안에서 이야기소리가 종종 들려나왓다。

처음에는 어머니와 영자가 한는 이야기인줄알고 그대로 지나치려다가 귀ㅅ결에 들리는 소리가 사나희의 목소리가태여 그는 무의식중에 웃둑 머저섯다。

그리하여 기둥에 부터서서 귀를 기우리느라니 그것은 확실히 사나희의 목소리엿다。

「래일은 좀 만나보구려」

하는 어머니의 말소리가 들리자

「글세 맛나봤스만 좃캣지만 그애가 설허하지안을까?」

하는 굵다란 목소리가 들려나왓다.

인호는 비로소 영자의 아버지가 밤이면 자긔의 잠든틈을 타서 들어왓다가 아츰이면 해뜨기전에 나가는줄을 알엇다.

그는 자긔를 피하는 그행동이 몹시 마음에 불쾌하엿다.

만은 한편으로는 자긔의심중을 생각하여주는듯한 그태도가 고맙지만혼것도 아니엇다.

그러나 자긔로하여 영자의 가정합이 여전보다변하여질듯한것을 생각하면 하로를 더잇기가 송구스러웠다.

그후부터 인호는 집안사람의 눈치만 살폇다

자기의 편협된생각인지는 몰으겟지만 하인들까지 이상한눈치를 보히는듯하여 그는송곳방석에 안즌듯 한시를마음놀수가 업섯다.

그래서그는 고향으로 가려하엿스나 어머니와 영자가 한사코 말리고, 또한자긔역시고향고향하지만 아-모 머물곳없는고향에 그러케마음이 쏠리지는 안헛든것이다.

하긴 아모때 가보아도 어버지의 산소때문에 한번은 갓다와야할 고향이지만 갓다가 다시 떠난다면 갈곳이 업슴그것이 그에게는 가장막연한 문제엿다.

그는 갈곳없는 제신세에 새삼스럽게 설음을 늣겻다.

그의 머리속에는 다시금지나간날의 모-든것이 어즈럽게 떠올랏다.

아! 갈곳업는 참패자의 가련한 신세여!

그는 속으로 울고시펏스나 울맥이 나지안헛다.

그후어느날밤 그는 또다시 변소에 갓다오다가 아래방아페서 이야기소리를 엿들엇다

「고향에는 언제나보낼 작정이우?」

하는것은 사나희목소리엿다

「글세요, 저는 벌서 가려는것을 그냥 말려두엇는데……고향에가문 무얼하겟수?」

하고 어머니는 한숨쉬며말하는듯하였다.

「그래두 선친산수에 당겨와야지……」

「죽은후에 가보면 무얼하우?」

어머니의 말수리는 쏘는듯하엿다.

「그러치만 자식의 처지루서야 어듸 그러오? 더구나 그러케 고향하다가 보람업시

두 무참히 죽은 애빈데……」

인호는 그이상 더 들을수가 업서서 정신업시 자긔의방으로 달아왓다.

세상에 더업는 모욕을 바든듯、 분하기 짝이 업섯다.

그는 밤새꿋 자조의 굴욕에 울다가 이튿날아츰 행차로 떠낫다. 어머니와 영자가 그렂게말리는것도 불구하고….

(八)

그리하야 고향에 도착되자마자 그는 아버지의 무덤을 차저가서 몃달을참어던 감정을 일시에 터처버럿다.

울어도 울어도 눈물은 끈을줄을 몰랏다.

가티 따라간 그의 육촌형은 넘우나 정신을 일코 우는것이 걱정되어 부두럽게달래며 위로하엿스나 그것은그의 설음을 더한칭 북도두어줄뿐이엇다.

「야、 인호! 그만 끈처라. 넘우 그렇게 울면 갓득이나 약해진 네몸만 상할뿐이니 소용이 잇는냐? 울엇다구 네말이 풀닐껏두아니구、 돌아가신 아젓씨가다시 오실껏두 아닌데 무엇하게 그러케 운단말이냐아허 끈처라」

하는 륙촌형도 주먹으로 눈물을 씻엇다.

인호는 마지막에는 륙촌형의팔에 매달려서까지 울엇다마치 자긔의 모-든 설음을 울음으로써 쓸어버리려는 것처럼……。

그러나 그는 아버지를 생각하고 운다기보담 저자신의 설음이…무참히도패북(敗北)하여버리고 갈곳업시된 제신세에 울엇던것이다.

이윽고 육촌형에게 이끌려 자긔의 아버지가

마지막으로 운명하섯다는 그의집으로 돌아온 인호는 그제야 비로소 자긔의 아버지는 병으로 돌아가신것이 아니라 자긔의 손으로 자결(自決)하엿다는 사실을 알게 되엿다.

륙촌 형은 눈물로 세세히 이얘기하엿다.

「너의들이 그러케 된후 아젓씨는 거의실신한 사람가티 매일 창경원에만 가서서 어리속에 독수리를 보시는것을 일과로 삼우섯단다. 그후 너의들이 일심에서 불복하고 공소를 하엿슬때 갑작이 정신에 이상이 생기섯던지 자살을 하시려다가 겻사람들눈에떠워서 소월을 못일우시고경찰서의 보호를 바드신다는소식이오자 그만 내가 올나가서 모시고 내려왓다」

하고 류촌형은 잠간 숨을돌린후,

「만은 여긔 와서도 두번이나 저압 송정에서 목을 매시려다가 동내사람들의 눈때문에 소원을 일우지못하시구 결국 마지막에는 어듸서 어드섯는지 단도를 목에 대시구 그만」

한다음 뒤를 잇지못하고 목노아 엉엉 울엇다.

그러나 인호는 웬일인지 점점 마음이 갈안저가고 머리속이 싸늘하어지며 눈물은 한방울도 나지안헛다.

그는 종일해를 무겁게 입을 담은채 지난날의 추억에만 사로잡혀 잇섯다.

그러다가도 그추억이 끗나는때면 그의눈아페는 다시금 어버지의눈이 인순의눈이 그리고 모-든 동무들의 쌀쌀하고도 날카로운 그 눈들이 번갈아 떠올으며 괴롭게 구는것이엇다.

그리고 인사차로 차저오는 고향사람들의 그눈에도 싸늘한 어름가루가 날리는것 갓고 정답게 위로는 하여 주지만 그들의 말에는 마듸마듸 가시가 돋져서 가슴을 찔너주는것 가티 한시를 진정할수가 업섯다.

갈길을 일흔 패북자(敗北者)!

그는 참담한 자긔의 몸을 다시한번 구펴보앗다.

저녁상을 바덧슬때 류촌형은 몇번이나 망서리는 긔색을하다가 마츰내 결심한듯 인호의 파리한 얼골을 상넘어로 건너다보앗다.

「이런말을 너안테 하는것은 어떨른지 몰우겟지만 사실 아젓씨 처럼 그러케 의지가 구든이는 세상에 흔치두 안흘꺼다. 끗까지 자기의 의지를 꺽지안는 그의의긔에는 누구던지 머리를 숙이지안는사람이 업슬것이다……아젓씨는 항상 너의들을 원망하시고 세상을 원망하섯단다.

그러면서도 너의들을 그리워하고 그정경이란 참으로 겨케서 볼수가 업섯다. 사랑하기때문에 미워하는 그 모양을 나는 아젓씨께서 비로서 처음보앗다.

끗까지 사랑하고 끗까지 미워하는 그 굿센 의지. 결국 꺽겨는저도 휘지는안는다고 자긔의손으로서 약하여저가는 자긔자신을 꺽거버린 그의긔야말로 우리로서는 도저히 본받지 못할일이다. …」하고 그는 멈추엇던 수까락을 다시금 놀렷지만 인호는 극도로 상혈되여 방안전체가 빙글빙글 돌아가는것 가탯다.

아-모 악의업시 한말이지만 류촌형의 그말은 그엄마나 자긔를 비웃는 말인가?

인호는 부지중에 숫가락을 떠러트렷다.

저녁상을 물린후 우수러한 남포불을 마주안저 몸을 괴로운 침묵에 잠겨서 잇다

가 약속이나 한듯이 서로 쳐다보고는휘우—하고한숨쉬엿다

(九)

인호는 육촌형의 시선을피하야 힘업시 고개를 떠러트렷다。

육촌형은 멧번을 한숨만쉬더니

「인호!」

하고 갑작이 떨리는 소리로 부른다。

인호는 고개를 번쩍 들고쳐다보앗다。

그의 눈길은 그무슨 불안에떨엇다。

「이것은 절대루 안보이려구 한것이지만」

하며 육촌형은 웃복에 노인조고마한 궤짝을 열드니백지에싼것을 내노앗다。

인호는 쫄아드는것가튼 마음으로육촌형의 펴는것을 보니그것은 서울서어느때던가 보통학교때에 자긔와 인순이가가즈런히서고 그뒤에는 아버지가둘의 억개에 손을 언고서서찍힌사진이엇다。

인호는 넉업시 사진을집어들고듸려다보앗다 정신이 앗득하겨지는것 가텃다。

사진에는 무엇인지 검은점이 여러군데에 찍혀저 잇엇다。

처음에는 먹이나 그무슨물깜이무든줄 알엇더니 자세히보니까 그것은 먹점도 아니엇고 물깜갓지도 안헛다。

인호는 이상스러운 예감에전신을웃삭떨엇다。

「그런데 이검은점들은 무엡니까?」

하고그는 육촌형의 얼골을쏘는듯이 바라보앗다。

육촌형의 낫색은 대번에새파라케 변하여지며 입술은바르르 떨렷다。

「웨 대답을 못하십니까? 네 형님— 이 검은점들은 무엡니까?」

추급하는 인호의 표정은극도로긴장되엿다。

육촌형은 백지빗으로 된얼골을번쩍 들엇다。

「피……피다」

「엣?……피라니요?」

인호의 얼골가죽은 닷치면처질것가텃다。

그는 숨쉬는것도 이즌듯이 육촌형의입만 쳐다보앗다。

「아젓씨 피다」한다음육촌형은그만두손으로 얼골을 가리워버렷다。

인호는 눈아피보-야케 흐리는것갓고 구들과천쟁이 뒤박기우것가타 벽에기대인 후 두눈을 고요히 감엇다.

그러나 얼마후에는 그의머리속은 다시금싸늘하게 갈안것다. 그는 눈을뜨고 사진을뚜러지게 듸려다보앗다.

육촌형은 칙칙 늣기는소리로

「아젓씨는 자긔를 배반 하고 간녀의들을 그럿케 원망하시면서도 그대로밤낫 그 사진만내놋코보시다가 결국마지막에 돌아가실때두 그것을압페다놋코 자결하섯단다.」

하고 땅이꺼지는듯한 긴한숨을 뽑앗다.

인호는 어느때까지던지 사진에서 시선을떼지안헛다.

그의 머리속에는 영구히 소멸되어버린 아버지의 일생이다시금 주마등가티 떠돌아갓다.

일생을 남에게눌리우며 밋바닥에서만 허덕이든 아버지.

그러면서도 압날의 승리만바라고 조곰도 굴하는양업시 뻣대여 나가던 아버지!

꺽기는저도 휘지는 안는다고…….

안해에게 배반을 당하고 자식들에게까지 배반을당하고 마지막에는 세상모-든、것에게 다- 배반을 당한후 단 혼자의고독에 떠러져서도 오히려 자긔의 의지를 꺽지안코 가슴을 내밀고 나가던 그의 의긔! 그러다가결국 마지막에는 싸홈에 지친몸이 기우러지기 시작하자 그만 배반하야간 그자식들을아페 노코-아니 자긔자신이 그들의 아페서 비장한 최후를 맛추어버린그것을 생각하면!?……

오- 아직도 식지안혼것가튼 피의흔적!

그것은 무엇을 말하야 주고 잇는가?

참패자의 심장을 찔러주는 피!

패배를 비웃기 위하야 영구히 색여 논 불멸의 긔록!

불어는저도 휘지는 말라고…….

피! 피! 아! 피다.

인호는 부지중에 온몸을 옷삭 떨엇다.

그리고는 전신을 불살우는 그어떤 결심에이를 악물고피의 흔적에서 어느때까지던지 눈을 떼지안헛다. (끗)

(七月三日)

濁流

（一）

넘우나 오랫동안을 외계의사물과 무리로 차단되엿던그에게 잇서서 갑작이변경된 환경의모-든것은 어느것이던지 경이로서보이고 들리지 안는것이업섯고 극도로 피곤된그의 신경에충격을주지안는것이 업섯다

꿈가튼 한달동안!

그러나 사실그는 가끔그것이 정말꿈이나 아닌가하여 자긔의 주위를다시한번 굽어보지 안흘수업슬만큼 그러케 것눌을수업는흥분상태에 빠젓던것이다

여긔가도 저긔가도 조곰도거줏업는동리사람들의 환영과 위안은진정으로그를깁부게하엿다

그는 저로서도 그것을깨달을만큼 걸을때면 압엣다리가 허진허진하여공중에뜬것갓고억개가웃슥거려서어듸가안저도한시를 진정할수가업섯다.

온-세상이-맛치자긔한몸을위하야 날이밝고 어두워지는것 갓텃다.

그바람에 그는 사파(裟婆)에나온직후(直後)면 누구던지 다그러한것과가티 씩씩한 긔상을 보이며 그러나어듸라고 박아서 지정할수는업는 침착성을 띄지못한 그어떤줄한 모양으로한시라도 바삐외계의 정세에저자신을 몰들리려고 초조하엿다

마치 어떤서투룬광부가 경쟁자를 여페두고 업는나타나지안는광맥을 차즈려고 애쓰듯이그러케초조하엿다

만은 얼마안가서 그는넘우나 상상이상으로 변하야진 정세에 말할수업는 실망을 늣기게되엿고동시에 이때까지의 긴장이풀리자 갑작이머리속이 혼란하야지며 피로에떠러젓든것이다

그래서 그는그러케매일 밥먹을사이도업시 떠돌아다니든 발길을 그만갑작이 멈

◉ 이 작품은 1935년 9월 17일부터 27일까지 《朝鮮中央日報》에 련재되였다.

추어버리고 집에서 혼자 우두커-니것잠을수업는 명상에만사로잡혀잇섯다

그모양을보고 그의아버지는 은근히 근심스러웟다 또무슨일을 저질를생각을 하는것가태여

인제는 좀섬이들어서 장가갈생각도하고 집안일을 보살펴서 늙은어버이를마음노케할생각도하여주엇스면 조흘것만 꿈꾸는듯한 눈으루 멀거-히 먼산을 바라보며 그무슨생각엔지 잠겨저잇는 아들의그모양은 긔필코 또딴생각을먹는것가탯다

그는 긔박한제신세에 새삼스럽게 자탄하지 안흘수가업섯다

드나노나하나밧게업는자식!

그들 늙은부부에게는 세상업는 희망의언덕이엿고 로년에의지할 막대엿것만 자식은 부모의 그맘을 십분의일 만큼이라도 알어주지안흐니 이것도역시 시대의 탓이라고나 할는지?

「야명식아」

숫돌에다가 낫을갈고 잇던아버지는아들의 눈치를 흘끔흘끔엿보며몃번이나 망서리다가 마츰내 큰결심이나한듯이 조심스럽게 불럿다.

「예?」

아들은 잠에서 놀라 깬듯 벌떡 일어나안즈며 아버지의 얼골을 유심히 바라보앗다.

불러는 노핫스나 아버지는아들의 시선을 마주치자 갑작이무엇이라고 할말이 생각나지안는듯.

그래서 그는 얼마간 머뭇거리다가

「이자식아 무얼그리정신빠진 놈처럼우두커-니생각 하구잇니?나가서 시언히바람이나쏘이렴우나」

하고 저로서도 긔이하게 역이지안흘수업슬만큼부드럽게 말하얏다.

아들은 말업시 씩우섯다.

그리고는 다시금 흰구름이오락가락하는 먼-하늘을 바라보앗다.

아버지는 멋적은듯이 두어번 입맛을 쩍쩍다시고는 뜰아플내다보앗다

뜰압 토담미테서는 호박닙그늘에싸혀거물거물 조을고잇던 닭들이 소리개가떳는지 갑작이목ㅅ대르 빼들고 꼬꼬댁거리며 나뭇가리미테로 기여드러갓다.

해는 푸낫밧틀 가리키며 찌는듯이 내리쪼엿다.

(二)

이윽고 어머니가점심으로 차려주는 깔깔한 식은 조밥을 두어수까락 뜨는체하고 명식이는 압마을 방축뚝으로 나갓다.

방축뚝에는 한가한 로인들이 모혀서 알지도 못하는 세상 이야기에 꽃을 피우며 잇섯고 한쪽에서는 젊은패들이 장긔를두느라고 뚝떡거리며 떠들고잇섯다.

로인들은 명식이를보자 반가히 맞즈며 「명식이냐?어서 이리 올나오너라」

하면서 한쪽편 거적자리를 내주엇다.

「아내요、 괜찬아요。」

명석이는 맨땅에 그대로안즈며 손등으로 이마에 홀러나리는 땀을 씻섯다.

구장은 가장 친절한듯.

「어떠냐? 요새는、 별루 심곤한데는 업느냐?」

하고 은근하게 물엇다.

「예 아ー무일 업습니다」

「어쨋든 음식에 주의해라」

「고맙습니다」

「그런데 래일저녁이 향약(鄕約)총흰데 명식이、 너두 오겟느냐?」

한다음 구장은 명식의 눈치를 주목하엿다.

그러나 명식의 표정은 의연하엿다.

「어듸서 합니까?」

「약장(鄕約長)어른댁 마당에서 할것갓다。」

「향약장은 누굽니까?」

「향약국집 김주사어룬이다」

「김주사요?」

명식이는 고개를 약간갸웃둥하고 생각하는양을 하엿다.

「어째 무슨일이 잇느냐?」

「아ー니요……그럼가보지요」

하고 그는 넌즛이 대답하엿다.

「그럼 꼭오너라와서향약이라는게어떤겐지 구경두하구 기어간동내형편두 좀 알어야 한다。」

하며 구장은 만족한듯이 구레나루를 훔처다렷다.

　이튿날저녁 명식이는 그다지 마음이쏠리는것은 아니엿지만 구장의말과 가티그 동안 변동된 동내사정도 알ㅅ겸 그리고향약이라는것도 어떤것인지 알어볼ㅅ겸、또한 하찬은일로 하여그들에게 주목을밧고 미움을받는것도 부질업는 일이기에 그만 서슴지안코 김유사네게로 나려갓다。

　김유사네 넓은 마당에는정각전부터벌서 상하촌약원(約員)들이 갓득 모혀서 와글거리고잇섯다。

　명식이가 마당안에 들어서자 장내의시선은 일제히 그에게로 쏠엿다。

　그것은 아모 의심도업이거의 본능적으로 뒤에온사람을 처다보는 시선이엇만 명식이는이상하게도 얼골이확근달어올나서 고개를 숙이고 한편구석에가종용히 안젓다。

　그를보고 알에편 구석에안젓든 기유는 슬그머-니 자리를 일어서 그의겨테와 빙긋이우스며 안젓다。

　「기유냐?」

　「응」

　「온지 오라냐?」

　「아니 나두 방금 왓다」

　이구석저구석에서 제각기패를 지어가지고 잡담들을하고잇섯다。

　이윽고 주재소 주임과면장나으리가왓다。

　장내는 갑작이 물을끼언즌듯이 정숙하여젓다。

　그그회를 타서 약장은 엄숙한 태도로일어나드니「에에」하고 건가래를 한번뗀후 개회선언을 하엿다。

　그리고는 마루아래를 내려다보며 눈짓하엿다。

　그러자 왼압줄에 안젓든 유덕이가 일어서드니 명식의쪽을 돌아다보고 뜻몰을어색한 우숨을 부자연하게 싱글웃고는 무슨책인지 뒤적거리며 경과보고를하기시작하엿다。

　명식이는 넘우나 뜻하지아니한 일에 기유를 돌아다보니 기유는 명식의 속을 알러채인듯 벌신 우섯다。

　「그런데 유덕이가 뭐냐?」

　「간사(幹事)란다」

(三)

「간사?」

하고반문하는 명식의 표정은 맛치그어떤 마술에나 걸려서얼이빠진것가탯다.

그모양을보고 기유는 목소리를 나추어서 겻사람들못듯게귀ㅅ속말로 속은거렷다.

「그뿐인줄아니?그우에 청년훈련회 간사에다가 자력갱생회회원까지 겸해가지구 그야말로 진실한모범청년이란다」

명식이는 비로소 모-든것을 알엇다. 자긔를맛나기를 극도로실허하고 맛나기만 하면 슬-슬피하는유덕의수상스럽든그모양을……。

그는넘우나 어이가업서서 아모말도못하얏다.

향약회의는 판으로 찍어낸듯이 풍긔개량이니 숙청이니……자력갱생이니……사 회봉사니 무에니 한것을심의한다음……그도 약원전체의 토의에서결의된것이아니 라몃사람임원의무조건적찬동에의하야결의한다음자정이 가까워서야헤여젓다.

명식이는 공연히 저로서도알수업는 흥분에씩은거리면서 집으로 올라가다가방축 미테서 누가불으는듯하야깜짝 놀라섯다.

「명식씨」

「누구요?」

「저애요」

「아ㅅ」

명식이는 외마듸의 소리를 질은후 어쩔줄을 모랏다.

상대편도 불러는 노핫스나 머리를 숙이고 옷고름만 쥐어뜨들뿐 처다보지도 못하 얏다.

명식이는 몃번을별은후 떨리는 목소리를 겨우 가다듬어 가지고 나직하게 그러나 힘을 주어서 불럿다.

「금옥씨」

그소리에 금옥이는 갸웃이고개를들고 처다보앗다.

명식의 가슴속은 야릇한 충동에 파문을 지으며 바르르 떨엇다.

「옥중에 잇슬때 보내주신 편지는 깁부게보구두 회답을 못해듸려서」

그러나 금옥이는 아모대답도 못하고 더한층머리를 숙엿다.

거긔에 방축넘어서 발자취소리가 들려오는듯하야 둘은 얼른 버들밤강속에 몸을 감추엇다.

숨소리를 죽여가며 내다보니 어두운밤이엇지만 뚜벅뚜벅 지나가는것은 틀림업는 유덕이엇다.

금옥이는 명식의 뒤에 밧삭 부터서서그야말로 죽은듯이 발까락하나 움직이지안헛다.

그러다가 유덕의발자최 소리가멀리사라지자 그제야그는 저자신을 돌아보고 반발된듯이 두어거름 물러섯다.

명식이는 멀-리사라지는 발자최소리에 한참동안 귀를 기우리다가불의에금옥의 쪽으로얼골을 돌렷다.

「금옥씨그동안 별탈은 이섯습니까?」

「저보담두 명식씨께서……」

하고무엇을 말하려든 그는갑작이 북구럼이 솟는지그만말을맛치지못하고 모로 되돌아서 버렷다.

탐스러운 긴머리채가 축-늘어진 그의뒷모양을 바라보는명식의입가에는 무엇이라고 형용할수업는미소가 빙긋-이 떠올랏다.

둘은 갈우넘어진 버드나무에 가즈런히걸어안저 순서업는 이야기를평범하게 주고바드며 좀처럼 서로 털어노치 못하는 불타는 심중의안타가움에 조바심만 하고 잇섯다.

명식이는 떠듬떠듬 이야기하며 금옥의그림자를 뇌리에그려보앗다.

삼년이란 세월이흘러간 그동안에 모-든것이일변하야 버린것은 틀림업는사실이지만 금옥이까지 이러케변할줄은 참으로 몰랏든것이다.

그때는 한갓순진한 소녀에서 지나지못하든그가 지금은 훌륭한여성의지향을 풍기는 한처녀로서 명식이를뇌살시킬듯 자태를갓추어가지고 그의아페 나타나지안헛는가?

더구나 명식의마음은 놀래워준것은 그어떤의식에 눈뜬듯한 그의말이엇다.

「명식씨 저의오라버니의행동에대해서 어떠케 생각하십니까?」

(四)

불의의말에 명식인는 깜짝놀란듯

「유덕이요?」

「예」

금옥이는 호긔심이가득찬눈으로 명식이를 똑바루보앗다.

명식이는 대답이 구구하얏다.

「웨말슴을 못하세요? 네? 명식씨는 저의 오라버니를어떠케생각하세요?」

련달어 추급하는 바람에명식이는 참말옹색하얏다.

대답하기도 괴롭고 안하기도 괴롭고 그러타고 속에업는말은 더욱 못할것이고……

그는 얼는말머리를 돌렷다.

「나보다두 유덕이게 대해서는그의 누의동생으로서의금옥씨의 의견을 들려주는 것이 어떨까요? 저는 아직나온지가 얼마안돼서 동리정세두잘 몰으기때문에 개인에게 관한 비평은 당분간삼가렵니다」

「그러치만 저의 오라버니는 과거에 명식씨와는 가장친한 사이엇고 그리고 고생까지가티한 사이가 아니야오?」

「글세요 과거에는 친한 사이엇지만 지금은 서로갈린지가 오라서 말하기 어려운데요……더구나 유덕에게 관한것은 오늘저녁에야 비로소 처음알엇습니다」

금옥이는 한참동안 어둠을노려보며 무엇인지생각하는 모양을하고잇다가 그만결심한듯 명식이를처다보앗다

「정말저는 오라버니속을몰으겟서요 지난봄에거긔서 나온후로부터는 아조딴사람이 돼가지고 향약이나 청년회일만렬심히보며 야학가튼것은 전부업새버리게 한답니다 제가 혹시 집에서이전에 감추어두엇든 책가튼것을 보기만하마면 죄다 빼앗어버리고 그리구조끔만 문밧게나가두 눈을밝히며 야단이랍니다」

넘우도 거짓말가튼말에 명식이는 금옥이를도리혀 의심하지 안홀수가업섯다

「금옥씨 그게정말입니까?설마저를 놀리려구 하는말이야 아니겟지요?」

금옥이는 한참동안 명식의얼골에서 시선을떼지못하다가

「놀리려구요? 그리타면제ㄴ들 여북조켓서요」

하고 힘업시고개를 떠러트리며 한숨지엇다.

명식이는 자긔가 업는그동안에 생긴여러가지이야기를 금옥이에게 낫낫치듯고 넘우나놀라운변동에 대하야 반신반의하지안홀수가업섯다. ─

금옥이와 갈라진 명식이는집에 돌아와보니 거긔에는 뜻밧게도 유덕이가와서 기다리고잇섯다.

유덕이는 명식이를 보자약간 얼골을 붉히며 생글하고 어설피게우섯다.

그모양을보니 명식이는 몹시 불쾌하얏스나 거트로는 태연하게대하얏다.

「유덕이냐?」

「응 어듸갓다 이러케 늦게오냐?」

「좀 다른데들러오느라고」

둘은 으스레한등잔불을 마주대해 부자연한 침묵을지키고잇섯다.

명식이는 머뭇거리는 유덕의 표정에서 그가무엇을 말하려다가도그만 마는것을 엿보앗지만 그대로 시침을뚝따고 안저서애꾸진담배만 풀석풀석태우고 잇섯다.

그러면서 그는 방금 방축뚝에서 맛나고온 금옥이의얼골륜곽을 눈아페 그려보며 그의열정에넘치는말을 고요히 생각하여보앗다.

(五)

유덕이는 몃번을주뭇거리며 상대편의 눈치만 살피다가마츰내 무겁게입을떼엇다.

「너는 물론 나를 의심할꺼다 다만 사실그동안에 이마음은 몹시 변햇다」

명식이는 날카로운 시선으로 쏘는듯이 유덕이를 바라보앗다.

「나두 처음 나왓슬때는 넘우나 변해진정세에 놀라지안흘수가 업섯다. 그러다가 하로이틀 지나감을따러 곰곰히정세를 살피며 생각해보니모-든것을 이전대루 해서는안되겟드라」

「그래서 향약간사가 되구 자력갱생회원이 됏느냐?」

바늘끗보나도 너 날카로운 녕식의말에 유덕이는 얼골이 확근하엿다.

그러치만 그는 자긔의 행동에 대한 변명을 멈추지는 안햇다.

「네가 그러케 생각하는것은 무리가 아니다. 그러치만 그건 아직 정세를 잘 몰우는 소리다。」

「뭐?정세?」

「응 그러타 그동안 정세는이전과는 아주 딴판이다. 이전 우리들의 그때와 정말 소양지판이다」

「그런데 어쨋단 말이냐?」

하고 반문하는 바람에 유덕이는 말문이막혓다.

명식이는 재차 추급하엿다.

「그래 정세가 변햇스니 나더러 어찌란말이냐?」

「아-냐, 너더러 어찌란 말은 아니다. 그저 내의견을 말할뿐이다。」

하고 유덕이는 조끔 창백하여진얼골을반듯이 들엇다.

「그럼 어듸 말해봐라」

「별루 말할것두 업다만 나는 이러케 생각한다 지금 ××이라던지 ×××××라 던지 하는것을 우리는 그××을아니 패권을 우리들의손에 잡어야 한다」

순간-명식이는(以下三行削)

「흥 훌륭한 일군이군 그래서 그××를 잡으려구……」

하고 그는야학이야기를 하려다가 절대입밖게 내지말어달라던 금옥의 부탁하던 말이 생각나서 그만 목구멍까지나온말을 꿀꺽 삼켜버렷다。

유덕이는 명식의얼골을 빤-히쳐다보며 더말을 못하엿다

그가 돌아간다음명식이는 밤새도록 자지못하고 주먹을쥐엇다폇다하며 여러가지 흥분에들복기윗다

정세가 변하엿다고?

××를 잡기 위함이라고?-

그는아직도 뒤떠러저서 나오지못하고 어두운그속에서 마을의환영을 머리속에서만 그려보며 나올그날을 천추가티고대하고 잇는그녀석들을 생각하야보앗다。

둘을 본다면그얼마나 놀란것인가?

그리고 이떠케 생각할것인가

(以下六行削)생각과 가터서는그리고할수만 잇다면?

「엑!」

그는 부지중에이를 악물고공간을 노려보앗다。

이튿날아츰 명식이는 해가뜨기를 기다려서 조반도 먹지안고 건너마을 병민이를 차저갓다

마침 병민이는 조반을 막 먹고놀러나가려든차에 명식이가 마당안에 들어서는것을 보고마루우에 그대로 머저서며반갑게 그러나 의심스러워 하는표정으로 마젓다。

만은마당 우끄테서 무엇인지 손질하고잇던 그의 아버지는대번에의심을 품고 수상하게노려보다가 그만일손을 멈추고아들의아폴갈르차고 나섯다。

「이사람 자네 무슨일루 이러케아츰부터 차저단기는가?」

명식이는 불의의 질문에말문이막히듯 멍-하니 처다만보앗다。

그모양을 보고 병민의아버지는 목쉰소리를 빽 질럿다。

「이사람 어째왓든가、또우리자식을 꼬여내자는 수작인가? 자네가튼 사람은오잔하두 일업네、어서 가게 고현사람가트니라구」

명식이는 분하다기보담 어이가 업서서 말이 나오지안헛다。

병민이는 마루에서 넘우나지나치는 아버지의 행동을보다가 □1)는하야 항변하엿
다.

「아버지 무얼 그러십니까? 괜-히 일업시 놀라온사람을 보구」

「무얼 어째?」

하고 그의아버지는 독이올은 눈으로 아들을 노려보다가

「엑기 개자식」

하며 한쪽손에 쥐엿던장죽을 집어던것다.

명식이는 아모말도안하고 그대로 돌처서서 오던길을힘업시 뚜벅뚜벅 걸엇다.

그는 그대로어듸던지 쉬지안코 꿋업시헤매여 가다가종용한데만 잇스면 □2)소리
처울고□3)

(六)

아니 그보다도험한 바위꼭대기에 올라가서 앞에를향하야꺽구로 횡 떠러저 이내
머리를 돌우에다가 가루가되도록 메다처버리고 시펏다. ―

마을사람들의 환영과 위안은 나온 멧칠간뿐이엿지 날이감을 따라 그들의태도는
점점냉정하여가고 잇섯다.

뿐만아니라 그들의 태도에는 숨길수업는 증오의빗까지 나타낫던것이다.

그리고 더+나 맛나기만하면 전향을권고하던 +장은 설교대신뒤에안즈면 역선
전에 혀끄티 모주라떠러질 지경이엿다.

명식이는 이전에가티 손을잡고일하든 동무들이며 그리고자긔보다 먼저나온 동
무들을차례차례방문하여 보앗다.

누구하나 진정으로 반기는자는업섯다. 모두가 마치가시로찔으기나 하는 듯이그
의 얼골만보면 실허하는비츨보엿다.

심한것은 로골적으로 미간까지찌프리는 사람도 잇섯다.

그들은 대개가 다―××이나 ××××××나 그리고 ×××××에 관게가 잇섯다.

그덕택에 마을어구에는 ×××××라고 쓴흰말패가 버젓하게꼿처저서 마을색채를
표시하여주고잇섯다.

---

1) 일부분이 탈락되였다.
2) 몇글자는 알아볼수 없다.
3) 아래부분은 탈락되였다.

명식이는 완전히 주위와떠러저서 고립에 들엇다.

그럼으로 그는 그후부터는볼일이업시는 절대로 동리출입을 하지안헛다.

아직도 전날마음이 엄마간남아잇섯던지 그럿치안흐면 명식이도 자긔네의 길에다가끌어너흐려고 하여서엿던지 유덕이가 각금 차저오고는 하엿다.

그러나 이러타하고 속털어노는 말은좀처럼 서로주고 밧지못하엿다.

명식이는 그가 차저올때마다 그의행동이 수상스러웟고 차저오는 그리유가알고시퍼서 궁금하엿다.

그러다가 어느날 그는우연한긔회에 그리유를 알게되엿다.

모-든 정세가 변하여젓스니 정세의 추이(推移)에 순응하는것이 현명한것이 아닌가고?-

그리고 ×××에들고 ××××에 힘쓰라고?--

그날밤그는 넘우도 마음이울적하여 넓은뜰에나 나가서거닐어보려고 문아페나서려는데 뜻하지아니한 기유가 차저왓다.

「기유냐?」

「웅 어듸가는 길이냐?」

「머 일업다 집에들어가놀자」

하고 명식이는 아플서서 마루에 올라섯다.

둘은 마루에 자리를깔고누엇다 안젓다하며 이말저말객담에 시간을 보내고잇섯다.

명식이는 기유의 태도에서아모리하여도 눈치가달은 그무엇을 엿보앗다.

이전에는 그러케안턴것이 이번에 나와보니 어쩐일인지 자긔에 호감을가지는것갓고 유덕의말만 나오면 입을삣죽거리는 모양이 심상치안흔것가탓다.

마는그는 거트로는 아-모눈치도 보이지안고 그저평범하게 대하여주엇다.

기유는 그날밤도 여러가지이야기를 하다가 어느마듸에서 끌려나왓던지 또유덕이 이야기를 끄집어내엿다.

「구장의말을 들으니까 유덕이는 면사무소로 들어간다더구나」

「정말이냐?」

「웅 어김업시 속히 들어가게 될것갓다.」

명식이는 잠자코 누어서 하늘에 별을 처다보앗다.

그이튿날저녁 명식이는 오래간만에 마슬돌이를갓다가돌아와서 대문을 거더다드려는데문뒤에서 나즈막하게 부르는소리가 들리는것가터 내다보니거긔에는 금옥이가 와잇섯다.

「아 금옥씨」

하고 소리치는것을 손으로제지한후 금옥이는 아모말업시 아플서서 걸어갓다. 남의눈에 띄울가보아 길에는 들지못하고풀바테 이슬을차며 뚜산업디 밋까지간후 언제보아두엇는지 금옥이는 꽤 넙직한 돌에 걸어안즈며 한쪽을 내주엇다.

（七）

명식이는 마치 독갑이에게나 홀리운듯이 어리벙벙하여 하며 권하는대로 그의겨 테 걸어안젓다.

그리고는 둘이 다말업시 얼마동안을지낫다.

그러다가 금옥이는 뜻몰을우슴을 생긋웃고는、

「놀라섯지요?」

「무얼요?」

「넘우 갑작이 이래서요」

「아니 머 놀랄건업지만、그런데 대관절 무슨일입니까?」

「달은게아니라 저의 오라버니가 면서긔로 들어간다는소식을들엇서요?」

「글세요 확실한소식은 못들엇지만 뜬소문은들엇서요、그런데 그게 사실입니까?」

「사실이랍니다」

「그래 그일루나를 보려구하섯서요」

「아니 그일두잇지만 그밧게 달은일이 잇서요」

한다음 그는 조곰 생각하는양을보이다가 갑작이 목소리를 나추엇다.

이야기는 동리에 관한 이야기、로인들의 탄압에 관한 이야기、그밧게도 그들이 현재 체험하고 잇는것에 대하야 연달어 꼬리를물고벌어저나갓다.

그러다가 마지막에는 아직도 나오지못한 동무들 이야기로 그리고유덕이며 기타 모-든 변절한 동무들 이야기로 옴겨젓다.

금옥이는 자긔의 친옵바엿것만 유덕이에게 대한 비판을 통렬하게 하엿다.

명식이는 그의 열을 틴 말에 종용히귀를 기우리며 곰곰히 둘을 대조하여노코 생 각하여보앗다.

아-모 의식도 업고훈련도교양도밧지못한 누의동생에게 비하야소위 과거에는 어 떠타고자타가다-인정하던그의오라비는 과연어떠타할가 금옥이는 처녀의수긔는 조곰도띄우지안코 사나희처럼 흥분되어 이야기하엿다.

「우리는 지금 멋멋 동무들끼리 겨우모혀서 이전에배운언문이나마 복습하구 잇답니다 그러치만 원체가르켜 주는사람이업구 그리구 넘우두구애가만허서 마음대루 자주모히지두 못합니다」

명식이는 감격에넘처서 그저 금옥의얼골만 바라볼뿐

「우리는 모혀만안즈면 늘 명식씨의 이야기만하고 잇습니다그러치만 명식씨는 아직나오신지가얼마안돼서몹시피곤해 하실것갓고 그리구아직어떠케 생각하시는지 몰라서망서리구잇는 중입니다 만약명식씨만 괜찬으시다면 우리는 래일부터라두……」

「고맙습니다 나는오늘밤에야비로소 이전과가튼기쁨을늣기게 됏습니다」

사실그는 끌어올으는 정열에 마음것 뛰놀고 시펏던것이다

금옥이는 만족한듯이 빙긋이 웃고는 갑작이긴장된 표정으로 명식이를 처다보앗다.

「그럼 래일 점심때쯤 해서큰물뚝에서 기다리세요」

「예ᄉ?」

「그러면 누가 올겁니다」

「누굽니까?」

「그건 저두 잘 몰우겟서요하여간 래일보시면 아실테니까요」

하고는 의미심장한 우슴을던저주엇다.

명식이도 그이상은 더추급하지안헛다.

그대신 그는 생전처음늣겨보는 전긔에부듸친것처럼 짜르르한촉감을 여자의 손아귀에서늣겻든것이다.

이튼날 그는아츰부터 진정을 못하고 점심때를 기다리기에초조하엿다.

그래서 그는조반후 얼마동안을집에서 누엇다 안젓다뒹굴며 조바심으로 약속의 시간을기다리다가 끗내참지못하야 점심때가 되지도안헛는데 그만냇가로 나가보앗다.

만은 누가잇슬리는 업섯다.

가끔 동내사람들이 오루나리며지나기는 하엿스나 그들은얼핏보아도 전부가 다 자긔의긔대에는억으러지는 사람들뿐이엇다.

그는 달어올우는 제마음을눅자치려고 물쪽에안저서 수면을 내다보앗다.

쏜살가티 쪽쪽빠저가는 제비들이 가끔가슴으로 물을차고는 으젓히 공중에 떠잇는잠자리들을 놀래노흐면서 재조스럽게버들가지를타고 넘어갓다.

（完）

그리고 장마가지난뒤라 검붉은탁류가 사품을치며 흘러나려가는물우에는 온갓잡 것들이 잠겻다떳다 들복기우며 떠나려가고잇섯다

명식이는 뚝에서 우두커니나려다보다가 문득유덕의 얼골을 눈아페 그려보앗다

××의 얼골을 그려보앗다

××의 얼골을 그려보앗다

그밧게도 여럿의얼골을 차레차레 그려보앗다

그러다가 다시 수면을나려다보니 그모-든얼골의 환영들은 검붉은 흙물우에서 밀리다시피 들복기우며 알애로알애로 흘러나려가는것갓탓다

그는 보다가못하야 그만벌떡일어서며 수면을향하야가래침을 탁 배텃다(以下三 行削)

그때 등뒤에서 남자의소리가 나는것갓터 돌아다보니 거긔에는 어느틈에왓는지 허리춤에다 낫자루를 갈으꼬즌 기유가와서서 빙그레웃고잇섯다

명식이는 깜짝 놀란듯이두어거름 뒤로 물러섯다

기유는 그모양에 다시한번씩웃고는

「너 예서 혼자뭘하니?」

하며 여페와서 털썩들어안젓다

「기유냐? 하긴뭘해? 그저심심하니 바람이나쏘이고잇지」

하고 명식이는공연히 울렁거리는가슴을 간신히진정시키며 태연한듯이 말하엿다

「그런데 혼자서 무얼 가지구 중얼거리느냐?」

명식이는 무안한듯 계집애처럼 얼골을붉혓다.

「아-냐 심심하니 노래를 불러밧서」

「노래?」

하고 한참동안 명식의 얼골을드려다보던 기유는

「이녀석아 그런 노래가 어듸잇느냐? 하하……어듸 다시 한번불러바라 좀들어보 자꾸나」

하며 그의어깨를 탁첫다.

「망할자식」

하고 기유는 어설피게 우스며 외면하엿다

건너편 산마루에서는 소먹이목동들의 한가스러운 육자백이가 건들건들하게 들려왓다

둘은 얼마동안 머-ㅇ하니 안저서귀를 기우리다가 기유편에서 먼저 수작을걸엇다。

「너 요즘 어쩨서 방축뚝에놀러 안댕기느냐?」

「방축뚝에?

「어쩨 방축뚝은 재미가업니」

「글세」

「글세라니? 방축뚝에는 유덕이두 놀나오더구나」

하고 기유는 그의맘을 떠볼때면 노그러하얏지만 특히오늘은 더한칭 그의일훔에다가 힘을주어서 말하엿다。

그리고는 명식의 표정을엿보앗다。

아나나 달을까 명식의 표정은 움직엿다。

「유덕이가 나오는데 어쪳단 말이냐?」

「어쪳다니? 가티 고생하던 동무가 아니냐?」

「동무?」

명식이는 코우슴 첫다。

기유는 웃지도안코 가만-히 안저서 수면을내려다 보다가저혼자말로 중얼거렷다。

「네말맛다나 정말로미운××들이지」

명식이는 반발된듯이 얼골을 돌렷다。

기유도 돌렷다。

둘의시선은 한곳에서로 부디첫다。 말할수업는 긴장된 순간이엿다。

「명식아!」

그러나명식이는 대답을 못하엿다。 그저쏘는듯한 눈으로상대편의 얼골만뚜러지게 바라볼뿐이엿다。

「명식아!」

하고기유는 재차 불럿다。

그래도 명식이는 대답을못하엿다。

「우리들은 결코……나는 벌서부터 네맘을 알구맛나려햇지만……」

둘의손은 어느틈엔지 서로단단히 잡혀젓다。

그리고는 말할수업는 감격에 응결된듯한 표정으로 어느때까지던지 입을 열지못하고 상대편의 얼골만뚜러지게 마주처다볼뿐.

해는어느듯 점심때가 넘어서 무루녹는 버들그늘 사이로는기우러지기 시작한오후의 해볏치 비스듬이 새여들고 바람도업는데 물우에는 버들닙파리가한닙두닙 흐느적거리며 떠러저서흘러가고 잇섯다.

-乙亥八月六日-

明暗

　봄!!

　물건너 들건너 고개넘어로부터 따사한 바람이 고요히 불어오고 첨하끝에 고드름이 실음업시 녹아내리면 산과들 그리고 모-든것이 다- 눈속에 뭇겻던 북국에도 봄은 어김업시차저온다.

　봄이 오면!

　첩첩히 들어깔렷던 강우에어름짱도 어느틈엔지 쪼각쪼각풀려서 겨울을 휘몰아가지고 흘러내려려가며 양지발은 뒷산기슭엔 자주빗 진달래꼿 봉오리가 반만열녀 우슬뜻말뜻.

　농부들은 걸움을 내느라고늘어진 소등을 툭툭 갈니기에분망하엿고 처녀들은 나물을 캔다고 들로 나갓건만, 그윽한봄안개 타고올으는 종달새의 노래를 듯고는, 그만 나물바구니도 이즌듯이 머나먼 남쪽하늘에 까닭몰을 한숨만 길게보내느니……그러다가도 뒷산장마루터에서 목동의 흥겨운 아리랑타령만 들여오면, 저로서도 뜻몰을 안타가운 심사에치마자락을 거더안고 이내 몸을 쥐여짜듯 비꼬건만, 무심할사 저목동은 이런줄이나 알고 저마루를 넘어가는지?

　늙은이들은 어린것들 손목에 이끌려 양지바른 남향대문압헤 기여나오고, 춘풍에 흐늑이는수양버들 늘어진 내까에서는 빨내방망이소리가 요란하게 들려온다.

　어느사이에 차저왓는지 제비는 김이 무럭무럭 소사올으는 마을의 초가집 집웅우에서 휘천휘천 그네를 뛰듯 재조를 넘고 하펌하는 산천에 그윽히떠도는 뻐국의소리는 느저진 밧갈이를 재촉하는듯.

　재생의봄! 희망의봄! 약동의봄!

　봄은 일만천지에 건설의씨를 안고 차저온다-.

◉ 이 작품은 1935년 4월 17일부터 5월 5일까지 《조선일보》에 련재되였다.

압개벌판으로 바람쏘이러 나간 관규는 논드렁이며 개랑뚝을 발낄이 가는대로 그저 뜻업시 거닐다가 얼마간 피곤을 늑긴듯 조고마한 언덕우에 자리도 깔지안코 그대로 슬몃이 들어안즈니 거기에는 바늘꼿가튼 파-란풀들이 뾰족뾰족 도다올우고 잇섯다.

세상에 가장 귀여운것을 본듯、고요히 넘쳐홀으는 미소를 빙긋-이 입가에 띄우고 이즈러질까 조심스럽게 손끄트로 어루만지니 싸늘하고도 부드러운 입김에 전신은 일시에 나긋하여 지는것 갓헛다.

봄바람은 살랑살랑 머리끄테 나붓기고 아지랑이는 멀-니 산기슭에서 어른거리고……. 내리쪼이는 해볏에 지친듯이두눈을 스르르 감으니 어쩐일인지 마음의 한구석이 허젓하게 뷘것 갓헛다.

까닭을 캐여내려는듯이 오랫동안 눈을 감고 잇다가 비스듬이 뜨니 남쪽하늘은 끗업시도 멀-니 푸르게 빗최엿다.

그제야 그는 까닭을 캐여낸듯、나직하게 한숨쉬며 다시금 두눈을 고요히 다더버렷다.

생각해보면 그것은 삼년전옛날

북악산을 넘어오든 매서운바람이 슬몃-이 밀려가고 노들강을 건너오는 봄바람에 장안의 골목골목은 바야흐로 봄마지차비를 하려는 어느날 마삽게 일어난 폭풍 때문에 마랑하는 안해를……아니 세상에 가장 미더오던 동지를 병석에 혼자 남겨두고 휩쓸여가던 그날 그것은 틀림업시 강남갓던 제비가다시 돌아온다는 삼월삼진날이 아니엿든가? 그러것만 인제 이 북국에도 강남갓든 제비는 옛길을 다시 차저왓고삼년이란 긴세월을 태양을 일코 지나던자긔마저 다시금 사파의 해빗을 보게되엿는데 사랑하는 그사람은 어인일로……

(아-하 생각하면 무엇하랴? 돌아안오는 옛일은 꿈으로나돌려버리자.)

하고 생각하니 마음속은 비길떼업시 쓸알이엿다.

갑작이 등뒤에서

「오라버니」

하고 방울을 울리는듯한 명랑한 목소리가 들녀오기에 홱돌아다보니 거기에는 어느틈에왓는지 누의동생 순옥이가 개랑넘에 와서 엉석을 부리는듯한 태도로 이쪽을 바라보고 서잇다.

관규는 쓸쓸한 우슴을 띄우고

「순옥이냐?」

하며 힘업시 일어섯다.

「저 편지가 왓수」

「어듸서?」

「서울서」

하며 순옥이는 뚝을 넘어와서 이중봉투한장을 관규의아페 불쑥 내밀엇다.

무심코 바다들고보니 발신인 서명은 업스나 낫닉은 글씨가 틀님업는 친한동무의 필적이엿다.

그는 넉업시 봉을 찌젓다.

편지를 다-보고난 그는、추연한 빗츠로 다시금 남쪽하늘을 바라보며、까닭몰을 한숨을 나직히 쉬엿다.

그모양이 넘우도 이상하여서 순옥이는 근심스러운 눈으로 이윽히 바라보다가

「오라버니! 그게 무슨 편지길내 한숨을 다-쉬우?」

하고 부드럽게 물어보앗다.

「아니다」

하고 관규는 그대로 하늘만 바라보다가 다시금 편지를 내려읽고 잇엇다.

순옥이는 겻헤서 오두머-니 옵바의 얼굴만 바라보다가 무심코 방죽쪽을 돌아다보니 거기에는 경숙이가 나와서서 이쪽을 하염업시 바라보고 잇엇다.

「오라버니! 경숙이가저긔 나왓서요」

관규는 보던것을 멈추고 순옥이가 갈으키는쪽을 바라보앗다.

경숙이는 관규의 시선과 마조치자 날신한 허리를 살짝굽혓다.

관규도 덩달아 얼른 허리를 꿈벅하엿다.

「경순아!」

하고 순옥이가 손을 내저으며 불으자 경숙이는 사르르 밋그러지듯 뚝에서 내려오며 둘의 압흐로 걸어왓다.

웬일인지 관규는 마음이 뒤설네며 공연히 얼골이 훅근훅근하는것가헛다.

「안영하십니까?」

경숙이는 방끗이 우슴지은 얼골에 얼마간 북구럼을 띄고 맑은눈으로 관규를 치떠보앗다.

「예 자미 조으십니까?」

하며 관규는 어느때던지 거북한때면 늘하는버릇으로 뒷머리를 어루만젓다.

순옥이는 경숙의 손목에 매달리며

「나온지 오라냐?」

하며 자못 반가운듯 우숨을 거두지못하엿다.

「아ー니 방금 나왓서」

「혼차?1)」

「웅」

「나두 방금 나왓서」

연달어 조잘거리는 순옥의모양을 물꾸럼히 바라보며 관규는 보던편지를 접어너헛다.

둘은 무엇이 그다지도 반가운지 관규의 존재는 이즌듯이 서로 우서대며 죄업는 이얘기에 꼿을 피우고잇섯다.

「넌 요새 뭘하니?」

「아무것두 하는게 업서」

「그럼 어째 놀너두 안댕기니?」

「넌 어째 안댕기니?」

관규는 맨땅에 비스듬이 들어누어서 둘의 이얘기에 귀를 기우리며 편지의 구절을 생각하여보앗다.

ー너의 가장 사랑하던 정희의 무덤에는 우리들의 손으로 바로 어적게 작으만한 흰비석이 세워젓다……

우리들은 지금 오래동안 지첫던몸을 정양하고 잇다. 너도 충분히 정양하여라. ……이다음 긔회만 생기면 다시 통지하마……그때면 우리는 다시금 너의얼골을 보게되겟지ー.

그의 머리속에는 가지가지 지나간일이 어즈럽게 떠올랏다.

더구나 비석까지 세윗다는 정희의 둥그스럼하고 납작하던 무덤을 생각하니 금시에 눈자위가 뜨거워지며 무엇인지 탁 쏘다지는것갓다 그는 얼는 얼골을 돌녀버렷다.

둘의 얘기는 끈칠줄을 몰낫다.

관규는 얼마동안 무심히 귀를 기우리고잇다가 갑자기 그무엇을 생각한듯 벌떡 일어섯다.

둘은 의아스러운 눈으로 처다보다가

---

1) 혼차: ≪혼자, 홀로≫라는 뜻.

「웨 들어가세요?」

하고 순옥의편에서 먼저 물어보앗다.

「웅 좀 할일이 잇서서」

「무슨일이 잇서요?」

순옥이는 불평스러운듯이 뾰르통하게 말하고는、경숙이를돌아보며 동의를 엇으려는 표정을 지엇다。

경숙이는 아모말도업시 고요히 웃기만하엿다。관규는 경숙에게 무례한것갓타 얼마간머뭇머뭇하며 주뭇거리다가

「저 먼저 실례합니다」

하며 멋업시 꿈벅하고 돌어섯다。

「천만에요」

경숙이는 상낭하게 답례한후 이내 얼골을 붉헛다。

관규는 그길로 집에 돌어와보니 대문압헤는 늙으신 아버지가 우두커-니 혼자서서 무엇인지 깁흔명상에 잠겨진듯 아들이 갓가히 오는줄도 몰으고 잇섯다。

갑작이 가여운생각이 나서「아버지!」하고 불으려다가 집안에서 들여나오는 거세인 형의 목소리에 그만 웃득 멈치어서며 목구녁까지 나온소리를 꿀걱 삼켯다。

아들의 발자최소리에 언뜻 머리를 들고 바라보는 아버지의 힘업시 풀린 눈쌀은 아들의 마음을 까닭업시 저리게하엿다。그는 이윽히 아버지의 얼골을 미주바라보다가 슬그머니 고개를 돌리며 뚜벅두벅 대문안으로 들어섯다。

집안에서는 형의목소리가 한층더 거츨게 들려나왓다。

「이년 뭘 어째? 대체 네가 뭐냐?」

싸홈은 또 틀림업는 시앗싸홈이엿다。

「이년아! 뻔번하게 네가 지금 강짜를 하는셈이냐? 뭐냐? 이 더러운년아!」

그러나 형수는 아모대답도 업는모양이다。

관규는 마루에 걸터안저 들을나니 밤낮 첩의편역만 들어가지고 본처의천대를 일과로 삼는 형의일이 분하기보담 어느때던지 남편의말만 떨어지면 올턴 글으던간에 그저 죽엇소하고 듸리미는 형수의일이 도리혀 분하여서 치가 떨릴지경이엿다。

아모리 구식녀자요 온순한 녀자기로니 저러케도 무긔력하고 창자가 업드란말인가?

버러지도 짓밟으면 꿈틀거린다고……소위 사람으로 생겻다는것이 아모까닭업시 항상 저러케 매맛고 채우고하여도 말 한마듸 거슬리지안타니……。

그는 부지중에 두주먹을 불끈쥐고 입술을 악물엇다.

갑작이 와직끈 직끈소리가 나더니

「아이구」하며 머리를 풀어헤친채 넉업시 박그로 뛰여나오는 형수를 보고 관규는 무의식중에 벌떡 일어섯다.

싀아우를 보고 형수는 둘도 업는 그늘을 만난듯 체면도 살필사이업시 압헤와 탁 쓸어것다.

방망이를 들고 뒤딸아나오는 형。

관규는 눈하나 깜작하지안코 뚜러지게 노려보앗다.

아우의 긔세에 눌리운듯 형은 어쩔줄을 모르고 서서그저 씩은거리기만 할뿐 달려들 지는 못햇다.

형수는 싀아우의 발미테서몸을 쭝그릴대로 쭝그리고 안저서 오돌오돌 떨기만 하엿다.

잠시동안 긴장된 침묵이 흘럿다.

그러다가 형은 갑작이 무슨 생각을 하엿던지 휙 돌아서며 방망이를 마루구당에다 동댕이질치고 대문박그로 나가버렷다.

뒤밧귀워 어정정 아버지가 들어와서 며누리의꼴을 이윽히 바라보다가 그만 푸-하고 가슴이 꺼지는듯한 긴한숨을 쉬고는 방으로 쑥 들어가고 말엇다.

형수는 그제야 살몃-이 일어나더니 북구러운듯 얼골을들지못하고 아랫방으로 비청거리며 들어갓다.

관규는 오랫동안 우두커-니 서서 것잡을수업는생각에 사로잡혀 잇다가 형수의 심사가 하도 갑갑하여서 좀 물어볼양으로 아랫방에 들어갓다.

형수는 아랫목에서 저고리고름으로 눈물을 닥고잇다가 싀아우가 들어오는것을 보고 당황하게 돌아안것다.

관규는 문턱에 걸안저 형수의 뒷모양을 이슥히 바라보다가

「아주머니!」하고 나직히 불럿다.

불의의일에 형수는 깜짝 놀라 돌아다보다가 싀아우의 시선과 부닥치자 얼는 고개를 숙여버렷다.

관규는 한칭더 목소리를 낮추어서 부드럽게 애원하는듯 말하엿다.

「아주머니는 웨 그러케 가만히 듸리밀구만 잇소? 내자신이 잘못 햇대두 몰우겟는데、아-모 글음도업시 웨 그러케두죽이오하구 듸려대우? 난 참 아주머니일이 갑갑하우。글쎄 그러케두 가만히듸려대구 구박바들일을 언제햇단말이우? 난 형님일

이 분하다기보담두 되려 가만히 잇는 아주머니일이 분해 죽겟수」

관규의 말소리는 얼마간 홍분된듯 떨리기까지 하엿다.

그러나 형수는 숨쉬는것도이즌듯이 입술을 악물고 방바닥만 내려다보고 잇섯다.

관규는 형수의 가느다라케떨는 목덜미를 물끄럼히 바라보다가 다시금 말을이엇다.

「좀、 아주머니두 정신을 차리우。 가만히 되려만대면 결국 아주머니박게야 누가 손해볼사람이 잇겟수? 만약 이담두 오늘처럼 가만히 되려만댄다문 난 다시는 아주머니의 편역을 들잔홀테오」

이말이 떨어지자마자 형수는 갑작이 그자리에 쓸어저서 목미여 늣겻다.

관규도 그만 목구녁이 콱 맥히는것가태서 더 뒷말을 이찌못하고 고요히 눈을 감어버렷다.

셋재아들 관규가 그의형수에게 여러가지로 타일으는것을웃방에서 낫낫치 들은 김좌수는 담배ㅅ대를 뻘뻘빨며 우두커-니 창문만 내다보고 잇섯다.

륙십이 넘은 그의얼골에는평생호강에 아직것 주름하나 잡히지 안헛건만 웬일인지 근자에 와서는 유들스럽던 그얼골이 쓸쓸하게 그늘저잇섯다.

서창으로 비스듬이 새여드는 오후의 해볏에 우수터하게 그려진벽우에 적막한 그의그림자。 김좌수의 입에서는 무연한한숨이 새파란 연긔를 길게 내뿜고잇다.

그는 다-타버린 담배를 재떠리에다가 탁탁 털어버린후새로 다시 담으면서 집안일을곰곰히 생각하엿다.

자식들은 삼사명이나 잇서서 남부럽지안케 지난다지만 남의 자식 하나만도못한 그자식들일을 생각하면 자다가도 가슴이 써늘하여지는것갓헛다.

소위맛아들이라는건 그래도 대게를 이를 사자라고 잇는돈을 다-털어서 일본류학까지 식혓더니 결국 마지막에는 졸업장대신에 신녀성인지 무엇인지 한 보기에도 징글하고 얄구즌 첩을 어더가지고와서 밤낮 시앗싸흠에 집안만을 못견듸게 굴고 둘째아들은 밤낮 분가를 식혀달라고 달려들어 싸흠이고…… 그도 어지간하다면 몰우겟지만 겨우 십여일경(日耕――日耕은 約千坪)박게 안듸는 땅마지기를 절반이나 갈나달라고 요구하니 그건 절대 못할일이고。 마지막 셋재아들。 김좌수는 막내아들 하나를 바로잡아 갈으켜주지못한것이 천추에 유감이엿다。 세아들중에서 가장 애비를 달멋고 령리하고 침착하고 온순하고 그리고 누구보다도 의지가 견실한 그를 바로잡지못한것을 생각하면 자긔의 일이지만 이까지 부드득 갈닐지경이엿다.

그의 긔억은 다시금 칠년전녯길을 더듬어 올나갓다.

풍설이 사납게 일어나는 어느날그날도 가기실타는 셋째아들을비ㅅ자루로 뚜들겨서 나무하러 산으로 보냇더니 두시간도못되여서 아들은 뷘지게를 지고 어정어정 마당안에 들어섯다.

김좌수는 더 생각할 여우도 업시 대뜰에 뛰여나와서 아들을 눈우에 끌어어펏다.

「이 빌어먹을늠아! 이런날에 나무를 못하문 어떤날에 한단말이냐?」

「아이구 아버지 배가 압허서」

하며 아들은 배ㅅ가죽을 웅켜잡고 애걸하엿다.

그러나 애비의표정은 넘우나 쌀쌀햇다.

「뭘 어째? 배가 압허? 요못된자식아! 네가 꾀배를 알으문 고지들을 낸줄 아니?」

애비의매는 연한등에 수업시 내렷다.

그날밤 밤이 새도록 김좌수는 겻방에서 훌쩍훌쩍 늑기는 아들의 우름소리에 잠들수가 업섯다.

그러다가 문득 귀를 기우리니

「어머니!」하고 불우는소리가 들여왔다.

「어머니! 내가 확실이 아버지의자식이 분명하기는 하오? 어머니가 대리구 들어온 이붓아들은 아니우?」

김좌수의 가슴속은 스르르 어러들엇다.

때릴때에는 분낌에 때렷지만 이말을 듯고나니 후회가 막심하엿다.

여북하면 제에미에게 그런말을 물어보랴?

자식이면 맛아들이나 둘째아들이나 세째아들이나 다― 매일반일것이다.

다―같은 자식으로서 한갓 대게할 사자란 연유로하여 장자에게만 치우친다는것은 넘어나 편협된 고집이 아닌가?

그제야 그는 비로소 자긔의 잘못을 뉘우첫다. 만은 때는 벌서느것다.

이튿날아츰 집안안이 다―일어낫슬때 관규의모양은 그림자도 차저볼수가 업고 그의방에는 다만 임자를 일흔 비인자리만이 쓸쓸하게 깔녀잇슬뿐이엿다.

관규는 간연후 사년이나 지나도 소식이 업섯다. 그동안에 일본갓던 맛아들은 첩을 어더가지고 돌아왔다.

김좌수는 넘우나 입안이 쓰거워 말이나오지안헛다.

관규가 간지 오년철을 잡어서 비로소 소식이 왔다. 그러나 그것은 넘어나 가슴이 터지는 놀나운 소식이 아니엿든가?

무슨사건으로하여 서울서 감옥생활을 하고잇다니……김좌수는 세상이일시에 뒤박기운듯 오랫동안정신을 차리지못하엿다.

그후 삼년이란 세월이 지나서 무사히 형긔를 맛치고 돌아나온 아들의모양을 보앗슬때 김좌수는 어쩔줄을 몰낫다.

칠년만에 돌아온 아들의모양은 넘어나 변하엿고 성격조차 완연한 딴사람이엿다.

하긴 그럴것이 칠년이란 세월은 결코짧은 세월이 아니여서 그동안에 변한것은 수업시 만헛다.

마을에는 간도나 갑산으로 이사하여간 집들이 십여호나되고 대대로 명문거족을 자랑하던 자긔네의 집도 기우러지기 시작하여서 지금은 십여일경박게 안되는 토지로 겨우 잔광(殘光)을 이어나갈뿐.

그리고 한편 아―모 보잘것업던 박서방네가 그동안에 어떠케하여서던지 토지만하여도 백여일경이나 되스엿니 참으로 세상변동이란 몰울것으로서 산천(山川)까지 옛모양을 일흔것가텃다.

아들은 집에 도라온이후로 집안사정에는 아―모관심도 가지지안코 그저 매일하는일이란 책보기와 들이나 산을 휘적휘적 돌아댕기는 것뿐이엿다.

그리고 긔회만 잇스면 동내사람들이 모힌데 나가서 생전들어도못본 세상이얘기를 구수하게 들려주고는하엿다.

각금 맛형과 충돌되는일이 만헛다.

그것은 대개가 다―맛형이본처를 무조건하고 구속하는데서 생기는 충돌이엿다.

그럴때면 아우는 어듸까지던지 형수의 편역을 들어가지고 형에게 대들엇다、

그러나 서로 주고밧는말이하나도 몰을 일본말이여서 김좌수는 무슨갈낸지 잡을수가 업섯다.

마는 아우의편이 실모딍이풀니듯 류창한말이 줄줄 흘러나오고 어느때던지 형의편이 슬그머니 먼저 꽁문이를 빼는것을보면 틀림업시 아우의편이우월한것을 알수가잇섯다.

그러므로 아우만 잇슬때면 형은 아모리 뱃속이 뒤집히우더라도 감히 생각도바수지못하엿다.

그대신 그의 싸홈의 창끗은 둘째아우에게로 돌아섯다.

둘째아우는 밤낫 분가를 식혀달라는것으로서 애비와 형과 싸윗다.

애비와 형은 물론 그가요구하지안허도 벌서 분가를 식혀주려고 생각둔지가 오랏지만、절반을 갈나달라는 그의요구가 넘어나 엄청나서 좀처럼 응하지못하고 성가시게 싸흐기만하는것이엿다.

하긴 그의요구에는 무리가업섯다.

토지가 오륙십일경이나 되던것을 다―팔아먹은것은 전부가 맛형의 바름쓴탓이엿고 그우에 더구나 첩까지 어더가지고와서는 장ㅅ거리에 딴살림을 펴논후 아모하는 일업시 돈만 쓰는데、한편 이때까지 호미자루를 들고 땅을파서 집안식구를 살려온 것은 누구엿든가?

자긔는 이때까지 글이라고는 하늘천ㅅ자도 못읽어보앗다.

혐을 차려서부터 친한것은 호미짜루뿐이다。장가도 형은 벌서 열다섯살에 갓지만 자긔는 스물두 넘어서야 겨우 가게되엿고 그리고 벌서 삼년동안이나 두내외가 죽을힘을 다하야 애쓰고 벌엇건만、한번 깨끗하게 입어보고 맛나는것을 먹어본일이 언제 잇섯든가?

그러한 자긔가 그래 땅마지기를 한 사오일경쯤 요구하는것이 그러케도 어그러지는 일이란말인가?

이러한틈에 끼워서 관규는 다만 굿구경하듯 그저 무관심하게 지낫다.

그에게는 토지도 아모것도요구가 업섯다.

돌아온후 얼마안되여서부터 집안식구들이 못겐듸게끔 성화를 식히는 결혼문제도 귓등으로만 들릴뿐 조곰도 마음에 걸니지는 안헛다.

그러면서도 그는 누이동생에게는 짬만잇스면 결혼문제를꺼내가지고 롱담갓기도 하고 진정갓기도한 어조로열심히 권하는것이엿다.

「순옥아! 녀자란 반다시 한번은 결혼을 해야한다。결혼을 해봐야 남자란 어떤것이고 세상이란 어떤것인것을 비로소알수있게되는법이다」

「아이 망칙하게도그런말을…」

하고 북구러워하면

「흥 망칙하긴。속으룬 조화하면서도 망할년이 새침만 따며…… 괜히 속에업는소리를 말구 내가 조흔데 지시하여줄께어서 싀집이나 가거라。아주머니 그래 그러찬우?」

하면서 형수를 돌아다보고는벙긋거렷다.

그런데 그가 뜻밖에도 애비가 가장 훌륭한 혼처라고 결정하여버린 누의동생의 혼사에 정면으로 반긔를 들고나오다니 아모리 생각하여보아야 들을것은 셋재아들의 수수꺽기가튼마음이엿다.

기우러저가는 가세(家勢)를바로잡어가지고、다시금 옛날과가튼 긔세를 올니려는 그것은、벌서 오래전부터 김좌수의 마음을 사로잡을대로 사로잡엇던것이다.

어떠케하면 일허진 재산을 다시 차즐수가 잇슬까? 그리고 거기에 따루는 지위와 명예를 회복식힐수가 잇슬까? 맛아들의 방탕도 방탕이려니와 이일로하여 그의마음은 한칭더 애가말넛다.

그러한 그에게 뜻박게도 참으로 뜻박게도 넘우나 반가움에 거의 발광까지 할지경인 경사가 생겻스니 김죄수로서는 평생소원을 다― 일운것가텃다.

그것은 달음이 아니라 장ㅅ거리에서 루만원의 재산을 가지고 정미소(精米所)를 경영하고 한편 정어리공장도 수처에서 경영하며 내로라고 뽐내는 윤참몽이 김죄수의 딸을 며누리로 삼자고 중매군을 내세워가지고 통혼을 한사실이엿다.

김죄수는 다시업는 긔회를 어든듯 두말업시 허혼을 하려고하엿다.

허나 몃십년을 절어온 그의 자존심은 울넝거리는 마음을 얄밉게도 꾹 눌럿다.

윤참봉이 제아모리 재산이 잇서서 뽐낸다 하더래도 근본을 캐여본다면 대체무엇인가?

몃해전만 하더래도 자긔네의 밋테서 대가리도 들지못하고 굴복하여오던 천비한 상놈이 아넌가?

아모리 자긔가 재산에 탐이 난다한들 어떳게 그럿게 섭사리 첫마듸에 쾌락할수야 잇는가?

마음은 간절하드래도 배장은 좀 내밀고 얼마간 뻿틔여야한다.

그래서 그는 으례히 딸가진자의 하는버릇으로서 세번이나 중매군을 오게하엿다. 세번만에는 할수가 업다는듯이 무거운 입으로 못익이는체하고 응락하엿든것이다.

그런데 여기에 대하야 그러케끔 누의동생에게 결혼을 권유하는 관규가 천만뜻박게도 반긔를 들고나서다니 김죄수는넘우나 어이가 업서서 그저 쓴입만 쩍쩍 다실뿐이엿다.

「아버지、 이러케 아버지께서결정하신일에 대하야 말슴을들이는 들이는것은 외람합니다마는 저의의견을 들어주십시오」

아들은 애원하며 애비의 얼골을 쳐다보앗다.

김죄수는 수염만 내리쓰다듬고 잇섯다.

「아버지두 생각해보십시오。 저는절대로 계급에 대한 관념을두고하는말은 아닙니다。 다만제가 엿줍는것은 인간에대한 문제뿐입니다。 글쎄 그윤참몽의 아들이란 그애가지금몃살입닛가아직두소학교에서 코ㅅ물을 죄죄흘리는 철업는 어린애가 아닙니까? 그두 좀 인간이 똑똑하다면 몰우겟지만 병신이나 다름업는 그런 인간에게 어떠케 딸이나 그 누의동생을 맛깁니까?」

아들의 목소리는 떨리기까지 하엿다.

김좌수는 두눈을 감고 가만히 안저서 움즉이지 안헛다.

그의 가슴속에는 그무슨 날카로운 못이쿡 박힌것갓탓다.

아들이 말하기전에 자긔도 벌서 멋번이나 생각하고 고민한 문제엿다.

그러치만 어떠케 하랴?

집안안을 생각한다면 그쉬박게 업는것을……. 결국 불상하지만 딸자식은 집안안을 위하야 희생식힐수박게 업다.

「이자식아。 애비가 하는일에 무슨참견이냐? 내가 잘못생각구 해슬라구 그러느냐?」

하며 아들을 바라보는 김좌수의 얼골에는 형용할수업는 어즈러운 그림자가 떠돌앗다.

「아버지。 그럿습니다。 저두 그것을 몰우는건 아닙니다。 그럿치만 이일만은……」 관규는 목구녁이 맥혀서 뒷말을 이을수가 업섯다.

그때 옆방문이 벌칵 열니며 맛형 진규가 나오더니 아우를 이윽히 노려보다가

「야 넌 뭘 어쩻다구 주저넘게 이야단이냐? 아버지가 어련히 잘못하시리라구 그래느냐?」하며 빈정거리듯 입을 삐죽거렷다.

「뭐요?」

관규는 형의얼골을 뚜러지게 노려보앗다。

「뭐라니?……」

형은 멍-하니 입을 벌이고 아우를 내려다보다가 그만 화가 치민듯

「저리 나가라。 되지못한놈 가트니라구 네가 뭘 알어서 부모가 하신일에 이러나 저러나하구 참견이냐?」

하고 소리를 빽 질넛다.

아버지의 압헤서는 긔특하게도 모 든사정을 애원하며 하소연하엿지만 이 어듸까지던지 숫보고 억눌우려는 형의압헤서는 그만 가슴속에 싸헛던 울분을 폭발식히지안홀수가 업섯다.

「뭐요? 되지못햇다구요?」

관규는 반발된듯이 벌떡일어서서 형의압헤 떡 마주섯다.

형은 얼마간 주춤거리다가억지르나마 동생의압헤서 굴한양을 보이지안흐려고 노긔등등한 표정으로 위엄을 피윗다.

「아-니 네가 맛서문 어쩔테냐?」

「누가 맛섭니까? 형 말이넘우두 사리에 어긋나니까 말이지요」

「무엇이 사리에 어긋난단말이냐?」

「제가 아부님께 엿줍는데 다짜고짜로 뛰여들어 갈으채가지구 목소리를 놉히는
게 그래사리에 어그러지지안헛단 말이우?」

관규의 표정에는 형을 멸시하는듯한 빗까지 석겨잇섯다.

「네가 뭘 엿줍는단말이냐? 아부님께서허혼하시면 하섯지 무슨 잔말이냐? 건방
지게시리」

「그럼 형님은 그런 병신에게 누의동생을 줘두 조탄말이우?」

「병신은 왜 병신이란말이냐? 머리가 붉어졋드냐? 눈이 빗들어졋드냐? 어듸가 병
신이란말이냐?」

관규는 입술을 악물고 형의얼골을 빤-히 쳐다보앗다.

형도 빤-히 마주보다가 동생의눈살에 압긔가 된듯

「이놈 입술을 악물구 노려보면 어쩔테냐?」

하고 슬쩍 애비를돌아다보앗다.

애비는 아모말업시 창문만내다보고 잇섯다.

「형님 렴치라는것도 사람을밋구 사는거랍니다. 넘우두 렴치가 업스면 못쓰는법
입니다。」

하고 아우는 입가에 차듸찬우슴을 띄웟다.

「뭘 어째?」

형은 얼골이 고초비츠로 되여서 푸들푸들 떨기까지 하엿다.

「렴치가 어쩻단말이냐?」

「땅마지란건 다- 팔어먹구 인젠 누이동생까지 팔어먹을 작정입니까?」

말도 맷기전에

「머야? 엑기」

하며 형은 주먹을 휘내둘넛다

만은 어느틈에 피하엿는지 진규의주먹은 아우의 머리우에서 헛날니고 그대신 아
우의손아귀에 멱살을 잡히고 말엇다.

「되지못한 주먹질을 누구한테 합니까?」

관규는 침착하게 비웃우며 말햇다.

그제야 비로소 김죄수는 벼락가튼 호령을 내리웟다.

「야, 이자식들아、」

관규는 얼는 멱살을 노코 서너거름뒤로 물너섯다.

진규는 분을 참지못해 그대로 주먹을메고 달여들엇스나 관규의 민첩한 방어에는 그저 약만 더올을뿐이엿다.

관규는 형의 주먹을 피하다못하야 그만옆방으로 빠저나갓다.

거기에는 순옥이가 한편구석에 업드러저서 방안의 이얘기를 낫낫치 듯고 훌쩍훌쩍 늑기고잇섯다.

관규는 그를 보자 가여운생각과 또한 형에게대한 분노가 한칭더 울컥하고 치밀엇다.

그는 다시 트러들어가서 형의멱살을 틀어잡고 방바닥에다가 그냥 메다처버리고 십흔 격정을 갓가스로 참우며, 누의동생의 들먹거리는 억개를 이슥히 내려다보다가 살그머-니겻헤 안젓다.

순옥이는 퉁퉁부운 눈으로 옵바를 쳐다보다가 치마끈으로 눈물을 닥그며 힘업시 일어섯다.

관규는 그를 다리고 내ㅅ가방죽뚝에 나가서 조용한데 자리를 잡은후 오랫동안 침묵을 직히며 실음업시 흘러가는 잔잔한물결만 내려다보고 잇섯다.

어느듯 벌서 휘늘어진 버들가지는 파-라케 물들어잇섯다.

물건너 벌판에서는 종달의노래가 명랑하게 들여왔다.

오랫동안 무겁게 입을 다물고잇던 관규는 뜻몰을 한숨을 길게 내쉬엿다.

그리고는 누의동생을 기웃-이 돌아다보앗다.

「순옥아!」

비길뗴업시 부두러운 그소리에 순옥의 가슴속은 까닭업시 서글퍼지는것가헛다.

「순옥아 집안에서 너의편역을 들어줄사람은 나박게 업다 어머니나 게섯드라면 몰우겟지만 그러기에 너는 내말을 잘들어야한다. 네가 인간답게 되고못되는것은 내말을 듯고 안듯는데 전혀 달녓다」

순옥이는 옵바의말에 새삼스러운정을 늑기고 눈물이 그렁그렁하여서 금시에 울음이 터지려는것을 겨우 참엇다.

「그러기에 너는 내가 뭇는말에 대해서 속히지말구 너의속심을 털어놔야 한다.」 하고 관규는 다지듯이 순옥이를 돌아다보고는 엄연한 태도를 지엇다.

「아버지와 형님이 짜고서 너를 지금 싀집을 보내겟다는것은 너두 들엇겟지만 거기대해서 너는 어떠케 생각하구잇느냐?」

순간, 순옥의두뺨은 빨가케물들엇다. 일을테면 처녀의 수긔라고나 할년지?

「왜 대답을 못하나?」

관규는 웃지도안코 순옥의입만 내려다보앗다.

그래도 순옥은 고개를 푹숙인후 대답을 못하엿다.

「어째 싀집갈 생각이 잇느냐?」

이말에 순옥이는 창백하여진얼골을 번쩍 들고 원망스러운눈으로 옵바의 얼골을 빤-히처다보앗다.

관규는 좀 지나치게 말한듯하여 얼른우슴을 지으며 말머리를 돌엿다.

「인재 말한건 농담이다만 도대체 너는 이문제를 어떠케 처리할 작정이냐?」

순옥이는 가슴속이 암담한듯나직히 한숨지으며 머나먼하늘에 시선을 보냇다.

「만약에 아버지가 어듸까지던지 너를 그리로 싀집보낼결심을 하시고 고집을 세운다면 ……」

「죽어버리지요」

「뭐?」

넘우나 불의의말에 관규는 놀라지안흘수가 업섯다.

「정말이냐? 그게」

「언제는 거짓말을 합듸까?」

순옥이는 그대로 먼-하늘을바라보며 주저치안코 말하엿다.

관규는 어쩐일인지 갑작이 맥시 풀니는것가타 자긔도 흰구름이 오락가락 떠도는 남쪽하늘을 바라보앗다.

그러면서 그는 자긔의압길과누의동생의압길에 대하야 여러가지로 생각하여보앗다.

날마다 변천되여가는 시대의조류속에서 어떠케하면 뚝 바른길을 밟어가지고 새로운 광명을 차저나갈수가 잇슬까? 누의동생은 지금 무서운 갈음길에 서잇다. 한 발만 잘못밟으면그만 영영 건질수업는 구덩으로 떨허지고 마는것이 아닌가? 그것을 건지랴면……빠지기전에 미리건지랴면 무엇보담도 자긔의힘이 잇서야하지안켓는가?

그러타. 자긔박게는 업다. 누의동생을 살니고 죽이는것은자긔의손에 달엿다.

「순옥아!」

관규는 갑작이 흥분된어조로힘잇게 불넛다.

「?……」

말업시 돌아다보는 누의동생의 얼골을 정면으로 바라보며

「너는 죽어버리기까지 하겟다지만 극서은 절대 잘못이다. 죽을용기가 잇다면 우리는 살어야한다. 힘꿋 싸우며 살어야한다. 남에게 억눌니워서 자살을 한다는것은 세상에 가장어리석은일이다. 너는 이 썩어가는 환경을 버서나서 새로운 가장 의의(意義)깁흔 환경으로뛰여들어가야 한다. 너두 철이잇다면 얼마간이라도 짐작하겟지만 우리집기둥에는 벌서 좀이먹은지가 오랏다. 그 좀먹은기둥밋헤서 어느때까지던지 꾸물거리고 잇다는것은 결국 저자신을 그속에다 장사지내는거나마찬가지다. 그러기에 너는 그구덩을 용감하게 박차고나와야한다. 또한 나오지안허서는 안된다.」

관규의 말속에는 불꼿치 휘날니는것가텃다.

순옥이는 꿈을 꾸는듯한 눈으로 옵바의입만 바라보앗다.

「그러찬흐냐? 순옥아? 너는내말을 들어야한다. 내말만들으면 거의거의 문허저가는 그구덩에서 너는 빠질수가 잇다. 어쩔테냐? 들을테냐? 못들을테냐?」

관규는 성급하게 물어 보앗다.

순옥이는 옵바의말이 넘어나막연하여 똑똑한 대답을 할수가업섯다. 만은 어쩐일인지 막연하면서도 옵바의 힘찬그말은자긔의압길을 그무슨 햇뿔로빤-히 빗처주는것갓하 그만 무의식중에 고개를 꿋덕하엿다.

「머? 듯겟다? 」관규는 거이미친듯이 누의동생의 손목을히스레 틀어잡엇다.

어느듯 내ㅅ가에 버들개아지가 남풍에 슬며시 튀켜나오고뜰압살구꼿봉오리가 방끗이 열리자 마을에 봄비츤 바야흐로지터오고 잇섯다.

암개별판에서는 밧갈이하는 농부들의

「이라-어듸루--」소리가 그윽한 봄꿈을 깨처주고 잇섯것만 김좌수네는 매일 분가싸흠으로 집안만 성가시게하고 잇섯다.

오늘도 둘째아들 성규는 소주에 얼근-하게 취하여가지고밧갈이할 생각은 꿈에도업시 맛침 집에 들어온 형에게 대들며 한바탕 싸흠을 결엇던것이다.

「형님 금년엔 나를 부려먹을생각은 아혀 단념하시우」

진규는 아니꼬아서 잔득 눈을 지르뜨고 흘겨보앗다.

「흥」

동생은 코우슴치며

「대단히 아니꼬운 모양이로군요」하고 입을 삐죽거리며 돌아안젓다.

형은 금시에 달려들어 잡어삼킬듯이 노려보앗스나 할수가업는지라 머리끗까지 치민분을슬쩍 식히고

「성규」하고 얼마간 좀 어성을 나추어서 불럿다.

아우는 대답도업시 히뜩 돌아다보앗다.

형은 어설핀 우숨까지 지으며

「글세 싸홈은 싸홈대루 한다셈치구 금년일은 일대루 시작해야 하지안겟니?」

넘우나 뜻하지아니한 형의태도에 성규는 이슥히 형의얼골만 바라보다가 자못우수운듯

「흥」하고 재차 코우숨치며 도라섯다.

형은 더 참을내야 참을수가업섯다.

「엑기 망할자식」하며 아우의 엽구리를 뚜러저라하고 발끼로 거더찻다.

「아이구!」하고 성규는 엽구리를 웅켜잡고 업드려젓다가 그만 벌덕일어나더니 대번에 형의멱살에달러들엇다.

「이놈아! 왜 때리냐?」

「아니 이런」

둘은 서로 안ㅅ고 뒹글며말도 업시 황소색기처럼 씩은거렷다.

엽방에서 가족들이 달려들어겨우 말려노코보니 둘의 의복이라고는 하나 성한것이 업섯다.

「이놈아 이 뻔뻔스런놈아. 네가 뭘 햇게 날 때리니? 응이놈아 이 낫반대기가 소가죽짝보다두 더 둑거운놈아。」

아우는 이를 부득부득 갈며되는대로내뿜엇다.

「뭐이 어째?」

형은 더 달려들지는 못하고그저 푸들푸들 덜기만하엿다.

「뭐이 어찌다나? 이놈아、속담에 똥싼년이 엉뎅이질 한다구. 네가 뭘 햇기에 이 배짱이냐? 이놈아. 네놈을 이때까지벌어멕인건 누구냐? 그러구뉘신세루 일본가느니 동경가느니하며 야단치구、그우에 첩인지놋기명인지 한것까지 어더가지구 개다리질이냐? 이 뻔뻔스런놈아!」

형은 숨찬듯이 씩은거리며노려만볼뿐아모말도 못햇다.

아우는 더한칭 긔세를올렷다.

「그러구두 금년에두 또 나를부려먹자구? 대체 사람을 알기를 어떠케 안단말이냐? 소위 형이라구 식히면 으례히될줄알지만 이놈아 나두 벌이잇는놈이지 허재비는 아냐? 아재비가 생각는것만을 조카도생각는다구 인젠 부려먹기두 하직이다. 형? 흥 형이 다—뭐냐? 인젠 네가 나가서 탑을 잡구 밧갈이두 하구 호미짜루도 잡어야한다。」

형은 참다못하야 재차 달려들엇다.

「엑기 도적가튼놈」

오돌오돌 떨고잇던 가족들은압뒤에서 허리를 끌어안고 말렷스나 연약한 녀자들만으로서는 어찌할수가 업섯다.

그때 마츰 박게서 관규가 들어왓다.

「옵바 큰일낫서요. 얼른 좀말러주세요」하며 순옥이는 관규에게 탁 매달렷다.

관규는 넘어나 구역나는 둘의행동에 침이라도 탁 뱃고십혼것을 겨우 참고 위선 마주틀어잡은 둘의손목들을 뜨더노핫다.

거긔에 김좌수도 마츰 들어와서 둘은 하는수업시 시무룩하게 물러섯다.

녀자들은 저윽히 마음을 노핫다.

관규는 자긔방에 들어가서책상압헤 마주안자 오랫동안 무슨생각인지 하고잇다가 그만 벽에 기대안즈며

「썩어가는 무리들!」하고 저혼자 중얼거렷다.

달빗조차 안개에 가리워 우수러하게 빗치는 봄밤은 그윽히 깁허가고잇는데 언덕 우에기름-하게 그려진 부유스럼한 둘의 그림자는 고요한 밤의정적에 도취되듯 어느때까지던지 움직일줄을 몰낫다. 맛치 영원을상징하는 거룩한 그림과도 가티……

마을에서는 희미한 불빗치지친듯이 깜빡깜빡 조을고 잇섯고, 무엇에 놀낫는지 개짓는 소리조차 힘업시 들여온다.

「그럼 관규씨는 압흐로 어떠케 하실 작정입니까?」하고 오래동안의 침묵을 먼저 깨트리는것은 경숙이엿다.

「머 별루 작정이 업습니다.」

관규의 대답은 간드러진 녀자의 물음에 대하야 얼마간좀무뚝뚝한것 가터다.

「작정이 업다니요? 그럴리가잇나요? 아마 저가튼 게집애에게는 말슴하실 필요를 늑기시지안는 모양이지요」

「천만에」하고 관규는 사뭇 놀난어조로당황하게 부인하엿다.

「그럼 웨 말슴하시잔허요?」

경숙이는 살짝 우스며 관규의 얼골을 처다보앗다.

「글세올시다, 머 아직 이러타한 작정을 세웨본일은 업는데요」

「머 벌서 다세워노시구두요」

「아-니 정말 업습니다」

둘사이에는 잠깐동안 다시금침묵이 흘럿다.

그러다가 경숙이는 관규의표정을 살피며 나직한 한숨까지지은후

「저는 참말 이대루는 못견듸겟서요. 어떠게 해서던지 다시서울로 가야지、 이런 농촌에서매일 아-무 하는일업시 그저멀정하게 지나지는 못하겟서요」하고 관규의 동의를 어드려는듯이 그의얼골을 빤-히 처다보앗다.

「웨요? 농촌에서는 일을 못하나요? 서울이나 농촌이나 일하는데는 다-마찬가지 지요……허지만 서울가는것두 납부지는안켓지요」하는 관규의 말소리에는 넘어나 열이 업는것가텃다.

「농숙서두 얼마던지 일한다지만 사실 저안테는 농촌이란요만치도 인연이 업는 것갓터요」하고 그는 얼마간 추운듯 몸을 옹송그리며 저고리섭을 열어노핫다.

그리고는 집안사정이며 아버지가 싀집을 강권하는 이얘기며 여러가지 이얘기를 저혼자짓거렷다.

관규는 무관심하게 들어면서그의 지나간일과 성격이라던지환경에 대하야 곰곰 히 생각하엿다.

경숙이! 그는 지금 마을에서 내로라고 뽐내는 박서방의외딸이엿다.

박서방은 약삼십년전에 어듸서 왓는지 뜨내기로 이지방에떠들어온후로 여러가 지 방면에활동한결과 지금은 토지만 하더라도 십여만평이나 잡고 근방재정권은 전 부 자긔의 손아귀에 너코 흔드는 부자엿다.

그런데 그의 무남독녀로 태워난 경숙이는 지방에서 소학교를 졸업한후 서울가서 어느녀학교에 멧해간 다니다가 그만 무슨 사건으로 일년이상이나 햇빗업는집에서 고생하다가지금은 집에와서 정양하고잇는방년 열하홉의 처녀엿다.

그러므로 그는 지방에서는 가장 진보적 지식계급에 속하는녀성이라고 볼수가 잇 섯다. 또한 자긔역시 글케 자처하고잇섯든것이다.

그래서 그는 은근히 관규의사상에 공명하며 그를 사모하기까지 하엿듯것이다.

그러나 관규는 관규로서 또한 경숙이를 보는 자긔의 관찰을 달니하엿다.

아모리 경숙의 기분이 씩씩하고 진보적이라지만 아직두그것은 기분적이여서 그 의태도에는 부자집 딸내가 잠뿍 떠돌고 녀학생의 애티가 그댈남어잇섯다. 그러기 에 관규는 그를 볼때에 도저히 자긔의머리속에 수업시 떠올우는 그러한녀성들과가 티 볼수는 업섯다.

경숙이는 넘우나 오랫동안말업시 우두머-니 안저잇는 관규의모양이 이상하여서 얼마간근심스러운 표정을 지으며

「뭘 그럿케 생각하세요?」하고 부두럽게 물엇다.

「아니 별루 생각하는거 업서요、 자 그럼 내려갈까요? 넘우 느즈면 댁에서 걱정하실텐데」하며 관규는 당황하게 일어섯다.

경숙이는 아모말도업시 원망스런눈으로 쳐다보다가 그만힘업시 따라일어섯다.

어느날 관규는 아버지의 불음을 밧고 그의아페 들어가 쪼구리고 안저서 말떠러지기만 고대하엿다.

아버지는 어쩐일인지 심히 거북한양을하고 멋번이나 아들의눈치만 살피며 말할듯말할듯 하다가 마츰내 결심하듯 겨우 무겁게 입을 열엇다.

「너를 불은건 별달은 일이아니다. 너두 인제는 스물셋이나됏는데 장가갈생각을 좀 해야지 밤낫 이대루 멍-하니 지나문 어쩌커느냐?」

관규는 빙그레 우스며 아버지의 얼골을 바라보앗다.

아들의 모양에 얼마간 용긔를 어든듯 김좌수는 한칭 목소리를 부드럽게하며

「못난자식가트니라구 웃기는……맛침 혼처가 방정한데 잇스니 너두 좀 잘 생각해봐라」하고 자긔도 벌신 우섯다.

「혼처가 방정하다니요? 대체어됩니까」

관규는 호긔심에 도록거리는눈으로 아버지를 보며 물엇다

「저 아랫말 박서방의 딸이란다」

김좌수는 주저치안코 말하고는 어쩌냐하듯이 아들을 넌즛이 바라보앗다.

그러나 관규는 웃지도안코정색으로 아버지를 쏘는듯이 건너다보앗다.

「어쩌냐? 마음에 잇는냐? 업느냐?」

김좌수는 조바심이 낫다.

아들의 표정은 반가움에 놀난표정인지 그럿찬으면 자긔의속심을 뚤너보고 노려보는 표정인지 분간하여 낼수가 업섯다.

관규는 오랫동안 아버지를바라보다가

「좀 생각해 봐야겟서요」하고 시침을 뚝 땃다.

긔회를 어든듯 김좌수는 업는 머리를 끗떡하엿다.

「그래라 잘생각해 봐라」

관규는 종일해를 내ㅅ가에 나가서 오루며 내리며 것잡을수업는 생각에 머리속을 어즈럽혓다.

몰락하여가는 집안안을 어쩌케 하여서던지 바로잡아 나가려는 애비의 정경을 생각하면비길데업시 가여운 생각이 낫다. 지금 자긔가 누의동생의 결혼문제에대하야 어쩌한 게책을 세우고잇다는것도 몰우고 아버지는 지금 자긔마저 희생식히려고 하

지안는가?

하기야 누의동생의 일에 비하면 자긔는 조금도 희생되는것이 아니고 도리혀 들드엽는조혼 혼처라고 할수가 잇지만결혼을 식히려는 아버지의 심청을 생각하면 틀 넘엽는 희생이 아닌가?

이전가트면 박서방네와 혼사는커녕 말도 바로 건느지안흘 그가 그러케까지 결심하게 된것은 틀림업는 최후의수단……아니 발악이엿슬것이다.

자긔는 지금 아버지가 박서방에게 얼마나부채(負債)를 지고 잇는줄도 몰은다. 그저 떠드는 소문으로지금 가지고잇는 재산 전부를다정리하여도 부족된다는건만은 알고잇다.

그럼으로 자긔의 결혼여하에 따라서 집안안의 목숨들은 좌우가 되는것이다. 그것을 생각하면 관규는 참말 괴로웟다.

그리고 이때가지는 그저 평범하게 한녀성으로만 대하여오던 경숙의자태가 갑작이 결혼이란 문제를 걸어노코 생각하여보니 어쩐일인지 가슴속을 작구 파고드는것가텃다.

더구나 전날밤 장면을 생각하면 머리속이 어즐어즐하며눈압퍼 찡―돌아가는것가텃다.

생각다못해야 파―란 풀들이 돋아오르는 언덕에 털석 들어안자 물끄럼히 먼하늘을 바라보니 갑작이 머리속에 떠올으는것은 동무들의 억센 얼골들이엿다.

「앗불사、 내가 이게」

그는 깜짝 놀난듯 제몸을 굽어보며 얼골을 붉헛다.

그러고는 머리속에 떠돌던 어즈러운 생각을 지워버리려는것처럼 큼직한 돌을 들어 물속에 풍덩 집어너헛다.

고요하던 주위의 정적은 갑작이 깨처지고 물살은 희룽희룽 펴저갓다.

「아이 참 옵바두 깜쪽가티 놀랏네」

하는 간드러진 소리와 함께 순옥의 얼골이 버드나무미테서갑작이 나타낫다.

관규는 깜짝 놀랏다.

「넌언제나왓느냐?」

「앗가」

순옥의 입가에는 고요한 샘물이 넘처호르듯 미소가 소리도업시 떠올랏다.

「뭘하게 나왓느냐?」

「옵바는 뭘하게 나왓서요?」

「망할년!」하고 관규는 다시금 그자리에 덥석 들어안젓다.

순옥이는 옵바의뒤에 서서몟번이나 주저하다가 끗내 말을끄집어냇다.

「옵바!」

「?……」

관규는 힘끗 돌아다보기만하엿다.

순옥이는 불러노키는 하엿스나 정작 옵바의 얼골과 마조치니 갑작이 마음이 줄하여젓다.

「왜?」

옵바의 편에서 도리혀 뭇자순옥이는 공연히 뭅은것가타후회까지 낫다.

그러나 이왕 끄집어 내려든말이라 큰맘을 먹고

「저 할말이 잇서요」

「무슨말이냐?」

「우스면 안되요」하고 그는 옵바의엽헤 살짝안젓다.

「웃기는……어서 말해라」

「저어……나두 공장가튼데르들어갈수가 잇을까요?」

「공장이라니?」하고 반문하는 관규의 두눈은넘어나 뜻박게말에 뒤집힙지경이엿다.

「저 제지공장가튼데」하고 순옥이는 얼골을 붉히며숙여버렷다.

관규는 오랫동안 넉업시 누의동생을 보다가 잘못듯지나안헛는가하여 은근한 목소리로뭇엇다.

「아-니 네가 제지공장으로들어가겟단말이지?」

순옥이는 처다보지못하고 애꾸진 풀만 뜨드며 약간 고개를 끗덕거렷다. 그제야 관규는알엇다는듯이 저혼자 머리를끗덕거리며 누의동생의 푹 숙인머리를 이윽히 내려다보앗다.

그러면서 그는 그러한 결심을하게된 누의동생의 심경을 곰곰히 생각하여보앗다.

「그런데 제지공장으로 갈생각은 어떠한 동긔에서낫느냐?」

「장ㅅ거리에 지금 한사람이녀공모집을 왓다구 학교댕기던동무들이 야단이애요」

순옥이는 갸웃이 고개를 들고 옵바를처다보앗다.

「그래 가는애들이 만흐냐?」

「만쿠말구요。벌서 수물두 더뽑헛는데요」

관규는 빨-가케 상열까지된누의동생의 얼골을 빤-히 바라보다가

「그래 너두 정말 가구십흐냐?」하고 따저물엇다。

「가구펴요」

순옥이는 살몃이 우수며 말햇다。

「녀공생활에 견될수가 잇느냐?」

「그걸 못견대요?」

「그러찬타。녀공이란건 결코쉬운일이 아니다。공연히 긔분에날뛰여서는 불과몃 츨에 실패만하고 마는법이다。」

관규는 세세히 타일르며 누의동생의 공상을 깨치려하엿다。

그러나 뜻박게도 순옥의 결심은 강인하엿다。

「옵바 저는 벌서 결심한지가 오랐어요。만약에 제맘이 약해서 마지막까지 견듸 지는 못한다하더래두 지금은 먹은맘을 껵글수가 업서요」

「그러치만 난 녀공생활이란게어떤것인지 잘 알고잇기때문에……」

말도 끗나기전에 순옥이는 반박하듯이 갈으첫다。

「그건 아직 옵바는 녀공생활이 괴롭다는것만 알엇지 제마음은 모온는 말슴애요。 그래두난 옵바만은 제맘을 알어주서구 찬성하실줄 알엇서요」

순옥의 말소리는 억눌울수업는 흥분에 떨리기까지 하엿다。

관규는 더 말치못하고 이슥히순옥의 얼골만 바라보다가 스르르 눈을 감엇다。

아―모 보잘것업는 일개 온순한 게집애로만 알엇던 눈이동생에게 그러한 열과 힘 이잇다는것은 정말로 밋기어려운꿈가튼 일이엿다。

현실이여서 그의압헤는 조금도꿈이아닌 누의동생의 뜨거운호흡소리가 숨차게 들리고 잇지안는가?

그는 지금 누의동생이 가겟다는 제지공장에 근무하고잇는친한 동무를 생각하엿 다。모집하려온 감독과 교섭이 업다드래두 그에게 편지만 하면 틀림업시 알선하여 주겟지。그리고 힘자라는데까지는 인간을맨들어 주겟지。그러나 그리로편지하자。

관규는 빙긋―이 우수며 누이동생을 돌아다보앗다。

「정말 갈라면 내가 소개할테니 장ㅅ거리 감독한태로 갈것업시 곳장 공장으로 가 거라」

한편 장ㅅ거리 윤참몽네와 김좌수네는 물원이면 닥쳐올 경사(慶事)준비에 눈코 뜰사이이업시밧부게 지낫다。

혼인날은 아직도 한달이나 남엇는데 신랑편에서는 함까지벌서 왓다。

함속에는 생전 구경도 못하여본 각색천과 그리고 현금도5백원이나 들어잇섯다。

그러므로 근방에는 그것을하여 평판이 자자하엿다.

이모든것을 보고 속으로 쓴우슴을 웃는것은 순옥이와 관규엿다.

그들은 그러케 집안안이 소란하게 떠드는 한편에서 자긔네의 준비만 착착 하여 나갓다.

그리하여 하로밤을 자고난 이튼날아츰 순옥의 그림자가 감쪽가티 사라젓슬때 집안안은 물끓듯하엿다.

사방으로 손을 나누어 행방을 차젓스나 간 종적을 알리는업섯다.

집안안의 시선은 일제히 관규에게로 쏠렷다.

그러나 관규의 태도는 얄미울지경 태연하엿다.

맛형 진규는 참다못하야 아우에게 달려들어 잡을상을 하엿스나 하등의 효과도 엇지못햇다.

김좌수는 넘어나 심중이 막혀서 말이 나오지안헛다.

소위 양반의 집안에 이게무슨일인가? 애비의 얼골에 똥칠을 하여도 분수가 잇지. 이런 무법한일이 천하에 어듸잇느냐?

「아―하 망햇다。 다 망햇다。」

그는 주먹으로 방바닥을 뚜두리며 통곡까지 하엿다.

「멧대를 내리 빗나던 집안안이 내때에와서 이게 무슨일이냐? 엑 죽일년!」하며 이를 부득부득가는 김좌수의 그모양은 참아 눈을 뜨고 볼수가업섯다.

그리고 진규는 진규로서 또한 가내에 들어 싸웟다.

「망할년들、 그러케두 눈치를몰낫드냐? 이년들 다―들 짜구서」

하며 애꾸진 본처만 못견듸게굴엇다.

더구나 그는 양반의체면도체면이려니와 새해부터는 누의동생의 덕택에 정어리 공장까지경영하려든 계획이일조에 수포로 돌아간것을 생각하면 눈에서 줄불이 이러날지경이엿다.

그러나 관규는 일절 무관심인태도로 그저 굿구경만하엿다.

진규에게는 그모양이 더한칭불을 달어노앗던것이다.

「이놈아! 이 쥐레때를 안겨죽일놈아! 어듸루빼보냇느냐?」

하며 부득부득 아우에게 달려드는 그모양은 완연히 미친사람가탓다.

그럴때면 관규는 슬멧―이 그자리를 피하야 어듸던지 종용한데 가서 종일해를 기푼 사색에 잠기고는 하엿다.

하는수업시 김좌수네는 바덧던 함을 다시 돌려보냇다.

그러고는 일설 줄임을 끈코박갓세상과 인연을 끈허버렷다.

그기회를 타서 박서방은 수차 김좌수를 차저왓다.

그가 차저왓다 간후부터 관규에게대하는 집안안의 태도는갑작이 달러젓다.

누구보다도 진규의 태도는 넘우나 부두려워서 도리혀 얄구저까지 보엿던것이다.

마지막에는 체면도 불고하고전날의 아우에게 대한 지난친태도를 사과까지 하엿다.

관규는 정말로 입이 쓰거웟다.

형은 여러가지로 아우에게 결혼을 권하엿다.

「관규야, 싸울때는 서로 싸웟지만, 그래두 우리는 친동생간이 아니냐? 형으로서 아우에게별루 재산은 못갈라주겟지만장가쯤이야 그래 방정한데 못보내주겟느냐? 아혀 쓸데업는고집을 세우지말구 내말을 들어봐라. 아부님두 지금너의 결혼문제때문에 끼니를 바로 못잡수실 지경이다.」

짜장 진정을 토로하는듯한진규의 수단에는 누구던지 넘어가지 안홀사람이 업섯다.

그럼으로 그는 그러케까지애를쓰며 타일으는 형의말을 귀ㅅ등으로 먼-소리가티 들어며속으로는 누의동생의 일이며동무들의 일이며, 그리고 자긔의압길에 대하야 면밀한 계획을세우면서 물원이면 떠나갈것을생갓하는것이엇다.

떡줄사람은 꿈도 꾸지안는데김치국부터 마신다고……관규는참말 우수워서 꼴을 볼수가 업섯다.

박수방네게 정식으로 구혼을갓다온 맛형 진규는 그날하로는 한시를 안저서 진정을 못하고 매작거렷다.

오래동안을 무겁게 입을 담을고잇든 김좌수도 이날에는 화색이 즈르르하여 친히 아들에게 구혼갓든 경과를 물으며 연방나오는 우슴을 거두지 못햇다.

집안안에는 참으로 오래간만에 화긔가떠돌앗다.

관규는 넘어나 어처구니가 업서서 그저 우두머-니 그들의꼴만 바라보고잇다가 밤이 되자 경숙이와 미리 약속하여두엇든 뒷재 언덕으로 올나갓다.

경숙이는 벌서 와서 기대린지가 오래엿다.

「느저서 미안합니다」

「아녜요, 저두 방금 왓세요」

경숙이는 전과가튼 쾌활한양은 업시 북구러운 태도로 겨우 말하엿다.

관규는 경숙이와 가즈런히안기는 하엿스나 무슨말을 어떠케 하엿스면 조홀찌 집에서 생각하던것과는 딴판이엿다.

경숙이도 어쩐셈인지 작구 머리만 숙어지고 숨이 치며 얼골이 활근거려 대치 허공에 둥둥 떠올나가는것가튼것을 갓가수로 참엇다.

둘사이에는 괴로운 숨소리만홀을뿐이엿다.

그러나 어느때까지던지 그러케 하고만 잇슬수는 업섯다.

그래서 관규는 종시 떠러지지 안는입을 큰맘을 먹고 겨우 열엇다.

「경숙씨!」

경숙이는 무엇에 질닌것처럼몸을 옴칫하며 핼끗 처다보앗다.

「경숙씨를 맛나자 한건 달음이 아니라 경숙씨두 벌서 아섯겟지만 이번 우리의 결혼문제에 대하야 저의 의견을 좀 말한후 경숙씨의 의견두 들어볼까해서일부러 이러케 맛나자구햇는데 하고 관규는 더듬거리며 갓가수로 말을이엿다.

경숙이는 다시금 머리를 폭 숙엿다.

관규는 상대자의 비위를 상해우지안켓끔 조심조심히 다음말 이엇다.

「나는 경숙씨기에 이런말을주저치안코하는것입니다. 두집에서는 세상업는 인연을 매젓다구 야단들이지만、 우리는 우리로서 신중히 생각해야 합니다. 경숙씨! 당신은 어떠케 생각합니까?」

경숙이는 관규의 우수러한얼골을 빤-히 처다보앗다.

령리한 그는 벌서 첫마듸를듯자 관규의 모-든 속잠을다-짐작하엿던것이다.

그가 무엇을 말하려하며 그리고 불원이면 떠나가라라는 그것까지 그는 눈치채고 그럴ㅅ바에는 차라리 먼저 이쪽에서말하는것이 어듸로 생각하던지피차에 웅색지 안홀것이니、 공연히 남을괴롭히지말고 선선하게남의속을 열어주는것이 떳떳하지 안흔가?

그래서 그는 억지로 우숨까지 지으며

「관규씨、 웨 그러케 말슴하시기를 괴로워 하십니까? 저는 벌서 다 알구 잇어요. 지금두집에서는 야단법석이지만 저는자초부터 관규씨의 모-든것을잘짐작하구 잇엇서요. 관규씨는반다시 다시금 떠나가시리라는것을、 그리구 조곰아한결혼문제가튼것은 넘두에두 두지안흔신다는것도 저는요 잘 알고잇엇서요」하고 그는 나직히 한숨지엇다.

관규는 더 말할생각이 나지안헛다.

그의 가슴속은 알수업는 감격에 그득하여서 웬일인지 눈지우까지 뜨거워지는것을 어찌할수가 업섯다.

「그러기에 관규씨! 당신은 저의말에 대해서는 조곰도 미안해하시지말구 어듸까지던지 자긔의 신념에 따라 나가시기를저는 진정으로 바랍니다。」

관규는 무의식중에 경숙의 손목을 덤석 잡엇다。

「경숙씨!」

하고 불너는 노앗스나 목구멍이 쿡 맥혀서 무엇이라고 말할수가 업섯다。

경숙의 눈에서는 두줄눈물이소리업시 고요히 넘처흘넛다。

「관규씨! 저는 약한 게집앱니다。 그러기에 저는 꿈이나 꾸면서 일생을 지나렵니다、 남이하는일을 꿈으로나 그려보는 인간。 이얼마나 불상한 인간입니까? 관규씨。 당신네는 이러한불상한 인간들이 세상에 수업시 만타는것이나마 짬잇는대로생각하여 주십시요」하고 그는 살그머-니 잡힌손을 빼엿다。

뒷재언덕에서 경숙이와 갈나진이후 관규는 몃츨동안은 도시 마음을 것잡을수가 업섯다。

어덧던 보물을 일은것가튼허수한생각。

뒤설네는 가슴속을 못견듸겟끔 어즈러운 환영이 파고들때면 그는 그만 모-든것을 집어치우고 경숙이게로 달녀가고십흔 정열의충동에 밤새도록고민하는것이엇다。

그러나 몃츨뒤에 기다리던편지가 왓슬때에는 그의마음은다시금 싸늘하게 갈안젓다。

그는 침착하게 떠날 일짜를결정하고 준비를 하여나갓다。

준비래야 별로 할것업시 입엇던 그대로 떠나면 그뿐이지만 려비가 문제엿다。

그래서 백방으로 생각하다가그는 읍에잇는 제지공장에 근무하는 동무와 누의동생에게로차저갈 생각을 하여보앗다。

그리기서 부탁하면 려비야 틀님업시 되겟지。

친한 동무도 오래간만에 맛나볼겸 그리고 누의동생의 부탁도 단단히 하여둘겸。

(그러라。 그리로 가자)

…하고 그는 속으로 결정하여버린후 마지막으로 경숙이나 맛나볼까 하다가 다시 생각하니그도 부질업슨일갓히 그만 단념하여 버렷다。

그리고는 산이며 들이며 이때까지 돌아댕기던 곳을 죄다 한박회식 돌앗다。

마치 마지막으로 하직의 인사나마 고히는것처럼……

마지막에 십리나 되는 어머니의 산소에 차저갓슬때는 참으로 감개가 무량하엿다。

집에 돌아와서 밤이 되기를고대할나니 집안식구들의 시선은 어쩐일인지 자긔에게만 쏠니는것 가텃다。

벼개도 베지안코 그대로 방바닥에 네활개를 쭉-펴고 큰 큰대짜로 들어누우니 머리속에는지난날의 긔억이 주마등가티빙글빙글 돌아갓다.

그러다가 웃둑 머저서는 거기에는 정희의 무덤이……흰비석까지 세윗다는 둥구스럼한무덤이 으젓이 나타나서 그의가슴속을 흐릿하게 하여주엇다.

기다리던 밤이 왓다.

저녁후 이슥하여 슬그머-니집안식구들이 물우게 뒷문으로빠저서 큰길에 나서니 어쩐일인지 마음의 한귀퉁이가 허수하여지는것가덧다.

그는 쓸쓸한 우슴을 띄우고다시한번집을 돌아다본후 밥비밥비 동구압까지 나왓다.

바로그때 등뒤에서

「관규씨!」하고 나직히 그러나 힘을 주어서 불으며 달녀오는 녀자가잇섯다.

「앗」

관규는 깜짝 놀나 길엽 나무그늘밋헤 빗겨섯다.

달녀온 녀자는 경숙이엿다.

「아、경숙씨!」

관규는 넉업시 뛰여나와 그의손목을 틀어잡엇다.

경숙이는 가슴이 뻣는것을 겨우 진정식힌후 원망스러운듯이빤-히 처다보앗다.

「단 한마듸래두 말슴이 잇구가실줄로알았서요」

관규는 대답이 업섯다.

「용서하시요。 그런데 어떠케 알구?」

「웨 물나요? 밤낮 떠나시는것만 살폇는데」

관규는 가슴속이 뭉큼하엿다.

둘은 오랫동안 말을 못하고서로 얼골만 마주보고 잇섯다.

어듸가지 청승맛게 우는 보어이소리가돌녀왓다.

「관규씨!」하고 경숙이는 떨니는 소리로불넛다.

「이러케 갈나지면 언제 다시한번 맛날때가 잇슬까요?」

「그야 인연만 잇다면……」

「그보다도 저의 마음만 썩지 안는다면 반다시 맛날때가 잇겟지요」

하고 경숙이는 살그머니 눈을감엇다.

관규는 다시금 힘을주어 그의손목을 꼭 쥐여주엇다.

「이건 약소하지만 려비에나보태주세요」

하고 경숙이는 무엇을 너헛는지 두터운 봉투한장을 살그머니 관규의 주머니에 너허주엇다.

관규는 아모말도 못하고경숙의얼골만 빤-히 듸려다 보앗다.

어느듯 동쪽산마루에는 이즈러진 스무날달이 기웃이 치할어서 지체된 갈길을 재촉한듯 장사가티 구비지길을 훤-히 비쳐주엇다. (끗)

-丙子二月一三日-

그늘진 봄 ◉

울음에 지친어린것을 안은채 우두커ー니 등ㅅ불만 들여다보고있는 남편을 바라보는 순어미의 가슴속은 어쩐일인지 까닭없이 불안스러워지며 숨쉬기조차 괴로웠다。

방문턱을 들어설때마다지린내가 코구멍을 쿡쿡찌르는 누덕 이불밑에서는 젖먹이 어린 것이 잘나오지도 않는 젖꼭지네 매달려 두볼이 오글어지도록 힘을주어 빨고있다가 인제는 그것조차 기진하였든지 쌕쌕 잠들고 있다。

벌서 이틀째나 쌀물이라고는 구경도 못해보고 나물죽으로만 겨우 연명하여오는 식구들은 어린것 자란것 할것없이 모도다 얼골이 유황빛으로 퉁퉁 부어서 보기에도 처참하였다。

순어미는 물동이에서 물만 퍼먹는다。

님편은 오랫동안 등불만드려다 보다가 그만 무읏을 생긱하였든지 무릎에 안긴채 그대로 잠이든 어린것을 살그머니 내려놓고는 거이 미친것처럼 벌떡 일어섰다。

순어미는 가슴속이 선뜻하였다。

「어디루 가오?」

그러나 남편은 돌아다보지도 않고 창문을 향해서서 무엇인지 생각하고있었다。

순어는 앓든것도 잊어버리고 반신을 일으켰다。

「여보 이밤중에 어디루 가오?」

그래도 남편은 못 들은척 창문만 노려보고있다가 그만 휙 나가버렸다。

「여보 여보」

하며 순어미는 넋없이 일어나서 뒤쫓아나왔으나 벌서 남편은 그림자도 찾아볼수가 없었다。

◉ 이 작품은 1936년 5월 15일부터 22일까지 ≪朝鮮中央日報≫에 련재되였다。

그는 갑자기 무서운 생각이 났다.

그래서 신발도신을사이없이 맨발로그냥 마당밖에 뛰여나오니 집안에서는 어린 것들 울음소리가 일시에 탁 터져나왔다.

하는수없이 다시집에 들어가서 겨우울음을 진정시키고 남편의일을생각하여보니 아모리하여도 그의행동은수상한것같았다.

그리고 금시에 그무슨불길한일이 일어날것만같아 초조하여지는 마음에 입술까지 말라들었다.

그의 머릿속에는 어두운담장을 뛰넘어가는 남편의모양이 언뜻하고 지나갔다다음에는 무엇이지 어깨에 둘러멘모양이 지나갔다. 그리고그다음에는 절그럭거리는 소리와 함께……。

「아아」

그는 그만못볼 것을 본듯두손으로얼골을 가리우며 이불우에 쓰러졌다.

어디선지 가까이서 부엉이의 울음소리가 음흉스럽게 들려왔다.

순어미는 더참을수가 없어서 벌떡 일어났으나 머릿속이 어질하며 핑— 돌아가는 것같아 다시 그 자리에 쓰러지고 말았다.

얼마동안이나 혼수상태에 빠졌든지 벌컥하는 문소리에야 겨우 머리를 처들고보니、 눈앞에 웃둑선 남편의 그림자。 그는 꿈구는듯한 눈으로 멍—하니 남편을 쳐다보았다.

「어디 갔다 왔오?」

하고 조심스럽게 묻는 그의목소리는 바르르떨렸다.

남편은 묵묵히 내려다보다가 슬그머니 문을 열고 쌀자루를들어서드려나놓았다.

「에그! 그게 무시게오?」

순어미는 소스라치며 놀랐다.

남편은 아모말도없이 안해에게 눈짓하였다.

순어미는 응결된듯한 시선으로 남편을 쳐다보며 조심조심히 마치 무서운것이나 든것처럼 쌀자루곁에 기어들었다.

바로 그때 밖에서 쿵쿵거리는 발자취소리가 났다.

「앗」

둘은 넋없이 쌀자루를 들어서 뒷방으로 넘겨놓았다.

마는 때는 벌서 늦었다.

뒷방 문턱을 채 넘기도전에 확 제쳐지는 앞문으로부터는 정복한 순사들이 날새

같이 뛰여들었다.

남편은 본능적으로 뒷문앞에 뛰여갔다. 하나 □이라고는 물샐틈도 없이 벌서 뒷문에는 사복한형사가 딱 버틔고 있었다.

「이놈아! 괜히 날뛰지말구 조용히 받어라」

하며 정복한순사가 포승을 내든것을 보았을때 순어미는 그만 집안안이 일시에 뒤바뀌며 천정과 방바닥이 빙글 돌아가는것같어 그자리에 졸도하고말았다.

남편이 잡혀간후 순어미는 어쩔줄을몰랐다.

며칠동안은 얼빠진것처럼아―모생각도없이 멍―하니앉어서 밖앝만 내자보며났다.

어린것들이 배고파서 그렇게 보채며 울어도 그는거1) 너무나 정경이 가여워이웃에서 먹을 것을 가져다주어도 그의표정은 조금도움지기지않었다.

그것은 틀림없는 실신자의 그모양이였다.

하는수없이 어린것들은이웃에서 끼니를 이어주고그리고 밭갈이는 마을에서도아주기로 하였다.

며칠간 지나가니 순어미의 흥분은 차침 식어져가고의식도 전과같이 회복되였다마는 원래 병석에 누었든 몸이라 극도의 흥분뒤에오는 피로로 말미아마 그는 다시금 자리에 들어 누었다.

그러나 어느때가지던지그렇게하고 들어누어있을수는 없었다.

밭갈이는 농내에서 힘을 도아 다―하여준다지만 아□2) 자기네의 끼니를 이어주는 이웃집 성용이네 신세를 생각하면 한시를 더 누어있을수가 없었다.

그래서 그는 힘있게 자리를 박차고 일어나서 마침 마슬놀이를 온 성용에게모든 사정을 하소연한후 대책을 의논하였다.

이튿날 성용이는 어디서 얻어왔는지 돈 일원을 장만하여가지고 와서 순어미에게 맡겼다.

그것을 가지고 순어미는 십리도 더되는 어촌(漁村)에 가서 고기를 사가지고는 농촌으로 돌아다니며 쌀과 바꾸었다.

하로점도록 이마을 저마을돌아다녀서가까스로 두어되 남는것을 가지고 집으로 돌아오면 전신은 솜같□□3) 딱할 기운조차 나지않었다.

---

1) 원전에서 일부분이 탈락되였다.
2) 원전에서 몇글자가 탈락되였다.
3) 원전에서 일부가 탈락되였다.

그러나 그는 남편의일을 생각하고 이를악물었다.

남편은 어린처자를 살리기위하야 그러한 누명을 쓰고 잡혀가지 않었는가?

지금 철창속에 가쳐서도 그는 그얼마나 처자를의일에 속을 태우고 있을것인가?

그것을 생각하면 순어미는 금시에 넘어지다가도 저로소도 알수 없는 기운이 복바쳐올랐다.

날이 감을딸아 마음은 차츰 안착되어갔다. 마음이 안정되니 육신의 피로도 얼마간 풀려갔다.

그는 그래서 오래동안 잊었던 바누질꾸렘이를 꺼내가지고 등잔불에 마주앉어 벌서 오래전에 그대로 내버려둔 남편의 곁옷을 꿰매고있었다.

때는바야흐로짙어오는봄이라 바람소리조차 없는밤은 한없이 포근하고도 그윽하였다.

순어미는 어쩐일인지 마음이뒤설레며 서글퍼져서몇번이나 바누질손을 멈추고쪼라드는 등잔심지만 멍—하니드려다보았다.

그리고 이상하게도 남편의 옷에는 아직도 야릇한그의살냄새가 그대로 풍겨있는 것만같았다. 그래서 그는살그머니 곤히잠든 어린것들을돌아다본후 옷자락을 살짝 코끝에 같다대어 보았다.

그러고는 저혼자 얼골을붉혓다. 갑자기 울타리넘어에서 고양이소리가 째는듯이 들려왔다.

그는 깜짝놀라 젖가슴을부등켜안고 이윽히 귀를기우리다가 후유하고 긴한숨을 쉬였다.

다시금 멈추었던 바누질을 계속할랴니 어쩐일인지 손맥이떠저서 바늘을 놀릴수가없었다.

억지로 몇손간놀릴랴니 마지막에는 하품까지 났다.

그래서 그는 이튿날일을생각하고 일직안이 잘양으로일깜을 걷어치우는데 무슨 소린지바시락하는소리가마당에서 들려왔다.

움칫하고 귀를기우리니 다음은 잠잠하였다.

제귀를 의심하며 그래로일깜을 걷어치우고 불을끄려는데다시 바시락소리가 들려왔다.

틀림없는 신발소리었다.

순어미는 가슴이 다 쫄아드는것 같었다.

세 번째 바시락소리. 그것은 틀림없는 발자취소리! 바로 문앞에서들렸다.

그러자 갑자기

「벌서 자오?」

하는 소리가 나직히들여왔다.

「에그」

순어니는 넋없이 이불을 뒤집어썻다. 그리고는 참새새끼처럼 바들바들 떨었다.

「순어마이4) 자오?」

하고 재처 부르는 소리와 함께앞문이 왈칵 열리자 웬 사나이가 씩 들어섰다.

순어미는 얼결에 이불을제치고 보았다.

「유하는데 미안하오」

하고 사내는 □ 웃었다.

그제야 자세히보니 그것은면서기로 댕기는 지주의아들태순이였다.

너무나 어이가없어 순어미는 말을못하였다.

태순이는 연신 벙글거리며 사방을 살펴보다가

「이거 순어마이 정말 앙이됐오. 유하는데 이렇게 들어와서」

하며 웃목에 털석 들어앉었다.

순어미는 무서운 생각은간데없고 슬그머니 분한생각이 치밀었다.

「그런데 어째 남으여자 자는데 이렇게들어왔오?」

바늘을 품은듯한 날카로운 소리었다.

태순이는 우물쭈물 하다가 어설프게 벌쭉 웃으며

「앙―이 별일이있어서 들어온게 앙이라 순아부지간후에 어떻게 지나는가해서 지나가다가 들렸오」

하고 거슴츠레한 눈으로순어미를 바라보았다.

순어미는 대번에 뺨대기를 후려갈기고싶은 것을 겨우 참었다.

「쓸데없는 잔걱정을 말구 어서 나가오」

태순이는 얼마간 무안하였다.

그러나 그렇다고 그리쉽사리 일어설작자는 아니었다.

「앗다 그다지 노해할께야 있소? 동내새5)에 문안이나 하려구 들어왔는데……」

하고 그는 주머니를뒤지더니 오십전짜리은화한닢을 꺼내가지고

---

4) 어마이: ≪어머니≫라는 뜻.
5) 동네새: ≪동네사이≫라는 뜻.

「이건 약소하지만 쌀이나 싸자시우」

하며 순어미앞에 불쑥내밀싸었다.

「여보 나는 그런 돈은 받쟁이우? 어서 남의걱정 말구 당신네나 싸자시우」

순어미의 태도는 얼음같이 싸늘하였다.

태순이는 불쑥 내민손을처치하기에 곤난한 듯 얼마간주춤거리다가

「그렇게 오해할께사 무시게오? 남이생각해주는데 어서 받아두오」

하며 순어미의손목을 덥석잡었다.

순간 순어미의 바른손은번개같이 사내의 뺨을후려갈겼다.

「이놈아! 되지못하게 뉘기르 지금 놀리넹야?」

하고 노려보는 순어미의얼골에는 침범할 수 없는 위엄이뗘돌고있었다.

태순이는 너무나 뜻밖에일에그저 얼빠진것처럼 멍－하니순어미의 얼골만 바라보고있었다.

「이놈아! 얼른 못나가갯넹야? 어찌라넹야? 소리르 치라넹야?」

하며 순어미는 금시에 소리를 질을상을하였다.

거기에 어린애들까지 깨어나서 태순이는 그만 하는수없이 밖으로 뛰여나왔다.

이일이 있은후 순어미는 자연히 마음이 놓이지않어서 성용의누의동생 고분이를 다려다가 가치 자기로 하였다.

그리고 틈있는대로 성용이며 그의처도놀러와서는 여러 가지로 순어미를 위로하여 주었다.

그러나 여기에 생각지도않은 한가지 문제가 생겼으니 순어미에게는 너무나 과중하고도 치가떨리는 문제였다.

태순이가 밤중에 와서 뺨만 얻어맞고간지 며칠안되어 지주에게서 금년에는 논에다가낼 금비(金肥)를 못내줄테니자기로서 사라는 통지가 왔다.

순어미는 기가 맥혀서 더어찔 획책이나지않었다.

지난해까지도 논에다가 내는 금비는 미리 지주가 선대하여주고 가을에 타작때에 가서 이자까지 전부 계산하여 받아오던 것이 이때까지 아모소리도 없다가 갑자기지 금와서 문제를꺼낸 것을 생각하면 그것은 틀림없는 태순의짓인것을 알수가 있었다.

순어미는더욱치가떨렸다.

(더러운자식! 비열한자식!)

하며이를 부득부득갈며 마치 눈앞에 태순이가 있는것처럼 공간을 노려보았으나 하는수가없었다.

 류밭(陸田)갈이도다ー하고 인제는 논일에 착수하게되었는데 자기의힘으로는 금비는커녕 퇴비(堆肥)도 얻지못할것이고 그렇다고 논을내놀수도없고 순어미는다만 울고싶은 생각밖에 나지않았다.

 성용이가 대신가서 애원하여도 지주의표정은 바늘끝만치도 움직이지 않았다.

「못내겠으문 그만두지……도적질을 하구감옥으로 간놈을、미리선대해줫다가 언제 받는단 말인가?」

 하며지주는6)

 생각다못하야 순어미는 쓰고사는오막살이를 급융조합에 잡힐생각을하고 성용이게상의하여보았다.

 마는그것도 조합원(組合員)이래야 말을수가 있는까닭에 그는그저가슴만쥐여뜯을뿐이었다.

 하는수없이 성용이는 자기의명의로장리를 맡아다가 가만히 순어미의목을열어주었다.

 그러나 여기에 또한가지난사가닥처왔다.

 어느날 순어미는 하도몸이고달퍼서 자리에누어있는데군청에서 왔다는 젊은양복쟁이와 태순이가 세금받으러왔다.

 아직도 해금이 되지않아서 멱이 귀한탓인지 몇집간 돌고나니 함박에 그득하던 것이 죄다 팔렸다.

 세음을 따지보니 사십전은 되는것같었다.

 그는 속으로 벌서 하지못한 것을 후회까지하였다.

 이튼날도 그는 한함박을가득채웠다.

 첫날보다는 겁도 그리나지않었다.

 세번재날 그날은 아주마음이 놓이며마치 자기의물건이나 된것처럼 천천히좋은 것만 골라 땄다.

 그리고 마지막에는 어린것들을 갓다줄양으로 조개껍질까지 주었다.

 그러나 꼬리가 길면 밟히다고……그는마침내 순시하는 어업조합 서기에게들키고말았다.

 순어미는 죽을힘을 다하야 도망질첬다.

 그러면서도 그는 멱함박을 버리지는 않었다.

---

6) 아래의 일부는 탈락되였다.

그대로 머리우에이고 언덕을 올리달으랴니 숨은꼭댁이까지 치밀고 목구멍에서는 불이 붙는것같었다.

이윽고 달려온 서기에게 등덜미를 잡혔을때 순어미는그만 그 자리에 업드러저서 훌쩍훌쩍 느꼈다.

「도독년!」하고 서기는 숨이차서 씩은거리며 주먹으로 몇개간욱여댔다.

「이년 주재소루가자」

그소리를 들으니 순어미는 더욱 기가맥혀 목놓아 느꼈다.

그모양을보고 서기는 이윽히 무엇인지 생각하다가 뜻몰을 웃음을 벌신 웃고는

「여보 당신이 어디서 왔오?」

하고 부드럽게부르며 곁에앉었다.

순어미는 대답을못하고 느끼다가 겨우 머리를 쳐들고 두손을 부비며 애원하였다.

「나리님, 용서해주시우. 그저 죽을때가 돼서……이번만 살려주시우」

서기는 물끄럼이 바라보다가 대가리를 두어번 끄떡거리더니

「내말만들으문용서해주지」하고는 한쪽눈을 찔끔 감었다 떴다.

순어미는 가슴속이 떨컥내려앉었다.

「웅? 한번만 물어보지 이달부터는 암만 따가두가만 둬두께」

하며 서기는 순어미의 허리를 슬그머니 잡어안었다.

「앗」

하고 외마디소리를 지으며순어미는 벌떡 일어섰다.

「놓소, 이게 무슨줏이오?」

서기는 압기가 되어서멍—하니 쳐다만 보다가 순어미가 돌아서는것을 보고그제야 정신을 차리듯

「이년!」

하고 순어미의 치맛자락을잡아닥쳤다.

그바람에 치마폭은 빡찌저저서 속옷이 환—하게들어났다.

「에그 이런」

하며 순어미는 본능적으로찢어진 치마폭을 끌어올렸다.

「어째 남으여자 치마는찢어놓소?」

「무스거 어째? 이런 도독년이 어디루갈텡야? 가자 주재소루 가자」

하며 서기는 여자의 손목을 틀어잡었다.

순어미는 얼골빗이 새파랗게 되었다.

서기는 잔뜩 독이올라서노려보다가찢어진 치마폭사이로 내미는 여자의 살결을 보고는 그만 눈앞이어쩔하게 더참을수가없었다.

「이보 내말을들으문 주재소에두 앙이가구 먹두작구 따두 일업다는데 어쩨이래오?」

하며 그는 와락 달려들어여자의허리를 끌어안었다.

「앗、놓소놓소……엑더러운놈」하며 순어미는 죽을힘을다하야사내의가슴을 밀첬다.

마는 사내는 말도없이황소같이 씩은거리며 점점더픽박하였다.

한발짝 두발짝 마치 오래동안 큰병에 지친사람과도같이 힘없는 거름으로집앞가지오고나니 해는 벌서 서산넘어로 넘어간지도오랬다.

이날에 이고나간 함박을어디다가 집어치었는지 순어미는 빈손으로 기다싶이마당안에 들어섰다.

캄캄한 집안에는 불도켜지않고 누가우는지 힘없는우름소리가 어섬푸럿이 들려나왔다.

온갖 신경을 죄다 잊어버린것처럼 더벅더벅 마루밑가지 들어가보니 울고있는것은 다섯 살먹은 사내아이다. 기둥에 붙어서 빌ー빌ー 맥없이 울고있었고그래고 그 옆에는 여덜살먹은계집애가 젖먹이 어린것을업은채 그대로 쪼그리고업디어서 조을고있었다.

순어미는 갑자기 찬물을껴얹은듯 정신을차리고 넋없이 달려들어 어린것을 받어안었다.

그리고는 몇번이나 그의머리에다 볼을대고 부빈후땡땡불은 젖꼭지를 물렸다.

어린것은 맛나게 몇목음을 빨다가 갑자기 캑캑거리며 연방 느끼며 숨을돌리지못했다.

깜짝놀라 들여다보니 얼골빛은 샛가맣게 죽어들었다.

순어미는 어쩔줄을 몰으고 머리도 어루만저주고등허리도 쓰다듬어 주었지만아모효과도 없었다.

그리고 어린것은 점점숨소리가 괴로워지며 낮어졌다.

순어미는 그만 겁이 덜컥 나서 그대로 꾸러앉은채 성용이네게로 달려갔다. 성용이는 끝없이 장거리의사의 집으로 달려갔다.

마는 의사는 성용의 아래우를 한번 죽ーー홀터보고는

「왕진료를 가지구 왔오?」하며 앉은자리에서 음칫하지도 않었다.

성용이는 너무나 어이가없어서 다시 더 말할생각이 나지않었다.

그러나 무엇보다도 위선어린것의 목숨부터 돌리고볼일이라 그저 닷자곳자로 애원하였다.

「예 가시면 드릴게 얼른좀……」

「안되오。 먼저 예서 내오」

의사는 딱 잡어뗀후 담배만 풀석풀석 피우고 있었다.

성용이는 등이 달아 결딜수가 없었다.

「선생님、 제발 좀、 살려주시요。 가시기만 하면 꼭 드리우리다」

하고 엉뚱한 거짓말로 애걸복걸하였으나 의사는 눈하나 꼼짝 하지않었다.

「선생님 어찌겠읍니까? 살려주십시오」

「허— 그거참 이사람 안된다는데웬 성화가이런가?」

하며 의사는 짜증을 냇다성용이는 더 생각할 여유도없이 의사의 멱살을 틀어잡었다.

「이놈아、 사름이 죽는다는데그렇게두돈받기가급하냐?」

「이놈이 미친놈이 아니냐? 야 거기 누가 없느냐?」하며 의사는 안방을 향하야 급하게 고함첬다.

「예——」

하며 안방에서 달려나오는쿵쿵소리가 들리자、 성용이는그만 불리한것을 깨닫고 시각이 급한것만큼 두어께에 주먹다짐을 한다음

「이놈아、 어디보자」

하고 쏜살같이 뛰쳐나왔다. 그리고는 오리도 더되는물건너마을에가서 겨우 늙은한방의원(漢方醫)을 다리고헐레벌떡거리며 달려왔다.

마는 그들이 안방에 들어섰을때는 벌서 어린것은고요히 숨을 거둔때였다.

방안의 공기는 무겁게응결된것같어숨맥힐지경이었다.

의원의젖에 맥혔느니 체하였느니 하는말을 먼—소리로 들으며 순어미는 죽은것을 꼭—끌어안은채어느때까지던지 등불에서 시선을 뗄줄을 몰랐다.

성용이는 순어미의 뒤에서 훌쩍 훌쩍 느끼는 누의동생의 어깨를 멀건히내려보다가 싸안은 포대기자락으로 살그머—니 죽은것의 얼굴을 덮어주었다.

그리고는 비스듬이 벽에기대여앉어서 누가벌서 짜기시작하였는지 이웃집에서찡—찡 들려오는 베(麻布)짜는 바디ㅅ소리에 고요히귀를 기우렸다.

—丙子二月一八日밤—

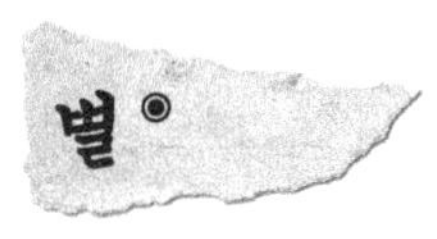

一

달마다 한번식은 꼭 어김없이 오고야마는 수업료납부기(授業料納付期)。

벌서 완납기일(完納期日)을 사홀이나 넘은 교실안을 처처에 뷘자리가 생겨저서 횡뎅그레한데 아모표정도없이 눈알만 말뚱거리는 중대가리들의 멍―하니 벌린괴지지한 입들 훌쩍어리는 코들。

찌는드시 무더운 속에서 파리들이 앵앵거리며 해볕을 쫓아날아댕기고 가담가담 물큰하고 코구멍을 쿡쿡 찌르는 땀냄새 방구냄새。

유월의 교실안공기는 웅덩속에 가쳐있는 무겁고도 어즈러운 흙탕물과도같아 당장에 질식이라도할껏같다。

그러한속에서 명우는 땀을 발발 흘려가며 거이 싸우다싶이 악을 쓰는것이었다。

「이놈들아。정신을 좀 차려서 선생님설명을 들어라。」

그래도 아이들은 얼빠진것처럼 멍―하니 임만 버리고쳐다본다。

「너의들은 대체 물하러 학교루 왔느냐?」

그는 화를 버럭내며 교편으로 책상을 연달아 서너번 후려갈긴다。

집에서 깜짝 놀라깼드시 아이들은 움칫하고 서로 얼골을 마주쳐다보다가 다시금 이전대로 무표정하게 돌아진다。

명우의화는 절정에 달하였다。

그의손은 저도 모르는사이에 맨앞에앉은 중대가리로날렸다!

「엑기 소색기같은 색기들아 너의들두 사람이냐 개만두 못한놈들」

그는 전신을 푸들푸들 떨며 교단에 돌아가서 입슬을 악물고 잠간동안 부풀어오르는 분을 진정시키기에 애를 썼다。

◉ 이 작품은 ≪朝鮮文學≫ 1937년 5월호에 발표되였다.

불의에 주먹벼락을 얻어맞은 중대가리는 처음에는 얼떨떨해서 그저 입슬만 실룩 거리더니 선생의표정이 얼마간 부드러워지는것을 보자 갑작이 「앙―」하고 맥혓던 봇물터지듯 왈칵 터진다.

명우는 대번에 달려가서 등덜미를 틀어잡고 밖으로 내끌었다.

울음은 더한칭 기세를 올린다.

사지를 뻐둑거리며 지랄쓰듯하는것을 뒤뜰에다가 몰아낸다음 다시금 교실로 드 러오니 아이들은 숨하나 쉬는것같지않다.

구석에서 의자를 끌어다가 지친몸을 힘없이 내맡기고 실그머―니 눈을 감으니 서늘―한 돌덩이같은 그무엇이 가슴속에 스르르 나려앉는것같다.

그리고 눈자우가 작구 뜨거워오른다.

그는 저자신을 비웃는듯한 찬우숨을 찌긋 이입가에 띠우며 중얼거렸다.

「더러운놈같으니라구 무었을 못해먹어서 이런노릇을 한담 내가 어리석지 너의 들을 가르켜먹겠다는 내가 도태체 잘못이다. 엑 비열한놈」

격분끝에 오는 뜻 모를 자조와 굴욕.

그것은 거이 미친사람의 발작(發作)과도 같은것으로서 그런때면 아이들은 눈도 깜짝못하고 선생의동정만 살피는것이었다.

갑작이 문소리가 와르륵 나드니 교장이 삽분 들어서며 은근히 머리를 숙인다.

명우는 그대로 잠자코앉아서 눈을 뜨지않었다.

교장은 미간을 찚우리다가 다시금 간사스러운우숨을 지으며 「김선생님 어디가 편치않으십니까?」

자못 정중한 말소리다.

명우는 그제야 정신을 차린듯

「아……아아니올시다. 잠간 무얼좀 생각하느라구요」

하고 벌떡 일어섰다.

「그렀음니까?그러시면 다행입니다만 난 또 어디가 편찮으신가 했죠. 그런데 오 늘은 결석아동수가 얼마나 됩니까?」

「어제와 마찬가집니다.」

「한명두 줄지않었음니까?」

「…………」

명우는 말하기에도 골머리가 아푼듯 고개만 끄떡거린다.

「허―큰일났는데요。」

교장은 다―버서진 두통수를 어루만지며 무엇인지 생각는양을 하다가 다시금 은근하게 멀리를 숙인다음 들어오던때와 마찬가지로 삼분 문밖에 나선다.

二

방과후―。

직원실에서는 수업료미납으로하여 등교치못하는결석아동에 대한 대책강구회의가 열렸다.

교장과 수석훈도의 지리한 이야기가 약 반시간이나 계속된결과 며칠동안 매일 방과후면 담님아동들의 가정을 일일이 방문하기로 결정되었다.

회의하는동안 명우는 한마디로 말참여를 안하고 무표정하게 앉아서 마즌편 여선생의 만삭된배만 건너다보며 장차 불원이면 세상에 채여날 숨덩어리에 대하야 생각을 기우려보았다.

애비도 교사고 어미도 교사인 그아이는 과연 그어시들의 교훈을 철저히 받아서 훌륭한 인간이 될 수있을까 지금수석훈도와 교장이 입이모자라 떨어지도록 조선사람의 가정교훈에 대하야 짖거리지만 사실 그들의 가정교훈은 그자제들에게 철저하게 시행되고 있는가?

말단집에 장이 쓰다고 자기는 여러곳에서 교육자의 자제들이 한칭더 타락된 현상을 낳이 보아왔다.

다구나 하나님의교리를 죄의인간에게 포교한다는 목사들의 자제들을 본다면.

명우는 잘아는 동창생들중에서도 타락된 그들의 자제들을 얼마던지 세일 수 있다.

문득 귀를 기우리니

「제일 출석정적이 납분학년은 四학년입니다。 사학년은 해마다 요때만되면 절반이상이나 결석합니다。」

하는 수석훈도의말을 뒤받아

「그야 ―二학년때는 처음이돼서 그럭저럭 지나오지만 차츰 三학년이다 四학년을 당하면 경제상곤난이 점점 늘어가고 또한 아동교육에 대한 열정도 식어가니까요。 그래서 대개는 三학년이나 四학년에서 퇴학생이 많이 나고 五학년이나 六학년은 인원수가 적게되는 겁니다。」

「참 그렇군요。」

여선생은 자세히 알았다느니보다 교장의 똑똑한 설명에 감탄된듯 오랬동안 교장의얼굴에서 시선을 떼지않고 연방 고개를 끄덕인다.

교장의 옆에앉은 수석훈도는 교장의눈치만 흘끔흘끔 살피더니 약간 떨려나오는 소리로

「교장선생님의 말슴은 참말 지당합니다 그렸읍니다 三四학년이 제일 심합니다. 헌데 그중에도금년 四학년은 특히 더합니다. 그건 무엇보다도 一학년때부터 기록해온 출석부를 본다면 자세히 알것입니다.」

하고는 흘끔 명우의편을 곁눈질한다.

명우는 가슴속이 부굴부굴 끌어모르는것을 가까수로 참고 거동만 주시하였다.

동관들은 약속이나 한드시 명우에게로 시선을돌린다.

수석훈도는 줄한빛을 애써 감추며 점잔흔태도로 다음을 계속한다.

「그야물론 금년 四학년아이들을 본다면 전교에서 가장 포악하고 라태하고 생활수준이 낮은집아이들이 반수이상이나 되는것은 사실입니다. 허지만 그렇다고 교육자로서 그것을 그대로 묵인한다는것은 참으로 유감된일이라고 생각합니다. 교육자의 직무란……」

「최선생님」

부른다기보담 내뿜는듯한 소리다.

여럿은 깜짝 놀라 명우에게로 시선을돌린다.

명우는 새파랗게 질린얼굴로 잠간동안 말을못하고 상대편을 노려보다가

「말슴을 좀 삼가시우. 같은동관으로서 아모정의도없이 그렇게 꾀집어말슴한다는것은 결국 상대편을 고의로 상처를 내려는 증오에서 나오는 천비한 수작이거나 그렇잔으이면 한급이라도 우에 앉었다는 되지못한 우월감에서 나오는 비굴한근성이외에는 아모것두 아니라구 생각합니다.」

수석선생은 입슬을 실룩거리며 붉우락풀우락 어쩔줄을 모른다.

「사실 저는 교육자로서의 행동을 원만하게 못했읍니다. 저의힘이 모자랐던지 그렇잔으면성의가 부족했던지 최선생님 처럼 훌륭한 교훈을 주지못한것만은 사실입니다. 그러나 아이들의 포악성이라던지 라태성이라던지 또는 여러가지 불순한 청을 그대로 공수방관하며 묵인한일은없었읍니다. 만약에 그러한일이 있다면 기탄없이 말슴해주십시요」

명우는 처음과는 딴판으로 차츰 격정이 식어감을따라 랭소까지 입가에 띠우고 상대편을 노려보았다.

수석훈도는 거이 신음하다싶이 괴로운 목소리로 땀까지 흘리며

「뭐?……천비한 수작? 비굴한 근성? 그게……어……어디서 나오는 버릇이야?」

「뭐요?」

명우는 주먹을 바스러저라고 틀어쥐었다.

「노려보문 어쩔테야? 그래 김선생이 교육자다운 행동을 한것이 무에란말이우? 걸핏하면 매질을하거나 밖으로 내쫓거나 하는그게 교육자의 태도란말이우?」

「뭐여?언제 내가 그랫단말이우?」

「언젠가구? 아까 바루 시간중에 희무위원아들을 때려서 내쫓건은 그건 뭐란말이우?」

명우는 말이 쿡 말혓다.

그는 그저 황소처럼 씩은거릴뿐.

수석훈도는 저윽히 숨을 돌린듯 어성을 낮추어서 그러나 찌르는드시 아푸게말한다.

「교육다로서 그러한태도를 취한다는것은 참으로 야만인의 행동이라고 생각하오. 더구나 그애로말하면 학무위원의 아들이 아니우.」

그순간 명우는 무엇인지 가슴속에서 불덩어리같은것이 왈칵 치미는것같었다.

「뭐? 학무위원?……그래 그애가 학무위원아들이기때문에 때린것이 납부단말이지요?」

「그건 억설이요.」

「억설? 대답은 뻔뻔하군. 여보 최선생 사실 당신말과같이 그애가 학무위원 아들이 아니구 포악하구 라태하구 생활수준이 낮은집아이가 됐다면 당신은 이자리에서 나를 칭찬했을겝니다. 허지만 나는 그렇게 두가지마음을 가지구 교단에 서는사람은 아닙니다. 학무위원아들이면 누구던간에 매맞을줏만하면 용서없이때립니다.」

「아니 뭘들 이러시우?」

하고 그제야 교장은 기회를 엿본드시 간사스럽게나선다.

「뭘 대수롭지않은 일들을 가지구 이러시우? 아혀 그만두시구 서루 좋두룩 타협해가지구 일합시다.」

그밤람에 둘은 저자신을 돌아보고 서로 멋슥해서 입을 담으렀다.

그러나 실내의공기는 좀처럼 완화되지않었다.

三

저녁을 먹고나도 아까 나제 학교에서 수석훈도와 언쟁한 그것은 좀처럼 뇌리에서 사라질줄을모그르고 명우의마음을 극도로 산란케하여주었다.

남의허물을 꾀집어서는 교장에게 꼬자받치기를잘하고 자기에게 아첨하지않는 차석들은 어디까지던지 상처를 내주려고 기회만 엿보는 그것을 생각하면 당장에 달려가서 목아지를 틀어잡고 실컨때려라도주고싶었다.

더구나 교육자란 간판밑에서 별별 추악한일을 다ー하는것을 생각하면.

그는 그러한속에서 허덕이게되는 저자신을 도로혀 침뱉지않을수가 없었다.

생활의곤궁에 얼눌리워서 부득이 나오게된 길이라지만 그러나 거기에는 많은 포부와 리상이 있었다.

캄캄한세상에 태양과도같은 교육자.

남을 가르켜준다는 혁혁한 사명.

그것은 어린 그의가슴속을 흔들대로 흔들어놓았던것이다.

하나를 알면 하나를 배워주고 둘을 알면 둘을 배워주고 자기는 일생을 어둠속에서 횃불이되자. 태양이되자.

그러나 그것이 너머나 허무하게도 깨여진꿈으로 화하였을때 그는 비로소 보잘것없는 저자신을 발견하고 울지않을수가없었다.

모순된 현실의탁류.

그속에는 그가 꿈꾸었던 진리라던지 리상이란 그러한것은 흔적도 찾을수가 없고 온갖 추잡물들만 대가리와 꼬리를 제멋대로 내저으며 엉클어저 흐르고있지않는가?

일조에 문허진 리상의탑.

그는 잡바지려는 제몸을 가까스로 부축하여가지고 三년이란 긴세월을 허덕이며 지나왔다.

그러면서 그는 비록 깨여진 쪼박이나마 고히고히 간직하여가지고 어즈러운 현실과 싸움으로써 태양은 못되나 금음밤하늘에 별쯤은 되리라고 결심하였다.

그래서 그는 전력을 다하야 아이들을가르켰다.

그리고 수업료때문에 결석하는 아이들에게는 가끔 자기가 선납하여준일도 있었다.

그 액수를 따지면 그동안에 백여원에달한다.

그러나 그것은 홍로에 점설(點雪)과도 같은것으로서 아모효력도 없는것이아니였든가?

아모리 자기가 애를 쓰고 붙잡아주어도 달이가고 해가감을따라 결석아동수와 퇴학아동수는 점점 늘어만가고 결국 교실안 이곳저곳에 가물에 씨앗나듯 퀑-하니 앉아있는것은 절반은 백치에 가까운 먹을것이나 착실히 가지고있는집아이들뿐이아닌가?

그러니까 결국 생각한다면 자기가 부모없는 고아로 보통학교시대부터 남의심부름을 하여주며 근근히 공부한다음 다시금 사범학교까지 애쓰고 졸업한것은 이러한 백치들을 상대로 일년삼백육십오일을 날마다 말싸움으로 보내자는 까닭이였든가?

생각하면 생각할사록 원통하여 못견딜일이였다.

그리고 더구나 저지난해부터 자기처럼 교편생활을 하기시작한 단하나뿐인 누의동생의일을 생각하면 금시에 눈자위가 뜨거워지는것이였다.

(틀림없이 그도 지금 나처럼 이렇게 고민하고 있을터이지)

명우는 종용히 눈을 감고 누의동생의얼굴을 머리속에 그려보았다.

동시에 그의생각은 어느듯 지나온옛길을 더듬기 시작했다.

동리품파리로 그날그날의 먹을것을 간신히 얻어드리던 아버지가 지주댁 심부름으로 칠십리나되는 읍에 갔다가 돌아오던길에 어름을 타다가 물고리밥이된이후 어머니는 일년이나 수심에갋여 한숨과 눈물로 세월을 보내다가 끝내 물켜 눕더니 며칠않되여 세상을 떠나고 말았다.

그때 명우는 겨우 열살 누의동생는 여섯살이였다.

갑작이 의지할곳이 없게된 그들은 어찌할바를모르다가 그다지 넉넉지는 못하나 일시 살아갈만한 백부의집에 의탁하게 되였다.

그후 명우는 다시 보통학교 교장의집에가서 심부름을 하여주며 그 보수로 그집에서 얻어먹고 학교도 단기게되였다.

그리고 누의동생은 읍에있는 어떤사람이 양딸로 다려다가 길르며 공부도 시켜주었다.

보통학교를 졸업하자 명우는 다시 사범학교관비생으로 들어갔다.

누의동생은 분에 넘친 호화로운 분위기속에서자유롭게 자라며 보통학교를 졸업하자 그는 서울어느여학교에 단기게되였다.

그러므로 둘은 가끔 맞나게 되였지만 그러나 서로 그리는정은 장성함을따라 더하여갔다. 즉 그들의사이를 각별히도 그립게하는것은 단둘밖에없는 동생간이 단한번이라도 버젓하게 내집속에서 지나지못하는 그것이였다.

그러다가 둘은 다시금 갈리게되였으니 명우는북쪽시골 이학교로 오게되였고 누의동생은 그이듬해 학교를 졸업하자 고향에 돌아가서 모교에서 교편을 잡게되였다.

그동안이 벌서 三년이나 되였다.

자기는 한번도 고향에 가지않고 아이들의교육에 전력을 다하여왔다.

그러나 그보수로 얻은것은 무엇인가?

얻기는 고사하고 도로혀 자기의 정력만 잃은것을 생각하면 그는 세상의한심을 원망한다기보담 저자신의 속절없음을 한탄치않을수가 없다.

여기까지 생각한다음 그는 약간 피곤을 느끼고 그자리에 모로 팔을 베고 들어주었다가 근한달이나 누의동생에게 편지못한것이 생각나자 그만 벌떡 일어나서 책상을 마주앉었다.

<h2 style="text-align:center">四</h2>

그이튿날 방과후

명우는 자기가 담님한 아이들의 가정을 찾어서 처처에 무덕무덕 옹송그리고있는 마을의 초가집들을 돌아보았다.

거이거이 찌그러지는 오막사리는 전부가 다—사람이 사는집이라고 하기에는 너무나 참혹하였다.

더구나 해빛도 바로 숨여들지않는 어두운 그속에서 노—랗게 유황빛으로 부풀어오른 얼골들이독가비처럼 불숙 내밀때에는 그는 가슴이 선뜻하여 더 무에라고 말하고싶은 용기가 나지않었다.

요행 어떻게 큰맘을 먹고 찾어온 까닭을 말하면

「월사금이요? 월사금두 먹구봐야 어찌요. 지금 풀뿌리도 없어서 때마다 굶는판에 공부하는게 다 무에란말이우?」

하고 그들은 마치 자기네의 굶는탓이 선생에게 나있는것처럼 역정을 내며 마주서는것이였다.

그리고 어떤집 여편네는 생전 처음보는 선생의 앞에서 훌쩍거리며 목메인소리로

「벌서 두달이나 풀만 뜨더먹구 지났수다. 저는 밤낮 월사금을 내라구 야단치며 울지만글세 어떻게 변통할수가 있어야 지요 아유—기가 막혀서 웬만하면 저하나만은 그래 보통학교나 보내서 하다못하면 사무소심부름을 해먹더라도 일본말깨나배우게하려구 했는데요. 아이구—기가 맥혀서」

하면서 방정맞게 눈물을 쪽쪽 흘리는것을 보고그는 더 돌아볼생각도없이 그대로 돌처서고말았다.

아이들은 집집마다 죄다 어디로 가고없는지 하나도 맞나볼수가없고 간혹 맞나게 된다면 무슨잘못을 저질고 들키기나한것처럼 슬슬 꽁무니를 빼는 것을 볼때 명우는 어쩐일인지 눈자우가 뜨거워짐을 느꼈다.

해가 서산으로 누엇누엇 넘어갈때 그는 고개밑마을에 이르러서 마을에 들까 말까 잠시동안 생각하다가 누군지 마을에서 이쪽으로 뛰여나오는여나무살되여 뵈는 아이들 보고 길역 언덕우에 선뜻 올라섰다.

아이는 무에라고 악을쓰며 내닫고 그뒤에는 부지땡이같은것을 손에쥔 여편네가 그도 무에라고떠들며 뒤쫓아나온다.

「요 때려죽일색기야 가문 너 지금 어디루 갈테냐?」

「내나무가지구 내가 팔려는데 왜때려」

「뭐시 어째? 요색기 그럼 너 나무만 걸머지구 냉큼 나가라。」

「머 어째? 어서 나가 뒈저라」

쫓으며 쫓기우며 명우의앞에까지 이르렀을때 아이는 깜짝 놀라 물러선다음 어쩔줄을 모른다.

뒤에 따라오던 여편네는 그대로 악을쓰며 욕설을 퍼붓다가 명우를 보고 멋슥해서 길역언덕밑에 멈처선다.

명우는 부드럽게 우서보였다.

「오 남돌이냐?」

아이는 힐끗 처다보다가 선생의시선과 마조치자 그만 힘없이 고개를 떨어트리더니 흙흙 느끼기시작한다.

명우의가슴도 슬그머-니 언짢었다.

「웨 우니? 울지말구 나좀 봐라」

하고 아이의억깨에 손을 언즈니 아이는 더한칭 느낀다.

명우는 어쩔줄을 모르고 여편네쪽으로 얼골을돌렸다.

「남돌의 어머니십니까?」

여편네는 게면적은듯 어룸어룸 치마꼬름만 주물루다가.

「예 그렀읍니다。」

하고 간신히 들릴락말락한 목소리로 대답한다.

「그렀읍니까。 저는 남돌의 담님선생이올시다」

명우의말을 듣고 여편네는 더구나 황망하여가며 어쩔줄을 몰라 쩔쩔 맨다.

명우는 아이의쪽으로 돌아서며

「너. 지금 집에서 말성을 부렸지 웨 어머님말슴을 잘듯지않구 그러니?」

하고 은근하게 책하였다.

아이는 억울하다는드시 선생의얼골을 빤―히 처다보다가 떠듬떠듬 말한다.

「말성부린게 아니라우.」

「그럼 뭐란말이냐?」

「산에가서 나무한걸 팔라니까 야단을 친답니다.」

「누가 한 나무를?」

「제가 해놨지요.」

「뭐? 네가 했어―」

「예. 월사금을 작만하려구 나흘동안이나 해온걸 팔랴구했지요.」

하면서 아이는 원망스러운 표정으로 다시금 어머니를 흘낏 돌아다본다.

어머니는 더욱 머리를 숙인다.

명우는 갑작이 얄미운생각이 들며 무슨 말로서던지 머머니에게 핀잔을 주고싶었다.

그러나 풀이 죽어서 머리를 숙이고 서있는 어머니를 보았을때 그의마음은 그만 스르르 얼어드는것같었다.

「그러냐 그렇지만 그렇게 어머니를 볶는것은못써……그래 월사금이나 얻게됐니?」

「팔어봐야 알지요.」

명우는 문득 어린때의 저자신을 그려보고 어린것의머리를 부두럽게 쓰다듬어주며 지갑을 꺼냈다

「그럴껏없이 자 이걸 가지구 래일부텀 학교루 오너라」

아이는 깜짝 놀라 선생의얼골만 처다본다.

「그러구 어머님말슴을 잘들어야한다.」

하면서 부두럽게 우슬랴니 어쩐일인지 눈자우가 뜨거워진다.

어머니는 그제야 겨우 큰맘을 먹은듯 명우의쪽으로 돌아서며

「선생님한테 이런꼴을 뵈워들여서…………그렇게 페단을 끼치니 더 어떻다고 말슴드릴수가 없읍니다.」

하고 떨리는 목소리로 우는드시 말한다.

「천만에 말슴을 다―하십니다。 사실은 너무도결석하는애들이 많으니 가정방문
이나 좀 해보려구떠났던길인데요。」
「아이 저런 황송하기라구 사실은 저것두날마다 월사금을 내라구 울며 야단이지
만 어디 그럴형편이 됩니까?
지금 쌀물은 구경해본지가 두달두 더되는 형편에……그래 요즘은 저절루 산으로
단기며 나무를 해다놓구 그걸팔어서 월사금을 한다구 우줄렁거리지만 그것두 어디
단돈 십전이나 될껍니까? 참말 기가 막혀서……이루 다 말하면 무엇합니까」
어머니는 어느듯 목이막혀서 훌쩍거리며 치마끈으로 눈물을 딱고있다。
명우는 아모말도 못하고 덤덤히 서서 멀―리 분홍빛으로 물들어가는 서천만 바
라보았다。

<h2 style="text-align:center">五</h2>

집으로 돌아오는길에 명우는 뜻밖에도 아래편으로부터 꼴단을 지고오는 학수를
맞났다。
학수는 명우를 보자 어색한 우슴을 지으며 어룸어룸하다가
「김선생님 안녕하십니까? 오래간만입니다。」하고 사뭇 어룬투로 처다보며 인사
한다。
「아 학수냐? 잘있었니?」
하고 대답은 하면서도 명우는 웬일인지거북함을느꼈다。
「어디갔다 오십니까?」
「저……아이들 가정방문을 좀 하구 오는길인데」
「가정방문이요?」
하고 학수는 뜻모를 우슴을 벌신 웃는다。
명우는 불의에 모멸을 당한듯한 느낌에 얼골이 확근 달어올랐다。
그러나 학수는 아모러치도않은 양을하고 꼴단을 웃슥하고 추어올리며 걸음을 옴
겨놓는다。
「그럼 안녕히 단겨가십시요。」
「……」
명우는 목구덕까지 나온말이 뱅뱅 돌며입밖에얼른 나오지않어서 그대로 머리만
꿉벅하고 지나쳤다。

그는 지친다리를 힘없이 옮겨놓며 학수의 뒷모양을 흘끔 돌아다보았다.

한 일년동안 보지않는동안에 놀라게끔자란 학수는 명우의가슴속에서 다시금 전일의 쓸아리던 기억을 들처내게 하였던것이니……학수는 작년봄五학년에 진급하자 가정형편으로 퇴학한 금년 열여섯살난는 아이다.

자기의 담당은 아니엿지만 명우는 저지난해가을 어느날 四학년담님이 병으로 결근하였을때 자기가 담님한 이학년생을 三학년체조시간에다가 편입시킨다음 자기는 결근선생대신으로 사학년국어시간을맡았다.

그때 우연한 기회에 근면(勤勉)이라는 문제가나오게되자 문득생각나는

「버는데 따루는 가난은없다(稼ぐに追ひつく貧乏なし)」라는 속언을 들고 자기가 설명을 하자갑작이 뒤편에서 한아이가 벌떡 일어서며

「선생님 그런게 어째서 우리아버지나 형들은 밤낮없이 죽도록 벌어두 죽물두 바루못얻어먹구 학무위원댁이나 장人거리 김좌수댁은가만히 놀구두 언제던지 힌밥에 소고기 닭고기만 먹게됩니까」

하고 묻는바람에 명우는 천근이나 되는 쇠몽치로 뒤통수를 얻어맞은듯 넋을잃고 교단에 우두커ー니 서게되었으니 그때 그아이가 바로 학수였다.

그때 명우는 아모대답도 못했다.

웨 대답을 못아였는가?

그것을 생각할때면 그는 제신세가 끝없이 가여워보였다.

그때부터 명우는 학수만보면 비길데없는 고통을 느꼈다.

언제던지 자기를 조소하는듯한 학수의 심술궂인듯한 시선을 대할때 명우는 저자신의 몸둘곳을 찾지못했다.

지금도 그는 학수의뒷모양을 흘끔 돌아다보며그때일을 다시금생각하였던것이다.

하숙으로 돌아오니 자기의방에는 언제왔는지 현옥이가 와있다.

「안게신데 실례했읍니다.」

현옥이는 북구럼을 함뿍 먹음고 살몃ー이 일어서서 명우를 처다본다.

「아 현옥이우 언제 왔소?」

「아까 왔어요.」

「늦어서 미안한데요.」

「천만에……」

하면서 우숨먹은상가풀진눈으로 할기죽 치떠보는 그모양은 분명코 달빛에 웃는 월계꽃이다.

명우는 잠깐동안 황홀하여서 넋을잃고 현옥의 얼골에서 시선을 떼지않었다.

「아이 선생님 왜 그렇게 보서요?」

현옥이는 두손으로 얼골을 가리우며 모로 돌아진다.

명우는 그제야 정신을 차린듯

「허허허……」

열적게 우서넘긴다.

그러는데 방문이 열리며 주인할머니가 저녁상을 디려보냈다.

「아니 어디가셨다 이렇게 늦었어요?」

명우는 싱그레-웃기만하며 밥상을 마주안는다.

「저녁을 어떻게 했우?」

「먹구 왔어요」

현옥이는 머리를 처들지못한다.

명우는 시장하던판이라 밥그릇을 죄다 가시고물까지 한그릇 다- 들이킨다음 상을 물렸다.

「그래 요즘 자미가 어떠시우?」

「자미가 다 우엡니까?그저 죽지못해살아갑니다.」

현옥이는 갑작이 수기를 먹고 한숨쉬며 말한다.

「어째서요?」

「동생들은 월사금음때문에 밤낮 집에들어 싸흠이구 살림사리는 어려운데 아버지는 매일장취구 참말 실증이 납니다.」

명우는 잠자코 앉아서 현옥의 집안을 눈앞에 그려보았다.

자기가 처음으로 이지방에 왔을때 주인을 잡았던 그때의 현옥의집안과 지금의 그의집안을 비겨본다면 참말 말하기도 어려운 형편이다.

사업에 실패를본 현옥의아버지의 술주정은 매일 심하여가지고 게다가 그의어머니는 항상 병으로 신음하고 있었고.

명우는 각금 이전 정의로 찾어와서는 딱한형편을 호소하는 이 어린처녀의 심정을 생각할때면 남의 일같지않어 자연히 가슴속이 쓰라려지는것이였다.

「그래 저는 요즘 어디좀 가볼까하구 선생님한터 상의하려 왔어요.」

「어디루요?」

「제사공장으루 가볼까해요.」

「제사공장에요?」

「예 어찌하는수가 있어야죠。 그리가면 한달에한십오원가량은 벌수가 있다니까 가서 밥값치르고 남는게 있다면 동생들 월사금이나 보태줄까해서…」

명우는 어안이 막히듯 벙벙하게 앉어있다가

「그런데 혼차 가렵니까?」

「아내요。 동무들이 많어요。 요즘 장ㅅ리에 여공모집들 하러왔어요。 한백명 모집한대요。 그래 저두 그사람들을 맞났는데 어머니가 한사쿠 반대해서 큰일났어요。」

「어머니가 반대하시는걸 어떻게 가요。」

「할수없죠。 몰래가야죠。」

「몰래요?」

「그럼 어떻게 합니까 어머니가 반대한다구 앉어서 굶을수는 없구요。」

현옥이는 힘없이 고개를 숙이고입술을 깨문다。

명우는 무에라고 말하였으면 좋을지 생각이 않났다。

현옥이는 그대로 고개를 숙인채

그래서 오늘저녁에 선생님께루 찾어왔는데요。

개가 간다음에 어떻게해서던지 어머님께 잘 말슴하세서 량해하시두룩 힘써주세요。

한다음 애원하는듯한 빛으로 명우를 말끄럼히 처다본다。

이윽고 현옥이는 일어섰다。

명우는 그를 바라다주려고 뒤따라일어섰다。

시골의 밤길은 지척을 분간키어렵게 캄캄하다。

현옥이네 마을로 가자면 조끔아한 언덕을 넘어야한다。

명우는부득이 언덕까지 그를 바래다 주지않을수가 없다。

어두운 밤길을 나란히 서서 걸을라니 웬일인지 이전에 느껴지지않던 얄궂인 불안이 슬며시 전신을 엄습한다。

그리고 이상하게도 가슴속이 두군거리며 어디라없이 전신이 안타갑게도 간지러워지는것같다。

그는 옆에따루는 현옥이를 슬쩍 돌아다보았다。

와락 끌어안고싶은 충동이 무럭 치미는것을 가까수로 참었다。

언덕에 올라서니 마을의불빛들이 까물거리고 개들이 컹컹짖는다。

둘은 마주선채 서로 빤ㅡ히 얼굴을처다보았다。

뜨거운 입김이 서로 상대편의얼골에 부디칠때 현옥이는 겨우 할딱거리며

「그럼 전 선생님을 믿구가겠어요.」
하고는 뒷말을 있지못하고 억개를 들먹어린다.
그순간 명우는 완전히 자아를 망각하였다.
그는 저로서는 한마디도 깨달지못하는 말로
「현옥씨 나는 당신을 사랑합니다.」
하면서 으스러저라고 현옥의억개를 바득바득 끌어안고 몸부림쳤다.

六

현옥이네가 제사공장으로 간뒤 명우는 매일 실신한사람처럼 멍―하니 지났다.
꽃다운 처녀들을 잃어버린 마을은 왼통 활기를 잃어버리고 산비탈을 타고넘는 목동의 아리랑타령도 흥겹던 농부들의 농부가도 어쩐일인지 힘없이 들려온다.
어느날아츰 명우는 밤새끗 어즈러운꿈에 들복기운 흐리터분한 머리를 시킬작정으로 해돋기전에 일즉 일어나서 뒷재공개로 올라갔다.
보야케 안개에 가리운 건너편산을 아직도 달콤한잠에서 깨지못한듯 바람소리하나 드를 수 없고 장마뒤라 검붉은 흙탕물이 무겁게 흘러나리는 강물은 각금 사품을 치며 구비진 언덕에 세차게 부디치고 아래로아래로 나려간다.
갑작이 아래편 바다가로부터 자욱한 안개를 휘몰아치며 불어오는 한떼의해풍. 버들가지가 나부낀다.
풀닢이 하늘거린다.
우수수 깨처지는 이슬방울.
어느사이엔지 동쪽산마루에는 햇살까지 붉으시치민다.
어디서인지 명랑하게 들려오는 종달새의 울음소리.
명우는 가슴이 터지라고 양끝 숨을 들이켰다.
흐리터분하던 머릿속이 일시에 탁 티이는 것같았다.
그는 양복저고리를 버서던지고 아이들을 갈으키던식으로 라디오체조를 저혼자 멋에겨워 두번이나 거듭하였다.
그러고는 알맞은 들을 찾어 걸터앉은다음 당장에치밀려는 해를 기다리고있었다.
그때다. 바로고개아래편에서 누군지 두사람이 밥비밥비 이쪽으로 올라오는것이 보였다.
얼핏보아도 키적은편은 분명코 학수다.

학수도 명우를 알어본듯 빤-히 올려다보며 걸어온다.

어디로 가는지 둘의등에는 제각기 작으마한 짐짝이 달려있다.

학수는 고개마루턱에 이르러서 명우를 마주치게 되자 어설핀 우슴을 띄우고 어쩐일인지 그전과는 달라서 명우의 눈치만 살핀다.

명우는 수상한 학수의모양에 다소 호기심이나서

「너 어디루 가니?」

하고 무른다음 아래우를 훌터보았다.

「예 어디 좀 가는길입니다.」

「어디루 가니?」

학수는 얼른 대답을 못하고 어룸어룸하며 앞에 서서 기다리는 동행인의 눈치를 살피다가 그만될대로 되라드시 벙긋 우순다음

「돈벌려 갑니다.」

「뭐 돈벌려?」

「예?」

「어디메루?」

「어디던지 가는대루 가지요.」

열여섯살로는 지나치게 야무지고 건방진 말씨다.

명우는 이슥히 학수의얼골을 디려다보았다.

그의뇌리에는 또다시 저지난해 기억이떠오른다.

「학수 너는 그옇고 가야만 되느냐?」

「가지않으면 어떻게 합니까? 아무리 벌어야 고향서는 하로에 한끼두 못먹게되는 것을……」학수의표정은 갑작이 침울하여진다.

명우는 가슴속이 뭉쿨하여저서 얼른 말을 못하고 학수의억개를 덥석 잡었다.

「학수 나는 어느때인가 너의질문에 대답을 못한때가 있었지.」

학수는 잠잫고 서서 명우의얼골만 빤-히 처다본다.

「그때 나는 너에게 대답을 주지못했지만……학수 인제는 나한테서 듣기보담 더 훌륭하게 얻어들을때가 너한테는 수없이 많다……자 이건 약소하다만 가다가 점심이나 사먹어라.」

하고 그는 지갑채로 학수에게 내주었다.

학수는 명우의 얼골에서 응결된듯한 시선을 떼지못하다가 갑작이 억개를 들먹어리며 입술을 실룩거리더니.

「선생님 고맙습니다。 안녕히 계십시요。」

하고 주먹으로 눈물을 씻는다。

이윽고 학수네를 보낸다음 명우는 버들뚝을 끼고 하숙으로 향하였다。

이슬에 저즌 풀닢을 툭툭차며 그는 다시금 학수의질문을 받던 그때를 생각하여 보았다。

사실 어린것들의 정당한 질문에 대하야 현대교육은 그얼마나한 정당한 대답을 주고있는가?

검은것을 히다고 흰것을 검다고 하는거기에 교육의사명이 있지않다면 자기는 어린것들의 그러한 질문에 과연 어떠한 대답을 주어야할것인가?

일즉이 자기는 태양은 되지못할지언정 캄캄한 하눌에 별은 되리라고 결심한적이 있었다。

그렇다면 자기는 어떻게해야만 그별이 될 수있을것인가?

검은것은 검다고 흰것은 히다고。

그렇다 캄캄한 하눌에 반짝이는 그별이 되려면 검은것은 검다고 흰것은 히다고 해야만된다。

아니 그뿐만아니라 한거름 더나아가서 어째서 검은것은 검다고 흰것은 흰지 그까닭까지 캐여주지 않으면 안된다。 그러면 그때면 자기도 태양은 되지못할지언정 캄캄한하눌에 별쯤은 될터이지。

명우는 몇해를 나리 질정치못한 자기의 갈길을 비로소 발견하고 옹기종기 모여앉은 중대가리들의 환영을 종용히 눈앞에 그려보며 경쾌하게발길을 옮겨놓았다。

出帆°

(一)

　포구의 바다는 잠들어서 고요한데 온종일을 내리쪼이는 해볕에 안윽하여진 모래ㅅ가에서는 오늘밤도 또다시 애기네(처녀)들의 애끈는 노래소리가 들녀오기시작한다.

　　한양길 천리길
　　님가신 저길은
　　바람에 불여갈까
　　물결에 흘러갈까
　　에헤야 물새따라
　　배타고 □□가지
　　포구에 살면은
　　설어운 이신세
　　떠도는 구룸따라
　　이맘도 오락가락
　　에헤야 한양천리
　　님따라 떠나불까

　가금가금、 모래ㅅ가에 부듸치는 파도소리에 끈킬때마다 노래는 더한칭 애절하게 넘어가며 마듸마듸 말못할 서름에 늑기는듯。
　바다에서는 물새소리도 처량하게 들려온다。

◉ 이 작품은 ≪四海公論≫ 1937년 9-10월호에 발표되였다.

그리고 멀-니 동쪽은 스무날달이 뜨랴는가 훤-하게 밝어오기 시작한다.

공장앞 부두에서 밝는날이면 바다로 나갈 준비로 배에다가 그물을 거더실ㅅ던 팔선이는 지워논 돗대에 걸터앉아 건너편 모랫가에서 들러오는 노래소리에 □1)

「빌어먹을 에미나(게집애)색기들」

옆에서 돗줄을 손질하던 기호는 팔선의 그모양에 씽글 우수며

「망할색기 또 지랄이 나는야?」

하고 놀려댄다

「내 원 저눔으 에미나색기들이 밉어서 어듸던지가야지……저게 지금 공장인부색기들한테 반해서 저 지랄이구나 주릿대들 앵길년들」

「그게 다- 쓸때업는 싀기란말이다」

「싀기?」

팔선이는 한참동안 기호의 얼골을 뚜려지게 바라보다가

「홍 네속은?」

하고 비우스며 코우숨친다

「내속이 어째단 말이야?」

「이놈아 점쟁인체 말어라 밑구녕으론 수박씨만 까면서」

「망할색기」

기호는 제속을 뒤집히운것같아 얼마간 얼골을 붉혓다

만은 다행하게도 어두운 밤이라 팔선에게 눈지채이지는 않엇다

팔선이는 한참동안 덤덤히 앉어서 무슨생각인지 하고잇다가 갑작이 배에서 성큼 뛰여내린다

「에- 빌어먹을꺼 몰우겟다」

「어듸루 가는야?」

「어딀께 잇는야? 한치 뜨러가지」

팔선이는 내뿜듯이 대답하고는 언덕우에 껑충 뛰여올은다

「아-니 이놈아 밤낮 논대야 잃기만하는 노름을 무슨멋으로 작구 노는야?」

기호는 항상 되씹는말로 나물하며 타일럿으나 팔선이는 뒤도 돌아보지않고 어정어정 걸어가며

「홍 노름두 놀쟁이문 무슨 별쉬 있든야?」

---

1) 아래부분은 탈락되였다.

하고 사뭇 가소로운듯 코우숨까지 친다

기호는 그이상 더말햇댓자 소용없는것을 알고 나직히 한숨지으며 돌아선다

기호와 갈나진 팔선이는 그길로 집에가서 돈량장만하여가지고 성돌이네게로 곳게 올라갓다

아니다 달을까 성돌이네 웃방에는 예긔한것과같이 노름판이 벌어저서 한창신이 나는판이라 모도들 얼골은 뻘-거케 상혈되엿고 눈알들은 새빨가케 충혈되여 팔선이가 들어서는줄도 몰은다

「나두 한치 떠보자」

하고 팔선이는 좌석을 쭉- 둘러보며 웃목헤가서 펄석 주저앉엇다

여럿은 홀낏 처다만볼뿐 아모웅대도 없다 꽤 등이 단 모양같다

몇판간 뜨는것을 보니 아랫목헤틀고앉은 공장인부□□□ 득판이엿다 □2)못하야

「엣다 나두 한치 떳다」

하며 일원하짜리 지페한장을 판에다가 미러처버리듯 털석 집어놋는다

영호는 뜻몰을 우숨을 벌쭉 웃고는

「팔선이냐? 좋다 달여들어라」

하고 숫보는 태도로 말한다

팔선이는 공연히 울컥허는 마음을 꿀꺽 참고

「이자식 잔말말구 어서패나 저어라」

「웅 넘려말어라」

하며 영호는 골패쪽을 엎어논후 잘그락 잘그락 저어놓앗다

「자 패들을 꺽어라」

네손이 일체히 달려들어 다섯쪽식 패를 찍은후 두쪽을 더꺽어가지고 잘그락 젓더니 손아귀에서 빠저나오는 패쪽을 홀짝 뒤집어놓며

「자」 □3)

하고 마즌편 팔선이게 찍은패를 슬쩍 밀어보낸다

자못 능난한 솜씨다

얼쩡얼쩡 몇판 지나가니 팔선이는 꽁문이를 툭 채윗다

---

2) 일부분이 탈락되였다.
3) 아래부분은 탈락되였다.

「엑 빌어먹을」

뱃속은 뒤집일대로 뒤집펏엿으나 할수가없다

애꾸진 담배만 연이어 풀석풀석 피우며 뒤에 나앉아 여럿이 노는꼴을 구경하고
잇느라니 패쪽을 뒤집는 영호의 색기손까락에서 무엇인지 하얀것이 반짝하는것같다

팔선이는 더 생각할 여유도없이 대번에 벌떡 나앉으며 영호의손을 덤석 잡엇다

뜻밖에일에 놀난것은 영호다

「어째 이래는냐?」

능청같이 시침을 따기는하나 바르르 떨니는소리다

「개수작 말고 손을 펴라」

금시에 폭발될껏같은 팔선의 거츠른 그소리에 여럿은 그제야

「무슨일이냐?」

「어째 그래느냐?」

하며 떠들석기린다

「잔소리말구 얼른 이손을 펴게해라」

하는 팔선의 말소리가 떠러지자마자 누가 후려갈겻던지 목침하나가 영호의 손등
을 내리찍엇다

「앗」

하는 외마듸소리와 함께 펴진 영호의 손바닥에서는 골패쪽이 빠저나오지안는가?

「엑 죽일놈으색기」

여럿의 격분은 일시에 왈칵 치밀엇다

「죽여라」

「때려없새라」

「잡아치워라」

연달아 달려드는 주먹과 발낄

「아이구- 사람 살려라」

하는 비명이 단한마듸 들럿으나 여럿은 그대로 못들은척 황소와같이 날뛰엿다

(二)

이튿날

날이 밝고 해가 뜨자 사공들은 다시금 먼-바다로 고기잡이를 나갓다 지난밤일은

아주 잊어버린듯이 조곰도 넘두에 두지않고……。

그러나 누구보다도 영호를 심복(心腹)으로 생각하는 공장서기는 지난밤일을 듯자 제일같이 이를 부득부득 갈엇다

더구나 뒤통수와 이마간 깨어지고 전신이 피투성이가 되여서 거이거이 죽어가는 소리로 신음하고잇는 그모양을 보았을때 그의 격분은 절정에 달하엿다.

「음……어떻게 해서던지」

□□□□ 불타올으는 복수의불낄

□[4] 고소할 작정을 하엿다

만은 다시금 곰곰히 생각하여보니 사건발다이 달은것과 달러서 도박사건이고 그우에 더구나 자긔의 고소로하여 사공들이 잡히게 된다면 고기잡이가 틀리는까닭에 공장주인의 분노를 살것이 아닌가?

그렇다면 자긔는 두말없이 쫓겨날것이고 쫓겨난뒤면 인부들의 임금을 횡령하여 먹은것이 사정없이 탄로 될것이니 결국은 저로서 저자신을 얽어매는격이라 이래지도 못하고 저래지도 못하고 그저머리속만 산란하여질뿐이다

그러나 언제던지 그무슨 간교에는 남에게 짝저본일이없는 그라 얼마안되여 그의 머리속에는 저로서도 경탄하지 않을수업는 묘게가 떠올랐다

「그렇다 그수밖에 업다 그수가 제일 묘책이다 그수만쓰면 주인에게도 한칭더 잘 뵈는것이고 그야말로 일거량득이 아닌가?」

그는 저으기 어깨를 으슥어리며 공장주 병구에게로 가는 언덕길을 올라섯다 그때 바로 길옆 아카시야나무속에서

「여보」

하고 불우는소리가 나직하게 그러나 꿱쏘는듯이 들려왔다

획 돌아다보니 거기에는 나무그늘속에 간난어미가 혼차 서서 원망스러운듯이 빤-히 올려다보고 있다

서긔는 못볼것을 본듯 미간을 찝푸렷으나, 지은죄가 잇는지라 그대로 몰은척하고 지나칠수는 없다

속에업는 우슴을 어설피게 벌쭉 웃고는

「간난에미우?」

그러나 간난어미는 입술을 악물고 표독스럽게 처다만볼뿐 아모말도 없다

---

4) 한행이 탈락되였다.

서긔는 사방을 살펴본후 언덕아래에 내려섯다

「어째 이리 독을 피우오?」

간난어미는 이윽히 처다보다가 눈물이 그렁그렁한눈을 슬쩍돌니며

「여보 너무두 무정하오 남이생각는 절반만이래두」

하고는 뒤말을 이찌못하고 억개를 들먹어린다

서긔는 어찔줄을 몰우고 망서리다가 다시한번 사방을 살핀후 슬그머니 게집의 겨드랑을 끌어안엇다

「여보 낸들 당신에게 등한해서 그랫겟소? 요새 너무두 밥부니 그만 찾어볼틈이 없엇지」

게집은 얼마간 심사가 풀어진듯 사내의 가슴에 얼골을 파뭇고 훌쩍훌쩍 느낀다

「이렇게 못낫기라구 울기는 어째 운단말이오?」

서긔는 게집의 머리를 가만히 쓰다듬어준다

「여보 틈이 없다는게 그게 정말이오? 달은데 맘둔곳은 없구……」

「쓸데업는 말을 또 하네」

하고 우숨으로 엄버무려 넘겻으나 서긔는 가슴속이 선뜻하였다

「쓸떼업는 말이라구?……내 들올나니 공장주인첩년한테 밋처서……」

말도 채 밋기전에

「쉬-이런 정신업는말을」

하며 서긔는 대번에 안색을 곤친다

「그거보우 내말이 틀니는가구」

무서운 게집의 눈초리에는 새삼스럽게 놀라지않을 수가 없다

만은 그렇다고 게집의 앞에서 그런 행색을 하여서는 절대 안될일이라 능청을 딱 붙이고

「여보 남의속을 허집어두 분수가 있지 그렇게 지버서는 못쓰는법이오」

「흥」

하고 게집은 코우숨을 첫으나 기실 속심은 흐뭇하게 풀어진듯 부드러운 눈으로 서긔의 얼골을 말끄럼히 처다본다 긔회를 놓치지않고 서긔는 다시금 힘을 주어 포근히 껴안어주엇다

간난에미와 갈나진 서긔는 공장주 병구에게로 쫓차올라갓다

맛츰 병구는 술상을 벌려놓고 옥향이가 따루는잔을 혼자서 기우리든 판이라

「어서 들어오게」

하며 반가히 마자준다

그리고 병구첩 옥향이는 삼분 일어나며

「아이 어서 들어세요」

하고 살짝 우서보이기까지 한다

넘우나 간드러진 그모양에 서긔는 눈앞이 핑-돌아가는것 같다

병구는 뻘-거케 상혈된 얼골에 비지땀을 번즈르르하게 흘리며

「자 한잔 들게」

하고 잔을 들어권한다

「일이 밥버서못 먹겟는데요」

가장 충성한 태도를 표시하는 서긔의 모양에□5)

하고 재차 권한다

「어서 드세요」

옥향이는 다시한번 쌩끗하고는 서긔의 잔에다가 능난한 솜씨로 술을 따룬다

서긔는 몇자간 거듭 기우린후 병구를 정면으로 마주보며 조심스럽게 입을연다

「저……들어온일이 있읍니다」

「무슨일인가?」

병구는 몽롱하게 흐려진 취안으로 홀끔건너다본다

「달은일이 아니라」

하고 서긔는 옥향의쪽을 훨끗 돌아다보며 주뭇거리다가 그만 결심한듯 일단 목소리를 낫춘다

「본선(本船-工場所屬船)정어리값을 언제나 단가(斷價)하실 작정입니까?」

「글세……언젤게 잇는가? 요지간에 해버려야지」

「제생각같애서는 이번축에 해버리는게 좋을줄로 아는데요」

「아 그야 힘들게 잇는가? 그렇다면 이번축에 시언하게 해버리지」

병구는 주저치않고 말한다

서긔는 더한칭 정중한 태도로

「그런데 값은 얼매나 하실작정입니까?」

「그야 한三원하면 좋겟지」

병구는 어듸까지던지 그시지않고 시언스럽게 말한다

---

5) 아래부분은 탈락되였다.

「그런데 말슴입니다」

하고 서긔는 잠간 입을 담울고 무엇인지 생각하는 양을하다가

「금년은 례년과 달려서 정어리가 많이 나는관계로 기름값이라던지 비료값이 훨신 내릴모양인데 정어리 값을 좀 낮추는게 어떳습니까?」

하고 병구의 안색을 빤-히 건너다본다

병구는 아모말도없이 입을 담울고 서긔의 얼골만 바라본다

그의얼골에는 여러가지 착잡된 표정이떠올은다

서긔는 다소 미안을 늑긴듯 비굴한 우숨을 히죽이띄우고

「이건 다만 저의 의견뿐인데 주인님 의향은 어떠하신지요?」

「글세 그게 좋기는하지만 三원이하루 사공들이 듯겟는가?」

「듯잔흐면 저의가 무슨 별쉬가 있읍니까?」

하고 서긔는 신이 나서 만족한 우숨을 지으며 장담한다

「그까짓 사공놈들이란게야 주인님께서 이래라하면 이래고 저래라하면 저랠판인데 무슨걱정이 있읍니까?」

「건 그렇지만」

병구는 서긔가 치켜올니는바람에 슬그머니 억개가 올라갓다

「그럼 자네는 얼매나하면 좋겟는가?」

「제생각엔 二원이면 좋을줄 압니다」

「얼마?」

병구의 두눈은 대번에 뚱구라케 되엿다

그모양을 보고 서긔는 간사스럽게 웃는다

「너무 많은것같습니까?」

「많다니?……이사람아 금년같이 난선(自由船)정어리는 한통에 五원이상을 하는 시세에 二원식으로 사공들이 들어주겟는가?」

병구는 어안이 막힌듯 벌인입을 담울지못하고 서긔의 얼골만 주시한다

「글세 그건 二원이 안이라 一원이래두 문제가 없다니까 그러십니다 빗진 종이라구 주인님처분에 달닌게지 사공들께야 무슨 권리가 있읍니까?」

서긔는 절대 자신을 가지고 말한다 병구는 이윽히 서긔를 바라보다가 스르르 눈을 감는다

그의 머리속에는 산뎀이같이 들어싸인 정어리와 지전뭉테기와 그리고 사공들의 얼굴이 번갈아들며 어즈럽게 떠올랏다

서긔의말을 듯고보니 □□□□□ 가슴속에 숨엇던 욕심이 무럭무럭치미는것이엇다

한통에 三원식 줄것을 二원식만 준다면 천통을잡고라도 천원이라는 리익이나온다

二천통이면 二천원 늦은가을 도시기(都時機)까지 친다면 만통은 잡을수있는데 그렇다면 만원이라는 거액의리가 예산외에 자긔의주머니에 떠러질것이 아닌가?

그렇게만 된다면 년래로 꿈꾸던 발동선(發動船)한척은 문제없이 사게될것이고……발동선만 있다면?……그는 속으로 다시한번 서긔의말을 뇌여본후 두눈을 번쩍 뜨고 감격된듯이 서긔를 빤-히 건너다보앗다

서긔는 무언중에 벌서 병구의속을 다 알어채고 뜻몰을 우숨을 우섯다

(三)

앞도래(前野)에 나가서 멱을 따던 순란이는 아까부터 애쓰던 생복(貝)한놈을 겨우 따놓고나니 손맥이 풀니며 전신이 나룬하여 다시는 더어쩔 생각이 나지않엇다

힘없이 바위에 걸터앉아 한팔로 지긋-이 허리를 눌우니 뼈마듸에서는 불어지는것처럼 똑똑소리가 나며 사지는 무엇으로 쑤시는것 같엇다

어듸서인지 「뛰-」하는 귀적소리가 무겁게 들려오는것같아 바다를내다보니 멀-니 흰구룸이 뭉게뭉게떠올우는 수평선우에는 청진(淸津)으로 가는것인지 북쪽으로 머리를 돌닌 긔선한척이 거문연긔를 세차게 토하고있다

언제던지 긔선을 불때면 그렇지만 그의마음은 어쩐일인지 것잡을수없는 들뜬생각에 서급퍼젓다

열생을 좁은포구에서 파도소리만 들으며 적적하게 살기보다 어듸던지 넓직한 도시에가서 마음놓고 떠돌아당긴다면 그얼마나 좋은것인가?

포구에서는 맞나는 사람도 매양 그사람이오 보고듯는일도 그일이오 언제든지변함이 없이평범하지만 도시에서는 날마다 새사람을 맛나게되고 새일이 생기고 더구나 청진이나 원산같은데는 구경도많고 노리도수없이 많다고 하지안는가?

「아-하」

순탄의 입에서는 부지중에 긴한숨이 흘러나왓다

갑작이 전신에 소름이 쪽끼치며 오한이 나기에 내다보니 바다에서는 어느듯 벌서 염분(鹽分)된 저녁바람이 쌀쌀하게 불어오고 밀물이 들기시작한다

그리고 마을에서는 저녁연기가 한가롭게 누엿누엿소사올은다

순란이는 갑작이 잊엇던것을 생각하여낸듯 옷즐 일어나서 이곧저곧에 따논 멱들을 주섬주섬 주어모두엇다

다-모아놓고보니 한함박이 그득하엿다

그때 등뒤에서 출렁하고 물소리가 나는것같아 □□□□ 획 돌아다보니 뜻하지않은 검은 그림자하나가 □□□□ 바위우에 서있다

「에그」

순란의얼골은 순식간에 빨-가케단풍이 들엇다

그모양을 보고 검은 그림자는 주저는양없이 선뜻 뛰여내리며

「순란이오?」

하고 벙글거린다

억세여 보이는 넓직한 얼골에 덩실한 코스마우와 서늘한 눈자우

떡 벌어진 한쪽어깨에는 낙시스대를 메고 아랫다리는 껑충하게 거더올니고 그는 공장인부 칠성이엿다

순란이는 어쩔줄을 몰오고 망서리엿다

언제던지 그를 대할때면 이상하게도 가슴이 두군거리며 얼골이 붉어저서 저로서도 제마음이 얄미울지경이엿지만 이렇게 외딴데서 단둘이 맞나고보니 한칭더하엿다.

「멱따러 가오?」

칠성이는 북구러운듯 얼마간 얼골을 붉히며 묻고 픽웃는다

그러나 순란이는 더욱머리만 숙일뿐 대답을 못한다

칠성이는 누가 보지나안나하여 사방을 휘돌러본후 한거름 닥아선다

「멱을 많이 땃소?」

「예」

갓가수로 대답하는 그의 목소리는 가느다랗게 떨난다

칠성이는 말이 막힌듯 한참동안 주뭇거리다가 멱함박을 돌아다보고

「어이구 많이 땃구면 저걸 어떻게혼자 이구가오? 내좀 메다 주지」

말도 채 끗나기전에 순란이는 깜짝놀란듯 황급하게 멱함박을 끌어안으며

「놔두시우 혼자 이구가게」

하고 애원하듯 처다보다가 그만 북그러워 다시금 머리를 숙인다

칠성이는 빙그레- 우수며 내려다보다가 그의옆에 털석앉엇다

순란이는 가슴속이 다쫄아드는것 같었다

둘은 묵묵히 앉아서 더운숨만 괴롭게쉬고 있다

그러면서 순란이는 함박만 어루만지고 칠성이는 조개껍질을 주어서는 물우에던지고

황혼이 지터오는 바다에서는 어느듯 갈메기들도 오늘일은 다- 보았다는듯이 실름없이 훨-훨 날아들고 있다

칠성이는 이슥히 앉아서 순란의 옆모양을 바라보다가 갑작이 생각나듯

「저 호시바(肥料乾燥場)일꾼들은 임금을 어떻게 햇소?」

하고 무뚝하게 물어본다

「아직 밧지못햇소」

순란이는 비로소 정면오로 마주보며 또렷하게 대답한다

「아-니 아직 얼마라는 결정두 짓잔엇단말이요」

「결정을 속히 지어서 이때까지 일한임금을 내달라구 하지만 어듸 그렇게 쉽사리 들어주어야 합지」

칠성이는 두어번 입을 쩍쩍 다신후

「우리는 결정은 지엇지만 아직 한푼도밧지못햇소」

하고 볼멘소리로 말한다

「어째 가을에 가서 단번에 게산하도록 하잔엇소?」

순란이는 앗가와는 딴판으로 어쩐일인지 마음이 놓여저서 못지안는 말을 대담하게 물엇다

「우리는 다달이 게산해서 받두록햇소 가을에 가서 게산하면 뭉치돈이 돼서좋기는 하지만 그대신 그동안 생황때문에 빗이 만해저서 금년은 특히 달마다 게산해주기로 했는데 벌서 날루석달이나 돼도 한푼도 못받앗다우」

「그래도 어째 가만이들 있오?」

「왜 가만히 잇겟소? 서긔놈과 밤낮 달나고 하지만 차일피일하면서 밀리워오는 모양이라오」

순란이는 수집어하는양없이 칠성의 얼골을 빤히-처다보다가

「우리도 어서 빨리 결정을 지어 가지고 달래야겟는데 어떻게해스면 좋겟는지」

하고 저혼자 말하듯 슬쩍 돌아안는다

「호시바에서도 빨리결정을 지어야지 하로이틀 밀이울 택이있소? 괜-히 주인을 융통해주는 모양인데 어듸 고맙다는 소리나 할줄아오?」

「그럿습지 괜-히 융통을 해주는 모양입지요」

하고 순란이는 얼마난 흥분된어조로 동감이란뜻을 표시한다

「그리고 어듸서 들을나니 금년 본선정어리값은 난선정어리 절반값도 안이주랴
는데 사공들은 어떻게 할년지?」

하고 칠성이는 남의일이지만 딱하다는듯이 나직이한숨짓한다

「절반값두 안이주면 얼마나 □□□?」

순란이는 긴장된얼골을 처들고 근심스러히 뭇는다

「한 二원각수 주면 잘주겟지」

「얼말께있오? 五원각수지」

「난선정어리가 五원각순데 그래 아무리 본선이기로니 二원각수밖에 안이준단
말이우?」

「그러기에 한심하다고 하잔으우? 아직확실한건 몰으지만 그런말이 떠돌아댕기
는데 만약 사실이라면 큰문제란 말이우」

순란이는 어이가 없어서 말이 나오지않엇다

그는 아버지의일을 생각하엿다

지금 바다에 나가고 없지만 만약 돌어와서 그러한말을 듯는다면 성급한 그의성
질로서 얼마나 펄펄 뛰르것인가?

약불하면 주인과 주먹디짐을 할런지도 몰을것이다 그렇게만 된다면 결국자긔네
는 어떻게 될것인가?

그것은 생각만하여도 정신이 앗질하여지는것이엇다

갑작이 어듸서인지 뱃노래소리가 들려왔다

무심코 머리를 들고보니 갑작이 달려오는 고기ㅅ배한척 두척 세척……。

앞에 선 배는 벌서 돗을 거두고있다

「아 순란이네 배오」

하며 칠성이가 벌떡 일어서자 순란이도 끌닌듯이 웃줄 일어나서 내다보니 맨앞
에 들어오는배는 자긔의 아버지가 탄공장배다

그리고 그뒤엣것도 모두 공장밴데 세척이 다만선이여서 고을(後方)쪽에는 붉은
긔발이 긔세좋게 펄락어리며 날린다

배에서는 어느듯 쌍돗을 다- 내리우고 노코 노뒤에 벌려선 사공들은 일제히 노
를 저으며 우렁차게 노래들을 불으기시작한다

떠나갈때 색여둔길

어느물에 씻겻는가
에-야 데-야
훨훨나는 저백구야
길을잡아 인도해라
에-야 데-야
수로천리 멀고먼길
거침없이 돌아올제
에-야 데-야
일락서산 해가지니
원포귀범 이아니냐
에-야 데-야
둘은 저도 몰으는 동안에 어느틈엔지 가즈런히 어깨를 견우고 서서 우렁차개 들려도는 노래소리에 고요히 귀를 기우렷다

(四)

이튿날 날이 훤-히 밝기시작할때 남어지 네척도 다-들어왓다 모도다 만선을 하고
공장앞 콩쿠리-트마당에는 정어리가 산떼이처럼 들이쌓엿다
사공들은 죄다 의긔양양하여 어깨를 웃슥어리며 공장사무실앞에 모혀들엇다
사공의 머리속에는 무엇보다도 먼저 목구멍을 콕 찔으는 독한 소주가 떠올랏다
그것은 생각만하여도 □틀-하엿다
그리고 더구나 그들의 마음을 진정식히지 못한것은 본선정어리 대금결정때문에 지금 대표 일곱사람이 공장사무실로 불리워 들어간 그것이엿다
하회가 어떻게 될것인지 여럿의 마음은 사뭇 초조하엿다
그들은 제각기속으로 여러가지 앞날에대한 그림을 펼처놓앗다
금년엔 정어리대금이 비싸니까 아모리 본선이라도 三원이상 四원이야 어김없이 주겟지
한통에 四원식이면 천통을 잡고라도 四천원이다
한배에서 四천원식만 번다면 주인의빗은 문제도 없는데……
그들은 오랫동안 빗이란 줄에 얽매워신음하던 저자신들의 자유롭게 풀려나가는

그환영을 그려보며 일분을 진정못하고 서성거렷다

누가 외첫던지 한통에二원이란 그말은 사공들의 뒤통수를무거운 쇠뭉치로 후려갈긴 그것보다도 더하엿던것이다

포구는 졸지에 떠둘석하여젓다

사공들은 전부가 다─바다ㅅ가에 모혀서 구릿빛팔들을 내둘우며 긔세를 올리고 있었다

그것은 병구네공장 사공들뿐만 아니라 달은공장사공들도 한데 어울여서 너머나 횡폭한 병구의일에 대하야 툴툴거리고 있었던것이다

그러나 공장에서는 아모일도 없은듯이 가려운데도 긁을사이없이 기름을 짜고있다

통으로 몇통식 가마에 들어간 정어리가 오분도못가서 살통에퍼담기우면 그것을 내리눌우는 쟉기(押油機)가 억세게 돌아감을따라 기름은 살대같이 천천 흘러서탕크로 들어간다

그리고 탕크로 흘러들어간 기름은다시금통이 가득참을따라서 절로제이제삼탕크로 넘어가며정제(精製)가 되는것이니 인부들은 일초를쉬지못하고 가마에서탕크로 탕크에서 쟉기로눈코뜰사이없이 돌아가는것이다

이렇게 하기를 벌서 사흘채나 계속하기때문에 인부들은인제는 기진하여 손까락 하나 깟딱할 기운조차 나지않엇다

머리속은 엇질엇질하여 눈앞이 핑핑돌아가는것같고 전신은 솜같이 나룬하여금시에 앞으로 팍팍업드러질것같은것을 간신히참으며 그저긔계적으로 □6)

그런데도 불구하고 서긔의 독촉은 성화같엇다

「정신을 차려」

바눌로 찔으는듯한 소리를 팩팩질으며 착유기옆을 지나는 그순간

「앗」

그는 넉없이 마진편 제일탕그로 달려갓다

「아이구」

란 한마듸 소리

여럿은 찬물을 끼여언진듯 깜짝 놀낫다

「사람이 빠젓다」

---

6) 아래부분은 탈락되였다.

「무스거?」

「기름통에 뉘가 빠젓다」

「뉘기뉘기」

하며 정신없이여럿이 달려갓을때는 벌서 서긔의존에서 구원을 받을때엿다

빠진사람은 인부들중에서도 가장나어린 영순이엿다

다행히도 기름이 그다지 뜨겁지않엇고 그리고 서긔의 손에서 이내구원을받은까닭에 그저것살을데엿지만 의식은벌서 잃어버렷다

인부들은 너무나 무서운 사변에 어리둥절하여 어쩌할바를몰우고 서로 마주처다만 볼뿐이다

아 사변이 있은후부터 기름탕크옆에는 누구던지가기를 싫어하엿다

그때문에 일손이 늦어진다고 서긔의 발악은 더욱 심하엿지만 인부들은 못들은척 거들떠보지도 않엇다.

「이 망하게시리 왜 그름을 뜨쟁여?」

서긔는 악을 쓰다못해 발을 동동굴운다

거기에 공장주인 병구네집에서 심부룸하는게집애가 나왓다

「저 주인님이 불으십니다」

「뉘기를? 나를」

하고 서긔는 게집애를 향하여 제가슴을갈으켜보엿다

「예」

게집애는 그렇다고 고개를 끄덕이며 돌아간다

「무슨일일까?」

리저리 불으는연유를 생각하여보며 炳구네게로 들어가니 炳구는 어쩐일인지우울한 표정을 띄고 내다보다가 겨우무겁게 입을연다

「이리 좀 들어오게」

서긔는 슬그머-니 불안스러웠다

더구나 서긔만보면 늘 반색을 지으며 해죽해죽웃던 炳구의첩 옥향이까지한번 힐끗 내다보고는 근심스러운 눈으로 남편의 거동만 주시하는것이 필시 무슨사고가 있음에 틀림이 없엇다

그래 그는 조심스럽게 방안에 들어서며 주인의 낯색을 흘끔 곁눈질하엿다.

병구는 서긔가 들어온다옴에도 무슨생각엔지 잠겨있다가 이슥한후에야 겨우서긔의 존재를 생각한듯 힘없이 고개를돌린다

「이사람 사공들이 끝내 거사를 하구말엇다네」

「예?」

서긔는 두눈을 뚱굴아케 떳다

「고기잡이를 앙이나간다네」

병구의 그소리는 죽어가는자의 신음소리와도 같다

「고기잡이를 앙이나가다니요?」

「고기값을 二원으로 단가한데 대해서 불만을 품구 앙이나간다네」

서긔는 어떻게 대답할바를 몰낫다

炳九는 얼빠진것처럼 멍-하니 바라보는 서긔의 얼골을 이슥히 노러보다가 갑작이 목소리를 낫추며 원하듯- 물어본다

「그런데 이일을 어떻게 해스문 좋겟는가?」

그말을 들으니 서긔는 송구스럽기 짝이없다

서투른 자긔의 의견으르하여 뜻하지않은 일을 저질러놓앗으니 위선 주인을 대할 낯이 없는것이 아닌가? 그야물론 자긔의 의견이라고는 하지만 주인도 생각이잇엇기에 응락한것이고 또한 □[7]

제의한의 견이지만 그래도 결과에있어서는 藥을주고 살인을 당하는것이 아닌가?

그래 그는 어떻게 해서던지 이 어려운문제를 해결하여서 주인도 살릴겸 자긔의 무색도씻으려고 곰곰히생각하여보앗으나 구체적대책은 하나도 더올우지 않엇다

그모양을 보고 병구는 은근히 긔대를가젓다

그것은 평소부터 그무슨 모사(謀事)에는 남달은 장점을가지고있는 서긔인줄을 믿어왓기때문이다

아니나 달을까 한참동안 입술을 악물고 무엇인지 생각하고있던 서긔는 갑쟉이생긔가 떠도는 눈으로 병구를 처다본다

「지금 사공들이 고기잡이를 나가 쟁인다지만 사실 그까짓놈들이 뻿티면 얼매나 뻿티겟습니까? 불과몇을에 주인님앞에와서 제발살려달라고 애걸복걸 할것은 명約 관화지사니까 그동안에 이쪽에서는 난선정어리를 사들이는것이 어떳습니까」

병구는 막헛던 가슴이 일시에 탁 열린듯

「음 나두 그걸지금 생각하고 있었네만 자네 의견이 어떨던지 몰나서」

---

7) 아래부분은 탈락되였다.

하고 사뭇반가운 긔색을 짓는다

서긔는 비로소 마음이 흐뭇한듯 간사스러히 살짝 웃는다

「그런데 이사람아 난선을 사들이자면 각 공장에서 타협하고 約정한건어떻게 한단말인가?」

병구일난거일난래(一難去一難來)라는 듯이 미간을 흐리우며 서긔를건너다본다

서긔는 일종의 모멸에 가까운 우슴을 히쭉-히뗴우고

「그까짓 約정이란게야 소룡이 무슨 소룡입니까? 그런건 천천할때 여유가 있을때 할수좍이지 이런 비상시에는 다-쓰레기통에다가 집어너야 합니다」

「그래두 이사람아 의리상 어듸 그런가?」

「의리상이요?」

하고 서긔는 어이업는듯이 빤-히 바라보다가

「그러시다면 주인님 은공장을 무슨 노리로 하십니까? 사업에 들어서 의리가다- 무엡니까? 의리구무에구다- 집어치고 사업가 사업을 해야 합니다」

하며 가증스러운지경 싸늘한 우숨을 입가에 띄운다

마듸마듸 자긔의비위만 맞차주는 서긔의말에 병구는 만족한듯이 벙글벙글웃다가 옥향이를 돌아보며

「거기 술상을차려오」

하고 노루초리같은 수염을 자못 점잔은체 내리쓰다듬는다

(五)

이튿날아츰

해가붉으-시 치밀자 난선들은 서로긔세좋게 긔빨을 펄락어리며 포구로 모여들엇다

어업조합(漁業組合)사무실에서 입찰(入札)을 고하는 종소리가 요란하게 울리자 각공장주들은 어슬렁어슬렁 조합사무실에 모여들어서 제각기 본선(本船)사공들의 불온한 형세걱정들을 하고있다

무엇보다도 그들이 가장 두려워하는것은 병구네사공들이 솔선하여 거사한 그것이다

「대체 그놈들이 틀구잡버지문 어떻게할 수좍인가?」

「허-압만해두 달은사공들께두 밋칠껏같거든」

「아―니 벌서 우리사공들은 수군덕거리는 모양인데 이일을 어떻게 한단말이우?」

「우리사공들두 어째 불온한 행색을띄는것같거든」

「무슨……그까짓놈들이 떠돌문 얼매나 떠들것소? 한번이 안이면 두어번이겟지」

「그래두 몰으느니 단체들 지어가지고 떠들면 걱정인데」

그들의 머리속에는 한결같이 무지한 사공들의 억센 얼골이 어즈럽게 떠올랐다

이윽고 어업조합서긔가 논아주는 조희쪽과 봉투한장씩을 받어든 공장주들은 서로 제각기 마음나는대로 가격을 적어넣며 입찰을한다

병구의 대신으로 입찰을하는 서긔의 긴장된 표정을띄고 여럿의 눈치를 홀끔홀끔 살피며 약간 떨니는 손으로 가격을 적어넣엇다

조합서긔는 한장씩 한장씩 개봉을하며 제각기 적어딘 가격을 내리읽다가

「오늘은 五원오십전으로 金炳九에게 락찰이 되엿습니다」

하고 아모표정도 없이 예사로히 말한다 만은 서긔의 말이 떠러지자마자 장내의 여럿의 얼골은 갑쟉히 변하여진다

그들의 시선은 일제히 병구네공쟝서긔게로 쏠린다 그러나 서긔는 아모일도 없은 듯 시침을 뚝따고 유연하게 밖으로 나왓다

그러고는 뜻몰을 우숨을 빙긋―이 입가에 띄우고 공장으로 올라갓다

뒤밋처 힐덕어리며 쪼차온 공장주들은 서긔의 등덜미를 틀어잡고 어쩔줄을 몰은다

서긔는 불안스러웟으나 아모러치도않은듯이 착하게 여럿을 둘러본다

「어째이래시우?」

「어째 이래다니? 오늘이 누구의 순번인가?」

하며 텁석부리가 씩은거리자 서긔는 슬쩍 우서넘기며

「누구의 순번인지 내가압니까? 주인이 식히는대로 그저해슬뿐입지」

「무스거어째?」

텁석부리는 치가 떨려서 말도바로못하고 서긔를 노려보다가

「엑쥐길놈」

하고 병구의집으로 주먹다름질친다

달은 공장주들도 무엇이라고 욕설을 퍼부우며 그 뒤를따른다

만은 어찌하는수는 없었다

다만 양정이 배반하엿다는 구실로 병구의 불타구니를 몇개간 갈겨슬뿐결국은 병구의 독아에몰린셈이되고 말엇던것이다

이사실은 포구의 전체에다가 커-다란 충격을주엇다

어민들의 리익을 도모하여주기위하야 위탁판매를 한다는 어업조합의 공동입찰 그속에서이러한 긔교가 숨어있었다는것은 어민들은 말할것도없거니와 어업조합자신도 몰랏던것이다

수천어민을 속여가며 자긔네의 경쟁적타격을 피하야 될수잇는대로 보다만은 리를 취하기위한이 비밀적협정(協定)에서 어민들은 그얼마나 많은 손해를입엇슬것인가?

허지만 결국 그것은 자긔네의 찰줄몰우는 욕심때문에 깨처지고 말엇스니 이때문에 앞으로 벌어질 그들의 고도(高度)의 정성은 어떠한 결과를 가저올런지 소자본으로 경영하는 공장주들에게는 더업는두려움이엿다

아니나 달을까 이튼날부터는 경쟁!경쟁!경쟁! 오원이 六원으로 六원이 七원으로 그들은 막대한 손해를보면서도 파멸의 앞길을 독촉하엿던것이다

난선들은 이소문을 듯고 서로앞을 다투어가며 포구로 모혀들엇다

그바람에 본선사공들은 모도다 가슴속이 암담하여 더 어떻게할바를 몰랏다

일단 거사한이상 무기력하게 꺽기울수도없고 그렇다고 가능성도업는것을 헛되히뼷틸수도없다

그들의 초조와 불안은 극도에달하엿다

그모양을보고 병구는 더한칭 느물거리며 배짱을 내밀엇다

공장에는 정어리가 헤아릴수없이 들이싸혀다

그때문에 인부들은 그야말로 눈코뜰사이가없이 고달푸게 삐첫다

그러나 서긔는 일분을 쉬게못하고 □□□□ 하듯인부들을 독촉한다

「어서들 빨리빨리 하쟁안쿠 무엇을 그리 꾸물 거리는가?」

인부들의 머리속에는 한결같이 정오와발악이 떠올랏다

그럼은 그들은 그렇게 서긔가 독촉하는데도 불구하고 조곰도 동작을 빨리하지않엇다 아니할수가 없엇다

그것을본 서긔는 더한칭 악을썻다 더구나 천천히기름틀에 걸터앉아 담배까지 피우고있는 칠성이를보고는 대뜸에 뛰여가서 처박고십기까지 하엿다

「아니 이사람 밥부다니까 위정 담배질인가?」

그러나 칠성이는 못들은척 어두운 바다만 내다보며 몇목음 그대로 앉아 뻑뻑빨다가 그만 무엇을생각하엿던지 웃줄일어나더니 서기앞에 태연한 걸음거리로 닥아선다

「리상(李さん)」

너머나 거만스런 그모양에 서기는 잠시동안 어이없이 바라보다가

「무스 거어째?」

하고 뱃속이 왈칵 뒤집히는듯이 확내뿜는다

그러나 칠성이는 침착한 태도로 빵긋웃은후

「리상 일은 얼마던지 식혀두 좋지만 설달재나 밀린임금은 언제줄 작정이오?」

「머?」

서기는 말문이 막힌듯 대번에 낯색이새파라케 질이엿다

「머라니요! 그래 임금은 주지안을 작정이오?」

하며 칠성이는 여럿을 죽-들러보앗다

모도들 일손을 멈추고 긴장된 표정으로 서기만 주시한다

서기는 갑작이 불안과 공포를느꼇다

더구나 석달치나 인부들의 임금을 잘라먹은것을 주인이안다면

그는 어떻게 해서던지 이자리를 무사히 넘겨버리고 그리고주인의귀를 틀어막지 않어서는 안되게되엿다

그래서 그는 슬쩍 목소리를 낫추어

「임금말인가? 참 미안하게 됏네 늘 하는말이지만 기름값이 와야지 그렇지만 이번에는 넘려없이 다-내줄테니 걱정말구 일들을 하게」

하고 달래듯이 부드럽게 말한다

「이번이라니? 언제란말이운?」

「언제근께 잇는가? 이달간쬬(計算)때지」

말은 대수롭지않게 하엿으나 가슴속은 형용할수없이 암담하엿다

「그럼 이번에는 틀림없이 다-준단말이오?」

「글세 걱정말나니까」

「그럼 어듸 보게오」

하고 칠성이는 픽 돌아서며 가마앞으로걸어간다

(六)

월색은 교교하고 수면은 잔잔한때 천지는 죽은듯이 조용하다

둘은 오랫동안 달콤-한 침묵에 포근-히 잠겨 멀-리 무수끝(無水端에)서 반작이

는 등대불만 바라보다가 건너편 섬에서 들려오는 물새의 우름소리에야 거우정신을 차린듯까닭몰을 한숨을 나직-히 쉬고는서로 마주처다보며 정답게 웃엇다

「순란이」

하고 칠성이는 나직하게 힘을 주어불럿다

그러나 순란이는 대답대신으로 살짝우서만 보힐뿐

「인젠 늦엇는데 집에 가보지요」

순란의 얼골은 일순간에 흐려진다

그모양을 보고 칠성이는 얼는 말머리를돌렷다

「너무 여러번 말하는것 같지만 아모조록 실패가 업도록 힘을 써야하오」

「글세 걱정을 마시우 우리보다두 공장쪽에서나 실패업도록하시우」

칠성이는 벌신우스며

□8)

場)일꾼들께 다-연통을 하시우」

하고 명령하듯이 말햇다

순란이는 머리를 끄덕이며 고요히 우서보인다

둘의 대화는 다시금 끈겻다

갑작이 아래편마을에서 개짓는 소리가요란하게난다

그소리에 칠성이는 잊엇던것을 생각하고 벌떡 일어섯다

「자 그럼 내리갑시다 난 또 팔선이와 기호를 나 봐야겟소」

순란이는 하는수가없이 일어섯다

칠성이는 울컥 치미는 마음을 간신히 억눌우며 물우에 빛인 포구의불빛을 내려다보앗다

순란이 의입에서는 다시금 나직한 한숨이 흘러나왓다

바로 그때 무엇인지 아래편 언덕우에허연 그림자가 언뜻하고 나타나더니 쏜살같이 둘의앞을 향하야 달아올라오고있엇다

둘은 깜짝놀라 한데 붙어섯다

달려오는 그림자는 아랫도리가 너펄거리는것이 틀림없는 여자다

순란이는 칠성의뒤에 밧삭 붙어서 오돌오돌떨기만하고 칠성이는 더 어찌할바를 몰랏다

---

8) 한 행이 탈락되였다.

여자는 헐떡어리며 바로 칠성의 코앞에와서 웃뚝멈처섯다

「뉘기오?」

하고 칠성이는 얼어붙은것같은 입을 거우열엇다

그순간

「앗」

여자는 깜짝 놀란듯 외마듸소리를 질으며 한거름 물러선후 화석같이 되여서 이쪽을 바라보다가 그만 홱 돌아서더니 정신없이 아래편으로 내려달린다

칠성이는 무슨영문인지 몰랏다

순란이는 그저야 칠성뒤에서 떠러지면 휘유-하고 한숨쉬엿다

「미친년」

「아-니저게뉘기오?」

「그게 저웃마을 간난에미 앙이우」

「간난에미라니?」

「그 공장서기놈과 산다는소문이 난과부를몰으오?」

「그년이 무슨지랄이 나서 예까지왓단말이우?」

「몰우긴하지만 당신을 서긴가일구온게지」

「서긴가알구오다니?」

「..........」

순란이는 그이상더 말을못하고 북구러운듯이 머리를숙인다

칠성이는 너무나 어이가없어서

「암 그거참」

하며 연방입맛만 쩍쩍다신다-

그로부터 얼마안되여 포구에는 일대변사가일어낫다

그것은 달음이아니라 간난어미가 병구네집 건넌방에서 밤□□ 퍼먹은 병구가 업드러진틈을 타서 옥향이와 공장서기가 서로품고 누운것을 들어내가지고 소동일으킨 사건이엿스니 고요한꿈에 잠겻던 새벽숨결은 삼시간에 뒤짐어저서 물끌듯하엿다

길르던 강아지에게 물린셈으로 병구는 너무나 어이가없어서 더어쩔 획책이나지 않엇다

날이 다-밝어서 해까지떳것만 그는 앉은자리에서 움직일줄을 몰우고 얼빠진것처럼 우두커-니 밝앗만 내다보고있엇다

마을 사람들이 문앞에와서 기웃거리며 엿보아도 그의눈에는 아모것도 걸리지안

는듯 거돌떠보지도 않고 입맛만쩍쩍 다시고있엇다

거기에 공장인부들이 무슨일인지 흥분된 얼골로 우-몰여왓다

그래도 병구의 표정은 여전히 움직이지않엇다

인부들은 마주아래에와서 무엇이라고 수군수군하며 눈치를 엿보다가 그중에서 칠성이가 선뜻압에나서며

「저 주인님께 할말이 있읍니다」

하고 빤-히듸려다본다

병구는 그저야 정신을 차린듯 흐릿한눈으로 힘없이 인부들을 내다보앗다

「주인님께서는 석달치나 밀린 임금을 어떻게 하실 쟉정입니까?」

병구는하마드면 뒤로잡바질번하엿다

「무스거 어째? 임금이라니?」

넉없이 뭇는 그말에 듸려 놀란것은인부들이엿다

「벌서 석달치나 임금이 밀엿습니다」

「머?」

핑-돌아가는머리를붓치잡고 넘어가려는몸을 지탕하다못해 그는 그만앞으로 픽 쓸어지고 말엇다

얼마동안이나 쓸어저있던지 겨우정신을 차리고 일어낫을때는 인부들은 다 돌아가고 아모도없엇다

오랫동안의 악몽에서 깨여난듯 우두머-니 앉아서 밝을내다보느라니 갑쟉이쓸쓸한 생각이들엇다

주위를 돌아보앗스나 그림자하나도 어른기리는것이없다

허수한 마음을 것잡기위하야 수염을한번 내리쓰다듬은후 지나간일을 곰곰히생각하여보니 모든것은 꼭 꿈속일같엇다 더구나 그렇게 거더준 옥향이가 자기를 배반하엿다는것은 아모리 생각해보아야 믿을수가 업는일이엿다

그는 불현듯 건넌방을 향하여 옥향이를 불럿다

「옥향이 옥향이……옥향이」

게집애가 살몃-이문연다

「옥향이 업어야?」

「없읍니다」

「어듸를 갓는지 새벽에나간게 여태들어 오쟁엿습니다」

「무스거!」

무거운 방망이에 뒤통수를 어더맞은듯 그는 긴한숨을 뿜으며 머리를 숙인다

천갈래만갈래로 엉콜어지는 머리속을 간신히 지탱하며 두눈을 스르르 감으니 이때까지 잊어버렷던 서기의 간사스러운 얼골이 눈앞에 또렷이 나타낫다

그는 이를부드득 갈엇다

모-든것은 서기의 간교에서 생긴것이다

정어리대금을 낫추어서 사공들의 반감을 산것도…인부들의 임금을 석달치나 □령한것도……그리고 자기의게집을 빼앗는것도 다-서기의 □사다

「엑 쥐ㄱ일놈 어듸루 갓느냐?」

만은 벌서 고비원주를한 서기의 그런자를 찾어벌수는 없엇다

넘우나 분함을 참지못해 선자리에서 푸들푸들떨고잇는데 공자인부 영호가 황급하게 달려왓다

「저 주인님 큰일낫슴니다」

병구는 새빨가케 충혈된 눈으로 영호의 얼골을두러지게 내다보앗다

영호는 다소 불안을느끼며 주뭇거리다가

「저 인부들이 일을 하쟁이쿠 웃마을루올라가 버렷슴니다」

「웅?」

병구는 새파라케 질닌 입술을 파들파들떨며 말을 못햇다

영호는 그모양을보고 부질없은말을 한것같아 슬그머-니 한쪽엣비켜서서

거동만 흘끔흘끔 겻눈질하엿다

병구는 오랫동안 벽에 기대여서 죽은것처럼 가만이있다가 영호의 기춤소리에야 겨우 정신을차린듯비스듬이 눈을뜨고 내다보앗다

영호는 주춤하고 얼골을 돌리다가 기회를 어든듯이 큰맘을먹고 주인을 듸려다보앗다

「저 달은놈들은 하쟁이치만 우리는 지금부터 나가서 일을하겟슴니다」

하며 그는 아직도 붕대를 풀지못한 뒤통수를 어루만진다

□9)

게 입을열엇다

「우리라니? 몇이서 한단말인가?」

「세ㅅ뿐입니다」

---

9) 아래부분은 탈락되였다.

「무스거? 세시서?」

병구는 너무나 기가막혀서 뒷말을 이찌못하고 씩은 거리다가

「엑기망할놈같으니라구 세시서어떻게 한단말잉야!」

하고 벼락같은 호령올치며 벌떡일어섯다—

×

아츰

오랫동안 무겁게 내려덮엇던 구룸짱이 일조에 씨슨듯이 개여버린 명랑한 포구의 아츰

멀-니 동쪽수평선 넘어로부터 햇살이벌-거케 치밀자 사공들은 깁붐에 가득한 가슴을안고부두로나려갓다

그리고 그뒤에는 가족들이 제가금 무엇인지 안고 이고 메고 서로와글거리며 따루엇다

출범(出帆)을 기다리는 어선 일곱척!

사공들은 감개무량한듯 눈물이 그렁그렁하여 낯닉은 배를내다보앗다

바다에서는 서늘한 아츰바람이 선들선들 불어오고 갈메기들은 분쥬히 허공올휘날고있다

하늘이라도 뚤을듯한 웅장하고 장엄한그모양!

사공들은 일제히 노를틀어잡엇다

고올사공(키잡이사공)의 외치는 거세인목소리

「닷올 거더라」

「자 노를 백여라」

선두에 선 팔선이네배는 어느듯 벌서부두를 떠낫다

뒤이어 슬몃-이 풀려가는 여섯척 그것은 전쟁으로 나가는 용사의 그모양과도같다

가족들은 부두에 몰켜서서 성스러운 마음으로 조용히그들의 앞길을빌엇다

×　　×

寫生帖 -第二章-

사내들은 지고 게집들은 이고 그리고 어린것들은 어룬들의등에 업히엿는데 조곰이라도 걸음발만 타는 녀석들이면 거침없이 어룬들의 팔에 매달려서 타박타박 가여운 걸음을 옴겨놓고 있다。

각금 등에 업힌 젓먹이들의 칭얼대는 소리외에는 진종일을 가것만 그들의 입에서는 말한마디 아니 기츰한번 들어볼수가 없다。

해는 벌서 서쪽에 기울어서 광막한 대지에는 자주빛노을이 자욱-히 숨여들고 봄이라지만 대륙의 일은봄이라 서편에서 소리도없이 불어오는 바람은 쌀쌀하게 옷깃새로 숨여든다。

나무도 없고 성칼진 산도 없는 펑퍼짐-한 들판은 앞으로 갈사록 거칠어뵈고 더듬어온 뒷길을 돌아다보면 아무러진 뱃길보다도 더 아득해 뵌다。

대체 이디서 오며 이디고 가는 의사꾼들인지 의사군에는 틀림없이 뵌다。

질머진 짐짝에 쌍으로 매달린 박아지짝들이라던지 남비작들이라던지 게다가 앞장을 선 장정의 짐짝새에서 각금 잠ㅅ자리가 불편함인지 옴이작거리는 고양이 색기를 보면 틀림없이 의사꾼이다。

총인수는 등에 업힌 젓먹이들가지 합치면 도합 설흔다섯。 세대수로는 적게 잡아도 다섯세대는 됨즉하다。

차츰 날이 저물어들자 일행의 얼골에는 불안의 빛이 그늘저들기 시작한다。

아이들과 게집들은 어룬들의 얼골만 작구 처다보고 늙은이들의 입에서는 긴-한 숨이 한칭더 자주 나오게되고 그러나 사내들은 여전히 말없이 먼-앞쪽만 작구 바라본다 그무엇을 찾는듯이

바람은 점점 쌀쌀하게 불어온다。

◉ 이 작품은 《新人文學》 1935 4-6월호에 발표되였다.

바야흐로 저물랴는 대륙의 광야。

거기에는 말할수없는 엄숙한 대기(大氣)가 무거웁게 밀려들고 있다。

아이들의 걸음은 차츰 뒤저지기 시작하고 늙은이들의 허리는 점점 꾸부러들기 시작한다。

그러나 작구 먼-앞만 내다보며 그무엇을 찾고있는듯한 그들의눈에 황혼의빛과 함께 숨여드는 불안과 초조에 서리운 애수의빛은 지울래야 지울수가 없다。

그리고 게집들은 인제는 왼통 신경이 무듸여젓는지 등에 업은 젓먹이들의 칭얼거림이 더한칭 기세를 올리것만 그대로 못들은척 무표정한 얼골로 사내들의 뒤만 힘없이 따루고 있다。

하눌도 말없고 땅도 말없고 사람들고말없고 누리에는 침침한 침묵만이 지터든다。

그속에서 갑작이 앞에 섯던 장정 하나이 불의에 웃뚝 멈처서며

「앗、 저기다」하고 멀-리 산비탈쪽을 갈으킨다。

그 소리에 따루던 일행은 일시에 멈처서며 앞쪽을 바라본다。

「어듸?」

「저- 산밑이야」

「오라 저기 뵈는구나」

「옳지 움막같은 저것말이지」

「그런가봐 그런데 아직두 오리는 되는것같을세」

로인들은 찾다가못해

「어듸 뵈는가?」

「움막은커녕 덤막1)두 안뵈네」

하고 장정들의 앞에 나선다。

「저거 아니우。 저- 산비탈밑에 나즈막하게 있는 저게 아니우」

그러나 로인들의 눈에는 수묵색으로 지터드는 산그늘밖에는 아모것두 안뵈이는듯 선명치못한 눈만 작구 껌벅인다。

그렇고는 이내 가엽시된 신세타령으로 돌아지며 한숨들을 뽑기시작한다。

일행의 걸음은 차츰 빨러지며 아련-히 뵈던 산그늘은 갓가워지기 시작한다。

산그늘이 갓가워지자 움막은 점점 뚜렷하게 커뵌다。

따라서 일행의 얼골에도 생기가 떠돌기 시작하며 아이들의 입은 가볍게 조잘댄

---

1) 덤막: 덤은 ≪농가비료≫, 막은 ≪아무렇게나 지은집≫의 뜻.

다。

「엄마 얼른가서 밥지어주」

「난 밥먹군 잘테야」

「엊저녁에 자던집처럼 또 그렇게 추우문 어떻게해」

「난 또 오늘밤에두 아젓씨얘기를 들을테야 응? 아저씨! 또 엊저녁같은 재미나는 얘기 들려주지?」

옆에서 손목을 끌어주던 젊운청년은 싱긋―이 부드러운 우숨을 띄우고

「오냐。 밤이 새두룩 들려주지」

하고 엇개에 처진 짐짝을 웃슥 추켜올린다。

그러고는 휘웃등 디를 돌아다보는 그순간 두어사람 떨어저서 다라오던 탐스러운 얼골에는 불의에 수기가 떨올우며 살짝 피켜서는 엇개넘어서 출렁 물결치는 검운 머리채、

청년은 저혼자 벗긋 웃고는 다시금 활기스레 걸음을 옴겨놓는다。

어느듯 일행은 산비탈밑까지 당도햇다。 찌그러지다 남은 조곰아한 집채。

언제부터 뷔여있는것인지 아래편에 비스듬히 마주앉은 걸금막²⁾을 보면 틀림없는 어느 만주인의 농막자린가 보다。

일행은 마당에 들어서자 약속이나 한듯이 휘우―하고 긴한숨을 일제히 뽑는다。

그렇고는 서로 말없이 마주쳐다보는 얼골。

게집들은 쓸어지듯 창문앞에 가서 주저앉는다。

창백한 얼골에는 땀빨이 축운―히 흘러있다。

짐짝들은 버서제키고 집안을 위둘러보는것은 장정들이다。

그중에서도 앗가 로중에서 뒤를 돌아다보고 싱긋 웃던 젊운청년은 고달품도 잊은듯 원기스레 비료막을 두루 살피더니 이리저리 찌그러진 비료막 기둥들을 몰아가지고 마당으로 나온다。

나와서는 짐짝에 꽂힌 독기를 꺼내가지고 억세게 생긴 팔을 불끈 거더올린후 흠 퍽 나려찍는다。

그모양에 게집들도 기운을 얻은듯

「그만히들 쉬구 인젠 저녁 차림들을 해야지」

하며 서로 재각기 짐짝들을 끄어낫군다。

---

2) 걸그막: 걸금은 《비료》의 뜻.

청년의 팔은 쉴줄 몰우고 힘스레 올우나리며 한쪽에는 장작이 듬석하게 가려진다.

이윽고 여자들은 저녁차림을 한다음 청년의 쪼개논 장작들을 가마앞으로 가저가고 사내들은 집안에 들어가서 구둘바닥을 쓸기시작한다.

많은 늙은이들과 어린녁석들은 마루구팡앞에 조롱조롱 옹송구리고 앉아서 말할 기운조차 죄다 잃은듯 말은침만 작구삼킨다.

장작을 죄다 쪼갠 청년은 손등으로 이마에 땀을 썩 씻으며 어린녀석들앞으로 갓가히 와서

「이녀석들이 왜 이렇게 풀이 죽엇슬까」

그러나 어린것들은 그저 심상한 눈초리로 힐끔 처다보았을뿐 그들의 시선은 다시금 허—연 김이 무럭무럭 소소아올우는 가마쪽으로 쏠린다.

청년은 그모양을 바라보고 다시한번 벌신 우순다음 「이녀석들은 먹을생각만 허구 식충들이구나」

말이 떨어지기가 무섭게 「그럼 아젓씨는 먹지않구 사우? 우리 보담두 세곱절식이나 더먹으면서」

하고 팩 쏘듯 말하는것은 두눈알이 수정알같이 맑아뵈는 중대가리다.

「머? 내가 언제 세곱절식 먹드냐?」

청년은 짐짓 놀라는양으로 반문하며 닥아선다.

「그럼 세곱식 먹잔쿠 절반식 먹엇수?」

하고 맛장구를 치며 풍을 다는것은 역시 고또래나 됨즉한 게집애다.

「아—니 요년봐라. 거기 또 숫밥까지야?」

하고 맨뒤에서 작구 침만 삼키던 코풀렉이까지 덤벼드는 바람에 청년은 그만 당할수가 없다는듯이 뒷머리를 극적어리며

「엑—기놈들 오늘밤부턴 이야기커녕 잔말두 안들려준다」

하고 투러지는 양을 한다.

그러나 눈은 여전히 싱그레—웃고있다.

「이애기 않하문 말지 누가 겁나할줄 아나?」

「애기 안하문 자게 못해주지」

「어디 보까? 안하는가」

「밥만 먹으문 저절로 또 할껄」

일제히 떠들어대는 그모양을 물끄럼히 나려다보던 청년은 갑작이

「핫하하……」

하고 우수며

「망할녀석들」

하고는 그만 마당 밖으로 껑충껑충 뛰여나간다.

마당밖에 나가서 아랫편을 돌아다보니 얼마 멀지않은 언덕바지에는 앙상한 개버들들이 무덕무덕 서있다.

청년은 실음없이 그쪽으로 발낄을 옴겨놓는다.

입술에서는 맑은 휘파람이 가볍게 홀러나온다.

언덕밑은 아직도 여름이 다 풀리지못한 내(川)가 아니라 또랑이다.

청년은 조촐한 버들가지를 휘여잡으며 냇가에 성큼 나려선다.

그순간!

「앗」

청년은 그무엇에 질린듯이 깜짝놀라 머저서며 버들밑을 들여다본다.

버들밑 또랑가에는 누군지 드레박을 들고 물을 퍼담다가 그도 불의의일에 놀란듯 어쩔줄을 몰우고 한거름 뒤로 물러선채 치마끈만 구겨진다.

다시 보니 앗가 청년의뒤에 말없이 다라오던 처녀.

청년은 비로소 우숨을 지으며

「난 또 누구라구……물길러 나왓수?」

그러나 처녀는 수구린 고개만 더한칭 수길뿐 대답이 없다.

그모양에 청년도 다시 말을 못하고 애꾸진 버들가지만 휘여꺾는다.

고요한 냇가의 저녁.

잔잔한 물소리만 간지럽게 들릴뿐.

청년은 몇번이나 처녀를 엿보며 수작을 걸려는 눈치엿스나 그러나 정작 말은 꺼내지못한다.

그리고 처녀는 쥐구멍이라도 구멍만 있다면 기여들상으로 점점 몸을 쫑그리며 숨이 갑버올우는듯 억개를 들먹인다.

안타갑고 괴로운 침묵이다.

하늘도 땅도 산도 나무도 웬통 깊은 바다속에 잠겨버린듯 쉴새없이 홀으는 냇물도 이순간만은 호수처럼 잠든듯하다.

바로 그때 누구인지 농막편에서

「복실아」

하고 불우는 여자의 목소리가 들려온다.

그제야 처녀는 깜짝 놀라 제몸을 돌아보며 드레박을 처든다.

그러나 청년의 눈치를 할끔 엿보며 얼른 돌아서지는 못한다.

청년은 안타가운 표정으로 저저거리다가 그만 큰 맘을 먹은듯

「무거울텐데 내가 들어다 줄까요?」

하고 처녀의앞에 선뜻 닦아선다.

「아녜요」

들릴락말락한 떨려나오는 음성이다.

「아니 내가 들어다 주지요」

청년은 드레박을 받아줄양으로 두손을 불쑥 내민다

「괜찬허요」

처녀는 귀밑까지 붉히며 모로 돌아서 버린다.

「괘―니 고집을 쓰지말구 이리 줘요」

하며 청년은 다시 처녀의 앞으로 돌아간다.

처녀의 고개는 더한칭 수구러지며 몸은 다시 뒤로 돌아진다.

따라서 청년의몸도 또다시 맴을 돌듯 돌아저간다.

그런는데 농막편에서는 두번째 불우는 소리가 처음보다는 얼마간 성급하게 들려온다.

처녀는 결심한듯 청년의 얼골을 할기죽 돌아다본후 그만 도망질치듯 언덕으로 올리달린다.

청년은 넋을 잃은듯 우두머―니 처녀의 등뒤에서 물결치는 탐스러운 머리채를 바라본다.

밤! 달도없는 칠칠한 밤이다.

별빛만이 유난히도 깜박이는 대륙의봄밤

냉기는 쌀쌀하게도 옷깃새로 숨여든다지만 그러나 어디라없이 그윽―한 기분이 떠도는 밤이다.

부엌앞에는 장작불이 이륵이륵하다.

여자들은 우칸구들바닥에 거적자리들을 깔고 새우잠을 자고있고 사내들은 부엌앞에 서리운 우등불앞에 조롱조로 모여앉아 뜬밤을 새우렴인지 이야기도 없이 담배만 빨고있다.

그리고 애들은 청년의 주위에 둘러앉아 졸리는 눈알을 깜박어리며 이야기에 전

신경을 다- 기우리고있다.

「……그래서 「스텐카라-진」은 부하때문에 무참히두 죽어버렷단다」

청년의 이야기가 끝나자 어린것들의 흥분은 절정에 달한듯

「고눔을 내가 봣드라문 목아지를 틀어버릴껄。」

「그런 훌늉한 사람을 왜 죽일까?」

하며 제각기 중얼거린다。

청년은 그모양들을 이슥-히 바라보다가 갑작이 무엇을 생각한듯 빙긋 우수며 둘러앉은 녀석들을 죽 홀터본다。

「근데 이것봐라。 늬들중에 「스텐카、 라-진」처럼 돼보구싶은 사람은 어디 손을 들어봐라」

말이 떨어지자 마자 중대가리들의 팔은서로 앞을 다투며 들려진다。

청년은 만족한듯이 빙긋-이 웃다가

「좋다。 그럼 이번에는 늬들께 한가지 물을테니 누가 어디 대답하나 보자」

한다음 이번에는 다소 호기심에 번뜩이는 눈으로 주위을 둘러본다。

「근데 우리는 대체 지금 어디루 가는거냐?」

기다렷다는것이

「금광으로 가지」

하고 냉큼 나안는것은 여나무살 돼뵈는 탑삭머리 게집애다。

「옳지 그러지 용하다」

하고 추켜주는 청년의말에 중대가리들은 먼제 발등을 짚인것이 분한듯 게집애을 얼골을 슬몃-이 갈으뜨고 홀겨본다。

청년은 다시 다음을 묻는다。

「금광에는 무엇하러!」

말도 맷기전에

「금캐러 가지요」

하고 팩 쏘듯 말하는것은 또 탑삭머리다。

「그렇지。 금캐러 가지」

중대가리들은 두번이나 갈으채인것이 참말 분해 못견디겟다는듯이 슬몃-이 돌아앉아버린다。

그렇고는 아모리 생각해도 못견디겟다는듯이

「채 묻기전부터 대답하는법도 있나!」

하고 볼멘소리로 저혼자 중얼거리는 놈도있다.

청년은 싱긋-이 우수며

「금은 캐서 뭘하노!」

하고 투덜거리던놈을 돌아다본다.

그러나 중대가리들은 대답이 없이 잠잠하다.

그틈을 타서 탑삭머리는 또 대답한다.

「부자가 될려구!」

기회를 얻은듯 벌떡 돌아안는것은 토라지던 녀석이다.

「미친년 알지두 못하면서……. 부자가 뭐야?」

탑삭머리는 이내 성이 빨끈 치밀어서

「그럼 부자가 되려구 금을 캐잔쿠 거지가 되려구 캔다던?」

「개수작말어. 부자가 되려구 캐는금은 똥금이야. …

금은 많이 캐서 구차한 사람들을 살려주구 그렇구 학교두 세우구……그러자는거야」

하고 중대가리는 심술궂게도 골려서 말한다.

이따라 말은 녀석들까지

「그럼. 가난한 사람들을 살려야하는것지. 어제저녁에두 아젓씨가 말하잔핫서.」

「부자가 되려구 캐는 금은 똥금중에두 개똥금이야」

하고 쏘는바람에 탑삭머리는 이내 눈물이 그렁그렁해서 토라져버린다.

청년은 여전히 싱글거리며

「그렇게 싸흠조로 말하는것 못쓰는거야. 어제밤에두 내가 일러주던말을 벌서들 잊엇니? 우리는 다-서루 구차하기쩜에 고향을 버리구 이 간도땅까지 떠온 처지가 아닌가말야. 아혀 그래서는 못써. 서루 도아주구 생각해 주어야지 싸우문 못써」

한다음 다시한번 죽- 둘러보고

「자 오늘저녁은 이만허구 일즉들 자자. 래일은 아주 우리들이 찾어가는 ××까지 다달을텐데 일즉들 자야한다. 거기가서 금광에서 금을 캐게되문 정말 자미나는 애기를 들려줄텐데 누구던지 싸우는 놈은 내쫓을테니까 그런줄을 알구 서로 싸우지들말구 자미나게 지나야 해.」

하고 피곤을 느긴듯 하픔을 길게 뽑는다.

어린것들은 두말없이 제각기 어시3)들의 품속을 찾아간다.

옷삭옷삭 한기가 숨여드는 냉칸이엇만 이구석 저구석에서는 코고는소리들이 실음없이 들려온다。

청년은 불앞에 우두머―니 앉아서 이슥히 무엇인지 생각하고 있다가 갑작이 우
칸쪽을 흘끔 돌아다보고는 저혼자 빙그레― 웃는다。

그러고는 꺼지려는 우둥불에 장작을 서너가지 더 짚어논다음 그옆에 그대로 팔
을 베고 들어눕는다。

밤은 얼마나 깊엇는지 바람소리조차 들을수가 없다。

(나의 寫生帖에서)

---

3) 어시: ≪부모≫라는 뜻.

　오늘아츰 조회(朝會)시간에도 수석교원K는 조븐마당에 넘칠지경 몰켜선 중대가리들을 향하야 밀수(密輸)에 대한이야기를 목이 찌저지도록 열심히하고 잇다.

　중대가리들은 아모흥미도 늑기지안는듯 무표정한 얼골로 그저 멍-하니 초ㅅ점업는 시선을 허공에 보내고잇슬쏜 그러나 K는 목대에 핏줄을 세워가며째로는발까지 굴른다.

　「너의들의 각금 조치못한 행동을 하기째문에 학교에다가 얼마나 불명예스런오점을 씨거주는지 아느냐? 이 학교는 다른학교와 달러서 순전히 우리들의손으로 멘드러진 학교며 그리고 이만큼이나마 키워온학교다. 그건 너의들도 잘 알고잇는사실이 아니냐그러기째문에 금후로도 이학교를 며예스럽게 잘 키워나가자면 너의들의 행동부터 철저해야 한다」

　K의 음성은 차츰 목멘소리로 변해가며 애원한다.

　「이것은 내가 항상 너의들에게 들려주는것인데 아직두 내만을 듯지안쿠 학교에다가 더러운집을 씨거주는사람이 만탄말이다. 특히 밀수에 관해서는 거이 애원하다시피 타일러왓는데두 불구하구 어저게 또 밀수하다가 발각대여 학교명예를 손상식힌 학생이 잇단말이다.」

　순간 중대가리들의 얼골에는 그무슨 이둔빗가이 언뜻 쩌올르는것가탓스나 이내 제대로 되도라지버리고여전히 멍-하니 허공을 바라본다.

　K의 음성을 점점 침통하여간다.

　이곳은 두만강의 허리쯰갓혼 강폭을 사이에두고 조선을 눈앞헤 마주건다보는 만주국의입구 밀수로서는달리 그류를 찾어볼수업는 국제도시 가(街)다.

　그리고 K학교는 이곳조선 사람들의 교육기관이다.

◉ 이 작품은 ≪批判≫ 1938년 7월호에 발표되었다.

그런데 항상 그들이나 교원들의 두통꺼리는 생도들의 밀수사건이다.

하기야 그러탄 분위기속에서 자라나는 그들인지라비록 열두어살된 어린것일지라도 소곰(鹽)이나 성냥(燐寸)쯤의 밀수야 보통이라 하겟지만 그러나 그것이 학교당국의 문제로 화해버리는데는 참말골치가 아픈일인것이다. 짜라서 주의가 온다.

그럴째 마다 학교당국에서는 아이들을 불러세우고 훈시한다기보담 애원을 하여가며 타일러오는것이지만 아모효력도 업다.

어저께도 책보에다가 인조견(人造絹)을 싸가지고 너머오다가 세관리에게 봉변을 당한 생도가 잇기에 수석훈도 K는 세관까지 가서 생도째문에 배배사과를한다음 간신히 감금당한 생도를 쌔내왓단것이다.

그래서 오늘아츰에도 이처럼 기를쓰며 말하는것이지만 아이들의 표정을 조곰도 움지기지안는다.

그러나 K는 약 반시간이나 걸려서 침통한 일장설화를 씃냇다.

아이들을 제각기 교실로 드러보낸후 동료들과가티사물실로 들어오니 어쩐지 마음의공허를 늑기게되며 자신의 덧입슴을 늑기게된다.

그래 그는 그럴째면 의례히 하는버릇으로 이내 분필통과 출석부를 집어들고짐짓 용기를 내어서 벌쩍이러섯다.

첫시간이 씃난다음 사무실로 도라오니 五학년담님S는 기다렷다는듯이 K를 마주보며

「그런데 선생님 큰일낫서요」하고 위선 첫머리를 쪠여노코는 K의기색부터 살핀다.

「쪼 무슨일이 생겻습니까?」

K의 얼골빗은 이내 흐러저간다.

S는 잠시 주저거리다가 거북한양으로

「저……」하고 말을 쩌낸다음 쩌듬쩌듬 잇는다.

「五학년 영순이가 오늘아침에 다리를 너머오다가 교두(橋頭)세관에서 붓잡혓답니다.

「에?」K의안색은 대변에 창백하게 질려간다.

「영순이쑨만아니라 여럿이랍니다」하고 S는 조심스레 뒤를 이엇지만 K는 어안이 막힌듯 그저 멍-하니 S의얼골만 건너다본다.

그모양이 너머나 가슴에 저려드는것가타야 S는그만입을 다므러버렷다.

이윽고 六학년담님 R의보고까지 들엇슬때 K는 맛치 실신한사람처엄 안즌자리

에서 일줄을 몰랐다.

그는 그다음시간이못날째까지 줄창 안즌자리에서 일지안고 잇섯다.

전신에 기운이 하나도업시 지친듯한 그의모양은 비길쩨업시 침통해보이며서글퍼보인다.

동료들은 아모말도 못하고 제각기 우울에 사로잡혀서 괴로운 침묵만 직히고잇섯다.

점심시간에 세관서는 례에 어김업시 학교당국자의출두통고가 왔다.

직원들은 약속이나 한듯이 K의안색을살폈다.

그러나 K의표정에는 조곰한 움직임도뫼지안는다.

방과후 직원들은 K가 박그로 나간틈을 타서 서로상의한결과 오늘의책임은결국 二학년담님H가 지기로결정하엿던것이다.

그래서 H는 K가 들어온후 그사유를 말한후 그의대답을 기다렷으나 K는 일언의 대구도 업다.

실내에는 형언할수업는 무거운 공기가 숨갑부게 쩌돈다.

H는 피우던담배가 다-탈째까지 기다렷스나 아모웅대도 업는것을 보고 그만 큰 맘으로 이러서며

「그럼 댕겨오겟습니다」하고 문박게 나섯다.

그래도 K는 반응이 업다.

그저 힘쌀풀린 눈으로 멀건-이교정을 나가는 H의뒷모양을 바라불쑨이다.

H는 교문을 도라지며 다시한번 사무실쪽을 도라다본후 언덕아래로 사라저버린다.

그순간 이째까지 벌쩍이러서서 문박게 나선다.

그러고는 조급히 H를 불른다.

「선생님 꾜생님」

언덕밋길을 쑤벅쑤벅 나려가던H의 얼골이 도라지는것을 보고 K는한칭 소리놉힌다.

「선생님 이리 오십시요」

「웨 그러십니까?」

「잠깐 오서요」

R는 잠깐 생각논양을 하다가 그만 K의압흐로 되도라온다.

그가 앞에 이르자

「선생님 그만 두십시요 내가 가지요」하고 K는아모 어색한양업시 씽글 웃는다.

「아닙니다 제가 그냥 갓다오겟서요」하고 H는 우정에넘찬어조로 짜서말햇다.

「그건 안됩니다 세관에 가는건 내책임이니까요」하고 어엿하게 고개를 처들고 말하는 K의태도는 전에업시 엄숙하게 뵌다.

「대체 당신네학교에서는 글을 가리켜주지안코 밀수하는걸 배위줍니까?」

세관리의 툭명스런 소리다

K는 아모말도 못하고 그저 입술만 악무럿다.

「아무리 어린놈들이라지만 정도가 잇서야지……이건아주 한다하는 밀수쑨들을 웃짐을 처머그니 어쩌케해요」하고 세관리는 처음보다는 다소 어성을낫춘다.

K는 여전히 잠잠하니 안자서 나직히한숨지엇다.

근반시간이나 걸려서 세관을 나선K는뒤에 짜라오는아이들을 제각기 돌러보낸후 힘업는다리를 강변으로옴겻다.

강변의가을은 한창 무루노갓다.

조촐하게 핀 들국화도 풍치가 잇서뵈려니와 그보다도 석양바람에 휘날리는 갈꽂은 짜장 가을의청취를자아내게 하여준다.

하눌은 맑고 놉고 강물은 유유히 흘른다.

K는 조곰아한 돌우에 걸터안자 우두머-니 강물을 바라보다가 무득 세관리의말을 생각해냇다.

그의얼골은 다시금 화근 다라올른다.

「당신네학교에서는 글을 배워주잔쿠 밀수하는걸 배워줍니까?」

K는 자기의주위를 살펴보앗다.

맛치 세관리가 겻헤 잇기나한것처럼

그리고는 다시 수면으로 시선을 보내며 세관리가말하던 사건의경과를 생각해보앗다.

N시에서 통학하는 아이들은 전부가 다-벤쏘를 싸가지고 댕긴다.

그런데 그들은 돌아간쪠면 벤쏘바쏘속에다가 쌀이나무엇이나 다못 얼마라도밀수품을 너허가지고 너머간다.

그것이 차츰 묘득을 엇게돼서 마지막에는 아츰에올째면 소곰을 너히가지고 왓다가는 갈째면 쏘 그속에다가 사탕가루나 쌀가튼것을 박구어가지고 너머간다.

그 액수는 작은것갓지만 사실에 잇서서는 적잔혼수입을 엇게되며 그것으로 생활비까지 엇게되는것이다.

세관서도 처음에는 그런줄을 몰르다가차츰 한아이가 벤또를 두개세개씩 가지고 댕기는데서 눈치를 체고오늘아츰에 뒤저보앗던것이다.

「이러케까지 천지하게밀수방법이 강구된줄은 참말몰랏서요. 히히」하고 어이가 업서서 고소하던 세관리의모양을 생각고 K는 자기도 역시 혼자서고소했다.

어는날 그는 조회시간에 참여하지안코 사부실에서하염업는 생각에 잠겨잇섯다.

아이들에게 대한 훈시는 R교원이 대신하는 모양이다.

첫시간을 보는동안 K는 각금 저자신을 도라보고는 방금 아이들에게 들려준이야기를 되씨버보앗스나 도무지 무엇을이야기햇는지 까마득하다.

그리고 아이들의 얼굴도 안개에 가리운듯 보—야케흐려저뵈며 사물실쪽에서 들려오는 하학종소리도 아—득한 꿈쏙에서 들려오는 것갓다.

마즌편 교실에서 아이들이 와—쏘다저나온다.

사무실로 돌아오니 동료들의 시선은 자못 근심스럽게 K의얼골에 쏠린다 바로 그때 사학년 여생도가달려드러오며 숨찬듯이 쌔근거리다가

「저 선생니 저뒤에서 쌈이낫서요」하고는 교원들의 얼골을 빈가라본다.

그러나 째는 아모대답도 주지않고 박갓만 내다본다

여생도는 불자연한 실내의공기에 어룸어룸하다가 그만 돌처서랴한다.

그러는데 쏘 한어생도가 달려드러온다.

「선생니 저뒤에서 쌈이 낫서요 밀수하든애들이 五학년 영순이를 째려줘요」

「뭐?」

이째까지 실신한것처럼 안저잇던 K는 반발된듯이 벌쩍 이러선다.

그러고는 화들화들 쩔리는다리로 아이들의뒤를 쒸다른다.

六학년교실뒤다.

七八명이나 되는에들이 五학년 영순이를 쓰러업퍼노코 란타를 하는중이다.

전부가 다—어저째 세관서 다리고나온놈들이다.

다짜고짜로 사무실에 끌고와서 조를해보니 까닭이란달 틈이아니라 자기네가 세관리한테 들킨것은 영순이가 벤또를 세개식이나 가지고 온째문인고로 그에대한제자라

그순간 K는 가슴이 울커 치미럿다.

그는정신업시 구석에게의논 몽둥이를 지버드럿다. 힘언할수업는 비명들이 일시에 왈칵터진다.

사무실안은 졸지에 수라장으로 화해버렷다.

책상밑으로 기어드는놈 구석으로 대가리만 처박는놈잠잡바지는놈 딍구는놈

그속에서 K는 성난맹수처럼 씨근거리며 챗직을 취날린다.

얼마나 정신업시 챗직을 내저엇던지 그가 앗질하는 비명을 늑기고 의자에 탁 몸을 내던지쓸때는 챗직은 토막토막으로 불러저버리고 동료들은 하나도 보이지안는다.

다만 이구석저구석에 쓰러져서 홀쩍홀쩍 늑기는아이들의 우룸소리만이 쪄저리게 들릴쑨

그는 들먹이는 아이들의 억개를 물쓰럼히 나려다보앗다.

어쩐일인지 눈자우가 작구 쓰거워올우며 금시에 우몸이 활카 터질썻만갓다.

학교안은 잠든듯이 고요한데 각금 二학년교실에서는H의목소리가 발악하듯 들려온다.

그이튼날부터 五학년 영순의자리는 뷔기시작했다.

처음에는 하로나 이틀쯤 결석하는줄만알고 그다지게 의치안엇스나 차츰 이틀이 사흘이되고 사흘이 나흘이돼감을따라 K의마음은 알수업게도 궁굼해나며 슬그머-니 근심이 나는것이엇다.

그것은 영순이가 전교에서 가장 얌전하고 공부를잘하는모범생이기째문에 일어나는 불안인것이 아니라그보다도 어쩐지 그의신변에는 그무슨 변동이 생긴것만가타 설레는 마음을 것자블수가 업섯다.

닷세째되는날도 영순이는 안왓다.

K는 진종일 생각다못해 저녁을 먹고N시로 영순의 집을 차저갓다.

언제나 늑기는것이지만 천교를 건너N시에 드러서니 정다운 옛집에 도라온듯한 짜사로운 기운이 온몸에 자욱히쩌도는 것갓고 돌아다보면 방금 건너온 T시는 아득한 천리박가치기 늑거진다.

이전에 드러두엇던 기억을 뒤져가며 이리저리 차저보앗스나 영순의집은 도무지 알수가 업다.

그러다가 마츰 그는 二학년생도를 맛나서 무러가지고 겨우 차젓다.

어두운 좁다란 골목을 한참이나 헤멘후 조곰아한오막사리앞에 이르럿슬때 그는 무의식중에 한숨을 내쉬엇다.

참말 보잘썻업는 토막이엇다.

그래도 방안에서는 반듸ㅅ불가튼 불빗이흘러나오고글읽는소리가 들려나온다.

K는 몇번이나 주저하다가 나직히 불럿다.

의외의 방문에 안에서는 잠시 망서리는양으로 버시락거리며 얼른 대답을 못한다.

「이집이 한영순의집입니까?」

K는 다시 불럿다.

그제야 안에서는 벌쩍 이러나는 것갓더니

「예 누구십니까?」하는 영순의목소리가나며 동시에 창문이 제차진다.

「아 영순아!」

K는 쓸린듯이 한발짝 다가섯다.

영순이는 깜짝 놀라며 뒤로 물러선다음 멍-하니내다보기만하며 아모말도못한다.

「내다 영순아」

「아 선생님!」하고는 뒷말을 잇지못한체그는 방안을 도라보며 어쩔줄을 몰라한다.

「들어갈만 한냐?」

「예……저……」

영순이는 민망해하는 표정을 씌고 작구 뒤만 도라본다.

K는 그제야 방안을 살펴보니 아랫목에는 누군지이불밑에서 신음하고잇다.

「누가 편찬흐시냐?」

「예……저어머니가 좀 」한다음 그는 힘업시 고개를 숙어버린다.

「아, 그러냐? 어듸가 편찬흐시냐」

그러나 영순이는 숙여버린 고개를 쳐들지못한다.

K도 그이상 더는 추급치못하고 조용히 고개를 돌렷다.

그러는데 갑작이 이불겻이 움직이더니

「애 누가 오섯는지 왜 그러케 서구만잇니」하는 맥업는소리가 가느다라케 흘러려나온다.

그래도 영순이는 대답이업다.

K는 잠시 어둠을 노려보다가

「저……달은사람이 아니라 전 영순이가 댕기는학교에서 일보는 사람인데요」하고 어색하게 모자를 버섯다.

이불밋 여인은 알턴것갓지안케 발짝이러난다.

「아 그럿습니까? 이거 원……애 영순아! 너 멀하구 서잇니? 선생님이면 진작 그러케 말해주지 아이구 참……방안이 누추해서 이기 원 들어오시라구두못하구……」하며 그는 이불을 밀쳐노코 푸러진머리를 트러언는다.

「아니 가만 누어게서요 어듸가 편찬흐신지 매우 수척해 뵈는데」

K는 자기편에서 도로히 당황하게서둘럿다.

「아 머 제병가튼거야…… 하긴 어쩌케해서……방이어즈러워져……」

K는 그소리에 용기를 어더가지고.

「천만에요 사실은 요즘 영순이가 안오기에 무슨까닭이 잇는가해서 차저왓는데…… 그럼 잠간 실례하겟습니다」

하고 선뜻 방안에 드러섯다.

말할수업는 추기가 캐구멍에 확 숨여든다.

「아이 까실썻두 업구」

「천만에요 가만 누어게서요」

「후--」

가슴이 쩌지는듯한 한숨을 쉰다음 영순의 어머니는 아들을 도라다본다.

아들은 여전히 고개를 숙인채 말이 업다.

K는 그제야 몹시 수척해진 영순이어머니를 정면으로 마주보앗다.

어두운 불빛에 보아서 그런지 산사람의 얼골이라고하기에는 너머나 풀우러보이고 앙상하여 보인다.

영순의어머니는 한참동안 두눈을 감고 무슨생각인지잠겨진듯하더니 후하고 다시금 한숨을 내쑥믄후

「참 진일에는 저애째문에 얼마나 걱정하섯습니짜」하고 애처러운 표정으로 K를 쳐다본다.

「아녜요 걱정이 무슨걱정입니짜?」

K는 어찐지 가슴속에 답답해졋다.

영순의어머니는 이들째문에학교에 루를 끼친데 대하야 멋번이나 거듭 사과한다음 차츰 저도 몰르는동안에 신세타령을 풀기시작한다.

─자식을 더구나 공부식히는 자식을 밀수를 식힐생각온 털끚만큼도 업다어쩌케해서던지 남부럽지안케공부를 식혀주고십다. 그래서 그는 여자의손으로 혼자서 이째까지 길러왓섯고 공부도 식히왓다. 만은 어쩌케하랴? 원수가튼 나이가 차츰 부러감을짜라 몸은 쇠약해지고 더구나 심병까지 쒸쳐나서 자리에누이비린 이호로는 부득이 이런것의 밀수로서 사라오지안흐면 안될운명에 쩌리지고 마랏다. 여기까지 이야기한다음 그는 지친듯이살몃이 벽에 기대안는다.

하는 그모양을 멍하니 바라보다가

「그럼 영순의 아버지는 안게신가요?」하고 조심스레 무럿다.

여자는 쓸쓸히 웃는다.

「큰 일을위해몸을 바친다구 하면서 쩌나간지가 벌서열두해가됏서요」

K는 아모말도 못한채 자리를이럿다.

문박케 나와서야 생각고 그는전송을나온 영순에게─원지폐 두장을쩌내주엇다.

「그래 오늘부텀 댕기러 왓지」

이튿날도 영순이는 등교하지안핫다

K의눈앞에는 그의집환영이 작구어즈럽게 어른거려 도모지 진정할수가업섯다.

그러다가 그이튿날 햇슥한 얼골을 등교한 영순의 초최한모양을보앗슬째 K는 하마트면 그에게 맛달릴쩐햇다.

「영순이 왓니? 그동안 어머니는어쩌시냐?」

「예 그저 그러케 게십니다」

하고 영순이는 이내 고개를 숙인다.

K의 이말에 영순의 고개는 더한칭 숙우러진다.

순간 K는모든것을 다─아라쳇다.

무엔지 모르는 굴근돌가튼것이내려안는것 가튼가슴속을 지긋─이 눌러가공간을 노려보는 그의눈앞에나타나는 어즈러운 그림자들.

병석에서 눈물로 하소하던 영순의어머니. 세관리의 툭명스럽던 그얼골 동무들의 제제를 밧던 영순의 그모양. 마지막에는 한번도 맛나본일업는 영순의 아버지까지 이때까지 자기가 맛난과거의 그사람들속에서 찻게되는것이엇다.

실내는 무덤속가치 조용하다.

갑작이 영순의 억개가 들먹이는것가타돌아다보니 그는두손으로 얼골을 가리워버린다.

K는 물결치는 그의억개를 흐릿한 눈으로 물쯔럼─히 바라보다가슬그머─니 일어나서 책장우에 언처잇는 상자를 지버나린다.

상자속에는 퇴원서용지가 드러잇다.

그것을 보더니 영순이는 그만책상우에팍 쓰러진다.

K는 조용히 두눈을 가다버린다.

쑤루룩 볼우에흘러나리는 두줄눈물

여러제킨 창문으로서는 오후의해볏이 비스듬이 엿본다.

(十一月七日圖們에서)

『벤또바고속』의 金塊

一

남양(南陽)서 도문(圖們)은 허리띄같은 두만강을사이에 끼고 철교 하나만 건너면 된다.

철교의 양편 교두에서는 두나라 세관의 감시가 엄중하고 잘못 눈치를 보이다가는 속옷까지 홀딱 벗기우는것은 항례에 지나지못하는것으로서 때로는 아모 저질른 죄도 없이 어두운 속에서 二三일식 흔히 기거를 하게되는것이다.

그러므로 이다리를 넘나들때에는 누구나 다—세관리에게 은근하게 보이기를 애쓰며 가슴을 조이는것이다.

남양 C인쇄소에 식자공으로 근무하는 병구는 날마다 아츰이면 여덜시에 꼭 이다리를 건넌다.

건널때면 의례히 그는 앞뒤 세관리에게 공손허리를 굽힌다음 옆에낀『벤또바꼬』를 검사채우에 올려놓며 검사를 청하는것이다.

처음에는 몇번간 보재기를 풀어제치고『벤또』뚜껑을 열어보앗스나 얼마후에는 그도 낯닉은관게로 그대로인사만하면 지나게 되엇다.

그리고 한달이 지나고 두달이 지낫슬때에는 제법 세관리들과 두어마듸씩 이야기까지 주고받게 되엇고 마지막에는 남양서 둘아올때면 혹시 누구의 부탁으로 적잔히몰건을 사가지고 건너와도 무세(無稅)로통과하게끔가지 되엇다.

그러므로 그는 각금 남의부탁으로 물건을 사다주는 수고를 격것든것이다.

그럭저럭 하는동안에 一년이 지낫다. 一년이 지나는동안 그가 남의물건을 사다준것을 금액수로 따진다면 아마도 천원은 넘을줄로 생각한다.

그러나 그동안 자기의 물건을 산것은 十원도 되나마나하다.

◉ 이 작품은 ≪鑛業朝鮮≫ 1938년 3월에 발표되였다.

언제인가 어머니의 생일차림으로 북어한드럼과 그리고 겨울내복을 二원七十전을 주고 아래웃벌을 한벌 산것과 각금 양말을 산것이 통트러 합치면 열켜레도 될찌말찌 그밖에는 아무것도 산기억이 나지안는다.

전부가 남의일만 해주엇지 자기의일은도모지못했다.

하기야 그럴것이 그는 겨우 급료로 한달에 十七원밖에는 받지못하는 신세다. 그러므로 두 모자만의 살림이라지만 그의 어머니 신씨가 일본집 야마시다상네 「오마니」노릇을 하지않고는 도저히 생활을 이어나갈수가 없는 처지다.

그렇던 그가 우연히도 실로 우연히도 『벤또바꼬』속 하나 갓뜩한 금떵이를 얻어보다니 아모리 생각해보아야 믿어지지안는 꿈같은 일이다.

그것은 어느날 석양이엇다.

일을 필하고 솜같이 나룬-한 몸으로 직장을 나와 다리를 건너려는데 누군지 억개를 탁 치기에 둘아다보니 이웃에 사는 윤호라는 사람이다.

「난 또 누구라구!」

병구는 놀랏다는 표정으로 마주보며 생긋 우섯다.

「인제야 필햇소?」

윤호는 다정스레 닥아서며 물어본다.

「예,지금 집으로 가는길 입니다. 넘어가시잔켓서요?」

「가지요。 그런데 뭐 좀 요기하구 갑시다」。

「요기는 무슨 요깁니까? 인제 곧 집으루 가면저녁일텐데」

「그야 그렇지만 이렇게 남양서 우연히 맛낫는데 그저 돌아갈수야 잇소. 어듸 가서 잠시 거처갑시다。」

윤호는 구지 팔을 끄어당기며 놓지안는다.

병구는 하는수없이 따라섯다.

그러면서 생각하니 윤호의 그러는것은 무리도 아닌상싶엇다.

그가 병구의 신세를 진것을 생각하면 응당 그래야만 될것이다.

신사라고 햇댓자 물걸은 각금 부탁해서 사온것에 불과하지만.

윤호는 어떤 음식점으로 병구를 끌고 들어갓다.

뜻밖에도 안에서는 수상스런 여자가 잔뜩 아양을 떨어놓며 마저들인다.

윤호는 벌서 숙면인듯 무에라고 농까지 주고받으며 게집의팔에 이끌며 문턱을 넘어선다.

그러나 병구는 이러한 곧에는 생전 처음인지라 두루 거북하며 문밖에서 주저거

리며 어쩔줄을 몰랐다

「들으서요」하고 이번엔느 달은여자가 제법 친숙한양을 문ㅅ선에 기대서서 쌩긋 우서뵈기에 병구는 그만 당황하여 외면햇다.

「아 뭘 하시우? 어서 들오시우」

윤호는 마치 제집에나 안내하듯이 벌서 아랫목에 자리를 잡고 앉어서 사뭇벙글거리며 병구의 숫된양을 내다본다.

그리고 여자들은 안타가히도 매달리며 병구의팔을 끄어들인다.

병구는 얼골을 바로 처들지못하며 여자들에게 이끌려 웃목에 들어가서 마치 구멍이라도 잇스면 기여들상을 쪼꾸리고 앉엇다.

「하하하……긴장 첫날 신부같은걸」하고 병구의쪽을 건너다보며 뜻몰을 우숨을 연신 웃는다.

병구는 얼골이 붉어올우다못해 마지막에는 숨까지 갑버올랐다.

그의 수접어하는 태도를 보고 여자들은 어린애나 놀리듯 밉지않게 생긴 그의얼골을 말끄럼히 들여다보며

「아이 이양반 꼭 어듸서 한번 뵌듯한데」

「어쩌면 여자들보다두 저렇게 더 엡버뷀까?」 하고 저마다 한마듸씩 짓거린다음 얼골이 동구름한 여자는병구의곁에 밧삭 붙어앉으며

「여보서요 그렇게 앵두따시지말구 좀 이얘기나 들려주서요」하고 억개에 매달린다.

여자의 살화기에 전신은 훗군해나며 가슴속은 두군거리면서도 어쩐지 짜릿짜릿하게 간지러워난다.

윤호는 병구의 모양을 바라보다가

「허ー긴상이 아마 오늘저녁에 잔뼈는 죄다 녹이우는걸」하고 한마듸 놀려붓친다.

그러는데 술상이 들어왔다.

상이 넘처나도록 버젓하게 차려들어온 술상을 보니 병구는 이내 가슴이 두군거렷다.

어쩐지 보통 눅거리 술상인것 같지않다. 여자들은 자못 익숙한 솜씨로 술을 따라 압뒤에 똑같이 권하며 서로 제각금식 상을지어 밧삭 닥어안는다.

「자 드시우」하고 권하는 윤호의 시선에 병구는 당황해하며

「전 술을 못먹는데요」하고 애원하듯 말했다.

「아니 이거 무슨말슴이시우! 술을 못하다니」윤호는 그야말로 별소리를 다ー들엇

다는듯이 병구의 얼골을 빤—히 마주보다가

「그런소릴랑 아예 말구 어서 띄를 풀어놓구 둡시다. 자 손님께 술을 권해라 그러구 너의들두 좀 실컨 마시구 유쾌하게 놀아다구」하고 들엇던잔을 입에 갓다 대드니 죽—들어켠다.

「어서 드시구 한잔 주서요」

곁에서 아양을 떨어놓며 권하는바람에 병구는 마지못해 잔을 기우렷다.

언제인가 마세본 소주보다는 맛이 이상스러우나그러나 컥 유햇다.

여자는 기다렷다는듯이 잔이 뷔자마자 마즌편 여자가 따루는술을 받아 단숨에 쪽—들이켠후

「자 드서요」하고 또 권하는것이다.

병구는 애원의빛을 띄우고 윤호를 건너다보앗다.

그러나 윤호는 병구의 그숙을 알려는 눈치도 안보이며

「자 드시우」하고 이번에는 제잔을 들어 권한다.

병구는 울상으로 받아들엇다.

갑작이 여자들의 입에서는 노래가 흘러나온다

그로고 술잔은 촌분의 여유도 주지않고 앞뒤로넘나들엇다.

병구는 얼마나 술을 먹엇는지 시야가 몽롱해지며 웬일인지 처음 취하기전과는 딴판으로 제법 마음이 흐뭇—해지며 흥겨워낫다.

윤호는 곁에여자를 끌어안고 무에라고 알아도 듣지못할 노래를 웨친다.

그러고 병구의 곁에여자는 짓구지도 무릎을 파고들며 가진 애교를 다—꾸민다.

「여보서요 제일음을 아서요?」

「물읍니다」

「도화라구 불러주서요」

「도화? 좋은일음인데요」말하고 생각해보니 병구는 쑥스러운것같고 그리고, 어느새 벌서 그렇게까지 말하게된 저자신에 놀나지않을수가 없엇다.

그러나 여자는 병구의 그눈치를 알어 그런지 몰라 그런지 조곰도 개의치않으며

「당신은 병구씨라지요 성은 긴상이구요 전 당신을 앗가 처음불때부터 웬일인지 가슴이 두군거렷답니다. 여길 짚어보서요. 지금두 이렇게 뛰논답니다」하고 병구의 손을 끄어다가 볼녹한 두젓가슴사이 오목한데다가 갓다대인다.

병구는 온몸이 일시에 녹아들며 그어떤 마술에 걸려든듯 생각조차 혼미하게 아스룸—해저서 그만 여자의품안에 살몃—이 안겨버렷다.

그리하야 병구가 그곳을 나온것은 열한시가 지난때엿다.

열두시만 되면 다리를 넘기가 곤난하다.

그래 그는 정신을 가다듬어 가지고 나와서 달은곳으로 또 이끄는 윤호의팔을 갓가수로 뿌리친후 다리로나오다가 『벤또바꼬』를 잊은것을 깜짝 생각하고 그술집으로 다시 찾어가니 뜻밖에도 술집은 주정꾼들의 싸흠으로 수라장이 되고말엇다.

무슨까닭으로 인한 싸흠인지, 十여명도 더 어우러저서 서로 물고 차고 따리고 욕설을 퍼부우며 란투극을 연출하는데 술낌에 얼핏 보아도 밀수(密輸)쟁이들임에 틀림없다.

병구는 작구 헛나가는 다리를 간신히옴겨놓며 조심스레 술먹던방앞에 가서 방안을 살펴보니 마츰자기의 『벤또바꼬』는 그냥 잇는데 여자들은 싸흠때문에 죄다 밖으로 나가고 없엇다.

그래 그는 밖에서 그냥 들여다 『벤또바꼬』를 접어내왓다.

어쩐지 묵직햇다.

그러나 그는 작구만 돌아가는 머리속에 벼로 개의치도않고 그대로 그곳을 나와 다리로 왓다.

남양세관을 지나 다리를 건너서 도분세관에 걸리니 숙직하던 세관리들은 병구의 취한양을 보고

「아—니 오늘은 이거 어떻게된셈인가」

「뜻하지않은 『뽀—나스』나 톡톡히 받은모양이지」하고 놀려주는것이엇다.

병구는 몽롱한 취안에 싱그레—우슴을띄우고

「어째 나는 술을 못먹나요? 하하하」

하며 유쾌한듯이 우슨다음

「여보시우 나—리님 도……도화라구 쩨입부게 생겻든걸요。」하고 녀털우슴까지 웃는바람에 세관리들도 일시에 탁우서버린다.

二

이튿날아츰 병구가 어머니의 성화에 못이겨 눈을뜬것은 창문에 해가 훤—히 뜬때다.

깜짝 놀라 벌떡 일어나려햇으나 눈앞이 엇질하며 골머리가 송곳으로 쑤시는것같아 그만 자리에 도루들어눕고 말엇다.

그의어머니 신씨는 무슨까닭인지 당황해하며

「애 병구야 너 좀 일어나거라」하고 목소리를 낮추며 은근하게 애원하듯 말한다.

「아이구 골머리야」

병구는 미간을 찡기며 두눈을 감어버렷다.

「애 정신 좀 차려가지고 이걸 좀 봐다구」

어머니는 울상으로 아들의억개를 흔든다.

「아니 뭘 그러시우?」하고 성가시게 구는 어머니에게 볼멘소리를 햇으나 출근이 늦은것을 생각하면 적잔히 미안하다.

그러나 어머니는 그런일때문은 아니라는듯이

「야 병구 너 좀 일어나서 봐라. 이게뭐냐?」하고 떨리는 음성으로 이불밑에서 무엔지 꺼낸다.

「뭘 그러시우?」

어머니의 태도가 너머도 수상해서 돌아다보니 『벤또바꼬』다.

「거 뭐유? 『벤또바꼬』가 아니우?

「응 『벤또바꼬다』 그런데 이속에 든게 뭐냐?」

「들기는 뭐이 들어요?뷘거지」

「아니다 애 이거 좀 봐라」하고 어머니는 마치 무서운 흉물이나 들어잇는것처럼 후들후들 손낏을 떨어놓며 비죽—이 뚜껑을 제친다.

그순간 병구는 깜짝 놀라 일어낫다.

「그게 뭐유?」

「나두 몰우겟다」

병구는 눈을 작구 부비며 자서히 들여다 보앗다. 만은 아모리 보아야 누—런 그것이 무엇인지 알어낼수가 없다.

「어듸서 어듸서 이런걸 얻어왓수」

「이자식아! 어듸서 얻은게 뭐냐? 네 『벤또』속에 들어있드라」

「뭐요? 내 『벤또』속에?」

「응 나두 몰우구 오늘아츰에야 풀어보니 이런게 들어있드라」

병구는 너머나 고지들을수 없는말에 얼없이 멍—하니 입을 벌인채 어머니의 얼골만 바라보앗다.

그모양을 보고 어머니는 더욱 의아해하며

「네가 가저온 『벤또』속에 든걸 네가 몰우다니」하고 아들의 눈치만 살핀다.

병구는 실신한 사람모양으로 한동안이지나도 말을 못했다.

그는 조심스레『벤또바꼬』속에 든 그것을 나려다보며 지난밤일을 생각해보앗다.

윤호와 갈라저서 돌아오다가 다시 그술집에 가서『벤또바꼬』를 찾어온것과 그리고 웬일인지 무겁던것이 어렴푸시 기억에 떠올운다.

그다음 도무세관앞을 지난것까지도 생각나는데 그후의일은 어떻게 집으로 왔는지 도모지 캄캄하다.

그는 어머니의 그말을 도모지 믿을수가 없어서 몇번이나 고개를 기웃거리며 생각하다가 마츰내 떨리는 손낏으로 누―런 그것을 만저 보앗다.

납덩이처럼 부두러운 쇠뗑이다.

손톱을 박아보니 홈푹 자리가 난다.

「앗 금이다」

병구는 넉없이 뒤로 물러앉엇다.

어머니는 아모말도 안하고 아들의 얼골만바라본다.

갑작이 밖에서 신발소리가 난느것같아 어머니는 어느틈엔가 그것을 이불밑에 감추어버린다.

그러고는 문밖을 빤―히 내다본다 만은 아모도 찾어 들어오는사람은 없다.

어머니의 입에서는 후유―하고 뜻몰을 한숨이 흘러나온다.

그러나 병구는 완전히 실신한 모양으로 허공을 바라보며 무슨생각엔지 줄곳잡혀것다.

어머닌느 얻은물공도 물건이려니와 아들의 수상스런 행동에 도루 근심스러워낫다.

「야 뭘 그렇게 생각허구 있는거냐?」

그러나 병구는 여전히 말없이 덤덤히 그대로 앉아있다가 갑작이 이불밑에 감춘것을 거내놓고 물끄럼―히 들여다보더니

「어머니 이게 금이라는겁니다。」하고 후―한숨을 내쉰다.

「이것만 있다면? 어머니 인제는어머니가 일본집으로 가시잔허두 넉넉히 살아갈수가 있구 호사[1]두할수가 있습니다。 만저보서요 금이라는게 이렇게생겻답니다。」

「오냐 나두 처음부터 그렇게 짐작은 햇다만」하고 말하다가 문득 아들의 태도가 이상한것같아 말을멈추고 처다보앗으나 그러나 그것은 자기의 착각이어찌 아들의

---

1) 豪奢, ≪잘 보내다≫의 뜻.

태도에는 조곰도 이상한 눈치가 없다

그래 그는 다시금 말을 이어

「그런데 이걸 어떠케 얻엇느냐?」하고 조심스레 뭇는다.

「나두 몰나요. 간밤에 남양서 누구에게 이끌려 머지안하는 술을 먹구 취햇는데 뻰또는 꼭 술집에서 박군것같으나 어떠케 된셈인지 도무지 생각이 안나요」

어머니는 그래도 못믿어운듯이 아들의얼골에서 시선을 떼지않다가

「그런데 애 이걸 어떠케 조처를 하문좋단말이냐」하고 새로운 근심에 한숨까지 쉰다.

「누구에게던지 말을 내지마서요」

「그야 일으다뿐이냐. 말을 어떠케 내단말이냐」

「그러구 인젠 어듸던지 나가시지말구집을 직히서요」

「응 그러구말구 집을 직혀야지」

어머닌는 다짐하듯 말한다음 또 한숨짓는다.

그날 병구는 끗내 출근을 못하고 진종일을 자리에누어서 것잡을수없는 생각에만 사로잡혓다.

그러나 그이튼날부너는 여전히 일하려댕기고 직장에서 돌아만오면 꼭 그『뻰또바꼬』를 열어보고는하는것이엇다.

만은 그의태도는 이상스레도 이전보다 달러진것이현저히 이면에 나타낫다.

길을 가다가도 길가운데 우두머ー니 서서는 무엇을 생각하며 저혼자 별신 웃고 직장에서도 각금 일손을 멈추고는 우두머ー니 무슨생각엔지 잠겨지고는 하는것이엇다.

그리고『벤또바꼬』를 끼고 가는사람만 보면 아모리 급한때라도 집에 달려와서는 깊이깊이 감추엇던 그『벤또바꼬』를 꺼내본다음 저윽히 한숨을 돌려쉬는것엇다.

그러므로 직장의 돌료들은 수상해진 그의행색에적잔히 의아를 품으며 여러가지로 추측을 한결과 결국 그가 연애를 한다는 결론을 짓고말엇다.

그때문에 그는 적잔히 동료들의 성화를 받엇으나 그러나 그는 일절 개의치않고 자기의 생각에만 몰독하엿다.

그러다가 어느날 점심무렵이엇다.

식장에서 점심을 먹으려고 손을 씻고 식당을 나오는데 주임이 불우기에 응집실로 가보니 거기에는 웬 사내가 둘이나 날카로운 눈으로 병구를 잔뜩 질으뜨고 노려보다가 일홈을 물은다음 두말없이 끌고가는것이엇다.

병구는 무슨 영문인지도 몰우고 끌려가서 몇시간조사를 식히운다음 다시 도문으로 압송되여 왔다.

도문에 와서야 그는 비로소 자기가 끌려 온것은 그『벤또바꼬』 때문이란것을 알어채고 그만 졸지에 하눌이 문허진듯한 앗뜩한 타격에 그자리에 졸도해버리고 말엇다.

그가 다시금 정신을 차렷슬때 그러나 별서 그의 정신은 은전히 정신이 아니엇다.

「아『벤또바꼬』어머니 일절 말을 내지마시우」

우수러—한 속에서 색없이 저혼자 짓거리는 그모양은 참아 보기가 애처러웟다.

「어머니 금입니다 이게 금이란담니다. 깊이 감춰둡시다」하고는 그무엇을 감추는 시늉을 하는것이엇다.

그동안 그는 도문에서 남양으로 남양에서 도문으로 몇번이나 끌녀 넘나들엇다.

그러다가 결국 각금 민가를 돌며 밀수품의 유무를 조사하는 전례에 의하야 검사하려 댕기던 세관리에게 발각된 그『벤또바꼬』속의 그것은 그 얼마전에 발각된 금밀수단(金密輸團)의 불주의로 분실된것을 병구가 술집에서 얻엇다는것이 인정되여 그는 무사히 석방되엿다.

만은 병구의 머리속에 높이높이 쌓어올렷던 희망의탑은 흔적도없이 사라저 버리고 그리고 어즈러운『벤또바꼬』의 환영만이 사뭇 눈앞에 떠돌앗다.

「금이다 아 어머니 일절 말을 내지마서요」하며 그는 뷘『벤또바꼬』를 앞에다 놓고는 진종일넉없이 들여다보는것이엇다.

어머니는 아들의 그모양에 심중이 막혀서 어찌할방도를 몰랏다.

더구나 자기의 불찰로하여 그렇게 된것을 생각하면 제손으로 제몸을 갈갈이 찢어버려도 시언치않을것같다.

그날도 아들이 출근한후 아무데두 안나가고 집을직히다가 불현듯『벤떠바꼬』생각이 나서 깊이 갑추엇던것을 꺼내놓고 보다가 밀수품 검사하러온 세관리들에게 그만 들키고 말엇던것이다.

그래 그는 그 들킨 경로를 아들에게 말을 못하고 또한 말햇댓자 지금의 알들로서는 도저히 알어못들을 노릇이지만 그저 저혼자 가슴을 쥐여뜨덧건것이다.

병구는 날마다 밥도 안먹고『벤또바고』만 들여다보는것으로 일과를 삼엇다.

그러다가도 뚜껑을 열어보고는

「아 어머니 금이……금이……금이 어듸루 갓서요」하며 펄펄 날뛰는것이엇다.

「금을 어쨋수? 누—런 금을 어쨋수 내『벤또』속에 금을 아 금이다 내 금을 내놔라」

마츰내 그는 뷘『벤또바고』를 안고 거리로 내달리는것이다.

「내 금을 갓어야지 어느눔이 내 누-런 금덩이를 가저갓느냐? 쉬히 내놔라 내금이다 누-런 내금을 내놔라」하며 거리를 뛰여갈때 구경꾼들은 이 새로운 구경에 자못 흥미를 느낀듯 와-그의뒤를 떠들며 따루엇다.

그러다가 그후 열마안되여 그의 그림자는 갑작이거리에서 사라젓다.

풍편에 들으면 빠두거우(八道滿)금광에 웬 보지않던 더벙머리 청년이 뷘『벤또바꼬』를 끼고 나타나서 누-런 금이야기를 저혼자작구짓거리며 돌아댕긴다고하나 아모도 병구의 확정한 소식을 아는사람은 없엇다.

(戊演七月三日於圖們)

오마리◉

一

　갈마반도(葛麻半島)들 버서지니 물결은 제법 굼실거리고 바람살도 거칠다.

　그러나 정히 마 바람(南風)이다.

　돌아다보니 원산(元山)항구는 벌서 아득하니 시야에서 멀어젓다.

　앞뒤돗곡은 활동처럼 휘여져서 튀기면 터질뜻이 배불러있고 동북으로 꼿추 향한 뱃머리는 들었다 놓앗다 잘도 움씻거린다.

　고울사공 형보는 틀어잡은 따디 (舵) 채에다가 한쪽손으로 곰방대를 탁탁 턴후、아뒷사공 용칠이를 내다보며

　「여보게 바람쌀이 너머 센것갓네。용천질이나 좀 혀게(앞돗으로 바람을 털란말)」하고 따리태를 지그시 당기며 뱃머리를 얼마쯤 노뒤(北) 쪽으로 돌려눗는다.

　멀리 점점 아수툼해가는 항구를 하염없이 바라보던 용철이는 아모대답도 없이、손아귀에 감아쥔 돗줄을 휫천 잡아챈다.

　만포된 바람이 슬멋이 쓸려나가자 뱃머리는 움칫 숙어지며 멋그러지듯 요동없이 나간다.

　그러나 얼마쯤 나가면 돗쑥은 다시금 불러지며 배는 머리를 처뜬다.

　그러면 그럴때마다 용칠이는 돗줄을 잡아채서 바람을 털어버린다.

　형보는 한동안 그모양을 내다보다가 당겨잡은 따리채를 다시금 기웃이 밀며뱃머리를 노앞(南)으로 돌려눗는다.

　그러고는 따리태를 겨드랑에 끼고 곰방대에다가 장수연을 눌러담아 성냥을 그어 붓처물고 인제는 아주 시야에서 머러진 항구쪽을 들여다보며 간밤의 달콤한 추회에 잠겻다.

◉ 이 작품은 ≪조선문학≫ 1939년 5월호에 발표되였다.

항구마다 포구마다 들기만하면 의례히 노릴수있는 게집들이었만 간밤의 게집은 어된지 몰으게 정이붓는 게집이엇다.

싸늘한 고 눈초리에 서리는 새츰한 우숨은 이상스레도 사내의 가슴을 녹여주는 것이었다.

만약에 그 사람들만 없다면 그리고 주머니만 불룩하다면 그는 오늘도 래일도 일은봄 찬물까에 선 버들가지같은 고허리를 품안에서 놓아주고싶지 않었다.

그러나 물결에 흩으든 고기떼를 따라댕기는 신세라 하는수가 없다.

밝는날이 원망스럽긴 하나 북으로 북으로 흩으는 조류(潮流)는 하로는 고사하고 반날도 유에를 주지안는다. 흐리터분히 취한 머리속이 개이기도전에 배는 다시금 부두를 떠낫다.

영흥만(永興만滿) 끝구비를 버서지니 끝없이 바라다보이는 바다는 더한청 망망해 보이고 왼편에 드려다 보이는 머언 산들은 바다보다도 더 푸르러 보인다.

바다에는 수만혼 배들이 떠있다.

모도다 뱃머리는 동북으로 향해있다.

그리고 강원도바다에서 곳게 들어오는 그것들은 거진 「오마리」배들이다.

형보는 갓가운 거리라면 건너다 불러보며 무슨 수작이든지 걸어보고 싶었다.

만은 배들사이의 거리는 五리도 더된다.

고향을 떠난후 벌써 달이 찬다.

타도바다에 들어서서 그런지는 몰라도 고양1) 「오마리」들을 보니 이상스레도 그리운 생각이 사모처든다.

무엇보다도 애색기들이 보고싶어진다. 평소에는 귀찮게만 역여지든것이 이러케 타도바다에 떠보니 짜장 그리워나는 깜둥이들이다.

형보는 한엽 더 따리채를 밀어서 노앞쪽에 떠가는 「오마리」의 곁으로 배를몰앗다.

그러고는 거친것같으면서도 부두러운 말씨로 용칠에게 일럿다. 「용천줄을 좀 늦추게」

용칠이는 여전 아모대답도 없이 그러나 형보의 속은 알어채인듯 그도 바다쪽에 떠가는 「오마리」를 내다본다.

「오마리」의 고향.

---

1) 고양: ≪고향≫이란 뜻.

그것은 대개가 강원도나 경상도 경상도중에도 북도가 만타.

어째서 「오마리」라고 불리워지는 지는 그들자신도 모른다.

그들이 고향을 떠나는것은 거개가 五월중순으로부터 하순경에까지 이르는것으로서 난류(暖流)의 흘음에 따라 밀려오는 정어리가 북동으로 밀려가면 그뒤를 따라 돗폭을 다는것이니 귀향은 빨리 처도 十월하순 十一초순경 다시 난류가 돌아질때인것이다.

그동안 「오마리」들은 난류를 따라 북동으로 자꾸만 떠가며 정어리를 잡아서는 근방포구에 들어가서 이세가 돌아지는데로 팔고는 다시금 돗폭을 달고 떠들어가는 것으로서 그들의 최종목적지는 경흥서수라(慶興西水籮) 끝이다.

해는 벌써 한낮이 겨윗다.

바다에 돗폭은 점점 늘어가고 뱃머리가 이리저리 돌아지는것을 보니 벌써부터 물결을 끌루는 모양이다.

그러나 향하는곧은 모도다 지지난밤부터 흘럿다는(잡혓다는) 마양도(馬養島) 앞말기(지경)다.

형보는 갑작이 정신을 차린듯 키밑에서 사품을 치며허트는 물살을 역여보았다.

부글부글 끌으며 순조롭게 흐르지못하는것이 틀림없는 역류(逆流)다.

형보는 한동안 앞뒤바다를 번갈아둘러보다가 큰 돌줄을 두어고비 더 감아 빨려놓며 따리채를 삐익 노뒤쪽으로 놓았다.

배는 갑작이 기웃둥거리며 노앞으로 위태롭게 돌아지더니 빗두룸이 누은채 바다를 향해 곳게 내달린다.

그러는데 있물(前方)칸에서 억쇠가 나오더니

「여보게、점심이 됏네」하며 형보의 앞에 와서 따리채를 잡는다.

「물길을 차저야겟네。한동안 내몰게」하고 형보는 웃줄 일어나서 허리를 쭉 편다음 있문쪽으로 간다.

二

고을사공이면 배에서는 선장격이다.

있물칸에서는 형보가 나려서는것을 보고 모도다 한쪽으로 비키며 자리를 낸다.

형보는 비켜주는데로 털석 주저앉으며 여럿을 둘러보앗다.

왼편으로부터 경덕이、병호、종삼이、순동이、모도다 억세게 생긴 몸집에 부리부리한 얼골들이다.

그러나 순동의 얼골에는 아직 애티가 그냥 서려있다.

하긴 그럴것이 배는 탔다지만 아직 스물밖에 안되는 그가 아닌가?

새로 지은 밥은 언제나 제자랑을 잊지안는 종삼의 솜씨라 알맞추 물을 밫어 맛스럽게 되었고 생선으로 지진 가재미맛도 입맛을 당긴다.

더구나 생채에다가 복근 정어리의 생회는 못견듸게끔 술생각을 도두어준다.

그모양을 보고 종삼이는 형보의 속을 엿봄대로 엿본지라.

「형님, 생각이 나지요?」하며 씩 웃어보힌다.

형보는 아모소리도 없이 마주 씽글 우수며 한저까락 듬석 집어먹는다.

한동안 말없이 식사가 계속된후

「그런데 오늘밤은 어듸가서 풀작정인가」하고 형보를 건너다보는것은 경덕이다.

「마양도 말그루 가야지」

「벌서 해가 기우럿는데 그렇게 갈수있을까?」

「없으면 되는되루 가다가 아무대서나 풀지」

형보는 표정도 없이 무뚝하게 대답한후 가제미뼈를 비밧는다. 「대체 마양도말기 원산서 멫리나 되나」하고 이번에는 종삼이가 말끝을 있는다.

「二백리는 실헐껄」

하고 받는것은 경덕이다.

「二백리문 이바람에 못갈께 뭐인가?」

「아 그야 갈수있지만 말글 잡자니 신든단 말이지.」

「심들문 아무대나 잡어놓지 이 늘은바다에 고기가 없겠는가? 그저 물ㅅ길만 잘 찾게」종삼이는 자신있는듯이 었개까지 웃슥거리며 형보를 흘낏 건너다보다.

형보는 여전히 말없이 식사만 계속하다가 수까락을 집어던지는 순동이를 보고 넌지시 명한다.

「다 먹었으면 용철이와 좀 밧궈라」

순동이가 나가자 뒤밧기워 용칠은 이내 들어온다.

그는 들어오기가 밥부게 여럿의 앞에서 빼았다싶이 밥통을 끄어당기여다가 수까락이 부러저라 퍼먹으며

「제-길 반찬은 죄다먹구 찌꺼기만 남겼나?」하고 두들거리면서도 그대로 맛스레 퍼먹는다.

「여보게 잔소리 말게. 그래두 알자만 남겨뒷네.」하고 양치질을 하며 나안는것은

병호다。

「알짜만 남겨뒀다니 고맙네。 자네 언제부텀 고앵이가 쥐생각듯 그렇게 신뽀가 좋와것다。」용철이는 한방 툭 쏘아준다음 열적게 씩웃는다。

「이놈이자식 요담부터 어듸 보자 꽁대기두 안남긴다」

「안남기구 먹다가 먹다구가 목구멍에 가르 찔리문 내×을 ×테냐?」

「네에미가 ××거문 ×아주지」

어느듯 그들의 욕담은 례에 의해 음탕하게 벌어진다。

형보는 한동안 둘의 욕담에 귀를 기울이다가 그만 웃줄 일어나며「얼른 거더들 치우구 그믈손질이나 허게」하고는 밖으로 나왔다。

배는 펵이나 나왔다。

그는 고을쪽에 가서 억쇠와 밧꾸어앉으며 물살을 나려다 보았다。 앞뒤로 갈려지는 물살을 보니 이제는 틀림없이 제길로 잡어든듯하다。

형보는 따리채에 감아논 돗줄을 한고비 풀어노며 키ㅅ자루를 기웃이 돌려밀었다。

동시에 배는 슬며-시 머리를 노뒤편으로 돌린다。 바다쪽에 떳던 배들은 그동안에 거진안쪽으로 잡아들었다。

「미친놈들 이게 어느땐가? 벌서부터 도시긔(都時期)ㄴ가?」하고 형보는 저혼자 줏을거리며 읫물쪽 순동이를 내다보니 그는 멀-리 상울도바다쪽을 바라보며 무에지 생각는뜻 하다。

「제 -길 어미생각이 나나!」

형보는 또한번 중얼거리고 나서

「야 순동아- 」하고 갑작이 불러본다。 마치 기다리기나 한것처럼 순동의 고개는 휙 몰아진다

「너 무슨생각을 그러케 하구있냐? 엄마젖생각이냐?」

순동의 입가에는 어설픈 우슴이 힘없이 떠올은다。

그 우슴을 보고 형보는 문득 그언제인가 고향을 떠날때 경덕이게서 어더들은 순동의 이야기를 생각해내고 혀를 끌끌 차며 입속말로 중얼거렷다。

「아서라 어린놈에게 게집이 다 뭐냐?」

그러나 순동이는 눈치빨으게 형보의 입속말을 알어채고 이내 얼골을 붉힌다。

그 모양을 보니 형보는 공연한 수작을 한것같아 실없이 가슴속이 언짠헛다。

그래 그는 다시 우슴을 지으며

「엄마젖생각이 나믄 래일쯤 신포(新浦)가서 막걸리나 한사발 들이켜라」하고 부

두러운 표정으로 농을 걸었다. 순동의 얼골에는 다시금 힘없는 우슴이 떠올은다.

그러는데 있물칸에서 떠들어대던 패거리들이 나오더니 배전에 늘어논 그믈앞으로 제각기 갈려저 가서 베대(그물줄)을 가누기도 하며 밧돌(鎚石)을 둘처넣기도 한다.

해는 훨씬 서쪽에 기우럿다.

형보는 황혼이 지터드는 바다를 이리저리 살펴보며 말글 찾기에 애를 쓴다. 그러나 마양도 말근 아직도 멀다.

「여보게 병호. 마양도 말근 아직두 멀었지. 자넨 여러해째 돼서 잘 알겠네그려」

형보의 질문에 병호는 그럴뜻한 자세로 멀-리 동북산들을 바라보면서

「글쎄말이네. 아직 멀었나보네. 헌데 너머나오지않었는가?」하고 다시 근심스런 양을 하며 이번에는 바다쪽으로 시선을 돌린다. 「좀 나온것갓기는 하네. 그러치만 물길을 찾지않구야 고기떼를 어떠케 따르는가?」

「그건 그렇지만 다들 안쪽으로 쏠리는것 같은데 」

「쏠리는 놈들이 철이 없지. 이게 어느땐가 ?도시긔ㄴ가?」

「어듸 폭풍경보나 나지않었는가?」

「미친소리 말게. 오늘아츰 원산서 잘보잔헛은가?」

바로 그때다.

갑작이 병호의 앞에서 그물베대를 가누던 경덕이가

「아 고기떼다 고기떼다.」하며 넉없이 잇물쪽으로 내달린다. 그바람에 사공들은 일제히 앞을 내다보았다.

「아 저것보아라. 정어리떼다. 물쌀을 봐라」

사실 그의말과같이 배앞에서 얼마 멀지않은 곧에서는 이상스레도 물쌀이 설레며 원형으로 둥구라니 물결이 부푸러올으는것이었다. 틀림없는 정어리의 싹이다.

「올타 고기떼다」

「그렇다. 틀림없다」

사공들은 정신없이 서둔다. 그리고 그들의 얼골에는 한결같이 생긔가 떠돈다. 형보는 돗줄을 쉽스레 들어닥첫다. 그러고는 따리체를 삐익 노뒤쪽으로 틀었다. 만은 다음순간 고기떼의 싹은 흔적도 없이 사라저버리고 굼심거리는 파도만이 이랑을 지으며 흘러가고 있다.

사공들은 닷치면 터질듯한 긴장을 긔고 물결에서 시선을 떼지않는다. 한동안이 지나고 두동않이 지나도 소식은 없다. 그들의 얼골에는 차츰 실망의빛이 떠들기 시

작한다。 그러나 형보는 조곰도 실망하는양없이 긔새를 올리며 소리를 질른다。

「다들 뭘하구 섰서? 어서 차비를 안할텐가?」

「아니 고기떼가 어듸루 빠졌을가?」

병호는 진정을 못하며 앞뒤로 돌아댕긴다。

「어듸루 빠진걸 암문 어쩜텐가? 이건 아주 긴챠꾸(巾濟船)루 아는모양인가? 잔소리말구 어서 차비들이나 하게 자 돗줄을 풀어라。 오늘밤은 이바다에 떳다」

형보의 말에 여럿은 비로소 잊었던것을 깨달은듯 당황하게 서둘며 차비를 시작한다。 줄을 풀기가 무섭게큰돗은 와르르 쏠려나리고 뱃머리는 헌뜻 들린다。

앞돗도 나려것다。 돗폭을 거둔다음 억쇠는 형보의 옆에와서 한노(后方櫓)를 넣고 달은사공들은 잇물앞뒤에 벌려서서 겻노(左右便櫓)를 넌다음 물결이 흘으는데 대로 한동안 흘른다。 돌림없이 북동으로 즉 그들의 말을 빌면 뒷새(北東)로 흘으는 난류다。 한동안 흘으는데도 떠가다가 형보는 갑작이 키를 거더올리며

「자 인젠 아쉬우며(한노로 조종하며)그물을 불어라。 노앞쪽이다」

형보의 멸령이 떠러지기가 밥부게 배는 기웃등 머리를 바다쪽으로 돌며 가로 나가고 사공들은 솜씨빨리그물을 풀어넣는다。 그물을 죄다 펼어넣고는 다음에는 다시 되돌아지며 그물베대에다가 뷘석유통으로 맨든 알기표(標)를 뜨문뜨문 달아논다음 배는 그물끝에다가 단단히 달아맨다。

일은 끝났다。 인제는 한밤을 그물에 달린채 물결이 흘으는대로 떠가며 천행을 기다릴밖에 없다。

「자 인젠 뫼(海神을 위한 치성밥)를 지어라」

형보의 분부가 나리자 종삼이는 벙글우수며 팔소매를 거더올린다。

「아 둥대불이다。 마양도 둥대구나」

하고 경덕이가 갑작이 놀란듯이 떠들어대는바람에 그의 손끝이 갈으키는곤을 보니 멀리 보랏빛으로 어두어드는 물(陸)쪽에서는 샛별같은 불빛이 깜박인다。

위치로 보아서 틀림없은 망야도둥대불인것을 알고 사공드르은 더한칭 마음을 놓았다。

三

알기(標)로 달아맨 뷘석유통들이 뗑뗑 울리기는 한밤중이였으나 그러나 그것은 얼마동안에 지나지못했고 그뒤는 동살이 휘언이 틀때까지 애를 태우며 기다렸건만

윈등 소식이 없다。 날이 밝으면 볼장은 다본다。

　사공들은 다시금 짧은밤을 원망했다。 그러나 좀더 오래 두어두면 큰고기(鱗)가 무섭다。 번연이 틀린줄은 짐작하면서도 할수없이 그물을 켜올리기 시작했다。 가물에 씨았나듯 뜨문뜨문 그물코에서 번쩍이는것을 볼때마다 도리혀 화가 치민다。 만은 그래도 다 거더올리고 보니 열통(樽)은 넘을껏같다。 한동안 사공들은 우두머니 먼 바다를 내다보며 것잡을수없은 생각에 잠겼다。

　배는 흘을대로 흘러간다。 갑작이 동쪽바다가 뻴거케 물들며 햇살이 뻣처올은다。 사공들은 비로소 정신을 차리고 물쪽을 돌아다 보았다。 하로밤동안 그물에 매달려 흘으고나니 바로 정면으로 마양도가 듸려다 보인다。 마양도가 보이자 형보는 갑작이 긔운을 얻으듯 소리를 질른다。

　「돗을 담자。 신보(新浦)들어가서 점심전에 풀구나오면 오늘밤은 차호(遮湖)말게 가서 풀수가 있다」

　그소리에 여럿은 일제히 듯대밑으로 몰켜가며 돗쪽을 가누기 시작한다。 이육한 후 쌍돗은 다시금 달리고 새로 돌아진 새ㅅ바람(東風)에 배는 쏜살같이 마양도를 향해 달린다。 한시간도 못결려 마양도엇개를 스쳐들면서 프구를 듸려다보니 뜻밖에도 부두는 한적하다。

　지난해에 왔을때는 그렇게도 홍성거리던 바다ㅅ가에는 개색기도 어른기는것이 없다。 그러나 아래편을 듸려다보니 첫머리에 재치없이 어거주춤하게 앉아있는 공장긔ㅅ대에는 얼룩덜룩한 긔폭이 즈라하게 나부끼고 있다。

　오날의 락찰(落札)을 알외여주는 긔폭이다。 배는 어김없이 긔폭달린 공장을 향해들어가며 큰돗을 거둔다。 배가 들어가는것을 보고 먼저 사람의 그림자를 나타내는곧은 그래도 락찰된 공장마당이다。 다음 부두모퉁이에도 몃몃 그리마가 어른기더니 기다린듯이 공장앞으로 줄을이어 나서는것은 이독특유의 여자일꾼들이다。 흰 수건으로 머리를 싸고 손에는 저바다 함농박을 들었다。 병호의 입가에는 부지중에 떳몰을 수상스런 우슴이 벙긋 떠올은다。

　「뭘 보구 웃는가?」

　경덕이는 나물허는 어조로 뭇시만 그의입가에도 부지중에 떠올우는 우슴은 금할 수가 없다。

　「함경도 아주마니야」

　「함경도 아주마니가 어쨋단 말인가?」

　「조-치」

「뭐이 좋단말인가?」

「이자식 시침을 따지말아」

「저런 오라질 자식이라구. 내가 뭘시침을 딴단말이냐?」

「홍 어듸 보자. 수박씨는 제가 다까면서. 그러치만 오날은 안되 내차례다」

병호는 주먹으로 제가슴을 짚어보며 모로 들아진다.

「개수작말구 어서 닷줄이나 풀어라」

경덕이는 열없이 댓구를 한다음 잇물쪽으로 나간다. 그러나 닷(錨)은 벌서 옹칠의 손에서 풍덩 물속에 던저진때다. 앞돗까지 거두자 배는 아주 힘업는 결음으로 닷줄을 풀며 들어간다. 가에서는 이곧 여자들의 특색인 헌소(喧筱)가 시작된다.

무슨수작을 무었이라고 짓거리리는지는 몰라도 하여턴 남자들이상으로 굉장히들 떠들어댄다. 하기야 어촌치고 여자들이 떠들어대지안는 곧이 어듸 있으랴만 이지방은 특별히 더하다. 배가 가에 닷게되자 형보는 먼저 대금부터 물었다.

「오늘락찰은 얼마에. 됏수?」

「四원七十전이우」

하고 선뜻 대답해 주는것은 공장서긔인듯 골덴양복쟁이다.

「제-길」

형보뿐만 않이라 사공들은 약속이나 한듯이 모도다 투덜거린다. 골덴양복쟁이는 여자들을 보고 무에라고 말하더니

「몃통이나 잡았소?」

하고 뭇는다.

「얼마 안돼요」

하고 볼멘소리로 대답하는것은 경덕이다.

「어느말게서 잡았소?」

「이앞말게서 잡었수다」

이번에는 득쇠가 대답한다. 서긔는 저혼자 무에라고 중얼거리는것같으나 여자들의 떠들어대는 소리에 돌리티않은다. 모로 가로 붙인 뱃전에 널다리가 놓이자 여자들은 재빨으게도 서로 앞을 다루어 올은다.

병호의 입에서는 침이 흘을지경이다. 그모양을 보고 경덕이는 팔굽으로 그의 옆구리를 꾹 찔으며

「이자식아 입좀 담으러라. 똥파리가 날아들어간다.」하고 씽글 웃는다.

「에이자식、 네입이나 담으러라」

병호는 입술에까지 나온침을 슬쩍 마시며 그물코에 걸린 정어리를 털기시작한다.

「아즈마니 참말 오래간만이구려」하며 비웃성 좋게 말은체하고 수작을 거는것은 종삼이다.

「정말 오랫만이옵메」

여자는 대담히도 응수한다. 그바람에 용긔를 어더가지고 병호도 한풍 걸어보았다.

「이아주마니는 작년보다 더 고와젓구려」

그러나 병호의 배짝은 만만하게 걸려들지안는다.

「미친소리를 마오. 당신같은 사람은 초하루장에두 본일이 없오」

딱 잡아떼는 여자의 모양에 병호는 어듸다가 열골을 돌렸으면 좋을꺼 몰랐다. 갑작이 배우에는 우숨보가 터졌다. 병호는 얼골빛이 수수떡처럼 되여서

「제-길」

한마듸 비밧고는 저쪽으로 돌아앉은다. 그바람에 우숨소리는 더한청 소란해진다.

그물코에서 털어낸 정어리는 여자들의 함지박에 담겨서 공장까지 가면 거기서는 다시 다루(樽-)통에다가 되질한한다음 공장가마까지 가저간다. 그런데 다루에다가 될때면 사공과 공장축은 언제나 말성이 있었던데 금년은 그것이 없다.

밀대로 쪽쪽 밀어되는바람에 더달란말도 덜주겟다는말도 아모것도 없이 쉽사리 매매가 되여간다. 매매는 이내 끝났다. 얼마안될줄 알었던것이 끝장을 보니 그래도 열여덜통이나 된다. 공장서긔에게서 표지를 받아가지고 형보는 어업조합(漁業組合)으로 돈받으라갓다. 그동안에 사공들은 륙지에올라가서 막걸리라도 한잔식 하려고 죄다 배에서 나렸다. 그렇나 경덕이만은 먼저들 나리라고하며 뒤떨어졌다. 사공들이 나리는것을 보고 어느모퉁이에 직혀있었던지 았가 병호에게 핀잔을 주던 게집은 생글거리며 배옆으로 오더니 조곰도 주저함이 없이

「이봅시오. 생선꺼리를 좀 못주겠오?」

하고는 경덕의 얼골을 빤-이 처다본다. 너머나 대담한 게집의 행동에 경덕이는 잠시 멍-하니 나려다 보기만했다. 그렇나 그에게 거절이 있을리는 만무하다.

「생선꺼리요? 아 들이지요」

한다음 그는 여자가 올려보내는 함지박에다가 거진 차게 반찬꺼리로 남겨둔 정어리를 담어주었다.

「고맙소」

여자는 눈으로 우서보인다。 경덕이는 가슴이 울렁거려 견딜수가없다。 그렇나 게집을 다루는데는 익을대로 익은 솜씨를 가젓는지라

「정어리만 달라우? 고등어는 일없우?」하고 벌쪽 우서보인다。

「고등어를? 에그 그렇니 어떠케 그것까지 밋겠음에?」

게집은 사양하는체하나 그의눈은 탐스럽게 빛난다。

「뭐 이까짓거야」

경덕이는 싱싱한 고등어 두마리를 덥석 집어 함지박에 담아주었다。 그렇고는 또 두마리를 더집어주며

「아주마니 았가는 아주 맵더니 그러치두 안수다그려」하고 례의솜씨를 꺼내며 낙 그려한다。 게집은 조곰 얼골을 붉히는것같더니

「그나그네 너무 염치없이 덤베니 그랬읍지」

제법으로 얄구진 표정까지 지으며 도리혀 사내들 낙그려든다。 경덕이는 대구입 같은 입을 벌쪽 열었다。

「아주마니 생선꺼리말구 달은건 실수?」

「생신꺼리말구 무스게 또 있오?」

경덕이는 다시한번 벌쪽 우수며 엄지손까락과 식지를 한데 맛추어서 똥그래미를 맨들어 보힌다。

「돈은 실수?」

「에그 그나그내 벨소리를 다하네」

게집의 얼골은 이내 샐쪽하니 실그러진다。

「벨소리라니요? 거짓말인줄 알구? 사내대장부가 준다문 줮지」

「듯기 실소。 그런소리는 당신이 무슨일루 나를 돈까지 주겟오?」

「그야 일이 있어야 주나요?」

「구러챙이쿠。 일이없이 어쩨 주겟소?」

「쩨-니 그러지말구 있다。 조영한때 오시우」

「홍、벨일이 다잇네」하며 게집은 홱 돌아서 버린다。 그렇나 경덕이는 벌서 게집 의속을 였볼대로 엿보았다。

「아주마니 정말이우。 있다。 조영한쩜을 봐가지구 와야해요 기다릴께」아니나 달을까 게집은 살짝 돌아다보며

「있다가라니 어느때란 말이요?」하고 눈자우를 붉힌다。

「츠저녁이 지날때쯤해서 오문 되지요。 그때문 널엣놈들은 죄다 술집으루를 갈테

니까」게집은 다시한번 생글 우서보히며 도망질치듯 언덕으로 올라간다。 경덕이는 다시한번 따져일렀다。

「기다릴테니 꼭 와야허우」

언덕을 다올라간 게집은 골목으로 들아거기전에 다시한번 이쪽을 돌아다보고 하얀 이빨을 보혀준다음 사라저버린다。

경덕이는 가슴속이 흐뭇해나서 진정할수가 없다。 그래 그는 앞뒤로 왔다갔다 서성거리다가 갑작이 생각난듯 여럿의뒤를 따라 룩지로 올라갔다。 그렇나 배는 경덕의 혼잣배가 아니다。

배에서는 형보의 권리가 일절을 지배한다。 사공들은 그의명명에 따라 이육한후 다시금 바다로 나갈 차비를 했다。

경덕이는 가진구실을 죄다 달며 하로ㅅ밤만 묵기를 주장이 아니라 애원을 했다。

「여보게 형보。 샛바람이 부는게 어쩨 재미없을것같네。 날이 굿치면 어떠케 하겠는가?」

그러나 경덕의 그속을 형보가 알리는없다。

「암지두 못하는 소릴말게。 어업조합에 통지가 왔는데。 몇을간은 날세가 조겠다네。 지금 명천(明川)바다에 기수없이 홀은다네」할수가 없다。

<h2 style="text-align:center">四</h2>

돛은 돛대에 달린채로 추욱 처어있다。 잔물결하나 일지안는 해면은 거울같이 맑고 평탄하다。

쨍쨍 나려쪼이는 해별과 훗군거리는 더위에 숨은 금시에 막힐덧같고 부질업는 땀만 작구 흘러나리느레 아모리 들러보아야 언덕만한 섬(島)하나 보이지안는다。

사공들은 될대로 되라듯이 젓던 노를 집어던지고 뱃장에 나가 잡바젓다。 신포를 떠난지가 벌서 보름이나 지났것만 아직도 명천바다에는 접어들지 못하고 여해진(汝海津)바다에서 해맨다。 그동안에 그들은 몇번이나 생소한 포구를 드나들며 조곰식되는 고기를 팔았다。 그렇나 그것은 때로는 그날의 경비도 되나마나 했다。 큰 고기에게 그물이나 맛치우는때면 도리혀 결손이 되고느 하였던것이다。 그래 그들은 여해진에 들러서 사흘동안이나 씨저진 그물을 기워가지고는 중도에서는 성진(城津)에도 들지말고 곳게 명천 무수단(舞水端)바다를 향해들어갈것을 결정하고 돛을 달었다。 그렇나 바다에 바람은 어린애기의 숨결만도 일지안는다。 점심때가

지나도 바람은 여전 없고 해별만 나려쪼인다.

　사공들은 죄다 기진해서 쓸어지고 다만 형보만이 키ㅅ자루를 그래도 틀어잡고 고울사공의 직무를 직혀간다. 그리고 잇물쪽에서는 여전히 순동의 그모양이 가련해 뵈며 무슨말이던지 수작을 걸어서 그의맘을 위로해주고싶은 충동을 눅졌다.

　「애 순동아」

　순동이는 여전히 대답없이 고개만돌린다。

　「이리 좀 오너라」

　순동이는 한동안 빤-히 건너다보다가 슬며시 일어나더니 형보의 앞으로 힘없이 걸어온다。

　형보는 부드러운 우숨으로 처다보며

　「그리 앉어라。패 덥지」하고 제앞에 깔린 초석자리를 권했다。

　순동이는 조용이 형보가 권하는대로 그의앞 추석우에 모로 안는다。형보는 순동의 옆모습을 이윽히 드려다보았다。七년전에 바다에서 잃어버린 아우의 생각이 문득 치민다。

　「순동아 너는 무슨생각을 그러케 하구잇나?」

　그렇나 순동의 입에서는 나직한 한숨만 흘을뿐이다。

　「너의고향은 경덕이와 한고장이라지?」

　「예」

　「그럼 바루 삼척(三陟)이겠구나」

　「예 나기는 강농(江陵)서 나구요。」

　「그럼 삼척에는 언제 갓나?」

　「여섯살때 의사해 갔지요」

　「아버지가 안게시다지?」

　「내가 열한살때 바다에 나갔다가 돌아갔어요」

　순동의 얼골에는 이내 그늘이 든다。

　「그래 지금 어머니만 게시냐?」

　「예」

　「동생들은 없나?」

　「누의가 있었던데 싀집을 갔어요」

　「그럼 지금 어머니는 혼자 게시겠구나」

　「예」

「너 배는 언제부터 탔느냐?」

「작년부터 탔서요」

「그럼 아직 멀리는 못가봤겠구나」

「이번이 처음입니다」

「이번에는 어째 이렇게 멀리루 떠나게 됐느냐?」

「함경도루 들어오문 돈만히 벌수가있다는 바람에 이렇게 떠나왔어요」

「돈많이 번다?……만약 그렇다가 못벌문 어떠커느냐?」

「할수없지요 명년에 또 오지요」

형보는 순동의 한모에서 자기의 어렸을때를 발견하고 적잔히 믿부케 생각했다. 만은 그와동시에 그의 일생도 줌안에쥐고 보는듯이 만-히 내다보혀 한숨이 저절로 나온다. 그는 한동안 추연한 빛으로 바다를 내다보다가

「그런데 경덕이게서 들었는데 너 돈두돈이지만 누구를 찾어 떠났다구?」하고 슬쩍 말끝을 돌려보았다. 그순간 순동의 얼골은 갑작이 붉어지며 모로 숙어진다. 형보는 한칭더 목소리를 부두리히 하면서 뒤를 이었다.

「누구를 어째서 찾어가는지는 몰우겠다만 경덕이게서 들으니까 찾는사람이 어디 있는지 곧두 확실이 몰은다니 사람을 그렇게 찾어서 어떻게 찾니? 형편에 따라서느 되는한도까지는 도아주기래구 할테니까 어듸감추지말구 속시언히 얘기라두 들려주렴」

그렇나 순동이는 그말에는 대답을 안주고 한동안 바다만 내다보다가 갑작이 형보의쪽으로 돌아지며

「그런데 이배가 서수라(西水籮)란 곧까지는 어김없이 가지요?」하고 다소 긴장된 빛으로 뭇는다.

「하기야 목적한곧이 서수라까지나가 어김없이 가겠지만 철수가 늦어지면 중로에서 도라설밖에 어떠케 하는수가있니? 그렇지만 이달말이문 넉넉히 서수라까지 갈테니까. 그러구 또 순동이까지 부탁한다면야 달은일은 죄다 집어치더래두 서수라는 가야지」

형보의 일말에 순동이는 얼마간 희색을 띄우며 나즉히 한숨을 돌려쉰다. 그것을 보고 형보는 빙그으시 우수며

「순동아 나이먹은것이 철없이 뭇는다구 잘못생각지는 말구 어떠냐? 좀 얘기해줄수가 없니? 누구를 찾어가는지?」하고는 엎채기에서 곰방대와 장수연봉지를 꺼낸다.

순동이는 오래동안 말없이 무엔지 생각하다가 그만 형보의쪽으로 도아안는다.

「말하지요。……

내가 지금 찾어가는 사람은 어려서부터 한동리에서 살던 사람인데 나와는 약혼까지 했던 사이우。그땐 우리아버지가 살어게실때지요。그러다가 우리집이 차츰 살림사리가 구차해지자 여자의집편에서는 마음이 달러저 가지구 마지막에는우리를 피해 울진(蔚珍)으루 이사해 갔어요。그러치만 나는 지금 찾어가서는 복순이를 맞나보군 했어요。복순이란 약혼했던 그애의 일음이라우。우리둘은 갈라질때문 언제던지 울었어요。그러다가 지지난해봄에 애비놈이 노름빗때문에 나안테는 아무말두 없이 그애를 갈보루。팔었담니다。여기까지 말한후 순동이는 후-하고 긴한숨을 내 뿜는다。형보의 입에서도 무의식중에 한숨이 흘러나온다。

「그럼 그다음에는 한번두 못만나밨겠구나」

「三년째 못맞났지요」

「그런데 그여자가 서수라에 가었다는건 어떠케 알었느냐?」

「우리 고향배가 작년에 웅기까지 갔다가 어떤 술집에서 우연히 고향게집을 맞났는데 그게집말이 복순이가 두달전까지 자기와같이 있었는데 서수라란 끈으루 옴겨 갔다구 하드래요」

이야기를 끝맞친다음 손동이는 다시금 긴한숨을 뽑는다。

형보는 맛치 그름을 잡으며 가는것과도같은 순동의 정것에 얼골을 돌려버리지 않을수가 없다。

세상은 좁은것같으면서도 넓다。더구나 정처없이 떠댕기는 그러한 게집을 찾어 간다는것은 거이 무모에 갓가운 일이다。

지난해에는 서수라에 있었다지만 지금쯤은 어느바람에 어듸로 불려갓는지 어떻게 알것인가? 게집은 몸값이 있을것이 아닌가?

「그런데 맞나문 어떠케 할 작정이냐? 여자는 몸값이 있을텐지」 「맞나면 따저보겠어요。지금두 마음이 변찬헛는지。변찬헛다면 어떻게 해서던지 몸값을 벌작정이우。十년이 결린대두 일생이 결린대두 벌어볼 작정이우」순동의 얼골에는 처연한 결심의빛이 력력히 떠올으다。

「그러다가 여자의맘이 만약에 변했다문 어떠케 할 작정이냐?」

형보의 이말에 순동의 얼골빛은 새파라케 질리며 앉은자리에 화석처럼 되여버린다。

(앗차)

형보는 이내 뉘우쳤다。그래 그는 이내 뉘우쳤다。그래 그는 이내 속없는 우슴을

껄껄 우스며

「인제 할말은 농담이야. 그럴리가 있니? 지성이면 감천이라구 여자는 너만보면 너무 반가워서 발광이라두 할꺼다」하고 슬쩍 마음을 쓰다듬어 주었다. 그렇나 순동의 웅결된 표정은 털끝만큼도 풀리지 안는다. 그는 오랫동안 입술을 악물고 공간을 노려보다가 고로운듯이 씩은거리며

「그런데 이배가 서수라까지 가기야 틀림없이 가겠지요?」하고 신음소리와도같은 어조로 다시뭇는다.

「가구말구. 백사를 불고하구서래두 서수라는 갈테다. 걱정말구 기운을 내라. 인젠 바람이 좀 돌아안진듯하다。」형보는 믿음성있는 우슴을 벌쭉우스며 순동의 엇개를 정답게 툭친다.

五

형보네가 명천바다에 접어들어서 양도(洋島)에 다닫기는 그이튼날 아츰이었다. 고을쪽 큰돗뒤에서는 뺨언대렵(大獵旗)가 기세좋게 펄럭거린다. 그것을보고 섬에서는 부두에 몰켜나와서 모도들 떠들어댄다. 부두의 안쪽에는 고기배들의 돗대가 밀림(密林)처럼 솟아있다. 짜장 양도다. 동해안을 드나드는 어선치고 명천바다를 몰우는 배가 없을것이고 명천바다치고도 양도를 몰우는 배는 없으리라. 부두안에는 「오마리」들도 만타. 형보네는 지난밤 오는도중에서 잡아낸고기도 고기려니와 고향 「오마리」들을 맞나니 진정 반가웠다.

저쪽에서도 반가운듯 배가 부두에 닫기전부커 소리를 질른다.

「여- 어딋밴가?」

「강릉배로세」

「얼마나 잡었는가?」

「한 五十통 잡었네」

형보는 다리를 거더올리며

「어떤가? 요즘 잘 흐르는가?」

하고 마즌편 「오마리」에서 수작을 거는 텁석부리에게 물었다.

「흐르긴 잘 흐른다지만 큰놈때문에 잘안되네」

「큰놈이라니? 큰고기떼 말인가?」

「그렇다네」

「제-길 … 얼마나 멀리 흐르는가」

「알섬(卵島)말게서 흐르네」

알섬말기면 양도서 한三十리 가량밖게 안된다. 큰고기떼란말에 근심은 일지만 그렇나 형보는 그런것쯤에 마음을 썩힐 갓닫가운 쪼무래기는 아니다.

(큰고기가 나뜨면 떳지 六월에 구데기를 무서워 장독을 열지못할가?」

그는 얼른 고기를 풀어버린후 남보다먼저 나갈작정을하고 사공들을 독독했다. 세시간도 더걸려서 겨우 다불고나니 해는 벌서 점심때가 훨신 지났다. 형보네는 간단히 점심을 요기하고 불야불야 떠날차비를했다. 그것을 보고 다른 「오마리」들도 차비들을한다.

「오마리」의 경긔(景氣)는 요때에 올려야한다. 다른 사시아미( )배들이 고기들이 잘아서 그물코로 새울때「오마리」들은 밧작 솜시를펴야한다.

형보네가 바로닷을 거두려할때 갑작이 고동소리가 바다쪽에서 올리더니 운반발동선(運搬發動船)이 세척이나만선을 해가지고 들어온다. 섬안은 물끌듯 웅성거린다. 모도들 겐챠꾸(巾着船) 운반선들이다.

형보는 무수끝(舞水端)에서 흘렀다는 운반선의말을 듯고 예정길을 밧구어서 닷을 거두자 뱃머리를 동으로흘렀다.

「五十리라니 어둡기전으루가겠지」

알맞추 바람은 남풍이다. 바라다보니 웃둑하니 멀-리 내민 무수끝은 어서발리오라고 손짓하며 불으는것같다. 형보의 입에서는 저절로 홍에겨운 노래가 홀러나왔다.

「훨훨나는 저백구야

만경창파 길을뭇자」사공들은 일제히 뒤를 받아 넘긴다.

「에-라 칭칭 나-네」

인생칠십 고대히에

사공일생 몇해런가

　에-라 칭칭 나-네

벽해창공 푸루른데

수궁길을 어듸엔고

에-라 칭칭 나-네

어야더야 이슝저승

널한쪽이 사이로다

에-라 칭칭 나-네
바람광풍 불지말라
명사십리 꽃닢진다。
에-라 칭칭 나-네

노래소리에 흥이나서 사공들은 어느틈에 강쿠리(江厚耳島)바다까지 나왔는지 몰랐다。

「자 돛을 올려라」

형보의 외치는 소리에 큰돛은 저절로 기여올으듯이 술술 올라간다。五十리 수로(水路)는 잠깐이다。두어시간도걸리나 마나해서 무수끝바다에 다달으니 돛폭은 처처에떠서 헤맨다。모도다 자리를 잡으렴이다。

멀리 바다쪽을 내다보니 바로 긴챠꾸 (巾着船)한척이 고기무리를 휩싸느라고 분주히 원(圓)을 그리며 돌아가고있다。드물게보는 광경이 사공들은 넜을잃고 내다본다。긴챠꾸의 원은 점점 좁아져 들어간다。갑작이 돛대글에서 기폭이 펄럭하더니 꽁무니쪽에서는 그물이 와르르 풀며나려간다。순식간에 그물은 둘러싸이고 배는천천히 속력을 늦추며 한숨 돌려쉬는것같다。五리는 된느것같은데 그들이 조여짐을따라 그안에서 뛰노는 고기때는 바로 눈앞에서 보는듯이 똑똑히 보인다。

멀리서 따루던 운반선들이 분주히 모혀든다。어느듯 해는 서산에 기울려한다。형보는 갑작이 정신을 차리고 사공들을 독촉했다。

「남이 잡느것만 볼텐가? 어서 우리두 차비를 해야지」

돛을 거두고 물결을 살핀다음 그물을 풀어넛는데 바다쪽 긴챠꾸는 벌서 그물을 거더가지고、동쪽으로 듸리리기 시작하고 운반섬들은 양도쪽으로 툭탁거리며 나간다。

형보는 새삼스레 자신의 초라함을 늦겼다。불과 반시간에 수백여통을 퍼가지고 달아나는데、자긔네는 그야말로 한바다에 낙시질격으로,그물을 놓고 밤을새며 이행을 기다려야 한다。이얼마나 허황한 노릇인가? 바다에 고기는 수없이 많다。그러나 그많은 고기를 어떠게하면 족 제길을 찾듯이、자긔네의 그물을 찾어 올것인가 아모리 생각해도 허무한 노릇이 아닐수없다。

그것은 향보뿐만 아니라 긴챠꾸를본 사공들의 생각은 전부 그러했다。할수없이 그물은 풀어넣면서도 보낸곧업는 역정은 자꾸만 치밀어 올은다。

바로 그런때에 웬 고기ㅅ배 한척이 안쪽에서 나오더니、바로 형보네 우에 나서 돛을 거두며 앉을차비를 한다。

「야이 개색기들아」

맨 먼저 잇물쪽에 버쩍 나서며 욕설을 퍼붓는것은 경덕이다. 다음에는 득쇠,병호 형보까지 나온다.

「이 염병三년에 땀못내구 죽을자식들아」

「정 어리×두 못×자식들아」마즈편에서는 이 뜻밖에 욕설에 한참동안은 구경만 하고있다. 그러다가 이쪽 욕설이 한바탕 끝나고 수머줏해진것을 보자,

「무스거 어째! 이개색기들아」하며 씩 나서는것은 더벙머리 청년이다.

「뭐야? 이 도둑놈들아」

「저자식이 수궁맛 보구싶은가?」

「이 함경도 뚝백이놈들아. 어듸다가 배를 띄우는거냐?」

다시금 욕설이 터지자 상대편도 지지안는다.

「이 강원도 오마리 개색기들아」

「무수끝 물앗을 보구싶으냐?」

함경도까지 와서 괴기를 잡느라구말구 네여미네 ×××이나 잡아못먹넹야?

「뭐?」

「오마리」에서는 씩은거리거만 하며 말을못한다. 그것을보고 저쪽에서는 더한청 기세를 올린다.

「야 이 종간나 색기들아、살갯거던 얼른 그믈을 거더가지구 달아나거라」

「고기가 그렇게 먹구싶거던 내 ×이나 ××라」

바로 그순간이다. 잇물끝에서 씩은거리던 경덕이는 첨벙 물솔세 뛰여들더니,마 치 륙지를 달려 가기나 하는것처럼 좌우팔을 뽑아친다.

그것을 본 앞뒤 배에서는 서로 욕설을 딱 끈치고 마쭈보기만한다. 경덕이는 해 엄처 가면서도 무에라고 욕지거리를 한다. 그가 열마간 헤염처 나갔을때,

「앗 새알(鱗)이다」하고 마즌편배에서 소리를 질르는 바람에 사공들은 일제히 바 다쪽을 내다보았다.

새알 큰고기다. —얼마 멀지않은 바다쪽을 내다보니 수업는 큰고기떼가 물우에 벌컥벌컥 뛰에올으며 이쪽을 향해 달려오고있다.

「왔 경덕이! 큰고기야 큰고기. 어서빨리 돌아서게

「새알이다」

「경덕이 경덕이」

그소리에 경덕이는 비로소 바다쪽을 내다보았다.

「앗」

그는 정신없이 되돌아서 헤염을 친다.

「빨리 오게」

「로-쭈(繩)를 던저라」

배에서는 로-쭈를 던젓다. 고기떼는 점점 갓가히 화살같이 들어온다. 경덕이는 죽을힘을 다해 헤염친다. 배에서는 모도다 사색이 되여 경덕이의쪽과 고기쪽만 번갈아본다. 고기떼는 벌서 복전에 임박했다.

먹을것을 노림인지 선두엣놈이 물우에 벌벌 솟사올으자 모도다 물우에 밋처날뛴다. 바로 그때、경덕이는 정신없이 줄에 매달렸다. 사공들은 죽을 힘을 다해 끄러올렸다. 뒤미처 뱃전에서 철썩 소리가 나자。

「앗」

여럿은 넉없이 한거름 뒤로 물러섰다. 배밑에서는 길이가 한발도 더되는 고기무리들이 바다를 뒤짚을뜻이 가로세로 싸단기며 날뛴다. 그제야 여럿은 긔절한 경덕이를 둘러쌓고 서로 마주보았다. 十년은 감수된것같다. 건너다보니 마즌편배에서도 넋이 나간듯 이쪽만 건너다본다.

六

명천바다에서 七월은 다보내고 八월을 잡어서야 청진(淸津)에 다달었다. 언제나 푸성거리는 항구다. 부두에 들어선 긴챠꾸만 보드라도 항구의 경긔를 넉넉히 짐작할수가 있다.

어항(漁港)에는 날마다 수만통의 고기가 들어오고 공중에는 정어리의 싹을보는 비행긔의 폭음소리가 끊칠새가 없다. 배는 쉴사이없이 들어왔다가는 나가고 나갔다가는 들어오고 그바람에 항구의 윤기(潤氣)는 점점 빛난다.

형보네는 몇일동안 네활개를 쭈욱 뻗어버리고 놀앗다. 명천바다에서 주머니가 불룩해진 것이다. 사흘동안이나항구에 올라서 뚜두려먹고 나서도 마저보니 팔백원은 훨신 넘는다. 이모양으로 서수라까지 돌아나온다면 적게잡아도 二천원에는 달할것같다. 그들의 눈앞에는 고향의 처자들의 반가워날뛰는 그모양이 사뭇 떨올랏다. 청진서 사흘을 묵으며 저반준비를 빠짐없이 한다음 배는 다시 바다로 떠났다.

해는 벌서 서산에 기우럿지만 목적한 곧이 고말반도(高秣半島) 등대ㅅ말가니 관게치않다. 샛바람이 다소 순조롭지 못하긴 하지만 수달된 솜씨로 회치는데는 아모일없다. 약 한시간 내모니 등대끝은 벌서 아수룸하다. 말글 잡아 자리를 잡고 그물을 풀어넣으니 어쩐지 일이 또 다된것같이 생각된다. 그믈배대에 달아맨 석유통들이 땡땡 울리기는 밤중부터였다. 배우에는 형용할수없는 희열이 넘쳐 흘렀다. 어둠속이지만 고기무게에 자꾸만 그물이 처지는것은 똑똑이 보인다. 그바람에 석유통은 짜꾸 올린다. 사공들은 날이 밝기만 고대한다. 시간으로 따지면 세시느 지났을까? 동쪽하늘이 우수러하게 터오며 수평선금이 약간 알리는것같다. 형보는 기세좋게 외첫다.

「자 인젠 그물을 켜올려라」

사공들은 우통을 버서던지고 뱃전에 나섰다. 바로 그때다. 형보는 어두운 바다에서 무었인지 벌컥 뛰노는것을 보았다. 깜작놀라 제눈을 부빌틈도없이 뒤이어 배밑에서 철석 뛰는것은 틀림없는 큰고기다.

「앗」

사공들은 넉없이 그물줄을 틀어잡었다마은 수없이 달려든 큰고기 무리는 사정이 없다. 그물을 질르고 앞뒤는 넘나들때마다 석유통은 요란하게 울린다. 사공들은 죽을힘을 다하야 첫대(壺)를 켜올렸다. 그러나 그들은 간곧이없고 배대뿐이다. 형보는 입술이 찌저저라고 악물며

「얼른 켜올려라」하고 자기도 그물줄에 매달렸다. 그러나 그다음 그물도 배대뿐이다.

「아--」

형보는 하마트면 뒤로나가 잡바질뻔했다. 그리고 사공들은 마치 실신한 사람처럼 밋처날뛰는 고기무리들만 내다보았다. 그동안에 바다는 훠언히 밝어왔다. 그러나 사공들의 가슴속은 어두운 구름짱으로 새깜아케 흐려졌다. 동쪽 수평선우가 밝어케 물들기 시작한데 그물을 저부 거더올렸다. 만은 그것은 전부 페망(廢罔)들 뿐이었다. 그물을 거두자 고기들은 간곧이없다. 아침바다는 햇빛에 아름답기 비길때없지만 극서을 바라보는 사공들의 가슴속은 너무도 어둡다. 흐르는줄 몰으게 눈물은 자꾸 두불을 적신다. 고향을 떠난지 석달만에 길수를따진다면 수로三천리는 거진된다. 三천리 타향바다에 뜨기도 섧다거든、 도라갈 긔약조차 잃어버렸다는것은 이얼마나 참담한 일이랴? 바로 전날까지 그들의 눈앞에 사뭇떠올우면 가족들의 반가움에 빛나는 그얼골은 혼적도 없이 사라저버리고 그대신 그 무서운 해귀(債鬼)들의 얼골이 미처도 밀처도 가슴속을 자꾸 파고든다. 사공들은 근한시간동안이나 우두머니 넓을잃고앉어서 배가 홀으는대로 내버려두었다. 그러다가 형보는 문득「二

백十일」을 생각하고 깜짝 놀랏다. 어떻게 해서던지 二백十일전으로 서수라바다까지 가야한다. 二백十일만 지나면 난류는 되돌아지고 그에따라 고기무리도 되돌아지는것이 아닌가?

난류가 될돌아지면 고기는 가으로 갓가히 홀은다. 갓가히 홀으면 긴챠꾸의 독점이다. 형보는 꿈에서 깨여난듯 벌떡일어나서 풀긔없이 앉아있는 사공들에게 외쳤다.

「뭣들 하구있는가? 함경도 뚝사공과는 달르다. 오마리사공이 요만일에 라망하구 어듸다 쓰느냐? 어서 그물들을 들처봐라. 틈인것 내버리구、 웬만한것 깁구、 그러구 두대는 새루 작만할수있다. 자 어서들 정신차려라」

이날부터 그들은 항구에 다시 들어가서 찢기운 그물을 깁기시작하고 그리고 두대는 새로 작만했다. 그리하야 일주일후、 그들은 다시금 긔세를 올리며 항구를 떠낫다.

七

최종목적지 서수라에 달한것은 사흘후다. 예기한바와같이 홍성거리는 항구다. 부두안에는 고기배들이 비인틈없이 들어찻고、 언덕에는 공장들이 수없이 줄을이어 앉아있다. 형보는 중로에서 잡은고기를 풀기가 무섭게 경덕이와함께 순동을 다리고 술집을 찾어 헤맷다. 그러나 집집마다 뒤지다싶이 하며 삿삿치 캐여물었것만 찾는사람은 흔적도 잡어낼수가없다.

형보는 어리석기가 비길데없는줄은 알면서도 순동의 낙망된 얼굴을 보고는 어찌하는수가없다. 내키지안는 걸음을 옴겨 놓으며 골목을 헤매다가 마지막에는 하도 피곤하여 어떤 국수집으로 들어갓다. 국수 세그릇을 식혀놓고 요기를 하면서 헛일삼아 형보가 국수집 주인에게 물었더니 뜻밖에도 그 주인에게서 소식을 알게되었다.

「그여자가 복순인지는 자세히 알수없지만 작년가을까지 여기 바루 부두人거리에 강원옥(江原屋)이라는 술집에 있었는데 그때의 일음은 금옥이라구들 불루드군요. 얼굴이 갸름하구、 강원도 울진서 왓지만 본고향은 삼척이라구 하는데、 나두 고향이 삼척이기에 우연한 긔회에 물어봣지요」

삼척이란말에 경득이와 순동이도 귀가 번쩍 열렸다.

「삼척이요? 삼척에서 언제 떠낫서요?」

「아이구 떠나기는 세살때 떠낫다는데 원산와서 三十여년을 살았지요」

「그대 그 금옥이란 여자가 지금 어듸가 있나요?」

순동이도 울상을하고 뭇는다

「작년가을에 강원옥이 어대진으루 이사해 나가는 바람에 그리루같이 나갔지요」

「그럼 지금 어대진에 있을까요?」

「있을겝니다。 지난 四월에 일이 좀 생겨서 어대진 갔다왔는데 강원옥두 있구、 그애두 있드군요」

순동의 입에서는 까닭몰을 한숨이 후하고 흘러나오다。

이날붙어 순동의 머리속에는 어대진(漁大津)밖에 없었다。 그는 하로를 삼추같이 역이며 「二백十일」이 지나기만 고대했다。 그러나 사공들은 그와는 반대로 불원이면 닥처올 「二백十일」을 원수같이역였다。

좀더 철수가 깊어졌으면 그얼마나 좋을가? 바라고 바라던 서수라끝에는 날마다 수없이 배들이 헤매것만 고기는괴냥 고기그림자도 어른거리지 안는다。 각금 만선 올 해가지고 들어오는 배들은 전부 국경말게서 짬을 보아가지고 밀어(密漁)를 해오는 배들이다。 깠닥하면 복숨을 바치게되는 밀어、 저마다 침은 흘리면서도 넙더서지는 못한다。

형보네는 날마다 바다로 나갓것만 헛물만 켯다。 츠조한 날마다 괴롭게 지났다。 그러는 동안에 「二백十일」은 자꾸갓가워진다。

밤바다 밀어를 떠나는 배들이 불어간다。 바로 바로마치기만하면 배가 갈안즐지경 만선을하고 돌아온다。 그것도단하로밤새다。 그러나 하로밤새로 돌아못오는 배는 다시는소식조차 알길없다。

형보는 날마다 바다를 헤매다못해 끝내 사공들을 모혀안치고 밀어의 상담을했다。 물론 사공들에게 이의(異義) 가 있을리없다。 다만 병호가 좌석에 없는것이 미안하다。 그래 경덕이는 그를 찾어、 그가 자조 댕기는 막걸리집으로 찾어갓다。 예긔에 어그러집없이 병호는 막걸리사발을 앞에다 놓고 문턱에 걸터앉어서 술집주모와 군수작을 느러놓며잇다。

경덕이는 그가 권하는대로 막걸리 한사발을 단숨에 들이켜고나서 배에서 결정된 사실을 이얘기했다。

「실타 나는 그런축에는 안든다」

병호의 대답은 너머도 뜻밖이었다。 경덕이는 제귀를 의심했다。

「뭐?」

「난 그런축네는 안들겟다」

병호는 딱 잡아뗴여 말한다. 경덕이는 한동안 벌인입을 담을지 못한채 머-니 마주보기만 하다가

「너 그게 정말이냐?」하고 아직도 제귀를 의심하며 물었다.

「정말이 않니문 농담인줄 아냐?」말도 맺기전에

「엑 개자식」하는소리와 동시에 경덕이의 주먹은 번개같이 휘날렷다.

「앗」

병호는 두손으로 코를 붓잡고 내번에 나가 쓸어진다. 손까락새로는 시뻘언 피가 이내 와르르 소다저 나온다.

「뭣이 어쩌구 어째? 이개같은놈아 고향을 떠날때 뭐라구 약속하구 떠낫냐? 죽어두 같이죽구 살어두 같이 산다구 했지」

경덕이는 욕설을 퍼부으며 침을 탁뱉었다.

「오마리 사공이문 오마리 사공답게 행동을해라. 더러운 자식」하며 경덕이가 돌아서랴할때、병호는 벌떡 일어난다.

「이자식 누구한테 손찌거리냐? 너、아직 세상맛을 잘 몰으는 모양이구나」

「뭐?」

「이자식」

병호의 이마ㅅ백이가 총알같이 날려든다. 경덕이는 미처 피할새없이 턱을 받겻으나 쓸어지지도않고 아내 떡맞선다. 둘사이에는 보기에도 끔찍한 쌓음이 벌어졌다. 서로 물고、차고받고、닥치는대로 집어서는 후려갈기는 바람에 술집에서는 말일생각도 못두고 그저 떨기만하다가 마츰내 형보네배로 달려갔다. 사공들이 소식을 접하고 달려왔을때는 병호는 어듸로 갓는지없고、경득이만 싸우던 자리에 정신을잃고 쓰어저있다. 얼골이며 머리전체가 성한곧이없다. 이벌도 두대나 불어젓다. 형보는 입술을 악물고 술질주모를 노려보았다.

「한놈은 어듸 갓나?」

오돌오돌 떨고섯던 주모는 가까스로 대답한다.

「몰라요。 어듸루 갓는지?」

「왜들 쌈이 낫나?」

독이 올은 형보의 모양에 게집은 선후를 잘 이어놓지못하며 대강 사건전말을 이야기한다. 게집의 이야기를 듯고 형보는 더한칭 살긔를 띄우며 사공들을 돌아본다.

「병호를 찾어라。 그러구 이자식을 병원으로 끌구 가라」

사공들은 경덕이를 병원으로 업어가고 한편으로는 병호를 찾었다。 그러나 병호의 행방은 도모지 묘연했다。

경덕이는 병원에가서도 약 두시간후에야 겨우 정신을 차렸다。 그가 정신을 차린 것을보고 형보는 의사에게 단단히 부탁한후、 사공들을 독촉하며 다리고 배로 돌아왔다。

「얼른 떠날 차비들을 해라」

누구하나 입을 여는사람이 없다。 그저 묵묵히 제각기 떠날 차비를 시작한다。

차비가 다 되여 닻을 거두려할때 불야불야 병호가 돌아왔다。 그도 전신이 피투성이가 되여 볼모양이없다。 사공들은 형보의쪽을 돌아다보았다。 갑작이 형보의입이 열여졌다。

「뭣하게 돌아왔느냐?」

「경덕의 대신왔다」

병호의 태도에는 조곰도 괴줄해함이없다。 어듸까지던지 태연자약하다。

「국경을 넘어가두 좋아냐?」

「지옥에까지 갈 작정이다」

형보도 일짜로 입을담을고 오래동안 노려보다가

「좋다 그럼 경덕의대신 용천줄을 잡어라」한다음 뒤에 선 순동이를 돌아본다。

「너는 내려서 병원에 가、 경덕의 시중이나 들어줘라」

순농이는 한동안 선자리에서 마주보기만하며 말을못한다。 형보는 다시 이번에는 엽채기에서 지갑을 꺼내 순동이게 맛기며、

「三百五十원이다。 너아테 맛길테니 잘 뒀다 다구。 만약에 내일아침으루 돌아안오면 병원에 치를껄 치러주고 맘대루해라」하고는 의젓이 고개를 돌려 바다를 내다본다。

「실혀요。 나두 바다루 나갈테요」

순동의말이 끝나기가 무섭게、

「두번말하면 잔소리다」

형보는 추상같은 호명을 한다음 고울쪽으로 천천히 걸어간다。 (끗)

─己卯三月於圖們─

少年錄 -第一章-

一

오후 다섯째시간、작문시간이다。

남순이는 아침 조간에서 본 기사(記事)에서 문득 생각을 얻은 제목을 또렷하게 칠판에 써 놓았다。

「어머니」

그러고는 아이들을 둘러보고 간단하게 설명을 해주었다。

「오늘은 어머니라는 제목으로 지어라。 누구든지 거짓말을 쓰면 못쓰는거다。 있는 그대루 보구 듣구、생각한 그대루 솔직하게、알기쉽게、말하문 정직하게 쓰란말이다。 어머니는 가장 우리들을 생각해주시는이기땜에 이런제목을 내걸었으니까、글씨두 주의해서 잘 써야한다」

아이들은 한동안 웅성거리며 떠들어대더니 제각금 연필끝에 침을 바르기 시작한다。

그러고는 공책책장을 뒤적거리기도 하고、고개를 갸웃거리기도 하고、또 어떤 놈은 벌써 쓰기시작하는놈도 있다。

운동장에서는 四학년생의 체조가 바로 시작되어서 담임선생의 구령소리가 우렁차게 들려온다。

구름한점없이 맑게 개인 하눌을 유리빛같이 푸루러보이며 짜장 가을을 알려준다。

남순이는 한동안 하염없이 먼 하눌을 바라보다가 그만 교단에서 나려서 책상사이를 돌며 아이들의 답짓는것을 역여보기 시작했다。

아직 제목만 써놓고 첫머리를 떼어놓지못해 애쓰는 놈이 있는가하면、벌써 공책 한잎을 절반이나 나려쓴놈도 있다。

◉ 이 작품은 ≪文章≫(臨時增刊) 1939년 7월호에 발표되었다。

　그런데 사내아이들은 선생이 옆에가서 듸려다보아도 버젓이 감추지않고 쓰건만 계집애들은 대개가 손으로나 몸으로 감추며 보이기를 꺼린다.

　아모리 그러지말라고 타일러주지만 할수없는 일이라 남순이는 더 말할생각도 안하고 이내 남자들쪽으로 돌아서갔다.

　차례차례 듸려다보며 돌다가 그는 문득 한아이의 책상머리에 이르러서、아직 제 목도 안 써놓고 우두머니 앉아있는것을 발견했다.

　수상스러워서 얼굴을 듸려다보니 아이는 무뚝하게 얼굴을 저쪽으로 돌려버린다.

　「너는 웨 안짓니?」

　그러나 아이는 들은체도 안한다.

　「인호」

　남순이는 좀 어성을 높여서 불렀다.

　그러나 인호는 힐끗 돌아다보고는 아모대답도 없이 다시 제대로 돌아지며 입술 까지 악문다.

　「인호!」

　남순이는 재쳐 불렀다.

　그제야 인호는 선생의 얼굴을 빤-히 돌아다본다.

　그러나 그의 두눈에는 적의가 만만하게 서려있다.

　남순이는 가슴속이 뭉클 치밀어올라 한동안 말을 못하고 보기만 하다가

　「웨 작문을 안짓구、선생님의 물음에두 잠잣구 있는거냐」

　하고 앙칼지게 소리를 빽 질렀다.

　그래도 인호는 말없이 적의 만만한 눈으로 선생의 얼굴만 쳐다보다가 갑작이 벌 떡 일어선다.

　그러고는 또 한동안 마주쏘아보기만 하다가 입술을 푸들푸들 떨며 씩은거린다. 그러나 얼른 말은 꺼내지 못한다.

　그순간、남순이는 「아차」하고 속으로 뉘우쳤다.

　만은 때는 이미 늦었다.

　빤-히 노려보던 인호의 눈에 눈물이 핑- 껴돌자 「어머니가 없는거 뭘 써요.」 확 내뿜는 소리다.

　그러고는 그자리에 털석 주저앉더니 두손으로 얼굴을 가리우고 목메어 늦긴다.

　남순이는 아무말도 못하고、인호의 들먹거리는 어깨를 물끄럼이 나려다보았다.

　방안의 시선은 전부 인호와 남순의게로 쏠린다.

운동장에서는 유회가 시작되었는지 와—하고 떠들어댄다.

그러나 보오야니 흐려진 남순의 눈에는 아무것도 보이지 않는다.

二

방과후 아이들은 다— 돌아가고、교사들만 사무실에 남어서 교장의 퇴근만 고대하고 있을때、남순이는 텅뷔인 운동장을 내다보며、인호의일을 생각하고 있었다.

평소에 언제든지 아이들의 가정형편이라든지 사생활에 대해서 주의를 게을리하지 않던 자기로서 오늘 왜 그렇게도 감쪽같이 잊어버리고 실책을 하고 말었던가?

인호가 어미없는 아이로서 계모의 밑에서 화기없이 지나오는 아이라는것은 벌써부터 알고있는 일이 아닌가.

그럼으로 자기는 항상 그애의 동정에 대하야 눈을 살펴왔고、은근히 그어떤 편협에 가까운 동정까지 가져왔다.

그렇던 자기가 오늘은 뜻밖에도 그런 실책을 하고말았다.

비록 무의식중에서 나온 악의없는 실책이라고는 하드라도、가장 아픈데를 닷친 어린것은 그얼마나 자기를 원망할것인가?

그것을 생각하니 남순이는 한시각을 더 앉어 있을수가 없다.

그래 그는 교장이야 퇴근하든말든 먼저 자리를 일려고 책보를 걷어싸려는데 누군지 남쪽교사 모퉁이를 얼른하고 돌아가는것이 보였다.

누군지 알수는 없지만 남순의 생각에는 웬일인지 그것이 인호로 생각되며 교사뒤에서 혼자 울고있는것 같이 생각되었다.

그는 더 생각하려고도 않고 사무실을 나와서 남쪽교사뒤로 돌아가 보았다.

남순의 추측은 조금도 어그러지지 않었다.

교사뒤 백양나무로 둘러쌓인 담장밑에 인호는 혼자 오도머어니 앉어、분홍빛으로 물들기 시작하는 서쪽하늘을 하여없이 바라보고 있다.

남순이는 벽에 붙어서서 잠시 주저거리다가

「인호!」

하고 조용히 부드러운 목소리로 불렀다.

인호는 깜짝 놀라며 고개를 돌린다.

뒤에 와 선 선생의 시선을 마주띠우고 어린것은 당황해하며 어쩔줄을 몰으다가 그만 고개를 푹 숙여버린다.

남순이는 또 못할노릇을 한것 같아 심히 미안스러히 생각하며、그의곁에 가서 어름거리다가、자기도 옆에 조용히 앉었다。

인호의 고개는 더 한칭 숙으러진다。

「인호、너 예서 혼자 뭘허구 있니」

인호는 손까락끝으로 땅바닥만 후빌뿐 대답이 없다。

남순이는 까닭모를 한숨이 나옴을 금할수가 없다。

그는 자기도 한동안 어린것의 모양으로 땅바닥을 후비다가

「인호야、너 오늘 내일을 퍽 섭섭하게 생각했지?」

하고 다시금 나직하게 한숨을 지었다。

인호는 그제야 고개를 쳐들고、남순의 얼굴을 빠안히 마주본다。

말할수엇이 가련해뵈는 표정이다。

남순이는 부드러히 우서뵈며

「인호는 오늘 선생님을 퍽 원망했지? 나는 어찌나 미안한지、그래서 인호한테루 가서 사과하련던찬데 여기있는걸보구 찾어왔서」

하고 진정으로 사과의말을 했다

인호는 그저 선생의 얼굴만 마주볼뿐 아모말도 없다。

남순이는 어떻게 해서든지 자기의 진정을 어린것에게 알려주고 싶다。

그래 그는 다시금 뒤를 이었다。

「이담엔 그런 문제는 안낼테니까 공부 잘해야한다。

웅! 알어들었니?」

그래도 인호는 한동안 말이 없다가 갑작이 저쪽으로 외면하며 혼잣말하듯 중얼거린다。

「아녜요。선생님、지가 잘못했어요。난 오늘밤에 가서 어머니라구 작문을 지어 올테애요」

남순이는 뜻밖의 말에 잠시 벙벙하니 앉아서 소년의 옆모습만 듸려다보다가

「오、착해라。그럼 여북 좋게。그렇지만 아까 인호가 한말과같이 어머니가 안계신걸 어떻게 쓰니?」

하고 기색을 살피며 조심스레 물었아。

「안게서도 난 잘 알구있어요」

「아니 어머니가 언제 돌아가셨게」

「지가 일곱살때요」

「일곱살때?」

「네, 지금두 어머니 얼굴을……」

하다가 갑작이 인호는 입을 담을고 또 고개를 숙여버린다.

금시에 올듯한 상이다.

남순이는 자꾸만 목구멍이 막히며 눈시울이 뜨거워나는것을 가까스로 참었다.

「난……난 인호가 제일 좋와. 다른 학생보다두 인호가 가장 귀엽구 착하다구 생각해」

인호는 고개를 번쩍 쳐들고 남순의얼굴을 쳐다본다.

그의 두눈에는 형용할수없는 생기가 떠돈다.

「나두 집에 가서 어머니라구 제목을 달구 작문을 지을께, 인호두 그예 지어와야해. 우리 누가 잘 지었나 비겨봐, 웅!」

어린것은 말없이 고개만 끄떡인다.

고 귀엽고도 가련해뵈는 모양에 남순이는 와락 끌어악고 몸뿌림치고싶은 충동을 간신이 참었다.

三

그이튼날부터 남순이는 인호를 대할때면 진정으로 반가워하는 표정을 지으며 부두럽게 대해주었다.

어린소년의 태도는 완연 달러져서 명랑하게 되었다.

언제든지 침울한 빛을 띄고 으슥한 구석으로만 찾아들던 소년은, 하학시간이면 제법 운동장에서 아이들틈에 끼어놀줄을 알게되고, 수업시간에도 화기스레 선생의 질문을 받는것이었다.

그러면 그럴사록 남순이는 더욱 더 친절하게 굴어주었고, 어린것의 주름쌀잡힌 그맘을 펴주었다.

그는 퇴근시간이 되어 다른직원들이 다 집으로 돌아가도, 운동장에서 인호와 언제든지 해가 질때까지 놀았다.

냉냉한 집으로 돌아가기가 싫어서 항상 어두울때까지 학교 뒤뜰을 헤매던 소년은 비로소 제세상을 맞나 즐길때로 즐기고, 놀때로 노는것이었다.

다시 말하면 방과후 아모도 없는 운동장에서 여선생과 단둘이 즐겁게 노는 그시간은 그에게 있어서는 천구의 시간이었던것이다.

그때만은 계모의 매운 눈초리며 앙칼진 그말 소리들이 흔적도 없이 골수에서 사라져버리고 그저 무한히 기쁘고 즐거웠다.

그러나 그러다가도 해가 지기시작하여 화안하던 운동장이 슬며시 어두어들때면 그의 얼굴은 다시금 그늘져들기 시작하는것이다.

그것을 볼때면 남순의 가슴속은 비길데없이 아팠다.

그렇게 명랑하게 떠들어대던 소년은 무겁게 입을 담을고 서쪽 산마루를 넘어가는 빨안 해를 원망스러히 바라보는것이다.

남순이는 나직한 한숨을 짓고는 소년의 어깨에 다정스레 손을 언즈며

「자、인젠 그만히 놀구、내일 또 놀자. 너머 늦으면 집에서 걱정을 하신다. 인젠 회사에서 아버지두 나오셨겠지」

하고 고요히 웃어보인다.

그러면 소년은 아버지란 그말에 얼마간 마음을 돌린후、서글픈 웃음을 빙그─시 띄우고는 연전히 말은 없이 앞을선다.

이러한 날마다가 꼭 일과처럼 계속되다가、소년에게는 뜻하지않은 일이 생겼다.

그것은 여선생의 숙소이전문제로서 소년에게는 너머나 슬픈일이었다. 남순의 하숙은 이때까지 어떤 하숙옥이었는데 여러가지 불편함점도 있고、또 하숙료가 비싸진 관계도 있고해서 이전부터 권하던 교장의말에 따라 자기의 단임학생의집으로 옴기게 되었다.

그때문에 인호의 집과는 딴방향으로 거리가 떠러지고 또 출근이나 퇴근시에는 자연히 주인집아이와 같이 댄기게되었다.

그러나 인호에게 대하는 태도는 조금도 달리하지 않았다.

만은 어린소년의 마음은 몹씨 슬펏고 헝크러졌다.

출근시간이면 꼭 남순의집 문앞에서 기다렸다가는 같이 등교하고、퇴근시간에도 똑같이 나오던것이 숙소를 옮긴다음부터는 자기의대신 용수(남순의 주인집 아이)가 꼭 따라댕기고、하학후 운동장에서 노는데도 용수가 끼이게되고 도모지 마음을 펼수가 없이되었다.

인호의 얼굴은 다시금 이전처럼 침울하게 되었다.

그것을 보고 남순이는 어떻게 해서던지 이전처럼 그의맘을 명랑하게 돌려주려고 애썻지만、인호는 도리여 하학후면 뒷산이나 또는 내까같은데 도망하다 싶이 혼자 가서 놀며、곁에도 오지 않는다.

어느날 방과후였다.

남순이는 그날도 어떻게하면 인호의 마음을 달래줄까고、 운동장에 나가 아무리 찾아보아야、 인호는 그림자도 보이지 않았다.

그래 하는수없이 다시금 사무실에 되돌아와서 우두머어니 앉아있다가 퇴근시간이 되자、 책보를 끼고 나오는데 갑작이 교문옆에서 뜻하지않은 인호를 딱 마주띄었다.

남순이는 너머나 반가워

「오、 인호」

하고 그의앞으로 닥어갔다.

그러나 인호의 표정은 여전히 어둡다.

「너 웨 요즘 혼자만 노니? 응?」

남순이는 인호의 어깨를 다정스레 잡았다.

만은 인호는 반발된듯이 뒤로 물러서며、 무엔지 종이쪽을 불쑥 내민다.

「이게 뭐냐?」

남순이는 얼결에 받아들고 물었다.

인호는 잠시 무밋무밋하다가

「선생님 작문이애요. 내해를 도루 내주서요」

「뭐?」

그제야 펼쳐보니 언제인가 「어머니」란 제목으로 서로 지은것을 바꾼 그것이다.

남순이는 너머나 어이가 없어서 한동안 말도 못하고 마주보다가

「인호、 너 어쩌자구 이러니?」

혹 겨우 입을 열었다.

인호는 옆으로 돌아서서 머리를 숙이고 입술만 깨문다.

「인호야、 이렇게까지 네가 내맘을 몰라주니?」

남순이는 눈물이 솟구쳐서 뒤를 바로 이을수가없다.

「애、 인호……인호」

갑작이 인호의 어깨가 들먹이는것을 보고 남순이는、 그의앞으로 닥아들었다.

만은 인호는 얼굴을 쳐들지못하채 홱 돌아서더니 그만 언덕아래로 냅다 빼기 시작한다.

남순이는 더 부를생각도 안하고 언덕아래로 달아나는 인호의 뒷모양을 하염없이 바라보며 소리없이 울었다.

四

남순의 앞에서 도망하여 달아난 인호는 그길로 앞산마루턱 솔밭에 가서 어두어질때까지 혼자서 자꾸 울었다.

어째서 울게되는지 그 까닭은 도무지 알수가 없다.

그저 실없이 슬퍼나며 눈물이 솟구쳐난다.

어린맘에도 자기의 우는일이 하도 딱하여 몇번이나 우름을 끊지려고 애써보았지만、 그러면 그럴사록 이상스레도 목구멍에 그무슨 돌멩이 같은것이 막혀들며 새로운 설음이 치미는것이다.

그러다가 그는 해가 져물어서야 겨우 울음을 멈추고 마을을 나려다 보았다.

첫눈에 띄이는것이 덩실한 자기의집 대문이다.

그는 마치 못볼것이나 본듯 얼른 시선을 돌려서、 용수의집을 찾아보았다.

그러나 아무리 살펴보아야 용수의집은 어느것이인지 알어낼수가 없다.

그것이 그에게는 더욱 슬펐다.

꼭 얻었던 보물을 놓진듯、 인제 여선생은 아주 자기의 세계에서 사라져바리고 그대신 용수의 세계가화려하게 머리속에 자꾸 저절로 그려졋다.

이날밤 소년은 쪽한잠 이루지 못하고 전전반족하며 기나긴 가을밤을 밝혔다.

그러고는 이튿날부터 학교에는 가지않았다.

아침 집을 나설때에는 학교로 가는체 하지만 집뭏앞만 벗어지면 앞산아나、 강사가에 가서 진종일 쓸쓸하게 돌다가는 저물면 하는수없이 집으로 돌아오고 했다.

그러다가 어느날 석양、 그는 길까에서 용수를 만났다.

이상스레도 가슴속이 부풀어 올으는것을 가까스로 참고、 슬쩍 딴골목으로 피하려는데、 용수편에서는 그런줄은 모르고 벙글거리며 다거오더니

「인호、 너 웨 요즘 학교에 안오나?」

하고 수작을 건다.

인호는 적의가 가득 서린 눈으로 빠안히 노려보다가

「학교에 안가는데 무슨 참견이냐?」

허고 툭명스레 멋퉁이를 주었다.

「뭐? 이새끼 너 인젠 학교에두 안댕기두 막난이 새끼가 되려니?」

용수의말도 곱지못하다.

「뭐야? 개수작말구、 네일이나 잘해라」

「잘하던 말던 너더러 그런 걱정을 해달라니?」

「이새꺄, 그럼 너는 남이야 학교루 가던 안가던 무슨 참견이냐?」

「학교에 오던 새끼가, 멀정하게 앓지두 않으면서 결석을 하니까말이지」

「개수작 말어라」

「뭐야?」

용수의 얼굴에는 대번에 살기가 떠올은다.

그는 한동안은 어찌할바를 모르고 상대편을 노려보기만 하더니, 갑작이 인호의 앞으로 썩 다거들며 주먹을 불끈틀어쥔다.

인호는 입술에서 피가 날지경 악물고 쏘는듯이 마주 노려 보았다.

「이새끼 뭐 어쩌구 어째?」

말도 맺기전에 용수의주먹은 인호의 코등을 번개빛처럼 후려갈겼다.

「앗」

인호는 대번에 두손으로 코를 막고 나가 쓸어졌다.

그는 한동안 정신이 아찔하여 아픈줄도 모르고 땅바닥에 업드러져 있다가 불의에 벌떡 일어서며 정신없이 용수의 골통을 향해 주먹을 날렸다.

「으악」

느끼는 소리다.

용수의 머리에서는 대번에 시뻘언피가 솟는다.

그제야 그는 그것을 의식했는지 안했는지 그저 장승처럼 멍―하니 서있을뿐이다.

五

그이튿날 점심시간, 남순이는 점심을 먹고나서 책상에 마주앉아, 이생각 저생각 질서없이 느러놓다가, 문득 어저께 용수가 길까에서 인호에게 부상당한것을 생각하고, 오늘은 어떻게 해서든지 인호를 찾아 만나 보리라고 속으로 단단히 바수고[1] 있는데 갑작이 운동장에서 놀던 아이들이 한곳에 몰켜서 응성거리더니 六학년급장이 넋없이 사무실문을 열고 들어오며

「저, 선생님, 五학년 인호가 물에 빠져 죽었대요」

하고 황급하게 서둔다.

「뭐?」

---

1) 바수다: 《작심하다, 결심하다》라는 뜻.

남순이는 반발된듯이 일어서기는 했으나 무거운 쇠몽둥이로 뒤통수를 얻어맞은
듯 골속이 핑-하여 한동안 말을 못했다.

「五학년 인호가 물에 빠져 죽었답니다」

급장은 남순의 얼굴에서 시선을 뗴지않고 재차 말한다.

「언제?……어듸서?」

남순이는 가슴이 막혀서 겨우 입을 열었다.

「바루 지금 앞강에서 건져다가 병원으로 갖어갔대요」

「웅?」

남순이는 다시금 한동안이나 색없이 서있다가

「그래……어……어떻게 됐다더냐」

하고 목소리를 떨며 물었다.

「그건 몰우겟어요. 점심먹으러 갔다 온 애들이 얘기하는데 제창병원으로 업구들
가더래요」

「뭐 제창병원?」

남순이는 넋없이 달려가서 전화통에 매달렸다.

병원번호를 대준다음 불러내는 동안이 천추보다도 더 오랜것 같다.

겨우 통화가 되어서 말을 물을랴니 가슴이 뻣쳐서 바로 무를수가 없다.

「여……여보세요. 제창병원입니까?」

대답이 오기 바쁘게

「지금 방금 ……저 ……물에 빠진애가 갔지요」

하고 조급하게 묻는데 웬일인지 전화가 딱 끊어진다.

「여보세요 ……여보세요……」

아무리 불러도 응대가 없다.

그만 그는 그대로 수화기를 동댕이친후 밖으로 뛰여나왔다.

평소같으면 학교에서 二十분은 걸리는 길을 그는 어떻게 바삐 걸었든지 十분도
못걸려서 병원앞에 이르렀다.

현관에 들어서니 마침 안면있는 간호부가 나온다.

남순이는 인사할틈도 없이 인호의 소식부터 물었다.

간호부는 몹시 딱해하는 빛으로

「글세애요. 아직 좀 있어야 알겠어요. 지금 선생님께서 응급수당을 가하시는 중
인데요」

하고는 그저 의무적으로 말한다.

남순이는 머리속이 자꾸 돌아가서 그만 복도에 놓인 벤취에 가 살며시 앉았다.

약 반시강가량 지나서 그는 간호부의 안내로 인호의 병실에 들어갔다.

하-얀 침대를 둘러싸고 여러사람들이 모여선 그 속에서 백랍처럼 회게된 얼굴을 벼개우에 반듯이 놓은 인호의 그모양을 보았을때 남순이는 하마트면 그 자리에 주저앉을뻔했다.

남순의 모양을 보고 먼저 자리를 비키며 인사하는것은 인호의 아버지다.

그의 얼굴도 백지처럼 푸루러졌다.

「선생님 어떴읍니까?」

남순이는 울움이 북받쳐 그저 머리만 숙였다.

「다행이 생명은 건질것 같습니다」

하는 말을 듣고 남순이는 그만 참었던 울음을 왈칵 터져버렸다.

한동안 침대뒤에 돌아서서 울다가 겨우 울음을 멈추고 돌아다보니, 모여섰던 사람은 죄다 나가고없고, 인호의 아버지만 혼자 남어서 그도 울음을 참느라고 입술을 깨물고있다.

남순이는 조용히 인호의 얼굴옆으로 갔다.

멈췄던 눈물이 다시금 솟구친다.

갑작이 인호는 입술을 옴이작거린다.

그러나 이내 제대로 꼭 담으러버리고는 그대로 잠든듯이 숨도 쉬는것 같지않다.

그제야 남순이는 인호의 아버지를 돌아다보면 사건의 전말을 물었다.

「그런데 으떻게 된 일입니까」

인호의 아버지는 땅이 꺼져라고 긴한숨을 뿜고나서

「글세외다. 어떻게된 까닭인지 저두 잘 몰우겠읍니다.」

하고 잠시 멈췄다가 힘없는 어조로 다시 잇는다.

「이때까지, 남허구 싸운일이라구는 한번두 없었는데

어저께 어떻게 돼서 그런줏을 했는지. 한반에 댕기는 아이를 돌멩이루 골을 쳐서 상처를 내주고, 또 요즘 학교에두 안간다는 사실을 알구 오늘 아침에 좀 야단을 때렸더니 본래 천성이 못생긴 놈이라 꼭한 생각에 그런줏을 저질렀던가 봅니다. 애비된자루서 선생님을 대할 낯이 없읍니다.」

남순이는 아무말도 없이 인호의 잠든 얼굴만 보다가

「그런데 알기는 어떻게 아셨어요?」

하고 여전히 고개를 돌리지않고 물었다.

「낙시질꾼들이 보고 끌어냈답니다」

한다음 그는 또한번 긴 한숨을 뽑는다.

六

이튿날、 인호는 완연 의식을 회복했다.

남순이는 전날밤을 인호의 곁에서 꼬박 새고、 이날도 학교에서 나오자 이내 병원으로 달려왔다.

그러나 소년은 남순에게 대하야 아주 냉정한 태도를 취하며 묻는말도 대답지 않는다.

남순의 가슴속은 오며내는듯이 아팠다.

「인호、 선생님을 그렇게 괴롭히는게 아니야. 난 인호땜에 간밤에두 밤새두룩 울구지냇는데、 인호는 웨 그렇게두 내맘을 몰나주어? 난 인호가 으째서 물에 빠졌는지、 인호의 그맘을 잘 알구 있는데」

하며 남순이는 너무나 슬픈생각에 눈물까지 흘렸다.

사실 그는 인호의 마음을 거울에 빛어보듯 잘 알고있다.

어째서 자기와 놀던것을 그만두고 피했는지? 그리고 용수를 때려 상처를 내준것도、 또 물에 빠져 죽으려고 한것도 모쭈리 줌안에 쥐고 보듯 살 헤아릴수가 있다.

그것은 무엇보다도 자기의 과거를 미루어 보더라도 잘 짐작할일이 아닌가?

인호와는 처지가 달르다 하드라도、 자기도 역시 눈물겨운 과거를 갖었다.

자기에게는 아버지를 두고도 아버지라고 불러보지못한 설은시대가 있었다.

천한 몸 종(婢)의 몸에서 낫다는 이유로 어린시절은 자기의성도 바루 못타고 학대받은 생활을 하여왔다.

다행히 장성하여서 아버지의성을 타게되었고 지금은 오빠의 성의에 의하여 지위도 찾었다지만、 성도 바로 못타고 눌려 살던 그시절은 그얼마나 눈물겨운 시절이었던가

차라리 죽어버리는것이 나은일이라고 생각한일도 한두번이 아니었다.

남들은 모도다 자기를 근성이 빗틀린 아이라고 업수히만 역일뿐、 누구하나 그렇게 되어진 원인을 생각고 위로하여 주는사람은 없었다.

그러므로 지금 그는 아버지의 성도 타고、 비교적 행복스런 생활을 하며 장내를

아롱지게 꿈꿀수가 있게됐다지만 어린때의 기억은 털끌만큼도 골수에서 사라지지 않는다.

뿐만 아니라 때로는 현재의 자기의 처지에 대하야、 자기의 무기력으로 증오하는 때도 있게된다.

그때문에 그는 지난봄 자기의 약혼설이 났을때 오빠의성의를 박차버리고 그 어진 오빠를 괴롭힌일도 있담。

그때 그 약혼설의 상대편이 만약 지위가 없고 가난한 사람이었더면 자기는 어떻게 되었을런지도 모른다.

그러나 그는 부자집 아들이고 지위와 명예가 있는집아들이다.

그것이 남순의 비위를 거슬러 주었고 까닭몰을 반항심까지 치밀게하여 그만 성사가 되지못하고 만것이다.

이러한 과거와 심리에서 그가 인호를 붙잡은것은 너무나 지당한 일이다.

그러나 인호는 도무지 남순의 그맘을 알어못주고 자기의 고집대로 빗두루만 나간다.

만은 남순이는 조금도 실망치않었다. 그는 저쪽으로 등을지고 돌아누은 소년의 모양을 부드러히 바라보다가

「인호、내말을 좀 들어주렴。 난 인호가 허라는대루 무에던지 헐테니까」

하고 정겹게 말했다.

소년은 여전히 잠잠하다。

「인호가 정 그렇게 나를 싫여 하구 미워한다문 난 참말 학교를 그만두구 고향으로 갈테야。」

이말에 소년은 깜작 놀란듯 번쩍 고개를 돌려누우며 쏘는듯이 빠안히 마주본다.

남순이는 자기의말이 효력은 낸것을 알고 속으로 빙긋 웃으며 그러나 겉으로는 한칭더 슬픈표정으로「난 인호만 내 맘을 알어준다문 언제든지 여기를 떠나짢구 있을테야。 그러구 인호가 이담 六학년을 졸업하구 상급학교루 가면、그곳 학교루 어떻게 운동해서던지 따라갈테야」

하고는 한숨까지 지었다.

소년은 오랬동안 감격된 눈으로 쳐다보다가 그만 다시금 저쪽으로 돌아눕더니 혼자말하듯 중얼거린다.

「상급학교에는 五학년만 하구는 못가나?」

「그야 검정시험을 치르문 갈수가 있지만 그렇게는 잘 안될껄」

남순이는 눈물이 날 지경 반가웠다.

인호는 다시금 잠잠히 있다가

「그렇지만 난 인젠 선생님과는 안놀테얘요」

하고 무뚝하게 말한다.

남순이는 가슴속이 선뜻했다.

「으째서?」

「선생님은 용수가 있쟎어요」

이말에 남순이는 빙긋 웃었다.

「실혀、 난 용수집에서 나올테야。 어디던지 인호집곁으로 옴길테야。」

소년은 돌아누우려다가 웬일인지 그대로 도루 재대로 돌아져서는 손까락도 움직이지않고 가만히 있다.

「인호만 속히 퇴원한다문 난 이내 인호를 다리구 하숙집을 얻을테야」

인호는 여전히 아무말도 없다가 갑작이 입을 연다.

「이웃집에 리야카―가 있어요。 지가 얻어다가 끌어들이께、 짐꾼은 불루지맙시다。」

「그럼 여북 좋게。 아 인호……」

하고 뒷말을 이으려다가 남순이는 그만 눈물이 왈칵 쏟아져 나와서 얼른 들창앞으로 일어서 갔다.

해는 벌써 서산에 기울었다.

인호는 뒤에서 무어라고 중얼거렸지만、 남순이는 자꾸만 눈물이 솟구쳐서 바로 역여들을수가 없었다.

(己卯五月 於 圖們)

退潮◎

一

포구의 사공들은 오늘도 먼 바다로 고기잡이를 나갔다.

아침때가 지난 나루는 잠든듯이 고요한데、 가끔 나와 부서지는 잔물결 소리만이 잠들은 어린 애기의 숨결처럼 잔조롭게 들릴뿐.

바다는 내리쬐는 해볕에 기름을 풀어놓은듯 겨으르게 번쩍거리고 굼실거리는 물결조차 하품을 자아내게 한다.

이런 때면 그렇게 시끄럽게 너울거리며 가가울던 갈매기도 어디로 다 날아가버렸는지 그림자도 볼수가 없고、 다만 멀리 一짜로 그어놓은 수평선 위에 군데군데 흰돗만이 점찍혀 있을뿐. 그러나 그도 내려쬐는 양광에 스며드는 오수에는 어쩔수가 없는듯 한곳에서 움직일쭐을 모른다.

옥순이는 미역 따러 함박을 들고 앞도래[1]로 나온지가 벌써 이슥하였건만 이상스레도 온 몸이 나릿하게 겨울러지며 암쪽하기가 싫어나서 그대로 바윗등에 오두머니 걸터앉아 먼 바다를 하염없이 바라보고만 있었다.

동구룸한 얼굴에 당실하게 내려그은 콧마루 쌍가풀진 눈은 어느편이냐 하면 큰편으로서 눈부신 햇볕에 가슴츠레 감겨진 그 모양은 비길떼 없이 귀여워 뵌다.

내려드리운 발낏에 물결이 닿아도 그대로 움직일줄 모른다.

발 밑에는 새파란 물결이 출랑거리고、 물 속에서는 잔고기들이 한가스레 떠돌고 있다.

어디서인가 윤선(汽船)고동 소리가 들려오는것 같으나、 옥순의 몸은 여전 움직이질 않는다.

◉ 이 작품은 ≪鑛業朝鮮≫ 1939년 12월호에 발표되였다.
1) 앞도래: ≪앞도랑≫의 뜻.

바로 그런 때다.

갑자기 마을쪽에서 자동차의 경적 소리가 울리더니、 사람들의 떠드는 소리들이 소란스레 들려온다.

그제야 옥순이는 기웃이 몸을 돌려 그쪽을 돌아다본다.

마는 두눈에 조름기는 그냥 서려있다.

마을사람들은 자동차정류소 앞에 엉키다싶이 모요서서 질서없이 떠들어댄다.

앞도래와 정류소와의 거리는 한마장도 못된다.

한적한 낮밥때라、 떠들어대는 소리들은 눈앞에서 듣는듯이 역력히 들린다.

(무슨 일들일가?)

옥순이는 비로소 정신을 가다듬으며 졸리는 두눈을 부비고 보았다.

자동차에서는 맥고모가 우쭐 일어서 나온다.

옥순이는 대번에 그것이 공장 주인 최덕재인것을 알고 미간을 찡그렸다.

마는 그 다음 순간 덕재의 뒤에서 천천히 일어서 나오는 회색양복장이를 보았을 때、 그는 저도 모르는 새에 발딱 일어나서는 어쩔줄을 모르고 쌔근거리기만 했다.

덕재의 뒤에서 내리는 청년、

그는 아무리 여겨보아야 덕재의 맏아들 인규가 아닌가?

「아、 인규씨」

옥순이는 부지불식간에 혼잣사설을 하고는 그만 얼굴을 붉히며 누가 듣고나 있은것처럼 주위를 둘러 본다.

덕재는 여럿의 앞장에 서서 언제나 하는 버릇으로 엄숙한 태도를 꾸미고 천천히 아래쪽으로 내려간다.

그 뒤에 따르는 인규는 연방 둘러선 마을사람들께 허리를 굽히며 벙글거린다.

아비처럼 일부러 태도를 꾸미지 않는 그의 모양은 언제 보든지 의젓하다.

옥순이는 가지고 나온 함박은 깜쪽 잊고 넋없이 바윗등을 건너뛰어 가으로 나오며 다시금 불러보았다.

「인규씨! 영자네 큰오빠」

그의 얼굴은 다시금 붉어진다.

인규의 모양이 광장건물 안쪽으로 사라진 다음에야 옥순이는 비로소 제 몸을 돌아보고 하얀 모래장에 오뚝 멎어섰다.

전신에 맥이 일시에 탁 풀려진다.

그는 한동안이나 선 자리에서 머어니 공장쪽을 들여다보다가 그만 도로 힘없는

걸음으로 함박을 엎어놓은 도래쪽으로 나갔다.

까닭없이 눈물이 쭈루루 흘러내린다.

슬프지도 않고 그렇다고 기쁜가 하면 그런줄도 모를 마음이건만 눈물은 그칠줄을 모른다.

문득 오빠의 생각이 치민다.

인규와는 친형제보다도 더 살틀하게 지나던 오빠 인규가 온다고 정류소에 가뜩 몰켜나온 마을사람들속에 오빠의 그림자는 보이지 않았다.

친우가 오래간만에 영오의 생활에서 풀려나오는데도 오빠는 그림자도 나타내보이지 않고 집에서 무엇을 하고 있을가?

또 뒷 산 송정에 가서 낮잠이라도 자고 있는것이 아닐가?

가정의 몰락으로하여 방학이 지나도 다시 상경 못할 신세에 날마다 고민하는 오빠의 정경을 생각하니、눈물은 더 한층 뜨겁게 솟는다.

그리고 더구나 재산의 상실도 상실이려니와、다만 하나밖에 없는 아들의 공부를 중도에서 꺾어버리지 않으면 안되게 된 아버지의 그 속을 생각하면、옥순이는 더 참을수가 없이 소리를 내어 울게 된다.

불쌍한 아버지! 불쌍한 오빠!

자기로서 할수만 있다면 그 불쌍한 아버지나 오빠를 위하여 무엇을 아끼며 무엇을 주저할것인가?

계집으로 태어난 제 몸이 새삼스레 한스럽다.

그는 불 같이 치미는 아버지와 오빠의 생각에 그만 함박을 집어들고 도로 가으로 나와서는 바삐바삐 집으로 향했다.

二

예기한바와 같이 집에는 아버지가 혼자 창문앞에 힘없이 앉아 머어니 앞바다쪽을 바라보고 있고、오빠는 뵈지 않는다.

옥순의 가슴 속은 이내 슬며시 얼어든다. 무에든지 수작을 건니어 아버지의 마음을 위로해 드리고싶으나、어머니도 안계시다. 속순이는 부엌 문 앞에서 잠시 머뭇거리다가、

「저 오빠 어디 갔소?」

하고 조심스레 물었다.

그의 아버지는 심참사―권규는 한동안이나 못 들은체 잠잠히 바다만 내다보다가、 이슥한 후에야 겨우 입을 연다.

「낸들 알겠느냐? 밥만 먹으문 나가는 자식을」

말하고는、오장이 꺼지는듯한 한숨을 또 내뿜는다.

옥순이는 아무 말도 안하고 다시금 마당밖으로 나왔다.

마당 밖에 나와서는 잠시 오빠의 갔음직한 곳을 머리속에 그려보다가、왼쪽으로 돌아서서 뒷산 송정으로 올라가 보았다.

짐작에 어기지 않고 오빠는 나무 밑 잔디밭에 비스듬이 한쪽 팔을 베고 들어누워서 담배를 피우며、타박타박 올라오는 뉘동생의 모양을 실음없이 바라보고 있다.

옥순이는 이내 가슴속이 뭉클해난다.

그러나 그는 천연스레 웃음을 지으며、

「오빠 무슨 일을 하오? 혼자서」

하고는、오빠의 곁에 가서 살짝 앉으며 송글송글 내돋은 이마에 땀을 씻는다.

그의 오빠―승호는 뉘동생을 부드러운 웃음으로 맞으며、

「왜? 무슨 일이 생겼냐?」

하고 얼추 일어나 앉는다.

「일은 무슨 일」

옥순이는 엉석 섞인 어조로 말 끝도 맺지 않고 오빠의 얼굴을 웃음으로 할기죽 흘겨본다.

「그럼、왜 멱 따러 가던년이 멱두 안 따구 그렇게 넋없이 들어왔나? 바다에 물귀신이 있드냐?」

「네가 넋없이 들어왔지. 누가 넋없이 들어왔겠나?」

「에그、거짓말두……내 넋없이 들어오는것 언제 봤소?」

「바루 지금 봤지」

「거짓말을 마우。난 그런 일이 없소. 물쌀이 세서 들어왔지」

「물살이 세어?……아니 오늘 같은 날에 물쌀이 세어?」

「세쟁이쿠! 오빠 예서 보기보다 어디 물에 나가 보오」

하고 변명하면서도、옥순이의 얼굴은 자꾸만 붉어간다.

「그런데 얼굴은 어째 그렇게 붉어지느냐? 어디서 무안을 당했냐?」

승호는 심술궂게도 그냥 놀려준다.

「에그 난 싫소。자꾸 그렇게 놀려주면 집에 가겠수」

하고 홱 토라지는 뉘동생의 그 모양에、승호는 다시 한번 만족한 웃음을 벌씬 웃고나서

「그럼 그만둘께 울지는 말어리」

「흥、뉘기 운다오?」

「난 또 눈물이 쪼루루 나온다구」

승호의 말투는 여전 놀림쪼로 나온다.

옥순이는 또 무에라고 대꾸를 하려다가、문득 아까 자동차로 돌아오던 인규의 일을 생각고、오빠의 눈치를 흘끔 엿보았다.

오빠는 농을 하던것 같지 않게 그늘진 얼굴로 머어니 앞바다를 내다본다.

옥순의 가슴 속은 이내 어두워든다.

그는 방금 꺼내려던 인규의 말을 그만 입속으로 깨물어버리고、자기도 오빠의 시선을 따라 바다쪽으로 시선을 돌렸다.

멀리 양도(洋島)쪽을 바라보니、섬 안에는 어선 돛대들이 수없이 솟아있고、언덕 위에서는 정어리공장 양철지붕들이 바로 직사하는 한낮의 폭양에 이글이글 타듯이 번쩍거린다.

「옥순아」

갑자기 승호는 침묵을 깨뜨리고 옥순의 쪽으로 고개를 돌린다.

옥순이는 아무 말도 없이 오빠의 얼굴만 말끄러미 돌아다본다.

「너」

하고 승호는 웬일인지 주저거리다가、

「너 아까 덕재네 부자가 오는걸 알았지?」

하고 정색을 지어 묻는다.

옥순이는 가슴 속이 뜨끔하여 대답을 못하고 외면해버린다.

「왜 대답을 안하니? 너 보았지?」

승호는 재차 묻는다.

그래도 옥순이는 대답을 못했다.

웬일인지 까닭모를 격정이 치밀며 눈시울이 보오옇게 흐려진다.

승호는 뉘동생의 그 모양을 돌아다보지는 않았어도 잘 알고 있다는듯이 저 혼자 고개를 끄떡이며 나직히 한숨짓는다.

「인규가 오는걸 보구두 마중을 나가지 않는 나를 너는 원망스레 생각할꺼다. 하지만 옥순이 내 말을 좀 들어라 인구와 너와의 새가 범연치 않구 장래에는 그 어떤

결과를 맺으리라는것은 비록 양쪽 가정에서 정식으루 언약한 일은 없었대두、은연 중에 서로 묵인한것이구、또 세상에서두 반드시 그렇게 되리라는것을 인정해온 사실이 아니냐? 더루나 당사자인 너의 둘은 굳게 언약까지 했다는것을 나는 인규가 그리루 들어가기 전에 그의 입으로서 똑똑히 들었다。」

옥순이는 자꾸만 눈물이 솟구쳐서 오빠의 이야기를 바로 들을수가 없다。

「그러나 옥순아! 세상 인심이라는것은 몰우는 법이느라。인규가 나안테 그런 말을 하던 그때와 지금은 아주 형세가 달러졌다。덕재네 집은 끝을 모르구 올라가는 ―즉 상승기에 처해있는 형편이구、우리는 몰락의 과정을 밟는―아니 벌써 몰락해 버린 형편이구、이런 양극의 대조란 결국 어울릴줄 모르고 서로 상반되는것이 원측 인데」

하고 다음을 이으려던 승호는 너무나 처연한 얼굴로 빤히 주시하는 옥순의 모양에 그만 하려던 말을 중지하지 않을수가 없다。

둘은 한동안 눈도 깜짝하지 않고 마주 보았다。

갑자기 옥순이는 입술을 바르르 떨리더니、

「오빠! 아닙니다。오빠는 아직 인규씨를―인규씨의 마음을 잘 모르구 하시는 말쏨이우。인규씨만은……인규씨만은 절대루 그런 법이 없수」

발악하듯 말하고는 두 손으로 얼굴을 가리워버린다。

승호는 조용히 외면하고 담배를 꺼내 붙여 물었다。

그러고는 혼잣말로

「그렇다면 오죽이나 좋겠나? 그건 나두 절실히 바라는바아。그렇지만」

하고 그는 옥중에서 보낸 인규의 편지 내용을 말하려다가 그것까지는 너무 심한 것 같아서 그만 입속에서 씹어버렸다。

「난 오빠의 말은 곧이들을수가 없고。오빠는 아무것도 모우구 그저 괘―니 인규씨를 의심하는게지。그이는 절대루 그럴 양반이 아니라우。모든걸 자기 맘처럼 생각하구……、아버지네끼리 틀렸다구 오빠가 인규씨와까지 틀려갈 필요야 어디 있수?」

승호는 누이동생의 입에서 이렇게 불을 내뿜는듯 말을 들어보기는 생후 처음인지라 그저 어루둥절해서 상대편의 입만 바라볼뿐이다。

옥순이는 자꾸만 치미는 격정에 되는대로 내뿜다가、머어니 자기의 입을 바라보는 오빠의 모양이 비로소 지나친 자기를 돌아보고 입술을 깨물다가 오쫄 일어섰다。

승호는 아무 말도 없이 내려가는 뉘동생의 뒷 모양을 바라보며 저혼자 중얼거린다.

「믿는자의 어리석음이여! 그러나 그만큼 너는 행복스럽다. 너를 위해 할수 있는 일이라면 내 무엇을 아끼겠냐! 그러나 아아!」

그는 괴로운듯이 미간을 찡그리며 두 눈을 감아버린다.

三

인규와 승호가 조용히 마주 앉은것은 그날 저녁 밤도 이슥히 깊어진 때였다.

둘은 승호의 방에서 우수러한 남포불을 사이에 걸고 마주 앉은채 한동안이 지나도 서로 말은 꺼내지 않고 담배만 피우며 어색한 장면을 이어갔다.

옆 방에서 한마디라도 빼지 않고 죄다 엿들으려는 옥순이는 이제나 저제나 무슨 말이 나오는가 기다리기에 가슴이 한줌만큼 졸아드는것 같다.

대체 둘 사이에 이야기가 벌어진다면 어떠한 이야기가 벌어질것인가!

인규는 약불하면 아직 승호네가 파산을 당한줄을—그리고 그 파산의 원인이 다는 아니라도 절반은 확실히 인규의 아비 덕재의 탐욕에 있은것이란것을 모르고 있을지도 모른다.

그는—인규는 금후의 대책을 어떻게 세울것인가?

그것은 자기뿐만 아니라、 승호 자신도 지금 얼굴은 볼수 없지만、 그때문에 초조하여 얼른 말을 꺼내지 못하는것이 아닐가?

그런것 저런것 생각하니 옥순의 가슴 속은 더 한층 갑갑하여난다.

인규와 승호는 오랫동안 담배만 빨고 잇다가、 인규저편에서 결국 먼저 입을 연다.

「승호! 나는 그 안에서 대강 얻어들었지만、 너의 집은 그동안에 파산을 당했다지?」

이 뜻밖에 말에 놀란것은 승호보다도 옥순이었다.

반드시 오빠가 내뿜지 않고는 견디지못하리라는것. 그러면 그에 따라 나올 인규의 말—말할수 없는 호기심에 가슴을 죄고 있은 옥순의 기대는 여지없이 어그러졌다.

그는 심심하니 앉아서 남포불만 바라보았다.

그러면서 꿈속에서처럼 머어니 다음 방의 대화에 귀를 기울였다.

승호는 대답이 없다.

인규는 다시 다음을 잇는다.

「그것두 절반 책임은 우리 아버지에게 있다지?」

그래도 승호는 입을 열질 않는다.

한참동안 상대방의 대답을 기다리던 인규는 다소 무안함을 느꼈는지 저 혼자 중얼거리듯 힘없는 어조로 말한다.

「내 아비의 일에 대하여 이러니 저러니 하구 너안테 말하구싶지는 않지만, 그러나 이번 일만은 너무 심한데서 새삼스레 놀라지 않을수가 없다. 그래서 낮에는 못 찾어오구, 이렇게 밤에야 찾아온게다」

갑자기 승호의 입이 열린다.

「인규! 너는 내가 먼저 오랫동안 고생하고 온 너를 찾어보지 않었다고 비꼬는 수작이냐?」

「뭐?」

인규는 너무나 지나친 승호의 말에 멍하니 입을 벌린채 뒷 말을 잇지 못한다.

「네가 나를 그렇게 비꼬는건 결국 네자신을 비꼬는거다」

승호의 말은 처음부터 트집스럽게 상대편을 물리치려는 투다.

한참후에야 인규는 겨우 얼크러진 정신을 가다듬은듯

「승호! 너 무슨 말을 그렇게 하느냐? 그게 정말이여 아니겠지?」

하고 승호의 얼굴을 빠안히 들여다본다.

「뭣이? 정말이 아니문 거짓말이란 말이냐?」

승호의 어성은 한층 거츨다.

「그럼 정말루 하는 소리란 말이냐?」

「남의 말을 믿지 않는건 언제부터 생긴 병이냐?」

인규는 조용히 두 눈을 감고 생각에 잠긴다.

방안에는 다시금 무거운 공기가 떠돈다.

옆 방에서 엿듣는 옥순이는 맥이 풀려서 나릿하니 앉아있다.

이슥한 후 인규는 조용히 눈을 뜨며,

「네가 그렇게 나안테 대하는것을 조금도 나는 오해한다거나 섭섭하게 생각지는 않는다. 그러나 이것만은 여전히 어어가야 할줄 안다. 즉 너와 나와의 우정만은 옛날이나 지금이나 조금두 변함없이 이어가야 할줄 안다」

「값싼 말은 말어라. 인젠 그러한 때는 한 세기 전에 지나갔다」

「뭣이?」

이번에는 인규의 편에서 어성을 높인다.

「승호! 친한새라구 너무 지나치게 말을 말어라」

「흥! 친한새? 아직두 그 달콤한 소녀적장난만을 꿈꾸구 있냐? 현실은 무엇보다도 엄연하다. 네가 꿈꾸던 시대는 한 옛날에 지나갔다. 대체 우정이란게 뭐냐? 실큰 제맘대루 꾀집어주구두 우정만 내세우문 만사가 해결이 된단말이냐? 그러한 독존적 우정을 너는 어디서 배웠냐? 역시 너의 아버지나 뉘동생에게서 배웠냐?」

「뭐?……승호! 너무 지나친다」

「지나쳐? 흥! 맘 좋은 우리아버지는 그런 우정에 너머갈는지 모르겠지만—아니 이미 벌써 넘어갔지만 우리는 다르다. 한번 물린 뱀의결으루 다시가는것은 아니니까?」

인규는 뻐언히 승호의 얼굴을 마주보기만 할뿐 한동안이나 말을 못한다.

그러나 그도 한때는 고생할대로 하여본 자다. 비록 그것이 보통 가난한자들의 맛보는 고생과는 근본적으로 다른것이라 하지만、 그래도 고생임에는 틀림이 없었고、 그러므로 남의맘이란 접하여볼때로 접하여본 그다.

승호의 흥분이 상승됨을 보고、 그는 다시 마음을 가다듬으며 벌썬 웃어뷘다.

「승호! 나는 네가 어든말을 하던지 달게 받으며 너의흥분을 오해치 않을테다. 네가 우리아버지때문에 나안테 절교장ㅅ을 보낸대두 나는 여전 너에게 대해서는 옛날의 인규구 벗이다. 그건 나뿐만이 아니다. 내 뉘동생 인숙이도 나와 조금두 변함없이 너를대할꺼다」

갑자기 승호의 얼굴에 괴로워하는빛이 떠오른다.

그는 입술을 깨물며 인규의 얼굴을 뚫어져라고 쏘아본다.

그모양을 보고 인규는 조용히 웃어뷔며 일단 목소리를 낮후어서 부드러이 말한다.

「그렇잖으냐? 너는 내 아버지와 심지어 나와까지 영 틀린대두 인숙이와 까지 틀리지야 않겠지. 그러구 나두너와는 틀린대두 네가 내 뉘동생과만 틀리지않는다문 나는 여전 즐거움을 잃지 않을것이다」

너무나 급소를 찌르는 이말에 승호는 참다참다못해 그만 벌떡 일어선다.

「인규! 듣기 싫다. 어서 가라. 이이상더 너를 대하구싶지는 않다」

인규는 여전 싱그러이 웃고 있다가

「그러냐? 그렇다문 나두 곤한데 일찍 가겠다. 이담 차츰 기회 있는대루 또 만나자」

하고 우쭐 일어선다.

그가 나간다음 승호는 오랫동안 방가운데 장승처럼 서있다가 그만 무엇을 생각했는지 문밖에 성큼 나선다.

四

초생달은 벌써 진지가 오래다.

승호는 조용한 바다가를 혼자서 거닐며 방금 갈라진 인규와의 장면장면을 머리속에 그려가며 여러가지로 생각을 기울여 보았다.

그의말과같이 아비들사이의 관계로하여 그 자식들까지틀릴필요는 물론 없다.

그 자식들의 정의관계가 가정이나 혹은 조선간의 정칭관계에 좌우되어 맺어진것이 아니라면 그 애 들끼리 서로 상반되었다고 그 자식들까지도 서로 반목되리라는 법은 없을것이고 또 그렇게 된다면 그것은 가장 어리석은 일이다.

또한 그러한 우정은 참다운 우정도 아무것도 아니고 극히 불순한 이해적 타산에 의하여 맺어진 한 사교에 불과한것이다.

우정은 어디까지든지 우정이고 이해타산은 이해타산이다.

그렇다면 자기가 이때까지 인규네남매와 사괴어온것은 그러한 이해타산을 전제로하고 앞으로의 그어떤 불순한 계획아래에서 가면을 쓰고 한것이었든가?

자기의 아버지와 인규의 아버가 틀림없이 그러한 불순한 교제였다는것을 여실히 증명하여 주는것이 아닌가?

그는 낮에 뒷산송정에서 발악하듯 말하던 누의동생의말이 먼뚝 머리속에 떠오른다.

「아버지네끼리 틀렸다구、우리네끼리도 틀리란법이 어디 있어요!」

그렇다。확실히 그렇다。

부모끼리 틀렸다고 자식들끼리도 틀릴까닭은 없다.

더구나 인규와 옥순이－그리고 자기와 인숙이는 약혼까지 하고 있는 사이가 아닌가?

하긴 덕재란 인간이 자식들의 그런 관계에 호의를 가지고 있지않고 지금에 와서는 그어떤 반감까지 가지고 있는것만은 그속을 들여다 보지않었어도 빤히 알고있는 사실이지만 그러나 그것이 다 무슨소용이 있느냐?

자기네의 결의만 튼튼하게 가진다면 그러한것쯤은 문제가 아니다.

그러면 무슨까닭으로 자기는 구태여 그들과의 옛정을 끊어버리려고 본의에 없는 모진마음을 가지는것일가?

스스로 생각하여도 때로는 헤아릴수없는 제마음에 그는 암담을 느끼지않을수가 없었다.

대체 사업이란 무엇인가?

사업과 우정이란 어떠한 것인가?

자기는 몰락한 집안의 부흥을 도모하고 성공시켜야 한다.

이때까지는 그저 막연한 생각으로 부모가 시켜주는 대로 아무 정견도 없이 학업을 이어왔다.

대학이라면 최고학부다.

그 최고학부를 아무 정견도없이 그저 다니게되는 다녔다는것은 이 얼마나 어리석은 일이며 수치스러운 일이냐?

오늘날 이 복잡다단한 세대의 한 제네레 숑으로 태어난 이나라의 청년으로서 최고학부를 내일모레 필업하게된 지금에까지 와서도 자아를 돌아보지못하고 환경을 살피지못했다는것은 확실히 타기에 타당한 일이다.

자기가 새로운 자아를 인식하고 몰락한 집안을 부흥시켜 보겠다는것은 단순히 자기의 한가정에만 관한 일일가?

현재 몰락의 과정을 밟아오는 고향의 어촌에 눈을 돌려가지고 조금이라도 그 몰락의 과정을 막아버리고 그 어떤 생로를 열어주는 그것은 자기의 한집안을 부흥시키는 그것과 분리시켜 생각할것은 아니다.

아니자기의가정사를 마을의 소생에 연결시켜야 한다.

여게에서 인규네와의 옛 인연을 끊어 버리려는 문제가 생기는것이다.

최덕재! 그는 어떠한 존재며 위인인가?

자기의 사복을 채우기 위하여는 한개인의 파멸같은것은 한마리의 정어리가 없어지는것만도 생각않는 인물이다.

뿐만 아니라그는 마을전체의 파멸도 감행하려는 극악무도한 전형적 이기주의자다.

자기의 사복을 채우기 위하여 건착선(巾着船)의 소유를 기화로 생산품의 투매를 단행한후 마을전체의 어민과 어선을 자기의 세력범의에 잡아넣은 그가 아닌가.

그바람에 승호의 아버지는 단 석달동안에 전재산을 전부 해중에 쓸어넣고 지금은 깍대기만 남은 텅텅빈속으로 마치 현재 앞부두에서 움직일줄 모르는 낡은 발동선과도같이 된 현상이 아닌가.

승호는 생각할쑤록 이가 갈린다.

두고 보자.

얼마나 한시일을 그상태가 계속되는가 두고보자. 지금은 일시의 그의 위식적 행동에 의하여 어민들은―무지한 사공들은 죄다 그리로 달렸다지만 그것이 며칠이나 계속될테냐?

몇을이 안되어 덕재의 거 검은 뱃장이 역력히 들어나는날―그때의 어민들의 그 고락서니가 승호의 눈앞에는 너무도 빤―히 떠오르는것이다.

(나는 내뼈를 갈아먹더라도 덕재와는 결투할테다. 인규나의 우정 인숙이와의 약속. 그런것은 극히 사소한 문제다. 인규가 아무리 우정을 내 세운대두 털은 내리 쓰다듬지 올리 쓰다듬는법은 없다구 결국 골육상쟁은 못하는법이다. 만약 한대도 그것은 인규의 아직도 세상을 모르는 로맨틱한 그 기분이다. 기분시대는 지났다.

기분으로 생활을 개척한 시대는 벌써 한옛날에 지났다. 그가 과거 정치운동에 나섰다는것은 그때도 자기는 날카롭게 비판해 준일이지만 확실히 그 랑만나는 정도 의도 다 버려야한다.

인규와의 의도 끊자. 인숙이와의 약혼도 해약해 버리자. 그런다음 순전히 남이 되어 덕재에게 정면으로 부디쳐가자.)

그러나 한가지 문제되는것은 누이동생 옥순의 일이다.

그와 인규의 관계는 여전 계속될껏같은건 옥순의 태도를 보아 의심할점이 없다.

자기는 모든 인연을 죄다 끊고 모진마음으로 애써 그들을 적편으로 세울수있다지만 그것을 옥순에게까지 강요할수는 없다.

사실 그가 연전히 인규와의 관계를 끊지않고 지난다면 어떠한 좀이 자기의 마음의 빈틈을 타서 먹기 시작할는지 모른다.

그렇다면 결국 자기는 지고 마는것이 아닌가?

이것은 참말 커다란 난관이다.

마는 그는 이내 옥중에서 보낸 인규의 편지를 생각했다.

三년동안의 영오생활에서 확실히 달라진 그의 인생관 세계관.

다시 사회에 나오면 인생의 ABC로부터 재출발하여 참다운 자아를 찾아서 완성시켜보겠다는것.

그럼에도 우선 새로운 생활의 탐구로 시작하여야겠는데 그 실행방법으로 우선 생산에 직접 관여해 보겠다는것.

그리고 마지막 특히 재삼 강조한 독신주의

(당분간은 내 새로운 생활을 찾기위해 나는 일절 장애물을 물리치려 한다. 이러므로 나는 언제인가 너에게 고백한 옥순이와의 관계도 깨끗이 청산해 버리려한다. 이즈음 너는 나를 오해해서는 안된다. 너기때문에 이런것을 툭털어놓고 고백하는 것이니 너는 부디 나를 곡해치말고 옥순의 양해를 구해다구. 그러구 쌍수를 들어 환영해주기를 바란다.)

이 마지막 옥순이와의 관계에 관한것에 대하여 승호는 인규를 그도덕재의 혈육을 받은 아들이란데 특히 관연시켜가지고 자기네를 기피하는 한 구실에 불과한것이라고 생각하고 또 그렇게 생각되지않는대도 그렇게 곡해해서 생각하려 했다.

마는 그러면서도 한편으로는 인규의 고백을 솔직하게 인정하게되며 그의 앞날에 대하여 은연중에 그어떤 기대를 품게되는 제맘을 어찌할수가 없었다.

그것은 사실에 있어서 둘사이의 진정한 우정에서 나오는것임에 틀림없는것인지도 모른다.

사실 그들처럼 서로 실제행동과 의견이 배치되면서도 친한새는 없었다.

그것은 피차에 다 서로의 환경과 그심중을 이해하고 있었기때문이다. 그것으로 말미암아 자칫하면 감상적으로 흐르려는 제맘을 그는 날카롭게 챗직질하며 이를 악무는것이었다.

(어리석은 생각을 버리자. 나는 덕재와 싸우기 위해 모든것에게서 악마란 소리를 듣자. 도척이란 욕도 달게 받자. 옥순의 그 감상도 한때겠지. 인구가 편지에 쓴대로 태도를 취한다면 그도 불원에 내편으로 돌아지겠지.)

여기까지 생각하고 자기의 앞을 살펴보니 자기는 어느새에 왔는지 앞도래앞까지 와섰던것이다.

<h2 style="text-align:center">五</h2>

바다의 날세는 날마다 평온하다.

한창 어기철이라 멀리 양도밖에는 수없는 어선들이 떠있다.

포구에서 날마다 어선들의 기폭은 위세좋게 히날리고 덕재네의 제일공장 제이공장 굴뚝에서는 연기가 머즐새가 없다.

이러한 광경들을 지금 오직 하나밖에 남지않은 낡은 발동선갑판에 앉아 바라보는 승호의 눈에는 어느 틈엔가 눈물이 맺혀있다.

지금은 남의손에 넘어간 전날의 자기네의 공장에서는 그도 덕재의 강압에 눌려 버렸음인지 실오래기만한 연기도 오르지않고 드나드는 사람의 그림자도 볼수가 없다.

모두가 덕재의 손아귀에 휘어잡혔다.

생각할쑤록 이가 갈려 견딜수가 없다.

그래 그는 벌떡 일어나서 배에서 내려 집으로 들어가려는데 기웃기웃 이쪽을 여겨보며 조심스레 부두를 나오는 사람이 눈에 띠었다.

그는 대번에 영팔인것을 알고,

「간난의 아부지 아니우?」

하고 먼저 수작을 걸었다.

간난이란 영팔의 딸 이름이다.

「예, 그새 평안하오?」

하고 영팔은 어정어정 무슨일이나 있는듯 배에 오른다.

「아니 요즘 도무지 볼수가 없으니 그래 어디 갔다왔수?」

「예, 그놈의 정어리 푸는 꼴이 하두 보기싫어서 북청 동생네게 나가 놀다가 어제 밤에서 들어왔수」

하고 승호의옆에 올라와서 두루 주의를 살피다가 낡은 궤짝을 하나 발견하고 그 위에 가서 지친듯이 털썩 걸앉는다.

승호는 아무말도 없이 처연한 빛을 따고 먼바다를 내다본다.

영팔은 한동안이나 우두커니 앉아 발밑만 내려다 보다가 휘우 하고 긴함숨을 뽑고나서

「학생쥔님」

하고 갑자기 승호의 얼굴을 쳐다본다.

학생쥔님이란 그들 어부들이 이때까지 승호를 불러온 통칭이다.

승호의 아버지를 「쥔님」이라고 불러온 관계상 승호에게는 「학생쥔님」이란 칭호를 붙여 불러온것이다.

승호는 범연치않은 그의 표정에 대답은 못하고 그저 뻔히 볼뿐이다.

「세상놈이란 하나두 믿을놈이 없다구 하는말은 귀에 못이 박이두록 들어왔지만, 내 저렇게 더러운 자식들은 첨봤소」

하고 잠시 중단했다가

「이 포구치구 쥔님네 은혜를 입쟁인놈이 그래 얼마나 되길레 저 자식들이 지금

저렇게 가서 아침을 한단말이우」

하고 그는 덕재네 공장앞 부두에 첩첩으로 들여매운 어선들을 노려본다.

「사람이란게 아무리 사공놈이래두 남읭 은혜를 잊지 말어야지 은혜를 모르사구 개나 돼지보다 나은게 무시게란 말이우? 저리키에 사공이라문 쌍놈이라구、 밤낮 사람축에 못끼우는게 아니우!」

승호는 어떻게 대답했으면 좋을찌를 몰랐다.

아직 五十도 되지않은 체대가 다년간의 과도한 해상노동에서 벌써 허리가 꾸부 장하게 휘어들고 머리가 희슥희슥해진 이 사공의 옆모습을 보니 승호는 그의 마음 씨에서보다도 외형에서 까닭모를 눈물겨운 심정을 느끼게된다.

「만약 내 힘으루 할수만 있다면 난 쥔님을 받들구 저놈 덕재란놈을 떠엎어 놀텐 데」

그것은 조금도 가정에서 나오는말이 아니다。 어디까지든지 진정이다。

「나는 이번에두 북청가서 동생하구 여러가지 이야기를 하면서 어떻게 방도가 없 을가구 둘이 상의해 봤지만 동생놈인들 어떻게 힘이 있어야지。 겨우 제 식구들 입 에 풀칠해가는 월급장이 신세에」

그의 동생을 일찌기 승호네의 신세로 수산학교에 가서 三년간수업을 필하고 지 금은 북청 모수산조합에 가서 근무하고있는 형편이다.

승호는 기전 나어린 소년이 수산학교에 가서 입학을 하고 서울 자기에게 만단사 연으로 반가움을 표시해 보낸 그편지를 받아 읽던때의일이 문득 생각난다.

어쩐지 감개가 물량해 난다.

그러다기 그는 문득 자기의 결심한것을 생각해내고 잠시 바다쪽을 내다보다가

「간난아부지」

하고 힘찬 음성으로 불렀다.

「예?」

「내 한가지 물을게 있는데」

「무슨일인데」

「저 이 발동선을 수리하자문 얼마나 들가요?」

「이배말이우?」

「예」

「얼마는 무슨 얼마란 말이우? 단돈 二백원이문 될텐데」

「예? 二백원? 그것만 가지고 될수있단말이우?」

「되잖구. 아직 멀쩡한 새밴데. 뒤에방다리만 좀 손질하고 발동기 전기통만 때버리면 되는데 천월이 들줄아우. 그것두 바로 교섭하면 백원이면 될텐데」

승호는 도무지 곧이들을수가 없었다.

「아니 그게 정말이우?」

「나두 기계에 대해서 배운건 없지만 몇해를 발돈선에 댕긴것만큼 그만한것은 잘 알구있다우」

승호는 속으로 넘치나오는 기쁨을 참을수가 없었다.

「간난아부지! 그러다문 내 실속을 말할게 있소. 달은게 아니라、 난 이번 학교를 고만두구 내려와서 이 발동선을 타구 어부가 될려웅. 그래서 기울어진 내집을 다시 전대루 바루 세워볼려는데 어떻소? 간난아부지」

「아니 학생쥔님이 사공이 된단말이지요」

「예、 사공이 돼가지구 저 덕재네하고 한번 결려보려우」

「그렇다문 얼마나 좋겠소。 위선 나부터 선창에 나서 볼테오」

하고 영팔은 어쩔줄을 모르고 반가워한다. 마는 그다음순간 그의 표정은 머쓱해지며 이내 침울해지더니、

「그렇지만 덕재딸하고 학생쥔님은약혼한 새가 앙잉우?」

「그여 무슨상관이란 말이우? 그까짓 약혼같은건 문제가 아니오。 얼마든지 파혼할수가 있으니까。 또 이쪽에서 파혼을 안한대두 저쪽에서 자진해 물러설게니까 그건 조금두 근심할것 없으니 내가 배를 타구 나서고된다문 간난아부지가 도와줄테우?」

「그것야 더 일으다뿐이겠소 내가 이렇게 잔뼈가 굵어진것두 뉘덕분이오?」

영팔의눈에는 눈물까지 괴어있다.

승호는 그도 끌어오르는 감격의 눈물을 금할수가 없었다.

六

사흘후다.

바로 조반상을 물리고나서 이러저리 갈곳을 머리속에 그려가다가 그만 아무정견도 없이 문밖에 나서려는데 갑자기

「승호」

하고 부르는 아버지의 소리가 방안에서 들려온다.

승호는 주춤하고 머저서서 잠시 망서리었다.

「승호!」

재차 부르는 소리에야 승호는 겨우 발낄을 돌려 방문을 열었다.

그만큼 그는 요즘의 그 침울한 아버지의 얼굴을 대하기가 싫었던것이다.

아무대답도 없이 조용히 방안에 들어서는 아들의 얼굴을 쳐다보지도않고 심참사는

「거기 좀 앉어라」

하고 엄숙한 그러나 정에 넘친 어조로 말한다.

승호는 시키는대로 웃목에 조용히 앉았다.

심참사는 잠시 무엇인지 생각에 잠겼다고 옆채기에서 지갑을 꺼내더니 그속에서 제페물테기를 꺼내 아들의앞에 덤썩 놓는다.

「백원이다 오늘 아침차루 떠다 올라가거라」

승호는 두눈이 뚱굴해서 아비를 바라본다.

「가있던데루 가거라」

「아버지! 그럼 서울루……서울루 가란 말씀이십니까?」

「그렇다. 내가 이렇게 망했지만 네공부를 중도에서 꺾는다는게야 말이 되는냐? 인제 앞으루 一년 반만지나면 될것을」

승호는 심중이 꺽 막혀 말이 안나온다.

심참사는 아들의 얼굴을 홀낏 돌아다본후

「그럼 어서 준비를 해라. 차시간의 오라쟁였다」

하고는 벌떡 일어나 문밖으로 나간다.

승호는 그 뒷모양을 내다보며

「아닙니다」

하고 아비를 부르려다가 그만 꿀꺽 참았다.

그러고는 한동안 주먹으로 눈물을 닦다가 용기를 내어앞에 놓인 지페를 집었다.

그는 아무말도 없이 제방에 들어가서 벽에 걸린양복을 벗겨내리었다.

차림은 이내 되었다.

책상에 걸터앉으니 또다시 눈물이 흘러내린다.

(나는 아무말도 없이 서울에 가서 짐짝들을 걷어올테다. 그리고 인숙이를찾아 내 결심을 말한다음 깨끗이 과거를 청산하라고 일을테다. 인제 내앞에는 바다와 그리구 복수밖에는 없다.

침전되었던 그의마음은 다시금 격동된다.

두주먹을 불근 쥐고 벌떡 일어서니 눈앞에는 장엄한 바다와 그바다를 헤가르고 나가는 뱃머리에 선 자기의용자가 그무슨 거물처럼 의젓이 떠오르는것이었다.

(己卯十月於圖們)

附記 이것은 長篇「潭流」의 한句節임을 말하여둔다.

夜雨 ◉

(1)

무슨일로 만나보자고 하는것인지 조용히 자기의집까지 와달라는 그까닭을 인호는 벌서 스무번은 더생각해 보앗으리라。 평소의 태도보다는 너머도 상냥스럽고 인자스러듯한 서무주임의 그모양은 도리혀 불쾌하게 생각되는것이엇고 일종의 불안까지 느끼게하는것이엇다。

그러므로 인호는 점심시간에 저녁에 잠시 상의할일이 잇으니 자기의집까지 다녀가라는 서무주임의 그말을들은후 퇴근시간까지 불과 네시간동안에 그 오라는까닭을 벌서스무번도 더 되번지여 생각해 본것이다。

그러나 도모지 그 진의를 헤아려낼수는 없다。

생각할사록 불길한 생각만 사뭇 골속을 어즈럽힌다

지금 그는 퇴근하야 여관으로 돌아오면서도 생각은 서무주임과의 상대장면으로만 자꾸 줄달음질 친다。

여관까지는 얼마안되는 거리엇만 그는 어느골목을 어떠케 지나왓는지 여관앞에 이르러서야 비로소 뒤를 돌아다보며 정신없이 걸어온 자기의 몸을 구버볼수가 잇엇다。

골목은 조용하다。 여관안도 조용하다。 다만 여관들악에 앞뒤로 벌려선 백양나무 잎파리만이 바람도 없는데 하는작거릴뿐。

갑작이、 텅 빈듯하던 집안에서 사환아이가 껑충 뛰어나오면서

「저 김선생님、 전보허구 편지가 왓서요。」

인호는 잠자코 선채 한동안 시환아이의 얼골을 빠안히 나려다보다가 손에쥔것을 슬며시 받아들고 서쪽끝 제방으로 여전 말없이 들어가버렷다。

◉ 이 작품은 1940년 5월 10일부터 6월 2일까지 ≪東亞日報≫에 련재되였다.

모자를 벗어걸고 양복웃저고리까지 벗은후 잠시 방바닥에 서서 멀리 석양에물든 앞바다를 내다보다가 그대로 책상우에 지친듯이 힘없이 걸터앉앗다.

그러고는 벽에다가 머리를 기대고 조용히 두눈을 감엇다.

나릿한 피곤이 전신을 포근이 싸주는것같다.

그는 한동안이나 그모양으로 잠든듯이 움직이지안코 잇다가 갑작이 편지와 전보를 생각하고 눈을 떳다.

그러나 한쪽옆에 되는대로 집어던진 편지와 전보에는 시선도 안보내고 그대로 또 한동안 우두머니 천정을바라보고 잇엇다.

잠시 잊엇던 서무주임의 넓직한 그얼골이 또 눈앞에 떠올은다.

「김군 자네어르신네께서 요즘 소식이잇는가?……조용히 상의할일이 잇는데 저녁먹구 우리집까지 좀 올수가 없는가?」

말소리까지 방금 곁에서 듣는것같다.

인호는 그제야 슬며시편지와 전보를집어들고 번가라보며 또 한동안 그대로 봉을 떼지안타가 담배 한개를 붙혀문다음에야겨우전보부터 제차려했다.

그러나 웬일인지 전보는 맨내종 편지를 본다음 천천히 떼여보고싶어난다.

그래 그는 제차려던 전보는 그냉 도루 책상우에 노코 편지를 집어들엇다가 그래도 한편으로 치미는 궁굼증은 눌을수가없어 전보부터 떼여보앗다.

「금야十一시도착영회」

너머나 뜻밖이다.

그러나 이상스레도 마음은셜레지안코 당황해나지 안는다.

극히 침착해지는 제맘을 저로서도 알수없다.

그는 조용히 담배연기를내뿜으며 안해의얼골을 눈앞에 그려보앗다.

차창에 기대여 밖앗풍경을 하염없이 내다보고잇을안해의 그모양이옆에서 보는 듯이 선-하다.

비로소 마음속이 무거워지며 당황해지기 시작한다.

그는 연거퍼 담배를 네세번이나 말다가 아우의 편지를 북-찢엇다.

문후도 없는 간단한 편지다.

(……페일언하고영회씨는형님한테로 보내려합니다. 아버지의 걱정하시는 모양을 이이상 더 방관하고 잇을수는 없읍니다. 형님께서는 우리의 일을 대단섭섭하게 여기시겟지오만 그러나 아버지걱정에 비길수는 없읍니다 영회씨도 또한 우리들속에서 들복기우며 지나는것은본의아니라는것을 잘 알고 잇압기에 수일후 떠내워보

내려 합니다이런다고 형님께서 우리의일을노혀하시고 원망하신다면…) 인호는 보던것을 중도에서 접어노코 다시금 담배를 말앗다. 몹시 갑자르며 애써서 영희란 그 일홈아래 붇혓을 씨짜를 생각하니 저절로 우슴이 나온다.

(2)

마음이 뒤숭거려 것잡을수가없고 울적해질때 담배와 싸우는것은 인제는 한버릇이 되어버렷다.

인호는 벌서 네대째의 마코-를 붙여물고 점점 어두어드는 앞바다를 내다보앗다.

우편 부두에 매여잇는 기선굴뚝에서는 출항차비를 하는것인지 검은연기가 세차게 내쏙코잇다. 기중기의 소리도 들려오는것같다.

그는문득 ××의목재회사에 댕기는 승규를생각해내고 오늘밤서무주임을 만나본후에 그의집에찾어가서 시간을 보내다가 차시간이 되면 정거장으로 나가보리라햇다.

사환아이가 가저다주는 저녁상을 물린것은 여듧시가진 되여서엿다.

벌서 어느듯가을철을 잡은듯저녁바람은 꽤 냉냉하다.

그러나 아시에는 여름실과들이 그냥 벌려저잇다.

한달전 처음 회사에 취직햇을때 한번 찾어간일이 잇는 서무주임의집은 곳 찾을수가 잇엇다.

벌서부터 기다리고 잇던차라、 서무주임은 대좌후 불과수언[1]에이내 용담을 꺼낸다.

「김군 회사에 들온지가 얼마나 되는가」

「한달 좀 남짓합니다.」

「벌서 한달이 넘엇는가?난 한반삭가량 된다구」

짐즛 놀라는듯한 그의표정에서 인호는 벌서 그속의 계획을죄다 엿본듯 나즉한한숨을 지엇다. 애비와의 관게가 범연치안은 회사의일이라 기필코 그무슨 자기의사생활에 상서롭지못한 일이 생기리라는것은 재고할 필요조차 없다.

아나나 달을까 서무주임은 다소 난처해하는 빛을 띠우고 주저거리더니

「그런데 사장께서 좀 부탁이 잇어 군을 조용히 보자구 햇는데」

---

1) 不過數言, 《몇마디 안에》라는 뜻.

하고 잠시 중단한후 무엇인지 생각는듯하다가 다시 더듬거리며 다음을 잇는다.

「김군 내말을 잘못듯구 나를 오해해서는 안되네. 난 그저 사장의 명령대루 할뿐이까。」

인호는 싸늘한 태도로 담배만 말고잇엇다.

인호의 그 침착한 태도에 서무주임은 더한칭 기줄해하며 그러나 애써 뒤를 꺼낸다。

「개인의 사생활에 이러니 저러니하고 간섭하는것은 대단쑥스런 일이지만 사장께서 하시는말슴이 김군은 가정생활에잇어서 좀 모순된점이 잇다는데」

아모리 냉정하게 태도를 가지며 우슴으로서 대하려고하나 얼굴가죽은 사못 긴장되어감을 어찌할수가 없다.

인호의 어굴빛이 풀으러지는것에 반하야 주임의 얼굴은 술취한것처럼 버얼거케 되어젓다.

그는 군기침으로 목소리를 가다듬어 용기를 내여가며 가까스로 이을 놀린다.

「그러구 또한가지는 안팍으로 김군의 입사에대하야 이러니저러니 말이만해서 사장께선 그때문에 여간 골머리를 알치안는 모양이 돼서 참말 난처하게 됏단말아」

인호는 주먹이 바스러저라고틀어쥔후 마주앉은 주임의 머리우로 건너편벽을 뚜러지게 노려보앗다.

주임은 돌변한 인호의 험상스런 그모양에 고게를 똑 바로 처들지못하고 훌끔 눈치질만한다.

그러나 어느때까지던지 그모양으로 앉아잇을수는 없다.

한동안이나 부자연스런 갑갑한 침묵속에서 지나다가 주임은 비굴한 우슴까지 지어보이며 조심스레입을연다.

「김군 나를 오해하지는마오」

「아입니다 당신을 오해한다는건 천부당한 일입니다. 지금당신이 말슴하신것과 같이 나는 가정의명에 어긋나 가지고 카페-의 여급과 결혼한 사람이구 그러니 물론 그러켓지요. 당신이 더길게말치안어두 잘짐작하구 잇읍니다.

다 그러케 저때문에 회사에 페가 된다면 깨끗이 그만두지요 거기 대해서는 조곰두 념려하실껏 없읍니다。」

자신으로서는 상식적 행위에서 버서나지 안흐려고 애 썻지만 마음의 격동은 자연 막을수가 없다.

그는 인사도 바로 못하고 자리를 일어 밖으로 나왓다.

(3)

야시는 여전 헌소하다.

무엇을 사려는것도 아니오 그저 심심하니 나선패거리들속에끼어 인호는 얼마동 안이나 거리를 헤매엇는지 몰른다. 문득 고개를 돌려 앞을 내다보니어항(漁港)부 두등ㅅ불이 환-히 빛어온다.

그제야 그는 정신없이 걸어온 자기자신을 돌아보고 웃은다음 오던길을 돌처섯다.

그러나 어디를 가야할찌 갈곤은 생각나지안는다.

저녁전에 승규를 찾어가려던생각도 안해의 전보를 받은 기억도 그의 머리속엔 털끝만큼도 남어잇지안다.

일절감각은 마비된듯 아모생각도 안난다.

부두거리를 지나 아모의식없이 왼편좁은 골목을 접어드니앞에서 무엇인지 얼른 하기에 그는 주춤머저섯다.

「여보세요. 이리좀 들어왔다 가세요」

인호는 아모 표정도없이 물끄럼이 게집의 얼골을 들여다 보앗다.

게집은 술취한 사람으로 알엇던지 길옆에 비켜서며 그래도수작질은 멈추질안는 다.

「아이 야숙도해라. 어찌문 그러케두한번 안와요.」

인호는 또 한동안 게집의 얼골을 바라보다가 앞으로 닥어들엇다.

「어느집이냐?」

「바루 요 뒷골목인데」

「술이 잇냐?」

「아이머니, 술이 어떠케잇어요」

하고 뱅글거리는 게집의 옆에 썩나서며

「어디냐?들어가자」

하고 인호는 게집보다 앞을서서좁은 골목에 들어섯다.

몇집을 안지나서 나즈막한 초가집문앞 추녀끝으로부터 나려걸린 힌보재기에 강 능옥(江陵屋)이라고 재치없이 쓴 굵직한 글씨가 보이고 그옆에 등잔불같은 전등이 빤-이 빛이고 잇다.

제법은 가볍게 주렴을 살짝 제차고 안에 들어서며

「어서 들어오서요」

하고 정다웁게 웃어보인다.

인호는 잠자코 문턱을 넘어섯다.

낮게 나려덮인 천정은 잘못하다간 곡디로 떠받을지경으로서몹시 침울한 방이다.

게집은 때가 반질거리는 인조견 방석을 갖다준다음 부엌으로 나가버린다.

인호는 한쪽발로 방석을 짓밟고선채 들어온 문쪽을 머어니 내다보다가 그만힘없이 털썩 주저앉엇다.

비로소 피로를 느꼇다.

그냥 그대로 장판바닥에 잡바젓으면조을것같다.

등뒤에서 미다지소리가 나기에 도라다보니 부엌으로 나간 게집은 아니고 딴게집이 살짝 들어서며 역시 정다운우슴을 지어보인다.

「오섯어요」

인호는 그제야 비로소 그들의 정체를 알어낸듯 다시한번 방안을 둘러보며 옆에 와 앉는 게집의얼골을 돌아다보앗다。 그러는데 부엌에 나갓던 게집이 술상을 보아 가지고 들어온다。

「너머 기다리게 하서서 미안합니다。」

앞에 갖다놋는 술상우에도 무엇이 그리도 지저분하게 노엿는지 상다리가 불어질 지경이다。

게집은 능란한 솜씨로 빈잔에다가 술을 따라노코는 다시한번 인호를 건너다보며 쌩글 웃어보인다。

「전 옥란이라구 해요」

「전 홍도애요」

뒤에 들어온 절구통같은 게집도 체대에 비하면 꽤 간들러진 음성으로 일흠을 알 읜다。

「자 어서 드세요」

인호는 시키는대로 잔을 기우렷다。

「우리도 한잔 주서야지요」

그것도 식히는대로 햇다。

얼마후 뒤에 들어온 홍도는 손님을 보러 다음방으로 나가고 인호는 옥란을 상대로 되는대로 폇다。

그러다가 갑작이 정거장쪽에서 울려오는 기적소리에 그는 깜짝 놀낫다。

지닌 시게가 없는지라 게집의 손목에달린것을 들여다보니 열한시十분이다。

어느새 떠나는 고동소리다.

구지 달려붙는 게집을 뿌리치고 술값을 치른후 밖에 나오니골속이 피잉놀아간다. 그러나 잠시라도 지체해잇을수는없다. 발길은 자꾸 허청거리나 그는 황급히 정거장으로 향헛다.

(4)

정거장은 텅 뷔고 아모도 없다. 시게를 쳐다보니 남행 열차가 떠난지는 벌서二十분도 넘는다.

□이 □려우두머니 서서 역전광장을 한 동안이나 바라보다가 하는수없이 뚜벅뚜벅 거리로 나왓다.

거리에 나와서 행여나 어느 모통이에서 자기를 기다리고나 잇지안을가하여 사방을 두루 살펴보앗으나 그럼직한 눈에 익은 여자의 그림자라고는 하나도없다.

술집에서 먹은 술기운은 자꾸 머리속을 어즈럽혀 거리는 안개가 껴드는것같다.

몽롱한 의식속에서도 문득 생각나는것은 여관이다.

대합실에서 기다리다못해 그대로 여관으로 찾어갓는지도 몰은다.

인호는 바삐바삐 여관으로 향햇다.

그러면서도 가고오는 행인들속에서여자의 그림자만보이면 주목을 게을리하지안헛다.

예기한바와같이 영회는 역대합실에서 기다리다못해 인력거를잡아타고 벌서 여관에와 기다리고 잇는중이다.

부부간의 상면장면은 말할수없이 어색햇다.

서로 무표정하게 머언이 마주보고만잇는 부부간에 끼여 앞뒤의 눈치만살피고잇는 어린것의정경도 어색하다.

어린것은 금년 다섯살난 사내아이로서 일홈은 영순이다.

완고한 구도덕의 인습에 밀려 아직도 버젓이 입적(入籍)을못한채 법률적 권리를 가지지못한어린것은 그 기박한 운명의 악회로하여 지나치게 영특하게 된때문에 일층의 얄구진 느낌가지 자아내게 하는 두눈을 도록거리며 애비에게서 어미에게로 어미에게서 애비에게로 쉴사이없이 시선을 돌린다.

그러나 애비와 어미의 태도는 조곰도달러지지안는다.

인호는 서서히 담배를 꺼내 붙혀물고 실음없는양으로 몇묵음 말다가 마치 저혼자 객담이나 중얼거리듯 무심하니 말을 꺼낸다.

「집에서 언제 떠낫소」

「아침차루 떠낫어요」

대답하는 영희도 극히 평범하다.

「열한시차에 내렷소」

「네 바루 아까차에내렷서요」

안해의 어조에는 원망하는투가 털끝만치도 섞여잇질안타.

「여관은 어떠케 이리 쉽게 찾엇소」

「인력거를 불러탓지요」

「그래 저녁은 어떠케햇소」

「아직 안먹엇서요」

「그럼 뭣 시켜와야지. 영순이두 배가 고플텐데」

이말에 비로소 안해의 얼골빛은 달러진다.

빠안이 처다보는 눈도 이상하게 빛나며 입술은 가느다라케 떨리는것같다.

인호는 속으로 앗차하고 뉘우첫다.

그러나 어떠케 하는수는없다.

다만 그자리를 얼른 물러버리랴면 달은 제삼자의 출현밖에는 도리가 없다. 그는 안해의 얼골에서 얼른 시선을 돌려 밖을향하며

「애-」

하고 사환아이를 불럿다.

예기에 반하지안코 안해의 긴장은 풀리는것 같다.

사환아이가 와서 국밥 두그릇을 명하는 동안 안해는 외면하고 빠스켙을 뒤지더니 과자봉지를꺼내 어린것을 준다.

그러나 사환아이가 나가자 안해의 눈물은 끝내 터지고야 말엇다.

「아무리귀찮허두정거장에만은 나올줄알엇서요. 젊은 게집이 어린것까지 데리구 밤중에 찾어오는 생소한곳인데 더구나 어린것을 생각더래두 정거장만은 나올줄알엇서요」

인호는 잠자우 앉어서 담배만 뼈금뼈금 말아서는 내뿜으며 아모말도 하지안엇다.

안해의 생각에는 그것이 더한칭야속스러웟다.

의지가지 믿을곳없는 처지로 온갖 구박을 죄다 받아오다가 못해 번연히 옹색한 사정인줄은 알면서도 그래도남편인지라 자식을 보더라도 남과같지는 안흐리라는

생각으로찾어온것이 역시 그모양이다 눈물이 나지안흘수가 없다。

인호도 그속을 몰으는것은 아니다。

잘 알고잇기때문에 속으로는못내 미안하게 생각되는것을 눌을수가없다。

만은 그는 그러타고 구지 변명하며 안해의 그맘을 들어주고싶은 마음은 안난다。

(5)

이튼날부터 인호는 회사를 그만두엇다。 안해의 래현도 문제려니와 그보다도 잇을집때문에 인호는 부득이 여관을나와 달리 셋방을 찾게되엇다。

그래 그는 승규를 찾어가서 절박된 사정을 호소한다음 그의 구조를 청햇다。

승규도 일개 사원의 몸으로서 그러케 여유잇는편은 아니나 옛날 우정은 아직도 그냉 남어서 곧 승락한다음 사방으로 줄을 노하가지고 겨우 알맞은셋방하나를 언엇다。

여관에 치러줄것을 치러준다음 인호는 이튼날 밤으로 곧 셋방으로 옴기고 살림도구같은것은 거진 승규의 집에서 얻어왔다。

그러고도 돈까지 二十원이나위[2]해다가 위선쌀、 나무등속을 작만한다음 각처로 구직운동을 다녓다。

만은 아모런 보장도 업는 처지로서는 구직이란 그러케쉽사리되는것은아니엇다。

한주일이나 회사란회사와 각일처는 죄다돌아보앗건만 일자리라고는 한곳도없이 공연히애만말랏다。

인호는 자신의보잘껏없음에 새삼스런비애를 느끼지 안을수가없엇다。

어느날 그는 그날도진종일항구의 골목을좁다고 헤매인후지친다리를 끌고집으로 돌아오니 영희는 영순이를 무릎을베워 재우며 혼자울고잇다。

안해의 눈물을 보니 이상스레 자기도 서글퍼헛다。

그는 안해의 얼골을 조용히 바라보다가 고즈녁이 그의앞에가앉엇다。

「점심 잡수섯서요」

안해는 눈물을 땃으려고도 안하고 정다운 어조로 말을 건닌다。

「아—니」

맥없이 대답하자니 한숨까지 섞여나온다。

---

2) 爲, ≪하다≫라는 뜻.

안해의 입에서도 한숨이 나온다。

인호는 무슨말이던지 수작을 걸어 안해의 마음을 위로해 주고 싶엇다。

그러나 무슨말을 어떠케 해야 할찌 정작 생각을 바수니 그럴뜻한 말은 없다。

그러는데 안해의 편에서 먼저 말을 꺼낸다。

「아부님께서 아무편지도 없어요?」

갑작이 꺼낸 의외의말에 인호는 잠시어쩔줄을 몰으다가

「아ー니。 없어」

하고 다소 당황스레 대답햇다。

「제가 떠날때 속탈루 누어 게섯는데」

안해의 말에서 인호는 실로 오래간만에 아버지의 일을 생각할수가 잇엇다。

만은 그는 이내 눈앞에 떠올으는 애비의 그 환영을 지워버리고 딴말을 불쑥 꺼냇다。

「영순이 지금 몇살이드라?」

안해는 웬까닭인지 얼른 대답을 못하고 남편의얼굴을 빤ー이 처다보다가 한동안이나 지난다음에야 울먹울먹한 음성으로 겨우

「다섯살이지요」

하고는 그만 외면해 버린다。

「벌서 다섯살인가?」

말을하고 생각하니 아직도 입적못시킨것이 가슴속을 쿡 찔른다 동시에 안해의 가슴속은 뚫코들여다보는듯이 빤ー이 알려진다。

「아부님께선 아직두 못일어나섯는지」

「제가 떠나는날아츰 조용한틈을 타서 돈을 주시려다가 어머님한테 들켜서 그만 대전이 일어섯는데」

인호의 눈앞에는 또 무기력하게 머리를 숙이고마는 아버지의 그모양이 어엿이떠 올은다。

마누라와 작은 아들께 눌리워서 일체권리를 죄다 빼껴가지고 그저 무능한생애를 죽지못해이어가는아버지의 그초라한 모양이 그 언제인가 활동사진에서 본 장면을 련상케하며 부지중에 고소를 자아내준다

대체 아들한테로 떠나는 며누리에게 돈을 주는데 조용한틈을 타서 그 마누라나 작은아들의 눈을 피해 주려는 그심리는 어떠한것일까?

일절 가산에 대한 권리가 아직도 엄연하게 자기의 수중에 잇음에도 불구하고 그

것을 뜻대로 이행못한다는것은 그얼마나 어리석은 일인가?

아모리 후처와 그 아들의 세력이 세다해도 그래도 큰아들은 큰아들이고 가장의 권리는 권리가 아넌가?

벌서 몇백 몇천번이나 되푸리하여 생각하고 그럴때마다 격분을 느끼는 일이엇만 안해의말에서 다시금 주먹을 틀어쥐지 안을수가 없엇다。

(6)

아모리 생각지 안흐려고 애를 썻것만 어즈러은 가정사는 자꾸만 골수에 떠올른다。

뿐만아니라 사라진 자기의 과거도 밀물처럼 기억속에 밀려온다。

옆에서 고달푼 꿈자리에 든듯 쉴사이없이 몸을 뒤채는 안해의 몸에 안겨 쌔근쌔근 잠들고 잇는 영순의 얼골을 물끄럼이 건너다보니 가엽기는 하면서도 그래도 자기의 어린때에 비기면 한없이 행복스러워 보인다。

어머니를 여인후 남의손에서 자라온 설음이란 생각만해도 가슴속이 암담하여진다。

네살부터 열여섯살때 소학교를 졸업하고 중학으로 갈때까지 화기스레 푸른하늘을 처다본것은 과연 몇번이나 되엇든가?

중학시대! 그것은 일생에 잇어서 가장 아름답고 행복되고 찬란한 시기엿으리라는것을 자기는 조곰도 의심치안는다。

금후 얼마나한 세월을맞고보낼는지는알수없지만 그찬란하고히망에 빛나던 중학시대와같은그런 기회는 영영안오고 말리라。

사라저간 과거에 애착을느끼며 갑싼감정에 침전되고 싶지는안코 또한 그것은 절대 배격하는 일이지만 그러나 그러면서도 너머도 기구한 자기의 운명을 생각하면 아닌게아니라 한없이 그리워나고 눈물겨워까지 나는것이다。

아버지에게 대한 애정을 절실히느껴본것도 그때엿다。

그러나 그것은 꿈이엇다。

꿈이엇기때문에 깨고난뒤의 현실은 너머도 거츨고 가혹했다。

중학을 졸업한후 예과에 들어간지 二년도 못되어 그만 중도에서 온갓히망을 죄다 꺽이우고 어둠의 생로에 들엇을때 기다렷든 운명의마수는 용서없이 뻗히기 시작햇던 것이니 그때부터 아버지의 권능이란것도아모 보잘것없는 허우대뿐인 깍대

기로 되어버려서 일체는 마누라의―즉 인호에게는 후모인그의 권한으로 넘어가고
말었던것이다.

후모에게는 두아들이잇엇다.

즉 인호에게는 배가 달른 아우인것이다. 큰아들은 인수、작은 아들은 인규다.

맛아들인 인호가 중도에서 탈선하여가지고 五년이란 동안을 령오에서 지나는동
안 인수는 훌륭하게 대학까지 졸업하고 인규도 전문학교를 나왓던것이다.

그러한 영화스런 권내에、형기를 마친 인호가 무모하게도 넘어섯을때 그의 불리
는 더론할것도 없다.

반년도 견디지못하고 그는 다시 집을 뛰처나와 상경햇던것이다.

그러나 상경한들 무엇하는가?

어젯날이란 오늘에 와서는 벌서 한세기도 더되는 아득한 옛날이다.

서울의 골목들 미친개 모양으로 헤매여 댕길때、일즉이는 목숨이라도 주고 바꾸
려던 그벗들이 모도다 약삭빨르게 새로운 금일을 발견하고、제각금 네활개를 치는
그모양을보고 그는 다시금 세태의 변통에 한숨짓지 안을수가 없엇다. 어디를 가야
할까

대체 령락된 인테리의 말로란 어떠한 방향으로 머리를 돌릴것인가?

극도의 허무에 떠러진 그가 결국 술을 찾게된것은 너머도상식화된 일이다.

한푼이 생겨도 술집、두푼이생겨도 술집.

그런때에 우연히도、실로우연히 어두운 거리 뒷골목에서 만난것이 영회엇다. 五
년전 바로그리로 들어가기전 어떤 모임에서 처음 만나게 된것이 게기가 되어그후
수삼차 만나는동안 갈릴수없는 인연을 맺어가지고 결국은 마지막으로 자유의밤을
밝힌것도 영회의 그 잊을수없는하숙방이 아니엇든가? 그러한 영회를 뜻밖에도 五
년―아니六년이란 세월이 지난후 다시금 만나게 되엇을때 그들은 똑같은 정경을
새워 울엇던것이다.

그이튼날부터 둘사이에는 새로운 세계가 벌어젓다.

카페―의 암담한 생활도 영회에게는 새로운 끝없는 행복으로 찬 생활로 되어버리
고、인호는인호로서 또한 새로운운명의 개척에 전력을 다햇던것이고 더구나 새로
운 생활을 시작한지 얼마안되어서 둘사이에는 새생명까지약속되엇을때 그들은 너
머도 지나친 희망에 그저 오열하엿을뿐이엇다.

약속된 기한후 희망의 생명은 어김없이 고고의 소리를 질럿으니 그가 즉 지금
영회품에안겨자는영순이다.

(7)

영희는 어린생명의 출산으로말미암아 부득이 여급생활을 중지하지 안흘수가 없게되엇다.

그때문에 인호는 모생명보험 외교원생활을 시작하게 되엇다.

그러나 수입이란 너무도 보잘것 없엇다.

하는수없이 영희는 해산후 반년도 못되어서 다시금 카페-로 나가게 되엇고인호는 년래의 숙망을 달할 결심으로 회사를 그만두고 매일 도서관으로 가서는 문학서적을 뒤적엿던것이다.

괴로운 생활이엇지만 둘사이는 히망으로 가득 찻다.

그러나 호사에 다마라고 운명의손은 다시금 둘의 보금잘를 뒤집어노코 말앗던것이니 결국 중병에 걸린 인호의 갈곧은 고향아버지의 집밖에없엇다.

생이란 그만큼 중한것이고 애착이잇는것인가?

자기한몸뿐이라도 달가워안할 가정에서더구나 곁식구까지 달고들엇을때 그험상한 분위기는 더말할것도없엇다.

아버지는 그래도 큰아들이라은근히애를 태윗지만 후모와 아우들의 경원은 극도에달하야 한시를 진정할수가없엇다.

더구나 인수의처의 영희에게대한 로골적행위에는 그만 당장문밖에 나가서 죽는한이 잇더라도 벌덕 뛰처나오고싶은것이엇으나. 그러나 그들은 용하게도 참엇다.

참으며 오로지 병치료에만 정력을다햇다.

그러한속에서 다못 三촌만은그들에게 동정하야 여러가지로 위로도해주고 편리도 보아주엇다.

그러나 그에게는 재력이없엇다

재력이없으므로 그의 동정이란 결국 정신상동정에만 끄첫을뿐、 실질적으로는 아모런효과도 나타내지못햇다.

만은 그러면서도 영구히 잊을수없는것이엇다.

그러한속에서 三년이란결코짧으지안흔동안을 반폐인 생활을하여오다가 간신히 건강을 회복하게 되자 즉시로 다시 집을 뛰처나온것은 인호에게 잇어서는 너무도 지당한 일이고 그가 이 항구에 와서 간신이 승규의 알선으로 그의 아버지와의 관계가 범연치안흔 회사에 취직이 되엇을때 사실은 영희도 이내 다려오려 햇지만 병후 아직도 완전치못한 몸에 다만 하로라도 더 짐을 덜어주랴는 영희의 갸륵한 심정에

본의에없는 여관생활을 그대로 햇던것이다.

만은 회사의 자리도 두달이 넘지못해 그를 배알어버렷다. ─바로 영희가 온 그 날로.

그것이 사실은 고향에 잇는 후모와 아우들의 작위에서 되여진것이라는것을 인호 도 눈치채지못한것은 아니지만 그러나 그러타고 그들을 원망하고 싶은 맘은 일지 안는다. 만은 아버지의 너무도무기력한그행위에는 아모리 참을래야 입술이 악물려 짐을 어찌할수가 없다.

인제 다시 실직하고 처자까지 맞어들인 자기에게 잇어서 금후의운명은 과연 어 떠한 곳으로 또 떨어저 나갈것인가?

옛날의 벗들은 죄다새로운자아를 발견하고 새로운그길로 씩씩하게 매진하고들 잇다.

그것이 올코 글르고간에 그어떤 척도에 비치어 이러니 저러니하고비판할수는 절 대 없는일이고 또 그런다면 그것처럼 어리석은 일은 없을것이다.

어떠한 경로를 밟는다든지 다만 자기의 가치를 인정하고 명일을 바라보면 그만 이 아닌가?

그런데 자기는 과연 어떠한 자기가치를 발견하고 어떠한 명일을 내다보고 잇는 가?

아직도 옛날의 구각에서 해탈을 못한채 기로에서 헤매고 잇다는것은이 얼마나 시대를 무시하고 력사를 무시하는것일까?

양심?그러한것은 개에게죄다 찢겨버려도 좇다 다만 자기에게 필요한것은 「강력」 밖에는없다. 그렇타. 강한 힘이다. 강한힘으로 오늘날을 무기력을 제차버리고새로 운 명일을 포착해야한다. 그럼에는 위선자기의 권리를 찾기위해 내일에라도 당장 귀향해야한다.

(8)

잠시라도 지체하면 그만큼 결심이 해이하여가는것을 잘 알고 잇는 인호는 날이 밝자、 더 주저하지안코 간단하게 영희에게 자기의 의중을 말한다은 첫차로 항구를 떠낫다.

그리하여 고향에 다달은것은 오후 다섯시반이엿다.

고향이라지만 조곰도 반가운 생각은 없이 비길몌없이 서먹서먹하다.

영희의 말과같이 아버지는 사실병으로 자리에 들어누어 잇엇다.

그러나 그다지 대단치는 안흔상싶어 간단한 출입은하고잇다.

아우들과 어머니의 반기는 표정에는 여전히 찬기운이 서려잇다.

아버지는 아들을 대하고도 아모말이없다.

다만 인호의 귀향을알고 건넌 마을에서 찾어온 三촌만이이런말저런말 살뜰하게 들려준다.

떠나던때와는 딴판으로 인호는 속으로 공연히돌아왓다고 후회햇다.

그러케 맘먹은생각은 봄날에눈녹듯이어디로 다사라저 버렷는지흔적도 없이되려 괴로운생각만치민다

이틀이지나도 그는 아모런말도 꺼내지못하고 부자연한 침묵만직히고잇다.

후모나 동생네도 인호의귀향에는반다시 그 어떤 게획이 잇다는것을진작 알어채고 은근히 경게하는눈치를 보이며 아버지의 곁을떠나지안는다.

그러는동안 한주일이 무의미하게 지낫다.

인호는 질식할껏같은 분위기속에서 인제는 한시를 더 지체할수가 없엇다.

그래 그는 여드레째 되는날 아츰 아모도 몰으게 어머니의 산소에 다녀온후 아버지의 방에 들어가서 하직을 고헛다.

아버지는 자리에 누어서 아모응대도 없다가 아들이 일어서랴는것을 보고서야 무엇인지 자리밑을 뒤적이더니 봉투한장을 꺼내 역시아모말도없이 아들의 수중에 쥐여준다.

그것을 받는인호도 아모말없다

옆에서 그모양을 직혀보고잇던 후모는 낯색은 달러지지만 하는수없이 외면해 버린다.

인호가 항구로돌아온것은 그날밤열한시차엿다. .

영희는 방안에 들어선 남편의 표정에서 벌서 모든것을 알어채고 서글푼 우슴을 지어보인다

인호도 따라 서글푸게우스며 자리에안저 아직도 헤처보지안은 봉투를 안해의 앞에 꺼내노앗다.

안해는 남편의의 얼골을 말끄럼이 처다보다가 조용히 봉투를집어 봉을 찢는다. 백원지폐 한장이 들어잇고 조곰아한 종이쪽이 들어잇다.

종이쪽에는 붓으로

(애비를 원망해라)

하고 간단하게 씨여저잇다

인호는 조용히 외면하고밖을내다보앗다.

머언 바다에서 어화(漁火)가 번쩍인다.

영희는 종의쪽을 쥔채 남편의 얼골옆모습을 바라보다가 두손으로 얼골을덮어버
린다.

인호는 오래동안 명멸하는 어화들을 내다보다가 슬몃이 고개를 돌리며

「숭규가 그동안 왓다 안갓소?」

하고 공연하게 물엇다.

「한번 오섯다. 가섯어요」

「언제?」

「어제저녁편에 오섯어요」

「무슨얘기가 없엇소?」

「없엇어요。 저…」

웬일인지 영희는 갑작이 얼굴을 붉히며 하려던말을 중단한다.

「무슨 얘기가 잇엇소?」

「얘기는 없엇지만」

「얘기는 없엇지만 어쨋단 말이우?」

「저…누가 가치 왓다 갓어요」

안해의 표정은 봅시 당황스러워보인다.

「누가 왓다갓단 말이우?」

「저 영철씨가 왓다갓어요」

하고 영희는 남편의 기색을 빤-이 바라본다.

「영철이라니?」

「그 곽영철씰 몰라요」

「뭐 곽영철이? 그…키다리 영철이가」

「네、 그사람이 왓다갓어요. 바루 어제저녁때 승규씨가 다리구 왓어요」

인호는 안해의 얼골에서 한동안 시선을 떼지못햇다.

(9)

곽영철이라는 말에 깜짝 놀라며 대뜸 안해에 표정부터 주시하는 남편의 그 시선

을 영희는 어떠케 받어야 할찌 몰랐다.

만은 인호는 면구스러워하는 안해의 그 표정에서 이내 자기의 태도를 후회하며 애써 평범을 꾸몃다.

한때 거리에서 거리로 헤염처댕기며 정열에 챗죽질할때 곽영철, 그는 영희에게 뜻을 두고 뒤를 밟어댕기다가 결국은 인호에게 의중의 게집을 뺏긴후 배반까지 감행하엿다지만 추호만치라도 영희를 의심한점은 없다.

그러나 그러면서도 인호의 마음은 곽영철의 출현이란데서 극히 평온치 못했다.

영희의일도 일이려니와 그보다도 자기네의 안해는 비록 시기의 조만문제는 엇엇다지만 결국은 그 곽영철의 배반때문에 발단이 되고만것이 아닌가?

그런것 저런것 캐여 생각하면 결코 그의 존재는 인호에게 잇어서는 달가로운존재가 아니엇다.

그런데 그러한 존재인줄 똑 가치 잘알고잇는 승규가 다리고 자긔의집을 찾어왓다는것은 그 까닭은 알수없지만 심히 불쾌한 일이다.

그래 그는 내키지안는것을 억지로 입을 열어 다시 물엇다.

「그런데 그 작자가 뭣하러우리집엘 왓대요?」

「그건 몰르겟서요. 자기의 말루는 승규씨를 길까에서 우연히 만나 우리의얘기를 듯구 승규씰 졸라서 왓다구 하는데」

안해는 말끝을 선명하게 맷지못한다. 그것이 인호에게는 또한께름직해난다.

그러나 그러타고 그이상더 캐여물을수는 없다.

곽영철의 이야기는 그로서 중단된후 둘은 그대로 부자연한 침묵속에들엇다.

이튼날도 둘사이는 진종일부자연하게 어울리지안흔채 지낫다.

인호는 궁금하기도하기도 하고 또 취직의 알선도 부탁할겸 저녁을필하자、승규를 찾어갓다.

승규는 마츰 집에 잇엇다.

그는 인호를 대하자 주저없이 곽영철의 이야기를 꺼냇다.

승규도사실은 그가 이 항구에 와잇는줄은 몰랏는데 거리에서우연히 만나물어보니 벌서 항구에 와서 카페-를 경영한지가 一년이나 넘고 돈도 착실히모헛다는것이다.

인호의집을 찾은것도 그가 자꾸 셋이서 어디가서 마시며 옛일을 이야기해보자는 바람에 번연히 불유쾌한 장면이벌어질줄은알면서도 사차불피로 찾엇다는것이다.

둘사이에는 한동안 곽의이야기가질서없이 벌어젓다.

바로 그런때 곽에게서 쪽지가 왔다 짬이잇으면 인젠인호도왓을뜻하니그를 방문하자는것이다.

숭규는 인호의 기색을 바라며 한참망서리다가

「차라리 앉아서 맛느니보다이쪽에서 찾어가는것이 나찌안흔가?」

하고 의향을 더듬는다.

인호도 내키지는 안흐나 그편이 자기집에서 맛느니보다는 나을상싶다.

「그러지。 가보지」

숭규는 심부름온 아이에게 간단히 회답을 써주어 보낸 다음 이내 인호를 독촉하여 자리를인다.

카페「향수(鄕愁)」

그 이름도 그러커니와 안에들어서서 내용장치를 두루 살펴보니 짜장 한때는 문학청년으로자처하던것만큼 영철의 취미를 여실히 들어나 보이게 하는것으로서카페-라고 하기보다는 아담한 다방이라고 하는편이 나을상 싶엇다.

여급들 의상도 전부 한뽄으로 우는 연두빛이고 아래는 검은빛이다.

시굴항구 카페-로서는 꽤 뽐낸편이다.

여급들의 안내로 좌정한지 불과 수분에 영철은 벙글거리며 카운터-안쪽에서 나오더니 꽉 매달리듯 인호의 팔을 틀어잡는다.

「이게 대체 얼마만인가?」

인호는 그의 지나친 태도에 도리혀 민망하여 어찌할바를 몰랏다.

「고향갓다더니 언제왓는가?」

「어제밤차루 왓네」

「그래 자미 만히 봣는가?」

「자미가 다 뭔가?」

「하하하……」

하고 영철은 호기스레 한바탕 웃고난다음 이내 여급에게 눈짓으로 무엇인지명한다.

(10)

술잔이 빈번하게 왕래됨을따라 차츰나타나는 영철의 투에는옛날그투가 그냥 남어잇다.

게다가 인제는 술집주인투까지 붙어서 그 불쾌한 인상이란 도저히 참을수가 없다.

「여보게, 자네는 시굴 百조장자의 맛아들이구、게다가、사랑의 승리자구 그야말루 금상첨화구 당상옥좔세。자네게비기면 나같은건 참말 보잘껏없는 놈이지 일질 히망을 죄다일쿠 결국은 마즈쇼-바아루까지 전락 됏으니까 이만하문 가히 짐작할 일이 아닌가? 그러치만 옛날 친구를 보문 그래두 반갑단 말야。더구나 자네를 보니까 더 어떠타구 말할수가 없네그려」

벍어케 상기가 되여 떠들어대는 그모양에 인호는 더 견딜수가 없다.

구지 말리는것을 뿌리치고밖으로나오니 어리속에 들엇다풀려나오듯 가슴속이 후련이풀려나려가는것같다.

술이라면 무조건으로 즐기는 승규는 발낄을 떼여노키 무거워하는것을 억지로 등을 밀다싶이하여 그언제인가 영희가 오는날밤 한번 가본 강능옥으로 찾어드니 게집은 그때게집이 나왓지만 면목은알어못본다.

비길때없이 서운해 난다.

그러나 양끝 마시면 영철이로하여 꺼름칙해진속이 풀릴상도싶어 인호는선뜻안에 들어섯다.

술상이 벌어저서야 비로소게집은 인호를 알어보고 반거워한다.

술은 양끝마시엿다.

불쾌하던 기분도 저윽히풀려지는것같다。그러나그와 동시에갑작이 생각나는것은 영희다.

더구나영순이는못견디게끔보고싶어난다。 그것은 이때까지단한번도잇어보지못한 일이다.

때로 가엽다는 생각은 먹어본일이 잇지만 그리워나며 이러케보고싶어난 일은 없다。저로서도 헤아릴수없는 제마음에 고소하면서 그는 자리를 일엇다.

만은 승규는 녹으라질때로 녹으라저서 일질 못한다.

그래 하는수없이 인호는 셈을 치르고 승규를 단단히 부탁한후 그냥 혼자 거리로 나왓다.

집으로 가는 걸음이 시각을 다투듯 초조해난다.

문득 어떤 골목을 지나다가 생각하니 무엇이던지 먹을것이라도 사다가 일가 단란하게 먹고싶어난다.

그는 주저치안코 음식점에 들어 냉면두그릇을 시켯다.

반시간이나 걸려서 냉면배달을 뒤세워가지고 집으로 오다가 과일점에 들어 과일까지사들고 나서니 반가워할 안해와 어린것의 얼골이 자꾸 눈앞에서 섬섬거린다.

안해는 그때까지 눕지안코조옥하니 앉아서 남편을기다리고잇다

신발소리에 잠들엇던 어린것도 깨여난다.

냉면배달이 들어가자 안해는이내 말을꺼낸다.

「이건 뭐예요?」

「냉면과 과일이지 뭐야」

인호의 호기는 당당하다.

「아니 뭐하게 사오섯냐 말에요」

「뭣하게 사오다니?…먹자구사왓지. 내버리자구 사온줄아나?」

「약주가 취하섯구뇨?」

「웅, 나 좀숭규녀석하구、색씨집에 가서 먹엇서. 자 나두 한그릇 먹을테니까 어서 한그릇 허우. 그러구 영순이는 나허구 가치 겸하자. 웅 여기배두잇구 능금두 잇다 이건 모두네해야. 자 어서 먹어웅?」

전에 없이 수다스러워진 애비의 모양에 어린것은 되려 불안을 느꼇는지 어미의 무릎쪽으로 자꾸기여든다.

「이런못난색기라구 아버지가 사다주는데 피해가는 자식이어디잇어? 웅 어서 먹어라 나두 먹을께」

하고 그는 위선 자기부터 능금한입을 집어든후 안해에게노십어주엇다.

「자 당신두 한입집어들어요」

어미가 받아들자、어린것은 그제야 손을 내민다.

안해는 아모말없이 남편이 주는 능금을 먹기시작한다. 어린것도 맛스레 씹는다. 그러나 그러면서도 갑작이 달러진 애비의 태도를 엿보는 그눈치질은 멈추질 안는다.

인호는 자꾸만 무엇인지 목구멍에 치밀어 올으는것을 가까스로 참으며 신물도 몰우고 되는대로 씹어넘겻다.

(11)

안정성없는 생활을 매일 무미하게 이어가는것처럼 지리한것은없다.

하로이틀 지나가는동안 아버지에게서 얻어온돈은 점점 줄어들어서 인제는 거진

없어저가고 생활의 위협은 또 목전에 림박하게 됏다.

일자리는 매일 눈만 뜨면 발바닥이 모주라 떨어지도록 돌아보것만 아모데도없엇다.

그러한 어느날오후 달갑지안흔 곽이 찾어왓다.

형용할수없이 어색한 장면을두루 원만하게 집어가려고 애쓴것은 주인된 인호나 영희가 아니라 곽이엇다.

자칫하면 화제가 끈켜저서 부자연하게 되여가는것을 그는 우숨과 객담으로 잘도 버무려 넘기는것이엇다.

「그런데 내 승규군안테서 들을라니 일자리땜에 매우 애를 태운다는데 어떠케 좀 줄을당겨봣는가?」

「줄이 무슨줄인가?그저 매일 미친개 모양으루 돌아댕겨서야 무슨줄이 걸려 붙겟는가?」

「그야 그러치」

하고 곽은 머리를 끄떡이며 다시 뒤를 잇는다.

「그래 앞으루 어떠케 할 작정인가? 무슨 직업이든지 직업이 잇어야지 그것이 없구야 위선 생활을 보장할수가 잇어야지?」

「그러기에 말일세. 내깐엔 그력 애써본다는것이 원래주변이 없는놈이라 어떠케 할수가 잇어야지」

안하자고 바수면서도 답답한사정은 의식에 반하야 저절로 무의식중에 나오고만다.

「그야 자네가 주변이없어 그러켓는가. 나두 낙향한후 할일은 없구 그러타구그저 놀구 앉어먹을 팔짜는 못되구해서한동안꽤고민햇네. 마지막엔 면서기루 다 들어가려햇는데 그것두 군에서알구신분이 나뿌다는게 조건이되어결국은 틀어저서 더어떠케참 방책이 잇어야지. 그러다가내종에는 될대루 되라하구 어떤재산가의 친구를 꾀여가지구 술장수를시작한것이 지금형편일세」

인호는 아모말도없이 듣고만잇다.

곽은한참동안 담배를말며 무엔지생각는듯 하더니 또입을연다.

「마음엔 언제던지 꺼름칙하게 낑겨잇지만 그러치만 상관잇는가?돈을 벌어야지. 얼른 돈을 벌어자지구 그돈으루 사회사업이래두 하면 그만이 아닌가? 그러찬은가? 여보게 김군 자넨 어떠케 생각는가?」

인호는 이불의의 질문에 어떠케 대답햇으면 몰라 그저열없는 웃음만 어색하게

웃을뿐이다。

　둘사이에는 한동안 침묵이 게속되엇다。

　그러다가 이번에는 인호의 쪽에서 말을 꺼냇다。

　「자넨 참말 다행한 편일세 사업이야어떤 사업이던간에 욕망을 품고 그 욕망을 채우기위해 금일을 뻗히고 나간다는 그것이야말로 현대 제네레-슌에게 잇어서는 가장 귀중한 생명이 아닌가? 나같은놈은 아무것두 못하고 그저 밤낮 한모양으루 맥없이지나게되니 이에서 더한심한일이 어디 잇는가? 세상에서는 나를부자의 아들이라구 하면서 부러워하는 사람들두잇는 모양이지만 그게 다 무슨소용이 잇는것가? 나안테는 아모소용두없는 피안의 불인셈이라네。」

　「어째 그러탄 말인가? 자기의 재산이 어째서 피안의 불이란 말인가!」

　곽은 항의한듯 어성을 높여 말한다。

　「그까닭은 식그러워 말치안네만、그것두다 내자신이 무능하구 주때가없는탓이니까 남을 원망할것은못되네 결국 재산이란것두 처리할만한사람이 소유해야 하는것이지 나같은놈네게는 그야말루 개에게 구슬격이란말일세」

　「난 자네말을 도무지 이해할수가없네 나로서는 애써봐야 수긍할수없는일일세」

　「그야자네와나와는 근본생리부터달르게 생겻으니까 그럴테지。 내말을 자네가 수긍하게된다면 결국은 자네의생리도 나와똑같은것이구 따라서현재의 내길과같은암로에 들어설것이 아닌가?그러찬혼가。」

　곽은 잠자코앉어 무슨생각인지깊이잠기듯하다 그러다가 그는삽삭이 사리를딜고 일어나며 「여보게 골머리가 쑤시는소린 그만 허구어디가 술이나허세」

　하고 인호의팔을 글어당긴다。

（12）

　경멸하는 곽을따라 거이날마다 술집으로 드나들게되는 제자신을 스스로 비웃으면서도 곽의 유혹을 받기만하면 거절할수없고 도리혀 자기편에서 때로는 솔선하여 나서고싶은 충동을인호는 어떠케 할수가없었다。

　그가 점점 그러케되어가는것을 보고 영희로서 또한마음의한모퉁이가 비여가며 뭣이풀려감을 느껏다。

　가장서로 리해하고 믿어오던사이에 그어면외게의 영향으로말미암아 비록그것이 극히 조곰이한것일지라도 구열이 생기려할때그것을 인식하고 바라보는자의 가슴은 그얼마나 앞어날것인가?

영희는 자칫하면타락의 구렁으로 떠러저나려가려는 인호의그모양을보고 몇밤을 눈물로 새엿는지 몰은다.

그것을 인호도 몰으는것은아니다.

잘알고 잇기때문에 그의마음도 비길데없이괴로웟다.

그것이 결국은 술을 찾게하는것으로서 마지막에는 하로의전부를 술로서 보내게 까지 되엿던것이다.

곽은 어디까지던지 인호에게친정을 표시햇고 술을 제공해 주엇다.

그속을 인호는 빤-이 엿보면서도 애써 몰으는체 외면하며 제공되는대로 그의 호의를받아들엇다.

아버지에게서 얻어온돈은 벌서 없어진지가 오래다.

그러나 지금의 인호에게잇어서 가정의 생게가 문제될수는없다.

안해의 손까락에 끼겻던것이없어지고 몇벌안되는의복이 한벌、두벌 줄어들어가 도 인호는아란곳할수가없게쯤 그러케 변해젓다.

승규는 보다가봇해 몇번이나충고햇것만 인호는 귀도기우리지안는다.

어느날 밤이엇다.

승규는 인호를 찾으니 여전 외출하고없고 영희와 어린것만 우두머니 창문을 내 다보며 색없이 앉아잇다.

승규는 대번에 끼니를 건닌것을 알어채고 거리에 나와 쌀과반찬감을 사다맞긴후 인호를 찾어떠낫다.

몇집간 갓음직한데를 찾다가그는 곽에게 전화를 걸어보앗다.

곽도 잇고 인호도 잇다한다.

승규는 이내 카페-에 찾어가서 인호를 잡고나왓다.

곧게 집으로 가자니 인호는 이애기 할것이 잇다면서 부두쪽으로 좀 걸어보자는 것이다.

승규는 그의 요구대로 잠자코 뒤를 따라섯다.

부두에 나가 한참동안이나 잇어도 말이 없더니 갑작이 인호는 발낄을 돌려오던 길을 돌처서면서 그제야

「이애기란건 달은게 아니라」

하고 위선 첫머리를 꺼낸다음담배를 붙여문다.

승규도 담배를 꺼내물엇다.

　그러고는 인호의 말을 기다렷으나 웬일인지 인호는 무밋거리며 얼른말을 꺼내지 못한다.
　「무슨 이애긴가? 얼른 말하게」
　「저 사실은 벌서 자네를 찾어가서 상의하려던 일인데」
　하고 인호는 또 중단한다.
　「글세 무슨말인가? 얼른 꺼내게」
　인호는 몹시 난처해하는 양으로
　「아무리 애써두 일자리는 없고 애만 말러가니」
　하고 말하다가 또 끈허 버린다.
　승규는 다소 어성을 높여서
　「글세 그런데 어쩻단 말인가?」
　하고 짜증까지 내며 독촉한다.
　인호는 부가내하단듯이긴한숨을 뽑은후 힘없는 어조로 말을 잇는다.
　「생각다못해 안해를 취직시키려구 작정햇네」
　「뭐? 안해라니? 영희씨 말인가?」
　「응」
　「그야 취직처가 잇다면 물론 시켜보는것이 조켓지。 자네 사정이 절박햇으니 그래두 조켓지。 그런데 일짜리는 어떤곳인가?」
　「말하기 거북하네」
　「왜、 어째서 거북한가?」
　「웃지말어 주게」
　「이사람아、 거무슨말인가!무슨일짜리기에 그러는가?」
　「부득이 또카페-로 내보낼까하네」
　「엣?카페라니?여급말인가?」
　인호는 얼굴을 처들지못하고 고개만끄떡인다。 바로 그순간이다。 승규의 주먹은 벼락치듯인호의몸을후려갈렷다。
　「엑 더러운 자식」

（13）

　얼결에 한거름물러서서 빤-이 마주보는 인호의 볼타구니를 승규는 재차 후려갈린다。

「이 더러운 개만두못한자식」

인호는 그만머리를 푹숙인다。

그런것을 승규는 연겁허 죽어라고 때리며 마지막에는 잡바트려노코 발로 차기까지한다。

「이놈아 뭣이 어쩌구어째?다시한번 더 말해봐라」

그래두 인호는 죽은듯이 업드러저잇다。

승규는 입술을 악물고 주먹을 틀어쥐고 잡아삼킬듯이 나려다보다가 그만 두손으로 얼굴을 가리우더니 그자리에 주저앉어 버린다。

「이놈아、그러케까지 창자가 썩은놈인줄은 몰랏다。 나는 그래두 너만은 참된벗이라구믿어왓구、네일이라면 어디까지라두힘을 애끼지안흐려햇다。

더러운자식 개만두 못한자식。」

치밀어 올으는비분때문에말도바로이어노치못하며 승규는 주먹으로 눈물을씻는다。

인호는 그래도 잠자코업드려잇다。

「안해를 타락의구덩속에 밀어너코 자기자신의 안일을도모하자는 그런놈인줄은 정말몰랏다 취직이라구 뻔뻔스런 그소리가 어디서나오냐?나는벌서부터짐작하구잇엇다 영철의꾀임에에드는꼴을 나는벌서부터 알구잇엇다 그러치만 나는믿엇다옛날의 너를 누구보다두 잘 알구 잇엇기때문에 나는 믿엇다。

지금생각하면 어리석기 비길데 없는 일이지만나는너만은 믿엇다。」

승규는 또한동안 늑겨울다가

「카페-란 그것이 어된줄두나는다 안다 영철의카페-인줄잘안다 이놈아 너는영철에게네게집을제공해주구그대신어떠한보수를 얻을작정이냐?이 금수만두못한 자식아 너두양심이란게 얼마만이라두 남어잇다면 생각해봐라 너하나때문에 왼갓고난을 다 겨우。 결국 바른대루말한다면 너때문에 여급생활까지도 감행한 영희씨가 아니냐?

그러구 또 네어린자식을 보더라두 그것에게 무슨죄가 잇어서 다만 한곳밖에없는 의지할그곳을 떼서버리려는거냐? 네가 소위 애비라지만 언제한번 그것의 머리를 쓰다듬어 주며 안어준일이 잇나? 다만 믿을곳이란 그어미밖에 없는것이 아니냐?그러한 어린것의 심정을 몰라주구 제욕심만 채우려는이 도적같은 놈아。

너두 어려서부터 남의손에서자란놈인것만큼 어머니의 그리운 정이야 뼈저리리게 늦겼겠지?응?이놈아 어디좀 물어보자。

주둥이가 잇거들랑 말해 봐라」

인호는 비로소 고개를 처들고 승규의 얼골을 빠안이 마주본다。

어둠속이지만 울고잇는것이 분명히 보인다。

그모양을 보고 승규는 다시금 목메여 느끼며

「인호。 그러케 일짜리가 없어서 부득이 영희씨를 카페-로 내보내지 안흘수없게 됏다면、 웨 집으로 못가느냐? 집에 가서 웨 정당하게 싸워서 네권리를 찾지못하느냐?

만약 그것이 그러케 어려운 일이라면 네자신이 용기를 내여 알몸이 되어가지구、 이 부두에 나와 운반노동이라도 할것이아니냐?

나는 너만은 그러케 믿지안헛다。

너두 생각해 봐라。 과거의우리들이 오늘새로운 자아를발견하고 명일을 향해 참된 걸음을 옴겨놋는자는 과연 몇이나 되느냐? 위선 우리들을 보더라두알것이 아니냐? 더구나 남자들보다두 여자들을 보아라。 대개는 윤락하여버리고 또 그러치안흔 축들도 따저보면 광산쟁이나 「나리쟁」같은 건물의 二호가 아니면 三호가 되어버린 형편이니 이에서 더 참담한일이 어디 잇냐?그런줄을 번연히 알면서 영희씨를 다시금그런곳으로 들여보내겟다는 너의 심정을 생각하면 나는 분해서 견딜수가 없다。 그것도 내가 너를 믿지안헛다면 몰으겟거니와……에엑 그런법이 어디잇냐? 이 몹쓸놈아」

하고 웃줄 일어나더니 어두운 바다를 내다보며 손등으로 자꾸눈물을 씻는다。 이윽한후 그는 다시 돌처서며

「가자。 어디던지 가서 뱀대루 마시자」

하고는 앞장을 선다。

(14)

항구에는 날마다 안개가 껴돌고 구진비가 나린다。

꼭 개일줄 몰으는 인호의 가슴속과도같은 침울한 날세다。

그날밤 승규와 갈린이후 인호는 도모지 맑은 얼골을 가질수가 없엇다。

곽은 날마다 찾어와서는 졸라댓다。

그러나 인호는 선뜻 승락을 못했다。

영희는 거기에 대해서는 일절 말치안코 침묵만 지킨다.

그러다가 어느날 밤이엇다.

그날도 끼니라고는 점심때나되여서조반을 먹고는 저녁은또넘긴 날이엇다.

밤 아홉시도 지나서영희는실심하니 앉어잇다가 갑자기 자리를 일더니 웃옷을 벗어버리고 벽에 걸린 출입옷을 주섬주섬 주어입는다.

인호는 무슨까닭인지 몰라서 덤덤이 바라보고만 잇엇다.

영희는 아모말도 없이 차림을 다한다음 잠시 서서 무엇인지 생각더니 그만한쪽 구석에 세워둔우산을 집어든다.

그보양을 보고 그때까지 눈치만 직혀보고잇던 영순이는 인호의쪽을 홀금 곁눈질한다음

「엄마 어디가」

하고 조심스레 묻는다.

창백한 영희의 얼골에는 어두운 그림자가 언뜻하고 지나간다.

그는 우산을 짚고선채 전등만머어니 바라본다.

「엄마 어디가」

울음섞인 어조로 어린것은 재차 묻고는 또 애비의눈치를 살핀다.

그제야 영희는 나직한 한숨을 짓고는

「엄마가 올때까지 아버지허구 울지말구잇어. 웅? 나 올때 과자 사다주께 영순아, 웅?」

금시에 울뜻한 음성이다.

어린것은 눈물이글성하야 원망스레 어미를 처다보면서도 고개는 끄떡인다.

「우리착한 영순이 꼭울지말구 엄마올때까지 아버지하구 놀아야한다 웅」

재차 따저논다음 영희는 그만 문밖에나서랴한다.

인호는 그때까지 굿만보고잇다가 비로소 입을열엇다.

「어디루가우?」

나가려던 영희는 남편의 이말에 주춤하고 머저서며 돌아다 보려다가 그대로 신발을 신는다.

「어디루 가오?비오는 밤에」

그래도 영희는 앞뒤신발을 다 신은다음 한동안이나 아모말없이 어두운 밖을 내다보고 섯다가

「곽씨 한테루 가볼까 해요」

하고 맥시 풀린 어조로 말한다.

「뭐?곽씨한테루?」

인호는 소수라치며 놀란다.

「곽씨라니?영철이 말이우?」

「그럼 그이밖에 또 곽씨라구아는사람이 잇어요?」

힘없이 하는말이긴 하나 그속에는 확실히 가시가 품겨잇다.

인호는 어이가 없어 뻔-이 안해의 뒷모양을 처다보기만하다가

「영철이는 왜 찾어가는거요. 무슨일루……무슨일루 비오는 이밤중에 찾어가요?」

신음에 가까운소리다

「무슨일인가구 묻는 당신이더 잘알구잇을텐데 구태여 나안테 듣자는것 무슨심사예요?」

영회는 끌어올으는 설음때문인지 목소리가떨려 가까스로 말하고는 그만밖으로 나가버린다.

인호는 머리속이앗득하여 앉은자리에 못박혀버린후 한동안이지나도록 숨도쉴줄 몰랏다.

그러다가 겨우 정신을 돌려가지고 곁을 돌아다보니 영순이는 소리는내지못하고 목메여느낀다.

그는 정신없이 일어나서 신발도 바로못신고 박으로 나왓다.

만은 영회의 그림자는 아모데도 없엇다.

갑작이 집안에서는 영순의울음소리가들려나온다.

「아버지」

그소리에 인호는 다시 넋없이 안으로 들어갓다.

애비까지 맞어 버리고 가는줄 알엇던지 어린것은 생후처음으로 애비의 품에 매달린다.

인호는 어린것을 와락 끌어안고 그얼골에다가 제뺨을 대고자꾸 부비엿다.

「아버지、 엄마 어디 갓서?」

그순간、 인호의 눈앞에는 영철의 얼골이 무서운 괴물처럼 되어 우뚝 떠올랏다.

(15)

인호는 영순이를 둘러업자 불이나게 밖으로 뛰여나왓다.

즐벅거리는 길을 그는 정신없이 달려 카페-「향수」로 가보앗다.

문어구에서 어름거리며 주저거리는것은 틀림없는 영희다.

그는 헐떡거리며 달려온 인호를 보자낯색이 새파라케 질려서 응결된 시선으로 빤-이 마주보며 움직일줄 몰은다.

인호도 어쩔줄은 몰우고 선자리 못박혀 젓다.

카페-안에서는 레코-드가 소란스레 돌아가고 잇다.

비는 지리하게도 줄창 니리고 잇다.

바다쪽에서는 뱃고동소리도 들려온다.

얼마니 오랜 동안을 둘은 마주서서 보고 잇엇는지 몰랏다.

「엄마」

영순의 이 불우지즘에 영희는 비로소 정신을 차린듯

「아 영순아」

하고는 넉없이 남편의뒤에 와서 어린것을 빼아서 안는다.

「오 영순아」

어린것을 안고 목메여 느끼며 어쩔줄을 몰으는 안해의뒤에서 인호는 하염없이 어두운 허공을 바가보다가 땅우에 떨어트린 안해의 우산을 조용히들어서 받어주엇다.

안해는 눈물어린눈으로 감격되여 남편의얼골을바라보다가 살며시 고개를돌린다.

둘은 누가먼저걷는양없이 나란이 발낄을옴겨노앗다.

어린것은 어머니의등을 파고들듯 꼭매달린다.

우산에 뿌리우는비소리는 비길데없이 정겨웁게 들린다.

인호는 안해를끼어안을듯 바짝 붙어섯다.

말할수없이 눈물겨워나며 그러면서도 마음은 활짝열려진듯 사뭇밝어온다. 비발에 가로등빛도 우수러해진 거리를 내다보니 그냥 무한작정하고 어디던지 가고 싶어난다.

문득 승규의 이얘기가 기억속에 되살아난다.

얼마나 뼈저리게 고마운말이엇느냐?그러타. 그의말과같이 나는 고향에 가서 내 권리를 찾어야 한다.

정정당당하게 싸워서 내권리를 찾어야 한다.

그것도 못할것이라면 차라리부두에 나가 운반노동이라도 해야한다.

다시금 밑바닥으로부터 재출발을 해서 내자신의 새로운 가치를 발견하고 비로에

든 현재의 궁경을 타개하므로써 명일을 다시바라야한다.

그러타 고향에 가서보잘것없는 싸흠질을하야 야박하게 권리를찾느라고 하느니보다 내자신 다시 밑바닥으로 들어가서 오늘날의 고난을 뚤코 나가는것이 그얼마나 위대하고도 신성한 일이냐?

하로를 살다가 죽더라도참다히 살어보자。

이러한 생각을 하며 건는동안 그는 불현듯 승규가 보고싶어낫다。

승규를 찾어가서 지금의심경을 말한다음 실컨 울어라도 보자。

그러면 그얼마나 마음속이 거뜬하고 개여질것이냐?

인호는 갑작이 안해의 손목을 쥐엇다。

안해도 남편의 그속을 헤아렷던지 마주 꼭 쥐여준다。

무엇이던지 이얘기 하여주고싶으나 무슨이얘기를 어떠케 할찐 생각이 안난다。

비는 여전히 끝칠줄 몰으고주룩주룩나린다。

아랫도리는 둘이 죄다 젓엇다。

그러나 그런것은 조곰도 의식에 걸리지 안는다。

비가 나리던 바람이 불던、또한 해일이 밀려들어 항구전체가 통채로 바다밑에 들던 그런것은 의식밖이엇다。

그저 둘의앞에는 명일이라는 그것밖에 없엇다。

둘은마치약속이나 잇은듯이 가즈런히 승규의 집으로 가는골목을 접어들엇다。

(끝)

—於圖們—

첫사랑 -少年錄第二章-

一

물속같이 고요한 밤이다。

구름한점없이 맑게 개인 가을하늘은 곱게 닦어논 유리면처럼 정결하여 보이고 서편쪽 관임봉어깨에는 버들닢을 오려붙인듯 초생달이 위태롭게 걸려 바람이 불면 금시에 한들한들 떨어질것만 같다。

물결도-바다물결도 이밤만은 깊은 꿈속에 침적된듯 숨결소리 하나 들리지 않는다。

이러한 속에서 인호와 남순이는 그들도 온갓 잡념에서 침정되어 그림자처럼 움직일줄 모르고 모래우에 조용히 앉아있었다。

다만 움직이는것이란 멀리 알섬에서 깜박이는 등대ㅅ불이다。

만은 그것도 금시에 꺼지려고 가물거리는 새벽등ㅅ불처럼 힘없이 보인다。

둘은 시간이라든지 세상사같은것은 말쩡하게 생각속에서 씻어버리고 어느때 까지든지 한모양으로 히미하게 깜박이는 등대ㅅ불을 바라보고 있었다。

달도 인제는 관암봉넘어로 다 기울어졌고 천지는 수묵색으로 자욱히 어두어들며 더한층 고요해진다。

남순이는 비로소 깊은꿈에서 깨어난듯 살며시 인호의쪽으로 고개를 돌리며
「인호、 인젠 들어가까?」

말할수없이 애수가 서린 말끝에는 나직한 한숨까지 흘러나온다。

소년은 아모말도 없이 그대로 어두운 해면을 내다보고 있다가 풀끼없이 슬며시 일어선다。

웬일인지 꼭 담으렀던 그의입에서도 한숨이 흘은다。

◉ 이 작품은 《文章》 1940년 9월호에 발표되였다.

그모양에 남순이는 다시한번 한숨을 지은후 저고리섶을 살짝염여놓며 치마기슭을 가벼히 털고 일어선다.

그림자같이 나란이 서서 걷는 발밑에서는 사각사각 모래소리가 잔조롭게 들린다.

남순의 가슴속은 다시금 아퍼나기 시작한다.

꼭 모래우를 밟는 그소리가 소년의 한숨소리와도같이 들리는것이다.

「인호、인젠 졸업할때두 몇달 남잖었는데 아무쪼록 공부잘해서 입학하두룩 해야 한다」

그러나 그말은 자기자신의 귀에도 너머나 공허하게 들린다.

소년은 들은체도 안하고 묵묵히 발낄만 옮겨놓는다.

남순이는 까닭몰으게 안타까워지는 마음에 한동안 초조를 느끼다가

「괴롭드래두 몇달뿐이다。 상급학교에만 들어가게 된다문、 그때문 내맘대루 맘놓구 지날꺼 아니냐?」

그래도 소년의입은 열릴줄 몰은다.

「중학교는 보통학교와는 달러서 여러곳에서 좋은동무들이 많이 몰여온단다。 공부 잘하는 동무두 오구、 맘착한 동무두 오구、 보통학교보다는 모든것이 자미나구、 마음이 끌린단다。」

남순이는 자꾸만 슬퍼지는 마음을 애써 부질없는 말로 눌러갈랴니 나중에는 눈물까지 날지경이다.

그는 아랫입설을 지긋이 악물고 한동안 말없이 걷다가 부두옆 다릿거리에 다달아서야

「인젠 예서 갈러지자」

하고 발길을 멈추었다.

소년은 깜짝 놀란듯 우뚝 멈처서서 주의를 살핀후 힘없이 고개를 떨어뜨린다.

남순이는 앞니마에 헝크러진 머리카락을 손까락으로 빗어올리며

「내일밤에 들러라」

하고 한껏 정경운 어조로 말한다.

갑작이 소년은 고개를 번쩍 쳐들고 만순의 얼굴을 정면으로 똑 바로 마주본다.

남순의 가슴속은 꿈틀해진다.

언제나와 마찬가지로 그는 번쩍 고개를 쳐들고 마주보는 소년의 시선에서 그무슨 압력을 느끼게되며 자못 그어떤 위험까지 느끼게 되는것이다.

움풍한 손년의 눈에서는 어두운속에서도 이상한 광채가 번쩍어림을 역력히 알아

볼수가 있다。

울렁거리는 소년의 가슴속에서는 자기의 가슴까지 울려주는 고동소리가 들려지는것같다。

질식할것같은 순간

소년의 입에서 내뿜킬 그말에 남순이는 전신이 한줌속으로 줄어드는것같다。

「선생님、전 상급학교지원을 그만 둘가해요」

극도로 긴당되었던 전신은 일시에 탁 맥이 풀려지며 후우하고 안심의 한숨까지 흘러나온다。

만은 그와동시에 그무엇을 바라고 기다린던것이 순간에 허지로 돌아간듯 비길데 없이 마음이 허전해감을 어찌할수가 없다。

「상급학교지원을 그만두다니? 그게 무슨말이냐?

말끝은 까츠럽게 세우나 몹시 피곤된 어조다。

그러나 소년의입은 다시금 철문같이 굳게 닫힌채 열릴줄을 몰은다。

「아니、인호 그게 무슨소리냐」

남순이는 저윽히 뷔여진 속을 가누어가며 소년의앞에 닥아섰다。

만은 소년은 매몰하게도 획 뿌리치듯 돌아서며

「선생님 안녕히 가십시요」

하고는 도망질치듯 다리우로 달려간다。

뒤에 남은 남순이는 얼빠진양으로로 머어니 서서 어둠속에 사라져가는 소년의 그림자를 하염없이 바라본다。

二

몇달만 지나가면 상급학교로 가게된다。

밤이나 낮이나 항상 침울한 분위기속에서 어둡게 지나오는 인호에게 있어서 그것은 얼마나 기다려지던 일이었으랴?

상급학교에만 가면 매서운 게모의 눈초리도 피할수가 있고、마음대로 마음에맞는 동무들과 사귈수도 있는것이고、일절을 자유로 행동할수가 있을것이다。

그것을 바라고 그는 지난가을 자살소동을 이르킨이후 이때까지 열심히 공부도 해왔고、온갓시름을 죄다 참아오지 않았는가?

그런데 그러한 그가 남순에게 상급학교지원을 포기하겠다고 말한것은 무슨까닭인가?

남순이와 갈려저 집에 돌아온 인호는 밤새도록 쪽한잠 이루지못하고 걷잡을수없는 생각만 뒤번지었던것이다.

상급학교로 간다는것은 다시없는 그의 히망이자 동시에 과거를 탈출하여 새로운 낙원을 건설함이다.

그러나 그와 동시에 남순의결을 떠난다는것은 비길데없이 슬픈일이다.

새로운 낙원을 건설하기위해 떠난다면 이때까지의 단한곳밖에 의지할데가 없던 행복의 보금자리를 버려야 한다.

사실 남순이만 없었다면 자기는 벌써 어떻게 되었을런지 몰은다.

비뚤게 틀어져가고 시들어가는 자기의 마음을 진정으로 눈물을 흘려가며 바로 잡아주기에 애써온 남순의 존재는 정말 자기에게 있어서는 태양과도 같은것이었다.

생각만해도 암담해지는 가정의 분위기속에서 그래도 명일을 바라고 억지로나마 우서온것은 모두가 남순이 노력에 의한것이 아닌가?

「인호! 나를 선생으루 생각지말구、네누의로 생각해다구。그것이 얼마나 나에겐 반가운 일인지 몰으겠다.

나는 너를 대할때 꼭 내동생으로 생각는다.

나두 사실은 너처럼 어린때를 눈물겹게 보냈다。아버지를 두구두 아버지라구 볼러못보구、제성두 바루 못타구지나왔다。허지만 나는 끝내 뻗히구 나왔구、앞으루두 뻗히구 나갈결심이다.

우리는 누구를—다른사람의 구원을 바라서는 안된다。제몸은 저절로 돌봐야하구、제앞길을 저절로 개척해야 한다。인호! 아무쪼록 울지말구 네일을 기다려라。내일의 히망、그것은 네에게 있어서는 이학교를 졸업하고 고등보통학교루 가는그것이다.

어머니는 안계서서 남의손에서 고달프게 지난다지만 너에겐 지위가 있고 돈이 있는 아버지가 계시잖니? 그 아버지는 정말 진정으로 너를 사랑하신다。허지만 사내양반들의 사랑이란 어머니처럼 그렇지는 못하단다。사랑하면서두 그것을 겉으루 나타내지 못하는것이 아버지의 사랑이란다.

인호! 부디 울지말구 공부 갈해서 돌아오는 봄에 입학하두 해라.

다행히 너의반 담임선생두 너에게 퍽 동정을 하시는 양반이니까、아예 딴 생각을 먹지말구、이 누의말대루 해다우」

생각할때마다 인호는 두눈에서 흘러나리는 뜨거운 눈물을 금할수가 없다.

지금 자리에 누어서 괴롭게 전전반복하며 지난봄 어느날밤 그 부두다리ㅅ거리에서 들려주던 이말을 생각하니, 어린가슴은 오리오리 찢어지는듯 견딜수가 없다.

사실 그의부탁대로 인호는 六학년에 진급해서부터는 전력을 대해 공부해왔고 상급학교준비를 겨을리하지는 않았다.

담임선생도 인호의 사정을 알고있는지라, 또 그우에 남순의 부탁도 있고한까닭에 남달리 취급해 주는것이었다.

그러므로 인호는 五학년시대보다는 짜장 행복스럽게 날마다를 보람있게 지날수가 있었고, 벌써 지원학교도 ××고등보통학교로 결정되었던것이다.

그러한 그가 웬일인지 근자에 와서는 이상스레도 생각이 갈리우며 하루이틀 날짜가 가면 갈수록 그무슨 줄이 있어 뒤머리를 끄어당기는것같은 실없이 우울하게 되어지는것을 자기로서도 알수가 없다.

다시말하면 상급학교로 간다는것은 웬일인지 자기의 행복을 영영 그무엇에게 받혀버리는것같고 수험일짜가 가까워오면 올수록 남순이와의 거리는 점점 멀어져서 자기의 앞에는 다시금 전날의 그 암담하던 구렁텅이 입을 벌리고 달려드는것같았다.

그것은 생각만해도 소년의 가슴속을 캄캄하게 어둡게 하여주는 것이었다.

그리고 더구나 근자에 와서 또한가지 소년의 가슴속을 어둡게하여 주는것은 남순이를 자조 찾아댕기는 그 더벙머리 청년의 출헌이었다.

인호는 그 청년이 어디서 어떻게 굴러왔으며 남순이와 어떠한 인연이 있는 청년인지를 알수가 없었다.

남들은 젊은사람치고 하이칼라머리를 하기만 하면 기름을 빤질하게 발라서 여자들보다도 더 단정하게 갈라붙이든데 이청년은 도모지 그럴줄을 몰으고 그저 되는대로 텁숙하니 내버려두고 수염도 별반 깎는양없는듯 언제든지 턱밑이 검으스름하다.

양복은 세루기는하나 빛갈이 낡은 검은빛이 누루게 되어버린 학생복을 입고 모자는 검정중절모로서 그도 어느 고물상에서 오래오래 묵던것 같은것을 되는대루 푹 눌러쓰는데 다만 한가지 그중에서 뛰쳐나 보이는것은 테가 손구락보다 도 더굵어뵈는 대모테 안경이다.

그리고 또한가지는 언제든지 손에서 놓지않고 짚고댕기는것이 아니라 끌고댕기는 사꾸라몽둥이다.

그는 그것을 가장 애끼는듯, 남순의집에 찾아올때면 방안에까지 끌고 들어온다.

그러고는 무슨이야기를 하면서 손으로는 그것을 자꾸 어루만지는것이다.

중병을 겪고난듯이 창백히진 얼굴에 유달리 어마어마한 안경을 걸고, 그 몽둥이를 끌고 댕기는것을 볼때 소년은 일종의 형언할수없는 처연한 맘을 금할수가 없었다.

이 청년이 나타난이후부터 남순이는 웬일인지 행동이나 언어같은데 있어서 돌변해진것을 인호는 확실히 엿보았다.

뿐만아니다 자기에게 대하는 태도에도 어딘지몰으게 섬섬한데가 있고 뷘틈이 생겨진것 같았다.

그것이 사실에 있어서는 자기의 빗탈린 근성에서 생겨지는 억측인지는 몰라도 하였던 그에게는 그렇게 느껴지고 우울해지는것이었다.

그렇게 되고보니 그에게는 모든것이 다시금 전날의 그 어두운 상태로 되돌아져 가는것같았고, 따라서 상급학교라는것도 아무 히망도 매력도 가져다주지 못하는것이었다.

공연히 청년에게 가는 저주와 그에따라 남순에게 대하여서도 그어떤 일종의 원망에 가까운 맘을 품게되는 그것으로 소년의 얼굴빛은 다시금 흐려졌다.

그리하여 그는 끝내 그것을 상급학교 지원 중지라는것으로서 남순의 앞에 폭발시켰던것이다.

마는 그러고나서는 집에 돌아와서 밤새껏 잠들지못하고 고민하게되는 소년의 가슴속에는 페부를 오려내는듯한 후회의 마음이 사뭇 치미는것이었다.

三

그이튿날인호의 아버지는 회사의 용무를 띄고 약 일주일가량 작정으로 출장을 떠났다.

언제나와 마찬가지로 인호의 가슴속은 말할수없이 어두어졌다.

─주일동안, 아버지가 출장간동안, 그동안은 또다시 사막의길을 걸어야하며 어둠속의 생활을 해야한다.

조반을 먹고 학교로 가는길에서 그는 간밤에 남순에게 한말을 한층더 후회했다. 그러고는 기회를 보아 자기의 철없이 끄낸말을 취소하여 그에게 안심을 시키려했다.

집앞 오솔길을 따져서 큰길을 건너 다시 지름길에 들어서는데 누군지 뒤에서 발

자최소리가 나는것같더니

「인호」

하고 불으는 소리가 들려온다.

돌아다보니 한반에 댕기는 승옥이란 자기보다는 두어살 이상되는 여생도다.

인호는 무뚝한 표정으로 뱅글거리며 가까히 오는 그를 보고섰노라니 어쩐지 얼굴이 달어올으는것같다.

「늦잖었니?」

「몰라」

「우리집시겐 아직 二十분이나 있드라」

인호는 잠자코 다시금 발길을 옮겨놓았다.

승옥이는 곁에 나란이 서서 걸으며 무에라고 수작을 걸려는 눈치면서도 얼른 끄내지는 못한다.

아직 등교시간이 이른탓인지 골목에는 승옥이와 인호의 그림자밖에 없다.

평소에는 한반에서 무심하게 대하여 왔지만 이렇게 외딴골목에서 단둘이 나란이 서서 걷게되니 어쩐지 가슴속이 가볍지 못하다.

자칫하면 앞서려는 인호의 걸음거리는 저로서도 몹시 허둥거리는것같다.

승옥이는―그도 정작 가즈런히 서기는 했으나 할말은 생각나지 않는듯 쉽사리 입을 열줄 몰은다.

그러다가 그는 겨우 용기를 낸듯

「너 어느학교루 지웠했냐?」

하고는 인호의 얼굴을 할끔 곁눈질해 본다.

그러나 인호는 못들은체 한동안 그대로 묵묵히 발길만 옮겨놓다가

「××고등보통학교다. 넌?」

하고 웃뚝 걸음을 멈추며 대답하게 마주본다.

「난 아직 결정을 못지었다.」

「왜?」

「집에서 허락을 안해준다」

「어째서?」

「어째서가 있는 게집애가 보통학교만 해두 대단하지 상급학교가 뭐냐하며 돈랄난다구 그러지」

승옥의 음성은 이내 우룸쪼로 변해진다.

인호는 잠시 할말을 생각지 못하다가

「그럼 넌 그만둘테냐?」

「왜 그만둬?」

하고 숭옥이는 마치 인호가 방해의 주인공이나 되는듯이 앙칼지게 대든다.

「안보내는걸 어떻게 가니?」

「안보내문 도망질해 가지」

「뭐? 도망질?」

「그럼 그러잖구」

숭옥이는 아주 흥분되어 숨까지 쌔근거리며 얼굴에 홍조를 띠운다.

인호는 그모양을 물끄럼이 바라보며 자기의 보잘것없는 무기력한 마음을 되씹어 보았다.

(안보내면 도망질해서라도 간다)

그 강경한 의지는 대체 어떠한 곳에서 생겨지는것일가?

(막으면 뚫고 나간다)

이것은 남순이가 노[1] 타일러주던 말이 아닌가?

그말을 그는 지금 숭옥의 의지에서야 비로소 처음 엿보았고 느꼈다.

숭옥이는 마치 인호의 무기력한 의지를 비웃기나 하는듯이 다시금 한말을 곱씹는다.

「도망질 하잖구. 계집애는 사람이 아닌가? 사내가 사람이문 계집애두 사람이지. 난 어떻게 해서든지 시험보러 갈테야.」

인호는 제생각에 골독히 잡혀 숭옥의말을 먼귀로 들으며 발길을 옮겨놓았다.

이날 그는 진종일 숭옥의말로하여 무거운 침묵속에서 지났다.

밤이 되자 그는 입맛없는 저녁도 두어수까락 뜨다말고 이내 책보를 끼고 담임선생의 집으로 갔다.

거기에는 매일밤 몽여와서 입학시험준비를 하는 동무들이 벌써 다 와서 있었다.

인호는 그들틈에 끼어 어느때보다도 한층더 열심히 공부했다.

그러나 아침 등교시에 들은 숭옥의말로하여 자칫하면 머리속에 걷잡을수없는 딴 생각이 떠올으는것을 억눌우기에 애가 말렀다.

그리고 이상스레도 이때까지 느껴못본 호감을 그에게 느끼게되며 그어떤 안타가

---

1) 노: ≪늘, 항상≫이란 뜻.

운 생각까지 얄궂게 떠올음을 막을수가 없었다.

六학년에는 남녀공학으로 여자들이 스물도 더된다.

나이가 많은 여자도 꽤 많다.

승옥이도 그중의 하나로써 가지보다 두어살쯤은 우이니까 아마 열일곱쯤은 된것이다.

그러한 여자들을 자기는 이때까지 단 한번도 정면으로 대하여 본때가 없고 말한마디 건니여 본때도 없다.

그것은 여자들에게 한해서뿐만 아니라 남자들에게 대해서도 그는 벌반 다정하게 대하여 본적이 없다.

그저 묵묵히 또두라진데없이 지나왔다.

그러므로 자기의 존재라는것은 전연 없다고해도 과언은 아닐것이다.

구지 있다고 한다면 그것은 성적이 남보다 우량하고 그리고 지난가을 五학년때 자살소동을 이르킨 그것으로하여 남달리 불행한 환경에서 자란다는것이 알려진 그것뿐일것이다.

이러한 자기에게 뜻밖에도 승옥이가 그러한 말을 불쑥 던져주었고 다정하게 대하여 주었다는것은 아무리 생각해도 단순하게 해석하여 버릴수가 없다.

그리고 그에따라서 자기의 마음이 이상하게 동요를 이르키며 진정할수가 없이 되어진다는것도 역시 단순하게 해석하여 버릴수는 없다.

무엇인가 거기에는 까닭이-말로는 형언할수없는 그어떤 까닭이 있을것만 같다.

그러면 그까닭이란 대체 어떠한것일가.

생각할수록 가슴속만 울렁거려날뿐 그실마리를 풀어낼수는 없다.

마지막에는 마주앉은 선생이나 곁에서 공부하는 동무들까지 자기의 속을 엿보고 웃는것같아, 그는 그만 자리를 일었다.

그러고는 그리로 가면 그무슨 해석의 방법이나 있을것처럼 남순의 하숙으로 바삐바삐 향했다.

四

「그랬읍니다. 확실히 남순씨는 아직 막다른 골목에 마주띠워 못봤습니다.

과거의 환경같은것은 막달은 골목이라고 할수없지요. 그런것쯤은 우리들에게 있어서는 일상의 다반사와도 같은것이지요. 남순씨가 비복의 몸에서 태여났다고 성두 바루 못타구 ＋몇년이나 지나오며 저주와 원망의 생활을 하여 왔다는그것은 극히 사소한 일이지요. 우리에게는 보다더 큰 막다른 골목이 있읍니다. 그것이 지금 현재의 우리에게 다달었습니다.

청년의말은 잠시 중단된다.

그러나 남순의말은 반마디도 없다.

인호는 서먹하여 문앞에 선채 하늘을 쳐다보았다.

하늘에는 달보다 달빛이 한충더 맑다.

「미래는 확실히 우리들의 시댑니다. 이 시대를 우리들의 줌안에 획득하려면、 우리들은 썩어빠진 구각속에서 용감하게 뛰쳐나와야 합니다. 만약 그러지않는다면 우리들은 막달은 골목에서 자기파멸밖에는 볼것이 없을것입니다.

당신은 언제인가 그 게모의밑에서 화기없이 지난다는 아이의 이야기를 하였지요.

나두 그애의 이야기를 듣구 퍽 가엾게 생작하며 동정했지요. 허지만 그런것두 우리가 사실 냉정하게 생각한다면 값싼 동정뿐으루서는 안됩니다. 우리는 그애에게 동정을 하여 자기안위를 얻는다기보담、 그애의 의지를 챗직질해야 합니다. 좀 더 굳센 의지의 소유자를 맨들기 위한 챗직질. 그러한것이 절대 필요합니다. 그래서 안된다면 할수없지요. 그건 히망이 없는것이니까、 히망이 없는것을 언제까지든지 동정을 하며 붙잡구 있을수는 없으니까요」

인호는 더 들을수가 없었다.

그는 나직히 한숨을 지은후 조용히 돌아섰다.

어디든지 외딴데 가서 싫건 울어보았으며 싶었다.

발길 끊어진 조용한 거리를 걸을랴니 문득 승옥의 환영이 머리속에 떠올은다.

말할수없이 그리워난다.

될수만 있다면 그를 만나고싶었다.

그러면 울적한 가슴속을 죄다 털어버릴수가 있을것같다.

그러나 밤은 깊었다.

어떻게 하는수가 없다.

또 있다하더라도 정작 대하면 그럴 용기가 나올것같지도 않다.

힘없는 다리를 옮겨놓으며 집앞에 이르니 불의에 덜커덕하고 대문잠그는 소리가 난다.

뒤이어 계모의 종알거리는 소리도 들려온다.

「빌어먹을 색기가 뭣하게 지금두 안온담」

인호는 잠자코 다시 발길을 돌렸다.

마음한편으로는 차라리 다행하게 된듯도 한 느낌이 난다.

늦어진 밤의거리를 혼자서 지향없이 걸어보는것도 인제는 한버릇이 된듯했다.

슬플때 같은때 혼자 걷는맛은 정말 좋다.

뜨문뜨문 매달린 전주의 가등이 몹시 정다워 보인다.

서산에 기운 달빛은 더욱 그리워뵌다.

거리에는 고양이색기 한마리 어른기는양 없다.

지향없는 발깃은 부두쪽으로 향해진다.

물결소리도 한것 정겹다.

부두에는 어선이 두어척 곤히 잠들고 있다.

인호는 기우는 달빛에 훠언해진 바다를 하염없이 내다보았다.

해면은 늡(池)처럼 평온하다.

자기의 마음도 그처럼 평온하고 안일하게 된듯하다.

슬프지도 않고, 그렇다고 기쁘지도 않고, 아무렇지도 않다.

그저 일절을 말정하게 씻쳐버린것 같다.

마는 그러면서도 두눈에서 자꾸 흘러나리는 눈물은 무슨 까닭일까?

그것은 제자신으로서도 몰을 일이었다.

五

어느듯 가을도 지나고 겨울도 한겨울을 잡아서 동게휴가가 닥쳐왔다.

소년에게 있어서는 무엇보다도 저주스런 휴가다.

될수있는한 소년에게는 집을 떠나는것이 가장 자유롭고 행복스러운것이다.

그러나 휴가가 오면 혼자서 학교로 갈수도 없고, 부득이 집에서 전신에 매섭고 날카로운 눈초리를 느껴가며 지날수밖에 없다.

그러므로 소년은 한층더 침울하게 되어서 지리한 날마다들 천추같이 보냈다.

마는 밤이 되면 입학준비라는 구실로 그는 동부들이 몽여서 공부하는 담임선생의 집으로 갈수가 있었다.

상급학교 입학준비.

그런것은 최근의 그에게 있어서는 그다지 문제가 되는것이 아니었다.

입학준비야 어떻게 되던말던 조곰이라도 집에서 나와 자유롱누 공기를 마시면 그만이다.

만약에 그러한 기회조차 없다면 그는 어떻게 되었을런지 알수가 없을것이다.

이러한 분위기속에서 소년은 한달이나 되는 방학을 지리하게 보냈다.

입학준비도 인제는 본격적으로 들어가야 할때가 되었다.

동무들은 그야말로 불면불휴로 공부하는것이었다.

마는 인호의 태도는 너머도 무관심하다.

동무들의 애쓰는 그모양을 볼때면 그는 일종의 연민의정까지 느끼게 되는것이었다.

이러한 그의태도를 보고 남순이는 가진애를 다 썼다.

길어서 만나도 그랬고, 학교에서 만나도 그랬고, 때로는 자기의집에 억지로 붓잡어다놓고 눈물을 흘려가며 타일렀지만 소년의 다물어진입은 열릴줄을 몰랐다.

어느날 밤이었다.

남순이는 저녁을 먹고 인호가 담임선생의 집으로 가는것을 모퉁이에 직혀섰다가 다짜고짜로 끌고 자기의 하숙으로 갔다.

방안에 들어서자마자 그는 참었던 설음을 단꺼번에 처텨버리듯 책상에 업디어 울며

「인호, 너모도 심하잖니? 내가 이렇게 너때문에 밤마다 울구있는데두 너는 털끌만치두 내맘을 몰라준다.

너만 없다면 난 벌써 학교를 그만두었을꺼다. 너하나때문에, 너를 무사히 졸업시켜 상급학교루 보내려구 난 이렇게 뜻에 없는 일에 매달려 있는줄넌 웨 몰라주니?」

하고 원망의 말을 퍼붓는것이다.

인호는 비로소 남순의 앞에 쏠어져서

「선생님」

하고 뒷말을 잇지못하고 목메여 느낀다.

남순이는 참말 반가웠다.

그는 어쩔줄을 몰라 한동안 인호의 들먹이는 어깨를 나려다보다가 그만 저도몰으게 와락 끌어안고 함께 느꼈다.

인호는 남순의팔에 안겨 한동안 우느라니 이상스레도 엉켰던 가슴속이 나긋이 불려지는것같았다.

그리고 생각은 이상스레도 과거의 어린시절로 되돌아져간다.

어머니의품에 안겨 자장가를 들으며 가물가물 졸던 그때가 바로 눈앞에 되돌아진다.

문득 무에든지 말하며 묻고싶은 생각이 치민다.

「선생님, 그사람은 선생님과 어떻게 되우?」

「그사람이라니? 누구말이냐?」

남순이도 울던것같지않게 맑은 소리로 묻는다.

「그 더벙머리한 사람말입니다.」

무뚝 말하고 생각하니 어린맘에도 너머나 당돌하게 질문한듯하고 또한 제속을 펼쳐보인듯하여 얼굴을 붉히지않을수가 없다.

그러나 남순의 태도는 조금도 어색해지는양없이 태연하다.

그는 입가에 부드러운 우숨까지 띠우고

「그이말이냐? 그인 ××가서 대학교까지 졸업하구 돌아온 인데, 아주 훌륭한 이다. 남들같으면 벌써 어느관청이나 회사같은데 들어갔을텐데 그인 고향청년들을 위해 애를 쓰신단다.」

인호는 남순의 얼굴을 뚫어져라고 마조 쏘아본다.

그바람에 남순이는 눈가장을 약간 붉힌다.

「고향청년들을 후해 무슨일을 허나요」

「그야 여러가지루 할수가 있지. 첫째, 돈이 없어서 공부못한 청년들에게 글을 배우주는것두 일이지」

남순이는 얼마간 홍분까지 느끼며 청년의 이야기를 열심히 한다.

그것이 다시금 인호의 비위를 슬그머니 건드렸다.

바루 그런때에 숭옥이가 찾아왔다.

그는 뜻밖에도 인호가 와있는것을 보고 문고리를 쥔채 망서리다가, 남순이가 두번째 권하는바람에야 거우 들어선다.

그러나 들어와서도 얼른 앉지는못하고 거북한양으로 둘의눈치만 살핀다.

「어서 앉어라. 왜 서구만 있니?」

남순이도 부자연한 공기를 느꼈는지 어색한 웃음으로 숭옥이를 처다본다.

그제야 숭옥이는 문앞쪽으로 삼붓 앉으며 흘낏 인호를 눈짓해 본다.

인호는 실없이 안된생각이 들며 마음 한모퉁이가 켕겨든다.

마치 그무슨 죄를 짓다가 들킨것처럼 얼굴까지 훗군거려난다.

한동안 셋은 아무말도없이 싱겁게 앉아 침묵만 직히고 있었다.

그러다가 그 침묵을 먼저 깨친것은 승옥이다。

그는 불의에 웃줄 일어서며

「선생님、 가겠어요」

하고 남순이를 나려다보다가 마주치는 시선에 얼른 외면한다。

「가다니? 왜 놀지두않구 그렇게 빨리 가니?」

남순이는 당황하게 서둘며 승옥이를 쳐다본다。

「지나가다 들렀는데너머 늦으문 집에서 야단처요」

「그렇지만 우리집에 왔다갔다문 괜찮을꺼 아니냐?」

「그래두 늦으문」

승옥이는 어름거리며 문고리를 쥐고 난처해 한다。

인호는 그이상더 안자있을수가 없다。

그는 기회를 얻은듯이 벌떡 일어서며

「저두 가겠어요」

하고 망서리는 승옥이를 밀치듯 덧문을 확 열어제쳤다。

「아니 웨들 이렇게 성급하게들 서두냐」

인호는 멋없이 꿉벅 인사한다음 도망질치듯 마당밖으로 나왔다。

막혔던 가슴속이 시언히 풀려지는것같아 그는 후우하고 긴숨을 내뿜었다。

六

또박또박 뚫아오는 발자최소리를―그것이 틀림없는 승옥의 발자최인줄 알면서도 인호는 그냥 뚜벅뚜벅 제걸음만 옮겨놓았다。

무엇이라고 말할수없는 거북하고도 미안하고、 그러면서도 한편으로는 그어떤 안타가움까지 뒤섞여지는 마음을 인호는 어떻게 가누었으면 좋을지 몰랐다。

그때문에 그는 몇번이나 걸음을 지체하며 승옥이와 어깨를 나란히 하고 걸으려다가도 그만 쑥스런 생각에 애꾸진 얼굴만 붉히면서 제대로 발길을 옮겨놓곤 했다。

승옥이도 그 이상더 걸음을 빨리하지는 않는다。

그것이 인호에게는 한칭더 안타가웠다。

뿐만아니라 빨리 뒤따라 주지않는 승옥의 그맘이 얄밉기도 하다。

그래 그는 끝내 제맘을 굽혀서 웃뚝 발길을 멈추고 뒤를 돌아다 보았다。

따라오던 승옥이도 오뚝 멈쳐선다。

「왜 남의뒤만 딿아오니?」

어째서 무슨맘으로 이런말을 불쑥 끄냈는지 그는 저로서도 몰랐다.

끄내놓고 그 여름이 아직 사라지기도전에 그는 이내 얼굴을 돌렸다.

승옥이는 잠시 조용히 서서 바라보다가 살며이 곁에와 선다.

인호는 자기의 얼굴빛을 엿보게못하는 어둠속이 짜장 고마웠다.

승옥이는 잠자코 인호의 숙인 얼굴을 드려다 보다가

「넌 왜 가다말구 섰니?」

팩 쏘듯 하는말이긴하나 그속에는 형용할수없는 부드러운 정이 서려있다.

인호는 아무소리도없이 다시 발기를 옮겨놓았다.

승옥이도 딸아선다.

둘은 비로소 어깨를 나란이 하고 걷는다.

그러나 말없는 그속에서 둘은 서로서로 상대편의 그맘을 엿보았고, 말할수없는 달콤한 행복에 도취되는것이었다.

마침내 둘은 인호의집앞 개천까지 왔다.

먼저 발길을 멈춘것은 인호다.

나직히 한숨을 뽑은후, 그는 조용히 승옥의 얼굴을 드려다 본다.

승옥이는 상대편의 시선을 정면으로 받으면서, 그도 까닭몰을 한숨을 나직히 짓는다.

「승옥아, 넌 언제 시험보라 가나?」

「난, 한 열홀쯤 먼저 떠나겠다.」

「왜 그렇게 일직 가나?」

「시험일짜가 딱 떠워서 떠나다가 누구한테 붓잡히거나 허문 어쩌니?」

「그럼 지금두 너의집에서 허락이 없나」

「없잖구」

「미리 가다가 붓잡혀두, 붓잡히기만 허문 마찬가지가 아니냐?」

「그래두 그편이 났다. 앞으루 시험일자가 며칠 남기만하다문 한번 붓잡혔드라두 또 기회를 얻을수 있잖니?」

인호는 다시금 놀라지않을수가 없다.

어디까지든지 용의주도하게 앞일을 계획하여 나가는 승옥의 그맘을 조용히 생각하여 보았다.

그의존재가 인호에게는 일종의 거대한 압력으로 느껴졌다.

무기력한 자기에게 비하여 그는 얼마나 튼튼한 의지를 가졌는가.

이러한 생각을 인호가 하고있는 동안 숭옥이는 그도 무슨생각에 잠겼는지 한참동안 말없이 고개를 숙이고있다가

「열흘만 앞서 떠난다문 붓잡혀서 배떠날때마다 누가 직힌대두、 얼마든지 갈수가 있다. 사흘만 걸으문、 아니 이틀이문 될꺼다」

하고 힘을 주어 말한다.

「그렇지만 가서 시험을 보문 어쩌니? 집에서 학비를 안대주문」

「난 그것두 생각하구 있다. 안대주문 고학을 할테다.」

「머? 고학?」

「응、 고학을 할테다」

열과 힘을 주어서 자신있게 언명하는 숭옥의 그말에 인호는 한동안 어안이 벙벙하여 말을 못했다.

「여자루서 어떻게 고학을 하니?」

「왜 못해? 여자는 사람이 아닌가?」

숭옥이는 가슴까지 내밀며 항의하듯 인호의 앞에 한걸음 바짝 닥아선다.

인호는 말없이 웃어뵈며 숭옥의 얼굴을 조용히 마주보았다.

그순간 그는 갑작이 그어떤 야릇한 충동이 가슴속에 뭉쿨 치밀어올음을 느꼈다.

힘껏 끌어안고 그냥 막우 딩굴고싶은 충동.

소년의 머릿속은 무거운것에 강하게 부디친듯 아찔해진다.

그러나 숭옥이는 상대편의 그런맘을 깨닫지 못한듯、 한동안이나 잠자코서서 어두운 바다쪽을 내다보다가

「여선생집엔 날마다 댕기니?」

하고 딴말을 불쑥 끄낸다.

인호는 찬물을 끼여얹힌듯 갑작이 정신을 차렸다.

마는 머에라고 대답할바는 몰랐다.

후끈 얼굴이 달아올으며 가슴속이 울렁거린다.

「넌 여선생님과 아주 친하게 지나드구나」

숭옥이는 서슴지않고 말한다음 슬쩍 외면해 버린다.

인호의 가슴속은 더한칭 울렁거려난다.

그러나 그러면서도 그는 그어떤 반발심에 주먹이 불끈 쥐어지는것이었다.

「여선생과 친하게 지나는데 무슨 상관이냐?」

숨까지 씩은거리는 흥분된 그모양에 승옥이는 잠시 마주보기만 하더니

「친하게 지난다는게 그렇게두 안됐니? 그럼、친치말렴」

하고는 휙 토라져버린다。

「누가 친하게 지난단 말이냐?」

「네가 친하게 지나지 누가 친하게 지난단 말이냐?」

「내가 언제 친하게 지났냐?」

「언제는 언제야? 언제든지지」

인호는 말문이 막혀 한참이나 씩은거리며 노려보다가

「넌……넌 왜 친하냐?」

하고 되는대로 내뿜었다。

「내가 언제 친했니?」

「치하지않은게 아까는 왜 갔냐?」

「볼일이 있으니까 갔지」

「머? 볼일?……나두……나두 볼일이 있으니까 갔지」

「흥、무슨볼일이 날마다 그렇게두 있을가?」

「머야? 내가 언제?……」

갑작이 인호는 목구녁이 막혀지며 눈시울이 뜨거워남을 어찌할수가 없다。

그는 그만 두손으로 얼굴을 덮으며 목메어 느끼기 시작한다。

이 뜻밖윗일에 승옥이는 어쩔바를 몰랐다。

그는 목메어 느끼는 인호의 어깨를 바라보며 몇번이나 주저거리다가

「얘、내가 잘못했다。인호」

하고 그의팔을 다정하게 잡아주었다。

「놔라」

인호는 매몰하게도 휙뿌리친후 그만 개천을 뛰어넘더니 제집쪽으로 달려간다。

승옥이는 그뒤를 따르려다가 자기도 까닭몰을 눈물이 왈칵 쏟아져나와 그만 그 자리에 풍덩 주저앉아버렸다。

七

二월이 지나 三월을 잡아 기후는 완연 달러저서 사면산빨에 눈들은 슬며시 녹아 버리고、바다에서는 날마다 훈훈한 바람이 불어온다。

학교에서는 졸업시험들이 시작되어 상급학교지원생들은 한칭더 애를 쓰게됐다.

이러한 어느날、학교에는 뜻밖에도 불상사가 생겨서 남순의 진퇴문제를 일으켰다.

그것은 달음이 아니라 시내 청년회가 조직되어 그 창립대회 석상에서、교원의직에 있는 남순이가、축사를 한것인데 직분도 직분이려니와 축사의 내용이 불온하다는 의미에서 당국의 비위를 거슬린 사건이었다.

학교에서는 교장과 수석이 몇번이나 근심스런빛을 띄고 경찰서로 드나들었다.

마는 문제의 주인공인 남순이는 조금도 그 여론에 개의치않고 태연하게 지나는 것이었다.

그는 비로소 오랫동안 가치었던 어리숙에서 풀려나온듯한 그런 태도로 청년들과의 접촉을 일층 맹렬하게 했다.

그모양을보고 인호는 밤마다 한숨으로 지났다.

그러지않아도 자꾸만 멀어져가는듯한 남순이로하여 슬프게 지나던 인호는、영영 놓져버린듯한—아니 놓져버린 설음에 완연 실신한것처럼 되었다.

그는 밤마다 하늘에 별을 쳐다보았다.

고별처럼 남순이는 구만리밖 아득한곳에 아득하게 멀어져서 다시는 붓잡을수없게 되어버린것 같았다.

손다을수없는 별.

쳐다보고 쳐다보아도 빛갈은 차고 희미하다.

그는 밤이 깊도록 넋을 잃고 그별을 쳐다보다가도 자리에 들면 눈물로 밤을 새웠다.

그러다가 어느날밤、그는 갑작이 자리에서 벌떡 일어나 연필과 종이쪽을 갖후어가지고 편지를 쓰기시작했다.

―선생님―

이렇게 첫머리를 떼어놓고는 오랫동안 지면을 드려다보았다.

새하얀 지면우에 의젓이 떠올으는 남순의 환영、더벙머리 청년의 환영.

그는 그것을 뚜러지게 노려보다가、그만 되는대로 그우에다 막우 갈겨썼다.

그러나 그것은 몇줄을 못나려가서 이내 손아귀에서 찢기고 말았다.

이러한 날마다가 짓구지 되푸리되는 동안 승옥의 존재가 갑작이 학교에서 사라졌다.

그뒤 얼마안되어 동무들의 모양도 몇명 보이지않았다.

그러나 인호는 도모지 기력을 못차리며 날마다 어두운 얼굴로 지났다.

시험일짜가 임박하게 되자 학교에서 몇번 독촉을 해는 그는 조금도 내켜하지 않었다.

그러다가 어느날、 그는 담임선생에게 이끌려 바닷가로 나갔다.

남순이와 노 가치 걸어보던 바다스가다.

담임선생은 오랫동안 말없이 걷다가 기인 한숨을 뽑은다음

「인호、 인젠 시험일짜가 이틀밖에 남지않었다。」

하고는 또 한동안 침묵을 직히다가

「나두 이번학기를 보구는 그만두겠다。 그만두구 ××에나 갈가한다」

인호는 조용히 담임선생의 얼굴을 쳐다보았다.

그도 근자에 와서 몹시 수척해졌다.

담임선생은 인호의 시선을 슬며시 피해 바다쪽을 내다본다.

인호는 그의속을 조용히 생각해보았다.

그도 밤이면 자기와같이 하늘에 희미하게 깜박이는 별을 쳐다보며 한숨지음에 틀림없는것 같았다.

바다를 내다보는 담임선생의 뒷모양이 말할수없이 쓸쓸해 보이며 외로워 보인다.

동시에 이때까지 느껴못본 그리운정이 뭉클 느껴진다.

「선생님、 오늘밤배루 떠나겠어요」

담임선생은 그냥 먼바다를 하염없이 내다보며

「그래라」

하고는 또한번 긴한숨을조용히 뽑는다.

×

그날밤 소년은 남행기선에 몸을 실었다.

전송나온 사람은 담임선생뿐이었다.

외로히 부두에 서서 내다보는 그의모양은 비길데없이 쓸쓸해 보였다.

소년은 난간에 힘없이 기대서서 히미한 항구의 불빛들을 들여다보며 복잡하던 과거를 생각했다.

이렇게 떠남에 제하여 생각해보니 모도가 그리워난다.

무심코 포켓트를 어루만지니 무엔지 두투룸하게 만져진다.

소년은 조용히 눈을 감고 한숨지은후 다시금 남순이와의 일을 생각해보았다.

언제부터 써가지고 댕기던 편지.

그편지는 결국 소년의 포켓트속에서 꼬기꼬기 구겨서 지금은 봉투의 모사리까지 해여졌다.

보내지도 못할 편지를 써가지고 방황한 제맘이 비길데없이 슬프다.

그는 손에 쥔 편지를 지긋이 힘을 주어 구겼다가 그만 슬며시 놓아버렸다.

무엔지 몰을 엉켰던 마음이 덩어리가 갑작이 요란스레 일어난다.

뒤따라 닷감는소리。 스크류우의소리。

배는 벌써 머를 움씻거리며 돌리기 시작하고 동시에 사품을 치며 갈라지는 물결소리가 소란스레 들린다.

그러자 불의에 선체가 떠갈듯이 울리는 기적소리.

소년은 부두쪽을 향해 조용히 모자를 벗었다。 그러고는 모든것에게 진정으로 하직의 인사를 고했다.

(앞으로 나는 少年의 이야기를 機會있는대로 계속하여 쓸 作定이다。 昨年 文章 臨時增刊號에실린 「少年錄」과 아울러 읽어주면 多幸으로 생각겠다—作者)

(庚辰四月於圖們)

寫生帖 -第二章-◉

밤은얼마나 깁펏는지 그리고 차는지금 어디를어쩌케달리고잇는지 웬통몰은다

마즌편에 안즌양장아가씨가분홍빗손수건으로 코를막은채 각금팔목시게를드려다 보긴하나 그러나 그것을구태여 용긔를 내가지고물어볼생각은 념두에도 나는것갓지안타.

금년두살이나 됏을까?

탑숙한 머리밋테 동그라니그려진 단아한 얼골륜곽이꼭능금열매를 련상케하여주는아기는 품안에안겨 잘도새근새근잔조로운 숨소리를이어가고 잇다. 그런데웬일일까?

절문어머니의 살짝감아놋는두눈에서는 주루루 이슬갓튼것이 두어방울 쩌러저서곤히잠든아기의 얼골에 얼룩을지어준다.

뒤이어나즉히 흘러나오는 한숨.

어머니는 당홍치마쏘리로 삽붓아기의얼골을 닥거준다

그리고는 앗가부터엽페서 칭얼대는 사내아이녀석을기웃이돌아다본다.

사내녀석은 다섯살가량되엇슬까?

말쑥하게씻처입은고구라복소매에는 어느새벌서 코째가다닥다닥부터잇고 영양부족의얼골에는 눈물혼적이되는대로 흐린하늘을그려노핫다.

「홍 엄마나과자사쥐 홍」

앗가부터 쏘이가상자에갓득담아가지고 지나가고지나오는것을볼째마다 절문어머니에게서는 한숨박게업다.

「엄마 홍 과자사줘홍」

그모양에 마즌편 양장아가씨의 미간은 더한칭 찡그려지고 보던책을 화난듯이덥

◉ 이 작품은 1940년 8월 31일부터 9월 1일까지 ≪滿鮮日報≫에 발표되었다.

퍼버리고는웃줄 일어나더니 식당쪽으로 짝짝하게 걸어간다.

절문어머니는 어린것의모양을 이슥히드려다보다가 엽페 노힌봇짐을 뒤지더니 노란 말은쩍덩이를 써내준다

「실혀 쩍은 실혀 나과자먹개」

어린녀석은 사정도업시 매몰하게 어머니의 손길을 써다밀치고 흥흥거린다.

어머니는 아모말도업시 써내던 쩍덩이를 다시금 봇짐속에 끼워넛는다.

그리고는 몹시 지친듯이 차창에 살며시 기대더니두눈을 조용히 감는다.

「나 과자 안사주문 아버지가 잇는데 안가구집에가」

그러나 어머니는 아모웅대도 업다.

어린것은 성화를 부리다못해 그만 쏘홍얼거리며 저혼자 중얼거린다.

「우리 충청도 도루 갈테야」

그래도 어머니는 웅대가업시 한모양으로 잠든듯이 하고잇다.

어린놈은 할수업다는듯이 울음을 쓴치고 굴러가는차박휘소리에 귀를 기우린다 차창의 휘장째문에박근볼수가 업고 훤-한차내는 쏙사멸된 동혈(洞穴)갓다.

이구석 저구석에서 코고는 소리들이 들려온다.

어린것은 어머니의 당홍치마자락을 구겨쥐엿다가는노코 노코는다시 쥐곤하면서 원망스러운듯이 눈감은 어머니의 그얼골을 자꾸치아다본다.

마 싀집올째 입은것이리라.

당홍치마는 인조가 아니나 정녕진짜갓티 몹시정다워보인다.

차는 몃번을 굴속을지난다음 어쩐정거장에 멋는것갓더니 이내쏘쩌난다.

마즌편 양장아가씨는 아직도 돌아안온다.

어린것은 그의 뷘자리를 이슥히 건너다 보더니 갑작이 두눈에광채를 씌우며입술을감짠다.

동시에 잠든 어머니의얼골을홀쯤처다보고는 차내를둘러살핀다.

그리고는 몃번을 주저거리며 식당문쪽을살피다가그만 큰맘을먹은듯 살짝일어나더니 양장아가씨의 토렁크뒤에잇는 과자봉지를 덤썩집어온다.

바로 그째다.

어린것은 뒤통수에서 번개불이 번쩍함을 늑기고제자리에와서 쓸어진다.

「아ー니 이건 뭐야?」

어느새에 와섯는지 양장아가씨는 두눈을 날카롭게 흡쓰고 금시에잡어삼킬듯이 어린것을 노려본다.

「엄마―」

어린것은 혼비백산이되어 어머니의 치마에팍 업드러진다.

정말 혼곤한 잠에들엇던 어머니는 그제야번쩍 두눈을쓰고 눈압폐전개된 광경을 보고 깜짝 놀란다.

그는 이내모든것을 알어채인듯 발밋테떨어진 과자봉지를집어서 양장아가씨에게 돌려준다.

「용서하서요 어린것이 철이업서서」

그러나 양장아가씨는돌려주는 과자봉지를 그냥손깃스로 탁 처서 떨어트러버린 후

「별꼴 다보겟네」

하고는 주섬주섬 짐짝들을 집어들더니 짜장 더러운것이나 피하듯 총총히 달은자리로 옮겨간다.

어머니는 아모말도 업시 그의뒷모양을 바라본다.

그동안 어머니의 치마폭에서 발발떨며 어쩔줄을몰라하던 어린것은 저윽히맘이 노히는듯 발아래에 흐트러진 과자를 줍기시작한다.

그모양을 본 어머니는어진 아모말업시 어린것의손에서 과자를 빼앗아 창문을 들치더니 어두운 밧갓테 내던진다.

그리고는 때마츰 지나가는 쏘이를 불러세워노코는 저고리틈에 알뜰히도 동여맨 것을 풀더니 十전짜리 한푼을 꺼내준다.

어린것은 너머나 뜻박게일에 한동안이나 아모말도 못하고 어머니의 표정만처다본다.

어머니의 눈에는 눈물이 핑―쩌든다.

그는 눈물어린 눈에 고요히 우슴을 담으면서

「어서 먹어 뉠아츰이문아버지잇는데 가는거야 그리가문 아버지가 사과두 사주구 과자두 만히사주어 웅 어서먹어」

하더니 어린것의목을 와락쓸어안고는 그만 목매처늑긴다.

차내는 아주기픈잠에들엇고 박갓테서 울리는차박휘소리만이 더한칭요란하게들려온다.

(庚辰八月於圖們)

나의 「寫生帖」에서

寫生帖 -第三章-

뎅그렁、 뎅그렁、 뎅그렁……

구내를 달려드는 국제 열차의 종소리다。

十분이나 二十분쯤 연착 되는것은 거이 버릇이 되어버린 이 열차가 오늘은 신기스레도 정각을 一분도 어기지 않고 제시각 十九시五분에 구내로 미끄러져 들어온다。

차가 구내에 달려들자、 먼저 홈에 나서는것은 역원들보다도 세관리들이다。

언제나 차가 다달을때면 똑같이 하는 버릇으로 그들은 위선 눈앞을 완완히 스치는 차창을 날카로운 눈초리로 역여보며 서로 요소요소에 지켜서는것으로서 차가 걸음을 멈추며 멎어 서기가 바쁘게 승강대 옆으로 달려간다。

그제야 역원들은 비뚤어진 모자를 바로 곤쳐 쓰며 띄염띄염 홈에 나타난다。

덜커덕。

궁덩방아를 찌어 놓며 차는 완전히 제자리에 멎어 선다。

기다렸던 승객들의 물결은 일시에 왈칵 쏟아져 나온다。

서로 먼저 나려서랴고 밀치고 당기고 짬을 부비고하는 그 속에서 눈치빨은 경력자들은 민첩하게도 세관검사대를 찾아든다。

짐짝들은 가지 각색이다。

세관 검사대는 삽시간에 짐짝으로 산뗌이가 되어버린다。

「오넹아이 시마쓰」[1]

서로 제해부터 먼저 검사를 식히려고 추파를 보내는 그 속에서 세관리들은 천천히 피우던 담배꽁지를 발바닥으로 짓밟아 버리며 먼저 날카롭게 손님들의 눈치부터 살핀다。

◉ 이 작품은 ≪文章≫ 1941년 1월호에 발표되었다.
1) 오넹아이 시마쓰: 일본어, ≪부탁한다≫는 뜻.

그러면 손님들은 한칭 더 아양을 지어 보이며 애써 평범을 꾸미는것이다 기실 그 표정들은 몹시 어색해 뵌다.

「여보여보 짐을 끌러요」

「하야꾸 셍까」[2]

「어디서 오는가? 차표 내놔」

그런 세관리들의 어조에 손님들의 허리는 열번도 더 굽신거린다.

「네네。 지금 끌릅니다」

「북청서 옵니다」

「전 원산서 왔습니다」

모도 다 뼥다귀들은 뽑아버리고 강을 넘어온듯 후물거리는 그 모양이란 꼭 연골 동물같다.

밑바닥까지 샅샅히 뒤진 짐짝은 남빛 분필로 표를 그어 한쪽으로 밀쳐 놓며 세관 리들은 솜씨 빨으게도 다음으로 옴겨 간다.

「이건 뭐야? 어디서 샀어?」

「네、 저……청진서 샀습니다」

손님의 얼굴빛이 갑자기 달라지며 당황해 한다.

「왜 어룸거리고 있는거야? 청진서 얼마 주었어?」

「네……五……五원을 주었습니다」

「뭐? 五원?」

딱 부릅뜨고 마주 쏘아보는 바람에 손님은 얼찔줄을 모르고 애꾸진 얼굴만 단청 으로 물들인다.

「네……五원」

「우소오 윤다네!」[3]

「아닙니다。 정말 五원입니다」

하고 애써 변명하며 첫번 부른 값을 주장하는것이다.

그러나 어조는 자신 없이 떨려 나온다.

세관리는 더 말이 없이 손님을 끌고 다음칸 감정실로 들어간다.

다른 세관리들은 아모것도 상관 없다는듯이 그저 제일만 하고 있다.

---

2) 하야꾸 셍까: 일본어, ≪빨리 하라≫는 뜻.
3) 우소오 윤다네: 일본어, ≪거짓말이지≫의 뜻.

그들의 앞에 송구스레 서있는 손님들도 한모양이다.

감정실 쪽에서는 거세인 목소리가 천정에까지 츠렁츠렁 울려서 들려온다.

웬일인지 갑자기 밖앝 호옴쪽에서 떠들석거린다.

감정대에 벌려섰던 사람들은 일제히 밖을 내다본다.

한 세관리가 무엔지 병풍같은것을 안고 들어 온다.

「뭐야?」

감정대 앞에 섰던 세관리가 묻자,

「병풍」

하고 상대방은 득의 만면하여 대답한다.

「병풍?……병풍은 뭣하게 들여오나」

「병풍은 병풍이되 하꾸라이4) 병풍이라네」

「뭐?」

질문하던 세관리의 눈은 대번에 뚱굴해진다.

세관리들은 모도 다 문제의 병풍에 둘러쌓고 펼쳐본다.

―짜로 가로 찢어논 속으로 무엇인지 검은것이 들어나 보인다.

더 볼것도 없다는듯이 세관리들은 펼쳤던 병풍을 막우 걷어가지고 다음 칸으로 들어간다.

그러고는 한편으로 철통같은 경비망을 둘러 펴고 물건 임자를 찾는것이다. 그러나 아모도 나서는 사람은 없다.

차 내의 검색이 다시금 맹열하게 시작된다.

일본국 세관리、만주국 세관리、경찰서원、경호대원(警護隊員)、헌병、철도국원까지 한데 덥쳐서 그야말로 물샐틈 없는 경비망이다.

손님들의 표정은 말할수 없이 근심스러워진다.

몇몇 혐의자들이 알수없는 곳으로 끌려간다.

그럴때마다 여럿의 얼굴은 극도로 창백하게 질려진다.

어머니의 등에 업힌 어린것들도 자꾸만 여윈 그등을 파고들며 꼼짝하지도 못한다.

세관 검사실 장판벽 밑에 맥없이 쭈꾸리고 앉은 하라버지는 연방 혀를 차며

「못살곳이다. 내 어째 이런곳에 왔던고……모두 다 색기 잘못둔 탓이라」

---

4) 하꾸라이: 일본어, 《외국제, 박래품》의 뜻.

봄이라지만 아직도 이른봄이고 게다가 대륙지대의 봄밤이라 몹시 싸늘하다.

하라버지는 까맣게 때가 묻어 빤질거리기까지하는 두루마기 자락을 자꾸만 염여 놓고 하지만 얼굴은 파리하게 얼어들어서 소름이 쪽 끼쳐 있다.

그는 견디다못해 가래침을 되는대로 탁 뱃고는 그만 웃쭐 일어나서 두리번거리면서 자기의 주위에서 그 누구르르 찾는양을 하다가

「제길할색기 뭣하게 이리두 오란가」

하며 무에라고 중얼거리는데 말씨로 보아 경상도 사투리가 분명하나 무에라고 중얼거리는지 뜻은 맥이 알아들을수가 없다.

바로 그때다.

세관검사실 안에서 한 三十세가량 되어뵈는 젊은사내가 넉없이 달려 나오다가 문어구에 서있는 하라버지를 보더니 「아부지、 이거 큰일났어」

하고는 어쩔줄을 모르고 하라버지의 팔을 잡아닥친다.

하라버지는 무슨 까닭인지 몰라서 두 눈을 멀끔－히 뜨고 젊은 사내의 얼굴만 마주본다.

젊은사내는 색을 잃고 마치 모든 책임은 하라버지에게나 있는듯끼 발까지 구르며 「아니 이 차표가 밀산(密山)가는게 앙이라 예까지 오능기라오」

하고 금시 울상을 한다.

하라버지의 입은 비로소 열린다.

그러나 몹시 퉁명스런 어조다.

「예문 어딘가?」

「어디기는 어디여。 도문(圖們)이지」

「도문이문 어디야」

「아、 만주지 어디요」

「만주문 됐구나。 늬 색기가 밤낮 만주 만주하던 곳이 앙인가」

하라버지의 이 말에 젊은사내는 너머나 어안이 마키는듯 한동안은 벙벙히 벌린 입을 담을지 못한다.

거기에 검사실 쪽에서 한 스물댓 되어뵈는 초최한 젊은 여자가 어린것을 업고 그도 당황하게 달려 나온다.

그리고 그 뒤에는 대여섯살 돼 뵈는 사내아이의 팔을 이끌고 그들과는 어울리지 않는 예뿌장하게 생긴 처녀가 수미를 펴지 못하고 나온다.

나이를 따지면 열여섯이나 됐을까、 열일곱을 넘은것같지는 않다.

비록 옷차림은 시골티가 그냥 얼려 있다지만 몹씨 귀염성 있어 보이고 몸매가 간알파서 꼭 춘풍에 흐느적거리는 버들가지를 연상케 해준다.

그러나 그도 얼굴빛은 몹시 창백하다.

조심스레 젊은사내의 뒤에 와서 서는 그의 입에서는 까닭모를 한숨까지 조용히 흘러나온다.

하라버지와 젊은사내―아니 부자간의 싸홈은 본격적으로 벌려진다.

「네 이색기야、 늙은 애비를 끌구 와서 잘하는기다。 도문이구 밀산이구 내가 아능아? 만주땅 누가 오자쿠해서 싫다는 내 목을 끌구 왔능야? 나는 모른다。 도문이구 밀산이구 아문디문 무슨 상관잉야? 날 쥑이구 네색기들만 가거라。 가거라。 나는 싫다」

「누구는 오구싶어 왔능긴가? 먹구살자 정든고향 버리구 왔지」

「정든고향?」

정든고향이란 말에 애비는 한칭 더 기를 쓰며

「이색기야、 정든고향이 다 무시겡가? 네놈 색기게두 정든고향이 이셨든가」

금시에 아들의 멱살에 달려들상으로 잔뜩 두 눈을 지릅뜨고 노려본다.

처녀는 보다가못해 아버지의 팔을 조용히 부짭는다.

「아부지、 예서 이러문 어떻게 하능기오?」

아버지는 딸의 얼굴을 이슥히 들여보다가 그만 와락 끌어 안고는 목메어 느낀다.

「금순아! 가자。 닐랑 나구 같이 도루 가자。 늬만 따룬다문 나는 예서부터 걸어라두 갈테다」

애비의이 말에 딸은 그만 참았던 설음을 꼴칵 터쳐버린다.

아들은 아모 말도 없이 외면하고 서서 두주먹으로 눈물을 닦는다.

그리고 그의 옆에 그림자첨럼 힘없이 서 있는 젊은여자도 참다못해 주저앉더니 치마폭에 얼굴을 묻어버린다.

다만 어린 사내녀석만이 낯선 주의의 광경에 연방 두리번거리면 두 눈을 팔고 있다.

이러는 동안에 세관 검사는 거진 끝나고 차 떠날 시각은 된듯 손님들은 제각기 앞을 다투어 다시 자리에 오르기 시작하며 역부들은 분주스레 앞뒤로 달려 댕긴다.

그리고 서로 안고 느껴 울던 아버지와 딸도 차에 오르는 손님들의 분주스런 그 모양만 하염없이 바라본다.

누군지 차창을 열구 조급하게 말을 건닌다.

「여보소들 웨 얼른 안타는기요. 인제 차가 떠날텐데」

아마 동중에서 만나 서로 알게된 사이리라.

「세관 검사를 못마쳤능가요?」

하고 다시 말을 건늬었지만 젊은 사내는 무겁게 입을 담은채 열줄을 모른다.

그러는 사이에도 시간은 자꾸 가까와져서 갑작이 벨소리가 요란하게 일어난다.

「아스」

사내는 비로소 잠에서 깬듯 애비를 돌아보며

「얼른……얼른 탑시다……어서 다들 타라」

하고 다른 식구들도 돌아보며 독촉한다.

기다렸다는듯이 먼저 성큼 오르랴는것은 어린녀석이다.

앙큼스레 발딱 뛰어오르려는 그 순간.

「애」

하며 등덜미를 사정없이 덥석 잡아당기는것은 무시무시하게 누런 정복을 입고 총까지 쥔 사람이다.

「이놈아、 너 웬놈이냐?」

두 눈을 딱 부릅뜨고 묻는 바람에 어린녀석은 대번에 질겁을 하며 으아ㅡ하고 울음을 터친다.

젊은 사내는 그제야 관리의 앞으로 닥아서며

「제 새끼올시다。 글세 이런법두 이서요?」

하고는 손에 꼭 쥐였던 차표를 내 든다.

「타기는 경상도 데구(大邱)서 탔어요 밀산까지 가는 차표를 웬놈과 부탁했드니 이런걸 사줬답니다」

「누가 사줬는데」

「몰루지요。 촌 에서 살다나니 차표사는 법을 알어야지요。 정거장에서 어룸어룸 하는데 웬놈인지 친절하게 사준다게 돈을 매꿨더니 이런걸 사줬어요」

「아 그래 예까지 오두룩 몰랐나?」

「몰랐지요。 웬통 몰랐지요。 그저 오다가두 차표를 보자문 내뵈니까 그냥 꾹꾹 구멍만 뚫버 주드군요。 글을 몰라노니 도문인지 밀산인지 내 알턱이 있겠어요?」

「홍、 항상 있는 일이군」

관리는 벌서 몇번이나 목도하고 경험한 일인듯 별반 놀라하는 양도 없이 저혼자 고개를 끄떡어리며 중얼거린다.

그러나 일행의 딱한 사정에 그도 근심스러운듯 잠시 무엔지 생각다가

「그럼 이사짐들은 어떻게 했어」

하고 얼마간 어성을 낮후어서 부두러히 묻는다.

「이사짐은 부친다게 죄다 부치구 보따리만 가지구 올랐지요」

「그럼 짐 표가 있겠군」

「이서요……이거 아니요」

하고 사내는 옆채기를 뒤지더니 짐표를 꺼내보인다.

관리는 사내에게서 짐표를 받아들고 보더니

「흥、짐두 도문까지 부쳤군」

하고 도루 돌려준다.

사내는 관리의 얼굴만 쳐다 본다.

아니 사내뿐만 아니라 가족의 시선은 마치 구세주(救世主)나 만난듯이 전부 관리게로 쏠린다.

「나리님 어떻게 해야 할까요?」

사내는 기리다 못해 금시에 울뜻한 떨리는 음성으로 조심스레 묻는다.

그바람에 관리는 한칭 더 난처해하며 대답을 못하고 덤덤히 서서、정거장 쪽만 바라본다.

바로 그러는데 불의에 기적소리가 울리며 차는 슬그머니 미끄러지기 시작한다.

「아ㅅ」

사내뿐만 아니라、어린녀석의 입에서 까지 외마디 소리가 일시에 질려 나온다.

「아、나리님 어떻게 할까요?」

사내는 안타움게 쳐다보며 두 손을 맞잡고 빌듯이 애원한다.

그래도 관리는 한동안이나 덤덤히 선채 굴러가는 차만 바라보다가 차 꼬리가 구내를 다 벗어서 나가서야 비로서 입을 뗀다.

「이리 와」

하고 앞장을 서는 그의 뒤에 따루는 사내、젊은부인、처녀— 그 처녀의 앞뒤 팔에 이끌리는 어린녀석과、하라버지의 그림자는 몹시도 어색하고 서글퍼 보인다.

그들이 끌려간곳은 대합실이다.

어디서 오며 어디로 무슨일때문에 가는것인지.

꽝장스레 넓은 대합실 안은 가지각색 손님으로 배꼭 차 있다.

나으리가 지시해 주는대로 한쪽 구석 걸상에 가서 먼저 힘없이 주저앉는것은 하

라버지다。

다음 차례차례로 어린녀석、처녀、젊은부인 ─ 그리고 사내는 나으리의 뒤를 따라 저쪽 칸으로 들어간다。

일행의 얼굴에는 한칭 더 어두운 빛이 떠오른다。

그러면서도 주위를 둘러보는 호기심에 찬 눈들은 쉬울줄 모른다。

한동안이나 지나서야 돌아나온 젊은 사내의 얼굴에서는 핏기라고는 한점도 찾아볼수가 없다。

젊은부인이 비켜주는 자리에 쓸어지듯 펄쩍 주저앉자、그는 주위에 대한 체면도 잊어버린듯 왈칵 울음을 터쳐버린다。

그의 낯색만 쳐다보던 일행은 어인 영문을 몰라 서로 얼굴만 마주 바라본다。

만은 모든것은 죄다 알아챈듯 이내 무거운 한숨들을 뿜으며 고개를 숙여버린다。

거기에 아까의 나으리와 웬 협화복 입은 중년사내가 찾아와서 일행의 그 모양에 그들도 어쩔줄을 모르고 덤덤히 보기만 한다。

협화복 입은 사내의 왼편팔에는 이민보도소(移民輔導所)라고 쓴 완장이 감겨 있다。

그는 얼마동안을 울고있는 사내의 모양을 직혀 서서 보다가 부드러운 어조로

「여보시우。우리가 식히는대루 남양(南陽)으루 넘어가시우。그리가면 어떤 지도던지 적당한 지도가 있을테니까」

하고 달래듯이 말한다。

「남양으로 가다니요。만주땅에 살자구 있는것을 몽땅 팔아가지구 온눔이 조선땅엘 도루 가요?」

사내는 역정스레 벌떡 마주서며 항의한다。

그러나 협화복 입은 사내는 여전 부두러히 말한다。

「차표가 그렇게 된것두 딱한 일이지만 가령 그 차표가 밀산까지 가는거래두、또 도문역을 무사통과 했드래두 이민증(移民證)이 없이는 어디루 갔던지 도루 쫓겨나오게 됩니다。그러니까、예서 남양가는것이 멀리 갔다가 도루 쫓겨나오는것보다는 다행한 편이지요」

「나리님、제발 살려주시우。죽더라두 밀산까지는 가야합니다」

사내는 눈물을 흘려가며 애원한다。

「여보시우、차표가 없이 밀산가는법두 있나요?」

「예?」

이 말에 사내는 깜짝 놀라며 화석같이 굳어져서 한동안이 지나도 움직일줄을 모른다.

두 나으리들은 무에라고 알지 못할말로 수군거리더니 사내에게는 아모말도 없이 다시금 저쪽으로 가버린다.

그들이 저쪽으로 사라진 다음 뒤편에서 직혀섰던 웬 허줄하게 차린 음흉스레 생긴 사내가 연방 주위를 살피며 가까이 오더니

「여보 젊은이 뭣때문에 그러우?」

하고 다정스레 웃음가지 지어 보이며 수작을 건다.

젊은 사내는 후유− 긴 한숨을 뽑으며 아까 나으리에게 하던말을 다시 되푸리한다.

듣고있던 사내는 제일처럼 분개하며 세속을 나물하고、 게다가 나으리들의 무책임과 무자비까지 나물한다

그러고는 「나두 만주와서 돈을 벌랴다가 결국은 그날의 세끼도 어렵게 됐소. 허지만 같은 동족끼리 그럴법이 있소. 괴롭드래두 우리집으로 갑시다. 우리집에 가서 며츨 묵으면 내 어떻게 해서던지 밀산까지 가게 해들이지요」

「예? 정말이오?」

소스라치며 놀란것은 젊은사내뿐이 아니다. 하라버지、 젊은부인、 처녀、 어린녀석가지 감사에 넘친 표정으로 사내의 얼굴에서 시선을 떼지 못한다.

얼마 후 일행은 사내의 지시에 따라 짐까지 찾아가지고 거리로 들어간다.

하라버지는 맨 뒤에 서서 몇번이나 흐려지는 눈물을 두루마기 고름으로 씻으며 저혼자 중얼거린다.

「세상에 고마운 사람두 다 있구만」

×

그로부터 사흘후−

일행은 다시금 정거장에 나타났다.

그러나 아모리 쳐다보아야 그 에뿌게 생겼던 처녀의 모양은 차저볼수가 없다.

차표를 사가지고 짐짝을 부치고、 그리고 차에 올라서도 누구하나 입을 여는 사람은 없다.

그러다가 요란한 벨소리의 뒤를 이어 기적소리가 우렁차게 나면 차가 움칫하고 굴러가기 시작하자、 이때까지 무겁게 입을 담을고 있던 하라버지는 감자기 벌떡 일

어서며

　「어이구 내금순아! 내 늬를 버리고」

　하더니 그만 눈물을 터트린다.

　「이자식、내금순이를 도루 차져오너라 나는 싫다.

　내 금순이를 냇버리구 어디루 간단 말잉가?」

　그는 아들의 멱살을 틀어잡고 잡을상을 하다가 그냥 창문으로 뛰쳐나리려 한다.

　그러나 억센 아들의 손때문에 이내 제대로 자리에 주저앉는다.

　마는 발광하듯 몸부림치며 되는대로 집어뜯는 그 모양은 그대로 계속된다.

　그것을 지긋이 눌러가는 아들의 눈에서는 방울진 눈물이 자꾸만 흘러 내린다.

　「이자식아、내 금순이를 차져오나라. 나는 내고장으로 도루 가겠다. 내 금순일……내 막내딸……에미없이 불상하게 자란 내 금순이를 차져오너라. 아이구……내 금순아」

　그러나 닫는 차는 아모것도 모른다는듯이 점점 속력만 가해간다.

(나의 「寫生帖」에서)

길 °

一

벌써 사흘째다.

무슨일로 결석을 하는지 이웃에 사는 여석들과 물도 모른다고하며 집도 어느모퉁인지 땍이 안다는 여석이 없다.

시굴농촌과 달러 한반에 댕기는 동무래도 피차서로 주소를 모르고 지나는것쯤은 보통사라 하겠지만 그러나 인규에게 한해서만은 그럴리 없을껏 같다.

공부를 잘하고 동무사이에 쌈한번 하는일 없고 운동도 잘하고 게다가급장까지가 아닌가?

누구든지 그에게 대해서만은 악의를 가지는일 없고 서로 다투어가며 친하게 지나려 애쓰는 반내의 인끼자(人氣者)이데 째서 그의주소를 모를까?

근방에서 사는줄은 알지만 어느모퉁이가 그의골목이며 어떤집이 그의 거주하는 집인지는 통히 모른다니 그러면 이때까지 그가 반내의 인끼자였다는것은 전부가 자기의 잘못된 추측이었든가?

만약 그것이 자기의 잘못된 추측이였다면 그러면 사흘동안의 그의결석에서 반내 동무들이 모도가 섭섭해 하며 자꾸 외이는것은 무슨까닭일까?

아무리 생각해봐도 정확한 단정은 얻을수가 없다.

영식은 다시한번 빽빽하니 들어찬 중대가리들의 얼굴들을 둘러본다음 창밖을 내다보며 속으로 오늘은 방과후 백사불고하고 인규의 가정방문 할것을 궁리햇다.

그러는데 하학종소리가 울려온다.

바로 마지막시간인지라 중대가리들은 영식의 명령이 나리기가 바쁘게 도구들을 책보에다 집어쌓으며 왁자직걸 떠들기 시작한다.

◉ 이 작품은 ≪春秋≫ 1941년 6월호에 발표되였다.

방내에는 이내 보오야니 몬지가 일기시작한다.

옆방에서는 벌써 「기립」, 「례」소리의 뒤를 이어 책상을 들어올리는 소리가 요란하게 인다.

한시바삐 뿔뿔이 흩어저가며 초조해하는 여석들을 교정에 정돈시켜놓고 매일 되푸리하는 내일의 주의를 형식대로 판에 박은듯이 일러준다음 해산을 시키고 사무실로 돌아오니 무의식중에 긴한숨이 흘러나오며 늘어진 기지개가 켜진다. 시게를 쳐다보니 10분전 4시다.

제각기 서로 떠들며 몰켜드는 동료들의 얼굴에도 피곤한 빛갈이 어련히 들어나 보인다.

영식은 잠시 그모양들을 바라보다가 자기의 자리에 가서 학적부(學籍簿)를 펼쳐들고 인규의 주소를 조사했다.

번지까지 정확하게 적혀있다.

수첩을 꺼내 적어넌다음 그는 곧 교장에게 가서 사유를 말한다음 총총히 책보를 싸가지고 밖으로 나왔다.

바로 방과한뒤라 골목은 아이들의 물결로 터질지경이다.

처처에서 덩다라 하는 인사소리들을 대강 귀등으로 받아흘리며 큰거리에 나서니 비로소 어디에서 풀려난듯 가슴속이 후련―해진다.

그는 거름거리로 가볍게 보도우를 한참 가다가 다시 좁은골목으로 집어들어 수첩에 적어넌 ××구(區) 인규의 주소를 찾기시작했다.

지저분한 골목이다.

가끔 만주인마차가 덜칵거리며 지날뿐 꽤 한적한 음침한 골목이다.

수첩에는 번지가 적혀있지만 집집마다. 문패는 바로 달려있질 않다.

언제나 아동들의 가정방문때면 반듯이 느끼는것이지만 만주는 문패가 바로 달려있지 않기때문에 처음방문할때는 곤난하다.

하는수없이 들어갈수밖에

그러나 몇사람을 붓처잡고 물어봐야 안다는 사람은 하나도 없다.

건너편 골목으로 들어서서자니 그쪽은 전부가 술집판인지라 그런 골목일껏같지는 않고 두루 서서 망서리는데 마침 우편배달부가 지나간다.

다짜고짜로 지나가려는것을 부처잡고 수첩을 드러대니 이상하게도 배달부는 영식의 아래위를 수상스레 훑어보다가

「저건너편 막다른 골목에 뵈는 저집인데 영춘옥(永春屋)이라고 간판이 붙은 저

집에 가 보시오」

하고 툭명스레 볼먹은 소리로 아르켜준후 제갈길을 가고만다.

영식은 제귀를 의심하며 한동안이나 선자리에 배달부의뒤를 멍－하니 바라보았다.

그러나 아무리 의심해본댓자 영춘옥이란 그말은 두귀에 또련하니 남어있지않는가?

二

몇번을 주저거리며 망서리다가 결국 큰맘을 먹고 문앞에 닥아걸으니 또다시 문제되는건 주인을 찾을 그것이다.

술집에 와서 주인님 계십니까 하기도 쑥스럽고、 그렇다고 색씨를 부를수도 없고、 저혼자 애꾸진 얼굴만 붉히는데 힐끗 내다본 색씨하나가 술손님인줄 알고 화닥닥 뛰처나오며 반긴다.

「어서 오십시요」

영식은 당황하며 얼굴을 바로 못쳐드는데

「얘 안빵 좀 치어라。 손님 오셨다」

하고 색씨는 안쪽을 향해 소리를 질른다.

「어서 들오시요」

「네…저…」

숫색씨모양으로 얼굴이 빨개지며 어룸거리는 영식의 그모양에 색씨는 쑥인줄 알았든지 방싯 웃어놓으며 다짜고짜로 손목을 끌어당긴다.

영식은 등뒤에서 수다한 행인의 눈들이 쏘아보는것같아 더한칭 얼굴을 붉히며 넉없이 방안에 들어섰다.

「아이 손님두、 얼굴을 다 붉히구」

색씨는 제법 목에라도 매달릴듯이 바짝 코앞에 닥아서며 책보를 받으려한다.

「아닙니다。 난 술먹으러 온사람이 아니라」

「술안잡수시면 뭣하러 술집에 오셨어요 색씨만 보러 오셨군。 이왕이면 뽕두딸겸 임두 볼겸이라는데 색씨두 보시구 술두 잡수셔야지요。 천만에 말슴 그만허시구。 술은 무슨술을 가져올까요。 언니 안방 얼른 좀 치어줘요」

수다스레 떠들어대는 색씨의 모양에 영식은 덤덤히 서서 어쩔바를 모르다가 겨

우 옆으로 비켜서며

　「여보시우. 난 술먹으러 온사람이 아니라, 이집에 볼일이 좀 있어서 왔는대요」

하고 애걸하듯이 말했다.

색씨는 그제야 웃음을 슬쩍 걷우며 의아스레 쳐다본다.

　「무슨 일인데요」

　「저 이집에 五학년에 댕기는 인규라는 생도가 있어요?」

　「네? 학생이요?」

　「네 그렇습니다. 난 그애의반 담임인데요」

색씨는 한동안이나 영식의 아래위를 살피다가 무색한듯이 슬그머니 물러서며

　「언니 학교선생님이 오셨어요」

하고는 훌쩍 다음간으로 나가버린다.

뒤박기워 살며시 고개를 기우리며 들어서는 여자는 나간 여자보다도 서너살우인 듯 나티가 나보인다.

그러나 활짝 핀 모란꽃과도 같이 씨언스럽고도 탐스러운 얼굴이다.

영식은 얼굴이 화끈 달어가며 가슴속이 두군거려 얼른 입을 열지못했다.

여자는 조슴스레 나직한 목소리로

　「학교선생님이십니까?」

하고 치마꼬리를 염어노며 날씬한 허리를 살짝 굽힌다.

　「네 인규의 담임인데, 요즘 인규가 사흘째나 결석하길래 무슨까닭인지 알어보려 왔어요」

　「미안합니다」

하고 여자는 나직히 한숨을 짓는다.

　「어듸 무슨 병에나걸리지 않었는지요」

여자는 다시한번 나직히 한숨지은후 조용히 고개를 쳐들며

　「네 옳지는 않어요」

하고는 이내 눈물이 글성하여 외면한다.

　「아니 그런데 어째서 학교에 않읍니까 지금 있읍니까」

　「없어요」

　「없다니요? 어디 갔어요?」

　「네 갔어요」

　「어디루 갔어요」

여자는 아무말도 없이 한동안이나 고개를 숙이고 있다가 비로소 깨다른듯

「좀 앉으시죠」

하고 다음방으로 넘어가더니 방석을 가지고 들어와 권한다.

「괜찮어요」

영식은 금시 뛰여나갈상으로 문앞에서 주춤거린다.

「잠깐만 앉으세요. 일부러 오셨는데? 자세한 말슴 드리지요」

하고 간곡히 권하는 바람에 영식은 하는수없이 자리에 앉었다.

그러나 밖에서 누가 엿보는것같아 심중은 불안하기 짝없다.

여자는 영식의 마즌편에 삽붓 모로 비켜앉으며

「이렇게 일부러 찾어오시게 해서 죄송합니다. 진작 벌써 알려드려야 할껄」

「천만에 말슴입니다. 사실은 벌써 첫날 찾어온다는것이」

하고 말끝도 맺지못하고 당황해하는데 처음 들어왔을때 수다를 떨어놓던 색씨가 술상을 들고 들어와 영식의앞에 놓고 나간다.

영식은 무슨영문인지 몰라 뒤로 물러앉었다.

「노여마시구 약주 좀 드시며 말슴 들으세요」

「아니 전 술은 못먹는데요」

「그럼 비-루 가저올까요?」

「아닙니다. 그것두 못먹어요」

「선생님 너머 그러시지 마시구. 천천히 약주 드시며 제사정을 좀 들어주시요 자、 한잔드세요」

하고 여자는 익숙한 솜씨로 술병을 들어 따룬다.

三

하도 설은 사정이길래 못먹는 재간에 권하는대로 잔을 기우린것이 어찌나 취했는지 눈을 떴을때엔 밤도 초저녁은 훨씬 겨운때었다.

골속이 띵-하고 입안이 바짝 말라서 한동안은 기동할수가 없었다.

방은 확실히 자기의 방인데 어떻게 찾어왔는지 도무지 기억이 안난다.

누은자리에서 두눈만 멀뚱거리며 술먹던일을 생각는데 미다지소리가 나며 주인 아주머니가 얼굴을 드려보낸다.

「깨섰어요?」

「물 좀 주시요」

영식은 겨우 고개를 쳐들고 일어났다. 눈앞이 핑- 돌아가는것같다.

주인아주머니는 이내 냉수를 떠가지고 들어와서

「아니 어디서 그렇게 취하셨어요. 한잔두 못하시던 어른이」

「몹시 취했읍디까?」

「몹시 취하시다니 선생님 취하신걸 첨봐서 그런지. 그렇게 취하시구두 집을 찾어오신지가 용치요」

영식은 냉수한그릇을 다 켜고나서

「도모지 찾어온 기억이 안나요」

「날리가 있나요? 그렇게 취하시구야 진지 가져오리까?」

「저녁을 안먹었든가요?」

「저녁이 다 뭡니까? 문턱을 요행 너머섰는데요」

영식은 어색하게 웃었다.

주인아주머니는 밥상차리려 부엌으로 나갔다.

영식은 골머리가 지긋거려 다시 들어누었다가 책보를 깜짝 생각하고 벌떡 일어나 위선 책상위부터 살핀후 방내를 둘러보았으나 통히 보이지않는다.

「아주머니, 나 올때 뭐 가진것 없읍디까?」

「없든데요」

「뭐 책보같은것이 없읍디까?」

「아유―. 책보가 다 뭐애요. 아주 녹초가 돼 왔든데」

영식은 하는수없이 도루 누어버렸다.

별로 아까울것은 없지만 책자들과 교수안(敎授案)들이 들어있고 더구나 교수안에는 자기의 이름까지 적혀있기때문에 누구든지 찾으면 학교로 보내주겠지만 그러나 술에 취해서 잃었다는것은 아무리 호의로 해석한대도 불미로운 일이다.

혹시 술김에 다 팽개치고 왔다면 별문제지만, 그러나 그럴리는 도저히 없을껏같다.

주인아주머니가 밥상을 보아가지고 들어왔다.

「아니 책보를 어떻게 하셨길래」

「글세애요. 아마두 길에서 잃은것같습니다」

「아이 선생님 큰일나셨네. 책보를 다 잃어버리시구」

주인아주머니는 놀려대며 빙글거린다.

영식은 하는수없이 웃어버렸다.

그이튿날 아침이다.

아직도 선명치못한 머리를 억지로 쳐들고 깁떠일어난 영식은 세수도 겨우 하고 대강 입맛없는 밥상을 물린다음 문앞에 나서랴는데 행길쪽에서 이쪽을 향해 가까히 오며 반가운 표정으로 고개를 숙이는 여자가 있다.

영식은 대번에 어저께 인규를 찾어갔다가 만난 그여자임을 알고 게면쩍은 표정을 지으며 고개를 숙였다.

그리고 여자가 한쪽옆에 낀것을 보니 틀림없는 자기의 책보이다.

「어제저녁에 너머 취하신듯 해서 맡어뒀든건데요」

하고 여자는 먼저 변명하듯 말하고 나서야

「패-니 약주를 많이 권해드려 죄송헙니다」

하고 인사를 한다.

「천만에요。 지가 되려 실례했어요。」

영식은 얼굴을 빨갛게 물드리며 진정으로 부끄러워 했다.

「아니애요。 지가 되려 실례했어요。」

여자의 얼굴도 이상하게 붉어진다.

둘은 잠시 어찔줄을 몰라 망서리다가 여자편에서 먼저

「그럼 시간이 바뿌실텐데、 전 실례하겠읍니다」

하고 삽붓 허리를 굽힌다.

「고맙습니다。 그럼 안녕히 댕겨가십시요」

하고 여자의뒤에 따라 나서는데 부엌문을 열고 주인아주머니가 생긋 뜻있는듯한 웃음을 웃서 보인다.

영식은 얼른 고개를 돌려버렸다.

四

진종일 흐리터분한 기분으로 어즈럽게 지난후、 시간이 끝나자 영식은 이내 하숙으로 돌아왔다.

주인아주머니가 연방 놀려주는것도 구미에 당기지않어 그는 도구를 가추어들고 목욕탕으로 갔다.

뜨거운 물속에 몸을 잠그니 비로소 전신이 풀리는것같고 동시에 두눈이조용히

감겨진다。

곁에서 철렁거리는 물소리가 어쩐지 먼-곳에서 철렁거리는 애들의 물장구소리로 정겨웁게 들려오며 고향시절의 어렸을때가 머리속에 되살아난다。

복동이、 수동이、 난진이……

모도들 장난꾸레기 동무들이며、 쌈도 잘한 그리운 여석들이다。

지금은 무엇들을 하고 있을런지?

모두들 어른들이 되여 장가들고 아버지까지 되였을테지。

그리고 배나뭇집 금순이는 어디로 시집갔을까?

멀구알같이 깜한눈으로 할끔 치다볼땐 어째서 그다지도 부끄러웠든지?

그밖에도 옥매며 분옥이며 계월이、 마을의 처녀들은 모두들 탐스럽게도 생겼더니만、 지금은 뉘집 안해며 며누리며 어머니들이 되여버렸는지。

생각하면 어느것 하나 그립지않은것이 없다。

고향을 떠난지 근十년이나 되는동안 이렇게쯤 간절하게 생각나기는 처음있는 일이다。

술주정뱅이 아버지가 장덕령 꼭대기에서 동사(凍死)를 하고 이듬해 봄 바람쟁이 어머니가 치도판 건달패와 도망하여버린후 남몰래 고향을 떠나든 그때일이 다시금 눈앞에 선-하다。

그후 서울 있는 외숙(外叔)신세에 사범학교를 마치고 특별파견으로 이런 외지학교에 와서 교편을 잡은지도 벌써 수년이 경과했것만 그는 단한번 고향에 간일도、 고향생각을 한일도 없었다。

그렇든것이 오늘 이 목욕탕에서 뜻하지않고 고향을 애틋이 그리게됨은 무슨까닭일까?

목욕탕은 소란하다。

그러나 두눈을 꼭 감은 영식의 머리속은 말할수도없이 조용하다。

그 조용한 머리속에 이번에는 그여자의 자태가 책보를 가져다 주던 인규의 누의、 그 술집여자의 활짝 핀 모란꽃같은 용모가 사뭇 떠오른다。

그리고 그가 눈물을 흘려가며 들려주던 인규와 그의 기구한 생애에 대한 이야기가 슬프게 가슴속에 되살어난다。

고향은 생각하기도 아득한 충청도 어느 조그마한 도시。

두 남매에게는 아버지도 어머니도 없었다。

누의는 수양모의 손에서 혹독한 어린시절을 보내다가 바야흐로 꽃핀무렵이 되자

화류항에 나서게 되고 어린동생은 그도 남의손에서 전전유리하며 고달픈 날마다를 보내게 되었다.

그러다가 누의는 결국 본의에 없는 방랑을 이 만주땅에까지 계속하여왔고 어린 동생은 곡마단(曲馬團)에 유인되어 오늘은 동으로 내일은 서로 표랑하다가 우연한 기회로 타향에서 그립던 남매가 서로 상봉하여 비로소 맑은 날을 바라게 되었다.

그러나 그도 만난 처음이였지、동생은 누의의 천업을 달가워 하지를 않고 항상 우울하게 지났다.

그에게는 무엇보다도 학교에서 지나는 동안이 행복스러웠다.

그러나 학교에서 돌아올때면 언제나 어두운 뒤골목은 그의 좁은가슴속을 괴롭혔다.

언제한번 동무들을 버젓이 다리고 자기의집에 찾어들지를 못하고 그늘로만 헤매었다.

그것을 잘 알고있는 누의는 온갖 애를 다 태우며 위로했으나 그러나 어린것의 마음은 조금도 가시여지지를 않었다。누의는 생각다못해 담임선생이나 찾어보고 호소하려고 몇번이나 두고 별러오다가 결국은 동생을 잃고말었다.

동생은 출타한지 이틀만에 누의에게도 간단한 엽서를 보냈다.

그저 뜻한바가있어 목단강 방면으로 간다는것、어떻게 해서든지 자기의손으로 성공하여보겠다는것、누의의일은 언제든지 잊지않고 있겠다는것－이런것이 간단하게 적혀있을뿐이였다.

건아하게 취하여가는 머리속에서 인규의 그림자가 얼른거릴때 영식은 울며 하는 여자의 이야기에 몇번이나 눈물지었는지 모른다.

그것은 그여자의 이야기가 어쩐지 자기의 사정과도 같었기 때문이다.

그러한 누의가 자기에게도 있었드면 얼마나 행복스러웠으랴?

생각할사록 안타가운 심정이다.

만약에 자기의 힘으로 할수만 있다면 두남매를 위해 무엇을 앗낄까부냐?

그러나 동생은 이미 행방을 감추고 말었다.

「마음에 업는 우슴을 파는것도 이젠 뜻없이 됐어요。지나간땐 남에게 매운몸이라 할수없이 청춘을 팔어 왔지만 인제부턴 진정으로 동생을 위해 이몸을 밧치려 했지요。그렇던것이 이렇게 되구보니 선생님 전 이몸을 이바지할몌가 없읍니다。누구를 탓한것도 없지만 너머도 야속지 않어요?」

목욕탕안은 더한칭 소란해진다.

바로 저녁전이라 벌의떼같이 몰켜들었다간 밀려나가고 밀려나갔다간 몰려든다.

영식은 전등이 켜져서야 목욕탕을 나와 집으로 돌아왔다.

사지가 나릿하며 저녁먹을 생각도 안난다.

그러나 막상 상을 받고나니 식욕은 무럭 치민다.

밥한그릇을 오래간만에 다 먹고나서 마루에 나와 저녁바람을 쏘이느라니 이상스레도 마음이 설렌다.

누구든지 찾어와서 밤이 새도록 이야기라도 들려주었으면 좋을껏같다.

그는 부엌쪽에서 설거지를 하느라고 딸깍거리는 주인아주머니의 생각을 해본다. 그 늙은 아주머니라도 마주앉아 이야기를 주고받었으면 안타가운 심사가 풀릴껏같다.

바로 그런때에 일학년담임 H가 찾어왔다. 말할수없이 반갑다.

「이거 어쩌다가 왔는가?」

「저녁먹구 산뽀나왔든 길일세。」

H는 뚱뚱한 몸집을 의젓이 영식의앞에 가까히 드려대면서 수건을 꺼내 이마에 땀을 씻는다.

「저녁반주 바람인가?」

「응 한잔했드니、 어쩌두 밥맛이 나는지 한그릇을 다먹구나니 배가 불러 견딜수가 있어야지」

「아주머니께서 요새 편안하신가?」

「응 별탈없이 박아지만 잘 긁네」

「그냥 난봉을 부리는 모양이지」

「안부리문 어쩌는수가 있나? 늙은 예편네를 둔놈이라 그두 숙명(宿命)이지」

「교육자가 너머 그러문 못쓴다네」

「흥、 교육자? 여보게 객담 좀 그만두게 교육자가 다 뭔가? 듯기좋게 월급쟁이라지」

언제보던지 쾌활한 H의 그모양에 영식은 다정스런 미소를 소리없이 짓는다.

둘은 한동안 한담을 주고받다 H의 편에서 먼저 웃줄 일어시며

「어디 거리라도 한박휘 돌아볼까?」

하고 영식의 대답도 기다리지않고 먼저나선다.

「글세」

양식은 잠시 주저거리다가 아모반대도없이 H의뒤를 따라 나섰다.

五

H의뒤를 따라 거리에 나섰다가 까닭몰을 심사에 이끌려 다시금 그 영춘옥인규의 누의를 찾은뒤로부터 영식은 낮이나 밤이나 것잡을수없는 술렁거리는 제마음에 오뇌의 일과를 잇게되었다.

상학시간이 되어 아이들에게 교수하다가도 인규의 빈자리만 보면 이내 어즈러운 그림자가 눈앞에서 얼른거리게되고 더구나 밤이면 전전반복으로 야릇한 충동과 싸우게되는것이였었다.

생후 처음으로 사괴여본 여성이 되어서 그럴까?

새상에서는 거리의 게집이니 창녀니 하며 천하게 역이고 멸시하여오는 그여자가 영식에게 있어서는 세상에 다시 없는 신성하고도 아름다운 존재―다시 말하면 그에게는 태양의존재와도 같았든것이다.

그 눈치를 알고 H는 처음엔 놀려주다가 나중엔 진정으로 충고를 했다.

「이보게 자넨 아직 너머 쑥이 돼서 큰일이네」

H의 이말에 영식은 긴한숨을 뽑고나서 탄식쪼로

「그야 내자신인들 그건 몰으는것은 아닐세。 자네말맛다나 나는 아모것두 몰으는 쑥일세。 쑥이기에 세상 사람들 이 모두 나물하는 천한 게집을 두구 이렇게 상심하구 있는 것이 아닌가?」

「여보게 낸들 규의 마음을 몰으는 것은 아닐세。 허지만 여보게、 한여자를 사랑한다는 그것은 결국 내몸을 전부 그여자에게 밧친다는 것이 아닌가?」

「그야 물론이겠지」

「그렇다면 말일세。 자네가 그여자를 사랑한다면 반다시 자네의 모든것을 그여자에게 밧쳐야 허지않는가?」

「그렇지。 모든것을 밧쳐야 하지」

「그러기에 말이 아닌가? 자네가 모든것을 그여자에게 맛긴다지만、 그여자는 결국 자네의 아무것두 용납할수없는 여자가 아닌가?」

「왜? 무슨까닭으루?」

「뭇지말구 냉정하게 생각해보게。 사랑이란것두 결국은 리기적 합리적인것이지 절대 지상적(至上的)이구 신성한것은 아니니까?」

「아닐세。 그건 자네의 억설일세。 난 지상이니 신성이니 또는 그와 반대루 리기적이니 합리적이니 그런것을 념두에 두구 그여자를 사랑하는것은 아닐세。 한 이성

이 이성을 사랑한다는것-그것은 말로나 그어떤 관념으론 절대 해석할수가 없는것
이라고 생각하네. 사랑이니 뭐니하는것두 결국은 인간자신이 지어낸 말이지. 이러
한말부터가 벌서 해당치 않은것일세. 그것은 우주의 본능이며 창의(創意)라구 난
생각하네」

「허…이거 또 자네 신비론이 나오네그려」

「아닐세 신비론두 아무것두 아닐세. 그저 자연이라구 난 생각하네. 그렇잔혼가?
내가 세상사람들이 천대하고 멸시하는 그여자를 사랑한다는것-이것처럼 자연스럽
고 순리인것은 없다고 생각하네」

「어째서 그런가?」

「그것은 사회의 인습으로도 법측으로도 막을길이 없고 해석할수가 없기때문일세.
자연이란 사회의 인습이나 법측으론 꺾을것이 못되니까?」

「불가하네. 자네가 언제인가 들려주던 그 서양시인의 시보담 더 난해 힐세」

H는 어이없는 우슴을 우수며 담배를 꺼내 붓처문다.

사실 영식은 자기자신으로도 난해라고-아니 수수꺽기와도 같은일이라고 생각
지 않을수가 없었다.

자기가 그여자를 사모하게되는 거기에는 진정코 그어떤 복잡스런 야망이라던지
또는 방종한 기분은 조곰도없다.

자기의 말맛다나 거기에는 아모런 리기적이니 합리적이니 하는 그런것은 털끝만
큼도 없다.

그저 그리운 마음、존경하는 마음、동정하는 마음、사랑하는 마음-조곰도거즛
없는 진정이었다.

그여자의 앞에 있어서는 교육자란것도 인습이란것도 사회란것도 모도다 소용없
는 헛까대기 들이었다.

이러한것을 알고 그여자의 편에서도 영식에게 대한 마음이 날로 뜨거워 올랐다.
만은 그는 그와 동시에 영식이처럼 리성을 잃지는 안었다.

그는 자기가 그어떤 처지에 놓여있고 영식이와는 모든것이 조곰도어울리지않는
것을 잘 알고 있었다.

그러나 그러면서도 그어떤 강한 인력(引力)으로 말미암아 점점 끌려짐을 그는
어찌할수가 없었다.

六

「선생님, 오늘밤뿐이예요. 래일부턴 오시문 안돼요. 이렇게 맛나는것두 오늘밤이 마지막이예요」

「그럼 춘옥인 내가 이렇게 찾어오는것이 성가시구 미운가요?」

「선생님」

불러놓고는 한동안이나 안타가운 표정으로 원망스레 빤-히 처다보다가 여자는 그만 두손으로 얼골을 가리워버린다.

「선생님은 귀하신몸, 나는 천한 게집, 술파는 더러운 몸입니다.」

목메여 늣기며 가까스로 외이는이말에 영식은 그만 여자의 팔을 와락 끌어낙구며

「춘옥인 웨 그런 어리석은 소리만 하구있오? 세상사람이 다 더럽다구해두 내게는 더없이 아름다운 존재가 당신이란것을 당신은 어째서 몰라주오? 나는 당신때문이라면 더없는 욕을 본대두 조곰두피하지 않을테오. 난 세상에 난후로 누구에게서던지 사랑을 늣겨본일이 없구, 또 누구던지 사랑해 본일이 없는 사람이오. 당신이 나를 뿌리친다면 외롭게 쓸쓸하게 속절없이 지날 사람이오. 춘옥이 나를…나를 불상타구 생각하거든… 아아, 나는 춘옥이가 없으면 못살 사람이오. 이때까지 지나온과거는 생각만해두 암담하오」

「그렇지만 선생님은 않됩니다.」

「어째서… 어째서 않돼요」

「않돼요 난…난」

하며 몸뿌림치는 여자의몸은 영식의 두팔안에 으스러저라고 힘껏 안겨진다.

밤은 벌서 세시도 지나서 거리는 고달픈 꿈속에 깊이 잠들었다.

이러한 일과가 날마다 계속됨을 따라들의 사이는 점점 끊지못하게 되었고 그러면 그럴사록 둘의 고민은 더욱 깊어갔다.

더구나 영식의 고민을 한칭더 하게하여준것은 직책상문제였다.

그러지않어도 이때까지 몇해를 나려오는동안 그는 교육가와 자기의 문제에 대하야 여러 가지로 회의를 품어왔고 때로는 환멸을 늣겨왔지만, 춘옥이와 관계를 맺은 뒤로부터는 완연 사상이 달러졌다. 모든 것이 모방이고 인상적이고 고정적이고, 창의가 없고 부자유한 고루한 비진실적인것같은 교육자들의 생활에 염증이 생기게 되었다.

그들의 생활에는 진실이란것은 조곰도 없는것같었다.

수신시간에 윤리를 론하고 도덕을 론하는 그들의 등뒤에서 얼른거리는 그림자는 그얼마나 어즈러운것들인가?

서로서로 아랫사람을 흘겨보고 웃사람에게 아첨하는 추잡물들이고 허위와 기만으로 충만한 속물들이었다.

그러한것들과 몇해를 나리 사괴여왔다는것이 참말 신기로웠다.

하로속히 결별하여버리는것이 자신을구하는데 가장 빨은길일껏같었다.

그러나 동시에 량심적으로 도리켜 따저볼때 자기는 일직이 교단에 나설 때 그 천진란만한 어떤 생령들을 위해 하늘에 태양은 못질지언정 별쯤은 돼보리라고 맹세한 일이 있었다.

그리고 그 때문에 자기는 될수있는한까지는 최선을 다해서 아이들의 훈육에 애써왔다.

그렇던것이 지금에 와서는 한 게집으로 말미암아 그도 세상에서 가장 천한게집이라고 나물하는 창녀때문에 자기의직분을 망각하여 버리려고 하는것이 아닌가?

게집을 따룬다면 결국은 아이들을 버려야 한다.

그러면 자기는 이때까지 멸시하여온 그 속물들과 무엇이 달은가?

더구나 아이들은 자기를 따루기를 부모나 형제보다도 더 따루어오는 처지다.

그러한 어린것들을 매몰하게도 버리고게집을 따룬다는것은 정말로 량심에 저린 일이다.

그는 오랜 악몽에서 깨여난듯 비로소 제자신을 스스로 꾸짓고 오래간만에 아이들의일을 생각해 보았다.

만은 그것은 그순간뿐이였지 다시금 치미는 춘옥의 생각에는 모든것이 허위로밖에는 생각되지 않었다.

七

날이 가면 갈사록 둘의 마음은 더욱 더 괴로워갔다.

필경은 둘사이는 그어떤 결과를 짓니않고는 못견듸게쯤 되었다.

그러한 어느날이었다.

영식은 학교에서 뜻하지않은 인규의 엽서(葉書)를 받게되었다.

근심하던 주소까지 똑똑하니 씨여져있었다. 내용에는 간단하게 하직도 없이 떠난데 대한 사죄가 있고、 다음에는 어떤 음식점에서 밤이면 일을 보고 낮이면 학교로 가게되었는데 미안하지만 재학증명서와 성적표를 보내달라는것이있고 자세한 내용은 학교에 댕기게 된후에 쓰겠다는것이었다.

그리고 표면주소는 목단강(牧丹江)이었다.

영식은 방과후 하숙에 돌아와서 밤이되기만 고대하다가 시간이 되자 불이낳게춘옥이를 찾어갔다.

가보니 춘옥이에게도 엽서는 와있었다.

그러나 거기에는 주소는 없었다.

영식이가 사실을 이얘기하자 춘옥은 영식의 가슴에 꽉 매달리며 주소를 알으켜달라고 졸은다.

하는수없이 영식은 엽서를 꺼내주었다.

춘옥은 엽서를 껴안고 맞치 동생을 맞나보기나 한듯이 눈물을 흘리가며 반가워한다.

그이튿날 영식은 손수 인규의 퇴학원서를 써서 교장에게 받힌후 재학증명서며 성적표를 작성하여 인규에게 붙혓다.

그러고는 책보를 거더싸는데 배달부가 뜻하지않은 전보를 전하고 간다.

서울 외사촌형님께서 온것인데 외숙께서 사망했다는 전보다.

영식은 눈앞이 앗질함을 늣기고 한동안 책상우에 막우 없듸렸다.

친부모보다도 더 보살펴주던 외숙이다.

지금만치라도 신세가 된것은 오로지 외숙의 덕택이 아닌가?

그러한 외숙을 생전시에 다시 뵙지못하고 말었다니 새삼스레 자신이 설업고 원망스러웠다.

그날밤 그는 간단하게 행장을 수습하여가지고 춘옥이를 찾어가서 사유를 말한후 서울로 떠났다.

수일후 외숙의 장례도 끝난후 영식은 학교일도 일이려니와 춘옥의일로하여 외삼촌네가 구지 말리는것도 뿌리치고 돌아왔다.

마침 점심차라 그는 역에서 내리자 곳 학교로 왔다.

간단한 보고를 인사에 겸해서 교장에게 한후 잠시 망설이다가 그는 큰맘으로 춘옥이를 찾어가니 뜻밖에도 춘옥이는 그림자도 찾을수없게 되어버렸다.

같이 있던 여자에게서 목단강행 차를탔지만、 어디두 갔는지는 일러주지않어서 동히 몰은다는 사실을 알고 영식은 이내 인규의 환영을 머리에 그리게되었다.

그러나 그가 하숙에 돌아와서 주인아주머니가 꺼내주는 편지를 펼쳐보았을때 그는 금시에 하늘이 콱 문허짐을 늣기지않을수가 없게되었다.

(선생님, 이렇게 떠나는죄를 용서하시기를 바란다기보담, 지나간날의 거즛을 용서하시기를 바랍나다. 선생님을 놀리고 속혓다는 거기에 대해서 관대하게 용서하시기를 비읍니다. 그야 선생님께서도 지같은 게집을 진정으로 사랑하시지않고 일시의 심심푸리로 사랑하셨다는것을 지는 잘압니다. 허지만 저편에서 선생님보다 더 거즛이있다는데는 선생님께선 좀 노혀우실것입니다만, 그러나 때가 흘으면 모든것이 잊어지는 법입니다. 저는 뜻한바 있어 좀 더 경기가 좋은곧을 찾어갑니다. 사랑이니 무에니 하는것보다도 돈을 벌이야지요. 행방은 가목사(佳木斯)방면으로 정했습니다. 그럼 이만하고 끊칩니다.

내내 안녕히 게십시요. 춘옥올림)

밤이새도록 생각해 보아야 도모지 진정할수가 없고 믿을수가 없는일이다.

모든것이 춘옥의 가징인것이 아니라 진정으로 생각되었다.

결국은 자기를 위함에서 비저진 한 비극이다.

그렇다. 사랑함으로써 춘옥은 자기를 버리고 떠났다.

그는 날이 밝기를 고대해서 시간이 되자 조곰도 주저치않고 교장관사를 방문한 다음 시정에 의하야 사직하겠다는 사실을 고백했다.

그러고는 학교에 나와서 이내 사직원을 써서 제출했다.

동료들은 여러 가지로 궁굼한듯 캐여물었지만 H만은 벌서 모든 것을 죄다 알어채고 슬픈빛을 띄고 바라볼뿐이었다.

그날밤 목단강행 야행차로 영식은 몇해동안 정을 들여온 모든것에게 하직을 고했다. 전송나온 사람은 주인아주머니와 H뿐이다.

H는 연방 담배만 태우며 떠나는벗을 위해 위로와 격려의말을 애끼지안는다.

「뒷일은 걱정말구 그리가문 위선 내가 일러주던 그사람을 찾어라. 유력한 사람이다. 너와는 것을 나누어 먹은 처지니까, 더 말할필요두 없는 벗이다. 성(省)이나 관청방면에두 유력하구 유수한 실업가루서 사회방면에두 절대 권리가 있는 호인이다. 그에 간날루 찾어가서 내말을 하구 일자리를 말해라. 나도 곧 편지하겠지만, 그러구 취직만 하문 곧 결혼을 해야한다. 그때문 나두 가겠지만」

하고 씽긋 웃는 바람에 영식이도 웃고, 눈물이 글성하여 어둠쪽을 바라보던 주인아주머니도 웃는다.

영식은 진정으로 H의손을 꽉 쥐었다.

「잘 있게」

「잘 가게」

「아주머니 안녕히 게십시요」

이말에 주인아주머니는 끝내 두손으로 얼골을 가리워버린다.

영식은 조용히 돌쳐서서 차에 올은다.

(三月於明川花臺)

중편소설

鄕約村◉

－(그늘진 내故鄕의 스켓취)－

끝없이 높은 맑은 하눌까에서는 소솔개 한마리가 한가롭게 장을 몰고 따스한 해별에 내리쪼이는 마을 토담우에서는 숫닭 한마리가 쭉지를 퍼덕거리며 길－게 목청을 뽑고있다.

가을!

농부들의 분주한가을! 수확의가을!

아츰때가 지난 마을은 잠든듯이 고요하것만 앞개벌판에 서는 신작로를 가운데끼고 누－런 벼이삭들이 바람에 출넝거리며 황금의 물결을 짓고있다.

이끝저끝에서 일어나는 우렁찬 농부가. 풍년을 상징하는 그소리가 뒷산으로 울녀갈때마다 거기서는 만포식한 알낙암소가 색기를 불우느라고 「움매－움매－」한다.

논뚝마다 무덕무덕 가려진 벼하지.

신작로에 쭉－ 늘어선 벼술기들.

가을은 농촌에 있어서는 완연한 개선(凱旋)이다.

보통학교 모범지도생인 웃마을 금석이는 사흘동안이나 학교농장에서 눈코뜰사이가 없이지나고나니 사지가 나룬하고 허리맥이 풀녀서 손까락하나 깟닥할 기운좇아 나지않지만 지난녀름에 매부가 죽은뒤부터는 누구하나 일볼사람이 없는뒷마을 누의 금순이네일이 마음에 걸녀서 하는수없이 억지로 지친다리를 끌고그의집으로 가보니 아니나 달을까 금순이는 여전히 침침한 방속에 오두커－니 앉아서 무슨 생각인지 사로 잡혀있다.

◉ 이 작품은 ≪批判≫ 1936년 5,7,9,10월호에 련재 발표되였다.

어느때나 그모양을 볼때면 늘 그러한것과 같이 금석이는 공연히 마음이 울먹울먹하여지는 것 같애 얼는 말을 끄집어냈다.

「앙—이 베(벼)가 다— 지게 됐는데집에서 무슨일으 하구 있오?」

만은 금순이는 들은척 만척 땅이 꺼지는듯한 김한숨만 내쉴뿐이다.

「낫은 어데다 뒀소? 어서 논에 나가보게오」하고 금석이는 사방을 살펴보았다.

「그까짓걸 삐서는 어찌하겟넹냐?」

금순이는 돌아다보지도 않고 쉬치않타는듯이 저혼자 사설을 했다.

「그럼 지—지 애쓰구 자래운거 내버리겠오?」

「내버리면 어떠냐?」

「이 정신없는 소리를 작작 하구 어서 나가보게오」한다음 금석이는 추녀끝에 꽂친 낫을 뽑아들고 마당밖에 나섰다.

그래도 금순이는 아—모 반향도 없이 그대로 앉아있다가 그만 무슨생각으로서 어떤지 자긔도 낫을 갓차들고 동생의뒤를 따라 나갔다.

논에 나가보니 금석이는 벌서 첫줄을 비여놓고 다음줄을 비기시작하는 중이였다.

금순이는 논판을 한바휘 휘— 돌아다보았다.

포기포기 탐숙한 머리를 숙우리고 바람결에 흐느적거리는 누—런 벼이삭들을 보니 가슴속은 다시금 치밀었다.

한포기 두포기 비여나갈때마다 새로히 북바치는 설음.

손에 쥔 낫도 잊은듯이 우두머—니 앉아서 돌아안오는 꿈의 추억에 눈물짓는 그 모양은 참아 곁에서볼수가 없었다.

그모양을 보니 금석이는 가엽다기보담슬그머니 화가 났다.

「무슨생각으로 또 그렇게 정신없이 하구있오? 괜—이 딴생각을 하다가 손까락이나 벨나구」

하는 동생의 핀잔주는듯한 말에야 금순이는 비로소잊어떤 낫질을 다시했다.

거기에 마을의 젊은패들이 한십여명 제각기 낫을들고 찾어왔다.

둘은 의심스러운 눈으로 여럿을 처다보았다.

「금석이 네혼자 펵 밥부지? 자 우리가 도아주마」하고 그들가운데 승호라는 금석이보다 나희가 한사오세나 더되여뵈는 청년이먼저 말을 끄냈다.

금석이는 잘못듯지나 않었는가하여 제귀를 의심하며 얼빠진것처럼 아—모말없이 멍—하니 처다보았다.

「아주머니 우리일은 다—했기에 좀도아들이려 왔읍니다」하고 끔방대로 뻑뻑 빠는것은 금순이네 이웃집 춘식이다.

금순이는 가슴속이 뻑차올나서 대답을못한채 두손으로 얼골을 가리우고 돌아서 버린다.

옆에 섯든 금석이도 그만 왈칵 솟는감사한 생각에 금방 눈물이 날껏만 같었다.

이윽고 여럿은 제각기 줄을 맡아기지고 비기를 시작하였다.

억센 그들의팔이 벼포기밑으로 숨어들어갈때마다 햇볓에 번쩍어리는 낫과낫. 뒷거름을 몰우고 전진하는다리와 다리.

그리고 구리기둥같은 그다리가 옴겨질때마다 실눅거리는 근육과 근육.

그것은 어떠한 장애에라도 꺽김없이 박차버리고 나갈 위대한 힘의 상징이다.

오! 누가 잘하고 못하는 차이가 없이 한글같이용감하게 비여나가는 아니정복하여 나가는 위대한 무리의 약동이여! 률동이여!

거기에는 개인의 존재라고는 질투 리용 태만 모함 아모것도 찾어볼수가 없고 다만 거대한 무리의힘이……위대한 단체의힘이 전진하고 있을뿐.

대자연은 구월의 미풍으로 하여금 고요히 그들을부채질하여주고 있다.

둘이서 비자면 사흘을 비여도 다못빌것을 그들은불과몇시간에 다―비였다.

그리고는 다시 단을 지어가지고 묵기시작했다.

다―묵거서 무덕무덕 가려논다음 그들은 한곧에서쭉― 둘너앉었다.

「자 담배들이나 피우지」하며 논뚝에 걸터앉은 그들의 얼골은 석양해볕에 무루익어서 일종의 희망에 불타고 있다.

「참 단체의 힘이란 좋은게야」

숭호는 춘식의 곰방대를 빌어서 뻑뻑빨며 말을끄집어냈다.

「이판에 있는 논들이래두 우리처럼 이렇게 모다서면 다문 순긱간에 다―삐지 힘을 합하문 실루 무셉은게 없단말이야」

「그렇지、실루 무셉은게 없지. 이렇게만한다문사 농사 짓는데 그렇게두 갑불리 있는가? 아―주 쉽지」하고 춘식이는 곁에서 맛장구를 쳤다.

옆에서 잠자코 앉어서 그들의 이야기에 귀를 기우리고 있는 금석이는 어쩐일인지 그들틈에 끼운 자긔자신이 이단자(異端者)의 존재와도 같이 생각되여자연히 긔가 줄하여졌다.

이윽고 저녁해가 서산마루에 걸니자 청년들은 제각기 다― 돌아가 버렸다.

뒤에 남은 금석이와 금순이는 그제야 서로 마주처다 보았다.

「누의는 인젠 들어가오」

「넌 집으로 가겠넁야?」

「난 또 학교에 갓다가 면소에 들러가겠오」

「학교에는 또 어째 간단말리냐?」

「교장선생이 좀 들너가라는데 가봐야겠오」

「그럼 난 먼저 가마」

「어서 가우 뒷거두매는 내가 다-하오리」

금석이는 그대로 논뚝에 걸터앉어서 힘없이 오솔길을 더듬어 돌어가는 누의의 뒷그림자를 하염없이 바라보았다.

저르서도 알수없는 뜨거운 눈물이 한방울 두방울실음없이 눈굽에서 고여넘첫다.

그는 서글퍼진 제맘을 가다듬기 위하야 그만벌떡일어나서 속까락으로 한쪽코를 눌너막고 횡-하고 코를 풀어버린후 학교로 내려갔다.

교장은 기다렸다는듯이 두어마듸 부탁을 권한후 관사로 나가버렸다.

금석이는 다시 학교건너편에 있는 면사무소로 들어가니 면장은 향약규약(鄕約規約)이라는 책을 내부며구장에게 권하여 달나고 부탁하였다.

그래서 그는 맥없는것도 불구하고 큰길을 돌아서아랫마을 구장댁을 찾어갔다.

금석이가 갓다주는 향약규약을 받어든 구장은 세상에 다시없는 보화를 얻은듯대구입같은 그 큰입을 벌쭉하고는 위선돗보기를 꺼내 코에다 걸고 강령(綱領)부터 내리뒤지기 시작했다.

그는 곁에 앉은 금석의 존재는 잊은듯이 맡이 삼국지나 보는것처럼 목소리를 높여서 제일절을 내리읽었다.

「에……향약의 목적은 지방의 미풍량속을 유지조장하며……에-산업경제의 향상발달을권장함과…… 공허 공민(公民)으로서의 봉사적 정신의 함……함양에 힘씀……에-다음은 무스거? 함약의 구역은 에-가설나명……」

「그렇지 인제사 세상이 바로되는 모양이군」하고 연신 저혼자 끗덕거리며 다음을 계속하였다.

곁에서 그모양을 바라보는 금석이는 어찌나 우수웠던지 자칫하면 터저나오려는 폭소를 참기 어려워 그만 일어 날차비를 하였다.

「그럼 구장어룬 전 가겠습니다」

「어째 좀 더 없었다 가지」

구장은 보던것을 내리워놓고 언경넘어로 금석이를건너다보았다.

「집에 가야겠습니다」

「웬만하면 예서 저녁이나 먹구 가지」

「아입니다. 요새 넘우 집에 가본지가 오라서……」

「집에 가본지 오라다니?……어데 갓던가?」

「가지는 않았읍니다만 학교일이 넘우도 밥바서 집에 못가봣습니다」

「저런!……그래 인젠 학교일은 다―필했는가?」

「예」

「참 긔특한 일이야 제일두 하기싫여하는 세상에서학교일까지 하다니……자네같은 자식을 둔 애비는 정말 복이 있단말이야」하고 구장은 혀를 끌끌 차며 아들없는 제신세를 한탄하였다.

「그럼 교장선생님께 가서. 금음날저녁이라구 일느겠읍니다」

「음、그렇게 일너주게 금음날 저녁으로어김없이 총회를 열테니까」

「예、안녕히 계십시요」

「음 잘 가라니」

금석이는 마당을 돌아나오며 은근히 곁눈질로 살펴보았으나 자긔의 심중에 찾는 그는 그림자도 보이지않았다.

그래 그는 얼마간 섭섭한 마음을 품고 나오다가대문밖에서 구장의 막내딸 입분이와 딱 마주쳤다.

순간! 둘은 그무엇에 질닌듯이 웃둑머러서고 얼골은 단풍이 든듯 빨―가케되였다.

그러다가 집안에서 들녀나오는 구장의기츰소리에야그만 정신을 차린듯 깜짝놀나며 서로 도망질치듯 갈나졌다.

금석이는 어지러운 걸음으로 허둥지둥얼마간 올나가다가 입분이가 들어간 구장의집 대문깐을 돌아다보고는 저혼자 빙그레 우섰다.

그는 집으로 가면서 곰곰히 앞일을 생각하여 보았다.

돌아오는 봄이면 틀님없이 교장선생이 금능조합서긔나 면서긔로 소개하여 주겠다니 어데던지 한자리는땅으로 굳은것이 아닌가?

그런데 어느편이 나을까?

조합서긔? 면서긔?

물론 조합서긔가 낫겠지. 그러면 조합으로 들어간다 앉으면 풍덩 들어가는 의자에 걸앉아 문서질을 하고 그리고 월급날이면 꿈에도 만저보지못하던 지전장을받으렸다.

사회에 나가면 의례히 맛나는 사람마다 허리를 굽힐께고 또한 그때면 구장도 두말없이 사위로 삼을터이지.

입분이와도 부부가 되고.

그럼 그때 입분이게는 무엇을 사줄까? 은반지를사줄까? 목수건을 사줄까? 뭐이 좋을까? 세루치마? 손가방(핸드、 빽)?

아니아니 그건 안돼。 손가방은 녀학생갔다고 남이우서서……。

연이어 벌어저 나가는 공상에 그는행복의 절정에까지 올나갔다.

그러다가 길까에 갈으놓인 돌뿌리를 거두차고 넘어졌을때 그만 그는 넘우나 여지없이도 절정에서밋그러지고 말어떤것이다.

얼는 일어나서 누가 보지나 않었는가하여 주위를살펴보니 뒤에는 벌서 어느틈에 왔는지 그가 가장싫여하는 삼돌이가 와서 손펵을 치며 놀녀주었다.

「여─모범생 이게 무슨짓인가?」

금석이는 못들은척 하고 얼는 방축을 넘어서 제길만 밥비 걸었갔다.

뒤에서는 연달어 「모범생」「구장사위」하며 놀여대는소리가 끈찌않었지만 그는 속으로만 「망할자식」할뿐 아모대ㅅ구도 하지않었다.

집에 올나가보니 거기에는 지난봄 어떤 사건으로해서 검거풍이 일어낫을때뒷마을 주석이네와같이 교묘히 빠진후 지금껏 이리저리 피하여 댕기는 사촌형필수가 와있었다.

그는 금석이와 사상은 달으다지만 어려서부텀 가장 친하게 지내는 사이였다.

「성님 왔소」

「웅、 어듸 갓뎅아?」

「학교에 갔다가 구장댁에 들녀오는 질(길)이우」

「무슨일루?」

「저 면장의 부탁으로 향약규약을 갔다 주구 왔오」

「향약규약?」하고 필수는 한참동안 금석이를 바라보다가 무겁게입을 담으려 버렸다.

금석이는 필수의 그모양이 어쩐일인지 자긔를 나물하며 비웃는것같고 그리고 자긔의 마음도 또한 그의 태도에 눌니워서 즘하여지는듯 하여 그만 방안에서집석이를※ 꿰매고있는 아버지에게로 말머리를 돌녔다.

「제─미(어머니)는 어듸로 갔오?」

「몰우겠다。 늙은게 어데가 퀭─하니 세월으 보내구있는지 들어와서 네성게 먹던밥이래도 있으면 차려노렴으나」하며 금석의 아버지 박대동은 일깜을 거더치우기 시작했다.

금석이는 아모대답도 없이 부엌에 들어가서 뒤저보니 추석에 먹던 떡이 얼마간 남어있었다.

마루에서 필수는 무엇인지 잠자코 앉아서 생각하고 있다가 갑작이 박대동을 듸려다보며 말을 끄집어냈다.

「아즈버니(아젓씨)」

「웅?」

「저 금석의 혼사일은 어떻게 됐오?」

「몰우겠다。 어떻게 됐는지?」

박대동은 힘없이 대답하고는 나직히 한숨지었다.

「어째 구장이 아직도 시언하게 허락으하쟁이우?」

「글세말이다。 할뜻 말뜻 주뭇거리면서 어듸 시언한대답으 하뎅야?」

「간대르(설마)거절이사 하쟁이겠지비」

「차라리 얼는 거절하더래도 속시언한 대답이나 들어봤으면 좋겠다」

부엌에서 엿듣는 금석이는 손맥이풀녀서 나른하였다.

이윽고 금석이는 아보것도 못들은척시침을 뚝 따고 떡상을 들고 마루로 나왔다.

필수는 떡상을 보더니 구미가 도는듯이 말은침을꿀꺽 삼키고는 빼았드시 상을 받아들었다.

「아즈버니도 좀 잡숫지오」

「어서 네나 먹어라。 무스거 먹을께나 있어야지」

「어이구 이게면 둘은 넉넉히 먹겠오」

필수는 반찬도 없는 말은 떡뎅이를 김치국을 홀─홀 마시며 감식으로 먹는다.

그모양을 바라보는 박대동은 슬그머니 가슴속이 언짠었다.

「그래 산으로 그렇게 헤발아 댕기느라니 시장한땐들 여북만겠느냐?」하고 그는 또다시 설유를 시작하였다.

「댕기는 네사 네지은 죄로 댕긴다지만집에 있는 어시게사 무슨 죄란 말이냐?」

「아즈버니 또 그런 말슴으로」

「그렇지、 너의들께사 듯기싫은 소리지。 그렇지만 이녀석아 좀 집일도 생각해봐라。 네가 형이 있느냐? 동생이 있느냐? 그리구 네처도 보드래도 그게 무슨죄가 있어서 네집에 와 그런생속을 태운단 말이냐?」

「글세 아즈버니도 낸들 어듸 이래구 싶어서 이랩니까? 지금와서 이렇게 된걸 어떻게 합니까?」

이말에는 박대동도 대답이 없다.

거기에 놀너갔던 금석의동생 금동이가 넉없이 뛰여들어오며.

「성님、어서 가오。저아랫말 구장의집에 무어신지 검언 양복쟁이 둘이 들어갑듸다。」하고 필수의 얼골을 황겁하게 쳐다보았다.

「어듸메?」하고 금석이와 박대동은 정신없이 일어섰다.

그러나 필수는 유연하게 빙그레 우스며 주머니에서 손수건을 꺼내더니 먹던떡을 사가지고 마루아래에 내려섰다.

「그럼 아즈버니 먹던건 가지구 갑니다」

셋은 필수의 그림자가 보라빛으로 어두어가는 앞산마루를 넘어간지도 오랫것만 그대로 선자리에서 떨고있었다.

금음날 밤

아랫마을 약장(鄕約長)의집 넓은 마당에서는 이마을 향약총회가 열녔다.

상하촌 약원(約員)전부가 모힌것은 물론이어니와 래빈으로서 면장 금능조합리사、주재소주임、그리고 보통학교교장과 수석훈도도 참석하였던것이다.

이구석 저구석에서 둘식 셋식 짝을지어 질서없이집거리는잡담들、가래침을 배튼 란잡한 소리들.

마당안은 마치 혼란된 장ㅅ거리(市場)와도 같다.

그러나 그들의 시선많은 그어떤 호기심에 전부가래빈석으로 집중되였다.

먼저 약장의 개회선언과 동시에 래빈측의 박수가잃어나자 장내의 약원들은것도 몰우고 덩달아 손펵을따렸다.

뒤를 이어 간사의 보고가 있은후 회의는 토의사항으로 들어갔다.

원래 회의가 어떤것인지 구경도 못하여본 그들의회의는 맛치 벌(蜂)의통을 헤처논듯 ※짜홈절반 욕담절반 무엇이 무엇인지 알어들을수가 없다.

이 광경을 보는 금석이는 기전에 어느때던가 철로공사장에서 중국인로동자들이 저의끼리 무엇이라고 떠들며 싸우던것을 련상했다.

그의옆에 앉은 교장은 보다가못하야 얼골을 찚으리며 모로 들여버린다.

금석이는 교장의 얼골과 마조치자 무의식중에 씩우섰다。교장도 따라우섰다.

그러나 회의하는 본인들은 열심히 떠들어댓다.

그것을 보니 더한칭 우수웠다.

약 한시간이나 떠들다가 그제는 기진되었던지 장내는 저윽히 종용하여젓다.

그틈을 타서 약장은 일단 목소리를 높여서외쳤다.

「에― 여러분! 이게 무슨짓들이오? 회의를 한다구하면서 이렇게 떠들구서 어데 되겠오? 특히 오늘밤은 학교선생님도 오시구 면장나으리 주재소주임나으리 그리구 조합리사선생님도 오섰는데 좀 종용히 질서있게 나가게오……

「에― 그런데 아까도 말했지만 향약이라는것이 각동마다 설시된후 달은동내는 벌서 향창(鄕倉)을 다―지엇느데 우리동내는 아직도 향창을 짓지못해스니 이런유 감된일이 어데 있단말이우? 그래서 오늘저녁에 특히 이렇게 모왔는데 여러분은 아 모조록 일치단결하여 가지고 향창설치에 힘을 써주어야겠오.

「그런데 여러분중에는 아직도 향창이라느것을 잘 깨닷지못한 사람이 많은듯한 데 다시한번 설명해줄테니똑똑히들 듯기를 바라오」한다음 약장은 향약규약을 펴들 었다.

「풍년에 제하야 즉 다시말하면 풍년을 당해서 향약전체가 협의해 가지고 매호에 서 조이(栗)한말이상을응분거출(應分醵出)하여서 즉 각자가 자긔의 신분에적당하 게 낸단말이오. 그래서 그것을 가지고 향창이라는것을 설치한단 말이오알어들었 오?」

그러나 누구하나 대답하는자는 없다.

약장은 갑갑한듯.

「어째 가불간에 대답으 하쟁이오?」하고 얼마간 어성을 높였다.

그때 마당아랫편 구석에서 배선달이 부시시 일어나드니 게면적은듯이 주뭇주뭇 하며 래빈석을 살펴본후겨우 입을 열었다.

「그런데 향창쌀은 어떻게 쓴단말이우?」

「어떻게 쓰다니? 그래 선달은 내버리는줄로 알었오」

약장의 대답은 넘어나 툭명스러웠다.

「안―니 뉘기(누가)내버린다오? 그쓰는 방도로 알여는게지」

배선달은 얼마간 흥분된듯 그러나 확심한 표정은짓지못하고 우뭇주뭇 입속말로 중얼거린다.

「허―그렇게 쓸뎨가 없는줄 아오? 향창쌀은 매년춘긔마다 약중사람으로서 쓸사 람이 생긴다면 보증인을세우구한호에 한섬이내를 물녀준단 말이오. 그리구 추수긔 에 가서 일활의 증량(增量)으로 받아들이거든……。 만약 쓸사람이 없는때에는 그 것을 팔아서 저금을 했다가 가을에 신곡이 나면 다시 사가지고 향창자곡(資穀)으로 한단말이오」하고 약장은 의긔양양해서 배선달을 넌짓이 바라보며 다시 다지듯이 물었다.

「알아들었오?」

「예 알만하오」하며 배선달은 잃어서던때와는 딴판으로얼른 주저앉었다.

「달니 또 몰우는사람은 없오? 괜―히 몰우면서 아는체 말구、 몰을께 있으면 이런때에 죄다 물어보오」

그러나 장내는 알어서 그런지 몰나서 그런지 종용하였다.

「그럼 다음으로 넘어가겠오」

바로 그때였다.

「잠깐만 기다리시우 한가지 몰을께 잇습니다」하며일어서는 청년이 있었다.

순간! 약장의 안색은 갑작이 변하였젔다.

장내의 시선은 일제히 청년에게로다.

청년은 다른사람이 아니라 승호였다.

그는 약장의 얼골을 한번 번쭉하고 처다본후 나직히 힘을 주어서 재차 물었다.

「약장어룬 말슴은 잘 들었읍니다만 좀의문되는점이 있읍니다」

이 어듸까지던지 사람을 숫보고 롱락하는 듯한승호의 질문은 약장의 자존심을 여지없이 깨트려 놓았던것이다.

만은 그렇다고 약장으로서 약원의 질문에 대답하지 않을수는 없다.

「무시게 의문이 되는가?」

약장은 배았듯이 물었다.

「다른게 아니라 매호 일두이상을 낼수가 있다니 그럼 여족한 사람은 얼마던지 낼수있단 말입니까?」

「그렇지 낼수있지. 그러기에 나는 두어섬가량 내구 구장두 한섬이나 내겠다구하쟁이는가?」

「그렇다문 그건 여유있는 사람의 문제로써 가령 한섬을 냇다구 합시다. 그러나 그사람은 여족하니까 향창쌀은 쓰쟁일텐네 그동안에 손해보는건 어떻게 합니까?」

「손해라니? 그게 어듸 없어지는 쌀인가?」

「그렇지만 그쌀을 팔아서 그돈을 가지구 쓰기보다는 손해가 앙입니까? 가령변으준다던지 저금으 한다던지 하기보다는……. 저는 이점을 잘 몰우겠읍니다. 그 까닭만 안다문 저두 얼매간 더낼까 하는데요」

약장은 말문이 막혔다.

평소부터 송충(松蟲)보다도 더싫혀하는 이 주제넘은 건방진 젊운놈의 질문에 대하야 무어라고 대댑했으면 좋을지 그저 씩은거리기만 할뿐이다.

그 긔회를 타서 구장은 가장 잘난체벌덕 일어섰다.

「약장어룬 잠깐만 언권으 빌녀주시우. 이사람 숭호! 자네 잘 몰우는 말일세. 그러기에 가을에 쓴사람에게서 받을때에는 일활의 증량이라는 조건이 붙어있쟁인가?」

「그렇지만 구차한 사람으로써 물지못하는 때에는 어떻게 합니까?」

「허— 이런 갑갑한 사람같으니라구 그러기에 그건 또 줄때문 반다시 보증인으 세우구 준단구 하쟁이는가」

숭호의 입가에는 뜻몰을 우숨이 히죽—이 떠돌았다.

「그럼 결국은 간난상휼(艱難相恤)이 앙이라 저축계(貯蓄契)같은것을 무엇놓고 변놓이 하느게나 마찬가지구만요」

「그게 무슨소린가? 저축계란 돈을 뿔구자구 하는겐가?」

「그렇지만 결과에 있어서는 꼭 마찬가지가 앙아닙니까?」

「웅?」하고 구장은 자래목아지처럼 움칫하였다.

마루에서 듯고있던 약장의 안색은 철색으로 변하여젔다.

「여보 구장! 알지두 못하는 소리를 작작 하오 일활의 증량이라는건 창곡으로뿜 구기때문이지 리(利)를 취하기때문이앙이오. 결국 여족한 사람은 동내를 위해서 희생이 돼야 한단말이오」

구장은 넘어나 무안하여 어찌할ㅅ바를몰났다.

숭호느 그이상 더 물을필요가 없다는듯이 싱그레—우수며 앉었다.

장내의 공긔는 이상하게 긴장된채 좀처럼 완화되지 않었다.

그러나 회의는 그대로 진행되였다.

향창설치문제가 끝나자 다음문제에 올은것은 풍긔(風紀)문제였다.

「에— 그런데 다음에는 풍긔문제로 들어가겠읍니다.」

하고 약장은 젊운패들이 앉은 아래편 구석을 흘낏 돌아다본다음 이거야말로 자긔에게는 가장 득의의 문제라는듯이 엄연한 태도를 지어가지고 말했다.

「근자에 와서는 우리동리두 퍽 풍긔가 좋게 됐다구 나는 생각하오. 이전처럼 제애비나 동네이상을 몰나보는놈들은 거진 없어지고 인제사 동네가 동네답게 됐단말이오 그리구 청년후련회라던지 진흥회같은것이 차츰 일어나서 풍긔숙정이며 부업장려 비료장려 이런것들이 연달에 생겨나서 우리동내두 인제는 자력갱생의 길을 밟게 됐으니 이얼마나 좋은일이오?

「그런데 아직두 그 부정한놈들이 얼마간 남아있는모양인데 우리는 이놈들을 하루밤비 마즈 업새버리지 않고는 어느때 또 무슨일이 일어날찌 몰운단말이오. 첫째루 배나무집 주석이란놈 뒷말필수란놈 동필이란놈. 이놈들이 아직두 그냥 피해댕기며 각금 동네에 들어와서는 젊운놈들을 충동질하는 모양인데 그놈들이 드나드는 동안은 절대루 안심할수가 없단말이오。」하고 약장은 한숨까지 쉰다음 좌석을 돌아보았다。

이 긔회를 타서 왔가 받은 수치를 씻으려는듯이

「그렇지 그놈들이 드나들구사 아직두 맘을 못놓지」하고 맛장구를 치는것은 구장이다.

「그러니까 나는 그놈들을 마즈 없애버리는것이 가장 긴급한 문제라구 생각하오」

「올소 그럿소」하는것은 또 구장이다.

그러나 장내는 찬물을 꺼언즌듯한 긴장에 차혀서 누구나 입을 여는 사람이 없다。

「그러니까 그놈들을 없애자문 동네가 일치해가지구 위선 동네에다가 들이지말어사 함껏. 만약 뉘기던지 듸려놓는다문 엄벌을 주기루 하구 또 그놈들을 보기만 하문 곳⋯⋯」

그순간! 금석의 머리속에는 수일전에자긔의 집에 찾어와서 요기를 하고 어데인지 종적을 감추어버린 필수의 그모양이 섬광같이 지나갔다。

그리고 어쩐일인지 장내의 신선은 전부가 자긔에게만 쏠니는것같아 얼굴이 확근거리며 머리속이 어즈러워서 약장의 그다음말도 장내의 짓거리는말도 아모것도 바로 알어들을수가 없었다。

집에 돌아간 금석이는 실신한 사람같이 우두커ㅡ니 벽에 기대앉어서 마즌편벽만 뚜러지게 바라보고 있었다。

옆에서는 그의동생 금동이가 곤하게 잠들어있고 천지는 죽은듯이 고요한데 가담가담 먼끝에서 들여오는 개짓는 소리만이 밤의정적을 깨칠뿐。

금석의 눈앞에는 언덕밑에서 우들우들떨고있는 필수의 모양이 나타났다。

지난여름에 죽은 매부의 그림자가 나타났다。

밤새가며 눈물로 벼개를 적시는 누의의 그림자가 나타났다。

그리고 그밖에도 수없는 험상스런 그림자들이 명멸하며 그의 머리속을 어즈럽혔다。

그는 지난봄일을 다시금 생각하여 보았다。

몇해를 마을에 나리덮였던 무거운 구름짱을 하로밤사이로 갑작이 듧코 일어난 폭풍!

그얼마나 무서운 폭풍이였든가?

청년이란 청년은 거다 휩쓸니고 몇사람간 남었다는것도 마을에는 들지못하고 산에서 산으로 피하여댕기는 참담한 그모양.

그러다가 매부 동수는 결국 산중에서 병을 맛나지난여름에 죽기까지 하지않었는가?

그것을…… 그 참담한 그들의 사정을 빤—히 알면서도 동내에 들이지말고 더구나 보기만 하면?……

아모리 사상이 서로 배치되고 대립되는 사이라지만 인정상으로 보아서라도 그것은 넘어나 지나치는 행위가 아닌가? 만약에 자긔의 자식이 그러한 처지에놓여있다면 그는 어떻게 처리할것인가? 긔의 주의를 철저하게 고집할것인가?

금석이는 약장에게 대하야 다시금 생각하여 보지않을수가 없게되엿고 또한 무조건으로 그를 신임하여온저자신을 반성하여 보지않을수가 없게되였다.

그래서 그는 밤새끝 것잡을수없는 생각에 들복기웠으며 이튿날은 머리속이 흐릿하여저서 학교에 가기도 싫였다.

만은 다시금 머리에 떠올우는 교장의말과 탐스러운 입분의 자태는 이때까지의 모—든 잡념을 자최조차 남기지않고쓸어버리는것이였다.

그리하야 그는 송일해를 학교농원에 가서 일을 보았으나 어쩐일인지 누구에게 죄를 지은것같은 미안쩍은 생각이 들며 도시 마음을 진정시킬수가 없었다.

그럭저럭 하로일을 갓가수로 맛치고 집으로 돌아오다가 누의의일이 마음에 걸녀 뒷마을에 들너보니 금순이는 저녁차비할 생각도 하지않고 힘없는 눈으로동생을 멀건—히 내다보고있었다.

「어째 저녁으 짓쟁이오?」

그러나 금순이는 하—하고 한숨만 쉴뿐 대답은 없다.

금석이는 어떻게 위로할ㅅ하를 몰났다.

그는 누의의 눈치를 살피다가 슬그머—니 나가드니 나무를 한아름 안고들어와서 누의을 처다보며

「내가 불을 뗄꺼 저녁이나 좀 지어주배곺아 죽겠오」애원하듯이 말했다.

금순이는 동생의 거룩한 그모양이 가긍했든지 부시시 일어나드니 쌀독에서 쌀을 떠가지고 가마앞에 마주앉었다.

금석이는 아궁지에 불을 때면서 무엇이라고 밭아듯지도안는 말을 저혼자 연신 짓거렸다.

슴순이는 이남박에 쌀을 일면서 천진스러운 동생의 그모양을 물끄럼―히 내려다보다가 다시금 나직히 한숨지었다.

저녁후 금석이는 집에 가지않고 그대로 먹은자리에 들어누어서 이모저모 딩굴다가 그대로 잠들어서 코를 골기시작했다.

금순이는 사르르 일어서서 이불을 내리워다가 동생의몸에 걸처준다음 자긔는 그대로 아랫목에 팔을 베고 들어누었다.

밤의 이슥히 깊었고 창틈으로 새여드는 달빛에 방안은 낮과같이 훤―한데 금순이는 가슴속이 텅―뷘것같아 잠들수가 없었다.

그는 잊으려고 애쓰던 남편의일을 다시금 생각하여 보았다.

지금 동생의몸에 결치운 이불은 전일에 남편과 함끼 단꿈을 꿀때 덮던 이불이 아닌가?

둘이 서로 밤이깊도록 속삭이다가도 남편이 먼저잠들기만하면 곤하게 잠든 남편의 그얼굴을 원망스러운듯이 그러나 정답게 껴홀보고는 그만 저로서도 까닭몰을 안타가운 심정에 가슴을 파고들던 그때 그일.

그는 곤히 잠든 동생의 얼굴을 돌아다 보았다.

그것이 만약 자긔의남편 얼굴이라면? 아! 불너도 울어도 돌아안오는 사람.

모―든것은 지나간 옛날 한때의 꿈이였다.

잊어버리자. 잊어버리자.

돌아안오는 꿈은 잊어버리자.

만은 그러면 그럴사록 더욱 가슴속깊이 파고드는전일의 질거웁던 그긔억. 잊지도 못하고 그렇다고 생각하면 더욱 가슴속에 사모치는 청상과부의 애타는 심정에 쇠굴의 가을밤은 고요히 깊어가고 있다.

추수도 끝난후 어느 땃뜻한 느진 가을날이였다.

가을이라지만 걸핏하면 눈이 내리기쉬운 북국의 위태한 느진가을도 이날만은 나릿한 봄날같이 따뜻하였다.

아랫마을 방축넘에서는 마을사람들이 허―여케 모혀서 이마을 향창을 짓느라고 떠들석 하였다.

꼭꽝이로 언덕을 찍어내리우는 사람. 삽으로 삼태기에다가 흙을 퍼담는 사람. 그것을 날으는 사람.

늙은이들은 방축우에서 여러가지 잔소리로 지시를 하고있다.

한나절이나 지난다음에야 겨우 주초를곤아놓고 네기동을 세우게 되였다.

「이사람 삼돌이! 자네는 또 담배질인가?」하고 구장은 언덕밑에서 신문지쪽에다가 회연부스럭이를 말고있는 삼돌이를 보고 질그릇이 깨지는듯한 소리를 빡 질렀다.

「허— 그거 참 담배두 먹게못하네」하고 삼돌이는 휠끗 돌아다본다음 그대로 석냥을 그어서 붙여물었다.

「담배르 먹어두 분수가 있지. 한시간치 구두 두대세대식이나 먹는법이 어듸 있는가?」

「두대안이라 열ㅅ대를 피운다는데는 무슨걱정이오!」

「무시게라는가? 그래 일은 언제 끝낸단말인가?」

「언제 하든지 다— 될때까지 하쟁이리.」

「무스거? 이사람 자네 제집일이문 열심히 할께네」

「하— 더 일으다뿐이오」

「그래 이건 제일이 안인가? 동내일이문 다— 제일이지. 조선놈이란건 이래서틀렸단 말이야?」

「무스거?」

참을수없는 모욕에 삼돌의 얼굴은 붉다못하야 새파랗게 되였다.

「무스거 하문 자네 어쩔텐가?」

갑짝이 험악하여진 삼돌의 표정에 위압을 당한듯 구장은 다소 불안스런 표정을 지었으나 여전히 위엄은 거두지 않었다.

「어찌다니? 조선놈이 어쨋단말이우? 그래 구장은 조선놈이 안이구 되놈이란 말이우? 그 되지못한 수작으 좀 작작하오. 어리석게시리 구장이나 한체하구 보자보자하니 안이꼬운 수작만 하구」

구장은 아모웅대도 못하고 그저 노려보고만 있었다.

그우에 더 무엇이라고 말하는것은 붓는불에 부채질격인것을 령리한 그는 잘알고 있었던것이다.

「그만두게 내가 잘못이네」

「흥 수단은 좋다」

하고 삼돌이는 분이 올은 황소같이 씩은거리며 돌아앉어 버렸다.

하회가 어떻게 될것을 몰나서 둘의얼굴만 번갈아보던 여렀의 긴장은 저윽히풀녔다。

　그러나 한편으로는 아모일없이 무사하게 되여버린그것이 도리혀 불만스럽기도 했던것이다。

　「안—이 이게 무슨일들이오?」

　하며 배선달은 무거운 침목을 깨트리고 위선 둘사이를 화해시키려 했다。

　「허— 뉘기 어찌오? 내가 지문 그만이지」

　하고 구장은 노혀움에 거세여진 수염을 내리쓰다듬으며 아—모일도 없은것처럼 능청스럽게 말했다。

　「안혀。 이러지들 말구 좋두룩 일하게오。 자네 삼돌이두 그게 무슨짓인가? 구장 어룬이 혹 무에라구 하셨드래두 옳게들어사 하는법이지 그렇게 마주서문 쓰는가?」

　그러나 삼돌이는 배선달의말은 들은척도 안하고 담배만 풀석풀석 피우고있다。

　여럿은 구장의 눈치만 슬—슬 살폈다。

　구장은 한참동안 먼— 하늘을 바라보며 몰입만 다시고 있다가 그만 「칵—퇴」하고 가래침을 배터니 마을로 들어가 버렸다。

　기다렸다는듯이 젊은패들은 삼돌이를 둘너쌓고 짓거리기 시작했다。

　「잘했다 내속이 시언하다」

　「안이꼽게 구장이나 된체하구 우줄넝거리더니 싼통을 했다。」

　「되지못한놈이 노가다 십장(什長)이나 됐드라문 인부들으 쥑였스리라」

　구장에게 대한 평소부터 쌓이고 쌓였던 울분은 끝없는 욕담으로 벌어저나갓다。

　「이사람들 그만히 떠들구 인젠 좀 일들으하게」

　하고 배선달은 댈래듯이 여럿을 돌아다보았다。

　「숨 쉬구 하게오」

　「허— 벌서 저녁때가 돼오네」

　「아무때문 일있소? 그저 되는대루 해나가지」

　여럿은 안탈하듯 떠들며 좀처럼 일어나지 안는다。

　「이까짓거 지으문 무슨 소용이 있단말이우?」

　「이사람들 몰우는 소리들이 말게。 그래두 없기보다는 났느니」

　「홍 알아서 큰일했오。 괜—히 있는거배나 더불우게했지」

　「변으 주구 말기사 일반인거」

　거기에 방축넘어로부터 뒷마을 승호가 넉없이 달녀왔다。

　「야 큰일났다。 뒷마을 춘식이네집에 집달리(執達吏)가 왔다。」

「무스거?」

「집달리라니?」

「금늉조합빛때문에 차압이란다。」

하며 승호는 숨이 차서 헐떡거린다.

「차압이라니? 저번에 밭으 하쟁엿쟁야?」

「그걸 가지구 모자라서 또 한단다」

「그럼 이번에는 무시겡야?」

「이번에는 곡식가리란다」

「곡식가리?」

여럿은 서로 얼굴만 마주쳐다 보았다. 그러다가 누구의입에서 먼저 나왔던지

「어듸 가보자」하는 소리가 나오자

「웅 가보자」

하고 여럿은 넉없이 서로 앞을 다투어방축을 넘어갔다.

뒷마을을 향하야 밥비밥비 걸어가는 그들의 마음은 마치 자긔네의 집이나 차압을 맞는것처럼 조급하고 초조스러웠다.

만은 그들이 뒷마을 어구에 달하였을 때에는 벌서 집달리들은 볼일을 다―보고 손을 툭툭 털며 아랫마을로 내려오고 있었다.

상가집 마당에 들어서는듯한 허구픈 마음으로 춘석이네 마당안에 들어선 여럿의 눈에 위선 띄운것은 색기줄로 얽히 우고 그우에 뻙언 조희쪽들이 붙은 곡식가리들.

곡식가리래야 기자릉(箕子陵)보다도 적은 콩가리 하나 낫(栗)가리 하나.

그것이 일년동안을 굶우며 새쓰고 번총결산이다.

만은 그것조차 인제는 붉은 인지(印紙)가 붙어있지안는가?

여럿이 마당안에 들어서는것을 보고 춘석의 모친은 손펵을 치며 넉두리를 하기 시작한다.

「아이구 세상에 이런일두 있오? 일년농사를 죄다아사빼가는 이런법이 어듸 있오? 아이구 긔맥혀라 하누님 압시사」

춘식이는 마루구끝에 힘없이 걸앉아 아―모말도없이 바람에 펄낙거리는 붉은 인지를 원망스러운듯이 바라보고 있다. 여럿은 무에라고 위로하여 주엇으면 좋을넌지 생각이 나지않었다.

「그눔덜두 사름이지 쌀먹구 사는 사름이지 어찌 이렇게두 남이 일년량식을 모주리 거더간단 말이우? 아이구아이구」

하며 춘식의 어머니는 두눈에 불이 환―하여 이를 부득부득 갈었다.

방안에 앉어서 한숨만 쉬고있던 춘식이 아버지는 참다못하야

「이년 듯기실타. 아귀같은년」

하고 벼락같은 호령을 한다음 그만 웃둑 일어나드니 두루마기를 거두입고 감토우에 그냥 갓을 밧처쓴채 휙 나가버리고 말었다.

향창을 다― 지은다음 구장은 웃마을 금석이와 상무(常務―鄕約任員)세사람을 다리고 향곡을 거두려 상하촌을 집집마다 돌았다.

향창자곡으로 즉 다시말하면 자긔네를위하야 동내를위하야 거두는 곡식이었만 농민들은 더욱히 안악네들은 용이하게 응하지 않었다.

이거을 구장이나 약장의말을 빌어서 말한다면 저측심이 없는 조선놈이고 공동생활을 몰우는 무지한 농군부수럭인 까닭이라고나 할년지?

싹우다싶이 하며 몇집을 돌고나니 해는 점심때가휠신 넘었다.

「아―하 머리가 지긋지긋하군. 이러구사어듸 해먹겠는가?」

하며 탄식하듯 중얼거리는 구장의말을 받아.

「참 못해먹겠오. 뉘기 그저 떼먹는것보다두 더하니밸이 꼴녀서」

「집집마다 에미네년들은 어쩨 그리두안탈인지?」

「그게다― 사내놈들이 가르처준 버릇이란 말이야 그리기에 집안안이 망한다구 하쟁이는가?」하며 상무 세사람은 서로 번갈아가며 맛장구를쳤다.

그러나 금석이는 몇집을 돌아댕기는 동안 새삼스럽게 듯고 본일에 머리속이 천근보다도 더 무거워진것같아 아모말도 하기가 싫였다.

해가 서산마루에 걸녔슬때 그들은 마지막으로 뒷마을 리첨지네게 들녔다.

이 리첨지는 마을에서도 트집스럽고 고집이 세기로 유명한 영감이였기때문에 여럿은 처음부터 미리 알어채고 들어섰던것이다.

아니나 달을까 리첨지는 집섹이를 삼고있다가 구장의 창곡수곡(收穀)이란 말에 두눈을 뚱구 렿게 뜨고그야참말 천만의외라는듯이 펄펄 뛰였다.

「창곡이라니?……원 별말을 다 듯네」

「남이 다― 내는거 첨지네만 빠저서 쓰겠오?」하고 구장은 간특스럽게 부두러운 어조로 만했다.

「쓰구 못쓰구 내가 아오? 래일 먹을 껏두 없는판에 저축이란게 다―무시게오」

「그래 이런 때집(瓦家)으 쓰구사는 첨지네가 못낸다문 어떻게 하오?」

「때집?……흥 그게 다― 빛좋은 개살귀지 무슨소용이 있단말이우?」

「안이 곡식가리두 사오개나 되면서……」

「사오개 안이라 열ㅅ개가 있다는데는 무슨소용이오? 한향도(鄕徒)나 되는식구에 지구 인지못할빚은 어떻게 한단말이오? 아혀 나와는 그런말은 싹 거두말도 바로 못하게하는 리첨지의 긔세에 눌니워서 구장은 벌인입조차 담을지못했다.

「첨지 그러지말구………」

「하-여보 거더치우라니까. 글세 여빈(여원)말께 짐이 실어두 분수 있지 갓득이나 금늉조합빚때문에 죽을지경인데」

「그렇지만 향창쌀이사 어듸 없어지는게오? 돌아오는 봄에 량식이 떨어진다문 또 말아쏠텐데」

「여보 듯기좋은 소리를 작작 하오. 내들을나니 말을때문 한말에 한되ㅅ 더주기루 하구 맡는다지? 그렇다문 무슨멋으로 쌀으 낸단말이오? 한달두 못가서되맡을쌀을……그래 처음부터 밋지구낸단말이우? 아혀 그만 두오. 듯기두실소 그저 제쌀을 그대루 뒀다가변없이 쓰겠오。」

구장은 하는수가 없다는듯이 금석이를돌아보며 「할수없군. 리첨지의 성명을 거기다가 적으라니」하고 휠끝 곁눈질로 리첨지의 안색을 엿보았다.

예기한바와 같이 리첨지의 표정은 움직였다.

「성명은 어째 적소?」

「주재소에다가 보고해야지」

「주재소에?」

리첨지의 두눈은 뒤집혀질껏 같었다.

구장은 속으로는 우숨이 나왔지만 시침을 뚝 따고 태연스럽게 말했다.

「창곡을 내쟁이는 사람은 주재소에서 적어오라니까할수없지오」

「정말이오?」

「정말이 안이문 간대를 얼니겠오?」

리첨지의 머리는 힘없이 숙우러졌다.

그러고는 긴한숨을 후- 내쉰후 입을 쩍-다시며 「에-이 비러먹을……」

하고 화가 난듯이 모로 돌아앉아버렸다.

그리하야 겨우 저(栗)한말을 받아가지고 대문밖에나서자마자 구장은 가장통쾌한듯 오장이 뒤짚어질듯한 말털우숨을 우수며 뒤에 따루는 여럿을 돌아다보고 너했다.

어느듯 겨울이 돌아왔다.

겨을이 돌아옴을 따라 마을사람들의 가슴속은 점점 어두워졌으나 그것은 달음이 아니라 식량(食糧)이 결핍되여가는 때문이였다.

이것은 비단 이해에 와서 비롯한것이 아니라 해마다 의례히 당하는 례사였만 그러나 그 정도가 해가감을따라 점점심각하여지고 그리고 아모리 풍년이 들었댓자 아모소용도 없는것을 생각하면 그들의 가슴속은 무거운 구름짱에 억눌니운듯 암담하기 비길떼 없었다.

그래 마을농민들은 이일로하여 별별생각을 다— 하여보았으나 둔한 그들의 머리로써는 도저히 그까닭을 캐여낼수가없었다. 자못 수수꺽기같은 일.

이전같으면 사흘건너로 도야지추렴을 하고 추석이나 정월대보름같은 명절에는 의례히 황소를 잡아놓고 온동내가 서로 즐기며 먹고논 탓이라고나 하렸만 근년에 와서는 그도 지나간 옛이야기로 되여버리고 마을농민들은 쓰지도않고 먹지도않고 애쓰며 벌고있지안는가?

그리고 또 그뿐이라면?……

농촌 홍회며 향약같은것이 생겨가지고 관민일동(官民一同)이 한글같이 자력갱생과 향리발전에 힘쓰고 있지안는가?

그렇것만 웨 마을은 활긔를 잃어버리고 점점 여위여만 가느가?

더구나 지난해는 아니 지지난해도 그리고 그전해도 전에없던 풍년이 아니였든가?

옛날같으면 풍년수리에 배가 터질지경이였으렸만 현대의 풍년은 잘사는 이웃집 소문과도 같은것으로써 마을사람들에게는 아모소용도 없었다.

이것을 로인들은 말세(末世)가 온탓이니 천지가 어떠한탓이니 무에니하며 탄식하였지만、약장이나 구장의 눈에 가시같이 보이는 젊운패들은 사회적모순이니 무에니하며 그러뜻하게 말하였다.

하기야 어느편말이 옳고 글으고간에 그말로써 마을의 무거운 구름짱을 씻은듯이 없이해버릴수는 없는것이지만 그래도 마을사람들에게는 앉아서 자판(自判)을 하며 단념하는 로인들의 말보다는 진취성이 있고 정열이 끌어넘치는듯한 젊운패들의 말이 일시적 위안을 있는다치더라도 듯기가 나었던것이다.

그래서 마을사람들 사이에는 이일로하여 각금 충돌이 생겼던것이니 지금 아랬마을 구장의집에 모혀서 서로 떠들고있는것도 이때문이였다.

「글세 아무리 향약이니 진흥회니 하구 야단이지만 그놈들말 맛다나 세상이 이대루 나가다간 앙이될껏 갓거든」하고 배선달은 뽕닢을 대통에다 담으며 저혼자 중얼거리듯 말한다。

「글세 압만해두 그놈들말이 옳은듯 하잔말이야」하고 추석의 아버지 최좌수까지 맛장구를 치는바람에 구장은 더 참을수가 없었다。

「이 못난소리들을 좀 작작 하오。

이매에 피두 말으쟁인놈들의 말이 무시게 올탄말이우? 아무일두 어찌자못하면서 괜ㅡ히 떠들기만 해놓구는 글거서 부수럼(부우럼)맨드는격으루 동네만 성가시게 굴구…………그래 그놈들이 떠들어서 해논일이 무시게란 말이우?」

「하ㅡ 뉘가 지금 떠든걸 말하오? 그저 그놈들말이 그럴듯 하다는말이지」하고 배선달은 변명하듯 주뭇거리며 말한다。

「그럴듯한건 또 무에란 말이우? 다 개같은 놈들이지」

구장은 역정스럽게 화를 버럭낸다。

그바람에 배선달과 최좌수는 멋숙해저서 잠자코 앉아 담배만 뻑뻑 핀다。

방안에는 한참동안 이상한 침묵이 흘렀다。

그러다가 얼마후에 최좌수는 구장의비위를 눅자치려는듯이 눈치를 슬ㅡ슬 살피며 비굴한 태도로 달니 말머리를 돌닌다。

「그런데 이걸 어떻게하문 좋겠오? 잘가사 래달보름께까지나 갈껏같은데 자 그담은 무스거 먹구 산단말이우?」

그러나 구장은 무관심한 표정으로 창문만 내다보다가 이슥한후에야 겨우 내키지 안는 입을 연다。

「글세 어떻게 해스문 좋을찌。 낸들 알겠오?」

「흥 좌수네는 그래두 괜챙인셈이우。

래달보름께는 고사하구 이달두 채우지못할 우리는 어떻게 하겠오?」

하고 창문을 향하야 가래침을 뱃는것은 웃마을 금석의 아버지 박대동이다。

「그래두 대동네는 일없오。 자식을 잘둬서」

하고 최좌수는 자식을 잘못둔 제신세를 한탄하며 긴한숨을 뽑는다。

「그까짓 자식을 잘두문 어찌오? 그자식이 지금 한푼이나 번답데? 괜ㅡ히 껍석껍석하구 훈련횐지 무시겐지 한데를 댕기기만 하지」

하고 박대동은 입이 쓰거운듯 삣죽거리며 모로 돌아안는다。

「그래두 어듸 두구보오。 금석이밖에 이마을서 사람구실을 할놈이 있는가구」

「참 긔특한놈이야、 아니 돌아오는 봄이문 무슨서긔가 된다지?」

하고 배선달은 여전히 뽕닢담배를 뻑뻑빨며 뭇는다。

「서긔는 그까짓놈이 무슨서긔란 말이오?」

하고 박대동은 겉으로는 비웃는체 하였지만, 기실 속으로는 부모된 그로써 깁부지 않은것은 아니였다.

방안은 담배연기로 보-얗게 흐렸다.

「그런데 좌수네는 지세(地稅)를 어찌오?」하고 구장은 갑작이 최좌수를 돌아다보며 뭇는다.

「어찔게 있오? 또 체납이지」

최좌수는 당연하다는듯이 무뚝뚝하게 대답한다.

「그거 어째 그리우? 좀 명심을 해서 긔일전으로 밧치두룩 해야지. 번번이 우리 동네가 납세성적이 제일 나뿌니 어떻게 한단말이우? 오늘쯤은 또 군청에서 나올텐데」

하며 구장은 상을 짚으린다.

그에게는 무엇보다도 납세성적이 타동네만 못한것이 가장 큰 두통꺼리였다.

「지세구 무시게구 이런때느 천하만사가 다- 귀챙이우。 노뎩이(마누라) 알어서 날로 석달이나 됐는데두 약한첩 못멕이는 신센데」

하고 최좌수는 화가 동한듯 게두덜거리면서 벌떡 일어섰다.

그는 그길로 집에 돌아가보니 마당안에는 뜻밖에도 면사무소 회게원과 군청에서 나온듯한 젊은양복쟁이가 와서 기다리고있었다.

최좌수는 그들을 보자 어쩔줄 몰우고 「아 이거 나리께서 오시게………」

하며 연신 허리만 굽였다.

「아-니 어듸갔다 이렇게 늦게오오?」하고 회게원은 볼멘소리로 나물한다.

「저 구장댁에 좀 댕겨오느라고」

최좌수느 한칭더 수구수러운듯 뒷머리를 어루만지며 어색한 우슴을 짓는다.

「영감 지세를 어떻게 하오?」하고 곁에 섯던 양복쟁이가 갑작이 툭명스러운 말씨로 대들듯이 닥아슨다.

「예 그저 몇을간만 더 참어주시오」

「안되오。 오늘은 꼭내야하오」

하고 그는 딱 잡아뗀다.

「글세올시다。 일부러 이렇게 오셨는데 있으문사」

최좌수는 쥐구멍이라도 있으면 기여들상으로 말한다.

「여보 영감、 잔소리말구 어서 내오」

「그저 이런때는 죽이면 피는 날망정」

「그럼 차압을 해두 좋단말이우?」

양복쟁이는 독이 올나서 새빨간 눈을 딱부루뜬다.

「글세 어듸 차압할께나 있읍니까? 오막사리밖에 없는 형편에」

「영감 그러지말구 어서 좀 변통을 해보오」

하고 회게원은 옆에서 다소 부두러운 어조로 달내듯이 말한다.

「하― 저런…… 낸들 변통할수만 있다문사 여북 좋겠오?」

최좌수는 갑갑한듯이 한숨까지 쉰다. 한참동안 말없이 노려보던 양복쟁이는 갑작이 무슨생각을 하였는지 입가에 조소를 띄우고 최좌수를 건너다본다.

「영감아들 무얼 하오?」

「예?」

최좌수는 두눈을 뚱구렇게 뜨고 처다보았다.

「영감아들도 사회주의자 지요? 남의코를 씻느라구말구 제코나 좀 씻으라구 하오」

한다음 그는 모멸의 우숨까지 던진다.

이 뜻하지않은 말에 가장 앞은데를 닳힌 최좌수의 입에서는 아모말도 나오지못했다.

그의전신은 경련을 일으킨듯 바르르 떨닌다.

갑작이 변하여진 그의태도에 양복쟁이는 불안을 느꼈든지

「긔일까지 바치지않으면 체납인줄 아오」하고는 회게원을 독촉하면서 총총히 사립밖으로 나간다.

최좌수는 참기어려운 모욕에 두주먹을 불끈 쥐고 그들이 나간쪽을 분노에 불타는 눈으로 노려보았다.

만은 어떻게 하는수는 없다.

씩은거리며 집안에 들어서니 쿠지부례한 냄새가 코구녁을 쿡 찔으는 치즈분한 방안.

부억에서는 며누리가 무엇인지 끌이고 있고 아랫방웃목에서는 그의 마누라가 누덕이불밑에서 신음하고 있다.

그것을 보니 그의화는 더 치밀었다.

「이게 무시겡야? 방안인게 앙이라 돼지굴이구나…… 에―익 비러먹을놈으 팔자두있다.」

그는 대통을 문턱에다 대고 탁탁 털며 보낼끝없는 울분을 참을랴니 다시금 북바치는것은 아들에게 대한 분한생각. 자식을 잘못둔탓으로 세금받으려온 놈에게서까지 모멸을 당한 그것을 생각하면 그자식을 맛나는 즉석에서 때려죽여도 시언치않을껏 같었다.

그러나 자식에게 붙은것은 부모의 마음이라. 그렇게 미워는 하면서도 한편으로는 이 추운날에 어듸서 우둘우둘 떨고 있을것을 생각하면 그의 가슴속은 그만 써늘―히 얼어 드는것 같었다.

그리고 그는 며누리가 불상하였다. 자긔는 나은죄로 속을 태운다지만 며누리게야 무슨죄가 있는가?

그럼에도 불구하고 가담가담 그 며누리에게 성푸리를 하는 저자신이 그는 저로서도 몹시 원망스러웠다.

겨울도 거진 가려는 어느날.

이 마을에는 난데없는 낮독갑이가 갑작이 나타났다.

그것은 일본류학을 갔다가 오년만에야 비로소 돌아왔다는 약장의 아들이였으니 게집애들처럼 가운데를 방정맞게 갈나붙인 머리. 발길까지 줄―줄 끌기는 외투、더구나 그전에는 그렇게 희지않던 얼골이 분질을 하였는지 여자의 젓가슴같이희고、눈섭은 버들닢을 오려붙인듯、어듸로 보던지 그는 낮독갑이에 틀님이 없었다.

이 괴물이 마을에 나타난 이후로 마을사람들은 앉으나 서나 그의 이야기로 시간 가는줄을 몰났던것이다.

「아―니 그게 도대체 무슨꼴일까?」

「압만해도 그자식이 일본갔다 오더니만 게집애가 된 모양이거든」

「그렇게 의심이 나겨든 오줌으 눌때 조사해 보렴우나」

그리고 여자들은 그가 지나갈때면 울타리 넘어로 목을 빼드느라고 짤은 목대가 한치식은 늘어날 지경이였다.

약장은 간데마다 아들자랑이였다.

일본가서 어느대학에 댕겼느니、범률학사가 됐느니、불원이면 변호사가 되느니 고등관이 되느니하며、남이야 어떻게 생각하던 말던、저혼자 짓거리고 돌아댕겼다.

마을사람들은 뒤에 앉으면 이러니 저러니하고 수군거렸지만、정면으로 대할때면 누구던지 이 낮독갑이에게 은근하지않은 사람이 없었다.

만은 젊은패들은 누구하나 그를 존경하는 사람은 없었고 같이 노는사람도 없었다.

금석이는 웬일인지 이 약장의 아들게 처음부터 호의를 가질수가 없었다.

뿐만아니라 그는 그를 대할때마다 일종의 반감까지 일어났던것이다.

더구나 「왜그래?」라던지 「안돼」하는 되지도않은 그의 경어쓰는꼴을 볼때면 그 얼굴에다가 침이라도 뱉고싶었다.

약장의 아들은 하로에 적어도 세번은 이를 닥고 세수를 하였다.

동리사람들은 그의 얼굴가죽이 버서지지않고 그대로 견듸어 있는것이 조화라고 생각하였다.

그리고 그는 조선옷과는 무슨원수 가졌는지 밤낮양복이였다.

양복도 주름하나 잦이지않고 바지에는 다으면 버혀질뜻한 칼날같은 줄을 빳스하게 잡아입고, 한쪽다리가 불어졌는지 막대(단장)은 언제든지 손에서놓지않었다.

그러다가 어느날 구장의집 개안태 그양복바지를 찢기우고, 그리고 그때 개를때린다는것이 돌담을 후려갈겨서 단장을 분질넜으때, 금석의 마음은 비길떼없이 통쾌하였다.

하긴 그때문에 구장의 머리가 그의앞에 열번도 더 숙우러는젓이만…………。

만은 그것이 도로혀 금석이게는 큰 불행꺼리가 될줄은 꿈에도 몰났던것이다.

그것은 달음이 아니라、그때 그일을 긔회로 약장의 아들은 구장집에 수차 드나들다가 우연히 성숙한 입분의 순결한 자태를 보고 불같은 욕심을 먹었던것이다.

그래 그는 애비를 졸나서 정식으로 통혼을 하였다.

구장은 물론 두말할리가 없었다.

더구나 그는 약장에게 대하야 적지않은 부채가 있는지라、세상업는 운수가 텃다고 날뛸지경이였다.

이 소문을 들은 금석이는 넘우나 분하고 원통하고 안타가운 생각에 어찌할빠를 몰났다.

생각과 같아서는 약장이고、구장이고 입분이고 그저 닥치는대로 메다처버리고 싶었지만、그러나 어떻게 하랴?

아―모 언약도 없고、더구나 돈도 세력도 없는신세로서는 결국 닭쫓던개 울처다보는격이 되지않을수가 없는것을……

그뒤로부터 금석이는 일체 밖으로 나가지않고 집안에만 꾹― 들어박혀서 날마다 것잡을수 없는 공상에만 사로잪여 있었다.

아모리 확정한 언약은 없었다지만、두집사이는 오래전부터 벌서 은연중에 밀어온 처지가 아닌가?

돈과 지위에만 눈이 어두워 그러한 처사를 하였다는것은 결국 딸자식을 팔아먹는것이 아닌가?

「엑 더러운놈! 금수같은놈!」하고 그는 저혼자 중얼거리면서 씩은거렸으나、그러나 다시금 생각하면、세태인심으로서 구처의[1]

어느덧 뒷산에 차혓던 눈도 실음없이 녹아내리고 강우에 어름장도 슬몃―이 풀녀나리자、마을은 갑작이 새해농사준비에 분망하여졌다.

그러나 한편 눈녹이에 즐벅거리는 신작로에는 해마다 봄이면은 살곳을 찾아서 간도(間島)나 갑산(甲山)으로 이사하여가는 이사꾼들이 금년에도 예전과같이 거이 날마닥 찔날이 없었다.

그러므로 마을사람들은 봄이 온대야 우숨하나없이 암담한 생각으로 날마닥들 한숨속에 보냈던것이다.

자기네의 운명도 언제 그렇게 될딘지 몰나서….

사실 그것은 남의일이 아니였다.

자기네는 지금 고향에 남어있다지만 풍전등화와도 같은 그들의 운명은 너머앞날이 빤―하였던것이다.

지척을 사이에 두고 오락가락하는 운명의바람 그것은 다만 시간문제였다.

춘악이네가 북간도로 이사하여가는날、뒷새고개까지 따라간 마을사람들은 가슴속이 그득하여서 종시 말을 끄집어내지 못했다.

그것은 마치 장례식행렬과도 같은것이였다.

춘식이는 연신 마음만 돌아다보며 방울방울 눈물을 흘닌다.

배선달은 하도 갚갚한듯 농담쪼로

「먼저 가서 자리나 잘 닦거놓게. 우리두 쉬히 갈테니까」하고 여렀을 돌아다 보았으나、그것이 도로혀 여러사람에게는 바늘에 찔니우는것보다도 더 앞은말이였던것이다.

춘식의뒤에 따루는 금석이는 어쩐일인지 지난가을에 금순이네논에 와서 일을도 외주던 그때일이 작구 생각나며、저로서도 알수없는 눈물이 그렁그렁하여저서 몇번이나 남물내 외면하군 하였다.

그러면서 그는 곰곰히 생각하여보았다.

해가 감을따라 점점 늘어가는 이사꾼들속에서 한번 이 고개를 넘어같다가 다시 돌아온자는 과연 얼마나 되였으며 그리고 누구였든가?

---

1) 아래부분은 탈락되였다.

갈때면 반다시 성공하여 돌아온다고 하였것만 한번떠나기만하면 다시는 영영소식좋아없는 그들이 아니였든가?

지금떠나가는 춘식이네도 그여코 성공하여 금의로 환고향하겠다고, 열번 스무번도 더 맹서하지만, 그들도 역시 떠나는 오늘로 이땅은 마지막이 아닌가?

금석의 눈앞에는 불원이면 이고개를 힘없이 밀녀넘어갈 자기네의 그림자가 의젔이 나타났다.

「아―하」

그는 그만 앞으로 탁 쏠닐껏같은 저자신을 겨우 지탕하며 두손으로 얼골을 덮어버렸다.

이윽고 그들을 떠내워보낸후 돌아오는길에 약장의 집앞을 지나느라니, 않에서는 여러사람들의 우스며 떠드는 소리가 소란스럽게 들녀나왔다.

자세히 들으니 그속에는 조합리사도 면장도 교장도 그리고 구장이며 그밖에 여러사람들이 섞여있었다.

금석이는 무슨일인지 몰나서 기웃거리며 안을 엿보다가 아래편으로부터 삼돌이가 올나오는 바람에 얼는 그앞을 지났다.

삼돌이는 심술궂게도 피하여가는 금석의뒤를 따라와서 묻지도않는 말로

「네 오늘 약장집에서 무슨일이 있는지 아느냐?」하고 건드린다.

「모른다」금석이는 귀치않타는듯이 짜증을 내며말했다.

「오늘 약장이 아들을 장가도 보내게되구 조합서기도 됐다구 한턱 낸단다」한다음 삼돌이는 뜻모을 우슴까지 훨신우수며 지나갔다.

금석이는 얼골에 모닥불을 팍 쓴것같고 뒤통수를 무거운 쇠몽둥이로 얻어맞은것같았다.

집에 올나가서 캄캄한 방속에 힘없이 늘어지니, 어쩐일인지 울고싶은 마음이 작구 속구처서 바수러지도록 입술을 악물고 가지가지 지나간일을 생각하여 보았다.

모―든것은 꿈같고 아득한 엣일같었다.

그리고 너무도 어리석게 믿어온 저자신이 한끗 가엾게 생각되였다.

한쪽에서는 고향을 등진무리들이 리별을 설어울며 떠나가는판에 한쪽에서는 주연을 벼풀어놓고 히히락락을 하고있다니? 더구나 그속에는 자기가 누구보담도 가장 믿어온 교장까지 섞여있지않는가?

「아―하。 이것이 자기가 믿어온 세상이였든가?」

생각하면 이년전에 보통학교를 조업하자 그냥 학교에 남어서、 모범지도생이라

는 일흠아래 가진애를 써온 저자신의 모—든행사가 무슨까닭이였으며、그리고 누
구를 위함이였는지 알수가 없었다。

자기는 이년동안이나 청년훈련회며 진흥회며、근자에 와서는 향약일을 현신적
으로열심히 보아오지 않었는가?

어떻게하면 기우러저가는 내집과 그늘저가는 마을을 다시금 이전처럼 바로잡아
소생식힐까고……。

그러나 그보수로 얻은것은 무었인가?

아—모것도 없다。

구태여 얻은것이라고 한다면 그것은 자기가 집일을 전심으로 보살피지 않는동안
에 더욱 늘어간 금늉조합빗과 그리고 가장 그의마음을 괴롭히는 동내동무들의 조
소와 모멸이라고나 할던지?

그것을 생각하면 금석이는 저자신의 한일이였만 이가 갈닐지경이였다。

그래 그는 밤새도록 생각하다가、그무슨 결심을 굳게하고 이튿날아츰에 해마다
양도(洋島)란 섬에 들어가서 정어리공장을 경영하는 뒷마을 김유사(有司)를 찾어
같다。

김유사는 조반상을 물니며 의아수럽게 처다본다。

「금석인가?」

「예」

금석이는 주묻거리며 웃목에 공손하게 꿀고앉었다。

「어째 왔는가? 무슨일이 있는가?」

「예、저 금년에도 공장일은 보싫니까?」

「음、어째 그러는가?」

「언제부터 시작합니까?」

「아마 음력오월부터나 시작할껏같으네」

금석이는 잠깐 주저하다가。

「그런데 어려운 청이지만 금년부터 저를 좀 써주실수 없읍니까」하고 김유사의
표정을 엿보았다。

「아—니 자네가 공장일을 보겠다는 말인가?」

「예」

「학교일은 어쩌구」

「금년부터는 그만두고 제일이나 보겠읍니다」

김유사는 믿을수가 없다는듯이 어이없어하는 표정으로 금석의 얼골을 빤—히건너다본다.

금석이는 두손을 짚고 애원하였다.

「어떻게 해서던지 저를 좀 써주시우. 무슨일이던지 가리쟁이고 하겠읍니다.」

김유사는 이윽히 바라보다가 못익이는체하며 허락한다.

「글세 정 그렇다문 해보라니」

「고맙습니다」

금석이는 세상없는 일짜리를 얻은것처럼 두번세번 굽저거리였다.

금석이가 돌아오는 오월부터 정어리공장으로 간다는 소문이 퍼지자 삼돌이는일부러 그를 찾어와서 그의손목을 툴어잡고.

「금석아、 나도 공장으로 가게됐다. 이때까지 괜히 너와 게틀니 지났지만 인제부턴 서로 좋게 지나자」하며 진정으로 사과를 하였다.

금석이는 가슴속이 빽차올우며 두눈굽이 뜨거워지는것을 갖가수로 참었다.

그러나 믿었던 나무가 꺽구러진격이된것은 박대동이였다.

그는 아들이 학교와 인연을 끊고 공장으로 간다는 소문을 들었을때 한참동안은 어안이 막힌듯 말을 못했다.

금능조합서기는 틀녔다지만 면사무소서기많은 틀님었을줄 알었던 자기의 기대가 여지없이 깨트려지다니?

그래 그는 자나 깨나 아들의 마음을 돌여보려고 가진애를 쓰며 싫은소리로 싸우기까지 하여보았으나、 아들의마음은 조끔도 움직이지 않었다.

뿐만아니라 애비가 그 면 그럴수록 아들의 결심은 더욱더 굳어졌다.

그때문에 집안않은 날마다 싸홈이였다.

금석이는 애비의 성가신소리를 피하야 항상 뒷마을 금순이네게만 가있었다.

거기에는 승호며 그이처며 그리고 승호의 누의동생 옥련이도 항상 와서 그를 위로하여 주었다.

금석이는 어쩐일인지 저도 몰우는동안에 자연히 그들에게 마음이 끌니며、 하로라도 그들을 대하지않으면 마음의 한귀퉁이가 뷔인것 같었다.

더구나 짬만 있으면 친절하게 여러가지 세상이야기를 구수하게 들녀주는 승호의 우정에는 눈물까지 날지경이였다.

그리고 승호의 그이야기는 들으면 들을사록 이때까지 지나온 자긔의 과거가 북구러워지며、 하로라도 속히 어지러운 구덩같은 그속에서 뛰처나오지못하것이후회가 났다。

그우에 더구나 그의마음을 꼼짝못하게 사로잡는은것 언제던지 보기만하면 생긋 웃기를 잊지않는 옥련의 탐스러운 그얼골과 쏘는듯한 시선이였다。

금석의 뇌리에서는 어느틈엔지 입분의 그림자는 자최를 감추고 말었다。

옥련이도 또한 금석이게는 보통이상의 호의를 갖이고 있는듯하였다。

그것은 무엇보다도 금석이를 대할때의 그의태도가 모—든것을 또두라지게 표시하여주는 것이었다。

인생의봄을 찬미하여주는 휘파람소리에 귀를 기우리며 미소하는 둘의마음속에는 정열의 샘물이 소리도없이 고요히 넘처흘렀다。

꿈같은 봄밤을 잠들지못하고 고달푸게 헤매는 두 어린넋。

안타가운 그심정은 창에든 달이나 알어줄던지?

금석이는 견델수가 없었다。

만은 그렇다고 어떻게 할대책은……아니 그보다도 용기가 나지않었다。

행여 우연한 긔회나 있어스면 하였지만、 그런것이 그렇게 쉽게 있을리는 만무하고、 또한 혹시 상대편에서 먼저 갓가워 오기를 기다리는 마음도 있었지만 그것은 하늘에 별을 따려는것과도 같은것이 아닌가?

그는 오늘밤도 자리에 누어서 어즈러운 생까에 들복기워 있었다。

생각할사록 가슴속은 타는것같고、 나종에는 숨까지 괴로워지는것 같었다。

그는 오랫동안 이리저리 뒹굴다가 그만 참을수가 없는듯 벌떡 잃어나서 옷을 주어입었다。

그러고는 부모들의 의아스럽게 처다보는것을 몰은척하고 밖으로 뛰처나왔다。

만은 정작 발낄을 옴겨놓자니 방향은 막연하였다。

밤이 깊었는데 승호를 찾어갈수는없고 그렀다고 금순이네게 가서 한숨만 풀—풀 쉬는 그꼴은 보기가싫고。

그는 한참동안 망서리였다。

그러다가 문뜩 생각하니 약불하면 금순이네게서 늦도록 모혀놀기도 하는것같아、 허둥지둥 뒷마을로 발낄을 옴겨놓았다。

금순이네집에는 아직도 불이 빤—히 켜저있었다。

공연히 울넝거리는 가슴을 부여않고 마당않에 들어서서 누의를 불을까말까 주저하는데 집안에서 웬 목소리들이 나직하게 들녀나왔다。

그는 목구녁까지 나왔던말을 꿀걱 삼켜버리고 가만히 귀를 기우렸다。

목소리들은 여럿의 목소리들인데、자세히 들으니、그속에는 사촌형 필수의 목소리도、주석의 목소리도 그리고 동필의 목소리도 섞겨있었다.

금속이는 반발된듯이 마당밖으로 뛰여나왔다.

그러고는 못들은것을 들은듯이 저혼자 얼골을 붉혔다.

평소부터 눈치를 차리지못한것은 아니였지만 제작 띄우고보니 어쩐일인지 가슴속은 몹시 두군거리며 불안스러웠다.

그러다가 등뒤에서 발자최소리가 나는것같아 돌아다보니 거기에는 바재밑에 허―연 그림자가 어물거리고있다.

깜짝 놀나

「그게 뉘기오?」하고 조심스럽게 앞에 가보니 그것은 구장이였다.

「금석인가?」하며 구장은 태연한 걸음으로 금석의앞을 천천히 지나서 아래마을 쪽으로 나려갔다.

금석이는 심중이 왈칵 끌어올우며 두주먹이 불근쥐여지는것을 갓가수로 참았다.

집에 올나가서 자리에 누우니 어쩐일인지 가슴속이 불안스러워지며 금순이네집 일이 마음에 걸녀서 잠이 오지않았다.

꼭 무슨일이 금시에 일어날껏만같었다.

그는 몇번이나 다시 나려가서 살펴보고싶었으나 옆방에서 연신 기침소리만 내는 아버지때문에 종시 잃어나지못하고 마음만 조리고있었다.

아니나 달을까 그로부터 얼마안되여 금석이네집 앞문을 누가 와서 뚜둘이는 바람에、자던 식구들은 깜짝 놀라 넉없이 잃어났다.

「뉘기오?」하고 앞방에서 자던 방대동은 황겁하게 물었다.

「큰일났오. 아즈머니」그것은 틀님없는 필수처의 목소리다.

「무슨일인가?」

「뒷마을 식누의가 잡여갔오」

「무스거?」

금석이는 벼락치듯 이불을 거더차버리고 뛰여나와 더믓지도않고 뒷마을로 내리 달녔다.

그리하야 금순이네집에 가보니 집안은 벌서 펑구어먹은 자리가 되여버리고 아모도 없다.

컴캄한 방안에 들어서니 무엇인지 절낭하고 발낄에 거두채운다.

불의의 사변에 우둘우둘 떨고만있던 이웃집에서 금것의 자최소리를 듯고 초로를 들고왔다。

우수러한 초로불에 빛어보니、온—구둘우에 흐터논의복꾸렘이들、세간긔구들、그우에 수없이 들어난 흙신발자죽들。

그리고 「왕골」자리우엔 검붉은 그 무엇이 이곧저곧에 줄벅하게 무더있다。

거기에 장ㅅ거리까지 따라같던 옥련이와 승호의처가 얼골빛이 새파라케 질녀서 돌아왔다。 여럿은 그쪽으로 몰녔다。

「어떻게 됐소?」

그소리가 떨어지자 승호의처는 그만 그자리에 탁 주저앉아 흐득이기 시작하였다。

「어떻게 될께 있오?」하고 옥련이는 금시에 눈물이 쏘다질껏같은 눈으로 금석이를 빤—히 처다보았다。

금석이는 모—든것이 꿈같고 그리고 넘우나 흥분된탓이였든지、온몸이 앞으로 팍 쏠니는것같아 그만 마루구팡에 주저앉었다。

그러고는 두손으로 턱을 고이고、어둠을 멀건—히내다보았다。

그는 얼마후에야 비로소 옆에서 떠드는 소리에、갚여간 것은 금순이뿐만 아니라 승호、필수、동필이도 끼였고、주석이많이 간신히 빠져달아난것을 알었다。

날이 밝고 해가 뜨고 아츰때가 지나서 점심때가 되였것만、금석이는 금순이네 마두구팡에서 얼빠진 사람처럼 잃어날줄을 몰났다。

그는 아모리 생각하여보아야 지난밤일은 사실같지않고、꼭 집안에 누의가 있는 것만 같었다。

그리고 금시에 정다운 목소리로

「금석아」하고 불으며 나올껏 같었다。

점심때가 지난후 마을에는 또한가지 일이 생겼다。

그것은 삼돌이가 향약쌀을 받아먹자고 약장의집에 갔다가、보증인이 없다는 리유하에 거절을 당하고 화낌에 방축넘어 향창문을 짓부신 사건이였다。

그러지않어도 갓득이나 지난밤일때문에 뒤숭숭하던 마을에다가 이일은 확실히 새로운 불안을 더하여주였다。

그러나 금석의 귀에는 아—모 반응도 잃으켜주지 않었다。

그는 여전히 우두커—니 정신없이 앉아있었다。

그러다가 갑작이 무엇을 생각하였던지 그는 벌떡 잃어서며 부드득 이를 갈었다。

「올타。 그놈이다。 그놈이 틀님없다。 쥐색기처럼 남의집바재밑으로 살—살 기여댕기는 그놈이다」

금석이는 그무엇에 끌닌듯이 곳게 아랫마을로 나려간다。

길까에서 맛나는사람들은 누구나 다―살기등등한 그의얼골빛에 놀났다。

금석이는 겻눈하나 살피지않고 아랫마을로 나려가서 약장의집앞도 그대로 지나려다가 사랑방에서 무슨소리가 들녀나왔던지 웃둑머저섰다。

방안에서는 약장과 구장의 너털우슴소리가 꺼리끼는양없이 쏘다저나왔다。

「그거 보오。 그리게 내가 무시게라구합데?」하는 약장의 말소리가 들니자。

「글세 그렇지만 고 참하게 생긴년이 그런 뭇놈들을 끌어여쿠 지랄을 쓸줄이사 뉘기 알았겠오? 박대동두 똥감투나쓸일이지」하고 받는것은 구장이였다。

순간! 금석의 발낄은 번개치듯 방문을 거더찼다。

「무스거 어째? 이놈아! 개같은놈아!」하며 구장의 멱살에 달녀든 금석이는 그대로 정신을 잃고말었다。

이일이 있은후 반날도 못가서 마을에는 무서운 폭풍이 일기시작하였다。

온밤을 새워서 휘몰아치는 폭풍。

마을사람들은 아직도 기억에 새로운 지난해봄의 그폭풍을 다시금 련상하며 밤새도록 한잠도 못이루고 참새색기처럼 바들바들 떨고만있었다。

그리하야 폭풍이 지나간 이튿날이츰、

너무나 뿌리채로 모주리 뽑아서 휩쓸어간듯한 마을의 허젓한 그모양을 보고 약장과 구장의입가에는 그제야 비로소 찌그러진 우숨이 만족한듯이 떠올났다。 ―(끝)―

(丙子七月四日)

作者의말—이것은 한개의 報告文에 불과하다고 생각한다. 作者는 이것을 第一回의 報告로하고 앞으로 몇차례고 이 部落의 蘇生狀況을報告하려한다.

그리고 여기에 記錄된것은 至今으로부터 二年前의 狀況이라는것을 말하여둔다.

一、 最初의 脱走

一

찌는듯한 푸낮.

보도소소장(輔導所所長)은 씻어도 씻어도 멎을줄 모르는 땀빨이 거이 발광이라도 할지경 단김을 후욱훅 내뿜으며 어제부터 시작한 성공서(省公署)에 버닐 제육회째의 부락민의 성적보고서를 작성하기에 가진애를 다 쓰고있다.

열어제친 뒷창으론 제법 쏴—하며 바람이 들어오긴 하나 그것은 화독에서 풍기는 화기와도같은 뜨거운 바람이다.

쉴새없이 씻는 수건에서는 물방울이 뚝뚝 흘러떨어지고、 얼굴빛은 붉게 익어들다못해 내종에는 시껌엏게 독이 올은다. 출입문 어구에서 그모양을 바라보던 자위단(自衛團)서기는 하도 민망스러워 그만 웃줄 일어나 밖으로 나가더니 얼마안되어 찬물이 넘처흐르는 세수대야를들고 들어온다.

「땀 좀 닦으시지요」

「뭐? 세수물인가? 아 고맙네」

소장은 웃통을 버서던지고 대야에 막우 머리를 잠근다.

「에—씨언하다」

◉ 이 작품은 ≪鑛業朝鮮≫ 1939년 3월호에 발표되였다.

전신의 땀줄은 일시에 선뜻 숨여든다.

「에—좋다. 에—씨언해라」

연방 흑흑 느끼며 좋와하는 모양에 서기는 만족한듯 빙그으시 미소를 띠운다.

바루 그때.

누군지 더벙머리를 너펄거리면서 넋없이 마당안에 달려들더니 문어구에 와 무춤 멈춰서며

「저 소장님 큰일났어요」

하고는 헐떡거리기만 할뿐、 뒷말을 잇지못한다.

소장은 어인영문을 몰라、 한참동안 머어니 상대편의 얼굴을 마주보고만 있다가 눈에 흘러드는 물을 손등으로 썩 씻으며

「뭐가 큰일났단 말인가?」

다소 거칠게 어조를 높인다.

「저……성룡이눔과 문삼이가 도망갔어요」

「뭐?」

소장은 소수라치며 정신없이 문어구로 달려나온다.

「성룡이허구 문삼이가 어쨋어?」

「저……도망갔어요」

「웅? 언제?」

「인제 방금 저 뒷산마루를 넘었어요」

「누가……누가 봤는가? 자네가 봤는가?」

달려들어 목아지라도 틀어잡을듯한 소장의 험악한 기세에 질려 상대편은 말을 못하고 뒤로 물러선다.

「왜 대답을 못하는가? 자네가 봤는가」

「저、 지가 본게 아니라요、 저……북문보초(北門步哨)섰던 기호가 봤어요」

「뭐? 기호가?……그럼 자네는 못봤는가?」

소장은 한걸음 더 다가서며 주먹까지 틀어쥔다.

「저두 보기는 봤는데」

「봤는데 왜 놓졌는가?」

「지가 본땐 벌서 두눔은 거진 마루턱을 넘어설때였어요」

「그럼 기호는 어디루 갔는가?」

「뒤들 좇아 올러갔어요」

소장은 입술을 찢어저라고 악물고 허공을 노려보다가、 갑짜기 정신을 채린듯 옆에선 자위단 서기를 돌아보고

「얼른 단장한테 가서 일르구 비상소집 종을 때리게」

한다음 안쪽구석으로 뛰어들어가다가 다시금 돌아서서

「단장보다 먼저 종부텀 때려주게」

하고는 구석에 뛰어가더니 벽에 걸린 몽둥이같은 집팽이를 쥔다.

벌서 누가 때리는것인지 종루(鐘樓)에서는 비상경종소리가 요란스레 땡땡땡 울려온다.

소장은 쏜살같이 밖으로 내달린다.

바루 낮밥쉼때라 자위단원들은 곧 모여든다.

모두들 서로 질서없이 떠들어대는 그속에서 자위단단장이자 겸 툰장(屯長—部落長)인 세준이는 면목없어하며 죄송스레 보도소소장앞에 와 선다.

「소장님、 대할 낯이 없습니다.」

「그런 사과는 됐다 이담에 허구、 어서뒤를 추격하기루 합시다」

소장은 단장의 느러진듯한 행동에 발을 굴르며 독촉이 아니라 역정을 쓴다.

「예」

단장은 반발된듯이 옆으로 비켜서더니 소장을 대할때의 모양과는 딴판으로 소리를 버럭 질른다.

「일분대 이분대는 저 아랫마루를 넘어서 강역을 살피구、 삼분대 사분대는 우쪽마루를 넘어서、 큰봉안에 들지 못하두룩 하구、 그러구 오분대는 내뒤를 따라、 도망간눔들의 뒤를 고추 좇아보세」

명령이 내리자 단원들은 일제히 토성(土城)밖으로 무에라고 떠들며 내달린다.

그뒤를 보도소소장도 주먹을 틀어쥐고 달려간다.

二

해가 저물때까지 뒤를 좇으며 숲을속을 샷샷치 뒤졌것만 두 탈주자의 행방은 모연했다.

수색단은 하는수없이 풀끼없는 걸음으로 부락으로 돌아왔다.

부락에 돌아와서 보도소 앞마당에 제각기 되는대로 주저앉은 그들은 모두다 무거운 침묵에 사로잡혀 누구하나 입을여는 사람은 없다.

그중에서도 보도소 소장의 침묵은 더한층 무겁다.

그는 출입문앞 마루구팡에 힘없이 걸터앉아 말할수없이 침통한 얼굴로 어느때가지던지 입을 열줄 몰으고 그무슨 생각에만 잠겨있다.

그 모양을 보고、자위단단장은 비길때없는 송구스런 표정으로 쉴새없이 소장의 동정에만 곁눈을 팔지만、그러나 일체를 망각하여 버린듯한 소장의 얼굴에서는 털끌만한 표정의 움직임도 찾을수가 없다.

해만 지면、그렇게 모여들어서 떠들어대던 아이들도 한쪽구석에 몰켜가서 기줄하니 어른들의 기색만 살피고 있다.

얼마나한 오랜 시각이 무거운 공기속에서 지나갔던지 소장의 입에서 땅이 꺼저라고 후유—긴한숨이 흘러나오고 뒤이어

「단장」

하는 소리가 흘러나왔을때는 벌서 컴컴하니 어둠이 밀려든때다.

「예?」

단장은 고대하고 있던터라、얼른 일어나 소장의앞으로 몰아서며 뒷말을 기다린다。「다들 해산을 시킵시다」

「예」

「그러구 단장은 좀 상의할 일이 있으니 사무실루 들어갑시다」

「예」

소장의 명령대로 단장은 선자리에서 해산을 명한후、조심스레 소장의뒤를 따라 사무실로 들어간다.

사무실에 들어간 소장과 단장은 책상을 사이에 놓고 조용히 마주앉는다.

그러나 한동안이 지나도록 둘사이에는 부자연한 공기만 오락가락 떠돌뿐 아무런 말도 없다.

그러다가 맛츰내 소장은 서서히 고개를 쳐들며 나즉히 입을 연다.

「상의라는것은 다른것이 아니라、이번 탈주사건으로 말할것같으면 부락이 건설된이후、처음으루 생긴 일인것만큼 철저한 대책을 강구하자는것인데、단장의 의견은 어떠신지요」

소장의 말씨는 전과같이 정중하게 나온다.

「지당한 말슴입니다。물론 그래야지요。그냥 시무룩하게 내버려 두었다간 앞으루 자꾸 이런일이 생길것이니까、아예 첫번에 버릇을 곤처놓아야 합니다」

소장은 고개를 끄덕이다가

「오늘밤으로 경찰서, 각 분주소(分駐所)부락에다가 죄다 통기하여 수배를 하면
二三일내루 붓잡기야 허겠지만, 그러나 이런 불상사가 외부에 알려지는것은 참말
유감이란 말이요.

그러구 그보다도 이담 성(省)이나 현(縣)에 이말이 미쳤을때 무슨 면목으루 그들
을 대하겠소? 난 아무리 생각해봐두 보고서 쓸일이 기가 맥히오」

하고 또다시 긴한숨을 짓는다.

「전부가 저의 실책입니다. 단원들의 단속을 겨을리 한 탓이지요」

단장은 진정으로 사죄하며 고개를 쳐들지 못한다.

「그런말은 그만 두시오. 다 한가지요 나는 별사람인가요? 단장이 평소에 단원단
속을 겨을리한게 탓이라면 나역 보도자로서의 힘과 성의가 부족한 탓이 있었겠지
요. 그런말은 아혀 입밖에내지를 말구, 금후의 대책이나 잘 강구합시다」

「황송합니다」

단장의 머리는 한칭더 숙어진다.

「헌데 첫재 오늘저녁에 자위단 간부회의를 엽시다. 그런다음 간부들을 잘 단속
해 가지구, 내일아침 일즉, 집집마다 일제히 가택수색들을 해봅시다. 그러구, 미
안한 혐의자들을 붓잡아다가 오늘 탈주한 둘의 행방에 대해 추궁하면서, 서루련락
이 있었는가 없었는가 밝혀봅시다. 나는 반드시 미리부터 눈치를 알구, 또 서루 련
락이 있었으리라구 믿는데요. 단장은 어떻게 생각허십니까」

「글세외다. 저두 아까부터 그걸 생각하구 있었습니다. 반드시 서루 련락이 있었
으리라구 생각합니다」

「그렇지요. 반드시 있었지요. 그럼 오늘밤에 다시 모이두룩 헙시다」

둘의 입가에는 똑같이 소리없는 미소가 떠돈다.

三

이튼날아침 네시를 기하여, 부락에는 일제검색이 일어났다.

자위단 단장의 지휘하에 거행된, 이 일제검색에 의하여, 미리부터 의심되던 혐
의자의 집에서는 여러가지 증거가 나타났다.

무엇보다도 엄금물인 마약(麻藥―阿片)의 현품이 수처에서 발각되였음에는, 새
삼스레 놀라지않을수가 없고, 또 그우에 남녀간의 치정관계까지 발각되었다.

단장은 자기의 단원단속 부주의로하여생긴 작일의 탈주사건의 그 불명예를 이런

기회에 깨끗이 씻어버리려고, 엄중한 취조를 시작했다.

그리고 그는 또 평소부터 대강 눈치채인 강건너 만주인부락과의 비밀련락증거까지 이런 기회에 확실히 잡어내가지고, 속으로 단단히 항의할것까지 바수었다.

단장의 곁에서 보도소소장은 무겁게 입을 다물고 피검자의 동정을 낱낱이 살피며 앞으로의 대책을 생각고 있다. 그러나 취조받는 피검자들의 태도는 어디까지든지 태연스럽고 무표정하다.

그들은 일체를 망각하여 버린 표정으로 단장의 말에는 귀도 기우리지않고 얼빠진 양을 하고 앉아있다.

그중에서도 중독자(中毒者)들이 더하다. 단장은 참다못해 그중 젊어뵈는 명우의 볼따구니를 철썩 후려갈긴다.

「이눔아. 귀먹어리처럼 묻는말에 잠자꾸있으면 장수냐!」

이 불외의일에 명우는 한동안 머엉하니 단장의 얼굴을 얼빠진 모양을하고 쳐다보더니, 그만 입술을 비꼬며

「흥」

하고 외마디 콧방구를 뀌고는 모두 고개를 돌려버린다.

단장의 분노는 극도의 달했다.

그는 재차 명우의뺨을 후려갈기며 의자에서 벌떡 일어선다.

「이눔아. 네눔의 입에서 대답을 못들으면 성을 갈테다」

노오랗게 절은 명우의 얼굴에 차즘 푸른 독기(毒氣)가 서린다.

입술에서 피가 날지경 악물고 쳐다보던 그는 서서히 일어서며 두주먹을 틀어쥔다. 그모양에 단장은 다소 압기가 된듯 주춤거리다가, 이내 제대로 돌아지며 한걸음 앞으로 썩 닥아선다.

「맛서면 어쩔테냐?」

명우의 얼굴은 풀으다못해 하얘진다. 말없는 시선과 시선의 싸움이 한동안계속된후

「이눔아. 왜 때리는거냐? 부락민에게 함부루 그런 버릇없는 손찌거리들 하라구 누가 시켰더냐?」

어디서 그런 위엄있는 소리가 나오는것인지 단장은 얼른 말을 못한다.

「부락민에게 함부루 손을 대며 제자신의 무능과 무식을 폭로시키는 그런 부락장이나 단장이라면, 어서 곱게 손을 씻구물러앉아라. 우리는 너한테 매맞을 아무런 의무두 가진일 없구, 너에게 그런 권리를 준일두 없다. 부락장이면 부락장답게, 단

장이면 단장답게、인격적으루 부락민에게 감화를 주며 지도를 해야 한다。」

류창한 말은 끊질줄 모르고 다시 뒤를 잇는다。

「그야물론 우리는 이 사회에서 인간의 취급을 받지못하는 락오(落伍)의 무리인 것만은 사실이다。그러기때문에 우리는사회의 온갖 박해라든지 조소에는 벙어리노 릇을 하여왔고、귀먹어리노릇을 하여왔고、천치의 노릇을 하여오며 산송장의 생활 을 하여온것이 아니냐? 그렇지만 너는 무에냐?

너는 우리들을……즉 지옥에서 헤매는 무리들을 개전(改悛)시켜서 다시금 참다 운 사회인으로 맨들려구 자청을 하여온 소위 지도자라는것이 아니냐? 설마 우리들 에게 매질을 하려구 온 늄이야 아니겠지? 만약 그런 목적으루서 왔다면 나는 여기 서 단언한다。너같은늄은 지도는커녕 도리어 우리들의 근성을 더한칭 삐뚜러지게 만 할 늄이다。

대체 네가 우리들을 알기를 어떻게 아느냐?

아편쟁이는 밸이 없다더냐?

아직은 피두 있구、눈물두 있구、신경두 있는늄이다。

너같은늄의 주먹에 그저 죽었오하고 드려댈늄은 아니다。」

단장은 참다못해 떨리는 두팔을 와락내밀고 달려든다。

그러나 그의 등덜미는 어느틈엔가 소장의 손아귀에 단단히 잡혔다。

「단장 좀 참으시우」

「아닙니다。놓세요。내 오늘은 이늄들에게 버릇을 단단히 알으켜 주구야 말텝니 다」

하며 씩은거리는 단장의 모양을 일종의 가엾어하는듯한 눈으로 바라보는 명우의 입가에는 싸늘히 조소가 떠올은다。

「흥、기끝하면 구류소(拘留所)지、별수가 있냐?」

四

험악하게 벌어지려던 위급한 형세는 보도소소장의 중재로 겨우 위기를 벗어났다。 그러나 장내의 험상한공기는 좀체로 완화되지 않는다。

단장의 격분은 더 말할것도 없지만 명우의 반항으로하여 오랫동안 참아오던 부 락민의 울분은 비로소 기회를 얻어가지고 바야흐로 한덩어리가 되어 폭발되려는 형세다。

만은 보도소소장의 능난한 수완은 그 기회를 얼른 빼앗어버릴수가 있었다.

그는 씩은거리는 단장을 겨우 달래여놓고는、자기가 대신 나서서 벌서 귀에 못이 백히도록 들은 설교를 또 시작하는것이었다.

한번 시작만하면 좀체로 끊질줄 모르는 그의 설교에、여럿의 이마에는 이내 주름쌀이 잡혀진다.

「언제나 하는말이지만 우리 만주국(滿洲國)에서 전만(全滿) 오개소에다가 이러한 특수부락을 설치한것은 무슨까닭인줄 아시우?

빗두루 인생의 행로에서 탈선하여 나간 여러분을 바른길우 다시금 인도하여 주려는 것이、그 제일본이라는것은 자초부터 알수있은일이 아니우?

왕도락토(王道樂土)를 건설하려는 만주국이 아니고는 꿈에두 상상할수없는 이런 고마운 혜택을 모르구 여전히 빗두루만 나가려는 여러분을 대할때 나는 참말 세상사가 슬퍼나서 견딜수가 없오.

여러분! 여러분은 모두다 쓰라린 과거를 가지고 있습니다. 그러기때문에 우리는 이렇게 여러분과 고락을 가치하며 여러분의 그 쓰라린 과거를、여러분의 기억에서 흔적없이 씻어버리구 새로운 광명의길을 밝게하자는것이 아닙니까? 그러나 여러분! 여러분은 그것을 몰라주십니다. 아니 알고도 일부러 모르는체 합니다.

여러분 우리는 여러분께 장래의 은혜를 지워서 그 갚음을 받으려구 이러는것두 아니구、내뱃속을 채우려는것두 아닙니다. 만약 그런 속으루 온것이라면 웨 하필 이런 곳으루 왔겠습니까?」

보도소장의 말소리는 떨리기까지 하며 점점 울음쪼로 변해간다.

그러나 그것을 듣고있는 군중의표정은 너무나 평범하다.

그들은 제각금 제멋대로 다리를 틀고앉아서는 혹은 담뱃대를 뻐금뻐금 빨기도 하고 혹은 곁사람과 숙은거리기도 하고 혹은 먼 산봉오리우를 흘러가는 구름을 바라보기도 하며、그야말로 소장의 설교에는 오불관심이라는 격이다.

「여러분의 두뇌속에는 아직두 일확천금의 그 꿈이 그냥 남어있구、마약기운이 남아 있습니다.

그 비현실적이구、내몸을 망치구 국가와 사회를 망치는 악몽에서 깨여나기를……」

하며 일단 목소리를 높이려는데 갑자기 한쪽구석에서

「소장님! 그 뻔뻔스런 거짓말을 인젠그만 헙시다. 귓구멍에 못이 백혔수다.」

하는 툭명스런 소리가 불쑥 나온다.

소장은 머춤하고 그쪽으로 고개를 돌린다.

질서없이 떠들어대던 군중들도 이 불의의 폭언에 일제히 긴장을 띠며 그쪽으로 사선을 보낸다.

폭언의 임자는 밀수업자로서 한때는 국경지대에서는 그이름을 모르는자가 없던 병철이다.

그는 일제히 쏠리는 군중의 시선에는 눈도 팔지않고 정면으로 빤-이 소장의 얼굴을 마주보는것이 아니라(어디까지던지) 결려보려고 노리는 조전(挑戰)의태세를 취한다.

소장은 한동안은 말문이 맥혀 덤덤히선채 병철의 검우테테한 얼굴만 얼빠진 양으로 바라보다가

「어째서?……어째서 거짓말인가?」

질문이 아니라 괴롭을 못이겨 부르짓는 신음소리다.

「거짓말이 아니구요. 일확천금이 어째서 비현실적이구 꿈이라는 말이우?」

병철의 태도는 더한칭 툭명스러워진다.

소장은 또 한동안이나 말없이 내려다보다가 이번에는 확 내뿜듯이 노긔를 잔뜩 띄고 반문한다.

「그럼 그것이 현실적이라는것을 증명해보게」

「얼마든지 하지요. 현재 지금 누구니누구니하며 돈푼식이나 지니구 뽐내는 그들 중, 자초부터 한푼 두푼씩 바른 노릇을 해서 모은것을 가지구 부자라는 이름을 띈 자가 그래 몇이나 됩니까? 전부가 일확천금을 한것이라구 해두 틀리진 않겠지요」

「그렇지만 자네가 생각하는것처럼 부정업을 해서 얻은것이야 아니지」

「천만에 말슴입니다. 그들의 사업은 전부가 밀수가 아니면 부로카노릇이었지요. 그두 대낮에 공공연하게 한축이랍니다. 멀리볼 생각지 마시구 전번에두 목단강(牧丹江)에서 소장님을 찾아왔지만, 그 무슨 회사사장인지한 그양반이 자초에는무슨 업을 해서 그렇게 돈을 쥐였는지 아십니까? 자초에는 도문(圖們)개척시에 밀수를 굉장히 해서 돈푼이나 쥐었으니까 아줘지금 회사두 그때에 얻은것으루 된것임에 틀림없겠지요」

소장의 낯색은 새파랗게 질려간다. 그는 무에라고 말하려고 씩은거리기는하나 입술만 푸들푸들 떨릴뿐 종시 입은 열지못한다.

모다들 킥킥거리며 조소하는 그속에서 병철은 자못 통쾌한듯 빙글거리기까지 하며 옆채기에서 천천히 담배갑을 꺼내는것이었다.

二、部落點描

一

최초의 탈주사건이 생긴 이튿날아침 부락전체에 궁한 일제검색이 있은다음、그 날 오후 보도소에서는 중독자 명우이외에 남자 사명、여자 이명、도합 칠명을 ×××구류소(拘留所)로 료양(療養)을 보냈다。

료양이란 구류를 말함이다。

그런다음 자위단에서는 일층더 경계를 엄중히 하고 부락민의 외부출입의 자유는 당분간 절대 금하기로했다。

그리고 보도소에서는 제육회째의 보고서에다가 새로 생긴 탈주사건의 보고까지 첨부하여 성공소(省公署)로 보냈다。

그 보고서의 줄거리를 대강 수자(數字)로만 훑어보면 다음과 같다。

   △部落戶數

中毒者	二十六戶
密輸業者	二十三戶
賭博常習犯	九戶
詐欺橫領犯	六戶
其他	七戶
合計	七十一戶

(以上初期入植戶數)

   △開悛者數

一、完全改悛者

中毒者	十二名
密輸業者	七名
賭博常習犯	七名
欺詐橫領犯	六名
其他	七名
合計	三十九名

二、不完全改悛者

中毒者　　　　　　　　八名
密輸業者　　　　　　　十名
賭博常習犯　　　　　　二名
欺詐常習犯　　　　　　＿＿＿
其他　　　　　　　　　＿＿＿
合計　　　　　　　　　二十名
　　△繼續犯行者
中毒者　　　　　　　　六名
密輸業者(注)　　　　　六名
合計　　　　　　　　　十二名

(注)밀수업자와 계속범행이란 중독자들에게 제공할 마약을 외부와의 비밀련락에서 밀매하여 드리는것을 말함이다。 －作者－

　　△ 拘留所送致者
一、男子
中毒者　　　　　　　　三名
密輸業者　　　　　　　二名
合計　　　　　　　　　五名
二、女子
中毒者　　　　　　　　一名
密輸業者　　　　　　　一名
合計　　　　　　　　　二名
　　△ 增減數(移動)
一、增　　　　　　　　＿＿＿
二、減 病死者　　　　　五名
脫走者　　　　　　　　二名
計　　　　　　　　　　七名

(以上－康德[1]×年×月××日現在)

보도소 소장은 비로소 숨을 돌려쉬며 늘어지게 기지개를 켠다。

---

1) ≪康德≫은 위만주국년호임. 아래도 마찬가지이다.

그는 하품때문에 어린 눈물을 땀밴손수건으로 닦은다음、피곤한 머리도 식힐겸 밖으로 나왔다。

전날보다는 다소 더위가 풀린듯 시언한 바람이 땀에 젖은 이마전을 가볍게 스치고 지나간다。

길까에서는 우통을 벗은 아이들이 숨박꼭질을 하느라고 더운줄도 모르고 뛰어다닌다。

소장은 그모양을 한동안이나 우두머어니 서서 보다가 문득 그무엇을 생각한듯、큰길을 건너더니 맞은편 골목으로 들어간다。즈저분한 좁은 골목에서는 무슨냄새인지 썩은 후꾼하고 콧구녁을 찔은다。

소장은 잠시 콧마루를 씰룩어리며 어즈러운 주위의 광경을 두루 살펴보다가 어떤 움막같은 집앞으로 들어선다。

열어제친 부엌문으로부터 듸려다뵈는 정주칸 구들바닥에는 얼굴빛이 노오랗게 기름에 절은듯한 중년사내가 누어서 희멀금히 뜬 눈으로 내다보기는 하나 깁떠 일어날줄은 모른다。

소장은 이마살을 찌푸리고 잠시 드려다 보다가 건너편 오막사리로 발길을 옮긴다。

그속에도 똑 같은 얼굴빛의 중년사내가、그도 한모양으로 번드러저서 거슴츠레 뜬 눈으로 멀거어니 내다보고만 있다。

그곳서도 한동안 소장은 침퉁한 빛을 띄고 드려다 보다가 나즉히 한숨지은다음 또 다음으로 옮겨간다。

그 다음집에는 속옷만 아랫도리에 걸쳤는데 한쪽 엉덩이는 환―이 들어내논채 자빠저있는 계집이 침을 게쥐지 흘리며 자는지 어쩌는지 두눈을 감고있다。소장은 못볼것이나 본듯 이내 외면하고 또 다음으로 옮겨간다。

이리하여 그가 칠십일호나 되는 집을죄다 돌고 보도소마당 음달진 툇마루에와서 힘없이 주저앉은때는 해가 벌서 훨씬 기운때다。

그는 손수건을 꺼내 땀에 젖은 이마전을 닦은후 담배한가치를 꺼내 석냥을 드윽 그어 붙혀물고 조용히 지나간팔개월동안의 가지가지 복잡한 기억을더듬기 시작했다。

일년도 못되는 쩔은 동안이라지만、일생에 있어서 가장 잊지못할 감개무량한동안이다。

가지가지 부류에 속하는 빛을 등진 그 락오의 무리들 속에서、그들의 명일을 위하여、온갖 애를 다 써왔다는것은 결코평이하고 단조로운일은 아니다。

그러나 그 결과 자기의 애쓴 보람이나타난것은 대체 어떠한 곳인가?

생각하니 나오는것은 한숨뿐이다。

二

부락이 건설된것은 팔개월전 소화십이년―만주국의 년호로는 강덕(康德)사년 십일월××일이니까 바로 그 역사적 치외법권(治外法權)철폐이후다。

전반적으로 일제히 검거한 부정업자와 중독자들을 영사관(領事館)경찰서의 손을 거처서 전만 오개소에 배치한다음、집단부락을 조직하고、빛을 잃은 그들에게 다시금 새로운 회망의 빛을 비처주려는 그것은 결코 앉아서 따온 과일먹듯 그렇게 쉬운일은 아니었다。

극도로 락오된 폐인들과、극단의 리기주의의 전형(典型)인 부정업자들과、양심과 의리는 벌서 한옛날에 매장하여버린 사기、도박、횡령범등―사회의 밑구덩은 헤매어볼때로 본 그들이다。

그러므로 그들을 다시금 그 밑구렁텅에서 건저내 보려는 설게가 세워졌을때、그 무모한 계획에 당국에서도 일부는 극력 반대하였던것이다。

그러나 당국은 초지를 일관시켜서 착수했던것이다。

한사람의 국민이라도 좋다。

신흥국가에서는 한사람이라도 건저내서 바른 국민을 맨들려고 이를 악물고 달려들었다。

더구나 그 빛을 잃고 밑구렁에서 헤매는 그들에게는 무엇보다도 아까운것이있다。

그 아까운 보물때문에 위정당국도 번연히 무모에 가까운 일인줄 알면서도 과감하게 실지시험에 착수하게 된것으로서、그것은 닭음이 아니라、그들의 지식과 인재었다。

비록 락오는 되었을까망정 한때는 모두다 리상을 품고 혁혁한 앞날을 바라고 매진하던 그들이다。

그들속에는 기술자도 있고 정치운동자도 있고、예술가도 있고、종교가도 있고 의술가도 있고、교육자도 있고、각칭을 망라하여 있다。

지식정도는 전부가 소학정도 이상으로서 중학정도 전문정도도 수두룩하다。

어학도 국어와 만주어는 말할것도 없거니와、영어、로어、독일어에까지 능통한

자가 있다。

이러므로 위정당국이 그 인재를 애끼게 되는것은 너무도 당연한 일이다。

그러나 한번 인생의 로선(路線)에서 탈선한 그들을 다시금 정궤(正軌)로 끌어들이는것은 참말로 어려운 일이었다。 무엇보다도 아편중독자가 문제다。

달은 무리들과 달러서 이 아편중독자들은 마약과 격절시킨다는것은 사형을 선고하는것과 마찬가지다。

그 마약과 격실된 그들은 하로의 대부분의 시간을 혼몽상태에 빠저서 지난다。 그리고 더구나 문제되는것은、 이때까지 마약의 힘으로 눌리워있던 년래의 숙아(宿痾)가 머리를 치밀게되는 그것이다。 이때문에 당국은 골머리를 알으며 여러가지로 애를 썼은나、 결국은 하는수가 없이 된다。

만은 그러한 희생쯤은 미리부터 각오한 일이라、 결국은 처음 계획대로 뻗대어 나갔다。

그 결과 팔개월 이후의 현재에 와서는 훌륭한 성적을 건우게 되어서、 격절로하여、 희생을 보게되는 일은 전연 없이 되었다。

그러나 마약의 힘이란 어디까지든지 집요(執拗)하다。

중독자들의 머리속에는 언제나 오색 무지개이 그꿈이 사라질줄을 모르고、 기회만 있으면、 마의 유혹에 빠지려고 하는 것이고、 또 악착한 환경은 자꾸만 그들을 유혹하려고 하는것으로서、 이 외부와의 비밀련락때문에 당국은 가장 골머리를 앓게되는것이다。

또 한가지 두퉁꺼리는 밀수업자들의 일확천금의 꿈이다。

그 꿈때문에 그들은 짬만 있으면 탈주하려고 기회만 엿보고 있는것으로서 작일의 두 탈주자도 이 부류에 속하는 자들이다。

이 때문에 자위단은 주야로 사면에 뻗혀서서 경계를 엄중히 하게된다。

자위단원들은 전부가 젊은이들이다。 아버지나 형들의 타락때문에 쓰라린맛은 볼때로 본 자들이다。

그러므로 만약에 그 아버지나 형들의죄가 적발될 때에는 속으로는 눈물을 먹음어 가면서도 절대 용서가없다。

이러한 색달은 륜리(倫理)와 도덕(道德)과、 조직(組織)아래에서 피투성이의 싸움은 쉴새없이 계속되어 간다。

여기까지 생각하고 나니、 소장은 저절로 나오는 한숨을 막을수가 없다。

「후―」

막혔던 단김이 일시에 터져나가는듯 그득하던 가슴속은 후련—해진다. 그는 두 번째의 담배를 꺼내 붙여물고 이번에는 보초막을 돌아볼양으로 웃줄 일어났다.

三

보초막의 경비는 여전 엄중하다.

찌는듯한 대륙의 혹서임에도 불구하고 보초들은 자기의 직무를 충실히 지키고 있다.

소장은 여러가지 격려와 치하의말을 진정으로 아낌없이 쏟아놓으면서 남문보초막에서 동문보초막을 거처, 북문보초막에 이르렀다.

그런데 웬일인지, 거기에는 반드시 있어야할 보초가 않뵈인다.

소장은 잠시 보초막을 드려다 보다가 혹시 사면(斜面)으면 바로 마주 쪼여드는 해볕을 피해 음달을 찾지나 않었는가하여, 포대(砲臺)뒤를 살펴보았으나 거기에도 없다.

수상하여 사방을 두루 살피는데 아래편 내ㅅ가 버들방축 속에서 웬 목소리가 거츨게 들려온다.

소장의 머리속에는 이내 그어떤 생각이 떠오른다.

그래 그는 옥수수 밭옆을 끼고 조심스레 발자최를 죽여가며 방축쪽으로 나가보았다.

가까이 이르니, 목소리는 똑똑이 들리는데, 보초막에 있어야 할 순동의 목소리다.

그리고 또하나 굵은 목소리의 임자는 틀림없이 그의 아버지 명보다.

소장은 대번에 부자간의 싸움인줄 알고 옥수수 그늘밑에 살짝 들어섰다.

그런줄을 모르고, 둘은 점점 어성을 높인다.

「이색기, 얼른 좀 댕겨오겠다는데 못할건 뭐냐?」

「안돼요. 보초의 책임상, 부락민의 외부출입은 절대 허락할수가 없어요」

「책임이란게 대체 뭐냐? 책임만 내세우문 장수냐? 그눔 엠병할 책임때문에 비틀어지는 일은 어쩔테냐?」

「비틀어지는 일은 무슨일이우? 그렇게틀어지는 일이라문, 좀 있다, 교대시간이 지나문 내가 갔다오지요」

「안된다. 너같은 색기가 참견할 일은 아냐」

「아니문 그만두지요」

「그래 정 못헌단 말이냐?」

애비의 음성은 한칭 험악해진다.

「글쎄 안된다는데 웨 이리 딱하게 구세요? 구락규정을 뻔—이 아시면서」

「규정이 다 뭐냐? 그 오라길놈의 규정 지키다간 앉은자리에서 똥싸겠다」

「안됩니다。 부락의 규정을 보초루서 위반할수는 없읍니다。 대체 건넌마을에는 뭣허러 가서요?……어서 그러지마시구 도루 들어가서요」

「못하겠다」

「못하겠으문 맘대루 하서오。 나두 못하겠읍니다」

「머 어째?」

명보는 아들의앞에 성큼 닥아들더니 두말없이 철썩 아들의 뺨을 후려갈긴다.

「이색기 나는 네애비다。 애비보구 그런말따우가 어디 있느냐? 응? 이색기 애비는 애비구、 보초는 보초지」

순동이는 얻어맞은 뺨을 붙잡고 한동안 말을 못한다.

그러다가 애비의 주먹이 다시금 날러들때에야 비로소 선뜻 옆으로 지켜서며

「뭐요?」

하고 버럭 소리를 질른다。

「애비? 애비? 홍。

대체 그런말이 어디서 나와요?

애비라구 하기가 부끄럽지 않아요? 걸핏하면 애비라구 하면서、 이때까지 자식들에게 애비의 노릇을 한게 뭐요? 난 이때까지 스무살이나 먹는동안 애비의 신세를 저본일은 한번두 없오。 되려 어린것이 푼푼히 얻어오는 돈으루 양관(阿片吸煙所)에나 댕기면서 아편만 빤건 누구요?

애비라구 자칭하면서 자식들에게 옷한벌 지어줬소? 언제한번 먹구싶어하는 음삭을 먹여본일이 있소?

그러구 또 내어미를 되늄한테 팔아버리구 어린 자식들을 길까에 헤매게한건 누구요? 애비? 애비……그런 뻔뻔스런 말이 어디서 그렇게 나오? 내가 못생긴 놈이라문 애비구 뭐구 벌써 개굴창에라두 차버린지가 오랬을꺼요」

「머?……엑 개자식」

명보는 참다가못해 아들의 목아지를 와락 틀어잡는다.

소장은 잠시 망서리다가 슬며시 둘의 앞으로 나간다.

소장의 불의의 출현으로 부자간의 싸흠은 부득이 중단되고 만다.

그러나 그대신 순동의 눈에서는 그만 참고 참었던 눈물이 일시에 왈카 쏟아저 나온다.

소장은 보다가못해 조용히 고개를 들려버린다.

三、天 國 圖

一

아침부터 나리기 시작한 비는 낮밥때가 겨워도 그냥 구질구질 나리며 끊질줄을 모른다.

부락은 길가에 개색기 한마리 어른거리는양 없이 잠든듯이 고요하다느니보다 몹시 피곤해 보인다.

명보는 으슥한 방구석에 지친듯이 들어누어서 멍하니 밖을 내다보며, 것잡을수 없는 생각에만 사로잡혀 있다.

부엌간에서는 딸 순녀가 순동의것인지 누덕누덕 떠붙인 고루뎅양복바지 가랭이를 꼬매고 있고 그옆에서 바로전에 보초막에서 돌아온 순동이는 무슨책인지 잡지 같은것을 펼처들고 신이 나서 읽는다. 명보는 그모양을 잔뜩 지르뜬 눈으로 이슥히 내다보다가 그만 벽에다 가래침을 탁 뱉으며 등을 지고 돌아누어 버린다.

그러나 순동이는 무관심한 태도로 보던책을 집어들고 방으로 들어가더니

「이게 무슨자나요?」

하고 애비의 눈앞에다가 불쑥 책을 드려댄다.

명보는 빠르지못한 눈으로 아들의 얼굴을 흘깃 처다보고는 하는수없이 볼멘소리로 대준다.

「큰덕(德)자다」

「그럼 일덕일심(一德一心이)란 무엡니까?」

「내가 아니? 나더러 묻지말구、그런건 소장한테나 가 물어라」

명보는 버럭 화를 내며 아들의 드려댄 책을 팔굽으로 밀처버린다.

순동이는 아무말없이 애비의 얼굴을 슬픈 표정을 띠고 물끄럼이 나려다 보다가 슬몃이 제자리로 돌아온다.

그러나 보던책을 다시 볼생각은 안나는듯 문전에 기대앉아 조용히 두눈을 감는다.

순녀는 오라비의 그모양을 보고 그도 꼬매던 일감을 살몃이 무릎아래에 나러놓으며 나즉히 한숨짓는다.

아버지의 일로하여 항상 속을 썩히는 오빠의 심중을 생각하면 그의 좁은 가슴속은 미여지는것 같다.

어떻게 하면 그 아버지를 바른길로 이끌어서, 남과같이 단란한 가정을 이루어 볼까?

이것은 자나 깨나 언제던지 그의 오빠 순동의 가슴속에 서려있는 갸륵한 심정이다.

그러나 아버지는 그 오빠의 마음을 털끝만큼도 알어못준다.

뿐만 아니라 쩜만 있으면, 기회만 있으면 그 오빠를 멀리하려고, 악독한 생각을 품고 있으며, 남의눈과 법(法)만 아니라면 영영 없이해 버리려고 생각을 바수고 있는줄까지 순녀는 잘 안다. 그리고 그 오빠만 없다면 자기는 벌써 어떠한 되눔에게 팔려버렸을런지 모른다.

그런 것을 생각하면―더구나 그우에 아무리 잊으려고 애써도 잊을수없는 어머니의 일을 생각하면 열번 물어뜯어도 시언치않을 그 아버지다.

어머니, 얼마나 불상한 어머닌가? 무도한 남편때문에 되눔에게 팔려가서 결국은 빠질 수없는 신세를 비관하고 목을매여버린 어머니,

만약 그때 두 남매중에서 누구던지 조곰이라도 눈치를 채릴수가 있었든들. 어머니를 잃은후의 두 남매는 그얼마나 길가에서 울며 헤매였든가?

길가에서 길가로 전전유리하며 떠돌아단이던 그때일은 생각하기에도 가슴이 터지는것 같다.

결국 오빠 순동이가 겨우 열두살된 어린몸으로 세탁소 심부름꾼으로 들어가기까지, 두 남매에게는, 진종일 식은밥 한수까락도 얻어먹지 못하고 주림에 시달리게 되는것은 거이 하루건너씩 있은일이 아니었든가?

그러한 자식들을 두고도 밤낮 양관에만 가서 들어박혀있으던 그 아버지를 그래도 애비라고 이렇게 따라돠서, 어떻게하면 바른길로 끌어들일까고 애쓰는 오빠의 그모양을 생각하면 눈물이 아니라 피가 나는 것이다.

그는 소리없이 고여넘치는 눈물을 치마끈으로 살짝 씻은후

「옵빠, 멀 그렇게 생각하우? 시장하실텐데 점심이나 잡수」

하고 비길데없는 다정스런 우슴까지 지어보인다.

「아직 먹구싶잖다. 아버지한테나 차려드려라」

순동이는 힘없는 어조로 말하고는 다시금 접어논 책을 집어든다.

그러는데, 밖에는 신발소리가 나더니 동문어구 득수가 터덜터덜 들어온다.

「명보, 있나?」

二

득수의 부르는 소리에 명보는 기다리고 있기나 한것처럼, 갑작이 정신을 차려 벌떡 일어난다.

「왜 그러나? 어서 들어오게」

「멀 허는가? 낮잠인가?」

「아닐세, 하는일없이 그저 누어있었네」

「심심허문 마슬도리2)래두 할꺼지, 누어있으문 별수가 있나? 나 삼국지 한책얼 어가지구 왔는데, 뒷말 성오네게 가서 좀 구수하게 봐주게」

하면서 득수는 무엇을 의미함인지 한쪽눈을 찔끔 감어좋는다.

그모양을 보고 명보는 더 두말없이 웃줄 일어난다.

「그러세. 갑갑해 못견디겠네」

마당밖을 나서자 득수는 명보의 옆구리를 꾹 찔르며, 뜻모를 웃음을 씽글 웃어 보인다.

명보는 호기심에 번뜩이는 눈으로 마주보며 숨소리를 높인다.

「자네 요즘 한번 빨어봤는가?」

「빨어본게 다 뭔가? 냄새두 못맡아 봤네」

명보의 입술에는 대번에 침이 흘러나리며 사지가 후들후들 떨린다.

그모양을 보고 득수는 의기양양해서

「한풍 처볼까?」

하고 다시금 씽긋 웃는다.

「땄나?(있나)」

「따잔쿠」

「어디서 땄나?」

「어디서 못따겠는가?」

____

2) 마슬도리: ≪마을산책≫이란 뜻.

「좀 보세」

「이사람, 정신이 있는가? 여기가 어디라구 길가에서 이러는건가?」

득수의 핀잔에 명보는 그만 하는수없이 말은침만 꿀꺽 삼키고는 잠자코, 그의옆을 딸은다.

둘은 한동안 말없이 가다가 보도소가 보이자, 약속이나 한듯이 아래편 골목으로 빠저 들어간다.

「그런데 이사람아, 어디루 가는셈인가」

명보는 갑갑해 나서 또 말을 꺼낸다.

「어디가 좋까?」

「가자는 자네가 모르문 누가 아는가」

「글쎄말이네。 어디던지 조용한데라야 될텐데」

「조용한 집이 뉘집인가?」

「성오네 집이 어떤가?」

「성오네집?」

「웅、 거기가 조용할것 같데」

명보는 수상해하는 눈치로 이슥히 득수의 얼굴을 처다보다가

「그리루 가문 성오란놈두 같이 얼려야지」

하고 못맛당해하는 어투로 불평스레 말한다.

「그건 그렇지만、 머 넉넉하니까 괜찮으네」

득수는 말끝을 선명치 못하게 우물쭈물 맺어버린다.

「넉넉하문 얼마나 되는가?」

「글쎄 잔소리말구、 따라만 오게。 정 부족하다문 내목까지 줄테니까」

득수의 이말에서 명보는 비로서 그의속을 엿보았다.

중독자도 아닌 그가 웨 이렇게 모험을 하는것인지、 그리고 웨 하필 성오의집을 찾아가려는것인지、 그 까닭을 명보는알어채고 속으로 고소를 했다.

그는 아무말도 없이 묵묵히 뒤를 딸으며 생각했다.

(어쨋던 제가 찾아먹을것만 찾아먹으면 그만이지 무슨 상관이냐?

득수란놈이 성오를 아편으로 잡바트려좋고、 그의계집을 다치던、 찢던 내 무슨 아랑곳할것이 있느냐? 나는 나대로 득수의 주머니속에 있는 그것만 받아먹으면 그만이다。 굿이란 그저 구경이나 잘하구 떡만 얻어먹으면 되는것이 아닌가)

둘이 마당안에 들어서는것을 보고、 먼저 대가리를 내미는것은 성오의 안해다.

언제보던지 밉지않은 얼굴이다.

몸집도 호리호리하고 게다가 이상하게 사람을 끌어낚우는 웃음까지 얄궂게 웃을 때에는 막 통채로 깨물어주고싶은 충동까지 인다.

「성오 있나요」

득수의 입가에는 벌써부터 음탕한 웃음이 떠오른다.

「있어요」

「멀허구 있나요?」

「모르지요. 멀허구 밤낮 잡바저 있는지」

그러자 방안서에는 푸수수한 머리를 떠이고 얼굴가죽이 딱 말라붙어서 해골같이 된 성오가 우멍한 눈으로 퀘―니 내다본다.

「멀하는가? 낮잠인가?」

성오는 반쯤 몸을 일으키며

「아무것두 하는일 없네」

하고 겨우 마지못해 하는듯이 대답한다.」

三

잔잔이 나리던 이슬비는 갑작이 억수로 퍼붓기 시작하고, 비밀공작에는 둘도없을 좋은 기회다.

하긴 주머니속이 빤―이 드려다뵈는 성오네 집이라, 누구하나 찾아올건 없지만, 그래도 세상일이란 앞을 가릴수가 없는것으로서, 어느때 누가 불의에 달려들런지 모르는것이고, 또 그의안해의 용모에 침을 흘리는 건달패가 없는것도 아니고해서, 사실은 은근히 근심했던것인데, 이렇게 줄기찬 비가 나려쏟고는 조곰도 개의할 필요가 없다.

득수는 아모 꺼리는양없이 바지춤에 단단히 낑겨가지고 온 수건뭉텡이를 꺼내서 성오와 명보의앞에 펼처놓는다.

성오는 보기만해도 생기가 도는듯 앉은 자리에서 펄쩍 뛴다.

손수건에 싸온것은 성냥갑 절반은 넉넉히 됨즉한 검정떡(阿片)뎅이다.

득수는 벌쭉 웃으며 손바닥에 들고 다루어 본다.

「어떤가? 흐뭇한가?」

「아―하」

성오의 입에서는 뜻모를 웃음이 나오고, 병보는 앉은 자리에서 진정을 못하며 자꾸 군침을 삼킨다.

「아-니 그건 뭐요? 구류소에 또 가구들 싶수?」

하는 소리에야, 셋은 비로소 성오의처의 존재를 생각코 서로 얼굴을 마주 처다 본다.

「먹구서 가는거야 누가 아나? 못먹구가야 탈이지」

하고 득수는 슬쩍 한마디 넘기며

「어떻수? 아주머니두 한포 빨아보지요」

하고 벌씬 웃는다.

「집어치어요. 그런건 보기만 해두 신물이 돌아요」

팩 쏘듯 말하긴 하나 눈까엔 얄궂인 웃음이 떠오른다.

성오는 기다리기가 바쁜듯 득수의앞에 바짝 닥어앉으며

「여보게, 잔수작 막구 나좀 먼첨 떼주게」

하고 졸라댄다.

「그렇게두 빠쁜가? 어서 준비나 허게」

「준비는 무슨 준빈가? 난 그냥 먹겠네」

하며 성오는 득수의손에 매달리더니 어느틀엔가 물에 퍼진 콩알만큼 뚝 잘라 그 낭 넝큼 입에 집어넣는다.

「이사람 생걸세」

「생거구 머구, 위선 먹구봐야지」

하며 입을 다시는 성오의 얼굴에는 비로소 웃음이 떠오른다.

그모양을 보고 명보도 손을 불쑥 내민다.

「나두 그냥 먹겠네. 좀 주게나」

「허 이거 큰일났군. 이렇게들 다 주구 난 뭘 먹는가?」

하며 두덜거리면서도 득수는 그에게도 콩알만큼 뚝 잘라 준다.

앉은 자리에서 둘의 누낄은 거슴츠레흐려져간다.

「어떤가?」

득수는 벌쑥 웃으며 둘의 모양을 번갈어 본다.

「말말게. 이런 좋은걸 못먹다니」

「아아, 오늘은 생일이다」

둘은 세상없이 만족해 하며 한쪽팔을괴집어 벼개하고 비스듬이 들어눕는다.

「난 제식으루 빨겠네」

하고 득수는 역시 바지춤에 끼여가지고 온 붓자루같은것을 꺼낸다.

「아주머니、촛그루가 있으문 좀 주시우。그러구 돗바눌같은것이 있거들랑 그것 두 좀 빕시다。」

「돗바눌 같은거문 어떤거란 말이오?」

「아니 돗바눌이문 돼요」

「그럼 진작 돗바눌이랄꺼지 같은건 또 뭐요?」

「잘못했수다」

「꽤니 사람을 눌리기만 하면서」

꽤 놀아먹은 행투다.

득수는 쓸어진 둘을 힐끔 돌아다 보고는 저혼자 벙글거리며、자기도 콩알만큼 떼여쥔다.

계집은 마치 준비나 해두었던것처럼 촛그루와 돗바눌을 가져온다.

「미안합니다」

여자는 조용히 웃어만 보일뿐 말이 없다.

득수는 검정 콩알같은것을 돗바눌끝에 꿰여들고 촛불에다 대고 굽기시작한다.

바질바질 기름이 끌어나고 파아란 연기가 구수한 냄새를 피우며 몰싹몰싹 솟아 오른다.

계집은 사내의앞에 이마가 맛다을지경 바싹 가까히 조여앉는다.

四

꿈을 실은 고무풍선은 사뭇 상승(上昇)한다。어디를 둘러보든지 주위는 노오랗 게 혼돈된 빛갈이다.

풍선은 자꾸만 상승하는데 이어인 일인가?

몸은 자꾸만 아래로 아래로 침전되여가며 손까락 하나 까딱할 기운조차 없이하 여 버린다.

머리속은 보오야니 흐려저가며 허릿심은 오유월 엿가락 녹듯 나그웃해 나서 숨 쉬기도 귀찮어난다.

바람도 없고、비도 없고、시끄러운 세상사는 더구나 있을리 없다.

그런데 무엇일까?

아득한 저-쪽, 수평선인지 지평선인지 안개낀 선명치못한 그 아득한 곳에선 무엇인지 아지랑이같은것이 자꾸만 얼른거리면서 이쪽으로 이쪽으로 가까이 온다.

(눈을 바로 뜨고 보자)

그러나 나릿해진 눈가죽은 환이 열릴줄을 모른다.

그렇다고 영 감을수는 더구나 없다.

감지도 뜨지도 못하는 이수룸해진 눈앞으로 아지랑이는 점점 가까이 떠오며 얼른거린다.

바로 그런때다.

성오는 무엇인가 앞에서 얼른하는것을 보았다.

흐릿한 의식으로서도 그는 그것이 자기의 안해의 치마꼬리가 너펄하는것인줄을 알수가 있었다.

뒤이어 또 무엇인지 우뚝한것이 눈앞을 스친다.

그것도 무엇인가를 그는 알수가 있었다.

사내와 계집의 그림자가 이따라 부엌간방으로 넘어가자, 성오는 머리를 쳐들려고 했다.

그러나 천금보다도 더 무거워지고 물먹은 손보다도 더 흐느러진 머리속은 생각만 해도 아욱-해진다.

그러면서도 눈앞에는 계집과 사내의 음탕한 장면의 환영이 자꾸만 떠오르고 그와 동시에 시시덕거리는 웃음소리까지 보는듯이 들려온다.

얼마나 분한 일이냐?

생각과 같애서는 당장에 뛰여나가 두년놈을 단매에 처치해 버릴것이엇만. 그러나 그것은 일순간의 발작과도 같은것으로서 사실은 그러한 생각을 하는것조차, 게을러지며 귀찮어 진다.

그저 머어니 허공만 바라보고 싶다. 허공은 그야말로 끝이 없는 허공이고 자꾸 아득해만 간다.

그 허공을 향해 생각은 끝없이 떠오르고, 육신은 점점 밑으로 밑으로 갈아앉어 간다.

그러다가 갑자기 머리속이 아뜩해지는것 같더니 노오랗던 그 허공이 차츰푸른빛으로 물들어간다.

그러자 그 푸른빛 속에서는 무엇인가 반짝이기 시작한다.

하나、둘、셋、넷、다섯……

그 수효는 차츰 불어감을 따라 빛갈도 선명해진다.

무엇일까?

아, 별이다. 푸른하날에 수없이 반짝이는 별이다.

남북으로 허어옇게 가로 뻗힌것은 은하수(銀河水).

북두칠성을 더듬어서 북극성의 위치도 떽이 알수가 있다.

안해의 웃음소리가 그속에서 들려오는것같다.

어찌들으면 첫사랑을 속삭일때 듣던 그 음성과도 같은데……옳다. 그렇다. 그 내ㅅ가에서—갈밭속에서 첫사랑을 속삭일때 듣던 그 웃음소리다.

그러나 모양은 안보인다. 그저 흙흙 느끼는것같은 웃음소리뿐이다. 만은 안해의 그웃음소리에 첫사랑의 옛꿈을 그린것도 잠시동안이고, 별빛은 다시금 찬란하게 황홀하게 빚어온다.

얼마나 아름다운 그림인가?

세상에서는 일생을 가도 볼수없는 그림.

손만 처들면 만저질것같은 푸른별 빨간별、흰별.

대체 누가 그린 그림일까?

이 그림속에 쌓여있는 자기는 그얼마나 행복스러운 인간인가?

아니다. 인간이 아니다.

인간으로서는 절대로 볼수없는 그림이다.

그러면、자기는 과연 무엇인가?

자기는 신선사람이 아닌가?

그렇다. 신선사람이다. 그리고 이 그림은 천국의 그림이다.

(대체 안해의 음행이 나에게 무슨 상관이냐? 나는 나대로 이 천국의 그림만 보고 있으면 그만이 아니냐)

거기에서는 다시금 유창한 음악까지 들려온기 시작한다.

그 음악소리를 들으면서 성오는 마치 어머니의 품에 안겨 자장가에 잠들어버리는 어린애처럼 고요히 두눈을 감아버리는 것이었다.

四、良心의 殘片

—

×××구류소에서 이주일간의 요양기간을 마친 명우네는 부락으로 돌아오자 또 장

시간에 궁한 보도소소장의 훈계를 받았다.

그러고는 모도다 제집으로 흩어져갔다.

그러나 득수네집 곁방을 얻어가지고 호래비생활을 하는 명우는 집이라고 찾아갔댔자、 반가히 맞어줄 사람도 없는판이라 그대로 보도소 뒷마당 버드나무 그늘밑에 앉아서 땀을 드리며、 이생각 저생각 생각나는내로 머리속을 뒤번지고 있었다.

그러는데 북문과수막에서 교대시간이 되여 들어온것은 순동이다.

그는 명우를 보자、 싱글벙글 악의없는 웃음을 띠우고 앞으로 오며

「형님、 어떻수? 피서 잘했수?」

하고 명우의 옆에 털썩 주저앉는다.

명우는 그도 악의없는 웃음을 지어보이며、 그러나 몹시 지친 모양으로

「네놈신세에 장양 잘허구 왔다」

하며 순동의 어깨를 툭 친다.

「하하하……정양하구 온 이가 우멍눈이 됐군요. 그런데 나때문에 정양이란건 억설이래두 너머 심한 억설인데요」

「뭐가 억설이냐? 늬눔들 다 그런놈들이지」

「하하하……」

순동이는 또 한바탕 호활스레 웃고나서

「그런데 형님、 오늘저녁은 어떻게 하실라우?」

하고 갑작이 정색으로 들어선다.

「저녁을 어떻게 할꺼 있니? 집에가 먹지」

「집은 덜 좋을껄요」

「왜?」

「김서방네가 오늘 왼종일 내외쌈을 했다우」

김서방이란 득수를 말함이다.

「무슨일루?」

「무슨까닭이 있어서 언제는 했나요? 사내가 그런데다가 계집까지 그따우니까、 자연 그런게조」

명우는 잠시 득수네 부부를 눈앞에 그려보았다.

말할수없이 가슴속이 불쾌해진다.

「형님、 그러지말구、 오늘저녁은 우리집에가서 잡수십시다. 나 오늘 낮밥때 개울에 나가서 물고기를 두어되 떠왔어요. 그걸 애호박이나 넣구 고추장에다 지지문 아

주 맛이 있죠。

　그러구 어저께 거리에 갔다가、오늘 형님 오실줄 알구、호주두 이십전어치나 받어다 뒀어요」

　명우는 아무말도 못하고 한동안이나 웅결된듯한 표정으로 순동의 얼굴만 마주보다가

「형님、그렇게 하지요、네」

　하고 재차 따지며 묻는 순동이의 말에야 겨우 고개만 끄덕여 보인다。

「그럼 갑시다。내까에 나가 땀이나 씻구 들어갑시다」

　하고 순동이는 웃줄 일어서 앞을 선다。

　명우는 어전 말없이 뒤를 따른다。

　내까에 나가 몸을 닦으면서도、순동이는 연방 무어라고 명랑하게 짓거리지만 명우는 그냥 입을 봉한채 묵묵히 지나간다。

　이윽하여 몸을 닦은후、순동이네 집으로 그를 따라 들어오니、벌써 미리부터 이야기가 있은듯 순녀는 저녁상까지 죄다 차려놓 고기다리다가 반가히 맞어준다。

　그러나 부끄러워 말은 못하고 이내 얼굴을 붉히며 모로 돌아서 버린다。

　명우는 무에라고 말을 하려다가 거북한 생각이 들며 쑥스런것 같아서 그만방마루앞에 슬쩍 비켜섰다。

　방안에는 아무도 없다。

　순동이는 주저거리는 명우의 앞에서

「어서 들어가서요。어째 패거리가 없어서 서운한가요」

　하고 또 농을 건다。

　그말에야 비로소 명우는 기회를 얻은듯 씽긋 웃으며 입을 연다。

「예기녀석、이상어른을 너머 놀리면 천벌을 입는법이다」

「하하하……형님 정양갔다 오드니 아주 점잖어 졌수다」

「이녀석 또 그런 소리냐?」

　명우는 하는수없이 웃어버린다。

「그런데 아버진 어디 가셨니?」

「모르지요。왼종일 뉘집에 가 낮잠인지、요즘은 왼통 집에라구 붙어있지를 않아요」

　순동의 얼굴빛은 이내 흐려든다。

二

　오랫동안의 밑바닥 생활에서 따뜻한 세상의 온정과는 벌써 한옛날에 절연된 명우는 오래간만에、참으로 오래간만에 순동이네 남매의 눈물겨운 심정에서 다시금 인생의정을 느끼게 되었다.

　다 꺼저간줄 알었던 정열의 페허속에는 그래도 아직 식지않은 재나마 남아있었든가?

　자꾸만 뜨거워나는 눈시울은 어두운 속에서도 순동의 눈치를 끄는것같애、명우는 구지 말리는것을 그냥 뿌리치고 밖으로 나왔다.

　밖으로 나오니 참고 참었던 뜨거운것은 일시에 왈칵 두볼에 쏟아저나린다.

　그래 그는 자기의 기거처인 득수네집과는 딴방향으로 발길을 돌려서 보도소 뒷마당 버드나무 밑으로 갔다.

　생각은 북문밖 내ㅅ가로 나가고 싶었지만、거기에는 보초막이 있어서 출입을 금하기때문에 하는수없이 그리로 간것이다.

　그러나 보도소 뒷마당도 조용하다.

　더구나 낮에는 그렇게도 뜨거웠지만 밤이 되면 대륙의 밤이라 행결 서늘하다.

　으슥한 버들그늘밑에 힘없이 주저앉아 두팔로 턱을 고이니、순동의권에 겨워 반주로 두어잔 마신 호주기운에 머리속은 이상스레도 부풀어 오른다.

　어디서인가、앞마을 쪽에서는 피리소리가 들려오며、귀뚜람이 울음소리도 제법 구성지다.

　그소리에 심취된것은 아니지만、가만이 귀를 기우리니、문득 생각나는것은 고향의 기억이다.

　고향에는 여러가지 전설도 많었다.

　모도다 슬픈 전설들이었다.

　어머니는 그러한 전설들을 이야기해 주실때마다 눈물을 지으시더니、지금은 어떻게 하고 계신지?

　집을 버리고 떠나온지가、지금 바로 설혼살이니까、인제는 팔년이나 된다.

　팔년이나 되는 그동안에 어머니는 얼마나 속을 태우시고 늙으셨을까?

　백부님의 댁에 가서 계시다니、의식에는 그다지 괴로움을 느끼지 않으시겠지만 그러나、단 하나밖에 없는 불효막심한 외아들때문에 얼마나 애를 말리실것인가?

　명우의 눈앞에는 남몰래 그늘을 찾아가서는 소리없이 눈물짓는 어머니의 그모양이 보는 듯이 선-하게 떠오른다.

그것은 참말로 보기어려운 정경이다.

그래 그는 마치 보지못할것이나 본듯 얼른 두눈을 감아버리며, 기억조차 떨처버리려고 머리를 혼들어 보았다.

그리고는 후-하고 긴한숨을 뽑고나서 담배를 꺼내 붙여 물었다.

후욱훅 내뿜는 담배연기는 어듬속에서도 선명히 보인다.

그곳을 한동안 실름없이 바라보다가 그만 자리를 일려는데 무언지 눈앞에서 얼른하는것같더니 섬광처럼 사라저간다. 핫하고 놀라며 다시 눈역여 보려는데 갑작이 눈앞이 캄캄해지며, 그대신 이번에는 머릿속에 또렷이 떠올르는섯이 있다.

틀림없는 그 계집-. 몇해를 내려 잊으려고 애써온 그 게집의 환영이다. 그순간 그는 울컥 치미는 격정에 그만 벌떡 일어섰다.

그러고는 성난 보조로 씩은거리기까지하며 보도소 뒷마당을 나와 큰길에 나섰다.

갈곳은 없다.

어두운 길바닥에 우두커니 서서 갈곳을 생각하는데, 눈앞에는 또 그계집의 환영이 잡을 듯이 떠오른다.

그는 한동안이나 눈앞에 떠오르는 그얼굴을 분노에 불타는 눈으로 노려보다가 밑속까지 뱉아버리듯 탁하고 가래침을 뱉아버린후 되는대로 지향없이 터벅터벅 걸었다.

여름밤은 벌써 깊었다.

부락은 부덤속에 든듯 고요하다.

명우는 공연히 개만짖기다가 하는수없이 득수네집으로 찾아들었다.

곤히 든 잠을 깨울까봐, 조심스레 발자취를 죽여서 마당안에 들어서는데, 어디서인지 수근거리는 말소리가 귀곁에 들려온다.

명우는 수상스러워 발자취를 죽여가며 퇴ㅅ마루앞에 들어서서 이야기소리는 굴뚝뒤에서 난다.

그리고 낮게 쏘근거리는 소리지만 그는 그것이 틀림없는 득수와 명보의 목소리인것을 알수가 있었다.

명우는 바싹 벽에 붙어섰다.

그런줄도 모르고 둘은 마음놓고 쑤군덕거리며 무언지 약속까지 단단히 한다.

「그럼 그날루 실수없이 해야허네」

하는것은 득수의 소리고

「응、 염려말게」
하는것은 명보의 음성이다.
이러한 속에서 밤은 신음없이 깊어가고、 하늘에 별들은 더한칭 빛난다.

三

언약을 짜놓은 예정의날、기대한대로 순동이는 보도소의 용무를 띠고 현공서(縣公署)로 갔다.
돌아오는것은 이튼날 저녁무렵이다.
계획한것을 수행함에는 두번없을 기회다.
순동이가 조반을 일찍 지어먹고 보도소를 거처 떠난후、 명보는 실없이 들떠오르는 마음을 것잡지못하고 초조하게 지났다.
그러나 딸은 애비의 그속을 알리가 없다.
여전히 바지런히 재빨으게 몸을 놀리며 잔손질에 쉴줄을 모른다.
점심때가 되자 명보는 끝끝내 견디지못해、 득수를 찾아갔다.
득수는 명보의 기줄해하는 표정을 보고 귀찮다는듯이 짐짓 미간을 찌푸리며
「명본가? 들어오게」
열적은 어조로 겨우 맞는양을 한다.
「갑갑해나서 건딜수가 있어야시」
명보는 더욱 비굴하게 어색한 웃음까지 지어보이며 득수의 눈치만 힐끔힐끔 살피다가
「그런데 밤、 몇시루 거사를 할까?」
하고 조심스레 목소리를 낮후어 묻는다.
「열두시나 새루 한시쯤으로 하지」
「응、 그때문 죄다 잘때니까、 좋겠지」
하고 명보는 또 한동안이나 주뭇거리며 득수의 눈치를 살피다가
「그러구 여보게、 너머 여러번 물어서 안됐네만、 그놈들이 약속한대루 어김없이 거기까지 올까?」
「아、 그사람、 잔격정두 팔자네. 어김없이 온다니까、 왜 이리 성환가?」
득수는 역정스레 말한후 모로 돌아앉기까지 한다.
명보는 더한칭 낮게 돌아저서 어색한웃음을 지으며 뒷머리를 극적극적긁는다.

「미안하네。 그러구 삼백원돈두 틀림없겠지?」

「그렇게 의심되거들랑 그만 두게나」

「아니、 자네를 의심해서 그런게 아닐세。 어째 그렇게 곡해를 하는가? 되눔들일이 돼서 어쩐지 미안해서 그러네」

「글쎄 이사람아、 그런 잔걱정은 말래두 그래。 만주땅 이십년에 되눔은 주물러 볼때루 주물러 본 놈일세」

득수의 어조는 얼마간 풀려진다。

그 기회를 놓지지않고 명보는 또 묻는다。

「이사람 삼백원만 쥐면 어떻게 할까? 난 자네하나만 믿는거니까、 어디던지 가치 가야 허네」

득수는 하는수없다는듯이 웃어버린다。

「아、 참 그사람 씨만이두 캐구드네」

그바람에 명보는 씩하고 웃는다。

그러나 그 웃음은 말할수없이 비굴한 웃음이다。

그는 또 한동안 상대편의 눈치를 살피다가、 몹시 거북한 양으로 말을 꺼낸다。

「여보게 좀 없나?」

「뭐가?」

「그것말일세、 있으문 조꼼만 주게나」

하고 입술을 감빨며 침을 삼키는 그 모양을 득수는 이슥히 바라보다가

「낮에 먹구 어떻거겠는가?」

하고 핀잔을 주면서도 주머니를 쥐지더니、 수건에 싼것을 꺼내 팥알만큼 잘라준다。

「고맙네」

명보의 입가에는 대번에 침이 흐른다。

그런때에 뜻밖에도 공동농장(共同農場)에 나갔던 명우가 호미를 둘러메고 들어온다。

둘은 깜짝 놀라 서로 색없이 얼굴을 마주쳐다 보는데、 명우는 벌써 눈치를알아채고

「뭐유? 나두 좀 줘요」

하면서 문앞에다가 호미를 동댕이친후、 성큼 방안에 들어선다。

하는수가 없다。

현장을 들키고 같은 패거리를 거절할수는 없다.

싫은대로 다시금 팢알만큼 잘라주니 명우는 단입에 홀떡 삼켜버린다.

「어디서 생겼는가요?」

「지난번에 얻어뒀든걸세」

득수는 내키지안는 말조로 대답한후 슬며시 밖으로 나간다.

명우는 씽긋 뜻모를 웃음으로 명보를 돌아다 보고는 부엌에 나가 냉수한그릇을 떠서 꿀꺽꿀꺽 맛으레 들여킨후 다시방으로 들어와서 털썩 들어앉더니 이내 목칠을 끌어다가 베고 헌뜻 투어버린다.

이따라 명보도 들어눕는다.

차츰 몽롱하여저가는 의식속에서 둘은 제각기 제생각을 벌려가며 꿈의 세계로 들어가는것이었다.

四

그날밤―。

자정이 훨씬 지났을때、 부락은 죄다 잠들었고 사면 보초막에서도 피로에 견디지 못해 모도다 쓸어진때였다.

득수는 아랫목에서 꿈이적거리는 명보를 발길로 쿡 찼다.

명보는 아무말도 없이 늘그머니 일어난나。

이따라 득수도 일어난다.

정주칸에서는 순녀가 진종일의 시역에 지처서 혼곤히 잠들고 있다.

그는 당장에 무서운 운명의 마수가 뻗혀들려는것도 모르고 무슨꿈을 꾸는것인지 잠꼬대까지 하고있다.

득수는 언제인가 성호의 집에서 아편을 뺄때、 갓추어 가지고 갔던 그 붓자루같은것을 옆채기에서 또 꺼내더니、 촛구루에다가 불을 단 후、 전과같은 공작을 시작하는것이었다.

명보는 잠자코 구경만 하고있다.

바눌끝에 찔린 검정콩알은 촛불에 이내 바질바질 끌으며 구수한 냄새를 풍긴다.

명보는 벌써 몇번이나 군침을 삼켰는지 모른다.

그러나 득수는 왼눈으로도 안보고、 구어서는 성냥갑에 대고 부비고、 부비고는 또 굽고、 몇번을 그렇게 한다음에야、 거뭄하게된 검정약을 붓자루같은 대(管)의 중

간 구멍에다가 살짝 낑겨서 명보의앞에 넌즈시 내밀며

「인젠 됐네. 자넨 삼켜선 안되네」

하고 따진다.

대를 받아드는 명보의 손길은 가느다랗게 떨린다.

그는 그것을 받아들고도 한동안이나 파리한 얼굴로 무슨생각엔지 잠겨서 움직일 줄을 모른다.

「얼른 그래야지、 뭘 이렇게 생각하구 있는가?」

득수의 이말에 명보는 그만 결심한듯 웃줄 일어나서 촛불을 들고 정주칸으로 나간다.

문턱을 넘어서는 두다리는 경련을 일으킨듯 몹시 후들거린다.

그러나 그는 입술을 악물고 딸의 머리맡에 잡바지듯 주저앉는다.

만은 딸의 얼굴을 드려다본 그 순간 그는 그 무엇에 질린듯이 얼른 고개를 돌려 외면해 버린다.

그러고는 가슴속이 꺼저나오는듯한 한숨을 후—하고 내뿜는다.

득수는 보다가못해 벌떡 일어나 나오더니 명보의 손에것을 홱 빼앗아 가지고는、 아모 주저도 없이 촛불에 들여대고 흠뻑 빨아드린다.

그 다음순간 명보는 그만 보다가못해 네발걸음으로 정신없이 방으로 들어간다. 득수의 입안에 가득 물렸던 연기는 모옥목 순녀의 코ㅅ구멍으로 새여들어간다.

몇번을 빨아서는 뿜고 뿜고는 빠는동안 명보는 방안에서 두손으로 얼굴을 가리우고 어쩔줄을 몰라한다.

그러자 순녀의 자던 얼굴이 갑작이 찡그려지는것같더니 두어번 밭은 기침을 캑캑 하고는 다시는 숨도 쉬는것같지 않게 조용해진다.

득수는 씽글 웃으며 명보를 들여다본다. 만은 명보는 어둠쪽으로 고개를 돌리고 앉아서 그 표정을 볼수가 없다. 그모양을 보고 득수는 잠시 입술을깨물며 무엇인지 생각하다가、 웃줄 일어나 방으로 들어온다.

「이사람 어쩔텐가? 이러구 앉았을텐가」

명보는 백랍처럼 된 얼굴을 처들고 머어니 바라보다가、 그림자처럼 서글푸게 일어선다.

「자네맘대루 하게」

그소리가 떨어지자、 득수는 촛불을 훅불어 꺼버린후 정주로 나가더니、 마치 공깃돌이나 다루듯 순녀의 자는몸을 가볍게 둘러업고、 앞장을 서서 나온다.

그뒤를 명보는 얼빠진것처럼 정신없는 걸음으로 따라간다。

둘은 골목을 빠저서 동문우 토성을 넘어、미리 끊어논 철조망(鐵條網)을 제치고 아무에게도 발각되지않고 경계망을 빠저나왔다。

철조망을 빠저서 얼마쯤 아오면 조고마한 도랑이 있다。

도랑을 건너 앞산밑에 이르러서 득수는 비로서 숨을 돌려쉬며 뒤에 따르는 명보를 돌아다 본다。

「여보게 인젠 반은 성공일세」

그러나 명보는 땅만 나려다보며 고개를 처들지 못한다。

득수는 웃소매로 이마에 흘러나리는 땀을 썩 씻은후

「여보게、이거 무거워서 혼자는 못허겠네。자네 좀 도아주게」

그래도 명보는 말이 없다。

득수는 잔뜩 지릅뜨고 그의 거동을 노려보다가

「여보게、그럼 먼첨 요우 마루턱에 넘어가서 사람 좀 보내주게。그리 가문 왕서방네 패거리가 벌써 와서 기다릴꺼니까」

하고 털썩 주저앉아 버린다。

五

득수가 시키는내로 명보는 아무말도 없이 산빨을 올리 탄다。

산은 그다지 높은산은 아니다。

어느편이냐 하면 언덕에 가까운 편으로서 명보의 그림자는 이내 눈앞에서 사라진다。

그가 산마루턱을 넘었겠다 할 무렵。득수는 주위를 한박휘 휘둘러 살핀후 벌쭉 웃으며 땅에 나려논 순녀를 나려다본다。

득수는 넋을 잃고 한동안이나 나려다보다가 군침을 꿀꺽 삼키며 펑덩주저앉는다。

그순간、순녀의몸은 불의에 움칫한다。득수는 깜짝 놀라며 위선 주위부터 살핀후 순년의몸에 팍 엎어진다。

그러자、이때까지 의식을 잃었던 순녀는 갑작이 발딱 일어나 앉으며、몸을 옷싹 떤다。

「앗」

그무엇에 찔린듯한 외마디 소리가 나자、득수는 목에 걸쳤던 수건을 순녀의 입에 틀어막는다.

「누구요? 앗」

죽을힘을 다해 떠다밀치는 두팔을 불어저라 비틀어 잡으며 득수는 순녀의 입을 막기에 필사의 노력을 다한다.

바로 그때다.

득수는 바른뺨에서 벼락치듯 불이 번쩍함을 느끼고 모로 나가 잡바젔다.

그러나 그는 이내 반발적으로 벌떡 일어난다.

「누구냐?」

방비의 자세로 한쪽에 비켜서는 득수의 눈앞에 우뚝히 선 그림자. 득수는 뒤로 물러서려는 제몸을 가까스로 지탕하여 뻗혀서며

「누구냐?」

하고 재차 웨쳤지만、 그러나 그것은 필사적으로 떨려나오는 소리다.

「내다」

「내라는건 누구냐?」

「명우다」

「머? 명우?」

「그렇다。 명우다」

득수는 너무나 뜻밖인지라 한참동안이나 덤덤히 선채 입을 열질 못한다.

그틈을 타서 순녀는 겨우 정신을 가다듬어 가지고 입에 물린 수건을 뽑아버린후 발딱 일어난다.

그것을 보고 득수는 비로소 자기의 할일을 깨달은듯 순녀의 팔을 덤썩 틀어잡는다.

「아、 오빠 아버지」

순녀는 기절할듯 질겁을 하며 팔을 뿌리친다.

그러나 득수의 억센 손아귀가 그것을 놓아줄리 없다.

그는 다시금 순녀의목을 틀어잡고 입을 막으려 한다.

그때、 득수의 볼타구니에서 두번째의 불이 또 번쩍이었다.

「앗……너 이자식、 방해냐?」

「방해다」

둘의몸은 대번에 한곳에 어울린다.

어두운 속에서 서로 붙안고 딩구는 그모양은 완연 황소의 싸흠이다.

순녀는 무엇이 무엇인지 까닭을 모르고 서서 오들오들 떨기만 한다.

싸홈은 한동안이 지나도 승패가 없더니、불의에 갑작이 「응」소리가 나며 누군지 언덕아래로 굴러떨어지고 그와 동시에 마치 땅속에서 불쑥 솟아나듯 검언 그림자가 웃뚝 일어선다.

순녀는 소리껏 질러보려고 애를 쓰나 소리는 목구멍에 꽉 막혀 나오질않는다.

「갑시다」

너무나 뜻밖에 일이다.

순녀는 한순간 숨쉬는것도 잊었다.

「아무 의심두 말구 집으루 갑사다」

명우는 아무일도 없는것처럼 극히 평정한 태도로 나즉히 말하고는 순녀의등에다가 손을 댈려다말고 걷기를 기다린다.

순녀는 자꾸만 머릿속이 앗질거리며 주저앉고싶어 그만 명우의 가슴에 팍쓸어졌다.

그러는데 갑작이 부락에서는 비상경종이 울려온다.

잠들었던 부락은 졸지에 소란해지며 이골목 저골목에서 초롱불이 내달린다.

그러자 명우는 아무것도 의식에 없는듯 실음없는 태도로 한팔로 순녀의몸을 부축하여가며 뚜벅뚜벅 부락으로 나려온다.

六

자위단의 총동원으로 수색은 이튿날 오전까지 계속되었고 고개넘어 달은 부락에서까지 응원출동을 했다.

그 결과 득수와 명보는 말할것도 없거니와、물건너마을 만주인부락 왕(王)가네의 일당도 일망타진으로 죄다 체포했다.

보도소앞 마당에서는 또 준렬한 심문이 시작되었다.

그리고 한편으로는 부락전체에 궁한 가택수색이 일어났다.

남녀노소 할것없이 전부 모인 그속에서 피검자들은 엄중한 심문을 받아간다. 그 중에는 득수의 고발로 명우도 어저께아편먹은 죄로 끼여있다.

그는 자꾸만 집중되는 장내의 시선을 무관심하게 받으며、태연한 태도로 아까부터 담배만 연겁피 태우고 있다.

심문순서가 돌아오자 그는 조곰도 숨기지않고 죄상을 고백한후

「이번정양은 며칠이나 되나요?」

하고 넌즈시 묻는다.

「가만 있게。 아직 조사해 본담에야 결정을 짓게 되겠네」

보도소소장은 엄숙한 태도로 말하고는 다음차례로 넘어갔다.

심문이 다 끝난다음、 보도소소장은 또한바탕 일장연설을 한다음、 차례차례로 구류기간을 언도한다.

그러나 명우에게 대하여는 아무런 언도도 없이 다음으로만 자꾸 넘어가다가 마지막에야

「명우。 자네는 사무실루 좀 들어와주게」

하고는 우쭐 자리를 일어 사무실로 들어가 버린다.

그가 자리를 일자、 장내도 죄다 일며 한참동안 헌소하게 떠들다가 제각기 흩어져 가버린다.

그러나 명우는 그냥 앉은자리에서 일어설줄을 모르고 것잡을수없는 생각에 잠겼다.

그러다가 소장의 부르는 소리에야 비로소 주위를 둘러보고 힘없이 일어선다. 사무실에는 자위단간부들이 좌우로 어마어마하게 주욱 둘러앉고、 가운데에 소장은 단장과같이 마주 앉아있다.

그는 단장과 무슨 이야긴지 주고받다가、 명우를 보자 다정스런 웃음까지 지어보이며 눈짓으로 가까히 오기를 청한다. 명우는 천천히 그의앞으로 갔다. 장내의 공기는 응결된듯 조용하다.

명우는 전신이 긴장됨을 느끼고 태연한 표정을 가지기에 애썼다.

소장은 잠시 밖을 내다보다가 갑작이 명우의 쪽으로 시선을 돌리며

「자넨 이번에 특별히 용서하네」

하고 너그럽게 웃어보인다.

「네? 어째서요」

명우는 제귀를 의심하며 반문했다.

「별달은 까닭은 없네。 그저 자넨 아직 양심이란 그걸 비록 쪼박찌라두 가지구 있기때문일세」

「네? 양심이요?」

명우는 너무나 뜻하지않은말에 한동안이나 굳어진 표정을 풀지못하고 소장의얼굴을 뻔—이 처다만 본다.

「양심이요?……양심……양심이라니요?」

그는 도무지 믿을수가 없다는듯이 두번세번 뇌까린다.

소장은 자애로운 어조로 조용히 타일러 말한다.

「자네는 아직 양심의 쪼박찌나마 지니구 있네. 그것을 곱게 키워서 다시금 이전과같이 훌륭히 소생하여 주기를 나는 진정으로 바라네. 자네 한사람이라두 소생만 된다면 나는 누가 내 한편 팔다리를 달라구해두 아낌없이 뚝 잘러줄라네」

명우는 입술이 굳어지고 숨이 치밧처올라 견딜수가 없었다.

그는 아직 소장의말이 끝나지도 않았는데、 정신없는 걸음으로 밖으로 나오고 말었다.

나와서는 그저 발길이 돌아지는대로 몽유병자처럼 걸어갔다.

「양심……양심의 쪼박찌」

소장의말을 기계적으로 외이며 걸어가는 그의 눈앞에 의젓이 떠어로는것은 어린 시절의 가지가지일과、 중학시대의 그리운 생활、 첫사랑의 그림같던 장면、 어머니의 인자스런 얼굴、 어느것 하나 히망에 빛나지않는 것은 없다.

「아―하」

명우는 그만 참다못해 두손으로 머리를 웅켜잡고 그냥 길바닥에 쓸어저 느끼고 만다.

五、마음의 琴線

一

누엿한 들판에서는 소리까지 내며 선들바람이 쉴새없이 불어온다. 이삭이 팬 옥수수는 벌써 노오랗게 익어든다.

장마때문에 김을 바로 매지못해 잡초는 웅성하지만 조(粟)는 검어직직하게 독이 올라 싱싱하기 비길떼 없고、 더구나 금년 처음 번저넣은 앞개논판은 내다보기만 해도 흐뭇해 난다.

부락의 농군들은 모두다 일밭에 나덮였다. 그러고 마을뒤편 공동농장에는 보도소소장까지 전두에 나와 서서 직접 지도에 애쓰고 있다. 그러나 농군들이라야 오랫동안 흙에서 시달린일이 없고、 난생 처음 호밋자루를 잡아본 그들의 일은 좀처럼 진섭될줄을 모른다.

논바닥에 들어서서 두어번 철렁거리고는、 이내 허리를 짚고 일어서며 죽을상을 하는 패들이다。 그리고 가끔 거머리같은것이 다릿발에 붙기만 하면 그 논바닥은 에누리없이 욕장을 보고 만다。

다리에 붙은 거머리를 털어버릴 생각은 안하고 질겁을 하며 **흙탕속**에서 미친것처럼 이리뛰고 저리뛰고 그러다가도 잡바저서 딩굴기만 하면 그만 사방 몇간씩은 볼나위도 없이 되여버린다。 그런다음에는 그들은 다시 논바닥으로 들어갈 생각은 염두에도 안둔다。

보도소소장은 그러기때문에 개인농장보다도、 이 집단농장에는 거이 하루의 반이상을 나와 있게된다。 그러나 전부가 독신자뿐인 그들은 도무지 농사에 대한 관념은 안두고 그저 앉아서 대여주는것만 먹을 생각을 하며 일체 탐탁해하지않는다。 매일 농장에 나오는것은 ×××구류소로 정양가는것을 피하려함과 또 어쩌다가 기회만 생기면 탈주나 하려고 하는 그러한 맘에서 나오게 되는것이다。 이때문에 자위단은 조곰도 등한히 살피지못하고 공동농장 작업때에는 특별경계까지 하게된다。 이들에게 비하면 가족을 거느리고 집잡고 사는패들은 아무런 근심도 없다。 그야 속으로는 언제던지 딴생각을 베풀며 탈주를 꿈꾸고 있지만、 그러나 그들에게는 가족들이 달려있다。 그 가족들의 눈이 언제던지 감시를겨울리하지않고 그들의 일거일동을 낱낱이 살피는 바람에 그들은 하는수없이 얽매워 있게된다。

그러던것이 팔개월이나 경과하는동안 인제는 그들쪽에서 도리혀 가족들에게 대한 애착을 느끼게 된것으로서 보도소소장이 자기의 애쓴 보람을 느끼고 자못 만족해 하는것도 무리는 아닌것이다。 공동농장에서는 바로 점심시간이 됐다。 일꾼들은 제각기 무에라고 떠들어대면서 그늘로 흩어저간다。

명우는 득수네의 사건이후 어쩐지 사람을 대하기가 싫여저서 노 혼자만 도는판이라、 일터에 나와서도 한쪽구석으로만 자꾸 피해가며 일하다가、 점심시간이되자、 이내 아래편 언덕밑 외딴곳에 가서 실음없이 들어누었다。 거기에 최초의 탈주사건때 구류소에 가서 한방에 같이 있게된것이 인연이 되여、 그후부터는 각별히 친하게 지내는 규선이가 건너편 개인농장에서 찾아왔다。 그는 명우의앞에 와서 제몸을 내던지듯 철썩 잡바지며

「혼자서 멀하는가?」

하고 명우의 얼굴을 뺀-이 드려다본다。 명우는 그말에는 대답하지않고

「일하기 재미나는가」하고 딴말을 묻는다。

「재미가 나서 큰일 났네。 제-길할、 이놈에세상 한번 벌컥 뒤짚어지는법은 없나」

「뒤짚어지면 별수있을줄 아는가?」

「별수는 없지만 속은 한번 시언이 풀릴것 같어」

「객적은 소릴 말게。 골수까지 썩은놈들에게 시언한 일이 생긴다면 얼마나 시언스럽겠는가?」

「그래두 난 한번 그런걸 보구 죽었으면 한이 없을것 같네」

한때는 정치운동의 선봉에 나서서 불타는 정열로 날뛰었다는 이 중독자는 지금도 옛날의 그꿈은 잊을수가 없는듯 머어니 창공을 바라보며 저혼자 중얼거린다.

「두번두 싫다。 단 한번만이라두」

二

규선의 그모양에서 명우는 문뜩 자기의 과거중에서 그 가장 빛나던 아름다운 시절을 회상하게 되는것이었다。 처음으로 출품한 그 어머니의 초상화가 영예스러운 입선을 했을때 종일해를 진정을 못하고 우에노(上野)를 헤매여 단이든일。

그 입선된 그림을 보고、 비로소 자기의 존재를 발견하고 찾아왔던 그여자。

무사시노(武藏野)의 가을해별아래에서 캔버스를 나란이 하고 첫사랑을 속삭이든 그날。 꽃은 필때로 피여나고、 향기는 풍길때로 풍기었다。 그러나 다음순간 그위의일에 생각이 미쳤을때、 그는 갑작이 전신을 떨어놓며「여보게 좀 없는가! 가진게 있으면 좀 주게나」하고 규선의팔을 살스레 들어닥친다。

머어니 창공을 바라보며 사라진꿈의 추억에 함뿍 삼겼던 규선이는 조끔도 놀라는양없이 물끄러미 명우의 얼굴을 들여다 보다가 슬며어시 옆채기를 뒤지더니 꽁꽁 신문지쪽에 싼 예의 그것을 꺼내 팥알만한것을 두알로 갈라서、 한알은 자기의입에 넝큼 집어넣고、 한알은 명우의 손바닥에 올려놓는다。

명우는 역정스레 휙 빼앗듯 받아쥐고 입에 넣드니 꿀꺽 삼켜버린다。 그러고는 무겁게 입을 담은채 먼산을 바라보는것이 아니라 노려본다。

규선이는 다시금 하늘로 시선을 보내며

「어째、 옛날이 치미는가?」하고 빈정거리듯 말한다。

「미친놈」

「그럼 왜 급작스레 발작(發作)인가」

「개수작 말게。 자네야말루 미처나는 모양일세」

「내가?……허허허……그럼 여북 좋겠기에。 차라리 그렇게 미처만 난다면、 난 세상에서 가장 행복자가 될것이네」

「미친놈」

명우는 보낼곳없는 울화에 씩은거리며 주먹을 틀어쥔다.

「여보게、명우。자넨 아직 흥분되는걸 보면 멀었나보네그려」

「뭐가?」

「녹쓰는것 말야」

「녹? 녹이라니? 무슨 녹이라는 말인가?」

「이사람아、예술가가 그런걸 모두구 어떻거는가? 왜 거어느 시인(詩人)인가 불른 노래가 있지않나?

심금(心琴)인지 뭔지 한걸 노래하면서 마음의 거문고줄이니 뭐니 한게」

명우는 규선의 그말에 오랫동안 침묵을 지키며 무슨생각엔지 잠겨있다가

「미친 자식。개수작 말어라」하고는 그만 저쪽으로 훌쩍 돌아누어버린다。그러나 규선이는 조곰도 개의치않고 짖거릴때로 짖거린다。

「나두 한때는 시두 써보느라구 했것만 어디 생각나는대로 심금이란 그시나 을피볼까?……에-뭐드라。첨이 생각나야지」하고 그는 잠시 기억을 더듬다가

「엑、첨은 집어치구、되는대루 불러보자。

　　얼마나 오랜 세월이 흘렀느냐
　　녹쓸은 일곱줄에 서리운 슬픈전설
　　나는 고요히 눈감고 기억을 더듬다

　　첫줄에 서린 첫사라랑의 고담은
　　어째서 어머니의죽엄보다 더 슬플까
　　마음에 깃드린 검은 상장은
　　찢어도 찢어도 찢길줄 모르고
　　거기 내청춘은 오늘도
　　조문(弔文) 쥔채 엎드려 느끼다。

　　에-또 다음은 뭐드라」

「듣기싫다。좀 짖거리지 말구 잠자쿠 있거라」

명우는 견딜수가 없는듯 왈카 내뿜듯 말하고는 두손으로 얼굴을 덮는다。그래도 규선이는 멈추질 않고 그냥 짖거려댄다。

「어디로 날러갔느냐? 파랑새여!

녹쓸은 줄우에 서리서리 얽힌거미줄

너는 선율할줄 모루는 부호없는 보표

네 퇴식한 낡은 그줄을 탄식하며

내 슬픈꿈은 몇번이나 얽혔든가?

마음의 녹쓸은 줄아!

너는 언제나 그 보표에 맞추어

내 청춘을 다시 울어줄랴느냐?」

여기까지 읊은다음、규선이는 나즉히 한숨을 짓는다。

명우는 잠든듯이 두눈을 꼬옥 감고 어느때까지던지 움직이지 않는다。

三

규선이의 실없는 수작에서 명우는 진종일 무거운 생각에 짓눌려 우울하게 지났다。 그는 사뭇 치밀어 오르는 옛생각을 떨처버리려고、남보다 더 기운을 내여 일손을 놀렸으나 그러나 한번 치밀기 시작한 옛날의 환상은 그 기세를 꺾일줄 모른다。 그래 그는 마지막에는 될 때로 돼라하고 논뚝에 나와 풀숲에 들어누어버렸다。 그모양을 보고、보도소소장은 이내 가까히 온다。

「어디가 불편한가?」

「예」

명우는 간단하게 대답하고는 두눈을 슬며어시 감는다。

「어디가 불편한가? 속인가? 머린가?」

「머리가 좀 무거워요?」

명우는 말하기도 귀찮다는듯이 미간을 찡기며 가까스로 대답한다。 소장은 매우 염려스러워하는 빛으로 명우의 모양을 이슥히 나려다 보다가

「정 괴로우면 집으루 들어가지」하고 부드럽게 말한다。

「괜찮어요」

그러나 소장의 잔격정은 멈추질않는다。

「이사람아 들어가야지、이런 폭양밑에 누어서 쓰는가? 어서 들어가게」

명우는 노골적으로 귀찮어하는 빛을 띠고、벌딱 일어나더니、아무말도 없이 논

뚝을 뚜벅뚜벅 걸어나간다. 논뚝을 버서저서 큰길에 나서니 마치 그무슨 어리에서 풀려난듯、가슴속이 활짝 열리는것 같다. 그는 길게 숨을 드려마셨다가 후—하고 내뿜은다음 부락을 향해 발길을 옮겨놓며、어디던지 조요한데 가서、한숨 흐무지게 쉴것을 생각하는데、뒤에서 신발소리가 들린다.

무심코 돌아다보니 순동이와 그뒤에는 순녀도 무엇인지 이고 따라온다.

「형님、왜 벌써 들어가요」

순동이는 나란이 따라와 걸으며 목에걸쳤던 수건으로 땀을 씻는다.

「넌 왜 벌써 들어가니?」

「할걸 다 했으니 들어가지요」

「다 하다니、벌써 논두 다 맷냐?」

「논은 낼부터 시작하겠어요」

「무밭은 다 맷냐?」

「다 맷서요。인젠 가을에 걷어만 들이면 돼요」

순동의 얼굴에는 명랑한 웃음이 떠오른다.

「그런데 형님은 어쩨 벌써 들어가우」

「골머리가 좀 아퍼서」

순동의 눈가엔 또 심술궂인 웃음이 악의없이 떠오른다.

「뭐、싫여나니까、아퍼나는 골머리쯤이야」

「이녀석 또 놀리기냐?」

「하하하……」

순동이는 유쾌한듯이 웃고나서

「형님、그렇게 보니까、요즘 얼굴색이 아주 좋지못한걸요」

하고 이번에는 정색으루 말한다.

「망할놈、어쩻던 놀리기구나」

「아니、정말이유、아주 전보담 납버요」

「이녀석、잔수작 말구、저리 비켜라。더워죽겠다。」

「아니요、참말 안색이 나뻐요。무슨 근심이나 있잖어요?」

그러나 명우는 순동의 말을 바로 담아 듣지않고

「이녀석 너머 그러면 매를 맞는다」하고 흘겨보는 시능을 하다가 씽긋이 또 웃는다. 순동이도 하는수없이 따라 웃는다.

부락에 들어와서 순동이네와 갈린후 명우는 잠시 갈곳을 궁리해 보다가 그냥 집

으로 돌아왔다。 집에는 아무도 없다。 방안에 들어가서 뒷문을 열어제치니 제법 시
언한 바람이 소리를 치며 들어온다。 그는 우통을 벗어버리고 큰댓자로 목침도 없이
번듯이 들어누었다。 전신에 추근히 내배였던 땀은 일시에 건뜻 숨여든다。 말할수
없는 상쾌한 기분에 두눈을 슬멋이 감고 잠든듯이 하고 있는데 누군지 문앞을 들어
오는 자취소리가 난다。

득수의처의 발자취인줄 알고 그냥 모른체 하고있는데

「저……주무세요?」하는 여자의 목소리가 득수의처의 탁한 목소리와는 달르게
조심스레 들려온다。 번쩍 눈을 뜨고 내다보니 문앞에는 순녀가 와서 귀밑까지 붉히
고 있다。 명우는 반발된듯이 벌떡 일어나았다。

四

순녀는 무엇인가 보재기로 싼것을 옆에 끼고 왔는데 종시 고개를 처들지 못하고
망서리기만 한다。 명우는 무슨 영문을 몰라 머엉하니 내다보기만 한다。 그러다가
자기의 우통벗은것에 생각이 들자、 그는 당황하게 서둘며 윗목에 벗어던진 적삼을
집어다가 입는다。 그모양을 보고 순녀는 더한칭 고개를숙이며 모로 돌아서 버린다。
명우는 계면적어 한동안이나 어물거리다가 큰맘으로 입을 열었다。

「무슨일루 왔나요?」

순녀는 비로소 실머어시 고개를 돌린다。

그러나 바로 쳐다보지는 못하고

「저、이걸 가져왔어요」

애련한 음상은 갈청 울듯 떨려나온다。

「그게 뭔데?」

「저、속옷을 빨아 왔어요」

「에? 속옷을?」

명우는 깜짝 놀라 그제야 벽을 처다보니 이때까지 그냥 걸려있는줄로만 알았던
속적삼과 잠뱅이가 없다。

「그건 언제 가져갔나요」

「요전번 오빠가 가져다 주면서 빨라구하시기에……저……잘 빨리지 않았어요」
하고 순녀는 몇번 주저가리다가 가지고 온것을 삽붓 문턱안에 드려논다음 그만 도
망질치듯 종종거름으로 밥비밥비 마당밖으로 나간다。

그가 마당밖에 나가버린 다음에도 명운는 오랫도안 얼빠진것처럼 한자리에 앉아 움직일줄을 몰랐다. 도무지 꿈같으며 골속이 띵—하여 생각을 바로 가다듬을수가 없다. 그는 무심하니 순녀가 놓고간것을 나려다 보았다. 그러면서 그가 하던말을 어렴푸시 생각해 보았다. 꼬옥 꿈속을 들은듯 기억이 희미하다.

그는 다시금 밖을 얼없이 내다보다가 보재기를 풀어보았다. 알맞게 풀빨을 받은 그것은, 방금 다리미를 뗀듯 따스하게 온기까지 숨여있다. 명우는 또 한동안 채건히 개킨것을 드려다 보다가, 슬쩍 적삼을 제처보았다. 무엇인지 접어논 사이에서 살짝 구둘바닥에 떨어진다. 집어볼것도 없이 비록 인조견이긴 하나 제법선까지 정성껏 떠넣은 손수건이다.

명우는 비로소 정신을 차린듯 얼른 제대로 도로 싸서 뒤로 밀처놓았다가 가시찬역구석 이불장을 들고 밀어넣는다. 그날저녁 명우는 말쑥하게 새옷을 털어입고 어두운 골목을 되는대로 헤매여 단이다가 북문어구로 나갔다. 보초막에는 마침 순동이가 서있다.

「형님, 어디루 가시우?」

「산보다.」

「특별허락을 할테니까, 도망질 하면 안됩니다」

「망할녀석」

명우는 싱글거리는 순동의앞을 지날랴니, 제몸에 걸친 옷이 자꾸 얼굴을 붉혀준다. 그는 얼른 순동의앞을 지나 내ㅅ가로 나갔다.

내ㅅ가로 나가니 돌골 홀러나리는 물소리는 말할수없이 잔조롭다. 그에 따라 마음속은 못견디게쯤 안타까워 난다. 그리고 이상스레도 이야기가 하고싶어 나고 그 누구의 가슴에 포근이 안겨서 밤새도록 울어봤으면 싶어난다. 그것이 무슨까닭인지 저로서도 알수없는 일이다. 그는 실없이 들떠오르는 마음을 가누지못해 조그마한 돌을 집어 웅덩이속에 집어던졌다.

「출렁」하는 물소리에 벌레서리들은 딱 멈춘다.

그순간, 그는 문득 아까 낮에 규선이가 읊던 시를 생각했다.

「심금! 마음의 녹쓸은 줄!」

그는 한동안이나 생각나지않는 기억을 더듬다가 그만 규선이를 찾아가서 물을 작정을 하고 조급히 들처섰다.

六、 地獄으로가는길

一

칠월이 가고 팔월이 왔다. 팔월을 잡자 며칠안되여 부락에서는 만척(滿拓)의 제오회째의 대부배급(貸付配給)을 받게되었다. 그 때문에 툰장(屯長)은 현에 갔다오고, 이튿날은 보도소 앞마당에서 진종일 양미배급에 눈코 뜰새 없이 밤비 지냈다.

부락만들은 저마다 내켜하지않는 얼굴로 배당된 쌀을 둘러메고 각각 제집으로 흩어저 가서는, 위선 앞으로의 예산부터 세운다. 어떻게해서던지 이번것을 가지고, 신곡 날때까지 견디어 나가야 할텐데, 아무리 손구락을 꼽아가며 날자와 되ㅅ수를 따저보아야 어림도 없는 일이다. 그래 마지막에는 손구락을 꼽아보다가 못해, 그만 역정스레 쌀푸대에다 침을 탁 뱉고는

「제ー길 이러구 살면 뭘 하는가」하며 보낼곳없는 울분에 저혼자 씩은거리는것이었다. 그러고 중독자들은 그러한 쌀보다도 비록 콩알만한 것이라도 새깜안 그놈을 주는편이 얼마나 났겠는가고, 몇번이고 군침을 삼켜본다.

그러므로 그들은 밤이면 자위단의 경비망을 교묘히 뚫고 외부와 연락을 취해서는 배급된 쌀을 가정의눈을 속혀가며 아편과 바꾸어 들이는것이다. 그러나 이때까지 그 공작에 있어서 두목격이던 득수를 구류소에 빼앗긴 관게로, 그들은 어찌할바를 모르고 헤매다가 결국 은 다시 새로운 두목을 선택하게 되었는데, 그는 달은 사람이 아니라 규선이었다. 규신이는 자초에는 그들의정을 서절했으나, 아편밀수의 길이 전연 절단되고는 첫재로 자기부터 곤랄을 느끼게 되는것이고, 또 달은사람을 시키느니보다 자기자신이 직접 관여하게되면, 남의손을 비느니보다 마음놓고 만족을 채울수가 있겠기에 과감히 그 책임을 맡은것이다. 그리하여 밤이되면 비밀공작은 자꾸 계속되여 간다. 그러다가 꼬리가 길면 밟힌다고, 어느날밤, 그들은 끝끝내 보초의눈에 띠이고 말았다.

요란스런 경종은 부락의 정적을 졸지에 뒤지퍼 놓았다. 규선이네는 걸머졌던 쌀푸대를 성밖에 내던진후 그냥 앞산으로 올리달렸다. 추격대는 삼시간에 산을 둘러싼다. 탈주자의 일행은 셋이다. 그들은 죽을 힘을 다해서 앞산 첫마루턱에 오르자, 숨을 돌려쉰다음, 다시금 마루턱을 타고 우쪽으로 빠졌다. 추격대는 그냥 곳게 마루턱을 넘어골작이로 떨어저 간다. 규선이네는 조옥히 맘을 놓고 속력을 느추었다. 그러고는 서로 얼굴을 마주보며 어떻게 할것을 상의했다. 그러나 그무슨 묘안이 떠오를리가 없다. 생각다못해 마지막에 규선이는 자포가되여 혼자ㅅ말 하듯 중얼거

린다。

「될때루 돼라。 아무때 죽으면 바루죽을 신세냐?」

그말을 듣자、 성오는 병철의 얼굴을 돌아다 보았다。 그러나 병철의 표정은 조곰도 변하는것 같지않다。 그저 묵묵히 발낄만 옴겨놓는다。 성오는 겁이 덜컥 났다。 평소의 행동으로 보아서 규선의 그말은 웬일인지 사실을 예언한것같은 불길한 생각을 이르켜주고、 그리고 병철의 태도는 둘도없는 이 기회를 놓지지않고 그냥 이대로 어디던지 탈주해버릴 태도다。 그러나 자기는 그렇게 죽엄을 각오한다거나 탈주를 꿈꿀 용기는 갖지못했다。 그때 그는 은근히 속을 태우며 둘의 거동만 흘끔흘끔 엿보았지만、 둘은 조곰도 주저거리는양 없이 그저 발길만 옴겨놓는다。

성오는 세번째 마루턱을 넘었을때 참다못해 규선의 얼굴을 조심스레 돌아다보며 물었다。

「그런데、 여보게、 대체 지금 어디루 가는셈인가?」

규선이는 들은체도 않고 거름만 옴겨놓는다。

「여보게、 규선이、 이게 지금 어디루 가는 길인가?」

「지옥으로 가는 길아라네」

규선이는 웃지도않고 평범한 양으로 말한다。

「에?」

성오는 깜짝 놀라며 한동안이나 규선의 얼굴에서 시선을 떼지못하다가

「여보게、 길두 모르구 어디를 이렇게 가는건가?」

거이 울상이 되어 묻는다。 그모양을 보고 버럭 소리를 높여 역정스레 핀잔을 주는것은 병철이다。

「어딘지 알께 뭔가? 그저 가는대루 갈판이지」

성오는 하는수없이 입을 담으렀다가 얼마 못가서 또 입을 연다。

「가느대루 갈판이라니……이런 심산에 들어서 어디루 간단말인가?」

그러나 둘은 응대도 없이 어둠속만 자꾸 더듬어간다。

二

날밝을 무렵、 하도 지처서 나무그늘에 아무렇게나 쓸어저 잠시 눈을 붙혔다가 일어난다는것이、 눈을 떴을때는 늦은 아침때도 훨씬 지난듯 산은 째듯이 밝다。 그런데 사방에는 뜻하지않은 안개가 자욱히 겨돌아 방향을 분간할수가 없다。

셋은 무거운 표정으로 서로 말없이 담배만 빨며 안개가 사라지기를 기다린다. 만은 아무리 기다려야 사라지는양은 없고 그냥 자욱―하다. 셋은 차츰 불안을 느끼기 시작했다.

「여보게、규선이。이러구 앉아만 있으면 어떻걸텐가?」하고 먼저 입을 여는것은 성오다。「그럼 어디 별수가 있는가?」

「별수가 있는가라니?……어디던지 가야지、그냥 이대루 있다가 시장끼가 돌면 어떻거겠는가?」

성오의 이말을 듣고보니、사실 규선이나 병철의 뱃속은 벌써 시장해 난지가 오래다。그렇기때문에 둘의 표정은 더욱 어두어진다。성오는 이슥히 잠자코 둘의 얼굴을 번갈어 살피며 대답을 기다리다가 또 입을 연다。

「여보게 병철이、자넨 혹 이근방 산빨을 타본일이 없는가?」

「없네」

「여기가 아니라두、다른곳에서 타본일두 없는가?」

「한번두 없네」

성오는 후―하고 긴한숨을 뽑은다음 이번에는 규선의 편으로 또 돌아앉는다。

「어제ㅅ밤에 온길을 알수있는가?」

「어디던지 잘 모르겠네」

「우뚝한 산봉오리같은것을 왼편에 끼구 온것같은데、그게 어느걸까?」

「글쎄 나두 그걸 자꾸 찾아보는데 어느게던지 도무지 알수가 없네그려」

「나무같은건 없었지?」

「글쎄、그냥 풀숲으루만 온것같은데 웬 대목들이 이렇게 꽉 들어찼는가?」

서로 말할수록 마음은 어두어간다。그러다가 아래편을 나려다보니 자욱히 껴돌았던 안개속에서 산등어리가 어수룸하니 들어나 보인다。

「아 저걸세。간밤에 왼편에 끼구 올라온건 저걸세」

규선이는 반가움에 벌떡 일어나며 아래편 안개속을 가르킨다。안개속에서 차츰 선명하게 보이는 산등어리를 내다보고、성오와 병철이는 기운이 나는듯 허리띠를 졸라매며 일어난다。

「그런것같네」

「인젠 어떻게 떠나보세」

셋은 아까보다는 훨씬 삭아저간 안개빨을 내다보며 방향을 따진다음、동(東)으로 향해 이슬밭을 헤치고 나간다。그런데 어째서 동으로 방향을 잡었는지는 셋이 다

서로 모른다. 그러나 그 까닭을 캐려고는 아무도 안한다. 그것은 그들에게 더욱 심한 불안을 가져다 주기때문인것을 잘 알고있기때문이다. 그저 어디던지 방향을 잡고 감으로서 잠시라도 무겁게 머리속을 엄습하는 불안을 떨쳐 버리려는것이 셋의 공통된 심리다. 얼마못가서 셋은 깊숙한 골작에 떨어졌다. 골작에는 맑은물이 촐촐하니 흘러나리고 일홈모를 꽃들이 조촐한빛으로 수접게 피여있다. 어름같이 찬 물을 셋은 양껏 들여켰다.

홀쭉하던 뱃속이 얼마간 불러나는것같다. 안개는 거진 거뒤여지고 그대신 뜨거운 해별이 곳게 나려쪼인다. 아무것도 얹힌것없는 곡되는 익어들듯 뜨거워지고 등어리에서는 도랑물처럼 땀방울이 흘러나란다. 이슬끼가 차츰 말러들자 풀숲에선 단내가 후꾼후꾼 풍겨올르기 시작한다. 한마루턱을 넘고 두번째 마루턱을 넘었을 때엔 벌써 한발작도 옴겨놀수 없게쯤 뱃가죽이 딱 들어붙었다. 그런데 아무리내다 보아야 방향은 알수가 없다. 모두다 낯선 산봉오리뿐이고, 갈수록 숲은 검우죽죽하다.

마침내 성오는 탑숙한 피나무밑에 털석 주저앉으며

「난 못걷겠네」하고 둘을 쳐다본다.

병철이와 규선이도 아무말없이 성오의 옆에 서로 등을 지고 주저앉는다. 머리속이 뽀오야니 흐려드는것같다. 눈을 감고 비스듬이 들어누우니 나릿한 피곤은 전신을 꼼짝 못하게 사로잡아 버린다. 셋은 그냥 기진한채 깁뜨지 못하고 혼곤한 잠속에 들어버렸다.

三

얼마나한 시간이 어즈러운 꿈속에서 흘러갔던지 병철이가 겨우 눈을 떴을때는 점심때도 훨씬 기울었다. 규선이와 성오는 그냥 깁뜨지못하고 잔다. 노오랗게 시든얼굴은 조곰도 숨이 붙어있는 산사람의 얼굴같지않다. 그래 병철은 조심스레 둘을 흔들어깨웠다. 대여섯번이나 흔든다음에야 겨우 정신을 차려서 고개를 처들고, 머어니 처다보는 둘의 눈은 똑같이 빛을 잃었다.

「좀 정신들, 차리게. 이렇게 잠만 자군 어쩔텐가?」

병철은 거리 울상으로 저무는 해를 바라보며 말하고는 떨리는 다리에 힘을주어 일어선다. 만은 규선이와 성오는 그냥 누은 자리에서 일어날쭐을 모르고 우두머니 허공만 바라본다.

「여보게 규선이, 좀 정신채려 어디던지 가보세. 인젠 해가 저무네」

「어디루 가겠는가? 난 배가 곱허 꼼짝 못허겠네」

규선이는 말도 겨우 이어놓는다.

「그래두 가야지, 앉어서 죽을텐가? 요아래 골작이루 나려가보세. 물이라두 있으면 배를 채워가지구, 어디던지 가야지, 그냥 이대루 있다간, 그저앉어서 호랑이밥이나 됐지 별수가 있는가?」

병철의 소리에, 성오와 규선이는 넋없이 일어난다. 둘은 마치 뒤ㅅ숲에서 호랑이가 숨어있다가 달려나오기나 하는것처럼 뒤를 둘러살피며 병철의앞에 나선다. 그러나 말은 한마디도 없다. 골작이로 나려가는 동안, 성오와 규선이는 절반을 기다싶이하며 몇번을 구을런는지 모른다. 병철의 예측대로 거기에는 과연 맑은물이 흘르고 있다. 셋은 정신없이 들여켰다. 뱃속이 찌잉 저려들더니 갑작이 가슴속이 울컥 치밀어 오른다. 참다못해 성오와 규선이는 왈칵 토하기 시작한다. 병철은 이를 악물고 참기에 애를쓴다.

그러나 성오와 규선의 구역은 멈출줄을 모른다.

「아이구―여보게, 사람 살려주게」하고 마침내 성오는 뒤로 나가 번드러진다. 그러자 규선이도 옆에 있는 바위에 막우 엎드린다.

「여보게, 자네까지 이러면 어떻거겠는가」하고 병철은 규선의팔을 와락 끌어댕긴다.

「여보게, 조금만……조금만 이대루 둬주게. 뱃속이 뒤지펴지는것 같네」

규선이는 거이거이 숨줄이 끊기는것같은 음성으로 애원한다. 그러나 병철은 사정을 보아 안준다.

「안되네. 여기서 들어눕기만 하면 끝장이 나네. 괴롭더라두 좀 더 가보세. 이 물줄기를 따라가 보세. 내 생각에는 꼭 인가가 있을것같네」하고 그는 그냥 규선의 팔을 댕기여 일으킨다. 규선이는 하는수없이 일어서기는 하나두 어깨는 축―처저다 죽은송장같다. 병철은 다시 이번에는 성오를 안아 일으킨다.

「아―하, 난 죽네」

성오는 벌써 눈쌀이 다 돌리고 신음소리도 선명치 못하다.

「제―길」

병철은 두덜거리면서도 성오의 한쪽팔을 자기의 어깨에다가 걸처놓고 달은한쪽팔로 그의 겨드랑을 껴안은후

「어서 걷게」하고 발길을 떼여놓는다. 그러나 얼마를 못가서 규선이는 나무그루

를 걷어차고 나가 자빠지더니

「아이구 모르겠다. 될때로 돼라」하고는 다시 깁더일지못한다.

병철은 하는수없이 성오의 겨드랑을 놓아버린다. 그러고는 자기도 그자리에 펑덩 주저앉는다. 셋은 다시금 혼수상태에 빠졌다. 그러자 해는 서산넘어 기울고, 골작에는 어둠이 슬며어시 밀려들기 시작한다. 건너편 마루턱에서는 까마귀의 울음소리가 청승맞게 들려오며 뒷산어깨로는 바람소리조차 음산하게 들려온다.

四

자위단의 필사적 노력에 의하여 병철이네가 수색망에 걸려든것은 그 이튿날 낮밥때였다. 셋은 멀리로 도망한다는것이 결국은 개미가 채바퀴 돌듯 제구비를 자꾸 끼고 돌아서 사실 그들이 마지막으로 쏠어진곳은 부락에서 십리도 되나마나한 곳이다. 자위단은 이날도 조반을 먹구 마지막 수색으로 사방에 흩어졌던것인데, 앞산마루턱을 넘어 다음 마루턱에 올라서니 얼마 멀지않은 건너편 골작이쪽에서 까마귀들의 울음소리가 소란하게 들려오기에 수상하여 그소리를 따라 가보니, 뜻밖에도 거기에 탈주자들이 쏠어저 있었던것이다.

단원들은 너무나 반가움에 고생하던것도 잊어버리고 앞으로 달려갔다. 그러나 그들은 너무나 참혹한 모양에 넋없이 뒤로 물러서서 않을수가 없었다. 코ㅅ구멍을 쿡 찌르는 추기(臭氣)보다도, 바위밑에 엉거주춤하니 앉아서 쏘는듯한 눈으로 이쪽을 노려보고있는 한마리의 늑대.

「앗, 저게 뭐냐?」

앞에 섰던자 보다도 먼저 소리를 질른것은 뒤에 선 단장이다.

「아, 승양이다」

여럿은 서로 뒤로 물러서며 색을 잃는다. 그모양을 보고 단장은 용기를 내여 앞에 썩 나서며 어깨에 메였던 총을나려 겨누어 댄다. 그것을 본 즘생은 번개빛이 되어 바위틈으로 빠저다러난다.

「탕」

두이어 연방 두방이나 요란하게 산골작을 울렸건만 즘생의몸은 쏜살같이 숲속으로 빠저버린다. 그제야 여럿은 쏠어진 셋의 곁으로 조심스레 가보았다. 비길데없이 추악한 냄새가 코ㅅ구멍을 쿡 찔른다. 쉬파리가 윙윙거리는 우쪽을 살펴보고 그들은 일제히 얼굴을 돌려버린다. 역여볼것도 없이 옆구리에 커다란 구멍이 뚫어지고, 창자가 미죽—이 내민것은 성오다. 단장은 눈앞이 아찔하여 두손으로 얼굴을 덮는다. 그는 눈을 가린채 신음에 가까운 소리로

「둘을 봐라. 둘두 그렇게 됐나?」하고는 단원들의 대답을 기다린다. 단원들은 몇번이나 주저거리다가 하는수없이 규선이와 병철의 곁으로 조심스레 가본다. 조곰도 상한데가 없다. 그저 잠든듯 하다 그러나 바짝 가차히 닥어들어 만저보지는 못한다. 단장은 기다리다못해 덮었던손을 떼고 허둥지둥 둘의옆으로 가더니, 이슥히 드려다 보다가 갑작이 소수라치며 외친다.

「숨이있다. 아직 살었다」

「예?」

여럿은 넋없이 달려든다. 단장은 한쪽손에 들었던 총을 집어던지고 와락 달려들어 옷섶을 제친후, 가슴을 짚어보며 코스구멍에다간 귀를 기우려본다.

「앗, 숨이있다. 아직 살었다. 그쪽 규선이란놈을 봐라 어떠냐? 살었냐?」

단장의모양으로 사슴을 제치고 만저보던 단원의 입에서

「아 숨이 있읍니다」하는 소리가 나오자, 단장은 그리로 또 넋없이 달려간다. 확실히 왼쪽 가슴에서 심장이 뛰는소리가 난다.

「이놈두 살었다. 심장이 친다」

단장은 벌떡 일어나더니 어쩔줄을 모르고 단원들의 얼굴만 번갈러 본다. 그러나 바른편 성오의 쪽으로 시선이 돌아지자, 그의 얼굴빛은 다시금 새파랗게 질려진다.

그들이 부락으로 돌아온것은 그로부터 한시간도 못되어서였다. 그런데 그동안 부락에서는 또한가지 변사가 생겼다. 그것은 다른게 아니라 규선이처의 자살소동이었다. 그는 남편의 탈주후 이튿날동안이나, 수색단에 끼여서 산속을 헤매다가 결국은 모든것을 죄다 단념하고, 뒷강변 버드나무에 목을 매고 늘어졌던것이다.

그러나 행이랄지, 불행이랄지 마을사람의눈에 띠여서 목적은 달치못하고 그저 정신만 어리처서 집으로 들려왔던것이었다.

七、 빛과어둠

一

한번 떨리기 시작한 녹쓸었던 마음의 금선은 날이 가면 갈수록 점점 잊었던 옛날의 노래를 그리게 되는것이였고 향수(鄕愁)의 보표만 찾어내려고 하는것이었다.

날러간 파랑새! 그것은 한번 놓지면 다시는 영원히 붙잡을수가 없는것인가? 잔

인스레도 부첩된 청춘의 상장!

그것은 영원히 찢을수없는 운명의 상장인가? 장구한 지일을 어둠의 나락에 침전되었던 명우는 순녀의 존재로 말미암아 몇날을 진정을 못하고 고민했다.

다시금 울려는 마음의 금선. 규선의 말과 같이 사실 자기의 마음의 금선에는 아직도 녹쓸지않은 부분이 남어있었든가? 그는 몇번이나 부질없는 꿈으로 돌려버리려고, 제마음을 비웃고 마지막에는 증오까지 느꼇다. 그러나 그는 결국 그렇게 비웃고 증오를 느끼는것이 도리혀 얼마나 어리석은 일이고 타기할 일인것인가를 깨달었다. 그래 그는 내종에는 순동이네 남매간의 친절과 호의에 대하여, 조곰도 괴롬을 느끼지않게 되었고, 한편 속으로는 은근히 그어떤 히망까지 지니게 되었다.

그러한 어느날 그는 보도소소장의 호출을 받게되었다. 이전버릇으로 소장의 호출을 받고 명우는 속으로 곰곰히 생각해 보았으나 자기의 지은 죄라고는 며칠전 밭머리에서 규선이와같이 아편을 먹은 그것밖에는 없다. 허지만 규선의 입에서 그 비밀이 탄로됐을리는 절대로 없다. 그렇다면 무슨일로 불르는것일까? 아무리 생각해도 까닭을 알수없다. 생각다못해 하여턴 가보기로 작정하고 집을 나섰는데 저쪽에서 헐떡거리며 오는것은 순동이다.

그는 명우의앞에 오자, 대뜸

「보도소루 가시우?」하고는 무슨까닭이 있는듯이 벙긋 웃는다.

「응, 소장이 불러서 간다」

명우는 내켜하지않는 어조로 대답하고는 순동의 웃는얼굴을 수상스레 들여다 보았다. 「무슨일루 불른답디까」

「내가 아니?」

「왜 불리는이가 몰라요?」

「무슨일루 불루는지 남의속을 어떻게아니?」

「그런것두 몰라요? 난 벌써 다 알구있는데」하며 연성 웃음을 걷우지 못하는 그 모양을 아무리 보아도 수상스럽다.

「알면 좀 대주렴」

「대주면 한턱 낼테유?」

「응, 한턱 내지」

명우는 어색한 웃음을 지으며 순동의 입만 주시했다.

「뭘 낼테유?」

「아무거나 네 요구대루」

「정말?」

「정말아니구、애들보구 거짓말 하겠느냐」

「애들이라뇨?」

「그럼 아직 장가두 못간놈이 애들이 아니구 어른이란 말이냐?」

「아니 그럼 형님은 총각이 아니구 서방님이시우?」

「이녀석아、난 총각이래두 늙은 총각이돼서 어른축에 든다」

「무슨소리? 총각이면 늙어두 총각이지 상투쟁인가? 쥐면、큰쥐두 쥐구、색기쥐두 쥐지」「엑기녀석 말ㅅ버릇 고약하다」

「하하하……총각어른께 죄송합니다」

「이녀석아、농담은 좀 그만 부리구、어서 허자던 말이나 하렴」

「하지요。그대신 턱을 잊으면 안돼요」

「글쎄 안잊으마。뭐가 요구냐?」

순동이는 잠시 생각하는양을 하다가 갑작이 정색으로 돌아서더니

「저 형님、고향본댁에서 왔어요」

「머?」

명우는 깜짝 놀라 한참동안이나 입을담을지 못하고 마주보기만 하다가、마치 무서운것이나 묻는것처럼 조심스레 말을 꺼낸다。

「오다니? 누가……누가 왔단말이냐」

「편지가 왔단말애요」

순동이는 웃지도않고 시침까지 뚝 딴다。명우는 무거운 쇠마치로 뒷통수를 얻어마진것처럼 골속이 핑ㅡ하여 선자리에서 움직일줄을 몰랐다。

二

보도소소장의 앞으로 들어가는 명우의 다리는 가느다랗게 떨린다。그는 새파랗게 질린 얼굴로 소장의입만 주시한다。소장은 자애로운 웃음을 만면에 띠우고 부드러히 바라보면서

「명우ㄴ가」하고 조요히 입을 연다。그러나 명우는 대리석을 깎어세운듯 빳빳이 서서 대답을 못한다。

「명철이라구 누군가?」

명우는 한동안이나 지나서야 겨우 입을 연다。

「사촌 형입니다.」

「아, 그렇군. 자네 백부되시는 이는 준ㅅ자、식자를 쓰시던가?」

「네」

「어머니께선 지금두 큰댁에 계시겠지」

명우는 고개를 폭 숙여버린다.

「어머니의 연세는 금년 얼마나 높으신가?」

명우는 입술이 찢어저라고 악물며 여전 말을 못한다.

「환갑은 지나지 않으셨겠지?」

소장의 질문은 집요하게 계속된다.

명우는 참다못해 고개를 번쩍 처든다.

「소장님、웨 그런 말슴을 자꾸 무르십니까? 제발 그런 말슴은 묻지말어 주십시오」

소장은 조용히 바라보다가 자못 측은한듯 나직히 한숨을 짓고나서

「명우、잘못했네. 다시는 안물을테니 과히 섭섭하게는 생각말게」한다음 책상사람을 당기드니、편지 한장을 꺼내놓는다.

「사촌형님께서 편지가 왔네. 나안테는 자네 백부님께서 왔네만 위선 자네편지부텀 먼저 읽어보게. 여기규정대루 먼저 봉을 찢어 검열을 한다음에 내주겠지만 군한테루온거니까、그냥 내주는걸세. 거기 걸상을 갖다놓구 앉어서 천천히 읽어보게나」

명우는 오랫동안 책상우에 놓인 편지를 응시하다가、마침내 떨리는 손을 내민다. 눈에 익은 사촌형의 필적이다. 무슨말을 써넣었는지 우표는 팔전이나 붙어있다. 명우는 몇번을 주저거리며 망설이다가 그만 큰맘으로 부욱 봉을 찢었다.

(그리운 동생아!)

이 첫머리에서 벌서 명우는 목구녁이 꺽 막혀젔다.

(오늘은 팔월××일。음력으로는 칠월××일.

기억하고 있느냐? 내 가장 사랑하는 아우 명우야!

너의 생진날—아주머님 눈물이 진종일 끄칠줄 모르는 날이다)

여기까지 나려읽다가 명우는 그만 편지우에 얼굴을 파묻어 버렸다. 소장은 슬며어시 자리를 일어나 밖으로 나간다. 막혔던 봇물 터지듯 왈칵 쏟아진 눈물은 한동안이 지나도 멈출줄을 모른다. 마지막에는 흑흑 소리까지 내여 느꼈다. 그러다가 그는 그냥 느끼면서 편지에서 얼굴을 떼고 다시 들여다 보았다.

(수천리 타국 낯선 곳에서 남달리 고난을 겪는 너도 오늘만은 불상한 어머님의

생각과 고향생각을 하리라。

지금 아주머니는 네가 처음으로 입선의 영을 얻었을때의 그 그림을 벽에서 나려 놓으시고 보시다가 못해、 와락 끌어안으시고 소리를 죽여가시며 우시는 중이다。

옆방에서 그 모양을 엿보며 너에게 보내는 이 편지를 적는 나에겐들 어찌 눈물이 없을소냐?

그리운 아우야!

벌써 몇십번이나 되푸리하여 썼는지는 모르겠다만、 나는 결코 너를 원망치도 않 고 미워도 안한다。

이 내맘을 누구보다도 너는 잘 알고 있을것이 아니냐? 나는 조곰도 너를 비난하 지는 않는다。 그러기때문에 야속한 세상에 대한 원망은 더욱더 깊어가는것이다。

네 맘을 잘 알고 진정으로 슬퍼하는 나로서 어떻게 너를 원망할소냐?

그렇지만 사랑하는 아우야?

내 불상한 아주머니의 그 눈물을 볼때면―

네가 옛날과같이 다시 제길로 들어서지 않는한 절대로 만나보시지 않으시겠다는 그 아주머님께서、 우리들의 눈만 없으면、 언제던지 으슥한 구석을 찾아가서는 혼 자서 소리없이 눈물지으시는 모양을 조곰이라도 아우야、 네가 상상하여 본다면―)

명우는 이 이상더 볼수가 없었다。 그는 보던편지에 다시금 얼굴을 묻어버렸다。

三

그날밤 소장은 간단하나마 상을 차려놓고 명우를 청한다음 순동이까지 불렀다。 명우는 사촌형의 편지에서 흥분된 머리속이 아직도 식지않은 탓으로 소장의 권하 는 술을 그저 되는대로 받아 마시였다。 소장은 자못 만족한듯 뻘겋게 상기된 얼굴 에서 웃음을 걷우지 못한다。

「뒤늦어 새는 생일맛이 어떤가?」

명우는 자꾸 울고싶어나서 견디기 어려웠다。 소장은 명우의 속을 죄다 엿보고 또한잔 쭈욱 마신다음 잔을 넘긴다。

「그런데 난、 명우한테 헐말이 좀 있는데、 들어줄런지」

명우는 들었던 술잔을 도루 나려놓고 빠안이 소장의 얼굴을 건너다 본다。

「꼬옥 해야만 될 말인데」

「무슨 말슴인데요?」

「꼬옥 세가지 청이 있는데 들어줄려나」

「제힘으로서 들어 헐만한 일이라면 들어들이지요」

「그야 헐수있는 일이지. 아니 자네가 아니군 못헐 일이지」

「그러시다면 들어들이지요. 무슨 말슴이십니까?」

「그런데 먼첨 한마디 물은다음에, 꺼내야 할텐데, 그것부터 묻기두 허지. 노하거나 오해해서는 안되네」

「천만에 말슴입니다」

「그럼 묻겠네. 에―군은 어째서 처음 아편을 붙이게 됐는지 그것부터 말해 줄수가 없는가?」

명우는 너무도 의외의 질문에 가장 아픈데를 다친듯 대번에 얼굴빛이 흐려든다.

「이런것을 묻는건 대단 안된 일이지만 좀 특별히 너그러운 맘으루 들려주게나」

그러나 명우는 숨소리가 괴롭게 되여저가며 외면한 고개를 바로 돌리지 못한다.

「영사관서 넘어온 서류에는 그저 간단하게 첫사랑에 실패하구 만주와 돈을벌랴다가」

「소장님, 그건만은……그것만은 묻지말어 주십시요. 달은것은 다 물으세두 그것만은 묻지말어 주십시요」

소장은 한참동안이나 건너다 보다가

「그러지 자네 청대루 취소하겠네」하고 어색하게 되어버린 좌석을 이내 뇌락한 웃음으로 가다듬어 놓은후

「그럼, 세가지 청으루 들어가지.

첫재―인젠 규선이허구 병철의 피로두 회복된듯 해서 내일아침이면 구류소루 보낼까 하는데, 그런데 난 첨부터 그렇게 봤지만, 군과 규선이만은 달리 봐왔네. 다행히 내눈이 틀리지 않아서 군에게선 애써온 보람을 느꼈지만, 아직 규선이만은 잘 넘어가지 않느단 말야.

그래 생각다못해 군의 공작을 좀 빌어볼까 하는데, 어떻게 묘한 방책이 없을까?」

그소리에 명우는 그러지않아도 붉어진 얼굴을 더한칭 붉혔다. 그는 오랫동안 고개를 처들지 못했다. 그러다가 겨우 굳어진 입술을 놀려서 신음하다싶이 자기의 죄상을 자백했다.

「소장님, 대할 낯이 없읍니다. 전 아직두 죄인입니다. 요 얼마전에두 규선이와 같이 죄를 지었습니다」

그러나 소장의눈은 여전히 부드럽게 웃는다.

「과거는 문제가 아닐세。이제부터 결심하구、다시는 절대 가까이 하지않으면 되는것이 아닌가? 이 복잡한 세상에서 어떻게 과거까지 들춰가며 산단말인가? 그러찮은가?」

명우는 소장의 얼굴에서 응결된 시선을 메지못했다。소장은 다시금 다음을 이어간다。

「나는 이 부락민의 과거를 들춰내려구온 사람은 아닐세。나는 그들의 장래에다가 내 전히망을 걸구 온 사람일세 그러기때문에 나는 군이 바루 한시간전에 죄를 지었대두 그걸 가지구 문제를 삼으려군 안하네。요는 인제부터 개심을 하는가、안하는가 하는 그것일세。그점 난 군의 앞날을 굳게 믿는 사람이네。어떤가? 내말이 틀리는가? 틀리면 틀린다구 말해보게」

명우는 자꾸만 가슴속에서 돌맹이같은것이 치밀어 올라 대답할수가 없다。

「그런 점으로 보아서 규선의 부탁을 군한테 하는거니까、오늘밤에라두 찾어가서 군의 최선을 다해주기를 나는 간절히 부탁하네」

「네 가보지요。꼭 가보겟어요」

명우는 거의 무의식하게 입술을 놀렸다。

四

「다음 둘재는 에—좀 밀하기가 거북하지만 에—」하고 소장은 웬일인지 주저거리며 얼른꺼내지 못하다가、명우의 옆에 앉어 동정만 살피는 순동의 얼굴을 홀낏 돌아다 본후

「달은것이 아니라、나한테 수양딸이 하나 있는데、인젠 나이두 차구 해서 적당한 사람이 있으면 떠맡길려구 하던찬데 에—」하고 소장은 또 중단한다。

명우는 웬일인지 가슴속이 울렁거려남을 느끼고 얼굴을 숙였다。소장은 술기운을 빌어 용기를 내려는듯이 앞에 놓인 빈잔에다가 그득 술을 따라 마신후

「이사람、명우 보잘것없는 딸자식이지만 난 자네를 믿네。어쩔텐가? 내 사우가 되여줄려나!」하고 명우의 대답을기다린다。

그러나 명우는 대답은 고사하고 어떻게 자세를갖였으면 될지를 몰랐다。그모양을 보더니 소장은 저혼자 뜻모를 웃음을 벌쭉 웃고나서 이번에는 은근하게 입을 연다。

「양딸이라니、어째 거짓말같이 생각되는가? 그럼 일음을 대줄까?

딸은애가 아니라、 자네옆에 지금 앉아있는 순동의 여동생 순녀말일세」

「네?」

명우는 제귀를 의심하며 소장의 얼굴을 뚫어저라고 바라보았다.

「순동의 여동생을 모르는가? 그 순녀를。 오늘부터 내가 자청해서 자네를 내 양사우로 삼을랴는데 어떤가? 의의가 없는가? 의의가 있으면 있다구 이자리에서 시언스레 말해야 허네」

소장은 술기운때문에 점점 수다수럽게 되여저가며 마지막에는 술상까지 옆으로 밀어놓고 명우의 앞으로 닥어앉는다。 그러나 상대편을 바라보는 그의눈에는 말할수없는 진정이 서려있다。 그는 그냥 계속하여 다음을 잇는다。

「다음 셋재는―이 두번째 문제에 관련된것인데、 딸은게 아니라 둘째 조건에 대해서 군이 승락만 헌다면 난 내일 전보를 치서라두 군의 어머님을 오시두룩 허겠네。 군의 백부님 편지에 군의 어머님께선、 군의 개심을 보지않구는 돌아가시는 한이 있어라두 안만나신다구 하신다는데、 인제 군이 내 사우가 된다면 난 장담허구 전보를 치려네」

명우는 조용히 두눈을 감었다。 무엇이라고 어떻게 그득차올으는 자기의 심중을 말하였으면 좋을지 몰랐다。 그는 속으로 소장의말을 다시한번 외여보았다。 도무지 믿을수가 없는일같다。 꼬옥 취담을 들은것같다。 더구나 순녀를 양딸이라니、 언제 그런인연을 맺었단 말인가? 허지만 자기의 옆에 앉아 순동이는 소장의 일언일구를 죄다 듣고있지 않는가? 만약에 소장의딸이 취담이고 객적은 농담이라면 순동이가 그저 앉어있을리 없는것이 아닌가? 틀림없이 순동의 청이다。 순동의청을 들어서 소장은 길게 말한 것이다。 자기자신이 직접 말하기는 면구스러워서 소장을 내세운 그 갸륵한 심사를 생각하니、 명우는 눈물까지 솟구친다。 소장은 기다리다못해

「어째 의의가 있는가? 의의가 있으면 있다구 해야지 가만있으면 어떻거는가」하고 재촉한다。 명우는 감던때와 같이 조용히 눈을 떴다。 그러고는 무엇이 되던지 말을 하려고 했다。 그러나 말은 목구녁에 걸려서 나오질않고 얼굴만 알어올은다。

「이사람아、 그만나이에 어째 부끄러운가。 정 그렇게 대답하기가 거북하다면 내일아침 편지루래도 대답하게나」

소장의 이말에 명우는 그만 결심한듯 고개를 번쩍 처든다。

「아닙니다。 예서 말하지요。 소장님、 미안합니다만 어머니한테 전보를 처주십시오」

「옹? 정말인가?」

소장은 너무나 반가움에 어쩔줄을 모르고 얼굴가죽만 씰눅어린다.

五

그 이튼날새벽. 부락에서는 또 일제검색이 일어났다.

그 결과, 그물에 걸려든자는 여섯명이나 되는데 거진 중독자들이었다. 판에 박은듯한 단장의 취조와 보도소소장의 훈화가 있은다음、 그들은 미리부터 작정되었던、 규선이、 병철이네와 함께×××구류소로 요양을 가게되었다.

명우는 밤새도록 흥분되여 잠들지 못하다가 새벽역에야 겨우 어렴푸시 얕은잠에 들었다. 만은 얼마못가서 그무슨꿈때문에 놀라 깬다음、 그는 문득 지난밤의 소장의말을 생각하고 규선이를 찾어갔다. 무슨말을 어떻게 꾸며서 할까를 궁리하며 마당안에 들어서는데 집안에서는 벌써 눈을 뜬듯 규선의 말소리가 들려온다. 명우는 문앞에 서서 잠시 망서리며 귀를 기우렸다.

「이런 말을 하는건 결코 당신을 미워서 하는건 아니우. 그점을 잘 이해한다면 구지 나한테 매달려서 이런 고생을 하진 않으리라구 생각하오」

규선의 말은 틀림없이 그의 안해를보고 하는 말이다. 명우는 갑작이 긴장되여서 귀를 기우렸다. 그의안해의 말소리는 없다.

「나두 당신이 고생한건 잘 알구있소. 시집을 와서 처음엔 내 나이가 어려서 속을 썼구. 나음엔 내가 사회객인지 뭐인지 되여가지구 지랄을 부리는바람에 속을 썼구、 또 지금에 와선 요모양이 됐기때문에 자살까지 하려구한 당신의 그속을 난 잘 알구 있소. 그러기때문에 난 이번에두 요 며칠동안 어떻게 좀 바른길루 들어서 볼까구 골독히 생각해 봤소만、 여보오、 난 아무리해두 제길루 바루 들어설수는 없소」

갑작이 규선의처의 흑흑 느끼는 소리가 들려나온다. 명우는 아무소리도 없이 문을 열었다.

둘은 불의의일에 깜짝 놀라며 내다본다. 그러나 명우인줄 알고 규선이는 이내 제대로 평범하게 돌아서며

「명우ㄴ가? 어서 들어오게」하고 어색한 웃음을 힘없이 지어보인다. 명우는 잠자코 들어가서 규선의앞에 조용히앉았다. 한동안 부자연한 침묵이 계속된후

「명우、 난 지금 안해한테 내 심중을 고백하던 중일세」하고 규선이는 싱긋이 웃기는하나、 그러나 그것은 말할수없이 슬픈 웃음이다. 명우는 나직히 한숨을 쉰다음

「밖에서 다 들었네」하고 규선의처의 쪽으로 시선을 돌렸다. 규선의처는 숙으런

고개를 처들못하고 느낀다.

「그런가? 그렇다면 더 긴말을 의이지는 않겠네. 자네두 아다싶이 난 이번에 가면、반년이 걸릴지、一년이 걸릴지、보를텐데、한가지 딱한것은 안해의 문제란 말일세」

「그야 문제지만、그러나 자네가 개심하구 나와서、금후의 코―스만 바루 잡으면 쉽사리 해결될 문제가 아닌가?」

「머? 개심?」

규선이는 쓸쓸하게 웃은다음

「그건 그러이。 허지만 여보게 명우。 저로서도 알지못할건 제맘일세.

개심개심하지만 나한텐 그게 제일 문젤세. 자네는 다행히 잃었던 옛꿈을 다시 찾아서 앞날에 희망을 걸게 되었다지만、나한테야 뭐가 있단말인가? 앞날에 대한 아무런 희망도 가지지못한 나로서는 결국 과거의 꿈밖에야 회상할것이 무엇이 있단말인가?

한포 먹으면 자욱―히 흐려드는 머리속에 그림같이 떠올르는 그 잃어버린 꿈―. 자네머리속에도 그 기억은 잘 남아있겠지?」

명우는 아무말도 못하고 창문쪽으로 고개를 돌린다.

「만약에 나한테서 그것마저 빼앗어 버린다면、난 벌써 내손으루 이 헛깍대기만 남은 송장을 처치해 버린지두 오랬겠네. 그러니까、명우。 자네두 내 안해모양으로 부질없는 충고는 일체 말어주게. 간절히 부탁하네」

조반후―규선이、병철이、그리고 새벽에 검색망에 걸려든 여섯명은、부락의 법규에 의하여×××구류소로 요양을떠났다.

그들이 떠난지 약 두어시간 지나서 규선이의처는 끝끝내 설흔아홉살을 일기로 뒷강 버드나무가지에 목을 매여버렸다. (完)

(庚辰五月于圖們)

마음의 琴線◉

序

中毒者ㅡ。

얼마나 서글푼 일홈이냐?

社會의 맨 밑바닥에서 산송장의生을 僅僅히 이어오는 그들.

그들에게는 明日이라고는 털끝만큼도 없다. 다만 現在와 過去밖에는 없다.

만은 그것도 그얼마나 슮은 現在며 過去랴!

그러나 그들中에는 일즉이 燦然히 빛나는 過去를 가진者가 있다.

그럼으로 그들中에는 앗가운 人材와 知識層이 적지아니 있다.

新興國家滿洲國1)에서는 그들의 그 過去에 着眼하고 단 한사람이라도 좋다 한사람이라도 完全히 蘇生식혀서 國家의構成分子로 맨들수가 있다면 이얼마나 뜯깊은 일이랴? 하고 이를 악물고 달려들엇다. 王道樂土를 建設하려는 滿洲國이 아니고는 生覺도 할수없는 일이다.

政府에서는 全滿에 걸처 檢擧한中毒者들을에 五個所 나누어 集團部落을 組織하고 온갓 苦難을 격거오면서 그들의 蘇生에 全力을 기우렷다.

그結果 현재는 모도다 훌늉히 蘇生하여서 國家의構成分子의義務를 充分히 다하고 잇는 것이다.

作者는 多年 그들의生活에 關心을 가지고 機會만 있으면 한번 붓을 들어보려고 하던中 맛침 再昨年 滿洲國政府 禁煙總局의委託을 받고 오랫동안 이 宿愿이든 愿을 비로소 滿洲日報紙上을 通하여 풀게된것이다.

幸으로 이 한篇이 그들의생활에 얼마만큼이라도 보탬이 되고 또 滿洲國政府의

◉ 이 작품은 1943년 12월 ≪弘文書舘≫(京城)에서 단행본으로 출판하였다.
1) 위만주국을 가리킴.

眞意의 一片이나마 엿보게 할수가 있다면 作者의所願은 이에서 끊진다.

附錄 「人生座」는 未發表의作이다.

滿洲國을 떠돌아단기는 流浪劇團을 그린 作品이다.

讀者讀賢의 鞭撻과 指導를 바라며 擱筆한다.

昭和十八年五月 于노들江邊
作 者

目次2)

□□□□□□□3)

땀이 함뿍 젖은 수건에서는 쥐여짜지않어도 헤운 빨내에서처럼 물방울이 뚝뚝 흘러떠러지고 새빨갛게 익어든 얼굴은 마지막에는 검붉게까지 되어간다。

「에― 덥다」

거이 신음에 갓가운 비명이다。

그런데도 불구하고 뜰앞 그늘밑에서는 초한을다루기에 한창 신이 나서 서로싸우다싶이 더들어댄다。

「장이야」

「머?……뭣이야」

---

2) 원전의 모습을 보존하기 위해 ≪목차≫를 수록하였다.
3) 수집한 자료에서 작품의 첫페지가 탈락되였다.

「요것봐 고런수도 잇나?」

「잔소리 말구 내장이나 받어 장이야」

「웅?」

「어때? 막을수가 잇나?」

소장은 이모양을 내다보고 더운것을 죄다 잊은듯 빙긋 웃는다.

출입문 어구에 앉아서 조장의 더워하는것을 바라보던 자위단(自衛團)서긔 상호는 슬그머니 자리를 일어 밖으로 나간다.

얼마안잇더니 그는 대야에 보기만해도 시언스런 찬물을 넘처나도록 그득하니 떠가지고 들어온다.

「땀 좀 딱그시지요」

「뭐?……찬물인가?」

소장은 반가워하며 서긔의 앞으로 넜없이 온다.

「웃통을 벗으세요. 제가 홀려드리께」

「아 고맙네」

소장은 대번에 웃통을 벗고 막우 머리를 그냥 대야속에 잠근다.

「에―씨언해……에―씨언해」

전산의 땀은 일시에 자최조차 없이 선뜻 숨여든다.

「에에―시언해」

「잔둥에 홀려드리까요?」

「웅 좀 홀려주게」

서긔는 수건을 축여서 소장의등에 철썩 언처준다.

「익크」

하며 늑기는 소장의 그모양에 서긔는 만족한듯이 벌씬거리며 친절스레도 등허리까지 골고루 닥거준다.

「아―살어낫네」

「감긔 드리다」

「감긔가 들더라두 시언하니 좋으네」

「이따 뒷강으루 목욕을 나가시죠」

「나가야갯네. 이따구 뭐구 지금 나갈까」

「지금은 너머 볕이 쪼여서 덜 좋을껄요」

「그럴까?」

소장은 다시한번 대야속에 머리를 잠그고 나서

「오늘은 아마 백도가 훨씬 널을걸」

하며 입술에 흘러나리는 물을 푸―푸―뿜어던진다.

바로 이때다.

밖에서 웬 젊은청년 한명이 황급히 달려들어오더니

「저 소장님」

하고 불러놓고는 뒷말을 잇지못하며 그저 숨찬듯이 씩은거리기만 한다.

너무나 황급해하는 그의 태도에 소장은 한동안이나 실신한것처럼 머어니 서서 상대편의 얼골만 바라보다가 두눈에 흘러드는 물방울에 비로서 정신을 차린듯

「무슨일인가? 말을 해야 알지」

하고 부드러히 말한다.

「저……소장님」

청년은 다시금 멈춧하고 군침을 삼킨다.

그 당황해하는 태도로보아 필시 그무슨 급한일이 있음에 틀림없다.

그러나 소장은 천천히 수건으로 얼골과 머리를 딱그며

「이사람이 갑작이 벙어리가 됏니? 웨 말을 못하는가?」

하고 너그러운 웃음으로 인자스레 말한다.

「저 큰일 낫서요」

「큰일난걸 말해야 알지」

소장의 태도는 여전히 눅우러지다.

청년은 또다시 씩은거리며 주저거리다가 그만 결심한듯

「저 성룡이놈허구 문삼이란놈이 도망갓서요」

「뭐?」

너머나 의외의 말에 소장은 어쩔줄을몰으고 선자리에 빳빳하니 못박혀 버린다.

二

무거운 쇠몽둥이로 뒤통수를 어더맞은것과도 같이 한동안이 지나도 응결된 표정을 풀지못하는 그모양에 청년의 얼굴빛은 더한칭 풀으려간다.

그러한 속에서 겨우 입을 여는것은 자위단서긔 상호다.

「언젠가? 언제 도망갓는가?」

청년은 비로소 서긔의 존재를 발견한듯 무에라고 말하려하다가 바로 그때 소장의 입술이 움이적거리는것같아 그만 그쪽으로 다시 시선을 돌린다.

소장은 굳어진 입술을 겨우 놀리면서 마치 그무슨 물어서는 안될 무서운 말이나 뭇는것처럼 떨리는 음성으로 조심스레 뭇는다.

「도망이라니? 그게 무슨 말인가?」

「저 성룡이허구 문삼이가 탈주를 했서요」

「웅……정말인가?」

「예 정말입니다」

「언제?」

「인재 방금 저 뒷산을 넘어갓습니다」

「단둘이?」

「예 둘뿐입니다」

순간 소장의 표정은 갑작이 달러지며 청년의앞에 한거름 선뜻 닥아선다.

「누가 봣는가? 자네가 봣는가?」

청년은 긔줄하니 주춤 뒤로 물러선다.

「왜 대답을 못하는가? 자네가 봣지」

「아……아닙니다 제가 본게 아니라……저 북문보초막에서 긔호가 봣서요 그사람이 보초를 섯습니다」

「그럼 자네는 못봣단 말인가?」

「네 저두 보긴 햇지만」

청년은 웬일인지 고개를 숙이며 말끝을 흐려버린다.

「뭐? 봣다? 본게 왜 노첫는가? 자네두 공모가 아닌가?」

소장은 당장에 달려들어 멱살이라도 틀어잡을 험한 긔세로 날카롭게 노려본다.

「아닙니다 그건 너머두 억울한 말슴입니다. 전 그런놈이 아닙니다. 제가 본땐 두놈은 벌서 마루턱을 넘어설때였습니다.」

「그럼 긔호는 어떻게 됐는가?」

「뒤를 쪼차 갓습니다」

소장은 입술을 악물고 공간을 노려보다가 갑작이 서긔를 돌아보며

「여보게 상호 단장안테 얼른가서 비상경종(非常警鐘)을 울리라고 일르게」

한다음 넉없이 안으로 달려들어가더니 다시금 황급이 나와서

「자네가 먼저 가서 울리게」

하고 그냥 자긔도 서긔의뒤에 따라나선다。

바루 그때 종루쪽에서는 누가 울리는것인지 비상소집종소리가 요란하게 울려온다。

때맛침 낮밥쉴때라 자위단원들은 곧 몰여들엇다。

무슨일인지 몰라서 서로 제각기 질서없이 떠들어대는 그속에서 자위단원이자 툰장(屯長)까지 겸한 세준이는 소장의앞에 죄송스레 고개를 숙이고 서서

「소장님 대할 면목이 없습니다」

하고사죄를 한다。

「단장 그런말은 뒷다 이담에하구 얼른 뒤를 쫓아주시오」

단장의 늘어진듯한 태도에 소장은 안타가워하며 미간까지 찌부린다。

「예」

단장은 반발된듯이 옆으로 물러서드니 소장을 대하던때와는 딴판으로 긔세를 울린다。

「제一분대는 강을 게구 올러가구 제二분대는 우편쪽으로 올러가게。

그러구 제三분대는 뒤를 곳게 따르구 제四분대는 부락경비를 하게」

단장의 명령이 나리자 각 분대장은 제각기 자긔의 분대를 정돈식혀가지고 서로 앞을 다투어 토성밖으로 내달린다 그뒤를 따라 단장과 소장도 주먹을 틀어쥐고 달려간다。

뒤에 남은 부락사람들은 머엉하니 입을 벌리고 달려가는 그들의 뒷모양을 바라보고 있다。

三

해가 질때까지 산속을 삿삿치 뒤지며 추격했으나 두 탈주자의 행방은 도모지 알길이 없었다。

추격대는 하는수없이 헛되히 부락으로도라왔다。

부락에 도라와서 보도소 앞마당에 제각기 되는대로 주저앉은 그들은 모도다 무거운 침묵에 사로갑혀 누구하나 입을여는사람이 없다。

그중에서도 보도소소장의 침묵은 더한칭 무겁다。

그는 출입문앞 마루구광에 힘없이 걸터앉아 말할수없는 침통한 얼골로 어느때까지던지 입을 열줄 몰으고 그 무슨생각에만 깊이 잠겨있다。

　그모양을보고 자위단원은 비길떼없는 송구스런 표정으로 쉴새없이 소장의 동정 에만 곁눈을 팔지만 그러나 일체를 잊어버린듯한 소장의 얼골에서는 털끝만한 표 정의 움직임도 찾을수가 없다.

　해만 지면、 모여들어서 그렇게 식그럽게 떠들어대든 아이들도 마당한쪽구석에 몰켜가서 우둑커니 어른들의 기색만 살피고 있다.

　얼마나한 오랜 시각이 무거운 공기속에서 지나갔넌지 소장의 입에서 땅이꺼저라 고 후유― 긴한숨이 흘러나오고 뒤이어

　「단장」

　하는 소리가 흘러나왔을때는 벌서 컴컴하니 어둠이 밀려든 때다.

　「예?」

　단장은 고대하고 있던터라 얼른 일어나 소장의 앞으로 도라서며 뒷말을 기다린 다.

　「다들 해산을 식힙시다」

　「예」

　「그러구 단장은 좀 상의할 일이 있으니 사무실루 들어갑시다」

　「예」

　소장의 명령대로 단장은 선자리에서 해산을 명한후 조심스레 소장의뒤를 따라 사무실로 들어간다.

　사무실에 들어가서 소장과 단장은 책상을 사이에 놓고 조용히 마주 앉었다.

　그러나 한동안이 지나도록 둘사이에는 부자연한 공기만 오락가락 떠돌뿐 아모런 말도 없다.

　그러다가 마침내 소장은 서서히 고개를 처들며 나즉히 입을 연다.

　「상의라는것은 다른것이 아니라 이번 탈주사건으로 말한것같으면 부락이 건설 된이후 처음루 생긴 일인것만큼 철저한 대책을 강구하자는 것인데 단장의 의향 은 어떠신지요?」

　소장의 말씨는 전과같이 정중하게 나온다.

　「지당한 말슴입니다. 물론 그래야지요. 그냥 시무룩하게 내버려 두었다간、 앞으 루 자꾸 이런일이 생길것이니까、 아예 첫번에 버릇을 곤처놔야 합니다」

　소장은 고개를 끄덕인다.

　「오늘밤으로 경찰서와 각분주소(分駐所) 부락에다가 모다 통기하여 수배를 하면 이삼일내루 붓잡을수야 있겠지만 그보다도 이런 불상사가 외부에알려지는것은 참

말 유감이란 말이오 첫재 무엇보다도 이담 성이나 현에 이말이 밎었을때 무슨면목
으루 그들을대들을하겠소? 난 아무리 생각해봐두 성공서(省公署)와 현공서(縣公
署)에 보고를 써보낼일이 걱정이란 말이오」

한다음 또다시 긴 한숨을 쉰다。

「죄송합니다 전부가 저의 실책입니다 제가 단원들의 단속을 겨을리하여 경비를
등한이한탓이요」

단장은 진정으로 사죄하며 고개를 숙인다。

「천만에 그런말은 그만 두시오 다 한가지지요。 나는 어듸 별사람인가요? 단장이
평소에 단원단속을 겨을리한게탓이라면 나역시 보도자로서의 힘과 성의가 부족한
탓이 있었겠지요。 그런말은 야예 입밖에두 내지를말구 금후의대책이나 잘 강구합
시다」

「황송합니다」

단장의 머리는 한층더 숙어진다。

「헌데 첫재 오늘밤에 자위단 간부회의를 엽시다 그런다음 간부들을 잘 단속해
가지구 내일아침 일즉 전부락에걸처 일제히 가택수색을 해봅시다。 그러구 혐의자
들을 붓잡어다가 오늘 탈주한 둘의 행동에 대해 서루 련락이 있었는가 없었는가 조
사해봅시다。 나는 반다시 미리부터 서루 눈치를 알구 또 서루 련락이 있었으리라구
믿는데 단장은 어떻게 생각하십니까」

「글세외다。 저두 앗가부터 그걸 생각하구 있었는데 반다시 그무슨 련락이던지
있었으리라구 생각합니다」

「그렇지요。 반다시 있었지요。 그럼 오늘밤에 다시 모이두룩 합시다」

「예」

둘의 입가에는 똑같이 소리없는 미소가 지긋이 떠돈다。

四

이튼날아침

네시를 긔하여 부락에는 이제점색이 일어났다。

자위단단장의 지휘하에 거행된 일제검색에 의하야 미리부터 의심된 혐의자의 집
에서는 여러가지 징거가 나타났다。

무엇보다도 엄금물인 마약(痲藥－阿片)의 현품이 수처에서 발각되였음에는 새

삼스레 놀라지않을수가 없고 또 그우에 남녀간의 치정관계까지 발각되였다.

단장은 자기의 단원단속 부주의로하여 생긴 작일의 탈주사건의 그 불명예를 이런 기회에 깨끗이 씻어버리려고 엄중한 취조를 시작했다.

그리고 그는 또 평소부터 대강 눈치채여온 강건너 만주인부락과의 비밀련락 증거까지 잡아내가지고 속으로 단단히 항의할것까지 바수었다.

단장의 곁에서 보도소소장은 무겁게 입을 다물고 피검자의 동정을 낮낮이살피며 앞으로의 대책을 생각하고 있다.

그러나 일체를 망각하여 버린 피검자들의 태도는 어듸까지던지 태연스럽고 무표정하다.

그들은 단장의 말에는 귀도 기우리지않고 담배만 뻐금뻐금 빨며 머언 하늘을 떠가는 구름을 바라보기도 하고 그러찮으면 저이끼리 곁사람과 무에라고 수군덕거리거도 하고 심한자는 킬킬 웃는자도 있다.

그중에서도 중독자(中毒者)들이 더 심하다.

단장은 참다못해 그중 젊어뵈고 건방저뵈는 명우의 볼따구니를 철썩 후려갈긴다.

「이눔아 귀먹어리처럼 뭇는말에 잠자꾸만 있으면 장수냐?」

이 불의의 일에 명우는 한동안이나 단장의 얼골을 얼빠진 모양으로 처다보다가 그만 입술을 비꼬며

「힝」

하고 외마듸 코방구를 뀌고는 모두 고개를 돌려버린다.

단장의 분노는 극도에 달했다.

그는 전신을 부르르 떨며 입술을 찢어지도록 악물고 노려보다가 재차 명우의 뺨을 철썩 후려갈긴다.

「이눔아. 누구보구 코방구냐? 네눔의 입에서 대답을 못들으면 내 성을 갈테다.」

노오랗게 절은 명우의 얼골에 차츰 푸른 독긔(毒氣)가 서린다.

입술에서 피가 날지경으로 악물고 처다보던 그는 서서히 이러서며 두주먹을 틀어쥔다.

그모양에 단장은 다소 압긔가 된듯 주춤거리며 뒤로 물러서랴다가 그러나 자기의 위신을 생각고 이내 제대로 도라치며 한거름 썩 앞으로 발버 나선다. 그러고는 호긔를 내여 말한다.

「맛서면 어쩔테냐?」

명우의 얼골은 푸르다못해 하얘진다. 말없는 시선과 시선의 싸홈이 한동안 계속

된후

「이눔아 왜 때리는거냐? 부락민에게 함부루 그런 버릇없는 손찌거리를 하라구 누가 식혓더냐?」

어듸서 그런 위엄있는 소리가 나오는것인지 단장은 벙벙하니 입을 벌리고 말을 못한다。

「부락민에게 함부루 손을 대며 제자신의 무능과 무식을 폭로식히는 그런 부락장이나 단장이라면 어서 곱게 손을 씻구 물러앉아라。 우리는 너안테 매맞을 아무런 의무두가진일 없구、 너에게 그런 권리를 준일두 없다。

부락장이면 부락장답게 단장이면 단장답게 인격적으루 부락민에게 감화를 주구 지도를 해야한다」

갑작이 뒤편에서 떠드는 친구들이 있다。

「옳다 그눔을 때려없애라」

「단장이구 뭐구 집어치어라」

「옳다 동의다。」

이 불의의 소란에 경비하던 자위단원들은 대경실색하여 모도다 그쪽으로 쏠린다。

그러나 한번 폭발된 군중의 의분은 그대로 진압되지는 안는다。

「왜 때리는거냐? 단장을 끌어내라」

「가만이 드려대구 있으니깐 다죽은줄아냐!」

그모양을 보고 명우는 벙긋 웃으며

「여러분은 조곰 참어주시우 내일은 나루서 처치할테니까」

하고 손을 내저으며 제지를 식인다。

「아니다 이건 한사람에게만 국한된 문제가 아니다」

「그렇다 부락전체의 문제다」

하고 극도로 흥부되여 일어서는것은 인규와 규선이다。

규선이는 주먹을 틀어쥐고 당장에 단장의 앞으로 뛰여들상을 하며 성난 황소처럼 씩은거리기까지 한다。

명우는 부드러운 미소로 그를 바라보며 고개를 내저은후

「조곰만 참어주게 나두 할말이 있으니까」

한다음 의젓이 단장에게로 다시 도라진다。

「그야물론 우리는 이 사회에서 인간의 취급을 받지못하는 락오의 무리인것만은 사실이다。 그러기뗌에 우리는 사회의 온갓 박해라던지 조소에는 벙어리노릇을 하

여왓고 귀먹어리노릇을 하여왓고 천치의 노릇을 하여오며 산송장의생활을 하여온
것이 아니냐? 그렇지만 너는 무에냐?

　너는 우리들을……즉 지옥에서 헤매는 우리들을 개전(改悛)식혀서 다시금 참다
운 사회인으로 맨들려구 자청하여 온 소위 지도자라는것이 아니냐 설마 우리들에
게 매질을 하려구 온놈이야 아니겠지! 만약에 그런 목적으루서 온것이라면 나는 여
기서 조곰도 주저치않구 단언한다。너같은놈은 지도커녕 도리혀 우리들의 근성을
빗두러지게만 할 놈이라구……。대체 네가 우리들을 알기를 어떻게 아느냐? 애편
쟁이는 밸이 없다드냐? 아직은 피두 잇구 눈물두 있구 신경두 잇는놈이다。너같은
놈의 주먹에 그저 죽여주오하고 매맞을놈은 아니다」

　단장은 참다못해 떨리는 두팔은 와락 내밀며 정신없이 달려든다。

　그러나 그의팔은 어느틈엔가 소장의 손아귀에 단단히 잡혓다。

　「단장 좀 참으시우」

　「아닙니다。놓세요」

　「안됩니다。이러면 안됩니다」

　「소장님 놓세요。내 오늘은 이놈들에게 버릇을 단단히 알으켜주구아 말텝니다」

　만은 소장은 강경하게 밋친듯이 날뛰는 단장의팔을 잡아당기며 명령조로 엄숙하
게말한다。

　「단장 모든것은 나에게 맡기시오 이렇게 리성을 잃고 덤비면 모든일이 실패가
되는법입니다」

　「아 소장님 놓아주세요」

　하며 씩은거리는 단장의 그모양을 일종의 가엾어 하는 눈으로 버라보는 명우의
입가에선 싸늘한 조소가 떠올은다。

　「힝、기끝하면 구류소(拘留所)루 갈만햇지 별수가 또 있다드냐?」

五

　험악하게 버러지려든 위급한 형세는 보도소소장의 중재로 겨우 위기를 벗어났다。
그러나 장내의 험상한 공긔는 좀체로완화되질 안는다。

　단장의 흥분은 더 말할것도 없지만 명우의 반항으로하여 오랫동안 참아오던 부
락민의 울분은 비로소 기회를 얻엇다는듯이 한덩어리가 되여 가지고 바야흐로 폭
발되려는 형세다。

만은 보도소소장의 능란한 수완은 그기회를 얼른 빼앗아버릴수가 있었다.

그는 씩은거리는 단장을 겨우 달래어놓고는 자긔가 대신 나서서 장내를 주욱 둘러보는것이었다.

한번 시작만하면 좀체로 끊질줄을 몰으는 그의 설교에 여럿은 또냐 하듯 미간을 찌푸리며 게두덜거리기는 하면서도 하는수는 없다는듯이 조용해진다.

「언제나 하는말이지만 우리 만주국(滿洲國)에서 전만(全滿)五개소에다가 이러한 특수부락을 설치한것은 무슨 까닭인줄 아시우? 빗두루 인생의 행로에서 탈선하여 나간 여러분을 다시금 인도하여 바른길루 들게하려는것이 그 제일본의라는것은 자초부터 알구있은일이 아니우?

소장은 잠시 끊지고 군침으로 목을축인다음

「왕도락토(王道樂土)를 건설하려는 도의(道義)국가가 아니고는 꿈에도 상상할 수없는 이런 고마운 혜택을 몰으구 여전히 빗두루만 나가려는 여러분을 대할때 나는 참말 세상사가 슲어저서 견딜수가 없단말이오.

여러분 여러분은 모도다 쓰라린 과거를 가지고 있읍니다. 그러기때문에 우리는 이렇게 여러분과 고락을 같이하며 여러분의 그 쓰라린 과거를 여러분의 긔억속에서 흔적도없이 말쑥하게 씻어버리고 새로운 광명의길을 밟게 하자는것이 아닙니까?

그러나 여러분은 그것을 몰라주십니다. 아니, 알면서도 일부러 몰은체 하십니다. 여러분 우리는 여러분께 장래의 은혜를 지워서 그 갑품을 받으려구 이러는것두 아니구 내 뱃속을 채우려구 이러는것두 아닙니다. 만약에 그러한 속으로 온것이라면 웨 하필 이런곳으루 왔겠습니까?」

소장의 말소리는 떨리기까지 하며 점점 울음쪼로 변해간다.

그러나 그것을 듯고잇는 군중의 표정은 너무나 평범하다.

그야말로 소장의 설교에는 오불관심이란 격이다.

「여러분의 두뇌속에는 아직두 일확천금의 그꿈이 그냥 남어있구 마약긔운이 남어있습니다. 그 비현실적이구 내몸을 망치구 국가와 사회를 망치는 악몽에서 깨여나기를」

하고 일단 목소리를 높이려든때다.

갑작이 한쪽구석에서

「소장님 그 뻔뻔스런 거짓말은 인젠 그만합시다. 귓구멍에 못이 박혓습니다」

하는 퉁명스런 소리가 불쑥 나온다.

　소장은 깜짝 놀라 그쪽으로 고개를 돌린다.

　질서없이 떠들어대던 군중들도 이 불의의 폭언에 일제히 긴장을 띄며 그쪽으로 시선을 돌린다.」

　폭언의 임자는 밀수업자로서 한때 국경지대에서는 그 일흠을 몰으는자가 없던 병철이다.

　그는 일제히 쏠리는 군중의 시선에는 곁눈도 팔지않고 정면으로 빠안이 소장의 얼골을 노려보며 어듸까지던지 걸려보려는 조전의 태세를 취한다.

　소장은 말문이 막혀서 한동안이나 덤덤히 선채 병철의 검우테테한 얼골만 얼빠진 양으로 바라보다가

　「어째서……어째서 거짓말인가?」

　질문의 아니라 괴롬을 못이겨 불우짓는 신음소리다.

　「거짓말이 아니구요. 일확천금이 어째서 비현실적이구 꿈이라는 말이오?」

　병철의 태도는 더한층 툭명스러워진다.

　소장은 또 한동안이나 바라보다가 이번에는 확 내뿜듯이 노기를 잔뜩 띄고반문한다.

　「그럼 그것이 현실적이라는걸 증명해보게」

　「얼마던지 하지요. 현재 지금 누구니 누구니하며 돈푼씩이나 지니구 뽐내는 그들중 자초부터 한푼두푼씩 얻은 바른 돈으루 부자라는 일흠을 어든자가 그래 몇이나 되는줄 아십니까? 전부가 일확천금을 한것이라구 해두 과언은 아니겟지요」

　「그렇지만 자네가 생각하는것처럼 부정업을 해서 얻은것이야 아니겟지」

　「천만에 말씀입니다. 그들의 사업은 전부가 밀수가 아니면 부로─카엿지요. 그두 대낮에 공공연하게 한축이랍니다. 멀리를 생각지 마시구 전일에두 목단강에서 소장님을 찾아왓던 그 무슨회사사람인지 한양반이 무엇을 해서 회사사장까지 됏는지 아십니까? 그두 도문개척시에 밀수를 해서 얻은것으루 그렇게 된것이란걸 소장님께서두잘 알구게실일이 아닙니까?」

　갑작이 장내가 헌소해⁴⁾지며 이구석 저구석에서 킬킬하며 웃는소리가 들린다. 그러나 소장은 아모말도 없이 슳은 표정으로 어느때까지던지 병철의 얼골에서 시선을 뗄줄 몰은다.

　병철은 자못 통쾌한듯 벙긋 웃기까지하며 옆채기에서 천천히 담배를 꺼낸다.

---

4) 헌소: ≪야단스럽게 떠들다≫의 뜻.

部落點景

一

최초의 탈주사건이 생긴 이튿날 아침 부락전체에 궁한 일제검색이 있음다음、보도소에서는 부락의 규정에 의하여 그날 오후 중독자 명우이외에 남자 四명、여자 三명、도합 七명을 ××경찰서구류소로 료양을 보냈다.

그들을 보내고나서 자위단에서는 경게를 한층더 엄중히 하고 부락민의 외부출입은 당분간은 자위단원이외는 절대 엄금하기로 했다.

그리고 보도소에서는 第六회째의 보고서를 새로 생긴 탈주사건까지 첨부하여 다시 작성했다.

그 보고서의 내용을 대강 줄거리만 훑터서 수자적으로 적으면 다음과같다.

△部落戶數

密輸業者	二三戶
中毒者	二六戶
賭博常習犯	九戶
詐欺橫領犯	六戶
其他	七戶
合計	七一戶

(初期入植數)

△改悛者數

一、完全改悛者

中毒者	一二名
密輸業者	七名
賭博常習犯	七名
詐欺橫領犯	六名
其他	七名
合計	三九名

二、不完全改悛者

中毒者	八名
密輸業者	一0名

賭博常習犯	二名
欺詐常習犯	――
其他	――
合計	二0名
△繼續犯行者	
中毒者	六名
密輸業者	六名
合計	一二名
△ 拘留者送敎者	
一、男子	
中毒者	三名
密輸業者	二名
合計	五名
二、女子	
中毒者	一名
密輸業者	一名
合計	二名
△ 增減數(移動)	
一、增	―
△、減	
病死者	五名
脫走者	二名
計	七名

(以上―康德×年×月××日現在)

이상에 라열한것이 第六회째의 보고서의 대략이다.

그중에서 개전자라고 한것은 第五회째의 보고서이후에 있어서의 비범행자를 말하는것이지 본래의 보고까지 든것은 아니다.

다음 구류송치자중 밀수업자라고 한것은 중독자들에게 외부와의 비밀련락에 의하여 아편(阿片)을 제공한것을 말하는것이다.

보고서의 작성을 끝맞친 보도소소장은 비로소 어리5)에서 풀려난듯 두팔을 좌우로 쭈욱 벌리며 늘어지게 기지개를 켠다.

그는 하폄때문에 어린 눈물을 땀밴 수건으로 닥근다음 작성한 보고서를서류철에 끼워넣고 웃줄 일어나서 밖으로 나왔다.

조용한 낮밥이다.

전날보다는 다소 더위가 풀린듯 시언한 바람이 땀에 젖은 가볍게 이마ㅅ전을 스치고 지나간다.

길까에서는 웃통을 벗은 아이들이 숨박곡질을 하느라고 더운줄도 몰우고 뛰어댕긴다.

소장은 그 천진스런 모양을 한동안이나 우두머니 서서 보다가 문득 그무엇을 생각한듯 큰길을 건너더니 마즌편 골목으로 들어간다.

二

지저분한 좁은 골목에서는 무슨 냄새인지 썩은 냄새가 후꾼하고 코구녁에 물썬 숨어든다.

소장은 잠시 코마루를 씰룩어리며 어즈러운 주위의 광경을 두루 살펴보다가어떤 움막같은 집앞으로 들어선다.

열어제킨 부엌문으로부터 환—하니 드려다뵈는 정주칸 구둘바닥에는 얼골빛이 노—랗게 기름에 절은듯한 중년사내가 가로 누어서 내다보기는 하나 김떠 일어날 줄은 몰은다.

소장은 슬픈빛을 띄고 이슥히 드려다보다가 조요히 돌처서서 건너편 오막사리로 발길을 옴긴다.

그속에도 똑같은 얼골빛을 갖인 중년사내가 그도 한모양으로 번드러저서 뜨지도 감지도 못하는 거슴츠레한 눈으로소장의 얼골을 멀거니 내다보고만 있다.

소장은 또 한동안이나 슬픈빛을 띤 눈으로 들여다보다가 나직히 한숨지은후 그다음으로 옴겨간다.

그다음집에는 속옷만 아랫도리에 걸쳤는데 그도 한쪽 엉뎅이는 화안이 들이내논 채 자빠저있는 계집이 침을 게쥐지흘리며 무에라고 저혼자 중얼거리다가 소장의 발자죽소리에 힐끔 처다보고는 슬쩍 서쪽으로 등을 지고 돌아누어 버린다.

---

5) 어리: ≪우리≫라는 뜻.

소장은 보아서는 안될것을 본때와도 같이 얼른 외면하고 또 그다음으로 옴겨간다。

이리하여 七十一호나 되는 집을 죄다돌고 보도소 뒷마루 백양나무 그늘밑에 돌아와서 힘없이 펑덩 주저앉은때는 해는 벌서 서쪽으로 훨씬 기운때다。

그는 손수건을 꺼내 주근이 땀밴 이마와 목을 씻은후 담배를 꺼내물고 석냥을 드윽 그어 불을 붓쳤다。

머릿속에는 간엷은 피곤이 안개처럼 자욱히 서려듬을 느끼며 조용히 지나간 동안의 일을 되씹어본다。

一년도 채 못되는 짤은동안이라지만 一생에 있어서 결코잊을수 없는 실로 감개가 무량한 동안이었다。

가지각색 부류(部類)에 속하는 빛을등진 락오(落伍)의 그 무리들속에서 그들의 「명일」을 위하야 온갖 애를 다써왔다는것은 켤코 평이하고 단조로운 일은 아니다。

만은 그 보수로서 자기가 얻은것은 얼마만 되며 그리고 그것은 도한 어떠한것인가?

생각하니 저절로 나오는것은 한숨뿐이다。

「부락의 건설」

그것은 팔개월전 소화十一년－만주국의 년호로는 강덕사년 十一월××일이니까 바로 그 력사적 치외법권(治外法權)철페직후다。

전반적으로 일제히 검거한 부정업자와 중녹자들을 령사관(領事館)경찰서의 손을 거처서 전만 오개소에 비치하며 집단부락을 조직한다음 빛을 잃은 그들에게 다시금 새로운 희망의 빛을 빛이게 하여주려는 그것은 도조히 앉아서 따온과일먹듯 그렇게 쉽고 달거운일은 아니었다。 극도로 락오된 페인들과 극단의 리그주의의 전형(典型)인 부정업자들과 량심과 의리는 벌서 한옛날에 매장하여 버린 사긔、도박、횡령범등－。

사회의 밑구덩을 헤매여 볼때로 헤매여 본 그들이다。

그러므로 그들은 다시금 그 밑구렁텅에서 건저내보려는 계획이 처음 세워졌을때 그 무모한 계획에 당국에서도 일부는 극력 반대하였던 것이다。

그러나 당국은 초지를 일관식혀서 끝내 착수했던것이다。

한사람의 국민이라고 좋다。

썩은 구렁텅에서 다시금 소생식혀 가지고 국가의 구성분자로 완전히 만들수가 있다면 이얼마나 뜻깊은 일이랴? 신흥국가에서는 이를 악물고 달려들었다。

더구나 그들에게는 무엇보다도 앗가운것이 있다.

그 앗가운것때문에 위정당국도 번연히무모에 갓가운 일인줄은 알면서도 과감하게 실지시험에 착수하게 된것으로서 그것은 달음이 아니라 그들의 지식과 인재였다.

三

비록 락오는 되였을까망정 한때는 모도다 리상을 품고 혁혁한 앞날을 바라고 매진하던 그들이다.

그들중에는 기술자도 있고 정치운동자도 있고 예술가도 있고 종교가도 있고 의술가도 있고 교육자도 있고 사회의 각칭을 망라아여 있다.

지식정도는 대개가 소학정도 이상으로서 중학정도 전문정도도 수두룩하니 있다.

어학도 국어와 만주어는 더 말할것도없고 영어나 로서아이까지 능통한자가있다.

이럼으로 위정당국이 그 인재를 애끼게 되는것은 너무도 당연한 일이다.

그러나 한번 인생의로선(路線)에서 탈선한 그들을 다시금 정궤(正軌)로 끌어들이는것은 참말로 어려운 일이었다. 무엇보다도 아편중독자가 문제었다.

달은 무리둘과 달러서 이 아편중독자들에게는 마약과 근절식힌다는것은 사형을 선고받는것과 마찬가진것이었다.

그 마약과 근절된 그들은 하로의 대부분시간을 혼몽상태에 빠저서 지나며 발작이 일어날때는 지랄부리듯 밋처 날뛰는것이었다.

그리고 그보다도 더구나 문제되는것은 이때까지 마약의힘으로 하여 눌리여있던 년래의 숙아가 꼬리를 치밀고 일어나게되는 것이다.

이때문에 당국은 여러가지로 골머리를알으며 애를 썼으나 결국 이것만은 어찌하는수가 없었다.

그러나 이런 것은 미리부터 각오하고 착수한 일이라 이러한 사소한 희생쯤은 일체 돌보지않고 처음 계획대로 뻗대어 나갔다.

그결과 八개월이후의 현재에 와서는 훌륭한 성적을 걷우게 되어서 마약과의 근절로하여 희생을 보게되는일은 전연 없게되였다.

만은 마약의 힘이란 어듸까지던지 집요한 것이다.

중독자들의 머릿속에는 언제나 五색무지개의 그꿈이 사라질줄을 몰으고 긔회만 있으면 마의유혹에 빠지려 하는것이고 또 악착한 현실은 자꾸만 그 긔회를 노리는

것으로서 조곰만 감시의 눈을겨울리하면 밀수업자들은 비밀련락을 취해서는 마약을 어더드리는 것이다.

이것이 당국자의 가장 큰 두통거리다.

다음 또한가지 두통거리는 밀수업자들의 일확천금의 그 꿈이다.

그꿈때문에 그들은 틈만 있으면 탈주하려고 바수고잇는것으로서 작일의 두탈주자도 이 부류에 속한 자들이다.

이 때문에 자위단은 주야로 사면에 뻗혀서서 경계를 엄중히 하게된다.

자위단원들은 전부가 젊은이들이다.

그들은 모도다 아버지나 형들의 타락으로하여 쓰라린맛은 볼ㅅ때로 본자들이다.

그럼으로 만약에 그 아버지나 형들의죄가 적발될때에는 속으로는 눈물을 먹음어가면서도 절대 용서가 없다.

이러한 색달은 륜리(倫理)와 도덕(道德)과 조직(組織)아래에서 피투성이의 싸흠은 쉴새없이 계속되여 간다.

여기까지 생각하고나니 소장은 저절로 나오는 한숨을 막을길이 없다.

「후―」하고 긴한숨을 뽑고나니 막혔던단김이 일시에 풀려나가는듯 그득하던 가슴속이 후련―해진다.

그는 두 번째의 담배를 붓처물고 이번에는 보초막(步哨幕)을 돌아볼모양으로 웃줄 일어낫다.

보초막의 경비는 여전 엄중하다.

찌는듯한 대륙의 혹서임에도 불구하고 보초들은 자긔의 임무를 충실히 다하고있다.

소장은 여러가지 격려와 치하를 아낌없이 쏟아놓으면서 남문보초막에서 동문보초막을 거처 북문보초막에 이르럿다.

그런데 웬일일까?

거기에서 반다시 있어야할 보초가 그림자도 안보인다.

四

소장은 잠시 보초막을 드려다보다가 혹시 사면(斜面)으면 마주 쪼여드는 해별때문에 그늘진 음달을 찾지나 않엇는가 하여 포대(砲臺)뒤를 살펴보앗으나 거기에도 보초는 없다.

웬일일까?

그는 수상한 생각이 들어 두루 사방을 살피며 혼자 말로 중얼거렸다.

「누굴까? 긔호는 아닐텐데……순동일까?」

바로 그때.

아래켠 내ㅅ가 버들ㅅ강속에서 웬목소리가 거츨게 들려온다.

소장의 모리속에는 이내 그어떤 생각이 떠올랐다.

그래 그는 옥수수밭옆을 끼고 조심스레 발자최소리를 죽여가며 그쪽으로 나가보앗다.

가까히 이르니 목소리는 똑똑히 들리는데 보초맥에 있어야할 순동의 목소리가 확실하다.

그리고 또하나 굵은 목소리의 임자는 틀림없이 그의아버지 명보다.

소장은 대번에 부자간의 싸흠인줄 알고 옥수수 그늘밑에 살짝 들어섯다.

그런줄을 통히 몰으고 둘은 점점 어성을 높인다.

「이색기 얼른 좀 댕겨온다는데 못할건뭐냐?」

「안돼요. 보초의 책임상 부락민의 외부출입은 절대 안돼요. 부락의 규정이 그런줄을 뻐언이 아시면서 웨 이러서요?」

「책임이란게 대체 뭐냐? 책임만 내세우면 장수냐? 그눔 옘병할 책임땜에 비틀어지는 일은 어쩔테냐?」

「비틀어지는 일이란 무슨 일입니까? 그러케 소중한 일이라면 좀 있다 교대시간이 되거들랑 제가 대신 갓다오지요」

「안된다. 너같은 색기가 참견할일은 아니다」

「아니문 그만두지요」

「그래 정 안된단 말이냐?」

애비의 음성은 한칭 험악해진다.

「글세 안된다는데 웨 이리 딱하게 구세요. 부락규정이 그런줄을 번연히 아시면서」

「규정은 무슨 규정이냐? 그 오라질놈의 규정직히다간 앉은자리에서 똥싸겟다」

「안됩니다. 보초에겐 부락의 규정은 절대적인것입니다. 대체 건너마을 만인부락에는 무엇허러 가서요? 그러지마시구 어서 도루 들어가서요」

「못하겠다」

「못하겠으면 맘대루 하서요. 저두 못하겠읍니다」

「뭐 어째?」

명보는 아들의앞에 성큼 닥어들더니 두말없이 아들의뺨을 철썩 후려갈긴다.

「이색기 나는 네애비다. 애비보구 그런말따우가 어디 잇느냐? 웅? 애비는 애비구 보초는 보초지」

순동이는 어더맞은 뺨을 붓잡고 한동안 말을 못한다.

그러다가 애비의 주먹이 다시금 날러들때에야 비로소 정신을 차린듯 선뜻 옆으로 비켜서며

「뭐요?」하고 버럭 소리를 질른다.

「애비……애비라구요?……홍、 그런 뻔뻔스런 소리가 대체 어듸서 나와요! 애비라구 하기가 부끄럽지않아요? 걸풋하문 애비라구 하면서 이때까지 자식들에게 애비의노릇을 한게 뭐요? 난 입때까지 수무살이나 먹는동안 애비의 신세를 저본일은 한번두 없어요. 되려 어린것이 푼푼히 얻어오는 돈을 뺏어가지구는 양관(阿片吸煙所)에나 댕기면서 얘편만 빠건누구요? 애비라구 하면서 자식들에게 옷한벌 지어주었소? 언제한번 먹구싶어하는 음식을 먹여본일이 잇소? 그러구 내어머니를 만인한테 팔아버리구 어리자식들을 길까에서 헤매게 한건 누구요? 애비?……그런 뻔뻔스런말이 어듸서 그렇게 쉽사리 나와요? 내가 만약 불칙하구 못생긴 놈이라문 벌서 개굴창에 들어간지가 오랐을꺼요」

「엑 개자식」

명보는 되다못해 아들에게 와락 달려든다.

소장은 잠시 망서리다가 슬며시 둘의앞으로 나갓다.

부자간의 싸홈은 하는수없이 중단되였다.

명보는 멋슥해서 옆으로 비켜서며 잡어삼킬듯이 아들을 노려본다.

그러나 순동이는 참고 참엇던 설음과 분통이 일시에 탁 터저서 그만 그자리에 두손으로 얼골을 덮고 주저앉아버린다. 소장은 보다가못해 조용히 외면했다.

天 國 圖

一

아침부터 나리기시작한 비는 낮밥때가 지나도 그냥 구질구질 나리며 끝일줄을 모른다.

부락은 길까에 개색기 한마리 어른기리는양도 없이 잠든듯이 고요하다느니보다

몹시 피곤해 보인다.

명보는 으슥한 방구석에 지친듯이 들어누어서 멍하니 밖을 내다보며 것잡을수없는 생각에만 사로잡혀 있다.

주방간에서는 딸 순녀가 순동의것인지 누덕누덕 떠붙인 「고루뎅」양복바지 가랭이를 꼬매고 있고 그옆에서 바로전에 보초막에서 돌아온 순동이는 무슨책인지 잡지같은것을 펼처들고 신이 나서 읽는다.

명보는 그모양을 잔뜩 지릅뜬 눈으로 한동안이나 내다보다가 그만 벽에다 가래침을 뱉고는 저쪽으로 등을 지고 도라누어 버린다.

그러나 순동이는 무관심한 태도로 그냥 나려 읽다가 무엇인지 찾을것이 잇는듯 잠시 고개를 기웃동거리며 그만 웃줄 일어나서 방으로 들어간다.

「이게 무슨잔가요?」

명보는 바르지못한 눈으로 아들의 얼골을 흘낏 처다보거는 하는수없다는듯이 볼멘소리로 대준다.

「큰덕(德)자다」

「그럼 일덕일심(一德一心이)란 무슨 뜻인가요」

「내가 아니? 나더러 뭇지말구 그런건소장한테 가서 물으렴」

명보는 버럭 화까지 내며 아들의 드려댄 책을 팔 굽으로 밀처버린다.

순동이는 아모말없이 슬픈 표정으로 애비의 얼굴을 나려다 보다가 슬며시 제자리로 도라와 앉는다.

그러고는 보던책을 다시 볼생각은 안하고 문선에 기대앉아 조용히 두눈을 감는다.

순녀는 오라비의 그모양을 보고 그도꼬매던 일ㅅ감을 살며시 무릎아래에 나려놓으며 나직히 한숨을 짓는다.

아버지의일로 하여 항상 속을 색히는 오라비의 심중을 생각하면 그의 좁은 가슴속은 미여지는것같다.

어떻게 하면 그 애비를 바른길로 이끌어서 남과같이 단란한 가정을 이루어볼까?

이것은 자나 깨나 언제던지 그의웁바순동의 가슴속에 서려잇는 갸륵한 심정이다.

그러나 아버지는 그 아들의 마음을 털끝만큼도 알어못준다.

뿐만 아니라 기회만 있으면 그 아들을 멀리하려고 악독한 생각을 품고있으며 남의눈과 법(法)만 아니라면 영영 없이해 버리려고 생각을 바수고 있는 줄까지 순녀는 잘 안다.

그리고 또 그 옵바만 없다면 자긔는벌써 어떠한 만인에게 팔려버렸을런지 몰은다.

그런것을 생각하면―더구나 그우에 아무리 잊으려고 애써도 잊을수없는 어머니의 일을 생각하면 열ㅅ번 물어뜯더도 씨언치않을 그 아버지다.

어머니!

얼마나 불상한 어머닌가!

무도한 남편 때문에 만인에게 팔려가서 결국은 빠질수없는 신세를 비관하고 목을 매어 자살해버린 어머니.

만약 그때 두남매중에서 누구던지 조곰이라도 눈치를 채릴수가 있었든들―.

어머니를 잃은후의 두 남매는 그얼마나 처참한것이었든가?

길ㅅ가에서 길ㅅ가로 전전류리하며 떠돌아댕기던 그때일은 생각만 하여도 가슴이 터지는것 같다.

결국 옵바 순동이가 겨우 열두살된어린 몸으로 세탁소 심부름꾼으로 들어가기까지 두 남매에게는 진종일 가도식은밥 한수까락 얻어먹지 못하고 주림에 시달리게 되는것은 거이 하로건너씩있은일이 아니었든가?

그러한 자식들을 두고도 밤낮 양관에만 가서 드러박혀 있던 그 아버지를 그래도 애비라고 이렇게 따러와서 어떻게하면 바른길로 이끌어 들일고 온갖 애를 다쓰는 오라비의 그심정을 생각하면 눈물이 아니라 피가 나는것이다.

二

순녀는 소리없이 고여넘치는 눈물을 치마끈으로 살짝 씻은후

「옵바 뭘 그렇게 생각하우? 시장하실텐데 점심이나 잡수」

하고 애련해뵈는 얼골에 다정스런 우슴까지 지어보인다.

「아직 먹구싶잖다. 아버지안테나 차려드려라」

순동이는 힘없는 어조로 말하고는 다시금 접어논 책을 집어든다.

그런때에 박에서 신발소리가 나기에 내다보니 동문어구 득수가 흙투성이가 된 신발을 신고 터덜터덜 들어온다.

「명보 있나?」

득수의 소리에 명보는 귀가 벌쩍 열려 마치 기다리고나 있든것처럼 갑작이 정신을 차리며 벌떡 일어난다.

「득순가? 어서 들어오게」

「뭘하는가 낮잠인가?」

「아닐세。 그저 하는일없이 들어누어 있었네」

「심심하문 마슬도리래두 할꺼지 누어있으문 별수가 있나? 나 삼국지 한책얻어가지구 왔는데 어듸 조용한데 가서 좀 구수하게 읽어주게나」

하면서 득수는 무엇을 의미함인지 한쪽눈을 찔끔 감아보인다。

그모양을 보고 명보는 두말없이 웃줄일어난다。

「그러세。 나두 갑갑해서 어듸던지 놀러가려든 참일세」

마을밖을 나서자 득수는 명보의 옆구리를 꾹 찔르며 뜻몰을 웃음을 씽긋 웃어보인다。

명보는 호긔심이 번뜩이는 눈으로 빠안이 마주보며 숨소리를 높인다。

「자네 요즘 한코 떠봤는가?」

「떠보는게 다 뭔가? 구경두 못해봤네 경칠놈의거」

명보의 입술에는 대번에 침이 흘러나리며 사지가 후들후들 떨린다。

그모양을 보고 득수는 의긔가 양양해서

「한풍 처볼까?」

하고 다시금 씽긋 웃는다。

「땄나?」

「따잔쿠」

「어듸서?」

「어듸서 못따겠는가?」

「좀 보세」

「이사람이 이거 정신을 가지구 말하는 건가? 아―니 여기가 어듸라구 길가에서 이러는건가?」

득수의 핀잔에 명보는 그만 하는수없이 말은침만 꿀꺽 삼키고는 잠자코 그의옆을 따른다。

둘은 한동안 말없이 즐벅거리는 길을것다가、 전면에 보도소가 보이자 마치 그무슨 약속이나 있었든것처럼 아래편 골목으로 재빨으게 빠저들어간다。

「그런데 이사람아 어듸루 가는셈인가」

명보는 갑갑해저서 또 말을 꺼낸다。

「어듸가 좋까?」

「가자는 자네가 몰루문 누가 아는가」

「글세말이네。 어듸던지 조용한데가 졸텐데」

「조용한 집이 뉘집인가?」

득수는 잠시 주저거리다가

「성오네집이 어떨까?」

하고 웬일인지 어색한 얼골빛으로 듯는다。

「성오네집?」

「웅、 거기가 조용할껏같네」

득수는 말끝을 선명치 못하게 흐려버리며 고개를 숙여버린다。

명보는 수상해하는 눈치로 득수의 얼골을 드려다 보다가

「그리루 가문 성오란놈두 같이 얼려야 하잔는가?」

하고 못맛당해하는 말투로 불평스레 말한다。

「그건 그렇지만 뭐 넉넉하니까 괜찮으네」

「넉넉하문 얼마나 되는가?」

「글세 잔소리말구 잠자쿠 딸아만 오게 정 부족하다문 내목까지 줄테니까」

득수의 이말에서 명보는 비로소 그의속을 엿보았다。

중독자도 아닌 그가 웨 이렇게 모험을 하는것인지 그리고 또 웨 하필 성오의집을 찾아가려는것인지 그 까닭을 생각하니 자연 고소가 나옴을 금할수가없다。

三

득수의 속심을 죄다 엿본 명보는 아모말도 없이 묵묵히 뒤를 따루며 속으로 이렇게 말했다。

(어쨌던 제가 찾아먹으면 그만이지 무슨 상관이란 말이냐? 득수란놈이 성오를 아편으로 잡바트려좋고、 그의계집을 다치던 찢던 내 무슨 아랑곳 할것이 있느냐? 나는 나대로 득수의 호주머니속에 있는 그것만 받아먹으면 그만이 아니냐? 굿이란 그저 구경이나 하구 떡만 얻어먹을것이지 참견할것은 못되는것이 아닌가?)

둘이 마당안에 들어서는것을 보고 먼저 얼골을 내미는것은 성오의 안해다。

언제보던지 밉지않은 얼굴이다。

몸집도 호리호리하고 게다가 이상하게 사람을 끄어낙구는 웃음까지 얄궂게 웃는다。

「성오 있나요?」

득수의 입가에는 벌서부터 음탕한 우숨이 떠올은다.

「있어요」

「뭘하구 있나요?」

「몰루지요. 뭘하구 밤낮 잠바저 있는지」

그러자 방안에서는 푸수수한 머리를 띠이고 얼골가죽이 바짝 말라붙어서 해골같이된 성오가 우멍한 눈으로 멀―니내다본다.

「뭘 하는가? 낮잠인가?」

성오는 한쪽팔을 괴집고 반쯤 몸을 일으키며

「아무것두 하는일 없네. 어서 들오게」

하고 겨우 마지못해 하는 어조로 대답한다.

득수는 명보를 돌아보고 뜻몰을 우숨을 빙긋 웃은다음 성큼 방안에 들어선다.

명보는 여전 아모말없이 그의뒤에 따라 들어섰다.

그들이 방안에 들어서자 이때까지 잔잔히 나리던 이슬비는 갑작이 억수로 퍼붓기 시작한다.

비밀공작에는 둘도 없을 좋은 기회다.

하긴 주머니속이 빤―이 드려다뵈는 성오네 집이라 누구하나 찾아올건 없지만, 그래도 세상일이란 앞을 가릴수가 없는것으로서 어느때 누가 불의에 달려들런지 모르는것이고、 또 그의안해의 용모에 침을 흘리는 득수같은 건달패가 없는것도 아니고 해서、 사실은 적잔히 근심을 했던것인데 이렇게 줄기찬 비가 나려쏫고는 조금도 주의할것이 없다.

득수는 성오의 얼골을 홀끔 건너다본후 아모 꺼리는양없이 바지춤에 단단히 숨겨가지고 온 수건뭉텡이를 꺼내서 둘의 앞에 펼처놓는다.

성냥갑 절반은 넉넉히 됨즉한 곰정떡뎅이(阿片)다.

성오는 보기만해도 생기가 도는듯 앉은자리에서 펄쩍 뛴다.

「아、 이게 뭔가?」

득수는 벌쭉기리며 손바닥에 올려놓고 다루어 본다.

「어떤가? 흐뭇―한가?」

「아―하」

성오의 입에서는 뜻몰을 한숨이 흘러나오고、 명보는 진정을 못하고 자꾸몸을 들석어리며 군침만 삼킨다.

「아―니 그건 뭐요? 구류소생각이 또나서 그래요?」
하는 소리에야, 셋은 비로소 성오의처의 존재를 깨닫고 서로 얼골을 마주본다.
그러나 누구하나 대ㅅ구하는 사람은 없다.
그러다가 마츰내 득수가 슬적 한마듸넘기며
「먹구서 가는거야 누가 아나? 못먹구가야 탈이지. 어떳수? 아주머니두 한추럼
들어보지요」
하고 벌씬 웃는다.
「집어치어요. 그런건 보기만해두 입에 신물이 돌아요」
팩 쏘듯 쌀쌀하게 말하긴하나 눈까엔 음란한 우슴이 얄궂게 떠올은다.

<h2 style="text-align:center">四</h2>

계집과의 잔수작에 성오는 기다리기가밥분듯 득수의앞에 밧작 닥어앉으며
「여보게 잔수작 말구 나좀 먼첨 떼여주게」
하고 졸라댄다.
「그렇게두 밥분가? 어서 준비나 하게」
「준비는 무슨 준빈가? 난 그냥 먹겠네」
하며 성오는 득수의 손에 매달리더니 어느틈엔가 솜씨 빨으게 물에 퍼진 콩알만
큼 뚝 잘리 그냥 넝큼 입에 집어넣고 꿀꺽 삼커보린다.
「이사람이 거 생걸세」
「생거구 뭤구 위선 먹구 봐야지」
하며 입을 다시는 성오의 얼골에는 비로소 우슴이 떠올은다.
그 모양을 보고 명보도 손을 불쑥 내민다.
「나두 그냥 먹겠네. 좀 주게나」
「허 이거 큰일 낫군. 이렇게들 다 떼여주군 난 뭘 먹겠는가?」
하며 두덜거리면서도 득수는 명보에게도 콩알만큼 뚝 잘라준다.
앉은 자리에서 벌서 그들의 골에는 혼몽한 취기가 후뭇―이 떠올으는것같다.
「어떤가?」
득수는 둘의 모양을 번갈리 보며 벌신거린다.
「말말게 이런 좋은걸 못먹다니」
「아아, 오늘은 내 생일이다」

둘은 세상없이 반가워하며 한쪽팔을 괴집어 벼개하고 비스듬이 들어눕는다.

「난 제격으루 빨겠네」

하고 득수는 역시 바지속에서 숨겨가지고온 대(煙管)을 꺼낸다.

「아주머니 촛그루가 있으문 좀 주시우. 그러구 돗바눌같은것이 있거들랑 그것두 좀 빕시다.」

「돗바눌같은거라문 어떤거란 말이우」

「아니 돗바눌이문 돼요」

「그럼 진작 그럴것이지 같은건 뭐요」

「잘못했수다」

「꽤니 사람을 놀리기만 하면서」

꽤 놀아먹은 행투다.

득수는 쓸어진 둘을 흘끔 돌아다보고는 저혼자 벙글거리며 자기도 콩알만큼 잘라쥔다.

게집은 마치 준비나 해두었던것처럼 촛그루와 돗바눌을 가져온다.

「미안합니다」

게집은 또한번 생긋 웃어보인다.

득수는 검정 콩알같은것을 돗바눌끝에다 꿰여가지고 초ㅅ불에 대고 굽기시작한다. 바질바질 기름이 끌어나고 파아란 연기가 구수한 냄새를 피우며 물씬물씬 솟아오른다.

게집은 사내의앞에 이마가 맛다을지경 밧싹 갓가히 조여앉는다.

비는 더한층 줄기차게 쏘다저나린다.

그러나 방안은 깊은 바다속같이 조용하고도 안윽하다.

모든것은 의식밖에 사라저가고 꿈을실은 고무풍선만이 자꾸만 상승(上昇)한다.

그리고 어듸를 둘러보던지 주위는 노오랗게 혼돈된 빛깔이다.

그런데 풍선은 자꾸만 상승하는데 이어인 일일가?

몸은 자구만 아래로 아래로 침전되여가며 손까락 하나 까닥할 긔운조차 없이하여 버린다.

머리ㅅ속은 보오야니 흐려저가며 허릿심은 五六월 엿가래 녹듯 나그웃해 나서 숨쉬는것도 귀찮허난다.

바람도 없고 비도 없고 식그러운 세상사는 더구나 있을리 없다.

그런데 무엇일까?

이상한 저―쪽 수평선인지 치평선인지 안개낀 선명치못한 그 이상한 곳에선 무엇인지 아지랑이같은것이 자구만 얼른거리면서 이쪽으로 이쪽으로 가까히 온다.

(눈을 바로 뜨고 보자)

그러나 나릿해진 눈가죽은 화안이 열릴줄을 모른다.

그렇다고 영 감을수는 더구나 없다.

감지도 뜨지도 못하는 아 름해진 눈앞으로 아지랑이는 점점 가까이 떠오며 얼른거린다

五

바로 그런때다.

성오는 무엇인가 앞에서 얼른하는것을 보았다.

흐릿한 의식으로서도 그는 그것이 자기의 안해의 치마꼬리가 너펄하고 나부끼는 것인줄을 알수가 있었다.

뒤이어 또 무엇인지 우뚝한것이 눈앞을 스친다.

그것도 무엇인가를 그는 알었다.

사내와 게집의 그림자가 이따라 부엌칸방으로 넘어가자 성오는 머리를 처들려 했다.

그러나 천금보다도 더 무거워지고 물먹은 솜보다도 더 흐느러진 머릿속은 생긱만해도 이욱―해진다.

그러면서도 눈앞에는 게집과 사내의 음탕한 장면의 환영이 자꾸만 떠올으고 그와 동시에 시시덕거리는 우숨소리까지 보는듯이 들려온다.

얼마나 분한 일이냐?

현재 자기의 게집은 사내의 앞에서 어떠한 일을 감행하고 있는가?

인간에서 있어서 이에서 더한 모욕이 또 어듸 있으랴?

생각과 같아서는 당장에 뛰여나가 두년놈을 단매에 처치해 버릴것이었만 그러나 그것은 일순간의 발작과도 같은것으로서 사실은 그러한 생각을 하는것조차 귀찮어지며 겨을러진다.

그저 머엉하니 허공만 바라보고 싶다.

허공은 그야말로 끝이 없는 허공이고 자꾸 아득해만 간다.

그 허공을 향해 생각은 끝없이 떠올으고 육신은 밑으로 밑으로 점점 갈안저간다.

그러다가 갑작이 앗뜩해지는것같더니 노오랗던 그 허공이 차츰 풀은 빛으로 물들어간다.

그러자 그 풀은빛속에서는 무엇인가 반짝이기 시작한다.

하나、둘、셋、넷、다섯……

그 수효가 차츰 불어감을 따라 빛갈도 선명해진다.

무엇일까?

아、별이다。푸른 하눌에 수없이 반짝이는 별이다.

남북으로 허어여케 가로 뻗힌것은 은하수(銀河水)。

북두칠성을 더듬어서 북극성의 위치도 쉬이 알수가 있다.

안해의 우슴소리가 갑작이 그속에서 들려온다.

어찌들으면 첫사랑을 속삭일때 듣던 그 음성과도 같은데ㅡ。

올타。그렇다.

그 시내ㅅ가에서ㅡ갈밭속에서 첫사랑을 속삭일때 듣던 그 우슴소리다.

별이 떨어지고 하눌과 땅이 한숨속으로 줄어드는 질식할것같은 그순간ㅡ참다못해 흙흙 느끼던 그 울움소리같은 우슴소리가 들려온다.

그러나 모양은 안보인다.

안보이는 그것이 더욱 안타갑다.

만은 안해의 그 우슴소리에 첫사랑의 옛꿈을 그린것도 잠시동안이고 별빛은다시금 찬란하게 황홀하게 빛어온다.

얼마나 아름다운 그림인가?

세상에서는 일생을 가도 볼수없는 그림.

손만 처들면 만저질것같은 풀은별、밝안별、힌별.

대체 누가 그린 그림일까?

이 그림속에 쌓여있는 자기는 그얼마나 행복스런 인간인가?

아니다。인간이 아니다.

인간으로서는 절대로 볼수없는 그림이다.

그러면 자기는 과연 무엇인가?

자기는 신선사람이 아닌가?

그렇다。신선사람이다.

그리고 이 그림은 천국의 그림이다.

대체 안해의 음행이 자기에게 무슨 상관이란 말이냐?

자기는 자기대로 이 천국의 그림만보고 있으면 그만이 아니냐?

거기에서는 다시금 아름다운 류랑한 음악까지 들려온기 시작한다.

그 음악소리를 들으면서 성오는 마치어머니의품에 안겨 자장가에 잠들어버리는 어린애처럼 고요히 두눈을 감아버리는것이었다.

良心의 殘片

一

×××경찰서 구류소에서 二주일간의 료양기간을 마친 명우네는 부락으로 도라오자 또 장시간동안에 보도소소장의 훈계를 받았다.

그다음 그들은 관에박은듯한 시말서를 써들이고 제각기집으로 흩어저갔다.

그러나 득수의집 곁방을 얻어가지고 홀아비생활을 하고있는 명우는 집이라고찾어간댔자 반가히 맞어줄사람도 없는판이라 그대로 보도소 뒤마당 버드나무그늘밑에 앉어서 땀을드리며 이생각 저생각 생각나는대로 머릿속을 뒤번지며 무료히 시간을보내고있었다.

그러는데 북문파수막에서 교대시간이 되여 들어온것은 순동이다.

그는 명우를보자 싱글벙글 악의없는 웃음을 띄우며

「형님 어떳수? 피서잘했수?」

하고 명우의 앞에와서 땅우에 그냥 덜썩 주서앉는나.

명우는 그도 악의없는 웃음을 부드러히 지어보이며 그러나 몹시 지친모양으로

「네놈신세에 정양 잘하구 왔다」

하며 순동의 억개를 가볍게 탁친다.

「하하하……정양하구온이가 우멍눈이 두군요 그런데 나때문에 정양이란건 억설이래두 너무 심한 억설인데요」

「뭐가 억설이냐? 네놈들 다 똑같은 그런놈들이지」

「하하하……」

순동이는 또한바탕 호활스레 웃고나서

「그런데 형님 오늘저녁은 어떠케 하실랴우」

하고 갑작이 정색으로 뭇는다.

「저녁이라니?」

「저녁밥 말애요」

「집에가 먹지 어떻게 할꺼있니!」

「집은 덜 졸껄요」

「왜?」

「김서방네가 요즘 날마다 내외쌈이랍니다」

「무슨일루?」

「무슨까닭이 있어서 언제는 했는가요 사내가 그런데다가 게집까지 만만찮으니까 자연 그런게조」

명우는 잠시 득수네 부부를 눈앞에 그려보았다. 말할수없이 가슴속이 불쾌해진다.

「형님 그러지말구 오늘저녁은 우리집에가서 잡수십시다. 나는 오늘 낮밥때 개울에 나가서 물고기를 두어되 떠왔는데 그걸 애호박이나 넣구 고추장에다 찌저문 아주맛이 있죠.

그러구 어저께 거리에 갔다가 오늘 형님 오실걸알구 호주(白酒)두 二십전어치나 받어다 뒀어요」

명우는 아모말도 못하고 웅결된듯한 시선으로 순동의 얼골만 마주보았다.

「형님 그러케 하지요 네?」

하고 순동이는 정다웁게웃으며 웃줄 일어선다.

「뭘 그러케 생각하세요 자그동안 내스가에 나가 땀이나 씻구 들어갑시다」

명우는 여전 침묵을 직힌채 힘없이 일어섰다.

무엔지 까닭몰을것이 가슴속에서 치밀어 오르며 눈시울을 뜨겁게 하여주기때문에 그는 종시 얼골을바로 처들지못하고 순동의뒤를 따루었다.

내스가에 나가 시언한 내스물에 몸을 딱그면서도 순동이는 연방 무에라고 유쾌한 어조로 짓거리지만 명우는 그냥 무겁게 입을 봉한체 묵묵히 지났다.

이윽한후 둘은 집으로들어왔다.

둘의 발자최 소리를 듣고 넉없이 맞우나오며 반가히웃어보이는것은 순녀였다.

그는 명우를보고 무에라인사의 말이라도 하려다가 그만부끄럼이 앞을서서 애꾸진얼골만 빨갛게 물들이며 모로돌아서 버린다.

二

방안에는 아모도없다.

순동이는 주저거리는 명우의옆에서

「어서 들어가시우 어째패거리가 없어 서운한가요?」

하고 또 농을 건다.

그말에야 비로소 명우는 기회를 얻은듯 씽긋웃으며 입을 연다.

「엑기녀석 이상어른을 너무 놀리문 천벌을 입는법이다」

「하하하……형님 정양갔다오서드니 아주점잔히 겄수다」

「또 이녀석 그런 소리냐?」

명우는 하는수없이 웃어버린다.

「농담은 그만하구 아버진 어디 가셨니?」

이말에 순동의 얼골은 갑작이 어두어진다. 그는길게 한숨지으며

「몰루지요 진종일 뉘집에가 낮잠인지 요즘은 윈통집에라구 부터있질 않어요」

하고 힘없이 대답한다.

그러나 그것은 잠시동안이고 그는 이내 전과같이 명랑하게 돌아지며 여러가지로 명우의 마음을 위로하여준다.

오랫동안의 밑바닥 생활에서 인생의모든것을 죄다 잃고저주된 산송장의 생활을 자까스로 어어온 명우의마음에도 인생의샘물은 다시금 숫기시작했다.

따뜻한세상의 온정과는 벌써한옛날에 절연된 그의정열의페허속에는 그래도 아직도 식지않은 재나마 남아있었든가?

순동이네 남매의 눈물겨운따뜻한 심정에 명우는 몇번이나 흐려드는 누눈을 껌벅이였는지 모른다.

우수러한 등불빛에 두눈을빛내우면서 쉴새없이 짓거리며위로하여주는 순동의 얼골을 명우는 종시정면으로 바로볼수가 없었다.

「형님 난 정말 형이 그리워요 형님같은형이 있다문 얼마나 좋겠는지? 어떤때엔 꿈에형을 가저보는때가 있는데 그런에 그형이란게 어째 한번두보지않든 얼골인덴 참말 우스워요 하하……형이나 아우가 없다는것은 정말 서운한일입니다 그렇지만 난 뉘동생을 갖있기때문에 일없읍니다 난 뉘동생때문이라문 어떤일이던지 가리지 않을 테애요」

하고 순동이는 마치 맹서나하듯 힘스레말한다.

「난 형님을 처음대했을때부터 그렇게 생각했어요 웬일인지 친형님같은 생각이 들면서 가까히하구싶었어요 그러니까 형님두 나를 친동생으루 생각해 주서야지 그렇지않으문 이담 구류소루 도정야을모닐터애요 하하하」

명우도 조용히웃었다。

그러나 두눈에 고여넘치는 눈물은 막을내야 막을수가없다。

그래그는 순동이가 구지말리 며더앉었다가기를 극권하는것을 그냥뿌리치고 밖으로나왔다。

밖으로나오니 참고참었던 뜨거운눈물은 일시에왈칵 두볼에 쏟아저나린다。

그는 어두운 길우에서 한동안소리없이 눈물을흘리다가 자기의 기숙처인 득수네집과는 딴방향으로 발길을돌려서 보도소뒷마당 버드나무 밑으로 갔다。생각은 북문밖내ㅅ가로 나가고 싶었지만 거기에는 보초막이있어서 출입을 금하기때문에 하는수가없다。

그러나 보도소뒷마당도 조용하다。

더구나 낮에는그렇게도 뜨겁던것이 밤이되니 대낮의밤이라 말할수없이 서늘하다。

그리고 하늘에는 수없는별들이 아름답게도 반짝이고있다。

으슥한 버드나무밑에 시름없이앉어서 두팔로 턱을고이니 순동이의 권에 겨워 두어잔마신 호주기운에 가슴속은 이상스레 부풀어올은다。

어듸서인가 앞마을쪽에서 피리소리가 들려오며 귀뜨람이의 울음소리도 제법구성지다。그소리에 심취된것은 아니지만 가만이귀를 기우리니 문득 생각나는것은 또다시 고향의 기억이다。

三

고향에는 여러가지 전설도많었다。

모도다 슬픈 전설들이었다。

어머니는 그러한 전설들을이야기해 주실때마다 눈물을 지으시더니 지금은어떻게하고 계신지?

집을 버리고 떠나온지가 지금 바로 설혼살이니까 인제는팔년이나된다。

팔년이나되는 그동안에 어머니는 얼마나 속을 태우시고 늙으셨을까?

백부님댁에가서 계시다니 의식에는 그다지 괴로움을느끼시지 않으시겠지만 그러나 단 하나밖에 없는 불효막심한 외아들때문에 얼마나 고달푸게 지나실것인가?

명우의 눈앞에는 남몰래 그늘을 찾아가서는 소리없이 눈물짓는 어머니의 그모양이 보든 듯이 선一하게 떠올은다。

그것은 참말로 보기어려운 정경이다.

그는 조용히 두눈을감았다 그러고는 어머니의 그환영을 지워버리려고 고개를 좌우로 썰레썰레 흔들었다.

어디서인가 뒷산쪽에서 부엉이의 울음소리가 심산하게 들려오는데 강건너 만인부락에서는 그무슨 노름이라도시작된듯 창불빛이 어두운 하늘에햇살처럼 삐처올우고 북소리가 소란스레들려온다.

명우는 그것을 어머니 꿈속에처럼들으며 담배를꺼내 부쳐물었다。。

어두운속에서 아수름하니 보이는 한가닥의 담배연기를 하염없이 바라보며 있느라니 무엇인지 그림자같은것이 언뜻하고 눈앞을스치는것같다.

깜짝놀라 두눈을크게뜨고 주시했으나 캄캄한 어둠속에는 아모것도안보인다.

다만 토성밖 개울쪽에서 우는 개고리의 울음소리만이 한것처량하게 들일뿐이다.

그는한동안이나 개고리의 울음소리에귀를 기우리다가 문득 그옛날 동경서대의 무장야(武藏野)의 그밤을생각했다.

동서에 그의머리속에는 또다시그여자의 그림자가떠올랐다.

몇해를 나려잊으려고 잊으려고애써으나 도모지 잊을수가없는 그 그림자가 너머도 선명하게 떠올랐다.

그는 울컥치미는 격성에 피우던 담배꽁지를 그냥 막우 짓밟어버리고 벌떡일어섰다.

그리고는 발길이 향하는대로 부락을 헤매여단였다.

여름밤은 밝기쉽다.

어느새인가 동쪽하날이 부유스럽이 밝어오고 이곳저곳에서 닭울음소리가 마을의 정적을 깨트리기시작한다.

명우는 하는수없이 발길을 집으로 옮겨놓았다.

곤히든 잠을 깨울까바 조슴스레 발자최소리를 죽여가며 마당안에 들어서는데 어디서인지 수군거리는 말소리가 귀결에 언뜻 들려온다.

수상하여 사방을두루 살피며 귀를기우리니 굴뚝쪽에서 틀림없는 사람의 말소리가 들려온다.

명우는 이상하게도 전신이 긴장되여 그 무슨생각이 섬광처럼 머리속을 스치는것을 느끼고 밧삭 벽쪽에 몸을쪼그리고 붙어섰다.

그런줄은 꿈에도 모르고 둘은 무엇인지 마음놓고 수근덕거리며약속까지 단단히 한다. 「그럼 그날루 실수없이 해야허네」

하며 먼저웃줄 일어서는것은 틀림없는득수다.

「웅 염려말게 만사는 자네 한테 단단히부탁하네」

하며 약간 의심스런어조로 말하며 뒤따라일어서는것은 명보다.

「글세 내걱정은 말라니까 내보담 자네쪽에서 눈치스레 서둘러야 허네」

득수는 나직하나마 저력있는 어조로 따저놓며 마당밖으로 어정어정 나가는 명보의뒤를 이슥하도록 바라보고 있다.

명우는 날카로운 시선으로 둘의모양을 쏘아보며 두주먹이 부서저라고 힘드려 틀어 쥐였다.

<h2 style="text-align:center">四</h2>

언약을 짜놓은 예정의날 둘의기대에 어기지않고 순동이는 보도소의 용무를띄고 현공서(縣公署)로 갔다.

돌아오는것은 이튼날 저녁무렵이다.

계획한것을 수행함에는 두번없을 긔회다.

순동이가 조반을 일직지어먹고 보도소를 거처 떠난후 명보는 실없이 들떠오르는 마음을 것잡지못하고 초조하게 지났다.

그러나 딸은 애비의 그속을알리가없다다 여전히바지런히 재빨으게 몸을놀리며 잔손질에 어쩔줄을몰은다.

점심때가 됏을때 명보는 꿋꿋내 견듸지못해 득수를 찾아갔다.

득수는 명보의 기출해가는것을 보고 짐짓 미간을 찌푸리며 귀찮다는듯이

「명본가? 어째왔는가?」

하고 열적은 어조로 겨우맞는양을 한다.

「갑갑해나서 견딜수가있어야지」

명보는 더욱 비굴하게 어색한우슴까지 지어보이며 득수의눈치만 힐끔힐끔살피다가

「그런데 밤 몇시루 거사 할까?」

하고 조심스레 목소리를낫수어 뭇는다.

「열두시나 새루 한시쯤으로하지」

「웅 그때문 죄다 잘때니까 좋겠지」

하고 명보는 또 한동안이나 주뭇거리며 득수의 눈치를 살피다가

「그러구 여보게 너머 여러번 물어서 안됐네만 그놈들이 약속한대루 어김없이 거기까지 올까?」

「아 그사람 잔격정두 팔자네 어김없이 온다는데 왜이리 성화인가?」

득수는 역정스레 핀잔을준후 모로 아앉아 버리기까지 한다.

명보는 더한칭 낮게돌아저서 어색한웃음을 지으며 뒷머리를 극적극적 긁는다.

「미안허이 그러구 三百원돈두 틀림없겠지」

「그러케 의심되거들랑 그만두게나」

「아니 자네를 의심해서 그런게 아닐세 어째그러케 곡해를 하는가? 만인들일이 돼서 어쩐지미안해 그러네」

「글세 이사람아 그런잔걱정은 말래두그래 이십년동안이나 만주인을 주물러 볼 때로주물러본 날세」

득수의 어조는 얼마간풀려진다.

그 기회를 놓지지않고 명보는 또 묻는다.

「이사람 三百원만 쥐면 어떻게할까? 난 자네하나만 믿는거니까 어듸던지 가치 가야허네」

득수는 하는수없다는 듯이 웃어버린다.

「아 그사람 참 씨만이두6) 케구드네」

그바람에 명보도씩웃는다.

그러나 그웃음은 말할수없이 비굴한 우숨이다.

그는 또 한동안 상대편의눈치를 살피다가 몹시 거북한양으로 말을꺼낸다.

「여보게 좀 없나?」

「뭐가?」

「그것말일세 있으문 조꿈만 주게나」

하고 입술을 감빨며 침을삼키는 그모양을 득수는 이슥히 바라보다가

「낮에먹구 어떠커겠는가?」

하고 핀잔을 주면서도주머니를 뒤지더니 수건에싼것을꺼내 팟알만큼잘라준다.

「고맙네」

명보의 입가에는 대번에 침이흐른다.

바로 그런때에 뜻밖에도 공동농장(共同農場)에 나갔던 명우가 호미를 둘러메고

---

6) 씨만하다: ≪괘씸하다≫의 뜻.

들어온다.

둘은 깜짝놀라 서로 색없이 얼골을 마주처다 보는데 명우는벌써 눈치를알어채고

「뭐요? 나두좀주어요」

하면서 문앞에다가 호미를 동대이친후 성큼방안에 들어선다.

하는수가 없다 현장을들키고 같은 패거리를 따버릴수는 없다.

실혼대로 다시금 팟알만큼 잘라주니 명우는 단입에 홀떡 삼켜버린다.

「어듸서 얻었나요?」

「지나번에 어디 됬든걸세」

명우는 내키지않은 어조로 대답한후 슬며어시 자리를 일어 박으로 나간다.

五

그날밤 자정이 훨씬 지났을때 부락은 모다 잠들었고 사면 보초막에서도 피로에 견디지 못해 모도다 쓸어진때다.

득수는 아랫목에서 꿈으적거리는 명보를 발길로 쿡찬다.

명보는 아무말도 없이 슬그머니 일어난다.

이따라 득수도 일어난다. 정주칸에서는 순녀가 진종일의 시역에 지처서 혼곤히 잠들고 있다.

그는 당장에 무서운 운명의 마수가 뻗혀들려는것도 몰으고 무슨꿈을 꾸는것인가 잠꼬대까지 하고 있다.

득수는 언제인가 성호의 집에서 아편을 빨때 갓추어 가지고갔던 그대를 옆채기에서 꺼내더니 초ㅅ그루에 다가 불을단후 전과같은 공작을 시작한다.

명보는 잠자코 구경만하고 있다.

돗바눌같은 쇠끝에찔린 검정콩알은 이내 바질바질끌으며 구수한 냄새를풍긴다.

명보는 벌써 몇번이나 군침을 삼켰는지 몰은다.

그러나 득수는 왼눈으로도 안보고 구어서는 성냥갑에 대고 부비고 부비고는 또 굽고 몇 번을 그렇게 한다음에야 기름하게된 검정약을 북채같은 대의 끝에 옴푹아 니패인 구멍에다가 살짝끼여서 명보의앞에 넌지시내밀며

「인제됏네 자넨 삼켜서안되네」

하고 따저놓는다.

대를 받아드는 명보의 손길은 가느다라케 떨린다.

그는 그것을 받아들고는 한동안이나 파리한얼골로 무슨생각엔지 잠겨서 움직일 줄을 몰은다.

「얼른 그래야지 뭘이렇게생각하는 건가?」

득수의이말에 명보는 그만 결심하듯 웃줄 일어나서 한쪽손에 촛불을들고 정주칸으로 나간다.

문턱을넘어서는 두다리는 경련을 일으키듯 몹시후들거린다.

그러나 그는 입술을악물고 딸의 머리맡에 잡바지듯 주저앉는다.

만은 딸의얼골을 드려다본 그순간 그는 그무엇에 질린듯이 얼른 고개를돌려 외면해버린다.

그러고는 가슴이 꺼저나오는듯한 한숨을 후ㅡ하고 내뿜는다.

득수는 보다가못해 벌떡일어나 나가더니 명보의손에서 대를 획 빼앗어가지고는 아모주저도 없이 촛불에 들여대고 흡뻑 빨아드린다.

그것을보고 명보는 그만 네발걸음으로 정신없이 방으로들어간다.

득수의 입안에가득 물렸던연기는 포오옥순녀의코ㅅ구멍으로 새여들어간다.

몇번을 빨아서는뿜고 뿜고빠는동안 명보는방안에서 두손으로 얼골을 가리우고 어쩔줄을 몰라한다.

갑작이 순녀의자던 얼골이 찡그려지는것같더니 두어번 밧튼기침을캑캑하고는 다시는 숨도쉬는것같지않게 조용해진다.

득수는 싱글웃으며 명보를 들여다본다.

만은 명보는 어둠쪽으로 고개를 돌리고앉어서 그표정을볼수가없다.

그모양을 득수는 입술을악물고 한동안이 나노려보다가 웃줄 일어나 방으로 들어온다.

「이사람 어쩔텐가? 이러구앉어있을텐가?」

명보는 백랍처럼된 얼골을 처들고 머어니 바라보다가 그만 후ㅡ하고한숨을 쉬더니 그림자처럼 서글푸게 일어선다.

「자네맘대루하게」

그소리가 떨어지자 득수는 촛불을 획불어 꺼버린후 정주로 나가더니 마치 공깃돌이나 다루듯순녀의 자는몸을 가볍게둘러업고 압장을선다.

그뒤를 명보는 얼빠진것처럼 정신없는 거름으로 따라간다.

六

둘은골목을 빠저서동문우토 성을넘어 미리끊어논 철조망(鐵條網)을제치고 아모에게도 발각되지않고 경계망을 빠저나왔다.

철조망을빠저서 얼마쯤 나오면 조고마한 또랑이 있다.

또랑을 건너서 앞산밑에 닷자 득수는 비로소 숨을 돌려쉬며 뒤에따루는 명보를 돌아다 본다.

「여보게인제는 성공일세」

그러나명보는 땅만나려다 보며 고개를 처들지못한다.

득수는 웃소매로 이마에 흘러나리는 땀을 씻은후

「여보게 이거 무거워서혼자는 못하겠네 자네 좀도아주게」

그래도 명보는 말이없다.

득수는 잔뜩 지릅뜬눈으로 그의거동을노려보다가

「여보게 그럼먼첨 요우 마루턱에올러가서 사람좀보내주게 그리가문 왕서방네 패거리가 벌써와서 기다릴꺼니까」

하고 펄석주저앉아 버린다.

명보는 아모말도없시 득수가 식히는대로 산빨을올라간다.

산은 그다지높은산은 아니다.

어느편이냐하면 언덕에 가까운편으로서 명보의그림자는 이내눈앞에서 서라진다.

그가산마루턱을 넘었겠다 할무렵

득수는 주위를 한박휘 휘둘러살핀후 벌쭉 웃으며 땅에 나려논순녀를 나려다본다.

득수는 숨쉬는것도 잊어 머리고 한참동안이나 나려보다가 군침을 꿀꺽 삼키더니 그만 평덩주저앉는다.

그순간, 순녀의몸은 불의에 움칫한다.

득수는 깜짝 놀라며 위선 주위부터 다시 살핀후 순년이의몸에 팍 엎드러진다.

그러자 이때까지 의식을 잃었던 순녀는 갑작이 발딱 일어나 앉으며 몸을웃싹 떤다.

「앗」

그무엇에 찔린듯한 외마듸 소리가 나자 득수는황겁히 목에 걸쳤던 수건을 순녀의입에 틀어막는다.

「누구요? 앗」

죽을힘을 다해 떠다밀치는 두팔을 불어저라고 비틀어 잡으며 득수는 순녀의입을 막기에 필사의 노력을 다한다.

바로 그때다.

득수는 바른쪽 뺨에서 번개치듯 불이번쩍함을 느끼고 모로 나가 잡아젔다.

그러나 그는 이내 반발적으로 벌떡 일어난다.

「누구냐?」

방비의 자세로 한쪽에비켜서는 득수의 눈앞에 우뚝히 선 그림자

득수는 무의식중에 뒤로 물러서려는 제몸을 가까스로지탕하여 뻣처서며

「누구냐?」

하고 재차 웨쳤다.

「내다」

「내란건 누구냐?」

「명우다」

「머? 명우?」

「그렇다 명우다」

득수는 너머나 뜻밖인지라 한참동안이나 덤덤히선채 입을 열질 못한다.

그틈을 타서 순녀는 겨우 정신을 가다듬어가지고 입에 물린 수건을 뽑아버린후 발딱 일어선다.

그것을 보고 늑수는 비로소 자기의 할일을 깨달은듯 순녀의팔을 덥석들어잡는다.

「앗 옵바 아버지」

순녀는 기절할듯 질겁을하며 팔을뿌리친다.

그러나 득수의억센 손아귀가 그것을 놓아줄린없다.

그는 다시금 순녀의목을 틀어잡고 입을막으려한다.

七

그때득수의 볼타구니에서 두번째의불이 또 번쩍이었다.

「앗 너이자식 방해냐?」

「방해다」

둘의몸은 대번에 한곳에어울린다.

어두운속에서 말은없어서로 엉켜진그것은 완연맹수의 포악한싸흠이다.

순녀는너머나 겁이나서 어찌할바를모르고 선자리에서 오돌오돌떨기만한다.

싸흠은 한동안이 지나도 승패가없더니 불의에 갑작이 「응」소리가 나며 누군지 언덕아래로 허망굴러떨어저 나려가고 그와 동시에마치 땅속에 서불쑥소사나오듯 검정그림자가 웃둑 일어선다.

순녀는 소리것 고함을질러보려고 있는힘을 다썼으나 그러나 소리는목구녕에 꼭 막혀서 나오질않는다.

「갑시다」

너머나 뜻박기다.

순녀는 한순간 숨쉬는것도 이젔다.

그리고 제귀를 의심하며 검은그림자를 넉없이 마주보았다.

「인젠 아무것두 근심할것이없습니다 집으로갑시다」

명우는 아모일도 없었던것처럼 극히 평정한 태도로 나직히 침착하게 말하고는 순녀의 억개에다가 손을 대려다말고 한쪽옆에비켜서서 것기를기다린다.

순녀는 머릿속이 피잉 돌아가며 눈앞피 앗질거려나서 견될수가없었다.

그런때에 부락쪽에서 갑작이 비상경종이 요란하게울려온다.

잠들었든부락은 졸지에 소란해지며 이골목저골목에서 자위단 초롱불들이 분주히 종루(鐘樓)쪽으로 달려가는것이 보인다.

그러나 명우는 그런것은 조곰도 의식에없는듯 시름없는 태도로 한팔로 순녀의몸을 부축하여가며 뚜벅뚜벅부엌으로 나려온다.

자위단의 총동원으로 수색은 이튼날 점심때까지 계속되었고 고개넘어 다른부락에서까지 웅원출동를했다.

그 결과 명보와 득수는 더말할것도 없거니와 물건너 마을 왕(王)가네의 일당도 일망타진으로 죄다체포했다.

보도소 앞마당에서는 또다시 준렬한 심문이 시작되었다.

그리고 한편으로는 부락전체에대한 가택수색도일어 났다.

남녀로소할껏없이 전부 모힌그속에서 피검자들은 엄중한 심문을바다간다.

그중에는 득수의 고발로하여 어저께그들과같이 아편을 먹은것이 들려서 불리운 명우도 끼여있었다.

그는 자꾸만 집중되는장내의 시선을 무관심하게 받으며 태연한 태도로 아까부터 담배만 연겁퍼 태우고 있다.

심문순서가 돌아오자 그는 조곰도 숨기지않고 죄상을 고백한후

「그런데 이번 정양은 몇출이나 될까요」

하고 넌지시 묻는다.

소장은 이슥하도록 명우의 얼골을 나려다 보다가

「가만 있게 아작 다 조사를 해보지안쿠서야 어떻게 결정을 짓겠는가」

하고 엄숙한 태도로 말하고는 다음차례로 넘어갔다.

명우는 조용히 외면하며 또 담배를 꺼내 붓처문다.

그다음 차례는 명보와득수다.

그러나 명보는 고개를숙이고 앉아서 눈물만 흘리며 아모런 심문에도 대답을안하고 득수는 자위단단장의 엄중한 취조에 조소만 띄우고 앉아있다.

자위단단장은 이를악물고 잡아삼킬듯이 노려보다가

「조타 맘대루해라 너는 경찰서루 넘긴다 후회는없을테지」

하고는 그다음 차례 왕가네의 일당으로 돌아안는다.

八

심문이 끗난다음 보도소 소장은 또한바탕 열을다한 일장연설을 한다음 차례차례로 구류기간을 언도한다.

그러나 명우에게 대하여서는 아모런언도도 없이 다음으로만 자꾸 넘어가다가 마지막에야

「명우군은 있다 사무시루좀 들어와주게」

한다음 우쭐 자리를일어나 사무실로 들어가 버린다.

그가 자리를일어나 장내도죄다 일며 한참동안 헌소하게 떠들다가 제각기 제집으로 흐터저가버린다.

그리고 득수네는 자위단원들에게 끌려서 자위단원실로 간다.

명우는 터엉 뷔인 마당에 혼자 안자서 압산마루 쪽을실신한것처럼 머어니 바라보고 있다가 사무실쪽에서 소장의불르는 소리에야 비로소 정신을차린듯 힘없이 일어선다.

사무실에는 자위단간부들이 어마어마하게 좌우로주욱 둘러앉고 가운데에 소장과 단장이 책상을 사이에 놓고 의젓이마주안자 있다.

소장은 단장과 무슨 이야기를 하다가 명우가 들어서는것을 보자 다정스런 우숨까지 지어보이며 손짓으로 가까히 오기를청한다.

명우는 침착한태도로 천천이 그의앞에가서 서며 가벼웁게 허리를 굽힌다.

실내는 잠든듯이 조용하다.

명우는 집중되는 시선에 전신이 긴장됨을 느끼며 애써 침정을 꾸몃다.

소장은 잠시 박글 내다보다가 갑작이 명우의 쪽으로 시선을 돌리며

「군은 이번엔 특별히 용서를 하네」

하고 너그럽게 우서보인다.

「네?……어째서요」

명우는 제귀를 의심하며 반문했다

「별달은까닭은없네 그저 양심이라구나할까?」

「네? 량심이라니요?」

「군은아직 양심이란것을 그것이비록조고만한 쪼박지에 불과하다 하더라도 그냥 지니구있기에 그것을 보아서 이번에 특별 용서를하는걸세」

명우는너머나 뜻하지않은말에 한동안이나 구더진표정을 풀지못하고 소장의얼골만 빠안이 마주보았다.

그리고는 아모리해도 알수없다는듯이 두번세번뇌까린다.

「양심이요?……양심……양심이라니요」

그것을보고 소장은자애로운우슴을 만면에띄우고 조용히 부드러운어조로 그러나 힘을주어서 타일러말한다.

「군은 아직한쪼각의 잔편(殘片)에 불과하다 하더라도 양심을가지구있네 그것을 곱게 키워서 다시금 이전과같이 훌륭히소생하여 준다면 나는 얼마나반갑겠는지 몰르겠네 자네 한사람이라두 온전히 소생하여참다운 길을밟어준다면 나는누가와서 내한편다리를 잘러달라구해두 조곰도 애껴안하구 떼어줄라네 이것은조곰도 거즛이 아닐세 나는진정으로 군에게애원하나」

소장의눈에는 눈물까지글성하여 금시에두볼을 적실것갔다.

명우의입술이 구더지고 숨이치받처올라서 견데일수가없다.

그는다시 더 소장의 얼골을 처다보지못하고 조용히돌아섰다.

금시에쏘다저 나리려는 눈물을 가까스로참으며 박에나와서 몽유병환자도같이 정신 없는 걸음으로 보도소뒷마당으로 돌아가며 소장의말을 다시금 외여보았다.

「양심……양심의쪼박지」

무엇인지 눈앞을착잡하게 어즈럽히는것이있다.

어린시절의 가지가지일과 중학시대의 그리운새활 첫사랑의 그림갔던 장면 어머

니의 인자스런얼골 어느것 하나히망에 빗나지않는것은없다.

「아—아」

그는 그만 참다못해 두손으로 얼골을 가리우더니 그자리에 주저앉어 늑기고만다.

마음의 琴線

一

누엿한 들판에서는 제법소리까지 내며 선들바람이 쉴새없이 불어온다.

장마때문에 김을바로 매지못해 잡초는 웅성하지만 옥수수는 벌서 노오라케익어들고 조는 검우직하게 독이올라 싱싱하기 비길데없다.

더구나 금년 처음 번저너흔 압개논판은 내다보기만 해도 흐뭇해 난다.

부락의 농군들은 모두다 일밭에 나덮였다.

그리고 마을뒤편 공동농장(公同農場)에는 보도소소장까지 전두에나와서 직접지도에 애쓰고 있다.

그러나 농군들이라야 오랫동안 흙에서 시달린일 없고 난생 처음 호미ㅅ자루를 잡아보는 그들의일은 좀처럼 진섭될줄을 모른다.

논바닥에 들어서서 두어번 철렁거리고는 이내허리를 집고 일어서며 죽을상으로 미간을 집푸리는 패들이다.

그리고 가끔 거머리같은것이 다리ㅅ밸에 붙기만 하면 그 논바닥은 에누리없이 욕장을 보고만다.

다리ㅅ밸에 붙은 거머리를 터러버릴생각은 안하고 앗득하니 질겁을 하며 흙탕속에서 미친것처럼 이리뛰고 저리뛰고 그러다가도 잡바저서 딩굴기만하면 그만 사방 몇시간식은 볼나위도없이 참담하게 되여버린다.

그런다음에는 그들은 다시 논바닥으로 들어갈 생각은 아예 넘두에도 안둔다.

보도소소장은 그러키때문에 개인농장보다도 이 집단농장에는 거이 하로의반이상을 나와 있게된다.

그러나 전부가 독신자뿐인 그들은 도무지 농사에 대한 관념은 안두고 그저앉어서 대여주는것만 먹을 생각을 하며 일체 탐탁해하지않는다.

매일 농장에 나오는것은 ×××구류소로 정양가는것을 피하 는것과 또 어쩌다가 긔회만 생기면 탈주나 하려고하는 그러한맘에서 나오게 되는것이다.

이때문에 자위단은 조곰도 감시를 게을리 하지못하고 공동농장 작업때에는 특별

경계까지 하게된다。

이들에게 비하면 가족을 거느리고 집잡고 사는 패들은 아모런 근심할것도 없는 편이다。

그야 그들도 속으로는 언제던지 딴생각을 베풀며탈주를 꿈꾸고 있겠지만 그러나 그들에게는 가족들이 달려있다。

그 가족들의 눈이 언제던지 감시를 겨을리 하지않고 그들의 일거일동을 낯낯이 살피는 바람에 그들은 하는수없이 옴짝달싹 못하고 억매워 있게된다。

그러던것이 팔개월이나경과하는 동안인제는 그들쪽에서 도리혀 가족들에게 대한 애착을 느끼게 된것으로서 보도소 소장이 자기의 애쓴보람을느끼고 자못 만족해하는것도 무리는 아닐것이다。

공동농장에서는 바로 점심시간이 되었다。

일군들은 제각기 무에라고 게두덜거리며 될수있는대로 소장을 멀리피하야 그늘로 흐터저간다。

명우는 득수네의 사건이후 어쩐지 사람을대하기가 실혀저서 노7) 혼자만 도는판이라 일터에나와서도 한편구석으로만 자구피해가며 일하다가 점심시간이되 자이내 아래편 언덕밑의 딴곳에가서 실음없이 들어누었다。

거기에 최초의 탄주사건때 구류소에가서 한방에같이있게 된것이 인연이되여 그 후부터는 각별히친하게 지내는 규선(珪善)이가 건너편 개인농장에서 털털거리며 찾어왔다。

그는 명우의 옆에 와서 제몸을 내던지듯 철석 잡바지며

「혼자서 뭘하는가?」

하고 명우의 얼골을 뻐금이 드러다본다。

명우는 그말에는 대답지 않고

「일하기 재미나는가?」

하고 딴말을 묻는다。

「재미가 나서 큰일났네 제-길할」

그소리에 명우는 쓸쓸하게 웃으며 가엽서하는 표정으로 규선의 얼골을 한동안이나 바라본다。

---

7) 노: ≪늘, 항상≫의 뜻.

二

조용한 낮밤이다.

뒷산 언덕에서는 송아지의 울음소리가 한가하게 느런—이 들러오고 시내ㅅ가 버들속에서는 꾀꼬리의 울음소리가 들려온다.

명우와 규선이는 머어니 하눌을 쳐다보며 한동안이 지나도 서로입을 열려고 안한다.

거기에 득수의처 금옥이가 점심광주리를이고 찾어섰다.

그의위에는 인규가 빙그으시 웃으며 서있다.

「뭣들 하는가? 또 공상인가?」

인규는 명우의곁에 저혼자 힘없이 앉으며 담배갑을 꺼낸다.

규선이는 그냥 누은채 너혼자 말하듯 중얼거린다.

「옛날의 꿈 아름다운 꿈을 꾸구있다네」

「옛날의꿈을?⋯⋯그두 좋겠지. 때로 그런 추억에 잠기는것두 한가지 위로는 되겠지」

「망할녀석같으니라구」

하고 명우는 갑작이 벌떡 일어나 앉으며 금옥이를 처다본다.

「그만이들 공상하시구 점심이나 잡수시죠 시장하실텐데」

「아주머니 우리점심두 차려왔나요」

하고 뱃장좋게 광주리를 끄어당기는것은 규선이다.

「그럼요. 차려오구 말구요. 세분은 언제던지 한곳에 모이시는걸 알구있잔어요」

금옥이는 해죽—이 웃으며 셋이앞에 광주리를 밀어놓는다.

「고맙습니다」

규선이는 고개까지 구덕여 보이며 인사한다.

그러나 셋은 서로 딴곳을 바라보며 점심먹을 생각은 좀체로 안한다.

그모양에 끌려 금옥이도 살며시 고개를 돌려 먼 산으로 시선을 보낸다.

그중에서도 규선의 표정은 말할수없이 슬프다.

언제나 자유를 꿈꾸는 그의 두눈에는 풀은 하눌이 풀은 물결처럼 고여넘친다.

그모양을 보고 명우는 문득 자기의 과거중에서 그 가장 빛나던 아름다운 시절을 회상하게 되는것이었다.

처음으로 출품한 그 어머니의 초상화가 명예스러운 입선을 했을때 종일 해를진정을 못하고 우에노(上野)를 헤매어단니든 일。

그 입선된 그림을 보고 비로소 자기의 존재를 발견하고 찾어왔던 그여자。

무시시노(武藏野)의 가을해볕아래에서 캔버스를 나란이 하고 첫사랑을 속삭이든 그날。

꽃은 필때로 피어나고 향기는 풍길때로 푸기였다。

그러나 다음순간 뒤의일에 생각이 빛였을때 그는 갑작이 경련을 일으킨듯 전신을 떨어놓며 이를 악물지 않을수가없었다。

그모양을 보고 규선이는 빙긋 웃는다。

「어째 옛날이 치미는가?」

「미친놈」

명우는 왈칵 내뿜듯 말하고는 저쪽으로 획 돌아누어 버린다。

「그럼 왜 급작스레 발작(發作)인가」

「개수작 말게。 자네야말루 밋처나는 모양일세」

「내가?……허허허」

규선이는 짜장 우습다는듯이 호활스레 한바탕 웃고나서

「그렇다면 여북 좋겠는가? 그렇게 밋처만 난다면 난 세상에서 가장 행복자가 될 것이네」

하고는 긴 한숨을 서글프게 내쉰다。

한동안이 무료하게 지났다。

갑작이 잠자코 있던 인규가 규선이의앞으로 돌아지며 입을 연다。

「그런데 나 참 별꼴을 다 보겠지。 운수가 사나우니까」

규선이는 한참후에야 달갑지않은듯이 시름없는 어조로 뭇는다。

「무슨꼴을 뵀는가?」

「너머 어이가 없어서 말이 안나오네」

「무슨일인지 심심한데 얘기나 좀 허게」

인규는 잠시 입을 비슥거리며 공동농장 뚝우에 앉아서 쉬고있는 소장의쪽을 바라보다가 쓰거운것이나 내뱉듯 역정스레 말을 꺼낸다。

「어제저녁에 막 밥상을 물리고 앉었는데 보도소소장이 오라구 하겠지」

「어듸루?」

「보도소사무소루」

「어째서?」

「앗다 이사람 급하게두 구네。가만 앉아 듣구있게」

「어서 얘기 하게」

「순동이란놈이 와서 소장이 나를 좀 보자구 하더라기에 난 또 무슨 잘못한일이나 있잔나하구 은근히 근심을 하면서 가봤더니 웬걸 소장이란 작자가 하는수작에 하두 어이가 없어서」

「왜 뭐라구 하던가?」

규선이 눈은 호긔심에 빛난다。

「글세 작자가 나를 어떻게 알구 하는수작인지 나보구 교원노릇을 해달래」

「교원노릇하라니?」

「부락의 애들을 위해서 학교를 세울 작정인데 나더러 교편을 잡어달라구 하데그려」

「그래 뭐라구 했는가?」

「뭐라구 했겠는가 대번에 핀잔을 주었지」

「뭐라구」

규선이는 인규의 곁에 바싹 붙어누으며 다급하게 뭇는다。

인규는 빙그시 웃으며 규선의 그모양을 한동안 바라보다가 입술은 비꼬며 조롱하듯 말한다。

「소장님 사람을 알기를 어떻게 아십니까? 아무리 이렇게 썩었기로니 그래 애색기를 방구냄새까지 맡으란 말슴입니까? 하구 대번에 잡아떼었지」

인규의 이말이 끝나기가 밥부게 이때까지 한쪽에 돌어누어 잠든듯이 하고 있던 명우는 갑작이 벌떡 일어나며 성이 나서 인규를 노려본다。

三

「뭣이 어째?」

너머나 의외의일에 놀란것은 인규뿐만이 아니다。

규선이와 금옥이도 한결같이 놀란 눈으로 명우를 바라본다。

명우는 졸지에 그무슨 발작이라도 일으킨듯 비길데없이 흥분되여 덤빈다。

「너는 과거에 뭘 했느냐? 버젓한 교원이 아니냐? 교원보구 교원노릇을 해달라는 게 뭐가 그리 잘못이란 말이냐?」

그러나 인규는 반대로 극히 침착하게 미소까지 먹음으며 웅추한다。

「그런데 넌 왜 그렇게 역정스레 말하느냐?」

「말하잔쿠. 소장의말이 뭐가 잘못이란 몰이냐? 부락의 아동들을 위해서 학교를 세우구 너보구 교편을 잡아달라는것이 어째서 안된 수작이란말이냐? 너는 과거에 교편을 잡은 교육자가 아니냐」

버젓한 전문학교 영문과를 나와가지구 중학교에서 오라는것두 뿌리치구 어린이들의 교육을 위해 일신을 받칠 결심으루 일부러 소학교를 골라 들어간자긔가 아니냐? 그러한 너를 보구 다시 교편을 잡아달라는것이 그렇게두 잘못이냐?」

여기까지 말하고는 그만 숨찬듯이 씩은거린다.

인규는 상대편의 흥분된 얼골을 조용히 마주보며 나직히 한숨지은후

「그런데 그렇게 흥분이 돼서 덤빌껏까지야 있니?」

하고 서글픈 한숨을 이색하게 웃는다.

「흥분해서 말하는게 아니라 그저 정당한 말을 정당하게 했을뿐이다」

「소장의 말이 그렇게 정당하게 들리거들랑 네가 해보렴」

비로서 인규의 말투는 조롱쪼로 나온다.

「난 교원이 아니다. 너처럼 교편을 잡어본 경력이 없다」

인규는 천천히 담배를 붓처물고 맛스레 몇목음 빨아삼킨후

「없어두 그만한 열과 성의가 있으면 되는것이 아니냐? 너는 더구나 예술가다. 화가다. 미술학교 二학년까지 단겼다면 학식두 훌륭할것이다. 그러한 학식으루 그러한 열과 성의가있다면 훌륭한 교육자가 될것이다. 그렇지만……그렇지만……」

갑작이 인규의 말소리는 슲은 어조를띄고 힘없이 떨려나온다.

「난……난 성의가 없다. 열이 없다. 타락한 인규는 옛날의 인규가 아니다. 현재의 인규에게는 옛날의 정열이나 꿈은 털끝만치도 찾어볼수가 없다」

명우는 다시금 힘스레 반발한다.

「거짓말을 말어라. 자기의 본심을 속히는것두 한가지 자랑이냐?」

인규는 머어니 명우의 얼골을 바라보며 몹시 지친 어조로 뭇는다.

「누가 속힌단 말이냐?」

「속히잔쿠. 너는 언제인가 우리집에 와서 자다가 헌 잡지책 뒷등에다가 뭐라구 락서를 했느냐?」

「내가 언제 락서를 했단 말이냐?」

「징거물을 내놓구 넑어까지 달라느냐」

「맘대루 해라, 난 그런 기억이 안난다」

「정말이냐?」

「정말이다」

「좋다」

명우는 조급하게 호주머니를 뒤지더니 몹시 낡은 종이쪽을 꺼낸다.

「이건 너의 필적이 아니구 누구의 필적이란 말이냐? 어듸 읽어까지 달랴느냐?」

인규는 명우의 얼골을 조용히 마주보며 입은 열질 않는다.

이때까지 둘의 이얘기만 듯고있던 규선이가 갑작이 상반신을 일으키며

「이리 보내라. 읽는이는 내가 맡을테니」

하고는 명우의 손에서 종이쪽을 뺏어간다.

그러고는 선명치못한 글자들을 잠시훌터본후

「훌륭한 시구나. 읽을께 들어라」

하고 억양을 주어서 나려읽는다.

四

「깜−안 눈들이 몹시도 아롱댑니다 정녕코 진주알같은 눈들입니다.

밤마다 꿈속에서 보고픈때

백묵촉갖이 손끝에 정겨우면

삽부시 안어보고 안어보고

도란도란 전설의 냇물을 속삭여주는 마음과 마음의 한여름밤은

소리도 없이 조용히 새여갑니다。」

다 읽고난 규선이는 저로서도 까닭몰을 한숨을 길게 내쉰다.

인규는 먼 하눌로 시선을 보내며 아모말도 안한다.

그 표정으로 보아 금시에 울껏만같다.

금옥이는 몇번을 점심꽝주리를 돌아보며 점심먹기를 권하려다가 끝내 입을 열지 못하고 살며시 돌아앉아 버린다.

아무도 입을 열려고 안한다.

그렇게 흥분되여 덤비던 명우도 무섭게 입을 담으고 침묵만 칙히고 있다.

그러다가 그 갑갑한 침묵을 먼저 깨트린것은 인규다.

그러나 몹시 슬픈 어조다.

「여보게 규선이 좀 없나?」

「뭘 말인가?」

「뭐겠는가? 그눔말이지」

규선이는 인규의 그 말할수없이 슬픈빛을 담은 두눈을 이슥히 마주보다가 슬며시 옆채기에 손을 넣더니 조곰아한 신문지로 싼것을 꺼내 헤친다.

새깜안 아편이다.

인규는 힘없이 웃으며

「어듸서 얻었는가?」

하고 한편손을 내민다.

「전번에 얻었든건데 언제한번 조용하면 셋이 어울려 보자고 둬 두었든걸세」

「고마우이」

「옛날이 치밀때에는 선약이지. 자 한포먹구 괴로운 그 옛날은 죄다 망각의 안개속에 묻어버리게」

「망각의 안개속?……휴」

인규는 쓸쓸하게 웃고나서 규선이가 주는것을 그대로 꿀꺽 삼켜버린다.

그모양을 보고 명우는 그도 쓸쓸하게 우스며 규수의 엇개에 가볍게 안쪽손을 잡는다.

「여보게 내가 너머 과히 지났네. 섭섭해 말게」

「아닐세 내가 부질없는 수작을 늘여놓았네」

규선이는 남어지를 두알로 잘라쥐고

「여보게 자네두 할텐가?」

하고 명우를 도라본다.

명우는 아모말도 없이 규선의 손바닥에서 한알을 집어 자기의입에다 넣는다.

옆에서 금옥이는 그모양을 보고 후-하고 한숨을 쉰후

「그걸 잡수면 어떠해요? 괴로운 과거가 다 잊어지나요?」

규선이는 빙그으시 웃으며

「글세요. 잊어진다면 잊어진다구 할수두 있겠지요」

하고는 슬며시 돌아누어 버린다.

「그럼 생각두 나나요」

「생각하면 나지요」

「뜻을 종잡을수가 없는데요」

「그렀습니다. 종잡을수 없는 물건입니다 과거를 생각할라면 생각할수도 있구요,

잊을라면 잊을수두 있는 그런 종잡을수 없는 물건입니다. 금옥씨두 과거가 괴롭다면 한포 해보시지요」

「실혀요。 전 먹어못봤는데」

「그럼 그만 두시구려」

규선이는 잠시 먼곳을 바라보며 무슨 생각엔지 잠겼다가 다시 금옥의편으로 도라진다。

「금옥씨」

「네?」

「당신은 이 부락에서 단 하나밖에 없는 인테리여성인데、 혹시 부락여성들의 계몽운동같은것을 일으켜볼 생각을 가지신 일이 없습니까?」

금옥이는 서글픈 우슴을 조용히 입가에 띄우고 한숨에 섞어서 탄식조로 말한다。

「천만에 말슴을 다 하십니다。 저같은 다 돼먹은 게집에게 게몽운동이 다 뭡니까?」

「보도소장이 혹 권하지 아읍듸까?」

「권한때가 있었지만 전 거절했어요。 자기한몸두 건지지못하구 이런 구렁텅에 떠러진년이 어떻게 남을 위해 일을 합니까?」

「그럴까요?」

규선이는 또다시 긴한숨을 쉰다。 갑작이 잠자코 있던 인규가 규선의 앞으로 도라누우며 입을 연다。

「자네두 어째 어늘은 이상스런 말만 하는가? 옛날이 가슴속을 치미는가」

「그런것두 아니지만 불현듯이 어듸던지 자유로히 자꾸 가구싶은 맘이 나네」

「그럼 맘대루 가볼것이지 무슨 잔수작이람」

「그렇게 맘대루 갈수가 잇다면야 여북좋겠는가?」

하고 규선이는 또 역정스레 내뿜는다。

「별수가 있다던가? 골수까지 다 썩은놈들에게」

「별수는 없겠지만 속은 씨언하게 풀릴껏같네」

「그건 정치운동선상에 섯던자들이문 으레히 하는 말투라네。 다 소용없는 망상들이라네」

규선이는 잠자코 무엔지 생각다가 갑작이 두손으로 머리를 웅켜잡으며

「그렇지만 난 그런걸 봤으면……두번두 싫다。 단 한번만이라두……」

하고 몸뿌림치며 발광이라도 할상을 하다가 다시 입을 연다。

「그렇지만 인규 난 아무때 빠저나가두 이구렁텅을 빠저나구야 말겠다」

「그건 자네의 자유가 아닌가?」

「그렇지。 내 자유지。 내 절대적 자유지。 그런걸……그런걸……어째서 닥는단말이냐? 내 자유를 어째서 누가 막는단 말이냐?……아—하」

규선의 그모양을 이슥히 보고있던 인규는 부드러히 말한다。

「여보게 규선이。 자네의 자유를 위해서 시나 하나 읊어줄까?」

그러나 규선이는 응대가 없이 먼곳만응시한다。

「이건 북구(北歐)의 어떤 연애소설에 나오는 시지만 자네의 심경에두 들어 맞을 줄 아네。

자 불을터이니 근청하게。

> 「저기저산 마루를 넘어서가면
> 어느곳 나라인지 알구퓹니다
> 여기는 사시장철 눈에뭇치고
> 슬픔만 욱어저서 듬직합니다
> 머얼리 가봤으면 지향도없이
> 가면갓지 못갈리는 없으렸만

다음은 죄다 잊었네。 나두 한때는 시인이 되겠다구 웃줄넝거리면서 습작까지 해보느라구 했지만……여보게 명우。 자넨 예술가니까 시에 대한 상식두 우리보담야 났겠지?」

인규는 애원하다싶이 안타가워하는 표정으로 명우를 마주본다。

<h2 style="text-align:center">五</h2>

명우는 조용히 두눈을 감고 이슥히 무엔지 생각다가 혼자 말하듯이 힘없이 말한다。

「시가 그렇게두 듯구싶은가?」

인규는 울뜻한 음성으로 말한다。

「이상스레두 마음이 샌티해지네그려」

「꼴키—의「지옥의노래」를 들려줄까」

명우의 이말에 이때까지 잠자코 있던 금옥이가 화색을 지으며 명우의 앞으로 돌아앉는다。

「밤의주막에 나오는 노래말이죠?」

「읽어보셨습니까?」

「학교시대에 동무들이 외는것을 들은일이 있어요」

「번역은 널됏지만 원작을 보는겜치구 들어주시오」

　　　사시장철 감방안은

　　　먹장같이 어둡고

　　　자나깨나 창틈으론

　　　사자눈이 엿보네

　　　　　　×

　　　엿볼테면 엿보렴아

　　　도망질은 안한다

　　　도망질을 하구퍼도

　　　쇠사슬을 어이해

다음은 뭐든지 나두 잊었네」

금옥이는 감개가 무량한듯 얼골에 홍조까지 띄고 흥분되여 말한다.

「언제 들어두 좋군요」

「좋은 노래지요」

명우도 감격된 어조로 말한다.

「이번엔 내가 한마디 읊어볼까?」

하고 갑작이 규선이가 벌떡 일어나 앉으며 셋을 번갈러 본다.

「나는 첫사랑에 실패하구 모든 아름다운 꿈을 죄다 잃어버린 인규군과 명우군을
위해서 아니 금옥씨까지 넣어서 한수 읊어보지요」

「자네한테두 시가 있었든가?」

하고 놀림조라말 하는것은 인규다.

「이래봬두 나두 한때는 열렬한 문학청년이었다네」

「난 정치운동밖에는 아무것두 몰르는 뚝백인줄 알었더니 그렇지두 않구먼」

「문학청년적 로맨틱한 그 정열이 정치망면으루 달리게 한 패들이지」

하고 옆에서 주를 딜듯 말하는것은 명우다.

인규는 그렇게 내켜는 안하면서도 그래도하는 호기심으로 규선에게 독촉한다.

「나두 다는 몰르네. 다 잊어버리구 두어줄만 기억하구 있네. 자 근청하게. 시의
제목은「심금(心琴)」이라는걸일세.」

하고 규선이는 잠시 생각하다가 조용히 읊기시작한다.

「얼마나 오랜세월이 흘렀느냐? 녹쓸은 일곱줄에 서리서리 얽힌 거미줄
나는 고요히 눈감고 추억의 첫줄을 더듬다.

×

첫줄에 서린 첫사랑의 고담은
어째서 어머니의 죽엄보다 더 슬플까?
마음에 깃드린 검은 상장은
찢어도 찢어도 찢길줄 몰르고
거기 내 청춘은 오늘도
조문(弔文)쥔채 엎드려 느끼다.

×

어디로 날러갔느냐? 파랑새여!
녹쓸은 줄우에 서리서리 얽힌 거미줄
너는 선률(旋律)할줄 몰르는 부호없는 보표(譜表)
네 퇴색한 낡은 그줄을 탄식하며 내 슬픈꿈은 몇번이나 얽혔든가?」
마음의 녹쓸은 줄아
너는 언제나 그 보표에 맞후어
내 청춘을 다시 울어줄랴느냐?」

여기까지 읊은다음 규선이는 몹시 지친듯이 두눈을 조용히 감아버린다.
모도다 슬적 추억에 질긴듯 말없이 먼곳만 바라본다.
그리고 금옥의 눈에는 눈물까지 끼돈다.
이슥한후 규선이는 다시 눈을 뜨고 여럿을 도라보며 쓸쓸하게 웃는다.
「너머 슬픈 노래였든가?」
「규선이안테 그런시가 있었든가? 여보게 우리들의 마음에 깃드린 검은상장을 다
시한번 더 읊어주게」
하고 인규는 슬픈 음성으로 애원한듯 말한다.
그러나 명우는 다시 듣기가 괴롭다는듯이 미간을 찌푸리며 말한다.
「다시 들으면 별수가 있는가? 모도다 부질없는 헛줏이지」
「그렇지만 난 한번만 더 듣구싶으네. 여보게 규선이」
인규의 애원에 겨워 규선이는 다시금 읊기시작한다.
들으면 들을사록 인규는 슬퍼나는 마음을 억눌을수가 없다

규선의 입이 담으러지자 그는 마치시나 의이듯 처량한 어조로

「여보게 규선이。 우리들의 녹쓸은 줄두 다시 울어볼때가 있을까?」

한다음 길게 한숨을 쉰다。

그러나 규선이는 아모대답도 안한다。

잠자코 있던 금옥이가 자기의 신세를 한탄하는 어조로 규선이를 대신해서 대답을 한다

「그야말루 슬픈꿈에 지나지 못하는것이 아닐까요?」

「그럴까요? 한번 날러간 파랑새는 다시 오진 못할까요?」

「다시 날러올 파랑새라면 그렇게두 속절없이 날리가 버렸을리는 없는것이 아닐까요?」「아、 그렇까요。 다시는 붓잡을수 없는 영원히 놓치비런 파랑샐까요?」

안타까운 과거에 인규는 진정을 못하고 두손으로 머리를 집어틋는다。

그러나 그것은 잠시동안이고 전신은 갑작이 나릿해지며 말할수없이 부드럽고정겨운 피곤이 저녁노을처럼 보오야니 머리속에 숨여들어 그는 살며시 두눈을 감게되는 제자신을 어찌할수가 없었다。

규선이와 명우도 역시 한모양으로 나릿한 옅은잠에 들어버리고 다만 금옥이만이 소리없이 고여넘치는 눈물을지긋이 치마끈으로 눌러버리는 것이었다。

六

규선의 시에서 명우는 다시 일터로 나갔지만 무거운 생각에 짓눌려 맑은 생각을 찾일수가 없었다。

그는 사뭇 치밀어올우는 옛생각을 떨쳐버리려고 남보다 더 기운을 내여 일손을 놀렸으나 그러나 한번 치밀기시작한 옛날의 환상은 도무지 그 긔세를 꺾일줄 몰은다。

그래 그는 마지막에는 될때로 돼라하고 논뚝에 나와 풀우에 그냥 철썩 나가 쓸어졌다。 그모양을 보고 소장은 이내 가까히 온다。

「어듸가 불편한가?」

「예」

명우는 간단하게 대답하고는 두눈을 슬며어시 감는다。

「어듸가 불편한가? 속인가? 머린가?」

「머리가 좀 무거워요」

명우는 말하는것도 귀찮타는듯이 미간을찡기며 가까스로 대답한다。

소장은 매우 염려스러워하는 빛을 띄고 명우의모양을 이슥히 나려다 보다가

「정 괴롭거들랑 집으루 들어가게」

하고 부드러히말한다。

「괜찮어요」

그러나 소장의 잔걱정은 멈추질 안는다。

「이사람아 몸이 고달푸면 집에 들어가 누어야지이 런폭양밑에 누어서 쓰는가? 어서 들어가게」

명우는 아모말도없이 벌떡 일어나서 논뚝을 뚜벅뚜벅 걸어나왔다。

논뚝을 버서저서 큰길에 나서니 마치그무슨 어리에서 풀려난듯 가슴속이 활짝 열려지는것같다。

그는 길게 심호흡을 한다음 어듸던지 조용한데 가서 한숨 흐무지게 잘것을 생각하며 큰길에 나섰다。

그러나 한편으로는 소장에게 대하여 미안하기 그지없다。

돌아다보니 소장은 그냥선자리에서 자기의쪽을 머어니 바라보고 있다。

규선의말과같이 참말불상한 사람이다。

이러한 자기네를 위하야 일신을 희생식힌다는것은 얼마나 가엽슨 일인가?

그는 불현듯 소장의앞에 다시 달려가서 땅바닥에 머리를부비며 울고싶은충동을 느꼈다。

만은 다시생각하니 그것도 어리석은 수작같고해서 주뭇거리는데 뒤에서 신발소리가 나는것같다 돌아다보니 순동이와 순녀가 따라온다。

「형님 왜 벌서 들어가나요」

순동이는 거름을빨리하여 나란히와서 걸으며 목에걸쳤던 수건으로 땀을씻는다。

「넌 왜 벌써 들어가니?」

「할일을 다했으니 들어가지요」

「다하다니 벌써 논두 다맷느냐?」

「논은 낼부터 시작하겠어요」

「뭇밭은 다맷냐?」

「다 맷서요 인젠 가을에 걷어만 들이문 돼요」

순동의 얼골에는 명랑한우숨이 시언스레 떠올른다。

「그런데 형님은 어째 벌써들어가요」

「골머리가 아파서」

순동의 얼골에는 또 심술구진 우슴이 악의없이 떠올은다.

「정 일하기가 싫여 아파나는 골머리쯤야」

「이녀석 또 놀리기냐?」

「하하하……」

순동이는 쾌활하게웃고 나서

「형님 그러게보니까 요즘얼골색이 아주 좋지못한 걸요」

하고 이번에는 정색으로 말한다.

「망할존 어쨌던 놀리기냐」

「아니 참말애요 아주전보담 납버요」

「이녀석 잔수작말구 저리비켜라 더워죽겠다」

「아네요 참말 안색이 나뿐걸요 무슨근심이나 있잔흔가요?」

「망할녀석」

명우는 하는수없이 우서버린다.

순동이도 하하하하고 따라웃는다.

부락에들어와서 순동이네와 갈린후 명우는 잠시 갈곳을 궁리해보다가 그냥 집으로 돌아왔다.

집에는 아모도없다.

방안에들어와서 뒷문을 열여제키니 제법시언한 바람이 소리틀지며 들어온다 그는 웃통을 벗어버리고 큰대ㅅ자(大字)로 번듯이들어누었다.

전신에 추근이 내배었던 땀은일시에 선뜻하고 숨어든다.

말할수없이 상쾌한 기분에 두눈을 슬며어시 감고 잠든듯이하고 있는데 누군지 마당안을 걸어들어오는 자최소리가난다.

득수의처가 들어오는줄알고 그냥 모른체하고 있는데

「저…주무세요?」

하는여자의 목소리가 득수의처의 탁한목소리와는 달으게 조심스레 들려온다.

번쩍 눈을뜨고 내다보니 문앞에는 순녀가와서 귀밑까지붉히고 서있다.

명우는 반발된듯이 벌떡 일어나앉었다.

七

순녀는무엇인가 보재기로 싼것을 옆에끼고왔는데 종시 고개는 처들지못하고 망서리기만 한다.

명우는 무슨영문인지 몰라 머엉하니 내다보기만한다 그리다가 자기 웃통벗은것에 생각이들자 그는당황하게 서들며 웃목에 벗어던진적삼을 집어다가입는다 그모양을 보고 순녀는더한칭 고개를 숙이며 모로돌아서버린다 명우는 계면적어한동안이나 어물거리다가 큰맘으로 입을연다.

「무슨일루 왔나요」

순녀는 비로소 살며어시 고개를돌린다 그러나바로처다보지는 못하고

「저 이걸 가저왔세요」

애련한 음성은 갈청울리듯 떨려나온다.

「그게뭔데요」

「저양복을 빨아왔세요」

「뭐? 양복?」

명우는 깜짝 놀라 그제야 벽을 처다보니 이때까지 그냥 걸려있는줄만 알았던 하복이없다.

「그건 언제……」

「저 요전번 오빠가 가저다 주시면서 빨라구 하시기에……잘빨리지 않았세요」

하고 순녀는 몇번 주저거리다가 가지고 온것을삽붓문턱안에 드려놓드니 그만 도망질치듯 종종거름으로 밥비밥비 마당밖으로 나간다.

그가 마당밖에 나가버린다음에도 명우는 오랫동안 얼빠진것처럼 한자리에앉아 움직일줄을 몰랐다 도무지 꿈같트며 속이핑—하여 생각을 바로가다듬을수가 없다.

그는 무심하니 순녀가놓고간것을나려다 보았다. 그려면서 그가하던말을 어렴풋이 생각해보았다 꼭 꿈속에서 들은듯 기억이 희미하다.

그는 다시금 박글 얼없이 내다보다가 살며어시 보재기를제차보았다 어쩐지손끝에서 가느다란 파문이이는 것같다.

보재기를 제치니 알맞게 풀빨을받은 옷은 방금다리미를뗀듯 따스하니 온긔까지 숨여있다. 명우는 그것을 또한동안이나 드려다보다가 슬쩍웃웃을 우섯다.

무엇인지 접어논 짬에서 삽붓 구들바닥에 떨어지는 것이있다.

집어볼것도 없이 비록인조견이긴 하나 제법 선까지 정성껏 떠넣은 손수건이다.

　명우는 비로소 정신을 차린듯 얼른 제대로 도로싸서 뒤로 밀처놓았다가 다시 이불짬에다가 밀어넣는다

　그날저녁 명우는 말쑥하게 새옷을털어입고 어두운골목을 되는 대로 헤매여단니다가 북문어구로 나갔다.

　보초막에는 맛침 순동이가서잇다、

「형님어디루가시우?」

「산보다」

「특별허락을 할테니까 도망질하면안됩니다」

「망할녀석」

　명우는 싱글거리는 순동의앞을지날랴니 제몸에 걸친옷이 자꾸 얼골을 붉혀준다。

　그는 얼른 순동의곁을떠나 내ㅅ가로갔다.

　내ㅅ가로 나가니 돌돌흘러나리는 물소리는 말할수없이 정겨웁다.

　풀속에서 우는 버레소리도 그윽히 들려오고 방축버드나무속에서 언뜻보이는 반딧불은 고향의 어린시절을 다시금 그립게하여 준다.

　명우는 못견디게쯤 안타가운 생각에 강변을몇번이고 올으나린다.

　이상스레도 이야기가 하고싶어 나고 그누구의가슴에 포군이안겨서 밤새도록 울어봤으면싶다 그것은 무슨까닭인지 저로서도 알수없는일이다.

　자꾸만 들떠올우는 마음을 가누지못해 조고마한 돌맹이를 집어 웅뎅이속에 집어던저 았다.

「출렁」하는 물소리에 버레소리들은 일시에 딱 멈춘다.

　그순간 그는 문뜩 아까낮에 규선이가읊어주던 시를 생각했다.

「심금! 마음의 녹쓸은줄!」

　명우는 한동안이나 생각나지않는 기억을더듬다가 그만 규선이를 찾어가서 물을 작정을하고 조급히 돌어섰다。

잃어진 歲月

一

　명보는 득수네의 사건이후 보도소소장은 자연히 마음이 우울하여 맑은 생각을 가질수가 없다.

　밑뿌리까지 다 썩어빠진 고목(枯木)과도 같은 그들에게서 다시금 새싹이 돋아나

기를 기다린다는것은 너머도 어리석은 수작같었다.

국가도 몰으고 사회도 몰으고 친우도 몰으고 마지막에는 자식까지 몰으는 그들이 아닌가?

그러한 그들을 상대로 일신을 희생식혀가는 저지신이 새삼스레 한심하게 생각되였다.

그래 그는 몇일을 보도소에도 나오지않고 암담한 생각으로 지났다.

그러다가 어느날 그는 바람도 쏘일겸 농사형편도 알아볼겸 보도소에 나와서 잠시 그동안에 쌓인 서류들을 정돈해 논다음 밖에 나섰다.

계절은 인제는 완연 가을철을 잡아든뜻 하눌은 끝 없이 맑고 드높이 보이고 고요히 불어오는 미풍은제법 옷깃새로 싸늘하니 숨여드는것같다.

때는 바로 八월

대륙의 산야에는 어느틈엔가 단풍이 물들기 시작하고 전답에 오곡은 황금빛물결을 쉴새없이 이르켜주며 풍년은 읍조리여준다.

얼마나 반가운 게절이랴!

농민들에게 있어서는 一년에 단 한번밖에 없는 수확의 게절이며 흥분의 게절이 아닌가?

一년내 가진 고난을 겪으면서도 알뜰이 가꾸어온 그 오곡들이 불어오는 미풍에 출렁거릴 때 그들의마음은 그얼마나 설레일것인가?

생각하기에도 가슴속이 부풀어올으는 계절이다.

그러나 그러한 게절도 이마을에는 아모런 흥분도자극도 이르켜 주지를 못하고 그저 무의미하게 찾어왔다가는 무의미하게 지나가는 것이었다.

소장은 보도소에서 나와 그저 발길을 돌아지는대로아모 생각도 없이 동문밖에 누엿이 벌러진 논머리로 나왔다.

풍성하게 익어든 곡식들은 보기만해도 흐뭇해나것만 전두에는 어듸를 돌러보던지 아모도 나선 사람이 없고 호젓하니 서있는 허수아비만이 더한칭서글퍼보인다.

마을사람들은 무엇때문에 농사를 지었는지 그리고또자기는 누구를 위하야 일진을 희생식혀 가며 그들에게 농사를 장려하며 지도하여 왔든가?

생각할수록 까닭을 알수없는 일이다.

자기의 존재가 논머리에 허줄하니 서있는허수아비의 존재와도같아보였다.

그는 서글퍼나는 마음을 가주기위하여 탐숙하게 숙우린 벼이삭을 하나 잘라 가지고 토실토실하게 익은 벼알을 손톱으로야훑터보았다.

그는 그대로 막우 입에다 넣고 혀끝으로 구을려보고싶도록 탐스럽고 귀여운 알알이다.

이 얼마나 뼈저리게 고마운 피와땀의 결정인가?

세상에없는 보화를 주고도 박굴수없는 우주의진리!

이러한 진리를 망각하고 어둠의 구렁텅에서 허위대는 부락민은 그어말나 슬픈 존재인가?

생각할수록 서긂해지는 마음에 소장은 두눈을 감아버린다.

二

그러다가 소장은 문득 그 언제인가 성서(聖書)에서 본 구절을 생각해내고 깜짝 놀라지 않을수가 없었다.

「한알의 보리알」

한알의 보리알이라도 그것이 땅속에 들어가서 훌륭하게 썩지않으면 새싹이 돋을 수가없는 것이다.

적당한 습기와 적당한 온도를 받어가지고 훌륭하게 썩은마음이라야 비로소 훌륭한 새싹은 발하게 되는것이고 그러고는 가진 성의와 노력을 다하고 시간을 보낸다음이라야 훌륭한 결실을 얻게 되는 것이다.

시금 앞들논판에 꽉 들어딮인 버들을 볼때 그 일일이 그얼마나한 신고의 결정인가?

자기는 일직이 부락을 위하야 일신을 희생식혀 보리라고 결심한일이 있다.

아니 현재도 그 결심으로 이를 악물고 있다.

그러나 자기가 아모리 성의를 다하야 노력해도 그 결과는 매양 한가지다.

얼마나 슬픈 일이냐?

그때문에 최근에 와서는 자기의 사업에 의심까지 가지게 되고 자신을 잃게되는 때까지 있는것을 부인할수가 없다.

만은 지금 논머리에 나와서 탑숙하게 숙으린 벼이삭을 보았을때 그는 너무도 한심한 자신을 돌아보고 놀라지않을수가 없다.

「한알의 보리알」

한알이 보리알처럼 자기는 과연 훌륭하게 썩었으며 그리고 그 새싹을 농부들이 가꾸듯 그렇게 알뜰하게 가꾸어 있으며 장구한 시간을 보냈든가?

　　하등의 보잘것없는 미미한 노력을 다해가지고 엄청나게 훌륭한 결과를 얻으려고 하는 것은 그얼마나 어리석은 생각이며 욕심이냐?

　　아직도 멀었다.

　　아직 완전히 썩지도 못했다.

　　그런것을 가지고 훌륭한 결실을 어드려고 한 저자신이 비길때없이 북구럽게 생각되였다.

　　(다시금 땅속으로 들어가자.

　　훌륭하게 썩자.

　　그리고 온갓 노력과 성의를 다햐여 가꾸어 가자. 길은 멀고 어둡다. 그러나 나는 조곰도 두려워안하고 뻣대여 나가리라)

　　소장은 전신을 불살우는 정열과 두주먹이 바스러저라고 단단히 틀어쥐고 보도소로 돌아왔다.

　　그러고는 얼마전에 계획하였던 국민학교 설립문제에 대하야 구체적안을 세우기 시작했다.

　　들판에 방목(放牧)된 망아지색기처럼 제맘대로 아모 꺼리낌없이 자라나는 아이들의 교육문제.

　　하건 이때까지 그런생각을 하여본적이 없는것은 아니다.

　　아니 한시각인들 그생각이 그의 넘두를 떠났을리가없다.

　　그러나 그의몸은 너머도 고달펐고 분망했다.

　　열몸이라도 밥불지경 부락의 사정은 너머도 어즈러웠다.

　　그러던것이 이제는 얼마간안정을 띄게되고 더구나 농한기가 되였기때문에 소장은 비로소 오랫동안의 숙망을이루어 보려고 결심한것이다.

　　그는첫재로 부락의학령아동수를 재조사해 보았다.

　　그결과를 수ㅅ자로 표시하면 다음과갔다.

	男	女	計
八歲-	七	八	一五
九歲-	一0	七	一七
一0歲-	七	五	一二
一一歲-	七	八	一五
總計-	三一	二八	五九

그런데 이중에서 다소라도 교문을 지나본 아이는 불과열명인데 그남어지는 전부가 까막무식한 교문이라고는 언저리에도 못가본아이들이다.

소장은 새삼스레 암담하여지지 않을수가없다.

그 부모들의 무지몽매와 타락으로하여 자식들에게까지 이러한 영향을 끼치게 한다는것은 개인적으로 도덕적으로 이러니 저리니하고 론한다기보담 이것은 국가적으로 보아 절대용서할수없는 중대한문제다.

자긔의 사업은 타락한 그부모들의 갱생보다에만 국한되여 있는것이 아니다.

그 타락한 부모들을 갱생식히는것이 국가적으로 부여된 사업이라면 명일의국가의기둥이될 제二세국민의 교육문제도 엄연히 부여된 사업일것이다.

九세이하 八세까지는 그래도 여유가 있는것으로서 九세이상은 절대로 여유를가질수없는 긴급한문제다.

또그뿐인가?

소학교 학령이 지난 소년층도 대개는 무학문맹인 무교육자들이다.

비극과 타락이란 언제던지 무식에서 생겨나는 것이다.

그 부모나 형들의 타락을뼈저리게 생기게하고 철저적으로 죄악의 뿌리를 뽑게하자면 지식의 힘을 빌어야하며 교육의힘을 빌어야 한다.

소장은 몇번이고 부락의 교육상항을 정밀히 조사해보았다.

조사해 보면 볼사록 한심함을 금할수가 없다.

타락된 학부형들속에서는 훌륭한 지식계급이 많다.

그러나 그들의 자녀들은 말하기에는 참담한 상태에 노혀있다.

이에서 더한 비극이 어듸 있으랴!

소장은 몇날을 두고 세밀히 조사하며 여러 가지로 안을 작성하여 본후 성공서와 현공서에 진정이 끌어넘치는 진정서를 보내고 명우를 자기의 집에 조용히불렀다.

三

형식같은 것은 다음문제고선결문제는 일체의 사정에 구애되지말고 실천에옴길 것이다.

단한간사랑이라도 좋다 의자가 없으면 거직자리를 깔더라도 좋다.

다만 연필과 종이만갓추면 그만이다.

그런데 아모리 생각해보아야 부락에는 단한간도 방이라도 뷔인간이 한칸도없다.

하는수없이 소장은 보도소사무소를 자기의집으로 옮기고 그 자리에다가 아이들을 수용하기로 작정했다.

그리고는 명우에게 교편을 잡아주기를 간청했다.

「김군 수고스럽겠지만 내일부터라두 급히착수해주게 성과 현에서 인가만나오면 정식으루 교사두짓구 전임교사두 올꺼니까 그동안만 수고해주게」

명우는 한동안이나 고개를숙이고 무엇인지 생각하다가 갑작이 정면으로 소장의 얼골을 바라보며 입을연다.

「잘 알었습니다 저의힘이 있는데까지는 전력을 기우려보지요」

「아 참말인가? 고마우이 그렇게만해준다면 얼마나 좋겠는가?」

「그렇지만 소장님 저는교육방면이라고는 경험이없는데 어떻게할까요」

「경험이란 가저보면 경험이지 선천적으로 부모의배ㅅ속에서부터 타구났겠는가?」

「아닙니다 소학교는 경험이없이는 안됩니다 더구나 이러한부락에거주하는 아이들에게는 경험없는 교사로서는 잘갈으킬수가 없다구 생각합니다」

「그아그러치만 어떻게하는 도리가 달리있는가? 다무경험잔데」

명우는 또다시입을 담을고 무엔가 생각는양을하다가

「소장님 인규에게 말슴해 보셨지요?」

하고 조용히 우서보인다.

소장도 마주 우수며

「전번에 한번 말해봤는데 대번에 코를떼였네」

하고 입맛을 다신다.

「소장님 령사관서 넘어온 서류를 좀볼수가 없을까요?」

「웨? 무슨 조사할것이 있는가?」

「인규의 경력을 좀 뵜으면 놓겠습니다」

「그야 어렵지 않지」

하고 소장은 이내 서류를 꺼내본다.

「여기에 이렇게 적혀있네 "경성부××정××소학교에서 五년간 근무"그러구 출신교는 동경××학원일세」

「××학원이면 관립고등학교에 짝지지않는 수재들이 모여드는 곳입니다」

「그러치 그러한 곳이지 그러한곳을 나온자가 이렇게 와서 썩다니」

소장은 다시금 암담한생각에 긴한숨을뽑는다.

그에따라 명우도자기의과거를돌아보고 나직히한숨짓는다.

「그럼 인규를 불러볼까?」

「글세요 불러보시지요」

「그런데 그사람이 쾌히스락해줄까」

「제생각엔 별루반대는 없으리라구 믿는데요」

「그럼 불러보지 미안하지만 김군 순동이를 이리좀오게해주게」

四

순동이를찾어 그의집으로 가던 명우는 길까에서 우연히 인규를만났다.

평시에는 조만하여 밖으로나오지안턴인규가 오늘은 웬일인지 말쑥하게 양복을 차려입고 남빛바탕에 빨간줄과 흰줄이 가로세로 서로교차되여 건너간 넥타이까지 단아하게 맨우에 면도까지 말쑥하니한 그모양이란 어듸로보던지 중독자라고 할 수가없다.

그는 명우를보자 빙그으시우수며

「어듸로 가는가?」

하고 먼저수작을건다.

「별루 가는데가없네 자넨어듸루 이렇게성장을 하구 가는건가」

「성장?……하하하……」

인규는 속이뿌듯한우숨을 한마딍 웃고나시

「뜨문뜨문 이렇게 차리구 나서보는것두 역시향수병(鄕愁病)이라고할까! 그러치만 갈때가 있어야지」

하고 쓸쓸한표정을 지으며 먼산쪽으로 시선을돌린다.

명우는 잠시 소장의 얼골을 눈앞에그려보다가

「여보게소장이 자네를 좀 보자구 허데」

한다음 상대편의 안색을살폈다.

「소장이?」

「웅 좀 조용히 보구 헐얘기가 있다구 허데」

인규는 미들수가 없다는 듯이 의아한빛을 띄며

「소장이 무슨일루 나를보자구할까 또 학교문젤까」

하고 명우의 표정에서 까닭을 캐여내려는듯이 그의얼골을 빠안이 마주본다.

「그야 내가 아는가? 무슨일루 보자구하는지 맛나서 얘기를 들으면 알겠지」

「자넨 몰루는가?」

「내가 어떻게 안단말인가!」

딱 잡아떼면서도 명우는 속으로 은근히 말해버리고싶은 충동을 삼켰다.

그러나 그는 인규의속을 몰으는지라 꿀꺽 참고 평범한 어조로

「하여턴 가보면 알겠지 지금 기다리는 모양인데 얼른가보게」

하고 그냥 지나치려 했다.

「소장이 어듸있던가? 사무실인가?」

「아니 집에 있데그려」

얼마쯤 와서 돌아다보니 인규는 고개를숙이고 힘없이 걸어가며 무엇인지 골독히 생각하는것갔다.

명우는 인규에게 직접 소장의부탁을전한 까닭에 순동의집에는 더들지않고 그냥 자기의 집으로 돌아왔다.

집으로 도라와보니 거기에는 성오의처가 와서 금옥이와 이야기 하다가 명우가 들어오자 여러가지 허튼수작을 늘여노며 놀려댄다.

「아주버니는 순녀안테 장가를 든다구요?」

명우는 불쾌해저서 아모말도 안하고 자기의 방에 들어가자 어간 샛문을 홱 닫어 버렸다.

다음방에서는 성오의처의 우숨소리가 자즈러지게 들려온다.

五

명우는 방바닥에 번듯이 들어누어서 천정을 처다보며 것잡을수없는 여러가지생 각에 잠겼다.

고향일、 어머니의일、 그러고 순녀의일 지금 보도소소장에게서 여러가지 이얘기 를 듯고있을 인규의일.

그중에서도 순녀의일에 생각이 밋첫슬때 이상스레도 가슴이 울렁거림은 무슨까 닭일까? 다음방에서 우수며 떠드는 성오의처의 음성은 더한칭 높으게 들려온다.

그러는데 누군지 마당밖을 들어오는 신발소리가 난다.

「명우」

인규의 목소리다.

명우는 그냥 누운채 한동안 잠자코 있다가 재차 불우는 소리에야 겨우 몸을 일으

켰다。
「누군가?」
「나야」
인규는 방문앞에 들어서며
「들어가두 괜찮은가」
하고 주저거린다。
「들어오게」
방문이 활짝 제치지며 산뜻하게 차린인규가 벙글거리며 들어선다。
「뭘 하는가?」
「아무것두 하는일없네 소장을 맛나뵜는가?」
「뵜네」
「뭐라구 하던가?」
「일장설교를 듣구 왔네」
「그리구」
「그리구는 나보구 이길루다시 들라구허네」
「어떻게?」
「몰라서 뭇는가? 교원노릇을 좀 해보라구 허네」
「그래? 라구 뭐는가」
「뭐라구 할껏 있는가? 애색기들 방구냄새가 맛기실혀서 뭇허겠다十 했지」
「그뿐인가?」
「그뿐이지」
명우는 나직히 한숨지으며 창문쪽으로 시선을 돌린다。
「이사람 청승맞게 과부처럼 한숨은 왜쉬는가?」
인규는 뭇맛당해가며 옆채기에서 담배를 꺼내붓처물고는
「소장은 나보구 수고좀해달라구 하지만 난 자네를전거하구왔네」
하고 명우는 기색을 엿본다。
「나는 경험이 업서서 안되네」
「그까짓 경험이 소용이있는가? 허면 되는 것이지」
「고런걸 왜 자네는 뭇하는가? 더구나 자네는 경험자가 아닌가?」
「나는 틀렸네 성의가 있어야지」
「누구는 특별한 성의가있다던가?」

「물론 있지 자넨 갱생된사람이니간」

인규의 입가에는 심술구진조롱의 우슴이 싸늘히 떠올은다。

「개수작 말게」

갑작이 명우는 역정스레 버럭 소리를 질른다。

인규는 한동안이나 명우의얼골을 덤덤히 바라보다가

「어째서 개수작이란 말인가?」

하고 그도 역정스레 소리를높여 반문한다。

「한사람의 문제를그렇게 경솔하게조롱하며 말하는것은 덜된자의 수작일세」

「누가경솔하게 조롱하면말했다는 말인가!」

「자네가 말했지 누가말했단말인가?」

「내가? 내가 언제 말했는가?」

「인제 말하건 누가말했든말인가?」

「갱생샜다는것이 그렇게 경솔하게 조롱하는말루 거슬려 들리는가?」

「말보다 태도가 경솔하구 조롱하는틔를 가졌다는말일세」

「그건 자네의 오해일세 난 그런 의미로서 말한게아니라 진정으로 속임없이 말한것일세」

「양심을 속히지말게」

「그렇게 해석한다면 할수가 없네 구지 변명하려구는 안허네」

六

대수롭지않은 사소한일로 어색하게된 분위기속에서 둘은 오래동안 부자연한 침묵을직히며 멋없이 담배만빨고있었다。

그러다가 그 갑갑한 침묵을 먼저 깨친것은인규다。

「여보게 명우 자넨 내가 자네를 조롱했다구 양심까지 들구 말하지만 사실 양심대루 정직하게 말한다면 난조금두 군을조롱한것은 아닐세 그야 내태도에 그런티가 있었다면 그건 내가 책임을 질테니까 용서해주게 그러치만 자네두 너머 홍분된것 같으나 무슨 불쾌한일이 있었는지는 몰으겠지만 자네가 과도히 홍분된것만은 사실이니깐 그점 군두 나에게 사과해야 허네」

인규의말에서 명우도자기기자신이 성오의처에게서 불쾌한일을 격근뒤라 몹시 홍분된것을깨닫고 솔직히 뉘우친다。

「미안허이 아마 내가 너머 흥분했던가보네 과히섭섭해 말게」

「섭섭할꼈까지야 있는가! 서루 웃구 지나면 그만이 아닌가!」

인규는 이내 쾌락하게우서까지 보인다.

그러나 명우는 어쩐지 마음한구석이 그저 엉켜들며 좀체로 털어놓고 유쾌하게화색을 지을수가 없고 자꾸만 게집의일이 머리속을무겁게 하여준다 그러나 인규는 그속을 알리가없다.

「소장이 진정으로 사정하데만 난 대답을못했네」

「어째서 대답을 못했는가?」

「인재두 말했지만 성의가문제로세 한때는 불타는정열에 일신을 희생해서래두 어린 생령들을 위해 힘울 써보려구 했지만 지금은 틀렸네」

「어째서 틀렸단 말인가?」

「모든것이 귀찬쿠 실증만나는놈에게 무슨 성의가 있겠는가? 다시 말하면 희망이 없는 놈에게 허구싶은 일이 있을터이 있는가!」

명우는 비로소 정신을가다듬고 인규의 얼골을 정면으로 마주보았다.

「자네는××학원을 나왔지」

「그게 무슨 소용이 있단말인가!」

「소용은 없지만 그래두 그때는 희망이란것이 가득했겠지」

「그야 더 말할것이 있나!」

인규의 얼골에는 이내 슬픈 그림자가 어둡게 떠올은다.

「그러던것이 어째서 중독자가 됐는가!」

인규는 오랫동안 훠언한창문을 내다보고 앉었다가

「모두가 운명이지」

하고 저혼자 중얼거리듯 서글푸게 말한다.

명우는 나직히 한숨을지은후 자기도창문쪽으로 시선을돌렸다.

이슥한후 인규는 다시금저혼자 중얼거리듯 탄식조로 말한다.

「나는 오해라는것을 세상에서 제일무서워 허네 사소한오해때문에 우리들의 일생이얼마나 좌우되는것인지 나는나의경험으로서 잘 알구 있네 내가첫사랑을 받친 여자―나는 그를 오해 했기때문에 내일생을 이렇게 망처버렸네」

「자네두 첫사랑에 실패했든가?」

「웅 실패했네 그두 어리석은 오해때문에 실패했다네」

「어떻게 돼서 오해를 했는가?」

「너머 지나치게 사랑한탓이였다구나할까 나는 진정으루 사랑하는 그여자에게
딴 애인이 있다구 여러사람들앞에서 그를모욕을했네 생각하면 어리석기가 비길떼
없는놈이지」

「그래서 어떻게 됐는가?」

「어떻게될것있는가? 빠안한일이지 둘은 서루 절연장을보냈지 그러구는나는 가
정에서 권하는대루 딴 여자에게 장가를들었지」

「그래서?」

「그런데그날밤 내가 장가를드는 그날밤 그여자는……아아」

하고 인규는 그만 두눈을 감아버린다.

<h1 align="center">七</h1>

명우는 어떻게 위로했으면 좋을지를 몰났다.

그는 아모말도 못하고그저 인규의 슬퍼하는 얼골만보고 있었다.

인규는 한참후 다시금 창문쪽을 바라보며 뒤를게속한다.

「내가 딴 여자에게 장가를 드는 그날밤 내가첫사랑을 받첬던 그여자는 칼모친을
마시구 자살을 해버렸다네」

명우는 조용히 두눈을감아버렸다.

이즈려고 애쓰는자기의옛날이 다시금 긔억속에 생생하게 되살어난다.

「그때부터 내성격은 파탄이 되었네 밤낮으루 술만 퍼먹구 먹구는 지랄을부리구
그리다가 결국은 장가든 게집까지 빼았기게 됐지 그럴것이아닌가? 명우 장가든날
부터 옛날애인을 불으며 술만 처먹는놈을 누가 밋구 산단말인가? 더구나 순진한줄
알었던 그 싀골여자에게 나보다 먼저 첫사랑을 매즌 애인이있었다는데야 여보게
난 그렇다구 그를 조곰두 욕하지 안쿠 곱게 돌려보냈네 다만 내 머리속에는 죽은
그여자밖에는없었네 나는 한시라두 술없이는 못견듸구 술만먹으면 그의 무덤을 찾
어가서는 손톱끗이 달어떨어지두록 파헤치며 지랄을 부렸네 더구나 그후 그여자의
동생이 전해주는 일긔책을 보구는아아……여보게 명우

나는결국 아편을 취했네 술은 먹으면 지랄이 나지만 아편은 그러치를안테 한포
먹으면 만사가꿈잦구 시름없이 어듸던지 누어서 옛날을 그려볼수가있는아편 얼마
나조혼것인가?

여보게자네두 첫사랑에실패하구 아편을 먹기시작했다지? 그러나 그성질에 있어

서 나와는 정 반대지 나는 옛날을……애인을그려 보려구 먹는것이아닌가?

마지막 자살한날의 일기는……」

(나는 그래두 미덧다 피차 서로사랑하고 있었기때문에 일시의 오해란 반다시 삭아저 버릴것을―그러나 지금에 와서야 무엇에미련을 두랴? 그이는 인제부터는 영영남의 남편 나는 모든것을 일허버린 버림바든 락오자 어떻게할까? 그의얼골을 다시한번 볼수는 없을까

그이는 그렇게도 무정한사람일까? 아니 내가 너머두 어리석었지 그이게서 절연장이 왔을 때 웨달려가서 그의무릅을 안고 사과를 안했을까? 그러면그이도 용서를 했을것을 아아!

내가 어리석은 게집이였지 맛당히 죽어버려야할 어리석은 게집이다)

「아아 영애 영애」

인규는 다시금 두손으로 얼골을덮고 목노아늣긴다.

명우는 그의억개에조용히 손을언즈며 부드러히 말했다.

「여보게 너머 흥분하지말게 과거란언제던지 슬픈것이니까」

「여보게 명우 이러한 나더러 교편을 잡어달라니 그래 어떻게 잡는단말인가?……하기야 못할것두없지 그렇지만 거기에는 특수한요구조건이있지」

「무슨 요구조건인가?」

「별것없이 하로에 밤알만한 아편을한알씩 보수루준다면 오늘부터라두 시작을해보지」

인규는 눈물어린눈에 쓸쓸한우숨을떠우고 명우를 마주본다.

명우도 쓸쓸하게 우섰다.

「어떤가? 연한 요구가아닌가?」

만은 명우는 서글푼표정으로 웃기만할뿐 대답을 못했다.

「내가 오늘 이렇게 차렸다구 군은성장이라구 말했지만 이렇게 차린것두 별까닭은없네 다만 이넥타이를 매여보고싶어서 이런걸세 알겠는가 이넥타이를……오직하나밖게 남지않은 그여자의유물(遺物)일세」

하고 인규는 자기의목에 맨넥타이를 굽어보며 후―하고 긴 한숨을뽑는다.

八

옛날을 그려보려고 먹은것과 옛날을 이즈려고 먹는것과―명우는 창문쪽을 하염

없이 바라보며 인규의 말을 곰곰이 되씹어본다.

그의말과 같이 자기는 옛날을 이즈려고 아편을 먹었다.

그러나 자기는 과연 그 아편의힘에 의하여 옛날을 이즐수가 있섯든가? 없었다 사라저간 옛날을 이즐수는 없었다 한포 먹으면 아수룸해진 머리속에는 옛날의 그 가지가지 일들이 더욱 또렷하니 떠올으는것이 아니었든가? 그러면 웨 자기는 그 마약을 그대로 계속 했든가? 옛날을 이즐수도 없는 그마약을 무슨 까닭으로 이어왔든가? 두말할것없이 그것은 성격의 파탄에서 되여저 온것이다.

그렇다 성격의 파탄이다.

과거를 이저버리기위함이란 한가지어리석은 구실에불과 한것이구 엄정한 비판을 나린다면 그것은 틀림없는 성격의파탄에서 되여저 온것이다.

이러한 자기의일에 빛어볼때 인규도 마찬가지가아닐수없다.

그러타 그의말과같이 그도 성격의 파탄자다.

과거를 그려보기 위함이란 성격파탄의 한 구실이다.

자기의 의도한바와는 정반대의 방향으로 나가는마약의 힘을 빌어서 옛날을 그려본다는것은 틀림없는 구실이다.

그것은 마약중독자면 누구나 다 경험한 사실이아닌가?

언제던지 의도와는 반대방향으로 나가는 그 마약으로하여 옛날을 그려볼수는 절대로 없는일이다.

원하는자는 뗴여버리고 원치않는자는 끌고가는 그것이 마약의 마성(魔性)이다.

그러한 마성의힘을 빌려는것은 결국에있어서는 성격의 파탄을 말하여주는것이다 이것은 자기자신이 뼈저리게 늦긴사실이아닌가?

그러면 이러한 파탄된성격을 다시 바로 잡으려면 어떠한 방법을 취하여야 할것인가?

여기에는 강력한 그무엇이 있어야한다.

즉 파탄된 그성격을 거세인힘으로 나려눌려줄 그무엇이 있어야한다.

소장의설교도 친우의 충고도 아모런소용이 없는것이다.

다만 강력한 "그무엇"―이있어야한다. 그것은 자기의 경험에 의하여서도 충분히 헤아릴수가 있는진리다.

파탄된성격―공허해진 그맘을 채워줄 꿈이있어야한다 그러타 꿈이다.

인규에게뿐만 아니라 모―든성격의파탄자에게는 다시금 옛날의그 꿈을돌려주어야 한다.

그러면 그꿈은 어떻게 돌려줄것인가 불러도 울어도 돌아안오는것이 옛날의꿈이라고 하였거든 그것을 다시 돌려오려는것은 하날에 별을 따기보담 허공에 신기루를 잡기보담 더욱 허무한일이 아닌가?

아니다 돌려올수가 있다 하눌에 별은 딸수가 없고 공중에 신기루는 잡을수가 없다지만 옛날의꿈은 다시금 돌려올수가 있다.

부질없는 설교보다도 충고보다도 모든것의 해결점은 이 옛날의 꿈을찾고 못찾는데 달려있는것이다.

명우는 그 어떤 희망에빛나는눈에 우슴을 가득실고 인규를 바라보았다.

「인규 자네는 옛날의꿈에 대하야 얼마나 골독히 생각해보았는가?……

그것을 자네는 다시찾을수가 있는것이라구 생각해본적이 없는가?」

인규는 서글픈우슴을 어색하게 웃고나서

「그것을 찾기위해 나는 아편을 요구하는것이 아닌가?」

하고는 조용히 한숨지으며 두눈을 감아버린다.

<h1 style="text-align:center">九</h1>

인규의 슬퍼하는 그모양에서 명우는 이상스레도 마음의 공허를 느끼게되며 진정을 할수가 없었다.

그래 그는 인규를 딜래여 다리고 내ㅅ가로 나겼다.

내ㅅ가로 나가니 마침 거리에는 규선이가 혼자 나와서 강건너 휑언한 들판을 하염없이 바라보고 있다.

「웬일인가? 자네두 오늘은 또 마음이 이상해 지는가?」

하고 인규는 힘없이 그의곁에 가서 앉는다.

규선이는 쓸쓸하게 웃고나서

「사라저 간 그시대를 그려보는 중일세 저건너 별판을 보니、이상스레도 마음이 울렁거리며 설레네」

하고는 도로 제대로 도라앉아 버리며 긴 한숨을 쉰다.

명우는 둘의 모양을 한동안이나 바라보느라니 갑작이 슬퍼나서 견딜수가 없다. 이때까지 몇번이나 되푸리하여 생각하여 온「소생」이란 그 문제가 불같이 가슴속에 치민다.

그래 그는 둘의앞에 닥어앉으며

「여보게、인규、규선이 이런말을 한다구 자네들은 우슬런진 몰으겠네만 우리는 그래 다시금 옛날의 그길루 도라들수가 없을까?」

하고 흥분되여 말했다。

규선이는 한참동안이나 명우의 얼골을 빠안이 처다보다가 그만 지친듯이 두눈을 조용히 감어버리며 마치 시나 외이듯 저혼자 중얼거린다。

「옛날의 길이라구? 절대안될말이다 세월은다 홀러버렸다 명우 자네는 내일허진 세월을 다시금 차저다 줄수가있는가 일허진 세월!」

규선의 이말에 명우는나직히 한숨을지으며 자기도 두눈을 감아버렸다。

일허진 세월!

얼따니 슬푼 말인가?

만약에 지나간 그시절에 홀러버린 그세월을 다시금 차즐수가 있다면 규선의 소생은조곰도 문제삼을 것이없다。

그런데 그것은 가능한일일까?

절대로불가능한 일이다。

일허진 세월을 다시 찾는다는것은 과거를 현재로 역행식히는것이 아닌가!

절대 불가능한 일이다。

만은 그러한 절대 불가능한일을 규선에게 있어서 만은 감행식혀주고 싶다。

과거를 역행식혀주고싶다。

일허진 세월을 다시금 차저주고 싶다。

그리하야 그로 하여금 다시금 옛날의정열을 일으켜서 날뛰게 하여주고싶다。

그런데 만약 그러자면 그에 대한방법은 어떠한것일까?

여기에 생각이 밑쳤을때 명우는 저혼자 속으로 어처구니없는 우슴을 웃지않을수가없다。

그러나 그와동시에 그는 한편속으로는 그 어떤 딴결심으로 이를 단단히 악물게 됨을 느끼고 부지중에 전신을 웃삭 떨었다。

방법의 유무가 문제가 아니다。

방법이 없다드라도 이것만은 긔필코 감행해야한다。

「규선이 나는 절대 불가능한 일인줄을아네 허지만 일생을 희생래서라도 해볼작장이네 군의일허진 세월을 도루찾어 줄것을 여기에서 굿게맹서하네」

하고 명우는 맛치 불을 내뿜듯이 단김을 풍기며 힘쓰며 말한다。

그러나 규선이는 아모 웅대도없이 그냥 그대로잠든듯이 누어있다。

「생각하면 과거란 모도다 슬픈 전설이지 어느것하나 질거운것이 있었는가? 이것은 인생에게 있어서는 필연적 숙명이라구 나는 생각네 력사란 전부가 슬픈 전설이 아닌가? 장엄하다는 력사도 위대하다는력사도 모두가 슬픈전설에 포함되는것이 아닌가? 이것은 인류의 력사가 계속되는날까지 그냥 그대로 게속될 진리라구 나는 생각하네 그럼으로 군의 말과같이 내가 나의과거의 슬픈전설을 회상한 다는것은 결코 슬픈일은 아닐세 과거를 회상하는것—그것은 결국 또하나 다음날의 슬픈전설을 나키위할일세 그런데 여기에서 문제가 되는것은 인간자신이 새로운 전설을 나을때마다 의식적으로 났느냐? 무의식적으로 났느냐? 즉 다시말하면 능동적이냐? 피동적이냐? 하는것이라구 생각하네 이런의미하에서 볼때 우리들은 과거에있어서 너두 피동적이였다구 나는 절실히 생각네 피동적이였기때문에 그에서비저진 슬픈전설은 필연적으로 비력사적이고 비현실 적이엿다구 생각네 그러찮은가? 규선이 내가첫사랑에 실패하구 돈을벌랴다가 타락이 된것이나 자네가 정치운동의 선상에서 떠러저 가지구 타락이된것은 모도다 무의식적이구 피동적이였기때문이라구 하는것은 자네 자신이 오히려 더잘 짐작하구 있을일이 아닌가? 이에서 더 한심한일이어듸 있는가? 더구나 자네는 정치운동자가 아니었든가? 리상주의자가 아니였든가 그런데 그 주의는 무엇때문이며 그운동은 누구때문이였든가? 내 일개인의안일이나 사욕을 채우렴이아니였다면 과도긔의 거세인 물결에있어서도확호한 신념과 냉정한 비판력을 웨 일는단 말인가? 모두가 피동적이였든 탓이 아닌가? 그 어리석었든 피동적시대를 겨을르게 회상하며 자아를 망각하고 시대의 홀음을 부시한다는건 이얼마나 어리석은 수작인가? 진실로 자네의 일허진 세월을 다시금 찾어야하며 나는 내 일생을 받처서라두 있는힘을되다 써볼 작정이네 만약에 이것을 거부한다면 아니 거부할 용긔를 가졌다면 자네는 이앞에흘러가는 저강물에 빠저죽어보게」

명우는 마치 자기가 강물에 뛰여들기니 할것처럼 벌떡 일어서며 발밑을 흘으는 강을 이를 악물고 노려본다.

잠든듯이 누어서 듯고만 있던 인규의 눈에서는 두줄눈물이 힘없이 흘러나린다.

그리고 규선이는 무거운 침묵을 직히며 물건너 들판을 바라보고 있다.

地獄으로가는길

一

八월이 되자 몇칠안되여 부락에서는 만척(滿拓)으로부터의 제五회째의 대부배급(貸付配給)을 받게되였다.

그것은 금년 추수전 배급으로서의 최종배급인것이다.

그때문에 둔장(屯長)은 현에까지 갔다오고 이튼날은 보도소앞마당에서 진종일 량미배급에 누코 뜰새없이 밥부게지냈다.

부락민은 모도다 쌀을 둘러메고 각각 흩어저가 서는 위선 앞으로의 예산부터세워보는것이다.

중독자들은 그러한 쌀보담 비록콩알만한것이라도 새깜안 그놈을주는편이 얼마나 낫겠는가고 몇번이고 군침을 삼켜본다.

그러므로 그들은 밤이면 자위단의 경비망을 교묘히뚫고 외부와 련락을취해서는 배급된 쌀을 가정의눈을속혀가며 아편과 바꾸어 들이는것이다.

그러나 이때까지 그 공작에있어서 두목격이던 득수를 구류소에빼았긴 관계로 그들은 어찌할바를몰으고 헤매다가 결국은 다시 새로운 두목을선택하게 된것으로서 그는 다른사람이 아니라 규선이었다.

규선이는 자초에는 그들의 청을거절했으나 아편밀수의길이 전연 절정되고는 첫재로 자기부터 괴롬을느낄것이고 또 다른사람을 시키느니 보다 자기자신이 직접 취급하게되면 남의손을 비느니보다는 마음놓고 만족을채울수가 있겠기에 과감히 그 책임을맡은것이다.

그리하여 밤이되면 비밀공작은 자꾸계속되여간다.

그러니 꼬리가길면 밝힌다고 어느날밤 그들은끝끝내 보초의눈에 띄이고말었다.

요란스런 경종은 부락의 정적을 졸지에 뒤집어 놓았다.

규선이네는 걸머졌던 쌀포대를 성밖개굴창에 막으처넣은후 그냥 앞산으로 올리달렸다. 추격대는 삽시간에 산을 둘러쌋다 탈주자의 일행은 셋이다.

그들은 죽을힘을 다해서 앞산마루턱에 오르자 숨을돌려쉰다음 다시금 마루턱을 타고 우쪽으로 빠졌다.

추격대는그냥 곳게마루턱을 넘어 골ㅅ작이로 떠러저간다.

규선이네는 조윽히맘을놓고 속력을느추었다. 그러고는 서로 얼굴을 마주보며 어떻게 할 것을 상의 했다.

그러나 그무슨 표안이떠올을리가 없다.

생각다못해 마지막에 규선이는 자포가되여

「될ㅅ대루 돼라 아무때죽으문 바루줄을신세냐?」

하고 성큼성큼 것기시작한다.

그말을듣자 성오는 병철의 얼골을 돌아다보았다.

그러나 병철은들은체하고 잠자코 규선의 뒤를따른다.

성오는겁이 덜컥났다.

평소의행동으로 보아서 규선의그말은 웬일인지 사실을예언한것같은 불길한생각을 이르켜주고 그리고 병철의태도는 둘도없는 이기회를 놓치지않고그냥 이대로 어듸던지 탈주해버릴태도다.

그러나 자기는 그렇게죽엄을 각오한다거나 탈주를 꿈꿀용기는가지지 못했다.

그래그는 은근히 속을 태우며둘의 거둥만 흘끔흘끔 엿보았지만 둘은조곰도 주저거리는양이없이 그저발길만 옮겨놓는다.

二

세번째 마루턱을 넘었을때 참다못해 규선의 얼골을 조심스레 돌아다보며 물었다.

「그런먼 여보게 대체 지금 어듸루 가는셈인가?」

그러나 규선이는 들은척도안하고 거름만 옮겨놓는다.

「여보게 규선이 이게 지금 어듸루가는 길인가?」

「지옥으로 가는 길이 라네」

규선이는 웃지도않고 평범하게 말한다.

「에?」

성오는 깜짝놀라며 한동안이나규선의 얼골에서 시선을 떼지못하다가

「여보게길두 몰루구 어듸를 이러케 가는건가?」

거이 울상이 되어말한다.

그모양을 보고 버럭소리를 높여 역정스레 핀잔을주는것은 병철이다.

「어딘지알게 뭔가? 그저가는대루갈판이지」

성오는 하는수없이 입을담으렀다.

그러나 얼마못가서 또연다.

「가느대루 갈판이라니? 이런심산에 들어서 어듸루간단말인가? 길두몰루면서」

만은 둘은응대도없이 어둠속만 자꾸 더듬어간다.

그러다가 날밝을무렵 하도 지처서 나무그늘에 아무러게나쓸어저 잠시 눈을 붓쳤다가일어난다는것이 눈을떳을때는 느진아츰때도 훨신지난듯 산은 째듯이밝다.

그런데 사방에는 뜻하지않은 안개가자욱히 껴돌아 방향을 분간할수가없다.

셋은무거운 표정으로 서로 말없이담배만 빨며 안개가 삭아지기를 기다렸다 만은 아모리 기다려야 삭아지는양이없고 그냥자욱하다。

셋은 차츰 불안을 느끼기시작했다。

「여보게 규선이。 이렇게앉아만있으면 어떻걸텐가?」

하고 먼저입을 여는것은 또성오다。

「그럼 어디 별수가있는가」

「별수가 있는가라니?……어디든지 가야지 이대루있다가 시장끼가들면 어떻거겠는가?」

성오의이말을 듣고보니 사실 규선이나 병철의뱃속은 시장해 난지가 벌써 오래다。 그렇기때문에 둘의 표정은 더욱 어두어진다。

성오는 이슥히 잠자코 둘의얼골을 번갈어 살피며 대답을 기다리다가 또입을연다。

「여보게 병철이 자넨 혹 이근방 산빨을 타본일이 없느가?」

「없네」

「달은곳에서 타본일두없는가?」

「한번두없네」

성오는 후―하고 긴 한숨을뽑은다음 이번에는 규선의곁으로 또 돌아앉는다。

「어젯밤에 온길을 알수있는가?

「어듸던지 잘몰우겠네」

「우뚝한 산봉우리같은것을 왼편에 끼구온것 같은데 그게 어느걸까?」

「글세 나두 그걸 자꾸찾아 보는데 어느게던지 도무지 알수가없네」

「나무같은건 없었지?」

「글세 그냥 풀숲으루만 온것같은데 웬대목들이 이렇게 직직하니 꽉들어찼는가?」

서로말할사록 마음 어두어간다。

그러다가 아래편을 나려다보니 자욱히 껴돌았던 안개속에서 고래등같은 산등어리가 어수름하니 들어나 보인다。

「아 저길세 간밤에 왼편에 끼구올라온건 저길세」

규선이는 반가움에 벌떡일어나며 아래편 안개속을가르킨다。

안개속에서 차츰 선명하게 보이는 산등어리를내다보고 성오와 병철이도 기운이 나는듯 허리띠를 졸라매며 일어선다。

「그런것같네」

「인젠 어떻게 떠나보세」

三

셋은 아까보다는 훨씬삭아저간 안개ㅅ발을내다보며 방향을따진다음 동(東)으로 향해 이슬밭을헤치고 나갔다.

그런데 어째서 동으로방향을 잡았는지는 셋이다 서로몰은다.

그러나 그까닭을 캐려고는 아무도안한다.

그것은 그들에게 더욱 심한불안을 갖어다 주기때문인것을 잘알고있기 때문이다.

그저 어디던지 방향을잡고 감으로서 잠시라도 무겁게 머리속을 엄습하는불안을 떨쳐 버리려는것이 셋의 공통된심리다.

얼마못가서 셋은 깊숙한 골짝에 떨어졌다.

골짝에는 맑은물이 출출하니 흘러나리고 일흠몰을 꽃들이 아릿다운빛으로 수접게 피여있다.

어름같이찬물을 셋은 양끗 들여켰다.

홀쭉하던 뱃속이 얼마간 떡 벌어지는것같다.

안개는 거진 거뒤여지고 그대신 뜨거운해볓이 곳추나려쪼인다.

아무것도 인친것없는곡되는 익어들듯뜨거워나고 등어리와 이마에서는 또랑물처럼 땀방울이 흘러나린다.

이슬천긔가 차츰말러들자 풀숲에서는 단내가 후꾼후꾼 풍겨오르기 시작한다.

한마루턱을넘고 두번째마루턱을 넘었을때엔 벌서 한발짝도 옴겨놀수없게쯤 뱃가죽이 딱 들어붙었다.

그런데 아무리내다보아야 방향은알수없고 모도다 낯선봉오리뿐이고 갈수록 숲을만 검우작작한 심삼이다.

마침내 성오는 탑숙한한나무밑에 털썩 주저앉으며

「난 못것겠네」

하고 둘을처다본다.

병철이규선이도 아모말없이 성오의옆에로 등을지고주저앉는다.

모도들 눈앞이 뽀오야니 흐려들며 머리ㅅ속이 앗질거린다.

눈을감고 비스듬이 들어누우니 나릿한 피곤은 전신을 옴싹 못하게 사로잡아버린다.

셋은 그냥 기진한채 깁뜨지못하고 혼곤한 잠속에 들어버렸다.

얼마나한 시간이 어즈러운 꿈속에서 흘러갔던지 병철이가 겨우 눈을 떴을때는 점심때도 훨씬 기울었다.

규선이와 성오는 그냥 깁뜨지 못하고잔다.

노오라게 시든얼골은 조곰도 숨이붙어있는 산사람의 얼골같지않다.

그래 병철은 조심스레 둘의몸을 번갈어가며 흔들어보았다.

대여섯번이나 흔든다음에야 겨우 정신을 차려서 고개를처들고 머어니 처다보는 둘의눈은 똑같이 빛을잃었다.

「좀 정신들 채리게 이렇게잠만 자군 어쩔텐가?」

병철은 거이 울상으로 저무는 해를 바라보며 말하고는 떨리는다리에 힘을주어 일어선다.

만은 규선이와 성오는그냥 누은 자리에서 일어날줄을 몰으고 머엉하니 허공만 바라본다.

「여보게 규선이 좀 정신을채려 어듸던지 가보세 인제 해가 저무네」

「어디루 가겠는가? 난 배가 곱허서 암쭉 못하겠네」

규선이는 말도 겨우 이어놓는다.

「그래두 가야지 앉아서 죽을텐가?」

「죽어두 할수없네 난 정말 움직이지 못하겠네」

「여보게 이러지 말구 요아래 골짝이루 나려가보세 물이래두 있으문 배를 채워가지구 어듸던지 가야지 그냥 이대루 있다간 그저 앉아서 호랑이밥이나 됐지 별수가 있는가?」

병철의 이말에 성오와규선이는 넋없이 일어난다.

둘은 마치 뒷숲속에서호랑이가 숨어있다가 달려나오기나 하는것처럼 뒤를둘러살피며 병철의앞에 나선다.

그러나 말은 한마듸도없다.

四

골작이로 나려가는 동안 성오와 규선이는 절반은기다싶이하며 몇번을 굴렀는지 몰은다. 병철의 예측대로 거기에는 과연 맑은물이 흘으고있다.

셋은 정신없이 들어켰다.

뱃속이 지잉 저려들더니 갑작이 가슴속이 울컥 치밀어올은다.

참다못해 성오와 규선이는 왈칵 토하기시작한다.

병철은 이를 악물고 참기에 애를썼다.

그러나 성오와 규선의 구역은 멈출줄몰은다.

「아이구— 여보게 사람살려주게」

하고마침내 성오는뒤로나가 번드러진다.

그러자 규선이도옆에있는 바위를안고 막우 엎드러진다.

「여보게 자네까지 이러면 어떻거겠는가」

하고병철은 규선의팔을 와락 끄러당긴다.

「여보게 조금만…… 조금만 이대루놔주게 뱃숙이 뒤집 혀지는것같네」

규선이는 거이거이 숨줄이 끊기는것같은 음성으로 애원한다.

그러나 병철은 사정을보아안준다.

「안되네 여기서들어눕기만 하면 끝장이나네 괴롭더라두 좀더가보세 이물줄기를 따라가 보세 내생각에는 꼭 인가가 있을것같네」

하고 그는그냥 규선의팔을 당기여 이르킨다.

규선이는 하는수없이 일어서기는하나 두어깨는축—처저서 다죽은송장같다 병철은 다시 이번에는 성오를안아일으킨다.

「아—아 난죽네」

성우는벌서 눈살이 다풀리고 신음소리도 선명치못한다.

「제—길」

병철은 투덜거리면서도 성오의 한쪽발을 자기의어깨에나가 걸처놓고 그의겨드랑을 껴안은후

「어서것게」

하고 발길을 떼여놓는다.

그러나 얼마를못가서 규선이는 나무그루를 거더차고 나가 잡바지더니

「아이구— 몰우겠다 될 대루돼라 난죽는다」

하고는 다시겁더일지를 못한다.

병철은 하는수없이 성오의겨드랑을 놓아버린다.

그러고는 자기도그자리에 평덩 주저앉는다.

셋은다시금 혼수상태에 빠졌다.

그러자 해는서산넘어 기울고 골짝에는 어둠이슬며어시 밀려들기시작한다.

건너편 마루턱에서는 가마귀의 울음소리가 청숭맞게들려오고 뒷산어깨로는 바람소리조차 음산하게 들려온다.

자위단의 필사적노력에의하여 규선이네가 수색망에 걸렸든것은 그이튼날 낮밥때이었다.

셋은 멀리로도망한다는것이 결국은 개미가체박휘돌듯 제구비를자꾸끼고돌아서 사실 그들이 마지막으로 쓸어 진곳은 부락에서 얼마안되는 곳이었다.

자위단은 이날도 조반을 먹구 마지막 수색으로 사방에 흩어졌던것인데 앞산마루턱을넘어 다음마루턱에 올라서니 얼마 멀지않은 건너편골짝이쪽에서 까마귀들의 울음소리가 소란스레 들려오기에 수상하여 그소리를 따라가보니 뜻밖에도 거기에 탈주자들이 쓸어저 있었던 것이다.

단원들은 너머나 반가움에고생하든것도 잊어버리고 앞으로달려갔다. 그러나 그들은 너머도참혹한광경에 넋없이 뒤로물러서지 않을수가 없었다.

코ㅅ구멍을 쿡찔으는 추악한냄새보다도 바위밑에 엉거주춤하니 앉아서 쏘는듯한눈으로 이쪽을 노려보고 있는한마리의늑대.

五

「앗 저게뭐냐?」

앞에섯던자보다도 먼저소리를 질른것은 뒤에선 단장이다.

「아 숭냥이다」

여럿은 서로다투어 뒤로물러서며 색을일는다.

그모양을보고 단장은 용기를 내여 앞에 나서며 어깨에 메였던 총을나려겨누어댄다.

그것을본짐생은 번개빛이되어 바위틈으로 빠저달아난다.

「탕」

뒤이어 연방두방이나 요란하게 산골짝을 울렸것만 김생의몸은 쏜살같이 숲속으로 빠저버린다.

그제야 여럿은 쓸어진 셋의곁으로 조심스레 가까이 닥어든다.

비길데없이 추악한냄새가 코ㅅ구멍을 쿡찔으는 바람에 모도다 주춤거린다.

쉬파리가 윙윙거리는 우쪽을 살펴보고 그들은일제히 얼골을돌려버린다.

역시볼껏도 없이 옆구리에커다란 구멍이 뚫어지고 창자가 미죽ㅡ이 내민것은성오다.

단장은 눈앞이 앗질하여 두손으로 덥눈을 덮는다.

그는 눈을 가린채 신음에 가까운 소리로

「둘을 봐라 둘두 그렇게 됐나?」

하고는 단원들의대답을 기다린다.

단원들은 몇번이나 주저거리다가 하는수없이 규선이와 병철의 곁으로가본다.

조금도 상한데는없다.

그저 잠든듯하다.

그러나 누구하나 가까히바싹 담어들어 친히역여보는자는없다.

단장은 기다리다못해 얼골에서 손을 떼고 허둥지둥 둘의 옆으로 가더니 이슥히 드려다 보다가 갑작이 소스라치며외친다.

「숨이 있다 아직 살었다」

「예?」

여럿은 넋없이 달려든다.

단장은 한쪽손에 들었든총을 풀숲에다 그냥 동댕이치고 와락 달려들어 병철의 옷섭을 제친후 가슴을 집퍼보며 코人구멍에다가 귀를 기우려본다.

「앗 숨이 있다 이놈은살었다. 그쪽 규선이놈을 봐라어떠냐? 살었냐?」

단장의 모양으로 가슴을 제치고 만저보던 단원의입에서

「아 숨이 있읍니다」

하는 소리가 나오자 단장은 그리로 또 넋없이 달려간다.

확실히 왼쪽 가슴에서 심장의똑딱거리는것이 알린다.

「이놈두 살었다 심장이친다」

단장은 벌떡 일어나더니 어쩔줄을 몰우고 단원들의 얼골만 번갈러본다.

그러나 바른편 성오의쪽으로 시선이 돌아지자 그의얼골빛은 다시금 새파라케 질려진다.

「못생긴놈들」

단장은 보낼곳없는 울분에 두주먹을 틀어쥐고 이슥히 쓸어진 셋을 번갈아보다가 그만 긴한숨을 후유-하고 뿝고는 두눈을 조용히감어버린다.

그들이 부락으로 돌아온것은 그로부터 한시간도 못되여서였다.

그런데 그동안 부락에서는 또한가지 변사가생겼다.

그것은 다른이아니라 규선의처의 자살소동이였다.

그는남편이 탈주한후 이틀동안이나 수색망에 끼여서 산속을 헤매다가 결국은 모든것을 죄다 단념하고 뒷강 버드나무가지에 목을매고늘어졌든것이다.

만은 행이랄지 불행이랄지 마을사람의눈에 띄어서 목적은 달치못하고 그저 정신만어리처서 집으로 들려왔든것이다.

鄕愁의 노래

一

몇번을 결심하고 이를 아물며 주먹을 틀어쥐였것만 그림자와도 같이 따루는 마의 유혹은 좀체로 벗어날수가 없다.

소장은 그런것을 몰우는지 알고도 관대하게 몰우는체 하는지 명우에게는 어듸까지던지 자애로운 아버지와도 같이 너그러웠다.

그러면 그럴수록 명우의 마음은 점점 괴로워가는 것이였다.

소장은 명우에게뿐만 아니라 인규와 규선에게도 마찬가지로 관대하였다.

규선이가 탈주하다가 산속에서 긔진맥진하여 잡바저서 붓잡혀온 그날밤 소장은 그의곁에서 한밤을 뜬눈으로 새우며간호하여 주었다.

그모양을 보고 명우는 몇번이나 눈물을 흘렸는지 몰은다.

아모리 애를 써도 효를 보지못하는 자기네를 위하여 일신을 희생식혀가는 그 소장의 정경을 생각하면 참말로 가엽기가 짝이 없다.

동시에 그런것을 생각하면서도 어찌할수없는 비뚜러진 자기의 마음이 다시금 한심스러웠다.

자기는 소장에게 학교일까지 맡어보기를 약속하고 인규까지 달래여 보기로 언약했다.

그러나 자기가 그동안에 한일이란 대체 어떠한 것이었든가?

여전히 날마다를 공허하게 보내고 더구나 몇칠전 규선이가 도망을 하기전날밤에는 또 그의집에 모여서 인규와 셋이 죄까지 짓지않었든가?

그런것을 생각하면 소장의 얼골을 대하기도 마음이 저려지는것이였다.

(아아! 나는 그냥 이대로 다시금 소생하여 날수가 없는것인가? 그리고 인규와 규선이도ㅡ。)

그의 머리속에는 고향에 두고온 늙으신 어머니의 일이 다시금 떠올랐다.

(어머니! 얼마나 속을 태우십니까? 불효의 자식 때문에 어머니의 머리는 벌서 백발이 되신지가 오랏을것입니다 마아! 어머니! 그리운 어머니!)

참을수없는 설음에 눈물은 씻어도 씻어도 두볼을 적신다.

밖에서 갑작이 인규의 목소리가 들려온다.

「명우 있나?」

명우는 흘으는 눈물을 닦으려고도 않고 그냥 흘으는대로 내버려 두었다.

「명우, 뭘하는가?」

인규는 재차 불우며 방문을 제차고 안에 들어선다.

명우는 눈물어린 눈으로 조용히 처다보았다.

인규는 그모양을 한동안이나 나려다 보다가 나직히 한숨지으며 명우의 옆에 힘없이 않는다.

「또 옛날이 치미는가?」

몹시 지친듯한 음성이다.

그래도 명우는 대답이 없이 창문만 내다보고 있다.

이슥후 인규는 그도 창문으로 시선을 보내며 힘없이 입을 연다.

「나는 군에게 할말이 있네……

달은게 아니라 군은 어떻게 해서던지이길루 다시 찾어들어야 하네.」

갑작이 명우는 발작이나 일으킨듯 인규의 손목을 틀어잡는다.

「인규, 그렇다. 나는 옛길루 다시 찾어들구 싶다. 내 인생도 인생이려니와 고향에 두고온 늙은 어머니가 불상하여 편할수가 없다. 나는 밤마다 어머니의 꿈을 본다. 조용한 구석에 가서는 혼자서 흐늣겨 우시는 어머니의 그모양을 밤마다 꿈에 본다

어머니! 어머니、 얼마나 불상한 어머니냐? 이 하나밖에 없는 불효막심한 자식때문에 일생을 울고 지나시는 어머니다.」

인규는 명우의 얼골을 조용히 마주보며 금시에 울뜻한 어조로 말하다.

「너는 어머니를 갖었으니 참말로 행복한 자다. 나는 나자마자 남의손에서 고달푸게 지나온 놈이다. 단 한번만이라도 어머니의 얼골을 보구 어머니라구 불러보았으면 한이없을것같다. 그 어머니를 위해서라두 너는 옛길루다시 도라가야 간다. 그러나 더구나 너는 순녀두 생각해야 한다.」

「응? 순녀?」

명우는 뜻밖이란듯이 놀라며 반문한다.

「응、 순녀다. 순녀를 위해서라두 네몸을 살리고 네 인생을 도루 찾어야한다.」

「순녀와 나와 무슨 상관이란 말이냐」

「본심을 속히지말구 솔직하게 말해라. 너는 순녀를 사랑하구 있다. 그러구 순녀

두 너를 은근히 사랑하구 있는줄을 나는 잘안다。 그는 너의 그늘진인생에게 있어서 태양이될것이다。 너는 너의 그늘진 인생에게 태양을 빛이게 하자면 순녀를 붓잡어야 한다。 그와 결혼을 해야 한다。 그리하야 너의 어두운 앞결에 횃불을 삼어야 한다。 그렇찮으냐? 네 본심대루 솔직하게 말해 봐라」

명우는 대답을 못하고 고개를 숙으린후 인규의 말을 곰곰히 되씹어보았다。

二

인규의 말을 듯고보니 명우는 갑작이 순녀의 생각이 못견듸게끔 머리속을 파고 드는것을 어찌할수가 없다。

금시에 모진바람에 휩쓸려 떠러저갈것같은 그 애련한 양자가 눈앞을 자꾸 어즈럽힌다。

이슬을 먹음은듯한 두눈 그무엇을 하소하려면서도 종시 열릴줄 몰우는 순진한 입술、 청초한 수양버들가지같은 날씬한 몸매。

그는 지나간 그날밤의 그 모양을 다시금 그려보고 두눈을 조용히 감었다。

만은 두눈을 감고 곰곰히 생각하니 자기의 생각은 다시금 어리석은것같었다。

다 썩어빠진 놈에게 너머도 지나친 욕심이 아니냐?

자기는 늙을대로 늙은 놈이다。

그러나 순녀는 아직 늙지도않은 꽃봉오리다。

(안된다。 절대로 안된다)

명우는 어리석은 망상이라고 고개까지 내저으며 자기의 생각을 부정했다。

그러한 속도 몰우고 인규는 다시금 입을연다。

「나두 몇번을 그길루 다시 들어보러구 생각을 비수어 본때가 있다。

그러나 좀체로 휘여잡을수가 없는것이 제마음이다。」

하고 그는 한참동안이나 창문을 바라보며 생각다가 갑작이 옆채기를 뒤지더니 조고마한 일긔책을 꺼내놓는다。

「틈이 있거들랑 이것을 읽어봐라。 몇해만에 처음으로 일긔라고 생각나는대로 적어봤다」

명우는 일긔책을 이슥히 나려다보다가 조용히 집어든다。

인규는 담배를 꺼내 붓처물고 슬며시 한쪽팔을 들어눕는다。

명우는 되는대로 아모데나 펼친다。

×月×日 일즉이 나는 나의 어린것들을 위하야 일신을바치려고 한때가 있었다.

그때문에 나는 ××중학교에서 오라은것을 그냥 뿌리치고 ××소학교에서 사년이란 시일을 어린 그녀석들과 지나지않었느냐? 때로 그까―안 눈들이―진주알같은 눈들이 꿈속에서 어른거릴때 나는 얼마나 고달푸게 지났든가? 그속에는 어머니가 없는놈도있다 아버지가 없는놈도있다。

그리고 아버지 어머니가 다―없는놈도 있다 나는 그불상한 녀석들의 아버지와 어머니가되어가지고 암담한그앞길에 하늘에 태양은 되지못할시언정 침침한 그음밤 봔듸불같은 별쯤은 되어보리라고 결심했다。

그녀석들에게 아르켜주고 배우는것이 문제가 아니라고 무엇보다도 굼주린정서(情緒)의 숨결을 부어넣어주는것이 문제였다 연필도 없어서 시험시간에 손까락을 빨며 울던 복동이란 놈은 어듸로갔으며 한겨울 추운때에 게모의 밑에서 내북도 없이 발발 떨고서 기던 영호란놈은 어떻게 되었을까 모도다 그리운 얼골들이다。

그뿐이냐? 봄이면 봄이라고 가을이면 가을이라고 일년에도 게절을 따라 四시로 변하는 전설의 노들장

영동포 푸른언덕은 내어린 숨결을붓도다 준곳이고 북악의 드높은 봉오리는 내 청춘의 정열을 붓도다 준곳이다 달도없는 침침한 그음밤 북극성을 찾어가며 내 인생의 항로(航路)를 점칠때 좁은내가슴에 안기는 넓은 하늘을 나는 내히망의 노래로 얼마나 다듬어주었는가?

다음은 영어로 난잡하게 갈겨쓰고 그 누구의것인지 시구(詩句)도 적혀있다 그러나 그 다음날의 일기는 암담한 글짜로 써혀있다。

×월×일 규선의집에가서 아편을먹었다。

덕분에 오늘은 진종일 조화된 내세계를 차질수가있었다。

순화된 정서와 침전된안일―그것은 우주창조이전의 무한대의 공간이다。

거기에는 명일도 없고 지내간 어제ㅅ날도없다。

더구나 기쁨과 슬픔이란 있을리없다 그러나 그 혼돈세계의 지속(持續)이란 너머도쩌른것이 아인가? 좀더 기러졌으면 참다못해 한 밤중인데도 또 규선를 차저갔다。 만은헛거름을 하고 도라왔다 초조한 오뇌의 밤이여! 너는악마의밤이다)

명우는 보다가못해 슬며시 접어놓고 나직히 한숨을 지었다。

三

바로 이때다.

다음 방문이 열리더니 생끗 웃으며 들어서는것은 금옥이다.

명우는 힐끗 처다만 볼뿐 아모런 표정도 가지지 안한다.

만은 인규는 반가히 마주 웃으며 한쪽에 비켜서 일어나 앉는다.

「아주머니 안녕하십니까?」

「아주머니는 무슨 됐다 달란 아주머니란 말예요? 금옥이란 버젓한 일홈이 있는데」 금옥이는 핀잔을주면서도 우슴은 걷우지 안는다.

「미안합니다. 그럼 금옥씨」

「네?」

인규는 불러는 놓았으나 할말은 없다.

멋없이 한동안이나 처다보다가

「실례합니다」

하고 벌씬 웃는다.

「호호호……남을 불러놓구는 그저 실례란 말뿐예요?」

「죄송합니다」

인규는 뒷머리를 붓잡으며 고개까지 숙으려 보인다.

「호호호……」

금옥이는 다시 웃고나서

「일기를 가저 오셨군요 저두 전번에 봤지요」

하고 슬쩍 인규의 눈치를 엿본다.

「네? 언제 봤어요?」

「용서하세요. 저번날 볼일이 있어서 댁에 갔다가 몰래 훔처봤지요」

「안됐는데요」

「죄송합니다」

금옥이는 고개까지 숙여보이며 사과한다.

인규는 하는수없다는듯이 빙그으시 웃으며

「특히 용서합니다. 다시 보면 안됩니다」

하고 명우를 건너다 본다.

명우는 싱그으시 웃고만 있다.

금옥이는 입술을 뾰류퉁하니 옴추린며

「왜요? 왜 안돼요? 얼마던지 훔처볼테애요」

하고 항의하듯 그러나 웃으며 말한다.

「불온한데요」

「불온해두 좋와요。 얼마던지 볼테에요」

「그럼 맘대루 하시구려」

금옥이는 명우의 얼골을 흘금 본다음

「참 규선씨네는 언제 가십니까」

하고 누구에게랄껏없이 뭇는다.

「모루지요。」

하고 대답하는것은 인규다.

금옥이는 한참동안 무릎을 나려다보며 무슨생각에서 잠겼다가

「그이들이 갈때 나두 갈까해요」

하고 실음없이 말한다.

「간다니요? 구류소류 가신단 말슴입니까?」

하고 명우는 의아스런 빛으로 뭇는다.

금옥이는 힘없이 고개를 죄우로 내젔는다.

「그럼 어듸루 가신단 말슴입니까?」

「고향으로 가게서요」

「네 고향으류?」

하고 이번에는 인규가 놀라며 뭇는다.

「고향으루 가겠어요。 고향에 가서 오랫동안 지친몸을 편히 쉬우면서 앞길을 좀 생각해 보겠어요」

이때까지 보지못하든 진지한 태도다.

명우와 인규는 고개를 숙이고 무엇인지 생각하고 있다.

금옥이는 이슥한후 다시 입을연다.

「너머 주제넘은 말슴입니다만 두분두 인젠 좀 앞길을 생각하시길 바랍니다」

인규는 긴한숨을 쉰다음

「그럼 득수와는 영 갈닙니까?」

「그사람과는 한집에 있었달뿐이지 벌서 남이 된지가 오랍니다」

「그렇지만 인제 득수가 또 나오면 어떻게 합니까?」

「나오면 나왔지 무슨 상관입니까? 그사람은 나오지도 못할 사람이지만 또 나온 댔자오래 있을 사람이 아닙니다. 나오는 날로 또 탈주할 사람입니다. 소장님두 딱 하시지 그런 사람을 뭘하게 붓잡어 두시는지? 그런 사람은 아무 희망두 없는데 애초에 이쪽에서 쫓아버려야 합니다 그냥 놔두면 무슨일이던지 또 저질러놀 사람입니다」

하고 금옥이는 조용히 한숨을 짓는다.

四

갑작이 마당밖에서 떠드는 소리가 나기에 문을 열고 내다보니 부락 아이들이 보도소로 글배우러 간다가 떠들며 뛰여가고 있다.

명우는 그들의 뒷모양을 하염없이 바라보다가 문득 소장의 부탁을 생각고 인규의 쪽으로 돌아앉는다.

「오늘 보도소에서 아이들은 모아놓고 조사들 한다든데」

「무슨 조사를?」

「글을 아는놈과 몰으는놈을 조사해서 학년편성을 한 대」

인규는 입을 움으러 버리고 창문쪽으로 외면해 버린다.

명우는 그의 얼골을 한동안 바라보다가 갑작이 힘찬 어조로 말을 한다.

「여보게 인규 내말을 곡해를 말고 들어주게」

「또 설교냐!」

「아니다. 진정이다.」

「인규 한사람의 소생이란 것은 그한사람의 소생에만 끄치는것이 아니다.」

한사람의 소생은 국가적으로 보아도 그렇구 사회적으로 보아도 그렇구 결코일개인의 소생뿐만아니라 연애라는것은 개인과 개인의 문제다.

나는너두 아다시피 일즉이 한여자때문에 타락의구덩에 떠러진일이있다.

생각하면 얼마나 어리석구 부끄러운 일이냐? 더구나 우리는 지식인이다 국가나 사회는 우리들을 얼마나 아가워하는지 나보다 네편이 오히려 잘알고있을것이 아니냐? 웨과죄에만 사로잡혀서 암담하게지나자는것이냐?」

명우 눌물까지 흘리며 인규의 어깨에 다정스레 손을얹는다.

「너와 나와 규선이는 똑같이 지식인이구 이상을 품고매진하든자다.

다른 부락의 중독자와는 달르다」

인규는 잠자코대답이없다.

「여보게 저어린것들을 위해서라도 우리는 과거를청산해야하네 그부모나 형들의 타락으로하여 참담하게 지나온 저아이들을 볼때 자네는 어떻게생각하는가? 보잘것 없는 과죄에 사로잡혀서 저불상한어린것들을 돌보지안는다는것은 얼마나 죄스러운 일인가? 이것은 결코 자네에게 대한 나의 설교가아니라 나두 어즈러운과거를 가진 것만큼 자기비판이네」

하고 꾸연히 긴한숨을 뽑는다.

인규는 여전히 입을굳게 담을고 창문만 응시한다.

그러다가 오랜 연후에야 그는 갑작이 흥분된 어조로 말을 꺼낸다.

「명우、 너는 인젠 아주 속물이 됐쿠나 세속말루 다시 말하면 개과를 했단말이지」

「인규、 그렇게 다비뚜루 나갈것이 아니다」

「아니다。 비뚜루나가는 것이 아니다。 나는 바른대루 나의 철학을 론한다。」

일체를 망각한 나에게는 지위도명예도 지식도아모런 욕망도없다.

그저 혼돈된 세계에침전되려는 그 용망밖에는없다.

즉 균등(均等)으로 지속되는 만성의 쾌락에서 얻는무상의질서와 조화를 바라는 그것밖에는 없다.

얼마나 순화(純化)된 최대한의 정신적자애(精神的慈愛)가있다 영원의 정서(情緖)가있다.

그리고 근원적으로 환원(還元)된 인산의 본성이있고 고난(苦難)에서의 해탈(解脫)이 있다.

한포 먹으면 안윽히 숨여드는 신비의 아지랑이 세상을 준들 바꿀수가있느냐?

그러한 신비의 경역을모르고 이러니 저러니하고 시비하는 속세(俗世)의 추잡물들을생각할때 나는새삼스레 이를부드득 갈지않을수가 없다」

명우는 다시 더 두말을 못하고 금옥이와 인규를 남겨논채 자리를 일어 밖으로 나왔다.

빛과 어둠

一

한번 떨리기 시작한 녹쓸었던 마음의금선은 날이가면 갈수록 점점 잊었든 옛날의노래를 그리게 되는것이었고 향수(鄕愁)의보표(譜表)만 찾어내려고 하는것이었다。

그것은 한번 놓지면 다시는 영구히 붓잡을수가없는 것인가?

잔인스레도 첨부된 청춘의 상장(喪章)!

그것은 영원히 찢을수없는 운명의상장인가!

장구한 시일을 어둠의내락(奈落)에침전되었던 명우는 순녀의 존재로 말미암아 몇날을 진정을 못하고 고민했다。

다시금 울려는 마음의 금선!

인규는 말과같이 사실 자기의 마음의 금선에는 아직도 녹쓸지않은 부분이 남어 있었든가?

그는 몇 번이나 부질없는 어리석은 꿈으로 돌려버리려고 제마음을 비웃고 마 막에는 증오까지 늣겼다。

그러나 얼마 못가서 그는 이내 결국그 렇게 비웃고증오를 느끼는것이 도리혀 얼마나 어리석은 일이고 타기할 일인가를 깨닷게 되었다。

그래 그는 나종에는 순동이네 남매간의 친절과 호의에대하야 조곰도 괴롬을느끼지 않게되었고 한편으로는 은근히 그어떤 희망과기대까지 지니게되였다。

그러한 어느날 그는보도소소장의 호출을받게되였다。

이전 버릇으로 소장의호출을받고 명우는 속으로 곰곰히 생각해 보았으나 자기의 지은 죄라고는 며칠전밭머리에서 규선이네집서아편을 먹은 그것밖에는없다。

허지만 규선의 입에서 그 비밀이 탄로가 됐을리는절대로 없다。

그렇다면 무슨일로 불으는것일까?

아모리 생각해도 까닭을 알수가없다。

(엑 될때로 돼라)

생각다못해 그는 하여턴 가보기로 작정하고 집을나섰는데 저쪽에서 헐떡어리며 마주오는것은 순동이다。

그는 명우의 앞에 다닷자 대뜸

「보도소로 가시우?」

하고는 무슨까닭이 있는 듯이 벙긋 웃는다。

「응 소장이 오라구 해서간다」

명우는 내켜 지 않는 어조로 대답하고는 순동이의 웃는얼골을 수상스레 드려다 보았다。

「무슨일로 불은답듸까?」

「내가 아니?」

「왜 불리는 이가 몰라요?」

「무슨일로 불으는지 남의속을 어떠게아니?」

「그런것두 몰라요? 난벌서 다 알구있는데」

다하고 연신 벙글거리며 웃움을 걷우지못하는 순동의 그모양은 아모리 보아도 수상스럽다.

「알면 좀 대주렴」

「그저 함부루 막 대줘요?」

「그럼 어떻게 해야 되니?」

「방법이 있죠」

「무슨 방법이?」

「대주면 한턱 낼테우?」

「한턱?」

「그럼요 남에게서 신세를 지면 그만한 갚음이 있어야죠」

「야 이녀석 오달지구나 그래 한턱 내지」

명우는 어처구니가 없어 웃어버리며 그래도 순동의입만 주시한다.

「무얼 낼테우?」

「아무거나 네요구대로」

「정말?」

「정말아니구 애들보구 거짓말하겠냐」

「애들이라니요?」

「그럼 아직장가두 못간놈이 애들이 아니구 어룬이란 말이냐?」

「무슨 소리 형님은 총각이아니우」

「이녀석아 난 총각이래두 늙은총각이돼서 어룬축에든다」

명우는 속히알고 싶으면서도 순동의 농담에끌려서 하는수없이 잔말을 짓거리는 것이었다.

二

순동이는 명우의 얼골을 벙글거리며 한동안이나 처다보다가 「흥」하고 코우숨 치더니 한거름 슬쩍물러서며

「총각이면 늙어두 총각이지 상투 쟁인가? 쥐면큰쥐두 쥐구 색기쥐두쥐지 하이칼라머리를하문 그저어른이되는줄 아는가봐」

「엑기녀석 말버릇고약하다」

「하하하……총각 어른께죄송합니다」

「이녀석아 잔수작좀그만 부리구 하자던말이나얼는하렴」

「하지요 그대신 턱을이 즈문안되요」

「글세안이즈마 뭐가요구냐?」

순동이는 잠시생각하는 양을하더니 갑작이 정색으로 돌아지며

「저형님 고향본댁에서 왔어요」

「머?」

명우는 깜짝놀라며 한참동안이나 입을담을지못하고 순동의얼골만 마주본다.

그러다가 그는겨우 입술을 놀리며 마치무서운것이나 묻는것처럼 조심스레 말을 꺼낸다.

「오다니?누가……누가 왔단말이냐?」

「편지왔단말애요」

순동이는 웃지도않고 시침이까지 뚝 따고말한다.

명우는 너머나 어처구니가없어서 선자리에서 움직일줄을모른다.

그러나 순동이는 극히 평범한양으로

「턱을만주문안돼요」

하고는 보도소쪽으로 뚜벅 뚜벅 체조격으로 걸어간다.

명우는 그뒷모양을 한동안이나 머엉하니 바라보다가

「망할녀석」

하고는 자기도 그쪽으로 발길을옴겨놓았다.

그러나 머리속은 매우 불안스러워난다.

고향서 편지가왔다면 무슨편지가왔으며 누구에게서 왔을까?

언뜻 머리속에 떠올우는 것은 어머니의얼골이다.

다음에는 백부 사촌형 사촌누의동생들이 차례차례로 떠올우고 어려서 소학교에 당길때 극친하게 생각해주던 단님선생의 얼골도 떠올은다.

모도다 안타깝게 그리워지는 얼골들이다 그러나 그와동시에 비길떼없는 괴롬을 일으켜주는 무서운 챗직과도같은 얼골이기도 하다.

그럼으로 보도소장의 앞으로 걸어들어가는 그의다리는 가느다라게 떨리기까지

한다。

그는 새파랗게 질린얼골로 소장의얼골만 주시했다。

소장은 자애로운 우슴을 만면에 띄우고 부두러히바라보면서

「명우ㄴ가?」하고 조용히 입을연다。

그러나명우는 대리석을 까라세운듯 빳빳히선채 대답을 못했다。

「명철이라구 누군가?」

명우는 한동안이나 지나서야 겨우 입을 열었다。

「사촌형입니다」

「아 그러쿤 자네 백부께선 준자(俊字)식자(植字)를 쓰시던가?」

「에」

「어머니께선 지금두 큰댁에 게시겠지」

명우는 고개를 푹 숙였다。

「어머니의 년세는 금년얼마나 높으신가」

명우는 입술이 째저질지경 악물고 여전말을못했다。

「환갑은 아직 지나시지않었겠지?」

소장의 질문 집요하게 계속된다。

명우는 참다못해 고개를 번쩍 처들었다。

「소장님 웨그런말슴을 자꾸 무루십니까? 그런 말슴은 제발 뭇지말어주십시오」

소장은 조용히 바라보다가 자못 측은해하는늣 나직히 한숨을짓고 나서

「잘못했네 다시는안물을테니 과히 섭섭해 하지말게」

한다음 책상설합을 당기더니 편지한장을 꺼내놓는다。

「사촌형님께서 편지가왔네 나한테는 자네 백부님께서 왔지만 위선 자네편지부
텀 먼저 읽어보게 여기 규정대루 먼저 검열한 다음에 내주겠지만 자네안테루 온거
니까 그냥내줘두 괜찮겠지 거기걸상을 갔다놓구 앉아서 천천히 읽어보게나」

三

명우는 오랫동안 탁상우에 노힌 편지를 응시하다가 마침내 떨리는 손을내밀었다。

눈에 익은 사촌형의 정다운필적이다。

무슨말을 써넣었는지 우표는 八전이나 붙어있다。

명우는 몇번이나 주전거리려 망서리다가 그만 큰맘으로 부욱 봉을 찌젔다。

(그리운 동생아!)

이 첫머리에서 벌서 명우의 목구녁은 꺽 막혀졌다.

(오늘은 八월××일−음력으로는 七월××일。

긔억하고 있느냐?

내 가장 사랑하는 아우명우야!

너의 생일날−어렸을적엔 알락달락한 때때옷에 얼씨구 조하라 춤추며 네모진 큰 상에 넘처나도록 차려논 온갖맛난 음식도맛없다 투정질하며 이웃집머슴애들과 개울로 물장구이러 가던날−그러나 지금은 진종일 아주머님 눈물이 긋치실줄 몰우는 날이다)

여기까지 나려읽다가 명우는 그만 편지우에 얼골을 파무더 버렸다.

그모양을 보고 소장은 슬며어시 자리를 일어 밖으로 나간다。

막혓던 봇물 터지듯 왈칵 쏘다진 눈물은 한동안이 지나도 머즐줄을몰은다。

그는 마지막에는 흑흑 소리까지 내여 늣겼다。

그러다가 그는 그냥 얼기면서 편지에서 얼골을떼고 다시 들여다 보았다。

(수천리 타국 낫선 곳에서 남달리 고난을 격는 너도 오늘만은 불상한 어머님의 생각과 그리운 고향생각에 울리라 지금 아주머님께서는 네가 처음으로 입선(入選)의 영을 어덧을때의 그그림을 벽에서 나려놓으시고 불러도 대답 없는네일음을 몇 번이고 조요히 입속으로 불루시다가못해 그만 보시던 그림을 와락 끌어않으시고 소리를 죽여늣기시며 우시는중이다。

엽방에서 그모양을 엿보며 너에게보내는 이편지를 쓰고있는 나에겐들 어찌 눈물이없을소냐? 그리운 아우야!

벌서 몇십번이나 되푸리하여 섯는지는모르겠다만 나는결코 너를 원망치도않고 미워도 안는다。 그것은 이형의마음을 누구보다도 잘알고있는네가 오히려 더잘 알 것이 아니냐?

나는 조곰도 너를 비난하지는 않는다 그러키때문에 뜻대로 안되는 야속한 세상에대한 원망과 저주는 더욱 더깊어가는것이다。 네 모든것을 잘알고 진정으로 슬퍼하는 나로서 어떻게 너를원망하며 미워한단말이냐?

그것은 벌서 우리둘사이에는 나기전분터 굳게약속된 숙명일는지 몰은다。

그럼으로 나는 그몇해전이든가!

지금은 기억조차 아수름해진 우리들의 경성역홈에서 리별하던때의 그때일을− 생각하고는 언제나 비분의 눈물을 금하지못하는것이다。

그리고 또내마음이 너를그러 적말할때에는 나는언제나 너와둘이 오붓하니 들어누어서는 머얼니 창공을 바라보며 미래를 꿈꾸던 그뒤산 언덕을 찾어가서는 다시 못올 옛기억을 쌥어가며 세상의허무와 인생의 무상을슬퍼 울게되는것이다。

아우야! 그리운 나의명우야!

너는 내동생이고 내인생의 전 히망이 아니었드냐 조곰도 미워도 안하고 원망도 안한다

그렇지만 사랑하는 아우야!

그러한 형이있만 내 불상한 아주머님의 그 눈물을볼때면—

네가 옛날과같이 다시제길로 돌아저서 참다운 인간으로서의 그꿈을 지니지 않는 한 절대로 만나보시지 않으시겠다는 그 아주머님께서 우리들의눈만 없으면 언제던 으슥한 구석을 차저가서는 혼자서 소리없이 눈물지으시는 그모양을 조곰이라도 아우야 네가 상상하여 본다면—)

명우는 이 이상 더볼수가없었다。

그는 보던 편지에 다시금 얼골을 무더버렸다。

四

그날밤 소장은 간단하나마 상을 차려놓고 명우를 청한다음 순동이까지 불렀다。

명우는 四촌형의 편지에서 흥분된 머리속이 아직도 식지않은 닷으로 소장의권히는 술을 그저 되는대로 마시였다。

소장은 자못 만족하듯 뻘겋게 상기된 얼골에서 웃음을 걷우지 못한다。

「뒤늦게 새는 생일맛이 어떤가?」

명우는 자꾸 울고싶어저서 견듸기가 어려웠다。

소장은 명우의일을 죄다 엿보고 또한잔 주욱 마신다음 잔을 넘긴다。

「그런데 난 명우군안테 할말이 좀 있는데 들어줄런지?」

명우는 들었든 술잔을 도로 나려놓고 빠안이 소장의 얼골을 건너다 본다。

「꼭 해야만 될말인데」

「무슨 말슴인데요?」

「꼭 세가지 청이 있는데 드러줄랴나?」

「제힘으로서 들어 헐만한 일이라면 들어들이지요」

「그야 헐수있는 일이지。 아니 군이 아니면 못할 일이지」

「그러시다면 드러들이지요. 무슨 말슴이십니까?」

「그런데 먼저 한마듸 물은다음에 꺼내야 할텐데 그것부터 묻키는 뭇지. 노하거나 오해해서는 안되네」

「천만에 말슴입니다」

「그럼 뭇겠네. 에ㅡ군은 처음 어째서 아편을 붓치게 됐는지 그것부터 말해 줄수가 없는가?」

가장 아푼 상처를 다친 명우는 대번에 얼골빛이 흐려든다.

「이런것을 묻는건 대단 안된일이지만 좀 특별히 너그러운 맘으루 들려주게나」

그러나 명우는 숨소리가 괴롭게 되여저가며 외면한 고개를 바로 돌리지못한다.

「령사관서 넘어온 서류에는 그저 간단하게 첫사랑에 실패하구 만주와서 돈을 벌라다가」

「소장님, 그건만은……그것만은 묻지말어 주십시요. 다른것은 다 물으서두 그것만은 묻지말어 주십시오」

소장은 한참동안이나 건너다 보다가

「그러지. 자네청대로 취소하겠네」

하고 어색하게 되어버린 좌석을 이내 뇌락한 웃음으로 가다듬어 놓은후

「그럼 세가지 청으로 들어가지. 첫재ㅡ인젠 규선이네의 피로두 회복된듯 해서 내일아침이면 구류소로 보낼까 하는데、 그런데 난 첨부터 그렇게 봤지만 군과 규선이와 인규만은 달리 봐왔네. 다행히 내눈이 틀리지않아서 군에게선 애써온 보람을 느꼈지만 아직 규선이와 인규만은 잘 넘어가지 않는단 말야. 그래 생각다못해 군의 공작을 좀 빌어볼까하는데 어떻게 묘한 방책이 없을까?」

소장의 그소리에 명우는 그러지않아도붉어진 얼골을 더한칭 붉혔다.

그는 오랫동안 고개를 처들지못했다.

그러다가 겨우 굳어진 입술을 놀려서자기의 죄상을 고백했다.

「소장님 대할 낯이 없습니다. 전 아직두 죄인입니다. 요 얼마전에두 규선이와 인규와 셋이서 죄를 지었습니다」

그러나 소장의눈은 여전히 부드럽게 웃고 있다.

「과거는 문제가 아닐세. 이제부터 결심하고 다시는 절대 갓가히 하지않으면 되는것이 아닌가?」

명우는 소장의 얼골에서 응결된 시선을 떼지못했다.

소장은 다시금 다음을 이어간다.

「나는 이 부락민의 과거를 둘처내려온 사람은 아닐세、나는 그들의 장래에다가 나의 전 희망을 걸처온 사람일세。그러기땜에 난 군이 바루요 한시간전에 죄를 지었대두 그걸가지고 문제를 삼으려군 안하네。요는 인제부터 개심을 하는가 안하는가하는 그것일세。그럼 난 군의 앞날을 굳게 믿는 사람이네。

어떤가? 내말이 틀리는가? 틀리면틀리다가 기탄없이 말하게」

명우는 자꾸만 가슴속에서 돌맹이같은 것이 치밀어올라 대답할수가 없었다.

「그런 점으로 보아서 규선이와 인규의부탁을 군한테 하는거니까 오늘밤에라두 위선 규선이부터 찾어가서 최선을 다해주기를 나는 간청하네」

「네 가보지요。꼭 가보지요。」

명우는 거의 무의식중에 입술을 놀렸다.

五

「다음 둘째는 에-좀 말하기가 거북하지만 에-」

하고 소장은 웬일인지 주저거리며 말을꺼내지못하다가 명우의 옆에 앉어 동정만 살피는 순동의 얼골을 홀금 돌아다본후

「다른 것이 아니라 나안테 양딸자식이 하나 있는데 인젠、나이두 차구 해서 적당한 사람이 있으면 떠맛길려고 하던 중안데 에-」

하고 소장은 또 중단한다.

명우는 웬일진지 가슴속이 울렁거려짐을 느끼고 얼골을 숙였다.

소장은 술기운을 빌어 용긔를 내려는 듯이 앞에 놓인 술잔에다가 그득 술을따라 마신후

「여보게、명우 보잘것없는 딸자식이지만은 자네를 믿네。어쩔텐가? 내 사우가 되어 줄라나?」

하고 명우의 대답을 기다린다.

그러나 명우는 대답을 고사하고 어떻게 자세를 갖었으면 될찌를 몰랐다.

「양딸이라니 어째 거짓말같이 생각되는가? 그럼 이름을 대줄까?

달은이가 아니라 자네옆에 지금 앉어있는 순동의 여동생 말일세」

「네?」

명우는 제귀를 의심하며 소장의 얼골을 뚜러저라고 바라본다.

「순동의 여동생을 몰루는가? 그 순녀를。오늘부터 내가 자청해서 자네를 내 양

사우로 삼으려는데 어떤가? 의의가있는가? 있으면 있다구 이 자리에서 씨언스레 말해야 되네」

소장은 술기운때문에 점점 수다스럽게 되어저가며 마지막에는 술상까지 옆으로 밀어놓고 명우의 앞으로 다거앉는다.

그러나 상대편을 바라보는 그의 눈에는 말할수없는 진정이 서려있다.

「다음 셋째는-이건두번째의 문제에 관련된것인데 다른게 아니라. 첫째조건에 대해서 군이 승낙만 한다면、난 내일 전보를 처서라두 군의 어머님을오시두룩 하겠네. 군의 백부님편지에 어머님께선 군의 개심을 보시지않고는 도라가시는 한이 있더라두 절대 안맛나-보신다구 하신다는데、인제 군이 내 사우가 된다면 나 장담쿠 전보를 치겠네」

명우는 조용히 두눈을 감었다.

무에라고 어떻게 소장의말을 부인하여보앗다.

(아니다 취담이다 소장은 지금취담을 외이고 있다)

그러나 그는 이내 자기자신이 도리혀 취담을외이고 있는것을깨달엇다.

지금 자기의옆에는 순동이가 앉어서 소장의―언―구를 죄다 듣고 있지않는가

만약에 소장의말이 취담이고 객적은 농담이라면 순동이가 그저 잠자코 앉아있을 리는 없는것이아닌가? 틀림없이 순동의청이다.

순동의 청을들어서 소장은대신 말한것이다.

자기자신이 직접 말하기는 면구스러워서 소장을내세운 그 갸륵한 심사를 생각하니 명우는 눈물까지 솟구친다.

소장은 명우의 대답을 기다리다못해

「어째 의의가 있는가? 의의가 있으면 있다구 해야지가만있으면 어떠커는가?」

하고 조급하게 재촉한다.

명우는 감던때와같이 조용히눈을 떳다.

그러고는 무엇이 되던지 간에말을 하려고했다.

그러나말은 그만나이에 어째부끄러운가 정그렇게 대답하기가 거북하다면 내일 아침 편지루라두 대답하게나」

소장의 이말에 명우는그만 결심한듯고개를 번쩍처든다.

「아닙니다 예서 말하지요……」

소장님 미안합니다만 저의 어머니한테 전보를처주십시요」

「웅? 정말인가?」

소장은 너머나 반가움에 어쩔쭐을몰으고 얼골가죽만씰룩어린다.

六

×

그 이튼날새벽

부락에서는 또일제검색이 일어났다 그 결과 그물에 걸려든자는 여섯명이나되는데 거진 중독자들이었다.

판에 박은듯한 단장의취조와 보도소소장의 훈화가있은다음 그들은 미리부터 작정되어있든 규선이병철이네와함께 ×××구류소로료양을 가게되였다.

명우는 밤새도록 흥분되여 잠들지못하다가 새벽에야 겨우어렴푸시 엿튼 잠에들었다.

만은 얼마못가서 그무슨 꿈때문에 놀라깬다음 그는 문득 지난밤의 소장의말을 생각하고 규선이를찾어갔다.

무슨말을 어떻게꾸며서 할까를궁리하며 마당에 들어서는데 집안에서는 벌써 깨어난듯 규선의 말소리가 들려나온다.

명우는 문앞에 머저서서 한동안 귀를기우렸다.

「이런말을하는것은 결코 당신을 미워서하는 것은아니오 그점을 잘 리해한다면 구지나같은 놈에게 매달려서 고생을하진 않으리라고 생각하오」

규선의말은 틀림없이 그의안해를보고 하는말이다.

명우는 전신에신경을 모조리긴장식혀서 귀를 기우렸다.

규선의 처의말소리는 한마듸도없다.

「나두 당신이 고생한건 잘알구있소 시집을와서 처음엔 내나이가어려서 철이들지않었기때문에 속을썼구 다음엔내가 되지두못하게시리 지랄을부리는바람에 속을썼구 또지금에와선 꼬락서니가요모양이 됐기때문에 자살까지하려구한 당신의 그속을난 잘 알고 있소

그러기때문에 난 이번에두 요 며칠동안 어떻게 좀 바른길루 들어서 볼까구 골돌히 생각해 봤소만 여보오 난 아무리해두 제길루 바루 들어설수는 없소」

갑작이 규선의처의 흑흑느끼는 소리가 들려나온다.

명우는 조용히문을 열었다.

규선이와 그의처는 깜짝 놀라며 내다본다.

그러나 명우인줄알고 규선이는 이내제대로 평범하게 돌아지며

「명우ㄴ가? 어서 들어오게」

하고는 어색한웃음을 서글푸게 지어보인다.

명우는 잠자코 들어가서 규선의앞에 조용히앉었다.

명우의 무거운침묵에 규선이는 한동안 말없이 그의동정만 살피다가

「명우난지금 안해에게 내심중을 고백하던 중일세」

하고 싱기으시 웃는다.

그러나 그것은 말할수없이 슬푼우슴이다.

명우는 나직히 한숨을쉬고나서

「박게서다들었네」

하고 규선의처의 쪽으로시선을 돌렸다.

규선의처는 숙으린고개를 처들지못하고 그저 느낀다.

「그런가? 그렇다면 더긴말을 외이지는않겠네 자네두 아다십피 난 이번에가면 반년이 될릴찌 ―년이될릴찌 모를텐데 한가지딱한것이 있단말일세」

「뭐가딱하단말인가?」

규선이는 다시금 어색한 웃음을 서글푸게 웃고나서

「달은것이아니라 안해의 문제가딱할세」

「그야 딱하겠지만 그러나 자네가더심하지 나와서금후의 코―스만바루잡으면 쉽사리해결될 문제가 아닌가」

「머? 뭐심?」

열번을 넘어졌어두 열한번째 우리의 의긔만있다면 얼마던지 솟아날수가있다고 생각하네 그러찮은가? 규선이자네는 아직얼마던지 살아날수가있는것이라고 나는 굳게믿네

규선이는 흥분되여 불으짖듯 말하는 명우의모양을 일종의 가엽서하는듯한 표정을띄고 물끄럼이 바라보다가 천천히 담배를부처물며

「그건 아직 덜떠어진―다시말하자면 맨밋구렁텅에 떠러저못본자의말이네 그럼 자네는 지옥의문어구에만 가봤지 안에는채들어가못본자라구 말할수가있네」

명우는 아모말도못하고 창문쪽으로 고개를돌려버렸다.

규선이는 두눈을꼬옥감고 한동안이나 잠자코 있다가 그대루눈을감은채 한숨에 석거탄식하듯 말한다.

「과거의꿈을 그린다는것 그얼마나 아름다운것인가? 딴약에나안테서 그것마저 빼앗어버린다면 난 벌서내손으로 이헛깎대기만남은 송장을 처치해버린지두 오랬겠지 그러니까 명우 자네두 내안해모양으로 부질없는 충고는 일체말어주게 간절히부탁하네」

× × ×

규선이는 이슥하도록 명우의얼골을 얼빠진것처럼 머어니 바라보다가 그만 쓸쓸하게 웃고나서

「그건그러이!

하지만 여보게 명우 저로서도알지못할건 제맘일세 개심개심하지만 나안텐 그게 제일문젤세」

「어째서 문제란말인가?」

「자네는 다행히 잃었든옛꿈을 다시찾어서 앞날에 히망을엇게되었다지만 나안테야 대체 뭐가있단말인가? 앞날에대한 아모런 히망도가지지못한 나로서는 결국과거의꿈밖에야 회상할것이 무엇이 있단말인가?

한포먹으면 자욱-흐려드는 머리속에 그림같이 떠올으는 그 잃어버린옛꿈- 자네머리속에도 그기억은 잘남아있겠지」

명우는 가슴속이 그득 차올으며 눈시울이 자꾸 뜨거워올랐다.

「내입으루서 이런말을하는것은 참말루 웃으운일이지만 그러나규선이. 인생이란것은 한번 어둠의 구렁텅에 떨어지면 다시는영영 솟아날수없는것인가? 아닐세 나는믿네 굳게믿네

조반후 규선이 병철이 그리고새벽에 검색망에걸려든 여섯명은 부락의 법규에의하야 ×××구류소로 료양을 떠났다.

-(完)-

一

번연히 안될줄은 알면서도 민우의 그슲은 표정을 띄운 애원에 겨워 하는수없이 싫은 걸음으로 와보니 아니나 달을까 철의 예긔는 조곰도 어기지않었다。

김군의 사정을 웬만하다면 내가 웨 거절하겠는가? 내가 혼자 하는일이라면 벌서 허가를 했을것이 아닌가? 사실은 그때문에 나두 여러번 서장과 사정을 해봤네만 원체 문제가 개인관게의 대차문제가 돼놔서 채권자칙의 량해를 구하지않고는 아모리 경찰관이래두 이래라 저래라 할수는 없는것이니까。 그러잖은가? 김군」

진지한 태도로 저편에서 도리혀 애원하다싶이 반문하는 그말에 철은 쓸쓸하니 웃으며 조용히 자리를 일었다。

「미안허이。 괘니 되지두안을일에 군의면정만 어렵게 해서 안됐네 자 그럼 실례하겠네」

「천만에」

하고 경위(警尉)의 정복을 단정하게 입은 상대편은 부두러히 미소를 지으며 마주 일어선다。

철은 책상우에서 모자를 집어들며

「잘있게」

하고 서글푼 어조로 하직을 고했다。

「어듸루 가겠는가?」

「갈곳이 있는가? 민우가 기다릴텐데 얼른가서 전말을 보고해야지」

「여보게。 별루 긴급한 일이 없다문 어듸가서 저녁이나 같이 하세。 인젠 퇴근시간이 됐으니까 나두 나갈테니」

◉ 이 작품은 1943년 12월 弘文書舘에서 출간한 소설집 ≪마음의琴線≫에 수록되였다.

하고 젊은 경위는 손목기게를 드려다본후 다시 철을 다정스레 마주보며

「미안하지만 먼저 가서 좀 기다려주게. 장소는 대성루(大成樓)로 정하기루하구 그리가서 二十분만 기다려주게. 서장께 보고할것이 있는데 얼른 끝맛치구 갈테니까」

철은 아모말도 없이 조용히 웃어보이며 응접실을 나왔다.

문앞에 나와서도 젊은 경위는 몇번이나 간곡히 부탁하는것을 철은 그저 우슴으로 승락했을뿐 입은 종시 열지않었다.

어쩐지 서글픈 생각만 자꾸 껴돌며 울고싶어 난다.

걸을때마다 발밑에서 몬지가 물신 치솟는 뙤말은 길우를 풀기없이 걸어가는자기의 신세가 새삼스레 가여워난다.

약속한 만주인료리점에 다달으니 벌서 전화로 통지가 있은듯 뽀ー이는 나라갈듯한 인사로 맞아들이며 단아한 방으로 안내한다.

이내 안주접시가 들어오고 술이 들어온다. 혼자서 몇잔간 기우리노라니 자꾸 머리속을 어즈럽히는것은 민우의 슲은 표정을 띄운 그 얼골이다.

지금 그는 목이 빠지게 조록하니 앉어서 기다리고 있을텐데 이렇게 요리점에까지 와서 술을 마시여서 될까?

민우뿐만 아니라 달은 좌원(座員)들도 얼마나 기다릴것인가?

하긴 민우나 좌원들도 번연히 안될줄은 알면서도 그래도히 한까닭의 간얇은 희망으로 보낸터이라 얼른 가서 보고를 전하지않어도 무방한일이긴 하겠지만 그러나 이렇게 혼자서 술을마시는것이 얼마나 죄스럽고 미안한지 몰은다. 그러나 한편으로는 또 이렇게 시간을 느추며 ー분이라도 그들에게 희망을 지니게 하여주는것도 그다지 불칙하다고는 할수가 없는지도 몰은다.

그렇다. 희망이다. 온갓 고난에두 그냥 그대로 오늘날까지 잇대여 참어온것도 희망때문이고 막다른 골목에 접어든 현재에 와서도 그래도 어떨까하는 그 ー루의 희망 때문에 그들은 자기를 보낸것이 아닌가?

그렇다면 자기는 모든것이 절망에 빠진 그 사실을 그냥 이대로 감추고 역시 그들의 희망을 어느때까지던지 꺽지는 말어야 할것인가?

생각하니 서구푼 우슴밖에 나오지않는다. 젊은 경위는 약속의 시간을 어기지않고 이내왔다.

오래간만에 조용히 마주앉고보니 S전문학교 동창시대가 새삼스레 그리워난다.

그러나 피차 서로 지나간때를 회구하면서도 한쪽은 질거운 생각이 들것만 한쪽

은 숲어남을 막을길이 없다。

철은 몇잔간 연거퍼 기우린후 넌즈시 잔을 넘기며

「여보게 최군 죽는놈이 최후의 발악하듯 마지막으로 다시한번 더 부탁하겠네。 이렇게 마주앉고보니 학교시대가 그리워 못견듸겠네。 그 정의를 믿고 다시금 청을 드리네。」

하고 감격된 눈으로 빠안이 마주본다。

상대편은 그도 감격된듯이 입술을 굳게 담을고 마주보기만 한다。

한동안 무거운 침묵이 흘른후

「하회에서는 우리의일을 여러가지로 나물하며 멸시하지만 그러나 우리는 우리로서 또한 우리들의 굳은 신념이 있다는것을 군은 알어줄줄 아네。

그러기땜에 나는 다시금 군에게 이렇게 간청하는것이 아닌가? 과거의 연극인(演劇人)들이 일시의 기분에 들떠서 놀이로 연극을 했다면 우리는 우리의 생활을 탐구하구 인생을 찾으려구 연극을 하는것일세。

죽어두……이대루 나가다가 죽는대두 우리는 우리의 초지를 관철식힐 각오라는 것을 다시금 인명하네」

갑작이 젊은경위는 철의손을 덥석 잡는다。

「응 알었네。 이틀만 더 기다려주게」

철은 숨쉬는것도 잊은듯 어느때까지던지 한모양으로 응결된 표정을 풀지못한다。

二

비오는 구진날은 더한칭 우울하다。

여럿은 어두운 표정으로 말없이 제각금 그무슨 생각에 잠긴채 주룩주룩 나리는 비ㅅ소리에 귀를 기우리고 있다。

각금 휘―우하고 누가 한숨을 지으면 덩다라 짓는 한숨소리에 방안은 비로소 질식서풀려난듯 저윽히 눅으러지것만 그러나 그런뒤면 생각은 더한칭 갈래갈래로 얽혀진다。

웃방 웃목에 비스듬히 팔을 벼개하고 들어누운 좌장(座長)민우는 노오랗게 기름에 절은듯한 얼골로 오랫동안 첨하끝에서 나리는 낙수물을 내다보다가 그도 지친듯이 슬며어시 두눈을 감더니 저혼자 사설로 중얼거린다。

「이런때엔 그무슨 숲은곡이 없는가!」

그러나 여럿은 아모 웅대도 없이 여전히 침묵만 직히고 있다.

「슬풀때에는 슬픈곡을 기뿐때에는 질거운 유쾌한곡을……오군 쿠라리넷을 잊었는가? 나는 고음보다 저음을 좋와하네. 곡은 하반의곡마단(河畔의曲馬團)이 좋구」

아랫방 문어구에 궁상스레 쪼꾸리고 앉아서 머어니 밖앗만 내다보던 악대부오는 쓸쓸하게 우수며 민우의쪽을 한동안이나 바라보다가 나직히 한숨지은후 다시 밖으로 얼골을 돌리더니 휘파람으로 하반의곡마단을 불기시작한다.

그제야 민우는 깜짝 생각해내고

「아 그것두 잡혔든가?」

하고는 조용히 두손으로 얼골을 덮는다.

휘파람소리는 쿠라리넷트에 짝지지않게슬프다.

오의 옆에 누어서 잠든듯이 하고있던 같은 악대부 윤은 슬며어서 일어나더니 한쪽 구석에 세워두었던 기-타를 꺼내가지고 은근하게 반주를 넣는다.

악기라고는 단 하나밖에 남지않은 최후의 재산이다.

구슬퍼 오는 비소리를 들으며 구슬프게 불우는 휘파람소리에 역시 구슬프게 반주하는 기타-소리를 들으며 여럿의 마음은 비길때없이처량해진다.

산도 설고 물도 선 타관객로에 떠도는 신세가 설어서 처양한것이 아니라 무지개보다도 더 아롱진 젊은꿈을 이루지못하는 그것이 슬프고 처량하다.

날짜로 따진다면 一년은 훨씬 넘는다.

비록 지방에서 창립은 했을까망정 단원은 전부가 씩씩하고 젊은 리상에 불타는 자 들이었다.

중앙에서 창립해도 어엿한 존재들이였지만 지방에서 튼튼히 기본을 세워가지고 단결을 튼튼히 한다음에 중앙에 올라가서 사이비단체들을 눌러주자는것이 그들의 초지였고 의기였다.

그러나 새사는 언제던지 뜻대로 되는것은 아니였다.

대중의 의식이 너머도 수준이하인 탓이었든지 그러잖으면 그들편이 너머도 고답적이여서 그랫던지 관중은 비속한 류행가나 통속극편을 좋와했고 예술극단 「인생좌」의 막간(幕間)없는 연극에는 흥분을 늦기지않었다.

끝까지 량심을 직히고 연극예술의 순수를 직히려는 「인생좌」에도 본의에없는색채가 들기시작했다.

막간을 넣게 되고 따라서 뺀드도 조직하게 됐다.

비로소 관중의 욕설을 면하게 됐다.

그러나 관중이란 무대에 대해서는 어리석기가 비길떼없는 비속한 잡물들이다.

그들은 연극을 보러오는것이 아니라 일흠난 배우들의 간판을 보려 오는것이다. 그러기때문에 일흠난 긔정극단이 아니고는 그들의 구미를 당길수는 없다.

하로이틀 지니감을 따라 극단 「인생좌」는 차츰 처음 긔세를 잃게되었고 그리고 단원들도 하나 둘 줄기도하고 리기도 했다.

그러나 좌장 민우는 뜻대로 안되는 현실과 피투성이의 싸흠을 해가며 끝까지 뻗혀나가려고 이를 악물었다.

그것은 민우 혼자뿐만이 아니었다.

철도 그리고 민우의 애인이자 「인생좌」의 여주인공인 미라도 마찬가지었다.

좁은 무대에 나서서 두팔을 썩 벌리면 일즉이 그 소잡한 가뚜에 나서서 불태우던 정열은 다시금 거화처럼 타올으고 가슴속에 용소슴치는 희망은 하눌보다도 더 넓은것이었다.

세계를 창조하느니보다 어떻게하면 인생을 창조하고 생활을 탐구할것인가?

「인생좌」의 진의는 오로지 여기에 있었다.

그러한 그들에게 가혹하게도 현실은 환멸을 선물로 심술을 부렸으니 얼마나참혹한 일이랴?

좌장 민우는 몇번이나 비분강개의 눈물을 흘려가며 해산을 하려 했다.

그러나 그럴때마다 철이나 미라의 간정과 격려에 의하야 미자근이 따라오는 미련을 끊어버리지 못하고 우울한 그날그날을 번뇌속에서 이어왔다.

류랑의길은 정처가 없다.

간곳마다 인심도 달르고 풍속도 다른그속에서 속에 없는 선우숨을 우서가며 그날그날의 주린 창자를 채워가기에 애쓸 때 울고웃는 인생의 희비극에 민우는 몇번이나 저자신을 울고 우섰는지 몰은다.

북으로 북으로 흘으는 길을 따라 산은자꾸 드높아지고 물소리는 기세여진다.

그리하야 한폭의 좁은 내(川)로 선을 그어논 국경을 넘어 이 만주땅에 흘러들오온 것이 두달전 어느 비오는날저녁이었다.

만주! 얼마나 황량하고 서글푼일흠이냐?

그러나 그속에는 어듸라없이 정겨웁고도 따스한 온긔가 숨여있는 그리운 곳이다.

일행은 강을 건너서자 말할수없는 흥분에 사로잡혔다.

만은 운명은 어듸까지던지 심술굿고 얄미운것이다.

극단 「인생좌」는 도만 첫공연에서 모든것을 죄다 잃고 말었으니 그것은 달음이 아니라 극장의 선약관게로 부득이 가설극장을 사용한 까닭에 관게업는 공연에서 생긴 경제적타격때문이었다.

그리고 또한가지 원인은 갑작이 변해진 풍토와 긔후 때문에 녀래로 눌리어오던 좌장민우의 숙아(宿疴)가 불의에 치밀기시작한 것이었다.

울랴해도 울수없는 심사들이었다.

더구나 관객은 잔뜩 일흠난 극단에 짜들려온 터이라 무명극단 「인생좌」는 겻눈으로도 보질않었다.

다음 공연지로 옴김에 있어서 그다지 만치도않은 부채가 마성을 부렸을때 좌원들은 비로소 오고야말것이―해산의 시기가 림박하였음을 깨달었다.

그러나 철은 이를 악물었다.

이를 악물고 좌장자신도 못미더워하는 것을 억눌우다싶이 끌고 이 도시로 알몸들만 굴어온것이니 그것은 이곳 경찰서에 한고향 출신이자 B전문학교시대때 동창도 되는 친우가 있어서 그친우를 바라고 온것이다.

그리하야 곤난한 생활을 시작한것이 벌서 二주일이나 되는형편이었다.

三

밤의우울은 더한칭 어둡고 무섭다.

모든것이 암흑의 무덤속에 든듯 숨쉬는깃도 괴롭다.

더구나 창밖에서는 아침부터 시작된 비ㅅ소리가 그냥 끈칠줄 몰우고 좌원들의 과로된 신경만 쓸아리게 하여준다.

철은 그소리를 듯다가 못해 누었던 자리에서 벌떡 일어나서 방문을 제차고 밖으로 나간다.

악대부 오가 코ㅅ노래를 불루다가 아래ㅅ목에 누은 누구에게 핀잔을 받고 주뭇 멈춘다.

밖은 칠칠한 금음밤이고 비ㅅ소리만이 지지리도 머리속에 어지럽고.

철은 마루기둥에 기대 앉어서 우두머니 어둠속을 바라보고 있다.

문득 생각나는것이 있다.

언제인가 몽경 있을때의 일이다.

이렇게 줄기찬 가을비가 나리는 그날밤 비때문에 자기의 하숙으로 돌아못가는 그사람과 이청에서 냇문까지 재차고 창문앞에 나란이 앉어서 비ㅅ소리를 듯던 그때 자기는 밤마나 행복스러웠던가. 서로 수차 말은 주고받지 않었지만 둘의맘은 똑같이 말없이 나리는 비ㅅ소리에 모든것을 느끼며 호소하지 않었든가?

그러던 그 비ㅅ소리를－가을비ㅅ소리를 지금의 자기는 어떠한 심사로 듯고있는 것인가?

아니 그보다도 그때의 그사람은 지금어듸로 갔으며 어떻게 지나가고 있을까 역시 이밤 자기와도 같이 고달푼 신세로 구슬푸게 저 비ㅅ소리에 울고 있을가?

갑작이 곁에서 부시락하고 자최소리가나기에 돌아다보니 아모도 없는줄 알었던 마루에는 누군지 또 한사람이 있다.

「누구요?」

「제얘요」

미라의 음성이다.

철은 조용히 어둠속에 히미하게 보이는 그림자를 바라보았다.

「철씨, 뭘 그렇게 생각하구 게서요?」

몹시 지친 음성이다.

「아무것두 생각하는게 없습니다」

미라는 철의 이말을 듯고 나직히 한숨을 지은다음

「비두 무슨비가 이렇게 온담」

하고 저혼자 중얼거리듯 말한다.

둘은 한동안이 지나도 말없이 어둠만바라보고 있다.

그리다가 미라는 다시금 철의쪽을 향하며 조심스레 말을 꺼낸다.

「철씨 우리처럼 이렇게 떠돌아 단기는 패거리들두 예술가라구 할수가 있을까요?」

철은 한동안 말없이 있다가 갑작이 탄식조로 한숨에 섞어서 말한다.

「예술가냐구 뭇기보담 예술에 도움이 되겠느냐구 뭇는게 나을껄요」

「마찬가지가 아닐까요?」

「글세요」

미라는 잠시 무슨 생각엔지 잠겼다가

「전 근자에 와서 새삼스러운것같지만 예술이니 예술가니 하는데 대해서 의혹을 품게됩니다.」

「지당한 의혹입니다」

철의말은 말할수없이 무성의 하다.

「그렇게 히니꾸루 말슴하실건 아닙니다」

「히니꾸가 아닙니다。 전 진정으로 말합니다」

미라는 철의말을 어떻게 해석하였으면 좋을지를 몰라 잠시 망상거리다가 이번에는 좀 얼마간 어성을 날카롭게 항의하듯 말한다.

「하기야 철씨가 히니꾸로 말슴하시던 진정으로 말슴하시던 어느쪽이던지 저에겐 상관없는 타관사에 불과하겠지만 그러나 남의 진정으로 말하는데 그렇게 무성의한 태도로 말슴하시는건 그다지 좋은 일이라구 해석할수는 없는일이 아닐까요?」

「저의말이 그렇게 성의없이 들렸다면 그럼 깊이 사과합니다。 그렇지만 저는 조곰두 미라씨의 말슴하시는데 대하야 성의를 없이하구 고의로 히니꾸한건 없습니다。」

「그러시다면 제가 되려 미안합니다。 용서하세요」

「천만에 용서는 무슨 용서요」

또 한동안 갑갑한 침묵이 흘른다음 이번에는 철의편에서 먼저 입을 연다.

「미라씨 당신은 지금 예술에 대해서 의혹을 품는다니 어떠한 의혹을 품는단 말슴입니까?」

「한입으로 간단히 말슴들이긴 어렵습니다만 민중과 예술에 대한 문제겠지요」

「민중과 예술?」

「네 간단히 말슴들이면 그렀습니다。 예술이란 민중에게 얼마나한 영향을 주며 어떠한 련대적관계를 가지구 있는것인지 전 도무지 믿을수가 없게됐습니다。」

「저역시 그러합니다 그렇지만 미라씨、세게사(世界史)란것은 언제던지 인류의 무지몽매의 긔록이란것을 우리는 잊어서는 안됩니다。 예술이란것이 민중의 생활 그속에서 나왔다지만 그것은 언제던지 민중의 생활보다는 한거름앞서게 되는것입니다。 그것이 민중의 생활과 보조를 같이한다면 생활의 향상발전은 어떻게 식혀주며 예술의 감화성(感化性)은 나빈에 있겠습니까。」

「그렇지만 현실에 있어서 우리의 예술은 민중의 생활에 어떠한 도움을 주며 보익을 줍니까?」

「오늘엔 못준다하더두 내일에는 줄수가 있겠지요」

「그럼 현실에선 못준다는 말슴인가요」

「그건 과거의 모든 예술자가 똑똑히 증명하여 줍니다。 미레-의 만종(晩鐘)은 그의 사후에 민중의 마음을 을려주었습니다」

「그럼 우리들두 사후에는 민중의 마음을 을려준단 말슴입니까」

「그러치요。 그러질 못한다면 우리들의 예술은 예술이 아니지요」

「너머두 지상주의적인 신비적인 론리가 아닐까요? 미레-의 만종이 그의사후에

민중의 마음을 울려주었다고 예술전체가 전부 그러하다고 할수는 없는것이 아닐까
요?」

「그야 물론이지요. 제가 말슴들인건 한가지 례 들면 그렇다는 말이지요. 현실에
서 영합(迎合)되지않는다고 예술적으로 보아 무가치한것이라고 해석한다는것은 너
머두 독단적이라고 생각합니다. 현재 우리가 밟고있는 이길이 새로운 극운동의 선
구(先驅)가 된다면 우리는 아모리 고난을 받는다 하더라도 그냥뻗대여 나가야지요.
우리보다두 한시대전에 나선 초창기의 그들의 그 고난이란것은 이보다두 몇배를
더한것이였는것을 미라씨는 벌서 잊으셨읍니까? 더 멀리 생각할껏도 없이 토월회
(土月會) 당시를 놓고 보도라도 잘직작하실것이 아닙니까?」

철은 잠시 중지했다가

「현실은 언제든지 가혹합니다. 우리는 그것을 무시하고 명일을 아려야 합니다.」

미라는 다시금 나직히 한숨을 지은다음

「그렇지만 현실을 무시할순 없어요. 전 내일보담 금일이 문제라고 생각합니다.」

하고 자탄조로 힘없이 말한다.

이말에는 철은 아모말도 없이 담배를꺼내 붙혀불고 조용히 돌아앉아 버린다.

방안에서는 좌장 민우의 기침소리가 앗가보다도 더한칭 심하다.

「미라씨、들어가 보시우. 민우군이 또 열이 올으는가 봅니다. 그러고 당신두 너
머 찬기운을 오래 쏘이면 감기에 들기 쉽습니다」

그러나 미라는 들은척도 안하고 그냥어둠만 직혀보고 있다.

四

미지근한 미열때문에 밤새꿋 끊질줄 몰으던 민우의 기침도 날밝을 무렵에는 얼
마간 수머저서 얕은잠에나마 들수있었다.

그의 기침때문에 미라는 말할것도 없거니와 철도 쪽한잠 이루지 못하다가 민우
가 잠든후에야 겨우 눈을 붙일수가 있었다.

그러나 그는 얼마 못가서 이내 누가흔드는 바람에 눈을 부비고 뷘 창문에는 언제
비가 왔든가 싶게 아침해가 화안이 들어있다.

「손님이 찾어 오셨어요」

미라가 빨가게 충혈된 눈으로 나려다보며 가볍게 어깨를 흔든다.

벌떡 일어나 제처논 창으로 내다보니 마루에 걸터앉은 손님은 전일 맞난 젊은

경위(警尉)다。

「일즉 찾어오기에 욕봤네」

「천만에、곤히 자는데 깨워서 미안하이」

간단한 인사뒤에 철은 경위의 뒤를따라 밖으로 나갔다。

「요즘 어떻게 지나가는가?」

「더 물어서 뭘 하겠는가?」

「좌장이 알른다더니 어떤가?」

「어떨것 있는가? 간밤에두 기츰때문에 쪽한잠 이루지 못했다네」

「아직 출혈은 않하겠지」

「심한때면 좀좀 하는가보데」

「그럼 상당히 병세가 진섭됐는데 그냥놔두면 어떻거는가?」

「달리 어떻게 하는 재간이 있는가? 인젠 고질이 됐는데 그냥 이러다가 운명하는
날이면 만사가 종지부를 칠판이지」

「좌장의 나이는 몇인가?」

「설혼다섯이지」

「나이가 앗가운데」

「나이뿐인가? 모든것이 다 앗갑지」

「애인은 몹시 속을 쓰겠지」

「쓰면 소용이 있는가? 인젠 미라씨두 단념하는 모양이네」

「자네두 일즉이 연극생활을 그만두는게 좋지않겠는가?」

「배운 도적질이라、어떻게 하는수가 있어야지。사람의 운명이란 나면서부텀 등
에 질머지고 나는건데」

「그야 그렇겠지만 고향서 늙으신 부모가 기다리는것두 생각해야지。접때두 고향
가서 자네집에 들려봤는데、난 자네 아버지와 어머니가 불상해서 못보겠네。더구
나 누의동생은 자네이얘기를 하게되니 눈물까지 흘리네」

「여보게、그런소릴 친구를 위해서 하는건가? 그보다도 자네 장가를 들었는가?」

「아직 안갓네」

「약혼두 안했는가?」

「약혼을 했으면 장가를 벌서 들었지 뭘하게 입때까지 놔두었겠는가?」

철은 잠시 생각에 잠겼다가 웃음을 멈추고 어엿이 경위의 쪽으로 향해 서며

「여보게 맘에 있거들랑 내 누의동생과 결혼을 하게나」

하고 진지한 태도로 상대편의 표정을 직혀본다.

의외의 일에 젊은 경위는 말을 못하고 덤덤히 철의얼골을 바라보기만 한다.

「의의가 있는가? 그렇다면 인제 한말은 취소하겠네」

경위는 고개를 숙이며 좌우로 조용히저어 보인다.

「아닐세。 사실은 우리들은 벌서 피차 사랑하고 있는 사일세」

「그런가? 그렇다면 웨 벌서 결혼을 못했는가?」

「결혼을 해버린다면 뒤에 남은 늙으신 두분을 어떻게 된단말인가?」

철은 고개를 푹 숙이고 긴한숨을 뽑는다.

철은 말없이 또 걸음을 옴겨놓다가 경위전에서 먼저 멈처서며 말을꺼낸다.

「그런데 여보게 오늘아침에 자네를 찾은건 다름이 아니라 전일 부탁하던 그일때문인데」

철은 고개를 번쩍 처들고 상대편의 얼골을 생기있는 눈으로 바라본다.

「어떻게 됐는가? 여의하게 됐는가?」

「응 겨우 교섭한 결과 승락은 얻었는데」

「승락은 얻었는데……조건은?」

「조건은 서장과 나와 둘이서 책임을 지고、 여기 끗나면 곳 지불하기루했네」

「고마우이。 그처럼 힘써준 자네의 은혜는 언제든지 잊지않겠네」

「나보다두 서장을 맛나보게 인사를 해야겠네。 그런데 오늘이라두 곳 가서 찾어야 하잖겠는가?」

「응 서장이야 물론 찾어가 봐야지。 그러면 오늘 낮차루 곳 갔다와야 하겠네」

철은 젊은 경위에게 치하의 의사도 바로 할틈없이 허둥지둥 하숙으로 돌아왔다.

마당안에 들어서니 뜻밖에도 좌원들이마루에 나와서 떠들어대며 미라와 싸우고 있다.

철은 대번에 모든것을 알어채고 그들의 앞으로 천천히 걸어나아 갔다.

철의 태도에 눌렸음인지 좌원들은 떠들던것을 멈추고 철의 태도만 직혀보고 있다.

철은 조용히 미소를 지어보이며 마루아래에 마려서서 조곰아한 보ㅅ짐을 뒤로 감춘 로역(老役)정순의 앞으로 갔다.

「정순씨 우리와 아주 작별하실 작정입니까?」

그러나 상대편을 고개를 숙이며 말을못한다.

그의 뒤에는 여배우 정희도 조곰아한 보ㅅ짐을 꾸려쥐고 고개를 숙이고 있다.

「정희씨두 가시렵니까?」

정희도 말이 없다.

철은 마루우에 서있는 좌원들을 처다보앗다.

처음 떠들던때와는 딴판으로 모도다 풀이 꺾여서 혹은 외면하고 혹은 고개를 숙이고들 덤덤히 서있다.

철은 부드러운 어조로 마루아래에 선이들을 돌아보며

「정순씨、 정희씨、 가시더라두 방안에 들어가서 제말슴을 하마듸만 듣고 가십시오。 그러나 여러분두 안으루 들어갑시다」

한다음 마루에 올라서니 문앞에 가로막아섯던 좌원들은 곱게 길을 열어준다.

방안에 들어가 보니 좌장 민우는 아랫목에 누은채 그냥 잠든듯이 두눈을 꼭 감고 있다.

혈색이라고는 털끗만큼도 찾어볼수없는 민우의 얼골은 저절로 말러 떠러진 백양나무잎파리와도 같다.

불면 금시 날려갈껏만 같다.

철은 그의옆에 가서 조용히 앉은후 좌원들이 들어오기를 기다렸다.

한동안 서로 주저거리든 좌원들은 하나 둘 풀끼없이 방안으로 들어온다.

넓은 아래웃방이 빈틈없이 꽉 찼다.

철은 슬픈빛으로 좌원들을 주욱둘러본다음 조용히 말을 꺼낸다.

「여러분 참말 미안합니다。 무에라구 말슴들이구 사죄를 했으면 좋을지를 몰으겠습니다 우리는 여러분이 이때까지 서루 믿구 참어오신것을 누구보다두 잘 알구 있습니다。 그모든것을 잘 알면서두 여러분을 조곰두 편하게못해들인데 대해서 우리의 가슴속은 말할수없이 앞웁니다。」

갑작이 악대부 윤이 우악스럽게 불쑥말을 꺼낸다.

「여보 철씨。 당신이 연극을 잘하는줄은 세상이 다 압니다。 그렇지만 여기는 무대가 아니구、 우리는 관중이 아닙니다」

철은 전신에피가 일시에 머리로 치솟음을 느꼈다.

그러나 그는 용하게도 꿀꺽 참고 짐짓 우서까지 보이며

「그렀습니다。 윤형의 말슴과 같이 여기는무대가 아닙니다。 그렇지만 여기가 무대라면 얼마나 좋겠습니까? 무대가아닌 현실이기때문에 우리는 속에서 치미는 우름을 마음대루 울지못하고 억지로 웃는것이 아닙니까? 제말을 오해를 마시구 좀 더 들어주십시오。

예술이니 무에니해두 먹지못하구는 살수없는것이 현실입니다. 이 현실때문에 우리는 더말할수없는 굴욕을 참어오는것이 아닙니까? 그렇지만 우리두 이 굴욕에 언제까지나 파묻혀 있을것은 아닙니다. 이때까지 우리를 괴롭혀온 문제가 인제는 해결을 지었습니다. 오늘 낮차루 제가 가서 해결을 짓구오기로 했으니까 여러분두 그런줄을 아시구、새로운 용기루 더 분발해 주시길 바랍니다. 대본두 요전번에 이얘기가 있던것으루 결정하구、준비를 해드릴터이니까 내일부터라두 연습에 착수해야겠습니다. 특히 이번 공연은 우리가 다시 살어나느냐 그냥 죽구 마느냐하는 중대한 공연인것만큼 여러분은 전력을 죄해 주서야겠습니다. 달은것은 죄다 여러분의 동정과 리해를 바란다지만 이일만은 좌장을 대신해서 제가 절대 명령하는것입니다」

한다음 날카로운 시선으로 좌중을 둘러본다.

아모도 말하는 사람이 없다.

돌아다보니 좌장 민우의 감은 두눈에서는 두가닥 눈물이 힘없이 쭈루룩 흘러 귀밑을 적신다.

五

서글푼 조반을 간단히 처치해 버린다음 철은 울렁거리는 가슴을 안고 경찰서에 가서 먼저 경위를 찾은다음 서장을 맞났다.

성의를 다한 치하를 드린다음、서장의 특별호의로 ××에는 젊은경위와 동행까지 하게되었다.

철은 이내 서장에게 하직을 고한다음 정거장으로 나갔다.

얼마 기다리지 않어서 차가 떠난다.

××는 약 두시간 가량 걸리는 거리에 있는 시가다.

닷는차가 소처럼 느린것 같다.

그러나 ××가 점점 갓가워 오자 철은 지나갈때의 일을 다시금 생각하지 않을수가 없다.

만은 그는 이내 딴생각으로 어두어지는 머리ㅅ속을 맑게 가시며 경위의 편으로 돌아앉었다.

「여보게 서장은 이때까지 많은곳을 돌아단기며 세일수 없이 말해 봐왔지만 ×× 서장처럼 리해가 깊은 사람은 없네」

「응、참말 리해가 깊은 사람이라네 평소에 부하들과 대하는것두 아주 인자하구 점잔타네。」
「학식은 어떤가?」
「동대 법과 출신이라네」
「아 그렇기에 다르군。」
「예술에 대해서두 아주 리해가 깊다네。 가정에 가서 장서를 보면 법률책보다두 문학서류가 더 많은판이니까! 더구나 문학은 법률보다두 좋구 그중에서두 누구의 소설은 침식까지 빼았는다구 평소에 노 말한다네」
「법게서 있는이들이다 그렇게까지 돼야 할텐데」
「나두 서장의 영향을 꽤 받었는데」
「자네야 본시 문학청년편이 아니었든가」
「그건 그렇지만」
어느듯 차는 ××에 다다렀다.
철은 곳게 목적한 곳으로 발길을 옴겨놓았다.
역전 극장앞을 지나는데 문득 눈에 띄이는 포스타-가 있다.
철은 제눈을 의심하며 다시금 똑똑이 보았다.
「협동극단」포스타-다.
그리고 에제는 김철작「흘러가는 인생」이라고 또두라지게 박혀있다.
경위도 보고
「여보게 협동극단에서 오는 모양인데 에제가 자네작이 아닌가?」
하고 수상스런 빛으로 묻는다.
철은 고개를 끄덕이며
「언제인가 ×일보에 발표했던것일세」
「작자와 상의가 있었든가?」
「없었네」
「그런법두 있는가?」
「요즘 신문을 아주 못봤드니 별일이 다 생겼군. 공연일자가 오늘부터니까 누가 오던지 벌서 왔을텐데」
하고 철은 극장으로 들어간다.
극장사람과 물어보니 오후네시차로 온다고 한다.
네시차면 맛날 시간이 없다.
철은 잠시 생각다가 명함을 꺼내서 뒷동에다가 간단하게「남의작품을 무단상연

하는것을 엄금합니다—작자」라고 극장사람에게 맛기며

「극단에서 오거들랑 감독에게 잊지말구 이걸 맛겨주시오」

하고 단단히 부탁을 했다.

그리고는 려관에 가서 주인을 맞난후 쉽사리 도구며 악긔들을 찾어가지고 역에 나와서 택급(宅扱)으로 붙였다.

차ㅅ시간은 아직 반시간가량 여유가 있다.

철은 성면집에 들어가서 다리를 쉬이며 협동극단에 대한 이애기로 시간을 보냈다.

「협동극단이라면 ×극장 전속극단이 아닌가」

「그렇지」

「그럼 잘 하겠구면」

「암、조선서야 一류극단이지」

「군두 잘 알겠지」

「웅、잘 아는 친구들이지」

「그럼 제작품이라구 상연금지를 하기가 딱하지 않는가?」

「그건 상관없지 내가 상대하는건 ×극장이니깐」

「그건 그렇군」

「이번 군들이 상연하겠다는것두 역시 같은 것인가」

「아닐세、「흘러가는인생」은 스켈이 너머 크구、인원수가 많이 들어서 우리들극단같은 단체에서는 도저히 못하네」

「그런데 협동극단에서는 잘 할수 있단말인가?」

「연출을 한인군이 본다니까 할수가 있겠지. 그우에 배우들두 구비해있으니까」

「잘하는 사람인가?」

「웅 동경서두 퍽 신망을 가졌던 사람일세」

얼마후 시간이 되자 철은 역에 나와서 차에 올랐다.

철은 돌아오자 곳게 인쇄소로 찾어갔다.

「두어번 찾은일이 있기뗌에 안면이 있는 주인은 철을 보자 이내 사정부터 묻는다.

「어떻게 됐습니까? 아직두 해결을 못지었습니까?」「네 오늘에야 겨우 지었습니다」

「아 그렀습니까? 반갔습니다」

「고맙습니다. 여러분께서 많이 념려해 주신 턱택입니다」

「천만에요」

「그래서 주인님을 찾어왔는데 위선 대본부터 먼저 푸린트해 주서야겠습니다」

「네 그건 당장에라두 해들이지요. 원고를 가저오셨습니까?」

「이따 가저오지요. 그러구 포스타―와 입장권두 수고를 끼처서야겠는데」

「네、 다 압니다. 맘대루 부려주시우」

어듸까지던지 호인인 주인의 태도에 철은 눈물이 날 지경이다.

하숙으로 도라오니 마당안에서는 악대소리가 소란하게 들려나온다.

택급으로 붙인것이 벌서 온모양이다. 철은 한동안이나 뜰앞담밑에 서서 빽차 울으는 가슴속을 얼눌우기에 애를 썼다.

六

맹렬한 련습이 철과 민우의 지도하에 벌려졌다.

그러나 민우는 병때문에 맘대로 철과같이 행동할수는 없었다.

좌장이라는 명색뿐이지 모든것은 철에게 일님하고 자기는 하로의 대부분을 자리에만들어누어 있었다.

상연 예제는 철의작「방황」인데 내용은 자기네와 같이 떠단이는 류랑극단에서 취새한 것이다.

철은 ×시에 갓다온 이튼날 극장주인을 찾어가 보고 흥행에 관한 교섭을 했다.

그러나 주인은 당분간은 선약이 있어서 어떻게 할수가 없다고 말한다.

첫재「협동극단」에서 이틀후이면 올것이고 그것이 끝나면 모가극단이 오고 그다음에는 모레코―드회사에서 오고 그다음에는 또 무슨 극단인지 한게 온다니 빨리 된다해도 두주일은 지나야 할것이다.

철은 너머나 암담하여 한동안 말을 못했다.

그러나 어떻게 하는수가 없다.

그뒤라도 게약해 두지않으면 언제 될런지 알수가 없다.

힘없는 걸음으로 하숙으로 도라오니 뜻밖에도 ×시에서「협동극단」한인니 찾어와서 기다리고 있다.

오래간만에 낯선 타국땅에서 옛친구를 대하고 보니 무에라 할말이 생각나지 않는다.

둘은 서로굳게 손을 맛잡고 마조 보기만 한다.

이윽고 한인편에서 먼저 울먹울먹한 소리로 입을 연다.

「얼마나 고생했니?」

「너두 늙어뵈는구나,」

둘은 서로 약속이나 한듯이 서글프게 웃는다.

「명함을 보구서야 비로소 만주 온줄을알았다.」

「여기 있줄은 어떻게 알구 왔느냐」

「려관주인에게서 듣구 왔다. 그러구 모든 사정두 죄다 알았다」

「고맙다. 사실은 내가 맛나구 왔어야 할건데」

「너의 요구대로 어제저녁 예제는 달은것으로 밖우었다」

「미안하다」

둘의 이얘기 하는 동안、 민우는 자리에 누어서 담배를 태우고 있다.

한인은 민우의 모양을 이슥히 나려다보다가 부드러히 말한다.

「병에 담배가 해롭잖은가?」

민우는 아모 응대도 없이 천정으로 나긋이 피여 올라가는 파란 담배연기만 바라보다가 저혼자 말하듯 힘없는 어조로 입을 연다.

「담배는 끊어두 낳지않을 병인바에야 무슨멋으로 끊는담.」

한인은 나직히 한숨을 지으며 외면해 버린다.

철은 열어는 창으로 머언 하눌을 하염없이 바라보다가 갑작이 한인을 돌아보며 뭇는다.

「몇시차로 가겠니?」

「두시차로 가겠다」

「그럼 아직 시간이 있구나」

「응、 여유가 있다. 어듸 가서 점심이나 할까?」

「글세」

「나가자. 그러구 미라씨두 같이 나갑시다. 민우군은 가만히 누어 있게」

한인의 말이 떠러지자 민우는 갑작이 벌덕 일어나며 어성을 높여서 반박한다.

「왜 나는 누어있어야 하는가? 나두 나가겠네」

「나갈수 있다면 좋지만 무리가 아닐까」

「천만에. 이렇게 누어있으니 아주 죽은사람으로 인정하는가?」

한인은 아모말도 없이 슬푼 빛을 띄고 민우를 바라본다.

민우는 벽에 걸린 옷들을 벗겨서 주섬주섬 주어 입는다.

어색한 침묵을 직힌다음 넷은 역시 부자연하게 자리를 일어나 밖으로 나왔다.

그러나 마당밖에 채 나서기도전에 민우는 기침때문에 땅바닥에 쭈그리고 앉는다.

한인은 근심스런 빛으로 민우의 등을쓰다듬어 준다.

한참이나 신음한다음 겨우 기침을 건우고 일어섰을때는 민우의 얼골빛은 백납처럼 창백하여저서 금시에 땅바닥에 나가 쓸어질껏만 같다.

「난 도로 들어가겠네」

「그런편이 좋겠네. 조용히 누어서 진정을 하게나」

한인의 말에 민우는 소긋이 고개를 숙이고 방안으로 들어간다.

미라는 그림자처럼 그뒤를 따룬다.

미라가 마루에 올라서는것을 도라보고 민우는 미간을 찡그린다.

「왜 들어와요. 오래간만에 맛난 친구를 나를 대신해서 좀 대접해 주는게 그렇게 두 실쏘?」

「여보게 자네를 혼자 내버려 두구서야 가는법이 있는가? 미라씨는 아마 곁에서 시중을 보서야 할껍니다」

하고 한인은 손까지 저어보이며 제지를식히려 한다.

그러나 민우는 그냥 고집을 세우며 듣지를 안는다.

「어서 가세요.」

미라는 어쩔바를 몰으고 망서린다.

민우는 목에 피ㅅ줄까지 세우며 어성을 높인다.

「왜 가라는데 서있나? 끝내 내 감정을 긁어놓구야 말텐가?」

미라는 그제야 아모대답도 없이 마루아래에 나려선다.

셋은 무겁게 입을 담은체 □만 나려다보며 거리로 나왔다.

「어듸로 갈까?」

먼저 침묵을 깨친것은 한인이다.

「글세, 어듸가 좋을까?」

「로서아 음식점으로 갈까」

「판타―자말인가?」

「응, 그리가 조용할껏같네」

「아모데나 맘대루 해라」

한인의 말과같이 판타―자는 조용하여 오수에 든듯하다.

　카운타—에서 조을던 만인뽀이가 어색한 말씨로 손님을 안내한다. 셋은 한쪽구석에 가서 자리를 정한후 음식을 주문했다.

　먼저 가저온 차를 마신후 한인은 미라의쪽으로 얼골을 돌리며 말을 꺼낸다.

　「미라씨두 퍽 수척해 졌군요」

　미라는 슬픈빛으로 조용히 웃어만 보일뿐 대답을 안한다.

　한인은 잠시 입을 담을었다가 이번에는 철의쪽으로 돌아앉는다.

　「그래 공연은 언제 하게 되는가!」

　「극장관게로 한 二주일 있어야겠네」

　「성곡을 비네」

　「고맙네」

　「그러구 오늘 들어온건 군의 량해를 얻으려 온건데……사실은 작자의 주소를 몰라서 미리 교섭을 못했네、그럼 관대한 량해를 바라네」

　「천만에……그래서 오늘은 작자의 승락을 얻어가지구、금후 계속해서 상연할까 하는데. 문제는 상연료를 들이고 안들이는게 아닌가?」

　「자네 맘대로 좋게 처리하게」

　「내맘대로 한다면 무슨 문제가 있겠는가? 이건 딴극장에서 하는것이니까 자네는 나를 대할때 딴극장을 대하는것으로 생각해야 하네」

　「그것두 맘대루 하게」

　「그럼 상연료를 얼마나 들였으면 좋겠는가?」

　「내가 아는가? 내야 자네가 주는대로 받을판이지」

　한인은 잠시 무엇인지 생각한후

　「이것으로 자네가 만족을 느끼겠는지는 몰으겠네만、지금 서울서 각본 공정가격이 한막에 백원씩이니까、네막을 치면 四백원을 들이지」

　하고 주머니를 뒤지더니 두투룸한 봉투를 거낸다.

　「四백원이네. 섭섭해 말고 받아주게」

　「섭섭한게 뭔가? 너머 과하잖은가?」

　「천만에 적다구 혀노말게」

　한다음 그는 다시 정색으로 돌아지며

　「그런데 서울가면 경리관게상 증빙서류를 가춰놔야 할텐데 미안하지만 명함뒤ㅅ등에라두 간단하게 두어자 써서 도장을 찍어주게」

　하고 어색한 우슴을 지으며 말한다.

「응、그건 그래야지」

철은 즉석에서 명함을 꺼내 뒤ㅅ등에다 령수를써서 도장을 찍어 준다.

「이러문 되는가?」

「응、됐네」

「갑작이 주머니가 불룩해 졌는데、미라씨두 오늘은 배가 터지두룩 잡수서야합니다。 그러고 자네두 양껏 먹게나」

「천만에、오늘은 내가 한턱 내야지」

「그럼 돈가지고 얻어먹기까지 하니 꿩먹고 알까지 먹는 셈이군。 자、미라씨、띄를 끌러놓고 양껏 먹어봅시다」

미라는 여전 소리없이 웃고만 있다.

<h2 style="text-align:center">七</h2>

날이 갈수록 민우의 증세는 더한칭 심하고 그에 따라 병자의 신경은 점점 예리하여진다.

그는 철의 지어오는 약도 각금 마당밖에 집어던지고 더구나 의사의 진찰은절대 받으려 안한다.

어느날밤 현동극단이 와서 공연하는날밤이다.

좌원들은 초대를 빌고 모도다 극정으로 긴다음 철과 미라민이 방안에 오두머니 앉저있는데 갑작이 누었던 민우는 벌덕 일어나며 버럭 소리를 질은다.

「왜 극장으로 안가구 나를 괴롭히느냐。 다 가거라。 협동극단으로 가거라。 난 혼자서 이대로 죽는게 마음이 편하다。」

철은 조용히 미라의 쪽을 바라보았다.

미라는 소리없이 울고 있다.

「배신자들 더러운놈들」

병자는 극도로 흥분되여 씩은거리며 새파랗게 질린 입술을 피가 날지경 악물고 미라와 철의쪽을 노려본다.

「의리를 모르는놈들。 갈테면 다 가라。 하나두 앗가운게 없다。 철아、너두 가라、미라두 가거라。 난 벌서 다 안다 선전까지 받아먹고 팔린 년놈들이 뭣하러 인생좌에서 어물거린단 말이냐?」

듣다가 못해 미라는 느끼며 변명한다.

「웨 그렇게 남을 오해해요. 접대두 말했지만 그건 철씨가 원작료를 받으신거얘요」

「뭣이 어째? 너까지 나를 속힐테냐? 엑 더러운년、창부같은년。 나가라。 보기싫다」

철은 보다가 못해 슬며시 자리를 일어 밖으로 나왔다。

민우는 그냥 욕설을 퍼붓고 있다。

철은 잠시 거리를 헤매다가、어떤 카페-로 들어갔다。

五六월 쉬파리떼가 몰켜들듯 왁자직걸 떠들어대며 몰려드는 여급들을조용히 밀치며 한쪽구석 복쓰에 가서 앉으니 불현듯 한인의 생각이 난다。

철은 여급에게 극장으로 전화를 걸어달라고 부탁하고 맥주를 청했다。

「선생님 성함을 물으시면 어떻게 해요」

「철이라구 대시요」

한동안 지난다음 여급은 맥주병을 들고 와서

「한 三十분 기다리서야 오시겠답니다」

하고는 술따를 생각은 안하고 철의 얼골만 수상스레 드려다 본다。

「왜 술은 안따르구 남의 얼골만 그렇게 역여보오?」

그제야 여급은 얼골을 붉히며

「아이 미안합니다。 어듸서 꼭 뵌듯해서 그랬읍니다」

하고 술을 따른다。

철은 연달어 두잔이나 켜고나서

「어듸서 본듯 합니까?」

하고 빙그으시 웃어보인다。

「글세요 어듸서 꼭 뵌듯한데 기억이 안납니다」

「사람이란 얼골이 비슷한 사람이 많으니깐、혹 어듸서 나같은 사람을 봤는지두 몰으지요」

「선생님은 여기ㅅ분은 아니시죠」

「아닙니다」

여급과 허튼수작을 하며 맥주를 세병이나 기우렀을때에야 한인이 왔다。

「기다리게 해서 미안하네」

「천만에 이렇게 와서 일없는가?」

「달은사람에게 맡기고 왔네」

한인은 철의 권하는 잔을 단숨에 들이켰다.

「그런데 민우군은 어떤가?」

「어떨 것 있는가? 점점 틀려가는 형편인데」

한인은 한동안 생각하다가 나직히 말을 꺼냈다.

「내가 보기에는 인젠 몇을이 남지않은것 같네. 이런말을 하는건 대단 안됏지만 만약 불행한 일이 생긴다면 어떻게 할 작정인가? 그냥 「인생좌」를 끌고 나갈텐가?」

「모르지。 어떻게 될런지」

한인은 다시금 한동안 생각에 잠겼다가 주저거리며 철의 표정을 삶이고나서

「철아 우리는 너를 얻으려고 퍽으나 애를 썼다。 너뿐만 아니라、 민우군도 필요하고 미라두 필요하가。 발서부터 생각한 문제지만 동지가 있어야 하지、 동지만 있다면 우리는 우리의 손으로새로운 독립단체를 조직하려 한다。

어떠냐? 뜻이 있는냐? 있거들랑 나를 따라 서울로 가자。」

철은 아모말도 없이 맥주만 마신다.

「이번에 드라가면「협동극단」은 자연히 해체가 돼버리구 새로운 극단이 하나 생기게된다。」

「전도를 축복한다」

「아니다。 그런말을 듣자는게 아니다。 우리는 너를 요구한다。 너와 미라와 민우를 절실히 요구한다。 그렇지만 민우는 인제 몇츨이 안남었으니깐 할수가 없다。」

철은 한인의 말에는 대답지않고 여급에게 술을 주문한다.

한인은 자기의말에 홍분되여 얼골에 홍조까지 띄고 그무슨 리론투쟁이나 하듯 열심히 말한다.

「모든것은 시국의 변천에 따라 급격히 변동되여 가는 형편이다。 극게를 놓고 보더라도 전날의 그 완만한 무긔력한 상태로 지나서는 안된다。 아니 지날수가 없다。 국가의 모든것이 전체적으로 통일되여 가고 국민의 생활이 강잉한 투쟁을 요구하게될때 이전처럼 예술에 있어서도 순수니 지상이니 하고 헛풍만 칠수는 도저히 없는일이다。 무대인은 전장에 나가서 싸우듯이 무대를 전장으로 피투성이가 되여서 싸워 야 한다。 이렇다고 요즘 꽤—니 시국바람에 불려서 저로서도 리해치 못하는 엉터리의 망론을 내걸고 국민극이니 무에니 하고 떠드는 패거리들의 그 애매모호한 수작을 본받자는것은 아니다。 단하나이라도 좋고 털끝만치 되는 적은것이라도 좋다。 참다운 자아를 발결하고 진실한 생활의 향기를 맡을수가 있다면 그것이 우리들의 연극이며 예술인 것이다。 위정당국에서도 이때문에 얼마나 골머리를 알른지

너는 짐작할것이다。 처음 국민연극에 관한 문제가 문화부대에 제공되였을때 덮어
놓고 지원병이 나오고 국방헌금이 나오고 스파이가 나오면 그것이 훌륭한 국민극
이 되는것이라구 야단들을 쳤던것이니 그에서 더 한심한 일이 어듸있느냐? 진실로
교양이 있고 굳센 국가와 국민은 예술에 있어서도 훌륭한 투쟁을 적과하는것이다
이런 의미에서 지금 우리는 우리들의 건설한 무대를 조직해야 하며 국가총동원의
위대한 그 싸흠을 규률있게 분담해 가지고 최후의 승리를 목표하고 나가야 한다。」
　　한인은 술로 목을 축이고 나서 다시 말을 잇는다。
　　「우리는 벌서 새로운 단체를 조직하려고 운동한지가 오래다。 관게당국과도 얼마
쯤은 타협이 있었고 량해두 얻었다。 이번에 도라가면 곳 출산식히게쯤 준비가 돼여
있다。 어떠냐?의향이 있느냐?」
　　맞은편 카운타―앞에서 여급들이 모여 철이네쪽을 흘끔흘끔 바라보며 쑤근덕 거
리더니、그중 왈패스러워 뵈는 여급이 불으는듯이 철의앞으로 온다。
　　「여보세요。「협동극단」에서 오셨서요」
　　「아니우」
　　철은 무안하게 잘라 말한다。
　　「아니긴 웨……아니예요。 다 아는데」
　　「나는 상관없는 사람이지만 이분이「협동극단」무대감독이오」
　　「아이 좋와라。 여보세요。 내일저녁에두합니까」
　　「하지요」
　　「그럼、우대권 한장만 주실수 없어요」
　　「우대권이요?」
　　「네 저 꼭 구경가야겠는데 돈이 있어야지요」
　　한인은 쓰거운 우슴을 입가에 띄우고 철을 건너다 보다가 엽채기에서 우대권을
한장 꺼내 준다。
　　「아이 좋와라。 고맙습니다。 내일저녁에 꼭 가 보겠서요」
　　하고 여급은 가진 아양을 피운후 술까지 개평을 떼고 가버린다。
　　그러자 카운타―쪽에서 동정을 살피던 여급들은 일시에 왈칵 몰켜 와서 나도 나
도하며 덤빈다。
　　철은 당번여급에게 게산서를 주문한다음 자리를 일며
　　「여보게 틀렸네。 분주스러워 술이나 어듸 마시겠는가?」
　　하고 한인에게 일기를 눈짓한다。

그러자 여급들은 헸슥해서 뒤로 물러선다.

그러고는 원망하는 매서운 눈초리로 철의 얼굴을 뚜러지게들 처다본다.

八

이튿날은 민우의 흥분은 씻은듯이 사라지고 기분도 좋게 련습에까지 참여했다.

연습은 극장측과 경찰당국의 호의로 극장에 가서 하게 되여서 좌원들은 기분좋게 연습할수가 있었다.

그러나 혼자서 모든것을 담당한 철은 여간 피곤을 느끼게 되는것이 아니였다.

연습을 필한다음 하숙으로 돌아올때면 전신은 솜같이 나릿하고 시력까지 흐려지는것이었다.

어느날 철은 연습이 끝난다음、서산에 기우는 저녁해빛을 등에 지고 두만강가에 나가 보았다.

강가에 나무는 없다지만 맑은물이 말할수없이 정겨워 보인다.

그는 신발을 벗고 강물에 두발을 적시였다.

어려서 고향 냇물에서 발가벗고 목욕하던일이 생각난다.

맞은편 조선쪽 산을 바라보니 고향산을 본듯 반갑기 짝이없다.

그는 두발을 깨끗이 씻고 조약돌밭에 나와서 앉은후 고향일을 생각해 보았다.

늙으신 아버지는 오늘도 마루끝에 나앉아도라안오는 아들을 기다리시다가 그냥 지처서 조을고 게실테지.

그리고 어머니는 눈물로 북쪽하늘을 처다 보시겠지.

더구나 누의동생은 주소를 몰으는 옵바에게 보내지도 못하는 편지를 몇번이나 썼다가는 찌저버렸을까?

흘러가는 강물소리가 고향소식을 속삭여 주는듯 한없이 정겨웁게 들린다、

갑작이 등뒤에서 자최소리가 나기에 돌아다 보니 미라가 와 있다.

「저녁이 됐어요」

철은 조용히 일어나서 양말을 주어신고 구두를 신었다.

그러나 선자리에서 발길을 떼여놀 생각은 안하고 강물만 우두머니 드려다 보고 있다

미라도 끌린듯이 철의 앞에 와서 강물을 들여다 본다.

이슥한후 철은 발밑에서 조약돌을 집어 강심에 풍덩 집어넣은후

「들어갑시다」

하고 슬며시 돌아선다.

미라는 아모말도 없이 소긋이 따라선다.

언덕에 올라서면 좁은길이 마을까지 위태롭게 이어저 있다.

황량한 벌판에는 잡초들이 욱어저서 노―랗게 말라드는데 저녁노을때문에 풍부한 색초를 맨들어 보인다.

각금 풀속에 뭇치는 오솔길을 걸어가며 철은 갑작이 입을 연다.

「미라씨는 이런 들판에 외로히 뻗혀있는 오솔길을 걸을때 어떤 감상을가지십니까?」

미라는 한동안이나 말이 없다가

「인생의 외로움을 절실히 느낍니다」

하고 나직히 한숨을 짓는다.

「그렀습니까」

철도 한숨을 짓는다.

「나는 때때로 이런길을 혼자서 것는것을 즐겨합니다. 고향있을때엔 아무 볼일두 없이 십리나 되는 이웃마을의 오솔길을 것는 재미로 각금 갓다오게됩니다. 이런길을 혼자서 걸을때에야 나는 비로소 인생이란것이 어떤것이란것을 막연하게나마 생각하게 됩니다. 그러나 예술이라는것두 생각하게 됩니다. 문학소녀다운 갑싼 감상일런진 모루겠지만、 이런 황야가운데 외롭게 뻗혀있는 오솔길을 걸을때면 꼭 인생의 마을로 도라가는듯한 느낌이나마 비길때없이 마음이 편해집니다。」

「그럴가요。 저는 조곰아케 흘으는 맑은시내물을 보면 그런 생각이 난답니다. 그래서 어떤때엔 풀닢파리 같은것을따서는 삽작 띄워보내 본답니다。」

「그럼 미라씨는 풀닢파리가 되여서 인생의 고향에 여러번을 가보셨겠군요」

미라는 조요히 철의 얼골을 처다보며 우서보인다.

말할수없이 애련해 뵈는 향수(鄕愁)에 사모친 우숨이다.

철은 그 이상더 말하지 않었다.

어쩐지 더 말하면 우룸이 터질것만 같아 그는 잠자코 발길만 옴겨놓았다.

집으로 돌아오니 민우는 날카로운 시선으로 철을 뚜러질듯이 노려보다가 자리밑에서 봉을 찌즌 편지를 덥석 꺼내서 철의 발밑에 던저버린다.

역여 볼것도 없이 ×시에서 보낸 한인의 편지다.

철은 조용히 집어서 그냥 빼채기1)에 집어넣고 아랫방에다 차려는 밥상앞으로 갔다。

九

번거로운 온갖 문제가 연달어 꼬리를물고 일어남에도 불구하고 극단「인생좌」의 새생공연은 드듸여 열리게 되였다。

다시금 살어나느냐 그냥 이대로 죽고마느냐 하는 중대한 이 공연에 있어서 철이나 미라는 더 말할것도 없거니와 좌원들은 모도다 말할수없는 긴장을 띄고 홍분속에서 지났다。

공연 전날까지 철은 온갓 준비를 다하고 포스타—까지 시내의 요소요소에다가 배치하여 붓친다음 좌원전부를 한곳에 불러놓고 눈물겨운 치하와 격려의말을 장시간에 걸처서 들려주었다。

그러고는 마지막 심혈을 다한 총연습을 시작하였다。

「생령들」

너머도 대담하게 사실을 그려낸 극단「인생좌」의 피와 눈물의 긔록이다。

철은 련습이 끗난다음 알수없는 감격에 무대뒤에 들어가서 넋없이 느껴 울었다。

미라도 울었다。

그모양을 보고 달은 좌원들도 모도다 눈물이 글성하여 말들을 못한다。

공연날。

정각전부터 관중은 조수처럼 극장으로 몰켜온다。

정각이 되여 개막을 하려는데 감작이 민우가 비틀거리며 찾어왔다。

틀림없는 광인의 태도다。

철의 가슴은 대번에 찬물을 끼언친듯 선뜻해 났다。

민우는 이슥히 철을 바라보다가

「철아、나두 무대에 나가겠다」

하고 울상이 되여 철의 손목을 잡는다。

「너는 네병을 생각해야 한다」

「아니다。죽어두 다시 한번 무대에 서보구 죽겠다。무대에두……무대에두 다시 서못보구 죽는다면 난……난……죽어두 두눈을 못감구 죽겠다。」

철은 민우의 얼골을 이슥히 드려다 보다가 나직히 그러나 엄숙한 어조러 저력있

---

1) 빼채기:《서랍》의 뜻.

게 말한다。

「네맘대루 해라」

「고맙다。 철아。 나는 죽어두 한을 풀구 죽겠다。 내역을 도루 다구」

좌원들은 누구나 다 불안한 생각으로 좌장의 일을 근심했다。

그러나 극도로 흥분된 좌장의 생각을껵을수는 없다。

우민 때문에 개막은 정각보다 十분이나 늦어서 되었다。

관중은 손바닥이 깨여저라고 열광적으로 박수를 보낸다。

그것은 극단「인생좌」에 대한 동정도 물론 있었겠지만 그보다도 그들의 열광하는 까닭은 이 ×시에서 선발된 배우가 셋이나 끼여있기때문이다。

철은 무대에 나와서 민우를 대하니 지나간 동경시대가 새삼스레 그리워난다。

민우를 통해서 처음 신숙(新宿)어느다방에서 맞나던 미라의 눈앞에서 보는듯이 선-하다。

연극은 첫막 첫장부터 긴장을 떠여간다。

관중들도 숨쉬는것까지 있고 긴장되여있다。

다만 배우들의 대사소리만이 넓은 극장을 울릴분이다。

철은 민우를 몹시 근심했다。

그러나 민우도 원숙한 예술인이다。

좌장의 자격을 잃지않고 열심히 뻗대여 나간다。

예상이외로 첫막은 훌륭한 성적을 거두고 끗났다。

관중은 극장이 떠나갈듯이 박수를 보내준다。

얼마후 제二막이 열리자 민우의 태도는 웬일인지 또 어즈러히 지는듯하다。

그러나 별 커다란 실수는 없었다。

다음 셋재막은 민우가 나가는 장면이없다。

그틈을 타서 철은 화장실에서 편히 쉬도록 간절히 타 일르고 무대로 나갔다。

제三막이 끗나면 막간이다。

저급한 관중의 비위를 맞추어 주기위한 이 막간을 열때마다 철은 서글픈우숨을 웃지않을수가 없었다。

그러나 관중들은 발광하듯 떠들며 좋와한다。

더구나 미라가 나가서 노래를 불을때면 철은 눈물까지 흘리게 되는것이었다。

그것은 미라자신도 마찬가지였다。

그는 지금 언제인가 철의 습작한 노래를 불우며 울고있지 않는가?

　　　　언제나 도라가랴 그리운고향
　　　　오늘밤 울─가는 저기저기럭
　　　　어려서 듯던소린 변함없것만
　　　　애닮은 이신세를 어이나하고
　　　　　　　　　×
　　　　고향은 하도멀어 아득한생각
　　　　한많은 갓스물은 눈물의시절
　　　　기러기 울고가는 가을이오면
　　　　그리운 옛마을을 꿈에봅니다.

철의 말과같이 관중이란 이처럼 우맹한 것일까?

어쩌서 우는지 우는 그속도 몰으고 노래를 불우니 더욱 좋다는 그심사들이 한없이 가엽다.

눈물속에서 제四막은 슬푸게 열리였다.

최종막이다.

민우도 나가고 좌원전부가 총동원을 하는 장면이다.

막간때문에 식어진 흥분은 좀체로 돌려지지 않는다.

그러나 철은 이를 악물었다.

이를 악물고 최종막을 꾸려나가기에 전력을 기우렸다.

「생령들」의 크라이막스가 울려지는 장면─안해의 애인을 차에다가 녹약을 섞어서 먹이고 쓸어지게한 다음 단도로 찔르려는 장면이다.

남편은 민우가 분장하고 안해는 미라 안해의 애인은 철이다.

애인이 쓸어지자 남편─민우는 갑작이 벌덕 일어서며 잔인한 우숨을 입가에 띄우고 쓸어진 간부를 노려본다.

그러나 그것은 무대에서 꾸며서 웃는우숨이 아니다.

말할수없이 처참한 우숨이고 살긔를 띤 우숨이다.

무대뒤에서 내다보는 미라는 정신이 앗질해 난다.

철도 쳐다보고 가슴속이 뜨금해졌다.

그러나 어찌하는수는 없다.

단도는 책상벨합속에 준비되여 있다.

만은 민우는 언제 준비하여 둔것인지 가슴에서 예리한 비수를 꺼내지않는가.

민우의 전신이 경련을 일으킨듯 부루루 떨리는 순간

「앗?」

미라가 놀라 뛰여나오고 쓸어졌든 철이 넋없이 일어났을때엔 민우는 그만 그자리에 정신을 잃고 너머지고 말었던것이다.

갑작이 관중이 떠들기 시작하고 림석경관이 무대에 뛰여올랐을때 누구의 손에서 나려졌는지 막은 발서 곱게나려졌다.

입장료금을 돌리라느니 연극을 다시 하라느니 하며 떠들어대는 관중들을 경관들과합력하여 겨우 돌려보낸다음 민우는 곳 병원으로 옴겨졌다.

반시간이나 지나서야 겨우 정신을 차린 민우는 옆에있는 미라와 철을 보자 함부로 욕설을 퍼붓는다.

「더러운년、보기싫다。창부같은년。……이놈아、너는 동무의 게집을 뺏구。이놈아、이 더러운놈아、왜 미라를 다리구「합동극단」으루 못가느냐?」

철은 아모말도 안하고 창문앞에 가서 어두운 밖을 내다보았다.

「이놈아 개같은놈아、의리를 몰으는놈아」

미라는 듣다가 못해

「여보、남에게 억울한 소릴 해두 분수가 있는법이지、그렇게 하는법이 어듸있수?」

하고 울음섞인 어조로 변명한다.

「하하 어찌구 어째? 억울한 소리라구、이년、그래 넌 저놈을 사랑하구 있질않단 말이냐?」

민우는 숨도 겨우 쉬며 씩은거린다.

미라는 소리없이 느끼다가 갑작이 고개를 처들고 민우의 쪽을 대담하게 보며 입을 연다.

「그렀습니다。우리들은 서로 사랑하고 있습니다。그렇지만 당신에게 대한 의리와 우정을 저버린 일은 없습니다。진정으로 사랑하기 때문에 당신에게 대한 의리와 우정은 더욱 굳게 직혀왔읍니다。」

「뭣이야?」

하고 민우는 왈칵 침상에서 상반신을 일으킨다.

만은 그가 이내 도루 나가 쓰러지며 가슴이 꺼지는듯한 긴한숨을 뽑더니 또 두눈을 감아버린다.

간호부와 의사의 신발소리가 복도에서 나는것을 듣고 철은 조용히 발길을 옴겨서 밖으로 나왔다.

어두운 거리에는 가로등 하나도 없다.

어듸를 어떻게 걸었는지 기억을 더듬을수가 없다.

갑작이 훠언한 광장이 보이기에 그제야 고개를 쳐들고 자세히 보니 정거장앞이다.

그는 아모 생각도 없이 대합실로 들어갔다.

어듸서 오며 오듸도 가는 패들인지 넓은 대합실안이 꽉 차서 벅작거린다.

철은 물어오든것과 마찬가지로 역시 아모 생각도 없이 출찰구 앞으로 갔다.

「차표 한장 주시우」

「어듸루 가는 차표요」

「서울까지 가는!」

「서울가는건 내일아침에 있읍니다」

철은 비로소 저자신을 돌아보고 한쪽구석 뻰취에 가서 쓸어지듯 앉었다.

전신이 끝없는 구덩속으로 아득하니 떠러저 들어가는것같다.

그리고 떠들어 대는 군중들의 그모양이 언제인가 기억에도 선명치 못한 지나간 옛날에 본 그림자도 같이 생각되며 이상스레 자기의 머리속을 자꾸만 눌러주는것같다.

그는 참다못해 두눈을 감아버렸다.

말할수없는 피곤이 온몸에 혼수상태에 빠저서 지났는지 통히 알수가 없다.

누군지 옆에와 서는것같아 그쪽으로 얼골을 돌리니 민우가 와서섰다.

「철아 어듸루 가느냐? 나를 이렇게 혼자 내버려두구 가면 어떻게 하라느냐?」

슬픈 음성이다.

철은 갑작이 정신을 차렸다.

아모도 없고 대합실안은 터엉 븨여있다.

민우의 일이 불현듯 생각나며 못내 그리워 난다.

그는 얼른 일어나서 밖으로 나왔다. 새날이다.

동쪽하눌은 발서 빠알가케 물들어온다.

정신없는 걸음으로 병원에 가서 현관문을 제차고 들어서는데 안에서 미라가 마주 나오다가、 옆을보고 머저선다.

둘은 아모말도 없이 서로 조용히 마주 보고만 있었다 말할수없이 가련한 얼골이다. 잠시라도 혼자 내버려두고 나가버린―아니 멀리가버리려고한 저자신이 얼마나 매정스럽고도 야속스러웠는지、 철은 마주 보다가못해 고개를 푹―숙였다.

「철씨、끝내 돌아오셨구려。전、믿었읍니다。꼭—오실줄을 전 믿었읍니다。미라는 두손으로 얼골을 가리우고 느껴운다 간호부가 총총히 나오며 나직히 조심스레 입을 연다。

어서 들어가 보시지요。인젠 마지막인가 봅니다。」

철은 고개를 숙이채 조용히 복도에 올라섰다。

병실문을 열고 안에 들어서자 감겼든 민우의눈이 희미하게 열린다。

그리고 입술은 옴이작 거린다。

입술은 새파랗게 밧짝 말랐다。

철은 머리맡에 놓인 컵에다가 물을 따러 먹이려 했다。

그러나 민우는 고개를 좌우로 힘없이 내저으며 창문쪽을 돌아본다。

철은 모든것을 알어채고 창문을 제찬후 덧문을 열어놓았다。

(최후다。모든것을 보아라。

최후의 순간까지 빛을 보고 조물주의 세계를 보고 마지막 생을—실낫같은 생을 맛보아라。)

그러나 방금 솟아올은 해빛은 구름속에들어서 바야흐로 사라저 가려는자의 생명과도같아 비길데없이 적막하고 슬퍼 보인다。

흐린 하눌에는 안개까지 껴 돌아있고 금시에 비가 나릴껏 같다。

음울한 시산한 기운이 어둠속으로 드는듯 보리빛으로 아욱하니 어두어 드는것같다。

미라는 몇번이나 주저거리다가 병자의벼개곁에 놓인 조희쪽을 짐어서 철에게준다。

철은 잠시 생각하다가 펼처보았다。

(모든것을 용서해 다구。미라를 부탁한다。미라를 다리구 「협동극단」 으로 가거라)

철은 조용히 민우의 얼골을 나려다 보았다。

민우는 보—야니 흐러드는 눈으로 철과 미라를 오랫동안 바라보다가 무엇을 말함인지 힘없이 약간 고개를 내젓고는 그만 지친듯이 두눈을 슬며어시 감아버린다。

일순후 그는 영영 숨을 걷우고 말었다。

—昭和十九年四月作—

장편소설

선구시대◉

望鄕(十)

긔준의 시선을밧자 근우는마치 무서운것이나 뭇는듯조심스레 입을연다.

「왕덕삼의 계획이 그러케실현된다면 대체 우리는 어쩌케해야 할까요?」

그러나 긔준이는 근우의 그말에는 대답을안주고도로 숭철의 쪽으로돌아안는다.

「숭철이! 말이 너머길어지는듯하지만 조곰만 더참구들어주오.

우리는 좀더 근본문제를들어서 말하는편이 족할줄아오. 공연히 제三자니무에니 하며 리론을 전개식힐것업시 대체우리가고향을 버리구 이만주쌍으루온건 무슨때문이오?고향에는 조상의뼈가 뭇처잇구 정들엇던 마을이잇는데 어째서 그모든것을 죄다버리구 이곳으루왓소?나는 그것부터 숭철이게뭇고십소. 숭철이!

좀더 흥분을 식혀가지구 냉정하게 생각해보오. 우리가 이쌍으루 차저온건 결코 호강에 겨워서노리를온것은 아니우. 모도다원대한 포부를품고 넘어온것이 아니오. 일시의흥분이나 사소한 일개인의 사정에 얽매워 그원대한 포부를 저바린다는것은 그얼마나 어리석은 일이오?

숭철이! 좀더 머리속을 식혀가지구 전날의 그씩씩하던 숭철이가돼주오. 그리구 다시 먼-압날을 바라보아주오. 지금숭철이네가 모든것을포기해버리구 써나버린다면 마을은 어쩌케되겟소? 난 가슴이 터지는것가치 말이잘안나오. 숭철이!고향이란 결코 다시갈수업는 그곳만 고향인것이아니오. 우리는새로운고향을 우리의손으로 맨드러야하지안소?그새로운고향을맨들기위해 두만강을넘어온것이라면 오늘날의

◉ 이 작품은 ≪滿鮮日報≫에 195회로 나누어 련재되였으나 자료미득으로 처음 발표된 날자는 확인할수 없다. 여기에 수록한 부분은 1939년 12일 1일에 발표된 마지막 1회분이다.

험산은 어쩌케해서던지 넘어야하고 고해도건너야하지안소?

아무리 괴롭더래두 참어주.

지금은 이러케괴롭더래두 한째는꽂피는봄이 반다시 올것이니까……」

여기에서 긔준이는 잠시믄코 숨을돌닌후 다시나려잇는다.

「그리구 앗가 내가영수평중들 이애기를햇지만 그것은 걱정할것이업소. 거기두 쯧잇는조흔청년들은이스니까 만사가 그러케왕가의쯧대루될것은아니오. 일부의반대는잇는듯하나청년들은 그것을잘눌러가구잇스니까 내일에래두갈수만잇다면 둘이 차저가서청년들을맞나는게 조흘줄아오. 그래서 오랫동안씩은 인습에서나려온 원한두일소해버리구 금후튼튼하게손을맛잡구 나간다면 얼마나조켓소.

그러케되면왕덕삼의문제가튼건별루 문제될것두 업다구생각하오.

그러한문제에 일일히 구애될것업시 다시말하지만 우리의새고향을 건설하기위해 오늘날의괴롬을 달게바드며 나가게오.

왕덕삼이 쯧까지자긔의요구를 주장한다면 그대루양보해버리오.

하지만아직 교섭의여유는 충분이있다고 생각하오.

그가계획하는 영수평 재가승부락의 의동이틀어지는날이면 그두생각해볼테니까 아직 락망할것은업소 사실 엄정하게 비판한다면 마을의교섭이 상금부족햇다구해두 과언은 아닐테니까 그러치안소? 근우!」

하고 긔준이는 근우를돌아다보며 부드러히웃는다.

그러나 근우는가슴속이 그득해저서 아모말도못햇다.

긔준이는 이슥히어두운마을을 나려다보다가 갑작이벌쩍자리를인다.

「너머 이애기가 길어젓소 아직 채못한건 집에내려가하기로하구 인제자리를 일 게오. 나두 인젠 배가 좀고파나오」

근우와 승철이는 무겁게입을담은채조용히 그뒤를짜라 일어선다.

셋은 마치약속이나 잇엇던것처럼 가즈런히서서 마을을 나려다본다.

마을은 아직도 어둠에덥혀 어수룸한륜곽도 알리지안는다.

만은 밤은벌서 새날을잡은듯 뒤집에서인지 닭우름소리가 흐느리지게 들려온다.

(꽂)

(이한篇은 畏友 汀圃兄에게 삼가들이노라—己卯十一月十六日於圖們—)

도라오는人生[◉]

良心의殘片(七)

심문이 끚난다음 보도소소장은 쏘한바탕 열을다한 일장연설을 한다음차례차례로 구류긔간을 언도한다

그러나 명우에게 대하여서는 아모런언도도 업시다음으로만 자꾸넘어가다가마지막에야

「명우군은 잇다 사무실루 좀 들어와주게」

한다음 우쑐 자리를일어사무실로 들어가 버린다

그가 자리를일자 장내도 죄다 일며한참동안 헌소하게 쩌들다가 제각기 제집씩 흐터져 가버린다

그리고 득수네는 자위단원들에게 끌려서 자위단원실로 간다

명우는 터엉 뷔인 마당에 혼자 안자서 압산마루쪽을 실신한것처럼 머어니바라보고 잇다가 사무실쪽에서소장의불르는소리에야 비로소 정신을차린듯 힘업시 일어선다

사무실에는 자위단간부들이어마어마하게 좌우로주욱 둘러안ㅅ고 가운데에소장과 단장이 책상을사이에노코의젓이마주안자 잇다

소장은 단장과 무슨이야기를 하다가 명우가들어서는것을보자 다정스런 우숨까지 지어보이며 눈짓으로 가까이 오기를청한다

명우는 침착한태도로 천천이 그의압페가서 서며가벼웁게 허리를 굽핀다

◉ 이 작품은 ≪滿鮮日報≫에 총 94회로 나누어 련재되였다. 편자가 입수한 자료는 제23회 (1941.11.1)부터 제94회(1942.3.3)인데 그 가운데서 10회분이 결호되였다. ≪滿鮮日報≫에 련재된 이 작품은 본 대계를 통해 해방후 처음으로 세상에 공개발표되는 셈이다. 그리고 이 작품은 연변대학의 일본인 류학생 모리 아키라(森 聰)가 2001년 하기방학기간 일본 와세다대학 (부稲田大學)에서 수집한것이다.

실내는 잠든듯이 조용하다

명우는 집중되는 시선에 전신이 긴장됨을 늑기며애써 침정을 쑤몃다

소장은 잠시 박글 내다보다가 갑작이 명우의 쪽으로 시선을 돌리며

「군은 이번엔 특별이용서를 하네」

하고 너그럽게 우서보인다

「네?……어째서요」

명우는제귀를 의심하며반문했다

「별달은까닭은업네 그저 양심이라구나할까?」

「네?량심이라니요?」

「군은아직 양심이란것을 그것이비록조고만한 쏘박지에 불과하다 하더라도 그냥 지니구잇기에 그것을 보아서 이번에특별용서를 하는걸세」

명우는너머나 뜻하지안혼 말에한동안이나 구더진표정을풀지못하고 소장의얼골만 쌔안이마주보앗다

그리고는 아모리해도알수업다는듯이 두번세번뇌까린다

「양심이요?……양심……양심이라니요」

그것을보고 소장은자애로운우슴을만면에띄우며 조용히부드러운어조로 그러나 힘을주어서 타일러말한다

「군은아직한쏘박의 잔편(殘片)에불과하다 하더라도 양심을가지구잇네 그것을곱게키워서다시금 이전과가치 훌륭히소생하여준다면 나는얼마나반갑겟는지몰르야네 자네한사람이라도 온전히소생하여참다운 길을밟어준다면 나는누가와서 내한편다리를 잘러달라구해두 조금도애껴안하구 떼여줄랴네 이것은조금도 거즛이아닐세 나는진정으로 군에게애원하네」

소장의눈에는 눈물까지글성하여 금시에두볼을적실것갓다

명우는입술이 구더지고숨이치밧처올라서 견데일수가 업다

그는다시더 소장의얼골을 처다보지못하고 조용히돌아섯다

금시에쏘다저 나리려는눈물을 가까스로참으며 박게 나와서 몽유병자와도가치정신업는 걸음으로보도소뒷마당으로 돌아가며소장의말을 다시금외여보앗다

「양심……양심의쏘박지」

무엇인지 눈아플착잡하게 어즈럽히는것이잇다

어린시절의 가지가지일과 중학시대의 그리운생활첫사랑의 그림갓던 장면 어머니의 인자스런얼골

어느것 하나히망에빗나지 안는것은업다

「아!아」

그는 그만참다못해 두손으로얼골을 가리우더니그자리에 주저안저 늑기고만다

마음의琴線(一)

누잇한 들판에서는 제법 소리까지 내며 선들바람이 쉴새업시 불어온다

장마때문에 김을바로 매지못해 잡초는 웅성하지만 옥수수는 벌서 노오라케익어들고 조는검우직직하게독이올라 싱싱하기 비길떼업다

더구나 금년 처음 번져너혼 압개논판은 내다보기만 해도 흐뭇해난다

부락의 농군들은 모도다 일밧테 나덥펏다

그리고 마을뒤편 공동농장(共同農場)에는 보도소소장까지 전두에나와서 직접 지도에 애쓰고잇다

그러나 농군들이래야 오랫동안 흙에서 시달린일이업고 난생 처음 호미ㅅ자루를 잡아보는 그들의일은 좀처럼 진척될줄을 몰은다

논바닥에 들어서서 두어번 철렁거리고는 이내허리를 집고 일어서며 죽을상으로 미간을 찝푸리는 패들이다

그리고 가끔 거머리갓튼것이 다리ㅅ밸에 붓기만하면 그 논바닥은 에누리업시욕장을 보고만나

다리ㅅ밸에 붓튼 거머리를 터러버릴생각은 안하고 앗득하니 질겁을 하며흑탕물속에서 미친것처럼 이리뛰고 저리뛰고 그리다가도 잡바져서 딩굴기만하면 그만사방 멋간식은 볼나위도업시 참담하게되여버린다

그런다음에는 그들은 다시 논바닥으로 들어갈 생각은 아예 념두에도 안둔다

보도소소장은 그러키때문에 개인농장보다도 이 집단농장에는 거이 하로의반이상을 나와 잇게된다

그러나 전부가 독신자뿐인 그들은 도무지 농사에 대한 관념은 안두고 그저 안자서 대여주는것만 먹을 생각을 하며 일체 탐탁해하지안는다

매일 농장에 나오는것은 ×××구류소로 정양을 가는것을 피하려함과 쏘 어쩌다가 긔회만 생기면 탈주나 하려고하는 그러한맘에서 나오게 되는것이다

이때문에 자위단은 조곰도 감시를 겨올리 하지못하고 공동농장 작업째에는 특별 경계까지 하게된다

이들에게 비하면 가족을 거느리고 집잡고 사는 패들은 아모런 근심할썻도업는 편이다

그야 그들도 속으로는언제던지 짠생각을 베풀며탈주를 쑴꾸고 잇겟지만 그러나 그들에게는 가족들이 달려잇다

그 가족들의 눈이 언제던지 감시를 겨을리 하지안코 그들의 일거일동을 낫낫치 살피는 바람에 그들은 어찌하는수업시 옴짝달싹 못하고 얽매워 잇게된다

그러던것이 팔개월이나 경과하는동안인제는 그들쪽에서 도리혀 가족들에게 대한 애착을 늑기게 된것으로서 보도소 소장이 자기의 애쓴보람을느끼고 자못만족해하는것도무리는 아닌것이다

공동농장에서는 바로점심시간이되엇다

일군들은 제각기 무에라고 게두덜거리며 될수잇는대로 소장을 무리피하야그늘로 흐터저 간다

명우는 득수네의 사건이후 어쩐지 사람을대하기가 실혀져서 노 혼자만 도는판이라 일터에나와서도 한쪽구석으로만 자꾸피해가며 일하다가 점심시간이되자이내 아래편 언덕밋 외짠곳에가서 실음업시 들어누엇다

거기에 최초에 탈주사건째 구류소에가서 한방에가치잇게된것이 인년이되여그후부터는 각별히친하게 지내는 규선(奎善)이가 건너편 개인농장에서 털々하고 차저왓다

그는 명우의 압헤와서제몸을 내던지듯 철석 잡바지며

「혼자서 뭘하는가?」

하고 명우의 얼골을 쩨언이드려다본다

명우는 그말에는 대답지안코

「일하기 재미나는가?」

하고 짠말을 뭇는다

「재미가 나서 큰일낫네제-길할 이놈의세상 한번 벌쩍 뒤집혀지는법은업나」

그소리에 명우는 쓸쓸하게 우스며 가엽서하는 표정으로 규선의 얼골을 한동안이나 바라본다

마음의琴線(二)

규선이는 명우의 시선을 슬며시 피하여우연히 긴한숨을쏩고나서탄식조로말한다

「한번은 잇스렷만」

「뭐가?」

「이 망할놈의 세상이뒤집퍼지는것 말야」

「뒤집퍼지면 별수가 잇슬줄아는가」

「별수는 업겟지만 속은한번씨언히풀릴썻갓터」

「객적은 소릴 말게 골수까지 썩은놈들에게 씨언한 일이 생긴다면 얼마나 씨언스럽겠는가?」

「그래두 난 한번 그런걸 보구 죽엇으면 한이 업을썻 갓트네」

한때는 정치운동의 선봉에나서서 불타는 정열로날뛰며 미래의 승리를위하야 거세인 물ㅅ결을헤갈으고나갓다는 이 중독자는 지금도옛날의 그�꿈은이즐수가업는듯 창공을 바라보며 저혼자 중얼거린다

「두번두 실다 단 한번만이라두 아하」

슬픈 탄식이다

명우는 아모말도 못하고 두눈을 조용히감아버렷다

규선이는 한동안이나 잠자코 잇다가 다시금 가슴이쩌저라고긴한숨을쏩고나서

「두번다시 오지못할운명이길래 나는울지도안코 절믄날을 보냇다

그러나 너머도 생생한쑴이아니냐?

그리고 현실은 너머도어둡다 나는 까짝하면 질식할썻갓타 견딜수가업다 내눈압페는 어둠의 거리를홀러가는 장렬(葬列)박게 안보인다」

하고는 그만 두손으로얼골을 덥퍼버린다

규선의 그모양에서 명우는 문득 자긔의 과거중에서 가장 빗나던 그 아름다운 시절을회상하게되엿다

처음으로 출품한 그 어머니의 초상화가 영예스러운 입선을 햇을때 진종일 진정을 못하고우에노(上野)를 헤매여다니든 일

그 입선된 그림을 보고 비로소 자긔의 존재를 발견하고 차저왓던 그여자

무사시노(武藏野)의 가을해벳 아래에서 캔버스를나란이 하고 첫사랑을속삭이던 그날

꼿츤 필째로 피여나고향기는 풍길째로 풍길째 안타가히 매처지는 쑴은 얼마나 아름다운것이엇든가?

만은 다음순간 그뒤의일에 생각이 미첫슬째 명우는 갑작이 전신을쩔어노며

「여보게 좀 없는가? 가진게 잇으문 좀 주게나」

하고 규선의 팔을 살스레 들어닥친다

머어니 창공을 흘러가는 흰구름쩨를하염업시 바라보며 사라저간 꿈의추억에함뿍 잠겻던 규선이는 조곰도 놀라는양업시 명우의얼골을 한동안이나물끄럼이들여다보다가 슬며어시 엽채기를 뒤지더니 신문지쪽에다가 꽁꽁 싼례의 그것을꺼내 팟알만한것을 두알로갈라서 한알은 자긔의입에 넝큼 집어노코 한알은 명우의손바닥에 올러놋는다

명우는 역정스레 홱쎄앗듯바다쥐고 입에너트니 꿀쩍삼켜버린다

그러고는 무섭게입을 담을고 먼산쪽을바라보는것이 아니라 노려본다

규선이는 다시금 하눌로 시선을보내며 저혼자 중얼거리듯 한숨에석거말한다

「어째 옛날이치미는가?」

「군소리말게」

「자네는 인젠웬만이 하구 옛날을 이저버리는것이조치안흔가?」

「어째서 쏘지랄인가?」

「아닐세 나가튼놈은 할수가업는놈이지만 자네는아직두 히망이란그것을 지닐수가 잇지안는가?」

「여보게 제발좀그만두어주게 자네농담에 인젠귀에 못이박혓네」

「농담이아닐세난진정이네」

「진정이구 뭐구 제발그만두어주게 사정이네」

「그러타면 그만두지 구지 실타는걸 말하려는건 아닐세」

마음의琴線(三)

두중독자는 서로약속이나 한듯이 쏙갓치 다시금창공으로 시선을보낸다 어디서인가 먼산쪽에서 벅꾹의울음소리가 한가하게들려온다

거기에 마추어서 강변풀바테서는 송아지의 울으소리가 꿈속에서처럼 들려오는데 허공에 의젓이 쩌잇는잠자리는 한곳에서 움직일줄몰우고 푸낫의오수(午睡)에함뿍 잠겨잇는것갓다

갑작이 규선이는 무엇을 생각한듯 명우의 쪽으로벌쩍돌아누우며 입을연다

「여보게 자네시를알겟지예술가니까」

그러나 명우는 아모웅대도업다

「나두 학생시대에는 예술가 돼볼작정으루 문학방면을 좀연구해밧는데 그중에서

두나는시를조화햇네 맘에드는것만 잇스면외여보기도햇지 어듸한번을퍼볼까?뭐가
조트라?」

하고 그는잠시 생각는양을 하다가

「오라─「쓸키─」의 "밤의주막"에나오는"감옥의노래"가조왓지 더구나 이런곳에 갓
처잇스면 간절히 생각나는노래지 자읽어볼테니까 들어보게

사시장철 감방안은

먹장갓치 어둡다

자나깨나 살창박겐

사자눈이 엿보네

도망질은 안한다

도망질은 안한다

도망질은 하구퍼도

쇠사슬이 듯잔네

어썬가? 조흔가? 조타면 쏘 올퍼주지」

「왜이리 귀찬케구는가?」

「너머 홍분하지말게」

규선이는 얼마간 무색한듯 서운한빗츠로 허공을바라보다가 쏘다시 입을연다

「그러치만자네는 홍분되는걸보면 아직도멀엇네 전도가유망일세 군의전도를위해
쏘하나을퍼볼까? 이번엔 "쏘룬손"의 "아뚜네"에나오는"저산넘어"라는노래를 불러
보지 내二十시절에 가장애독하던 노래네

저기저산마루를 넘어서

가면 어느끗나라인지알

구품니다 여기는사시장

철 눈만싸히고 직직한

수풀만이 덥퍗습니다

머얼리가밧쓰면 지향도

업시 가면갓지 못갈리

는 업스렷만

에──뭐드라?다음은……이것네」

그러나명우는 그냥 창공을바라보며 조곰도 응대를 안한다

「여보게 이런말을 하는건 우리들에겐 어색하구 어울리지 안치만그러나 자네겐

어울릴줄아네 무슨 류행가에두 잇는 말투지만 세상이덧업다구 그저헛되이 탄식은 말게 명년이면 봄은다시오구 꽃두다시피는것이아닌가? 자네는아직명년봄을 기다려야하네」

「여보게자기의일을 남에게넘겨씨워가지구 말하는건가장어리석은자의 비열한행위르세」

「자기의 일이라구?……여보게웃기지말게」

규선이는짜장우수운듯 너털우숨을한바탕웃고나서

「모-든것은 운명이라고세상사람들은 척하면대수룹지안케들 말하지만그러한사실이아닌가? 우리두불상하다지만 참말루불상한 사람은저소장일세 이러한우리들때문에 자기의일생을희생식힌다는건 참말로가여운일일세 눈물겨워나서견대일수가업다네녹을몰루는사람이야」

「녹이라니?」

갑작이명우는 규선의쪽으로돌아누으며 의아한빗츠로뭇는다

마음의琴線(四)

명우의 뭇는말에는 대답지안코 규선이는 그냥저혼자 중얼거린다

「불상한 사람이야 녹쓸은것을 몰루구 제몸을희생식힌다는것은 참말 어리석은 일이야」

「녹이라니 무슨말인가?」

「놀을 몰루는가? 동녹말야」

「그 동녹이 어쨋단 말인가」

「어쨋다니?여보게 마음의동녹말일세 예술가가 그런것을 몰루구 어쩌커는가 왜 어느나라 시인이던지 불른노래가잇지안는가?

심금(心琴)인지 한걸 노래하면서 마음의 거문고줄이니 뭐니 한게」

「난 그런건 몰루네」

「몰루면 쏘하나 을퍼줄까?……

이것두 죄다 이저버렷지만 두어절은아직두 긔억에남어잇네

얼마나 오랜세월이 흘럿느냐?

녹쓸은 일곱줄에 서리운

슬픈전설 나는 고요히 눈

감고 기억을 더듬다
첫줄에 서린 첫사라랑의고
담은 어쩨서 어머니의죽
엄보다 더 슬플까
마음에 깃드린 검은 상
장은
찌저도 찌저도 쩻길줄몰
우고
거기 내청춘은 오늘도
조문(弔文)쥔채 업드려늑
기다
에-쏘 다음은뭐드라?」
「여보게 그만짓거리구 잠자쿠있쎄」
명우는 견딜수가 업는듯 역정스레 왈카내쑴듯 말하고는 두손으로 얼골을덥퍼버
린다
그러나 규선이는 멈추질 안코 그냥짓거려댄다
「어듸로 날러갓느냐? 파랑
새여!
녹쓸은 줄우에 서리서리
얽힌거미줄
너는 선률할줄 모루는부
호업는보표
네 퇴색한 날근그줄을탄
식하며
내슬픈꿈은 몇번이나 얽
혓든가?
마음의 녹쓸은 줄아!
너는 언제나 그 보표에맛
추어내청춘을 다시울어줄라느냐」
여기까지 을푼다음 규선이는 갑작이 입을담을고살며어시 두눈을 감아버린다
그것은 앗가먹은 아편은(癮)이 차츰전신에퍼져지기때문이다

명우도나릿한 조으름이전신을 사로잡아 주는바람에 두눈을 조용히감아버린다

그러나 얼마못가서 그들은다시금일터로 제각기 갈려져갓다

만은 명우는 규선의 노래탓인지 그러찬흐면 아편은때문인지 도모지 맑은얼골을 가질수 업다

무엇인지 정체를 잡을수업는 그럼자갓튼것이 자꾸만 눈압을 어즈럽히고 머리속을 무겁게 하여준다

그래 그는 그 어즈러운 그럼자를 떨쳐버리려고 평소보다는 배곱절이나 힘을내여 일손을 늘렷스나 그러나 한번 무거워지기시작한 머리속은 도모지 개일줄은 몰은다

마지막에 그는 애쓰다못해 될ㅅ대로 돼라하고 논쑥에 나와 풀숩페 되는대로 아모러케나 들어누어버렷다

그모양을 보고 보도소장은 이내 갓가히온다

「어째 어듸가 불편한가?」

「예」

명우는 간단하게 대답하고는 저쪽으로 슬쩍 돌아누어버린다

「어듸가 불편한가? 속인가? 머린가?」

「머리가 좀 무거워요」

명우는 말하기도 귀찬타는듯이 미간을 씽그리려가까스로 대답한다

마음의琴線(五)

소장은 매우 염려스러워하는 빗츨 씌고 명우의모양을 이슥히 나려다 보다가

「정괴롭거들랑 집으루 들어가게」

하고 부드러히말한다

「괜찮어요」

그러나 소장의 잔격정은 멈추질 안는다

「이사람아 몸이 고달푸면 집에 들어가 누어야지이런폭양밋테 누어서 쓰는가? 어서 들어가게」

명우는 아모말도 업시벌쩍 일어나서논쑥을 쑤벅쑤벅걸어나왔다

논쑥을 버서저서 큰길에 나서니 마치그무슨 어리에서 풀려난듯 가슴속이 활짝 열려지는것갓다

그는 길게 심호흠을 한다음 어듸던지조용한데 가서 한숨 흐무지게 쉴것을 생각

하며 큰길에 나섯다

　그러나 한편으로는 소장에게 대하야 미안하기가 그지업다

　돌아오다보니 소장은그냥선자리에서 자긔의쪽을 머어니 바라보고 잇다

　규선의말과갓치 참말불상한 사람이다

　이러한 자긔네를 위하야 일신을 회생식힌다는것은얼마나 가엽슨 일인가?

　그는 불현듯 소장의압페다시 달려가서 쌍바닥에머리를부비며 울고십픈충동을 늑겻다

　만은 다시생각하니 그것도 어리석은수작갓고해서주뭇거리는데 뒤에서신발소리가 나는것갓다 돌아다보니 순동이와 순녀가짜라온다

　「형님 왜 벌써 들어가나요」

　순동이는 거름을쌜리하여 나란이 와서걸으며목에 걸첫던 수건으로 쌈씻는다

　「넌 왜 벌써 들어가니?」

　「할일을 다햇스니까 들어가지요」

　「다하다니 벌써 논두 다 맷냐?」

　「논은 낼부터 시작하겟서요」

　「뭇밧은 다 맷냐?」

　「다 맷서요 인젠 가을에 거더만 들이면 돼요」

　순동의 얼골에는 명랑한 웃음이 시언스레쩌오른다

　「그런데형님은 어째 벌써 들어가요」

　「골머리가 아퍼서」

　순동의 얼골에는 쏘심술구진 우숨이 악의업시 쩌올은다

　「뭐 일하기가 실혀나문아퍼나는 골머리쯤이야」

　「이녀석 쏘 놀리기냐?」

　「하하하……」

　순동이는 쾌활하게웃고나서

　「형님 그러케 보니까 요즘 얼골색이 아주 조치못한걸요」

　하고 이번에는 정색으로말한다

　「망할놈 어쌧던 놀리기구나」

　「아니 참말예요 아주전보담 납버요」

　「이녀석 잔수작말구 저리 비켜라 더워죽겠다」

　「아니요 참말안색이 나쁜걸요 무슨근심이나 잇잔혼가요?」

「망할녀석」

명우는 하는수업시 우서버린다

순동이도 하하하하고 짜라웃는다

부락에들어와서 순동이네와 갈린후 명우는 잠시갈곳을궁리해보다가 그냥지으로 돌아왓다

집에는 아모도업다

방안에들어와서 뒷문을열어제키니 제법시언한 바람이 소리를치며 들어온다그는 웃통을 버서버리고큰대人자(大字)로 번듯이들어누엇다

전신에 추근이 내배엇던 쌈은일시에 선뜻하고 숨여든다

말할수업는 상쾌한 기분에두눈을 슬며어서 감고잠든듯이하고 잇는데 누군지 마당안을 걸어들어오는 자최소리가난다

득수의처가 들어오는줄알고그냥 모른체하고 잇는데

「저…주무세요?」

하는여자의 목소리가 득수의처의 탁한목소리와는달으게 조심스레 들려온다

번쩍눈을쓰고 내다보니문압페는 순녀가와서 귀밑까지붉히고 서잇다

명우는 반발된듯이 벌쩍 일어나안젓다

마음의琴線(六)

순녀는무엇인가 보재기로 싼것을엽페씨고왓는데 종시 고개는처들지못하고 망서리기만 한다

명우는무슨영문인지 몰라 머엉하니내다보기만한다 그러다가자기의 웃통벗은것에 생각이들자 그는당황하게서둘며 웃목에벗어던진적삼을집어다가입는다 그모양을보고순녀는더한칭고개를 숙이며 모로돌아서버린다 명우는계면적어한동안이나 어물거리다가큰맘으로 입을열었다

「무슨일루 왔나요」

순녀는 비로소 살며어시 고개를돌린다 그러나바로처다보지는못하고

「저 이걸가져왓세요」

애련한 음성은 갈청울리듯떨려나온다

「그게뭔데요」

「저양복을 쌜아왓세요」

「뭐? 양복을?」

명우는 깜짝 놀라 그제야벽을 처다보니 이째까지 그냥 걸려잇는줄로만 알았던 양복이 업다

「그건 언제……」

「저 요전번 오빠가 가저다 주시면서 빨라구 하시기에…잘쌜리지 안헛세요」

하고 순녀는 멋번 주저거리다가 가지고 온것을삽붓문턱안에 드려노트니 그만 도망질치듯 종종거름으로밥비밥비 마당박그로 나간다

그가 마당박게 나가버린 다음에도 명우는 오랫동안얼싸진것처럼 한자리에안자 움직일줄을몰랏다 도무지꿈갓트며 골속이씽—하여 생각을 바로가다듬을수가 업다

그는 무심하니 순녀가노코간것을나려다 보앗다 그러면서 그가하던말을어럼푸시 생각해 보앗다 쏙꿈속에서들은듯 기억이 희미하다

그는 다시금 박글얼업시 내다보다가 살며어시 보재기를제차보앗다 어쩐지손끗헤서 가느다란파문이이는것갓다

보재기를 제차니 알맞게 풀쌜을 바든옷은 방금다리미를쎈듯 싸스하니 온긔까지 숨여있다 명우는 채견히개킨것을쏘한동안이나 드려다보다가가슬쩍웃웃을제차보앗다

무엇인지 접어논 쌈에서 삽붓 구둘바닥에 썰어지는것이잇다

집어볼것도 업시 비록인조견이긴 하나제법선까지 정성것 써녀혼 손수건이다

명우는 비로소 정신을차린듯얼른제대로 도로싸서뒤로밀처노핫다가 다시 찬역구석 이불쌈에다가 밀어넛는다

그날저녁 명우는 말쑥하게새옷을털어입고 어두운골목을되는대로 헤매여단니가북문어구로 나갓다

보초막에는 맛침 순동이가서잇다

「형님어디루가시우?」

「산보다 」

「특별허락을 할테니까도망질하면안됩니다」

「망할녀석」

명우는 싱글거리는순동의아플지날랴니 제몸에 걸친 옷이 자꾸얼골을 붉혀준다

그는 얼른 순동의겻틀쩌나내ㅅ가로나갓다

내ㅅ가로 나가니돌돌흘러나리는 물소리는 말할수업시정겨웁다

풀속에서 우는 버레소리도 그윽히들려오고 방축버드나무속에서 언뜻언뜻보이는 반딋불은 고향의어린시절을 다시금 그립게하여준다

명우는 못견디게끔 안카가운 생각에 강변을몃번이고 올우나렷다

이상스래도 이야기가 하고십퍼 나고 그누구의가슴에 포근이 안겨서밤새도록 울어봤스면십다 그것은무슨까닭인지 저로서도 알수업는일이다

자꾸만들쎠올우는 마음을 가누지못해 조고마한 돌맹이를 집어 웅덩이속에집어던져 보앗다

「출렁」하는 물소리에버레소리들은 일시에 딱 멈춘다

그순간 그는 문득아까나제 규선이가을퍼주던 시를 생각했다

「심금! 마음의 녹쓸은줄!」

명우는 한동안이나 생각나지안는 기억을더듬다가그만규선이를 차저가서 물을 작정을하고 조급히돌처섯다

地獄으로가는길(一)

七월이 가고 八월이왓다

八월을 잡자 며칠안되여 부락에서는 만척(滿拓)으로부터의제五회째의 대부배급(貸付配給)을 밧게되엇다

그째문에 툰장(屯長)은 현에까지 갓다오고 이튼날은보도소압마당에서 진종일 양미배급에 눈코 쓸새업시 밥부게지낫다

부락민들은 모도다내켜하지안는 얼골로배당된 쌀을둘러메고제집식 각각흐터저가서는위선 압프로의 예산부터세워보는것이다

어쩌케해서던지 이번것을 가지고신곡 날째까지 견듸어나가야 할텐데아모리 손까락을 쏩아가며 날ㅅ자와 되ㅅ수를 짜저보아야 어림도업는 일이다

그래 마지막에는 손까락을쏩아보다가 못해그만역정스레 쌀푸대에다 침을탁밧고는

「제一길 이러구 살아선무얼하는거야?」

하며보낼곳업는 울분에저혼자씩은거리는 것이엇다

그리고중독자들은 그러한쌀보담도 비록콩알만한것이라도새쌈한 그놈을주는편이 얼마나 낫겟는가고 몃번이고군침을 삼켜본다

그럼으로그들은 밤이면자위단의 경비망을 교묘히쑬코외부와 련락을취해서는배급된쌀을 가정의눈을속혀가며아편과 밧구어 들이는것이다

그러나 이째까지그 공작에잇서서 두목격이던득수를 구류소에쎄앗긴 관게로그들

은어찌할ㅅ바를몰으고 헤매다가 결국은다시 새로운두목을 선택하게 된것으로서그
는달은사람이 아니라 규선이엇다

규선이는 자초에는 그들의청을거절햇스나 아편밀수의길이 전연 절단되고는첫재
로자긔부터 괴롬을늑길것이고쏘달은사람을 시키느니보다자긔자신이 직접취급하게
되면 남의손을 비느니보다는마음노코 만족을채울수가잇겟기에 과감히그책임을 맛
튼것이다

그리하야 밤이되면 비밀공작은 자꾸계속되여간다

그러나 �꼬리가 길면 밟힌다고어느날밤 그들은끗끗내보초의눈에 띄이고말엇다

요란스런 경종은부락의정적을졸지에 뒤집퍼 노핫다

규선이네는 걸머젓던 쌀포대를 성밖개굴창에 막우처너흔후 그냥압산으로올리달
렷다

추격대는 삽시간에 산을 둘러싼다 탈주자의 일행은셋이다

그들은 죽을힘을 다해서 압산마루턱에 오루자 숨을 돌려쉰다음 다시금마루턱을
타고우쪽으로 빠젓다

추격대는그냥 꼿게마루턱을넘어골ㅅ작이로 쩌러저간다

규선이네는 조윽히맘을노코속력을느추엇다

그러고는 서로 얼골을마주보며 어쩌케 할것을상의햇다

그러나 그무슨묘안이 쩌오를리가 업다

생각다못해 마지막에규선이는자포가되여

「될ㅅ대루 돼라 아무째죽으문 바루죽을신세냐?」

하고성큼성큼 것기시작한다

그말을듣자 성오는병철의 얼골을 돌아다보앗다

그러나 병철은몰은체하고 잠자코규선의 뒤를짜른다

성오는겁이 덜컥낫다

평소의행동으로 보아서규선의그말은 웬일인지 사실을예언한것갓혼 불길한생각
을이르켜주고 그리고병철의태도는 둘도업는 이긔회를노치지안코그냥 이대로어듸
던지 탈주해버릴태도다

그러나자긔는 그러케죽엄을각오한다거나 탈주를꿈꿀 용긔는가지지 못햇다

그래그는 은근히속을 태우며둘의거동만 홀끔홀끔엿보앗지만 둘은조곰도 주저거
리는양 업시 그저 발길만옴겨놋는다

地獄으로가는길(二)

　　세번째 마루턱을 넘엇슬때성오는 참다못해규선의 얼골을 조심스레 돌아다보며 물엇다

　　「그런데 여보게대체 지금 어듸루 가는셈인가?」

　　그러나규선이는 들은체도 안하고 거름만옴겨놋는다

　　「여보게 규선이 이게 지금어듸루 가는 길인가?」

　　「지옥으로 가는 길이라네」

　　규선이는 웃지도안코평범하게 말한다

　　「에?」

　　성오는 깜짝놀라며 한동안이나규선의 얼골에서 시선을떼지못하다가

　　「여보게길두 몰루구 어듸를이러케 가는건가?」

　　거이울상이 되여말한다

　　그모양을 보고버럭소리를 놉혀역정스레 핀잔을주는것은병철이다

　　「어듼지알께 뭔가? 그저 가는대루갈판이지」

　　성오는 하는수업시 입을 담으럿다

　　그러나얼마못가서 쏘연다

　　「가는대루 갈판이라니?

　　이런심산에 들어서 어듸루간단말인가?

　　길두몰루면서」

　　만은 둘은웅대도업시 어둠속만자꾸 더듬어간다

　　그러다가 날밝을무렵하도 지처서나무그늘에 아무러케나쓸어저 잠시눈을 붓첫다 가일어난다는것이 눈을쩟을때는느진아츰때도 훨신지난듯산은쌔끗이밝다

　　그런데 사방에는 쯧하지안흔안개가자욱히 쩌돌아방향을 분간할수가업다

　　셋은무거운 표정으로 서로말업시담배만 쌜며안개가사라지기를 기다렷다 만은 아모리 기다려야 안개는삭아지는양이업고 그냥 자욱하다

　　셋은 차츰불안을 늑기기 시작햇다

　　「여보게규선이 이러케안자만잇으면 어쩌컬텐가?」

　　하고 먼저입을 여는것은 성오다

　　「그럼 어듸 별수가잇는가?」

　　「별수가 잇는가라니?……어듸던지 가야지 이대루 잇다가 시장끼가들면 어쩌커

겟는가?」

　성오의이말을 듯고보니사실 규선이나 병철의뱃속은 시장끼난지가 벌써오래다

　그러키째문에 둘의표정은 더욱 어두어진다

　성오는이슥히 잠자코 둘의얼골을번갈어 살피며 대답을 기다리다가쏘입을연다

「여보게 병철이 자넨 혹 이근방 산쌸을 타본일이 업는가?」

「업네」

「여기가 아니래두 달은곳에서타본일두업는가?」

「한번두업네」

　성오는 후―하고 긴한숨을쐅은다음 이번에는 규선의편으로 쏘돌아안는다

「어젯밤에 온길을 알수잇는가?」

「어듸던지 잘몰우겟네」

「우쑥한 산봉우리가튼것을 왼편에 끼구온것 가튼데 그게어느걸까?」

「글쎄 나두그걸 자꾸차자보는데 어느게던지 도무지알수가업네」

「나무가튼건 업섯지?」

「글쎄 그냥 풀숩프루만온것가튼데 웬대목들이 이러케 직직하니 꽉들어찻는가?」

　서로말할사록 마음은어두어간다

　그러다가 아래편을 나려다보니 자욱히 껴돌앗던안개속에서 고래등가튼 산등어리가 어수룸하니 들어나 보인다

「아 저걸ㅅ세 간밤에 왼편에 끼十올라온건 저걸ㅅ세」

　규선이는 반가움에벌쩍일어나며 아래편 안개속을가르킨다

　안개속에서 차츰 선명하게보이는 산등어리를내다보고 성오와 병철이도기운이나는듯 허리찌를 졸라매며 일어난다

「그런것같네」

「인젠 어쩌케 쩌나보세」

　□1)

地獄으로가는길(四)

　골작이로 나려가는동안성오와규선이는 절반을기다십이하며 몃번을굴럿는지몰

---

1) 제32회분이 탈락되였다.

은다
　　병철의옛측대로 거기에는 과연맑은물이 흘으고잇다
　　셋은정신업시 들이켰다
　　배속이지잉 저려들더니갑작이가슴속이 울컥치밀어올은다
　　참다못해성오와 규선이는 왈칵토하기시작햇다
　　병철은이를 악물고참기에 애를썻다
　　그러나성오와 규선의구역은멈출줄몰은다
　　「아이구—여보게사람살려주게」
　　하고마츰내 성오는뒤로나가 번드러진다
　　그러나 규선이도엽페잇는 바위를안고 막우업드러진다
　　「여보게 자네까지이러면 어쩌커겟는가」
　　하고병철은 규선의팔을와락 쓰러당긴다
　　「여보게 조금만…조금만 이대루둬주게 뱃속이뒤집퍼지는것갓네」
　　규선이는 거이거이 숨줄이 끈키는것갓튼 음성으로 애원한다
　　그리고 병철은 사정을보아안준다
　　「안되네 여기서들어눕기만 하면 맛장이나네괴롭더래두 좀더가보세 이물줄기를
따라가보세내생각에는 꼭인가가 잇슬것갓네」
　　하고그는 그냥 규선의팔을 당기여이르킨다
　　규선이는하는수업시 일어서기는하나 두어째는축—처저서 다죽은송장갓다병철
은다시이번에는 성오를안아일으킨다
　　「아—아 난죽네」
　　성오는벌서 눈ㅅ살이다풀리고신음소리도 선명치못하다
　　「제—길」
　　병철은 투덜거리면서도성오의 한쪽팔을자기의어깨에다가걸처노코 그의 겨드랑
을 껴안은후
　　「어서 걷게」
　　하고 발찔을쩨여놋는다
　　그러나 얼마를못가서 규선이는 나무그루를거더차고 나가 잡바지더니
　　「아이구— 몰우겟다 될ㅅ대루돼라 난죽는다」
　　하고는 다시깁더일지 못한다
　　병철은 하는수업시 성오의겨드랑을 논하버린다

그러고는 자긔도그자리에 펑덩주저앉는다

셋은다시금 혼수상태에빠젓다

그러자 해는서산넘어 기울고 골짝에는 어둠이슬며어시 밀려들기 시작한다

건너편 마루턱에서는 가마귀의 울음소리가 청승맞게들려오고 뒷산어쌔로는바람소리조차 음산하게 들려온다

자위단의 필사적노력에의하야 규선이네가 수색망에 걸렷든것은 그이튼날낫밥째엿다

셋은 멀리로도망한다는것이 결국은 개미가채박휘돌듯 제구비를자꾸씨고 돌아서 사실그들이마지막으로 쏠어진곳은 부락에서십리도 되나마나한곳이엇다

자위단은 이날도 조반을 먹고마지막 수색으로 사방에흐터젓던것인데 압산마루턱을넘어 다음마루턱에 올라서니얼마 멀지안흔 건너편골짝이쪽에서 가마귀들의 울음소리가 소란스레 들려오기에 수상하여 그소리를 짜라가보니 뜻밖게도 거기에 탈주자들이쏠어저 잇섯던것이다

단원들은 너머나 반가움에고생하던것도 이저버리고 아프로달려갓다

그러나 그들은 너머도참혹한광경에 넉업시 뒤로물러서지 안흘수가 업섯다

코스구멍을 쿡찔르는 추악한냄새보다도 바위미테엉거주춤하니 안저서 쏘는듯한 눈으로 이쪽을 노려보고잇는한마리의늑대

地獄으로가는길（五）

「앗 저게 뭐냐?」

압페섯던자보다도 먼저소리를 질른것은 뒤에선단장이다

「아 숭양이다」

여럿은 서로다투어 뒤로 물러서며 색을 일는다

그모양을보고 단장은 용긔를내여 압페썩나서며 어째에메엿던 총을나려겨누어댄다

그것을본짐생은 번개빗치 되어 바위틈으로 빠저다러난다

「탕」

뒤이어 연방두방이나 요란하게 산골짝을 울렷건만 짐생의몸은 쏜살갓치 숨속으로 빠저버린다

그제야 여럿은 쏠어진셋의겻트로 조심스레 가까히 닥어든다

비길데업시 추악한냄새가 코ㅅ구멍을 쿡쩰으는 바람에모도다주춤거린다

쉬파리가 윙윙거리는 우쪽을 살펴보고 그들은일제히 얼골을돌려버린다

역여볼썻도 업시 엽구리에커다란 구멍이 뚤어지고 창자가 미죽—이 내민것은 성오다

단장은 눈압퍼 앗질하여 두손으로 얼골을 덥는다

그는 눈을 가린채신음에 가까운 소리로

「둘을 봐라 둘두 그러케 됏나?」

하고는 단원들의대답을 기다린다

단원들은 멧번이나 주저거리다가 하는수업시규선이와 병철의 겻트로가본다

조곰도 상한데는업다

그저 잠든듯하다

그러나 누구하나 가까히 바짝 닥어들어 찬히역여보는자는업다

모도다 서로 얼골만자주보며 색업시 썰기만한다

단장은 기다리다못해 얼골에서 손을 쩨고 허둥지둥 둘의 엽프로 가더니이슥히 드려다 보다가 갑작이 소수라치며외친다

「숨이 잇다 아직 살엇다」

「예?」

여럿은 넉업시 달려든다

단장은 한쪽손에 들엇던 총을 풀숩폐다 그냥 동댕이치고 와락 달려들어 병철의 옷섭플 제찬후 가슴을 짚어보며 코ㅅ구멍에다간 귀를 기우려본다

「앗 숨이잇다 이놈은살엇다

그쪽 규선이놈을 봐라어쩌냐? 살엇냐?」

단장의 모양으로 사슴을 제차고 만저보던 단원의입에서

「아 숨이 잇습니다」

하는 소리가 나오자 단장은 그리로 쏘녁업시 달려간다

확실히 왼쪽 가슴에서심장이쏙딱거리는것이 알린다

「이놈두 살엇다 심장이친다」

단장은 벌쩍일어나더니어쩔줄을 몰우고 단원들의얼골만 번갈러본다

그러나 바른편 성오의쪽으로시선이 돌아지자 그의 얼골빗츤 다시금 새파라케 질려진다

「못생긴놈들」

　단장은 보낼곳업는 울분에두주먹을 틀어쥐고 이슥히쓸어진 셋을 번갈아보다가 그만 긴한숨을 후유─하고쌥고는 두눈을 조용히감어버린다
　그들이 부락으로 돌아온것은그로부터 한시간도못되어서엿다
　그런데 그동안 부락에서는쏘한가지 변사가생겼다
　그것은 달름이아니라 규선이처의 자살소동이엿다
　그는 남편의 탈주한후 이틀동안이나 수색단에 끼여서 산속을 헤매다가 결국은 모든것을 죄다단념하고 뒷강가 버드나무에 목을매고늘어젓던것이다
　만은 행이랄찌 불행이랄찌 마을사람의눈에 씌여서 목적은 달치못하고 그저정신만 어리처서 집으로 들려왔던것이다

빗과어둠(一)

　한번 떨리기 시작한 녹쓸엇던 마음의금선은 날이가면 갈수록 점점 이젓던 옛날의노래를 그리게 되는것이엿고 향수(鄕愁)의보표만차저내려고 하는것이엿다
　날러간 파랑새!
　그것은 한번 노치면 다시는 영구히 붓잡을수가업는것인가?
　잔인스레도 부첨된 청춘의 상장(喪章)!
　그것은 영원히 찌즐수업는 운명의상장인가?
　장구한 시일을 어둠의나락(奈落)에침전되엇던 명우는 순녀의 존새로 말미암아 몇날을 진정을 못하고 고민했다
　다시금 울려는 마음의 금선!
　규선의 말과갓치 사실자긔의 마음의 금선에는 아직도 녹쓸지안혼부분이 남어 잇섯든가?
　그는 몃번이나 부질업는 어리석은 꿈으로 돌려버리려고 제마음을 비웃고마지막에는 증오까지 늑겻다
　그러나 얼마 못가서그는 이내 결국그러케 비웃고증오를 늑기는것이 도리혀얼마나 어리석은 일이고 타기할 일인것인가를 째닷게 되엇다
　그래 그는 나중에는 순동이네 남매간의 친절과호의에대하야조곰도 괴롬을늑기지안케되엇고한편속으로는 은근히 그어썬 희망과기대까지 지니게되엿다
　그러한 어느날 그는보도소소장의 호출을밧게되엇다
　이전 버릇으로 소장의호출을밧고 명우는 속으로곰곰히 생각해 보앗스나자긔의

지은 죄라고는 몃칠전 밧머리에서 규선이와갓치아편을 먹은 그것박게는 업다

허지만 규선의 입에서그 비밀이 탄로가 됏을리는절대로업다

그러타면 무슨일로 불우는것일까?

아무리 생각해도 까닭을 알수가업다

(엑 될째루 돼라)

생각다못해 그는 하여턴 가보기로 작정하고 집을나서는데 저쪽에서 헐쩍어리며 마주오는것은 순동이다

그는명우의 압페 다닷자 오자 대뜸

「보도소루 가시우?」

하고는 무슨까닭이 잇는듯이 벙긋 웃는다

「웅 소장이 오라구해서 간다」

명우는 내켜하지안는 어조로 대답하고는 순동의 웃는얼골을 수상스레 드려다보앗다

「무슨일루 불운답듸까?」

「내가 아니?」

「왜 불리는 이가 몰라요?」

「무슨일루 불우는지 남의속을 어쩌케아니?」

「그런것두 몰라요? 난벌서 다 알구잇는데」

하고 연신 벙글거리며 웃음을 거두지못하는 순동의 그모양은 아무리 보아도수상스럽다

「알면 좀 대주렴」

「그저 함부루 막 대줘요?」

「그럼 어쩌케 해야 되니?」

「방법이 잇죠」

「무슨 방법이?」

「대주면 한턱 낼테우?」

「한턱?」

「그럼요 남에게서 신세를 지면 그만한 갑품이 잇서야죠」

「야 이녀석 오달지구나

그래 한턱 내지」

명우는 어처구니가 업서우서버리며 그래도 순동의 입만 주시한다

「무얼 낼테우?」

「아무거나 네요구대루」

「정말?」

「정말아니구 애들보구 거짓말하겟냐」

「애들이라니요?」

「그럼 아직장가두못간놈이 애들이 아니구 어룬이란 말이냐?」

「아니 그럼 형님은총각이 아니구 서방님이시우?」

「이녀석아 난 총각이래두 늙은총각이돼서 어룬축에 든다」

명우는 속히알고십푸면서도 순동의농담에끌려서 하는수업시 잡말을 짓거리는것이엇다

빗과어둠(二)

순동이는명우의 얼골을벙글거리며 한동안이나처다보다가 「흥」하고코우슴을치더니 한거름슬쩍물러서며

「무슨소리 총각이면늙어두 총각이지상투쟁인가? 쥐면큰쥐두 쥐구색기쥐두 쥐지하이칼라머리를하문 그저어른이되는줄 아는가봐」

「엑기녀석 말ㅅ버릇 고약하다」

「하하하……총각 어른께 죄송합니다」

「이녀석아 잔수작좀그만부리구 하저던말이나얼른하렴」

「하지요그대신 턱을이즈문안돼요」

「글쎄안이즈마 뭐가요구냐?」

순동이는 잠시생각하는양을 하더니 갑작이정색으로돌아지며

「저형님 고향본댁에서왓서요」

「머?」

명우는 쌈작놀라며 한참동안이나 입을담을지못하고 순동의얼골만 마주본다

그러다가그는겨우 입술을 놀리며 마치무서운것이나묻는것처럼조심스레말을쩌낸다

「오다니? 누가……누가 왓단말이냐?」

「편지왓단말얘요」

순동이는 웃지도안코시침이까지 쑥짜고말한다

명우는너머나 어처구니가 업서서 선자리에서움직일줄을모른다

그러나순동이는 극히평범한양으로

「턱올이주문안돼요」

하고는 보도소쪽으로쑤벅쑤벅체조격으로 걸어간다

명우는 그뒷모양을한동안이나머엉하니바라보다가

「망할녀석」

하고는 자기도그쪽으로발씰을옴겨노핫다

그러나 머리속은 매우불안스러워난다

고향서 편지가왓다면 무슨편지가왓스며 누구에게서왓슬까?

언뜻 머리속에 쩌올우는것은 어머니의얼골이다

마음에는 백부 사촌형사촌누의동생들이 차례차례로 쩌올우고 어려서 소학교에 댕길째 극친하게 생각해주던 담님선생의 얼골도 쩌올은다

모도다 안타갑게 그리워나는 얼골들이다 그러나그와동시에 비길쩨업는 괴롬을 일으켜주는 무서운 챗직과도갓튼얼골이기도 하다

그럼으로 보도소소장의압프로 걸어들어가는 그의다리는 가느다라케 썰리기까지 한다

그는 새파라케 질닌얼골로 소장의얼골만 주시햇다

소장은 자애로운 우슴을 만면에 씌우고 부두러히바라보면서

「명우ㄴ가?」하고 조용히 입을연다

그러나 명우는 대리석을 짜가세운듯 쌧쌧히선채 대답을 못햇다

「명철이라구 누군가?」

명우는 한동안이나 지나서야 겨우 입을 열엇다

「사촌형입니다 」

「아 그러쿤 자네 백부쩨선 준ㅅ자(俊字) 식ㅅ자(植字)를 쓰시던가?」

「예」

「어머니쩨선 지금두 큰댁에 게시겟지」

명우는 고개를 푹 숙엿다

「어머니의 연세는 금년얼마나 놉프신가?」

명우는 입술이 쩌저질지경 악물고 여전말을못햇다

「환갑은 아직 지나지안헛겟지?」

소장의 질문은 집요하게 계속된다

명우는 참다못해 고개를 번쩍 처들엇다

「소장님 웨그런말슴을 자꾸 무루십니까? 그런말슴은 제발 뭇지말어주십시오」

소장은 조용히 바라보다가 자못 측은해하는 빗츨씌며 나직히한숨을짓고나서

「잘못햇네 다시안물을테니 과히 섭섭해 하지말게」한다음 책상빼람을 당기더니 편지한장을 쩌내놋는다

「사촌형님께서 편지가왓네 나한테는 자네 백부님께서 왓지만 위선 자네편지부텀 먼저 읽어보게 여기 규정대루먼저 검열한다음에 내주겟지만 자네안태루 온거니까 그냥내줘두 괜찬켓지 거기걸상을 갓다노쿠 안자서천천히 읽어보게나」

☐2)

빗과어둠(四)

그날밤 소장은간단하나마 성의를다한 음식상을 차려노코명우를 청한다음 순동이까지 불럿다

명우는 사촌형의 편지에서흥분된머리속이 아직도식지한혼탓으로 소장의 권하는 술을그저 되는대로 바다 마시엇다

소장은 짜장만족한듯뻘거케상기된얼골에서 우숨을거두지못한다

「뒤느저서 새는샘일날맛이 어떤가」

명우는 자꾸울고십퍼나서 견디기가 어려윗다

소장은명우의속을 죄다엿보고 쏘한잔쭈욱 마신다음 잔을넘긴다

「그런데 난명우안테 헐말이 좀잇는데 들어 줄는지?」

명우는 들엇든 술잔을도루나려노코 쌔안이 소장의 얼골을 건너다 보앗다

「꼬옥 해야만 될말인데」

「무슨 말슴인데요?」

「꼬옥 세가지 청이 잇는데 들어줄라나」

「제힘으루서 들어 할만한 일이라면 들어 들이지요」

「그야 헐수잇는 일이지아니 명우군이 아니구는절대 못할 일이지」

「그러시다면 들어들이지요 무슨 말슴이십니까?」

「그런데 먼저 한마듸 물은다음에 쩌내야 할텐데 그것부터 뭇기루 허지노하거나

---

2) 제37회분이 탈락되였다.

오해해서는 안되네」

「천만에 말슴입니다」

「그럼 뭇겟네 에―…군은 어째서 처음 아편을 붓치게 됏는지 그것부터말해 줄수가 업는가?」

명우는 너머도 의외의질문에 머엉하니 벌인 입을 다을지못하고 소장의 얼골만 얼업시 건너다 보앗다

「이런것을 뭇는건대단안된일인줄은알지만 특별히너그러운 맘으루 들려줄수가업는가?」

그러나 가장 압혼상처를 닷치운명우는 숨소리조차괴롭게되여가서 외면한 고개를 바로 처들수가업다

「영사관서 넘어온 서류에는 그저 간단하게 첫사랑에 실패하구 만주에와서 돈을 벌랴다가」

「소장님 그건만은……그것만은 뭇지말어주십시요 달은것은 다물우서두 그것만은 뭇지말어 주십시요」

소장은 슬픈 빗을 씌고 한참동안이나 건너다보다가

「그러지 자네 청대루취소하겟네」

하고 어색하게되어버린좌석을 이내뇌락한 우슴으로 가다듬어노흔후

「그럼 세가지 청으루 들어가지

첫재―인젠 규선이와병철의 피로두 회복된듯해서 내일아츰에는 구류소루보낼까 허는데 그런데 난처음부터 그러케 봣지만 군과규선의두사람만은달리 봐왓네 다행히내눈이틀리지안허서 군에게선 애써온 보람을 늑겻다지만 아직규선이만은 잘 넘어오지 안는단 말야 그래 생각다못해 군의 공작을 좀 빌어볼까 하는데 어쩌케 묘한 방책이 업슬까?」

그소리에 명우는 그러지안허도 붉어진얼골을 더한칭 붉혓다

그는 오랫동안 고개를처들지 못하다가 겨우 구더진 입술을 놀려서 신음하다시피 자긔의 죄상을 자백햇다

「소장님 대할 낫치 업습니다 전 아직두 죄인입니다요얼마전에두규선이와 갓치 죄를 지엇습니다」

그러나 소장의눈은 여전히 부두럽게웃는다

「과거는 문제가 아닐세 이제부텀이라두 결심하구 다시는 절대 가까히 하지안흐면 되는것이 아닌가?이복잡한세상에서어쩌케과거까지들처가며산단말인가? 그러찬

흔가?」

　명우는소장의 얼골에서웅결된시선을 쩨지못했다

　소장은다시금 다음을 이어간다

빗과어둠(五)

　「나는이부락으루올때 부락민의과거를 들추어내려구 온사람은 아닐세 나는 그들의 장래에다가내전히망을 걸구온사람일세 그러키째문에 나는군이지금으로부터 바로한시간전에 죄를지엇대두 그걸가지구 문제를삼으려군안하네

　요(要)는인제부터 과거를 뉘우치구 개심을하는가? 안하는가?하는 그것일세 그점나는군의압날을 굿게 밋는한사람이네 어떤가? 내말이틀리는가? 틀리면틀린다구 말해보게」

　명우는자꾸만 가슴속에서 돌맹이가튼것이 치밀어올라 대답할수가업다

　「그런점으로보아서 규선의 부탁을군안테 하는거니까 오늘밤이나내일아침에라두 차저가서군의최선을 다해주기를 나는간절히부탁하네」

　「네가보지요 꼭가보지요」

　명우는거의 무의식중에입을놀엿다

　「아 정말인가? 고마우이 고마워」

　소장은진정으로 반가워하면서 고개까지숙여보인다

　그리고는한참동안이나 저혼자어린애처럼 안진자리에서 진정을못하며 벙글거리다가 갑작이정색으로 우슴을거두고는

　「다음둘째는 에-좀말하기가거북하지만 에-」

　하고윈일인지 주저거리며얼른쩌내지못하다가 명우의엽페안자 동정만살피는순동의 얼골을 홀찟돌아다본후

　「달은것이아니라 나안테 수양쌀이하나잇는데 인젠 나이두차구해서 어듸적당한 사람이잇으면 쩌맛기려구하는데」

　하고쏘중단한다

　명우는 웬일인지 가슴속이 울렁거려남을 늑기고얼골을 숙엿다

　소장은 술긔운을 빌어용긔를내려는듯이 압페노힌뷔인 잔에다가 그득짜라 마신후

　「이사람 명우 보잘썻업는 쌀자식이지만 난자네를밋네 어쩔텐가? 내사우가 되여줄려나?」

하고 명우의 대답을 기다린다

그러나 명우는 대답은고사하고 어쩌케 자세를 가젓스면 조흘런지 그것조차도몰랏다

그모양을 보더니 소장은 저혼자 뜻몰을우슴을 벌씬웃고나서 이번에는 은근한어조로 말을써낸다

「양짤이라니 어쌔 거짓말갓치 생각되는가? 그럼 속시언하게 일음을 대줄까달은 애가아니라 자네엽페 지금 안자잇는 순동의여동생 순녀말일세」

「네?」

명우는 제귀를 의심하며 소장의 얼골을쑤러지라고바라보앗다

「순동의 여동생을몰루는가? 그 순녀를 오늘부터내가 자청해서 자네를내양사우로 삼을랴는데 어떤가? 이의가잇는가? 이의가 잇다면 이자리에서써언스레 말해주게」

소장은 술기운째문에 점점수다스럽게 되여저가며마지막에는 술상까지 엽푸로 밀어노코 명우의압프로닥어앉는다

「다음 셋재는―이두번째의 문제에 관련된것인데 달은게 아니라 둘째조건에 대해서군이승락만 헌다면 나는내일전보를 처서라두 군의어머님을모시여오겟네

군의백부님 편지에 군의어머님쎄선군의 개심을보지안쿠는 돌아가시는한이 잇더람두 절대 안맛나보신다구하신다는데 인제군이내사우가 된다면 난장담허구 전보를 치려네」

명우는 두눈을조용히감엇다

무엇이라고 어쩌케 그득차올우는 자긔의 심중을말하엿스면 조흘찌 몰랏다

그는 속으로 소장의말을 다시한번 외여보앗다

도모지 미들수가 업는일갓다

쏘옥 취담을 들은것갓다

더구나 순녀를 양짤이라니 언제 그런인연을 매젓단 말인가?

빗과어둠(六)

명우는 속으로 소장의말을 부인하여보앗다

(아니다 취담이다 소장은지금취담을 외이고잇다)

그러나 그는이내 자기자신이 도리혀 취담을외이고잇는것을째달앗다

지금 자기의엽페는 순동이가 안저서 소장의—언—구를 죄다 듯고잇지안는가

만약에 소장의말이 취담이고 객적은 농담이라면순동이가 그저 잠자코안자잇슬 리는 업는것이아닌가?

틀림업시 순동의청이다

순동의청을들어서 소장은 대신 말한것이다

자기자신이 직접 말하기는 면구스러워서 소장을내세운 그갸륵한 심사를생각하니 명우는 눈물까지솟구친다

소장은명우의대답을기다리다못해 「어째 이의가 잇는가?이의가 잇스면 잇다구 해야지 가만잇으면 어쩌커는가?」

하고 조급하게 재촉한다

명우는 감던째와갓치 조용히눈을 썻다

그리고는 무엇이 되던지간에말을 하려고햇다

그러나말은 목구녁에 걸려서나오질안코 애쑤진얼골만훗군 달어올은다

「이사람아 그만나이에 어째북구러운가 정그러케대답하기가 거북하다면 내일아침 편지루래도 대답하게나」

소장의이말에 명우는그만 결심한듯고개를 번쩍처든다

「아닙니다 예서 말하지요

소장님 미안합니다만 저의어머니한테 전보를처주십시오」

「웅? 정말인가?」

소장은 너머나반가움에어쩔줄을몰우고 얼골가죽만씰룩어린다

×

그 이튿날새벽

부락에서는 쏘일제검색이 일어낫다 그결과 그물에 걸려든자는 여섯명이나 되는데 거진중독자들이엇다

판에 박은듯한 단장의취조와 보도소소장의훈화가잇슨다음 그들은 미리부터 작정되어잇든 규선이병철이네와함께 ×××구류소로료양을가게되엇다

명우는 밤새도록 흥분되여잠들지못하다가 새벽에야 겨우어렴푸시엿튼잠에들엇다

만은 얼마못가서 그무슨꿈째문에 놀라쌘다음 그는 문득 지난밤의 소장의말을 생각고 규선이를차저갓다

무슨말을 어쩌케쑤며서할까를궁리하며 마당안에들어서는데 집안에서는 벌써깨
여난듯 규선의 말소리가 들려온다

명우는 문압페 머저서서 한동안 귀를기우렷다

「이런말을하는것은 결코당신을미워서하는것은아니오 그점을 잘 리해한다면구지
나갓튼놈에게 매달려서 고생을하진 안흐리라고생각하오」

규선의말은 틀림업시 그의안해를보고 하는말이다

명우는 전신에신경을 모조리긴장식혀서 귀를 기우렷다

규선의 처의말소리는 한마듸도업다

「나두 당신이고생한건 잘 알구잇소 시집을와서 처음엔 내나이가어려서 철이들
지안헛기째문에 속을썻구 다음엔내가 되지두못하게시리 사회객인지뭐인지되어가
지구 지랄을부리는바람에 속을썻구 쏘지금에와선 쏘락서니가요모양이 됏기째문에
자살까지하려구한당신의 그속을 난 잘 알구 잇소

그러기째문에 난 이번에두 요 몃츨동안 어쩌케 좀 바른길루 들어가 볼까구 골독
히 생각해 봣소만 여보오 난아무리해두 제길루 바루 들어설수는 업소」

갑작이 규선의처의 흑흑 늑기는 소리가 들려나온다

빗과어둠(七)

명우는 조용히문을 열엇다

규선이와 그의처는 깜짝놀라며 내다본다

그러나 명우인줄알고 규선이는 이내제대로 평범하게 돌아지며

「명우ㄴ가? 어서 들어오게」

하고 어색한우슴을 서글푸게 지어보인다

명우는 잠자코 들어가서 규선의압페 조용히안젓다

명우의 무거운침묵에 규선이는 한동안 말업시 그의동정만 실피다가

「명우 난지금 안해에게내심중을 고백하던 중일세」

하고 싱긋이 웃는다

그러나 그것은 말할수업시 슬픈우슴이다

명우는 나직히 한숨을쉬고나서

「박게서다들엇네」

하고규선의처의 쪽으로시선을 돌렸다

규선의처는 숙으린고개를 처들못하고 그냥늑긴다

「그런가? 그러타면더긴말을외이지는안켓네 자네두 아다십피난 이번에가면반년이걸릴찌 一년이걸릴찌 모를텐데 한가지짝한것이 잇단말일세」

「뭐가짝하단말인가?」

규선이는 다시금어색한우슴을서글푸게 웃고나서

「달은것이아니라 안해의문제가짝할세」

「그야 짝하겟지만 그러나 자네가개심하구 나와서금후의 코―스만바루잡으면 쉽사리해결될 문제가아닌가?」

「머? 개심?」

규선이는 이슥하도록 명우의얼골을 얼짜진것 처럼 머어니 바라보다가 그만쓸쓸하게웃고나서

「그건 그러이

허지만 여보게명우 저로서도알지못할껀 제맘일세 개심개심하지만 나안텐그게제일문젤세」

「어째서문제란말인가?」

「자네는 다행히일헛던옛꿈을다시차저서 압날에히망을걸게되엇다지만 나한테야대체뭐가잇단말인가? 압날에대한 아모런히망도가지지못한 나로서는결국과거의꿈박게야 회상할것이 무엇이잇단말인가?

한포먹으면 자욱―히흐려드는 머리속에그림갓치써올우는 그일허버린옛꿈! 자네머리속에도 그기억은 잘남아잇겟지」

명우는 가슴속이그득차올우며 눈시울이 자꾸쓰거워 올랏다

「내입으루서 이런말을하는것은참말루우수운일이지만그러나규선이인생이란것은 한번어둠의구렁텅에쩔어지면다시는영영 솟아날수업는것인가? 아닐세 나는밋네 굿게밋네열번을쩔어젓대두 열한번째 우리의의긔만잇다면 얼마던지솟아날수가잇다구 생각하네 그러찬흔가? 규선이자네는 아직얼마던지 솟아날수가잇는것이라구 나는굿게밋네」

규선이는흥분되여불우짓듯말하는 명우의모양을 일종의 가엽서하는듯한표정을씌고 물쑤럼이 바라보다가 천천히 담배를부처물며

「그건 아직 덜쩌러진-다시말하자면 맨밋구렁텅에 쩌러져못본자의말이네 그점자네는 지옥의문어구에만가밧지 안에는채들어가못본자라구 단언할수가잇네」

명우는 아모말도못하고창문쪽으로 고개를돌려버렷다

규선이는 두눈을쏘옥감고 한동안이나 잠자코 잇다가 그냥두눈을감은채 한숨에 석거탄식하듯 말한다

「과거의꿈을 그린다는 것 그얼마나 아름다운것인가? 만약에나안테서 그것마저 쌔앗어 버린다면난벌서내손으로 이헛싹대가만남은 송장을 처치해버린지두오랏겟네 그리니까 명우 자네두내 안해모양으로부질업는 충고는 일체말어주게 간절히부탁하네」

조반후 규선이 병철이 그리고새벽에 검색망에걸려든 여섯명은 부락의 법규에의하여 ×××구류소로 료양을쩌낫다

그들이 쩌난후 약두어시간 지나서규선이의처는 슷슷내설흔아홉살을 일긔로뒷강 버드나무가지에 목을매여버렷다

한알의보리알(一)

안해의 죽음째문에 ×××경찰서 구류소에서 도라온 규선이는 안해의 장례도씃난 날 오후에 보도소소장을 차저갓다

소장은 성공서에보낼 공문을 작성하다가 규선이가 들어오는것을보자 이내 일손을 멈추고반가히마젓다

「규선인가! 어서 들어오게 매우 피곤햇지」

그러나 규선이는 잠자코 소장의엽헤 노힌 뷔인의자에가서 조용히 안즈며 나직하게 한숨을짓는다

「얼골빗치 아주 나쁜데매우피곤한 모양이로군」

소장은 진정으로 동정하며 어쩌케 해서던지 위로를 주려고 햇스나 그러나적당한 말이 생각나지 안는다

규선이는 다시한번 긴한숨을 쏩고나서천천히 소장의 얼골을건너다보며

「여러가지로 걱정을 씨처서죄송합니다」

하고는 슬며어시 외면해버린다

「천만에 그런말은 아예말어주게」

하고 소장은 다시 뒤를 이으려 햇스나 무슨말을햇스면 조흘찌 공연히 마음만 서글퍼 나며 도모지생각이 안난다

하는수업시 그는 담배를붓처물고 쩌금쩌금 멋업시 푸른연기만 쏨어서는 공중으로올려보냇다

말할수업시 부자연한 침묵이 한동안이나 지낫것만 둘은그냥 입을 봉한채 안저잇다

그러다가 이슥한 후에야 규선이는 다시금 소장의쪽으로 고개를 돌리며

「그런데 저는 언제쯤 쩌날까요? 인젠 처리할건 다햇는데요」

하고 대답이 아니라 명령을기다린다

소장은 슬푼 빗츨 가득담은 눈으로 말업시 이슥하도록 규선의 파리한얼골을바라보다가 조용히고개를 쩔어트리며 힘업시말한다

「그러케 급하게서둘건업스니짜 천천히피로나 풀두룩하지」

「아닙니다 갈길은어서가야지요」

「갈길이 어디잇겟는가?막다른골목에 다달은사람으루서」

규선이는 다시금 소굿이 고개를숙어버린다

「그러찬흔가?규선이 낸들 자네들을 그런곳으루보내구십퍼서 보내겟는가 다못할줏이지」

소장은 잠시중단하고머어니허공을 바라보다가 금시에울쯧한음성으로 다시다음을이어간다

「대체 사람이란무엇째문에 살아가는것인지 나는최근에와서는 각굼제길을일코 암담하게 헤매게되는것일세 더구나인젠 고인이되엿지만 군의처갓튼 사람의일을 생각하면 인간세상속이란 너머두 허무한것갓타서 도무지 진정을할수가 업다네 이런 말을군에게 하는것은 참말 안된 일이겟지만 그러나규선이 군을 보구 이런말을 하지안코는 견딜수가 업는 내 심정두 생각해주어야 허네

얼마나 슬푼 일인가?

군의처쑌만 아니라 그냥 이대루 게속된다면 나두 불원에 그러케 자살을하게 될 쩟갓다네

지금 군이 갈길을가야한다지만 대체 군이 갈길이 어듸 잇단말인가?

한째는 군에게도 갈길이 잇섯겟지

그러나 지금은 업네 아무데두 군의갈길은 업네 이에서 더 슬푼일이어듸잇는가? 참말슬푼일이지」

갑작이 규선이는 웃쑥일어서서 소장의쪽에 정면으로 마주서더니

「소장님 더 말슴치 말어주십시오

저의맘은 지금 너머도공허해젓습니다

아니 그보다두 피곤해젓습니다

진정으로 말슴 들인다면 될수잇는한 몃츨이던지눈을감구 조용히 누어잇구십픔
니다 소장님을대하고 이부락사람들을 대하는것은 지극히 괴로운일입니다 저는 저
번째 성오대신으로 죽어버리지못한신세를 얼마나 슬푸게생각는지몰읍니다 저를 어
서 하로밥비 구류소로 보내주십시오 무엇보다두 저의원은 그것입니다」

하고는 조용히 두눈을감아버린다

□3)

한알의보리알(三)

문득 소장의머리속을 스치는것이잇다

「한알의 보리알」

한알의 보리알이라도 그것이 쌍에 쩌러저서 썩지안흐면?

(그러타 한알의 보리알이라도 그것이 쌍에 쩌러저서 훌늉히 썩지안으면 새로운
싹은 탄생되지 못하는것이다)

속으로 쩌저리게 느끼며 외여보는 그의눈압페 의젓이 쩌올우는것은 해마다봄이
면 거룩한태도로 씨를쑤리던 아버지의 그모양이다

온갓 잡된 괴로움을 다이저버리고 다만 미래의승리를 위하야 씨를쑤리던그아버
지

얼마나 숭엄하고 위대한 모양이엿든가

일시의 괴롬을 못이겨서 잠시나마 허무를 느끼고비애를 늦긴것은 그 얼마나 어
리석고도 죄스러운 일이냐?

과연자긔는 한알의보리알이되여 쌍에 쩌러저서 훌늉히 썩으려햇든가?

그리고 씨쑤리는 위대한 농부가 되려고햇던가?

(내사업에잇서서는 째는아직도 일은봄이다

가을의수확을-미래의승리를 거둘랴면 세월은아직도멀엇고 자신의존재는 너머
도 미약하다

이얼마나 북구러운 일이냐?

다시금 재출발을해야한다 부락민의 소생을위해 나는 한알의 보리알이 돼야한다
그리고 훌늉히 썩어야한다)

---

3) 제43회분이 탈락되였다.

이러케생각햇을때 그는완연 딴사람이된듯 두주먹을 불끈 틀어쥐고 힘스러일어섯다

그리고는 밥비밥비 부락으로돌아오자 불이나케 명우를차저갓다

맛침 명우는 집에잇섯다

소장은 명우를보자 대쯤 그의손목을 덥석잡으며

「김군나는오늘부터 다시금 재출발을하기로 결심햇네」

하고 생기를가득찐 눈에우슴을먹음고 쌔안이마주본다

명우는 무슨 영문인지를몰라 한참동안이나 어리벙벙해서 소장의얼골만 처다본다

「김군 나는요몃츨동안 자기의갈길을 일코암로에서 헤매엿다네 생각하면 북구러운 일일세 힘두드리지안쿠 결과를어드려는것은 그얼마나 어리석은즛인가? 내사업에대하야 적지안흔 의심을품구 암담하게 몃칠을보냇네 이얼마나 어리석은인간인가? 그러치만 나는 오늘쯜에나갓다가 한알의 벼알에서 쎄저리게 교훈을밧구 다시금 새로운 결심으로 재출발을 하려구 햇네」

소장은 숨찰듯이 씩은거리기까지 하며

「김군 성서에두 잇는말이지만 나는 한알의 보리알이되려구 결심햇네

한알의 보리알이 돼가지구새로운 싹을 길르기위해 부락민의 소생을위해 훌능히 썩어보려구 결심햇네

이째까지 애써왓다는것은 참말루 미비한 작란에불과하다구 생각하네

그러기째문에 나는이 부락에온지가 얼마안됨에두불구하구 결과를 바란것이아닌가?

참말루 북구러운 일일세 훌능한 씨쑤리는 농부는 천천히 잇는정력을 다하구철수를 보낸다음에야결과를 기다리는것이 아닌가?

그러찬흔가? 김군 이것은어럿슬때에 아버지나고향 어른들쎄서 절실히늑기며 배운 진리일세

이런 의미에서 나는 씨쑤리는 사람이되고 한알의보리알이되여 훌능히썩으려는 것일세 김군 어쩐가?

이것은 내 진정일세 자네쓴만 아니라 나는 세인의압쎄서 굿게 맹서를 하려네」

하고 더욱 힘스레 명우의손목을 틀어잡는다

명우는 감격에 넘처 두눈에 눈물을 가득 담고어느째까지던지 소장의 얼골에서 시선을 쎼지못한다

슬픈傳說(一)

九월하순이면 마을의 추수는 죄다 끗난다

집집마다 마당안에는 나락들이 듬직하니 가려져잇고 보도소압 넓은마당에는 공동농장 나락들이 중천에 다을지경 어마어마하게 꽉 들어차잇다

해마다 이지방은 조상강(早霜降)때문에 실수를 보게되든것이 금년에는 날세가 조하서 그런법도업고 아직도 초가을처럼 짜뜻하니 해볏치 쏘여서 재봉춘하는 시절이라면 꼿치라도필뜻하다

그러기에 마을의 길까에는 맨발버슨 아이들이 수수ㅅ대 끗테다가 쌍으로활을메워가지고 거기에다 거미줄을 잔쑥 발라부친것으로 허공에 의젓이 쩌도는 잠자리무리들을 쏫차댕기느라고 돌부리를 거두차는것도 몰우고 아우성을 치며 야단들이다

그리고 약삭바른 패들은 벌서 타곡(打穀)들을 하느라고 웃통까지 버서던지고 도리깨들을 내둘루기에 여념이 업다

어듸를 둘러보던지 평화스런 옛고향의 농촌과 조곰도 달음이 업다

마는 이러한 마을의 짜뜻한 분위기도 규선에게잇서서는 아모런 감흥도 일으켜주지를 못하고 여전히 암담한 절망에서 차듸찬 어름의나라를 헤매게하는것으로서 보도소소장도 몃날을두고 애쓰다못해 하는수업시 부락의 법규대로다시금 ×××경찰서 구류소로 료양을 보내게 되엿다

그의 보호로서 호송을가게된것은 순동이엿다

그가 규선이를 다리고동문박게 나섯슬때 황급히뒤쏫차 나온것은 명우다

수상해서 짜안이 돌아다보는 둘의 얼골을 얼마간 어색스런 우숨으로 마주보며

「강역까지 바래다주려 왓다」

하고 명우는 규선의편보담도 순동이에게위선 양해를 구해노코

「여보게 규선이 인제가면 여러날을 못보게될텐데저리 강역에가서 좀더얘기나 하다가세」

하고 자기부터 압장을서서 발낄을쩨어놋는다

규선이는 아모말업시 쓸쓸하게우수며 그의뒤에 짜라선다

순동이도 묵묵히 짜라선다

얼마못가서 셋은 이내강ㅅ가에 이르럿다

노오라케물든 강언덕 잔듸바테 나란이 안즌셋은한동안이 지나도록 서로아모말도업시 제생각에 잠겨침묵을 직히고잇다

　그러다가 마즌편 만인부락에서 컹々하고 짓는개소리에야 비로소정신을 차린듯 명우부터 먼저입을열기시작한다
　「담배나 피우지」
　그러나 규선이는 비스듬이 팔을베고 들어누운채머어니 하눌만 쳐다보며 응대가 업다
　명우는 담배갑을써내 규선에게 권하며
　「여보게 규선이 가진돈이잇는가? 업스면 좀가지구가게」
　하고 대답을 기다린다
　「구류소루 가는놈이 돈은해서 뭘하는가?」
　「그래두 잇서야지 필요할땐 얼마든지 쓸수가잇스니까」
　하고 명우는 엽채기에서五원지페 한장을 써내주며
　「약소하지만 이걸 가지구가게」
　하고 규선의손에 쥐여준다
　비로소 규선이는 명우의쪽으로 둘아눕는다
　그는한동안이나 명우의얼골을 빠안이 처다보다가
　「여보게 명우 그동안에벌서 보도소소장이 됏는가?」
　한다음 싸늘하게 조소하며 명우의손에 도루 지페를돌려준다
　「보도사업을 하겟스면 부락에 가서하는것이 길까에서 구류소루 호송되여가는놈 보구 하는것은 안일세」
　하고 규선이는 다시금 저쪽으로 등을지고 돌아누어버린다

슬픈傳說（二）

　명우는 다시 더 말을 못하고 한동안이나 벙벙하니 안자잇다가 엽폐 안즌 순동이를 보고 눈짓한다음그에게 五원지페를 슬며시맛겨준다
　순동이는 이내 눈치를알어채고 고개를 끄쩍이며돈을 바다 자긔의 엽채기에 넛는다
　그런줄은 몰으고 규선이는 저혼자 말하듯 탄식조로 한숨에 석거서 말한다
　「모든것은 부질업는 작란이구 헛즐일세 나는 세상의 존재까지 부인하는놈일세 나안테서 조곰이라도 인간성을 차저보겟다는것은 마치 나무쪽대기에 올라가서 물고기를 구하려는것과도 마찬가지네 지금 자네가 나에게 돈을주려는 그맘을 생각할

째 나는 우수워 나서견딜수가 업네 그러치만 그것도 생각썬 이지실상은 웃는것두 귀치안흔일이네」

명우는 갑작이 저쪽으로 돌아누운 규선의아폐 돌아안즈며 흥분된 어조로 말한다

「여보게 규선이 내가 자네한테 돈을 주려구 한것은 보도소 소장처럼자네를 감화를 식힌다거나 비위를 사려는 그런맘으로준것은 아닐세 나는 조곰도짠생각은 업시 그저 진정으로 군의 편리를도모해주는 의미에서 주려구 한것인데 그건 자네두잘짐작하구 잇슬일이아닌가?」

「마찬가지가 아닌가! 다오십보 백보지」

규선의 입가에서는 여전히냉소가 사라질줄을몰은다

「뭐가 오십보백보란 말인가?……설사 쏘그러타하드래도 둘의우정을봐서라두 자네는 바더야할것이아닌가?」

「그건 그러이 허지만 여보게 자네와의 우정두인제는 한전설(傳說)에 불과한 것이 되구말지 안헛는가?」

「뭐?전설?」

「그러치 전설이지」

「전설이라니?…어째서 전설이란 말인가?」

「설명을 요구하는가? 나안테 뭇지말구현명한 자네자신이 생각하면 더잘알일이 아닌가?」

「몰우겟네 우리들의 우정이 어째서 전설이 되구말엇단 말인가?」

「여보게 명우 너머 성가시게 굴지말어주게 그러치만 구지설명을 요구한다면 심심푸리루 해주지 자네는 어제ㅅ날까지는우리들의 부류에속한자엿지만 오늘부터는 완전히부류를달리한—다시말하면 훌륭히 소생된 인간이아닌가?그러치 인간이지보도소소장의 말을빌썻두업시자네는소생된 인간이네 그러치만 우리는 무엇인가? 여전지옥의 내락에서헤매는 락오의무리가아닌가?그럼으로 지난날의 자네와나와의 우정이란것은지금에와서는 기억에도 히미한 한가지전설이되구 말엇다는것일세 자네가과거를 즉우리들과의 접촉되엇던쓰거운 과거를추억하고고소할째 그것이얼마나슬픈전설이 될것인가를 나는잘 알구잇네 허지만 여보게 명우자네는 그슬픈전설을 구지자꾸 되푸리하야 추억할필요는업네」

명우는 참다못해 규선의 팔을 덥석잡으며 거이울음쪼로 말한다

「규선이 재발 그런말은말어주게 나는밋네 자네와의 우정만은 영구히 변치안흘것을밋네 그리구자네만은언제든지 옛날의길로 다시 접어드리란 그것두 나는 굿게

밋네」

「뭐? 옛날의길루?」

「응 옛날의길루 다시 다시 도라오리라는것을 나는 굿게 밋네」

규선이는 한참동안이나 명우의 얼골을 쌔안이 처다보다가 그만 지친듯이 두눈을 조용히 감아버리며마치 시나외이듯 저혼자 중얼거린다

「옛날의 길이라구? 절대안될말이다 세월은 다흘러버렷다 명우 자네는 내일허진 세월을 다시금 차저다 줄수가 잇는가?

슬푼傳說(三)

일허진 세월!

규선의 이말에 명우는나직히 한숨을지으며 자긔도두눈을 감아버렷다

일허진 세월!

얼마나 슬푼 말인가?

만약에 지나간 그시절에 흘러버린 그세월을 다시금 차즐수가 잇다면 규선의소생 은조곰도문제삼을것이업다

그런데 그것은 가능한일일까?

절대 불가능한 일이다

일허진 세월을 다시 찾는다는것은 과거를 현재로 역행식히는것이 아닌가?

절대 불가능한 일이다

만은 그러한 절대 불가능한일을 규선에게 잇서서만은 감행식혀주고 십다

과거를 역행식혀주고십다

일허진 세월을 다시금차저주고 십다

그리하야 그로 하여금다시금 옛날의정열을 일으켜서 날쮀게 하여주고십다

그런데 만약 그러자면그에대한방법은어쩌한것일까?

여기에 생각이 밋첫을째 명우는 저혼자속으로 어처구니업는 우숨을 웃지안홀수 가업다

그러나 그와동시에 그는 한편속으로는 그어쩐 짠결심으로 이를 단단히 악물게됨 을 늑기고 부지중에전신을 옷삭쩔엇다

방법의유무가문제가아니다

방법이 업다드라도 이것만은 긔필코 감행해야한다

「규선이 나는 절대 불가능한 일인줄을아네 허지만 일생을 희생해서라도 해볼 작정이네 군의일허진 세월을 도루차저 줄것을 여기에서 굿게맹서하네」

하고 명우는 맛치 불을내쑴듯이 단김을 풍기며 힘스레 말한다

그러나 규선이는 아모웅대도업시 그냥 그대로잠든듯이 누어잇다

「생각하면 과거란 모두다 슬푼 전설이지 어느것하나 질거운것이잇섯는가? 이것은 인생에 잇서서는 필연적 숙명이라구나는 생각네

력사란 전부가 슬푼 전설이 아닌가? 장엄하다는 력사도 위대하다는력사도 모두가 슬푼전설에 포함되는것이 아닌가? 이것은 인류의 력사가 계속되는날까지 그냥 그대로 계속될 진리라구 나는 생각하네 그럼으로군의말과갓치 내가 나의과거의 슬푼전설을 회상한다는것은 결코 슬푼일은 아닐세 과거를 회상한다는것-그것은 결국 쏘하나 다음날의 슬푼전설을 나키위함일세 그런데 여기에서 문제가 되는것은 인간자신이 새로운 전설을 나을째마다 의식적으로 낫느냐? 무의식적으로 낫느냐? 즉다시말하면 능동적이냐? 피동적이냐?하는것이라구 생각네 이런의미하에서 볼째 우리들은 과거에잇서서너머두 피동적이엿다구 나는 절실히 생각네 피동적이엿기때문에 그에서비저진 슬푼전설은 필연적으로 비력사적이고 비현실적이엿다구생각네 그러찬흔가? 규선이 내가첫사랑에 실패하구 돈을벌랴다가 타락이 된것이나 자네가 정치운동의 선상에서 써러저 가지구 타락이된것은 모도다 무의식적이구 피동적이 엿기때문이라구 하는것은 자네자신이 오히려 더잘 짐작하구 잇을일이아닌가? 이에서 더 한심한일이어듸 잇는가? 더구나 자네는 정치운동가가 아니엿든가? 리상주의자가아니엿든가 그런데 그주의는 무엇째문이며 그운동은 누구째문이엿든가? 내일 개인의안일이나 사욕을 채우렴이아니엿다면과도긔의거세인물결에잇서서도확호한 신렴과 냉철한 비판력을 웨 일는단 말인가? 모두가 피동적이엿든 탓이 아닌가? 그 어리석엇든 피동적시대를 겨을르게 회상하며 자아를 망각하고 시대의 흘음을 무시한다는건 이얼마나 어리석은 수작인가? 진실로 자네의 일허진 세월을 다시금 차저야하며 나는 내 일생을 밧처서라두 잇는힘을 죄다 써볼 작정이네

만약에 이것을 거부한다면 아니 거부할 용긔를 가젓다면 자네는 이압페 홀러가는 저강물에 쌔저죽어보게」

명우는 마치 자긔가 강물에 쎄여들기나 할것처럼 벌쩍 일어서며 발밋틀 홀으는 강을 이를 악물고노려본다

잠든듯이 누어잇던 규선의 감은 두눈에서 두줄눈물이 쑤루루 흘러나린다

슬픈傳說(四)

어느듯 벌서 나무닙픈죄다 쩌러저버리고 앙상한나무가지엔 매서운 서북풍이 사정업시 휘몰아치기 시작한다

날마다 하눌은 검엇다풀우럿다 언제 어느째 눈이 나리기 시작할런지 종잡을수가 업고 강건너 만인부락에서 들려오는 당나귀의울음소리도 한칭더 처량타

부락에서는 타곡도 거진 끗나고 김장도필한후에 한겨울동안째일나무도 적지아니작만되엿다

남은문제는 과동(過冬)뿐이다

보도소소장은 부락에온이후 처음으로두다리를쭈욱폇고 멫츨을편안히쉬일수가 잇섯다

그러나그것도 수일을못가고 그는다시금새로운게획에 전신을 불살럿던것이니 그것은 다름이아니라들판에방목(放牧)된 망아지색기처럼제맘대로 아모써리낌업시자라나는아이들의 교육문제엿다

하긴 이째짜지그런생각을 하여본쩍이 업는것은아니다

아니 한시각인들그생각이 그의 념두를쩌낫슬리가업다

그러나 그의몸은너머도고달펏고 분망햇다

열몸이라도 밥불지경부락의사정은 너머도어즈러웟다

그러던것이 인제는 얼마간안정을 씌게되고더구나농한기가 되엿기째문에 소장은 비로소 오랫동안의 숙망을이루어 보려고 결심한것이다

그는첫재로 부락의학령아동수를 재조사해 보앗다

그결과를 수ㅅ자로 표시하면 다음과갓다

```
        男   女   計
八歲-   七   八   一五
九歲-   一0  七   一七
一0歲-  七   五   一二
一一歲- 七   八   一五
總計-   三一  二八  五九
```

그런데 이중에서 다소라도 교문을 지나온 아이는 불과열명인데 그남어지는전부

가 까막무식한 교문이라고는 언저리에도 못가본아이들이다

소장은 새삼스레 암담하여지지안홀수가업다

그 부모들의 무지몽매와 타락으로하여 자식들에게까지 이러한 영향을 끼치게 한다는것은 개인적으로 도덕적으로 이러니저러니하고 론한다기보담 이것은 국가적으로 보아 절대 용서할수업는 중대한문제다

자긔의 사업은 타락한그부모들의 갱생보도에만 국한되여 잇는것이 아니다

그 타락한 부모들을 갱생식히는것이 국가적으로부여된 사업이라면 명일의국가의기둥이 될 第二세국민의 교육문제도 엄연히 부여된 사업일것이다

九세이하 八세까지는 그래도 여유가 잇는것으로서 九세이상은 절대로 여유를 가질수업는 긴급한문제다

쏘그뿐인가?

소학교 학령이 지난 소년층도 대개는 무학문맹인 무교육자들이다

그 부모나 형들의 타락을쎠저리게 늑기게하고 철저적으로 죄악의 뿌리를쏩게 하자면 지식의 힘을빌어야하며 교육의힘을 빌어야 한다

소장은 멋번이고 부락의 교육상황을 정밀히 조사해보앗다

조사해 보면 볼사록 한심함을 금할수가 업다

타락된 부형들속에는 훌륭한 지식게급이 만타

그러나 그들의 자녀들은 말하기에도 참담한 상태에 노혀잇다

이에서 더한 비극이 어듸 잇스랴?

소장은 멋날을 두고 세밀히 조사하며 여로가지로 안을 작성하여 본후 성공서와 현공서에 진정이 쓸어넘치는 진정서를 보내고 명우를 자긔의 집에 조용히불럿다

슬픈傳說(五)

형식가튼것은 다음문제

선결문제는 일체의 사정에구애되지말고 실천에옴길것이다

단간 토방이라도 조타

의자가 업스면 거적자리를쌀더라도 조타

다만 연필과 종이만갓추면그만이다

그런데 아모리 생각해보아야 부락에는 단한간방이라도 뷔인칸이한칸도업다

하는수업서 소장은 보도소사무소를 자긔의집으로옴기고 그자리에다가 아이들을

수용하기로 작정했다

　그리고는 명우에게 교편을잡아주기를간청했다

　「김군 수고스럽겟지만내일부터라두 급히착수해주게 성과 현에서 인가만나오면 정식으루 교사두짓구전임교사두 올쩌니까 그동안만 수고해주게」

　명우는 한동안이나 고개를숙이고 무엇인지 생각하다가 갑작이 정면으로 소장의 얼골을 바라보며 입을연다

　「잘 알었습니다 저의힘이 밋는데짜지는 전력을 기우려보지요」

　「아 참말인가? 고마우이 그러케만해준다면 얼마나 조켓는가?」

　「그러치만 소장님 저는교육방면이라고는 경험이없는데 어쩌케할까요」

　「경험이란 가저보면 경험이지 선천적으로 부모의배ㅅ속에서부터 타구낫겟는가?」

　「아닙니다 소학교는 경험이업시는 안됩니다 더구나 이러한부락에거주하는 아이들에게는 경험업는교사로서는 잘갈으킬수가업다구 생각합니다」

　「그아그러치만 어쩌케하는 도리가 달리잇는가? 다무경험잔데」

　명우는 쏘다시입을담을고 무엔지 생각는양을하다가

　「소장님 령사관서 넘어온 서류를 조사해볼수가업슬까요?」

　하고 쯧잇는듯한 우슴을고요히 우서보인다

　「령사관서 온서류를?…그건 어째서?」

　「확실한건 알수가업습니다만 아랫마을인규가 이전에 교편잡은일이 잇섯다는소문을들엇습니다」

　「뭐?? 인규가? 인규라니?」

　「오서방네 웃방에잇는 최인규말입니다」

　「최인규?」

　하고소장은 한참동안기억을 더듬다가

　「올아참말 인제야생각나는군 그래 그사람이이전에 교원노릇을햇지 참 령사관서 온 서류에그런것이 적혀잇섯지」

　하고벌덕 일어나서박그로나가더니이윽하여보도소사무실에서서류를 가지고와서 화색이만면하여 명우의압폐 펼처놋는다

　「군의말이 마젓네 여기에 이러케 적혀잇네 “경성부××정××소학교에서 五년간 근무” 그러구 출신교는 동경××학원일세」

　「××학원이면 미술게통으로서 서양사람의 경영이지요」

　「그러치 내 외사촌동생두 그 학원을 나오구 얼마 안돼서 세상을 쩌낫지만 모두

가 수재들만 모히는 학원이지」

「그럿습니다 ××학원이면 일본서두 관립고등학교에 짝지지안는 수재들이 모여드는 곳입니다」

「그러치 그러한 곳이지그러한곳을 나온자가 이러케 와서 썩다니」

소장은 다시금 암담한생각에 긴한숨을쉽는다

그에짜라명우도자긔의과거를돌아보고나직히한숨짓는다

「그럼 인규를불러볼까?」

「글세요 불러보시지요」

「그런데 그사람이 쾌히스락해줄까」

「제생각엔 별루반대는 업스리라구 밋는데요」

「그럼 불러보지 미안하지만 김군 순동이를 이리좀오게해주게」

슬픈傳說(六)

순동이를차저 그의집으로 가던 명우는 길짜에서 우연히 인규를맛낫다

평시에는 조만하여 박그로나오지안턴인규가 오늘은 웬일인지 말쑥하게 양복을 차려입고 남빗바탕에 쌜간줄과 흰줄이 가로세로 서로교차되여 건너간 넥타이까지 단아하게 맨우에면도짜지 말쑥하니한 그모양이란 어듸로보던지 중독자라고 할수가 없다

그는 명우를보자 빙그으시우수며

「어듸로 가는가?」

하고 먼저수작을건다

「별루 가는데가업네 자넨어듸루 이러케성장을 하구가는건가」

「성장?? 하하하……」

인규는 속이뷘듯한우숨을 한바탕 웃고나서

「쓰문쓰문 이러케 차리구 나서보는것두 역시향수병(鄕愁病)이라고할까? 그러치만 갈쩨가 잇서야지」

하고 쓸쓸한표정을 지으며 먼산쪽으로 시선을돌린다

명우는 잠시 소장의 얼골을 눈압페그려보다가

「여보게소장이 자네를 좀 보자구 허데」

한다음 상대편의 안색을살폇다

「소장이?」

「응 좀 조용히 보구 헐애기가 잇다구 허데」

인규는 미들수가 업다는듯이 의아한빗츨 씌며

「소장이 무슨일루 나를보자구할까」

하고명우의표정에서 까닭을 캐여내려는듯이 그의얼골을 째안이 마주본다

「그야 내가 아는가? 무슨일루 보자구하는지 맛나서 얘기를 들으면 알겟지」

「자넨 몰루는가?」

「내가 어쩌케 안단말인가?」

딱 잡아쩨면서도 명우는 속으로 은근히 말해버리고십픈 충동을 늑겻다

그러나 그는 인규의속을 몰우는지라 슬쩍 참고 평범한 어조로

「하여턴 가보면 알겟지 지금 기다리는 모양인데 얼른가보게」

하고 그냥 지나치려 햇다

「소장이 어듸잇던가? 사무실인가?」

「아니 집에 잇데그려」

얼마쯤 와서 돌아다보니 인규는 고개를숙이고 힘업시 걸어가며 무엇인지 골독히 생각하는것갓다

명우는 인규에게 직접소장의부탁전한 까닥에 순동의집에는 더들지안코 그냥 자기의 집으로 돌아왓다

집으로 도라와보니 거기에는 득수의처는 주간방에 이불을덥고 누어서 명우가방 안에 들어서는것을보고도 일지안흐며 째안이 처다보기만한다

명우는 못본체하고 그냥 자기의 방으로들어가서 보다가 덥퍼논책을 다시금 처들고 읽기시작햇다

그러는데 갑작이 주간방에서는 득수의처의 신음소리가 들려온다

「아이구―배야 아이구」명우는 보던것을 멈추고 잠시귀를 기우리다가 다시 책으로 시선을보냇다

그러나정주칸에서 들려오는 신음소리에 도모지 정신을 가다듬을수가업다

하는수업시 보던책을 접어노코 돌아안즈며 정주칸쪽을향해

「아주머니 어듸가 편찬흔가요?」

하고내키지안흔 어조로 물어보앗다 만은 득수의처는 대답은업시 그냥신음소리 만 질른다

「아이구머니―배야―」

명우는 몃번을 주저거리다가 할수업시 일어나서주간안으로 나가보앗다

「아주머니 속이 편찬흔가요?」

「아이구—배가 아퍼서그래요」

득수의처는 죽을상으로미간을찌프리며 간신히 말을 이어놋는다

「어쩌케 아푼가요」

「모루겟서요 그저 배속이 뒤집퍼지는것가태요 아이구배야—아이구」

「더운 물좀 끌여 들일까요?」

「아이구—아주버니 □4)

슬픈傳說(七)

발광하듯딩굴며 몸쑈림치는 득수의처의모양을 명우는한동안이나 나려다보면서도 그의요구대로 좀처럼손을 대질못햇다

비록 한집에서 서로허물업시 지나오는사이라곤하지만 그래도 득수의처는 남의게집이고 나이도 삼십이 될락말락한 절문여자고 게다가더구나 현재는 남편은 구류소로간후 혼자잇는게집이아닌가?

그래그는 종시 여자의요구대로 붓잡아주지 못하고 선자리에서 어물 거리는데 여자는 그냥죽는다고 야단을치며 지랄부리듯 딩군다

「아이구—아주버니 날 좀 붓잡아줘요 아이구배야—」

득수의처는 애걸하다못해 마지막엔 벌쩍일어나서 명우의 아랫도리에 매달리며 발광을한다

「조끔만 붓잡구 잇서주어요 영 밸이 끈허지는것 가터요 아이구—」

명우는 하는수업시여자가 끄어당기는대로 그자리에주저안젓다

여자는 명우의 무릅에그냥 막우안기며 두팔로사내의허리를 잇는힘쑷끌어안는다

명우는 불쾌하기가 짝이 업다

그러나 그러타고 매몰하게 쑈리칠수도업는 일이라 양난해서 송곳방석에나 안즌듯 몸만 쏭그렷다

갑작이 여자의 신음소리도멋고 발광도 머젓다

그저 숨소리만 괴롭게들릴쑨이다

---

4) 아래부분은 탈락되었다.

이상하게 명우도 가슴속이 갑갑해나며 숨소리가괴로워진다

그는 박게서 누가들어오는것갓다 조마조마하여 견딜수가 업다

그래 그는 거이울상이되여

「좀 진정이 됏서요?」

하며 허리에 감긴 여자의 팔을 슬그머니 풀려햇다

만은 여자의팔은 더한칭 집요하게 감겨들며 노하주질 안는다

「아주머니 인젠 자리에 누우시죠」

「실혀 난 이러구 잇슬테야」

명우는 쌈짝 놀랏다

그는 비로소 여자의 술책에 넘어간것을 깨닷고벌쩍 일어나려 햇다

「놔요」

그러나 여자는 죽어라하고 사내의 허리를 끌어안고 그의가슴에다 얼골을파무드며 엉석까지 부린다

「실혀 아주버니 난이러구 잇서야 배탈이안나요」

「뭐요?」

명우는넘우나 어이가 업서서 한참동안이나 벌인입을 담을지못하고 여자의등덜미를 나려다보앗다

「아주머니 얘기가 잇스문 노쿠서하서두 조찬허요? 이게무슨짓인가요? 남이 보더라두 우리를 뭘루압니까」

하고 조용히 타일러서 말햇다

그러나 그런말이 여자의 귀에들리가 업다

「보문 어째요 보문봣지별수가잇는줄아우? 둘이정분나서 그러는데 무슨상관이람」

「뭐요?」

명우는 울쩍하고 치미는 격분에 되는대로 사정업시 여자의 쩌다밀치고 벌쩍일어섯다

너머나 의외의일에 여자는자리우에 나가쓸어저서한동안이나 얼업시 처다보다가 명우가 돌아서는것을보자 그만발짝일어나서 사내의아페가로막아서며 독이올라새쌀가케 충혈된 눈으로쏘아본다

「이놈아 이러케두 매몰하기냐?」

명우는 겁이 덜컥 낫다

그래 그는 한거름 뒤로 물러서서 어쩔바를 몰우고 여자의 얼골만 직혀보앗다

「어이놈 사내색기문 사내색기답게 행동을해라 더러운 자식」
하고 여자는 명우의 얼골에다 침을 탁쌔터준다

☐5)

슬픈傳說(九)

대수롭지안흔 사소한일로 어색하게된 분위기속에서둘은 오래동안 부자연한 침묵을직히며 멋업시 담배만 빨고잇섯다

그러다가 그 갑갑한 침묵을 먼저깨친것은인규다

「여보게 명우 자넨 내가 자네를 조롱햇다구 양심까지 들구 말하지만 사실 양심대루 정직하게말한다면 난조금두 군을조롱한것은 아닐세 그야내태도에 그런티가 잇섯다면 그건내가 책임을 질테니까 용서해주게 그러치만 자네두 너머 흥분된것갓트네 무슨 불쾌한일이 잇섯는지는 몰으겟지만 자네가 과도히 흥분된것만은 사실이니싼그점 군두 나에게 사과해야 허네」

인규의말에서명우도자기자신이말할수업시 불쾌한일을 격근뒤라몹시 흥분된것을깨달고 솔직히 뉘우친다

「미안허이 아마 내가 너머 흥분햇던가보네 과히섭섭해 말게」

「섭섭할쩟까지야 잇는가! 서루 웃구 지나면 그만이 아닌가!」

인규는 이내 쾌락하게우서서까지 보인다

그러나 명우는 어쩐지마음한구석이 그냥 엉켜들며 좀체로 털어노코 유쾌하게 화색을 지을수가 업고 자꾸만게집의일이 머리속을무겁게 하여준다 그러나 인규는 그속을 알리가업다

「소장이 진정으로 사정하데만 난 대답을못햇네」

「어째서 대답을 못햇는가?」

「인재두 말햇지만 성의가문제로세 한때는 불타는 정열에 일신을 희생해서래두 어린 생령들을 위해 힘을 써보려구 햇지만 지금은 틀렷네」

「어째서 틀렷단 말인가?」

「모든것이 귀찬쿠 실쯩만나는놈에게 무슨 성의가 잇겟는가? 다시 말하면 희망이 업는 놈에게 허구십픈 일이 잇슬턱이 잇는가?」

---

5) 제52회분이 탈락되였다.

명우는 비로소 정신을가다듬고 인규의 얼골을 정면으로 마주보앗다

「자네는××학원을 나왓지」

「그게 무슨 소용이 잇단말인가?」

「소용은 업지만 그래두 그때는 희망이란것이 가득햇겟지」

「그야 더 말할것이 잇나?」

인규의 얼골에는 이내 슬푼 그림자가 어둡게 떠올은다

「그러던것이 어째서 중독자가 됏는가?」

인규는 오랫동안 훠언한창문을 내다보고 안젓다가

「모두가 운명이지」

하고 저혼자 중얼거리듯 서글푸게 말한다

명우는 나직히 한숨을지은후 자긔도창문쪽으로 시선을돌렷다

이슥한후 인규는 다시금저혼자 중얼거리듯 탄식조로 말한다

「나는 오해라는것을 세상에서 제일무서워 허네사소한오해때문에 우리들의 일생이얼마나 좌우되는것인지 나는나의경험으로서 잘 알구 잇네 내가첫사랑을 밧친 여자—나는그를 오해 햇기때문에 내일생을 이러케 망처버렷네」

「자네두 첫사랑에 실패햇든가?」

「웅 실패햇네 그두 어리석은 오해째문에 실패햇다네」

「어쩌케 돼서 오해를 햇는가?」

「너머 지나치게 사랑한탓이엿다구나할까 나는 진정으루 사랑하는 그여자에게 딴 애인이 잇다구여러사람들압페서 그를모욕을햇네 생각하면 어리석기가 비길째 업는놈이지」

「그래서 어쩌케 햇는가?」

「어쩌케될것잇는가? 쌔안한일이지 둘은 서루 절연장을보냇지 그러구는나는 가정에서 권하는대루 딴 여자에게 장가를들엇지」

「그래서?」

「그런데그날밤 내가 장가를드는 그날밤 그여자는……아아」

하고 인규는 그만 두손으로 얼골을 가리여버린다

슬푼傳說(十)

명우는 어쩌케 위로햇스면 조흘찌를 몰낫다

그는 아모말도 못하고그저 인규의 들먹어리는 엇개만 나려다보고 잇섯다

인규는 한참동안 늑기고나서 다시금창문쪽을 바라보며 마냥 뒤를 게속한다

「내가 싼 여자에게 장가를 드는 그날밤 내가첫사랑을 밧젓던 그여자는 칼모친을 마시구 자살을 해버렷다네」

명우는 조용히 두눈을감아버렷다

이즈려고 애쓰는자긔의옛날이 다시금 긔억속에 생생하게 되살어난다

「그때부터 내성격은 파탄이 되엿네 밤낫루 술만 퍼먹구 먹구는 지랄을부리구 그리다가 결국은 장가든 게집까지 쌔앗기게 됏지 그럴것이 아닌가? 명우 장가든날부터 옛날 애인을 불으며 술만 처먹는놈을 누가 밋구 산단말인가? 더구나 순진한줄 알엇던 그 싀굴여자에게 나보다 먼저 첫사랑을 매즌 애인이잇엇다는데야 여보게 난 그러타구 그를 조곰두 욕하지 안쿠 곱게 돌려보냇네 다만 내 머리속에는 죽은 그여자박게는업섯네 나는 한시라두 술업시는 못견듸구 술만먹으면 그의 무덤을 차저가서는 손톱끗이 달어썰어지두록 파헤치며 지랄을 부렷네 더구나 그후그여자의 동생이 전해주는 일긔책을 보구는아아……여보게 명우

나는결국 아편을 취햇네 술은 먹으면 지랄이 나지만 아편은 그러치를안테 한포 먹으면 만사가꿈갓구 시름업시 어듸던지 누어서 옛날을 그려볼수가잇는아편 얼마나조혼것인가? 여보게자네두 첫사랑에실패하구 아편을 먹기시작햇다지? 그러나 그성질에 잇서서 나와는 정 반대지나는 옛날을……애인을그려 보려구 먹는것이아 닌가?

마지막 자살한날의 일기는……」

(나는 그래두 미덧다 피차서로사랑하고 잇섯기째문에 일시의 오해란 반다시삭아저 버릴것을―그러나 지금에 와서야무엇에미련을 두랴? 그이는 인제부터는 영々남의남편나는 모든것을 일허버린버림바든 락오자 어써케할까? 그의얼골을 다시한번 볼수는 업슬까? 그이는 그러케도 무정한 사람일까? 아니내가 너머두 어리석엇지 그이게서절연장이 왓을때 웨달려가서 그의무릅을 안고 사과를 안햇슬까? 그러면그 이도 용서를 햇슬것을 아아! 내가 어리석은 게집이엿지 맛당히 죽어버려야할 어리 석은 게집이다)

「아아 영애 영애」

인규는 다시금 두손으로 얼굴을덥고 목노아늑긴다

명우는 그의억개에조용히 손을언즈며 부드러히말햇다

「여보게 너머 흥분하지말게 과거란언제던지 슬푼것이니까」

「여보게 명우 이러한 나더러 교편을 잡어달라니 그래어쩌케 잡는단말인가?……
하기야 못할것두업지 그러치만 거기에는 특수한요구조건이잇지」

「무슨 요구조건인가?」

「별것업시 하로에밤알만한 아편을한알씩 보수루준다면오늘부터라두 시작을해보
지」 인규는 눈물어린눈에쓸쓸한우숨을씌우고명우를마주본다

명우도 쓸쓸하게 우섯다

「어쩐가? 당연한요구가아닌가?」

만은 명우는서글푼표정으로 웃기만할쑌대답을 못했다

「내가 오늘이러케 차렷다구 군은성장이라구 말햇지만 이러케차린것두 별짜닭은
업네 다만 이넥타이를매여보구십퍼서 이런걸세 알겟는가 이넥타이를……오직 하나
박게 남지안흔 그여자의유물(遺物)일세」

하고 인규는자기의목에맨넥타이를 구버보며 후―하고 긴한숨을쉽는다

슬픈傳說(十一)

옛날을 그려보려고 먹은것과 옛날을 이즈려고 먹는것과―명우는 창문쪽을 하염
업시 바라보며 인규의 말을 곰곰이 되씹어본다

그의말과 가치 자긔는옛날을이즈려고아편을 먹엇다

그러나 자긔는 과연 그아편의힘에 의하야 옛날을 이슬수가 잇섯든가? 업섯나 사
라저간 옛날을 이즐수는 업섯다 한포 먹으면 아수름해진 머리속에는 옛날의 그 가
지가지 일들이 더욱 쏘렷하니 써올우는것이 아니엇든가? 그러면 웨자긔는 그 마약
을 그대로 게속햇던가? 옛날을 이즐수도 업는 그마약을 무슨 까닭으로 이어왓든
가? 두말할것업시 그것은 성격의 파탄에서 되여저 온것이다

그러타 성격의 파탄이다

과거를 이저버리기위함이란 한가지어리석은 구실에불과 한것이구 엄정한 비판
을 나린다면 그것은 틀림업는 성격의파탄에서 되여저 온것이다

이러한 자기의일에 빗저볼째 인규도 마찬가지가아닐수업다

그러타 그의말과갓치 그도 성격의 파탄자다

과거를 그려보기 위함이란 성격파탄자의 한 구실이다.

자기의 의도한바와는 정반대의 방향으로 나가는마약의 힘을 빌어서 옛날을 그려
본다는것은 틀림업는구실이다.

그것은 마약중독자면 누구나 다 경험한 사실이아닌가?

언제던지 의도와는 반대방향으로 나가는 그마약으로하여 옛날을 그려볼수는 절대로 업는일이다。

원하는자는 쩨여버리고원치안는자는 끌고가는 그것이마약의 마성(魔性)이다

그러한 마성의힘을 빌려는것은 결국에잇서서는 성격의 파탄을 말하여주는것이다 이것은 자기자신이쩌저리게 늑긴사실이아닌가?

그러면 이러한 파탄된성격을 다시바로 잡으려면 어쩌한방법을 취하여야할것인가?

여기에는 강력한 그무엇이잇서야한다

즉 파탄된그성격을 거세인힘으로다 나려눌러줄 그 무엇이 잇서야한다

소장의설교도 친우의충고도 아모런소용이 업는것이다

다만 강력한 "그무엇"이 잇서야한다 그것은 자기의 경험에 의하여서도 충분히 헤아릴수가 잇는진리다

파탄된성격-공허해진그맘을 채워줄 "꿈"이잇서야한다 그러타 "꿈"이다

인규에게쓴만 아니라 모-든성격의파탄자에게는 다시금옛날의그 "꿈"을돌려주어야 한다

그러면 그꿈은 어쩌케돌려줄것인가 불러도 울어도 돌아안오는것이 옛날의꿈이라고 하엿거든 그것을 다시 돌려오려는것은 하날에 별을 짜기보담 허공에 신기루를 잡기보담 더욱 허무한일이 아닌가?

아니다 돌려올수가 잇다

하눌에 별은 짤수가 업고 공중에 신기루는 잡을수가 업다지만 옛날의꿈은 다시금 돌려올수가 잇다

부질업는 설교보다도 충고보다도 모든것의 해결점은 이 옛날의꿈을 찾고못찾는데 달려잇는것이다

명우는 그 어쩐 희망에빗나는눈에 우슴을 가득담고 인규를 바라보앗다

「인규 자네는 옛날의꿈에 대하야얼마나 골독히 생각해보앗는가?……

그것을 자네는 다시차즐수가 잇는것이라구 생각해본쩍이 업는가?」

인규는 서글푼우슴을 어색하게 웃고나서

「그것을찾기위해 나는 아편을 요구하는것이 아닌가?」

하고는 조용히 한숨지으며 두눈을 감아버린다

명우는 자긔도 두눈을감으며 속으로 단단히 결심하는것이엇다

(두고보자 나는 너와규선이에게만은 어쩌케해서던지 옛날의 그"꿈"을 다시 돌려
줄것이다)

純情(一)

보도소사무소를 소장의집으로 옴긴이튼날 소장은정식으로 개교(開校)의 선언을
나리고 곳 아동모집에착수햇다

교사(教師)는부득이명우가당분간 책임을 지기로되엇다

입학할 아동들을 모집한 결과 예상수보다는 여러가지 사정으로 하여 얼마간 줄
게되엿다

그러나 성적은 극히량호한 편으로서 남자 卅七명 녀자 卅四명 도합五十一명이
나 달하엿다

모집을 필한다음 소장은 보도소강당에서 래빈도업는 입학식을 성대히 열고자긔
의주머니를 털어서주연도베풀엇다

얼그은이 취한 술긔운에 모도다 소장의 거사를찬양하는것이엇지만 그러나장내
의 분위긔는 말할수업시쓸쓸햇다

이튼날부터 명우는생소한 교단에올라서게되엇다

가지각색으로 생긋얼골들을압페다노코 마주대하고보니어쩐지 감개가무량하다

이얘기로만 들어오던학교에들고보니 마음이 셀레는듯어린것들의 표정도몹시흥
분된듯하다

「너의들은 오늘부터 무어냐?」

저로서도 해독할수업는질문을명우는 불쑥 쩌내노코 이내 어석한 긔분에당황하
게뉘우치지 안흘수가업다

××에서 잠시 학교에댕겨밧다는 녀석이벌쩍일어서더니

「학생입니다」

하고 제법원긔스레 뽑내며 대답한다

명우는 위긔를 버서난듯 한마음에 저절로나오는미소를금할수가업다

「올치그러치학생이지용타」

하고위선대답한녀석에게치하의말을준후 이번에는 소리를크게하여

「자 내가 하는대루 다쪽가치 외여야한다」

하고는 엄숙한 태도로

「우리들은 학생입니다」

히고 여럿의 제창을 기다렸다

그러나 어린여석들은 꿀먹은벙어리처럼 덤덤하니안자서 명우의 얼골만 수상스레 처다본다

명우는 빙긋 웃고나서

「가만히 안자잇는것이 아니야 내가 하는대루 해야한다 자 쪽가치 우리들은」

「우리들은」

하고 외우는것은 앗가 대답한 여석뿐이다

명우는 다시 빙긋우스며

「왜들 가만이 잇서? 다쪽가티 한사람두 째지지 말구해야한다―자우리들은」

「우리들은」

하고 외이는것은 쏘앗가그녀석뿐이다

갑작이 한쪽 구석에서킬하고 웃는우슴소리가난다

모도다 그쪽으로 시선이 돌아진다

그바람에 우슨녀석은 얼골이 빨개지며 어쩔줄을모르고 당황해한다

명우도 하는수업시 우섯다

그러자 모도다 일제히탁 우서버린다 그바람에 「우리들은」하고 외이던 녀석은얼골가죽을 이상하게 실죽거리더니 갑작이 벌쩍 일어나서 구석쪽으로 쏜살갓치 달려간다

대번에 철썩 후려갈리는 소리가나더니 두몸은 그만 한곳에 어울려서 뒹군다

명우가황급히뛰여가서겨우 둘을갈러노차

「이색기 왜 웃는거야」

「웃는데 째리긴 왜 째려」

「웃으니깐 째리지」

「너 이색기 이짜 나가보자」

하며 둘은 눈알을 부라린다

그런것을 명우는 여러가지로 타일르고 교단쪽으로 돌아서니 문어구에는 어느틈에 와섯던지 소장이 와서 빙그으시 우스며 보고잇다

純情(二)

날이 차츰지나감을짜라아이들은 제법훈련을바더가게되엿고 명우도어색하던티가점점사라저가게 되엿다

그모양을보고 누구보담도 반가워하는것은 보도소소장이엇다

그는성공서와 현공서에대하야 맹렬한운동을개시하엿다

그보람이잇서서 성과현에서도 수차현지로시찰을나왓고정세는 여러방면으로유리하게 건개되여나갓다

소장은 다시금명우와상의한다음 야학을여러일반청년층과부녀자의 문맹도퇴치하기로작정하고 모든준비를구체적으로 전개식혀갓다

그바람에 명우는주야를겸하야 일을보게된관게로말할수업시 고달푸게보냇다

소장은 어쩌케해서던지인규의협력을 어드려고가진애를다 써보앗다

그러나인규는 여전히그럴때마다 모멸의조소로대하여 주엇다

인규쑨만아니라 부락에는 교편을잡을만한자가 만엇다만은 그들은전부가인규와 한모양으로 털꿋만한관심도가저주지를안엇다

소장은 애를쓰다못해자기자신이직접교단에 나서서명우를 돕기로햇다

야학은 여자부와남자부를 짜로짜로 갈러노코교실관게로여자부는 불편하나마자기집에서 하기로결정하고 그책임자는 자기가되엿다

그리고남자부는 학교강당에서그냥하게되엿고 학생은 거개가 자위단원들이엇다

일즉이 중독자라는락인을 찍어가지고 모도다모멸하던 명우에게대하야 학생들은 추호만큼이라도 전날의태도를 취하는양 업시 친밀하게지나갓다

동시에 명우는 잇는성의를다하야 한자라도 더 그들의 지식을 넓히기에애를 썻다

어느날밤이엇다

방과후 죄다 집으로돌아간다음 한四五명 뒤에 남아서 명우를 둘러싸코난로엽페서 잡담들을 주고바들때 단장은갑작이 생각난듯 엽페잇는 순동이를돌아보며

「너 우리집에 가서 그병에 너허둔술을 그냥 병채루 달라구 해서 가지구 오너라 그러구 뭐아무거던지 조흐니까 안주쌈두 좀 가지구 오너라 좀 한잔 마시며 얘기나 하자」

하고 난로긔운에 쩔거케상긔된 얼골에우숨을 가득씌우며 여럿을 둘러본다

「예」

순동이는 두말업시 쾌히 대답한후 이내 자리를일어 박그로 나간다

그가 나가자 갑작이 명우의 엽페 안잣던 자위단서긔 상호가 단장을 돌아보며 입을 연다

「우리집에 안주가 좀 잇슬듯 한데 가저올까요?」

「무슨 안주가 잇는가?」

하고 반가히 뭇는것은 단장이다

「돼지고기가 좀 잇슬듯한데요」

「이사람 거 무슨소린가? 그런게 잇스문 뭇기전에 가저와야지 거저올까요가 뭔가?」

「아니 만치못해서요」

「만쿠 적구간에 얼른가서 가저오게 그리구 이 불에다 찌저먹게 남비허구 간장 나물갓튼것두 가지구 오게」

단장은 말만 들어도 구미가 당기는듯군침을 삼키며 벌씬 우서보인다

상호는 그도 벌씬 우수며 박그로 나간다

이윽한후 순동이는한되병에반도더되는 술병을 들고 급히 달려온듯 씩은거리며 들어온다

「수고 햇다」

단장은 술병을 바다들고 갑작이 순동이를 처다보며

「앗차 이젓구나 주전자를 가저올껄」

하고 자긔의부주의를 뉘우친다

「주전자요? 주전자는 우리집에두 잇는데요 얼른 가서 가저오지요」

하고 순동이는 선자리에서 이내 쏘돌아선다

純情(三)

순동이가 나가자 상호는 이내 남비를들고 뒤박기워 들어선다

단장은 상호의손에서 빼앗다십피 남비를 바다들고 쑤ㄲㅓㅇ을 열어본다

안에는 맛스러운 돼지고기가 절반이나차잇고 김치까지 잘름잘름 쓸어서난로에다 언처노코 끌이기만하면 먹게끔되여저잇다

단장은 군침을쓸쩍 삼키고 나서 난로우에얼른 올려노흐며

「이거 일등료리군」

하고 명우의쪽을 돌아보며 씽긋 웃는다

명우는 말업시조용히 웃고잇다

그째 주전자를 가지러갓던 순동이가

털々하고 들어서자 그뒤에빙그으시 미소를머금고 들어서는것은 보도소장이다

여럿은 일제히 일어서며 반가히 마저준다

「소장님 마침 잘오섯습니다」

하고 먼저입을열며 자리를내여주는것은 자위단단장이다

「야학과목에 술노름두들엇든가?」

하고 소장은 단장의여페와 안즈며 난로우에노혀잇는 남비쭈껑을 열어보더니

「헌다하는 일등료리가 아닌가?」

하고 좌중을다시 둘러보며웃는다

「상호군의 작법입니다」

하고 단장은 상호를건너다보며 한바탕호활스레 웃고나서

「술버텀 먼저 데우지」

하고는 병마개를쏩더니주전자에 짜러넛는다

밤은 실음업시 깁퍼가고 마을에서는 개짓는 소리도 안들린다

이글々한 나로의화긔에 모도다 상긔된 얼골에는일체의 사긔라고는 털끗만큼도 엿볼수가업고 우애만이 가득차보인다

술기운에 차츰 흥분되여가자 단장은 엄숙한표정으로 명우를 건너다보며 잠시 주저거리다가

「명우 지나간일은 죄다 이저주게」

하고 진정으로 사과의말을 쩌낸다

「한동안 나는 이부락에서 군을 제일 미워한일까지 잇네 그건 군도 잘알구 잇슬 일일줄아네 나는군에게 손까지 댄일이 잇섯지」

명우는 아모말도업시 조용히 웃고만잇다

단장의 어조는 차츰 격하여저간다

「소장님두 안자 게시지만 나는 그째 군을 무기한으로 구류소에 너허두자까지 주장한일이 잇섯네

생각하면 나자신이 얼마나 비열한 근성의 소유자인지 몰우겟네

그러한 우리들에게 비긴다는것은 대단죄송스런일이지만 난 소장님의 인격과 덕성에는 얼마나머리를 숙엿스면 조홀런지 알수가업네 새삼스레 말할것두업지만 부락민을감화시켜나가는 소장님의인격에는 참말 머리를숙이지안흘수가 업단말야

자네를만약 내주장대루구류소에 그냥 처너코 잇섯드라면 어쩌케됏겟는가」
모도다 무겁게 입을담을고 난로에만시선을 모으며 그무슨 생각에 잠겨잇다
단장은 잠시 좌중을 둘러보다가 이번에는 소장의쪽으로 얼굴을돌리며
「소장님 우리는 이부락에 와서 소장님의지도를 밧게된것을 얼마나 고맙게 생각
는지 모르겟습니다
소장님의지도하에이부락은 훌륭히소생되여 갑니다그건 저 명우군의 소생된 사
실에 빗처보더라두 잘짐작할 일이 아닙니까?」
소장은 나직히 한숨을짓고나서 천천히 고개를 처들더니
「단장 그 치하는 아직시기상조라구 할수가 잇습니다 그보다도 난 단장한테 부탁
이 한가지 잇습니다」
하고단장의 얼골을 쭛잇는듯이 시선으로 마주본다
「무슨부탁이신데요?」
「집을 한채 시급히 작만해야겟는데」
이말에 여럿은 일제히소장에게로 시선을 집중식힌다

☐6)

純情(五)

무서운 악몽이엇다
천정을 꽉 더풀듯한 커다란 손이 자꾸가슴을 나려눌우고 구렁이가튼것이 집요하
게 목에 친친감겨든다
소리를 질르려하나 목구녁은 얼어부튼듯 꽉 맛혓고 사지는 쌧쌧하니 뒤여서버둥
거릴수가업다
다만 앗질앗질하는 순간에 의식만이명료하게 되여저서 도리혀 무서움만이한칭
더하다
죽을애를쓰며 깁드려고하나 구렝이는 점점 목을졸라주고 바위가튼 손은천근보
다도 더무겁다
문득 여푤보니 어머니가 안자잇다
그러나 싸늘한태도로 그저 보고만잇다

---

6) 제59회분이 탈락되였다.

너무나 반가움에 그쪽으로 팍 쏠리며 악을쓰려는 그순간 두눈은 번쩍열렷다

방안은등잔불빗에 우수러한데 누군지 여페안자잇다

전신에짬이 함쑥내배고사지가 물먹은 솜처럼 나릿하여 옴짝할수가업다

명우는 여페안자잇는 허연 그림자를 물끄럼이 바라보앗다

아직도 꿈에서 깨여나지 못한듯 도모지 의식을가다듬을수가업다

「인제 깨나섯수?」

그제야 명우는 갑작이정신을 채렷다

득수의 처엿다

명우는 꿈에감겨들던 구렝이나 본듯 질겁하며 뒤로 물러누엇다

만은 그순간 얼골이확근달어올우더니 머리가 방망이질하듯 압퍼나기시작한다

「좀 정신차리서요」

득수의처는 쌩긋 우서보이며 가까히 닥어안는다

「나가시우웨 들어오섯서요」

명우는 겨우 말을 이어노핫다

득수의처는 이내 얼골빗치 샐쭉하며 실그러진다

그러나 그는 이내 제대로 색을 곤처먹으며 말소리조차 점잔케

「아주버니 잘못 생각지는 마세요 너머괴로워 하시기에근심스러워들어왓세요」

하고 슬쩍 비켜안는다

「뭐요? 괴로워 하다니요?」

「아이구 아주버니 어쩌문 그러케두 괴로워 하서요?」

「괴로워 하다니요 제가무얼 괴로워햇단 말애요?」

「무슨꿈을 꾸섯는지 어찌두괴로운 소리를 하시는지 듯다가 못해들어왓서요」

명우는 잠시꿈을 그려보앗다

말할수업시 두려운꿈이다

아직도 그냥그 커다란손이가슴을 눌러주고 구렝이가징글스럽게도 목에친친감겨 잇는것갓다

그러자 갑작이 머리속은 더한칭 방망이질하며 입속이불붓듯 말라든다

그는 정신이 앗질하여부지중에 신음소리를 질으며 벼개우에 막우 업드렷다

득수의처는 이내 벼개를 바로 곤처주며 이불깃도염여노하 준다

그러나 명우는 그것을알고도 암쑥할수가 업고그저하는대로 내버려 둘수박게 업다

「아이구 머리가 불쌩이갓튼데 이를 어쌔」

「아이구―아주머니 물좀」

「물이요? 잠깐만 기둘러주세요 얼른 끌여 들이쌔」

「아니 그냥……그냥 냉수를 주세요」

「안돼요 이런쌘 더운물을 잡수서야지 찬물을잡수면 안돼요」

하고 득수의처는 부억크로 나가더니 이내 아궁지에다가 장작을 집퍼넛는다

「아이구 어무니 아이구머리야」

명우는자리우에서 되는대로 딍굴며 신음소리를 질른다

이윽한후 득수의처가 끌여가지고 들어온 더운물을 그는 더운줄도 몰우고 되는대로 두사발이나 마시엿다

그리고는 득수의처의 무릅밋테 그냥 막우나가 쓸어저서 허덕이엿다

純情(六)

이튼날도 그이튼날도 명우의 열은 나리지 안헛다

단장 소장 순동이 게다가 득수의처까지 밤을 새워가며 간병에 정성을다햇다

그결과 나흘째 되는날에야 겨우 명우의열은 나리기 시작하고 의식도 맑아저갓다

여럿은 저윽히 맘을 노코 순동이만 남겨둔채 제집씩 돌아갓다

밤이엿다

우수러한 등잔불을 머리맛헤노코 순동이는 명우의 엽페 누어서 책을보다여러날의 피곤으로 말미암아 그냥 혼곤하게 잠들어 버린다

명우는 엿튼잠에 들엇다가 갑작이 어즈러운 꿈에서 깨여낫다

목안이 몹시 말라든다

혀를놀려보니 입안은밧짝 말라서 모래를 구울리는것갓다

머리맛틀보니 물그릇이잇긴하나 물이라고는 한방울도업다

순동이를 깨우려다가 곤히자는것을 깨우기가 미안하여부억쪽을 향해득수의처를 불럿다

「아주머니 물좀써다 주세요」

그러나 코고는소리만 들릴쌘 아모런응대도업다

「아주머니 주무세요?」

그래도 대답이 업다

웬만하면 순동이라도 깨여나렷만 원체곤한 잠에짜젓는지라 옴짝도 안한다

하는수업시 명우는 뷘입만다시엿다

더한칭 구갈이난다

혹시누가 박게서나 들어오지안는가하여 귀를기우려보앗지만 바람소리도 안들린다

생각다못해 그는자기자신이 물을 써오려고 간신히 팔을 집고상반신을 일으키려는데 갑작이 머리맛방문이 조심스레 열리며 누군지삽분방안에 들어선다

명우는 반갑기전에 먼저 놀라기부텀 했다

수일동안의 피곤으로 하여 흐려진 시야라지만 그의 안게에 빗처든것은 틀림업는 순녀가 아닌가?

그러타 틀림업는 순녀다

명우는 넉슬 일흔것처럼 어쩔바를 몰우고누은자리에서처다보기만햇다

순녀는 그도방안에 들어서기는 햇스나 정작명우를 보니 어찌할바를 몰우고서잇다

그러다가 그는 명우의머리맛에 노힌뷔인 물그릇을 보고 비로소 자긔의할일을 깨닷고 잠시주저거리다가그만큰맘으로 집어들더니부억크로나간다

얼마후김이무럭무럭나는더운물을그릇에 갓득써가지고들어온 순녀의얼골에는조곰도 북구러워하는빗치 알지지 안는다

그는 들고들어온 물그릇을 살며시 명우의압페노코 자긔도 조용히 안는다

명우는 아모말도업시 순녀의압페서 한그릇의 물을 거진다마시고 조용히 처다보앗다

대담하게도 순녀는 그시선을 피하질안코 쌔안이나려다본다

한동안이 지낫다

순동이와 득수의처는 그냥 곤히 잠들고잇다

갑작이 명우는 썰리는손으로 순녀의손을 더듬어잡엇다

그제야 순녀는 살며어시 고개를 돌려버린다

「고맙소」

명우는 썰리는 음성으로 겨우말했다

「박게온지가 오랏지요?」

순녀는 그냥 외면한채알릴락말락하게고개를 끄쩍인다

「어제ㅅ저녁에두왓지요?」

순녀의 고개는 쏘 끄쩍인다

「그제ㅅ저녁에두 그그제저녁에두 밤새두룩 박게와 잇슨줄을 난 알구 잇섯소」

하고 명우는 다시 한쪽손을 내밀어 두손으로 더욱 힘스레 순녀의 손을 틀어잡고 소리업시 눈물을흘린다

순녀는 참다못해 치마폭으로 얼골을덥퍼버린다

□7)

일허진人生(二)

오랫동안 갑갑한 침묵이 흘럿다

문틈으로 새여드는바람결에 등잔불만이 나불거릴뿐 둘은 숨쉬는것도 이즌듯이 잠자코 잇섯다

벌서 새벽이된듯 압마을쪽에서는닭우름 소리가흐느러지게 들려온다

비로소 게집은나직히 한숨을지은후 명우를홀씻돌아다본다음 일어서랴다가무엇을 생각햇던지 다시주저안즈며

「아주버니」

하고 서글푼 어조로불른다 명우는 조용히눈을쓰고 마주본다

「노혀마세요」

명우는 한동안이나 게집의얼골을 처다보다가묵묵히 자리를 일어마주안는다

「불칙한 년이라구 욕해주시구 우서주세요 지두깨끗이 이저버리구 써나가겟어요」

「가다니요? 어디로 가신다는 말슴입니까?」

「어디든지 가야지요 이대로 잇스면 어쩌합니까?」

「득수는 어쩌케 하구요?」

「내가 압니까? 그런 건달은 이저버린지가 오랩니다」

명우는 너무나 의외의말에 어쩌케햇스면 조홀지를 몰랏다

그러나 여자는 명우의놀라하는 태도에는 조금도개의치안코 침착하게 다음을 이어간다

「사내를 잘못맛난 타스로 나두 맘이 거츠러젓서요 아주버니는 나를 더러운 년이라구 생각하시겟지만 본래부터 이런 여자는아니엿서요 나두 부모의슬하에 잇슬때는 고히 자라나구 장래에대한 꿈두 아름다웟서요 학교두 소학교는 마첫지요」

---

7) 제63회분이 탈락되였다.

명우는 이상하게도 마음이서글퍼나며 눈물겨워젓다

「그러나 그런것이 지금에 와서 무슨소용이 잇습니까? 그야말루 사라저간 꿈이지요」

여자는 나직히 한숨을짓고나서

「사내를 잘못맛난 탓으루 술두마시여보구 부정한짓두 해보구 별별짓을 다해밧지요 아주버니한테더러운 수작을 걸어본것두 역시그런 버릇째문이지요 그러치만 난 아주버니한테서 쎠저리게 늑기구배웟서요 나두인제부턴 개과천성을하구 바른길루들어볼까해요 그러기위해서 난 고향으로 가겟서요」

하고 명우의 얼골을말쓰럼이 처다본다 어듸까지던지 진지한태도다 불순한티라고는 조곰도업다 명우는 비로소 입을열엇다

「고향에가시면 어쩌케합니까?」

「한동안 거츠러진맘을 편히 쉬여볼까해요」

「그럼 득수와는 영영 갈러진단 말슴입니까」

「그사람과는 벌서 갈린지가오랩니다 남보기에 한집에서사니까 부부간갓지만 내용으론 갈린지가오랩니다 그사람은언제던지 탈주할생각만하구 게집이란것은 벌서 이즌지가오래지요 인젠 멧츨안잇스문 나온다지만 나오면뭘합니까? 이내쏘 도망해버릴텐데 소장님이 아무리애를쓰세두 소용이업지요 그런사람은 이쪽이먼저 쏘차버리는게 올타구 난생각해요 괘니 붓잡구 잇스면 쏘무슨일을 저질러놀 사람입니다」

명우는 지난여름 그어두운밤에 둘이붓안고 딩굴던 일을 생각해보앗다

아주오랜 옛일처럼 까마득한 생각이난다

여자도 그무슨 생각에잠긴듯 가물거리는 등잔불을 조용히 바라보며 침묵에잠긴다

마을의 닭들은 벌서두번째의 울음을터트리기 시작한다

그소리에 놀랏슴인지 이웃쪽에서는 갑작이 개짓는 소리가 요란하게 들려온다

일허진人生(三)

이튿날 명우는 여러날만에 자리를 이럿다

그동안 학교의일은 인규가 대신보아주엇다

그러나 명우가 자리에서 이러나자 그는 이내 자긔의 책임을 버서버렷다

보도소 소장은 명우의건강이 회복되기까지 며츨간만 더 일을보아달라고 여러가

지로 사정을 해보앗지만 인규는 귓등으로도 드러주지 안헛다

그모양에 자위단 단장은 몹시 분개하엿지만 소장은 여전 온후한 얼골에 미소를 씌우고 단장의 격분을 위무하여 주엇다

명우는 순동이게서 그러한 사실을 알고 이내 학교로 나갓다

며츨동안 맛나지 못한아이들은 와―하고 함성까지 질르며 몰켜든다

명우는 알수업는 감격에 눈시울이 쓰끈해남을 느꼇다

그는 피곤된 제몸은 조곰도 생각지안코 그냥 교단에 올라섯다

그날 오후 명우는 아이들을 일즉 집으로 돌려보낸다음 인규를 차저갓다

그는 먼저 인규에게 그동안 수고끼친것을 사과한다음 이어서 오랫만에 교단에 올라선 감상을 무럿다

그러나 인규의 대답은여전 쌀쌀하다

「그런 새끼들을 한달만마터가지구 잇다간 미처나겟데그려」

명우는 너머나 어이가 업서서 버린입을 담을지 못하고 상대편의 얼골을 한동안이나 바라보앗다

「여보게 그게 무슨 말인가? 적어두교육게에 몸을 바첫던일이 잇는사람으루서 그러케 말하는법이어듸 잇는가」

「천만에 말을 말게 그런 새끼들을 난 첨밧네 쑴에 다시 볼까봐 겁나네」

명우는 다시 더 입을열지안헛다

사실 처음 차저올째에는 여러가지로 그의맘을 저울질 해본다음 자긔의 책임까지 전가식혀볼까 하는맘으로 온것인데 처음부터 이러케 말투가 나오고보니더두말을 할수가 업다

그래 그는 잠자코 안자서 애쑤진 담배만 싱겁게 태우고 잇는데 갑자기인규는 이것든것을 생각하는것처럼 색을 고치며 명우의 얼골을 건너다보더니

「여보게 자네한테 부탁이 하나 잇는데 들어주겟는가?」

하고 불숙 말을 쩌낸다

「무슨부탁인가?」

명우의 대답은 속뷘 어조로 힘이 업다

「다름이 아니라 자네와함께 좀잇슬수가 업는가?」

「함께 잇다니?」

「이집은 너머 추워서 견딜수가 업네」

「그럼 하숙을 우리집으로 옴기겟다는 말인가?」

「그러치 자네가 잇는집으루 옴기겟다는말일세 그집은 이집보다는 더우니까」

「그러지 지금 당장이라두 옴기게」

「고마우이 그러치만 주인과두 문의를 해 보아야 하지안켓는가?」

「옹 문의를 해 보지 내생각에는 별루 반대할것갓지는 안혼데」

「그러치만 주인도모르게우리끼리결정해 버릴수야잇는가?」

「그건 그러이 그럼 내가 가서 아주머니한테 무러보지」

「그러케 해 주게」

명우는 이내 자리를 이럿다

집으로 도라오며 그는곰곰히 생각햇다

인규가 자기와 갓치 잇게된다면 반드시 그어쩐보람이 잇슬것처럼 생각되엇다

그리고 자긔는 어쩌케해서던지 그의소생에 전력을 기우려 보려고 생각햇다 다시 업슬 기회다

이런기회를 노처서는 절대로 안된다

그는 속으로 단단히 바수며 집에 도라오자 이내 득수의 처에게 사정을말하고 승락을 기다렷다

그러나 득수의처는 이상하게 긔색이 달러지며 명우의 얼골을 원망스런 시선으로 처다보더니 그만쌀쌀하게 외면해버린다

일허진人生(四)

오랫동안 부자연한 침묵속에서 둘은제각기 갈피를 잡을수업는 착잡된생각에사로잡혀 잇섯다

마음과 마음의 알륵도아니오 그저 비길데업는 슬픈 생각만이 제자신을 헐고 잇는것이엇다

여자의 생각에는 이처럼 매몰한 수단으로 자긔를멀리하려고 하는 사내의 그실정을 어쩌케물엇스면 조흘지 몰랏다

사내도 역시 그러햇다

그의 생각에는 여자와의 접근을 피하려고 인규를다려오자고 한것은 절대로아니다

어쩌케 해서던지 사소한 긔회라도 긔회만 잇다면그긔회를 노치지말고 일허진 인생을 다시 차저주자는것이 그의본의엿고 그 본의에서 인규를 다려오자고한것이 아

니었든가?

참말로 슬픈 일이엇다

명우는 멧번을 주저거리다가 마츰내 여자의 쪽으로 향하며 조용히 입을여럿다

「아주머니 제맘을 오해해서는 안됩니다 제가 인규를 다려오자구 한데는 간특한 그무슨 수단가튼것이 잇는것은 절대로아닙니다 저의 본심은 한사람이라도 어두운 밋구렁텅에서 헤매는 사람이 잇다면 그사람의 일허진 인생을 다시금 차저주려는 거기에 잇습니다

인규와 나와는 친한 샙니다

그러나 그는 자긔의 인생을 일코 헤매는 산송장입니다 나는 그의 인생을다시 차저주기 위해 어쩌한 긔회던지 노치지안코 전력을 기우리려는 사람입니다 그런 의미루서 인규를 다려다가 동거를 하려구 한것이지절대루 짠 게교루서 다려오려구 한것은 아닙니다 아주머니께선 어쩌케 오해를 하시는진몰으겟습니다만 그점만은 저를 미더주십시요」

득수의처는 아모말도업시 말그럼이 명우의 얼굴을한동안이나 처다보다가 그만 나직히 한숨을 짓더니 탄식조로 말을한다

「오해한건 업서요 아주버니생각대루 하세요」

그러나 이말을 명우는어쩌케 들엇스면 조흘지 생각을 종합할수가 업섯다

「제생각대루 하다니요 아주머니께서 실혀하시는걸 구지 다려올 필요는업다구 생각합니다」

「아니예요 여자의 쩔은생각으루 잠시나마 오해하엿다는건 대단 미안합니다 아주버니께서 그런생각으루 다려오시겟다는걸 난 몰낫습니다 별루 잡수실껀 업지만 집은 쓰뜻하니까 어서 다려오세요」

명우는 비로소 맘을노핫다

「그럼 오늘밤부터라두 오두룩 하지요」

「그러케 하서요 오실랴면 속히 오시는편이 나을테니까요」

명우는 곳 박그로나갓다

맑은 하눌이 끗업시 드노파보이고 더한칭 맑아보인다

그리고 지저분한좁은 골목도 전에업시 훤―하고넓어보인다

보도소아플 지나는데 자위단 서기 상호가 부름으로 사무실에 들어가 보니 지난 여름 득수와 명보네의 사건째 구류소로 요양을갓던 패들이 돌아와서 소장에게서 훈시를밧고잇다

그러나 아무리 살펴보아야 득수는 안보인다
자위단 서기에게 물어보니 득수는 도중에서 탈주를 해버렷다고한다
불현듯 그의처가 하던말이 생각난다
명우는 다시금 지난여름 그날밤일을 머리속에 그려보앗다
흐리터분하던 마음속이이상스레 개여지는것갓다
그리고 득수의처의 압길에는 반드시 그어쩐 소생의빗치 빗처올것만갓고 일허진 인생이 다시차저질것만갓치 생각되는것이엇다
그는 소장에게 목례한다음 진정으로 반가워하며여러의압프로 갓가히갓다

어머니(一)

평범하고 단조한 날마다가 평화스러이 지낫다
동면에 든 부락에는 아모런 사고도 이는양 업시 모든 규정이 엄수되엇다
어제도 오늘도 한모양으로 되푸리되면서 겨울은작고 깁허가고 잇섯다
그러나 소장에게는 쏘한가지 걱정꺼리가 생겻다
그것은 다름이아니라 양미문제엿다
가을에 추수한것을 만척(滿拓)에 절반이나 갑고나니 그남어지를 가지고는도저히 봄까지 이어갈수가업다
여기에서 소장은 여러방면으로 애쓴결과 농한기의 겨울을 이용하씨가지고 ××목재회사의 목재를 운반하기로 결정을 지엇다
그것은 부락에서 얼마멀지안는 ××목재회사의 채벌현장에서 ××역까지 원목(原木)을 운반하는것이엇다
운반은 전부 우차(牛車)로하는것인데 그 우차는회사측에서 제공하여 주기로 약속이 되엇다
이 교섭을 성립식혀 노코 소장은 자위단 단장과 여러가지로 상의한다음 결국 부락의 공동부역으로하기로 결정했다
그런까닭에 집집마다 부역할수잇는 장정은 전부동원이 되엿다
일쑨들은 새벽에 조반을 지어먹고 나서면 어두어서라야 마을로 도라왓다
총지휘는 보도소소장이직접나서고 쏘탈주자째문에자위단의 경게도 게을리 안햇다
그런째문에 나지면 부락에는사람이라고 여자들과아이들박게 남지안헛다
다만 장정이라고 남는것은 부락의 경비째문에 수명의 자위단원과 학교일째문에

명우뿐이엇다

명우는 병후의 건강도인제는 완전히 회복되어서잇는힘끗 학교일을 볼수가잇섯다

아이들은 날마다더 친밀히짜러오고 모든것에 애착을느끼게하여 주엇다

참말로 쩌저리게 고마운 일이엇다

그는각금 자기의암담하든 과거를 추억하고는 한숨을 짓지안흘수가 업섯다

동시에 소장뿐만 아니라 자기의 소생에 대하야성의를다하여준 모든그들에게새삼스레 감사를 느끼지안흘수가업섯다

그런의미로서도 그는한칭더성의를 다하야저주된운명에서허덕이는 아이들의 장래에일신을 바치기를 몃번이고자신에게 맹서를햇다

그리고 한편일요일이면자기도산림현장으루 부역을나갓다

여럿은 그의부역에 감격하여 몃번이나만류를 햇지만 그는그대로 자기의뜻을 세워갓다

어느날이엇다

그는 인규와 짝을지어가지고 여러사람들과산판에서 원목을 쓰어나리우는데마츰아래편 감독막에서소란하게 쩌드는 소리가남으로 나려가보니 자위단장과 영국인기사(英國人技師)와의 사이에말성이 생겨서쩌들고잇는중이엇다

그러나 서로언어가 통치못하는관게로 쩌들기만할뿐이지 요령은알수가 업섯다

그런데 영국인기사는일본말을 얼마간 아는까닭에명우가 사유를무러보니 싸홈의원인은 감독막에자위단장이 함부로들어온데서 생겻다한다

명우는 다시단장에게 사실을무럿다

단장은 성급한 어조로흥분되어서

「저자식이 내가 너머추우니까 이막안에 드러가서 불을 좀 쐬엿다구 막우쩌다 밀치기에 그만말성이생겻지 되지못한 자식가트니라구」

라고 주먹까지트러쥐며 말한다

명우는 괘씸하기는 하나 하는수업시 점잔케 사리를 밝혀말하며 흥분된 양편을 진정식히려햇다

그러나 영인기사는 그냥 얼골을붉히며 무에라고쩌들고잇다

바로 이째엿다 뒤에서잠자코 구경하고잇던 인규가 무에라고 알지못할 외국말을 하여 영인기사의아페 선뜻 나서는것이엇다

어머니(二)

여럿은 무슨 영문인지를 몰라서 덤々히 바라보고만 잇는데 인규는 영인기사의아페 선뜻 닥어서더니 무에라고 알지못할 외국말을 한마디 불쑥 써내놋는다

영인기사는 의외의일에얼른 대답을못하고 상대편의 얼골을 신기스런 표정으로 마주보고만잇다

유창한외국말이 물흐르듯 인규의 입에서 연다러술술나온다

영인기사는 갑작이 색을 고치며 친절스레 무에라고 응수하여준다

그러나 표정으로보아 인규의 태도는 그냥강경하다

만은 영인기사의 태도는 점점 누그러진다

그는 무에라고 변명하며 고개까지 숙으려서 사과를한다

인규도 비로소 순순하게 도라지며 한동안 알지못할 말을 주고바든후 영인기사가 막안으로 드러가기를간청하는것을 그냥 사절한다음 뒤에서 아연히 벌린입을담을지 못하고 바라보고잇는 여러사람들을 지나서 작업장소로발길을옴겨놋는다

이날 인규의 태도는 이상하게 달러저서 진종일농담 한마디도 업시 묵々하게 지낫다

그의속을 알고 명우도굿게 입을 담을고 거동만주시햇다

그날밤 마을로 도라오니 보도소소장에게는 전보한장이와서 고대하고 잇섯다

따지 볼껏도 업시 명우의 모친이 온다는전보다

명우는 이상스레도 침정을 지킬수가잇섯다

그러나 인규는 산판에서 묵々히 지나던것과는 짠판으로 진정을못하며 여러가지로 명우에게 수작을 거는것이엇다

「여보게 명우 어머니가오신다는데 웨 그리 잠자쿠만 잇는가?」

「도무지 반가워하는 빗치안보이네그려」

명우는 아모말도 업시담배만 태우고잇다

인규는 명우의 모양을한동안 덤덤히바라보다가 쏘입을연다

「어머니가 오시문 나두어머니루서 모실까?」

그래도 명우는 응대가업다

「그러케 헌다문 자네보담 내가 이상이니까 내아우가돼야 헐쩔」

명우는 비로소 인규의쪽으로 도라지며 서글푸게웃고나서

「그러케 어머니가 그리운걸 자넨 웨 자네 어머니를 모시여오지 못하는가?」

인규는 명우의 이말에속뷘우슴을 허허하고 쓸々하게웃고나서

「어머니가 게서야지」

하고는 그만 지친드시 두손을 깍지쪄서 벼개한다음 번드시 나가잡바진다

「도라가섯는가?」

「도라가신게아니라 첨부터업섯다네」

「업다니 그럼자넨 쌍속에서 솟아낫는가?」

「그랫슬는지두 모르지 내눈으루 한번두못봣스니까」

「그럼 어려서 도라가섯는가?」

「그두모루지 세상에생겨나자마자 이내 어머니의품에서 쌧겨왓다니까」

「쌧겨오다니? 그게무슨말인가?」

「말귀가 왜그러케무딘가? 세상에 흔이잇는 양반의집아들과상놈의집쌀의연애에서생긴비극을모르는가」

명우는 그래도 얼른아러듯지못하고 인규의얼골을짠—이나려다보앗다

그모양을보고 인규는 다시 부연해서설명하듯말한다

「우리어머니는 상놈의집에태여난 탓으루 나를 나키만 하고는 어데론지쫒겨갓대 그때문에 내아버지는 한칭 더 나를 사랑해 주기는 햇지만」

금시에 울듯한 떨리는음성이다

명우는 지그시 두눈을감고 머언 고향을 머리속에 그려보앗다

어머니(三)

「여보게 명우 어머니가업시 자란다는것두 역시비극이라구 할수가잇는거야 나는 그다지 쎄저리게 느끼지 안헛지만 그래두째로는 어머니의 품에서어리광을 부려보지 못하구 자란것이 한이된단말야」

오랜 침묵후에 인규는갑자기 이런말을 불쑥 쩌내노코는 긴—한숨을 쉽는다

명우는 무에라고 위로의 말을 햇스면 조흘지를몰랏다

「나는 내신세가 이러케되기전까지는 항상 어머니를 차즈려구 애를 썻지만 신세가 이러케 되구보니 그두 모두가귀치안흔 부류에 속하데그려 그러치만 나두 어머니가 현재 게시다면 자네 어머니처럼 아들을 위해서눈물을 지으실줄아네 백살을 먹어두역시 어머니의 자장가가그립다구 어느시인이 말햇던가?」

명우는 자꾸만 눈시울이 쓰거워올라 인규의쪽을바로볼수가업다

인규는잠시중단하고머언기억을더듬은후 다시 말을이어간다

「내 어렷슬쩍에 동무중에 이런 동무가 하나 잇섯는데 부질업는 얘기지만 생각난 김에 한마디 할테니 드러보겟는가?

그녀석은 세살째봄에 어머니가 도라가섯는데 아버지는 집안사정에 의해서할수 업시 그해 가을에 다시 장가를가게됏단말야 선처의 후손이라곤그녀석하구 다섯살 난 쌀이하나 잇섯지 그런데 결혼식장에서 식을 거행하느라구 신랑신부가 마주서서 청실홍실 길다라케 느린잔을 서로 주구밧는데 마침마을사람들이 갓득 몰켜선곳을 도라다보니 거기에는 자긔의선처가 남겨노쿠 간 어린 두자식이 어깨를나라니 하구 서서애비의 수상스런 꼴을직혀보구 잇단말야 그것을본 애비는 그만 가슴속이언짠 허나서 예식이 끗나자 이내 먹을것을 가지구두어린것을 다리구 조용한 이웃집으루 갓단말야 그리구는 두어린것에게 먹을것을 쪽갓치 나누어준다음 맛잇게 먹는 그모 양을 이윽히 보구 「애인순아 너엄마가 보구푸냐」하구 무럿단말야 그랫더니 어린쌀 년은 애비의얼굴을 말쓰러미 처다보다가 서먹서먹해하며 고개를 좌우로 썰레썰레 흔든단말야 애비는 이상해서 「뭐 보구푸지 안허?」하고 짜지니까 그만 어린년은 살 며어시 고개를숙여버렷거든 알겟는가?그것이 어째그럿는지? 할미가 평소에 새어 머니가 오거든 절대이전어머니얘기를말라구 당부한 까닭이엿지이것을 본 애비는 겨우우름을 참으며 세살난아들녀석한테

「인호 너두엄마가 보구푸지 안니?」하구무럿더니 요녀석은 제누이보다는어린편 이라 솔직하게 「아냐 난 찌찌가 먹구퍼」하구 엉석을 부럿단말야 찌찌를알겟는가? 젓이란말일세 여기에서 애비는 그만참구참엇던 우름을 와락터처놧단말야? 어쩐가 울지안쿠 견딜 일인가? 그후 후처가 드러와서 어린것들을 잘 생각해주엇드라면 조 왓슬것을 그러지안쿠 게모의 본색을발휘햇던 모양이야

그래서 애비는 하는수업시 만혼 부양료를주어서 후처와 갈린다음엔 그냥 독신으 로 지나며 두남매의어머니노릇을 해왓대

그것들이 인젠 다성장해서쌀은 시집가구 아들은 장가들구 아이들두 여럿이지 그 런데 그아버지는 지금 늙엇서두그째일을이애기하구는 운단말야 어미업는 자식들이 제일불상터라구」

명우는 어느틈에 흘러나렷는지 두쌤에흘려나린 눈물을 손등으로짝그며 인규의 쪽으로 시선을 돌렷다

어머니(四)

이얘기를 끗마치고 조용이감은 인규의눈에서도 소리업시 눈물이 고여넘진다

인규의 이야기를 드른탓으로 그랫던지 명우는 밤새껏 어머니를 환영으로하여 잠들수가 업섯다

마을의 닭들이 세홰씩이나 운다음에야 겨우 여튼잠에 어렴푸시 드럿스나그도 어즈러운 꿈째문에 절반은 뜬눈으로 날을 밝혓다

날이 밝아서 동녁 산봉오리위가 쩌얼거케 물드러오자 인규는 아직눈도 쓰지안헛는데 마을의 부역군들은 벌서 보도소 마당에모혀드러서 쩌들고잇다

득수의처는 조반을 지어노코 아까부터 벌서세번이나 인규를 째윗것만 인규는그냥 느러지게 기지개만 켤뿐이러나지는 안는다

「여보게 인규어서 이러나서조반을먹구 차비를차리지안는가?」

명우는인규의곡듸까지막우뒤집어쓴이불을 제치며어깨를흔드럿다

그제야 인규는 무에라고 두덜거리며 겨우이러난다

그러는데 마당박게서 신발소리가나며 방문이 열리더니 순동이가 썩드러선다

「밤새 안녕하시우」

「웅벌서 쩌나느냐?」

하며 명우는 순동의 아래위를살펴보니 아모것도차비차리 잇는것이업다

「어째 오늘은안가니?」

「오늘은 달리좀갈쩨가잇서서소장님쩨 휴가를마텃지요」

「어듸루가니?」

「역으루가야지요」

이말에 명우는 갑작이어쩐것을깨닷고 순동의얼골을 다시차저보앗다

순동이는 벙글거리며

「소장님두 오늘은 역으루 간대요」

하고는 자랑하듯말한다

명우의눈아페는 다시금어머니의 환영이 얼른거린다

순동이의말을듯고 득수의처는 이내부억쪽에서 말을건다

「아니 몃시쯤해서 오시는가요」

「새루 한시차루 오신다니까 여기까지 오시자문아마 세시가 돼야할썰요」

「아니그럼 어서 거더치우구 저쪽집에가서 불을째놔야겟군요 아주버니어서진지

잡수서요」

하고 득수의처는 인규에게 조반먹기를 독촉한다

그것은규선의 뷘집에가서 불을때여 온돌을 덥히는것은 자긔가책임을 마텃기째문이다

인규는 하는수업시 자리를털고 이러난다

「여보게 자네두 역으루가겟지」

인규의 이말에 가로마타가지고 나서는것은 득수의처다

「아이구 짝하게두뭇네 그럼 어머니가오시는데 아드님이안가시문 누가간단말슴이예요」

득수의처의이말에 갓득이나 식전부터 들복구는바람에 뱃속이꿈틀거리던 인규는 대번에 볼멘소리로 욱쏜다

「누가 아주머니보구 말햇나요! 남의말 참견하길 조와하는것두 팔자여」

「흥 남들은 다들 써난지가오랜데 상금 조반두안먹구 무슨수작야」

오는말이 곱지못하니 가는말이 고울리업다

「뭐요?」

「뭐는 뭐야?」

바로이째다

「김군!」

하고부르는 소장의소리가 들려옴으로 명우는얼른 문을여럿다

그바람에 둘의 싱거운싸흠은 이내 중단되엇다

소장은 문아페 선 순동이를 보고

「너는 어느새 벌서 왓나?」

하며 방안에 드러선다

인규는 소장의 얼골을흘씻 처다보고는 이내 쑤루퉁해서 저쪽으로 도라안는다 그러나 소장은 조곰도 개의치안는다

「명우군은 오늘 역에 좀 갓다와야겟는데 미안하지만인규군이 오늘만 학교에나가 줄수업는가?」

어머니(五)

한동안이나 지나서야 인규는 겨우 볼멘 소리로대답을한다

「조흘째루 하지요」

소장은 반가히 회색을지으며

「고마우이 오늘만 수고해주게」

하고 이내 명우의쪽으로도라진다

「조반을 먹구 보도소루준비해가지구오우」

명우는 아모말도업시 고개만 수그렷다

소장은 순동이를 도라보며

「너두 갈라문 얼른 가서 차비를 해야지」

한다음 박그로 나간다

뒤짜라 순동이도 나간다

그들이 나간다음 명우는 둘사이에 쏘싸홈이 버러질것가터 주방쪽을 향하야

「아주머니 조반상을 얼른 주세요」

하고는 이내 인규의 쪽을 향하며

「미안하네 오늘만 수고해주게」

하고 벙긋 우서보엿다

만은 인규는 슬쩍 외면해 버리며 담배갑을 쩌낸다

조반후 명우는 느러지게 꿈틀거리는 인규를 독촉하여 다리고 문박게 나섯다

그것은 인규를 혼자 내버려 두면 득수의처와 쏘싸홈이 버러질것을 염려한때문이엇다

보도소에 와보니 순동이와 소장을 벌서 기다린지가 오래다

셋은 이내 ×××역을향하야 부락을 쩌낫다

마을의 안악네들은 길까에나와서 일행의 뒷모양을 바라보며 모도다 명우의어머니가 오시는데 대하야축복을 마지안흐며 반가워한다

그러나 명우는 굿게 입을 담을고 발밑만 보며거러간다

근 두시간이나 걸려서야 셋은×××역에 도착햇다 긔차의도착시간은 아직도한시간은 기다려야한다

셋은 역전 조고마한 음식점에 드러가서 간단히요기를 한다음 다시 역으로 나왓다

대합실에 거러논 시게가 세상업시 더딘것갓다

도착시간은 아직도 머럿는데 순동이는 진정을 못하고 머얼리 남쪽 산구비만 자꾸 바라본다

소장도 기다리기가 밥분듯 담배만 연거퍼 자꾸부쳐문다

이윽고 출찰문이 열리자 순동이는 재빠르게 달려가서 입장권을 석장을사왓다

그리고는 개찰구어구만사뭇 직혀본다

갑자기 벽에 걸린 괘종이 새로한시를 친다

동시에개찰구가열리자셋은다른승객보다 압서서 폼으로나갓다

폼에 나가서 아래편을나려다보니 기차는 벌서어느틈엔가 산모퉁이를 버서저서 힘차게 올리달리고잇다

이윽고 기차가 폼에다닷자 손님 들틈에 끼어서나리는 늙은부인을 보앗슬때 소장은 명우의 얼골을 도라다보앗다

명우는 사색으로되여 화석가치 선자리에 못박혀저서 움직일줄을 모른다

소장은 이내 아러채고순동이와가치 늙은부인의 아프로 갓다

「명우군의 어머니십니까?」

「네 그럿습니다」

하고 공순히 인사하는 부인의 그모양은 말할수업시 침착하다

「보도소에잇는 사람입니다」

소장은 반가히인사를햇다

「아 소장님이시군요」

부인의 얼골에는 형용할수업는감사의빗이 쩌오른다

「명우군이 저기 왓습니다」

부인은 비로소 명우의쪽으로 시선을 돌린다

그는 한동안 화석가치되어 움직일줄을 모르는 아들의 모양을 침착하게 바라보다가 다시 소장에게로 얼골을 돌린다

「이러케 마중까지 나와주시니 무에라구엿줄 말슴이업슴니다」

「천만에 말슴입니다」

너머나 지나치게 침착한 부인의 태도에 소장은 더뒷말을 잇지못햇다

어머니(六)

역전 거리에서 마차를삭내어타고 마을로도라오는도중에서도 모자간은 여전히 아모말도업다

명우는 무겁게 입을담은채면－산만 바라보고 어머니는 각금소장에게 감사의 인

사만 할뿐이다

「조카가 갓치따라온다는걸 겨우떼노쿠 왓서요 그후두소문보다는 괜찬흔데요」

「네 조선서는 아주못살곳이라구들야단이지만정작와서사라보니까 괜찬습니다」

「만주 오신지가 오래신가요」

「칠팔년가량됩니다」

「꽤오라셧군요 저기뵈는마을은 만주사람들이사는마을인가요」

「네그럿습니다 저마을건너편이 바루우리부락인데저산이 가리워서 뵈지안습니다」

순동이는 모자간의 태도이상해서 둘의 거동만 자꾸 살핀다.

그의 생각에는 여러해만에 맛난 둘은 반다시 역폼에서 서로붓잡고 울줄로 짐작햇든것이 긔대한것과는 딴판으로 싸늘한 그모양에 일종의 실망까지 느꼇다.

그러나 소장은 둘의속을 죄다 엿보고 얼마나 엄격한 어머니인가를 절실히느껴다.

속으로는 아들의 목에매달려 넉슬 일코 울면서도 거트로는 태연히 침착성을 일치안는 그모양에 그는몃번이나 눈물을 삼켯는지모른다

그러한 어머니의 아들이길래 한번 써러만지면 좀체로 소사나지를 못하는그타락의 구덩에서 용감하게 뛰쳐나온 그것을 그는 다시금 긍정햇다

얼마후 그들은 마을에도착햇다

마을의 안악네들은모도다 반가히마저준다

명우의 어머니는 일일히 그들에게 감사의 답례를하며위선 소장의집에들럿다

한편 그동안에 규선의집은모든것이준비가 다 되엇고뷔엿던 집갓지안케화긔가 어룩어룩 돈다

명우는 학교에나가보앗다

인규의 목소리가 들려나온다

명우는 박게서벽에부터서서한동안귀를 기우렷다

전날 아이들을 욕하던것과는딴판으로 열심히 가르켜주고잇다

그리고 그 가르켜 주는 방식이 자긔가 하던것과는딴판이다

명료하게 조리잇게 문답을 해가며 해득을 식히는데 명우는 놀라지 안흘수가 업섯다

참말로 경험자가 아니고는 할수업는 일이엇다

명우는 추운줄도 모르고 오랫동안 귀를 기우리다가 슬며어시 발길을 돌려규선의 집으로 가보앗다

부엌에서 순동이는 불을째고 득수의처는 가마를가시고 잇다

명우를보자 득수의처는이내 마주나오며

「어머니가 방에오섯서요」

하고 반가히 우슴까지 지어보인다

그러나명우는대답을못하고 득수의처를마주보기만햇다

그의시야에는 득수의처가 어머니처럼 늙어보이고 안스러워 보이고 동시에 엄하게보엿다

득수의처는 명우의 태도에어쩔바를 모르고 마주보기만하다가 부엌케서 순동이가 눈짓하는것을보자 이내눈치채고 가마아프로간다

명우는 오랫동안 선자리에서 마즌편 벽쪽을 웅시하다가그만 방문고리를 당기엇다

가지고온 짐짝을 푸러헤치고 정리를하던 어머니는 주춤하고 쌔안이 내다본다.

명우는 조용히 어머니의아페드러가 안젓다.

모자는 비로서 서로 정면으로 마주대하엿다.

한동안이 지낫다. 둘은여전말업시 마주보기만 한다

갑자기 명우의 입술이쩔린다.

「어…어머니」

어머니의 입술도 쩔린다

「명우」

「어머니」

모자는 비로서 서로 붓안고느낀다.

「어머니」

「에이 불칙한자식아」

부엌케서 이모양을 드려다보는 순동이와 득수의처의눈에서도 쓰거운 눈물이 자꾸만 흘러나린다

鄕愁의노래(一)

××목재회사채벌현장 감독막에서□□ 영인기사와의 사건이후 부락에서 인규에게 대하는 태도는 전과는 아주 달러것다

이전에는 그저 평범하고 보잘것업는 중독자로 아러왓고 기쩟아럿댓자 소학교교

원노릇을 해온경력이 잇다는 그것박게 몰랏섯는데 영인기사와의 사건이 잇슨후로부터는 누구나 그에게 대하는 태도는 돌변해젓다

더구나 젊은 자위단원들은 모혀안즈면 그의 이야기로 꼿츨 피우며 일조에 대학자로 맨드러가지고 부락의 자랑거리로추겨올렷다

만은 마을의 이러한 태도에도 본인은 여전히무관심한태도로 심상하게지낫다

일체를 망각한 그에게는 지위도명예도 지식도아모런 욕망도업섯다

그저 혼돈된 세계에침전되려는 그욕망박게는업섯다

즉균등(均等)으로 지속되는 만성의 쾌락에서 엇는 무상의질서와 조화를바라는 그것박게는 업섯다

얼마나 순화(純化)된 최대한의 정신적자애(精神的慈愛)냐?

그속에는 무한한 자긔통제(自己統制)가잇다 영원의정서(情緖)가잇다

그리고 근원적으로 환원(還元)된 인간의 본성이잇고 고난(苦難)에서의 해탈(解脫)이 잇다

한포 먹으면 안옥히 숨여드는 신비의 아지랑이

세상을 준들 바꿀수가잇느냐?

그러한 신비의 경역을모르고 이러니저러니하고 시비하는 속세(俗世)의 추잡물들을생각할때 인규는새삼스레 이를부드득 갈지안흘수가 업섯다

만은 그러한 그가 째째로 일허진 옛날을 생각고 남몰래 눈물을 지움은 무슨까닭일까?

그는 틈만 잇스면 명우의 집을 차저갓다

명우의집에 가서 명우의어머니의 인자스런 그모양을 보고는 반드시 도라와서 저혼자 눈물짓게 되는 그심사를 그는 자긔로서도 해석할수가 업섯다

어느날 밤이엿다

인규는 저녁을 먹고 명우의집에 놀러갓다가 명우의 어머니와 이런 이야기를주고바든일이 잇섯다

「난 처음 고향서 쩌날째 아주 무지막지헌 곳으루 가는줄만 아럿더니 정작 와보니까 아주 인정이두터운 곳인걸」

「그야 아무데라두 서루이웃을 무어노쿠 살면 고향과 갓지요」

「그러치만 이러케 후할줄은 참말 몰랏서요」

명우의 어머니는 진정으로 탄복한듯 다시 외인다

인규는 빙그시 우스며이윽히 으슴푸레한 등잔불을 바라보다가

「그야 어머니께선 그립던 아들을 맛낫스니까한칭 더 하시겟지요」

하고 명우의쪽을 흘낏 도라다 보앗다

명우도 빙그시 웃고잇다

「그두 그럴진 몰라 허지만 보도소 소장님이시라던지 단장님이시라던지그박게 마을 부인네들두어찌 그러케 고맙게구러주는지 그리구 젊은이들은모두 내아들가치 생각되면서 참말반가워서 못견디겟서요」

「그럼 저두 아들가치 뵈는가요?」

「글세」

명우의 어머니는 부드러히 우서뵈며 말긋틀 흐려버린다

「글세라니요? 저는 어째아들가타 뵈지안는가요?」

명우의 어머니는 자애로운우슴을 가득담은 눈으로 조용히 바라보기만한다

인규는 갑자기 정색으로 도라지며

「어머니 저두 아들이라구 불러주십시요 저는 어머니가업습니다 남의어머니라두 어머니라구 불러보구시퍼요」

하고는 그만 두손으로 얼골을덥더니 어린애처럼 흑흑느끼는것이엇다

□8)

鄕愁의노래(三)

명우는 조각처럼 선자리에서 움직이지를 안헛다

인규는 잇는힘을 다하여 명우의 가슴을 쩌다밀친다

「이놈아 되지못하게 너는 뭐냐?」

비로소 명우의 입이무겁게 열렷다

「네 친우다」

「뭐 친우?」

「웅 그러타 불평이냐?」

인규는 넉슬 일흔드시머어니 입을 버리고 명우의 얼골만 바라본다

「쩌리겟스문 맘대루 쩌려라 나는 네주먹을 달게 바드마 그대신 어쩌한경우에서 던지 네 일허진인생을 도루차저주려는 내성의와 권리를 모욕할때에는 용서를 안할 작정이다 인규 반대냐? 반대거든 이자리에서 말해봐라」

---

8) 제74회분이 탈락되였다.

인규는 고개를 푹써러트리고말을안한다

「인규 한사람의 소생이란 작은그한사람의 소생에만 끄치는것이 아니다

한사람의 소생은 국가적으로 보아도 그러쿠 사회적으루 보아도그러쿠결코일개인의소생쑌만아니다

연애라는것은 개인과 개인의 문제다

나는너두 아다시피 일즈기한여자째문에 타락의구덩에 써러진일이잇다

생각하면 얼마나 어리석구부쑤러운 일이냐? 더구나 우리는 지식인이다 국가나 사회는 우리들을 얼마나 아까워하는지 나보다네편이 오히려 잘알고잇슬것이 아니냐? 웨과거에만 사로잡혀서 암담하게지나자는것이냐?」

명우는 눈물까지 흘리며 인규의 어깨에 다정스레손을언는다

「너와 나와 규선이는 쪽가치지식인이구 이상을품고매진하던자다

다른 도락적 중독자와는 달르다」

이말을 하고 도라다보니 민우는 어느틈엔지 방안에서 자최를 감추고업다

「가자 우리집에가서 술이나 마시자」

인규는 아모말도업시 명우의뒤를짜라 나선다

길짜에 나서니 골목에서 쮜어다니며 놀던 아이들이 와—하고 몰켜든다

「선생님 어디로 가세요? 우리 스켓트타기 가는데 안가세요?」

명우는 인규를 도라보고 벙긋 우섯다

「어름판에 가볼까?」

인규는 여전히 잠자코대답이업다

「오랫만에 스켓이나 타볼까?」

명우의 이말을듯고 아이들은 한바탕 함성을질르며 조와라고 써든다

「야— 우리선생님 타는걸보자」

「어룬이 잡바지는건 아주우숩지」

「선생님 내걸 타세요」

하며 한아이가 나무판에다 날을 박은스켓을 명우에게 내준다

명우는 그것을 바다들고 압장을서서 뒷강 어름판으로향하엿다

어름판은 벌서 아이들로 꽉찻다

모도다 함성을 질르며조와한다 명우는 언덕우에서 한동안 아이들의노는것을바라보다가 인규를 도라보며

「여보게 저어린것들을위해서라도 우리는 과거를청산해야하네 그부모나 형들의

타락으로하여 참담하니 지나온 저아이들을 볼째 자네는 어쩌케생각하는가? 보잘것업는 과거에사로잡혀서 저불상한어린것들을 돌보지안는다는것은 얼마나 죄스러운 일인가? 이것은 결코 자네에게 대한 나의설교가아니네 나두어즈러운과거를 가진것만큼 자기비판이네」

하고 무연히 긴한숨을 쉽는다

인규는 여전히 입을굿게 담을고 먼산만웅시한다

「선생님스켓을 안타세요?」

언덕미테서 모자도안쓴코풀렉이 중대가리가 제재간을 보란드시 □이며 올려다본다

명우는 그제야 손에든스켓을 나려다보며 빙긋웃고 언덕아래에 나려선다 그모양을보고 아이들은 서로아플다투어 명우의아프로 몰켜온다

鄕愁의노래(四)

며츨후 명우는 저녁을먹고소장의집에 가서 놀다가 인규의일이 궁금하여도라오는길에 들려보앗다

박게서 부르니 방안에불비츤 빠안한데 대답하는소리는 업다

무심코 문을 제치니인규는아랫목에 쓰러져서 혼곤히잠들고 잇는데아페는 무슨책인지 펼처진채 노혀잇다

명우는 그냥 돌쳐서라다가 무슨책을보는가하고 방안에드러서서 조심스레허리를 꾸부리고 드려다보앗다

무엇인지 연필로 잔쏙박아쓴필긔장가튼 것이다

명우는 한칭더 호긔심이들어서손에들고 보다가깜작놀랏다

토막토막 질서업시쓰긴햇지만 틀림업는 일긔다

더구나 최근부터 시작해쓴것이다

그리고 첫머리에는 시가 적혀잇다

(쌈ㅡ한 눈들이 몹시도아롱진다 광명코 진주알가튼 눈들이다

밤마다 쑴속에서 고달풀째

백묵촉감(白墨觸感)이 손쯔테 정겨우면

삽부시 안어보고 안어보고

도란 도란 전설의 냇물을

속삭여주든 마음과마음의

한여름 밤이여!)

명우는 일즈기 어쩌한위대한 작품에서도 느껴보지못한 감격에 한동안 숨쉬는것도 이저버리고 넉업시 인규의 자는 얼골을 드려다보앗다

자는 얼골에 고민의비치 력력히 드러나 보이는것갓다

명우는 막우 쓰러안고목노아 울고시퍼나는 충동을 가까스로 참고 다시 책을 드려다 보앗다

(×월×일

명우군의 집에가서 나는 새삼스레 어머니의 정을느꼇다

고요히 미소하는 어머니의자애로운 그얼골은 영원의 표징이다

아들을 위해서 일신을히생한다는것은 인류를위해 일신을 바치는것과 무엇이다르랴

명우군은 지금얼마나 행복스럽고 히망의 정열에부풀것이냐?

나도 어머니만 게섯드라면?

만약행으로 내어머니도지금사라게시다면 행방불명의아들의몸을위해 항상눈물을지을것이겟지

아아 그립다 어쩌케하면 어머니를 맛나볼수가잇슬까?

지금 아버지만이라도 사라게시다면 어머니의 생사는 알수가잇스렷만)

여기까지 나려쓰다가다음은영어로난잡스레 나려갈겨쓰다말고 막우지워버렷기째문에 짝이아러볼수가업다

명우는 첫머리 시를다시 한번읽어보고 다음장으로눈을옴겻다

(×월×일

지극히 우울한째가잇다

지나간 옛날을 생각해보는째다

이런째면 무조건하고 마약이그리워난다)

(×월×일

사소한일로 득수의처와말다툼을햇다 뒤에생각하니 싱겁기가 짝이업다 이런 싸홈을한것은 이집에온뒤 벌서 멋차레나되것만 이상하게도 싸우고 난뒤면 마음속이 거뜬해지고그에게대하야 일종의 동정까지느끼게된다 피차서로의지할곳업는 가련한인간이아닌가? 무엇째문에 싸우고 흘겨보는것인가? 스스로느껴지는 자기증오에 멋번이나 이를갈다가 그만박게 나가서 장작을쏘개엇다 사홀이나 째일것을단숨에

다쏘개엇다 이맛전에 짬이추근―이내밴다

　비로소 마음속에 엉켯던것이 풀려지는것갓다 방에드러오니 득수의처는화로에다 불을 어룩어룩하게담아드려놋는다 그의얼골에도 원망하는듯한비츤 털끗만큼도 안보인다 하잘썻업는일에 싸운것이다 시금 우수워난다 결국둘의싸홈은 호소할곳업는 마음의 오뇌를 출분으로폭발식힌것일까)

鄕愁의노래(五)

　(×월×일

　명우군의 충고와 성의는 날마다 더열(熱)을가하여온다

　나도 내 옛날의길에 대하야 생각을기우려 보지안는것은 아니다

　아니 째로는 열렬하게나는나의 소생에 대하야주먹을 트러쥔다

　고원한 이성과 진리에대하야 말할수업는 동경을 기우려 본다

　그러나 문득 넘어도초라한 자긔자신을 도라볼째 아아! 나는 다시금 어두운 절망에 쩌러지지지안흘수가업다 나는역시영원의암흑에서 명일을일코지나야한다 바람도 자고 비도 눈도 오지마러라 더구나 태양은 비처주지를 마러야한다)

　(×월×일

　진종일 우울하게 지낫다

　「나는 너의 진우다」

　명우군의 이말이 자꾸고막을찔러준다

　그리고 어름판에서 뛰놀던 아이들의 정경이 이심스레도 머리속을 자꾸 어즈럽혀준다

　일쯕이 나는 나의 모든것을 그들을 위하야 바치려고 한째가 잇섯다

　그째문 나는 ××중학에서 오라는것을 그냥 뿌리치고 ××소학교에서사년이란 시일을 어린 그녀석들과지나지안헛드냐? 째로 그쌈―안 눈들이―진주알가튼 눈들이 쑴속에서 어른거릴째 나는 얼마나 고달프게 지낫든가? 그속에는 어머니가 업는놈도잇다 아버지가 업는놈도잇다

　그리고 아버지 어머니가 다―업는놈도 잇다 나는 그불상한 녀석들의아버지와 어머니가되어가지고암담한그압길에 하눌에태양은되지못할지언정 침침한 그믐밤반듸불가튼 별쯤은 되어보리라고 결심햇다

　그녀석들에게는 아르켜주고 배우는것이 문제가아니다 무엇보다도 굶주린정의

(情誼)의 숨결을 부어너허주는것이 문제엿다 연필도 업서서 시험시간에 손짜락을 빨며 울던복동이란 놈은어듸로갓스며 한겨울 추운째에게모의 미테서 내북도 업시 발발 썰고 댕기던 영호란놈은 어쩌케 되엇슬까 모도다 그리운 얼골들이다

그뿐이냐? 봄이면 봄이라고 가을이면 가을이라고 일년에도 게절을 짜라四시로 변하는 전설의 노들강

영등포 푸른언덕은 내이런 숨결을붓도다 준곳이고 북악의 드노픈 봉오리는 내 청춘의 정열을 붓도다 준곳이다 말도업는 침침한 그믐밤 북극성을 차저가며 내 인생의 항로(航路)를 점칠째좁은내가슴에 안기는 넓은허울을 나는 내히망의 노래로 얼마나 다듬어주엇는가?)

다음은 쏘 영어로 난잡하게 갈겨쓰고 그누구의것인지 시구(詩句)도 적혀잇다 그러나 그다음날의 일기는 암담한 글짜로 적혀잇다

(×월×일

민우의집에가서 아편을먹엇다 덕분에 오늘은 진종일조화된 내세게를 차질수가 잇섯다

순화된 정서와 침정된안일―그것은 우주창조이전의 무한대와 공간이다

거기에는 명일도 업고지내간 어제ㅅ날도업다

더구나 깁쁨과 슬픔이란 잇슬리업다 그러나 그혼돈된세게의 지속(持續)이란너머도쩌른것이아닌가? 좀더기러젓스면참다못해한밤중인데도쏘민우를차저갓다 만은헛거름을하고 도라왓다초조한오뇌의 밤이여! 너는악마의밤이다)

명우는 보다가못해 슬며시접어노코 나직히 한숨을 지엇다

그리고는 웃목에서 이불을나려다가 살며어시 더퍼준다음 자리를이럿다

새로운移民(一)

날마다 사납게 회몰아치던 서북풍이 차츰 기세를 쩍기자 낫밥째면 제법 압페 벌판으로부터 부드러운 남풍이 소리업시 부러온다

이바람이 부러오자 집웅우에서는 한방울 두방울낙수물이 시름업시 녹아쩌러지고 굿게 어러부텃던 길바닥도 즐펴니 녹기시작한다

하눌을 처다보아도 전에업던 화기가 도는것갓고길가를 쮜어댕기는 아이들의 얼골에도 화창한생기가 쩌도는것갓다

틀림업는 게절(季節)의변환이다

　명우는 일요일이라 늦잠을자고 이러나서 조반도두어수가락 쓰다말고 눈부실지경 해벼치 쏘여드는 창문을 머어니 바라보며 것잡을수업는 생각에 사로잡혀잇다가 문득 마루아페서 이웃집 어린게집아이들의속삭이는 소리에 귀를 귀우렷다

「애 복순아」

「웅?」

「아주 짜스해 젓구나」

「웅 장갑을 버서두 조곰두 시럽잔타」

「인제 어름만 풀리문 난두 쩌꼬만 물동이를 사준다구 접째 엄마가말햇단다」

「나두 사쎄 우리갓치 댕기자 웅?」

「웅 건데 물은 멀루 퍼담올까?」

「바가지루 퍼담지」

「물위에는 멀 쯰우구」

「버들니플 쯰우지 멀 쯰우겟니?」

「버들니픈 언제 생겨나짜?」

「어름이 풀리문 생겨나지」

「어름은 언제 풀릴짜?」

「글세」

　약속이나 한드시 쪽가치두입에서 홀러나오는 잔조로운 한숨소리에 명우는 조용히 창문을 제치고 내다보앗다

　살며시도라다보는두어린천사의얼골에는　천진스러운미소가샘물처럼　소리업시 고여넘친다

　명우는 자기의 얼골에도 고요히 우슴이 쩌오름을금할수가업다

　소리업시 웃든어린 천사들은다시금 살며시 머언남쪽하눌로 시선을옴긴다

　하눌은 구름한점업시 유리알가치 맑다

　호ㅡ하고 입김을 쑴으면 금시에 쏘오야니 흐려질것만갓다

　한동안이나 하염업시 바라보던 두어린천사는 다시 명우의쪽으로 도라안즈며

「아저씨」

　하고조용히 부른다

　명우는 수정알가치 맑은 그눈에서 확실히 봄을엿보앗다

「아저씨 언제문 어름이풀리나요?」

「글세」

「아저씬그것두 몰루나?」

「아마 벌서 풀렷슬썰」

「거짓말」

「거짓말이문 냇가에 가보렴」

「어머니가 그러시는데 입춘(立春)이 지나두 여기는 아직 어름풀릴때가머럿다든데」

「입춘?」

「그럿태요 입춘이란 봄에 오는거래요」

명우는 문득 이어린천사의 말에서 자는잠을 깨어난듯 두눈을 휘둥구라케떳다

입춘! 그러타

입춘이 지난지가 벌서두주일은된다

그러기에 어제도 오늘도 낫밥째면 제법 즐퍼―니녹이는것을 둔한 자기의 감각은 그것을 깨닷지못하고살드리도 차저온 게절의손님에게 그저 무심하게 지낫다

어린 천사들의 말한바와가치 참말로 장갑을 버서도 손쓰치 시렵지안코비길데업시 온몸이 나릿해난다

그리고 두눈을 살며시감으니 당장에머리속에는 가벼히 아지랑이가 쩌도는듯 조으름이 숨여든다

어린 천사들은 무에라고 속은속은 잘도속삭인다

아수룸해진 명우의귀는게절의숨결을 엿듯느라고 말할수업시 간지러워난다

「눈이 녹으문 무슨꼿부터 먼저필까」

「글세 진달랠까」

「애 진달래가 언제피게」

「그럼 뭘까? 개나릴꼿? 살구꼿?」

「그것두 퍽느저서야 핀대」

명우는 갑자기 자리를벌덕이럿다

9)

---

9) 제79회, 제80회분이 탈락되였다.

새로운移民(四)

현공서에서온 관리의 설명에 의하면 새로운 입식문제라는것은 아래와 갓다

명우네의 부락에서 서북쪽으로 고개를넘어서 ××벌판을 지나 쏘한 고개를 넘어가면 ×××란 부락이 잇다

이 부락은 지금으로부터 四년전에 조선××도××군에서 온 이민들의 입식에서 비로소 건설된 부락인데 원래 토지가 비옥지못한데다가 제방공사의 미비로하여 해마다 홍수가 나는바람에 농작이라고는그냥 그대로 물에 밧처왓던것이다

그우에 쏘 지난해에는조상(早霜)으로 말미암아 대흉을 맛나게 되어 주민은 그야말로 긔아선에서 헤매게 되엇다

이째문에 당국은 여러가지로 대책을 강구해 봣스나 결국은 다른 지방으로 부락을 옴기는수박게 도리가 업섯다

그런데 그리자면 쏘 문제되는것은 이주처의 선택이다

여기에서 현에서는 관내의 여러지방을 조사하고고심한 결과 관내에서도 가장 토지가 비옥하고 천재의 해도 적고 쏘 그위에 아직도광범한 미간지를 가지고 잇는 이×××부락으로 결정을짓고 교섭을나온것이다

사실 ×××부락은 전××성에서도 유수하게 토질이 비옥하고 천재의 해가 적은 곳이다

그리고 쏘 아직도 얼마던지 입식할수잇는 광범한 미간지를 가지고잇는 지방이다

관리의 색채라고는 조곰도뵈지안코 어디까지던지평민다운얼골과 친절을쯴 설명에 명우는말할수업는 호의를품게되고 감동을 어덧다

설명이 씃나자 그는다시 부언해서 상대편의 의사는 어디까지던지 존중하며 온후한 어조로 말한다

「입식호쑤는 전부 이십칠호입니다

우리는 해마다 그들의참담한 정경을 목격하게 되는데 눈을 쓰고 참아볼수가 업는 형편입니다

작년에는 더구나 그들의 고향도청(道廳)에서 시찰을짜라왓는데 그 시찰원으로 온 늙은이가 눈물을 홀리며 도라갈째는우리들은 참말 무어라고 변명할여지가 업섯습니다

사실 그러치 안켓습니까? 조곰이라두 좀더 잘살게 하려구 보낸 그이민들이 그러한 참경에서 허덕이는것을 보앗슬째 관게당국자라는 입장에서보다도 가튼 고향사

람의처지로서 볼때어찌 눈물이 나지안켓습니까?」

현관리는 여기에서 잠시 중단하고 당시의일을 추회하며 슬픈 표정에 잠겻다가 다시 다음을 이어간다

「그래서 우리는 여러가지로 상의한 결과 결국은 이부락으로 옴길것을 고려하고 공문두 보내구직접 타합차루제가 온것이니 여러분께서두 충분히 양해를 해주서야 겟습니다」

단장과 소장은 머리를 숙이고 기픈생각에 잠긴채얼른 대답을 안한다

그틈을 타서 현관리는다시 명우에게로 도라안즈며 정중한 태도로

「선생님 성함은 뢰신지가 오랏습니다 얼마나 아이들때문에 고생이십니까? 현에 서두 새해에는 어쩌케 해서던지 선생님수고를 더러드리려구 고려중인데 당분간만 더 고생해 주시길 바랍니다 그리구 이건 저의 사담이지만 ××고장은 선생님이얘기 를 저기 안즈신소장님께서 드르시구 언제한번 그에 맛나보신다구 별르구 잇습니다

무엇보다두 ××고장은자긔의 아버지의 초상화를 선생님께 수고끼치겟다구 하시 든데요」

하고 명우의 얼골을 고요히 우스며 처다본다

명우는 얼골이 쓰끈해나서 무에라고 대답할바를몰랏다

그때 이때까지 무슨생각엔지 기퍼 잠겻든 소장은 갑자기 고개를 번쩍 처들고 단 장을 건너다보고 입을연다

「단장」

새로운移民(五)

단장은 고개를 번쩍처들고 소장의 얼골을 쪽바로 마주본다

소장은 일짜로 입을담을고 미간에는 그어쩐 비장한 빗까지 씌우고 한동안 말업 시 단장의얼골을 건너다보다가

「단장 다가튼동포가 아닌가요? 잘사러도 가치잘살고 못사러도 갓치못사러야 하 지안습니까?」

하고 열에넘친어조로 단김을 내쑴드시 힘차게말한다

「부락에 새로 이주민이부르면 단장이나 내힘은물론 더들겟지요

그러나 그런것은 문제가 아니라고 생각합니다 우리들의본의가 조금이라도더 우 리동포들의 생활향상에 보탬이되려구 나선것이라면 인제와서 새삼스레무엇을 주저

하며 쓰려하겟습니까? 그들의생활에 피가되고 살점이된다면 단장 나는지금이라도 내몸을 내밧칠작정입니다 그러치 안습니까? 단장」

단장은 너머도 감격되어 쩔리는음성으로

「소장님 저역시 그렷습니다 우리는 그 동포들을 쌍수를드러서환영합시다」

하고는흥분된 감정을 누르려고 입술을지그시 악문다

「고맙습니다 다장이 그러케찬동해 주신다면 나는 오늘부터라두 당장에그네들을 마지할 준비에착수하렵니다」

한다음 소장은다시 현관리에게로 향해서벙끗우스며

「모든것은 잘아렷습니다 우리는 당국의제안을 진정으로반가히 바더드리겟습니다」

하고는상대편의 말을기다린다

이 열과성의가 넘친소장의말에현관리는 한동안이나 말을 못하다가 겨우입술을 연다

「고맙습니다 무에라고 감사의말슴을 여쭈엇스면조흘지를 모르겟습니다」

그리고는 흥분된 표정을 감추기위하여 얼골을 숙여버린다

소장은다시 겸손한태도로

「천만에 말슴입니다」

하고 겸양한다음 이번에는 명우에게로 도라진다

「김군의일두 인제부턴 더가첨이될텐데 잇는힘끗애써주게」

명우는 숙엿던 고개를조용히 처들며

「제힘으로서 할수잇는 일이라면 무엇을 앗기겟습니까? 소장님의 지도만바랍니다 그리구 이건저의 천견일는진 모르겟습니다만 이부락은 다른부락과 달러서 특수한 부락인만큼그러한 새로운 이주민이 한데와서 살게되면 부락의감화상으로도 현저한효과가 잇스리라구 저는생각합니다」

하고 침착하게말한다

「그럿치 참말 부락민의감화상으루볼째두 매우조흐리라구 나역 군과동의일세」

하고 소장은 무릅까지탁치며 찬의를표시한다

사실 명우의말을듯고보니 여럿의의견은 모도다가텃다

새로운이주자가와서 한데어울려살게되면 재래의부락민엑는 적지안흔감화를주게 될것이다

가튼부류끼리 이웃에부터 살게되면 서로 동류가되어 허물을모르게되지만 다른

부류가인접하여 살게되면 자연 이때까지 하던것과는달러질것이다

이런점으로보더라도 새로운 이주민의입식은 절대필요하다고 볼수가잇다

소장은 화색을 만면에씌우고 재차 명울르 향하여 입을연다

「참말그러치 재래의 부락민의 감화상으로 보더라두 절대 환영할 일이지 우리는 무엇보다두 이감화라는데 특별히 유의(留意)를 해야할것이네」

실내에는 화긔와 압날에 대한 불타는희망이 갓득넘처흐른다

그리고 네사람의 머리속에는 모도다 한결갓치 입식준비와 방법에관한 생각이 구체안을어드려고 복잡하게 쩌올랏다

季節의微笑(一)

어린소녀들의 물길러 댕기자던 봄은 어김업시 차저왓다

三월—어름도 풀리고산기슭에연두빗 풀들이 파릇이 도다올우자 마을은 밧갈이 준비에 분망하엿고한편 새로 의주하여 온의주민들은 집들을 짓기에 눈코 쓸새가 업시 밥비 지낫다 이러한 어느날 명우는 마침 일요일이라 조반을 먹고 사생첩(寫生帖)을 들고 들로나갓다

참말 오래간만이다

불붓는 예술욕(藝術欲)에 모든것을 저버리고 매진하던 그시절이 가슴속에 되살어난다

그러나 무엇을 어쩌케그릴까 생각을종잡을수가 업고 그저 가슴속만이 첫사랑을 속삭이던때처럼 울렁거릴뿐이다

산을 둘러보아도 그림이고 개울ㅅ가에조촐하니 서잇는 개버들을 보아도 그림이고 풀은하눌에 점점이 쩌가는 구름을보아도 그림이다

모든것이 희망에 넘처보이고 위대한 약동을 보혀준다

압폐 개울건너를보니 마을처녀들이 솔솔 불어오는 미풍에 치마자락을 나붓기면서 나물을 캐고잇다

짝히 알어볼수는업지만노랑저고리에 검정치마를입고 쌜간 댕기를 드린처녀는순녀이 틀림업는것 갓다

명우는 고요히 우스며오래동안 바라보다가 개울쑥언덕에 안즌후 사생첩을펴들엇다

그런줄은 몰우고 처녀들은 이곳에서 저곳으로 옴겨안는 나비처럼 가벼운동작으

로 삽부삽붓 옴겨안지며 나물을 캐기에 여념이업다
　그리다가도 서로한곳에어울리이게 되면 무엇을 소근거리며 작란까지 한다
　그것이 무엇을 속삭이는것인지 알수는업스나 명우는 귀구녁이 간질거려나서 견딜수가업다
　나물을 캐다가도 각금우두머니 비인하눌을 처다보는 처녀는 무엇을 꿈꾸는것일까?
　봄이라지만 대륙의봄은비인 남국의봄처럼 아즉 꽂은 볼수가업다
　그러나 종다리는 팔매친 돌처럼 곳추빠저올라가며잘도 조잘거린다
　고향에는 보리가 파아라케 솟아올랐스렷만
　그리고 진달내도 빨가케 피어 잇스렷만
　진달래가 핀 언덕에서는 색기를 불우는 알락마소의 울음소리도 느러지게 들려올 것이고 수양버들 휘느러진 내까에서는 젊은 색씨들의 빨래방망이 소리도정겨웁게 들려올것이다
　머언 고향일은 생각만해도 눈물겨웁고 그리워난다
　명우는 그림그리던 손을 멈추고 머어니 압산마루를 바라보앗다
　꼬옥 고향 압산마루갓다
　그래서마루를 넘우면 훠언이 틔인남쪽은 영등포(永登浦)뻘판이련만
　인천항구로 군함구경을가느라고 동무들끼리 점심통을 둘러메고 넘던일이 어제일갓치 긔억에 쏘렷하다
　생각할사록 그리워나는옛일들이다
　처녀들도 어린시절을 추억함인지 한곳에 다정스레 모혀안저서 하염업시 남쪽하눌만 바라보고 잇다
　모도다 열칠팔세의 꽂봉오리들이다
　문득명우는 순동의 일을 생각햇다 순동이도 인제는 스물한살이다
　집안사정으로 본다면벌서 장가를들엇서야할나이다
　더구나 자기가결혼하자면순동이부터 장가를 보내논다음이라야될것이다
　그러타면누가 적당한후보자로선발될것인가?
　마을의처녀들을 하나씩머리속에그려보아도 이러타할 후보자가 생각나지안는다
　그리다가 그는문득 새로이주하여온 이민들을 생각하고저혼자 빙긋우섯다

季節의 微笑(二)

새로 ×××에서 의사하여온의주민중에 승세라는젊은사람이잇다

나이는 삼십가량 되것만 어듸나할것업시 미듬직하고 굿세여보이는 사내다

가족은 어머니를비롯하여 아이들까지 일곱명이나 되는데 그중에 열칠팔세가량 되어뵈이는 처녀가잇는것을 명우는 그들이 이사하여오는날 확실히보앗다

키는그다지 큰편은아니나 몹시건강해뵈고 개척지에서 고생은햇것만 얼골비츤 □□□□히고 귀여운 처녀엿다

새로이사하여온 이주민 사이에서 오륙명의 방년처녀를보앗것만 그중명우의 시선을끈것은 그승세란 사람의 누이동생이엇다

그러나그째 명우는그저남의처녀를 귀여운 처녀로만 보앗슬짜름이지 순동이나그밖게 마을청년들께 관련식혀가지고 본것은아니다

그런것이 지금순동의 결혼문제를 생각하니 문득그처녀가 뇌리에쩌오름은 무슨까닭일까?

명우는 벌서둘의 결혼식장면까지 머리속에 그려보게되는 저자신을 돌보고혼자서 고소하지안홀수가 업섯다

바로그째다

개울건너벌판에서 나물을 캐던처녀들은 모도다 바구니를안고 이쪽오솔길을 접어온다

명우는비로소 공상에서깨처낫다

얼마간당황해남을억누르고 여페노핫던사생첩을 다시금 펼처들엇다

처녀들은 명우를보고 모도다 수군덕거리며 순녀를보고 킬킬거리는모양이필시 놀려주는모양이다

순녀는 저쪽으로 고개를 돌려 외면하고 동무들보다도압서서 빨리々 발길을 옴겨놋는다

명우는되는대로 붓을 놀렷다

그리다가 슬쩍지나는 처녀들의뒤를 도라다보니 거기에는 승세의누이도잇다

이사하여 오던날보다는 한칭더 예뻐보인다

순간 명우는속으로 단단히별럿다

어쩌케해서던지 순동이와 그를 짝을지어주려고 혼자서쩌물럿다

처녀들은 멀리지나가서도 명우의쪽을 도라다 보고는 킬킬거리며 순녀를 쿡쿡찔

러준다

명우는 빙그시우스며 바라보다가 문득 사생첩을듸려다보앗다

먼 산을 너허서 풍경화를그린다는것이 어느틈에그려젓는지 나물바구니를안은 처녀가 그려젓다

그리고 그처녀는 순녀의 모양과 조곰도 틀림업시그려젓다

명우는 누가 보기나하는것처럼얼른 사생첩을 접어버렷다

실업시 얼골까지붉어오른다

도라다보니 처녀들은벌서 마을로 드러가버리고 안보인다

명우는자긔의 주위를한바퀴 둘러본다음 다시금조심스레 접엇던사생첩을 펴들고 이윽히 드려다 보다가 가필을시작했다

한선한선이 그어질때마다 순녀의 숨결이팔락이는것갓고 체온이 쪄도는것갓다

그리고 만지면 부조된조각처럼도드러 오를것만갓다

명우는 차츰 사라저버린 옛날의정열이 되사라남을느끼고 불타는욕망에 온몸을 옷싹 쩌럿다

응시할사록 순화된 예술의 경역이다

□10)

季節의微笑(四)

며츨후 마을에는 숭세의 누이동생 복순이와 순동의 이야기가 날개를 거둘줄모르고 호화스레 퍼젓다

둘의 약혼은 보도소 소장과 명우가 근심하던것과는 짠판으로 이내 문제업시 성립되엿다

숭세의 어머니는 타관객지에 나서 밋도 끗도 모르는 사람에게다가 귀여운 짤자식을 함부로 준다고반대엿스나 결국 숭세의 주장이 서게된것이다

숭세의주장은 이러햇다

아모데라도 집을 잡고 살면 고향이지 전생에서부터 약속된 고향이 어듸 짜로잇는가?

어듸던지 가서 배불리먹고 살면 고향이다

---

10) 제84회분이 탈락되였다.

그러니 누이동생을 주는데도 당자만 쪽々하면 된다

돈이란 업다가도잇는것잇다가도업는것―그러나 사람은 그러칠안타

사람이란 나면서부터 부족한건 결국 두고보아도그모양이다

개꼬리를 황모가되라고삼년이나 파무더 두어도 결국 개꼬리는 변하는법이업다

제가 못생긴건 돈이잇서도 틀리고 지위가 잇서도 틀리는법이다

이런점으로 볼때 순동이는 어디까지던지 마음에드는 미덤성잇는 청년이다

누이동생이 그에게가서잘살고 못사는건 자기의팔자며 분복이다

위인이 고만큼 생겻스면 자기의 구실은 틀림업시할것이다

이것이 승세의 주장이엿다

그의 어머니도 처음엔반대햇스나 결국아들의 강경하고도쪽바른 주장에는 썩지 안흘수가업섯다

쏘 사실에 잇서선 자기 역시 순동이를 오래 사괴어 본일은 업지만 한번보구두번 보는동안에 자연마음이 쌜리지안흘수가 업섯던것이다

승세는 소장에게 승락을 하기전에 먼저 누이동생에게 의견을 무럿던것이다

그러나 누이동생은 이러타하고 말할리가 업다

만은 그의 표정이나 태도를 보아서 반대가 업다는것은 충분히 짐작할수가 잇다

여기에서 비로소 둘의약혼은 아모런문제도 업시원만히 성립된것이다

약혼이 성립된 이튼날보도소 소장은자긔의 집에명보를 불러다노코 위선 명보의 금후의 결심부터 무럿다

「인젠 쌀두 시집을 보내야 할것이구 며누리두삼어야 할텐데 어쩌케 할테우 아직 두 과거를 청산을못하구 그냥 그 상태대루 지날테우?」

그러나 명보의 입에 대답이 잇슬리가업다

그는 고개를 푸욱숙이고 구들바닥만 나려다보고잇다

소장은 이윽히 그모양을 바라보다가 이번에는 목소리를나추어서 타일러말한다

「나는 이전일을 말하고십지는안소 허지만 인제는모든사정이 옛날과는아주달러 젓스니까 제발좀개과를해주오 사람이란것은 일생이 한정되어 잇는것인데 오십이 넘도록 제길루바루 들지못하문죽어서들겟소? 무엇보다두그자식들이 불상하지안 소? 난 순동이가 아직어린나이에 그 애쓰는걸 볼때문 눈에서 눈물이 나는것이아니 라피가나오」

명보는 비로소 고개를처들고소장을정면으로마조본다

두눈에는 눈물이피잉쩌돌고잇다

「소장님대할낫치업슙니다」

소장은 그모양을보고만면에화색을씌우며

「고맙소 내말을그러케드러준다면 나두애쓴바람을느끼오 금년엔 쌍두더쩨어줄테니 부자가한번잇는힘끗벌어보오」

하고는 자긔도 감동되엇는지두눈을 조용히감어버린다

季節의微笑(五)

순동이는 복순이와 약혼한다음 마음이들쩌올라 도모지 진정할수가업다

안즈나 서나 집에잇스나 박게잇스나 복순의 생각에만 사로잡히게되고 그의환영으로하여하여 입술까지 밧작말라든다

그리고 한편으로는 불안스러워 나서 견딜수가업다

약혼은 이상어룬들끼리성립을 시켜노핫다지만 정작 본인은 어쩌케생각하고 잇는지 그의속심을몰라 말할수업시 궁금하다

이상어룬들의 명령에의하야 본심에업는 약혼을 햇다면 자기로서는 절째로묵과할수업는 일이다

그것은 두말업시 일생의 비극을 비저버리는것이다

결혼이란 결혼하는 당사자가서로 합의돼야 하는것이지옛날처럼남의권이나 명령에 의해서한다는것은 어리석기가비실데업는일이나

만약 복순이가 속에업는것을 그옵바나 어머니나보도소소장의명령에 의하야부득이억지로 약혼한것이라면 그것은 자긔의인격도팔게되는것이다

어쩌케 해서던지 그를맛나서 직접의견을 짜저보아야겟는데 그것이 큰문제다

첫재 맛날장소도 문제려니와 어쩌케맛날것인가 하는것이문제엿다

그야 잇째까지 한부락에서다년간 갓치사라오며 이얘기라도 주고밧던 처지라면 별관게가 업는것이겟지만 서로 정면으로 마주보지도 못한처지로서는 참말어려운일이다

그래서 그는멧날을두고생각해오다가 하는수업시순녀의힘을빌기로작정하고 그에게사정을말햇다

순녀는 생긋우스며

「옵반 그러케두 근심이나세요? 난 아무근심두업다구 생각는데요」

하고 절반은놀려주듯말한다

「그야 넌 제일이아니니까 근심이 안될테지만 난그러치안타」

「아이옵바두 누가 제일이 아니래서 그러타는가요? 난 복순의맘씨를 잘알기쌤에 그러타는건데요」

순녀는 원망스런어조로말하며 홀겨보는 시늉까지한다

「알문얼마나 안단말이냐? 어제그제부터 겨우사귄처지에」

「그야 그러치만 한번이래두만나서 노라보면알지요 전일에두 물길러나갓다가 애들이놀려주니까 성두안내구 그저 벙글거리며웃기만하든데」

순동이는 귀가번쩍열려서당황하게뭇는다

「뭐? 그게 정말이냐?」

「정말 아니구 언제 누가 거짓말 햇는가요? 호호호」

순동의 당황하게 뭇는태도에 순녀는그만 허리를굽히며 우서댄다

순동이는 얼마간 무색해서 얼골까지 붉힌다

「민망하게시리 웃긴」

그모양이 한칭더 우수워서 순녀는 그만배를움켜쥐고까지 웃는다

순동이도 하는수업시 웃는다

「옵바 요즘 아주얼굴빗치 납버젓서요 너머 그러케 생각하문 병이 날는지모를걸요 호호호」

「듯기 실타 남은 진정으루 말하는데 너더러 우서달라드냐?」

순동이의 성내는 바람에 순녀는 겨우우슴을 멈추고

「참말 그러케 생각하실것업다니까요 복순이두 요즘 아주 조와하는꼴이보이든데요」

하고 진지한 태도로말한다

순동이는 아모말도업시창문쪽만 덤々히 바라본다

그모양을보니 순녀는 쏘한바탕 웃고 시퍼나는것을 갓갓으로 참고

「그럼 옵바 복순일 맛나게 해드릴까」

하고 순동이의 긔색을 살핀다

순동이는 대번에 화긔를 띄우고 순녀의 쪽으로 도라안는다

季節의 微笑(六)

안윽한 달밤은 기픈 바다속가치 고요하다

마을은 모도다 잠들엇고 둘의 숨소리 만이 괴롭게 들려올쑌이다

순동이는 몇번을 말하려고 별르다가도 종시 입을 열지못하고 그럴때마다 가슴속만 더한칭 울렁기릴쑌이다

그리고 복순이는 고개를 숙이고 모로도라서서 애쑤진 치마끈만 자꾸 구겨쥐다간 노코 노핫다가는쥐는것이엇다

밤은 점점 기퍼가고 달은 더욱 훠언이 비처준다

각금 부러오는 바람소리에 둘은 혹시 누가 오지나 안는가하여 핫하고 놀라며 주의를 살핀다

그리고는 이내 고개를숙여버린다

누구던지 서로 먼저 말을 걸어주지안는것이 얼마나 원망스럽고 안타까운지 밝은 달빗조차 둘에게는말할수업시 얄미윗다

만약에 달도 업는 금음밤이라면 둘에게는 얼마나 다행스러우랴?

가슴속은 자꾸 두근거리고 얼골은 확근거려나것만 이른봄 한긔는 옷삭옷삭등어리에 숨여든다

갑자기 주위가 우수러히 어두어지기에 처다보니 마침 달은 구름속에 드러가는 중이다

순동이는 긴한숨을 쐽은다음 큰맘으로 번쩍 고개를 처들고 복순의쪽을 보앗다

복순이도 마침 이쪽을살며어시 기우려보다가 마주치는 시선에 쌈쯕놀라며도로 고개를숙여버린다

「복순이」

순동이는 이말이어쩌케입에서 나왓는지 저로서도몰랏다

그저 쓰거운 김을 내쑴는드시가슴속에 막혓던것이 후련이 풀려지는것갓다

그러나 복순이는 더한칭 고개를숙이며 대답을못한다

「복순이」

순동이는 쩔리는음성으로 재차 불럿다

비로소 복순의 고개가약간 처들려진다

「난 쏙 한마듸만물어볼말이 잇는데」

순동이는 이한마듸를하는동안에 등어리에 식은쌈까지 내뱃는다

복순이는 숙엿던 고개를 갸우시들고 순동이를말쓰럼이 바라본다

「난 쏙 한가지 무러볼것이 잇는데」

하고 순동이는 쏘 중단햇다가

「복순이는 나를 어쩌케생각하는지 이상어룬들이억지루 약혼식혓다구 속에 업는 것을 무리루…무리루 복종해서는」

하고는 다음은 가슴이쑥처올라 쏘 중단해버리고씩은거리기만 한다

복순의고개는 다시금숙어진다

순동이는 안카까워 견딜수가 업다

하눌과 쌍이 한곳에맛닺는것갔고 전신은 불속에뛰여든듯 발광을 할것갔다

「복순이 당신이 실타면난 억지루…억지루 약혼하는건실혀요 당자들끼리생각이 업다면」

복순의 고개는 다시금번쩍처들려진다

이번에는 대담하게 정면으로 순동의 얼골을마주본다

정신업시 말하던 순동이는 그무엇에 질린드시 주춤하고 복순의 입만 주시한다

무엇을 말하려고 호소하려고 처녀의 표정은 긴장되여간다

그러나 끚내말은 못하고 쏘고개를숙여버린다

순동이는 참다못해 한거름 썩 닥어들며

「복순이 실흐면 실타구말해주 어쩟소 실수?」

순간 순동이는 저도모르는 동안에 「아ㅅ」하고외마듸소리를 질럿다

어두운 밤이지만 그는확실히 복순의고개가 좌우로 두어번 혼들려지는것을 보앗다

그러자 이째까지 구름속에 드럿던 달은 다시금훠언이 밝은 양자[11]를 아낌업시 드러내놋는다

순동이는 그달을 처다보며 씩은거리다가 그만큰맘으로 복순의손을 덥석잡엇다

도라오는人生(一)

화창한 五月!

아침 안개비가 말숙히개이고 맑은 창공에는 각금 솜갓튼 구름이 동경(憧憬)의범선(帆船)인양 한가스레 써가고 강우로는 물차고가는제비가 희망의 화살처럼 쑥쑥 째저가는날 보도소강당에는 두쌍의 이얘기가 아름답게 매저젓다

순녀와 명우―복순이와순동이

솔솔 부러오는 미풍은청춘의 숨결이고 하눌공중놉피 우지지는 종달이는 행복의

---

11) 樣子, ≪모습≫이라는 뜻

천사다
　이날 보도소소장은 곤두라 쩌러지도록 술을 마시고 춤을추고 노래를 불럿다
　소장쁜만 아니라 마을사람들은 모도다 흥겹게 마시고 놀앗다
　만은 한편 득수의 집에서는 사소한일로하여 득수의처와 인규의사이에 쏘말다툼
이 생겨서 찟내 인규는 보짜리를쑤려가지고 이전 주인으로 옴겨가고 말엇다
　이째문에 마을에는 아름답지못한 소문이 꼬리를물고 퍼젓다
　득수의처가 임신한지 다섯달이나 되느니 그째문에 인규와의 사이에 말성일어나
서 싸윗느니 어쌧느니 하며 여자들은 둘만 마주안즈면 쑤군덕거렷다
　이 소문을 듯고 명우는 곳 득수의처를 차저갓다
　그러나 득수의처는 자리에들어누어서 일지를안헛다 명우는 하는수업시 인규를
차저갓다
　인규는 아직 쓸러노치도 안흔 짐짝에 비스듬히 기대누어서 머어니 천정을처다보
며 명우를보고도 몰은체한다
　명우는 한동안 말업시인규의얼골을 나려다 보다가 그의엽페 조용히안즈며 입을
연다
　「여보게 인규」
　그러나 인규는 그냥천정만 처다보고잇다
　「무슨까닭으루 싸윗는지는 몰우겟지만 이러케 짐짝까지 쑤려가지구 나온다는건
너머 심하지 안흔가?」
　「심하면 어쩔텐가?」
　명우는 한동안 말을못하고 인규의얼골만 드러다보다가
　「뭐 어쩌겟다구 해서하는말은 아닐세」
　하고 치미는격동을 억눌우기위해서 어조를나추어 말한다
　「그럼 웨귀찬케와서 직거리는건가?」
　명우는 하는수업시 웃고나서
　「여보게 인젠 그쎄쑤러진 근성을 바루잡는것이 어쩐가?」
　하고는 자긔도 한쪽팔을괴집고 인규의엽페 비스듬이 들어눕는다
　인규는 흘깃돌아다보고는 저쪽으로 등을지고 돌아누어버린다
　오랜 침묵이 지난다음
　「인젠 멋츨 안잇스면 규선이네가 오겟구면」
　하고 명우는 혼자ㅅ말로중얼거린다

그래도 인규는 응대가업다

「규선이가오면 자네와 갓치 잇게 하려구 햇던데 이러케 나와버렷스니 숙소가 문제가 아닌가?」

「내대신 가서 잇스면 더조치안흔가」

명우는 이슥히 인규의뒷머리를 노려보다가 그만벌쩍 일어나 안즈며 인규의 팔을 살스레 잡아닥친다

「여보게 자네는 한게집의 운명을 그러케 냉담하게 생각하는가?

자네는 무슨 목적으루 남의게집을 사괴엇든가? 자긔의 지은 책임을 회피한다는 건 말할수업는 비열한 줏일세」

인규의 입가에는 조소가 써올은다

그는 모멸하는태도로 명우를이슥히 바라보다가「흥」하고 코소리를 한후

「설교에 인젠 귀에 못이박혓네」

하고 다시 명우에게 잡핀 팔을 뿌리치며

「자넨 오늘갓치 반가운날에 이런 참견을 하는것이 아닐세 오늘갓튼날엔신부나 가서 달래는것이제일 상책일세」

하고 까닭몰을 우슴을 허허웃는다

도라오는人生(二)

모든것이 절망에 빠젓슬때 사람이란도로혀 그어쩐 반발적작용으로하여 자긔의 압길을 내다보게 되는째가 잇다

득수의처는 지금 막다른 골목에 들어서 자기의 나아갈길을 비로소 내다보앗다

인규와의 관계가 파렬되여 버리자 그는 몃츨을혼자서 생각한결과 결국은이전에 명우에게 이애기 한대로 고향길을 밟으려 햇다

지금 자긔의 배ㅅ속에는 새로운 생명이 날마다 자라나고 잇다

모든것이 절망의 구렁텅에 빠저버린지금에 와서이명일의 생명만은 참다운축복을 바더야 할것이다

자긔는 여자로서는 그리고 일생으로서는 참패를하고 말엇다

그러나 어머니로서는 훌륭히 이겨야 한다

그럼에는 부득이 고향으로 도라가야한다

고향에 돌아가서 피로된 심신을위무한 다음 다시금 어머니로서 재출발을 해야

한다
이 결심을 한다음 그는 어느날 조용히 보도소소장을 차저갓다
소장은 자세한이얘기를듯고나서 오랫동안 두눈을감고무엇인지 생각하다가 후—하고긴한숨을 뱉은후의젓이고개를 처들며입을연다
「잘알어들엇습니다 그러한 결심으로 환고향하신다면 우리는 쌍수를들어서 찬성합니다 될수잇는한도까지는 편지를 도모해드리지요 사실은득수군이 현재가서잇는데를 몰우는것은아닙니다만 인제다시다려왓댓자 별시언할일이잇슬것갓지안키에 그냥몰은체하구 잇는것입니다」
득수의처는 눈물어린 눈으로 소장을조용히 바라보며침착하게 입을연다
「소장님께 페만끼처들이구 무에라엿줄 말슴이업습니다 어듸를가던지 소장님은혜는 잇지안쿠 바른길루들어가겟습니다」
「고맙습니다 그러케결심하구간다면 어듸를가던지근심할점이 업스리라구 생각합니다」
소장은 만면에자신의빗츨 씌우고 득수의처의 얼골에서이슥하도록 시선을떼이지안는다
얼마후 득후의처가 돌아간다음 소장은책상에 기대안저서 머언 하눌을하염업시바라보며 것잡을수업는생각에 잠겻다
부락이 건설된지가 어제갓드니 생각하면 벌서 이개년이나된다
그런데 그동안에 자기가한일은 과연무엇이엇든가?
온갓애를 다써오며 부락의 소생에전력을 기우렷다지만 부락의상태는 여전처음과 한모양이아닌가?
생각할수록 암담해남을금할수가업다
무엇보다도 그가 가슴속에 슬픔을 느끼는것은 규선이와 인규의일이다
인제 며칠후면 규선이는 마을로 도라올것이아닌가?
그가 도라온다면 자기는 어써한 태도와 방법으로 이끌어 나가야 할것인가?
그리고 인규는 금후쏘한 어써한방향으로 이끌어 나갈것인가?
극도로 근성이 빗두러지고 모든히망을 죄다 일흔 그들은 결국 그냥 그대로 그내락의 구덩에서 소사나지 못하고말것인가?
무엇보다도 그들에게는새로운히망을 지니게하여 주어야겟는데 그것은 가장어려운 문제고 쏘한 현재의 상태로는 거이 불가능에가까운일이다
이런것을 생각하면 소장은 그만 두엇개심이 나릿하니 풀려지며 눈아피 캄캄해

나지안흘수가업다

여기까지 생각한다음 소장은문득 문박글내다보고깜짝놀랏다

거기에는 뜻박게도 ×××구류소로 료양을갓던 규선이네가 들어오고 잇지안는가?

도라오는人生(三)

뜻박게도 기일전에 도라온규선이네를보고 소장은한동안 벙々하니 일을벌린채 말을못한다

규선의 얼골빗츤 말할수업시수척해젓고 게다가우울의빗츤여전히 어둡게 가시질 안코잇다

그는소장의 아페들어와공손히인사한다

「그동안 안녕하섯습니까」

소장은 비로소 정신을채린듯 응결된표정을푼다

「아 규선인가? 얼마나고생햇는가 몸엔별탈업는가? 어쩨 얼굴빗치대단안됏구면」

규선이는 서글푸게 우서뵈며수척해진 자기의손을맛부빈다

소장은 규선의뒤에드러온사람들에게도 일일히 인사한다음잠시 무릅밋틀나려다 보다가

「부락에 새루 이주민들이 의사해 온줄아는가」

하고 여럿을둘러보며 뭇는다

「예 알엇습니다」

하고 규선이가힘업시 대답한다

「어쩌케 알엇는가?」

「나올째 서장쎄서 들엇습니다」

소장은 빙긋—이 우스며 무에라 말하려다가 그만입을다더버린다

그것은 그의뇌리에 여러가지로 복잡하게 쩌오르는 금후의 대책문제째문이엿다

그러나 규선이네는 그런것을 알리가업다

모도다 제집식흐터저 가려고 소장에게 하직을고하자 소장은규선이를 보고

「규선이는 우리집에서 좀 얘기할쩟두 잇는데 그냥 쉬는것이 어쩐가?」

하고 간절한 어조로 만류한다

규선이는 아모말도 업시도루 주저안는다

여러시 죄다 도라간다음 소장은 규선이와 조용히마주안즈며 나직히 말을쩌낸다

「군이업는데 집에다가 우리맘대루 남을 드린건미안하네 허지만 사정이그리케돼서 그런게구 쏘한 다른사람과달러서 명우니까 군두 이해할줄 알구 그랫스니 곡해는말게 당분간 괴롭긴하겟지만 우리집에서 그냥 유해주게」

「고맙습니다 집에 대해서는 아무런 생각두업습니다 제가 잇서서두 명우의 어머니가오섯다면 두말업시 들두룩 햇슬텐데 곡해가 다 뭡니까?」

「고마우이 우리두 군과명우군의새를아니까 맘노쿠 그런걸세」

소장은 이상스레도 한마디 주고바드면 주고바들사록 규선에서늑겨지는정을눌울수가업다

그것은 규선에게잇서서도 마찬가지다

보도소 소장이라기보담도 관대한형이나 자애로운아버지처럼 늦겨진다

규선이네가 도라왓다는소문을듯고 맨처음에 달려온것은 명우다

서로단〃히 손을맛잡은둘은 눈물이글성하여 말을못한다

「어머니두 오시구 결혼두 햇다지」

「웅」

「축복하네」

「웅」

명우는 목구역이 썩막혀서 그저 대답만할쓴이다

한동안 말업시 지나다가 명우는겨우 격동된가슴속을 억눌우고말한다

「우리집으루 가세」

「웅 가야하지 어머니두뵙구 그리구 신부도 인사해야지」

「저녁은 예서 먹지」

하는 소장의말을 명우는단호하게막아버린다

「아닙니다 우리집에 가서 갓치 먹겟습니다」

소장은 빙긋 우수며 더 말리지안는다

「그런가? 그럼 김군 맘대루 하게」

이윽고 가즈런히 마당박글 나가는 둘의 뒷모양을 바라보는 소장의 얼골에는 만족의 빗치 고요히 쩌올은다

도라오는人生(四)

아침부터 화창한 날새다

부락의 농부들은 죄다일터로 흐터젓다

뭇밧튼 한창초벌김철이고 논은 파종시절이다

이곳은 아직수전(水田)에 대하여서는 발전이 되지못햇기때문에 모도다 산파(散播)를한다

산파란 묘대(苗代)에다가 모를길러가지고 이식(移植)을하는것이 아니라 그냥논판에다가 벼씨를 뿌리는것이다

순동이네는 금년부터는명보까지 한목씨인까닭에 닷새가리(五日耕—五千坪)나더 붓처가지고 셋식구가 진종일 일터에서 밥비보낸다

일을 하다가도 점심시간이되여서 셋이밧머리에나와 오붓하니 점심그릇을 둘러싸코 마주안젓슬때의 행복감이란 도저히 입으로는말할수업는것이엇다

각금 순녀가 생각나는때가잇다

그럴때면 순동이는 건너편 명우네가 일하는쪽을바라다본다

저쪽에서도 마찬가지인듯 하얀수건으로 머리를싼 순녀가 이쪽을마주건너다 보는것과 마조치는때가 잇다

순동이는 벌쩍일어서서손을내둘은다

그러면 저쪽에서도 마조팔올든다

엽페안즌 명보의 얼골에도 빙그으시 우숨이 쩌올은다

째로 학교에서 쉬일때면 명우도 일터로 나온다

그런때면 의례히 두집식구는 한곳에 모혀안는다

거기에 소장까지 씨이게되면 좌석은 말할수업시단단하게 되여저간다

일요일이다

명우는 아침부터 나와서 조밧을매다가 점심시간이되자 건너편공동농장에가서규선이와 인규를끌고 순동이네 점심좌석으로왔다

거기에마침 보도소소장이 술병을 들고 나와서 한목씨이기를청한다

「술은 어듸서 어드섯서요?」

「거리에서 누가 먹으라구 집에 보낸걸돠덧는데 갑작이 생각나서 가지구나왓네」

여럿은 이내 점심그릇은 뒤로 밀처노코 술병을 들러싸코 안는다

술잔은 소장에게부터 돌린다음 명보 규선이 인규 명우의 순서로 돌아간다

멋잔간 돌리고나니 모도다 건아하게 취해서 사설이 번다스러워진다

「언제한번 돈푼이나 생기면 큰도회지에가서 건방지게 자리를 틀구안자먹어야할텐데」

하고 먼저 소장이 농담을 꺼내자

「소장님께선 젊어서 바람깨나 부렷겟수다그려」

하고 맛풍을 치는것은 인규다

「바람이란게 다 뭔가? 돈이 잇서야 그두 부리지」

「그래두 그럴리가 잇는가요 아무데서 처두 한풍은 톡톡히 첫슬테조」

「그런것갓티 뵈는가?」

「그럼요 실례갓지만 소장님 얼굴을 보면 한다하는 풍류객으루 뵈는데요」

「허허허 명관상쟁인데」

하고 소장은 한바탕 쇠팍하게 웃고나서

「사실은 자네말이 짝드러마젓네 나두스물대여섯째는 얼마간 바람두 부려봣네」

하고 뒷머리를 어루만진다

소장의 이말이 쩌러지자 이째까지 벙글거리며 듯고만잇던 규선이가 벌쩍나안즈며 입을연다

「그럼 아기자기한 연애사건두 잇섯겟구면요」

「암 그야잇구말구 아기자기만 햇겟는가? 죽는다 산다햇지 허허……」

여럿은 모도다 호기심에 두눈을 빗내우면서 소장의 입만 바라본다

바로 이째다

마을쪽에서 웬여자가 밥비밥비 오더니 멀리서부터 무에라고 소리를질른다

여럿은 무슨영문인지를몰라 머엉하니바라보기만 한다

도라오는人生(五)

마을쪽에서 밥비나온 여자는 성오의처다

그는여럿의압페 다닷자숨잔듯이 씩은거리며

「저 소장님득수아주버니네 형님이 지금쩌난답니다」

하고조급하게 말한다

소장쑌만 아니라 여럿은 모도다 놀난다

「쩌나다니 어듸로 쩌난단말이우」

하고소장은 벌쩍일어선다

「고향으루 쩌난다구 지금 짐짝들을 죄다쑤려 낫서요」

「고향으루?」

「예 고향으루 간대요」

여럿의 시선은 약속이나 잇섯든것처럼 인규에게로쏠린다

인규의 얼골빗츤 얼마간 창백해진다

그러나 그는애써 평범한양을하며 모로도라안저서담배만싱겁게 태우고잇다

소장은 아모말도업시 여럿을둘러본다음 조용히마을쪽으로 발길을옴겨놋는다

그뒤를짜라 성오의처도말업시 도라간다

좌석에는 부자연한침묵이 한동안흘럿다

아모도 입을열랴는사람은업고 그무슨생각에 깁피잠긴다

성오의처는 소장의뒤에짜라가다가 순녀네가 점심먹는곳으로 가더니 무어라고 이얘기를한다

그러고는 처처에 모혀서 점심먹는곳만보히면 죄다차저간다

모도다 놀란양으로 이쪽을바라보고는 마을로들어가는 소장의쪽을 바라본다

이슥한후 갑작이담배만태우고잇던인규가 벌쩍일어서더니아모말도업시 부락쪽으로들어간다

안자잇던 여럿은 수상한 그의 행동에 서로 얼골만 마조본다

그러나 아모도 입을여는 사람은 업다

점심이 끗난후 여럿은다시금 자긔의일터로 쓸쓸히 흐터저간다

순동이는 김을 매다가끗내 참지못하고 명우를차저갓다

「형님 들어가 보시지요」

「어듸를?」

번연히 뭇는쯧을 알면서도 명우는 짐짓 몰은체를한다

「득수의처가 떠난다는데안가보세요? 형님은 주객간 처지가 아닌가요」

명우는 아모말도 업시머언 산봉오리우에 뭉게뭉게 목화처럼 피어올으는 힌구름을 하염업시 바라본다

순동이도 우두머어니 서서 그쪽을 바라보다가 다시명우에게로 돌아지며 입을연다

「형님 난 아모리생각해봐두 인규형님 속을몰루겟서요」

그래도 명우는 웅대가업시구름만바라본다

순동이는 한동안이나 명우의 엽얼골을드려다보며웅대가 잇기를 기다리다가쏘 입을연다

「남을건드려서 아이까지배게하구시침이를 짝쩬다는건 도저히용서할수업는일이

라구 난생각해요그러찬홀까요?형님」

갑작이 명우의 고개가순동의 쪽으로 돌아진다

「남의일에 대해서 그러케경솔하게 말하는것이 아니다」

「경솔하게 말하는게 아내요 난 진정으루 말하는거얘요」

순동이는 얼마간 흥분된 어조로 항의하듯말한다

명우는 이슥히 순동의얼골을 드려다보다가 부두러히 타일르듯 말한다

「인규두 양심이 아직 다업서진 사람은 아니니까 반다시 무슨 대책이 잇슬써다 잇다 보면 알겟지만 불원에 마을에는쏘 한쌍의 결혼례식이 정식으루 잇스리라구 난 밋는다」

이 자신잇게 말하는 명우의 얼골을 순동이는 오랫동안 넉슬일코 바라본다

도라오는人生(六)

짐을 다 쑤려노코 주위를 주욱둘러보니 허젓한마음속은 다시금슬퍼난다

아모것도 미련이 남는곳은 업것만 그래도 정작쩌날랴니 무엇인가 뒤에남어잇는 듯 득수의처는 다시한번 마을사람들의 얼골을차레차레 눈압페 그려보앗다 이째까지 늑겨못본 정을새삼스레늑기게된다

더구나 인규의 얼골은못견듸게끔 가슴속을안타갑게 하여준다

어리석은 게십의 마음이라고 비웃고 마지막으로나시한번 맛나보고 살까?

갈러질바에는 피차 서로 조흔 낫츠로 갈러질까?

행여나 리별의 장면에서 다시 인연이 매저진다면?

아니다 그럴리는업다

다시 매저질수 업는 인연이라면 이대로 곱게 갈라지는 편이 조타

어리석은 게집의 미련은 쌔끗이 씃허버리고 제길로 도라가자

득수의처는 스스로 자긔의 약한 마음을 비웃고나서 벌쩍 일어섯다

갑작이 문박게서 신발소리가 나더니 방문이 활짝제처지며 누군지 짐짝을둘러메고 들어선다

인규다 여자는 깜짝 놀랏다

그는 넉슬 일흔사람처럼 머어니 사내의 얼골을 바라보앗다

인규는 둘러멘 짐짝을웃목케다가 철썩 메다처버리듯 나려논다음 주방으로나오더니 아모말도 업시 여자의 얼골을 나려다 보다가 그만 구들바닥에 노힌 짐짝들을

풀기시작한다

여자는 무슨영문을 몰라서 사내의 하는양만 직혀본다

인규는 세짝이나되는 짐을 죄다 끌러논다음 비로소 여자의 쪽으로돌아선다

「왕사는 말할것 업구 난 오늘부터 쏘와서 신세를 질테니 어서 그릇들을제자리에 도루 언처놔요」

갑작이 여자의 두눈에서는방울진 눈물이 왈칵쏘다저 나온다

인규는 슬며어시 외면하고밧글 내다보다가 그만웃줄일어나서 나간다

여자는그냥 구들바닥에업드려서 어린애처럼 소리를 내여늑긴다

인규는 마당박게 나가서 잠시무엇인지 생각하다가그냥왼쪽 큰길로 도라서더니 보도소쪽으로 걸어간다

그째마츰 저쪽으로부터보도소소장이 근심스런 빗츨씌고이쪽으로 오다가인규를 보고 웃쑥 머저선다

인규는 소장의압페 가서 조용히 발길을 멈추고잠시 주저거리다가 소굿이고개를 숙이며 입을연다

「소장님 명우군이 혼자서 학교일을보기가 심들다면저두내일부터 보아들이지요」

너머나 의외의말에 소장은얼른 말을못한다

그는 한참동안이나 인규의얼골을넉슬 쌔앗기운듯이 바라보다가 덥석손목을틀어 잡는다

「아 인규군 난……난무에라구 감사의말을 햇스면 조흘찌 생각이안나네」

소장의 두눈에는 무엇인지 빗나는것까지 보인다

인규는 이슥히 고개를숙인채 발밋틀나려다 보다가 슬며어시 발낄을 돌려오던길을 되도라간다

얼마후 소장은 다시금들에 나타낫다 거기에는명우며 규선이도 잇다

그리고 순동이 순녀 복순이 그박게도 여러사람들이 한곳에 모혀서서 희열과 희망에 빗나는 눈으로 푸른하늘을 흘러가는 힌구름을 어느째까지던지 바라보고잇다

(끗)

西伯利亞放浪記◉

玄卿駿

방랑은 청춘의 생명이며 인생 항로의 첫 출발이다.

생각하면 지금으로부터 10년 전!

내가 18살 먹은 해 가을이었다.

하계 휴가가 끝나자 학교로 돌아간다고 하고 부모의 슬하를 떠난 나는, 목적지인 경성(鏡城)은 들리지도 않은 채, 바로 청진을 거쳐서 웅기(雄基)로 향하였다.

누가 뒤에서 쫓아오지나 않는가 하는 조념(燥念)한 맘으로 웅기항에 내렸을 때에는 부지중에 저로서도 뜻모를 한숨까지 쉬었던 것이다.

웅기는 그전에 유(留)하던 곳이고 더구나 보통 학교까지 졸업한 곳이라 아는 사람도 꽤 많았지만 다행하게도 면목 아는 사람은 하나도 만나지 않았다.

그리하여 이튿날 아친에 나는 부라부라 도보로 고읍(古邑)으로 향하였다.

웅기서 고읍은 60리 가량되는 험한 산길이었지만 미지의 나라를 동경의 나라를 찾아간다는 일종의 모험적 쾌감과 흥분에 용기를 얻어가지고 나는 그날 저녁 편에 무사히 고읍에 도착되었다.

그러나 고읍 앞을 말없이 흘러내려가는 두만강을 보고는, 다시금 넘어온 고개를 돌아다 보지 않을 수가 없었다.

여관에는 나뿐만 아니라 노령(露領)으로 가는 손님들이 꽉 차 있었다. 그들은 대개가 다 생활에 쫄려서 '빵'을 찾아가는 무리들이었으니, 소같이 입을 다물고 침묵을 지키고 있는 그들의 순하게 생긴 얼굴에는 형용할 수 없는 불안과 우울의 빛이 무겁게 떠돌고 있었다.

저녁 후 나는 거리에 가서 엽서를 사가지고 들어와 비로소 고향 동무들이며 학교

◉ 이 작품은 《新人文學》 1935년 3-4월호에 발표되였다. 여기서는 소재영 편 《間島 流浪 40 년》(朝鮮日報社. 1989)에 수록된것을 인용하였다.

동무들에게 마지막 하직의 인사나마 몇 마디씩 적어보내려고 펜을 들었다. 마는 웬일인지 손길이 떨리고 마지막 아버지에게 쓸 때에는 눈물까지 떨어뜨렸던 것이다.

말할 수 없는 섭섭하고도 애처로운 심사에 한잠도 못 이루고 밤을 새우고 나니, 강(江) 역 도선장(渡船場)에서는 어느덧 벌써 선부(船夫)의 외치는 소리가 들려 왔다.

조반도 충분히 못 먹고, 마치 시집을 가는 각시 모양으로 두근거리는 가슴을 눌러가며 강(江) 역에 나가 보니, 먼저 나간 이사꾼들은 벌써 경관들에게 조사를 시키우고 있었다.

내가 나간 것을 본 경관들의 시선은 일제히 나에게 쏠렸다. 그것은 다른 이사꾼들과 달라서 나의 복장이 다른 까닭이었으니, 그때에 나는 학교 정복을 입고 정모까지 썼던 것이다.

나는 불안에 떨리는 가슴을 겨우 진정시켜가며 일일이 저로서도 경탄할 만큼 경관의 취조에 교묘하게 거짓말을 꾸며댔다. 아버지는 노령 불갬스크에 가신 지가 10년이 되는데, 삼촌의 신세에 이때까지 공부하다가 학자(學資) 관계로 휴학을 하여 가지고 아버지한테로 학자 얻으러 간다는 것이 나의 대답이었다.

기실 불갬스크에는 나의 종조(宗祖)가 계셨던 것이다. 경관은 퍽이나 동정하는 모양으로 나에게 격려의 말까지 주었다.

그리하여 배에 오른 나는 점점 멀어져가는 고국의 산천을 감개무량하게 바라보며 장차 올 앞일을 생각하여 보았다.

이렇다 할 목적도 없이 뜬 구름과도 같이 가는 내 마음은 새삼스럽게도 암담하여졌다. 더구나 늙으신 아버지와 외아들을 잃고 탄식하실 어머니를 생각하니 당장에 배에서 뛰여내리고 싶은 마음이 무럭무럭 치밀었다.

그러나 배는 벌써 대안(對岸)의 중령지(中領地·지금은 만주국 영지)에 다달았다. 내리고 보니 강 한 폭을 사이에 두고 토색까지 변한 듯한 낯선 이역!

이것이 나에게는 처음 밟아보는 이국 땅이었다. 이곳에서 한 50리 넘어가면 노령 땅이란 말에 내 가슴은 알 수 없게 두근거리며, 방금 넘어온 고국 땅 수천리 밖에 가 있는 것같이 생각되었다.

'양관평(洋舘坪)'이라는 중국인 촌을 지나서 동행하는 이사꾼들과 함께 조그마한 모래 언덕에 올라가 사방을 살펴보노라니 건너편 노령지 쪽에서 약 20명 가량 되어 보이는 사람의 떼가 바삐바삐 이쪽을 향하여 오는 것이 보였다. 가까이 온 것을 보니 그들은 우리와는 반대로 노령에서 나오는 사람들이었다.

들어가려던 사람들은 부모나 만난 듯이 반가워하며 그들을 붙잡고 들어가는 경로며 형편을 물었다.

　나도 그 축에 빠지지 않고, 그 중에서 내 나이 또래나 되어 보이는 젊은 청년을 붙잡고 사정을 말한 다음 형편을 물었다. 의외에도 그는 친절하게 가르쳐주었다. 그리고 마지막에는 '비색이'[1]라는 것을 나에게 주며

　"이것을 가지고 들어가시오. 이것만 가지면 관헌을 만나도 아무 일 없습니다. 그러나 내이름이 ○○이니까 여기 쓰여 있는 대로 행세해야 합니다."

　하고 세세히 가르쳐주었다. 나는 어찌도 고마운지 백배 사례한 다음 그와 갈라졌다.

　동행하는 다른 사람들은 '비색이'가 없는 것을 걱정하며 내 것을 보고 침을 삼켰지만 나는 시치미를 뚝 따고 앞장을 서서 걸었다.

　이 '비색이'라는 것은 신분 증명서나 여행권 같은 것으로서 이것이 없으면 노서아에서는 나댕기기가 몹시 부자유한 것이었다.

　이윽고 우리는 노령 국경까지 이르렀다. 거기는 하루에도 몇 차례씩 노서아 관헌이 돌아댕기며 경비하고 있기 때문에 들어가는 사람들이나 나오는 사람은 누구든지 다 그들이 보지 않는 틈을 타서는 월경(越境)하는 것이었다.

　그러다가도 들키는 날이면 나무아미타불.

　그러므로 일행 중에는 밤에 넘자는 의견이 우세하였으나 나는 대담하게도 그냥 낮에 넘어가려고 하였다.

　생각하면 만용이라고나 할는지?

　그러나 이 나의 만용에 이끌려서 세 사람이 나의 뒤를 따르게 되었으니, 나는 더욱 용기를 내어가지고 그들과 함께 국경을 무사히 넘었던 것이다. 그리하여 게서 한 10리 가량 되는 '박석거리'라는 부락에 도착하였을 때에는 벌써 점심 때가 가까이 되었던 것이다.

　이 부락은 전부 조선 사람 부락으로서 우리는 이곳에서 점심을 먹은 후 마차를 삯을 내어 타고 '모커우'라는 항구로 향하였다.

　바라다보면 일망천리인 듯한 대평야를 쏜살같이 달아나는 마차 위에서, 어느덧 벌써 찾아온 가을을 느끼며 옷깃을 여며 놓고 얼마 동안을 시달려 가노라니 옥수수밭에서 옥수수를 따고 있는 여인들을 만났다. 보자기 같은 것으로 머리를 싸고 무릎까지 올라가는 치맛자락, 그 위에 팔굽까지 내놓이는 '샤쯔(셔츠)'를 산뜻하게 입

---

1) 비자(visa)

은 그 모양.

나는 처음에는 노서아 여인들인 줄로 알았다마는 가까이 가보고 조선 여인들인 줄을 알았을 때 한편으로는 놀라움과 한편으로는 반가움에 당장에 마차에서 뛰여 내려 무슨 말이든지 하여 보고 싶은 충동을 겨우 참았다.

그러나 우리를 바라보는 그들의 얼굴에 나타난 표정은 너무나 평범하였던 것이다. 하기야 우리와 같이 나가고 들어오는 동포를 하루에도 몇차례씩 보는 그들에게는 그다지 반가울 것이 없지만 이국 땅에 처음 들어선 나에게는 평범한 그들의 표정이 무한히 섭섭하였다. 그리고 말 한마디도 못 하여 본 채 그대로 갈라져가는 내 마음은, 마치 두고 가지 못할 사람이나 두고 가듯, 걷잡을 수 없는 실망과 까닭 모를 애수에 맑은 가을 하늘조차 흐리어보이는 것 같았다마는 거부(車夫)의 채찍은 사정없이 휙휙 날렸다. 그리고 길가에서 사람들을 만났다. 그리고 인가도 만났다. 그것은 모두 다 조선 사람들이었고 그들의 집들이었다.

국경만 넘어서면 당장에 코 큰 어른들을 만날 줄 알았던 나의 기대는 여지 없이 깨어지고, 다만 거부의 외치는 알지 못할 소리와, 말목에서 절렁거리는 방울 소리에 가냘픈 이국 정서를 겨우 느낄 뿐.

차는 쉴 사이 없이 달아났다.

어느덧 해도 서산에 기울기 시작하였다.

끝없는 넓은 벌판의 이곳 저곳에서 소리 없이 숫아오르는 저녁 연기에 나는 새삼스럽게도 내 고향의 마을을 생각하여 보았다.

그러나 그것도 순간이었다.

거부의 떠드는 바람에 앞을 내다보니, 망망대해에 검은 연기를 토하며 떠들어 오는 기선 한 척.

"저것이 해삼위(海參威)2)서 오는 배라오. 내일 아침이면 떠나지요."

차는 어느덧 70리의 길을 다 끝마치고 강변에 와서 멈췄다.

넓이가 10리나 된다는 이 강은, 기실은 강이 아니라 강처럼 바다가 만곡되어 들어온 것인데, 이곳 사람들은 이것을 강이라고 부르고 있었다.

마차에서 내린 우리는 다시금 배에 올랐다.

건너다 보니 산 언덕에 즐비한 양옥들.

"저게 모커우라오."

---

2) 블라디보스토크(Vladivostok).

하는 거부의 말에 나는 뜻모를 한숨으로 대답하였다.

모커우에 닿으니 비로소 이국 정서가 농후하였다.

코 큰 어른들, 머리 노란 계집들.

그러나 여기도 조선 사람이 태반이나 되었다.

주막에서 맞는 이국의 첫날밤!

양관(洋舘)에서 들려오는 청인(淸人)의 호금(胡琴) 소리는 울고 픈 내 마음을 더 한층 눈물겨웁게만 하여 주고 모랫가에 부숴지는 파도 소리는 그러지 않아도 산란한 이 내 머리 속을 더 한층 산산히 깨뜨려주었다.

밝는 날이면 배를 타고 해삼위로! 동경의 해삼위로! 그곳에는 어떠한 운명의 손이 나를 기다리고 있을는지?

어느덧 지리하던 밤도 밝았다.

조반 후 나는 이곳에서 동행의 세 사람과 갈라지게 되었다. 하루 동안의 길동무였지만 무한히 섭섭하였다.

가방을 들고 부두에 나가니 배는 출발의 시간이 급하여 떠날 준비에 분망하였다. 배표는 배에 올라가서 사자는 바람에 나는 넋없이 뛰어올라갔다.

오전 10시 출범!

12시가 되어서도 나는 배표를 사지 못하였다. 어디 가서 어떻게 사는지 언어 불통인 나는 마지막에는 초조한 마음에 울고도 싶었다.

이 사람과 물어 보아도 모른다고 하고 저 사람과 물어 보아도 모른다고 하니 대체 누구와 물어 보면 좋을는지? 그렇다고 말 모르는 선원과는 더구나 물을 수도 없고 그저 벙어리 가슴을 안고 헤매기만 하였다. 마지막에는 생각다 못 하여 갑판 의자에 힘없이 주저앉아서 먼 바다를 내다보며 긴 한숨을 쉬고 있노라니….

"어디까지 가십니까?"

하는 여자의 말소리가 명랑하게 뒤에서 들려왔다. 깜쪽같이 놀라서 돌아다 보니 단발한 젊은 여자가 상긋이 웃으며 정답게 나를 바라보고 있었다. 너무나 의외지사에 나는 제 귀를 의심하며 한 참 동안은 우두머니 쳐다보고만 있었다.

여자의 입은 다시금 열렸다.

"동무! 어디까지 가십니까?"

확실히 나를 보고 하는 말이었다.

"해삼위까지 갑니다."

"내지(內地)서 들어오시지요?"

"네, 그렇습니다."

"실례지만 무슨 일로 들어오십니까?"

하며 그는 나의 곁에 와서 앉으며 내 얼굴을 뚫어지게 바라보는 것이었다.

갑자기 말문이 막힌 나는 무엇이라고 대답할 수가 없었다.

"……."

"해삼위에는 친척이 계십니까?"

"아니오."

하는 나는 다시금 긴 한숨을 쉬었다.

그것을 본 그 여자는 반드시 무슨 곡절이 있으리라고 생각하였던지 더 한층 정답게 물었다.

"내지서 학교에 다니셨지요?"

"네."

"무슨 학교에 다니셨습니까?"

"중학 3년까지 다녔습니다."

둘은 곧 친근하게 되어서 서로 통성(通姓)까지 하였다. 나는 그의 이름이 '김안나'며 또한 휴가가 지나서 해삼위 학교로 돌아간다는 것까지 알게 되었다. 그리고 그의 덕택에 나는 배표까지 사게 되었다. 점심 때가 지나서 배는 '출냄이'라는 항구에 잠깐 들었다.

그곳에서 오르는 선객은 귀교하는 학생들이 대부분이었다. 그 중에는 안나의 동무들도 있었다.

나는 안나의 소개로 그들과도 인사를 하였다.

미래의 이야기는 나를 중심으로 벌어졌다. 나는 그들이 묻는 대로 조선의 정세며 학교 이야기를 아는 데까지 이야기하였다.

한마디도 빼지 않고 귀를 기울이고 있던 그들의 얼굴에는 한결같이 떠오르는 고국을 그리워하는 그 표정!

그것은 10년 후 지금에 와서도 내 눈 앞에서 사라지지 않고 떠돌고 있다.

나면서부터 고국을 모르고 이국 풍토의 거친 풍랑에 부대끼며, 오늘은 동으로 내일은 서로, 애처로운 부평(浮萍)의 생을 이어가고 있는 그들의 신세!

꿈속에까지 그리던 고국에서 들어온 한 사나이를 에워싸고 '내지, 내지'하며 뜻깊게 부르는 그들의 심정을 생각하면 자연히 두 눈이 뜨거워지는 것을 어찌할 수가 없었다.

그러나 나도 그제부터는 그들과 같이 부평의 생활을 계속할 인간이 아니었던가.

생각하면 그 눈물 속에는 내 자신의 설움도 섞여 있었던 것이다.

나는 그들과 같이 점심까지 먹으며 몇 번이나 나의 앞길에 대하여 의논하여 보려 하였지만 시종 입이 떨어지지 않았다.

얼마 후에 그들은 멀미가 난다고 하며 선실로 다 돌아갔다.

뒤에는 안나와 나와 단둘이 앉아서 머나먼 수평선을 내다보며 서로 제 생각에 깊이 잠겨 있었다.

"그래 동무는 앞으로 어떻게 하실 작정입니까?"

하고 둘 사이의 침묵을 먼저 깨뜨린 것은 안나였다.

"작정이 없습니다. 그저 막연합니다."

둘 사이에는 또 다시 침묵이 계속되었다.

밤 9시나 되었을 때 멀리 번쩍이는 등대불!

"저것이 해삼항입니다."

하고 안나가 일러주는 그 순간! 내맘은 알 수 없게 덜컥하였다.

해삼위! '우라지오스톡3)'!

아! 나는 끝내 오고야 말았구나.

하늘의 별보다도 더 수없이 반짝이는 항구의 불빛들, 소란스러운 기적소리들!

배는 섬을 끼고 요리조리 항구의 품안을 찾아 들어갔다.

어두운 바다에 가로 놓인 괴물 같은 검은 배들! '뚜'하는 뱃고동 소리에 선내는 갑자기 떠들썩하였다. 안나와 나는 짐을 들고 내릴 준비를 하였다. 잔교(棧橋)4)위에는 무수한 사람의 떼가 모여서 선객들이 내리기를 기다리고 있었다.

"그래 오늘 저녁은 어디로 가시렵니까?"

하며 갈 곳이 없는 줄을 빤히 알면서도 묻는 안나 얼굴을 나는 원망스러운 눈으로 호소하듯 말없이 쳐다보았다.

안나도 그런 줄을 알아챈 듯,

"아이 참 내가."

하고 부끄러운 듯이 웃더니

"저, 신한촌(新韓村)에 저의 동무가 있는데, 그 집이 여관이니까 그리로 가십시

---

3) 불라디보스토크.
4) 부두에서 선박에 걸쳐 놓아 오르게 된 다리.

다.”

하며 위로하듯 다시금 웃었다.

나의 입에서는 여전히 긴 한숨이 나왔을 뿐이었다.

배에서 승강교를 내리우자 7,8명이나 되는 관헌이 위엄성 있게 뛰어올라 왔다.

그것이 ‘게·페·우’ 라는 관리로서 노서아에서는 범보다도 더 무섭다는 국가 정치 보안부 위원들이었다.

그들은 선객들을 내리게 못 하고 일일히 조사하더니 약 20명 가량 붙잡아 가지고 내려가다가 한 쪽에서 우둘우둘 떨고 있는 나를 보더니 무엇이라고 노서아 말로 저희끼리 지껄이며 내 팔목을 와서 덥석 잡았다.

“앗”

나는 부지중에 외마디 소리를 질렀다.

그리고는 그 무엇에 질린 듯이 입술이 바르르 떨렸다.

관헌에게 끌려가는 내 뒤를 따라오며 안나는 여러 가지로 관헌과 무슨 말을 하였다.

그러나 관헌이 들을 리는 만무하였다.

나는 꼭 지옥에서 온 사자에게 끌려서 죽으러 가는 것 같았다.

가로의 좌우 옆에 높이 솟은 건물이라든지 생전 처음 보는 전차라든지 모두 다 안개 속에서 어물거리는 것 같고, 다만 두드러지게 눈 앞에 나타나는 것은 죽음의 검은 손밖에 없었다.

안나가 뒤에 따라오며 걱정할 것이 없다고 하며 여러 가지로 위로하여 주었지만 그것조차 죽음을 독촉하는 소리로 밖에는 들리지 않았던 것이다.

나의 머리 속에는 갑자기 고향 생각이 떠올랐다. 아버지 어머니, 마을의 동무들, 학교 동무들, 심지어 밤낮 싸우기만 하던 이웃집 복남이까지….

아! 나는 모든 것을 버리고 결국 죽으러 이곳까지 찾아왔던가?

어디를 어떻게 끌려갔던지 바위 같은 큰 건물 지하실에 끌려갔을 때에는 나는 완전히 정신을 다 잃었던 것이다.

그러다가 덜컥 하는 쇠 잠그는 소리에 겨우 정신을 차려서 주위를 살펴보니 우스르한 전등 빛에 날카롭게 빛나는 눈들! 노서아 사람, 중국 사람, 사나이, 계집, 얼핏 보아도 험상궂게 생긴 그들의 얼굴은 나의 뇌리에다 그 무서운 화살을 박아주었던 것이다.

참을 수 없는 공포심에 나는 그만 그 자리에 탁 거꾸러져서 넋없이 느껴 울기

시작하였다.

밤새도록 한잠도 못 이루며 꿈도 아니요, 현실도 아닌 어지러운 **환영**에 부대끼고 나니 머리는 중병을 겪고 난 듯 천근같이 무거웠다.

옆에서 곤하게 자던 아편쟁이인 듯한 노인이 언제 깨었던지 의아스러운 표정으로 왜 자지 않는가를 물었지만 나에게는 아무 대답할 생각도 또한 기운도 나지 않었다.

그저 얼빠진 사람처럼 **힘없는** 눈으로 노렇게 기름에 절은 듯한 노인의 얼굴을 물끄러미 내려다 보고만 있을 뿐이었다. 날이 밝고 해가 뜨자 공포심은 더 한층 새로운 기세로 나의 머리 속을 어지럽게 하였다.

오전 9시를 치는 괘종 소리가 희미하게 들려오자 얼마 안 되어 철문이 덜컥 열리며 노인(露人) 관헌이 '헐네벌(빵)'이라는 떡을 가지고 들어와서 매명(每名) 앞에 손뼉만한 것을 한 개씩 주고 나갔다.

다른 사람들은 넋없이 받아먹으며 무엇이 그렇게도 반갑고 즐거운지 떠들고 있었지만 나의 입은 여전히 무거운 쇠를 잠근 듯 열려지지 않고 불안의 침묵을 계속하고 있었다.

그리고 떡은 받아서 놓은 채 거들떠보지도 않았다.

그것을 본 아편쟁이 영감은 나의 눈치를 슬슬 살피다가 솜씨 빠르게 집어 닥쳤다. 많은 다른 사람들은 그것을 그냥 둘 리는 없었다. 손뼉만한 떡 한 쪽으로 인하여 감방 안은 순식간에 약탈의 수라장으로 화하고 말았다.

아편쟁이의 손등은 보기에도 참혹하게 찢기우고 중국인 한 사람은 짓밟혔는지 밤알만한 부스러기도 찾아볼 수가 없었다.[5]

그것을 보니 아무리 경황 없는 내 자신이었지만 나는 다시금 인간이란 것을 생각하여 보지 않을 수 없었다. 수라장화한 감방 안의 요란 소리에 노인 관헌과 조선인 관헌 2명이 달려왔다.

코피를 흘리던 중국인은 기회를 만난 듯이 무엇이라고 노어로 호소를 하였다. 순간 관헌의 얼굴 빛은 새빨갛게 상혈(上血)되더니 한 쪽 손에 감아쥐었던 가죽 채찍을 사정없이 휘날리기 시작하였다. 사람의 귀를 가지고는 차마 들을 수 없는 비명 소리에 나는 그만 두 손으로 귓구멍을 틀어막았다.

아무 말도 없이 바라보던 조선인 관헌은 갑자기 무엇을 생각하였던지 나를 손짓

---

5) 이 구절에서 일부가 탈락된 듯 문맥이 통하지 않고 있다.

하였다.

형용할 수 없는 불안한 가슴을 안고 그 앞으로 걸어가는 나의 다리는 바르르 떨렸다.

"어째 너는 떡을 먹지 않았느냐?"

하는 그의 말소리는 의외로 부드러웠다.

"먹고 싶지 않아서요."

"뭐 먹고 싶지 않다?"

하고 그는 한참 동안 나의 얼굴을 뚫어지게 들여다보더니 갑자기 다정스러운 표정을 지으며

"내지(內地)서 언제 들어왔느냐?"

하고 목소리를 낮추었다.

"어저께 들어왔습니다."

"무슨 이유로 들어왔느냐."

나는 어물거리다가 이 기회를 놓쳐서는 안 되겠다는 생각으로 용기를 내어서 애원하였다.

"이유래야 별 이유는 없지만 내지서 공부하다가 여러 가지 사정으로 인하여 공부하게 못 되니 그저 생각나는 대로 발길이 돌아지는 대로 여기까지 왔습니다."

"그래 앞으로 어떻게 할 작정이냐?"

"네, 할 수만 있다면 공부할까 합니다."

그는 한참 동안 그 무엇을 생각하는 듯하더니 빙그레 웃으며 물었다.

"어저께 같이 내린 그 여자는 누구냐?"

"배에서 만난 여자올시다."

"그전부터 안 여자가 아니냐?"

"아니올시다, 이 땅을 처음 밟는 제가 어떻게 그전부터 알았겠습니까?"

그러는데 노인 관헌은 볼일을 다 보았다는 듯이 두 손을 탁탁 털며 동료를 재촉하여 가지고 나가려 하였다.

조선인 관헌은 무엇이라고 웃으며 노어로 이야기하다가 나의 쪽을 한번 돌아다본 다음 그뒤를 따라 나가버리고 말았다.

그 뒤에 얼마 안 되어 다시 문이 열리더니 아까 그가 다시 들어와서 나를 보고 손짓하였다.

나는 정신없이 허둥지둥 문 밖으로 뛰어올라갔다. 그리하여 어떤 조그마한 취조

실 같은 데로 끌려 들어가니 거기에는 또 한 사람의 조선 사람이 테블(테이블) 건너편에 앉아서 나의 얼굴을 빤히 쳐다보았다.

나는 공손하게 머리를 숙였다.

몇 마디의 문답이 둘 사이에 있은 후 그는 나의 몸을 조사하기 시작하였다.

첫째로 나의 주머니 속에서 나온 것은 학교 신분 증명서 그 뒤에는 국경넘을 때 가지고 온 '비색이'.

"동무는 이것을 어디서 얻었소?"

말씨는 친절한 듯하나 철편(鐵鞭)으로 후려갈기는 듯하였다.

나는 서슴지 않고 전후 경우를 다 말하였다.

"그렇지만 이런 것을 가지구 댕기면 안 되는데."

하고 그는 한참 동안 생각하더니 다시금 나의 쪽을 향하여 갈 곳이 어딘 것을 물었다.

"정처가 없습니다."

"이 해삼위에 아무도 아는 사람이 없습니까?"

"없습니다."

나의 애연(哀然)한 얼굴을 빤히 쳐다보던 그는 곁에 관헌과 노어로 무엇이라고 이야기하더니 다시금 학교 신분 증명서를 뒤적거리기 시작하였다.

그때의 나에게는 그 신분 증명서가 무엇보다도 도움거리였다.

그리하여 얼마 후 무사 해방된 나는 죽음의 지옥에서 솟아난 듯한 기쁨으로 문 밖으로 나오니 거기에는 의외에도 안나가 반가운 표정으로 기다리고 있었다.

너무나 꿈같은 일에 나는 그만 체면도 염치도 불고하고 넋 없이 그의 팔에 매달려 흐득였다.

안나도 나의 그 모양에 감격되었던지 미소는 띠웠으나 눈물어린 눈으로 고요히 나를 내려다 보며 부드러운 손으로 나의 등을 쓰다듬어 주었다.

둘은 가지런히 서서 애스팔트(아스팔트)의 포도(舖道)를 감개무량한 맘으로 바라보았다. 지난날 끌려오던 때와는 아주 딴판으로 보이는 건물들, 가도를 질주하는 자동차, 전차.

내다보니 8월의 태양 빛에 번쩍거리는 항구의 품! 그 속에서 안겨서 졸고 있는 수없는 검은 배들 중에 내가 타고 온 배는 어느 것인지?

이윽고 둘은 전차를 타고 '신한촌'으로 갔다.

거기는 해삼위 서북방 지구로서 주로 조선인이 살고 있는 지대였다.

안나의 뒤를 따라 얼마간 가노라니 큰길 옆에 '고려 도서관'이라고 간판을 붙인 그리 크지 않은 건물이 있었다.

그 앞을 지나서 몇 번을 돌아 언덕으로 올라가니 큰길 복판 그 우편에는 흰 벽돌로 지은 2층 건물이 웅장하게 솟아 있고 지붕 위에는 낫과 마치를 그린 붉은 기가 중천에서 펄럭거리고 있었으니 이것이 '고려 공산청년 회관'이라는 건물이었다. 두리번거리며 이것 저것 살펴보는 내 모양을 빙그레 웃으며 바라보던 안나는 마침내 어떤 조그마한 집 문 앞에 서서 안을 향하여 무엇이라고 불렀다.

그러자 안나와 동년이나 되어 보이는 몸집이 꽤 큰 젊은 여자가 아랫다리를 껑충하게 내놓고 나오더니 반갑게 우리를 맞아주었다.

나는 곧 그가 어저께 배에서 안나가 말하던 그 여자인 것을 알았다.

안나의 소개로 통성을 하고 보니 그의 성명은 장혜라(張惠羅)였다.

며칠 동안은 안나와 혜라의 안내로 해삼항을 돌아댕기며 구경하느라고 꿈같이 지냈다.

그러나 호주머니 속이 불룩하지 못한 나는 언제까지든지 그렇게 하며 허송 세월을 할 수는 없었다.

생전 처음 느껴보는 생활의 불안!

아무리 생각하여 보아야 전도는 막연하였다.

곡괭이 한 번 쥐어 못 보고 호미자루 한번 쥐어 못 본 채 배고픈 것이 어떤 것인지 이야기로도 잘 들어 못 본 나에게 있어서는 너무나 돌변적이고 지나치게 과중한 문제였다.

그리하여 혼자서 생각하다가 몇 번이나 안나와 그렇지 않으면 혜라와라도 상의하여 볼까 하였지만 그때나 이때나 조금도 변함없는 되지 못한 자존심으로 인하여 나의 입은 좀처럼 그들의 앞에서 열리지 않았다.

그러면서도 먼저 나의 눈치를 차려서 나의 심중을 알아주지 못하는 그들의 둔감이 나는 몹시도 원망스러웠던 것이다.

생각하면 그 얼마나 어리석은 몽상이었던가?

어느 날 그 날도 나는 여전히 창문을 열어놓고 먼 바다를 내다보며 걷잡을 수 없는 공상에 잠겨 있노라니 학교에서 돌아온 혜라가 방문을 열고 들어왔다. 여름날의 석양 하늘에 갈팡질팡하는 구름장과도 같은 무겁고도 괴로운 생각에 암담하여진 나였건만 혜라나 안나의 쾌활하고도 청초한 그 얼굴을 보면 언제든지 답답한 나의 심중은 시원하게 풀려가는 듯하였던 것이다.

"언제 오십니까?"

"예, 무슨 생각을 또 그렇게 하십니까?"

"앞길이 너무 막연하여서요."

하고 나는 그만 무의식 중에 심중을 고백하였다.

그리고는 후회하는 기색으로 얼른 얼굴을 돌려서 다시금 먼 바다를 내다보았다.

혜라는 한참 동안 아무 말도 없이 서 있다가 나의 곁에 와 조용히 앉으며 그도 나의 눈길을 따라 먼 바다를 내다 보았다.

바다에는 흰돛을 단 배들이 고요히 떠서 어느 때까지든지 한 곳에 그대로 머물러 있는 듯.

참다 못하여 나는 그만 심중을 털어놓기 시작하였다.

"혜라씨, 나는 앞으로 어떻게 하였으면 좋을까요?"

"글쎄올시다. 동무의 사정은 퍽 딱한데 어떻게 하였으면 좋을는지 저도 생각이 안 납니다."

그 소리를 들으니 나의 전신에 힘줄은 다 풀리는 것 같았다.

"혹 어디 무슨 일자리든지 내 몸에 적당한 것이 없을까요?"

"일자리요?…자리가 그렇게 쉽게 있습니까? 동무도 대강 짐작하시겠지만 지금 노서아는 혁명이 지난 지가 얼마 안 되어 실업자가 전 인구의 절반 이상이나 되는 형편이랍니다. 여간하여 가지고는 직업을 얻지 못합니다."

"그렇다면 나는 어떻게 할까요?"

걸핏하면 눈물 홀리기를 잘 하는 나는 나의 눈에는 벌써 눈물이 그렁그렁 하였던 것이다.

혜라는 한참 동안 측은한 빛을 띠고 말없이 내 얼굴을 쳐다보다가

"글쎄올시다, 있다 안나가 오면 의논해 보지요."

하고 위안하여 주었다.

저녁 후 어기지 않고 안나는 예전과 같이 찾아왔다.

그리하여 셋은 여러 가지로 의논하여 보았지만 무슨 구체안은 얻지 못하였던 것이다.

이튿날 혜라가 학교로 간 틈을 타서 나는 마침내 결심을 하고 안나와 혜라에게 편지를 써놓은 후 가방을 들고 혜라의 집을 나섰다.

하지만 방향 없는 나의 발길은 어디를 가야 할는지 몇 번이나 망설이다가 결국 서쪽 길을 취하였다. 힘없는 발길로 약 1시간이나 더듬어 가다가 돌아다보니 해삼

항의 집들은 어느덧 머리 아스랗게 바라다 보이고 바다의 어선들은 그림자조차 찾아볼 수가 없었다.

그러자 갑자기 생각나는 것은 안나와 혜라. 더구나 학교에서 나온 혜라가 나의 편지를 보고 얼마나 놀랄 것인가?

그리고 밤이면 안나도 받아볼 것이다. 며칠 안 되는 동무였다지만 그들은 얼마나 슬퍼할 것인가?

더구나 나에게는 생전 처음 만난 이성의 동무들이며 그리고 서백리아[6]에 돌아온 이후 누구보담도 가장 친절하게 하여 주던 그들이 아니었던가?

그것을 생각하니 나의 가슴 속은 다시 돌아가고 싶은 생각으로 몹시 설레였다.

마는 나는 큰 마음을 먹고 그냥 그대로 떨어지지 않는 발길을 다시금 옮겨놓았다.

복선이 된 철로를 따라서 정처 없는 걸음으로 몇 시간을 걸어가느라니 조그마한 정거장에 다달았다.

거기서부터 길은 두 갈래로 갈리었는데 어느편 길을 걸어야 할지 참으로 갑갑하였다.

해는 어느덧 서편 하늘에 기울어졌고 갈 곳은 없이 나로서도 너무나 한심하여 마지막에는 웃음밖에 나오지 않았다.

그러다가 마침 나는 운이 좋았던지 양복은 입었지만 조선 사람임에 틀림없는 한 젊은 청년을 만났다. 그러나 중국인인지도 몰라서 나는 우선 시험삼아

"여보시오."

하고 건드려 보았다.

복장이 이상한 탓이었던지 나의 아래 위를 수상하게 뜯어보던 그는 불의의 나의 부름에 깜짝 놀란 듯이

"예!"

하고 우뚝 멈춰섰다.

그 소리를 들으니 어찌도 반가운지 익수자(溺水者)가 구조선을 만난듯 나는 넉없이 그의 앞으로 달려갔다.

"여보시오, 조선 사람입니까?"

"예, 어째 그럽니까?"

---

6) 시베리아(Siberia)

"이 바른쪽 길로 가면 어디로 갑니까?"

"바른쪽 길이오?…대체 당신은 어디로 가시는 길입니까?"

"어딘가 하구요?"

나의 말문은 갑자기 막혔다.

그러나 재차 묻는 데는 대답하지 않을 수가 없었다.

"사실인즉 정처가 없습니다."

"예? 정처가 없다니요?"

"그저 닥치는 대로 갑니다. 어느 길로 가면 조선 사람들의 사는 부락으로 가게 됩니까?"

"여보시우, 그렇게 가는 걸음이 어디 있습니까? 이 바른편 길로 가면 깊은 산속으로 들어가고 왼편 길로 가면 무인지경 고개를 넘어야 인가가 있는데 기어간(其於間)이 20리나 됩니다."

"뭐요?"

하고 반문한 나는 놀라운 그의 말에 벌린 입을 다물지 못하였다.

"대체 당신은 어디서 오십니까?"

"내지서 들어옵니다."

"그런데 무슨 일로 오셨습니까?"

"그저 아무 생각 없이 뛰여왔지요."

"그래도 무슨 목적이 있겠지요?"

"목적이래야 별 것이 아닙니다. 그저 내지에 있기가 귀찮으니까 좋다는 소문만 듣고 찾아왔지요."

한참 동안 그는 빙그레 웃고 있더니 갑자기 정색을 하고

"그럼 동무 별로 대접할 것은 없지만 우리 동네에 가서 추석이나 지난 다음에 어디든지 가보시지요."

하며 친절하게 권유하였다.

추석이란 그의 말에 나는 깜짝 놀라 곰곰히 생각하여 보니 집에서 떠나던 때가 음력으로 8월 초순이던 것이 생각났다.

두말없이 나는 그의 뒤를 따랐다.

약 5리 가량 그를 따라 가노라니 그리 넓지 않은 벌판에 이곳 저곳 인가가 보였다.

곧 이름을 물으니 내겔스크라고 하였다.

그리하여 나는 그 청년의 집에 가서 피곤한 다리를 쭉 뻗어버리고 사지를 폈다.

청년은 여러 가지 이야기를 묻고 그리고 자기도 나에게 서백리아 형편에 관한 이야기를 하여 주었다. 저녁을 먹고 나니 나릿한 피곤이 전신을 사로잡는 듯하여 나는 그만 밥먹은 자리에 사르르 드러누웠다.

그러다가 여럿이 떠드는 바람에 깜짝 놀라 일어나보니 20전후의 청년들이 10여명 가량 찾아와서 놀고 있었다.

그리고 통간(通間)7)이 된 다음 방에는 여자들도 한 5,6명 와 창가도 하고 이야기도 하며 놀고 있었다. 나는 마치 도깨비 혼에나 홀리워온 듯 어리벙벙하여 두리번거리기만 하였다.

그러나 주인 동무의 소개로 인사들을 한 후 나는 곧 그들과 친하게 되었다.

모두가 근실(勤實)하고 순박한 청년들이었다. 더구나 조선의 농촌에서는 울고 보자해도 못 볼 여자들의 쾌활한 태도에 나의 마음은 미지의 별천지에 온 듯 무한히 유쾌하였다.

이튿날은 음 8월 14일.

나는 동네 청년들이 만류하는 대로 그대로 추석이 지날 때까지 머물 작정을 하고 그들이 권하는 바람에 산으로 '멀구8) 사냥'을 갔다.

모든 열매가 다 익는 가을이다. 산에는 멀구가 까맣게 익어서 보기만 하여도 입안에 신물이 돌았다. 몇 아름씩 되는 고목과 잡초가 우거진 숲속에서 명랑하게 들려오는 여자들의 노래 소리는 전부가 멀구 따는 처녀들의 부르는 노래라고 동행한 동무들이 가르쳐주었다.

그들은 그것을 따다가 노서아 사람들에게 팔아서는 추석 놀이에 쓸 용돈을 번다고 하였다.

우리 일행도 그렇게 하여보자는 결의를 한 다음 한 5,6명 되는 패가 점심 때까지 부지런히 땄다.

그리하여 쌓아놓고 운반할 공론을 하고 있는데 우편에서 여자들 패가 떠들며 내려오기에 돌아다 보니 그것은 전날 저녁에 함께 놀던 여자들이었다.

두 패 사이에는 곧 교섭이 시작되어서 한데 뭉쳐 팔아가지고 공동으로 놀자는 결의가 성립되었다. 다음에는 운반 문제에 들어가서 서로 악의 없는 논전을 거듭한

---

7) 통간: 집안의 칸과 칸 사이를 막지 않고 서로 통하여 하나로 된 것.
8) 멀구: 머루의 사투리.

결과 멀구가 적은 남자들 편이 지게 되었다.

그 때문에 나도 멀구 주머니를 걸머지게 되었지만 손님이라는 혜택 아래 내 짐은 여자들이 번갈아 이고 가게 된 특사를 나는 입었던 것이다.

그리하여 포도주의 원료가 된다는 그 멀구를 노인 상점에 가서 팔아가지고 그 대신 여러 가지 먹을 것을 산 다음 그것은 여자들에게 맡기고 우리는 먼저 마을로 돌아왔다.

그때에야 나는 비로소 마을 형편을 자세히 물었다. 이 마을에는 주로 함북(咸北) 성진(城津)사람들이, 그 중에도 허씨들이 대부분 이주하여 온 것인데 호수(戶數)로 는 약 50호 가량 되는 촌이었다.

주민의 전부는 농사에 종사하고 있는데 토지는 전부 정부의 소유로서 조금도 불 평없이 평화스럽게 생활하고 있었다. 그리고 그밖에도 한 40호, 30호 가량씩 되는 부락이 근처에 5,6촌이나 되었다.

그들도 다 함북 사람들로서 고향에서는 먹을 것을 못 먹고 입을 것을 못 입고 기아선에서 헤매다가 결국 타국이언만 생활을 찾아서 두만강을 넘어온 무리들이었 으니 자욱자욱 눈물로 적시며 들어온 경로라든지 낯선 이지(異地)에 와서 피와 땀 으로 황무지를 개척하던 그 이야기를 들으면 어느것이든지 하나 가슴을 찌르지 않 는 것이 없었다.

빵 한 쪽 얻어 못 오는 무기보다는 일 편의 빵 쪽 그것이 그에게는 둘도 없는 진리가 아닌가?

나는 그 어느때 아니 지금도 항상 이런 말을 듣고 보고한다.

"잘 사나 못 사나 내 땅이 제일이니…."

그대들은 다시 한번 눈을 바로 뜨고 그대들의 발 밑을 살펴보며 좀더 멀리 강 건너를 바라보는 것이 어떠하랴!

저녁을 먹은 다음 나는 동무들과 함께 마을의 집회 장소인 야학실로 갔다.

야학실은 약 1백여 명 가량 수용할 두 칸의 건물로서 여름에는 농사를 보느라고 휴학하지만 겨울에는 열심히들 배우느라고 일시라도 사람의 그림자가 질 날이 없 다고 그들은 자랑을 하는 것이었다.

더구나 혁명 이후에는 관(官)에서 보조까지 하여주기 때문에 돌아오는 해부터는 여름에도 그대로 계속하여서 마을의 문맹을 전부 퇴치할 작정이라고 말하였다.

우리는 마당에 멍석을 깔고 앉아서 여러 가지 이야기를 뜻깊게 서로 주고 받았다.

한쪽에서는 누덕누덕 해진 만국 지도 같은 막(幕)을 치고 추석날 밤에 할 연극

연습을 하느라고 분주하였다. 그리고 한 쪽 옆에서는 해삼항에 가서 몇 달간 있다가 왔다는 젊은 여자가 하모니카를 부느라고 삑삑거리고 그 옆에서는 젊은 사나이가 그 소리에 맞추느라고 입에다 횡적(橫笛)을 가로 대고 역시 삑삑거리고 있었다. 들으려니 너무나 머리칼이 일어서는 소리들이였다.

"아이구 또 삑삑거리는구나. 제발 좀 그만둬라."

하며 내 곁에 동무는 귓구멍을 틀어막고 돌아앉았다. 여럿은 탁 웃었다.

불던 그들도 웃었다. 그래도 그치지는 않았다.

"제발 좀 그만둬라. 내지 동무가 부끄럽지 않느냐?"

하고 또 한 동무가 애원하듯 말하였다.

"부끄럽긴 무어 부끄럽단 말이냐? 못 부는 사람이 있어야 잘 부는 사람도 있지."

하며 횡적 불던 동무는 내 쪽을 향하여

"동무 한 곡조 좀 불어보시지요?"

하고 횡적을 나의 앞에 내밀었다.

"원 천만에, 저는 모릅니다."

"그럼 하모니카나 불어보시지요?"

"그것도 모릅니다."

"그럴 리가 있습니까? 내지 동무들은 다 잘 분다는데."

"그렇지 참말 잊었구나. 이 동무의 하모니카를 한번 들어보자."

하고 좌중은 일제히 찬동하였다.

할 수 없이 나는 하모니카를 받아들었다. 마는 정작 불 용기는 나지 않았다. 기실 학교 시대에는 '뺀드(밴드)'대(隊)에서도 꽤 뽐낸 축이었건만!

그러나 너무도 간청하는 바람에 마침내 나는 되는 대로 간단하게 곡조도 잘 맞지 않는 것을 한 가지 불었다.

불고 나서 내 자신은 얼굴이 뜨거워서 바로 들 수가 없었건만 그들은 대격찬이었다. 그리하여 재청에 재청을 거듭하는 바람에 나는 다시금 불었다.

생각하면 참으로 일생의 기록에서 씻어버릴 수 없는 즐거운 그 밤이었다.

또 한 밤을 새우고 나니 8월 15일!

고국을 격(隔)하기가 수천 리 되는 이국이었건만 흰옷의 무리들이 살고 있는 서백리아 넓은 들판에도 추석이란 명절 기분은 조금도 변함이 없어서 이곳 저곳에서 들려오는 처녀들의 널 뛰는 소리는 나의 마음을 다시금 설레이게 하여 주었다. 그리고 더구나 밤이 되어 둥근달이 동천에 솟아오르니 풀 속에서 들려오는 벌레 소리조차 내 마음을 울려주었던 것이다.

참다 못하여 슬그머니 냇가에 가서 달을 쳐다보니….

그 달을 쳐다보며 눈물 흘리실 고향의 어머니가 내 눈 앞에 흐릿하게 나타나 밝은 달빛을 가리워주었다.

그리고 거처불명인 자식을 생각하시며 장장추야(長長秋夜) 기나긴 밤을 한숨으로 지내실 늙으신 아버지!

그것을 생각하니 천하에 몹쓸 죄를 지은 듯하여 나는 울고 있노라니 등 뒤에서 부르는 소리가 나기에 얼른 눈물을 씻고 돌아다 보니 거기에는 횡적 불던 동무가 하모니카를 가지고 찾아왔다.

나는 얼마간 그를 대하기가 거북하였으나 미소를 띠우고 일어섰다.

"예서 혼자 무얼 하시우."

"아무것도 안 합니다. 그저 달구경을 하구 있습니다."

"미안하지만 하모니카를 좀 들려주시오."

나는 웃으며 쳐다본 다음 두말없이 하모니카를 받아들었다.

그리고는 얼마간 생각하다가 희미한 기억을 들쳐가면서 '도리고의 세레나데'를 고요히 저음으로 불기 시작하였다. 한 줄 두 줄 불어나가노라니 저로서도 알 수 없는 감상에 나의 가슴은 싸늘하여지는 것 같았다.

곁에 앉아서 듣고 있던 동무도 나직한 한숨을 쉬며 달을 쳐다보는 것이었다.

둘은 한참 동안 침묵을 지키고 있었다.

동네 야학실 마당에서는 청년들의 연극이 가경(佳境)으로 들어갔는지 앙천대소(仰天大笑)하는 소리들이 가끔가끔 요란하게 들려왔다.

나는 다시금 하모니카를 집어들었다. 웬일인지 밤새껏 불고 싶었다.

그리고 넓은 벌판을 지향없이 뛰어가고 싶었다. 그리하여 다음에는 끝곡 '칼멘(카르멘)'.

동무는 듣다가 못하여

"어떻게 하면 그렇게 붑니까?"

하며 감탄에 견딜 수가 없는 듯이 말하였다.

"뭐 아주 쉽답니다."

하고 나는 가장 자신이나 있는 듯이 자만하게 대답은 하였으나 그를 정면으로 보기는 얼마간 어색하였다.

거기에 한 동무가 나와서 여럿이 찾는다는 바람에 우리는 다시 동네로 들어갔다.

연극막은 아직도 닫기지 않고 무대에서는 비극인지 희극인지 분간할 수 없는 '꼽추 놀음'을 연출하고 있었다.

관중은 '하!'하고 웃어댔다.

비록 보잘것없는 장난이라지만 무미(無味)하고 단조로운 그들의 생활에 있어서는 둘도 없는 위안 거리였다.

그리고 연극의 골자는 내지를 무대로 하고 조혼의 폐풍을 취재한 것으로서 기술적 방면을 보기보담 성의 있는 그 내용과 풍자미에 나는 그때까지 보던 연극 중에서는 가장 뜻깊게 보았던 것이다.

이윽고 연극이 끝난 다음 마을의 젊은 동무들은 야학실 넓은 방 속에 모여서 동네에서 차린 음식들을 벌여놓고 즐겁게 놀기 시작하였다.

그러나 흥진(興盡)이면 반드시 비래(悲來)라고 그 밤은 그렇게 즐겁게 놀았다지만 그 밤을 새우고 난 이튿날 아침이면 다시금 정처없는 길을 떠나야할 몸!

동네 동무들이 '하루만 더'하며 부여잡고 또한 내 자신도 떠나고는 싶지 않았지만 어느때까지던지 그렇게 하고 있을 몸이 아닐 바에야 무엇하게 아무 일도 없이 하루인들 더 동네에다 부질없는 폐를 끼치랴? 그리하여 나는 이튿날 아침 동리 남녀 청년들의 호의에 넘치는 전별(餞別)속에 기회만 있으면 다시 찾아올 것을 굳게 약속하고 중어(中語)로는 '하마탕', 노어로는 '아라지돌네'라는 곳을 향하여 감개무량한 마음으로 떠났다[필자 부언(附言)─이것으로써 나는 이 방랑기의 첫 머리를 즉 다시 말하면 방랑의 도상에 오르게 된 경로를 끝마치려 한다. 금후부터 본무대로 들어가려 하는데 기회만 있으면 계속하여 쓰려 하니 독자들의 관서(寬恕)를 바란다].

나의 小說履歷◉

玄卿駿

文章社에서 나더러 小說履歷에 關한것을 써보내라는 命令을나린것을 接하고 나는 爲先 苦笑를 禁할수가 없다.

이것은 나自身뿐만 아니라 世人이 다같이 認定할 문제지만 單 한篇이라도小說다운 小說을 썻다면 몰으겠지만、事實 나는 이때까지文壇의領域을 冒瀆해온 한分子다。그야나에게만 限해서이런命令을 나린것이야 아니겠지만、그래도 그러한部隊에다 한데 너헛다는데는 이나라의 文壇을 爲하여 慶祝할일은 못된다고 生覺는다.

만은 世事란 언제던지 淸하게만 흘으는것이 아니라 濁도 한데 어울려 흘으는것만큼、나같은存在의 過去도 때로는逆世的效果를 거두게 할런지 몰은다는 엉뚱하고도 달콤한 自己陶醉에 依하여 玆에 敢히 붓대를 드는것이다.

小說이라고 남의作品을 처음으로 읽어본것은 十一歲때다。其前에도 가끔 보아오고 자미를 느끼긴 했지만 그건 大槪 當時 어른들이 밤이면 짬을 보아 읽는 趙雲傳이나、淑英娘子傳、劉忠烈傳、玄壽文傳같은것에 依한 故事에對한 자미뿐이었지 完全한形式을 갖훈 小說다운小說을 읽어본것은 十一歲때 春園의「無情」이었다。「無情」을 처음 읽을때의 그 感情이란 到底히 붓으로나 말로는 다할수가 없는것이었다。그러나 그것도 自由로히 읽지못했다。冊은 내三寸의冊이었는데、그 아저씨가 어린놈이 보면 못쓰는冊이라고하며 꾸짖는 바람에 낮에는 마음놓고 못읽고、밤에 아젓씨가 잠든 틈을 타서는 몰래 홈쳐가지고 읽었던것이다。그러기땜에끝내 畢讀은 못하고、그만 아저씨가 누구를 주어 버렸는지、不然이면 빌려온것을 돌려버렸는지、하로밤 또 춤치러 들어갔을때는 아모리 뒤져야 冊은 그림자도 볼수가 없었던것이다.

◉ 이 작품은 ≪문장≫ 1940년 1월호에 발표되였다.

그때처럼 서운하고도 아저씨가 怨望스럽던때는 다시 없었다。 그後부터는 아저씨가 冊만 어더오면 밤 자는틈을 타서는 먼저 보군했다。 그런데 그當時 靑年치고 아저씨는 文靑인便으로서 小說과는 꽤 단골이었다。 그德澤에 나도 小說이라는것을 읽게된것인데 나의 文藝方面進出에는 아저씨이 影響이 컸다는것을 여기서 말하여둔다。 아저씨는 꽤 어려운冊들을 보았다。 太平洋問題니、 무슨英雄이니、 宇宙論이니 한것들을 보는한편 小說도、「타고르」의「고오라아」니、「復活」이니「罪와罰」이니 한것들을 보았다。

그런데 나는 小說이면 무에던지 보았다。 意味야 알던말던 그저 小說하면 닥치는대로 보고는 울었던것이다。

「復活」을 보다가、 카츄샤가 驛으로、 네푸류우도프를 만나러 나갔다가 눈우에 쓸어지는場面에 가서는 그냥 冊에다얼골을 파묻고 운일은 至今도 記憶에 새롭다。 그러다가 열네살때 나는 또 故鄕을 떠나게 되었는데、當時 北쪽 어떤골에 가서 官吏의生活을 하고있든 내 아버지의겥으로 가게되었다。故鄕을 떠나는 설음은 조곰도 없었으나 그리로 가면 小說을 못볼 그것이 설어웠다。 그것은 그곳은 環境이 달르어 小說같은건 꿈에도 생각할수없기때문이었다。

豫想한바와같이 事實 그곳은 環境이 달렀다。滿二年동안의 生活、그것은 나에게 있어서는 沙漠의生活과도같은것이였다。 그러다가 十六歲의봄、小學校를 畢하고 처음으로 中學生活을 하게되었을때、그때부터 나의生活은 다시금 접었던 날개를펼치게 된것으로서、小說이라면 寢食까지잊었다。 처음에는 少年少女文學、다음에는 冒險譚、그다음에는 探偵小說、戀愛小說、차츰 이렇게 段梯[1]를 밟어올라가다가 戀愛小說에까지 達하게되자 生覺은 제법엉뚱하게 자라지며、무에던지 써보고싶은衝動이 일었던것이다。 그래 처음으로 노오트에다가 (原稿紙란것은勿論 몰랐다)써본것이 「죽어가는女子」란것이었다。

至今 生覺하면 우습기가 짝이 없는일이지만、當時에는그무슨 傑作이나 되는듯、아마 혼자 下宿房에서 百番은 더 읽어보았을것이다。當時 읽은것은 主로 夏目漱石、德富蘆花로、특히 漱石의「坊ちゃん」과 蘆花의「不如歸」等은 깊은 感銘을 주었고 高山樗牛도 나에게 있어서는 잊을수없는 스승이었다。

中學二年동안은 꿈같이 지났다。三年때、當時 거세게 밀려온 時代의潮流! 그것은 여기에서 구々히 말할必要도 없으리라고 生覺한다。三年一學期때나는 끝내 學

---

1) 段階의 오식인듯 싶다.

業을 中途에서 버리고 放浪生活을 西伯利亞로 떠났던것이다.

西伯利亞의 放浪生活이 二個年가량 계속되었다. 生後 苦生이란것도 그때에 처음맛보았다. 만은 浪漫한 생각은 그냥 남아서 苦生하면서도 머리속으론 언제나 달콤한 꿈을꾸기를 잊지 않았던것이니 그때의 내머리속을 털어놀수가 있다면 百篇의 長篇은 넉々히 될줄안다.

그러나 그곳에서 小說을 어더볼수는 없었다. 들어갈때가지고간 「春園小說集」과 金東煥氏의 「國境의밤」을 몇번이나 읽었을뿐이다.

그러다가 다시 故鄕에 나와 中止했던 學業을 繼續하게되자、 나는 그동안의 갚음으로 再次 猛烈히 讀書에 熱中했다만은 當時의 作品으론 盧子泳氏의 作品이 全般的으로 人氣가 높을때다. 그中에서도 내가 좋와한것은 氏의紀行文이었다. 그러다가 어딘지 몰우게 氏의 文學에 不滿을 품게되었을때、 나의앞에 嚴然히 펼쳐진것은 新潮社의 世界文學全集의 그偉容이었다. 그때 나는 詩라는것을 習作해보며 當時 朝鮮日報에서 提供한 「學生文壇」에 가끔 投稿하여 佳作으로 發表된일도있었는데、 自己의作品이 처음으로 活字化되었을때의 그心理는 참말 神秘에 가까운것이었다.

그러다가 다시 어떤事故에 依하여 內地 某中學으로 籍을 옮기게된後부터 나의 心境에는 새로운 變化가 생겼다.

나는 그곳에서 무엇을 보았던가? 時代의 거세인 물결은 나의 머리속에 너머도 偉大하게 로맨틱하게 빛이었다. 이때까지 지나온 過去가 세상없이 悲慘하고 초라하고 慘憺하게 생각되자 나는 斷然、 이때까지의生活을 淸算해 버리기로 作定하고 軟文學을 헌신짝처럼 버린다음 科學書籍으로 몰아갔던것이다. 그리하여 그것은 끝내 나를 實驗으로까지몰아냈던것이니 그때의 興奮된 내머리속에 自我를 돌아볼 批判眼이 있었을理는없었다. 그러다가 다시 東京에서 歸鄕한후、 한동안의 暗黑生活을 격고나서야 나는 비로소 내周圍를둘러보며 제몸을 구버보게되었다. 만은 한번 없드러진물은 다시 담을수는 없다고、 때는 이미 늦었다.

그때부터 내苦悶이란것이 始作되었다. 颶風一過後의荒漠에서 어떻게하면 잊었던 제길을 다시 찾을수가 있을까?아모리 헤매며 애를 쓴들 한번 잊은길이 그렇게 쉽사리 찾어질理는 없다. 술을 過度히 마시게된것도 그때다.

그러한때에 어떤동무가 朝鮮日報에 난 革新紀念事業長篇小說應募廣告를 나에게보여주며 應募를 懇勸하기에 그때나는 그저 漠然한生覺으로 돈에 慾心이 나서생각을 바꾸었던것이다. 千圓이란 돈만 있으면 어디던지 갈수있다는 생각에서였다. 그것이 幸인지 不幸인지 二席으로 入選되었을때 나는 비로소 오랫동안 잊었던 내길을 찾은듯 눈앞을 다시 바로보게되었다. 그때 그것이 아모 보잘껏없는 無價値한 通俗物이던말던 近千枚나 써냈다라는 그것이、내눈을 다시 바로 뜨게 했던것이다.

그리하여 나는 그해 가을에 斷然 上京하여 圖書館에 파묻혀서「激浪」을써가지고 나로서는 크나큰 覺悟까지 한다음 東亞日報新春文藝에 應募했다.

얼마후 바라던 希望이 達成되자、그날밤 눈비를 마져가며 街里를 달아댕겨주던 벗들의 얼골에는 나보다 더한 기쁨의 빛갈이 넘쳐흘렀던것이다.

爾後 나는 數篇의短篇을 各 新聞雜誌에 發表해 왔다.

評家들에게서 좋은말 구진말도 다 들어보았다.

그러나 웬일인지 나는 차츰 내氣分이 拙하여가며 作品에대한自信을 점점 잃게 되는것을 어찌할수가 없다.

그것은 어듸에 起因하는것인가?

때로는 自己의作品을 年代次例로 配列해 가며 밤을 자지않고 生覺해 보기도했다.

「마음의太陽」、「激浪」、「歸鄕」、「濁流」、「明暗」、「별」、「鄕愁」

이렇게 차츰 年次로 나려가며 生覺하면 마지막에는 題目을 生覺함에도 실증이 나고 氣力이 없어진다.

그럼、初期作品들은 버젓이 論할것들인가?하면 그런것은 아니다. 小說的價値로 即 藝術的價値로 본다면 一律로 零이라 할수있는 그런 粗雜物들이다.

만은 그러면서도 初期의作品에 多少라도 愛着이 가는것은 무슨까닭일까? 두말 없이 그것은 나의生活問題이다.

初期作品들은 그래도 過去의 내生活이옳았던 글렀던 그것은 別問하고서 그生活 의反映이었고 餘韻이 있기때문인것이라는것을 나는 躊躇치않고 斷言한다.

그런데 그以後의作品들은 어떠한데서 나왔는가? 그동안의 내生活은 제로였다. 그러므로 그러한데서 나온作品속에 그어떤 反響이 있으리라는것은 千不當 萬不當 한 말이다.

生活이 없는 作品! 이처럼 不當한 말이 어데 있는가

이에 나는 敢然히 空虛한 깍대기속에서 뛰쳐나와 내앞에 새로 열린 生活의길을 찾아、이 滿洲로 온것이다.

만은 生活만 있으면 무엇하느냐? 生活의反映으로서 한作品을 비져낼때 그것은 果然 무엇이 비져내는것인가? 過去의 내 배운것은 너머도 雜氣에 찬것이다.

그런것으로는 至今의 내生活을 바로 이끌어 나가며 바로 反映식혀 줄수는 없다.

다시금배워야한다。새時代 새生活을 위하여! 그리고 明日의 내藝術을 爲하여 나는 다시ABC로부터 배워야한다 이것이 至今의 나의 標語다。

그러므로 나는 이때까지의 생활에 붓들려 文學(?)을 造作하여온 態度를 敢然히 버리고、眞實한 明日의 내藝術을 生活을 爲하여、배움의길을 접어들려한다。

文學風土記◉
- 間島篇 -

玄卿駿

無理한 請을 無理하게 받을때처럼 딱한 일은 없다.

사람이란 各其 그 性質과 性格、修養에 따라 할일도 달은것인데 人文社에서 나같은 非適任者에게 間島의 文學風土記를 쓰라고 命令을 나렸다는것은 너머도 無理라고 하지않을수가 없다.

차라리 되던 않되던 創作을 命한다는것이 彼此間 어느 편으로 보던 덜 거북할것이고、 읽은 讀者들의 損失도 적을것이다. 그래 몇을을 두고 生覺하며 拒絶하려다가 한편으론 文責의 難免도 있고 또 한편으로는 아직 알려지지못한 間島의 文學狀況을 적으만치라도 朝鮮文壇이라던지 讀者層에 알려 드리는것이 그다지 無意味한 일은 아닐것이고、 또한가지는 근자에 와서 大陸文學 云云하며 旺盛하게 滿洲로 찾어와서는 수박 껍대기 할듯 그저 皮相的으로 죽―홀터 보고는 엉터리없는 거줏 수작을 느려놓는 非良心的인 그들에게 한가지 警戒의 意味로서도 全然 意義가 없지는 않을듯하여 慈에 敢히 서투룬 붓대를 들고 나서는것이다.

間島!朝鮮사람치고 間島란말이 귀에부듸칠때 누구던지 尋常하게 등으로 흘려버릴 사람은 없을것이다.

異國的이면서도 그 어떤 그리운 情을―卽 故鄉의 이름을 듯는듯한 그리움을 느끼게하는 間島!

「間島는 朝鮮의 延長이다」

或者의 입에서 나오는 이 말이 決코 無理는 아닐것이다.

예로부터 豆滿江이라는 境界線을 사이에 그어놓고 朝鮮과 間島는 끊을내야 끊

◉ 이 작품은 ≪人文評論≫ 1940년 6월호에 발표되였다.

을수없는 因緣을 맺어 왔다는것은 누구나 다 알고 있는 事實이 아닌가?

間島를 開拓한것도 朝鮮사람이고 世紀의 警鐘에 새로운 文化를爲해 努力한것도 朝鮮사람이었다.

그러나 運命이란언제던지 그들에게는 冷酷하였다.

오랜 世代를 그들은 咀呪와 怨亡으로 지나오면서도 그래도 明日이라는것을 잊지는 않었다.

그것은 그들의 타고난 性格이라기 보담 그 밖에는 아모런 方道도 없었다는 그것이 그런 典型的性格을 맨드러 주었던것이니 事實에 있어서 一次 豆滿江을 넘어온 그들은 背水의陣에 當한 그런것과도 같은것으로서 싸홈에 익이겠다는것보담도 自己의 목숨을 살리렴에는 악착한 그運命과 싸우지 않어서는 않되는것이었다.

그러한 속에서 歷史는 흘렀고 世紀는 밧귀여서 오늘날에 이르른 間島!

그것은 눈물의 記錄이라기보담、피의 記錄이었다.

이러한 慘憺한 生活속에서 태여난 間島의 朝鮮文學은 그도 必然的으로 慘憺하지 않을수가 없다.

혹자의 말에 依하면 間島에도 朝鮮文學이 있느냐? 하지만 그런 部類의 人間을 對할때면 우리는 그저 어이 없는 우숨을 우서버릴뿐 할말을 몰은다.

間島의 朝鮮文學! 未熟한 그속에서 우리는 비로소 强靭한生活의 面貌를 엿보고 앞으로의 建設의意氣를 엿보게되는것이다.

가장 藝術的이고 文學的이라는 現在의 朝鮮中央文壇에서 簇出하는 그 文學作品들을 볼때 間島의 朝鮮文學은 말할수없는 憐憫을 느끼며 侮멸을 느끼는것이다.

大體 文學이란 무엇인가?

그누구의 말과같치 果然 文學이란 才操일까? 萬若에 그것이 事實이며 眞理라면 그러한 才操는 무엇때문에 부리는것일까?

나는 이것을 生覺할때면 언제던지 曲藝團의 그 어린 少女나 어리광 광대에게 切實히 뭇고 싶은 衝動을 느끼게 된다.

「그대들은 어째서 무엇때문에 그런才操를 날마다 되푸리하고 있는가」

「民聲報」時代로부터 「北鄕」에 이르기까지 朝鮮流民들의 가지각색 喜悲劇을 노래하고 또는 노래하려고 애쓴 그 作品들속에서 우리는 歷歷히 今日의 象徵을 엿볼수가 있다.

그리고 그 밖에도 數없는 「生活의 노래」들이 發表機關의 缺乏이라던지 環境의 不自由로 말미암아 어둠속에서 헤매다가 그냥 어둠속으로 사라진것을 生覺할때 우리는 다시금 긴한숨을 뽑지않을수가 없다.

이러한것을 털끝만큼도 몰우면서 「間島에도 朝鮮文學이라는것이 있었든가」하며 自己야말로 가장 偉大한 作家인체 自處하는 그들을 볼때 우리는 말할수없는 悲哀를 느낀다.

그런 人間들이 時局의 바람에 불려 蜜月旅行이나 하드키 豪華로운 차림으로 滿洲에 들어와서는 닫은車窓으로 曠漠한 벌판을 훌터보고 어느거리의 뒷골목 꾸냥(姑娘)[1]이나 찾어본후 가장 엄숙한 人生의 노래나 읊는듯이 뽐내게되니 이 어찌 寒心한 일이 아니랴.

이런 例는 數없이 보지만 그중에서도 尤甚한것은 張赫宙라고 生覺한다.

張赫宙를 生覺할때 우리는 첫재로 「餓鬼道」「쫓겨가는 사람들」以後、數많은 作品中에서 보혀준 그의 人生觀 끊임없이 그 무엇을 執요하게 파고들려는 態度를 生覺하게 되는데 私生活에 있어서도 그어떤 藝術家로서의 무게를 生覺했던 것이다.

만은 昨夏圖們[2]滯在四十餘日동안의 그의態度에서 우리는 짜장 말할수없는 幻滅을 느꼈던것이다.

언제일가 「캅프」時代때 某作家와 評家의 사이에 論爭이 벌어졌을때 한作品을 完全히 理解하고 評할랴면 그作家의 私生活도 알어야한다는말을 들었는데、그말을 다시금 張赫宙에게서 切實히 느꼈다.

우리는 張氏가 來圖했을때 커다란 期待를 가지고 자못 眞摯하게 嚴肅하게 對했다.

그러나 對한結果는 幻滅밖에 없었다. 그는 盛히 散文精神을 論하고 宇野浩二를 論하고 日本文壇을 論하고 佛教를 云云하고 自己의 「加藤淸正」을 論했지만 무엇때문에 그런것을 論하는지 그의 思想이라는것을 조금도 理解할수가 없었다.

그리고 또한가지 그의 態度에 이르러서는 그가 어떻게 創作하는것인지 解得할수가 없었다.

四十餘日동안 滯在하는中 우리는 最善의 好意로 그의 便利를 圖謀하여주려고했다.

만은 그는 「紅陽館」이라는 內地人高等下宿에 들어박혀서 訪問客의 입에서 얻어들은 이야기를 벳겨 쓰는것으로 日課를 삼었으니 그러한 作品속에서 우리가 찾는

---

1) 꾸냥: 중국말, 《처녀》라는 뜻.
2) 도문: 중국 연변조선족자치주에 소속된 도시, 두만강가에 자리잡고있음.

다면 무엇을 찾을것인가?

　張氏는 朝鮮사람이다。朝鮮사람이라면 滿洲에 온以上 더구나 그 目的이 滿洲의 朝鮮人生活의 實地踏査로 거기에서 산 文學을 創造하려고 한다면、좀더 朝鮮人의 生活을 엿보며 또한 生活해보아야 할것이 아닌가? 內地人 高等下宿방 어느 구석에 朝鮮人의 생활이 있었으며 눈물이나 悲哀가 있었는가?

　이機會에 나는 張氏에게 敢히 當時의 不滿을 呼訴하며 앞으로의 氏의 創作態度에 一助가 되면 萬幸으로 生覺하고 警告를 發하는것이다。

　張氏의 이야기를 쓰다나니 벌서 制限된 枚數가 半이나 넘은듯하다。

　다음은 내가 가장 敬仰하여 마지않던 民村 李箕永氏에게로 넘어가자。

　「돌쇠」의 아버지、「故鄕」의 아버지 李箕永氏는 오랫동안 拜面의 榮을 얻으려고 바라오던 나의 唯一의 崇拜하던 先輩다。拜面치않더라도 作品과 各方面으로 親密하게 지나오던氏를 처음 對했을때 나는 어떻게 내몸을 處하며 感激을 表示할찌를 몰랐다。

　우리둘은(아니 이것은 내 自身의 獨斷일런지는 몰우지겠지만)十年知己나 되는듯이 반가워했다。

　맞나자 술이였다。그도 五、六十度의 胡酒(배갈)였다。

　「서울 배갈 보다는 香그럽다」고?

　조용히 마시며 조용히 微笑하며 조용히 속삭이듯 이렇게 말하는氏에게서 나는 말할수없는 情을 느꼈다。

　그러나 그情에만 끌려 물을것을 잊어버릴 우리는 아니였다。

　얼마못가서 同席한 咸亨洙君、李周用君、나、그밖에도 一切 體面을 저바린 우리들의 패거리들은 날카로운 質問을 하였다。

　李氏의 입가에 부드러운 微笑가 슬쩍 사라지는 그瞬間、나는 「故鄕」에서 날카로운 「메스」로 金喜俊을 容赦없이 解剖하던 그 冷徹한 作者를 곳 생각했다。

　다음 亦是 조용한 語調로 채견채견 創作에 對한 自己의態度、信念、따라서 率直한 自己批判을 들을때 나는 다시금 달밤에 들판에 나가 혼자 울며 苦悶하던 金喜俊을 생각했다。

　우리는 李氏에게서 그以上 아모것도 더 바랄것이 없다。

　바란다면 그것은 너머도 李氏의 心境이라던지 環境을 모르는것이다。

　근자에 와서 李氏의 문학에 疑心을 품고 이러니 저러니 論하는者가 있지만 우리는 헛되히 論하기보담 먼저 氏의環境부터 살펴야할줄 안다。

이렇다고 내가 여기에서 氏의 最近作品들을 極口禮讚하며 庇護하는것은 아니다. 나도 氏의 最近數年來의 作品에서는 幻滅밖에 느낀것이 없다.

어떤 飛躍이나 奇蹟이 없이는 到底히 蘇生할수없는 氏인것을 나도 잘 안다.

하지만 내가 여기에서 구지 氏에 對하야 말하는것은 너머도 抑울하고 冷酷한 氏의 環境에 對하여서이다.

世代가 바꾸인 至今에 와서 氏는 그環境을 到底히 버서나지 못할것이고 또 環境도 氏를 놓아주지는 않을것이다.

이것이 내가 가장 슬퍼하는 것이다.

이것은 나뿐만 아니라 氏의 生活을 아는者들은 누구나 다 가지는 슬픔이리라.

至今 朝鮮日報에 連載中인 「大地의아들」에 對하여도 氏에게는 大端 未安한 말이지만 우리는 처음부터 期待를 가질수가 없었다. 겨우 二十餘日의 滿洲視察에서 「大地의아들」이 나오리라고 期待한다는것은 文學의 ABC 도 모르는 얼간들의 철없는 生覺이 아니고 무엇이랴? 李氏는 滿洲를 모른다. 山도 물도 사람도 모른다. 그러한 氏에게 執筆을 要求했다는것은 確實히 朝鮮文壇이 쩌나리즘에게 蹂躪當하는것이 아니고 무엇이랴? 이러한 事實을 是認하며 그들은 李氏의 文學을 이러니 저러니 하고 떠드는지 甚히 궁금하다.

될수만 있다면 나는 李氏에게 生活의 餘裕를 주어서 當分間은 엉크러진 그머리속을 整頓시켜 주고 思索시켜 주고싶다.

그런 다음에야 우리는 氏의作品을 비로소 嚴正하게 批判하며 吟味할수 있을것이 아닐까한다.

李氏의 말까지 쓰고나니 制定된 枚數가 거진 된듯하다.

다음은 滿洲의 文友들에 對하야 簡單하게 쓰기로 하자.

처째 圖們에는 詩人 咸亨洙가 있다.

푸수수한 머리밑에 端正하게 그려진 詩人의 얼골은 彫刻처럼 아름답다.

東亞日報에 실린 「마음」(作者는 「虛無에서」라고 題名을 붙였지만)을 읽으면 詩人의 모든것을 理解할줄 안다.

詩에서 느끼는바와같이 咸은 詩 그대로의 生活을 日常에 있어서 하는 詩人이다. 그것을 俗人들이 理解못하여 주기때문에 詩人은 恒常 悲哀를 느낀다.

無에서 有를 보고 有에서 無를 보며 明日아닌 明日을 恒時 大乘的 見地에서 찾는 詩人은 오늘도 胡酒에 얼근이 醉한後 興奮에 겨워 「壁」에다 「마음의譜表」를 그리고 있다.

아직 獨身으로 生의 伴侶者를 얻지못한 詩人에게 이봄에나 반가운 南國의消息이 들려질런지!

다음 龍井에는 小說家 姜敬愛氏가 있다. 언제나 健實한 思想으로 着實하게 生活을 生活하여 나가는 氏는 恒常 健康이 좋지못한것이 恨이다.

어린애가 없어서 歎息이지만 그 不健康때문에 創作을 맘대로 못하는것이 어찌 氏自身만의 恨이랴?

각금 찾어가면 그리운知己를 맞난 그心情에 小說이야기 評論이야기 文壇事情에 對하야 연방 質問하듯 이야기하는 곁에서 夫君 張河一氏는 너그러운 우슴으로 胡酒생각에 군침을 삼키며 이야기가끝나기를 기다리나 끝이없는 이야기에끝이 있을 理없다.

기다리다못해 「여보, 손님을 붓잡구 이얘기루만 지날테우? 뭐 좀 胡酒래두 대접해야지」하면 「아이구 口實이 좋구면 술생각이 나문 그저 생각이 난다구 率直하게 告白하구려」하고는 슬쩍 일어나 주전자를 들고 나가는 氏에게서 나는 小說家라기보담 賢妻를 느꼈다.

지나 二月 上京하여 帝大病院에서 治療를 받고있다니 不遠 健康도 恢復될것이고 그러면 오랫동안 沈默을 직히던氏에게서 어떠한 傑作이 나올찌 자못 기다려진다.

다음 龍井에는 安壽吉氏가 있다.

滿鮮日報社 直管 分社를 맡아보는 氏는 일찌기는 「北鄕」同人으로 間島의 朝鮮文學을 爲해 많은 努力을 하든분이다.

「떠스도이엡스키ㅡ」를 私淑하며 北東文壇의 發展을 眞情으로 바라는 氏는 社務에 餘暇가 없어 뜻대로 文學에 功獻을 못하는것이 千秋의 遺憾이라고 지난 겨울에 맛났을때도 歎息하는것을 보았다.

여기까지 쓰고나니 制定의 枚數가 다됐다.

좀더 쓰고 싶으나 다음機會로 미루고 끝으로 再三 强調하고 싶은것은 滿洲에는 아직 技術的으로 云云할 文學은 없다.

그러나 生活의 文學, 明日의 文學은 滿洲에 있다.

「戰爭과平和」, 「고요한동」, 「惡靈」, 「大地」, 「農民」 이런것들이 過去의 世界的傑作이라면 明日의 朝鮮文學은 滿洲에서 이런 傑作들을 기다리라.

「大作은 언제든지 健實한 生活에서 나는것이다.」

(庚辰 四月 於 圖們)

카페 '미스 조선'에서◉

김조규

너는 '모나리자'의 알 수 없는 미소로 나를 끌어당기고 있었고 불타는 水族館은 毒草煙氣에 취하여 흔들리고 있는데 나는 나라 잃은 젊은이의 설움과 버림받은 나의 인생을 슬퍼하며 술상을 마주하고 있었다. 너의 양 길손 흰 저고리와 다홍치마는 '하나꼬'라는 낯선 異邦 이름과는 조화되지 않았으니 너의 검은 머리채 속에는 네가 잃어 버린 것 그러나 잊을수 없는 모든 것이 그대로 숨쉬고 있는 것이 아니야? 어머니의 자장가와 네가 뜯던 봄나물과 흙냄새, 처마 밑의 지지배배 제부 둥지, 밭머리의 돌각담, 아침 저녁 물동이에 넘쳐나던 물방울과 싸리바자 담모퉁이 두엄무지, 처마끝의 빨간 고추, 배추쌈의 된장 맛…그리고 그리고 한마디 물음에도 빨개지던 네 얼굴을 후려갈기던 집달리의 욕설, 끌려간던 돼지의 悲鳴, 아버지의 긴 한숨과 어머니의 통곡소리… 아아 채 여물지도 못한 비둘기 할딱이는 네 젖가슴을 우악스런 검은 손에 내맡기고 너의 貞操를 동전 몇 닢으로 희롱해도 너는 울지도 반항도 못하고 있고나.

술상 건너 깨어지는 유리잔과 정력의 浪費와 난폭한 辱說, 순간에서 永遠한 快樂을 찾는 歡樂의 一大狂亂 속에서 시드는 너의 청춘을 구원할 생각도 없이 웃음과 애교로 生存을 구걸하고 있으니 슬프다 유리창은 어둡고 밤은 깊어가고 거리에는 궂은 비 주룩주룩 서럽게 내리는데 "누나가 보고 싶어 누나가 보고 싶어" 네 어린 동생의 영양실조의 눈동자가 창문에 매달려 들여다 보는데도 너는 등을 돌려대고 내게 술잔을 권하고 있으니

아아 버림 받은 人生은 내가 아니라 '하나꼬' 너였고나. '미쓰 조선' 너였고나.

　　　　　　　　－1940.10 도문에서 소설가 현경준을 만나－ (발표지 미상)

◉ ≪김조규시집≫(숭실대학료출판부, 1996)에서 인용하였다.

현경준 년보◉

리광일 정리

현경준(玄卿駿)

호: 耕雲生, 錦南

별호: 金鄕雲

1909년 2월 29일 조선 함경북도 명천군 하가면 화태리에서 출생.

1920년 11세때 춘원 리광수의 소설 ≪무정≫을 읽음. 그후 타고르의 ≪고오라
아≫, 똘스또이의 ≪부활≫, 도스또옙스끼의 ≪죄와 벌≫ 등 서구소설
을 읽음.

1925년 소학교를 졸업하고 경성고보 입학. 이 시기 침식을 잊어가며 소년소녀문
학, 모험담, 탐정소설, 련애소설을 읽음.

1927년 경성고보 3학년 1학기에 시대의 조류를 따라 하업을 중도이페, 씨베리아
로 방랑. 이 시기 ≪춘원소설집≫과 김동환의 ≪국경의 밤≫을 숙독.

1929년 방랑생활 결속, 귀국후 평양숭실중학에 재학. 이 시기 ≪세계문학전집≫
을 통독, ≪조선일보≫의 ≪학생문단≫에 가작으로 작품을 발표하기도
함.

일본으로 건너가 동경의 門司豐國중학에 입학. 일본에서 재학중 사상사
건에 련루되여 고향으로 돌아옴.

1934년 중편소설 ≪마음의 太陽≫이 ≪朝鮮日報≫에 당선, 5월 28일부터 9월 15
일까지 련재. 문단에 데뷔.

이해 가을 상경. 도서관에서 단편소설 ≪激浪≫을 집필.

1935년 단편소설 ≪激浪≫이 ≪東亞日報≫ 신춘문예에 당선, ≪東亞日報≫(1.1-

◉ ≪김조규시집≫(숭실대학료출판부, 1996)에서 인용하였다.

1.17)에 련재.

단편소설 ≪젊은 꿈의 한토막≫(≪新人文學≫, 3월호), ≪明日의 太陽≫(≪新人文學≫, 4-6월호), ≪明暗≫(≪朝鮮日報≫, 4.17-5.5), ≪歸鄕≫(≪朝鮮中央日報≫, 7.18-7.30), ≪濁流≫(≪朝鮮中央日報≫, 9.17-9.27) 발표.

수필 ≪西伯利亞放浪記≫(≪新人文學≫, 3,4,6월호), ≪人工孵化의 닭과 나≫(≪新人文學≫, 10월호) 발표.

1936년 단편소설 ≪그늘진 봄≫(≪朝鮮中央日報≫, 5.15-5.22), ≪저물어가는 거리≫(≪新人文學≫, 8월호) 발표.

중편소설 ≪鄕約村≫(≪批判≫, 6월호)을 발표.

평론 ≪먼저 內容을!≫(≪朝鮮中央日報≫, 2.7), ≪卑俗된 座談會≫(≪朝鮮中央日報≫, 3.5) 발표.

1937년 간도로 이주. 도문 백봉국민우급학교에서 교원생활 4년.

단편소설 ≪별≫(≪朝鮮文學≫, 5월호), ≪조고마한 揷話≫(≪風林≫, 5월호), ≪出帆≫(≪四海公論≫, 9월호) 발표.

수필 ≪讀書의 餘暇를 타서≫(≪批判≫, 2월호)를 발표

1938년 단편소설 ≪青曇日記≫(≪批判≫, 3월호), ≪寫生帖 第二章≫(≪鑛業朝鮮≫, 6월호), ≪密輸≫(≪批判≫, 7월호), ≪벤쓰바꼬속의 金塊≫(≪鑛業朝鮮≫, 8월호), ≪배회-행복은 어디 있느냐≫(≪四海公論≫, 10월호) 발표.

1939년 단편소설 ≪오마리≫(≪朝鮮文學≫(5월호), ≪給料日≫(≪批判≫, 6월호), ≪少年錄≫(≪文章≫, 림시증간, 7월호), ≪退潮≫(≪鑛業朝鮮≫, 12월호) 발표.

중편소설 ≪流氓≫(≪鑛業朝鮮≫, 3월호/ ≪人文評論≫, 1940년 8월호/ ≪싹트는大地≫, 滿鮮日報社出版部, 1941년 11월) 발표.

장편소설 ≪先驅時代≫(≪滿鮮日報≫, ?-1939.12.1. 총 195회) 발표.

평론 ≪페페·르·모코의 敎示≫(≪朝光≫42, 4월호) 발표.

수필 ≪빠이 酒黨≫(≪朝鮮文學≫, 6월호), ≪中毒者들의 말≫(≪文章≫, 11월호) 발표.

1940년 8월부터 ≪滿鮮日報≫에서 반년간 기자생활.

단편소설 ≪夜雨≫(≪東亞日報≫, 5.10-6.2), ≪첫사랑≫(≪文章≫, 9월

호), ≪寫生帖第二章≫(≪滿鮮日報≫, 8.31-9.1) 발표.

수필 ≪文學風土記-間島篇≫(≪人文評論≫, 6월호), ≪新興滿洲人文風土記-圖們篇≫(≪滿鮮日報≫, 10.2-10.5), ≪마음의 문을 닷다≫(≪滿鮮日報≫, 11.13) 발표.

자서전 ≪나의 小說履歷≫(≪文章≫, 1월호) 발표.

산문시 ≪마음의 琴線≫(≪滿鮮日報≫, 11.27) 발표.

평론 ≪積極的生活≫(≪朝光≫, 신년호), ≪文筆家의 待遇부터≫(≪滿鮮日報≫, 1.29), ≪個性을 가지라≫(≪滿鮮日報≫, 6.8), ≪自己批判과 自己辨明≫(≪滿鮮日報≫, 11.28-12.1) 발표.

1941년 단편소설 ≪寫生帖 第三章≫(≪文章≫, 1월호), ≪길≫(≪春秋≫, 6월호) 발표.

장편소설 ≪도라오는人生≫(≪滿鮮日報≫, 1941.11.1-42.3.3, 23-94회 련재분, 총 94회) 발표.

수필 ≪生活의 歷史≫(≪滿鮮日報≫, 12.10) 발표

1943년 중편소설 ≪마음의 琴線≫(단행본, 弘文書館, 12월), ≪인생좌≫(弘文書館, 12월) 발표.

1945년 광복후 귀국. 함경북도 예술공작단 단장, 조쏘문화협회 함경북도위원장, 문학동맹 함경북도위원장 력임. 작품 ≪불사조≫를 창작.

1950년 ≪6.25≫전쟁의 발발과 함께 종군기자로 전선에 나감.

1950년 10월 전선에서 전사.

현경준연구론저목록

권 철: ≪중국조선족문학≫(상), 연변대학출판사, 2000.
金虎雄: ≪在滿朝鮮人文學硏究≫, 國學資料院, 1998.
宋敏鎬: ≪日帝末 암흑기 문학연구≫, 새문사, 1989.
申熙敎: ≪日帝末期小說硏究≫, 國學資料院, 1996.
오상순: ≪중국조선족소설사≫, 료녕민족출판사, 2000.
吳養鎬: ≪韓國文學과 間島≫, 문예출판사, 1988.
吳養鎬: ≪滿洲朝鮮人文學硏究≫,문예출판사, 1996.
蔡　壎: ≪日帝强占期 在滿韓國文學硏究≫, 깊은샘, 1990.
표언복: ≪해방전 중국 유이민소설 연구≫, 한국문화사, 2004.
韓元永: ≪韓國近代新聞連載小說硏究≫, 以會文化社, 1996.

김오성: ≪조선의 개척문학–재만조선인 작품집 "싹트는 대지"를 평함≫(≪국민
　　　　문학≫, 1943.3).
리광일: ≪광복전 현경준소설의 의식성향을 론함≫(≪문학과예술≫, 1996.2).
장춘식: ≪현경준의 이민소설 연구≫(≪세계속의 한국(조선)문학비교연구≫국제
　　　　학술회 론문집, 2001).
리광일: ≪해방전 현경준소설문학 연구≫(≪세계속의 한국(조선)문학비교연구≫
　　　　국제학술회 론문집, 2001).

김하철: ≪박노갑·현덕·현경준 소설의 작중인물 연구≫, 서울대학교 석사론문,
　　　　1989.
全盛鎬: ≪日帝下 中國 朝鮮人 小說 硏究≫, 강원대학교 석사론문, 1997.
朴銀淑: ≪日帝말 在滿朝鮮人小說硏究≫, 성균관대학교 석사론문, 1998.
張春植: ≪현경준 소설 연구≫, 전북대학교 석사론문, 2001.